T0286086

HISTΘRIA

HERÓDOTO

Esta obra ha recibido una ayuda a la edición del Ministerio de Cultura y Deporte

Título original en español: *Historia*
© 2024. Revisión de traducción, prólogo y notas, Óscar Martínez García
© 1989, 2024. Traducción, Bartolomé Pou
© 2024. Ilustraciones de mapas de interior, Marta Elza
© 2024. De esta edición, Editorial EDAF, S.L.U.
Todos los derechos reservados

Diseño de colección: Manuel García Pallarés

Editorial EDAF, S.L.U.
Jorge Juan, 68. 28009 Madrid
Tfno: (34) 914358260. http://www.edaf.net
edaf@edaf.net

Ediciones Algaba, S.A. de C.V.
Colonia Belisario Domínguez, calle 21, Poniente 3323. Entre la 33 sur y la 35 sur
Puebla, 72180, México. Tfno.: 52 22 22 11 13 87
jaime.breton@edaf.com.mx

Edaf del Plata, S.A.
Chile, 2222
1227 Buenos Aires, Argentina
Telf: +54114308-5222/+54116784-9516
edafdelplata@gmail.com
fernando.barredo@edaf.com.mx

Edaf Chile, S.A.
Huérfanos 1179 - Oficina 501
Santiago - Chile
comercialedafchile@edafchile.cl
Telf: +56944680539/+56944680597

Enero de 2024
ISBN: 978-84-414-4276-4
Depósito legal: M-33585-2023

Impreso en España / Printed in Spain
Gráficas Cofás. Pol. Ind. Prado Regordoño. Móstoles (Madrid)
Papel 100 % procedente de bosques gestionados de acuerdo con criterios de sostenibilidad

HISTORIA

HERÓDOTO

Prólogo y notas
de Óscar Martínez García

MADRID — MÉXICO — BUENOS AIRES — SANTIAGO
2024

Índice

HISTORIA

Sobre Heródoto de Halicarnaso y su obra

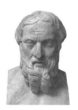

Heródoto nació hacia el 485 a. C. muy posiblemente en Halicarnaso, la moderna ciudad portuaria de Bodrum (Turquía). Aunque griega, Halicarnaso se encontraba en Caria, región situada en la costa egea de Asia Menor, y por lo tanto estaba fuertemente sujeta al influjo del Imperio persa, fundado por Ciro el Grande en el siglo anterior. Miembro de una destacada familia grecocaria (se le emparenta con el poeta épico Paniasis), Heródoto tuvo que marcharse de la ciudad tras involucrarse en un intento fallido de derrocar a la dinastía propersa que allí gobernaba. Su marcha a Samos fue el comienzo de un periplo que lo llevó desde Egipto a Fenicia, Babilonia y al mar Negro, entre otros lugares, así como a diversos puntos del mundo griego, especialmente Atenas, donde trabó contacto con las personalidades políticas e intelectuales del momento, como el autor trágico Sófocles. Un último escenario estrechamente vinculado a su existencia es Turios, colonia fundada por los atenienses en la Magna Grecia, donde fue uno de sus ciudadanos más destacados, hasta el punto de que diversos autores antiguos lo denominan Heródoto de Turios. Se discute si fue allí, o bien en Pela (capital de Macedonia), donde falleció.

En lo tocante a su obra, la *Historia* refiere las relaciones y conflictos entre Grecia y Asia (primero Lidia y luego Persia) desde mediados del siglo VI a. C. hasta la retirada del rey Jerjes de territorio heleno en el 478 a. C. El hecho de que mencione acontecimientos ocurridos con posterioridad a esa fecha, sirve para fijar la publicación de la *Historia* hacia el año 430 a. C. Heródoto dividió su obra en 28 episodios denominados *lógoi* («relatos») de temática y extensión variable. Estos fueron agrupados hacia el siglo III a. C. por los filólogos alejandrinos en nueve «libros» titulados cada uno con el nombre de las canónicas nueve Musas (la subdivisión en capítulos dentro de cada libro data del siglo XVII). Cicerón proclamó a Heródoto «padre de la Historia».

Heródoto y su tiempo
Cronología

HACIA 1900 a. C. Llegada de los primeros griegos a suelo continental heleno.

HACIA 1700-1500 a. C. Apogeo de la civilización minoica, localizada en la isla de Creta, hasta que sus centros de poder palaciales caen bajo el control de pobladores griegos.

HACIA 1500-1200 a. C. Los aqueos (los griegos de la edad del Bronce o «micénicos») dominan el Mediterráneo oriental y establecen relaciones con el Imperio hitita, bajo cuya órbita está Troya.

HACIA 1200 a. C. Época en la que los griegos databan la guerra de Troya, remontándola Heródoto a ochocientos años antes de su propia época.

HACIA 1000 a. C. Los fenicios se instalan en el Mediterráneo occidental.

X-IX a. C. Establecimiento de los griegos en la costa occidental de Asia Menor.

VIII a. C. Composición de la *Ilíada* y la *Odisea* homéricas. Aparición del alfabeto griego. Surgimiento de las polis griegas y establecimiento de colonias por el Mediterráneo y las costas del mar Negro.

776 a. C.   Fundación de los Juegos Olímpicos.

Hacia 685 a. C. Giges arrebata a Candaules el reino de Lidia. Aparición de la moneda en Lidia.

657 a. C.   Tiranía de Cipselo en Corinto.

Hacia 645 a. C. Cilón intenta establecer la tiranía en Atenas.

631 a. C.   Bato funda Cirene.

627 a. C.   Tiranía de Periandro en Corinto.

Hacia 600 a. C. Safo y Alceo componen sus obras.

594 a. C.   Solón es elegido arconte en Atenas.

585 a. C.   Tales predice un eclipse.

560 a. C.   Creso reina en Lidia. Pisístrato se convierte en tirano de Atenas y aunque será expulsado la recuperará en otras dos ocasiones.

557 a. C.   Ciro II se convierte en rey de los persas.

546 a. C.   Ciro derrota a Creso y toma Lidia; posteriormente Jonia y Babilonia.

533 a. C.   Polícrates se convierte en tirano de Samos y establece una alianza con Amasis, rey de Egipto.

530 a. C.   Muerte de Ciro y ascenso de Cambises, que conquistará Egipto.

528 a. C.   Hipias e Hiparco, los Pisistrátidas suceden a su padre en la tiranía de Atenas.

522 a. C.	Darío asciende al trono de Persia.
520 a. C.	Cleomenes asciende al trono de Esparta.
514 a. C.	Los tiranicidas Harmodio y Aristogitón dan muerte al Pisistrátida Hiparco. Cuatro años más tarde, con la intervención de Esparta, se acaba la tiranía en Atenas.
508 a. C.	Las reformas de Clístenes cimentan la democracia ateniense.
Hacia 500 a. C.	Hecateo de Mileto escribe sus *Genealogías* y su *Descripción de la Tierra.*
499-494 a. C.	Revuelta jonia contra Persia, en la que Sardes es incendiada y Mileto es tomada por los persas. La toma de Mileto es llevada a la escena por el autor trágico Frínico.
492 a. C.	Fracasa la expedición persa comandada por Mardonio y amenaza de Darío contra Grecia, quien exigirá sumisión a las polis griegas.
490 a. C.	Los persas toman Naxos y Eretria, pero son derrotados en la batalla de Maratón, con Milcíades al frente de los atenienses. Leónidas, rey de Esparta.
486 a. C.	Muerte de Darío y comienzo del reinado de Jerjes. Revuelta egipcia, que será aplacada por Jerjes.
Hacia 485 a. C.	Nace Heródoto de Halicarnaso.
484 a. C.	Preparativos persas para la invasión de Grecia.
483 a. C.	Temístocles hace construir una flota con la plata de las minas de Laurio.

481 a. C.   Atenas y Esparta se alían frente al persa.

480 a. C.   Jerjes pasa a Europa: batalla de las Termópilas, donde muere el rey espartano Leónidas; batalla naval de Artemisio; toma e incendio de Atenas; victoria griega en la batalla de Salamina. Paralelamente, Gelón, tirano de Siracusa, derrota a los cartagineses en Sicilia.

479 a. C.   Repliegue persa en Beocia, donde se produce la victoria griega en la batalla de Platea, mientras en Asia, los griegos vencen en la batalla de Micale (acontecimientos con los que concluye la Historia de Heródoto, si bien en su obra se alude a hechos posteriores).

477 a. C.   Formación de la llamada Liga de Delos, liderada por Atenas.

472 a. C.   Esquilo representa su tragedia *Los persas*, la tragedia griega más antigua de las conservadas y ambientada en Susa tras la derrota persa en Salamina.

465 a. C.   Jerjes muere asesinado, subiendo al trono Artajerjes I.

449 a. C.   Paz de Calias entre Atenas y Persia.

444 a. C.   Fundación de Turios (en el sur de Italia), donde Heródoto adquiere su ciudadanía.

431 a. C.   Comienzo de la guerra del Peloponeso.

Hacia 425 a. C. Muerte de Heródoto, si bien hay teorías que posponen la fecha de su muerte hasta finales del siglo v o principios del iv a. C.

Prólogo

Dejemos los libros. Dame el de Heródoto simplemente.

Michael Ondaatje, *El paciente inglés*

Cuando las noticias de la derrota simultánea del ejército persa en Platea y Micale llegaron a Halicarnaso, la atmósfera de irrealidad y estupefacción que se debió de instalar en la ciudad y en sus ciudadanos sin duda fue también percibida por un niño que por aquel entonces contaba con unos cinco años de edad. Nombres de lugares lejanos como Maratón, Termópilas, Salamina, Atenas, Delfos o Esparta, o más cercanos como Sardes o Mileto, sumados a nombres de persona acaso pronunciados con un timbre de solemnidad, como Darío, Mardonio o Jerjes, poblaron con toda probabilidad las conversaciones en torno a la mesa que fertilizaron la mente infantil de Heródoto. A las narraciones sobre unos hechos memorables ocurridos en Troya y protagonizados por unos héroes de extraordinario valor en tiempos remotos, hechos que todos conocían desde bien pequeños a través de los poemas de Homero, se incorporaban estos otros relatos colosalmente impactantes que, sin embargo, estaban sucediendo en tiempo real. De ese mismo puerto por el que ahora llegaban las noticias de la debacle persa, poco tiempo atrás había partido Artemisia, la soberana de Halicarnaso[1], y nadie en la ciudad

---

[1] Apunta Jennifer T. Roberts (cf. *Herodotus. A Very Short Introduction*, Oxford-New York, Oxford University Press, 2011, pág. 6) que la fascinación de Heródoto con las poderosas mujeres que transitan por las páginas de su *Historia* guarda relación con la impronta que dejó en su niñez la figura de esta almirante de la flota persa que gobernaba en su ciudad: «Si bien no me veo obligado a hacer mención de los otros jefes —dirá en retrospectiva Heródoto (*Historia* 7.99)—, la haré, no obstante, de

habría querido faltar al formidable espectáculo de una flota de guerra a punto de zarpar. Ante los ojos del mundo estaban produciéndose, pues, unos sucesos destinados a perdurar y de los que alguien tendría que dejar constancia. Ese alguien era Heródoto que, como se señaló arriba, era un niño que con el tiempo acabaría componiendo la obra inaugural de un género y de una disciplina: la Historia.

Las 48 horas que cambiaron la Historia

¿No existía entonces la Historia antes de Heródoto? En el texto original la palabra «historia» aparece en tercer lugar tras el nombre de su autor (*Herodótou Halikarnesséos histories apódexis*), pero a pesar de lo transparente del término en las lenguas modernas, la palabra *historíe*[2] significa «indagación» o «investigación», y en su famoso prefacio Heródoto plantea su escrito como la «exposición de una investigación» (*historíes apódexis*): «La exposición que Heródoto de Halicarnaso va a presentar de su investigación se dirige principalmente a que no llegue a desvanecerse con el tiempo la memoria de los hechos de los hombres, ni menos a oscurecer las grandes y maravillosas hazañas, tanto de los griegos como de los bárbaros. Con este objeto refiere una infinidad de sucesos varios e interesantes, y expone con esmero las causas y motivos de las guerras que se hicieron mutuamente los unos a los otros».

Ahí, pues, *historíe* aún no tenía el sentido especializado que más tarde adquirirá. En un principio, en efecto, la palabra no se circunscribe necesariamente al estudio de los hechos del pasado, sino que primeramente aparece empleado en el campo de la filosofía por Heráclito de Éfeso para denotar una actividad intelectual. También dentro del ámbito de la medicina, en el tratado del corpus hipocrático

Artemisia, mujer que participó en la expedición contra Grecia, cuyo valor me tiene lleno de admiración». A propósito de las mujeres en Heródoto (Artemisia, Tomiris, Gorgo, etc.), cf. Jennifer T. Roberts, *op. cit.*, cap. 5 y Josine Blok, «Women in Herodotus *Histories*», en Egbert J. Bakker, Irene J. F. de Jong y Hans van Wees (eds.), *Brill's Companion to Herodotus*, Leiden-Boston-Köln, Brill, 2002, cap. 10.
[2] Heródoto emplea la variante jónica de la palabra, que acaba en «e». Es precisamente en Jonia, la región de Asia Menor poblada de ciudades griegas, donde prende el espíritu científico e investigador del mundo heleno.

titulado *Sobre el arte médico* se va a utilizar ese término en una expresión, *historíes epídeixis* («demostración de la investigación»), que nos remite automáticamente a la que Heródoto empleó en su prefacio. No obstante, es precisamente la aplicación de este término a «la memoria de los hechos de los hombres» lo que va a hacer que acabe adquiriendo su sentido especializado (ni Tucídides ni Jenofonte —que completan la tríada de los primeros historiadores griegos— lo utilizan para definir su labor) cuando Aristóteles afirme en su *Poética* (1451b) que «las obras de Heródoto no serían menos Historia si estuvieran escritas en verso». Aristóteles, el prolífico filósofo e «investigador» de fenómenos naturales, emplea inequívocamente el término *historía* (Aristóteles usa la forma ática de la palabra) en el sentido que hoy lo empleamos, siendo además el *historikós* («historiador») el «indagador» por antonomasia[3].

Pero Heródoto, claro está, no fue el primero en hablar sobre el pasado. Las viejas historias narradas por Homero contaban, de hecho, como Historia para los griegos, con la diferencia de que mientras el poeta apelaba a las Musas, hijas de la Memoria y garantes de su verdad poética, el historiador (por más que los filólogos de Alejandría pusieran cada uno de los libros de su *Historia* bajo la tutela de las Musas) se apoyaba en su proclamada labor de indagación[4]. Otra diferencia evidente con Homero es que el vehículo de su narración no va a ser el verso, sino la prosa.

Bien es cierto que a partir del siglo VI a. C. hubo poetas épicos, como el propio tío de Heródoto, Paniasis, y líricos como Jenófanes y Mimnermo de Colofón que compusieron poemas sobre la fundación de las polis griegas de Jonia; sin embargo, a partir de esa misma época también aflo-

---

[3] Cf. Robert Fowler, «Herodotus and his prose predecessors», en Carolyn Dewald y John Marincola (eds.), *The Cambridge Companion to Herodotus*, Cambridge-New York, Cambridge University Press, 2006, 29-45. El artículo contiene un excelente apéndice sobre los escritores de genealogías, etnografía, geografía e historia local en activo antes y durante la vida de Heródoto.
[4] La influencia de Homero en Heródoto es, no obstante, un lugar común en la bibliografía especializada sobre el historiador, en la que se subraya la obra homérica como modelo dominante, existiendo ecos homéricos incluso en las palabras que pone en boca de sus protagonistas; cf. John Marincola, «Herodotus and poetry of the past», en Carolyn Dewald y John Marincola (eds.), *op. cit.*, pág. 14.

raron escritores de *lógoi* o relatos en prosa consistentes tanto en crónicas de ciudades o genealogías de importantes familias como en obras más extensas dedicadas a describir las regiones costeras que visitaban en sus periplos[5]. Estos logógrafos, cuyo referente más importante es Hecateo de Mileto —al que Heródoto cita en diversas ocasiones y que, junto a otros como Escílax de Carianda, constituye la fuente de alguno de sus pasajes— plasmaron por escrito informaciones genealógicas, geográficas y etnográficas no destinadas ya a evocar un prestigioso pasado de tintes épicos y legendarios, sino a transmitir a su público realidades más inmediatas y noticiosas sobre el mundo circundante.

Heródoto podía haber sido un logógrafo más y «puede que, al principio de su trayectoria como escritor, hubiese empezado en la línea de sus predecesores, como Hecateo de Mileto, interesados en elaborar monografías, más o menos amplias, de carácter más descriptivo o de interpretación de antiguos relatos míticos y legendarios para extraer de ellos ecos de un pasado remoto»[6]. Sin embargo, Heródoto nos va a brindar la primera obra griega en prosa que conservamos, escrita en una escala que sobrepasa las aportaciones de sus antecesores y en la que se percibe algo más que una mera consignación de hechos, de ahí que en su escrito *Sobre las leyes* Cicerón lo proclamara «padre de la Historia» siglos más tarde. Tachado —particularmente en comparación con Tucídides— de autor ingenuo e incluso mentiroso, Heródoto de Halicarnaso levantó su *Historia* sobre unos pilares metodológicos que lo diferenciaban de sus predecesores, indagando en los sucesos pretéritos a través de información que le llegaba de oídas (*akoé*) o de su propia observación (*ópsis*), y escrutando el valor de esas fuentes (*gnomé*) para determinar su grado de

---

[5] Cf. F. Rodríguez Adrados, «Introducción», en C. Schrader (trad.), *Heródoto. Historia. Libros I-II*, Madrid, Gredos, 1977, pág. 24.

[6] Cf. Adolfo J. Domínguez Monedero, «"Para que los acontecimientos humanos no se desvanezcan con el tiempo": un viaje al pasado con Heródoto», en Emilia Fernández de Mier y Julio Cortés Martín (eds.), *Amar después de leer: diez obras inmortales de la literatura clásica*, Madrid, Sociedad Española de Estudios Clásicos, 2021, 219-243, pág. 239.

validez[7]. Por añadidura, se ha señalado que Heródoto presenció el inicio de la guerra del Peloponeso (acaso también su final), por lo que su dedicación a la guerra contra los persas pudo ser un intento de comprender su presente a la luz de sucesos lejanos[8]. Dotar a la Historia del propósito de examinar los acontecimientos del presente a la luz del pasado es, pues, también una contribución decisiva del historiador de Halicarnaso, por lo que en las 48 horas que se emplean de promedio en la lectura de la obra, presenciamos cómo la forma de concebir la Historia cambió para siempre.

El narrador del asombro

Además de Historia, la obra de Heródoto es plenamente literatura. En ella se sucede una serie de narraciones protagonizadas por cerca de mil personajes con nombre propio en casi setecientos escenarios, relatos que están tocados por el encanto absoluto de su escritura y la maravilla de su contenido —no puede ser de otra manera cuando Heródoto tiene ante sí un universo entero por descubrir y por contar—, y que revelan que el primer historiador fue ante todo un asombroso narrador de historias.

Desde los primeros compases del conflicto, el choque entre griegos y persas se convirtió en materia literaria. En *Los Persas*, Esquilo —en cuyo epitafio quiso subrayar no sus victorias teatrales, sino su condición de combatiente de Maratón— abordó la victoria griega en la batalla de Salamina, acontecida tan solo ocho años atrás; pero ya con anterioridad Frínico había presentado a concurso *La toma de Mileto*, tragedia donde se evocaba la captura de la ciudad a manos de los persas y que provocó tan honda conmoción entre los espectadores que rompieron a llorar en medio de la representación. Todavía cerca de dos mil quinientos años después la película *300*, dirigida

---

[7] Cf. Antonio Guzmán Guerra, *Heródoto. Explorador y viajero. Antología bilingüe*, Madrid, Escolar y Mayo Editores, 2013, pág. 19.
[8] Cf. Adolfo J. Domínguez Monedero, «art. cit.», págs. 240-241: «Esta lucha por la memoria, por rescatar del olvido los hechos del pasado con el objetivo de ilustrar mejor el presente, se configura como la principal misión de Heródoto».

por Zack Snyder y basada en el cómic homónimo de Frank Miller, recurrió con éxito mundial al episodio herodóteo de las Termópilas. Narrativamente hablando, el esquema de un pequeño grupo de combatientes que logran lo imposible frente al todopoderoso invasor es tan conocido como efectivo y sensacional, y los temas que se despliegan (la victoria de la libertad sobre la tiranía, el cambio de la fortuna, etc.) convierten este núcleo central de la obra en un relato colosal. Sin embargo, hasta ese núcleo se tarda más de media *Historia* en llegar —el relato de los acontecimientos bélicos anunciados en el prefacio no toma comienzo, efectivamente, hasta el quinto de los nueve libros—, y ello se logra a través de un camino pavimentado por la narración de un sinfín de noticias sobre las que Heródoto también inquirió y, sobre todo, quiso dar a conocer.

Durante los cuatro primeros libros, el narrador se centra en las múltiples noticias que dibujan el perfil, tanto de los pueblos sobre los que los persas han cimentado un imperio que están decididos a ensanchar a costa del territorio heleno, como de otros pueblos más allá, desde las estepas septentrionales a las orillas del Atlántico. Dedicando, pues, el primer libro a Lidia, el segundo y tercero a Egipto, y el cuarto a Escitia y Libia, Heródoto extiende ante su público oyente o lector[9] un itinerario geográfico y textual en el que se concitan todo tipo de maravillas a través de excursos y descripciones de carácter histórico, legendario, botánico, zoológico, geográfico...: cómo da sepultura a su padre el ave fénix (*Historia* 2.73), qué contestó el sabio Solón a la pregunta del rey Creso acerca de quién era la persona más feliz del mundo (*Historia* 1.29-33), cómo combaten los egipcios la plaga de mosquitos (*Historia* 2.95), qué se sabe de las fuentes del Nilo (*Historia* 2.28) o la noticia de unas hormigas del tamaño de un zorro que se dedican a extraer oro (*Historia* 3.102) son una exigua representación de las cuestiones de un universo entero por descubrir que el historiador despliega ante los griegos.

---

[9] La época en la que se desenvuelve Heródoto se encuentra en el paso de una cultura eminente oral a una escrita, lo que influye no solo en la forma en que esta se difundió, sino en su propia composición; cf. James Romm, *Herodotus*, New Haven-London, Yale University Press, 1998, págs. 124-131.

Con la curiosidad del viajero, unas veces, y otras con el espíritu plenamente científico y plenamente humanista del etnógrafo, Heródoto sabe captar la nota precisa con la que hechizar a su público, al que revela un sistema de valores, costumbres y creencias ajenas al mundo griego: en Babilonia entierran a los muertos embadurnados de miel (*Historia* 1.198), los gizantes comen mono (*Historia* 4.194), o en el Cáucaso los hombres y las mujeres copulan en público como los animales (*Historia* 1.203) son algunos de los titulares sobre culturas ajenas que en lo tocante a temas fundamentales como la muerte, el sexo o la comida Heródoto pone en contraste con la helena, convirtiendo cada divergencia en una forma de reconocer la cultura propia: «Gracias a esos otros mundos —sostendrá algún milenio más tarde Kapuściński a cuenta de Heródoto— nos comprendemos mejor a nosotros mismos, puesto que no podemos definir nuestra identidad hasta que no la confrontamos con otras»[10].

Pero muy en particular, lo que nos encontramos en el camino hacia el episodio central es una multitud de relatos —no ya excursos y descripciones, sino relatos propiamente dichos— que conforman magníficas piezas del arte de narrar[11]. Desde las primeras líneas, Heródoto nos sumerge en la fascinante historia de cómo un reino cambió de manos debido a la insana insistencia del rey Candaules en exponer secretamente a otros ojos la desnudez de su esposa (historia cuyo eco resuena en el argumento de *El curioso impertinente* de Cervantes y constituye el *leitmotiv* de la novela *El paciente inglés* de Michael Ondaatje), para transportarnos casi sin solución de continuidad a las aguas en las que el célebre músico Arión, arrojado al mar por unos piratas, es rescatado por un delfín.

Relatos de este tipo, en los que los protagonistas se enfrentan a una situación crítica y han de tomar una decisión o en la que los malhechores acaban pagando por sus crímenes —por exponer un par

---

[10] Cf. Ryszard Kapuściński, *Viajes con Heródoto*, trad. esp. de Agata Orzeszek, Barcelona, Anagrama, 2021 (=2006), pág. 297.
[11] Para las características de forma y contenido de los «relatos breves» de Heródoto, y su organización y función dentro de la obra, véase especialmente Vivienne Gray, «Short Stories in Herodotus' *Histories*», en Egbert J. Bakker, Irene J. F. de Jong y Hans van Wees (eds.), *Brill's Companion to Herodotus*, Leiden-Boston-Köln, Brill, 2002, 290-317.

de patrones— se entreveran con maestría por los hilos de la trama principal, estableciendo una vinculación[12] con el contexto general en que se enmarcan y dejando al lector la placentera tarea intelectual de desentrañar cuál es esa conexión: ¿es la historia de Candaules el preludio del desastroso final de la Lidia del rey Creso?, ¿es acaso la «rara y maravillosa aventura» de Arión menos creíble que el desenlace de las guerras médicas?

Historias macabras y de intriga como la del ladrón decapitado de la cámara del tesoro del faraón Rampsinito (*Historia* 2.121-123), relatos de cruel venganza como la del eunuco sobre su castrador (*Historia* 8.104-106), o narraciones como la del ilícito y corrosivo deseo de Jerjes por la mujer de su hermano (*Historia* 9.108-113) configuran los «callejones sin salida en el movimiento de la Historia: cómo se traicionan los hombres en pro de las naciones, cómo se enamoran…» de los que habla Ondaatje, y convierten la *Historia* de Heródoto en una de esas asombrosas obras que hacen que a su alrededor florezcan la pasión por leer y la pasión por contar. Dejemos, pues, estas líneas y acudamos simplemente a Heródoto.

Óscar Martínez

---

[12] Para el tipo y grado de conexión, si lo hay, de estas piezas narrativas con su contexto, cf. Vivienne Gray, «art. cit.», págs. 302-306.

Sobre esta edición

Nota sobre medidas, pesos y monedas

La traducción de la *Historia* que aquí se presenta es la debida al helenista y filósofo mallorquín Bartolomé Pou (1727-1802). Se trata de la primera traducción de la *Historia* de Heródoto al español. Esta se publicó en fecha tan tardía como 1846 bajo el título *Los nueve libros de la Historia* (Madrid, Imprenta de la Sociedad de Operarios del mismo Arte), siendo todavía hoy una de las escasas traducciones accesibles al lector en nuestro idioma (*cf Bibliografía*).

Con un dominio absoluto de todos los registros de la lengua griega y española, la versión de Pou recoge de forma excepcional la agilidad, encanto y frescura con los que Heródoto perfila los personajes y narra las situaciones y acontecimientos que aborda en su obra. Con el objeto, no obstante, de actualizar la versión, se han puesto al día términos, giros y expresiones, y se han revisado eventuales lecturas erróneas del texto original y ajustado la transcripción de los nombres de personas y lugares siguiendo los criterios actuales. Las notas y el sumario que precede a cada uno de los libros, han sido elaborados para esta ocasión. Se añade aquí una nota adicional sobre medidas, pesos y monedas.

Longitud y distancia

Codo: 44 cm

Codo real: 52 cm

Dedo: 1,85 cm

Espitama: 2,2 cm

Esqueno: 10,656 km

Estadio: 177,6 m

Orgia: 1,77 m

Palmo: 7,4 cm

Parasanga: 5,940 km

Pie: 29,6 cm

Pletro: 29,6 m

Capacidad

Ánfora: 19,44 l

Artaba: 55,08 l

Cótila: 0,25 l

Medimno: 51,84 l

Quénice: 1,08 l

Peso / moneda

Darico: moneda de oro persa equivalente a 10 estateres de plata

Dracma: 432 g / moneda de plata

Estater: moneda de plata (también acuñable en oro) equivalente a 2 o 4 dracmas

Mina: 4,32 kg / equivalente a 100 dracmas

Talento: 25,92 kg / equivalente a 6000 dracmas

Talento babilonio: 30,24 kg

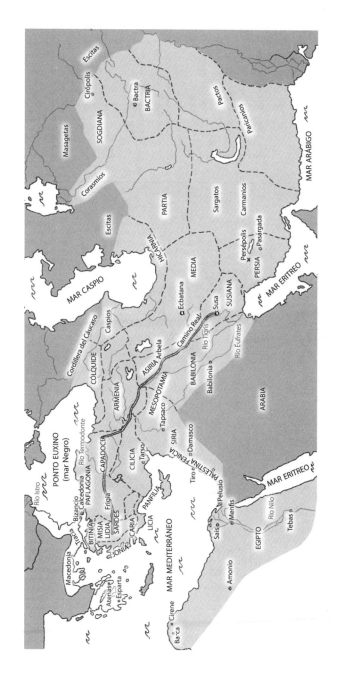

Imperio persa en época de Darío.

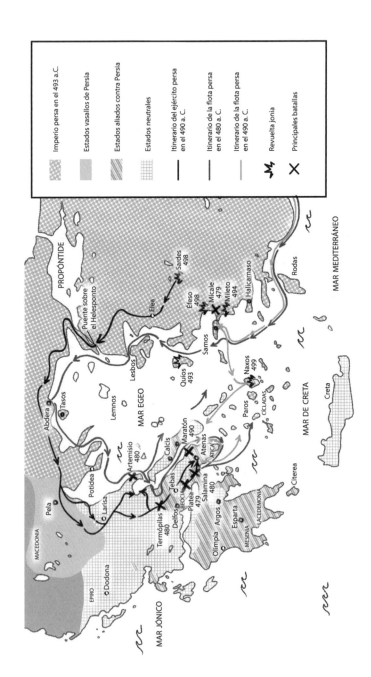

Leyenda:
- Imperio persa en el 493 a.C.
- Estados vasallos de Persia
- Estados aliados contra Persia
- Estados neutrales
- Itinerario del ejército persa en el 490 a.C.
- Itinerario de la flota persa en el 480 a.C.
- Itinerario de la flota persa en el 490 a.C.
- Revuelta jonia
- Principales batallas

MAR MEDITERRÁNEO

PROPÓNTIDE

Sardes 498
Puente sobre el Helesponto
Elea
Éfeso 498
Micale 479
Mileto 494
Halicarnaso
Rodas
Samos
Quíos 493
Lesbos
Tasos
Abdera
Lemnos
Potidea
Pela
MACEDONIA
Larisa
Artemisio 480
Calcis
Tebas
Maratón 490
Atenas
ÁTICA
Delfos
BEOCIA
Termópilas 480
Platea 479
Salamina 480
Argos
Esparta
LACEDEMONIA
MESENIA
Olimpia
Dodona
EPIRO
Citerea
Naxos 499
Paros
CÍCLADAS
Creta
MAR DE CRETA
MAR EGEO
MAR JÓNICO

Antecedentes y desarrollo de las guerras médicas.

HISTORIA

HERÓDOTO

LIBRO PRIMERO
CLÍO

Clío: la Historia

Proemio

Antecedentes de los enfrentamientos entre griegos y persas (1-5)

Rapto de Ío, Europa, Medea y Helena y expedición de los griegos contra Troya (1-5).

Historia de Creso, rey de Lidia (6-94)

El imperio de los Heraclidas pasa a manos de Giges (7-14). Su descendencia (15-25). Guerra contra Mileto (17-22). Fábula de Arión y el delfín (23-24). Creso y Solón (29-33). Consulta a los oráculos sobre la guerra de Persia (46-55). Creso y Grecia (56-70). Atenas y el tirano Pisístrato (59-64). Esparta y las leyes de Licurgo (65). Creso se alía con Esparta (69-70). Creso cruza el río Halis y ataca Persia (71-78). Ciro sitia y toma Sardes (77-84). Creso, prisionero de los persas, se libra de morir en la pira (85-92). Respuesta del oráculo a sus increpaciones. Costumbres, historia y monumentos de los lidios (93-94).

Historia de Ciro, rey de los persas (95-216)

Origen del imperio de los medos (96-101). Sus ancestros: Deyoces sube al poder; Fraortes (102), Ciaxares (103-106). Nacimiento, abandono e infancia de Ciro (107-122). Reconocimiento y venganza contra Astiages (123-130). Leyes y costumbres de los persas (131-140). Guerra de Ciro contra los jonios, historia de estos y preparativos para resistirle (141-148). Sublevación de los lidios contra Ciro (151-161). Derrota y conquista de los jonios y otros pueblos de Grecia por Harpago (162-171). Ciro somete Asiria: descripción de Babilonia (178-183). Las reinas Semíramis y Nitocris (184-187). Conquista de Babilonia (188-191). Costumbres de los babilonios (192-200). Enfrentamiento con la reina Tomiris y muerte de Ciro en su expedición contra los maságetas (201-214). Sueño de Ciro (209-210). Costumbres de los maságetas (215-216).

La exposición que Heródoto de Halicarnaso va a presentar de su investigación[13] se dirige principalmente a que no llegue a desvanecerse con el tiempo la memoria de los hechos de los hombres, ni menos a oscurecer las grandes y maravillosas hazañas, tanto de los griegos como de los bárbaros[14]. Con este objeto refiere una infinidad de sucesos varios e interesantes, y expone con esmero las causas y motivos de las guerras que se hicieron mutuamente los unos a los otros.

---

[13] Este es el significado de la palabra *historíe*, de donde deriva el nombre de la disciplina de la «Historia».
[14] Es decir, los pueblos que no hablan griego, independientemente de su grado de desarrollo y sofistificación.

Antecedentes de los enfrentamientos entre griegos y persas

1. La gente más culta de Persia y mejor instruida pretende que los fenicios fueron los autores primitivos de todas las discordias que se suscitaron entre los griegos y las demás naciones. Habiendo aquellos venido del mar Eritreo[15] al nuestro, se establecieron en la misma región que hoy ocupan, y se dieron desde luego al comercio en sus largas navegaciones. Cargadas sus naves de géneros propios de Egipto y de Asiria, uno de los muchos y diferentes lugares donde aportaron traficando fue la ciudad de Argos, la principal y más sobresaliente de todas las que tenía entonces aquella región que ahora llamamos Grecia.

Los comerciantes fenicios, desembarcando sus mercancías, las expusieron con orden a la venta. Entre las mujeres que en gran número corrieron a la playa, fue una la joven Ío[16], hija de Ínaco, rey de Argos, a la cual dan los persas el mismo nombre que los griegos. Al quinto o sexto día de la llegada de los extranjeros, despachada la mayor parte de los géneros y hallándose las mujeres cercanas a la popa, después de haber comprado cada una lo que más excitaba sus deseos, concibieron y ejecutaron los fenicios el pensamiento de raptarlas. En efecto, exhortándose unos a otros, arremetieron contra todas ellas, y si bien la mayor parte se les pudo escapar, no cupo esta suerte a la princesa, que, arrebatada con otras, fue metida en la nave y llevada a Egipto, para donde se hicieron luego a la vela.

2. Así dicen los persas que Ío fue conducida a Egipto, no como nos lo cuentan los griegos, y que este fue el principio de las agresiones públicas entre asiáticos y europeos, pero después de que ciertos griegos (serían posiblemente los cretenses, puesto que no saben decirnos su nombre), habiendo sitiado a Tiro en las costas de Fenicia, arrebataron a aquel príncipe una hija, por nombre Europa[17], pagando a los fenicios la afrenta recibida con otra equivalente.

---

[15] Literalmente significa «mar Rojo», que comprende el mar Rojo actual, pero también el golfo Pérsico y el océano Índico.

[16] Amada por Zeus, el dios la convirtió en vaca para evitar los celos de Hera, quien le envió un tábano que la atormentaba. Ío recorrió Grecia y cruzó a Asia por el Bósforo, que precisamente significa «Paso de la Vaca». Finalmente recaló en Egipto. Heródoto, pues, alega en este pasaje una causa «racional» para la llegada de Ío a Egipto.

[17] Zeus, convertido en toro, habría llevado a Europa desde las costas fenicias hasta las playas de Creta, donde habría dado a luz a su mítico rey Minos.

Añaden también que no satisfechos los griegos con este desafuero, cometieron algunos años después otro semejante; porque, habiendo navegado en una nave larga[18] hasta el río Fasis, llegaron a Eea en la Cólquide, donde después de haber conseguido el objeto principal de su viaje, robaron al rey de colcos una hija, llamada Medea. Su padre, por medio de un heraldo que envió a Grecia, pidió, juntamente con la satisfacción del rapto, que le fuese restituida su hija; pero los griegos contestaron que ya que los asiáticos no se la dieron antes por el robo de Ío, tampoco la darían ellos por el de Medea.

3. Refieren además que en la segunda edad que siguió a estos agravios, fue cometido otro igual por Alejandro[19], uno de los hijos de Príamo. La fama de los raptos anteriores, que habían quedado impunes, inspiró a aquel joven el capricho de poseer también alguna mujer ilustre robada de la Grecia, creyendo sin duda que no tendría que dar por esta injuria la menor satisfacción. En efecto, robó a Helena, y los griegos acordaron enviar luego embajadores a pedir su restitución y que se les pagase la pena del rapto. Los embajadores declararon la comisión que traían y se les dio por respuesta, echándoles en cara el robo de Medea, que era muy extraño que no habiendo los griegos por su parte satisfecho la injuria anterior, ni restituido la presa, se atreviesen a pretender de nadie la debida satisfacción para sí mismos.

4. Hasta aquí, pues, según los persas, no hubo más hostilidades que las de estos raptos mutuos, siendo los griegos los que tuvieron la culpa de que en lo sucesivo se encendiese la discordia, por haber empezado sus expediciones contra Asia primero que pensasen los persas en hacerlas contra Europa. En su opinión, esto de raptar a las mujeres es a la verdad una cosa que repugna a las reglas de la justicia; pero también es poco conforme a la cultura y civilización el tomar con tanto empeño la venganza por ellas, y por el contrario, el no hacer ningún caso de las arrebatadas, es propio de gente cuerda y política, porque bien claro está que si ellas no lo quisiesen de veras nunca hubieran sido robadas.

---

[18] En concreto, la mítica nave *Argo*, la nave de los argonautas, cuya expedición es la que aquí se alude.

[19] Es decir, Paris, cuyo rapto de Helena propició la guerra de Troya.

Por esta razón, añaden los persas, los pueblos de Asia miraron siempre con mucha frialdad estos raptos femeninos, muy al revés de los griegos, quienes por una mujer lacedemonia juntaron un ejército numerosísimo, y pasando a Asia destruyeron el reino de Príamo; época fatal del odio con que miraron ellos después por enemigo perpetuo al nombre griego. Lo que no tiene duda es que a Asia y a las naciones bárbaras que la pueblan, las miran los persas como cosa propia, reputando a toda Europa, y con mucha particularidad a Grecia, como una región separada de su dominio.

5. Así pasaron las cosas, según refieren los persas, los cuales están persuadidos de que el origen del odio y enemistad para con los griegos les vino de la toma de Troya. Mas por lo que hace al robo de Ío, no están de acuerdo con ellos los fenicios, porque estos niegan haberla conducido a Egipto por vía de rapto, y antes bien pretenden que la joven griega, de resultas de un trato demasiado familiar con el patrón de la nave, como se viese con el tiempo próxima a ser madre, por el rubor que tuvo de revelar a sus padres su debilidad, prefirió voluntariamente partir con los fenicios, a fin de evitar de este modo su pública deshonra.

Sea de esto lo que se quiera, así nos lo cuentan al menos los persas y fenicios, y no me meteré yo a decidir entre ellos, inquiriendo si la cosa pasó de este o de otro modo. Lo que sí haré, puesto que según noticias he indicado ya quién fue el primero que injurió a los griegos, será llevar adelante mi historia, y discurrir del mismo modo por los sucesos de los estados grandes y pequeños, visto que muchos, que antiguamente fueron grandes, han venido después a ser bien pequeños, y que, al contrario, fueron antes pequeños los que se han elevado en nuestros días a la mayor grandeza. Persuadido, pues, de la inestabilidad del poder humano, y de que las cosas de los hombres nunca permanecen constantes en el mismo ser, próspero ni adverso, haré, como digo, mención igualmente de unos estados y de otros, grandes y pequeños.

Historia de Creso, rey de Lidia

6. Creso, de origen lidio e hijo de Aliates, fue tirano[20] de aquellas gentes que habitan de esta parte del Halis, que es un río que, corrien-

---

[20] En origen el término «tirano» (cuyo origen parece ser precisamente lidio) no tiene el sentido peyorativo que acabará adquiriendo en las lenguas modernas. Sinónimo

do de mediodía a norte y pasando por entre los sirios y paflagonios, va a desembocar en el Ponto que llaman Euxino[21]. Este Creso fue, a lo que yo alcanzo, el primero entre los bárbaros que conquistó algunos pueblos de los griegos, haciéndolos sus tributarios, y el primero también que se ganó a otros de la misma nación y los tuvo por amigos. Conquistó a los jonios, a los eolios y a los dorios de Asia Menor, y se ganó por amigos a los lacedemonios. Antes de su reinado, los griegos eran todos unos pueblos libres e independientes, puesto que la invasión que los cimerios hicieron anteriormente en Jonia fue tan solo una correría de puro pillaje, sin que se llegasen a apoderar de los puntos fortificados, ni a enseñorearse del país.

7. El imperio que antes era de los Heraclidas[22] pasó a la familia de Creso, descendiente de los Mérmnadas, del modo que voy a narrar. Candaules, hijo de Mirso, a quien por eso los griegos dan el nombre de Mírsilo, fue el último soberano de la familia de los Heraclidas que reinó en Sardes, habiendo sido el primero Agrón, hijo de Nino, nieto de Belo y biznieto de Alceo, el hijo de Heracles.

Los que reinaban en el país antes de Agrón eran descendientes de Lido, el hijo de Atis; y por esta causa todo aquel pueblo que primero se llamaba meonio, vino después a llamarse lidio. El que los Heraclidas, descendientes de Heracles y de una esclava de Yárdano, se quedasen con el mando que habían recibido del último sucesor de los descendientes de Lido, no fue sino en virtud y por orden de un oráculo. Los Heraclidas reinaron en aquel pueblo por espacio de quinientos cinco años, con la sucesión de veintidós generaciones, tiempo en que fue siempre pasando la corona de padres a hijos, hasta que por último se ciñeron con ella las sienes de Candaules.

---

en principio de «rey», los griegos empleaban el término para designar a aquellos gobernantes que habían establecido un férreo poder personal en algunas destacadas polis griegas.
[21] El mar Negro: los persas llamaban a este mar *axsaena* («oscuro»), palabra que los griegos asociaron fonéticamente al adjetivo que significa «inhóspito», denominándolo primero *póntos áxeinos* y posteriormente *eúxeinos*, es decir, «acogedor».
[22] Los «Descendientes de Heracles» o más bien del dios solar llamado Sandón que los griegos asimilaban a su héroe. Entre ellos están los fundadores míticos de Nínive y Babilonia (Nino y Belo).

8. Este monarca perdió la corona y la vida por un capricho singular. Enamorado sobremanera de su esposa, y creyendo poseer la mujer más hermosa del mundo, tomó una resolución harto impertinente. Tenía entre sus guardias un privado de toda su confianza llamado Giges, hijo de Dascilo, con quien solía comentar los negocios más serios de Estado. Un día, intencionadamente, se puso a encarecerle y levantar hasta las estrellas la belleza de su mujer, y no pasó mucho tiempo sin que el apasionado Candaules (como que estaba decretada por el cielo su fatal ruina) hablase otra vez a Giges en estos términos: «Veo, amigo, que por más que te lo pondero, no quedas bien persuadido de cuán hermosa es mi mujer, y conozco que entre los hombres se da menos crédito a los oídos que a los ojos. Pues bien, yo haré de modo que ella se presente a tu vista con todas sus gracias al desnudo».

Al oír esto Giges exclamó lleno de sorpresa: «¿Qué propuesta, señor, es esta tan poco cuerda y tan desacertada? ¿Me mandaréis por ventura que ponga los ojos en mi soberana? No, señor; que la mujer que se despoja una vez de su vestido, se despoja con él de su recato y de su honor. Y bien sabéis que entre las leyes que introdujo el decoro público y por las cuales nos debemos conducir, hay una que prescribe que, contento cada uno con lo suyo, no ponga los ojos en lo ajeno. Creo firmemente que la reina es tan perfecta como me la pintáis, la más hermosa del mundo; y yo os pido encarecidamente que no exijáis de mí una cosa tan fuera de razón».

9. Con tales expresiones se resistía Giges, horrorizado de las consecuencias que el asunto pudiera tener; pero Candaules le replicó así: «Anímate, amigo, y de nadie tengas recelo. No imagines que yo trate de probar tu fidelidad y buena correspondencia, ni tampoco temas que mi mujer pueda causarte daño alguno, porque yo lo dispondré todo de manera que ni sospeche haber sido vista por ti. Yo mismo te llevaré al cuarto en que dormimos, te ocultaré detrás de la puerta que estará abierta. No tardará mi mujer en venir a desnudarse, y en una gran silla, que hay inmediata a la puerta, irá poniendo uno por uno sus vestidos, dándote entretanto lugar para que la mires muy despacio y con toda satisfacción. Después de que ella desde su asiento, volviéndote las espaldas, se venga conmigo a la cama, podrás tú escaparte silenciosamente y sin que te vea salir».

10. Viendo, pues, Giges que ya no podía huir de su propósito, se mostró pronto a obedecer. Cuando Candaules juzga que ya es hora de irse a dormir, lleva consigo a Giges a su mismo cuarto, y pronto comparece la reina. Giges, al tiempo que ella entra y cuando va dejando después despaciosamente sus vestidos, la contempla y la admira, hasta que vueltas las espaldas se dirige hacia la cama. Entonces sale fuera, pero no tan a escondidas que ella no le vea. Entendiendo lo ejecutado por su marido, reprime la voz sin mostrarse avergonzada, y hace como que no repara en ello; pero decide desde ese mismo momento vengarse de Candaules, porque no solamente entre los lidios, sino entre casi todos los bárbaros, se tiene por grande infamia el que un hombre se deje ver desnudo, cuanto más una mujer.

11. Entretanto, pues, sin darse por enterada, estuvo toda la noche quieta y sosegada; pero al amanecer del otro día, previniendo a ciertos criados, que sabía eran los más leales y adictos a su persona, hizo llamar a Giges, el cual vino inmediatamente sin la menor sospecha de que la reina hubiese descubierto nada de cuanto la noche anterior había pasado, porque bien a menudo solía presentarse siendo llamado de orden suya. Luego que llegó, le habló de esta manera: «No hay remedio, Giges; es preciso que escojas entre los dos partidos que voy a proponerte, el que más quieras seguir. Una de dos: o me has de tomar por mujer, y apoderarte del imperio de los lidios, dando muerte a Candaules, o será preciso que aquí mismo mueras al momento, no sea que en lo sucesivo le obedezcas ciegamente y vuelvas a contemplar lo que no te es lícito ver. No hay más alternativa que esta; es forzoso que muera quien tal ordenó, o aquel que, violando la majestad y el decoro, puso en mí los ojos estando desnuda».

Atónito, Giges estuvo largo rato sin responder, y luego le suplicó del modo más enérgico que no quisiese obligarle por la fuerza a escoger ninguno de los dos extremos. Pero viendo que era imposible disuadirla, y que se hallaba realmente en el terrible trance, o de dar la muerte por su mano a su señor, o de recibirla él mismo de mano servil, quiso más matar que morir, y le preguntó de nuevo: «Decidme, señora, ya que me obligáis contra toda mi voluntad a dar la muerte a vuestro esposo, ¿cómo podremos matarle?». «¿Cómo? —le responde ella—. En el mismo sitio que me exhibió desnuda ante tus ojos; allí quiero que le sorprendas dormido».

12. Concertados así los dos y llegando la noche, Giges, a quien durante el día no se le perdió nunca de vista, ni se le dio lugar para salir de aquel apuro, obligado sin remedio a matar a Candaules o morir, sigue tras la reina, que le conduce a su aposento, le pone la daga en la mano, y le oculta detrás de la puerta. Saliendo de allí Giges, acomete y mata a Candaules dormido; con lo cual se apodera de su mujer y del reino juntamente[23]: suceso del que Arquíloco de Paros, poeta contemporáneo, hizo mención en sus trímetros yámbicos.

13. Apoderado así Giges del reino, fue confirmado en su posesión por el oráculo de Delfos. Porque como los lidios, haciendo grandísimo duelo del suceso trágico de Candaules, tomaron las armas para vengarle, se juntaron con ellos en un encuentro los partidarios de Giges, y quedó convenido que si el oráculo declaraba que Giges fuese rey de los lidios, reinase en hora buena, pero si no, que se restituyese el mando a los Heraclidas. El oráculo otorgó a Giges el reino, en el cual se consolidó pacíficamente, si bien no dejó la Pitia[24] de añadir que se reservaba a los Heraclidas su satisfacción y venganza, la cual alcanzaría al quinto descendiente de Giges; vaticinio de que ni los lidios ni los mismos reyes después hicieron caso alguno, hasta que con el tiempo se viera realizado.

14. De esta manera, vuelvo a decir, tuvieron los Mérmnadas el cetro que quitaron a los Heraclidas. El nuevo soberano se mostró generoso en los regalos que envió a Delfos; pues fueron muchísimas ofrendas de plata, que consagró en aquel templo con otras de oro, entre las cuales merecen particular atención y memoria seis cráteras de oro macizo del peso de treinta talentos[25], que se conservan todavía en el tesoro[26] de los corintios.

---

[23] Existen otras versiones sobre el ascenso de Giges al poder, como la que ofrece Platón en *República* 2.359d-360c, según la cual Giges habría seducido a la reina con la ayuda de un anillo que lo volvía invisible.

[24] Nombre de la sacerdotisa que trasladaba los mensajes del dios Apolo en su santuario oracular de Delfos: el séptimo día de cada mes, a excepción de los tres que Apolo pasaba en el lejano país de los hiperbóreos, la Pitia, velada con un paño de color púrpura, pronunciaba sus respuestas.

[25] Unidad de peso equivalente a 26 kg.

[26] El tesoro es una construcción con forma de templo que las distintas ciudades griegas edificaban en los santuarios para depositar sus ofrendas.

De todos los bárbaros, que yo sepa, fue Giges el primero que después de Midas, rey de Frigia e hijo de Gordias, dedicó sus ofrendas en el templo de Delfos, habiendo Midas ofrecido antes allí mismo su trono real (pieza verdaderamente bella y digna de ser vista), donde sentado juzgaba en público las causas de sus vasallos, el cual se muestra todavía en el mismo lugar en que están las cráteras de Giges. Todo este oro y plata que ofreció el rey de Lidia es conocido bajo el nombre de las ofrendas «gigadas», aludiendo al de quien las regaló. Apoderado del mando este monarca, hizo una expedición contra Mileto, otra contra Esmirna, y otra contra Colofón, cuya última plaza tomó a viva fuerza. Pero ya que en el largo espacio de treinta y ocho años que duró su reinado no se registró otra hazaña de valor, contentos nosotros con lo que llevamos referido, le dejaremos aquí.

15. Su hijo y sucesor Ardis rindió con las armas Priene, y pasó con sus tropas contra Mileto. Durante su reinado, los cimerios, viéndose arrojar de sus asentamientos por los escitas nómadas, pasaron a Asia Menor, y rindieron con las armas a la ciudad de Sardes, si bien no llegaron a tomar la acrópolis.

16. Después de haber reinado Ardis cuarenta y nueve años, tomó el mando su hijo Sadiates, que lo disfrutó doce, y lo dejó a Aliates. Este hizo la guerra a Ciaxares, uno de los descendientes de Deyoces, y al mismo tiempo a los medos: echó de Asia Menor a los cimerios, tomó Esmirna, colonia de Colofón, y llevó sus armas contra la ciudad de Clazómenas; expedición de la que no salió como quiso, pues tuvo que retirarse con mucha pérdida y descalabro.

17. Sin embargo, nos dejó en su reinado otras hazañas bien dignas de su memoria; porque llevan do adelante la guerra que su padre emprendiera contra los de Mileto, tuvo sitiada la ciudad de un modo particularmente nuevo. Esperaba que tuviesen ya adelantados los frutos en los campos, y entonces hacía marchar su ejército al son de trompetas y flautas de tonos graves y agudos. Llegando al territorio de Mileto, no derribaba los caseríos, ni los quemaba, ni tampoco mandaba quitar las puertas y ventanas. Sus hostilidades únicamente consistían en talar los árboles y las mieses, hecho lo cual se retiraba, porque veía claramente que siendo los milesios dueños del mar, sería tiempo perdido el que emplease en bloquearlos por tierra con sus tropas. Su objeto en perdonar a los caseríos no era otro sino hacer

que los milesios, conservando en ellos donde guarecerse, no dejasen de cultivar los campos, y con esto él pudiese coger nuevamente sus frutos.

18. Once años habían durado las hostilidades contra Mileto; seis en tiempo de Sadiates, motor de la guerra, y cinco en el reinado de Aliates, que llevó adelante la empresa con mucho tesón y empeño. Dos veces fueron derrotados los milesios, una en la batalla de Limeneo, lugar de su distrito, y otra en las llanuras del Meandro. Durante la guerra no recibieron auxilio de ninguna otra de las ciudades de la Jonia, sino de los de Quíos, que fueron los únicos que, agradecidos al socorro que habían recibido antes de los milesios en la guerra que tuvieron contra los eritreos, salieron ahora en su ayuda y defensa.

19. Venido el año duodécimo y ardiendo las mieses encendidas por el enemigo, se levantó de repente un recio viento que llevó la llama al templo de Atenea Asesia, el cual quedó en breve reducido a cenizas. Nadie hizo caso por de pronto de este suceso; pero vueltas las tropas a Sardes, cayó enfermo Aliates, y retardándose mucho su curación, resolvió enviar sus emisarios a Delfos, para consultar al oráculo sobre su enfermedad, ora fuese que alguno se lo aconsejase, ora que el mismo creyera conveniente consultar al dios acerca de su mal. Llegados los embajadores a Delfos, les dijo la Pitia que no tenían que esperar respuesta del oráculo, si primero no reedificaban el templo de Atenea que dejaron abrasar en Aseso, comarca de Mileto.

20. Yo sé que pasó de este modo la cosa, por haberla oído de boca de los delfios. Añaden los de Mileto que Periandro, hijo de Cípselo, huésped y amigo íntimo de Trasíbulo, que a la razón era señor de Mileto, tuvo la noticia de la respuesta que acababa de dar la sacerdotisa de Apolo, y por medio de un enviado dio parte de ella a Trasíbulo, para que informado, y valiéndose de la ocasión, viese la manera de tomar alguna medida.

21. Luego que Aliates tuvo noticia de lo acaecido en Delfos, despachó un rey de armas a Mileto, convidando a Trasíbulo y a los milesios con un armisticio por todo el tiempo que él emplease para levantar el templo abrasado. Entretanto, Trasíbulo, prevenido ya de antemano y asegurado de la resolución que quería tomar Aliates, mandó que recogido cuanto trigo había en la ciudad, así el público como el de los particulares, se llevase todo al mercado, y al mismo tiempo ordenó por un bando a los milesios que cuando él les diese la señal, al punto todos ellos, vestidos de gala, celebrasen sus festines y convites con mucho regocijo y algazara.

22. Todo esto lo hacía Trasíbulo con la mira de que el mensajero lidio, viendo por una parte los montones de trigo, y por otra la alegría del pueblo en sus fiestas y banquetes, diese cuenta de todo a Aliates cuando volviese a Sardes, después de cumplida su misión. Así sucedió efectivamente; y Aliates, que suponía a Mileto hundido en la mayor carestía y a los habitantes sumergidos en la última miseria, oyendo de boca de su mensajero todo lo contrario de lo que esperaba, tuvo por acertado concluir la paz con la sola condición de que fuesen las dos naciones amigas y aliadas. Aliates, por un templo quemado, edificó dos en Aseso a la diosa Atenea, y convaleció de su enfermedad. Este fue el curso y el éxito de la guerra que Aliates hizo a Trasíbulo y a los ciudadanos de Mileto.

23. A Periandro, de quien acabo de hacer mención, por haber dado a Trasíbulo el aviso acerca del oráculo, dicen, los corintios y en lo mismo convienen los de Lesbos, que siendo señor de Corintio, le sucedió la más rara y maravillosa aventura: quiero decir la de Arión, natural de Metimna, cuando fue llevado a Ténaro sobre las espaldas de un delfín. Este Arión era uno de los más famosos músicos citaristas de su tiempo, y el primer poeta ditirámbico de que se tenga noticia; pues, él fue quien inventó el ditirambo, y dándole este nombre lo divulgó en Corinto[27].

24. La cosa suele contarse así: Arión, habiendo vivido mucho tiempo en la corte al servicio de Periandro, quiso hacer un viaje a Italia y a Sicilia, como efectivamente lo ejecutó por mar; y después de haber juntado allí grandes riquezas, determinó volver a Corinto. Debiendo embarcarse en Tarento, fletó un barco corintio porque de nadie se fiaba tanto como de los hombres de aquella nación. Pero los marineros, estando en alta mar, acordaron echarle al agua, con el fin de apoderarse de sus tesoros. Arión vislumbra la trama, y les pide que se contenten con su fortuna, la cual les cederá muy gustoso con

---

[27] Arión es un semilegendario poeta lírico del siglo VII a. C. del que no nos ha llegado nada de su producción. El ditirambo es un canto coral en honor de Dioniso y sería el germen de la tragedia.

tal de que no le quiten la vida. Los marineros, sordos a sus ruegos, solamente le dieron a escoger entre matarse con sus propias manos, y así lograría ser sepultado después en tierra, o arrojarse inmediatamente al mar. Viéndose Arión reducido a tan estrecho apuro, les pidió por favor le permitieran ataviarse con sus mejores vestidos, y entonar antes de morir una canción sobre la cubierta de la nave, dándoles palabra de matarse por su misma mano luego de haberla concluido. Convinieron en ello los corintios, deseosos de disfrutar un buen rato oyendo cantar al músico más afamado de su tiempo; y con este fin dejaron todos la popa y se vinieron a oírle en medio del barco. Entonces el astuto Arión, adornado maravillosamente y puesto el pie sobre la cubierta con la cítara en la mano, cantó una composición melodiosa, llamada nomo ortio[28], y habiéndola concluido, se arrojó de repente al mar. Los marineros, dueños de sus despojos, continuaron su navegación a Corinto, mientras un delfín (según nos cuentan) tomó sobre sus espaldas al célebre cantor y lo condujo a salvo a Ténaro. Apenas puso Arión los pies en tierra, se fue directamente a Corinto, vestido con el mismo traje, y refirió lo que acababa de suceder.

Periandro, que no daba entero crédito al cuento de Arión, aseguró su persona y le tuvo custodiado hasta la llegada de los marineros. Cuando estos llegaron, los hizo comparecer delante de sí, y les preguntó si sabrían darle alguna noticia de Arión. Ellos respondieron que se hallaba perfectamente en Italia, y que le habían dejado sano y bueno en Tarento. Al decir esto, de repente comparece ante ellos Arión, con los mismos adornos con que se había precipitado al mar; por lo que, aturdidos, no acertaron a negar el hecho y quedó demostrada su maldad. Esto es lo que refieren los corintios y lesbios; y en Ténaro hay una estatua de bronce, no muy grande, en la cual es representado Arión bajo la figura de un hombre montado en un delfín.

25. Volviendo a la historia, diré que Aliates dio fin con su muerte a un reinado de cincuenta y seis años, y que fue el segundo de su familia que contribuyó a enriquecer el templo de Delfos; pues en acción de gracias por haber salido de su enfermedad, consagró un

---

[28] Himno dedicado a Apolo.

vaso de plata con su vasera de hierro colado, obra de Glauco, natural de Quíos (el primero que inventó la soldadura de hierro), y la ofrenda más vistosa de cuantas hay en Delfos.

26. Muerto Aliates, entró a reinar su hijo Creso, a la edad de treinta y un años; tomando las armas, acometió a los de Éfeso, y sucesivamente a los demás griegos. Entonces fue cuando los efesios, viéndose por él sitiados, consagraron su ciudad a Ártemis, atando desde su templo una soga que llegase hasta la muralla, siendo la distancia de unos siete estadios[29], pues a la sazón la ciudad vieja, que fue la sitiada, distaba tanto del templo. El monarca lidio hizo después la guerra por su turno a los jonios y a los eolios, valiéndose de diferentes pretextos, algunos bien frívolos, y aprovechando todas las ocasiones de engrandecerse.

27. Conquistados ya los griegos del continente de Asia y obligados a pagarle tributo, formó de nuevo el proyecto de construir una escuadra y atacar a los isleños, sus vecinos. Tenía ya todos los materiales a punto para dar principio a la construcción, cuando llegó a Sardes Biante de Priene, según dicen algunos, o según otros, Pítaco de Mitilene[30]. Preguntado por Creso si en Grecia había algo de nuevo, respondió que los isleños reclutaban hasta diez mil caballos, resueltos a emprender una expedición contra Sardes. Creyendo Creso que se le decía la verdad sin disfraz alguno: «¡Ojalá —exclamó— que los dioses inspirasen a los isleños el pensamiento de hacer una correría contra mis lidios, superiores por su genio y destreza a cuantos manejan caballos!». «Bien se echa de ver, señor —replicó el sabio— el vivo deseo que os anima de pelear a caballo contra los isleños en tierra firme, y en eso tenéis mucha razón. Pues ¿qué otra cosa pensáis vos que desean los isleños, oyendo que vais a construir esas naves, sino poder atrapar a los lidios en alta mar, y vengar así los agravios que estáis haciendo a los griegos del continente, tratándoles como vasallos y aun como esclavos?». Dicen que el apólogo de aquel sabio pareció a Creso muy ingenioso y cayéndole mucho en gracia

---

[29] El estadio ateniense equivale a 177 metros.
[30] Dos de los famosos siete sabios de Grecia, entre los que se incluye Solón, que se menciona más adelante.

la ficción, tomó el consejo de suspender la fábrica de sus naves y de concluir con los jonios de las islas un tratado de amistad.

28. Todas las naciones que moran más acá del río Halis fueron conquistadas por Creso y sometidas a su gobierno, a excepción de los cilicios y de los licios. Su imperio se componía, por consiguiente, de los lidios, frigios, misios, mariandinos, cálibes, paflagonios, tracios tinios y bitinios; como también de los carios, jonios, eolios y panfilios.

29. Como la corte de Sardes se hallase después de tantas conquistas en la mayor opulencia y esplendor, todos los varones sabios que a la sazón vivían en Grecia emprendieron sus viajes para visitarla en el tiempo que más convenía a cada uno. Entre todos ellos el más célebre fue el ateniense Solón[31]; el cual, después de haber compuesto un código de leyes por orden de sus ciudadanos, so pretexto de navegar y recorrer diversos países, se ausentó de su patria por diez años; pero en realidad fue por no tener que derogar ninguna ley de las que dejaba establecidas, puesto que los atenienses, obligados con los más solemnes juramentos a la observancia de todas las que les había dado Solón, no se consideraban en estado de poder revocar ninguna por sí mismos.

30. Estos motivos y el deseo de contemplar y ver mundo, hicieron que Solón partiese de su patria y fuese a visitar al rey Amasis en Egipto, y al rey Creso en Sardes. Este último le hospedó en su palacio, y al tercer o cuarto día de su llegada dio orden a los cortesanos para que mostrasen al nuevo huésped todas las riquezas y preciosidades que contenía su tesoro. Luego que hubo visto todo, observándolo prolijamente, le dirigió Creso este discurso: «Ateniense, a quien de veras aprecio, y cuyo nombre ilustre tengo bien conocido por la fama de tu sabiduría y ciencia política, y por lo mucho que has visto y observado con la mayor diligencia, respóndeme, caro Solón, a la pregunta que voy a dirigirte: Entre tantos hombres, ¿has visto alguno hasta ahora completamente dichoso?». Creso hacía esta pregunta

---

[31] Legislador ateniense que hacia el 594 a. C. introdujo en Atenas las reformas legales que permitieron que los ciudadanos más pobres pudieran intervenir en los asuntos de la ciudad, lo que constituyó el primer paso hacia la democracia.

porque se creía el más afortunado del mundo. Pero Solón, enemigo de la lisonja, y que solamente conocía el lenguaje de la verdad, le respondió: «Sí, señor; he visto a un hombre feliz: Telo el ateniense». Admirado el rey, vuelve a insistir: «¿Y por qué motivos juzgas a Telo el más venturoso de todos?». «Por dos razones, señor —le responde Solón—; la una, porque floreciente su patria, vio prosperar a sus hijos, todos hombres de bien, y crecer a sus nietos en medio de la más risueña perspectiva; y la otra, porque gozando en el mundo de una dicha envidiable, le cupo la muerte más gloriosa, cuando en la batalla de Eleusis, que dieron los atenienses contra los fronterizos, ayudando a los suyos y poniendo en fuga a los enemigos, murió en el lecho del honor con las armas victoriosas en la mano, mereciendo que la patria le distinguiese con una sepultura pública en el mismo sitio en que había muerto».

31. Excitada la curiosidad de Creso por este discurso de Solón, le preguntó nuevamente a quién consideraba después de Telo el segundo entre los felices, no dudando que al menos este lugar le sería adjudicado. Pero Solón le respondió: «A dos argivos, llamados Cleobis y Bitón. Ambos gozaban en su patria unos decentes medios de vida, y eran además hombres robustos y valientes, que habían obtenido coronas en los juegos y fiestas públicas de los atletas. También se refiere de ellos que, como en una fiesta que los argivos hacían a Hera fuese ceremonia legítima el que su madre hubiese de ser llevada al templo en un carro tirado por bueyes, y como estos no hubiesen llegado del campo a la hora precisa, los dos jóvenes, no pudiendo esperar más, pusieron sus cuellos debajo del yugo, y arrastraron el carro en que su madre venía sentada, por espacio de cuarenta y cinco estadios, hasta que llegaron al templo[32]. Habiendo dado al público que a la fiesta concurría este tierno espectáculo, les sobrevino el término de su carrera del modo más apetecible y más digno de envidia; queriendo mostrar en ellos la divinidad que a los hombres a veces les conviene más morir que vivir. Porque como los ciudadanos de Argos, rodeando a los dos jóvenes celebrasen encarecidamente su resolución, y las

---

[32] Por Plutarco sabemos que la madre de Cleobis y Bitón era la sacerdotisa de la diosa. La distancia recorrida fue de 8 kilómetros aproximadamente.

ciudadanas llamasen dichosa a la madre que les había dado el ser, ella muy complacida por aquel ejemplo de piedad filial, y muy ufana con los aplausos, pidió a la diosa Juno delante de su estatua que se dignase conceder a sus hijos Cleobis y Bitón, en premio de haberla honrado tanto, la mayor gracia que ningún mortal hubiese jamás recibido. Hecha esta súplica, asistieron los dos al sacrificio y al espléndido banquete, y después se fueron a dormir en el mismo lugar sagrado, donde les cogió un sueño tan profundo que nunca más despertaron de él. Los argivos honraron su memoria y dedicaron sus retratos en Delfos, considerándolos como a unos varones esclarecidos».

32. A estos daba Solón el segundo lugar entre los felices; oyendo lo cual Creso, exclamó conmovido: «¿Conque apreciáis en tan poco, amigo ateniense, la prosperidad que disfruto, que ni siquiera me contáis por feliz al lado de esos hombres vulgares?». «¿Y a mí —replicó Solón— me hacéis esa pregunta; a mí, que sé muy bien cuán envidiosa es la fortuna, y cuán amiga es de trastornar a los hombres? Al cabo de largo tiempo puede suceder fácilmente que uno vea lo que no quisiera, y sufra lo que no temía.

»Supongamos setenta años el término de la vida humana. La suma de sus días será de veinticinco mil doscientos, sin entrar en ella ningún mes intercalar. Pero si uno quiere añadir un mes cada dos años, con la mira de que las estaciones vengan a su debido tiempo, resultarán treinta y cinco meses intercalares, y por ellos mil cincuenta días más. Pues en todos estos días de que constan los setenta años y que ascienden al número de veintiséis mil doscientos cincuenta, no se hallará uno solo que por la identidad de sucesos sea enteramente parecido al otro. La vida del hombre, ¡oh Creso!, es una serie de calamidades. En el día sois un monarca poderoso y rico, a quien obedecen muchos pueblos; pero no me atrevo a daros aún ese nombre que ambicionáis, hasta que no sepa cómo habéis terminado el curso de vuestra vida. Un hombre por ser muy rico no es más feliz que otro que solo cuenta con la subsistencia diaria, si la fortuna no le concede disfrutar hasta el fin de su primera dicha. ¿Y cuántos infelices vemos entre los hombres opulentos, al paso que muchos con un moderado patrimonio gozan de la felicidad?

»El que siendo muy rico es feliz, en dos cosas aventaja solamente al que es feliz, pero no rico. Puede, en primer lugar, satisfacer todos sus antojos; y en segundo, tiene recursos para hacer frente a los contratiempos. Pero el otro le aventaja en muchas cosas; pues además de que su fortuna le preserva de aquellos males, disfruta de buena salud, no sabe qué son trabajos, tiene hijos honrados en quienes se goza y se halla dotado de una hermosa presencia. Si a esto se añade que termine bien su carrera, ved aquí el hombre feliz que buscáis; pero antes que uno llegue al fin, conviene suspender el juicio y no llamarle feliz. Désele entre tanto, si se quiere, el nombre de afortunado.

»Pero es imposible que ningún mortal reúna todos estos bienes; porque así como ningún país produce cuanto necesita, abundando de unas cosas y careciendo de otras, y teniéndose por mejor aquel que da más de su cosecha, del mismo modo no hay hombre alguno que de todo lo bueno se halle provisto; y cualquiera que constantemente hubiese reunido mayor parte de aquellos bienes, si después lograre una muerte plácida y agradable, este, señor, es para mí quien merece con justicia el nombre de dichoso. En suma, es menester contar siempre con el fin; pues hemos visto frecuentemente desmoronarse la fortuna de los hombres a quienes la divinidad había ensalzado».

33. Este discurso, sin mezcla de adulación ni de cortesanos miramientos, desagradó a Creso, el cual despidió a Solón, teniéndole por un ignorante que, sin hacer caso de los bienes presentes, fijaba la felicidad en el término de las cosas.

34. Después de la partida de Solón, la venganza divina se dejó sentir sobre Creso, en castigo, a lo que parece, de su orgullo por haberse creído el más dichoso de los mortales. Durmiendo una noche le asaltó un sueño en que se le presentaron las desgracias que amenazaban a su hijo. De dos que tenía, el uno era sordomudo y lisiado; y el otro, llamado Atis[33], el más sobresaliente de los jóvenes de su edad. Este perecería traspasado por una punta de hierro si el sueño se verificaba. Cuando Creso despertó se puso lleno de horror a meditar sobre él, y después hizo casar a su hijo y no volvió a encargarle el mando de sus tropas, a pesar de que antes era el que solía conducir a los lidios

---

[33] El nombre nos remite inmediatamente al mito frigio que tiene como protagonista a Atis, amante de Cibeles, cuyo fin es similar al del Atis aquí presentado como hijo de Creso. Esta historia adapta, pues, el mito frigio.

al combate; ordenando además que cuantos dardos, lanzas y cuantas armas sirven para la guerra se retirasen de las habitaciones destinadas a los hombres y se llevasen a los cuartos de las mujeres, no fuese que permaneciendo allí colgados pudiese alguna caer sobre su hijo.

35. Mientras Creso disponía las bodas llegó a Sardes un frigio de sangre real, que había tenido la desgracia de ensangrentar sus manos con un homicidio involuntario. Puesto en la presencia del rey, le pidió se dignase purificarle de aquella mancha, lo que ejecutó Creso según los ritos del país, que en esta clase de expansiones son muy parecidos a los de Grecia. Concluida la ceremonia y deseoso de saber quién era y de dónde venía, le habló así: «¿Quién eres, desgraciado?, ¿de qué parte de Frigia vienes?, y ¿a qué hombre o mujer has quitado la vida?». «Soy —respondió el extranjero— hijo de Gordias y nieto de Midas: me llamo Adrasto; maté sin querer a un hermano mío, y arrojado de la casa paterna, falto de todo auxilio, vengo a refugiarme en la vuestra». «Bien venido seas —le dijo Creso—, pues eres de una familia amiga, y aquí nada te faltará. Sufre la calamidad con buen ánimo, y te será más llevadera». Adrasto se quedó hospedado en el palacio de Creso.

36. Por el mismo tiempo un jabalí enorme del monte Olimpo devastaba los campos de los misios; los cuales, tratando de perseguirle en vez de causarle daño, lo recibían de él nuevamente. Por último, enviaron sus emisarios a Creso, rogándole que les diese al príncipe, su hijo, con algunos muchachos escogidos y perros de caza para matar aquella fiera. Creso, renovando la memoria del sueño, les respondió: «Con mi hijo no contéis, porque es novio y no quiero distraerle de los cuidados que ahora le ocupan; os daré, sí, todos mis cazadores con sus perros, encargándoles hagan con vosotros los mayores esfuerzos para ahuyentar de vuestro país el formidable jabalí».

37. Poco satisfechos quedaron los misios con esta respuesta, cuando llegó el hijo de Creso, e informado de todo, habló a su padre en estos términos: «En otro tiempo, padre mío, la guerra y la caza me presentaban honrosas ocasiones donde acreditar mi valor; pero ahora me tenéis separado de ambos ejercicios, sin haber dado yo muestras de flojedad ni de cobardía. ¿Con qué cara me dejaré ver en la corte de aquí en adelante al ir y volver del foro y de las concurrencias públicas? ¿En qué concepto me tendrán los ciudadanos?

¿Qué pensará de mí la esposa con quien acabo de unir mi destino? Permitidme, pues, que asista a la caza proyectada, o decidme por qué razón no me conviene ir a ella».

38. «Yo, hijo mío —respondió Creso—, no he tomado estas medidas por haber visto en ti cobardía, ni otra cosa que pudiese desagradarme. Un sueño me anuncia que morirás en breve traspasado por una punta de hierro. Por esto aceleré tus bodas, y no te permito ahora ir a la caza por ver si logro, mientras viva, liberarte de aquel funesto presagio. No tengo más hijo que tú, pues el otro, sordomudo y lisiado, es como si no lo tuviera».

39. «Es justo —replicó el joven— que manifestéis vuestro temor, así como la custodia en que me habéis tenido después de un sueño tan aciago; mas, permitidme, señor, que os interprete la visión, ya que parece no la habéis comprendido. Si me amenaza una punta de hierro, ¿qué puedo temer de los dientes y garras de un jabalí? Y puesto que no vamos a lidiar con hombres, no pongáis obstáculo a mi marcha».

40. «Veo —dijo Creso— que me aventajas en la inteligencia de los sueños. Convencido de tus razones, mudo de dictamen y te doy permiso para que vayas de caza».

41. En seguida llamó a Adrasto, y le dijo: «No pretendo, amigo mío, echarte en cara tu desventura; bien sé que no eres ingrato. Te recuerdo solamente que me debes tu expiación, y que hospedado en mi palacio te preveo de cuanto necesitas. Ahora en cambio exijo de ti que te encargues de la custodia de mi hijo en esta cacería, no sea que en el camino salgan ladrones a dañaros. A ti, además, te conviene una expedición en que podrás acreditar el valor heredado de tus mayores y la fuerza de tu brazo».

42. «Nunca, señor —respondió Adrasto—, entraría de buen grado en esta que pudiendo llamarse partida de diversión desdice del miserable estado en que me veo, y por eso heme abstenido hasta de frecuentar la sociedad de los jóvenes afortunados; pero agradecido a vuestros beneficios, y debiendo corresponder a ellos, estoy pronto a ejecutar lo que me mandáis, y tened la seguridad que desempeñaré con todo esmero la custodia de vuestro hijo, para que torne sano y salvo a vuestra casa».

43. Dichas estas palabras, parten los jóvenes, acompañados de una tropa escogida y provista de perros de caza. Llegados al monte Olimpo, buscan la fiera, la levantan y rodean, y disparan contra ella una lluvia de dardos. En medio de la confusión, quiere la fortuna ciega que el huésped purificado por Creso de su homicidio, el desgraciado Adrasto, disparando un dardo contra el jabalí, en vez de dar en la fiera, dé en el hijo mismo de su bienhechor, en el príncipe infeliz que, traspasado con aquella punta, cumple muriendo la predicción del sueño de su padre. Al momento despachan un correo para Creso con la nueva de lo acaecido, el cual, llegado a Sardes, dale cuenta del choque y de la infausta muerte de su hijo.

44. Se turba Creso al oír la noticia, y se lamenta particularmente de que haya sido el matador de su hijo aquel cuyo homicidio había él expiado. En el arrebato de su dolor invoca al dios de la expiación, al de la hospitalidad, al que preside a las íntimas amistades, nombrando con estos títulos a Zeus, y poniéndolo por testigo de la paga atroz que recibe de aquel cuyas manos ensangrentadas ha purificado, a quien ha recibido como huésped bajo su mismo techo, y que escogido para compañero y custodio de su hijo, se había mostrado su mayor enemigo.

45. Después de estos lamentos llegan los lidios con el cadáver, y detrás el matador, el cual, puesto delante de Creso, le insta con las manos extendidas para que le sacrifique sobre el cuerpo de su hijo, renovando la memoria de su primera desventura, y diciendo que ya no debe vivir, después de haber dado muerte a su mismo expiador. Pero Creso, a pesar del sentimiento y del luto doméstico que le aflige, se compadece de Adrasto y le habla en estos términos: «Ya tengo, amigo, toda la venganza y desagravio que pudiera desear, en el hecho de ofrecerte a morir tú mismo. Pero, ¡ah!, no es tuya la culpa, sino del destino, y quizá de la deidad misma que me pronosticó en el sueño lo que había de suceder».

Creso hizo los funerales de su hijo con la pompa correspondiente; y el infeliz hijo de Gordias y nieto de Midas, el homicida involuntario de su hermano y del hijo de su expiador, el fugitivo Adrasto, cuando vio quieto y solitario el lugar del sepulcro, condenándose a sí mismo por el más desdichado de los hombres, se degolló sobre el túmulo con sus propias manos.

46. Creso, privado de su hijo, se cubrió de luto por dos años, al cabo de los cuales, reflexionando que el imperio de Astiages, hijo de Ciaxares, había sido destruido por Ciro[34], hijo de Cambises, y que el poder de los persas iba creciendo de día en día, suspendió su llanto y se puso a meditar sobre los medios de abatir la dominación persa, antes que llegara a la mayor grandeza. Con esta idea quiso hacer prueba de la verdad de los oráculos, tanto de la Grecia como de Libia, y despachó diferentes comisionados a Delfos, a Abas, lugar de la Fócide, y a Dodona, como también a los oráculos de Anfiarao y de Trofonio, y al que hay de los Bránquidas, en el territorio de Mileto. Estas fueron los oráculos que consultó en la Grecia, y asimismo envió sus emisarios al templo de Amón en Libia[35]. Su objeto era explorar lo que cada oráculo respondía, y si los hallaba conformes, consultarles después si emprendería la guerra contra los persas.

47. Antes de marchar dio a sus emisarios estas instrucciones: que llevasen bien la cuenta de los días, empezando desde el primero que saliesen de Sardes; que al centésimo consultasen el oráculo en estos términos: «¿En qué cosa se está ocupando en este momento el rey de los lidios, Creso, hijo de Aliates?», y que tomándolas por escrito, le trajesen la respuesta de cada oráculo. Nadie refiere lo que los demás oráculos respondieron; pero en Delfos, luego que los lidios entraron en el templo e hicieron la pregunta que se les había mandado, respondió la Pitia con estos versos:

> Sé del mar la medida, y de su arena
> El número contar. No hay sordo alguno
> A quien no entienda; y oigo al que no habla.
> Percibo la fragancia que despide
> La tortuga cocida en la vasija
> De bronce, con la carne de cordero,
> Teniendo bronce abajo, y bronce arriba.

---

[34] *Kurush* («Sol»), nombre que los griegos asociaron con la palabra *kýrios*, que en griego significaba «señor», «amo». Su historia ocupa la mitad de este primer libro.
[35] Los oráculos de Delfos y Abas estaban dedicados a Apolo, así como el de los Bránquidas, cuyo mítico fundador, Branco, fue amante de Apolo. Los de Dodona en Epiro y el osasis de Siwah en Libia pertenecían a Zeus (identificado con el Amón egipcio). Trofonio tenía su sede oracular en Lebadea (en Beocia) y Anfiarao poseía uno al norte del Ática y otro en Tebas.

48. Los lidios, tomando estos versos de la boca profética de la Pitia, los pusieron por escrito, y se volvieron con ellos a Sardes. Llegaban entre tanto las respuestas de los otros oráculos, ninguna de las cuales satisfizo a Creso. Pero cuando halló la de Delfos, la recibió con veneración, persuadido de que allí solo residía un verdadero numen, pues ningún otro sino él había dado con la verdad. El caso era que llegado el día prescrito a los emisarios para la consulta de los dioses ideó Creso una ocupación que fuese difícil de adivinar, y partiendo en varios pedazos una tortuga y un cordero, se puso a cocerlos en una vasija de bronce, tapándola con una cobertura del mismo metal.

49. Esta ocupación era conforme a la respuesta de Delfos. La que dio el oráculo de Anfiarao a los lidios que le consultaron sin faltar a ninguna de las ceremonias usadas en aquel templo, no puedo decir cuál fuera; y solo se refiere que por ella quedó persuadido Creso de que también aquel oráculo gozaba del don de la profecía.

50. Después de esto procuró Creso ganarse el favor de la deidad que reside en Delfos, a fuerza de grandes sacrificios, pues por una parte subieron hasta el número de tres mil las víctimas escogidas que allí ofreció, y por otra mandó levantar una gran pira de lechos dorados y plateados, de copas de oro, de vestidos y túnicas de púrpura, y después la pegó fuego; ordenando también a todos los lidios que cada uno se esmerase en sus sacrificios cuanto le fuera posible. Hecho esto, mandó derretir una gran cantidad de oro y fundir con ella unos como medios lingotes, de los cuales los más largos eran de seis palmos, y los más cortos de tres, teniendo de grueso un palmo[36]. Todos componían el número de ciento diecisiete. Entre ellos había cuatro de oro acrisolado, que pesaba cada uno dos talentos y medio; los demás lingotes de oro blanquecino eran del peso de dos talentos. Labró también de oro refinado la efigie de un león, del peso de diez talentos. Este león que al principio se hallaba erigido sobre los lingotes, cayó de su base cuando se quemó el templo de Delfos[37], al

---

[36] El palmo equivale a 0,74 milímetros. Cuatro dedos (0,185 milímetros) hacen un palmo.

[37] Cf. Heródoto, 5.62

presente se halla en el tesoro de los corintios, pero con solo el peso de seis talentos y medio, habiendo mermado tres y medio, que el incendio consumió.

51. Fabricados estos dones, envió Creso juntamente con ellos otros regalos, que consistían en dos grandes cráteras, la una de oro y la otra de plata. La de oro estaba a mano derecha, al entrar en el templo, y la de plata a la izquierda; si bien ambas, después de abrasado el templo, mudaron también de lugar; pues la de oro, que pesa ocho talentos y medio y doce minas[38] más, se guarda en el tesoro de los clazomenios; y la de plata en un ángulo del portal a la entrada del templo; la cual tiene de cabida seiscientas ánforas[39], y en ella beben los de Delfos el vino en la fiesta de la *Teofanía*[40]. Dicen ser obra de Teodoro de Samos y lo creo así; pues no me parece por su mérito pieza de artífice común. Envió asimismo cuatro tinajas de plata, depositadas actualmente en el tesoro de los de Corinto; y consagró también dos aguamaniles, uno de oro y otro de plata. En el último se ve grabada esta inscripción: «Don de los lacedemonios»; los cuales dicen ser suya la dádiva; pero lo dicen sin razón, siendo una de las ofrendas de Creso. La verdad es que cierto sujeto de Delfos, cuyo nombre conozco, aunque no le manifestaré, le puso aquella inscripción, queriéndose congraciar con los lacedemonios. El niño por cuya mano sale el agua sí que es don de los lacedemonios, no siéndolo ninguno de los dos aguamaniles. Muchas otras dádivas envió Creso que nada tenía de particular, entre ellas ciertos globos de plata fundida, y una estatua de oro de una mujer, alta tres codos, que dicen los delfios ser la panadera de Creso. Ofreció también el collar de oro y los cinturones de su mujer.

---

[38] La mina es una unidad de peso que equivale a 432 gramos, la sexta parte de un talento.
[39] Medida de capacidad equivalente a 19,44 litros.
[40] La fiesta de la «Aparición del dios», concretamente de Apolo, a su regreso a Delfos desde el país de los hiperbóreos, acontecimiento que se producía con el fin del invierno y el inicio de la primavera.

52. Informado Creso del valor de Anfiarao y de su desastroso fin[41], le ofreció un escudo todo él de oro puro, y juntamente una lanza de oro macizo, con el asta del mismo metal. Ambas ofrendas se conservan hoy en Tebas, guardadas en el templo de Apolo Ismenio.

53. Los lidios encargados de llevar a los templos estos dones recibieron orden de Creso para hacer a los oráculos la siguiente pregunta: «Creso, monarca de los lidios y de otras naciones, bien seguro de que son solos vuestros oráculos los que hay en el mundo verídicos, os ofrece estas dádivas, debidas a vuestra divinidad y numen profético, y os pregunta de nuevo si será bueno emprender la guerra contra los persas, y juntar para ello algún ejército confederado». Ambos oráculos convinieron en una misma respuesta, que fue la de pronosticar a Creso que si movía sus tropas contra los persas, acabaría con un gran imperio; y le aconsejaron que, informando primero de cuál pueblo entre los griegos fuese el más poderoso, hiciese con él un tratado de alianza.

54. Sobremanera contento Creso con la respuesta, y envanecido con la esperanza de arruinar el imperio de Ciro, envió nuevos emisarios a la ciudad de Delfos, y averiguado el número de sus moradores, regaló a cada uno dos estateres[42] de oro. A cambio los delfios dieron a Creso y a los lidios la prerrogativa en las consultas, la presidencia de las reuniones, la inmunidad en las aduanas y el derecho perpetuo de ciudadanía a cualquier lidio que quisiera ser su conciudadano.

55. Por tercera vez consultó Creso al oráculo, al hallarse bien persuadido de su veracidad. La pregunta estaba reducida a saber si sería largo su reinado, a la cual respondió la Pitia de este modo:

Cuando el rey de los medos fuere un mulo

---

[41] El adivino Anfiarao formó parte de la expedición de los Siete contra Tebas (guerra que enfrentó a los dos hijos de Edipo, quienes se enfrentaron por el trono de la ciudad). A pesar de saber que moriría en esa guerra, Anfiarao se vio obligado a participar en ella inducido por su mujer Erifila, que había sido sobornada por uno de los principales contendientes (Polinices) con el collar que Afrodita había regalado a Harmonía en sus bodas con Cadmo (fundador de Tebas).

[42] Moneda estándar que se podía acuñar en diversos materiales y cuyo peso y valor difería de una polis a otra.

Huye entonces al Hermo pedregoso,
¡Oh lidio delicado!; y no te quedes
A mostrarte cobarde y sin vergüenza.

56. Cuando estos versos llegaron a noticia de Creso, se alegró más con ellos que con los otros, persuadido de que nunca reinaría como un hombre entre los medos un mulo, y que por lo mismo ni él ni sus descendientes dejarían jamás de mantenerse en el trono. Pasó después a averiguar con mucho esmero quiénes de entre los griegos fuesen los más poderosos, a fin de hacerlos sus amigos, y por los informes halló que sobresalían particularmente los lacedemonios y los atenienses, aquellos entre los dorios y estos entre los jonios.

Aquí debo prevenir que antiguamente dos eran las naciones más distinguidas en aquella región: la pelásgica[43] y la helénica; de las cuales la una jamás salió de su tierra y la otra cambió de asiento muy a menudo. En tiempo de su rey Deucalión habitaba en la Ptiótide, y en tiempo de Doro, el hijo de Helén, ocupaba la región Histieótide, que se levantaba al pie de los montes de Osa y Olimpo. Arrojados después por los cadmeos de la Histieótide, establecieron su morada en Pindo, y se llamó con el nombre de macedno. Desde allí pasó a la Dríópide, y viniendo por fin al Peloponeso, se llamó la gente doria.

57. Nada puedo determinar positivamente sobre la lengua que hablaban los pelasgos. Con todo, nos podemos regir por ciertas conjeturas tomadas de los pelasgos que todavía existen: primero, de los que habitan la ciudad de Crestona, situada sobre los tirrenos[44] (los cuales antiguamente fueron vecinos de los que ahora llamamos dorios y moraban entonces en la región que al presente se llama la Tesaliótide); segundo, de los pelasgos, que en el Helesponto fundaron Placia y Escílaca (los cuales fueron antes vecinos de los atenienses); tercero, de los que se encuentran en muchas ciudades pequeñas, bien que hayan mudado su antiguo nombre de pelasgos. Por las conjeturas que nos dan todos estos pueblos, podremos decir que los pelasgos

---

[43] Los pelasgos constituían para los griegos la población prehelénica y autóctona que había ocupado Grecia antes de su llegada. Los griegos o helenos, por su lado, descendían de Helén, hijo de Deucalión, que lo era a su vez de Prometeo.
[44] Los etruscos.

debían hablar algún lenguaje bárbaro, y que la gente ática, siendo pelasga, al incorporarse con los helenos, debió de aprender la lengua de estos, abandonando la suya propia. Lo cierto es que ni los de Crestona ni los de Placia (ciudades que hablan entre sí una misma lengua), distinta de aquellos pueblos que son ahora sus vecinos; de donde se infiere que conservan el carácter mismo de la lengua que consigo trajeron cuando se fugaron de aquellas regiones.

58. Por el contrario, la nación helénica, a mi parecer, habló siempre desde su origen el mismo idioma. Débil y separada de la pelásgica, empezó a crecer poco a poco y vino a formar un gran cuerpo, compuesto de muchas gentes, mayormente cuando se le fueron allegando y uniendo en gran número otras naciones bárbaras, y de aquí dimanó, según yo imagino, que la nación de los pelasgos, que era una de las bárbaras, nunca pudiese hacer grandes progresos.

59. De esas dos naciones oía decir Creso que el Ática se hallaba oprimida por Pisístrato, que a la sazón era tirano de los atenienses. A su padre, Hipócrates, asistiendo a los Juegos Olímpicos, le sucedió un gran prodigio, y fue que las calderas que tenía ya prevenidas para un sacrificio, llenas de agua y de carne, sin que las tocase el fuego, se pusieron a hervir de repente hasta derramarse. El lacedemonio Quilón, que presenció aquel portento, aconsejó dos cosas a Hipócrates: la primera que nunca se casase con una mujer que pudiese darle sucesión; y la segunda, que si estaba casado, se divorciase luego y renunciara al hijo que ya hubiese tenido.

Por no haber seguido estos consejos le nació después Pisístrato, el cual, aspirando a la tiranía y viendo que los atenienses del litoral, capitaneados por Megacles, hijo de Alcmeón, se había levantado contra los habitantes de los campos, conducido por Licurgo, el hijo de Aristolaides, formó un tercer partido bajo el pretexto de defender a los atenienses de las montañas, y para salir con su intento urdió la trama de este modo. Se hizo herir a sí mismo y a los mulos de su carromato, y se fue hacia la plaza como quien huía de sus enemigos, fingiendo que le habían querido matar en el camino de su casa. Llegado a la plaza, pidió al pueblo que pues él antes se había distinguido mucho en su defensa, ya cuando general contra los megarenses, ya en la toma de Nisca, y con otras grandes empresas y servicios, tuviesen a bien concederle alguna guardia para la seguridad de su persona.

Engañado el pueblo con tal artificio, le dio ciertos hombres escogidos que le escoltasen y siguiesen, los cuales estaban armados no de lanzas, sino de clavas. Auxiliado por estas, se apoderó Pisístrato de la ciudadela de Atenas, y por este medio llegó a hacerse dueño de los atenienses; pero sin alterar el orden de los magistrados ni mudar las leyes, contribuyó mucho y bien al adorno de la ciudad, gobernando bajo el plan antiguo.

60. Poco tiempo después, unidos entre sí los partidos de Megacles y los de Licurgo, lograron quitar el mando a Pisístrato y echarle de Atenas. No bien los dos partidos acabaron de expulsarle, cuando volvieron de nuevo a la discordia y sedición entre sí mismos. Megacles, que se vio sitiado por sus enemigos, despachó un mensajero a Pisístrato, ofreciéndole que si tomaba a su hija por mujer, le daría en dote el mando absoluto. Admitida la proposición y otorgadas las condiciones, discurrieron para la vuelta de Pisístrato el artificio más grosero que en mi opinión pudiera imaginarse, mayormente si se observa que los griegos eran tenidos ya de muy antiguo por más astutos que los bárbaros y menos expuestos a dejarse deslumbrar de tales necedades y que se trataba de engañar a los atenienses, reputados por los más sabios y perspicaces de todos los griegos.

En el demo de Peania había una mujer hermosa llamada Fía, con la estatura de cuatro codos menos tres dedos[45]. Armada completamente, y vestida con un traje que la hiciese parecer mucho más bella y majestuosa, la colocaron en una carroza y la condujeron a la ciudad, enviando delante sus heraldos, los cuales cumplieron bien con su encargo, y hablaron al pueblo en esta forma: «Recibid, ¡oh atenienses!, de buena voluntad a Pisístrato, a quien la misma diosa Atenea restituye a su acrópolis, haciendo con él una demostración nunca usada con otro mortal». Esto iban gritando por todas partes, de suerte que muy en breve se extendió la fama del hecho por la ciudad y la comarca; y los que se hallaban en la ciudad, creyendo ver en aquella mujer a la diosa misma, la dirigieron sus votos y recibieron a Pisístrato.

---

[45] El codo es una unidad de medida equivalente a 0,44 metros, mientras que el dedo mide 0,185, con lo que Fía medía 1,71 metros aproximadamente (existe también el llamado codo real, cuya media era de 0,525 metros).

61. Recobrada de este modo la tiranía y cumpliendo lo pactado, tomó Pisístrato por mujer a la hija de Megacles. Ya entonces tenía hijos crecidos, y no queriendo aumentar su número, con motivo de la creencia según la cual todos los Alcmeónidas eran considerados como una raza impía[46], nunca se unió a su nueva esposa en la forma debida y regular. Si bien ella al principio tuvo la cosa oculta, después la descubrió a su madre y esta a su marido. Megacles lo llevó muy a mal, viendo que así le deshonraba Pisístrato, y por resentimiento se reconcilió de nuevo con los amotinados. Entre tanto, Pisístrato, informado de todo, abandonó el país y se fue a Eretria, donde, consultando con su hijo, le pareció bien el dictamen de Hipias sobre recuperar el mando, y al efecto trataron de recoger donativos de las ciudades que les eran más adictas, entre las cuales sobresalió la de los tebanos por su generosidad. Pasado algún tiempo, quedó todo preparado para el éxito de la empresa, así porque los argivos, gente asalariada para la guerra, habían ya concurrido del Peloponeso, como porque un cierto Lígdamis, natural de Naxos, habiéndoseles reunido voluntariamente con hombres y dinero, los animaba sobremanera a la expedición.

62. Partiendo por fin de Eretria, volvieron al Ática once años después de su salida, y se apoderaron primeramente de Maratón. Atrincherados en aquel punto, se les iban reuniendo no solamente los partidarios que tenían en la ciudad, sino también otros de diferentes distritos y a quienes acomodaba más el dominio de un señor que la libertad del pueblo. Su ejército se aumentaba con la gente que acudía; pero los atenienses que moraban en la misma Atenas miraron la cosa con indiferencia todo el tiempo que gastó Pisístrato en recoger dinero, y cuando después ocupó a Maratón, hasta que sabiendo que marchaba contra la ciudad, salieron por fin a hacerle frente. Los dos ejércitos caminaban a encontrarse, y llegando al templo de Atenea

---

[46] Sobre el clan aristocrático de los Alcmeónidas planeaba una maldición: antes que Pisístrato, Cilón, un noble ateniense, trató de apoderarse de la acrópolis para erigirse en tirano. Fracasado su plan, los conjurados buscaron refugio en un templo de la acrópolis, donde se rindieron bajo la promesa de que sus vidas serían respetadas. Sin embargo, los arcontes, encabezados por un miembro de los Alcmeónidas, cometieron sacrilegio asesinando a los que se habían acogido a la protección divina.

Palénide, hicieron alto uno enfrente del otro. Entonces fue cuando Anfílito, el célebre adivino de Acarnania, llevado por su inspiración, se presentó a Pisístrato y le vaticinó de este modo:

> Echado el lance está, la red tendida;
> los atunes de noche se presentan
> al resplandor de la callada luna.

63. Pisístrato comprendió el vaticinio, y diciendo que lo recibía con veneración, puso en movimiento a sus tropas. Muchos de los atenienses que habían salido de la ciudad, acababan entonces de comer; unos se entretenían jugando a los dados, y otros reposaban, por lo cual, cayendo de repente sobre ellos las tropas de Pisístrato, se vieron obligados a huir. Para que se mantuviesen dispersos, discurrió Pisístrato el ardid de enviar unos muchachos a caballo, que alcanzando a los fugitivos, los exhortasen de su parte a que tuviesen buen camino y se retirase cada uno a su casa.

64. Así lo hicieron los atenienses y logró Pisístrato apoderarse de Atenas por tercera vez. Dueño de la ciudad, procuró arriesgarse en el mando con mayor número de tropas auxiliares y con el aumento de las rentas públicas, tanto recogidas en el país mismo como venidas del río Estrimón. Con el mismo fin tomó en rehenes a los hijos de los atenienses que, sin entregarse luego a la fuga, le habían hecho frente, y los depositó en la isla de Naxos, de la cual se había apoderado con las armas y cuyo gobierno había confiado a Lígdamis. Ya, obedeciendo a los oráculos, había purificado antes la isla de Delos, mandando desenterrar todos los cadáveres que estaban sepultados en todo el distrito que desde el templo se podía alcanzar con la vista, haciéndoles enterrar en los demás lugares de la isla. Pisístrato, pues, tenía bajo su dominio a los atenienses, de los cuales algunos habían muerto en la guerra y otros, en compañía de los Alcmeónidas, se habían ausentado de su patria.

65. Este era el estado en que supo Creso que entonces se hallaban los atenienses. De los lacedemonios averiguó que, libres ya de sus anteriores apuros, habían recobrado la superioridad en la guerra contra los de Tegea. Porque el reinado de Leonte y Hegesicles, a pesar de que los lacedemonios habían salido bien en otras guerras, sin embargo, en la que sostenían contra los de Tegea habían sufrido grandes reveses.

Estos mismos lacedemonios se gobernaban en la antigüedad por las peores leyes de toda la Grecia, tanto en su administración interior como en sus relaciones con los extranjeros, con quienes eran insociables. Pero tuvieron la dicha de mudar sus instituciones por medio de Licurgo[47], el hombre más acreditado de todos los espartiatas, a quien, cuando fue a Delfos para consultar el oráculo, al punto mismo de entrar en el templo le dijo la Pitia:

> A mi templo tú vienes, ¡oh Licurgo!,
> De Zeus amado y de los otros dioses
> que habitan los palacios del Olimpo.
> Dudo llamarte dios u hombre llamarte,
> Y en la perplejidad en que me veo,
> Como dios, ¡oh Licurgo!, te saludo.

También afirman algunos que la Pitia le enseñó los buenos reglamentos de que ahora usan los espartiatas, aunque los lacedemonios dicen que siendo tutor de su sobrino Leóbotes, rey de los espartanos, los trajo de Creta. En efecto, apenas se encargó de la tutela, cuando mudó enteramente la legislación, y tomó las precauciones necesarias para su observancia. Después ordenó la disciplina militar, estableciendo las enomotías, triécadas y sisitías, y últimamente instituyó los éforos y los gerontes[48].

---

[47] Semilegendario legislador que habría establecido las leyes y costumbres de Esparta.
[48] La enomotía era una unidad militar espartana compuesta por un grupo de soldados unidos por un juramento; las triécadas eran unidades compuestas por un número de treinta soldados. Las sisitías era los banquetes en común a los que los espartiatas asistían en grupos y a la que estaban obligados a contribuir. Los éforos («inspectores» o «supervisores») eran cinco magistrados elegidos anualmente que detentaban funciones ejecutivas y judiciales, y tenían una función de control sobre los dos reyes espartanos. Los gerontes («ancianos») eran los miembros de un Consejo, la Gerousía, compuesto por veintiocho ancianos más los dos reyes (como quedará patente poco más abajo, en Esparta existían, efectivamente, dos reyes: la línea de los Agiadas y la de los Euripóntidas).

66. De este modo lograron los lacedemonios el mejor orden en sus leyes y gobierno, y lo debieron a Licurgo, a quien tienen en la mayor veneración, habiéndole consagrado un templo después de sus días. Establecidos en un país excelente y contando con una población numerosa, hicieron muy en breve grandes progresos, con lo cual, no pudiendo ya gozar en paz de su misma prosperidad y teniéndose por mejores y más valientes que los arcadios, consultaron en Delfos acerca de la conquista de toda la Arcadia, a cuya consulta respondió así la Pitia:

> ¿La Arcadia pides? Esto es demasiado.
> Concederla no puedo, porque en ella,
> De la dura bellota alimentados,
> Muchos existen que vedarlo intenten.
> Yo nada te la envidio: en lugar suyo
> Pues pisar el suelo de Tegea
> Y con soga medir su hermoso campo.

Después que los lacedemonios oyeron la respuesta, sin meterse con los demás arcadios, emprendieron su expedición los de Tegea, y engañados con aquel oráculo doble y ambiguo, se apercibieron de grilletes y sogas, como si en efecto hubiesen de esclavizar a sus contrarios. Pero sucediéndoles al revés; porque perdida la batalla, los que de ellos quedaron cautivos, atados con las mismas prisiones de que venían provistos, fueron destinados a labrar los campos del enemigo. Los grilletes que sirvieron entonces para los lacedemonios se conservan aún en Tegea, colgados alrededor del templo de Atenea Alea.

67. Al principio de la guerra los lacedemonios pelearon siempre con desgracia; pero en tiempo de Creso, y siendo reyes de Esparta Anaxandrides y Aristón, adquirieron la superioridad del modo siguiente: aburridos de su mala suerte, enviaron emisarios a Delfos para saber a qué dios debían de aplacar, con el fin de hacerse superiores a sus enemigos los de Tegea. El oráculo respondió que lo lograrían con tal que recobrasen los huesos de Orestes, el hijo de Agamenón. Pero como no pudieron encontrar la urna en que estaban depositados, acudieron de nuevo al templo, pidiendo se les

manifestase el lugar donde el héroe yacía. La Pitia respondió a los enviados en estos términos:

En un llano de Arcadia está Tegea.
Allí dos vientos soplan impelidos
Por una fuerza poderosa, y luego
Hay golpe y contragolpe, y la dureza
De los cuerpos se hieren mutuamente.
Allí del alma tierra en las entrañas
Encontrarás de Agamenón al hijo;
Llevárosle contigo, si a Tegea
Con la victoria dominar pretendes.

Oída esta respuesta, continuaron los lacedemonios en sus pesquisas sin poder hacer el descubrimiento que deseaban, hasta tanto que Licas, uno de aquellos espartiatas a quienes llamaban benefactores, dio casualmente con la urna. Se llaman benefactores aquellos cinco soldados que, siendo los más veteranos de entre los de a caballo, cumplido su tiempo salen del servicio; si bien el primer año de su salida, para que no se entorpezcan con la ociosidad, se les envía de un lugar a otro, unos acá y otros allá.

68. Licas, pues, siendo uno de los beneméritos, favorecido de la fortuna y de su buen discurso, descubrió lo que se deseaba. Como los dos pueblos estuviesen en comunicación con motivo de las treguas, se hallaba Licas en una fragua del territorio de Tegea, viendo lleno de admiración la maniobra de machacar a golpe el hierro. Al mirarle tan pasmado, suspendió el herrero su trabajo, y le dijo: «A fe mía, amigo laconio, que si hubieses visto lo que yo, otra fuera tu admiración a la que ahora muestras al vernos trabajar en el hierro; porque has de saber que, cavando en el corral con el objeto de abrir un pozo, tropecé con un ataúd de siete codos de largo[49]; y como nunca había creído que los hombres antiguamente fuesen mayores de lo que somos ahora, tuve la curiosidad de abrir la caja, y encontré un cadáver tan grande como ella misma. Lo medí y lo volví a cubrir».

---

[49] Unos 3,10 metros.

Oyendo Licas esta relación, se puso a pensar que tal vez pudiese ser aquel muerto el Orestes de quien hablaba el oráculo, conjeturando que los dos fuelles del herrero serían los dos vientos; el yunque y el martillo el golpe y el contragolpe; y en la maniobra de batir el hierro se figuraba descubrir el mutuo choque de los cuerpos duros. Revolviendo estas ideas en su mente se volvió a Esparta, y dio cuenta de todo a sus conciudadanos, los cuales, concertando contra él una calumnia, le acusaron y condenaron al destierro. Refugiándose en Tegea el desterrado voluntario, y dando razón al herrero de su desventura, le quiso tomar en arriendo aquel corral, y si bien le resultó difícil, al cabo le supo persuadir, y estableció allí su casa. Con esta ocasión descubrió cavando el sepulcro, recogió los huesos, y se fue con ellos a Esparta. Desde aquel tiempo, siempre que vinieron a las manos las dos ciudades, quedaron victoriosos los lacedemonios, por quienes ya había sido conquistada una gran parte del Peloponeso.

69. Informado Creso de todas estas cosas, envió a Esparta sus embajadores, llenos de regalos y bien instruidos de cuanto debían decir para negociar una alianza. Una vez allí, se explicaron en estos términos: «Creso, rey de los lidios y de otras naciones, prevenido por el dios que habita en Delfos de cuánto le importa contraer amistad con el pueblo griego, y bien informado de que vosotros, ¡oh lacedemonios!, sois los primeros y principales de toda Grecia, acude a vosotros, queriendo, de acuerdo con el oráculo, ser vuestro amigo y aliado, de buena fe y sin dolo alguno». Esta fue la propuesta de Creso por medio de sus enviados. Los lacedemonios, que ya tenían noticia de la respuesta del oráculo, muy complacidos con la venida de los lidios, formaron con solemne juramento el tratado de paz y alianza con Creso, a quien ya estaban obligados por algunos beneficios que de él antes habían recibido. Porque, habiendo enviado a Sardes a comprar el oro que necesitaban para fabricar la estatua de Apolo, que hoy está colocada en Tórnax de Laconia, Creso no quiso tomarles dinero alguno, y les dio el oro de regalo.

70. Por este motivo, y por la distinción que con ellos usaba Creso, anteponiéndolos a los demás griegos, aceptaron gustosos los lacedemonios la alianza propuesta; y queriendo mostrarse agradecidos, mandaron trabajar, con el objeto de regalársela a Creso, una crátera

de bronce que podía contener trescientas ánforas[50]; estaba adornada por fuera hasta el borde con la escultura de una porción de animalitos. Esta crátera no llegó a Sardes, refiriéndose de dos maneras el extravío que padeció en el camino. Los lacedemonios dicen que, habiendo llegado cerca de Samos, conocedores del presente, aquellos isleños salieron con sus naves y la robaron. Pero los samios cuentan que, navegando muy despacio los lacedemonios encargados de conducirla, y oyendo en el viaje que Sardes, juntamente con Creso, habían caído en poder del enemigo, la vendieron ellos mismos en Samos a unos particulares, quienes la dedicaron en el templo de Hera; y que tal vez los lacedemonios a su vuelta dirían que los samios se la habían quitado violentamente.

71. Entre tanto, Creso, deslumbrado con el oráculo y creyendo acabar en breve con Ciro y con el imperio de los persas, preparaba una expedición contra Capadocia. Al mismo tiempo, cierto lidio llamado Sándanis, respetado ya por su sabiduría y circunspección, y célebre después entre los lidios por el consejo que dio a Creso, le habló de esta manera: «Veo, señor, que preparáis una expedición contra unos hombres que tienen de pieles todo su vestido; que criados en una región áspera, no comen lo que quieren, sino lo que pueden adquirir; y que no beben vino, ni saben el gusto que tienen los higos, ni manjar alguno delicado. Si los venciereis, ¿qué podréis quitar a los que nada poseen? Pero si sois vencidos, reflexionad lo mucho que tenéis que perder. Yo temo que si llegan una vez a gustar de nuestras delicias, les tomarán tal afición que no podremos después ahuyentarlos. Por mi parte, doy gracias a los dioses de que no hayan inspirado a los persas el pensamiento de venir contra los lidios». Este discurso no hizo impresión alguna en el ánimo de Creso, a pesar de la exactitud con que pintaba el estado de los persas, los cuales antes de la conquista de los lidios ignoraban toda especie de comodidad y regalo.

72. Los capadocios, a quienes los griegos llamaban sirios, habían sido súbditos de los medos antes que dominasen los persas, y en la actualidad obedecían a Ciro. Porque los límites que dividían el imperio de los medos del de los lidios estaban en el río Halis; el cual, bajando

---

[50] Cerca de 6000 litros.

del monte de Armenia, corre por Cilicia, y desde allí va dejando a los matienos a la derecha y a los frigios a la izquierda. Después se camina hacia el viento bóreas, y pasa entre los sirocapadocios y los paflagonios, tocando a estos por la izquierda y a aquellos por la derecha. De este modo, el río Halis atraviesa y separa casi todas las provincias del Asia inferior, desde el mar que está enfrente de Chipre hasta el Ponto Euxino; pudiendo considerarse este tramo de tierra como la cerviz de toda aquella región. Su longitud puede regularse en cinco días de camino para un hombre muy diligente.

73. Marchó Creso contra Capadocia, deseoso de añadir a sus dominios aquel fértil terreno, y más todavía de vengarse de Ciro, confiado en las promesas del oráculo. Su resentimiento venía de que Ciro tenía prisionero a Astiages, pariente de Creso, después de haberle vencido en batalla campal. Este parentesco de Creso con Astiages fue contraído del modo siguiente: una partida de pastores escitas, con motivo de una sedición doméstica, se refugió al territorio de los medos en tiempo que reinaba Ciaxares, hijo de Fraortes y nieto de Deyoces. Este monarca los recibió al principio benignamente y como a unos infelices que se acogían a su protección; y en prueba del aprecio que les manifestaba, les confió ciertos muchachos para que aprendiesen su lengua y el manejo del arco. Pasado algún tiempo, como ellos fuesen a menudo a cazar, y siempre volviesen con alguna presa, un día quiso la mala suerte que no trajesen nada. Vueltos así con las manos vacías, Ciaxares, que no sabía controlarse en sus ímpetus de ira, los recibió ásperamente y los llenó de insultos. Ellos, que no creían haber merecido semejante ultraje, determinaron vengarse de él, haciendo pedazos a uno de sus jóvenes discípulos; al cual, guisado del mismo modo que solían guisar la caza, se le dieron a comer a Ciaxares y a sus convidados, y al punto huyeron con toda diligencia a Sardes, ofreciéndose al servicio de Aliates.

74. De este principio, no queriendo después Aliates entregar los escitas a pesar de las reclamaciones de Ciaxares, se originó entre lidios y medos una guerra que duró cinco años, en cuyo tiempo la victoria se declaró alternativamente por unos y otros. En las diferentes batallas que se dieron, hubo una nocturna en el año sexto de la guerra que ambas naciones proseguían con igual suceso, porque en medio de la batalla misma se les convirtió el día repentinamente

en noche; mutación que Tales de Mileto había predicho a los jonios, fijando el término de ella en aquel año mismo en que sucedió[51]. Entonces lidios y medos, viendo el día convertido en noche, no solo abandonaron la batalla iniciada, sino que, tanto los unos como los otros, se apresuraron a poner fin a sus discordias con un tratado de paz. Los intérpretes y mediadores de esta paz fueron Siénesis de Cilicia y Labineto de Babilonia; los cuales no solo negociaron la reconciliación mutua, sino que aseguraron la paz, uniéndolos con el vínculo del matrimonio; pues ajustaron que Aliates diese su hija Arienis por mujer a Astiages, hijo de Ciaxares. Entre estas naciones, las ceremonias solemnes de la confederación vienen a ser las mismas que entre los griegos, y solo tienen de particular que, haciéndose en los brazos una ligera incisión, se lamen mutuamente la sangre.

75. Astiages, como he dicho, fue a quien Ciro venció, y por más que era su abuelo materno, le tuvo prisionero por los motivos que expondré después a su tiempo y lugar. Irritado Creso contra el proceder de Ciro, envió primero a saber de los oráculos si estaría bien emprender la guerra contra los persas; y persuadido de que la respuesta capciosa que le dieron era favorable a sus intentos, emprendió después aquella expedición contra una provincia persa.

Luego que llegó Creso al río Halis, pasó su ejército por los puentes que, según mi opinión, allí mismo había, a pesar de que los griegos refieren que fue Tales de Mileto quien le facilitó el modo de pasarle, porque dicen que, no sabiendo Creso cómo haría para que pasasen sus tropas a la otra parte del río, por no existir entonces los puentes que hay ahora, Tales, que se hallaba en el campo, le dio un expediente para que el río que corría a la izquierda del ejército corriese también a la derecha. Dicen que más arriba del campamento hizo abrir un cauce profundo, que en forma de semicírculo cogiese al ejército por la espalda, y que así extrajo una parte del agua, y volvió a introducirla en el río por más abajo del campo, con lo cual, formándose dos corrientes, quedaron ambas igualmente vadeables; y aún quieren algunos que la madre antigua quedase del todo seca, con lo que yo

---

[51] Los estudiosos dan como fecha de ese eclipse el 28 de mayo del año 585 a. C.

no me conformo, porque entonces ¿cómo hubieran podido repasar el río cuando estuviesen de vuelta?

76. Habiendo Creso pasado el Halis con sus tropas, llegó a una comarca de Capadocia llamada Pteria, que es la parte más fuerte y segura de todo el país, cerca de Sinope, ciudad situada casi en la costa del Ponto Euxino. Establecido allí su ejército, taló los campos de los sirios, tomó la ciudad de los pterios, a quienes hizo esclavos, y asimismo otras de sus contornos, quitando la libertad y los bienes a los sirios, que en nada le habían agraviado. Entre tanto, Ciro, habiendo reunido sus fuerzas y tomado después todas las tropas de las provincias intermedias, venía marchando contra Creso; y antes de emprender género alguno de ofensa, envió sus heraldos a los jonios para ver si les podía separar de la obediencia del monarca lidio; en lo cual no quisieron ellos consentir. Marchó entonces contra el enemigo, y provocándose luego que llegaron a verse, combatieron en Pteria los dos ejércitos y se trabó una acción general, en la que cayeron muchos de una y otra parte, hasta que por último los separó la noche sin declararse por ninguno la victoria. Tanto fue el valor con que ambos ejércitos pelearon.

77. Creso, poco satisfecho del suyo, por ser el número de sus tropas inferior a las de Ciro, viendo que este dejaba de atacarle, al día siguiente determinó volver a Sardes con el designio de llamar a los egipcios, en conformidad del tratado de alianza que había concluido con Amasis, rey de aquel país, aun primero qué lo hiciese con los lacedemonios. Se proponían también hacer venir a los babilonios, de quienes entonces era soberano Labineto, y con los cuales estaba igualmente confederado; asimismo pensaba requerir a los lacedemonios para que estuviesen prontos el día que les señalase. Reunidas todas estas tropas con las suyas, estaba resuelto a invernar y marchar de nuevo contra el enemigo al principio de la primavera. Con este objeto partió para Sardes y despachó a sus aliados unos mensajeros que les previniese que de allí a cinco meses juntasen sus tropas en aquella ciudad. Él desde luego licenció al ejército con el cual acababa de pelear contra los persas, siendo de tropas mercenarias: bien lejos de imaginar que Ciro, dada una batalla tan sin ventaja ninguna, se propusiera dirigir su ejército hacia la capital de Lidia.

78. En tanto que Creso tomaba estas medidas, sucedió que todos los arrabales de Sardes se llenaron de serpientes, que los caballos, dejando su pasto, se iban comiendo según aquellas se mostraban. Admirado Creso de este raro portento, envió inmediatamente unos emisarios a consultar con los adivinos de Telmeso. En efecto, llegaron allá; pero, informados por los telmesios de lo que quería decir aquel prodigio, no tuvieron tiempo de participárselo al rey, pues antes que pudiesen volver de su consulta, ya Creso había sido hecho prisionero. Lo que respondieron los adivinos fue que no tardaría mucho en venir un ejército extranjero contra la tierra de Creso, el cual, en cuanto llegara, sometería a sus habitantes; descontado de lo dicho que la serpiente era un reptil propio del país, siendo el caballo animal guerrero y advenedizo. Esta fue la interpretación que dieron a Creso, a la sazón ya prisionero, si bien nada sabían ellos entonces de cuanto pasaba en Sardes y con el mismo Creso.

79. Cuando Ciro vio, después de la batalla de Pteria, que Creso levantaba su campamento y tuvo noticia del ánimo en que se hallaba de despedir las tropas después de que llegase a su capital, tomó acuerdo sobre la situación de las cosas, y halló que lo más útil y acertado sería marchar cuanto antes con todas sus fuerzas a Sardes, primero que se pudiese juntar otra vez las tropas lidias. No bien adoptó esta decisión cuando le puso en ejecución, caminando con tanta diligencia que él mismo fue el primer correo que dio el aviso a Creso de su llegada. Este quedó confuso y en el mayor apuro, viendo que la cosa le había salido enteramente al revés de lo que presumía; mas no por eso dejó de presentarse en el campo con sus lidios. En aquel tiempo no había en toda Asia nación alguna más valerosa ni esforzada que la lidia; y peleando a caballo con grandes lanzas, se distinguía en los combates por su destreza singular.

80. Hay delante de Sardes una llanura espaciosa y elevada, donde concurrieron los dos ejércitos. Por ella corren muchos ríos, entre ellos el Hilo, y todos van a dar en otro mayor llamado Hermo, el cual, bajando de un monte dedicado a la madre de los dioses Dindímena[52], va a desembocar en el mar de la ciudad de Focea. En esta

---

[52] Cibeles.

llanura, viendo Ciro a los lidios formando en orden de batalla y temiendo mucho a la caballería enemiga, se valió de cierto ardid que el medo Harpago le sugirió. Mandó reunir cuantos camellos servían al ejército cargados de víveres y bagajes, y quitándoles las cargas, hizo montar en ellos unos hombres vestidos con el mismo traje que suelen llevar los soldados de caballería. Dio orden para que estos camellos así prevenidos se pusiesen en las primeras filas delante de la caballería de Creso; que su infantería siguiese después y detrás de esta se formase toda su caballería. Mandó circular por sus tropas la orden de que no diesen cuartel a ninguno de los lidios, y que matasen a todos los que se les pusiesen a tiro; pero que no quitasen la vida a Creso, aun cuando se defendiese con las armas en la mano. La razón que tuvo para poner los camellos al frente de la caballería enemiga fue saber que el caballo teme tanto al camello que no puede contenerse cuando ve su figura o percibe su olor. Por eso se valió de aquel ardid con la mira de inutilizar la caballería de Creso, que fundaba en ella su mayor confianza.

En efecto, en cuanto comenzó la pelea y los caballos olieron y vieron la figura de los camellos retrocedieron al momento y dieron en tierra con todas las esperanzas de Creso. Pero no por esto se acobardaron los lidios ni dejaron de continuar la acción, porque conociendo lo que era, saltaron de sus caballos y se batieron a pie con los persas. Duró algún tiempo el choque, en que muchos de una y otra parte cayeron, hasta que los lidios, vueltas las espaldas, se vieron obligados a encerrarse dentro de los muros y sufrir el sitio que luego los persas pusieron a la plaza.

81. Persuadido Creso de que el sitio había de durar mucho, envió desde las murallas nuevos mensajeros a sus aliados, no ya como antes para que viniesen dentro de cinco meses, sino rogándoles se apresurasen todo lo posible a socorrerles por hallarse sitiado; y habiéndose dirigido a todos ellos, lo hizo con particularidad a los lacedemonios por medio de sus enviados.

82. Por aquel entonces había sobrevenido a los mismos lacedemonios una nueva contienda acerca del territorio llamado de Tirea, que, sin embargo de ser una parte de la Argólide, habiéndole separado de ella, le usurpaban y retenían como cosa propia. Porque toda aquella comarca en la tierra firme que mira a poniente hasta Malea, pertenece a los argivos, como también la isla de Citera y las demás vecinas. Habiendo, pues, salido a campaña los argivos con el objeto de recobrar aquel terreno, cuando llegaron a él tuvieron con sus contrarios un encuentro en el que se decidió que saliesen a pelear trescientos de cada parte, con la condición de que el país quedase por los vencedores, cualesquiera que lo fuese; pero que entre tanto el grueso de uno y otro ejército se retirase a sus límites respectivos, y no quedase a la vista de los campeones, no fuera que presentes los dos ejércitos, y testigo el uno de ellos de la pérdida de los suyos, les quisiese socorrer.

Hecho este convenio, se retiraron los ejércitos, y los soldados escogidos de una y otra parte trabaron pelea, en la cual, como las fuerzas y sucesos fuesen iguales, de seiscientos hombres, quedaron solamente tres; dos argivos, Alcenor y Cromio, y un lacedemonio, Otríades; y aun estos quedaron vivos por haber llegado la noche. Los dos argivos, como si en efecto hubiesen ya vencido, se fueron corriendo a Argos. Pero Otríades, el único de los lacedemonios, habiendo despojado a los argivos muertos y llevando los despojos y las armas al campo de los suyos, se quedó allí mismo guardando su puesto. Al otro día, sabida la cosa, se presentaron ambas naciones pretendiendo cada cual haber sido la vencedora; diciendo la una que de los suyos eran más los vivos, y la otra que aquellos habían huido y que el único suyo había guardado su puesto y despojado a los enemigos muertos. Por último, vinieron a las manos, y después de haber perecido muchos de una y otra parte, se declaró la victoria para los lacedemonios. Entonces fue cuando los argivos, que antes por necesidad se dejaban crecer el pelo, se lo cortaron, y establecieron una ley llena de imprecaciones, para que ningún hombre lo dejase crecer en lo sucesivo y ninguna mujer se adornase con oro hasta que hubiesen recobrado a Tirea. Los lacedemonios, en desquite, publicaron otra para dejarse crecer el cabello que antes llevaba corto. De Otríades se dice que, avergonzado de volver a Esparta quedando muertos todos sus compañeros, se quitó la vida allí mismo en Tirea.

83. De este modo se hallaban las cosas de los espartiatas cuando llegó el mensajero de los lidios suplicándoles que socorriesen a Creso, ya sitiado. Ellos al punto resolvieron hacerlo; pero cuando se estaban disponiendo para la partida y tenían ya las naves preparadas, recibieron la noticia de que, tomada la plaza de Sardes, había caído Creso

vivo en manos de los persas, con lo cual, llenos de consternación, suspendieron sus preparativos.

84. La toma de Sardes sucedió de esta manera: a los catorce días de sitio, mandó Ciro publicar en todo el ejército, por medio de unos soldados de caballería, que el que escalase las murallas sería largamente premiado. Saliendo inútiles las tentativas hechas por algunos, desistieron los demás de la empresa; y solamente un mardo de origen, llamado Hiréades, se animó a subir por cierta parte de la acrópolis que se hallaba sin guardia, en atención a que, siendo muy escarpado aquel sitio, se consideraba como inexpugnable. Por esta razón, Meles, antiguo rey de Sardes, no había hecho pasar por aquella parte al león, que tuvo de una concubina, por más que los adivinos de Telmesa le hubiesen vaticinado que con tal que el león girase por los muros, nunca Sardes sería tomada. Meles, en efecto, le condujo por toda la muralla, menos por aquella parte que mira al monte Tmolo, y que se creía inatacable.

Pero durante el asedio, viendo Hiréades que un soldado lidio bajaba por aquel paraje a recoger un casco que se le había caído, y volvía a subir, reflexionó sobre esta ocurrencia, y se atrevió el día siguiente a dar por allí el asalto, siendo el primero que subió a la muralla. Después de él hicieron otros persas lo mismo, de manera que, habiendo subido gran número de ellos, fue tomada la plaza, y entregada la ciudad al saqueo.

85. Por lo que respecta a la persona de Creso sucedió lo siguiente: tenía, como he dicho ya, un hijo que era mudo, pero hábil para todo lo restante. Con el objeto de curarle había practicado cuantas diligencias estaban a su alcance, y habiendo además enviado a consultar el caso a Delfos, respondió la Pitia:

> ¡Oh Creso!, rey de Lidia y muchos pueblos,
> No con ardor pretendas en tu casa,
> Necio, escuchar la voz del hijo amado.
> Mejor sin ella está, porque si hablare,
> Comenzarán entonces tus desdichas.

Cuando fue tomada la plaza, uno de los persas iba en seguimiento de Creso, a quien no conocía, con intención de matarle; oprimido el rey con el peso de su desventura, no procuraba evitar su destino, importándole poco morir al filo del alfanje. Pero su hijo, viendo al persa en ademán de descargar el golpe, lleno de agitación, hace un esfuerzo para hablar, y exclama: «No mates a Creso». Esta fue la primera vez que el mudo habló, y después conservó la voz durante toda su vida.

86. Los persas, dueños de Sardes, se apoderaron también de la persona de Creso, que habiendo reinado catorce años y sufrido catorce días de sitio, acabó puntualmente, según el doble sentido del oráculo, con un gran imperio, pero acabó con el suyo. Ciro, luego que se le presentaron, hizo levantar una gran pira, y mandó que le pusiesen encima de ella cargado de cadenas, y a su lado catorce muchachos lidios, ya fuese con ánimo de sacrificarle a alguno de los dioses como primicias de su botín, ya para concluir algún voto ofrecido, o quizá, habiendo oído decir que Creso era muy religioso, quería probar si alguna deidad le libraba de ser quemado vivo: de Creso cuentan que, viéndose sobre la pira, todo el horror de su situación no pudo impedir que le viniese a la memoria el dicho de Solón, que parecía ser para él un aviso divino, de que nadie de los mortales en vida era feliz. Lo mismo fue asaltarle este pensamiento, que, como si volviera de un largo desmayo, exclamó por tres veces «¡Oh Solón!» con un profundo suspiro. Oyéndolo el rey de Persia, mandó a los intérpretes le preguntasen quién era aquel a quien invocaba. Pero él no desplegó sus labios, hasta que, forzado a responder, dijo: «Es aquel que yo deseara tratasen todos los soberanos de la tierra, más bien que poseer inmensos tesoros». Y como con estas expresiones vagas no satisficiera a los intérpretes, le volvieron a preguntar, y él, viéndose apretado por las voces y alboroto de los circunstantes, les dijo que un tiempo el ateniense Solón había venido a Sardes, y después de haber contemplado toda su opulencia, sin hacer caso de ella, le manifestó cuanto le estaba pasando, y le dijo cosas que no solo le interesaban a él, sino a todo el género humano, y muy particularmente a aquellos que se consideran felices. Entre tanto la pira, prendida la llama en sus extremidades, comenzaba a arder; pero Ciro, luego que oyó a los intérpretes el discurso de Creso, al punto mudó de resolución, reflexionando ser hombre mortal, y no deber por lo mismo entregar a las llamas a otro hombre, poco antes igual a él en grandeza y prosperidad. Temió también la venganza divina y la facilidad con que las cosas humanas se mudan y se trastornan. Poseído de estas ideas, manda inmediatamente apagar el fuego y bajar a Creso de la hoguera y a los que con él estaban; pero todo en vano, pues, por más que lo procuraban, no podían vencer la furia de las llamas.

87. Entonces Creso, según refieren los lidios, viendo mudado en su favor el ánimo de Ciro, y a todos los presentes haciendo inútiles esfuerzos para extinguir el incendio, invocó en alta voz al dios Apolo, pidiéndole que si alguna de sus ofrendas le había sido agradable, le socorriese en aquel apuro y le libertase del desastroso fin que le amenazaba. Apenas hizo, llorando, esta súplica, cuando, a pesar de hallarse el día sereno y claro, se aglomeraron de repente nubes, y despidieron una copiosísima lluvia que dejó apagada la hoguera. Persuadido Ciro por este prodigio de cuán amigo de los dioses era Creso, y cuán bueno su carácter, hizo que le bajasen de la pira y luego le preguntó: «Dime, Creso, ¿quién te indujo a emprender una expedición contra mis estados, convirtiéndote de amigo en enemigo? «Esto lo hice, señor —respondió Creso—, impelido por la fortuna, que se te muestra favorable y a mí adversa. De todo tiene la culpa el dios de los griegos, que me alucinó con esperanzas halagüeñas; porque, ¿quién hay tan necio que prefiera sin motivo la guerra a las dulzuras de la paz? En esta los hijos dan sepultura a sus padres, y en aquella son los padres quienes la dan a sus hijos. Pero todo debe haber sucedido porque algún numen así lo quiso».

88. Libre Creso de cadenas, le mandó Ciro sentar a su lado, y le dio muestras del aprecio que hacía de su persona, mirándole él mismo y los de su comitiva con pasmo y admiración. En tanto Creso meditaba dentro de sí mismo sin hablar palabra, hasta que vueltos los ojos a la ciudad de los lidios, y viendo que la estaban saqueando los persas: «Señor —dijo—, quisiera saber si me está permitido hablar todo lo que siento, o si es tu voluntad que calle por ahora». Ciro le animó para que dijese con libertad cuanto le ocurría, y entonces Creso le preguntó: «¿En qué se ocupa con tanta diligencia esa muchedumbre de gente?». «Esos —respondió Ciro— están saqueando tu ciudad y repartiéndose tus riquezas». «¡Ah no —replicó Creso—; ni la ciudad es mía, ni tampoco los tesoros que se derrochan en ella!

Todo te pertenece ya, y a ti es propiamente a quien se despoja con esas rapiñas».

89. Este discurso hizo mella en el ánimo de Ciro, el cual mandó retirar a los presentes, y consultó después a Creso lo que le parecía deber hacer en semejante caso. «Puesto que los dioses —dijo Creso— me han hecho prisionero y siervo tuyo, considero justo proponerte lo que se me alcanza. Los persas son insolentes por carácter, y pobres además. Si los dejas enriquecer con los despojos de la ciudad saqueada, es muy natural que alguno de ellos, viéndose demasiado rico, se rebele contra ti. Si te parece bien, coloca guardias en todas las puertas de la ciudad con orden de quitar la presa a los saqueadores, diciéndoles que es absolutamente necesario ofrecer a Zeus el diezmo de todos los bienes. De este modo no incurrirás en el odio de los soldados, los cuales, viendo que obras con rectitud, obedecerán gustosos tu determinación».

90. Se alegró Ciro de oír tales razones, que le parecieron muy oportunas; las celebró sobremanera y mandó a sus guardias que ejecutasen puntualmente lo que Creso le había indicado. Vuelto después a Creso, le dijo: «Tus acciones y tus palabras se muestran dignas de un ánimo real; pídeme, pues, la gracia que quieres, seguro de obtenerla al momento». «Yo, señor —respondió—, te quedaré muy agradecido si me das tu permiso para que, regalando estos grilletes al dios de los griegos, le pueda preguntar si le parece justo engañar a los que le sirven y burlarse de los que dedican ofrendas en su templo». Ciro entonces quiso saber cuál era el motivo de sus quejas, y Creso le dio razón de sus designios, de la respuesta de los oráculos, y especialmente de sus magníficos regalos, y de que había hecho la guerra contra los persas inducido por predicciones lisonjeras; y volviendo a pedirle licencia para ofender con sus desgracias al dios que las había causado, le dijo Ciro sonriendo: «Haz, Creso, lo que gustes, pues yo nada pienso negarte».

Con este permiso envió luego a Delfos algunos lidios, encargándoles pusiesen sus grilletes en el umbral mismo del templo, y preguntasen a Apolo si no se avergonzaba de haberle inducido con sus oráculos a la guerra contra los persas, dándole a entender que con ella daría fin al imperio de Ciro; y que presentando después sus grilletes como primicias de la guerra, le preguntasen también si los dioses griegos tenían por ley el ser desagradecidos.

91. Los lidios, luego que llegaron a Delfos, hicieron lo que se les había mandado, y se dice que recibieron esta respuesta de la Pitia: «Lo dispuesto por el hado no pueden evitarlo los dioses mismos. Creso paga el delito que cometió su quinto abuelo, el cual, siendo guardia de los Heraclidas, y dejándose llevar de la perfidia de una mujer, quitó la vida a su monarca y se apoderó de un imperio que no le pertenecía. Loxias[53] ha procurado con ahínco que la ruina fatal de Sardes no se verificase en detrimento de Creso, sino de alguno de sus hijos; pero no le ha sido posible trastornar el curso de las Moiras[54]. Sin embargo, sus esfuerzos le han permitido retardar por tres años la conquista de Sardes; y sepa Creso que ha sido hecho prisionero tres años después del tiempo decretado por el destino. ¿Y a quién debe también el socorro que recibió cuando iba a perecer en medio de las llamas? Por lo que hace al oráculo, no tiene Creso razón de quejarse. Apolo le predijo que si hacía la guerra a los persas, arruinaría un gran imperio; y cualquiera en su caso hubiera vuelto a preguntar de cuál de los dos imperios se trataba, si del suyo o del de Ciro. Si no comprendió la respuesta, si no quiso consultar por segunda vez, échese la culpa a sí mismo. Tampoco entendió ni trató de exterminar lo que en el posterior oráculo se le dijo acerca del mulo, pues este mulo cabalmente era Ciro; el cual nació de unos padres diferentes en raza y condición, siendo su madre meda, hija del rey de los medos Astiages, y superior en linaje a su padre, que fue un persa, vasallo del rey de Media, y un hombre que, desde la más ínfima clase, tuvo la dicha de subir al tálamo de su misma señora».

Esta respuesta llevaron los lidios a Creso; el cual, después de informarse, confesó que toda la culpa era suya, y no del dios Apolo. Esto fue lo que sucedió acerca del imperio de Creso y de la primera conquista de Jonia.

92. Volviendo a los donativos de Creso, no solamente fueron ofrendas suyas las que dejo referidas, sino otras muchas que hay en Grecia. En Tebas de Beocia consagró un trípode de oro al dios Apolo Ismenio, y en Éfeso, las vacas de oro y la mayor parte de las

---

[53] «El Oblicuo»: Apolo.
[54] Divinidades que personifican el destino que le corresponde a cada ser.

columnas. En el vestíbulo del templo de Atenea Pronea de Delfos se ve un gran escudo de oro. Muchos de estos donativos se conservan en nuestros días, si bien algunos pocos han desaparecido ya. Según he oído decir, los dones que ofreció Creso a los Bránquidas, del territorio de Mileto, son semejantes y del mismo peso que los que dedicó en Delfos.

Sin embargo, las ofrendas hechas en Delfos y en el templo de Anfiarao fueron de sus propios bienes, y como primicias de la herencia paterna; pero los otros dones pertenecieron a los bienes confiscados a un enemigo suyo, que antes de subir Creso al trono había formado contra él un partido con el objeto de que la corona recayese en Pantaleón, hijo también de Aliates, pero no hermano uterino de Creso, pues este había nacido de una madre natural de Caria y aquel de otra natural de Jonia. Cuando Creso se vio en posesión del imperio hizo morir al hombre que tanto le había ofendido, despedazándole con los peines de hierro de un cardador, y consagró del modo dicho los bienes ofrecidos de antemano a los dioses.

93. Lidia es una tierra que no ofrece a la Historia maravillas semejantes a las que ofrecen otros países, a no ser las arenillas de oro provenientes del monte Tmolo; pero sí nos presenta un monumento, obra la mayor de cuantas hay, después de las maravillas del mundo, egipcias y babilónicas. En ella existe el túmulo de Aliates, padre de Creso, el cual tiene en la base unas grandes piedras, y los demás es un montón de tierra. La obra se hizo a costa de los vendedores de la plaza y de los artesanos, ayudándoles también las mujeres que se dedican al oficio de cortesanas. En este túmulo se ven todavía cinco términos o cuerpos, en los cuales hay inscripciones que indican la parte hecha por cada uno de aquellos gremios, y, según las medidas, aparece ser mayor que las demás la parte ejecutada por esas mujeres. Lo que no es de extrañar, porque ya se sabe que todas las hijas de los lidios venden su honor, ganándose su dote con la prostitución voluntaria, hasta tanto que se casan con un determinado marido, que cada cual por sí misma busca. El ámbito del túmulo es de seis estadios y dos pletros[55], y la anchura, de trece pletros. Cerca de este

---

[55] El pletro equivale a 29,6 metros.

sepulcro hay un gran lago, que llaman de Giges y dicen los lidios que es de agua perenne.

94. Los lidios se gobiernan por unas leyes muy parecidas a las de los griegos, a excepción de la costumbre que hemos referido hablando de sus hijas. Ellos fueron, al menos que sepamos, los primeros que acuñaron para el uso público la moneda de oro y plata[56]; los primeros que tuvieron tabernas de vino y comestibles, y, según ellos dicen, los inventores de los juegos que se usan también en la Grecia, cuyo descubrimiento nos cuentan haber hecho en aquel tiempo en que enviaron sus colonias a Tirrenia[57]; y los refieren de este modo.

En el reinado de Atis el hijo de Manes, se produjo en toda Lidia una gran carestía de víveres, que toleraron algún tiempo con mucho trabajo; pero después, viendo que no cesaba la calamidad, buscaron remedios contra ella, y descubrieron varios entretenimientos. Entonces se inventaron los dados, las tabas, la pelota y todos los otros juegos, menos el juego de escaques, pues la invención de este último no se la apropian los lidios; como estos juegos los inventaron para divertir el hambre, pasaban un día entero jugando, a fin de no pensar en comer, y al día siguiente cuidaban de alimentarse, y con esta alternativa vivieron hasta dieciocho años. Pero no cediendo el mal, antes bien agravándose cada vez más, determinó el rey dividir en dos partes toda la nación y echar a suertes para saber cuál de ellas se quedaría en el país y cuál de ellas saldría fuera. Él se puso al frente de aquellos a quienes la suerte hiciese quedar en su patria y nombró por jefe de los que debían emigrar a su mismo hijo, que llevaba el nombre de Tirreno. Estos últimos bajaron a Esmirna, construyeron allí sus naves, y embarcaron en ellas sus alhajas y muebles transportables; navegaron en busca de sustento y morada, hasta que, pasando por varios pueblos, llegaron hasta los umbros, donde fundaron sus ciudades, en las cuales habitaron después. Allí los lidios dejaron su nombre antiguo y tomaron otro, derivado del que tenía el hijo del

---

[56] Los griegos atribuían a los lidios la invención de la moneda y eran de *electron*, metal consistente en una aleación natural de oro y plata.
[57] Etruria, en la costa occidental de Italia.

rey que los condujo, llamándose por lo mismo tirrenos. En suma, los lidios fueron reducidos a servidumbre por los persas.

Historia de Ciro, rey de los persas

95. Ahora exige la historia que digamos quién fue aquel Ciro que arruinó el imperio de Creso; y también de qué manera los persas vinieron a hacerse dueños del Asia. Sobre este punto voy a referir las cosas, no siguiendo a los persas, que quieren hacer alarde de las hazañas de su héroe, sino a aquellos que las cuentan como real y verdaderamente pasaron; porque sé muy bien que la historia de Ciro suele referirse de tres maneras más.

Reinando ya los asirios en Asia oriental por el espacio de quinientos veinte años, los medos empezaron los primeros a sublevarse contra ellos, y como peleaban por su libertad, se mostraron valerosos, y no pararon hasta que, sacudido el yugo de la servidumbre, se hicieron independientes, cuyo ejemplo siguieron después otras naciones.

96. Libres, pues, todas las naciones del continente del Asia, y gobernadas por sus propias leyes, volvieron otra vez bajo un dominio extranjero. Hubo entre los medos un sabio llamado Deyoces, hijo de Fraortes, el cual, aspirando al poder absoluto, empleó este medio para conseguir sus deseos. Habitando a la sazón los medos en diversos pueblos, Deyoces, conocido ya en el suyo por una persona respetable, puso el mayor esmero en ostentar sentimientos de equidad y justicia, y esto lo hacía en un tiempo en que la sinrazón y la licencia dominaban en toda Media. Sus paisanos, viendo su modo de proceder, le nombraron por juez de sus disputas, en cuya decisión se manifestó recto y justo, siempre con la idea de apoderarse del mando. Se granjeó de esta manera una favorable opinión, y extendiéndose por los otros pueblos la fama de que solamente Deyoces administraba bien la justicia, acudían a él gustosos a decidir sus pleitos todos los que habían experimentado a su costa la iniquidad de los otros jueces, hasta que por fin en ningún otro se confiaron ya los negocios.

97. Pero, creciendo cada día más el número de los concurrentes, porque todos oían decir que allí se juzgaba con rectitud, y viendo Deyoces que ya todo pendía de su arbitrio, no quiso sentarse más en el lugar donde daba audiencia y se negó absolutamente a ejercer el

oficio de juez, diciendo que no le convenía desatender a sus propios negocios por ocuparse todo el día en el arreglo de los ajenos. Volviendo a crecer más que anteriormente los hurtos y la injusticia, se juntaron los medos en una reunión para deliberar sobre el estado presente de las cosas. Según a mí me parece, los amigos de Deyoces hablaron en estos bellos términos: «Si continuamos así, es imposible habitar en este país. Nombremos, pues, un rey para que lo administre con buenas leyes y podamos nosotros ocuparnos en nuestros negocios sin miedo de ser oprimidos por la injusticia». Persuadidos por este discurso, se sometieron los medos a un rey.

98. En seguida trataron de la persona que elegirían por monarca, y no oyéndose otro nombre que el de Deyoces, a quien todos proponían y elogiaban, quedó nombrado rey por aclamación. Entonces mandó se le edificase un palacio digno de la majestad del imperio, y se le diesen guardias para la custodia de su persona. Así lo hicieron los medos, fabricando un palacio grande y fortificado en el sitio que él señaló y dejando a su arbitrio la elección de los guardias entre todos sus nuevos vasallos. Después de que se vio con el mando, los conminó a que fabricasen una ciudad, y que, fortificándola y adornándola bien, se pasasen a vivir en ella, cuidando menos de los otros pueblos: obedeciéndole también en esto, construyeron los medos unas murallas espaciosas y fuertes que ahora se llaman Ecbatana, trazadas todas circularmente y de manera que comprenden un cerco dentro de otro. Toda la plaza está ideada de suerte que un cerco no se levanta más que el otro, sino lo que sobresalen las almenas. A la perfección de esta fábrica contribuyó no solo la naturaleza del sitio, que viene a ser una colina redonda, sino más bien todavía el arte con que está dispuesta, porque, siendo siete los cercos, en el recinto del último se halla colocado el palacio y el tesoro. La muralla exterior, que por consiguiente es la más grande, viene a tener el mismo circuito que los muros de Atenas. Las almenas del primer cerco son blancas; las segundas, negras; las terceras, rojas; las del cuarto, azules, y las del quinto, amarillas, de suerte que todas ellas se ven resplandecer con estos diferentes colores; pero los dos últimos cercos muestran sus almenas el uno plateadas y el otro doradas.

99. Luego que Deyoces hubo hecho construir estas obras y establecido su palacio, mandó que lo restante del pueblo habitase alrededor de la muralla. Introdujo primero el ceremonial de la corte, mandando que nadie pudiese entrar donde está el rey, ni este fuese visto de personó alguna sino que se tratase por medio de intermediarios establecidos al efecto. Si alguno por precisión se encontraba en su presencia, no le era permitido escupir ni reírse, como cosas indecentes. Todo esto se hacía con el objeto de precaver que muchos medos de su misma edad, criados con él y en nada inferiores por su valor y demás prendas, no mirasen con envidia su grandeza, tendiéndole alguna trampa. No viéndole, era más fácil considerarle como un hombre de naturaleza privilegiada.

100. Después de que ordenó el aparato exterior de la majestad y se afirmó en el mando supremo, se mostró recto y severo en administración de justicia. Los que tenían algún litigio o pretensión lo ponían por escrito y se lo remitían adentro por medio de los intermediarios, que volvían después a sacarlo con la sentencia o decisión correspondiente. En lo demás del gobierno lo tenía todo bien arreglado; de suerte que si llegaba a saber que alguno se desmandaba con alguna injusticia o insolencia, le hacía llamar para castigarle según lo merecía la gravedad del delito, a cuyo fin tenía distribuidos por todo el imperio exploradores vigilantes que le diesen cuenta de lo que viesen y escuchasen.

101. Así que Deyoces fue quien unió en un cuerpo la sola nación meda, cuyo gobierno obtuvo. Media se componía de diferentes pueblos o tribus, como los busas, paretacenos, estrucates, arizantos, budios y magos.

102. El reinado de Deyoces duró cincuenta y tres años, y después de su muerte le sucedió su hijo Fraortes, el cual, no contentándose con la posesión de Media, hizo una expedición contra los persas, que fueron los primeros quienes agregó a su imperio. Viéndose dueño de dos naciones, ambas fuertes y valerosas, fue conquistando, una después de otra, todas las demás de Asia, hasta que llegó en una de sus expediciones a los asirios, que habitaban en Nínive. Estas, habiendo sido un tiempo los príncipes de toda Asiria se veían a la sazón desamparados de sus aliados, mas no por eso dejaban de tener un estado floreciente. Fraortes, con una gran parte de su ejército, pereció en la guerra que les hizo, después de haber reinado veintidós años.

103. A Fraortes le sucedió en el imperio Ciaxares, su hijo y nieto de Deyoces; de quien se dice que fue un príncipe mucho más valiente que sus progenitores. Él fue el primero que dividió a los asiáticos en provincias, y el primero que introdujo el orden y la separación en su milicia, disponiendo que se formasen cuerpos de caballería, de lanceros y de los que pelean con saetas, pues antes todos iban al combate mezclados y en confusión. Él fue también el que dio contra los lidios aquella batalla memorable en que se convirtió el día en noche durante la acción y el que unió a sus dominios toda la parte de Asia que está más allá del río Halis. Queriendo vengar la muerte de su padre y arruinar la ciudad de Nínive, reunió todas las tropas de su imperio y marchó contra los asirios, a quienes venció en batalla campal; pero cuando se hallaba sitiando la ciudad, vino sobre él un gran ejército de escitas, mandados por su rey, Madies, hijo de Prototies, los cuales, habiendo echado de Europa a los cimerios y persiguiéndolos en su fuga, entraron por Asia y vinieron a dar en la región de los medos.

104. Desde la laguna Metóide[58] hasta el río Fasis y el país de los colcos habrá treinta días de camino, suponiendo que se trata de un viajero expedito; pero desde la Cólquide hasta Media no hay mucho que andar, porque solamente se tiene que atravesar la nación de los saspires. Los escitas no vinieron por este camino, sino por otro más arriba y más largo, dejando a su derecha el monte Cáucaso. Luego que dieron con los medos, los derrotaron completamente y se hicieron señores de toda Asia.

105. Desde allí se encaminaron a Egipto, y habiendo llegado a la Siria Palestina, les salió a recibir Psamético, rey de Egipto, el cual, con súplicas y regalos, logró de ellos que no pasasen adelante. A la vuelta, cuando llegaron a Ascalón, ciudad de Siria, si bien la mayor parte de los escitas pasó sin hacer daño alguno, con todo, no faltaron unos pocos rezagados que saquearon el templo de Afrodita Urania. Este templo, según mis noticias, es el más antiguo de cuantos tiene aquella diosa, pues los mismos naturales de Chipre confiesan haber sido hecho a su imitación el que ellos tienen; y por otra parte, los

---

[58] El mar de Azov.

fenicios, pueblo originario de la Siria, fabricaron el de Citera. La diosa se vengó de los profanadores del templo enviándoles a ellos y a sus descendientes cierta enfermedad mujeril. Así lo reconocen los escitas mismos; y todos los que van a Escitia ven por sus ojos el mal que padecen aquellos a quienes los naturales les llaman enareos[59].

106. Los escitas dominaron en el Asia por espacio de veintiocho años, en cuyo tiempo se destruyó todo, parte por la violencia y parte por el descuido; porque, además de los tributos ordinarios, exigían los impuestos que les acomodaba, y robaban en sus correrías cuanto poseían los particulares. Pero la mayor parte de los escitas acabaron en manos de Ciaxares y de sus medos, los cuales, en un convite que les dieron, viéndolos embriagados, los pasaron a cuchillo. De esta manera recobraron los medos el Imperio, y volvieron a tener bajo su dominio las mismas naciones que antes. Tomando después la ciudad de Nínive, del modo que referiré en otra obra, sujetaron también a los asirios, a excepción de la provincia de Babilonia. Murió, por último, Ciaxares, habiendo reinado cuarenta años, incluso aquellos en que mandaron los escitas.

107. Le sucedió en el trono su hijo Astiages, que tuvo una hija llamada Mandane. A este monarca le pareció ver en sueños que su hija despedía tanta orina que no solamente llenaba con ella la ciudad, sino que inundaba todo Asia. Dio cuenta de la visión a los magos, intérpretes de los sueños, y enterado de lo que el sueño significaba, concibió tales sospechas que, cuando Mandane llegó a una edad apropiada para el matrimonio, no quiso darla por esposa a ninguno de los medos dignos de emparentar con él, sino que la casó con un cierto persa llamado Cambises, a quien consideraba hombre de buena familia y de carácter pacífico, pero muy inferior a cualquier medo de mediana condición[60].

---

[59] «Afeminados». En 4.67 Heródoto se refiere a ellos como andróginos con poderes adivinatorios. El mal que les aqueja no aparece expresado por Heródoto, pero en Hipócrates la define en *Sobre aires, aguas y lugares* (cap. 22) como una dolencia propia de quienes cabalgan con gran frecuencia y se ven por ello afectados en cuanto a capacidad sexual.
[60] En realidad Cambises era rey de la región de Anzan. El padre de Cambises era Ciro I (640-600 a. C.), de ahí que el fundador del Imperio Persa, Ciro el Grande, sea Ciro II.

108. Viviendo ya Mandane en compañía de Cambises, su marido, volvió Astiages en aquel primer año a tener otra visión, en la cual le pareció que del centro del cuerpo de su hija salía una parra que cubría con su sombra toda Asia. Habiendo participado este nuevo sueño a los mismos adivinos, hizo venir a Persia a su hija, que estaba ya en los últimos días de su embarazo, y la puso guardias, con el objeto de matar a la prole que diese a luz, por haberle manifestado los intérpretes que aquella criatura estaba destinada a reinar en su lugar. Queriendo Astiages impedir que la predicción se realizase, luego que nació Ciro, llamó a Harpago, uno de sus familiares, el más fiel de los medos, y el ministro encargado de todos sus negocios, y cuando le tuvo en su presencia, le habló de esta manera: «No descuides, Harpago, el asunto que te encomiendo. Ejecútale puntualmente, no sea que por consideración de otros, me faltes a mí y vaya por último a descargar el golpe sobre tu cabeza. Toma el niño que Mandane ha dado a luz, llévale a tu casa y mátale, sepultándole después como mejor te parezca». «Nunca, señor —respondió Harpago—, habréis observado en vuestro siervo nada que pueda disgustaros; en lo sucesivo yo me guardaré bien de faltar a lo que os debo. Si vuestra voluntad es que la cosa se haga, a nadie conviene tanto como a mí el ejecutarla puntualmente».

109. Harpago dio esta respuesta, y cuando le entregaron el niño, ricamente vestido, para llevarle a la muerte, se fue llorando a su casa y comunicó a su mujer lo que con Astiages le había pasado: «Y ¿qué piensas hacer?», le dijo ella: «¿Qué pienso hacer? —contestó el marido—; aunque Astiages se ponga más furioso de lo que ya está, nunca le obedeceré en una cosa tan horrible como la de dar la muerte a su nieto. Tengo para obrar así muchos motivos. Además de ser este niño mi pariente, Astiages es ya viejo, no tiene sucesión masculina, y la corona debe pasar después de su muerte a Mandane, cuyo hijo me ordena sacrificar a sus ambiciosos recelos. ¿Qué me restan sino peligros por todas partes? Mi seguridad exige ciertamente que este niño perezca; pero conviene que sea el matador alguno de la familia de Astiages y no de la mía».

110. Dicho esto, envió sin dilación un propio a uno de los pastores del ganado vacuno de Astiages, de quien sabía que apacentaba sus rebaños en abundantísimos pastos, dentro de unas montañas pobladas de fieras. Este vaquero, cuyo nombre era Mitradates, habitaba con una mujer, compañera de esclavitud, que en lengua de Media se llamaba Espaca, y en la de la Grecia debería llamarse Cino, pues los medos a la perra la llaman *espaca*. Las faldas de los montes donde aquel mayoral tenía sus praderas vienen a caer al norte de Ecbatana por la parte que mira al Ponto Euxino, y confina con los saspires. Este país es sobremanera montañoso, muy elevado y lleno de bosques, siendo lo restante de Media una continua llanura.

Vino el pastor con la mayor presteza y diligencia, y Harpago le habló de este modo: «Astiages te manda tomar este niño y abandonarle en el paraje más desierto de tus montañas, para que perezca lo más pronto posible. Tengo orden para decirte de su parte que si dejaras de matarle, o por cualquier vía escapara el niño de la muerte, serás tú quien la sufra en el más horrible suplicio; y yo mismo estoy encargado de ver por mis ojos el sacrificio del infante».

111. Recibida esta orden, tomó Mitradates el niño, y, por el mismo camino que trajo, se volvió a su cabaña. Cuando partió para la ciudad se hallaba su mujer todo el día con dolores de parto, y quiso la buena suerte que diese a luz un niño. Durante la ausencia estaban los dos llenos de zozobra, el uno por el otro; el marido solícito por el parto de su mujer, y esta recelosa porque, fuera de toda costumbre, Harpago había llamado a su marido. Así, pues, que le vio comparecer ya de vuelta, y no esperándole tan pronto, le preguntó el motivo de haber sido llamado con tanta prisa por Harpago: «¡Ah mujer mía! —respondió el pastor—; cuando llegué a la ciudad, vi y oí cosas que ojalá jamás hubiese visto y oído, y que nunca ellas pudiesen suceder a nuestros amos. La casa de Harpago estaba sumida en llanto; entro asustado en ella, y me veo en medio a un niño recién nacido, que, con vestidos de oro y de varios colores, palpitaba y lloraba. Luego que Harpago me ve, al punto me ordena que, tomando aquel niño, me vaya con él y le exponga en aquella parte de los montes donde más abunden las fieras; diciéndome que Astiages era quien lo mandaba, y dirigiéndome las mayores amenazas si no lo cumplía. Tomo el niño, y me vengo con él, imaginando sería de alguno de sus esclavos domésticos, y sin sospechar su verdadero linaje. Sin embargo, me pasmaba verle ataviado con oro y preciosos vestidos, y de que por él hubiese tanto llanto en la casa. Pero bien pronto supe en el camino,

de boca de un criado, que conduciéndome fuera de la ciudad puso en mis brazos el niño, que este era hijo de la princesa Mandane y de Cambises. Tal es, mujer, toda la historia, y aquí tienes el niño».

112. Diciendo esto, le descubre y enseña a su mujer, la cual, viéndole tan robusto y hermoso, se echa a los pies de su marido, abraza sus rodillas, y, anegada en lágrimas, le ruega encarecidamente que por ningún motivo piense en sacrificarle. Su marido responde que no puede menos que hacerlo así, porque vendrían espías de parte de Harpago para verle, y él mismo perecería desastrosamente si no lo ejecutaba.

La mujer, entonces, no pudiendo vencer a su marido, le dice de nuevo: «Ya que es indispensable que le vean expuesto, haz por lo menos lo que voy a decirte. Sabe que yo también he parido, y que fue un niño muerto. A este le puedes matar, y nosotros criaremos el de la hija de Astiages como si fuese nuestro. Así no corres el peligro de ser castigado por desobediente al rey, ni tendremos después que arrepentimos de nuestra mala resolución. El muerto logrará además de esta manera una sepultura regia, y este otro que existe conservará la vida».

113. Al pastor le pareció que, según las circunstancias presentes, hablaba muy bien su mujer, y sin esperar más, hizo lo que ella le proponía. La entregó, pues, el niño que tenía condenado a muerte, tomó el suyo difunto y le metió en la misma canasta en que acababa de venir el otro, adornándole con todas sus galas; y después se fue con él y le dejó expuesto en lo más solitario del monte.

Al tercer día se marchó el vaquero a la ciudad, habiendo dejado en su lugar por centinela a uno de sus zagales, y llegando a casa de Harpago, le dijo que estaba pronto a enseñarle el cadáver de aquella criatura. Harpago envió al monte algunos de sus guardias, los que entre todos tenía por más fieles, y cerciorado del hecho, dio sepultura al hijo del pastor. El otro niño, a quien con el tiempo se dio el nombre de Ciro, luego que le hubo tomado la pastora, fue criado por ella, poniéndole un nombre cualquiera, pero no el de Ciro.

114. Cuando llegó a los diez años, una casualidad hizo que se descubriese quién era. En aquella aldea donde estaban los rebaños, sucedió que Ciro se puso a jugar en la calle con otros muchachos de su edad. Estos, en el juego, escogieron por rey al hijo del pastor de vacas. En virtud de su nueva dignidad, mandó a unos que le fabricasen su palacio real, eligió a otros para que le sirviesen de guardias, nombró a este inspector (o como se decía entonces «ojo del rey»[61]), hizo al otro su hombre de confianza para que le entrase los recados, y, por fin, a cada uno le dio su función. Jugaba con los otros muchachos uno que era hijo de Artembares, hombre principal entre los medos, y como este niño no obedeciese a lo que Ciro le mandaba, dio orden a los otros para que le prendiesen; obedecieron ellos y le mandó azotar, no de burlas, sino ásperamente. El muchacho, llevando muy mal aquel tratamiento, que consideraba indigno de su persona, luego que se vio suelto se fue a la ciudad, y se quejó amargamente a su padre de lo que con él había ejecutado Ciro, no llamándole Ciro (que no era este todavía su nombre), sino aquel muchacho hijo del vaquero de Astiages. Enfurecido Artembares, se fue a ver al rey, llevando consigo a su hijo, y lamentándose del atroz insulto que se les había hecho: «Mirad, señor —decía—, cómo nos ha tratado el hijo del vaquero, vuestro esclavo»; y al decir esto descubría la espalda lastimada de su hijo.

115. Astiages, que tal oía y veía, queriendo vengar la insolencia usada con aquel niño y volver por el honor ultrajado de su padre, hizo comparecer en su presencia al vaquero, juntamente con su hijo. Luego que ambos se presentaron, vueltos los ojos a Ciro, le dice Astiages: «¿Cómo tú, siendo hijo de quien eres, has tenido la osadía de tratar con tanta insolencia y crueldad a este muchacho, que sabías que era hijo de una persona de las primeras de mi corte?». «Yo, señor —le responde Ciro—, tuve razón en lo que hice; porque habéis de saber que los muchachos de la aldea, siendo ese uno de ellos, acordaron jugando que yo fuese su rey, pareciéndoles que era yo el que más merecía serlo por mis cualidades. Todos los otros niños obedecían puntualmente mis órdenes; solo este era el que, sin hacerme caso, no quería obedecer, hasta que por último recibió la pena merecida. Si por ello soy yo también digno de castigo, aquí me tenéis dispuesto a todo».

116. Mientras Ciro hablaba de esta manera, quiso reconocerle Astiages, pareciéndole que las facciones de su rostro eran semejantes

---

[61] Funcionario encargado de supervisar la labor de los sátrapas, quienes rendían cuentas al soberano a través de esta figura.

a las suyas, que se descubría en sus ademanes cierto aire de nobleza, y que el tiempo en que le mandó exponer convenía perfectamente con la edad de aquel muchacho. Embebido en aquellas ideas, estuvo largo rato sin hablar palabra, hasta que, vuelto en sí, trató de despedir a Artembares, con la intención de coger a solas al pastor y obligarle a confesar la verdad. Al efecto le dijo: «Artembares, queda a mi cuidado hacer cuanto convenga para que tu hijo no tenga motivo de quejarse por el insulto que se le hizo». Y luego les despidió, y al mismo tiempo los criados, por orden suya, se llevaron adentro a Ciro. Solo con el vaquero, le preguntó de dónde había recibido aquel muchacho, y quién se lo había entregado. Contestando el otro que era hijo suyo, y que la mujer de quien le había tenido habitaba con él en la misma cabaña, volvió a decirle Astiages que tuviese cuidado y no se quisiese exponerse a los rigores del tormento; y haciendo una seña a los guardias para que se echasen sobre él, tuvo miedo el pastor y descubrió toda la verdad del hecho desde su principio, acogiéndose por último a las súplicas y pidiéndole humildemente que le perdonase.

117. Astiages, después de esta declaración, se mostró menos irritado con el vaquero, dirigiendo toda su cólera contra Harpago, a quien hizo llamar inmediatamente por medio de sus guardias. Luego que vino, le habló así: «Dime, Harpago, ¿con qué género de muerte hiciste perecer al niño de mi hija, que puse en tus manos?» Como Harpago vio que estaba allí el pastor, temiendo ser cogido si caminaba por la senda de la mentira, dijo sin rodeos: «Luego, señor, que recibí el niño, me puse a pensar cómo podría ejecutar vuestras órdenes sin incurrir en vuestra indignación, y sin ser yo mismo el matador del hijo de la princesa. ¿Qué hice pues? Llamé a este vaquero, y entregándole la criatura, le dije que vos mandabais que le hiciese morir; y en esto seguramente dije la verdad. Le di orden para que le dejase en lo más solitario del monte, y que no le perdiese de vista en tanto respirara, amenazándole con los mayores suplicios si no lo ejecutaba puntual mente. Cuando me dio noticia de la muerte del niño, envié los eunucos de más confianza para quedar seguro del hecho y para que le diesen sepultura. Ved aquí, señor, la verdad y el modo cómo pereció el niño».

118. Disimulando Astiages el enojo de que se hallaba poseído, le refirió primeramente lo que el vaquero le había contado, y concluyó

diciendo que, puesto que el niño vivía, lo daba todo por bien hecho: «Porque a la verdad —añadió— me pesaba en extremo lo que había mandado hacer con aquella criatura inocente, y no podía sufrir la idea de la ofensa cometida contra mi hija. Pero ya que la fortuna se ha convertido de mala en buena, quiero que envíes a tu hijo para que haga compañía al recién llegado, y que tú mismo vengas hoy a comer conmigo, porque tengo resuelto hacer un sacrificio a los dioses, a quienes debemos honrar y dar gracias por el beneficio de haber conservado a mi nieto».

119. Harpago, después de hacer al rey una profunda reverencia, se marchó a su casa lleno de gozo por haber salido con tanta dicha de aquel apuro y por el gran honor de ser convidado a celebrar con el monarca el feliz hallazgo. Lo primero que hizo fue enviar a palacio al hijo único que tenía, de edad de trece años, encargándole hiciera todo lo que Astiages le ordenase; y no pudiendo contener su alegría, dio parte a su esposa de toda aquella aventura. Astiages, luego que llegó el niño, le mandó degollar, y dispuso que, hecho pedazos, se asase una parte de su carne y otra se hirviese, y que todo estuviese pronto y bien condimentado. Llegada la hora de comer, y reunidos los convidados, se pusieron para el rey y los demás sus respectivas mesas llenas de platos de carnero; y a Harpago se le puso también la suya, pero con la carne de su mismo hijo, sin falta de ella más que la cabeza y las extremidades de los pies y manos, que quedaban encubiertas en un canasto. Comió Harpago, y cuando ya daba muestras de estar satisfecho, le preguntó Astiages si le había gustado el convite, y como él respondiese que había comido con mucho placer, ciertos criados, de antemano prevenidos, le presentaron el canasto donde estaba la cabeza de su hijo con las manos y los pies, y le dijeron que la descubriese y tomase de ella lo que más le gustase. Obedeció Harpago, descubrió el canasto y vio los restos de su hijo, pero todo sin consternarse, permaneciendo dueño de sí mismo y conservando la serenidad. Astiages le preguntó si conocía de qué especie de caza era la carne que había comido; él respondió que sí, que daba por bien hecho cuanto disponía su soberano; y recogiendo los despojos de su hijo, los llevó a su casa, con el objeto, a mi parecer, de darles sepultura.

120. Deliberando el rey sobre el partido que le convenía adoptar relativo a Ciro, llamó a los magos que le interpretaron el sueño, y les pidió otra vez su opinión. Ellos respondieron que si el niño vivía era indispensable que reinase. «Pues el niño vive —replicó Astiages—, y habiéndole nombrado rey en sus juegos los otros muchachos de la aldea, ha desempeñado las funciones de tal, eligiendo sus guardias, porteros, mayordomos y demás empleados. ¿Qué pensáis ahora de lo sucedido?». «Señor —dijeron los magos—, si el niño vive y ha reinado, no habiendo esto sido hecho con intención, podéis quedar tranquilo y tener buen ánimo, pues ya no hay peligro de que reine segunda vez. Además de que algunas de nuestras predicciones suelen tener resultados imprevistos, y las cosas pertenecientes a los sueños a veces nada significan». «A lo mismo me inclino yo —respondió Astiages—, y creo que mi visión se ha verificado ya en el juego de los niños. Sin embargo, aunque me parece que nada debo temer de parte de mi nieto, os encargo de que lo miréis bien, y me aconsejéis lo más útil y seguro para mi casa y para vosotros mismos». «A nosotros nos importa infinito —respondieron los magos— que la suprema autoridad permanezca firme en vuestra persona; porque pasando el imperio a ese niño, persa de nación, seríamos tratados los medos como siervos, y para nada se contaría con nosotros. Pero reinando vos, que sois nuestro compatriota, tenemos parte en el mando y disfrutamos en vuestra corte los primeros honores. Ved, pues, señor, cuánto nos interesa mirar por la seguridad de vuestra persona y la continuación de vuestro reinado. Al menor peligro que viésemos os lo manifestaríamos con toda fidelidad; mas ya que el sueño se ha convertido en una nimiedad, quedamos por nuestra parte llenos de confianza y os exhortamos a que la tengáis también, y a que, separando de vuestra vista a ese niño, le enviéis a Persia a casa de sus padres».

121. Se alegró mucho el rey con tales razones, y llamando a Ciro, le dijo: «Quiero que sepas, hijo mío, que, inducido por la visión poco sincera de un sueño, traté de hacerte daño, pero tu buena fortuna te ha salvado. Vete, pues, a Persia, para donde te daré buenos conductores, y allí encontrarás otros padres bien diferentes de Mitradates y su mujer, la vaquera».

122. En seguida despachó Astiages a Ciro, el cual, llegado a casa de Cambises, fue recibido por sus padres, que no se saciaban de abrazarle, como quienes se encontraban persuadidos de que había muerto poco después de nacer. Le preguntaron de qué modo había conservado la vida, y él les dijo que al principio nada sabía de su infortunio y había vivido en el engaño; pero que en el camino lo había sabido todo por las personas que le acompañaban, porque antes se había creído hijo del vaquero de Astiages, por cuya mujer había sido criado. Y como en todas ocasiones, no cesando de alabar a esta buena mujer, tuviese su nombre en los labios, le oyeron sus padres y determinaron esparcir la voz de que su hijo había sido criado por una perra, con el objeto de que su aventura pareciese a los persas más prodigiosa; de donde vino sin duda la fama que se divulgó sobre este punto.

123. Cuando Ciro hubo llegado a la mayor edad, y por sus cualidades y amable carácter descollaba entre todos sus iguales, Harpago, enviándole regalos, le había solicitado contra Astiages, de quien deseaba vengarse; porque viendo que, como persona particular no le sería fácil plantear una ofensiva contra el monarca, procuraba ganarse un compañero tan útil para sus planes, supuesto que las desgracias de aquel habían sido muy semejantes a las suyas. Ya de antemano iba disponiendo las cosas y sacando partido de la conducta de Astiages, que se mostraba duro y áspero con los medos, se insinuaba poco a poco en el ánimo de los sujetos principales, aconsejándoles con maña que convenía derribar a Astiages del trono y colocar en su lugar a Ciro.

Dados estos primeros pasos, y observando la buena marcha del asunto, determinó manifestar sus intenciones a Ciro, que vivía en Persia; pero, no teniendo para ello un medio conveniente, por estar guardados los caminos, se valió de esta trama. Tomó una liebre, y abriéndola con mucho cuidado, metió dentro de ella una carta, en la cual iba escrito lo que le pareció, y después la cosió de modo que no se conociese la operación hecha. Llamó en seguida al criado de su mayor confianza, y dándole unas redes como si fuera un cazador, le hizo pasar a Persia, con el encargo de entregar la liebre a Ciro y de decirle que debía abrirla por sus propias manos, sin permitir que nadie se hallase presente.

124. Esta trama se realizó sin ningún tropiezo y con felicidad. Ciro abrió la liebre y encontró la carta escondida, en la cual leyó estas palabras: «Ilustre hijo de Cambises, el cielo os mira con ojos propicios, pues os ha concedido tanta fortuna. Ya es tiempo de que penséis tomar satisfacción de vuestro verdugo Astiages, a quien llamo así porque hizo cuanto pudo para quitaros la vida, que los dioses os conservaron por mi medio. No dudo que hace tiempo estaréis enterado de cuanto se hizo con vuestra persona y de cuanto he sufrido yo mismo de manos de Astiages, sin otra causa que el no haberos dado la muerte, cuando preferí entregaros a su vaquero. Si escucháis mis consejos, pronto reinaréis en lugar suyo. Haced que se armen vuestros persas, y venid con ellos contra Media. Tanto si me nombra por general para resistiros, como si elige otro de los principales medos, estad seguro del buen éxito de vuestra expedición, porque todos ellos, abandonando a Astiages y pasándose a vuestro partido, procurarán derribarle del trono. Todo lo tenemos dispuesto; haced lo que os digo, y hacedlo cuanto antes».

125. Enterado Ciro del proyecto de Harpago, se puso a reflexionar cuál sería el medio más acertado para inducir a los persas a la rebelión, y después de meditado el asunto, creyó haber hallado uno muy oportuno. Escribió una carta según sus ideas, y habiendo reunido a los persas en una reunión, la abrió en ella y leyó su contenido, por el que le nombraba Astiages general de los persas: «Es preciso, por consiguiente —les dijo—, que cada uno de vosotros se arme con su hoz». Los persas son una nación compuesta de varias tribus o pueblos, parte de los cuales juntó Ciro con el objeto de sublevarlos contra los medos. Estos persas, de quienes dependían todos los demás, eran los arteatas, los persas propiamente dichos, los pasargadas, los marafios y los maspios. De todos ellos, los pasargadas eran los mejores y más valientes, y entre estos se cuentan los aqueménidas, que es aquella familia de donde provienen los reyes perseidas[62]. Los otros pueblos son los pantialeos, los derusieos y los germanios, que se dedican a labrar los campos, y los daos, los mardos, los drópicos y los sagartios, que viven como pastores.

---

[62] Los griegos consideraban a los persas descendientes del héroe Perseo.

126. Cuando todos los persas se presentaron con sus hoces, Ciro les mandó que desmontasen en un día toda una selva llena de espinas y malezas, la cual en Persia tendría el espacio de dieciocho a veinte estadios. Acabada esta operación, les mandó por segunda vez que al día siguiente compareciesen limpios y aseados. Entre tanto, hizo juntar en un mismo paraje todos los rebaños de cabras, ovejas y bueyes que tenía su padre, y pasándolos a cuchillo, preparó una espléndida comida, como convenía para dar un convite al ejército de los persas, proporcionando además el vino necesario y los manjares más escogidos.

Concurrieron al día siguiente los persas, a quienes Ciro mandó que, reclinados en un prado, comiesen a su satisfacción. Después del banquete les preguntó cuál de los dos días les había ido mejor, y si preferían la fatiga del primero a las delicias del actual. Ellos le respondieron que había mucha diferencia entre los dos días, pues en el anterior todo había sido afán y trabajo, y por el contrario, en el presente, todo descanso y recreo. Entonces Ciro, tomando la palabra, les descubrió todo el proyecto, diciéndoles: «Tenéis razón, valerosos persas; y si queréis obedecerme, no tardaréis en lograr estos bienes y otros infinitos, sin ninguna fatiga de las que proporciona la servidumbre. Pero si rehusáis mis consejos, no esperéis otra cosa sino miseria y afanes innumerables, como los de ayer. Ánimo, pues, amigos, y siguiendo mis órdenes, recobrad vuestra libertad. Yo pienso que he nacido con el feliz destino de poner en vuestras manos todos estos bienes, porque en nada os considero inferiores a los medos, y mucho menos en los asuntos de la guerra. Siendo esto así, levantaos contra Astiages sin perder momento».

127. Los persas, que ya mucho tiempo antes sufrían con disgusto la dominación de los medos, cuando se vieron con tal jefe, se declararon de buena voluntad por la independencia. Luego que supo Astiages lo que Ciro iba maquinando, le mandó llamar por medio de un mensajero, al cual mando Ciro que dijese de su parte a Astiages que estaba muy bien, y que le haría una visita antes de lo que él mismo quisiera. Apenas Astiages recibió esta respuesta, cuando armó a todos los medos, y como hombre a quien el mismo cielo cegaba, quitándole el acierto, les dio por general a Harpago, olvidando las crueldades que con él había cometido. Cuando los medos llegaron a las manos con los persas, lo que sucedió fue que algunos pocos, a quienes no se había dado parte del plan, combatían de veras; los que estaban enterados de él se pasaban a los persas, y la mayor parte, a propósito, peleaba mal y se daban a la fuga.

128. Al saber Astiages la derrota vergonzosa de su ejército, dijo con tono de amenaza: «No pienses, Ciro, que por esto haya de durar mucho tu gozo». Después hizo expirar en un patíbulo a los magos, intérpretes de los sueños, que le habían aconsejado dejar libre a Ciro, y por último, mandó que todos los medos jóvenes y viejos que habían quedado en la ciudad tomasen las armas, con los cuales, habiendo salido al campo y entrando en acción con los persas, no solo fue vencido sino que él mismo quedó hecho prisionero juntamente con todas las tropas que había llevado.

129. Cautivo Astiages, se le presentó Harpago, muy alegre, insultándole con burlas y denuestos que pudieran afligirle, y zahiriéndole particularmente con la inhumanidad de aquel convite en el que le dio a comer las carnes de su propio hijo. También le preguntaba qué le parecía su actual esclavitud comparada con el trono de donde acababa de caer. Astiages, fijando en él los ojos, le preguntó a su vez si reconocía por suya aquella acción de Ciro. «Sí, la reconozco —dijo Harpago—; pues, habiéndole yo convidado por escrito, puedo gloriarme con razón de tener parte en la hazaña». Entonces respondió Astiages, que le miraba como el hombre más necio y más injusto del mundo; el más necio, porque habiendo tenido en su mano hacerse rey, si era verdad que él hubiese sido el autor de lo que pasaba, había procurado para otro la autoridad suprema; y el más injusto, porque en desquite de una cena, había reducido a los medos a la servidumbre, cuando si era preciso que otras sienes y no las suyas se ciñesen con la corona, la razón pedía que fuesen las de otro medo, y no las de un persa; pues ahora los medos, sin tener culpa alguna, de señores pasaban a ser siervos, y los persas, antes siervos, volvían a ser sus señores.

130. De este modo, pues, Astiages, habiendo reinado treinta y cinco años, fue depuesto del trono; por cuya dureza y crueldad, los medos cayeron bajo el dominio de los persas, después de haber tenido el imperio del Asia superior, más allá del río Halis, por espacio de ciento veintiocho años, exceptuado el tiempo en que mandaron los escitas. Así que los persas en el reinado de Astiages, teniendo a su frente a Ciro, sacudieron el yugo de los medos y empezaron a mandar en Asia. Ciro, desde entonces mantuvo cerca a Astiages todo el tiempo que le quedó de vida, sin volverse a vengar. Más adelante, según llevo ya referido, venció a Creso, que había sido el primero en romper las hostilidades, y habiéndose apoderado de su persona, vino por este tiempo a ser señor de toda Asia.

131. Las leyes y costumbres de los persas he averiguado que son estas. No acostumbraban erigir estatuas, ni templos, ni aras, y tienen por insensatos a quienes lo hacen; lo cual, a mi juicio, deriva de que no piensan, como los griegos, que los dioses hayan nacido de los hombres. Suelen hacer sacrificios a Zeus[63], llamando así a todo el ámbito del cielo, y para ello se suben a los montes más elevados. Sacrifican también al sol, a la luna, a la tierra, al agua y a los vientos; siendo esas las únicas deidades que reconocen desde la más remota antigüedad; si bien después aprendieron de los asirios y árabes a sacrificar a Afrodita Urania; porque a Afrodita los asirios la llaman Milita; los árabes, Alilat; los persas, Mitra[64].

132. En los sacrificios que los persas hacen a sus dioses no levantan aras, ni encienden fuego, no derraman licores, no usan flautas, ni tortas, ni cebada molida. Lo que hacen es presentar la víctima en un lugar puro, y llevando la tiara ceñida las más de las veces con mirto, invocar a la divinidad a quien dedican el sacrificio; pero en esta invocación no debe pedirse bien alguno en particular, sino para todos los persas y para su rey, porque en el número de los persas se considera comprendido el que sacrifica. Después se divide la víctima en pequeñas porciones, y hervida la carne, se pone sobre un lecho de hierba muy suave, y regularmente sobre el trébol. Allí un mago de pie entona sobre la víctima la teogonía, canción para los persas la más eficaz y maravillosa. La presencia de un mago es indispensable en todo sacrificio. Concluido este, se lleva el sacrificante la carne y hace de ella lo que le agrada.

---

[63] Es decir, Ahura Mazda, dios supremo persa de la Luz y la Verdad, creador del mundo y, como Zeus, dios del cielo.
[64] En realidad, Mitra, divinidad masculina, es el sol; sin embargo, está estrechamente vinculado a la diosa persa de la fecundidad, Anahita.

133. El aniversario de su nacimiento es de todos los días el que celebran con preferencia, debiendo dar en él un convite, en el cual la gente más rica y principal suele sacar a la mesa bueyes enteros, caballos, camellos y asnos, asados en el horno, y los pobres se contentan con sacar reses menores. En sus comidas usan pocos manjares de sustancia, pero sí muchos postres, y no muy buenos. Por eso suelen decir los persas que los griegos se levantan de la mesa con hambre, descontando que después del plato principal nada se sirve que merezca la pena, pues si algo se presentase de gusto, no dejarían de comer hasta que estuviesen satisfechos. Los persas son muy aficionados al vino. Consideran de mala educación vomitar y orinar delante de otro. Después de bien bebidos, suelen deliberar acerca de los negocios de mayor importancia. Lo que entonces resuelven, lo propone otra vez el amo de la casa en que deliberaron, un día después; y si lo acordado les parece bien en ayunas, lo ponen en ejecución, y si no, lo revocan. También suelen volver a examinar cuando han bebido bien aquello mismo sobre lo cual han deliberado en estado de sobriedad.

134. Cuando se encuentran dos en la calle, se conoce luego si son o no de una misma clase, porque si lo son, en lugar de saludarse de palabra, se dan un beso en la boca; si el uno de ellos fuese de condición algo inferior, se besan en la mejilla; pero si la diferencia de posición resultase excesiva, postrándose, reverencia al otro. Dan el primer lugar en su aprecio a los que habitan más cerca, el segundo a los que siguen a estos, y así sucesivamente, tienen un bajísimo concepto de los que viven más distantes de ellos, presumiendo de ser los persas con mucha ventaja los hombres más excelentes del mundo. En tiempo de los medos, unas naciones de aquel imperio mandaron a las otras; si bien los medos, además de mandar a sus vecinos inmediatos, tenían el dominio supremo sobre todas ellas; las otras mandaban cada una a la que tenía más próxima. Este mismo orden observan los persas, de suerte que cada nación depende de una y manda a otra.

135. Ninguna gente adopta las costumbres y modas extranjeras con más facilidad que los persas. Persuadidos de que el traje de los medos era más gracioso y elegante que el suyo, visten a la meda; se arman para la guerra con el peto de los egipcios; procuran lograr todos los deleites que llegan a su conocimiento; y esto de tal manera que por el mal ejemplo de los griego, abusan de su familiaridad con los muchachos.

Cada particular suele tomar muchas mujeres por esposas y, con todo, son muchas las concubinas que mantienen en su casa.

136. Después del valor y esfuerzo militar, el mayor mérito de un persa consiste en tener muchos hijos; y todos los años el rey envía regalos al que prueba ser padre de la familia más numerosa, porque el mayor número es para ellos la mayor excelencia. En la educación de los hijos, que dura desde los cinco hasta los veinte años, solamente les enseñan tres cosas: montar a caballo, disparar el arco y decir la verdad. Ningún hijo se presenta a la vista de su padre hasta después de haber cumplido los cinco años, pues antes vive y se cría entre las mujeres de la casa, y esto se hace con la intención de que si el niño muriese en los primeros años de su crianza, ningún disgusto reciba por esto su padre.

137. Me parece bien esta costumbre, como también la siguiente: nunca el rey impone la pena de muerte, ni otro alguno de los persas castiga a sus familiares con pena grave por un solo delito, sino que primero se examina con mucha escrupulosidad si los delitos o faltas son más y mayores que los servicios y buenas obras, y solamente en el caso de que lo sean, se suelta la rienda al enojo y se procede al castigo. Dicen que nadie hubo hasta ahora que diese la muerte a sus padres, y que cuantas veces se ha dicho haberse cometido tan horrendo crimen, si se hiciesen las pesquisas necesarias, resultarían que los tales habían sido supuestos o nacidos de adulterio; porque no creo verosímil que un padre verdadero muera a manos de su propio hijo.

138. Lo que entre ellos no es lícito hacer, tampoco es lícito decirlo. Tienen por la primera de todas las infamias el mentir, y por la segunda, contraer deudas; diciendo, entre otras muchas razones, que necesariamente ha de ser mentiroso el que sea deudor. A cualquier ciudadano que tuviese lepra o albarazos no le es permitido ni acercarse a la ciudad ni tener comunicación con los otros persas; porque están en la creencia de que aquella enfermedad es castigo de haber pecado contra el sol. A todo extranjero que la padece, los más de ellos le echan del país, y también a las palomas blancas, alegando el mismo motivo. Veneran en tanto grado a los ríos que ni orinan, ni escupen, ni se lavan las manos en ellos, como tampoco permiten que ningún otro lo haga.

139. Una cosa he notado en la lengua persa, en que parece no han reparado los naturales, y es que todos los nombres que dan a los cuerpos y a las cosas grandes y excelentes terminan con una misma letra, que es la que los dorios llaman *san* y los jonios *sigma*. El que quiera hacer esta observación, hallará que no algunos nombres de los persas, sino todos, acaban absolutamente de la misma manera.

140. Lo que he dicho hasta aquí sobre los usos de los persas es una cosa cierta, de la que estoy bien informado. Pero es más oscuro y dudoso lo que suele decirse de que a ningún cadáver dan sepultura sin que antes haya sido arrastrado por un ave de rapiña o por un perro. Los magos acostumbran hacerlo así públicamente. Yo creo que los persas cubren primero de cera el cadáver y después lo entierran. Por lo que se refiere a los magos, no solamente se diferencian en sus prácticas del común de los hombres, sino también de los sacerdotes del Egipto. Estos ponen su perfección en no matar animal alguno, fuera de las víctimas que sacrifican: los magos, con sus propias manos, los matan todos; perdonando solamente al perro y al hombre, y se hacen problemas de matar no menos a las hormigas que a las serpientes, como también a los demás vivientes, tanto los reptiles como los que vayan por el aire. Pero basta de tales costumbres; volvamos a tomar el hilo de la historia.

141. En el momento que los lidios fueron conquistados por los persas con tanta velocidad, los jonios y los eolios enviaron a Sardes sus embajadores, solicitando de Ciro que los admitiese por vasallos con las mismas condiciones que lo eran antes de Creso. Oyó Ciro la pretensión y respondió con esta fábula: «Un flautista, viendo muchos peces en el mar, se puso a tocar su instrumento, con objeto de que, atraídos por la melodía, saltasen a tierra. No consiguiendo nada, tomó la red barredera, y echándola al mar, cogió con ella una muchedumbre de peces, los cuales, cuando estuvieron sobre la playa empezaron a saltar según su costumbre. Entonces el flautista se volvió a ellos y les dijo: Basta ya de tanto baile, supuesto que no quisisteis bailar cuando yo tocaba la flauta».

El motivo que tuvo Ciro para responder de esta manera a los jonios y a los eolios fue porque cuando él les pidió, mediante sus mensajeros, que se rebelasen contra Creso, no le dieron oído, y ahora, viendo la situación tan mal, se mostraban prontos a obedecerla.

Enojado, pues, contra ellos, les despachó con esta respuesta; y los jonios se volvieron a sus ciudades, fortificaron sus murallas y se reunieron en el santuario Panionio, al que todos asistieron, menos los milesios, porque con estos solo había concluido Ciro un tratado, admitiéndolos por vasallos con las mismas condiciones que a los lidios. Los demás jonios determinaron en el encuentro enviar embajadores a Esparta, solicitando, auxilios en nombre de todos.

142. Estos jonios, a quien pertenece el Panionio, han tenido la buena suerte de fundar sus ciudades bajo un cielo y un clima que es el mejor de cuantos habitan los hombres, al menos los que nosotros conocemos. Porque ni en la región superior, ni en la inferior, ni la que está situada a occidente, logran iguales ventajas, sufriendo unas los rigores del frío y la humedad, y experimentando otras el excesivo calor y la sequía. No hablan todos los jonios una misma lengua, y puede decirse que tienen cuatro dialectos diferentes. Mileto, la primera de sus ciudades, cae hacia el mediodía, y después siguen Miunte y Priene. Las tres están situadas en Caria y usan de la misma lengua. En Lidia está Éfeso, Colofón, Lebedos, Teos, Clazómenas y Focea; todas las cuales hablan una misma lengua, distinta de las que usan las tres ciudades arriba mencionadas. Hay todavía tres ciudades más de Jonia, dos de ellas en las islas de Samos y Quíos, y la otra, que es Eritras, fundada en el continente. Los quiotas y los eritreos tienen el mismo dialecto; pero los samios usan otro particular.

143. De estos pueblos jonios, los milesios se hallaban a cubierto del peligro y del miedo por su trato con Ciro, y los isleños nada tenía que temer de los persas, porque todavía no eran súbditos suyos los fenicios, y ellos mismos no eran gente a propósito para la marina. La causa porque los milesios se habían separado de los demás griegos no era otra sino la poca fuerza que tenía todo el cuerpo de los griegos, y en especial los jonios, sobremanera desvalidos y de casi ninguna consideración. Fuera de la ciudad de Atenas, ninguna otra había respetable. De aquí nacía que los otros jonios, y los mismos atenienses, se avergonzaban de su nombre, no queriendo llamarse jonios; y aún ahora me parece que muchos de ellos se avergüenzan de semejante apelativo. Pero aquellas doce ciudades no solo se preciaban de llevarle, sino que habiendo levantado un templo, le quisieron llamar con su mismo nombre Panionio, o «común a los jonios», y

aun tomaron la resolución de no admitir en él a ningún otro que los pueblos jonios, si bien debe añadirse que nadie pretendió semejante unión, a no ser los de Esmirna.

144. Algo igual hacen los dorios de Pentápolis, Estado que ahora se compone de cinco ciudades, y antes se componía de seis, llamándose Hexápolis. Estas se guardan de admitir a ninguno de los otros dorios en su templo, Triópico, y esto lo observan con tal rigor que excluyeron de su comunión a algunos de sus ciudadanos que habían violado sus leyes y ceremonias. El caso fue este: en los Juegos que celebraban en honor de Apolo Triopio, solían antiguamente adjudicar por premio a los vencedores unos trípodes de bronce, pero con la condición de no llevárselos, sino de ofrecerlos al dios en su mismo templo. Sucedió, pues, que un tal Agasicles de Halicarnaso, declarado vencedor, no quiso observar esta ley, y llevándose el trípode, le colgó en su misma casa. Por esta transgresión aquellas cinco ciudades, que eran Lindo, Yaliso, Camiro, Cos y Cnido, privaron de su comunidad a Halicarnaso, que era la sexta. Tal y tan severo fue el castigo con que la multaron.

145. Yo pienso que los jonios se repartieron en doce ciudades, sin querer admitir otras más en su confederación, porque cuando moraban en el Peloponeso estaban distribuidos en doce partidos; así como los aqueos, que fueron los que les echaron del país, formaban también ahora doce distritos. El primero es Pelene, inmediata a Sición; después sigue Egira y Egas, donde se halla el Cratis, río que siempre lleva agua, y del cual tomó su nombre el otro río Cratis, de Italia; en seguida viene Bura, Hélice, adonde los jonios se retiraron vencidos en batalla por los aqueos, Egion y Ripes; después Patras, Faras y Oleno, donde está el gran río Piro; y por último, Dime y los triteos, que es entre todas las ciudades el único pueblo de tierra adentro.

146. Estas son ahora las doce comunidades de los aqueos, y lo eran antes de los jonios, motivo por el cual estos se distribuyeron en doce ciudades. Porque suponer que los unos son más jonios que los otros o que tuvieron más noble origen, es ciertamente un desvarío; pues no solo los abantes, originarios de Eubea, los cuales nada tienen, ni aun el mismo nombre de la Jonia, hacen una parte, y no la menor, de los tales jonios, sino que además se hallan mezclados con ellos los minias orcomenios, los cadmeos, los dríopes, los focenses, separados de sus paisanos los molosos; los arcadios pelasgos, los dorios epidaurios y otras muchas naciones, que con los jonios se confundieron.

En cuanto a los jonios, que por haber partido del pritaneo[65] de los atenienses, quieren ser tenidos por los más puros de todos, se sabe de ellos que, no habiendo conducido mujeres para su colonia, se casaron con las carias, a cuyos padres habían quitado la vida; por cuya razón estas mujeres, juramentadas entre sí, se impusieron una ley, que trasmitieron a sus hijas, de no comer jamás con sus maridos, ni llamarles con este nombre, en atención a que habiendo matado a sus padres, maridos e hijos, después de tales insultos se habían juntado con ellas, todo lo cual sucedió en Mileto.

147. Estos colonos atenienses nombraron reyes, los unos a los licios, familia descendiente de Glauco, hijo de Hipóloco; los otros a los caucones pilios, descendientes de Codro, hijo de Melanto; y algunos los tomaban ya de una, ya de otra de aquellas dos casas. Todos ellos ambicionan con preferencia a los demás el nombre de jonios, y ciertamente lo son de origen verdadero; aunque de este nombre participan cuantos, procediendo de Atenas, celebran la fiesta llamada Apaturia[66], la cual es común a todos los jonios asiáticos, fuera de los efesios y colofonios, los únicos que en pena de cierto homicidio no la celebran.

148. El Panionio es un santuario que hay en Micale, hacia el Norte, dedicado en nombre común de los jonios a Poseidón Heliconio. Micale es un promontorio de tierra firme, que mira hacia el viento Céfiro, perteneciente a Samos. En este promontorio, los jonios de todas las ciudades solían celebrar una fiesta, a la que dieron el nombre de Panionia. Y es de notar que todas las fiestas, no solo de los jonios, sino de todos los griegos, tienen la misma propiedad que dijimos de los nombres persas, la de acabar en una misma letra.

---

[65] El pritaneo era la sede del gobierno de la polis, en tanto que albergaba a los prítanes, es decir, la comisión ejecutiva de la *boulé* o Consejo. Allí se guardaba el fuego sagrado de la ciudad, cuyas brasas eran trasladadas por los colonos a las nuevas fundaciones.
[66] Fiesta anual que se celebraba en el mes de *pianopsion* (octubre), en la que los padres presentaban ante la comunidad a sus hijos.

149. He dicho cuáles son las ciudades jonias; ahora referiré las eolias. Cime, por sobrenombre Fricónida, Lerisas, Muro Nuevo, Temno, Cila, Notion, Egiroesa, Pitana, Egeas, Mirina, Grinia. Estas son las once ciudades antiguas de los eolios, pues aunque también eran doce, todas en el continente, Esmirna, una de aquel número, fue separada de las otras por los jonios. Los eolios establecieron sus colonias en un terreno mejor que el de los jonios, pero el clima no es tan bueno.

150. Los eolios perdieron Esmirna de este modo: ciertos colofonios, vencidos en una revuelta civil y arrojados de su patria, hallaron en Esmirna un asilo. Estos fugitivos, un día en que los de Esmirna celebraban fuera de la ciudad una fiesta solemne a Dioniso, les cerraron las puertas y se apoderaron de la plaza. Concurrieron todos los eolios al socorro de los suyos, pero se terminó la contienda por medio de una transacción, en la que se convino que los jonios, quedándose con la ciudad, restituyesen los bienes muebles a los de Esmirna. Estos, conformándose con lo pactado, fueron repartidos en las otras once ciudades eolias, que los admitieron por ciudadanos.

151. En el número de las ciudades eolias de la tierra firme, no se incluyen los que habitan en el monte Ida, porque no forman un cuerpo con ellas. Otras hay también situadas en las islas. En la de Lesbos existen cinco, porque la sexta, que era Arisba, la redujeron bajo su dominación los de Metimna, siendo de la misma sangre. En Ténedos hay una y otra en las que llaman las cien islas. Todas estas ciudades insulares, lo mismo que los jonios de las islas, nada tenían que temer de Ciro; pero a los demás eolios les pareció conveniente confederarse con los otros jonios y seguirlos a dondequiera que les condujesen.

152. Luego que llegaron a Esparta los enviados de los jonios y eolios, habiendo hecho el viaje con toda velocidad, escogieron para que en nombre de todos llevase la voz a un cierto focense, llamado Pitermo; este, vestido de púrpura, con la mira de que muchos espartanos concurriesen atraídos por la novedad, se presentó ante ellos y con una larga arenga les pidió socorro. Los lacedemonios, bien lejos de dejarse persuadir por el orador, resolvieron no salir a la defensa de los jonios; con lo cual se volvieron los enviados. Sin embargo, despacharon algunos hombres en una pentecóntera[67], con el objeto, a mi parecer, de explorar el estado de las cosas de Ciro y de Jonia. Luego que estos llegaron a Focea, enviaron a Sardes, al que entre todos era tenido por hombre de mayor crédito, llamado Lacrines, con orden de comunicar a Ciro que se abstuviese de inquietar a ninguna ciudad de los griegos, cuyas injurias no podrían mirar con indiferencia.

153. Se dice que Ciro, después que el enviado acabó su propuesta, preguntó a los griegos próximos, qué especie de hombres eran los lacedemonios, y cuántos en número, para atreverse a hacerle semejante declaración, y que informado de lo que preguntaba, respondió al heraldo: «Nunca temí a unos hombres que tienen en medio de sus ciudades un lugar espacioso[68], donde se reúnen para engañar a otros con sus juramentos; y desde ahora les aseguro que si los dioses me conservan la vida, yo haré que se lamenten, no de las desgracias de los jonios, sino de las suyas propias». Este discurso iba dirigido contra todos los griegos, que tienen en sus ciudades un ágora destinada para la compra y venta de sus cosas, costumbre desconocida entre los persas, que no tienen ágoras en las suyas. Después de esto, dejando al persa Tabalo como gobernador de Sardes y dando al lidio Pactias la comisión de recaudar los tesoros de Creso y de los otros lidios, partió con sus tropas para Ecbatana, llevando consigo a Creso y teniendo por negocio de poca importancia el atacar sobre la marcha a los jonios. Bien es verdad que para esto le servían de impedimento Babilonia y la nación bactriana, los sacas y los egipcios, contra los cuales él mismo en persona quería conducir su ejército, enviando contra los jonios a cualquier otro general.

154. Apenas Ciro había salido de Sardes, cuando Pactias insurreccionó a los lidios, y habiendo bajado a la costa del mar, como tenía a su disposición todo el oro de Sardes, le fue fácil reclutar tropas mercenarias y persuadir a la gente de la marina a que le siguiesen en su expedición. Se dirigió, pues, hacia Sardes, puso a la ciudad sitio y obligó al gobernador Tabalo a encerrarse en la ciudadela.

---

[67] Embarcación ligera provista de cincuenta remos.
[68] Clara referencia al ágora («plaza» o «mercado»), centro de la vida pública de las ciudades griegas.

155. Ciro, en el camino, tuvo noticia de lo que pasaba, y hablando de ellos con Creso, le dijo: «¿Cuándo tendrán fin, ¡oh Creso!, estas cosas que me suceden? Ya está visto que esos lidios nunca vivirán en paz ni me dejarán tranquilo. Pienso que lo mejor sería reducirlos a la condición de esclavos. Ahora veo que lo que acabo de hacer con ellos es parecido a lo que hace un hombre que, habiendo dado muerte al padre, perdona a los hijos. Así yo, habiéndome apoderado de tu persona, que eras más que padre de los lidios, tuve el descuido de dejar en sus manos la ciudad; y ahora me maravillo de que se me rebelen». De este modo decía Ciro lo que sentía, y Creso, temeroso de la total ruina de Sardes, le dijo: «Tienes mucha razón —le responde—; pero me atrevo, señor, a suplicarte que no te dejes dominar del enojo, ni destruyas una ciudad antigua que es inocente de lo sucedido y de lo que ahora sucede.

»Antes fui yo el autor de la injuria, y pago la pena merecida; ahora, Pactias, a quien confiaste la ciudad de Sardes, es el amotinador que debe satisfacer a tu justa venganza. Pero a los lidios perdónales, y a fin de que no se levanten otra vez ni vuelvan a darte más cuidados, envíales una orden para que no tengan armas de las que sirven para la guerra, y mándales también que lleven una túnica talar debajo del vestido, que calcen coturnos, que aprendan a tocar la cítara y a cantar y que enseñen a sus hijos el oficio de mercaderes. Con estas providencias los verás pronto convertidos de hombres en mujeres, y cesará todo peligro de que se rebelen otra vez».

156. Tal fue la solución que sugirió Creso, teniéndole por más ventajoso para los lidios que no el ser vendidos como esclavos; porque bien sabía que al no proponer al rey un medio tan eficaz, no le haría mudar de resolución y, por otra parte, recelaba en extremo que si los lidios escapaban del peligro actual volverían a sublevarse en otra ocasión y perecerían por rebeldes a manos de los persas. Ciro, muy satisfecho con el consejo y desistiendo de su primer enojo, dijo a Creso que se conformaba con él; y llamando al efecto al medo Mazares, le mandó que informase a los lidios de cuanto le había sugerido Creso; que fuesen tratados como esclavos todos los demás que habían servido en la expedición contra Sardes, y que de todos modos le presentasen vivo delante de sí al mismo Pactias.

157. Dadas estas órdenes, continuó Ciro su viaje al interior de Persia. Entretanto, Pactias, informado de que estaba ya cerca el ejér-

cito que venía contra él, se llenó de pavor y se fue huyendo a Cime. Mazares, que al frente de una pequeña división del ejército de Ciro marchaba contra Sardes, cuando vio que no encontraba allí las tropas de Pactias, lo primero que hizo fue obligar a los lidios a ejecutar las órdenes de Ciro, que mudaron enteramente sus costumbres y métodos de vida. Después envió unos mensajeros a Cime, pidiendo le entregasen a Pactias. Los cimeos acordaron, antes de todo, consultar el caso con el dios que veneraban los Bránquidas, donde había un oráculo antiquísimo que acostumbraban consultar todos los pueblos de Eolia y de Jonia. Este oráculo estaba situado en el territorio de Mileto sobre el puerto Panormo.

158. Los cimeos, pues, enviaron emisarios a los Bránquidas, con el objeto de consultar lo que deberían hacer con Pactias, para dar gusto a los dioses. El oráculo respondió que fuese entregado a los persas. Ya se disponían a ejecutarlo, por hallarse una parte del pueblo inclinada a ello, cuando Aristódico, hijo de Heraclides, sujeto que gozaba entre sus conciudadanos de la mayor consideración, desconfiando de la realidad del oráculo y de la verdad de los consultantes, detuvo a los cimeos para que no lo ejecutasen hasta tanto que fuesen al templo otros emisarios, en cuyo número se comprendió el mismo Aristódico.

159. Luego que llegaron ante los Bránquidas, hizo Aristódico la consulta en nombre de todos: «¡Oh, numen sagrado! Se refugió en nuestra ciudad el lidio Pactias, huyendo de una muerte violenta. Los persas le reclaman ahora y mandan a los cimeos que se lo entreguen. Nosotros, por más que tememos el poder de los persas, no nos hemos atrevido a poner en sus manos a un hombre que se acogió a nuestro amparo hasta que sepamos claramente cuál es el partido que debemos seguir». El oráculo, del mismo modo que la primera vez, respondió que Pactias fuese entregado a los persas. Entonces Aristódico imaginó este ardid: se puso a dar vueltas por el templo y a echar de sus nidos a todos los gorriones y demás pájaros que encontraba. Se dice que fue interrumpido en esta operación por una voz que saliendo del santuario le dijo: «¿Cómo te atreves, hombre malvado y sacrílego, a sacar de mi templo a los que han buscado en él un asilo?». «¿Y será justo —respondió Aristódico sin turbarse— que vos, sagrado numen, miréis con tal esmero por vuestros suplicantes y mandéis que

los cimeos abandonemos al nuestro y le entreguemos a los persas?».
«Sí, lo mando —replicó la voz— para que por esa impiedad perezcáis
cuanto antes y no volváis otra vez a solicitar mis oráculos sobre la
entrega de los se han acogido a vuestra protección».

160. Los cimeos, oída la respuesta que llevaron sus emisarios, no
queriendo exponerse a perecer si le entregaban, ni a verse sitiado
si le retenían en la ciudad, le enviaron a Mitilene, a donde no tardó Mazares en despachar nuevos mensajeros, pidiendo la entrega
de Pactias. Los mitileneos estaban ya a punto de entregárselo por
cierta suma de dinero, pero la cosa no llegó a efectuarse, porque
los cimeos, llegando a saber de lo que se trataba, en una nave que
se destinó a Lesbos, embarcaron a Pactias y le trasladaron a Quíos.
Allí fue sacado violentamente del templo de Atenea, patrona de la
ciudad, y entregado, al fin, por los naturales de Quíos, los cuales le
vendieron a cuenta de Atarneo, que es un territorio de la Misia,
situado enfrente de Lesbos. Los persas, apoderados así de Pactias, le
tuvieron en prisión para presentársele vivo a Ciro. Durante mucho
tiempo ninguno de Quíos enharinaba las víctimas ofrecidas a los
dioses con la cebada cogida de Atarneo, ni del grano nacido allí se
hacían tortas para los sacrificios; y, en una palabra, nada de cuanto
se criaba en aquella comarca era admitido por legítima ofrenda en
ninguno de los templos.

161. Mazares, después que le fue entregado Pactias por los de
Quíos, emprendió la guerra contra las ciudades que habían concurrido a sitiar a Tabalo. Vencidos en ella los de Priene, los vendió como
esclavos, y haciendo sus correrías por las llanuras de Meandro, lo
saqueó todo y dio el botín a sus tropas. Lo mismo hizo en Magnesia;
pero luego enfermó y murió.

162. En su lugar vino a tomar el mando del ejército Harpago,
también medo de nación, el mismo a quien Astiages dio aquel impío
banquete y que tanto sirvió después a Ciro en la conquista del imperio. Luego que llegó a Jonia fue tomando las plazas, valiéndose de
trincheras y terraplenes; porque obligados los enemigos a retirarse
dentro de las murallas le fue preciso levantar obras de esta clase para
apoderarse de ellas. La primera ciudad que combatió fue la de Focea,
en Jonia.

163. Para decir algo de Focea, conviene saber que los primeros griegos que hicieron largos viajes por mar fueron los foceos, los cuales descubrieron el mar Adriático, Tirrenia, Iberia y Tarteso, no valiéndose de naves redondas, sino solo de sus pentecónteros. Habiendo llegado a Tarteso, supieron ganarse toda la confianza y amistad del rey de los tartesos, Argantonio, el cual hacía ochenta años que era señor de Tarteso, y vivió hasta la edad de ciento veinte; y era tanto lo que este príncipe los amaba que cuando la primera vez abandonaron Jonia les convidó con sus dominios, instalándose para que escogiesen en ellos la morada que más les conviniese. Pero viendo que no les podía persuadir y sabiendo de su boca el aumento que cada día tomaba el poder de los medos, tuvo la generosidad de darles dinero para la fortificación de su ciudad, y lo hizo con tal abundancia, que siendo el circuito de las murallas de no pocos estadios, bastó para fabricarlas todas de grandes y bien labradas piedras.

164. Así tenían los de Focea fortificada su ciudad cuando Harpago, haciendo avanzar a su ejército, les puso sitio; si bien antes les hizo la propuesta de que se daría por satisfecho con tal de que los foceos, demoliendo una sola de las obras de defensa que tenía la muralla, reservasen para el rey una casa. Los sitiados, que no podían llevar con paciencia la dominación extranjera, pidieron un solo día para deliberar, con la condición de que entretanto se retirasen las tropas. Harpago les respondió que, a pesar de conocer sus intenciones, consentía en darles tiempo para qué deliberasen. Mientras las tropas se mantuvieron separadas de la muralla, los foceos, sin perder momento, dispusieron sus naves y embarcaron en ellas a sus hijos y mujeres con todos sus muebles y alhajas, como también las estatuas y demás adornos que tenían en sus templos, menos los que eran de bronce o de mármol o consistían en pinturas. Puesto a bordo todo lo que podían llevarse consigo, se hicieron a la vela y se trasladaron a Quíos. Los persas ocuparon después la ciudad desierta de habitantes.

165. No quisieron los naturales de Quíos vender a los foceos las islas llamadas Enusas, recelosos de que en manos de sus huéspedes viniese a ser un gran emporio y quedasen ellos excluidos de las ventajas del comercio. Viendo esto los foceos determinaron navegar a Córcega, por dos motivos: el uno, porque veinte años antes, en virtud de un oráculo, habían fundado una colonia, en una ciudad llamada

Alalia, y el otro, por haber ya muerto su bienhechor Argantonio. Embarcados para Córcega, lo primero que hicieron fue dirigirse a Focea, donde pasaron a cuchillo la guarnición de los persas, a la cual Harpago había confiado la defensa de la ciudad. Dado este golpe de mano, se juramentaron con el solemne voto de no abandonarse en el viaje, pronunciando mil imprecaciones contra el que faltase a él, y echando después al mar una gran masa de hierro, hicieron una promesa de no volver otra vez a Focea hasta que aquella misma masa no apareciera nadando sobre el agua. Sin embargo, al emprender la navegación, más de la mitad de ellos no pudieron resistir al deseo de su ciudad y a la ternura y compasión que les inspiraba la memoria de los sitios y costumbres de la patria, y faltando a lo prometido y jurado, volvieron las proas hacia Focea. Pero los otros, fieles a su juramento, salieron de las islas Enusas y navegaron para Córcega.

166. Después de su llegada vivieron cinco años en compañía de los antiguos colonos, y edificaron allí sus templos. Pero como no dejasen en paz a sus vecinos, a quienes despojaban de lo que tenían, unidos de común acuerdo los tirrenos y los cartagineses, les hicieron la guerra, armando cada una de las dos naciones sesenta naves. Los foceos, habiendo tripulado y armado también sus bajeles hasta el número de sesenta, les salieron al encuentro en el mar de Cerdeña. Se dio un combate naval y se declaró la victoria a favor de los foceos; pero fue una victoria, como dicen, *cadmea*[69], por haber perdido cuarenta naves y quedando inútiles las otras veinte, cuyos espolones se torcieron con el choque. Después del combate volvieron a Alalia, y tomando a sus hijos y mujeres, con todos los enseres que las naves podían llevar, dejaron Córcega y navegaron hacia Regio.

167. Los prisioneros foceos que los cartagineses, y más todavía los tirrenos, hicieron en las naves destruidas fueron sacados a tierra y muertos a pedradas. De resultas, los agileos sufrieron una gran calamidad, pues todos los ganados de cualquiera clase y hasta los

---

[69] Expresión equivalente a nuestra «victoria pírrica», es decir, aquella victoria que se obtiene pagando un alto precio. Puede hacer referencia a la guerra fratricida en la que perdieron la vida los hijos de Edipo, descendientes de Cadmo, el fundador de Tebas, o bien al propio Cadmo, que en el momento de la fundación de Tebas perdió a cinco compañeros suyos en un enfrentamiento contra un dragón.

hombres mismos que pasaban por el campo donde los foceos fueron apedreados quedaban mancos, tullidos o apopléjicos. Para expiar aquella culpa enviaron a consultar a Delfos, y la Pitia les mandó que celebrasen, como todavía lo practican, unas magníficas exequias en honor de los muertos, con juegos atléticos y carreras de caballos. Los otros foceos que se refugiaron en Regio, saliendo después de esta ciudad, fundaron el territorio de Enotria, una colonia que ahora llaman Hiele; esto lo hicieron por haber oído a un hombre, natural de Posidonia, que la Pitia les había dicho en su oráculo que fundasen a Cirno, que es el nombre de un héroe, y no debía equivocarse con el nombre de la isla.

168. Una suerte muy parecida a la de los foceos tuvieron los teyos, pues estrechando Harpago su plaza con las obras que levantaba, se embarcaron en sus naves y se fueron a Tracia, donde habitaron en Abdera, ciudad que antes había edificado Timesio el clazomenio, puesto que no la había podido disfrutar por haberle arrojado de ella los tracios; pero al presente, los teyos de Abdera le honran como a un héroe.

169. De todos los jonios estos fueron los únicos que, no pudiendo tolerar el yugo de los persas, abandonaron su patria; pero los otros (dejando aparte a los de Mileto) hicieron frente al enemigo, y mostrándose hombres de valor, combatieron en defensa de sus hogares hasta que, vencidos al cabo y hechos prisioneros, se quedaron cada uno en su país bajo la obediencia del vencedor. Los milesios, según ya dije antes, como habían hecho alianza con Ciro, se estuvieron quietos y sosegados. En conclusión, así fue cómo Jonia fue avasallada por segunda vez. Los jonios que moraban en las islas, cuando vieron que Harpago había sujetado ya a los del continente, temerosos de que les acaeciese otro tanto, se entregaron voluntariamente a Ciro.

170. Oigo decir que a los jonios, celebrando en medio de sus apuros un encuentro en el Panionio, les dio el sabio Biante, natural de Priene, un consejo provechoso, que si le hubiesen seguido hubieran podido ser los más felices de la Grecia. Los exhortó a que, formando todos una sola escuadra, se fuesen a Cerdeña y fundaran allí un solo estado, compuesto de todas las ciudades jonias; con lo cual, libres de la servidumbre, vivirían dichosos, poseyendo la mayor isla de todas y teniendo el mando en otras, porque si querían permanecer en Jonia no les quedaba, en su opinión, esperanza alguna de mantenerse libres e independientes.

También era muy acertado el consejo que antes de llegar a su ruina les había dado el célebre Tales, natural de Mileto, pero de una familia venida antiguamente de Fenicia. Este les proponía que se estableciese para todos los jonios una junta suprema en Teos, por hallarse esta ciudad situada en medio de Jonia, sin perjuicio de que las otras tuviesen igual que antes sus leyes particulares, como si fuese cada una un distrito separado.

171. Harpago, después que hubo conquistado Jonia, volvió sus fuerzas contra los carios, los caunios y los licios, llevando ya consigo las tropas jonias y eolias. Estos carios son una nación que, dejando las islas, se pasó al continente; y según yo he podido conjeturar, informándome de lo que se dice acerca de las edades más remotas, siendo ellos antiguamente súbditos de Minos, con el nombre de léleges, moraban en las islas de Asia y no pagaban ningún tributo, sino cuando lo pedía Minos, le tripulaban y armaban sus navíos; y como este monarca, siempre feliz en sus expediciones, hiciese muchas conquistas, se distinguió en ellas la nación caria, mostrándose la más valerosa y apreciable de todas. A la misma nación se debe el descubrimiento de tres cosas que usan los griegos; pues ella fue la que enseñó a poner crestas o penachos en los morriones, a pintar emblemas en los escudos y a pegar en los mismos unas correas a manera de asas, siendo así que hasta entonces todos los que usaban escudo le llevaban sin aquellas asas, y solo se servían para manejarle de una banda de cuero que colgadas del cuello y del hombro izquierdo se unían al mismo escudo. Los carios, después de haber habitado mucho tiempo en las islas, fueron arrojados de ellas por los jonios y dorios y se pasaron al continente.

Esto es lo que dicen los cretenses; pero los carios pretenden ser originarios de tierra firme y haber tenido siempre el mismo nombre que ahora; y en prueba de ello muestran en Milasa un antiguo templo de Zeus Cario, el cual es común a los misios, como hermanos que son de los carios, puesto que Lido y Miso, como ellos dicen, fueron hermanos de Car. Los pueblos que tienen otro origen, aunque hablan la lengua de los carios, no participan de aquel templo.

172. Los caunios, a mi entender, son originarios del país, por más que digan ellos mismos que proceden de Creta. Es difícil determinar si fueron ellos los que adoptaron la lengua caria o los carios la suya; lo cierto es que tienen unas costumbres muy diferentes de los demás hombres y de los carios mismos. En sus convites se acepta que se reúnan confusamente los hombres, las mujeres y los niños, según la edad y grado de amistad que medien entre ellos. Al principio adoptaron el culto extranjero, pero arrepintiéndose después y no queriendo tener más dioses que los suyos propios, tomaron todos ellos las armas y, golpeando con sus lanzas el aire, caminaron de este modo hasta llegar a los confines de Calinda, diciendo, entre tanto, que con aquella acción echaban de su país a los dioses extranjeros.

173. Los licios traen su origen de la isla de Creta, que antiguamente estuvo habitada por los bárbaros. Cuando los hijos de Europa, Sarpedón y Minos, disputaron en ella el imperio, quedó Minos vencedor en la contienda y echó fuera de Creta a Sarpedón con todos sus partidarios. Estos se refugiaron en Milíade, comarca de Asia Menor, y la misma que al presente ocupan los licios. Sus habitantes se llamaban entonces solimos. Sarpedón tenía el mando de los licios, que a la sazón se llamaban los termilas, nombre que habían traído consigo y con el que todavía los llaman sus vecinos. Pero después que Lico, el hijo de Pandión, fue arrojado de Atenas por su hermano Egeo y refugiándose a la protección de Sarpedón se pasó a los termilas, estos vinieron con el tiempo a mudar de nombre, y tomando el de Lico se llamaron licios. Sus leyes, en parte, son cretenses y, en parte, carias; pero tienen cierto uso muy particular en el que se diferencian del resto de los hombres, y es el de tomar el apellido de las madres y no de los padres; de suerte que si a uno se le pregunta quién es y de qué familia procede, responde repitiendo el nombre de su madre y el de sus abuelos maternos. Por la misma razón, si una mujer libre se casa con un esclavo, los hijos son tenidos por libres y legítimos; y, si al contrario, un hombre libre, aunque sea de los primeros ciudadanos, toma una mujer extranjera o vive con una concubina, los hijos que nacen de semejante unión son mirados como personas sin derechos.

174. Los carios en aquella época, sin dar prueba alguna de valor, se dejaron conquistar por Harpago; y lo mismo sucedió a los griegos que habitaban en aquella región. En ella moran los cnidios, colonos de los lacedemonios, cuyo país está en la costa del mar y se llama Triopio. Cnidia, empezando en la península de Bibaso, es un

terreno rodeado casi todo por el mar, pues solo está unido con el continente por un paso de cinco estadios de ancho. Le baña por el norte el golfo Cerámico y por el sur el mar de Sima y de Rodas. Los cnidios, queriendo hacer que toda la tierra fuera una isla perfecta, mientras Harpago se ocupaba en someter Jonia, trataron de cortar el istmo que los une con la tierra firme, empleando mucha gente en la excavación, notaron que los trabajadores padecían muchísimo en sus cuerpos y particularmente en los ojos de resultas de las piedras que rompían, y atribuyendo a prodigio o castigo divino, enviaron sus mensajeros a Delfos para consultar cuál fuese la causa de la dificultad y la resistencia que encontraban. La Pitia, según nos cuentan los cnidios, les respondió así:

> Al istmo no toquéis de ningún modo.
> Isla sería si Zeus lo quisiese.

Recibida esta respuesta suspendieron los cnidios las excavaciones, y sin hacer la menor resistencia se entregaron a Harpago, que con su ejército venía marchando contra ellos.

175. Más arriba de Halicarnaso moraban tierra adentro los pedaseos. Siempre que a estos o a sus vecinos les amenaza algún desastre, sucede que a la sacerdotisa de Atenea le crece una gran barba, cosa que entonces le aconteció por tres veces. Los pedaseos fueron los únicos en toda Caria que por algún tiempo hicieron frente a Harpago y le dieron mucho en qué pensar, fortificando el monte que llaman Lida; mas por último, quedaron vencidos y arruinados.

176. Cuando Hárpago conducía sus tropas al territorio de Janto, los licios de aquella ciudad le salieron al encuentro y, peleando pocos contra muchos, hicieron prodigios de valor; pero vencidos al cabo y obligados a encerrarse dentro de la ciudad, reunieron en la fortaleza a sus mujeres, hijos, dinero y esclavos, y pegándola fuego la redujeron a cenizas; después de lo cual, conjurados entre sí con las más horribles imprecaciones, salieron con disimulo de la plaza y pelearon de modo que todos ellos murieron con las armas en la mano. Por este motivo muchos que dicen ahora ser licios de Janto son advenedizos, menos ochenta familias que, hallándose a la sazón fuera de su patria, sobrevivieron a la ruina común. De este modo se

apoderó Harpago de la ciudad de Janto y de un modo semejante de la de Cauno, habiendo los caunios imitado casi en todo a los licios.

177. Mientras Harpago destruía el Asia inferior, Ciro, en persona, sometía las naciones del Asia superior[70], sin perdonar a ninguna. Nosotros pasaremos en silencio la mayor parte, tratando únicamente de aquellas cuya resistencia le dieron más que hacer y que son más dignas de memoria.

178. Ciro, pues, cuando tuvo bajo su obediencia todo aquel continente[71], pensó en hacer la guerra a los asirios. Asiria tiene muchas y grandes ciudades, pero de todas ellas la más famosa y fuerte era Babilonia, donde existía la corte y los palacios reales después que Nínive fue destruida. Situada en una gran llanura viene a formar un cuadro cuyos lados tienen cada uno de frente ciento veinte estadios, de suerte que el ámbito de toda ella es de cuatrocientos ochenta. Sus obras de fortificación y ornato son las más perfectas de cuantas ciudades conocemos. Primeramente la rodea un foso profundo, ancho y lleno de agua. Después la ciñen unas murallas que tienen de ancho cincuenta codos reales y de alto hasta doscientos, siendo el codo real tres dedos mayor que el codo común y ordinario[72].

179. Conviene decir en qué se empleó la tierra sacada del foso y cómo se hizo la muralla. La tierra que sacaban del foso la empleaban en formar ladrillos, y luego que estos tenían la consistencia necesaria los llevaban a cocer a los hornos. Después, valiéndose, en vez de argamasa, de cierto betún caliente, iban ligando la pared de treinta en treinta filas de ladrillos con unos cestones hechos de caña, edificando primero de este modo los labios o bordes del foso, y luego la muralla misma. En lo alto de esta fabricaron por una y otra parte unas casillas de un solo piso, las unas enfrente de las otras, dejando en medio el espacio suficiente para que pudiese dar vueltas una carroza. En el recinto de los muros hay cien puertas de bronce, con sus quicios y umbrales del mismo metal. A ocho jornadas de Babilonia se halla una ciudad que se llama Is, en la cual hay un río no muy grande

---

[70] «Inferior» y «superior» con respecto al río Halis.
[71] Asia Menor.
[72] El codo real medía unos 52 cm.

que tiene el mismo nombre y va a desembocar al Éufrates. El río Is lleva mezclado con su corriente algunos grumos de asfalto o betún, de donde fue conducido a Babilonia el que sirvió para sus murallas.

180. La ciudad está dividida en dos partes por el río Éufrates, que pasa por medio de ella. Este río, grande, profundo y rápido baja de Armenia y va a desembocar en el mar Eritreo. La muralla, por entrambas partes, haciendo un recodo llega a dar con el río, y desde allí empieza una pared hecha de ladrillos cocidos, la cual va siguiendo por la ciudad adentro las orillas del río. La ciudad, llena de casas de tres y cuatro pisos, está cortada por unas calles rectas, así las que corren a lo largo, como las transversales que cruzan por ellas yendo a parar al río. Cada una de estas últimas tiene una puerta de bronce en la cerca que se extiende por las márgenes del Éufrates; de manera que son tantas las puertas que van a dar al río, cuantos son los barrios entre calle y calle.

181. El muro por la parte exterior es como la loriga de la ciudad, y en la parte inferior hay otro muro que también la ciñe, el cual es más estrecho que el otro, pero no mucho más débil. En medio de cada uno de los dos grandes cuarteles en que la ciudad se divide, hay levantados dos fortificaciones. En una está el palacio real, rodeado de un muro grande y resistente, y en la otra un santuario de Zeus Belo[73], con sus puertas de bronce. Este santuario, que todavía duraba en mis días, es cuadrado y cada uno de sus lados tiene dos estadios; en medio de él se ve fabricada una torre maciza[74] que tiene un estadio de altura y otro de espesor. Sobre esta se levanta otra segunda, después otra tercera y así sucesivamente hasta llegar al número de ocho torres. Alrededor de todas ellas hay una escalera por la parte exterior, y en la mitad de las escaleras un rellano con asientos, donde pueden descansar los que suben. En la última torre se encuentra un templo, y dentro de él una gran cama magníficamente dispuesta, y a su lado una mesa de oro. No se ve allí estatua alguna, y nadie puede quedarse de noche, fuera

---

[73] Palacio y santuario de Bel-Marduk o Baal, suprema divinidad solar de Babilonia.
[74] Zigurat llamado Etemenanki: la torre de Babel; acaso un observatorio desde el que los caldeos, famosos por su conocimiento de los astros, estudiaban el firmamento.

de una sola mujer, hija del país, a quien entre todas escoge el dios, según refieren los caldeos, que son sus sacerdotes.

182. Dicen también los caldeos (aunque yo no les doy crédito) que viene por la noche el dios y la pasa durmiendo en aquella cama, del mismo modo que sucede en Tebas de Egipto, como nos cuentan los egipcios, en donde duerme una mujer en el templo de Zeus tebano[75]. En ambas partes aseguran que aquellas mujeres no tienen allí comunicación con hombre alguno. También sucede lo mismo en Patara de Licia, donde la sacerdotisa, todo el tiempo que reside allí el oráculo, queda por la noche encerrada en el templo.

183. En el mismo santuario de Babilonia hay en el piso interior otro templo, en el cual se halla una gran estatua de Zeus sentado que es de oro; junto a ella una gran mesa también de oro, siendo del mismo metal la silla y la tarima. Estas piezas, según dicen los caldeos, no se hicieron con menos de ochocientos talentos de oro. Fuera del templo hay un altar de oro y además otro grande para las reses ya crecidas, pues en el de oro solo es permitido sacrificar víctimas tiernas y de leche. Todos los años, el día en que los caldeos celebran la fiesta de su dios, queman en la mayor de estas dos aras mil talentos de incienso. En el mismo templo había anteriormente una estatua de doce codos, toda ella de oro macizo, que yo no he visto, y solamente refiero lo que dicen los caldeos. Darío, el hijo de Histaspes, formó el proyecto de apropiárselo cautelosamente, pero no se atrevió a quitarla.

Su hijo Jerjes la quitó por fuerza, dando muerte al sacerdote que se oponía a que se la moviese de su sitio. Tal es el adorno y la riqueza de este templo, sin contar otros muchos donativos que los particulares le habían hecho.

184. Entre los muchos reyes de la gran Babilonia que se esmeraron en la fábrica y adorno de las murallas y templos, de quienes haré mención tratando de los asirios, hubo dos mujeres; la primera, llamada Semíramis[76], que reinó cinco generaciones antes de la segun-

---

[75] El templo de Amón en la Tebas egipcia.
[76] Reina asiria que adquirió trazas legendarias entre los griegos, haciéndola hija de una diosa (Derceto) con rostro de mujer y cuerpo de pez. Abandonada en su nacimiento, unas palomas la alimentaron hasta que fue rescatada por un pastor.

da, fue la que levantó en aquellas llanuras unos diques y terraplenes dignos de admiración, con el objeto de que el río no inundase, como anteriormente, los campos.

185. La segunda, que se llamó Nitocris[77], siendo más política y sagaz que la otra, además de haber dejado muchos monumentos que mencionaré después, procuró tomar cuantas medidas pudo contra el imperio de los medos, el cual, ya grande y poderoso, lejos de contenerse pacífico dentro de sus límites, había ido conquistando muchas ciudades, entre ellas la célebre Nínive.

Primeramente, viendo que el Éufrates que corre por medio de la ciudad llevaba hasta ella un curso recto, abrió muchas acequias en la parte superior del país, llevando el agua por ellas, hizo dar tantas vueltas al río, que por tres veces viniese a tocar en una misma aldea de la Asiria llamada Arderica; de suerte que los que ahora, saliendo de las costas del mar, quieren pasar a Babilonia, navegando por el Éufrates por tres veces y en tres días diferentes pasan por aquella aldea. En las dos orillas del río amontonó tanta tierra e hizo con ella tales márgenes que asombra la grandeza y elevación de estos diques. Además de esto, en un lugar que cae en la parte superior y está muy lejos de Babilonia, mandó hacer una gran excavación con el objeto de formar una laguna artificial, poco distante del mismo río. Se cavó la tierra hasta encontrarse con el agua viva, y el circuito de la gran hoya que se formó tenía cuatrocientos veinte estadios. La tierra que salió de aquella concavidad sirvió para construir los parapetos en las orillas del río; y alrededor de la misma laguna se fabricó un margen con las piedras que al efecto se habían allí conducido. Ambas cosas, la tortuosidad del río y la excavación para la laguna se hicieron con la mira de que la corriente del río, cortada con varias vueltas, fuese menos rápida y la navegación para Babilonia más larga; y de que, además, obligase la laguna a dar un rodeo a los que caminasen por tierra. Por esta razón mandó Nitocris hacer aquellas obras en la parte del país, donde estaba el paso desde Media y el atajo para su reino,

---

[77] Tal vez la reina Naqia, que reinó entre el 683 y el 670 a. C., si bien hay estudiosos que proponen que bajo ese nombre se encuentra el de Nabucodonosor, cuyo nombre habría malinterpretado Heródoto.

queriendo que los medos no pudiesen comunicar fácilmente con sus vasallos, ni enterarse de sus cosas.

186. Con sus excavaciones procuró al estado defensas, sacando al mismo tiempo otras ventajas. Estando Babilonia dividida por el río en dos grandes cuarteles, cuando alguien en tiempo de los reyes anteriores quería pasar de un cuartel a otro, le era forzoso hacerlo en barca, cosa que, según yo me imagino, debería ser molesta y enredosa. Al fin de remediar este inconveniente, después de haber abierto el gran estanque, se sirvió de él para fabricar otro monumento utilísimo.

Hizo cortar y labrar unas piedras de extraordinario tamaño, y cuando estuvieron ya dispuestas y hecha la excavación, torció y encaminó toda la corriente del río al lugar destinado para la laguna. Mientras esta se iba llenando, se secaba la madre antigua del río. En el tiempo que duró esta operación, mandó hacer dos cosas: edificar en las orillas que corren por dentro de la ciudad y a las cuales se baja por las puertas que cada calle tiene, una margen de ladrillos cocidos, semejantes a las obras de la muralla, y construir un puente, en medio poco más o menos de la ciudad, con las piedras labradas de antemano, uniéndolas entre sí con hierro y plomo. Sobre las pilastras de esta fábrica se tendía un puente hecho de unos maderos cuadrados, por donde se daba paso a los babilonios durante el día; pero se retiraban los maderos por la noche para impedir muchos robos, que se pudiesen cometer por la facilidad de pasar de una parte a otra. Después que con la venida del río se llenó la laguna y estuvo concluido el puente, restituyó el Éufrates a su antiguo cauce; con lo cual, además de proporcionar la conveniencia del vecindario, logró que se creyese muy acertada la excavación del pantano.

187. Esta misma reina quiso urdir un artificio para engañar a los futuros invasores. Encima de una de las puertas más frecuentadas de la ciudad, en el lugar más visible de ella, hizo construir su sepulcro, en cuyo frente grabó esta inscripción: «Si alguno de los reyes de Babilonia posterior a mí escaseare de dinero, abra este sepulcro y tome lo que quiera; pero si lo tuviera, de ningún modo lo abra, porque no le vendrá bien». Este sepulcro permaneció intacto hasta que la corona recayó en Darío, el cual, incomodado de no usar aquella puerta y de no aprovecharse de aquel dinero, particularmente cuando el mismo tesoro le estaba convidando, determinó abrir el sepulcro.

Darío no usaba la puerta, por no tener al pasar por ella un muerto sobre su cabeza. Abierto el sepulcro no se encontró dinero alguno, sino solo el cadáver y un escrito con estas palabras: «Si no fueses insaciable de dinero y no te valieses para adquirirle de medios ruines no hubieras escudriñado las arcas de los muertos».

188. Ciro salió a luchar contra un hijo de esta reina que se llamaba Labineto, lo mismo que su padre, que reinaba entonces en Asiria. Cuando el Gran Rey (pues este es el título que se da al de Babilonia) se pone al frente de sus tropas y marcha contra el enemigo, lleva dispuestas de antemano las provisiones necesarias, y hasta el agua del río Coaspes que pasa por Susa, porque no bebe de otra alguna. Con este objeto le siguen siempre, a donde quiera que viaje, muchos carros de cuatro ruedas, tirados por mulas; los cuales conducen unas vasijas de plata en que va cocida el agua del Coaspes.

189. Cuando Ciro, caminando hacia Babilonia, estuvo cerca del Gindes (río que tiene sus fuentes en las montañas del país de lo matienos, y corriendo después por el de los dardaneos, va a entrar en el Tigris, otro río que pasando por la ciudad de Opis desagua en el mar Eritreo), trató de pasar aquel río, lo cual no puede hacerse sino con barcas. Entretanto, uno de los caballos sagrados y blancos que tenía, saltando con brío al agua, quiso salir a la otra parte, pero sumergido entre los remolinos, le arrebató la corriente. Irritado Ciro contra la insolencia del río le amenazó con dejarle tan pobre y desvalido, que hasta las mujeres pudiesen atravesarle sin que les llegase el agua a las rodillas. Después de esta amenaza, difiriendo la expedición contra Babilonia, dividió su ejército en dos parte, y en cada una de las orillas del Gindes señaló con unos cordeles ciento ochenta acequias, todas ellas dirigidas de varias maneras; ordenó después que su ejército las abriese, y como era tanta la muchedumbre de trabajadores, llevó a cabo la empresa pero no con tanta rapidez como para no emplear sus tropas en ella todo aquel verano.

190. Después que Ciro hubo castigado al río Gindes, desangrándole en trescientos sesenta canales, esperó que volviese la primavera y se puso en camino con su ejército para Babilonia. Los babilonios, armados, le estaban aguardando en el campo, y luego que llegó cerca de la ciudad le presentaron batalla, en la cual, quedando vencidos, se encerraron dentro de la plaza. Instruidos del carácter turbulento de Ciro, pues le habían

visto acometer igualmente a todas las naciones, cuidaron de tener la ciudad abastecida de víveres por muchos años, de suerte que por entonces ningún cuidado les daba el sitio. Al contrario, Ciro, viendo que el tiempo corría sin adelantar cosa alguna, estaba perplejo y no sabía qué partido tomar.

191. En medio de su apuro, ya fuese que alguno se lo aconsejase o que él mismo lo discurriese, tomó esta resolución. Dividiendo sus tropas, formó las unas cerca del río en la parte por donde entra en la ciudad, y las otras en la parte opuesta, dándoles orden de que luego que viesen disminuir la corriente hasta permitir el paso entraran por el río en la ciudad. Después de estas disposiciones se marchó con la gente menos útil de su ejército a la famosa laguna y en ella hizo con el río lo mismo que había hecho la reina Nitocris. Abrió una acequia e introdujo por medio de ella el agua en la laguna, que a la sazón estaba convertida en un pantano, logrando de este modo desviar la corriente del río y hacer vadeable la madre.

Cuando los persas, apostados a las orillas del Éufrates, le vieron menguado de manera que el agua no les llegaba más que a la mitad del muslo se adentraron por él en Babilonia. Si en aquella ocasión hubiesen presentido los babilonios lo que Ciro iba a practicar o no hubiesen confiado mínimamente que los persas no podrían entrar en la ciudad, hubieran acabado malamente con ellos. Porque solo cerrando todas las puertas que miran al río y subiéndose sobre las cercas que corren por sus márgenes, les hubieran podido coger como a los peces en la red. Pero entonces fueron sorprendidos por los persas; y según dicen los habitantes de aquella ciudad estaban ya prisioneros los que moraban en los extremos de ella. Los que vivían en el centro ignoraban absolutamente lo que pasaba, debido a la gran extensión del pueblo. Ya que siendo, además, un día de fiesta, se hallaban bailando y divirtiéndose en sus convites y festines en los cuales continuaron, hasta que del todo se vieron en poder del enemigo. De este modo fue tomada Babilonia la primera vez.

192. Para dar una idea de cuánto era la grandeza y el poder de los babilonios, entre las muchas pruebas que pudieran alegarse, referiré lo siguiente: «Todas las provincias del Gran Rey están repartidas de modo que, además del tributo ordinario, deben suministrar por su turno los alimentos para el soberano y su ejército. De los doce meses del año, cuatro están a cargo de la sola provincia de Babilonia, y en los otros contribuye a la manutención de lo restante del Asia. Por donde se ve que en aquel país de Asiria está reputado por la tercera parte del imperio; y su gobierno, que los persas llaman satrapía, es con mucho el mejor y principal de todos, de tal manera que el hijo de Artabazo, llamado Tritantecmes, a quien dio el mando de aquella provincia, percibía diariamente una artaba llena de plata, siendo la artaba una medida persa que tiene un medimno y tres quénices áticos[78]. Este mismo, sin contar los caballos destinados a la guerra, tenía para fomentar la casta ochocientos caballos padres y dieciséis mil yeguas, cubriendo cada caballo padre veinte de sus yeguas. Y era tanta la abundancia de los perros indios que al mismo tiempo criaba, que para darles de comer habían destinado cuatro grandes aldeas de aquella comarca, exenta de las demás contribuciones.

193. En la campiña de los asirios llueve poco y únicamente lo que basta para que el trigo nazca y se arraigue. Las tierras se riegan con el agua del río, pero no con inundaciones periódicas como en Egipto, sino a fuerza de brazos y de norias. Porque toda la región de Babilonia, del mismo modo que la de Egipto, está cortada con varias acequias, siendo navegable la mayor, la cual se dirige hacia el solsticio de invierno, y tomada del Éufrates llega al Tigris, en cuya orilla está Nínive.

Esta es la mejor tierra del mundo que nosotros conocemos para la producción del grano; bien es verdad que no puede disputar la preferencia en cuanto a los árboles, como la higuera, la vid y el olivo. Pero en los frutos de Deméter es tan abundante y fértil que dan siempre doscientos por uno, y en las cosechas extraordinarias suelen llegar a trescientos. Allí las hojas del trigo y de la cebada tienen de ancho, sin disputa alguna, hasta cuatro dedos, y aunque he averiguado lo que pudiera decir sobre la altura del mijo y del sésamo, que se parece a la de los árboles, me abstendré hablar de ello, pues estoy persuadido de que les parecerá increíble a los que no hayan visitado la comarca de Babilonia, cuanto diga tocante a los frutos de aquel país.

---

[78] Medidas de capacidad: el medimno equivale a 51,84 litros y el quénice 1,08, de modo que la artaba equivale a 55,08 litros.

No hacen uso alguno del aceite de oliva, sirviéndose del que sacan del sésamo. Están llenos los campos de palmeras, que en todas partes nacen, y con el fruto que las más de ellas producen se proporcionan pan, vino y miel. El modo de cultivarlas es el que se usa con las higueras. Porque tomando el fruto de las palmeras, que los griegos llaman machos, lo atan a las hembras, que son las que dan los dátiles, con la mira de que cierto insecto se meta dentro de los dátiles, para ayudarles a madurar y conseguir que no se caiga el fruto de la palma, pues que la palma macho cría en su fruto un insecto semejante al del cabrahigo.

194. Voy a referir una cosa que, prescindiendo de la ciudad misma, es para mí la mayor de todas las maravillas de aquella tierra. Los barcos en que navegan río abajo hacia Babilonia son de figura redonda y están hechos de cuero. Los habitantes de Armenia, pueblo situado encima de los asirios, fabrican las costillas del barco con varas de sauce, y por la parte exterior las cubren extendiendo sobre ellas unas pieles, que sirven de suelo, sin distinguir la popa ni estrechar la proa y haciendo que el barco venga a ser redondo como un escudo. Llenan después todo el barco de heno, llenándole con varios géneros y en especial con ciertas tinajas de palmera llenas de vino; le echan al agua y dejan que se vaya río abajo. Gobiernan el barco dos hombres en pie por medio de dos remos a manera de palas. El uno boga hacia adentro y el otro hacia afuera.

De estos barcos se construyen unos muy grandes y otros más reducidos; los mayores suelen llevar una carga de cinco mil talentos. En cada uno va por lo menos un asno vivo y en los mayores muchos. Luego que han llegado a Babilonia y despachado la carga, pregonan para la venta las costillas y armazón del barco, juntamente con todo el heno que hay dentro. Cargan después en sus jumentos los cueros y parten con ellos para Armenia, porque es del todo imposible volver navegando río arriba a causa de la rapidez de sus corrientes. Y también es esta la razón por la que no fabrican sus barcos de tablas, sino de cuero que pueden ser vueltos con más facilidad a su país. Concluido el viaje tornan a construir sus embarcaciones de la misma manera.

195. Su modo de vestir es el siguiente: llevan una túnica de lino que les llega hasta los pies, y sobre esta otra de lana, y encima de todo una especie de capotillo blanco. Usan cierto calzado propio de su país, que viene a ser muy parecido a las sandalias de Beocia. Se dejan crecer el cabello y le atan y cubren con sus mitras o turbantes, ungiéndose todo el cuerpo con ungüentos preciosos. Cada uno lleva un anillo con su sello y también un bastón bien labrado, en cuyo puño se ha dado forma a una manzana, una rosa, un lirio, un águila u otra cosa semejante, pues no les permite la moda llevar el bastón sin alguna insignia.

196. Entre sus leyes hay una, a mi parecer, muy sabía, de la que según oigo decir usan también los vénetos, pueblo de Iliria. Consiste en una función muy particular que se celebra una vez al año en todas las poblaciones. Luego que las muchachas tienen edad para casarse las reúnen todas y las conducen a un sitio en torno del cual hay una multitud de hombres en pie. Allí, el pregonero las hace levantar de una en una y las va vendiendo, empezando por la más hermosa de todas. Después que ha despachado a la primera por un alto precio pregona a la que sigue en hermosura, y así las va vendiendo, no por esclavas, sino para que sean esposas de los compradores. De este modo sucedió que los babilonios más ricos y que se hallaban en estado de casarse, tratando de superarse unos a otros en la generosidad de la oferta, adquirían las mujeres más lindas y agraciadas. Pero los plebeyos que deseaban tomar por esposa, no pretendiendo ninguna de aquellas bellezas, recibían con una buena dote las muchachas más feas. Porque así como el pregonero acababa de dar salida a las más bellas hacía poner en pie la más fea del concurso o la contrahecha, si alguna había, e iba pregonando quién quería casarse con ella recibiendo menos dinero, hasta entregarla por último al que con menos dote la aceptaba. El dinero para estas dotes se sacaba del precio dado por las hermosas, y con esto las bellas dotaban a las feas y a las contrahechas. A nadie le era permitido colocar a su hija con quien mejor le parecía, como tampoco podía ninguna llevarse consigo a la doncella que hubiese comprado, sin dar primero fianzas por las que se obligase a habitar con ellas; y cuando no quedaba la cosa arreglada en estos términos, les mandaba la ley desembolsar la dote. También estaba permitido comprar mujer a los que de otros pueblos concurrían con este objeto. Tal era la hermosísima ley que tenían y que ya no subsiste. Recientemente han inventado otro uso, a fin de que no sufran perjuicios las doncellas ni sean llevadas a otro pueblo. Como después de la toma de la ciudad muchas familias han experimentado menoscabo en sus intereses, los particulares faltos de medios prostituyen a sus hijas y con las ganancias que obtienen tratan de colocarlas.

197. Otra ley tienen que me parece muy pertinente. Cuando uno está enfermo le sacan a la plaza, donde consultan sobre su enfermedad con todos los concurrentes, porque entre ellos no hay médicos. Si alguno de los presentes padeció la misma dolencia o sabe que otro la haya padecido, manifiesta al enfermo los remedios que se emplean en la curación y le exhorta a ponerlos en práctica. No se permite a nadie que pase de largo sin preguntar al enfermo por el mal que le aflige.

198. Entierran sus cadáveres cubiertos de miel y sus lamentaciones son muy parecidas a las que usan en Egipto. Siempre que un marido babilonio tiene relaciones con su mujer se purifica con un sahumerio y lo mismo hace la mujer sentada en otro sitio. Los dos, al amanecer, se lavan en el baño y se abstienen de tocar alhaja alguna antes de lavarse. Esto mismo hacen cabalmente los árabes.

199. La costumbre más infame que hay entre los babilonios es la de que toda mujer natural del país se prostituya una vez en la vida con algún forastero, estando sentada en el templo de Afrodita. Es verdad que muchas mujeres principales, orgullosas por su opulencia, desdeñan mezclarse en la turba con las demás, y lo que hacen es ir en un carruaje cubierto y quedarse cerca del templo, siguiéndolas una gran comitiva de criados. Pero las otras, conformes, dan con el uso, se sientan en el templo, adornada la cabeza con cintas y cordoncillos, y al paso que las unas vienen las otras se van. Entre las filas de mujeres quedan abiertas, de una parte a otra, unas como calles, tiradas a cordel, por las cuales van pasando los forasteros y escogen la que les agrada. Después que una mujer se ha sentado allí no vuelve a su casa hasta tanto que alguno le eche dinero en el regazo, y sacándola del templo satisfaga el objeto de su venida. Al echar el dinero debe decirla: «Invoco en favor tuyo a la diosa Milita», que este es el nombre que dan a Afrodita los asirios: no es lícito rehusar el dinero, sea mucho o poco, porque se le considera como una ofrenda sagrada. Ninguna mujer puede desechar al que la escoge, siendo indispensable que le siga, y después de cumplir con lo que debe a la diosa se retira a su casa. Desde entonces no es posible conquistarlas otra vez a fuerza

de dones. Las que sobresalen por su hermosura, bien presto, quedan desobligadas, pero las que no son bien parecidas suelen tardar mucho tiempo en satisfacer la ley, y no pocas permanecen allí por el espacio de tres y cuatro años.

Una ley semejante está en uso en cierta parte de Chipre.

200. Hay entre los asirios tres castas o tribus que solo viven de pescado y tienen un modo muy particular de prepararlo. Primero lo secan al sol, después lo machacan en un mortero y, por último, exprimiéndolo con un lienzo, hacen de él una masa, y algunos hay que lo cuecen como si fuera pan.

201. Después que Ciro hubo conquistado a los babilonios quiso reducir a su obediencia a los maságetas, nación que tiene fama de ser numerosa y valiente. Está situada hacia la aurora y por donde sale el sol, de la otra parte del río Araxes, y enfrente de los isedones. No falta quien pretende que los maságetas son una nación de escitas.

202. El Araxes dicen algunos que es mayor y otros menor que el Istro[79] y que forma muchas islas tan grandes como las de Lesbos. Los habitantes de estas islas viven en el verano de las raíces que de todas especies encuentran cavando, y en el invierno se alimentan de las frutas, de los árboles que se hallaron maduros en el verano y conservan en depósito para su sustento. De ellos se dice que han descubierto ciertos árboles que producen una fruta que acostumbran echar en el fuego cuando se sientan a bandadas alrededor de sus hogueras. Percibiendo allí el olor que despiden las frutas, a medida que se va quemando, se embriagan con él del mismo modo que los griegos con el vino, y cuanta más fruta echan en el fuego tanto más crece la embriaguez, hasta que levantándose del suelo se ponen a bailar y cantar.

El río Araxes tiene su origen en los matienos (de donde sale también el Gindes, al cual repartió Ciro en trescientos sesenta canales) y desagua por cuarenta bocas, que todas ellas, menos una, van a ciertas lagunas y pantanos, donde se dice existen unos hombres que se alimentan de pescado crudo y se visten con pieles de foca. Pero aquella boca de Araxes que tiene limpia su corriente va a desaguar

---

[79] El Danubio.

al mar Caspio, que es un mar aparte y no se mezcla con ningún otro, siendo así que el mar en que navegan los griegos y el que está más allá de las columnas de Heracles y llaman Atlántico, como también el Eritreo, vienen todos a ser un mismo mar.

203. La longitud del mar Caspio es de quince días de navegación en un barco al remo y su latitud es de ocho días en la mayor anchura. Por sus orillas en la parte que mira al occidente corre el monte Cáucaso, que en su extensión es el mayor y en su elevación el más alto de todos. Encierra dentro de sí muchas y muy variadas naciones, la mayor parte de las cuales viven del fruto de los árboles silvestres. Entre estos árboles hay algunos cuyas hojas son de tal naturaleza que con ellas machacadas y disueltas en agua, pintan en sus vestidos aquellos habitantes ciertos animales que nunca se borran por más que se laven, y duran tanto como la lana misma, con la cual parece fueron desde el principio entretejidos. También se dice de estos que se unen en público a sus mujeres como los animales.

204. En las riberas del mar Caspio que miran al oriente hay una inmensa llanura, cuyos límites no pueden alcanzar la vista. Una parte, y no la menor de ella, la ocupan aquellos maságetas contra quienes formó Ciro el designio de hacer la guerra, excitado por varios motivos que le llenaban de orgullo. El primero de todos era lo extraño de su nacimiento, por el que se figuraba ser algo más que hombre; y el segundo, la fortuna que le acompañaba en todas sus expediciones, pues donde quiera que entraban sus armas, parecía imposible que ningún pueblo dejase de ser conquistado.

205. En aquel tiempo era reina de los maságetas una mujer llamada Tomiris, cuyo marido había muerto. A esta, pues, envió Ciro una embajada con el pretexto de pedirla por esposa. Pero Tomiris, que conocía muy bien no ser ella, sino su reino, lo que Ciro pretendía, le negó la entrada en su territorio. Viendo Ciro el poco éxito de su artificiosa tentativa hizo marchar su ejército hacia el Araxes y no se recató ya en publicar su expedición contra los maságetas, construyendo puentes en el río y levantando torres encima de las naves en que debía verificarse el paso de las tropas.

206. Mientras Ciro se ocupaba de estas obras, le envió Tomiris un mensajero con orden de decirle: «Bien puedes, rey de los medos, excusar esa fatiga que tomas con tanto calor: ¿quién sabe si tu em-

presa será tan feliz como deseas? Más vale que gobiernes tu reino pacíficamente y nos dejes a nosotros en la tranquila posesión de los términos que habitamos. ¿Despreciarás, por ventura, mis consejos y querrás más exponerlo todo que vivir quieto y sosegado? Pero si tanto deseas hacer una prueba del valor de los maságetas pronto podrás conseguirlo. No te tomes tanto trabajo para juntar las dos orillas del río. Nuestras tropas se retirarán tres jornadas y allí te esperaremos; o si prefieres que nosotros pasemos a tu país, retírate a igual distancia y no tardaremos en buscarte». Oído el mensaje, convocó Ciro a los persas principales y, exponiéndoles el asunto, les pidió su parecer sobre cuál de los dos partidos sería mejor admitir. Todos, unánimemente, convinieron en esperar a Tomiris y a su ejército en el territorio medo.

207. Creso, que se hallaba presente en la deliberación, desaprobó el dictamen de los persas y manifestó su opinión contraria en estos términos: «Ya te he dicho, señor, otras veces, que puesto que el cielo me ha hecho siervo tuyo, procuraré con todas mis fuerzas estorbar cualquier desacierto que trate de cometerse en tu casa. Mis desgracias me proporcionan, en medio de su amargura, algunas lecciones provechosas. Si te consideras inmortal, y que también lo es tu ejército, ninguna necesidad tengo de manifestarte mi opinión; pero si tienes presente que eres hombre y que mandas a otros hombres, debes admitir, antes de todo, que la fortuna es una rueda, cuyo continuo movimiento a nadie deja gozar largo tiempo de la felicidad. En el caso propuesto soy de parecer contrario al que han manifestado tus consejeros, y encuentro peligroso que esperes al enemigo en tu propio país; pues en caso de ser vencido te expones a perder todo el imperio, siendo claro que, vencedores los maságetas, no volverán atrás huyendo, sino que avanzarán hacia el interior de tus dominios. Por el contrario, si los vences nunca alcanzarás tanto fruto de la victoria como si, ganando la batalla en su mismo país, persigues a los maságetas fugitivos y derrotados. Debe pensarse por lo mismo en vencer al enemigo y caminar después hasta sojuzgar el reino de Tomiris; además de que sería ignominioso para el hijo de Cambises ceder el campo a una mujer y volver atrás un solo paso. Creo, por consiguiente, que debemos pasar el río y avanzar hasta donde ellos se retiren, procurando conseguir la victoria. Esos maságetas, según

he oído, no tienen experiencia de las comodidades que en Persia se disfrutan ni han gustado jamás nuestras delicias. A tales hombres convendría organizarles en nuestro mismo campo un copioso banquete, matando un gran número de carneros y dejándolos bien preparados con abundancia de vino puro y todo género de manjares. Hecho esto, confiando la custodia de los campamentos a los soldados más débiles nos retiraremos hacia el río; cuando ellos viesen a su alcance tantas cosas buenas, no dudo que se abalanzarían a gozarlas y nos suministrarían la mejor ocasión de sorprenderles ocupados y de hacer con ellos una matanza horrible».

208. Estos fueron los pareceres que se dieron a Ciro, el cual, desechando el primero y conformándose con el de Creso, envió a decir a Tomiris que se retirase, porque él mismo determinaba pasar el río y marchar contra ella. Se retiró en efecto la reina, como antes lo tenía ofrecido. Entonces fue cuando Ciro puso a Creso en manos de su hijo Cambises, a quien declaraba por sucesor suyo, encargándole encarecidamente que cuidase mucho de honrarle y hacerle bien en todo, si a él por casualidad no le saliese felizmente la empresa que acometía. Después de esto, los envió a Persia juntos, y él, poniéndose al frente de sus tropas, pasó con ellas el río.

209. Estando ya de la otra parte del Araxes, llegada la noche y durmiendo en la tierra de los maságetas, tuvo Ciro una visión entre sueños que le representaba al hijo mayor de Histaspes con alas en los hombros, una de las cuales cubría con su sombra Asia y la otra Europa. Este Histaspes era hijo de Arsames, de la familia de los Aqueménidas, y su hijo mayor, Darío, joven de veinte años, se había quedado en Persia por no tener la edad necesaria para la guerra. Luego que despertó Ciro se puso a reflexionar acerca del sueño y como le pareciese grande y misterioso hizo llamar a Histaspes y, quedándose con él a solas, le dijo: «He descubierto, Histaspes, que tu hijo maquina contra mi persona y contra mi soberanía. Voy a decirte el modo seguro cómo lo he sabido. Los dioses, teniendo de mí un especial cuidado, me rebelan cuanto me debe suceder, y ahora mismo he visto la noche pasada entre sueños que el mayor de tus hijos tenía en sus hombros dos alas y que con la una llenaba de sombra el Asia y con la otra Europa. Esta visión no puede menos de ser indicio de las asechanzas que trata contra mí. Vete, pues, desde luego, a Persia y dispón las cosas de modo que cuando yo esté de vuelta, conquistado ya este país, me presentes a tu hijo para hacerle los cargos correspondientes».

210. Esto dijo Ciro, imaginando que Darío le acechaba; pero lo que el cielo le pronosticaba era la muerte que debía sobrevenirle y la traslación de su reino a Darío. Entonces le respondió Histaspes: «Ojalá que ningún persa de nacimiento maquine jamás contra vuestra persona, y perezca mil veces el traidor que lo intentase. Vos fuiste, ¡oh rey!, quien de esclavos hizo libres a los persas y de súbditos de otros, señores de todos. Contad enteramente conmigo, porque estoy prontísimo a entregaros a mi hijo para que de él hagáis lo que queráis, si alguna visión os lo mostró amigo de novedades en perjuicio de vuestra soberanía». Así respondió Histaspes; en seguida repasó el río y se puso en camino para Persia con objeto de retener a Darío y presentarle a Ciro cuando volviese.

211. Partiendo del Araxes se adelantó Ciro una jornada y puso en práctica el consejo que le había sugerido Creso, conforme al cual se volvió después hacia el río con la parte más escogida y brillante de sus tropas, dejando allí la más débil y flaca. Sobre estos últimos cargó en seguida la tercera parte del ejército de Tomiris y por más que se defendieron los pasó a todos a cuchillo. Pero viendo los maságetas, después de la muerte de sus contrarios, las mesas que estaban preparadas, se sentaron a ellas, y de tal modo se hartaron de comida y de vino que, por último, se quedaron dormidos. Entonces los persas volvieron al campo y, acometiéndoles de nuevo, mataron a muchos y cogieron vivos a muchos más, estando entre estos su general, el hijo de la reina Tomiris, cuyo nombre era Espargapises.

212. Informada Tomiris de lo sucedido con su ejército y con la persona de su hijo, envió un mensajero a Ciro diciéndole: «No te ensoberbezcas, Ciro, hombre insaciable de sangre, por la gran hazaña que acabas de ejecutar. Bien sabes que no has vencido a mi hijo con el valor de tu brazo, sino engañándole con esa pérfida bebida, con el fruto de la vid, del cual sabéis vosotros henchir vuestros cuerpos, y perdido después el juicio, deciros todo género de insolencias. Toma el saludable consejo que voy a darte. Devuélveme a mi hijo y sal luego de mi territorio, contento con no haber pagado la pena que debías por la injuria que hiciste a la tercera parte de mis tropas. Y si no lo

haces así, te juro por el sol, supremo señor de los maságetas, que por sediento que te halles de sangre, yo te saciaré de ella».

213. Ciro no hizo caso de este mensaje. Entretanto, Espargapises, así que el vino le dejó libre la razón y con ella vio su desgracia, suplicó a Ciro le quitase las cadenas; y habiéndolo conseguido, dueño de sus manos, las volvió contra sí mismo y acabó con su vida. Este fue el trágico fin del joven prisionero.

214. Viendo Tomiris que Ciro no daba crédito a sus palabras, reunió todas sus fuerzas y trabó con él la batalla más reñida que en mi concepto se ha dado jamás entre las naciones bárbaras. Según mis noticias, los dos ejércitos empezaron a pelear con sus arcos a cierta distancia, pero consumidas las flechas vinieron luego a las manos y se atacaron vigorosamente con sus lanzas y espadas. La carnicería duró largo tiempo sin querer ceder el puesto ni los unos ni los otros, hasta que al cabo quedaron vencedores los maságetas. Las tropas persas sufrieron una pérdida espantosa, y el mismo Ciro perdió la vida después de haber reinado veintinueve años. Entonces fue cuando Tomiris, habiendo hecho llenar un odre de sangre humana, mandó buscar entre los muertos el cadáver de Ciro, y luego que lo encontró le cortó la cabeza y la metió dentro del odre, insultándole con estas palabras: «Perdiste a mi hijo cogiéndole con engaño a pesar de que yo vivía y de que yo soy tu vencedora. Pero yo te saciaré de sangre cumpliendo mi palabra». Este fue el término que tuvo Ciro, sobre cuya muerte sé muy bien las varias historias que se cuentan[80], pero yo la he referido del modo que me parece más creíble.

215. Los maságetas, en su vestido y modo de vivir, se parecen mucho a los escitas y son a un mismo tiempo soldados de a caballo y de a pie. En sus combates usan de flechas y de lanzas y llevan también cierta especie de hachas que se llaman sagares. Para todo se sirven del oro y del bronce: del bronce para las lanzas, saetas y hachas, y del oro para el adorno de las cabezas, los ceñidores y las bandas que

---

[80] Según otras versiones (que a nosotros, no obstante, nos han llegado a partir de fuentes posteriores a Heródoto, como Ctesias, Jenofonte y Diodoro), Ciro habría muerto en su lecho rodeado de sus hijos, o bien a causa de una fuerte herida en el muslo en el curso de una batalla distinta.

cruzan debajo de los brazos. Ponen a los caballos un peto de bronce y emplean el oro para el freno, las riendas y demás jaez. No hacen uso alguno de la plata y del hierro, porque el país no produce estos metales, aunque son en él muy abundantes el oro y el bronce.

216. Los maságetas tienen algunas costumbres particulares. Cada uno se casa con su mujer, pero la unión con las casadas es común para todos, pues lo que los griegos cuentan de los escitas en este punto no son los escitas, sino los maságetas los que lo hacen, entre los cuales no se conoce el pudor; cualquier hombre, colgando del carro su aljaba, puede juntarse sin reparo con la mujer que le apetezca. No tienen término fijo para dejar de existir, pero si uno alcanza un estado de decrepitud, reuniéndose todos los parientes, le matan inmolándole junto a una porción de reses, y cociendo su carne celebran con ella un gran banquete. Este modo de salir de la vida se considera por ellos como la felicidad suprema, y si alguno muere de enfermedad, no se convida con su carne, sino que se le entierra con grandísima pesadumbre de que no haya llegado al punto de ser inmolado. No siembran cosa alguna y viven solamente de la carne de sus rebaños y de la pesca que el Araxes les suministra en abundancia. Su bebida es la leche. No veneran otro dios que el sol, a quien sacrifican caballos, y dan por razón de su culto, que al más veloz de los dioses, no puede ofrecerse víctima más grata que el más rápido de los animales.

LIBRO SEGUNDO

EUTERPE

Euterpe: la Música

Inicio del reinado de Cambises (1)
Cambises, hijo de Ciro, hereda el trono y decide emprender la conquista de Egipto (1).

Presentación de Egipto (2-4)
Experimento de Psamético para averiguar cuál es el pueblo más antiguo (2). Cuestiones religiosas de los egipcios (3-4).

Geografía de Egipto (5-34)
Descripción topográfica de Egipto (5-18). El Nilo: origen, crecidas y extensión (19-34)

Etnografía de Egipto (35-98)
Costumbres civiles y religiosas de los egipcios (35-41). Heracles, Pan y Dioniso (42-49). Dioses, oráculos y festivales (50-64). Los animales entre los egipcios (65-76). Costumbres cotidianas de los egipcios (77-84) Métodos de embalsamar los cadáveres (85-90). Otras particularidades egipcias (90-98).

Historia de Egipto (99-182)
Reyes antiguos de Egipto: Mina, Nitocris, Meris (99-111). Sesostris, sus conquistas y repartición del Egipto (102-111). Proteo hospeda en Menfis a Helena, raptada por Paris (112-120). Historia de Rampsinito (121-123). Quéops obliga a los egipcios a construir las pirámides (124-126). Las pirámides de Quefrén y Micerino y la historia de la hermosa Rodopis (127-135). Invasión de los etíopes y reinado de Setón (136-141). Cronología de los egipcios (142-146). División del Egipto en doce partes; el laberinto (147-150). Psamético se apodera de todo Egipto (151-157). Su descendencia: Neco, Psamis (158-160) y Apries (161-168). Amasis vence a Apries y con su buena administración hace prosperar a Egipto (169-182).

Inicio del reinado de Cambises

1. Después de la muerte de Ciro tomó el mando del imperio su hijo Cambises, que lo tuvo de Casandane, hija de Farnaspes, por cuyo fallecimiento, acaecido mucho antes, había llevado Ciro y ordenado en todos sus dominios el luto más riguroso. Cambises, pues, heredero de su padre, contando entre sus vasallos a los jonios y a los eolios, llevó a estos griegos, de quienes era señor, en compañía de sus demás súbditos, a la expedición que contra Egipto dirigía.

Presentación de Egipto

2. Los egipcios vivieron en la presunción de haber sido los primeros habitantes del mundo, hasta el reino de Psamético[81]. Desde entonces, cediendo este honor a los frigios, se quedaron ellos en su opinión con el de segundos. Porque queriendo aquel rey averiguar cuál de las dos naciones había sido realmente la más antigua, y no hallando medio ni camino para la investigación de tal secreto, echó mano finalmente de original invención. Tomó dos niños recién nacidos, de padres humildes y vulgares, y los entregó a un pastor para que allá entre sus apriscos los fuese criando de un modo desusado, mandándole que los pusiera en una solitaria cabaña, sin que nadie delante de ellos pronunciara palabra alguna, y que a las horas convenientes les llevase unas cabras con cuya leche se alimentaran y nutrieran, dejándoles en lo demás a su cuidado y discreción. Estas órdenes y precauciones las encaminaba Psamético al objeto de poder notar y observar la primera palabra en que los dos niños al cabo prorrumpieron al cesar en su llanto e inarticulados gemidos. En efecto, correspondió el éxito a lo que se esperaba. Transcurridos ya dos años en expectación de que se declarase la experiencia, un día, al abrir la puerta, apenas el pastor había entrado en la choza, se dejaron caer sobre él los dos niños y, alargándole sus manos, pronunciaron la palabra *becos.* Poco o ningún caso hizo el pastor por primera vez de aquel vocablo; mas observando que repetidas veces, al irlos a ver y cuidar, no se les oía otra voz que *becos,* resolvió avisar de lo que pasaba a su amo y

---

[81] Psamético I (663-609 a. C.).

señor, por cuya orden, juntamente con los niños, se hizo presente. El mismo Psamético, al oírles aquella palabra, quiso averiguar a qué idioma pertenecía y cuál era su significado, y halló por fin que con este vocablo se designaba el pan entre los frigios. A la vista de esta experiencia dejaron los egipcios de anteponerse a los frigios en punto de antigüedad. Allá en Menfis, oí de labios de los sacerdotes de Hefesto[82] lo que acabo de contar; si bien los griegos, entre otras muchas fábulas y vaciedades, añaden que Psamético, mandando cortar la lengua a ciertas mujeres, ordenó después que a cuenta de ellas corriese la educación de los niños

3. Pero lo que llevo arriba referido es cuanto sobre el punto se me decía. Otras noticias no leves y escasas recogí en Menfis conversando con los sacerdotes de Hefesto; pero no satisfecho con ellas, hice mis viajes a Tebas y a Heliópolis con la mira de informarme y ver si iban acordes las noticias de aquellos lugares con las de los sacerdotes de Menfis, a pesar de considerar a los de Heliópolis, como en efecto lo son, los más eruditos y versados de Egipto. Mas respecto a los arcanos divinos, a juzgar por lo que oí, declaro desde ahora que no está en mi ánimo dar de ellos una historia, sino solamente publicar sus nombres, tanto más cuando imagino que acerca de ellos todos sabemos lo mismo. Añado que cuanto en este punto voy a indicar, lo haré únicamente forzado por el hilo mismo de la narración.

4. Se explicaban, pues, con mucha uniformidad aquellos sacerdotes por lo que toca a las cuestiones humanas. Decían haber sido los egipcios los primeros en la tierra que inventaron la descripción del año, cuyas estaciones dividieron en doce partes o espacios de tiempo, orientándose por las estrellas. Y en mi opinión, ellos aciertan mejor que los griegos, pues los últimos, por razón de las estaciones, acostumbran a intercalar el sobrante de los días al principio de cada tercer año; al paso que los egipcios, ordenando doce meses por año y treinta días por mes, añaden a este cómputo cinco días cada año, logrando así un perfecto ciclo anual con las mismas estaciones que vuelven siempre constantes y uniformes. Decían asimismo que su nación

---

[82] El dios egipcio con el que Heródoto identifica a Hefesto es Path, divinidad creadora de la humanidad.

fue la primera que introdujo los nombres de los doce dioses que de ellos tomaron los griegos; la primera en repartir a les divinidades sus aras, sus estatuas y sus templos; la primera en esculpir figuras sobre la piedra, mostrando allí muchos monumentos en prueba de cuanto iban diciendo. Añadían que Mina fue el primero de los hombres que reinó en Egipto; aunque Egipto todo, excepto el nomo[83] tebano, era por aquellos tiempos un puro cenagal, de suerte que nada recordaba por aquel entonces el terreno actual que se descubre más abajo del lago Meris, distante del mar siete días de navegación, subiendo el río.

Geografía de Egipto

5. En verdad que acerca de este país discurrían ellos muy bien, en mi opinión; siendo así que salta a la vista de cualquier atento observador, aunque jamás lo haya oído de antemano, que Egipto es una especie de terreno postizo, y como un regalo del río, no solo en aquella playa adonde arriban las naves griegas, sino en toda aquella región que en tres días de navegación se recorre arriba del lago Meris; aunque es verdad que acerca del último terreno nada me dijeron los sacerdotes. Otra prueba hay de lo que voy diciendo, tomada de la condición misma del terreno de Egipto, pues, si navegando uno hacia él echare la sonda a un día de distancia de sus riberas, la sacará llena de lodo de un fondo de once orgias[84]. Tan claro se deja ver que hasta allí llega el poso que el río va depositando.

6. La extensión de Egipto a lo largo de sus costas, según nosotros lo medimos, desde el golfo de Plintina hasta el lago Serbónide, por cuyas cercanías se extiende el monte Casio, no es menor de sesenta esquenos. Utilizo esta medida por cuanto veo que los pueblos de corto terreno suelen medirlo por orgias; los más extensos, por estadios; los de mayor extensión aún, por parasangas, y los que lo poseen demasiado dilatado, por esquenos[85]. El valor de estas medidas es el siguiente: la parasanga comprende treinta estadios, y el esqueno,

---

[83] El nomo era cada uno de los distritos administrativos en que se repartía Egipto.
[84] La orgia o braza es una medida de longitud equivalente a 1,77 metros.
[85] El esqueno equivale a 10,656 kilómetros, mientras que la parasanga son 5,940 kilómetros.

medida egipcia, comprende hasta sesenta. Así que lo largo de Egipto por la costa del mar es de tres mil seiscientos estadios.

7. Desde las costas, penetrando en la tierra hasta que se llega a Heliópolis, es Egipto un país bajo, llano y extendido, falto de agua y muy cenagoso. Para subir desde el mar hacia Heliópolis hay un camino que viene a ser tan largo como el que desde Atenas, comenzando en el altar de los Doce Dioses[86], va a terminar en Pisa[87] en el templo de Zeus Olímpico; pues si se cotejasen uno y otro camino, se vería que es bien corta la diferencia entre los dos, como solo de quince estadios, teniendo el que va desde el mar a Heliópolis mil quinientos cabales, faltando quince para este número que une a Pisa con Atenas.

8. De Heliópolis arriba es Egipto un angosto valle. Por un lado tiene la cadena montañosa de Arabia, que se extiende desde el norte al mediodía y al viento Noto, avanzando siempre hasta el mar Eritreo; en ella están las canteras que se abrieron para las pirámides de Menfis. Después de romperse en aquel mar, tuerce otra vez la corriente hacia la referida Heliópolis, y allí, según mis informaciones, en su mayor longitud de levante a poniente, viene a tener un camino de dos meses, siendo su extremidad oriental muy rica en incienso. He aquí cuanto de esta cadena puedo decir. Al otro lado de Egipto, confinante con la Lidia, se dilata otra cordillera pedregosa, donde están las pirámides, monte encubierto y envuelto en arena, tendiendo hacia el mediodía en la misma dirección que la cadena de Arabia. Así, pues, desde Heliópolis arriba, lejos de ensancharse la campiña, va alargándose como un angosto valle por cuatro días enteros de navegación, de la misma manera que la llanura encerrada entre dos cordilleras, la líbica y la arábiga, no tendrá, a mi parecer, más allá de veinte estadios en su parte más estrecha, desde la cual continúa otra vez ensanchándose Egipto.

9. Esta viene a ser la situación natural de aquella región. Desde Heliópolis hasta Tebas se cuentan nueve días de navegación, viaje que será de cuatro mil ochocientos sesenta estadios, correspondien-

---

[86] El altar de los Doce Dioses se alzaba sobre el ágora de Atenas y constituía una suerte de kilómetro cero desde el que se medían las distancias.
[87] Localidad junto al santuario de Olimpia.

tes a ochenta y un esquenos: sumando, pues, los estadios que tiene Egipto, son tres mil seiscientos a lo largo de la costa, como dejo referido; desde el mar hasta Tebas, tierra adentro, seis mil ciento veinte, y mil ochocientos, finalmente, de Tebas a Elefantina.

10. La mayor parte de dicho país, según decían los sacerdotes, y según también me parecía, es una tierra recogida y añadida lentamente al antiguo Egipto. Al contemplar aquel valle estrecho entre los dos montes que dominan la ciudad de Menfis, consideraba que habría sido en algún tiempo un brazo de mar, como lo fue la comarca de Ilión, la de Teutrania, la de Éfeso y la llanura de Meandro, si no desdice la comparación de tan pequeños efectos con aquel tan admirado y gigantesco. Porque ninguno de los ríos que con su poso llegaron a cegar los referidos contornos es tal y tan grande que se pueda igualar con una sola boca de las cinco por las que el Nilo se derrama. Verdad es que no faltan algunos que, sin tener la cuantía y opulencia del Nilo, han obrado, no obstante, en este género grandiosos efectos, muchos de los cuales pudiera aquí nombrar, sin conceder el último lugar al río Aqueloo, que, corriendo por Acarnania y desaguando en sus costas, ha llegado ya a convertir en tierra firme la mitad de las islas Equínadas.

11. En la región de Arabia, no lejos de Egipto, existe un golfo larguísimo y estrecho, el cual se mete tierra adentro desde el mar Eritreo; golfo tan largo que, saliendo de su fondo y navegándole a remo, se llegará a lo ancho del océano después de cuarenta días de navegación, y tan estrecho, por otra parte, que hay paraje en que se le atraviesa en medio día de una a otra orilla; y siendo tal, no por eso falta en él cada día su flujo y reflujo concertado. Un golfo semejante, imagino, debió ser el Egipto que desde el mar septentrional se internara hacia Etiopía, como penetra desde el mar meridional hacia Siria aquel golfo Arábigo de que volveremos a hablar. Poco faltó, en efecto, para que estos dos senos llegasen a abrirse paso en sus extremos, mediando apenas entre ellos una laguna de tierra harto pequeña que los separa. Y si el Nilo quería torcer su curso hacia el golfo Arábigo, ¿quién pudo impedir, pregunto, que dentro del término de veinte mil años a lo menos no quedase cegado el golfo con sus avenidas? Mi idea, por cierto, es que en los últimos diez mil años que precedieron a mi venida al mundo, con el poso del agua de algún río debió de

quedar cubierta y cegada una parte del mar. ¿Puede dudarse que aquel golfo, aunque fuera mucho mayor, quedase lleno y terraplenado con la avenida de un río tan opulento y caudaloso como el Nilo?

12. En conclusión, yo tengo por cierta esta lenta y extraña formación de Egipto no solo por el dicho de sus sacerdotes, sino porque vi y observé que este país avanza sobre el mar más que los otros con que confina, que sobre sus montes se dejan ver conchas, que el salitre revienta de tal modo sobre la superficie de la tierra que hasta las pirámides va consumiendo, y que el monte que domina Menfis es el único en Egipto que se ve cubierto de arena. Añádase a lo dicho que no es aquel terreno parecido ni al de la limítrofe Arabia, ni al de Libia, ni al de los sirios, que son los que ocupan las costas del mar Arábigo; pues se ve en él una tierra negruzca y henchida en las grietas, como que no es más que un cenagal y mero poso que, traído de Etiopía, ha ido el río depositando, al paso que la tierra de Libia es algo roja y arenisca, y la de la Arabia y la de la Siria es harto arcillosa y bastante pedregosa.

13. Otra noticia me referían los sacerdotes, que es para mí gran prueba en favor de lo que voy diciendo. Contaban que en el reinado de Meris, con tal que creciese el río a la altura de ocho codos, bastaba ya para regar y cubrir aquella porción de Egipto que está más abajo de Menfis; siendo notable que entonces no habían transcurrido todavía novecientos años desde la muerte de Meris. Pero al presente ya no se inunda aquella comarca cuando no sube el río a la altura de dieciséis codos, o de quince por lo menos[88]. Ahora bien; si va subiendo el terreno a proporción de lo pasado y creciendo más y más cada día, los egipcios que viven más abajo del lago Meris y los que moran en su llamado Delta, si el Nilo no inundase sus campos en el futuro, están a pique de experimentar en su país para siempre los efectos a que ellos decían por burla que los griegos estarían expuestos alguna vez. Sucedió, pues, que oyendo mis buenos egipcios en cierta ocasión que el país de los griegos se baña con agua del cielo, y que por ningún

---

[88] Se suele identificar al legendario rey Meris con Amenemhet III. A través de los llamados *nilómetros*, construidos a lo largo del valle hasta Elefantina, se medía la crecida del Nilo.

139

río como el suyo es inundado, respondieron el disparate de «que si tal vez les salía mal la cuenta, mucho apetito tendrían los griegos y poco que comer». Y con esta burla significaban que si la divinidad no concedía lluvias a estos pueblos en algún año de sequedad que les enviara, perecerían de hambre sin remedio, no pudiendo obtener agua para el riego sino de la lluvia que Zeus les dispensase.

14. Bien está: la razón tienen los egipcios para hablar así de los griegos; pero voy a explicar lo que pudiera a ellos mismos sucederles. Si llegara, pues, el caso en el que el país de que hablaba, situado más abajo de Menfis, fuese creciendo y levantándose gradualmente como hasta aquí se levantó, ¿qué les quedará ya a los egipcios de aquella comarca sino afinar bien los dientes sin tener dónde hincarlos? Y con tanta razón, por cuanto ni la lluvia cae en su país, ni su río pudiera entonces salir de madre para el riego de los campos. Mas por ahora no existe gente, no ya entre los extranjeros, sino entre los egipcios mismos, que recojan con menor fatiga su anual cosecha que los de aquel lugar. No tienen ellos el trabajo de abrir y surcar la tierra con el arado, ni de escardar sus sembrados, ni de prestar ninguna labor de las que suelen los demás labradores en el cultivo de sus cosechas, sino que, saliendo el río de madre sin obra humana y retirado otra vez de los campos después de regarlos, se reduce el trabajo a arrojar cada cual su sementera y meter en las tierras cerdos para que cubran las semillas con sus pisadas. Concluido lo cual, aguardan descansadamente el tiempo de la siega, y trillada su parva por las mismas bestias, recogen y concluyen su cosecha.

15. Si quisiera yo adoptar la opinión de los jonios acerca de Egipto, probaría aún que ni un palmo de tierra poseían los egipcios en la antigüedad. Reducen los jonios el Egipto propiamente dicho al país del Delta, es decir, al país que se extiende a lo largo del mar por el espacio de cuarenta esquenos, desde la llamada Atalaya de Perseo hasta el lugar de los saladeros pelusianos y que penetra tierra adentro hasta la ciudad de Cercasoro, donde el Nilo se divide en dos brazos que corren divergentes hacia Pelusio y hacia Canobo; el resto de aquel reino pertenece, según ellos, parte a Libia, parte a Arabia. Y siendo el Delta, en su opinión como en la mía, un terreno nuevo y adquirido, que salió ayer de las aguas por decirlo así, ni aun lugar tendrían los primitivos egipcios para morir y vivir. Y entonces, ¿a qué viene entonces esta pretensión de de ser los habitantes del mundo más antiguos? ¿A qué la experiencia verificada en sus dos niños para observar el idioma en que por sí mismos prorrumpiesen? Mas no soy en verdad de la opinión de que al brotar de las olas aquella comarca llamada Delta por los jonios, levantasen al mismo tiempo los egipcios su cabeza. Egipcios hubo desde que hay hombres, quedándose unos en sus antiguos asentamientos, avanzando otros con el nuevo terreno para poblarlo y poseerlo. A Egipto pertenecía ya desde la antigüedad la ciudad de Tebas, cuyo ámbito es de seis mil ciento veinte estadios.

16. Yerran, pues, completamente los jonios, si mi juicio es verdadero. Ni ellos ni los griegos, añadiré, aprendieron a contar, si por cierta tienen su opinión. Tres son las partes del mundo, según confiesan: Europa, Asia y Libia[89]; mas a estas deberían añadir por cuarta el Delta de Egipto, ya que ni a Asia ni a Libia pertenecen, por cuanto el Nilo, único que pudiera deslindar estas regiones, va a romperse en dos corrientes en el ángulo agudo del Delta, quedando de tal suerte aislado este país entre las dos partes del mundo con quienes confina.

17. Pero dejemos a los jonios con sus cavilaciones, que para mí todo el país habitado por egipcios, Egipto es realmente, y por tal debe ser reputado, así como de los cilicios trae su nombre Cilicia, y Asiria de los asirios, ni reconozco otro límite verdadero de Asia y de Libia que el determinado por aquella nación. Pero si quisiéramos seguir el uso de los griegos, diremos que Egipto, empezando desde las cataratas y ciudad de Elefantina, se divide en dos partes, que lleva cada una el nombre de Asia o de Libia, que la estrecha. Empieza el Nilo desde las cataratas a partir por medio el reino, corriendo al mar por un solo cauce hasta la ciudad de Cercasoro; y desde allí se divide en tres corrientes o bocas diversas, hacia levante la Pelusia, la Canóbica hacia poniente, y la tercera, que siguiendo su curso rectamente, va a romperse en el ángulo del Delta, y cortándola por medio, se dirige al mar, no poco abundante en agua y no poco célebre, con el nombre de Sebenítica; otras dos corrientes se desprenden de esta última, llamada la Saítica y la Mendesia; las dos restantes, Bucólica

---

[89] Es decir, África.

y Bolbitina, más que cauces nativos del Nilo, son dos canales artificialmente excavados.

18. La extensión del Egipto que en mi discurso voy declarando, queda atestiguada por un oráculo del dios Amón que vino a confirmar mi juicio anteriormente abrazado. Los vecinos de Apis y de Marea, ciudades situadas en las fronteras confinantes con Libia, se contaban por libios y no por egipcios, y mal avenidos al mismo tiempo con el ritual supersticioso de Egipto acerca de los sacrificios, y con la prohibición de la carne vacuna[90], enviaron emisarios a Amón para que, exponiendo que nada tenían ellos con los egipcios, viviendo fuera del Delta y hablando diversos idiomas, solicitasen la facultad de usar de toda comida sin escrúpulo ni excepción. Mas no por eso quiso Amón concederles el indulto que pedían, respondiéndoles el oráculo que cuanto riega el río en sus inundaciones pertenece a Egipto, y que egipcios son todos cuantos beben de aquel río, morando más abajo de Elefantina.

19. No es solo el Delta el que en sus avenidas inunda el Nilo, pues que de él nos toca hablar, sino también el país que reparten algunos entre Libia y Arabia más o menos por el espacio de dos jornadas. De la naturaleza y propiedad de aquel río nada pude averiguar, ni de los sacerdotes, ni de nacido alguno, por más que me deshacía en preguntarles: ¿por qué el Nilo sale de madre en el solsticio de verano?; ¿por qué dura cien días su inundación?; ¿por qué menguado otra vez se retira al antiguo cauce, y mantiene bajo su corriente por todo el invierno, hasta el solsticio del estío venidero? En vano procuré, pues, indagar por medio de los naturales la causa de propiedad tan admirable que tanto distingue a su Nilo de los demás ríos. Ni menos hubiera deseado también el descubrimiento de la razón, de por qué es el único aquel río que ningún soplo o vientecillo despide.

20. No ignoro que algunos griegos, presumiendo de insignes eruditos, discurrieron tres explicaciones de los fenómenos del Nilo; dos de los cuales creo más dignas de apuntarse que de ser explicadas y discutidas. El primero de estos sistemas atribuye la plenitud e

---

[90] Por estar consagrada la vaca a Isis.

inundaciones del río a los vientos etesios[91], que cierran el paso a su corriente para que no desagüe en el mar. Falso es este supuesto, pues que el Nilo cumple muchas veces con su oficio sin aguardar a que soplen los etesios. El mismo fenómeno debiera además suceder con otros ríos, cuyas aguas corren en oposición con el soplo de aquellos vientos, y en mayor grado aún, por ser más lánguidas sus corrientes como menores que las del Nilo. Muchos hay de estos ríos en Siria, muchos en Libia, y en ninguno sucede lo que en aquel.

21. La otra opinión, aunque más ridícula y extraña que la primera, presenta en sí un no sé qué de grande y maravilloso, pues supone que el Nilo procede del océano como razón de sus prodigios, y que el océano gira fluyendo alrededor de la tierra.

22. La tercera, finalmente, a primera vista la más probable, es de todas la más desatinada; pues atribuir las avenidas del Nilo a la nieve derretida, son palabras que nada dicen. El río nace en Libia, atraviesa el país de los etíopes y va a difundirse por Egipto. ¿Cómo cabe, pues, que desde climas ardorosos, pasando a otros más templados, pueda nacer jamás de la nieve deshecha y líquida?

Un hombre hábil y capaz de observación profunda hallará motivos en abundancia que le presenten como improbable el origen que se supone al río en la nieve derretida. El testimonio principal será el ardor mismo de los vientos al soplar desde aquellas regiones; segunda, falta de lluvias o de nevadas, a las cuales siguen siempre aquellas con cinco días de intervalo; por fin, el observar que los naturales son de color negro de puro calor, que no faltan de allí en todo el año los milanos y las golondrinas, y que las grullas arrojadas de Escitia por el rigor de la estación acuden a aquel clima para instalarse en cuarteles de invierno. Nada en verdad de todo esto sucediera, por poco que nevase en aquel país de donde sale y se origina el Nilo, como convence con evidencia la razón.

23. El que haga proceder aquel río del océano no puede, por otra parte, ser convencido de falsedad cubierto con la sombra de la mitología. Protesto a lo menos de no conocer ningún río con el nombre

---

[91] Vientos procedentes del norte que soplaban en verano por espacio de unos cuarenta días.

de Océano. Creo, sí, que habiendo dado con esta idea Homero o alguno de los poetas anteriores se la apropiaron para el adorno de su poesía[92].

24. Mas si, desaprobando yo tales opiniones, se me preguntase al fin lo que siento en manera tan oscura, sin hacerme rogar daré la razón por la que entiendo que en verano baja lleno el Nilo hasta rebosar. Obligado en invierno el sol, a la fuerza de las tempestades y huracanes, a salir de su antiguo giro y ruta, va retirándose encima de Libia a lo más alto del cielo. Así todo lacónicamente se ha dicho, pues sabido es que cualquier región hacia la cual se acerque girando este dios de fuego, deberá hallarse en breve muy sedienta, agotados y secos los manantiales que en ella anteriormente brotaban.

25. Lo explicaremos más claro y detalladamente. Al girar el sol sobre Libia, cuyo cielo se ve en todo tiempo sereno y despejado, y cuyo clima, sin soplo de viento refrigerante, es siempre caluroso, obra en ella los mismos efectos que en verano, cuando camina por el medio del cielo. Entonces atrae el agua para sí; y atraída, la suspende en la región del aire superior, y suspensa, la toman los vientos, y luego la disipa y esparce; según prueba el que de allá soplen los vientos entre todos más lluviosos, el Noto y el Libé[93]. No pretendo por esto que el sol, sin reservar porción de agua para sí, vaya echando y despidiendo cuanto chupa del Nilo en todo el año. Mas declinando en la primavera el rigor del invierno, y vuelto otra vez el sol al medio del cielo, atrae entonces igualmente para sí el agua de todos los ríos de la tierra. Crecidos en aquella estación con el agua de las copiosas lluvias que recogen, empapada ya la tierra y hecha casi un torrente, corren entonces en todo su caudal; mas a la llegada del verano, no alimentados ya por las lluvias, chupados en parte por el sol, se arrastran lánguidos y menoscabados. Y como las lluvias no alimentan al Nilo, y siendo el único entre los ríos a quien el sol chupe y atraiga en invierno, natural es que corra entonces más bajo y menguado que en verano en la época en que, al par de los demás, contribuye con

---

[92] De hecho Homero (por ejemplo, en *Ilíada*, 18.607-608) habla de río Océano, que rodea la tierra y del que surgen los demás ríos.
[93] Vientos del sur y del sudoeste.

su agua a la fuerza del sol, mientras en invierno es el único objeto de su atracción. El sol, en una palabra, es, en mi opinión, el autor de tales fenómenos.

26. Al mismo sol igualmente atribuimos el árido clima y el cielo de Libia, abrasando en su giro toda la atmósfera, y el que reine en toda Libia un perpetuo verano. Pues si trastornándose el cielo se trastornara el orden anual de las estaciones; si donde el Bóreas[94] arrojase al Noto de su morada con tal trastorno, en mi sentir, echando el sol en medio del cielo por la violencia de los aquilones, subiría al cénit de Europa, como actualmente se pasea encima de Libia, y girando asiduamente por toda ella, haría, en mi opinión, con el Istro[95] lo que con el Nilo está al presente sucediendo.

27. Respecto a la causa de no exhalarse del Nilo viento alguno, natural me parece que falte este en países calurosos, observando que procede de alguna cosa fría en general.

28. Pero, sea como fuere, no presumo descifrar el secreto que sobre este punto se mantuvo hasta el presente. Ninguno de cuantos hasta ahora traté, egipcio, libio o griego, pudo darme conocimiento alguno de las fuentes del Nilo. Hallándome en Egipto, en la ciudad de Sais, di con un tesorero de las rentas de Atenea[96], el cual, jactándose de conocer tales fuentes, creí quería divertirse un rato y burlarse de mi curiosidad. Me decía que entre la ciudad de Elefantina y la de Siene, en la Tebaida, se hallan dos montes, llamado Crofi el uno y Mofi el otro, cuyas cimas terminan en dos penachos y que manan en medio de ellos las fuentes del Nilo, abismos sin fondos en su profundidad, de cuyas aguas la mitad corre al Egipto contraria al Bóreas, y la otra, opuesta al Noto, hacia Etiopía. Y contaba, confirmando la profundidad de aquellas fuentes, que reinando Psamético en Egipto, para hacer la experiencia mandó formar una soga de millares y millares de orgias y sondear con ella, sin que se pudiese hallar el fondo en el abismo. Esto decía el escriba de Atenea; ignoro si en esto último había verdad. Discurro en todo lance que debe existir un hervidero

---

[94] Viento del norte.
[95] El Danubio.
[96] La diosa Neit, que, como Atenea, era una diosa virgen y guerrera.

de agua que, con sus borbotones y remolinos, impida bajar hasta el suelo la sonda echada, impeliéndola contra los montes.

29. Nada más pude indagar sobre el asunto; pero, informándome cuan detenidamente fue posible, he aquí lo que averigüé como testigo ocular hasta la ciudad de Elefantina, y lo que supe de oídas sobre el país que más adentro se extiende. Siguiendo, pues, desde Elefantina arriba, darás con un recuesto tan arduo que es preciso para superarlo atar tu barco por ambos lados como un buey sujeto por las astas, pues si se rompiese por desgracia la cuerda, se iría río abajo la embarcación, arrebatada por la fuerza de la corriente. Cuatro días de navegación contarás en este viaje, durante el cual no es el Nilo menos tortuoso que el Meandro. El tránsito que tales precauciones requiere no es menor de doce esquenos. Encuentras después una llanura donde el río forma y rodea una isla que lleva el nombre de Tacompso, habitada la mitad por los egipcios y la mitad por los etíopes, que empiezan a poblar el país desde la misma Elefantina. Con la isla confina una gran laguna, alrededor de la cual moran los etíopes llamados nómadas. Pasada esta laguna, en la que el Nilo desemboca, se vuelve a entrar en la madre del río; allí es preciso desembarcar y seguir cuarenta jornadas el camino por las orillas, siendo imposible navegar el río en aquel espacio por los escollos y agudas peñas que de él sobresalen. Concluido por tierra este viaje y entrando en otro barco, en doce días de navegación llegas a Méroe, que este es el nombre de aquella gran ciudad, capital, según dicen, de la otra casta de etíopes que solo a dos dioses prestan culto, a Zeus y a Dioniso[97], si bien mucho se esmeran en honrarlos: tienen un oráculo de Zeus allí mismo, por cuyas divinas respuestas se decide la guerra, haciéndola cómo y cuándo y en dónde aquel dios lo ordene.

30. Siguiendo por el río desde la última ciudad, en el mismo tiempo empleado en el viaje desde Elefantina, llegas a los Desertores, que en idioma del país llaman *asmach, y que en griego equivale a* «los que asisten a la izquierda del rey». Fueron en lo antiguo veinticuatro miríadas de soldados que desertaron a los etíopes la ocasión que referiré. En el reinado de Psamético estaban en tres puntos repartidas

---

[97] Es decir, los dioses Amón y Osiris.

las fuerzas del imperio; en Elefantina contra los etíopes, en Dafnas de Pelusio contra los árabes y sirios, y en Marea contra Libia, los primeros de los cuales conservan las fortificaciones persas en mis días del mismo modo que en aquel tiempo. Sucedió que las tropas egipcias apostadas en Elefantina, viendo que nadie venía a relevarlas después de tres años de guarnición, y deliberando sobre su estado, determinaron de común acuerdo desertar de su patria pasando a Etiopía. Informado Psamético, corre luego en su seguimiento, y alcanzándolos les ruega y suplica encarecidamente por los dioses patrios, por sus hijos, por sus esposas, que tan queridas prendas no consientan en abandonarlas. Es fama que uno de los desertores, entonces, mostrando sus partes en ademán obsceno, le respondió que allí donde las llevaran hallarían medios en sí mismos de tener hijos y mujeres. Llegados a Etiopía y puestos a disposición de aquel soberano, fueron por él acogidos y aun premiados, pues les mandó en recompensa que, arrojando a ciertos etíopes mal contentos y amotinados, ocupasen sus campos y posesiones. Resultó de esta nueva vecindad y acogida que fueron humanizándose los etíopes con los usos y cultura de la colonia egipcia, que aprendieron con el ejemplo.

31. Bien conocido es el Nilo todavía más allá del Egipto que baña en el largo trecho que, ya por tierra, ya por agua, se recorre en un viaje de cuatro meses; que tal resulta si se suman los días que se emplean en pasar desde Elefantina hasta los Desertores. En todo el espacio referido corre el río desde poniente; pero más allá no hay quien diga nada cierto ni positivo, siendo el país un puro yermo abrasado por los rayos del sol.

32. No obstante, oí de boca de algunos cireneos que, yendo al oráculo de Amón, habían entablado un largo discurso con Etearco, rey de los amonios, y que viniendo por fin a recaer la conversación sobre el Nilo, y sobre lo oculto y desconocido de sus fuentes, les contó entonces aquel rey la visita que había recibido de los nasamones, pueblos que ocupan un corto espacio en Sirte y sus contornos por la parte de levante. Preguntados estos por Etearco acerca de los desiertos de Libia, le refirieron que hubo en su tierra ciertos jóvenes audaces e insolentes, de las familias más ilustres, que habían acordado, entre otras travesuras de juventud, sortear a cinco de ellos para hacer nuevos descubrimientos en aquellos desiertos y reconocer sitios hasta entonces no hollados. El rigor del clima los invitaría a ello seguramente, pues, aunque empezando desde Egipto y siguiendo la costa del mar que mira al norte, hasta el cabo Solunte, su último término, está Libia poblada de varias tribus de libios, además del terreno que ocupan algunos griegos y fenicios; con todo, la parte interior más allá de la costa y de los pueblos de que está sembrada es madre y región de fieras propiamente, a la cual sigue un arenal del todo árido sin agua y sin ser vivo que lo habite. Emprendieron, pues, sus viajes los jóvenes, de acuerdo con sus camaradas, provistos de víveres y de agua; pasaron la tierra poblada, atravesaron después la región de las fieras, y dirigiendo su rumbo hacia occidente por el desierto, y cruzando muchos días unos vastos arenales, descubrieron árboles por fin en una llanura, y aproximándose empezaron a echar mano de su fruta. Mientras estaban gustando de ella no sé qué hombrecillos, menores que los que vemos entre nosotros de mediana estatura, se fueron llegando a los nasamones, y asiéndoles de las manos, por más que no se entendiesen en su idioma mutuamente, los condujeron por extensos pantanos, y al fin de ellos a una ciudad cuyos habitantes, negros de color, eran todos del tamaño de sus captores, y en la que vieron un gran río que la atravesaba de poniente a levante, y en el cual aparecían cocodrilos.

33. Temo que parezca ya harto largo el relato de Etearco el amonio; diré solo que añadía, según el testimonio de los cirineos, que los descubridores nasamones, de vuelta de sus viajes, tomaron por hechiceros a los habitantes de la ciudad en que penetraron, y que conjeturaban que el río que la atraviesa podía ser el Nilo. No sería difícil, en efecto, pues este río no solo viene de Libia, sino que la divide por medio; y deduciendo lo oculto por lo conocido, conjeturó que no es el Nilo inferior al Istro en lo dilatado del espacio que recorre. Empieza el Istro en la ciudad de Pirene desde los celtas, los que están más allá de las columnas de Heracles, confinantes con los cinesios, último pueblo de Europa, situado hacia el ocaso, y después de atravesar toda aquella parte del mundo, desemboca en el Ponto Euxino, junto a los de Istria, colonos de los milesios.

34. Dado que el Istro transita por la tierra poblada, es de muchos bien conocido; en cambio, nadie ha sabido manifestarnos las fuentes del Nilo, que camina por el país desierto y despoblado de

Libia. Referido llevo cuanto he podido saber sobre su curso, al cual fui siguiendo con mis investigaciones todo lo que me fue posible. El Nilo va a parar a Egipto, país que cae enfrente de la montañosa Cilicia, desde donde un correo a todo aliento llegará en cinco días por camino recto a Sinope, situada en las orillas del Ponto Euxino, enfrente de la cual desemboca el Istro en el mar. De aquí opino que igual espacio que el último recorrerá el Nilo atravesando Libia. Mas bastante se ha tratado ya de aquel río.

Etnografía de Egipto

35. Detalladamente vamos a hablar de Egipto, pues de ello es digno aquel país, por ser entre todos maravilloso, y por presentar mayor número de monumentos que otro alguno, superiores al más alto encarecimiento. Tanto por razón de su clima, tan diferente de los demás, como por su río, cuyas propiedades tanto le distinguen de cualquier otro, distan los egipcios enteramente de los demás pueblos en leyes, usos y costumbres. Allí son las mujeres las que venden, compran y negocian públicamente, y los hombres hilan, cosen y tejen, impeliendo la trama hacia la parte inferior de la urdimbre, cuando los demás la dirigen comúnmente a la superior; allí los hombres llevan la carga sobre la cabeza y las mujeres sobre los hombros. Las mujeres orinan de pie, y los hombres se agachan para ello. Para sus necesidades se retiran a sus casas, y salen de ellas comiendo por las calles, dando por descontado que lo indecoroso, por necesario que sea, debe hacerse a escondidas, y que puede hacerse a las claras cualquier cosa indiferente. Ninguna mujer se consagra allí como sacerdotisa a dios o a diosa alguna[98]: los hombres son allí los únicos sacerdotes. Los varones no pueden ser obligados a alimentar a sus padres contra su voluntad; tan solo las hijas están forzosamente sujetas a esta obligación.

36. En otras naciones se dejan crecer sus cabellos los sacerdotes de los dioses; los egipcios lo rapan a navaja. Señal de luto es, entre los pueblos, cortarse el cabello los más allegados al difunto, y entre

---

[98] Existían oficiantes que cantaban o danzaban para las divinidades y en Tebas las adoratrices divinas detentaban un estatus equiparable al del sumo sacerdote.

los egipcios, ordinariamente rapados, lo es el cabello y barba crecida en el fallecimiento de los suyos. Los demás hombres no acostumbran a comer con los animales; los egipcios tienen con ellos plato y mesa común. Los demás se alimentan de pan de trigo y de cebada; los egipcios el comer de él es la mayor afrenta que se los puede hacer, no usando de otro pan que el de escanda o candeal. Cogen el lodo y aun el estiércol con sus manos y amasan la harina con los pies. Los demás hombres dejan sus partes naturales en su propia disposición, excepto los que aprendieron de los egipcios a circuncidarse. En Egipto usan los hombres vestidura doble, y sencilla las mujeres. Los egipcios en las velas de sus naves cosen los anillos y cuerdas por la parte interior, en contraposición con la práctica de los demás, que los cosen por fuera. Los griegos escriben y mueven los cálculos en sus cuentas de la siniestra a la derecha; los egipcios, al contrario, de la derecha a la siniestra, diciendo por esto que los griegos hacen a zurdas lo que ellos a derechas. Dos géneros de letras están allí en uso, unas sacras y otras populares[99].

37. Supersticiosos por exceso, mucho más que otros hombres cualesquiera, usan de toda especie de ceremonias, beben en vasos de bronce y los limpian y friegan cada día, costumbre a todos ellos común y de ninguno particular. Sus vestidos son de lino y siempre recién lavados, pues la limpieza les merece un cuidado particular, siendo también ella la que les impulsa a circuncidarse, prefiriendo ser más bien aseados que hermosos. Los sacerdotes, con la idea de que ningún piojo u otra sabandija repugnante se encuentre sobre ellos al tiempo de sus funciones religiosas, se rapan a navaja cada tres días de pies a cabeza. También visten de lino, y calzan zapatos de papiro, ya que otra ropa o calzado no les está permitido; se lavan con agua fría diariamente, dos veces por el día y otras dos por la noche, y hay, en una palabra, ceremonias a miles en su culto religioso. Disfrutan en cambio aquellos sacerdotes de no pocas conveniencias, pues nada ponen de su casa ni consumen de su hacienda; comen de la carne ya cocida en los sacrificios, tocándoles diariamente a cada

---

[99] La escritura sagrada es la que los griegos denominaron «jeroglífica», que etimológicamente significa «de símbolos sagrados».

uno una crecida ración de la de ganso y de buey, no menos que su buen vino de uvas; mas el pescado está vedado para ellos. Ignoro qué prevención tienen los egipcios contra las habas, pues ni las siembran en sus campos en gran cantidad, ni las comen crudas, ni menos cocidas, y ni aun verlas pueden sus sacerdotes, como reputándolas por impura legumbre. Ni se contentan consagrando un único sacerdote a los dioses, sino que consagran muchos a cada dios, nombrando a uno de ellos sumo sacerdote y perpetuando sus empleos a sus hijos en su fallecimiento.

38. Viven los egipcios en la opinión de que los bueyes son la única víctima propia de Épafo[100], para lo cual hacen ellos la prueba, pues encontrándose en el animal un solo pelo negro ya no pasa por puro y legítimo. Uno de los sacerdotes es el encargado y nombrado particularmente para este registro, el cual hace revista del animal, ya en pie, ya tendido boca arriba; observa en su lengua, sacándola hacia afuera, las señas que se requieren en una víctima pura, de las que hablaré más adelante; mira y vuelve a mirar los pelos de su cola, para ver si están o no en su estado natural. En caso de asistir al buey todas las cualidades que de puro y bueno le califican, lo marcan como tal enroscándole en las astas el papiro, y pegándole cierta greda a manera de lacre, en la que imprimen su sello. Así marcado, le conducen al sacrificio, ¡ay del que sacrificase una víctima no marcada! Otra cosa que la vida no le costaría. Estas son, en suma, las pruebas y los reconocimientos de aquellos animales.

39. Se sigue la ceremonia del sacrificio. Conducen la víctima, ya marcada, al altar destinado al holocausto; pegan fuego a la pira, derraman vino sobre la víctima al pie mismo del ara, e invocan su dios al tiempo de degollarla, cortando luego la cabeza y desollándole el cuerpo. Cargan de maldiciones a la cabeza dividida, y la sacan a plaza, vendiéndola a los comerciantes griegos, si los hay allí domiciliados y si hay mercado en la ciudad; en caso contrario, la echan al río como maldita. La fórmula de aquellas maldiciones expresa solo que si algún

---

[100] Los griegos identificaban al dios-toro Apis con Épafo, el hijo de Ío, que será mencionada más abajo. Ío fue convertida en ternera por Zeus, su amante, para esconderla de su esposa Hera.

mal amenaza a Egipto en común o a los sacrificadores en particular, descargue todo sobre aquella cabeza. Esta ceremonia la usan los egipcios igualmente sobre la cabeza de las víctimas y en la libación del vino, y se valen de ella generalmente en sus sacrificios, naciendo de aquí que nunca un egipcio coma cabeza de ningún animal viviente.

40. No es una misma la manera de extraer las entrañas y quemar las víctimas en los sacrificios, sino muy variada en cada una de ellos. Hablaré del de la diosa de su mayor veneración y a la cual se consagra la fiesta más solemne: la diosa Isis. En su reverencia hacen un ayuno, le presentan después sus oraciones públicas, y, por último, le sacrifican un buey. Desollada la víctima, le limpian las tripas, dejando las entrañas pegadas al cuerpo con toda su grasa; separan luego las piernas, y cortan la extremidad del lomo con el cuello y las espaldas. Entonces embuten y atestan lo restante del cuerpo de panales purísimos de miel, de uvas e higos secos, de incienso, mirra y otros aromas, y derramando después sobre él aceite en gran abundancia, lo entregan a las llamas. Al sacrificio precede el ayuno, y mientras está abrasándose la víctima, se golpean en el pecho los asistentes, se maltratan, lloran y plañen, desquitándose después en espléndido convite con las partes que de la víctima separaron.

41. A cualquiera le es permitido allí el sacrificio de bueyes y terneros puros y legales, mas a ninguno es lícito el de vacas o terneras, por estar dedicadas a Isis, cuyo ídolo representa una mujer con astas de buey, a la manera que los griegos representan a Ío; por lo cual es la vaca, con notable preferencia sobre los demás brutos, mirada por los egipcios con veneración particular. Así que no se hallará en el país hombre ni mujer alguna que quiera besar a un griego, ni servirse de cuchillo, asador o caldero de alguno de esta nación, ni aun comer carne de buey, aunque puro por otra parte, mientras sea trinchada por un cuchillo griego. Para los bueyes difuntos tienen otras sepulturas; las hembras son arrojadas al río, pero los machos son enterrados en el arrabal de cada pueblo, dejándose por señas una o ambas de sus astas salidas sobre la tierra. Podrida ya la carne y llegado el tiempo designado, va recorriendo las ciudades una barca que sale de la isla Prosopítide, situada dentro del Delta, de nueve esquenos de circunferencia. En esta isla hay una ciudad, entre otras muchas, llamada Atarbequis, donde hay un templo dedicado a Afrodita, y de la que acostumbran a salir las barcas destinadas a recoger los huesos de los bueyes. Muchas salen de allí para diferentes ciudades; desentierran aquellos huesos, y reunidos en un lugar, les dan a todos sepultura; práctica que observan igualmente con las demás bestias, enterrándolas cuando mueren, pues a ello les obligan las leyes y a respetar sus vidas en cualquier ocasión.

42. Los pueblos del santuario de Zeus Tebano, o más bien el nomo de Tebas, matan sin escrúpulos las cabras, sin tocar a las ovejas, lo que no es de extrañar, pues no adoran los egipcios a unos mismos dioses, excepto dos universalmente venerados: Isis y Osiris, el cual pretenden sea el mismo que Dioniso. Los pueblos, al contrario del santuario de Mendes, respetando las cabras, matan libremente las ovejas. Los primeros y los que como ellos no se atreven a matar las ovejas, dan la siguiente razón de la ley que se impusieron: Heracles[101] quería ver a Zeus a toda costa, y Zeus no quería absolutamente ser visto por Heracles. Grande era el empeño de aquel, hasta que después de larga insistencia, encuentra Zeus una salida: mata un carnero, le quita la piel, le corta la cabeza y se presenta a Heracles disfrazado con todos estos despojos. Y en atención a este disfraz formaron los egipcios la imagen de Zeus con cabeza de carnero, figura que tomaron de ellos los amonios, colonos en parte egipcios y en parte etíopes, que hablan un dialecto mezcla de ambos idiomas etiópico y egipcio. Y estos colonos, a mi entender, no se llaman amonios por otra razón que por ser Amón el nombre de Zeus en lengua egipcia. He aquí, pues, la razón por la cual no matan los tebanos a los carneros, mirándolos como bestias sagradas. Verdad es que en cada año hay un día señalado, el de la fiesta de Zeus, en que matan a golpes un carnero, y con la piel que le quitan visten al ídolo del dios con el traje mismo que arriba mencioné, presentándole luego otra estatua de Heracles. Durante la representación de tal acto se lamentan los presentes y plañen con muestra de sentimiento la muerte del carnero, al cual entierran después en lugar sagrado.

---

[101] La divinidad egipcia a la que se asocia Heracles es Konsu, hijo de Amón, quien se identifica con Zeus.

43. Oí que a este Heracles los egipcios le consideraban como uno de los doce dioses, pero no pude adquirir noticia alguna en el país de aquel otro Heracles que conocen los griegos. Entre varias pruebas que me conducen a creer que no deben los egipcios a los griegos el nombre de aquel dios, sino que los griegos lo tomaron de los egipcios, en especial los que designan con él al hijo de Anfitrión, no es la menor el que Anfitrión y Alcmena, padres del Heracles griego, traían su origen de Egipto[102], y el que confiesen los egipcios que ni aun oyeron los nombres de Poseidón o de Dioscuros, tan lejos están de colocarlos en el catálogo de sus dioses. Y si algún dios hubieran tomado los egipcios de los griegos, fueron ciertamente los que he nombrado, de quienes con mayor razón se conservara la memoria; porque en aquella época comerciaban ya los griegos por el mar, y algunos había, a lo que parece, patrones y dueños de sus navíos, y muy natural está que de su boca oyeran antes los egipcios el nombre de sus dioses náuticos[103] que el de Heracles. Declárese, pues, la verdad, y sea Heracles tenido, como lo es, por dios antiquísimo de Egipto; pues si hemos de oír a aquellos naturales, desde la época en que los ocho dioses engendraron a los otros doce, entre los cuales cuentan a Heracles, hasta el reinado de Amasis, han transcurrido no menos de diecisiete mil años.

44. Queriendo yo cerciorarme de esta materia donde fuera posible, y habiendo oído que en Tiro de Fenicia había un templo dedicado a Heracles[104], emprendí viaje para aquel punto. Lo vi ricamente adornado de copiosos donativos, y entre ellos dos vistosas columnas, una de oro acendrado en copela, otra de esmeralda, que de noche en gran manera resplandecía. Entré en conversación con los sacerdotes de aquel dios, y preguntándoles desde cuándo fue su templo erigido, hallé que tampoco estaban de acuerdo con los griegos acerca de He-

---

[102] El padre mortal de Heracles (aquel cuya figura adoptó Zeus para engendrar a Heracles con Alcmena) es Anfitrión. Tanto él como su esposa descienden de Egipto, héroe que da nombre al país.

[103] Poseidón es el dios del mar y los Dioscuros son héroes protectores de los marineros.

[104] El templo de Melqart (el Heracles fenicio), cuya construcción se remontaría hacia el 2700 a. C.

racles, pues decían que aquel templo había sido fundado al mismo tiempo que la ciudad, y no contaban menos de dos mil trescientos años desde la fundación primera de Tiro. Allí mismo vi adorar a Heracles en otro edificio con el sobrenombre de Tasio, lo que me incitó a pasar a Tasos, donde igualmente encontré un templo de aquel dios, fundado por los fenicios, que navegando en busca de Europa edificaron la ciudad de Tasos, suceso anterior en cinco generaciones al nacimiento en Grecia de Heracles, hijo de Anfitrión. Todas estas averiguaciones prueban con evidencia que es Heracles uno de los dioses antiguos, y que aciertan aquellos griegos que conservan dos especies de templos de Heracles, en uno de los cuales sacrifican a Heracles Olímpico como dios inmortal y en el otro celebran sus honores como los de héroe.

45. Entre las historias que nos refieren los griegos a modo de leyenda, puedo contar aquella fábula simple y desatinada, a propósito de lo que cuento: los egipcios, apoderados de Heracles, que por allí transitaba, lo coronaron cual víctima sagrada, y le llevaban con gran pompa y solemnidad para que fuese a Zeus inmolado, mientras él permanecía quieto y sosegado como un cordero, hasta que al ir a recibir el último golpe junto al altar, empleando todo su brío y denuedo, pasó a cuchillo a toda aquella cohorte de extranjeros. Los que así se expresan, a mi entender, ignoran de todo punto la verdad de cómo son los egipcios, y desconocen sus leyes y sus costumbres. Díganme, pues: ¿cómo los egipcios intentarían sacrificar una víctima humana cuando ni matar a los animales mismos les permite su religión, exceptuando a los cerdos, gansos, bueyes o novillos, y aun a estos con la prueba y seguridad de que son puros? ¿Cabe, además, que Heracles solo, Heracles todavía mortal, que por mortal lo dan los griegos en aquella ocasión, pudiera con la fuerza de su brazo acabar con tantos egipcios? Pero ya basta; y deseo que lo expresado sea dicho con perdón y benevolencia así tanto de los dioses como de los héroes.

46. Ahora diré el porqué otros egipcios, como ya conté, no matan cabras o machos cabríos. Los mendesios toman al dios Pan por uno de los ocho dioses que existieron, a su creencia, antes de aquellos doce de segunda clase; y los pintores y escultores egipcios esculpen y pintan al dios Pan con el mismo traje que los griegos, rostro de cabra y patas de macho cabrío, sin que crean por esto que sean tal

como lo figuran, sino como cualquiera de sus dioses de primer orden. Bien sé el motivo de presentarle en aquella forma, pero me guardaré de expresarlo. Por esto los mendesios honran con particularidad a los cabreros y adoran sus ganados, siendo aún menos devotos de las cabras que de los machos cabríos. Uno es, sin embargo, entre todos el privilegio y de tanta veneración que su muerte se honra en todo el nomo mendesio con el luto más riguroso. En Egipto se da el nombre de Mendes tanto al dios Pan como al macho cabrío. En aquel nomo sucedió en mis días la monstruosidad de juntarse en público un macho cabrío con una mujer: bestialidad sabida de todos y aplaudida.

47. Los egipcios miran al puerco como animal abominable, dando origen esta superstición a que el que roce al pasar por casualidad con algún puerco se arroje al río con sus vestiduras para purificarse, y a que los porquerizos, por más que sean naturales del país, sean excluidos de la entrada y de la comunicación en los templos; prohibición que se usa con ellos solamente, excediéndose tanto en esta prevención que a ninguno de ellos darían en matrimonio a ninguna hija, ni tomarían alguna de ellas por mujer, viéndose obligada aquella clase a casarse entre sí mutuamente. Mas aunque no sea lícito generalmente a los egipcios inmolar un puerco a sus dioses, los sacrifican, sin embargo, a la Selene y a Dioniso, y a estos únicamente en un mismo tiempo, a saber: el de plenilunio, día en que comen aquella especie de carne. La razón que dan para sacrificar en la fiesta de plenilunio al puerco, que abomina los restantes días, no seré yo quien la refiera, porque no lo considero conveniente; diré tan solo el rito del sacrificio con que se ofrece a Selene aquel animal. Muerta la víctima, juntan la punta de su cola, el bazo y el redaño, y cubriéndolo todo con la grasa que visten los intestinos, lo arrojan a las llamas envuelto de este modo. Lo restante del tocino se come en el día del plenilunio destinado al sacrificio, único día en que se atreven a gustar de la carne referida. En aquella fiesta, los pobres que faltos de medios no alcanzan a presentar su tocino, usan otro de pasta, y lo sacrifican, después de cocido, con la misma ceremonia.

48. En la solemne cena que se hace en la fiesta de Dioniso acostumbra cada cual a matar su cerdo en la puerta misma de su casa, y entregándolo después al mismo porquerizo a quien lo compró para que lo quite de allí y se lo lleve. Aparte de esto, celebran los egipcios

lo restante de la fiesta con el mismo aparato que los griegos, salvo por las danzas corales. En vez de los falos usados entre los últimos, han inventado unos muñecos de un codo de altura, y movibles por medio de resortes, que llevan por las calles las mujeres moviendo y agitando obscenamente un miembro casi tan grande como lo restante del cuerpo. La flauta guía la comitiva, y sigue el coro mujeril cantando himnos en honor de Dioniso. El movimiento obsceno del ídolo y la desproporción de aquel miembro no deja de ser para los egipcios un misterio que cuentan entre los demás de su religión[105].

49. Me parece claro que Melampo, el hijo de Amitaón, no ignoraría, sino que conocería muy bien, esta especie de sacrificio, pues no solo fue el propagador del nombre de Dioniso entre los griegos, sino quien introdujo entre ellos asimismo el rito y la procesión del falo, aunque no dio entera explicación de este misterio, que declararon más cumplidamente los sabios que le sucedieron[106]. Melampo fue, en una palabra, quien dio a los griegos razón del falo que se lleva en la procesión de Dioniso y el que les enseñó el uso que de él hacen; y aunque como sabio supo apropiarse el arte de la adivinación, de discípulo de los egipcios pasó a maestro de los griegos, enseñándoles entre otras cosas los misterios y culto de Dioniso con ligeras variantes. Porque de otro modo no puedo persuadirme de que las ceremonias de este dios se instituyesen por casualidad al mismo tiempo entre los griegos y egipcios, pues entonces no hubiera razón para que no fueran puntualmente las mismas en ambas partes, ni para que se hubieran introducido en Grecia nuevamente, siendo improbable, por otro lado, que los egipcios tomaran de los griegos esta o cualquier otra costumbre. Verosímil es, en mi opinión, que aprendiese Melampo todo lo que a Dioniso pertenece de aquellos

---

[105] Según cuenta, entre otros, Diodoro de Sicilia (cf. *Biblioteca histórica* 4.6), cuando Osiris fue y descuartizado, Isis consiguió reunir todos los pedazos a excepción del falo, que fue reemplazado por otro artificial. Isis encargó a los sacerdotes que lo mantuvieran en posición erecta. Era exhibido en las festividades religiosas como protector de las viñas y los jardines «entre risas y bromas».

[106] Melampo era un adivino y sanador que en una ocasión sanó a las mujeres de Argos por el estado de locura al que las había sometido Dioniso. Se dice que fue el primero en dedicar un templo al dios.

fenicios que en compañía de Cadmo de Tiro emigraron de su patria al país de Beocia.

50. De Egipto nos vinieron además a Grecia los nombres de la mayor parte de los dioses; pues resultando por mis informaciones que nos vinieron de los bárbaros, creo que bajo este nombre se entiende aquí principalmente a los egipcios. Si exceptuamos, en efecto, como dije, los nombres de Poseidón y el de los Dioscuros, y además los de Hera, de Hestia, de Temis, de las Cárites y de las Nereidas, todos los demás, desde tiempo inmemorial, los conocieron los egipcios en su país, según dicen los mismos y yo me limito a repetir. En cuanto a los nombres de aquellos dioses de que no tuviesen noticia, se debería, según creo, a los pelasgos, sin comprender con todo el de Poseidón, dios que adoptarían estos de los libios, juntamente con su nombre, pues que ningún pueblo sino los libios se valieron antiguamente de este nombre ni fueron celosos adoradores de aquel dios. No es costumbre, además, entre los egipcios el tributar a sus héroes ningún género de culto.

51. Estas y otras cosas de que hablaré se introdujeron en Grecia tomadas de los egipcios; pero a los pelasgos se debe el rito de construir las estatuas itifálicas de Hermes[107], rito que aprendieron los atenienses de los pelasgos primeramente, y que comunicaron después a los griegos: lo que no es extraño, si se atiende a que los atenienses, aunque contándose ya entre los griegos, habitaban en un mismo país con los pelasgos; por esto empezaron a ser mirados como griegos. No podrá negar lo que afirmo nadie que haya sido iniciado en los misterios de los Cabiros, cuyas ceremonias, aprendidas de los pelasgos, celebran los samotracios todavía, como que los pelasgos habitaron en Samotracia antes de vivir entre los atenienses, y que enseñaron a sus habitantes aquellos misterios[108]. Los atenienses, pues, para no apartarme de mi propósito, fueron discípulos de los

---

[107] Las llamadas hermas eran estatuas del dios Hermes en las que exhibían su miembro en erección. Como dios de los espacios liminares, estas estatuas se empleaban para delimitar espacios. Del mismo modo, eran usadas para alejar los males y atraer la abundancia.

[108] Divinidades ctónicas que recibían un culto mistérico en Samotracia y eran consideradas protectores de los marineros.

pelasgos y maestros de los demás griegos en la construcción de las estatuas de Hermes tan obscenamente representadas. Los pelasgos apoyaban esta costumbre en una razón simbólica y misteriosa, que se explica y declara en los misterios que se celebran en Samotracia.

52. De los pelasgos oí decir igualmente en Dodona que antiguamente invocaban en común a los dioses en todos sus sacrificios, sin dar a ninguno de ellos nombre o epíteto peculiar, pues ignoraban todavía cómo se llamasen. A todos designaban con el nombre de *theoi* («dioses»), derivado de la palabra *thentes* («los que ponen, colocan»), significando que todo lo imponían los dioses en el mundo, y todo lo colocaban en buen orden y distribución. Pero habiendo oído con el tiempo los nombres de los dioses venidos del Egipto, y más tarde el de Dioniso, acordaron consultar al oráculo de Dodona sobre el uso de nombres extranjeros. Era entonces este oráculo, reputado como el más antiguo entre los griegos, el único conocido en el país; y preguntado si sería conveniente adoptar los nombres tomados de los bárbaros, respondió afirmativamente; y desde aquella época los pelasgos empezaron a usar en sus sacrificios de los nombres propios de los dioses, uso que posteriormente comunicaron a los griegos.

53. En cuanto a las opiniones de los griegos sobre la procedencia de cada uno de sus dioses, sobre su forma y condición, y el principio de su existencia, datan de ayer, por decirlo así, o de pocos años atrás: cuatrocientos y no más de antigüedad pueden llevarme de ventaja Hesíodo y Homero, los cuales escribieron la teogonía entre los griegos, dieron nombres a sus dioses, mostraron sus figuras y semblantes, les atribuyeron y repartieron honores, artes y habilidades, siendo a mi vez muy posteriores a estos poetas los que se cree les antecedieron. Esta última observación es mía enteramente; lo demás es lo que decían las sacerdotisas de Dodona.

54. El origen de este oráculo y de otro que existe en Libia lo refieren del siguiente modo los egipcios: me decían los sacerdotes de Zeus Tebano que desaparecieron de Tebas dos mujeres consagradas al servicio de la divinidad, raptadas por los fenicios, y que según posteriormente se divulgó, una vez que fueron vendidas en Libia la una y en Grecia la otra introdujeron entre estas naciones los oráculos referidos. Todo esto que añadían, respondiendo a mis dudas y preguntas, no se supo sino mucho después, porque al principio fueron vanas todas las pesquisas que en busca de aquellas mujeres se emplearon.

55. Esto fue lo que oí en Tebas de boca de los sacerdotes; he aquí lo que dicen sobre el mismo caso las profetisas de Dodona: se escaparon por los aires desde Tebas de Egipto dos palomas negras, de las cuales una llegó a Libia y la otra a Dodona, y posada esta última en una haya, les dijo con voz humana que era cosa precisa que existiese un oráculo de Zeus en aquel sitio; y persuadidos los de Dodona de que por la divinidad les daba aquella orden, resolvieron cumplirla al instante. De la otra paloma que llegó a Libia cuentan que ordenó establecer allí el oráculo de Amón, erigiendo por esto los libios a Zeus un oráculo semejante al de Dodona. Tal era la opinión que, de acuerdo a los misterios de aquel templo, profesaban las tres sacerdotisas de Dodona, la más anciana de las cuales se llamaba Promenia, la segunda Timárete y Nicandra la menor, y el resto de servidores del templo se mostraban de acuerdo con ellas.

56. Y si me es lícito en este punto expresar mi opinión, si fuera verdad que los fenicios vendieron a las dos mujeres consagradas a Zeus que consigo traían, la una en Libia y en Grecia la otra, no estoy lejos de creer que llevada la segunda a los tesprotos de Grecia (región conocida anteriormente por el nombre de Pelasgia), levantara a Zeus algún santuario, acordándose la esclava, como era natural, del templo del dios a quien en Tebas había servido y de donde procedía; y que ella contaría a los tesprotos, después de aprendido el lenguaje de estos pueblos, cómo los fenicios habían vendido en Libia otra compañera suya.

57. El hecho de que las dos mujeres fueran de nación bárbara y la semejanza que establecían los de Dodona entre su idioma y el arrullo o graznido de las aves, dio motivo, a mi entender, a que les diesen el nombre de palomas, diciendo que hablaba la paloma con voz humana cuando con el transcurso del tiempo pudo aquella mujer ser de ellos entendida, cesando en el bárbaro e ignorado lenguaje que les había parecido hasta entonces la lengua de las aves. De otro modo, ¿cómo pudieron creer los de Dodona que les hablase una paloma con voz humana? El negro color que atribuían al ave significaba sin duda que era egipcia la mujer. Parecidos son en verdad ambos oráculos, el de Dodona y el de Tebas en Egipto, siendo notorio, además, que

el arte de adivinar a través del examen de las víctimas nos ha venido de este reino.

58. Indudable es asimismo que entre los egipcios, maestros en este punto de los griegos, empezaron las procesiones, los concursos festivos, las ofrendas religiosas, siendo para mí testimonio evidente que tales fiestas, recientes entre los griegos, resultan muy antiguas en Egipto.

59. No contentos los egipcios con una de estas solemnidades al año, las celebran frecuentemente. La principal de todas, en la que se esmeran con empeño y devoción, es la que van a celebrar en la ciudad de Bubastis en honor de Ártemis. Se frecuenta la segunda en Busiris, ciudad edificada en medio del Delta, para honrar a Isis, diosa que se llama Deméter en lengua griega, y que tiene en la ciudad un magnífico templo. Se reúne en Sais el tercer concurso festivo en honor de Atenea; el cuarto en Heliópolis para celebrar a Helios, en Buto el quinto para dar culto a Leto, y para honrar a Ares se celebra el sexto en Papremis[109].

60. El viaje que con este objeto emprenden a Bubastis merece atención. Hombres y mujeres van allá navegando en buena compañía, y es un espectáculo singular ver la muchedumbre de ambos sexos que encierra cada nave. Algunas de las mujeres, armadas con sonajas, no cesan de repicarlas; algunos hombres tañen sus flautas sin descanso, y la turba de estos y de aquellas, entre tanto, no paran un instante de cantar y palmotear. Cuando llegan de paso a alguna de las ciudades que se ven en el camino, aproximan la nave a la orilla y continúa el baile alguna de las mujeres; otras insultan a las vecinas de la ciudad con terrible griterío; unas danzan; otras, puestas en pie, se quitan sus vestiduras. Y esto se repite en cada pueblo que a orilla del río van encontrando. Llegados por fin a Bubastis, celebran su fiesta ofreciendo muchos sacrificios y las pingües víctimas que conducen. Y tanto es el vino que durante la fiesta se consume que excede a lo

---

[109] Bastet, hija de Ra (es decir, Helios, al que se menciona a continuación); se representa como un felino en tanto que, como Ártemis, es una «señora de las bestias». Atenea es Neit, mientras que Leto puede identificarse con la diosa egipcia Uadyet y Ares con Anur (u Onuris) o con Set, hermano y rival de Osiris.

que se bebe en lo restante del año, y tan numeroso el gentío que allá concurre que, sin contar los niños, entre mujeres y hombres asciende el número a setecientas mil personas, según dicen los del país.

61. He aquí lo que pasa en Bubastis. En la fiesta, según antes indiqué, celebran los egipcios en Busiris para honrar a Isis, acabado el sacrificio, millares y millares de hombres y mujeres que a él asisten prorrumpen en llanto y se maltratan; esta costumbre tiene su origen en algo que no me es lícito expresar[110]. En esta mortificación se exceden los carios entre cuantos moran en Egipto, llegando al punto de lastimarse la frente con sus cuchillos, de suerte que basta para distinguir a estos extranjeros de los egipcios el rigor con que se atormentan.

62. En cierta noche solemne, durante los sacrificios a que concurren en la ciudad de Sais, encienden todos sus luminarias al cielo descubierto, dejándolas arder alrededor de sus casas. Sirven de luces unas lámparas llenas de aceite y sal, dentro de las cuales nada una mecha que arde la noche entera sobre aquel líquido. Esta fiesta es conocida con el nombre peculiar de «Iluminación de las lámparas». Los demás egipcios que no concurren a la fiesta y solemnidad de Sais, llegando la noche de aquel sacrificio, encienden igualmente lámparas en sus casas, de modo que no solo en Sais, sino en todo Egipto, se forman luminarias semejantes. Entre sus misterios y arcanos religiosos, sin duda les será conocido el motivo que ha merecido a esta noche la suerte y el honor de tales iluminarias.

63. Dos son las ciudades, la de Heliópolis y la de Buto, en cuyas fiestas los concurrentes se limitan a sus sacrificios. No es así en la de Papremis, donde, además de las víctimas que como en aquellas se ofrecen, se celebra una función muy singular. Porque al ponerse el sol, algunos de los sacerdotes se afanan por adornar al ídolo que allí tienen; mientras otros, en número mucho mayor, provistos de trancas, se colocan en la entrada misma del templo, y otros hombres, hasta el número de mil, cada cual con su palo, juntos en otra parte del templo, ofrecen sus votos a la divinidad. Debe advertirse que desde el día anterior a la función colocan su ídolo sobre una peana

---

[110] Se trata de la muerte y resurrección de Osiris.

de madera dorada, hecho a modo de nicho, y lo transportan a otra pieza sagrada. Entonces, pues, los pocos sacerdotes que quedaron alrededor del ídolo vienen arrastrando un carro de cuatro ruedas, dentro del cual va una hornacina, y dentro de hornacina la estatua de su dios. Desde luego, los sacerdotes apostados en la entrada del templo impiden el paso a su mismo dios; pero se presenta la otra partida de devotos para socorrer a su dios injuriado, y la emprenden a golpes con los sitiadores de la entrada. Organizan una gran lucha, en la que muchos, abriéndose la cabeza, mueren como consecuencia de sus heridas; creo yo que alguno muere de ellas, a pesar de la opinión de los egipcios.

El suceso que dio origen a la fiesta y al combate lo refieren de este modo los del país: Vivía en aquel templo la madre de Ares, el cual, educado en sitio lejano y llegado a la edad varonil, quiso un día visitarla; pero los criados de su madre no le conocían y le cerraron las puertas sin darle entrada. Entonces Ares va a la ciudad, y volviendo con numerosa comitiva, apalea y maltrata a los criados, y entra luego a ver a su madre y la conoce. Y en memoria del suceso, en las fiestas de Ares suele renovarse la pendencia.

64. Debe observarse que los egipcios fueron los autores de la continencia religiosa que no permite yacer con las mujeres en lugares sagrados, y no admite en los templos al que tal acto acaba de cometer, sino purificado con el agua de antemano, al paso que entre todas las naciones, se exceptúa a la egipcia y la griega, se junta cualquiera con las mujeres en aquellos lugares, y entra en los templos después de dejarlas, sin preocuparse de baño alguno, persuadido de que en este punto no debe existir diferencia entre los hombres y los animales; los cuales, según cualquiera puede ver, en especial todo género de pájaros, se unen y mezclan a la luz del día en los templos de los dioses, cosa que estos no permitirían en su misma casa si les resultase poco grato. De este modo defienden su profanación; aunque en verdad ni me place el abuso, ni me satisface el pretexto.

65. Son los egipcios sumamente ceremoniosos en lo sagrado, y en lo demás supersticiosos en extremo. Su país, aunque limita con Libia, tiene más animales salvajes que domésticos; pero los que hay, sean o no domésticos y familiares, gozan de las prerrogativas de cosa sagrada. No diré yo la razón de ello, por no verme en el extremo, que evito como un escollo, de descender a los arcanos divinos, disculpándome por haberme referido a ello obligado por el hilo de mi narración. Según la ley o costumbre que rige en Egipto acerca de las bestias, cada especie tiene aparte sus guardas y conservadores, ya sean hombres, ya mujeres, cuyo honroso empleo transmiten a sus hijos. Los particulares en las ciudades hacen a los animales sus votos y ofrendas del modo siguiente: dedican el voto al dios a quien la bestia se juzga consagrada, y al llegar la ocasión de cumplirlo, rapa cada cual a navaja la cabeza de sus hijos, o la mitad de ella, o bien la tercera parte; coloca en una balanza el pelo cortado, y en la otra tanta plata cuanto pesa el cabello; y en cumplimiento de su voto, la entrega a la persona que cuida de aquellas bestias, la que les compra con aquel dinero el pescado, que es su legítimo alimento, cuidando de partírselo y cortarlo. ¡Triste del egipcio que mate a propósito alguna de estas bestias! No paga la pena de otro modo que con la cabeza; mas si lo hiciera por descuido, satisface la multa con que le condenan los sacerdotes. Y ¡ay del que matare algún ibis o algún halcón! Sea voluntariamente, sea por casualidad, es preciso que muera como consecuencia.

66. Grande es la abundancia de animales domésticos que allí se crían; y sería mucho mayor sin lo que sucede con los gatos; pues notando los egipcios que las gatas después de parir no se acercan ni quieren juntarse con ellos por más que las busquen y requiebren, ayudan a los machos, quitando a las hembras sus hijuelos y matándolos, aunque no se los comen. Por esto, aquellas bestias, muy amantes de sus crías, al verse sin ellas, se llegan de nuevo a los gatos, deseosas de tener nuevas crías. ¡Ay de los gatos igualmente si sucede algún incendio, para ellos desgracia fatal y suprema! Porque los egipcios, que les son afectos, sin ocuparse de extinguir el fuego, se colocan de trecho en trecho como centinelas, con el fin de preservar a los gatos del incendio; pero estas, por el contrario, asustados de ver tanta gente por allí, cruzan por entre los hombres, y a veces para huir de ellos van a precipitarse en el fuego; desgracia que a los espectadores llena de pesar y desconsuelo. Guando fallece algún gato de muerte natural, la gente de la casa se rapa las cejas a navaja; pero al morir un perro[III] se rapan la cabeza entera, y además lo restante del cuerpo.

[III] Consagrados a Anubis, el dios con cabeza de chacal.

67. Los gatos, después de muertos, son llevados a sus casillas sagradas; y una vez embalsamados, reciben sepultura en la ciudad de Bubastis. Los perros son enterrados en un lugar sagrado de sus respectivas ciudades, y del mismo modo sepultan a los icneumones. Las musarañas y halcones son llevados a enterrar a la ciudad de Buto; las ibis, a la de Hermópolis; pero a los osos, raros en Egipto, y a los lobos, no mucho mayores que los zorros de aquel país, se los entierra donde se les encuentra muertos y tendidos.

68. Hablemos ahora de la naturaleza del cocodrilo, animal que pasa cuatro meses sin comer en el rigor del invierno, que pone sus huevos en tierra y saca de ellos sus crías, y que, siendo cuadrúpedo, es anfibio, sin embargo. Pasa fuera del agua la mayor parte del día y en el río la noche entera, por ser el agua más caliente de noche que la tierra al cielo raso con su rocío. No se conoce animal que de tanta pequeñez llegue a tal magnitud, pues los huevos que ponen no exceden en tamaño a los de un ganso, saliendo a proporción de ellos en su pequeñez el joven cocodrilo, el cual crece después de modo que llega a ser de diecisiete codos y a veces mayor. Tienen los ojos como el cerdo, los dientes grandes salidos hacia afuera y proporcionados al volumen de su cuerpo; es la única fiera que carece de lengua. No mueve ni pone en juego la quijada inferior, distinguiéndose entre todos los animales por la singularidad de aplicar la quijada de arriba a la de abajo. Sus uñas son fuertes, y su piel cubierta de escamas, que hacen su dorso impenetrable. Ciego dentro del agua, goza a cielo descubierto de una agudísima vista. Teniendo en el agua su guarida ordinaria, el interior de su boca se le llena y atesta de sanguijuelas. Así que, mientras huye de él todo pájaro o animal, solo el reyezuelo es su amigo y ave de paz por lo común, de quien se sirve para su alivio y provecho, pues al momento de salir del agua el cocodrilo y de abrir su boca en la arena, cosa que hace ordinariamente para respirar el céfiro[112], se le mete en ella el reyezuelo y le va comiendo las sanguijuelas, mientras que la bestia no se atreve a dañarle por el gusto y satisfacción que de él percibe.

---

[112] Viento templado del oeste.

69. Los cocodrilos son para algunos egipcios sagrados; para otros, al contrario, objeto de persecución y enemistad. Las gentes que moran en el país de Tebas o alrededor del lago Meris, se obstinan en ver en ellos una raza de animales sacros, y en ambos países escogen uno comúnmente, al cual van criando y amansando de modo que se deje manosear, y al cual adornan con pendientes en las orejas, parte de oro y parte de piedras preciosas y artificiales y con argollas en las patas delanteras. Se les señala su ración de carne de los sacrificios. Regalado portentosamente mientras vive, a su muerte se le entierra bien embalsamado en sepultura sagrada. No así, en Elefantina, que lejos de respetarlos como divinos, se sustentan con ellos a menudo. Campsas es el nombre egipcio de estos animales, a los que llaman los jonios cocodrilos, nombre que les dan por la semejanza que les suponen con los lagartos que se crían en su tierra.

70. Muchas y varias son las artes que allí se emplean para capturar el cocodrilo, de las cuales referiré una sola que creo la más digna de ser contada. Se ata el anzuelo a un cebo, no menor que un lomo de tocino; se arroja en seguida al río, quedándose el pescador en la orilla con un lechoncito vivo, al cual obliga a gruñir mortificándole. Al oír la voz del cerdo, el cocodrilo se dirige a él, y topando con el cebo se lo come. Al instante tiran de él los de la orilla, y sacado apenas a la playa, se le emplastan los ojos con lodo, prevención con la cual es fácil y factible domarle, y sin la cual costaría demasiado capturarlo.

71. Sólo en el nomo de Papremis, los hipopótamos son reputados como divinos; no así en el resto de Egipto. El hipopótamo, ya que es menester describirle en su figura y talla naturales, tiene las uñas hendidas como el buey, las narices romas, las crines, la cola y la voz de caballo, los colmillos salidos y el tamaño de un toro más que regular. Su cuerpo es tan duro, que después de seco se forman con él dardos muy lisos y labrados.

72. Los egipcios veneran como sagradas a las nutrias que se crían en sus ríos, y especialmente entre sus peces al que llaman lepidoto[113], y a la anguila, pretendiendo que estas dos especies están consagradas al Nilo, como lo está entre las aves el ganso bravo.

---

[113] «Escamoso».

73. Otra ave sagrada hay allí que solo he visto en pintura, cuyo nombre es fénix. Raras son, en efecto, las veces que se deja ver, y tan de tarde en tarde, que según los de Heliópolis solo viene a Egipto cada quinientos años a saber cuándo fallece su padre. Si en su tamaño y conformación es tal como la describen, su mole y figura son muy parecidas a las del águila, y sus plumas en parte doradas, en parte color carmesí. Tales son los prodigios que de ella nos cuentan que, a pesar de mi poca fe, no dejaré de referirlos. Para trasladar el cadáver de su padre desde Arabia al templo de Helios, se valen de la siguiente maniobra: forma ante todo un huevo sólido de mirra, tan grande cuanto sus fuerzas alcancen para llevarlo, probando su peso después de formado para experimentar si es con ellas compatible; va después vaciándolo hasta abrir un hueco donde pueda encerrar el cadáver de su padre; lo fija con una porción de mirra llenando con ella la concavidad hasta que el peso del huevo con el cadáver dentro iguale a su peso natural; cierra después la abertura, carga con su huevo y lo lleva al templo de Helios en Egipto. He aquí, sea lo que fuere, lo que cuentan de aquel pájaro.

74. En el distrito de Tebas se ven ciertas serpientes divinas, nada peligrosas para los hombres, pequeñas de tamaño, que llevan dos cuernecillos en la parte más alta de la cabeza. Al morir se las entierra en el templo mismo de Zeus, a cuyo numen y tutela se las cree dedicadas.

75. Existe otra clase de sierpes aladas, para informarme de las mismas hice mi viaje a un punto de Arabia situado no lejos de Buto. Llegado a él (no se crea exageración), vi tal cantidad de huesos y de espinas de serpientes que no alcanzo a ponderar. Se veía allí vastos montones de osamentas, aquí otros no tan grandes, más allá algunos menores, pero muchos, y aquella carnicería se explica diciendo que al abrirse la primavera acuden las serpientes aladas desde Arabia a Egipto, y que las aves que llaman ibis les salen al encuentro a la entrada del país, negándoles el paso, y acaban con todas ellas. A este servicio que los ibis prestan a los egipcios, atribuyen los árabes la estima y veneración en que las tienen algunos naturales, siendo esta la razón que dan los egipcios mismos al honor que las confieren.

76. El ibis es un ave de color negro, cuyas patas recuerdan a las grullas, con el pico sumamente encorvado, del tamaño del airón. Esta

es la figura del ibis negro que pelea con las serpientes; distinta resulta la del ibis doméstico, que se deja ver a cada paso, que tiene la cabeza y el cuello pelado, y blanco el color de sus alas, aunque las extremidades de ella, su cabeza, su cuello y las partes posteriores son de un color negro profundo; en las patas y en el pico se asemejan a la otra especie. La serpiente voladora se parece a la serpiente de agua; sus alas no están formadas de plumas, sino de unas pieles o membranas semejantes a las del murciélago.

77. Dejando a un lado ya las bestias sacras y divinas, hablaremos por fin de los mismos egipcios. Debo confesar que los habitantes de aquella comarca que mejora, cultivando y recordando a los demás hombres, son asimismo la gente más hábil y erudita que hasta el presente he podido encontrar. En su manera de vivir guardan la regla de purgarse todos los meses del año durante tres días consecutivos, procurando vivir sanos a fuerza de vomitivos y lavativas, persuadidos de que de la comida le nacen al hombre todos los achaques y enfermedades. Los que así piensan son los hombres en parte más sanos que he visto, si se exceptúa a los libios. Este beneficio lo deben en mi opinión a la constancia de sus anuales estaciones, porque sabido es que toda mutación, y la de las estaciones en particular, es la causa generalmente de que enfermen los hombres. Por lo general, no comen otro pan que el que hacen de la escandia, al cual dan el nombre de *kyllestis*. Careciendo de viñas el país, no beben otro vino que la cerveza que sacan de la cebada. De los pescados comen crudos algunos después de bien secos al sol, otros adobados en salmuera. Conservan también en sal a las codornices, ánades y otras aves pequeñas para comerlas después sin cocer. Las demás aves, como también los peces, los sirven hervidos o asados, a excepción de los animales que consideran divinos.

78. En los convites de la gente rica, se guarda la costumbre de que acabada la comida pase uno alrededor de los convidados, presentándoles en un pequeño ataúd una estatua de madera de un codo o de dos a lo más, tan perfecta, que en su aire y color remeda a lo vivo un cadáver; y diciendo de paso a cada uno de ellos al presentársela y enseñarla: «¿No lo ves?; mírale bien; come y bebe y disfruta ahora, que muerto no has de ser otra cosa que lo que ves». Costumbre es esta, como he dicho, cultivada en los banquetes.

79. Contentos los egipcios con su música y canciones propias, no admiten ni adoptan ninguna de las extranjeras. Entre los muchos himnos y canciones, a cuál más bellas, destaca preferentemente cierta cantinela, usada también en Fenicia, en Chipre y en varios países, y aunque en cada uno de ellos lleva su nombre particular, no solo es parecida, sino exactamente igual a la que cantan los griegos con el nombre de Lino[114]. Y entre tantas cosas que no dejo de admirar entre los egipcios, lo que menos ha excitado mi curiosidad no ha sido saber de dónde procedía aquel canto, al cual son tan aficionados que siempre se oyen en sus labios, y al que en vez de Lino llaman Maneros en egipcio. Así dicen se llamaba el hijo único del primer rey de Egipto, que al morir en la flor de su edad y querer conservar los egipcios su memoria, honran al difunto con aquellos fúnebres lamentos que fueron la primera y única canción del país.

80. Otra costumbre guardan los egipcios en la que se parecen, no a los griegos en general, sino a los lacedemonios, pues que los jóvenes al encontrarse con los ancianos se apartan del camino cediéndoles el paso, y se ponen en pie al entrar en las habitaciones los de mayor edad, ofreciéndoles su asiento. Pero en lo que a ninguno de los griegos se parecen aquellos pueblos, es que en vez de saludarse con corteses palabras, se inclinan profundamente al hallarse en la calle, bajando su mano hasta la rodilla.

81. Visten túnicas de lino largas hasta las piernas, adornadas con franjas y a las que llaman *kalasiris*. Encima de ellas llevan su manto de lana; se guardan muy bien, sin embargo, de presentarse en el templo o de enterrarse amortajados con ellos; cosas que serían a sus ojos una profanación. Relación tiene esta costumbre egipcia con las ceremonias órficas, báquicas y pitagóricas, no siendo lícito tampoco a ninguno de los iniciados en sus misterios ir a la sepultura con mortaja de lana, a cuyos usos no falta su razón arcana y sagrada.

---

[114] La palabra griega *línon* era una canción de cosecha que se asocia a la figura de Lino, un joven músico que halló una temprana y penosa muerte (como Maneros, que se menciona a continuación). De ahí que se trate de un «canto de lamento» relacionado con el fin de un ciclo de la naturaleza.

82. Los egipcios, además de otras invenciones, enseñaron varios puntos de astrología; qué mes y qué día, por ejemplo, sea apropiado a cada uno de los dioses; cuál sea el hado de cada particular; qué conducta seguirá; qué suerte y qué fin espera al que hubiese nacido en tal día o con tal ascendiente; doctrinas de las que los poetas griegos se han valido en sus versos. En cuanto a prodigios fueron los egipcios los mayores agoreros del universo. Tanto se esmeran en su observación, que en cuanto sucede algún portento lo acusan y observan su éxito; coligiendo de este modo el que ha de tener otro portento igual que acontezca.

83. Del arte de vaticinar, tal es la opinión que tienen, que no lo miran como propio de hombres, sino apenas de algunos de sus dioses. Varios son los oráculos, en efecto, que encierra su país: el de Heracles, el de Apolo, el de Atenea, el de Ártemis, el de Ares, el de Zeus y el de Leto, por fin, situado en la ciudad de Buto, al que dan la primacía, y honran con preferencia a los demás.

84. Reparten en tantas ramas la medicina, que cada enfermedad tiene su médico aparte, y nunca basta uno solo para diversas dolencias. Hierve en médicos Egipto: médicos hay para los ojos, médicos para la cabeza, para las muelas, para el vientre; médicos, en fin, para los achaques ocultos.

85. Por lo que hace al luto y la sepultura, es costumbre que al morir algún sujeto de importancia, las mujeres de la familia se emplasten de lodo el rostro y la cabeza. Así desfiguradas y desceñidas y con los pechos descubiertos, dejando en casa al difunto, marchan por la ciudad llorando y dándose golpes de pecho, acompañándolas en comitiva todas sus allegadas. Los hombres de las misma familia, con los vestidos ceñidos a la cintura, forman también su coro plañendo y llorando al difunto. Concluidos los plañidos, llevan el cadáver al taller del embalsamador.

86. Allí tienen oficiales especialmente destinados a ejercer el arte de embalsamar, los cuales apenas es llevado a, su casa algún cadáver, presentan en seguida a los parientes unas figuras de madera, modelos de su arte, las cuales con sus colores remedan al vivo un cadáver embalsamado. La más primorosa de estas figuras, dicen ellos mismos, es la de un sujeto cuyo nombre no me atrevo ni juzgo lícito referir[115]. Enseñan después otra figura inferior en mérito y menos costosa, y, por fin, otra tercera más barata y ordinaria, preguntando de qué modo y conforme a qué modelo desean se les embalsame el muerto; y después de entrar en ajuste y cerrado el contrato, se retiran los parientes. Entonces, quedando a solas los artesanos en su oficina, ejecutan en esta forma el embalsamamiento de primera clase. Empiezan metiendo por las narices del difunto unos hierros encorvados, y después de sacarle con ellos los sesos, introducen allá sus drogas e ingredientes. Abiertos después los ijares con piedra de Etiopía aguda y cortante, sacan con ellos los intestinos, y purgado el vientre, lo lavan con vino de palma y después con aromas molidos, llenándolos luego de finísima mirra, de casia y de variedad de aromas, de los cuales exceptúan el incienso y cosen últimamente la abertura. Después de estos preparativos adoban secretamente el cadáver con nitro durante setenta días, único plazo que se concede para guardarle oculto; luego se le faja, bien lavado, con ciertas vendas cortadas de una pieza de finísimo lino, untándole al mismo tiempo con aquella goma de que se sirven comúnmente los egipcios en vez de cola. Vuelven entonces los parientes por el muerto, toman su momia y la encierran en un nicho o caja de madera, cuya parte exterior tiene la forma y apariencia de un cuerpo humano, y así guardada la depositan en un habitáculo, colocándola en pie y arrimada a la pared. He aquí el modo más exquisito de embalsamar los muertos.

87. Otra es la forma con que preparan el cadáver los que, contentos con la forma intermedia, no gustan de tanto lujo y primor en este punto. Sin abrirle las entrañas ni extraerle los intestinos, por medio de unos clisteres llenos de aceite de cedro, se lo introducen por el orificio, hasta llenar el vientre con este licor, cuidando que no se derrame después y que no vuelva a salir. Lo conservan así durante los días acostumbrados, y en el último sacan del vientre el aceite antes introducido, cuya fuerza es tanta que arrastra consigo en su salida tripas, intestinos y entrañas ya líquidas y derretidas. Consumida al mismo tiempo la carne por el nitro de afuera, solo resta del cadáver

---

[115] Nuevamente omite la figura de Osiris, que fue el primero en ser momificado a manos de Anubis.

la piel y los huesos; y sin cuidarse de más se restituye la momia a los parientes.

88. El tercer método de embalsamamiento, de que suelen echar mano los que tienen menos recursos, se deduce a limpiar las tripas del muerto a fuerza de lavativas y conservar el cadáver nitro durante los setenta días prefijados, restituyéndole después al que lo trajo para que lo vuelva a su casa.

89. En cuanto a las mujeres de los nobles del país y a las mujeres bien parecidas, se toma la precaución de no entregarlas luego de muertas para embalsamar, sino que se difiere hasta el tercero o cuarto día después de su fallecimiento. El motivo de esta dilación no es otro que el de impedir que los embalsamadores abusen criminalmente de las difuntas, como se experimentó, a lo que dicen, en uno de ellos, que abusó de una de las recién muertas, según se supo por la acusación de un compañero de oficio.

90. Siempre que aparece el cadáver de algún egipcio o de cualquier extranjero presa de un cocodrilo o arrebatado por el río, es deber de la ciudad, en cuyo territorio haya sido arrojado, enterrarle en lugar sacro, después de embalsamarle y amortajarle del mejor modo posible. Hay más todavía, pues no se permite tocar al difunto a pariente o amigo alguno por ser este un privilegio de los sacerdotes del Nilo, los que con sus mismas manos lo componen y sepultan como si en el cadáver hubiera algo de sobrehumano.

91. Huyen los egipcios de los usos y costumbres de los griegos, y en una palabra, de cuantas naciones viven sobre la faz de la tierra; pero este principio, común en todos ellos, padece alguna excepción en la gran ciudad de Quemis, del nomo de Tebas, vecina a la de Neápolis. Perseo, el hijo de Dánae, tiene en ella un templo cuadrado, rodeado por una arboleda de palmas. El propileo del templo está formado de grandes piedras de mármol, y en él se ven en pie dos grandes estatuas, de mármol asimismo: dentro del sagrado recinto hay una capilla, y en ella la estatua de Perseo. Los buenos quemitas cuentan que muchas veces se les aparece en la comarca, otras no pocas en su templo; y aún a veces se encuentra una sandalia de las que calza el héroe, no como quiera, sino del tamaño de dos codos, cuya aparición, a lo que dicen, es siempre agüero de bienes y promesa de un año de abundancia para todo Egipto. En honor de Perseo celebran

juegos atléticos, según la costumbre griega, en los que entran todo
género de concursos, y se proponen como premio animales, pieles y
mantos de abrigo. Quise investigar de ellos la razón por la que Perseo
los distinguía entre los demás egipcios con sus apariciones, y por qué
se singularizaban en honrarle con sus juegos atléticos, a lo que me
respondieron que el semidiós era hijo de la ciudad, y me contaron
que dos de sus compatriotas, llamado el uno Dánao y Linceo el otro,
habían pasado por mar a Grecia, y de la descendencia de ambos que
me deslindaron, nació Perseo[116], el cual, pasando por Egipto en el
viaje que hizo a Libia con el mismo objeto que refieren los griegos de
traer la cabeza de Gorgona, visitó la ciudad de Quemis, cuyo nombre
sabía por su madre, y que allí reconoció a todos sus parientes, y que
por su mandato se celebraban los juegos atléticos desde entonces.

92. Las costumbres hasta aquí referidas pertenecen a los egipcios
que moran más arriba de los pantanos; los que viven en medio de
ellos se asemejan enteramente a los primeros en costumbres y en
tener una sola esposa, como también sucede entre los griegos; pero
exceden a los demás en ingenio y habilidad para alcanzar el sustento.
Cuando la campiña queda convertida en mar durante la crecida del
río, suelen criarse dentro del agua misma muchos lirios, que llaman
loto los egipcios, de los que, después de segados y secos al sol, extraen
la semilla, parecida, en medio de la planta, a la de la adormidera, ama-
sando con ella sus panes y cociéndolos al horno. Les sirve también de
alimento la raíz del mismo loto, de figura algo redonda y del tamaño
de una manzana. Otros lirios nacen allí en el agua estancada del río
muy parecido a las rosas, de cuyas raíces sale una vaina semejante
en forma al panal de las avispas, dentro de la cual se encierra un
fruto formado de ciertos granos apiñados a manera de confites y del
tamaño del hueso de aceituna, que se pueden comer así tiernos como
secos. Tienen otra planta llamada papiro, de anual cosecha, cuya
parte inferior, después de arrancada y sacada del pantano, se come y

---

[116] La figura que se asocia a Perseo debe de ser Min (Quemis significaría «Ciudad de
Min»). Probablemente algún apelativo de Min recordara fonéticamente el nombre
de Perseo. La genealogía que presenta Heródoto es la siguiente: Dánao y Linceo
eran hijos de Egipto; Dánao era abuelo de Acrisio, el padre de Dánae, que es a su
vez la madre de Perseo.

se vende, siendo de un codo de largo, y cortándose la superior para otros usos. Los que buscan en el papiro un gusto más delicado antes de comerlo suelen meterlo a tostar en un horno bien caldeado. No falta gente en el país cuyo único alimento es la pesca, y que comen los peces, después de sacarles las tripas y de secarlos al sol.

93. Aunque en los ríos no suelen abundar los bancos de peces, los producen las lagunas de Egipto, en las que sucede que apenas sienten los peces el instinto de formar nuevas crías, nadan en tropel hacia el mar; los machos al frente conducen aquel rebaño, despidiendo al mismo tiempo la semilla que, sorbida por las hembras que los persiguen, las fecunda. Después de fecundadas en el mar dan todos la vuelta y nadan hacia su primitiva guarida, pero entonces no son ya los machos los pilotos, por decirlo así, del rumbo, sino que se alzan las hembras con la dirección del rebaño, a imitación de lo que han visto hacer a los otros en la vida, y van despidiendo sus huevos, tan pequeños como un granito de mijo, que son engullidos por los machos que les siguen. Cada cabeza algo raída en la parte izquierda, pero en los que quedan en el agua escapando de la voracidad de los machos nacen después los pescados. Se observa que los que se cogen en su salida al mar tienen la cabeza algo raída a la parte izquierda, pero en los cogidos a la vuelta se les ve como rozada y desflorada la derecha, porque van hacia el mar siguiendo la orilla izquierda y toman a la vuelta el mismo rumbo, acercándose cuanto pueden a la ribera y nadando junto a tierra para evitar que la corriente del río no lo desvíe y aleje de su camino. Apenas crece el Nilo se empiezan al mismo tiempo a llenarse las ollas que forma la tierra, y los pantanos vecinos al río, con el agua que del mismo se comunica y transfunde, y en aquellas balsas acabadas de llenar, hierve de repente un hormiguero de pececillos. Creo, pues, y difícil será que me engañe, que el año anterior, al menguar el Nilo, los peces se fueron retirando con las últimas aguas hacia el lecho del río, dejando en el lodo sus huevos, de los cuales salen de repente los nuevos peces al volver al año siguiente la avenida de las aguas. He aquí cuanto de ellos puede decirse.

94. Los mismos egipcios de las lagunas exprimen para su uso cierto ungüento que llaman *kiki*, de la fruta de los ricinos, plantas que en Grecia se crían naturalmente en los campos y que sembradas en Egipto a orillas del río o de las lagunas dan muy copioso fruto,

aunque de un olor ingrato. Apenas es cogido este hay quien lo machaca para exprimir su jugo, y suelen también freírlo en la sartén para recoger el licor que de él va manando, el cual viene a ser cierto humor craso, que para la luz del candil no sirviera menos que el aceite, sino despidiera un olor pesado y molesto.

95. Varios remedios han discurrido los egipcios para defenderse y librarse de los mosquitos, plaga en Egipto infinita. Los que viven más allá de los pantanos se suben y guarecen en sus altas torres, donde no pueden los mosquitos remontar su tenue vuelo vencidos de la fuerza de los vientos; los que moran vecinos a las lagunas, en vez del asilo de las torres, acuden al amparo de una red, con que se previene cada uno, cogiendo en ella de día los insectos como pesca y tomando de noche para defenderse en su aposento dormitorio aquella misma red, con que rodea su cama y dentro de la cual se echa a dormir. Es singular que si allí duerme uno cubierto con sus vestidos, o envuelto en sus sábanas, penetran por ellas los mosquitos y le pican, al paso que huyen tanto de la red, que ni aun se atreven a tentar el paso por sus aberturas.

96. Las barcas de carga se fabrican allí de madera de espino, árbol muy semejante en lo exterior al loto de Cirene, y cuya lágrima es la goma. Su construcción, muy singular por cierto, se forma de tablones de espino de dos codos compuestos a manera de tejas y unidos entre sí con largos y muy espesos clavos. Construido así el barco en la parte de arriba, se tienden los bancos del batel en vez de cubierta, sin valerse absolutamente de los maderos que llamamos costillas, y lo calafatean luego con papiro por la parte interior. El timón está metido de modo que llega y aún pasa por la quilla. El mástil es de espino y las jarcias y velas de papiro. Estas barcas, que no son capaces de navegar río arriba a no tener buen viento, suben tiradas desde la orilla, pero río abajo navegan con la sola ayuda de un rejado que llevan hecho de varas de tamariz, entretejido a manera de cañizo y parecido a una puerta, y de una piedra agujereada, que pesará como dos talentos. Al partir, arrojan al agua de proa su rejado atado al barco con una soga, y de popa la piedra también atada; el rejado, impelido por la corriente, se va largando y tirando a remolque la *baris*, que así se llaman estas barcas, mientras dirige su curso la piedra arrastrada desde la popa surcando el fondo del río. Hay un sinnúmero de estas naves, y algunas que cargan con muchos miles de talentos.

97. En el tiempo que el Nilo inunda el país, aparecen únicamente las ciudades a flor del agua con una perspectiva a la que presentan las islas en el mar Egeo, pues entonces es un mar todo de Egipto, y solo las poblaciones asoman su cabeza sobre el agua. Durante la inundación, en vez de seguir la corriente del río, se navega por lo llano de la campiña, según manifiestamente aparece, pues la navegación trillada y ordinaria de Náucratis a Menfis es por cerca de las pirámides, rumbo que se deja durante la inundación por otro que pasa por la punta del Delta y la ciudad de Cercasoro. Del mismo modo, el que desde la costa, saliendo de Canobo, quisiera navegar sobre la campiña hacia Náucratis, hará su viaje por la ciudad de Antila y por otra que se llama Arcandro.

98. No quiero omitir, ya que hice mención de estas dos ciudades, que Antila, que lo es bien considerable, está señalada para el calzado de la esposa del actual monarca de Egipto, tributo introducido desde que el persa se hizo señor del reino. Acerca de la otra, llamada Arcandro, creo debió tomar su nombre de aquel Arcandro que fue yerno de Dánao, hijo de Ptío y nieto de Aqueo. Bien cabe que haya existido otro Arcandro, pero lo que no admite duda es que este nombre no es egipcio.

Historia de Egipto

99. Cuanto llevo dicho hasta el presente es lo que yo mismo vi, lo que supe por experiencia, lo que averigüé con mis pesquisas; lo que en adelante iré refiriendo lo oí de boca de los egipcios, aunque entre ello mezclaré algo aún de lo que vi por mis ojos. De Mina, el primero que reinó en Egipto, me decían los sacerdotes que desvió con un dique el río para sacar el terreno de Menfis, pues observando que el río se echaba con toda su corriente hacia las raíces del monte arenoso de la Libia, discurrió, para desviarle, levantar un terraplén en un recodo que forma el río por la parte del mediodía, a unos cien estadios más arriba de Menfis, y logró con aquella obra que, encanalada el agua por un nuevo cauce, no solo dejase enjuta la antigua madre del río, sino que aprendiese a dirigir su curso a igual distancia de los dos montes. Es cierto que aún en el presente mantienen los persas en aquel recodo en que se obliga al Nilo a torcer a su curso mucha gente apostada

para reforzar cada año el mencionado dique; y con razón, pues, si rompiendo por allí el río se precipitase por el otro lado iría, sin duda, a pique Menfis y quedaría sumergida. Apenas hubo Mina, el primer rey, desviado y desecado el Nilo, fundó primeramente en él la ciudad que ahora se llama Menfis, realmente edificada en aquella especie de garganta de Egipto, rodeada por una laguna artificial que él mismo mandó excavar por el norte y el mediodía, empezando desde el río que la cerraba al oriente. Al mismo tiempo erigió en su nueva ciudad un templo a Hefesto, monumento en verdad magnífico y memorable.

100. Los mismos sacerdotes me iban leyendo en un libro el catálogo de nombres de trescientos treinta reyes posteriores a Mina. En tan larga serie de tantas generaciones se contaban dieciocho reyes etíopes, una reina egipcia y los demás reyes egipcios. El nombre de aquella reina única era Nitocris, el mismo que tenía la reina de Babilonia, y de ella contaban que, recibida la corona de mano de los egipcios, que habían quitado la vida a su hermano, supo vengarse de los regicidas por medio de un ardid. Mandó fabricar una larga habitación subterránea, con el pretexto de dejar un monumento de nueva invención; y bajo este pretexto, con una mira bien diversa, convidó a un nuevo banquete a muchos de los egipcios que suponía promotores y principales cómplices en la alevosa muerte de su hermano. Sentados ya a la mesa, en medio del convite, dio orden de que se introdujese el río por la fábrica subterránea por un conducto grande que estaba oculto. A este acto de la reina añadía el de haberse precipitado en seguida por sí misma dentro de una estancia llena de ceniza, a fin de no ser castigada por los egipcios.

101. De los demás reyes del catálogo decían que, no habiendo dejado monumento alguno, ninguna gloria ni esplendor quedaba de ellos en la posteridad, si se exceptúa el último, llamado Meris, pues este hizo muchas obras públicas edificando en el templo de Hefesto los propileos que miran al norte, mandando excavar una grandísima laguna cuyos estadios de circunferencia referiré más abajo y levantando en ella unas pirámides, de cuya magnitud daré razón al hablar de la laguna. Tantos fueron los monumentos que a Meris se deben, cuando ni uno solo dejaron los demás.

102. Bien podré por lo mismo pasar a estos en silencio para hacer, desde luego, mención del otro gran monarca que con el nombre de Sesostris le sucedió en la corona. De Sesostris los sacerdotes me

decían que saliendo del golfo Arábigo con una armada de naves de combate, sometió a su dominio a los que habitaban en las costas del mar Eritreo, alargando su viaje hasta llegar a no sé qué bajíos que hacían el mar innavegable; que desde el mar Eritreo, dada la vuelta a Egipto, penetró por tierra firme con un ejército numeroso que juntó, conquistando tantas naciones cuantas delante se le ponían, y si hallaba con alguna valiente de veras y amante de sostener su libertad, erigía en su distrito después de haberla vencido unas columnas en que grababa una inscripción que declarase su nombre propio, el de su patria y la victoria con su ejército había obtenido sobre aquel pueblo; si le acontecía, empero, no encontrar resistencia en algún otro y rendir sus plazas con facilidad, fijaba asimismo en la comarca sus columnas con la misma inscripción grabada en las otras, pero mandaba esculpir en ellas la figura de una mujer, queriendo que sirviese de nota la cobardía de los vencidos, menos hombres que mujeres.

103. Lleno de gloria Sesostris, con tantos trofeos iba corriendo las provincias del continente del Asia, de donde pasando a Europa domó en ella a los escitas y tracios, hasta cuyos pueblos llegó, a lo que creo, el ejército egipcio, sin pasar más allá, pues que en su país y no más lejos se encuentran las columnas. Desde este término, dando la vuelta hacia atrás por cerca del río Fasis, no tengo bastantes nociones para asegurar si el mismo rey, separando alguna gente de su ejército, la dejaría allí en una colonia que fundó, o si algunos de sus soldados, molidos y fastidiados de tanto viaje, se quedarían por su voluntad en las cercanías de aquel río.

104. Así me expreso, porque siempre he tenido la creencia de que los colcos no son más que egipcios, pensamiento que concebí antes que ninguno lo oyera. Para salir de dudas y satisfacer mi curiosidad tomé informes de ambas naciones, y vine a descubrir que los colcos conservaban más viva la memoria de los egipcios que no estos de aquellos, si bien los egipcios no negaban que los colcos fuesen un cuerpo separado antiguamente de la armada de Sesostris. Dio motivo a mis sospechas acerca del origen de los colcos, el verlos negros de color y crespos de cabellos; pero no fiándome mucho de esta conjetura, puesto que otros pueblos hay además de los egipcios negros y crespos, me fundaba mucho más en la observación de que las únicas naciones del globo que desde su origen se circuncidan son los colcos, egipcios y etíopes, pues los fenicios y sirios de Palestina confiesan haber aprendido del Egipto el uso de la circuncisión. Respecto de los otros sirios situados en las orillas de los ríos Termodonte y Partenio, y a los macrones sus vecinos, únicos pueblos que se circuncidan, afirman haberlo aprendido modernamente de los colcos. No sabría, sin embargo, definir, entre los egipcios y etíopes, cuál de los dos pueblos haya tomado esta costumbre del otro, viéndola en ambos muy antigua y de tiempo inmemorial. Descubro, no obstante, un indicio para mí muy notable, que me inclina a pensar que los etíopes la tomaron de los egipcios con quienes se mezclaron y es haber observado que los fenicios que tratan y viven entre los griegos no se cuidan de circuncidar como los egipcios a los hijos que nacen.

105. Y una vez que hablo de los colcos no quiero omitir otra prueba de su mucha semejanza con los egipcios, con quienes coincide no poco su tenor de vida y su modo de hablar, y es el idéntico modo con que trabajan el lino. Verdad es que el de colcos se llama entre los griegos lino sardónico, y el egipcio, con el nombre de su país.

106. Volviendo a las columnas que el rey Sesostris iba levantando en diversas regiones, si bien muchas ya no parecen al presente, algunas vi yo mismo existentes todavía en Siria Palestina, en las cuales leí la referida inscripción y noté grabados los atributos sexuales de una mujer, En Jonia se dejan ver también dos figuras de aquel héroe esculpidas en mármoles; una en el camino que va a Focea desde Éfeso; otra en el que va desde Sardes hacia Esmirna. En ambas partes se ve grabado un varón de cinco espitamas[117] de altura, armado con su lanza en la mano derecha y con su arco en la izquierda, con la demás armadura correspondiente, toda etiópica y egipcia, desde un hombre a otro, corren esculpidas por el pecho unas letras egipcias con caracteres sagrados que dicen: «Esta región la gané con mis brazos». En verdad, no se dice allí quién sea el conquistador representado ni de dónde vino, pero en otras partes lo dejo expreso. Sé que algunos que vieron tales figuras conjeturan, sin dar en el blanco, si sería la imagen de Memnón[118].

---

[117] Medida equivalente a 0,222 metros.
[118] Mítico rey de Etiopía e hijo de la Aurora que acudió en auxilio de los troyanos cuando Aquiles dio muerte a Héctor. Este episodio mítico aparecía en una compo-

107. Añadían los sacerdotes que, vuelto Sesostris de sus conquistas con gran comitiva de prisioneros traídos de las provincias subyugadas, fue hospedado en Dafnas de Pelusio por un hermano encargado en su ausencia del gobierno de Egipto, quien durante el convite que daba como huéspedes a Sesostris y a sus hijos, mandó rodear de leña el exterior de la casa y que luego de amontonada se le diese fuego. Entendiendo Sesostris lo que se hacía y consultando con su mujer, a quien llevaba siempre en su compañía, lo que en situación tan apurada debía hacerse, recibió de ella el consejo de arrojar a la hoguera dos de los seis hijos que allí tenía y formar con ellos un puente por el cual saliesen los demás indemnes de aquel incendio; consejo que decidió llevar a cabo logrando salvarse con la pérdida de dos hijos, con los demás de la compañía.

108. Restituido Sesostris a Egipto y vengada, desde luego, la alevosía de su hermano, se sirvió de la tropa de prisioneros que consigo llevaba en bien del Estado, pues ellos fueron los que en aquel reinado arrastraron al templo de Hefesto, las piedras que en él hay de una grandeza descomunal; ellos, los empleados por fuerza en abrir los fosos y canales que al presente cruzan Egipto, lograron a su pesar que aquel país, antes llano y apto para la caballería y las ruedas de los carros, dejase de serlo en adelante; pues, en efecto, desde aquel momento, aunque sea Egipto una gran llanura, con los canales que en él se abrieron, muchos en número vueltos y revueltos hacia todas partes, se hizo impracticable a la caballería e intransitable a las ruedas. El objetivo que tuvo aquel monarca cortando con tantos canales el terreno, fue proveer de agua saludable a sus vasallos, pues veía que cuantos egipcios habitaban tierra adentro apartados de las orillas del río, hallándose faltos de agua corriente al retirar el Nilo su avenida, acudían con necesidad a la de los pozos, bebida harto gruesa y pesada.

109. Cortado así el Egipto por los motivos expresados el mismo Sesostris, a lo que decían, hizo la repartición de los campos dando a cada egipcio un lote cuadrado de una igual extensión de terreno;

---

sición no homérica sobre la guerra de Troya, la *Etiópida*, en la que el propio Aquiles recibía muerte de manos del dios Apolo y de Paris mediante un disparo de flecha que impactó en su proverbial talón.

decisión sabia por cuyo medio, imponiendo a los campos cierta contribución, logró fijar y arreglar las rentas anuales de la corona. Con este orden de cosas si ocurría que el río destruyese parte de alguna de dichas parcelas, debía su dueño dar cuenta de lo sucedido al rey, el cual, informado del caso, reconocía de nuevo por medio de sus peritos y medía la propiedad para que, en vista de lo que había desminuido, contribuyese menos al erario en adelante, en proporción del terreno que le restaba. Nacida de tales principios en Egipto la geometría, creo que pasaría después a Grecia, conjetura que no es extraña, ya que los griegos aprendieron de los babilonios el reloj de sol, el gnomon[119] y la división de las doce horas del día.

110. Sesostris fue el único que tuvo dominio sobre Etiopía. Delante del templo de Hefesto dejó memoria de su reinado en unas estatuas de mármol que levantó, dos de las cuales, la suya y la de su esposa, tienen la altura de treinta codos, y de veinte las cuatro restante que son de sus hijos. Sucedió después que intentando el persa Darío colocar su estatua delante de la de Sesostris, se le opuso el sacerdote de Hefesto, diciéndole que no había llegado a las proezas de Sesostris, pues este, no habiendo conquistado menos naciones que Darío, subyugó entre ellas a los escitas, a quienes el persa no pudo vencer, y que no siéndole superior en hazañas, no quisiera serlo tampoco en el honor y preeminencia de las estatuas. Y es singular que Darío, no llevando a mal la resistencia, perdonase la libertad y franqueza del sacerdote.

111. Muerto Sesostris, continuaban, tomó el mando del reino su hijo Ferón[120], el cual, sin haber emprendido ninguna expedición militar, tuvo la desgracia de quedarse ciego. Bajaba el Nilo con una de las mayores avenidas que por entonces acostumbraba, llegando su creciente a dieciocho codos, y arrojado además sobre los campos, por desgracia, a impulsos de un viento impetuoso, se encrespaba como el mar, y levantaba sus olas. Viéndolo el rey, dicen que enfurecido,

---

[119] Se trata de un instrumento astronómico cuya sombra se proyectaba sobre una escala graduada con el objetivo de medir el tiempo.
[120] Ausente en las listas de reyes, se ha señalado que en realidad bajo el nombre Ferón está la palabra egipcia *pe-râa*, es decir, faraón.

tomó su lanza con ímpetu temerario e impío y la arrojó en medio de las ondas arremolinadas del río. Allí mismo, sin dilatársele el castigo, enfermó de los ojos y perdió la vista. Diez años hacía que vivía ciego el monarca, cuando de la ciudad de Buto le llegó un oráculo en que se le anunciaba el término de su pena y castigo, y que iba a recobrar la vista solo con lavarse los ojos con la orina de una mujer que sin relación con ningún hombre extraño, solo hubiese yacido con su marido. Quiso empezar su tentativa con la de su propia mujer; pero no surtiendo efecto, siguió haciendo pruebas con la de muchas otras, hasta que por fin recobró la vista. Mandó que todas las mujeres cuya orina había utilizado, excepto aquella que se lo había dado, fuesen conducidas a cierta ciudad que se llama al presente Tierra Roja, donde todas fueron quemadas de una vez; y no menos agradecido que severo, quiso tomar por esposa a aquella a quien debía haber recobrado la vista. Entre otras muchas dádivas que, libre de su ceguera, consagró en los templos de más fama y consideración merecen atención particular los monumentos, dignos en verdad de verse, que erigió en el templo de Helios, y son dos obeliscos de mármol, cada uno de una sola pieza y de cien codos de alto y ocho de grueso.

112. A este monarca dan por sucesor en el trono a un ciudadano de Menfis, cuyo nombre griego es Proteo, que tiene actualmente en aquella ciudad un templo y bosque religioso muy bello y adornado, alrededor del cual tienen su casa los fenicios de Tiro, circunstancia por el que se llama aquel lugar Campo de los Fenicios. Dentro de este recinto sagrado se halla también un templo que tiene el nombre de Afrodita Peregrina, y que creo, si no me engaño, que será Helena, hija de Tindáreo, pues según he oído decir estuvo Helena en el palacio de Proteo, y no hay además otro templo de los dedicados a Afrodita que lleve el sobrenombre de Peregrina.

113. He aquí en verdad lo que me referían los sacerdotes acerca de Helena cuando yo les pedía informes. Al volver a su patria Alejandro[121] en compañía de Helena, a quien había robado en Esparta, unos vientos contrarios le arrojaron desde el mar Egeo al Egipto, en cuyas costas, no mitigándose la tempestad, se vio obligado a tomar

---

[121] Otro nombre de Paris, el príncipe troyano raptor de Helena.

tierra y desembarcar en las Taríquias, situadas en la boca del Nilo, que llaman Canóbica. Había a la sazón en dicha playa, y lo hay todavía, un templo, dedicado a Heracles, asilo tan privilegiado al mismo tiempo que el esclavo que en él se refugiaba, de cualquier dueño fuese, no podía ser por nadie sacado de allí, siempre que dándose por siervo de aquel dios se dejase marcar con sus armas o sello sagrado, ley que desde el principio hasta el día se ha mantenido siempre en todo su vigor. Informado, pues, los criados de Alejandro del asilo y privilegio del templo, se acogieron a aquel lugar sagrado con ánimo de dañar a su señor, y le acusaron refiriendo circunstanciadamente cuanto había pasado en el rapto de Helena y en agravio contra Menelao; testimonio criminal que hicieron no solo en presencia de los sacerdotes de aquel templo, sino también de Tonis, gobernador de aquel puerto y desembocadura.

114. Apenas acabó este de oír la declaración de los esclavos, entregó a Menfis un mensaje para Proteo con orden de decirle: «Acaba de llegar un extranjero, príncipe de la familia real de Teucro, que ha cometido en Grecia una impía y temeraria acción, viniendo de allí con la esposa de su mismo anfitrión furtivamente seducida; y trayendo con ella inmensos tesoros, arribó a tierra arrojado por la tempestad. ¿Qué haremos, pues, con él? ¿Le dejaremos salir impunemente, del puerto con sus naves, o le despojaremos de cuanto consigo lleva?». Proteo, avisado, envió luego un correo con la siguiente respuesta: «A ese hombre, sea quien fuere, que tal maldad y perfidia contra su mismo anfitrión ha cometido, prendédmelo sin falta y llevadle a mi presencia para oír qué explicación da de sí y de su crimen».

115. El gobernador Tonis, recibida apenas esta orden, se apodera de la persona de Alejandro, embargándole juntamente las naves, y haciéndole conducir sin dilación a Menfis con Helena, sus esclavos y tesoros. Llevados todos a la presencia de Proteo, preguntó este a Alejandro quién era, de dónde venía y con qué ley navegaba; a lo cual el interrogado declaró su nombre, el de su familia y el de su patria, dándole razón de su viaje y del puerto de donde procedía. A continuación, Proteo le preguntó de dónde sacó a Helena y Alejandro buscaba disculpas cautelosamente para no descubrir la verdad; pero los nuevos acogidos a Heracles, esclavos suyos antiguos, dando cuenta puntual de su acción, fueron desmintiéndole, sin dejarle

lugar a la réplica. Proteo entonces, para abreviar, le habló en estos términos: «De no tener formada anteriormente mi resolución de no ensangrentar mis manos con ninguno de los pasajeros que arrojados por los vientos lleguen a mis dominios, os aseguro que vengaría al griego en vuestra cabeza para dar contigo ejemplo, ¡el hombre más vil y malvado de cuantos viven!, pues recibido y agasajado como huésped correspondisteis con el más enorme agravio, convertido en adúltero de la esposa de vuestro amigo, que en su casa os acogía; y no contento con el horror del tálamo violado, huis con ella furtivamente robada a su marido; aún más, como si agravio, adulterio, rapto, todo fuera poco para ti, cargaste con los tesoros de vuestro anfitrión, que saqueasteis. Con todo, no cambio de resolución, lo repito: ni me contaminaré con sangre extranjera, pero tampoco sufriré que os llevéis impunemente esa mujer con los tesoros robados, sino que de una y otros quiero ser depositario en favor de vuestro anfitrión griego, hasta que él, informado, quiera recobrarlos. A ti te mando que dentro del término fijo de tres días salgas con tu comitiva de mis dominios, poniendo mar por medio, bajo pena en otro caso de ser tratado como enemigo».

116. Así me referían los sacerdotes la llegada de Helena a la corte de Proteo, de la cual no pienso que dejase de tener noticia el poeta Homero, pero como la verdad de esta narración no sea tan apta y grandiosa para la belleza y majestad de su epopeya como la versión de la que se sirvió, la omitió a mi entender con tal motivo, contentándose con manifestar que bien conocida la tenía, como no cabe en ello la menor duda. El poeta presenta en la *Ilíada*[122] a Alejandro, perdido el rumbo, llevando de un país a otro su Helena, y alegando después de varios rodeos a Sidón, ciudad de Fenicia, lo que no contradijo en ninguno de sus escritos. De lo dicho hace mención Homero en «las hazañas de Diomedes»[123] con los siguientes versos: «Había allí mantos bordados, dignos de maravilla, obra mujeril de

---

[122] Cf. *Ilíada* 7.289.
[123] Las hazañas del héroe griego Diomedes dominan el quinto canto y buena parte del sexto de la *Ilíada* (el pasaje citado a continuación corresponde de hecho a *Ilíada* 6.289-292). La división de los poemas homéricos en veinticuatro cantos, debida a los gramáticos alejandrinos, es posterior a Heródoto.

sidonia mano, los que con su noble Helena trajo de Sidón por el ancho ponto, Paris, el de rostro divino». Y de esto mismo con otros versos habla Homero en la *Odisea*[124]: «Tales, tan útiles y tan salubres medicinas poseyó la hija de Zeus, las que le fueron dadas por la reina egipcia Polidamna, esposa de Ton, de allí donde el suelo feraz las produce en abundancia: al beberlas, unas dan la salud, y otras la muerte». Hablando con Telémaco, Menelao profiere asimismo estos versos: «Allá en Egipto, con ansia grande de mi vuelta, me detenían Dios y mi mezquina Hecatombe». En estos pasajes Homero da muy bien a entender que sabía las navegaciones de Alejandro y su llegada a Egipto, con el cual confina Siria, país de los fenicios, a quienes pertenece la ciudad de Sidón.

117. La respectiva situación de estos países, no menos que los versos citados, declaran y evidencian más y más que no son de Homero los *Cantos Ciprios*[125], sino de otro poeta ignorado, pues en ellos se hace llegar a Alejandro con su Helena desde Esparta a Ilión en una navegación de tres días únicamente, viento en popa y por un mar en calma, cuando Homero nos dice en su *Ilíada* que su ruta fue muy larga y contrastada. Pero dejemos a Homero y los *Cantos Ciprios*.

118. Preguntados por mí los sacerdotes sobre si era invención lo que cuentan los griegos de la guerra de Troya, me contestaron con la siguiente narración, que decían haber salido de boca del mismo Menelao, de quien se tomaron en el país noticias del suceso. Después del rapto de Helena, una armada griega poderosa había pasado al país de los teucros para auxiliar a Menelao y hacer valer sus pretensiones. Los griegos, saltando en tierra y atrincherados en sus reales, ante todo enviaron a Ilión sus embajadores en compañía del mismo Menelao, quienes, introducidos dentro de la ciudad, pidieron se les restituyera a Helena y los tesoros que en su rapto les había hurtado Alejandro, y que se les diera al mismo tiempo satisfacción de la injuria por él cometida; pero los troyanos entonces y después, siempre

---

[124] Cf. *Odisea* 4.227-230 y 4.351-352.
[125] Los *Cantos Ciprios* son un poema del ciclo troyano (el conjunto de poemas épicos en torno a la guerra de Troya) en honor de Afrodita, que es la que motiva en último término la guerra; cuentan todos los episodios en once cantos hasta los sucesos que figuran al comienzo de la *Ilíada* de Homero.

que fueron requeridos, de palabra y con juramentos respondían que no tenían en su ciudad a Helena, ni en su poder los tesoros mencionados; que aquella y estos se hallaban detenidos en Egipto, y que no parecía justo ni razonable salir responsables y garantes de las prendas que el rey egipcio tenía interceptadas. Los griegos, tomando la respuesta por un nuevo engaño con que se les quería insultar, no levantaron el sitio puesto a la ciudad hasta tomarla a viva fuerza, mas después de tomada la ciudad, no apareciendo Helena, y oyendo siempre la misma relación de los troyanos se convencieron al cabo de lo que decían y de la verdad del suceso, y enviaron a Menelao para que se presentase ante Proteo.

119. Llega Menelao a Egipto, sube río arriba hasta Menfis y hace una sincera narración de todo lo sucedido. Proteo no solo lo hospeda en casa y agasaja magníficamente, sino que le restituye su Helena sin mancha en su honor, y sus tesoros sin pérdida ni menoscabo. Mas a pesar de tantas honras y favores como allí recibió Menelao, no dejó de ser ingrato y aún malvado con los egipcios, pues no pudiendo salir del puerto, como deseaba, por serle contrario los vientos, y viendo que duraba mucho la tempestad se valió para aplacarla de un modo cruel y abominable, que fue tomar dos niños hijos de unos naturales del Egipto, partiéndolos en trozos y sacrificarlos a los vientos. Sabido el impío sacrificio y la inhumanidad de Menelao, huyó este con sus naves hacia Libia, abominado y perseguido por los egipcios. Qué rumbo desde allí siguió, no pudieron decírmelo; pero añadían que lo referido, parte lo sabían de oídas, parte lo vieron por sus ojos, y que de todo podían ser fieles testigos. Y he aquí lo que en suma me refirieron los sacerdotes egipcios.

120. A la verdad, por lo que respecta a Helena, doy entero crédito a su narración, tanto más cuanto creo que si a la sazón se hubiera hallado en Troya habría sido restituida a los griegos, aun a pesar de Alejandro, pues ni Príamo hubiera sido tan necio, ni sus hijos y demás parientes tan insensatos, que solo porque aquel gozara de Helena pusiesen en riesgo gratuitamente sus vidas y las de sus hijos, y la salud y existencia de la ciudad. Pero concedamos que al principio de la contienda tomaron el partido de no restituirla; no dudo que al ver caer tanto troyano combatiendo con los griegos; al ver Príamo muertos en las refriegas no uno u otro, sino la mayoría de sus hijos,

pues morir los veía si se ha de dar crédito a los poetas, a vista de tales destrozos y tamañas pérdidas como les iban sucediendo, no dudo que, aun cuando el mismo Príamo fuera el amante de Helena, a cambio de librarse de tantos desastres como entonces le oprimían, la devolviera de una vez a los aqueos. Ni se diga que el gobierno de la ciudad dependía del capricho de un príncipe enamorado, por corresponder a Alejandro la corona en la vejez de Príamo, pues no es así: el gran Héctor, primogénito del rey y héroe de más valor que Alejandro, era el heredero del cetro, y no parece verosímil que permita impunemente a su hermano menor una resistencia y obstinación tan inicua y perniciosa, y más tocando con las manos las calamidades que de ellas resultaban contra sí mismo y contra el resto de los troyanos. Así que, no teniendo estos a Helena, mal podían restituirla, y aunque decían la verdad no les daban crédito los griegos, ordenándolo así la divinidad, a decir lo que siento, con la mira de hacer patente a los mortales en la ruina total de Troya, que por fin al llegar al plazo, hacen los dioses un castigo horroroso y ejemplar de atroces y enormes atentados; y así juzgo sobre este suceso.

121. A Proteo, según los sacerdotes, sucedió Rampsinito[126], quien dejó como monumentos de su reinado los propileos que se ven en el templo de Hefesto a la parte de poniente, y dos estatuas delante de ellos erigidas, de veinticinco codos de altura, de las cuales, la que mira al mediodía la llaman los egipcios «Invierno», y la que mira al norte «Verano», adorando y venerando a esta con mucho respeto, al contrario de lo que hacen con la primera. Se cuenta de este rey un caso singular: poseyendo tantos tesoros en plata cuantos ninguno de los reyes que le sucedieron consiguió reunir en una cantidad no ya mayor, sino parecida; queriendo poner en seguro tanta riqueza, mandó, pues, fabricar en piedra una cámara cuyas paredes exteriores una daba afuera de palacio. En esta el arquitecto de la obra, con maligna intención, dispuso una trampa oculta, colocando una de las piedras en tal disposición que quedase fácilmente levadiza con la fuerza de dos hombres o con la de uno solo. Acabada la obra atesoró en ella el rey sus inmensas riquezas. Corriendo el tiempo y viéndose ya el

---

[126] Ramsés III.

arquitecto en el fin de sus días llamó a sus hijos, que eran dos, y les declaró que, deseoso de su felicidad, tenía tomadas de antemano sus medidas para que les sobrara dinero y pudieran vivir con gran opulencia, pues con esta intención había preparado un artificio en la casa del tesoro que para el rey edificó. Les dio enseguida explicación puntual del modo cómo se podría mover la piedra levadiza con la medida de la misma, añadiendo que sí se aprovechaban del consejo serían para ellos los tesoros de la cámara y los dueños de las riquezas del rey. Muerto el arquitecto, no vieron sus hijos la hora de empezar: venida la noche, van a palacio, hallan en el edificio aquella piedra angular, la retiran de su lugar como con un juego de manos, y entrando en la cámara, vuelven a su casa bien provistos de dinero. Quiso la mala suerte que por entonces al rey le viniese el deseo de visitar su tesoro; abierto el cual, al ver sus arcas menguadas, quedó pasmado y confuso, sin saber contra quién volver sus sospechas, pues al entrar, había hallado enteros los sellos en la puerta y esta bien cerrada. Por segunda y tercera vez volvió a abrir y registrar su erario, y otras tantas veces fue echando de menos su dinero; pues a fe que no eran los ladrones tan desinteresados que dejasen de repetir sus asaltos al tesoro. Entonces el rey urdió, dicen, una trampa, mandando hacer unos lazos y armárselos allí mismo junto a las arcas donde estaba el dinero. Vuelven a la caza los ladrones, y apenas entra uno y se acerca a las arcas cuando queda cogido en la trampa. No bien se sintió caído en el lazo, conociendo la situación en que se había metido, llama luego a su hermano, le comunica su estado, y le pide que entre al momento y que de un golpe le corte la cabeza; «no sea —añadía— que pierdas la tuya si quedando aquí la mía, soy descubierto y conocido». Al otro le pareció bien el consejo; y así entró e hizo puntualmente lo que se le decía, y vuelta la piedra movediza a su lugar, se fue a casa con la cabeza de su hermano. Apenas amanece entra de nuevo el rey en su tesoro, ve en su lazo al ladrón con la cabeza cortada, el edificio entero y en todo el rastro ninguno de entrada ni de salida, y se queda mucho más confuso y como fuera de sí. Para salir de su asombro, tomó la decisión de mandar colgar del muro el cuerpo decapitado del ladrón, y poner centinelas con orden de prender y presentarle cualquier persona que vieran llorar o mostrar compasión a vista del cadáver. En tanto que este pendía, la madre del ladrón, que moría de pena y dolor hablando al hijo que le quedaba, mandó que procurase por todos los medios hallar el modo de descolgar el cuerpo de su hermano y llevárselo a su casa, y que cuidara bien del éxito de la acción, y entendiera que en otro caso ella misma se presentaría al rey y sabría revelarle que él y no otro era el que robaba sus tesoros. El hijo, en vista de la insistencia de su madre, quien no lo dejaba respirar con sus instancias ni se persuadía de las razones que aquel alegaba, diseñço, según dicen, un plan ingenioso: busca y prepara unos asnos, llena de vino sus odres, y cargando con ellos la recua, sale tras ella de su casa. Al llegar cerca de los que guardaban el cadáver colgado, él mismo quita las ataduras de dos o tres pezoncillos que tenían los odres y enseguida empieza el vino a correr y él a levantar las manos, a golpearse la frente, a gritar como desesperado y aturdido, sin saber a qué pellejo acudir primero. A la vista de tanto vino, los guardas del muerto corren al camino armados con sus vasijas, aplicándose a recoger el líquido que se iba derramando, y no queriendo perder el buen lance que les ofrecía la suerte. Al principio se fingió irritado el arriero, llenando de improperios a los guardas; pero poco a poco pareció calmarse con sus razones y volver en sí de su cólera y enojo, terminando, en fin, por sacar los burros del camino y ponerse a componer y ajustar sus pellejos. En esto se iba alargando entre ellos la conversación; y uno de los guardas, no sé con qué chascarrillo, hizo que el arriero riera de tan buena gana que recibió por regalo uno de sus pellejos. Al verse ellos con un odre delante, tendidos a la redonda, luego piensan darse un buen rato, e invitan a su bienhechor a que se quede con ellos y les haga compañía. No se hizo mucho de rogar el arriero, el cual, habiéndose llevado los brindis y los aplausos de todos en la borrachera, les dio poco después con generosidad un segundo pellejo. Con esto, los guardas, bebiendo a discreción y vencidos luego por el sueño, quedaron tendidos a lo largo, donde la borrachera les cogió. Bien entrada ya la noche, no contento el ladrón con descolgar el cuerpo de su hermano, se puso muy despacio a rasurar por mofa y escarnio a los guardas rapándoles la mejilla derecha, y cargando después el cadáver en uno de sus asnos, y cumplidas las órdenes de su madre, se retiró. Muchas fueron las muestras de enfado que el rey hizo al dárse le parte de que había sido robado el cadáver del ladrón; pero empeñado más que nunca en averiguar quién había sido el que así se burlaba de él, tomó, a lo que cuentan, una resolución que en verdad no se hace creíble, como es la de mandar a una hija suya que se prostituyera en un burdel, dispuesta para cuantos la requiriesen, pero que antes obligara a cada hombre a contarle la mayor astucia y la más atroz que en sus días hubiese cometido; con orden de que si algunos le refería la del ladrón decapitado y descolgado, lo detuvieran al instante sin dejarle escapar ni salir afuera. Empezó la hija a poner por obra el mandato de su padre, y entendiendo el ladrón el misterio y la mira con que todo se hacía, y queriendo dar una nueva muestra de cuánto excedía al rey en astuto y taimado, imaginó un ardid bien singular, pues cortando el brazo entero a un hombre recién muerto, fuese con él bien cubierto bajo sus vestidos, y de este modo entró a visitar a la princesa; le hace esta la misma pregunta que solía hacer a los demás y él contesta abiertamente la verdad: que la más atroz de sus maldades había sido la de cortar la cabeza a su mismo hermano, cogido en el lazo real dentro de la cámara del tesoro, y el más astuto de los ardides, haber embriagado a los guardas con el vino, logrando así descolgar el cadáver de su hermano. Al oír esto agarra luego la princesa al ladrón; mas este, aprovechándose de la oscuridad, le alargaba el brazo amputado que traía oculto, el cual ella aprieta fuertemente creyendo tener cogido al ladrón por la mano, mientras este, dejando el brazo muerto, sale por la puerta volando. Informado del caso y de la nunca vista sagacidad y audacia de aquel hombre, queda de nuevo el rey confuso y pasmado. Finalmente, envía un bando a todas las ciudades de sus dominios mandando que en ellas se publicase, por el cual, no solo perdonaba al ladrón ofreciéndole impunidad, sino que le prometía grandes premios con tal que se le presentara y descubriese. Con este salvoconducto, llevado de la esperanza del galardón, se presenta el ladrón al rey Rampsinito, quien se quedó tan maravillado y aun prendado de su astucia que, como al hombre más despierto y entendido del universo, le dio su misma hija por esposa, viendo que entre los egipcios, los más ladinos de los hombres, era el más astuto de todos.

122. Referían todavía de este mismo rey que, habiendo bajado vivo al lugar donde creen los griegos que vive Hades[127], dios del infierno, jugó a los dados con la diosa Deméter, ganándole unas manos y perdiendo otras, y volvió a salir de allí con una servilleta de oro que la diosa le regaló. De aquí procede, según decían, que los egipcios solemnicen como festivo todo el tiempo que transcurrió desde la bajada hasta la subida de Rampsinito. No ignoro que aún en el presente celebran una fiesta semejante; mas no puedo afirmar si por este o por otro motivo la celebran. En ella los sacerdotes visten a uno de los suyos con un vestido tejido aquel día por sus mismas manos, le vendan y le cubren los ojos con una mitra, y después de colocarle así en el camino que conduce el templo de Deméter, lo dejan solo y se vuelven atrás. Cuentan después que aparecen allí dos lobos que, saliendo a recibir al de los ojos vendados, lo conducen al templo de Deméter, distante veinte estadios de la ciudad, y le restituyen luego al puesto en que antes le hallaron.

123. Si alguno hubiere a quien se hagan creíbles esas fábulas egipcias, sea enhorabuena, pues no salgo fiador de lo que cuento, y solo me propongo por lo general escribir lo que otros me referían. Vuelvo a los egipcios, quienes creen que Deméter y Dioniso[128] son los árbitros y dueños del infierno; y ellos asimismo dijeron los primeros que era inmortal el alma de los hombres, la cual, al morir el cuerpo humano, va entrando y pasando de uno en otro cuerpo de animal que entonces vaya formándose; hasta que recorrida la serie de toda especie de seres vivos, terrestres, marinos y alados, que recorre en un período de tres mil años, torna a entrar por fin en un cuerpo humano, dispuesta a nacer. Y es singular que no falten ciertos griegos, unos más pronto, otros más tarde, que adoptando esta invención se la hayan apropiado, como si fueran los autores de tal teoría, y aunque sé quiénes son, quiero hacerles el honor de no nombrarlos.

124. Hasta el reinado de Rampsinito, según los sacerdotes, se vio florecer en Egipto la justicia, permaneciendo las leyes en su vigor y

---

[127] Para los egipcios este lugar se denominaba Amenti y se encontraba las regiones occidentales. Esta custodiado por los dos lobos o chacales que se mencionan a continuación.
[128] Es decir, Isis y Osiris.

viviendo la nación en el seno de la justicia, de la abundancia y de la prosperidad; pero Quéops, que le sucedió en el trono, echó a perder un reino tan floreciente. Primeramente, cerrando los templos, prohibió a los egipcios sus acostumbrados sacrificios; ordenó después que todos trabajasen para él, llevando unos hasta el Nilo la piedra cortada en el monte de Arabia, y encargándose otros de pasarla en sus barcas por el río y de transportarla al otro monte que llaman de Libia. En esta fatiga ocupaba de continuo hasta cien mil hombres, a los cuales de tres en tres meses iba relevando y solo en construir el camino para conducir dicha piedra de sillería hizo penar y afanar a su pueblo durante diez años enteros; lo que no debe extrañarse, pues este camino, si no me engaño, es obra poco o nada inferior a la pirámide misma: cinco estadios de largo, diez orgias de ancho y ocho de alto en su mayor elevación, y construido de piedra no solo labrada, sino esculpida además con figuras de varios animales. Y en los diez años de fatiga empleada en la construcción del camino no se incluye el tiempo invertido en preparar el terreno del collado donde las pirámides debían levantarse, y en fabricar un edificio subterráneo que sirviese para sepulcro real, situado en una isla formada por una acequia que del Nilo se deriva. En cuanto a la pirámide, se gastaron en su construcción veinte años: es una fábrica cuadrada de ocho pletros de largo en cada uno de sus lados y otros tantos de altura, de piedra labrada y ajustada perfectamente, y construida de piezas tan grandes que ninguna baja de los treinta pies.

125. La pirámide fue edificándose de modo que en ella quedasen unas gradas o apoyos, que algunos llaman escalas y otros altares. Hecha así desde el principio la parte inferior, iban levantándose y subiendo las piedras, ya labradas, con cierta máquina formada de maderos cortos, que, alzándolas desde el suelo, las ponía en el primer orden de gradas, desde el cual, con otra máquina que en él tenían instalada, las subían al segundo orden, donde las cargaban sobre otra máquina semejante, prosiguiendo así en subirla, pues parece que cuantos eran los órdenes de gradas, tantas eran en número las máquinas, o quizá no siendo más que una fácilmente transportable, la irían mudando de grada en grada cada vez que la descargasen de la piedra; que bueno es dar de todo diversas explicaciones. Así es que la fachada empezó a pulirse por arriba, bajando después consecutivamente, de modo que la parte inferior, que estribaba en el mismo suelo, fue la postrera en recibir la última mano. En la pirámide está anotado con letras egipcias cuanto se gastó en rábanos, en cebollas y en ajos para el consumo de peones; y me acuerdo muy bien que al leérmelo el intérprete me dijo que la cuenta ascendía a mil seiscientos talentos de plata. Y si esto es así, ¿a cuánto diremos que subiría el gasto de herramientas para trabajar, y de víveres y vestidos para los obreros, y más teniendo en cuenta no solo el tiempo mencionado que gastaron en la fábrica de tales obras, sino también aquel, y a mi entender debió ser muy largo, que emplearían así en cortar la piedra como en abrir la excavación subterránea?

126. Viéndose ya falto de dinero, llegó Quéops a tal extremo de avaricia y bajeza que prostituyó a una hija en un burdel con orden de exigir en recompensa de su torpe y vil entrega cierta suma que no expresaron fijamente los sacerdotes. Aún más; cumplió la hija tan bien con lo que su padre tan mal la mandó que, a costa de su honor, quiso dejar un monumento suyo, pidiendo a cada uno de sus amantes que le costeara una piedra para su edificio; y en efecto, decían que con las piedras regaladas se había construido una de las tres pirámides, la que está en el centro delante de la pirámide mayor, y que tiene pletro y medio en cada uno de sus lados.

127. Muerto Quéops después de un reinado de cincuenta años, según referían, dejó por sucesor de la corona a su hermano Quefrén, semejante a él en su conducta y gobierno. Una de las cosas en que pretendió imitar al difunto fue en querer levantar una pirámide, como en efecto levantó, pero no tal que llegase en su magnitud a la de su hermano, de lo que yo mismo me cercioré habiéndolas medido ambas. Carece aquella de edificios subterráneos, ni llega a ella el canal derivado del Nilo que alcanza a la de Quéops, y corriendo por un acueducto allí construido, forma y baña una isla, dentro de la cual dicen que yace este rey. Quefrén fabricó la parte inferior de su columna de mármol etiópico vareteado, si bien la dejó cuarenta pies más baja que la pirámide mayor de su hermano, vecina a la cual quiso que la suya se erigiera, hallándose ambas en un mismo cerro, que tendrá unos cien pies de elevación.

128. Quefrén reinó cincuenta y seis años. Estos dos reinados completan los ciento seis años en que dicen los egipcios haber vivido

en total miseria y opresión, sin que los templos por tanto tiempo cerrados se les abriera una sola vez. Tanto es el odio que conservan todavía contra los dos reyes que ni acordarse quieren de su nombre por lo general; de suerte que llaman a estas obras las pirámides del pastor Filitis, quien por aquellos tiempos apacentaba sus rebaños por los campos en que después edificaron.

129. A Quefrén refieren que sucedió en el trono un hijo de Quéops, por nombre Micerino, quien, desaprobando la conducta de su padre, mandó abrir los templos y que el pueblo, en extremo oprimido, se retirara a cuidar de los quehaceres de su casa, y tomara descanso y comida en las fiestas y sacrificios. Entre todos los reyes, dicen que Micerino fue el que con mayor equidad sentenció las causas de sus vasallos, elogio por el cual es el monarca más celebrado de cuantos vio Egipto. Llevó a tal punto la justicia que no solo juzgaba los pleitos todos con entereza, sino que era tan cumplido que a la parte que no se diera por satisfecha de su sentencia solía contentarla con algo de su propia casa y hacienda; mas, a pesar de su clemencia y bondad para con sus vasallos, y del afán tan escrupuloso en cumplir con sus deberes, empezó a sentir los reveses de la fortuna en la temprana muerte de su hija, única prole que tenía. La pena y el luto del padre en su doméstica desventura fueron sin límites, y queriendo hacer a la difunta princesa honores extraordinarios, hizo fabricar, en vez de una urna sepulcral, una vaca de madera hueca y muy bien dorada, en la cual dio sepultura a su querida hija.

130. Esta vaca, que no fue sepultada en la tierra, se dejaba ver aún en mis días patente en la ciudad de Sais, colocada en el palacio en un aposento muy adornado. Ante ella se quema todos los días y se ofrece todo género de perfumes, y todas las noches se la enciende su lámpara perenne. En otro aposento vecino están unas figuras que representan a las concubinas de Micerino, según decían los sacerdotes de la ciudad de Sais: no cabe duda que se ven en él ciertas estatuas colosales de madera, de cuerpo desnudo, que serán veinte a lo más; no diré quiénes sean, sino la tradición que corre acerca de ellas.

131. Sobre esta vaca y estos colosos hay, pues, quien cuenta que Micerino, prendado de su hija, logró cumplir, a despecho de ella, sus incestuosos deseos, y que habiendo dado fin a su vida la princesa colgada de un lazo, llena de dolor por la violencia paterna, fue sepultada por su mismo padre en aquella vaca. Viendo la madre que algunas doncellas de palacio eran las que habían entregado a su hija a la pasión del padre, les mandó cortar las manos, y aún pagan ahora sus estatuas la misma pena que ellas vivas sufrieron. Los que así hablan, a mi entender, no hacen más que contarnos una historia desatinada, así en la sustancia del hecho como en las circunstancias de las manos cortadas, pues solo el tiempo ha privado a los colosos de las suyas, que aún en mis días se veían caídas a los pies de las estatuas.

132. La vaca, a la cual volveremos, trae cubierto el cuerpo con un manto de púrpura, sacando la cabeza y cuello dorados, con una gruesa capa de oro, y lleva en medio de sus astas un círculo que imita al del sol. Su tamaño viene a ser como el mayor del animal que representa, y no está en pie, sino arrodillada. Todos los años la sacan de su encierro, y en el tiempo en que los egipcios plañen y lamentan la aventura de un dios, a quien con cuidado evitaré nombrar, entonces es cabalmente cuando sale al público la vaca de Micerino. Y dan por razón de tal salida que la hija, al morir, pidió a su padre que una vez al año le hiciera ver la luz del sol.

133. Después de la desventura de su hija tuvo el rey otro disgusto por haber llegado de la ciudad de Buto un oráculo en que se le decía no le restaban más que seis años de vida, y que al séptimo debía acabar su carrera. Lleno de amargura y sentimiento, Micerino envió sus quejas al oráculo, mandando se le manifestase lo inoportuno de su predicción; pues habiéndose concedido muy larga vida a su padre y a su tío, que cerraron los templos y que despreciaron a los dioses como si no existieran, y que se complacieron en oprimir el linaje humano, le comunicaba a él, a pesar de su piedad y religión, que dentro de tan poco tiempo había de morir. Entonces, dicen, le vino del oráculo por respuesta que por la misma conducta que alegaba se le cortaba en tanto grado los plazos de la vida, por no haber hecho lo que debía, pues la opresión fatal de Egipto que sus dos antecesores en el trono habían cumplido muy bien y él no, estaba decretado que durase ciento cincuenta años. Oído este oráculo, y conociendo Micerino que estaba ya dado el fallo contra su vida, mandó fabricar una multitud de lámparas, a fin de que su luz convirtiese la noche en día, y desde entonces empezó a entregarse sin reserva a todo género de diversiones y regalos, comiendo y bebiendo sin parar día y noche, y no dejando ni lago ni

prado, bosque o vega de paraje ameno y delicioso, apto para su recreo y solaz. Todo lo cual discurrió y practicó con el intento de desmentir al oráculo, declarándole falso y engañoso al hacer que sus seis años fatales valieran por doce, convertidas las noches en otros tantos días.

134. No dejó, sin embargo, Micerino de levantar su pirámide, menor que la de su padre, de más de veinte pies; la construcción es cuadrada, de mármol etiópico hasta su mitad y de tres pletros en cada uno de sus lados. Pretenden algunos griegos, equivocadamente, que esta pirámide es de la cortesana Rodopis, con lo que demuestran, en mi humilde juicio, cuán pocas noticias tienen de ella, pues de tenerlas, no le darían la gloria de haber erigido una pirámide en cuya construcción se hubieron de expender los talentos a millares, por decirlo así. Además, Rodopis no floreció en el reinado de Micerino, sino en el de Amasis, muchos años después de haber muerto aquellos reyes que dejaron las pirámides. Esta mujer fue natural de Tracia, sierva de Yadmón de Samos, hijo de Hefestópolis, y compañera de esclavitud del fabulista Esopo, quien fue sin duda esclavo de Yadmón, como lo demuestra el que habiendo los naturales de Delfos, prevenidos por su mismo oráculo, proclamado repetidas veces el anuncio de que si alguno hubiese que quisiera exigir de ellos la debida satisfacción por la muerte dada a Esopo[129], estaban prontos a pagar la pena; nadie se presentó con tal demanda, sino un cierto Yadmón, nieto de otro del mismo nombre, a cuyo joven se satisfizo en efecto aquel agravio. Lo que declara que Esopo había sido esclavo de Yadmón.

135. En cuanto a la bella Rodopis, pasó al Egipto en compañía de Jantes, natural de Samos; y aunque su destino en aquel viaje había sido enriquecer a su amo con la ganancia que le granjease su belleza, fue puesta en libertad mediante una gran suma de dinero por un hombre de Mitilene, llamado Caraxo, hijo de Escamandrónimo y hermano de la poetisa Safo. Se quedó Rodopis libre y suelta en Egipto, donde juntó muchas riquezas como linda y graciosa cor-

---

[129] Se cuenta que el fabulista Esopo había sido acusado de sacrilegio (habían depositado una copa sagrada entre sus pertenencias) y los delfios le habían ejecutado en consecuencia. El oráculo entonces decretó que los habitantes de Delfos debían pagar por su acto a quien lo solicitase.

tesana, grandes, sí, para una mujer de su profesión, pero no tantos que pretendiera levantar con ellos una pirámide. Y si alguno tuviere curiosidad podrá ver aún por sí mismo la décima parte de las riquezas de Rodopis y por esto concluir que no deben atribuírsele tantas, pues queriendo ella dejar un monumento suyo en Grecia, dio una ofrenda que nadie jamás había hecho ni aun pensado, y la dedicó en Delfos como memoria particular. Al efecto mandó que la décima parte de sus haberes se empleara en unos asadores de hierro, tantos en número para cuanto sufragase dicha cantidad, destinados a servir en los sacrificios de los bueyes; y en el día se ven aún amontonados detrás del ara que dedicaron los de Quíos, enfrente del templo de Delfos. Es ya antigua costumbre que asienten en Náucratis su tienda las cortesanas más insignes por su donaire y belleza. Allí permaneció la mujer de quien hablamos tan famosa, que ningún griego había que por el nombre siquiera no conociese a la hermosa Rodopis; y allí mismo residió después otra llamada Arquídica, cantada por toda Grecia, mas no tanto que jamás hubiese podido llegar a la fama de la primera. Volviendo a Mitilene, Caraxo, libertador de Rodopis, como llevo dicho, fue con este motivo amargamente zaherido por Safo en muchas de sus canciones. Pero bastante hemos hablado de Rodopis.

136. Muerto, en fin, Micerino, le sucedió en el reino, según los sacerdotes, Asiquis, que mandó hacer los propileos del templo de Hefesto que dan a levante, y que son en realidad, de cuantos hay en el edificio, los más bellos y los más grandes con notable exceso, pues aunque los demás propileos son todos obras llenas de figuras bien esculpidas y presentan infinitas variedades de adornos, en estas sobresalen con gran ventaja los de Asiquis que mencionamos. En este recinto hubo, por escasez de dinero, gran falta de fe pública en el trato y comercio. Para obviar este abuso dicen que entre los egipcios se publicó una ley por la cual se ordenaba que cualquiera que quisiese tomar dinero prestado tendría que dar en garantía el cadáver de su padre; y añadió más todavía: que el que diera un préstamo fuera árbitro absoluto del sepulcro del que lo tomaba; y además el que empeñase dicha garantía y no quisiese satisfacer a su acreedor, se impuso la pena de no poder ser enterrado al morir en la tumba de sus mayores u otra alguna, ni dar sepultura a ninguno de los suyos que durante aquel tiempo muriera. Cuentan del mismo rey que, codicioso de superar las glorias de cuantos habían antes reinado en Egipto, dejó su monumento público en una pirámide hecha de ladrillo. Hay en ella una inscripción grabada en piedra que hace hablar a la misma pirámide en estos términos: «No me humilles comparándome a las pirámides de piedra a las que excedo tanto como Zeus a los demás dioses; pues dando en el suelo de la laguna con un chuzo, y recogido el barro a él pegado, con este barro formaban mis ladrillos, y así fue como me construyeron». Esto es en suma cuanto hizo aquel rey.

137. Un ciego de la ciudad de Anisis, llamado también Anisis con el nombre de su patria, sucedió a Asiquis en la corona. En tiempo de este rey los etíopes, apoderándose de Egipto con un numeroso ejército, a cuyo frente venía su monarca Sábaco, obligaban al rey ciego a refugiarse fugitivo en los pantanos. Cincuenta fueron los años que reinó el etíope Sábaco, durante los cuales siguió la conducta de no castigar con pena de muerte a los egipcios reos de algún delito capital; siendo su práctica de sentencia la de graduar el delito, y condenar a los reos a las obras públicas y a levantar el terraplén de la ciudad de donde eran naturales. Se lograba con estos castigos el común beneficio de que las ciudades cuyos terraplenes habían sido construidos por primera vez en tiempos de Sesostris por los prisioneros que abrieron los canales de Egipto, a la segunda, entonces en el reinado del etíope, se hiciesen más elevados. El suelo de las ciudades de aquel país se levanta mucho generalmente sobre la superficie de la campiña; pero en Bubastis con singularidad, mejor que en las demás, se observa la elevación del terraplén. Hay en esta ciudad un templo dedicado a la diosa Bubastis que merece particular memoria y atención. Templos se hallarán más grandes, más suntuosos que el de Bubastis, pero ninguno de una perspectiva más grata y halagüeña a la vista. La diosa a quien pertenece es la misma Ártemis de los griegos.

138. El templo está en un terreno que parece una isla por todos lados menos por su entrada, ya que desde el Nilo corren dos acequias de cien pies de anchura cada una, con su arboleda que les da sombra, las que ambas por diferente lado van sin juntarse hacia la entrada del templo. Sus pórticos, adornados con figuras de seis codos, obra de mucho primor, tienen diez orgias de elevación. Es de notar que, hallándose construido el templo en el centro de la ciudad, se la pueda ver desde cualquier parte, lo que sucede por haberse alzado con el

tiempo el piso de la ciudad con un nuevo terraplén, y mantenido el templo en el plano inferior en que desde el principio se edificó, quedando así patente y visible de todas partes. Una cerca esculpida con figuras en toda su extensión rodea y ciñe el lugar sagrado, y dentro de ella hay un bosque de árboles altísimos, que rodea a su vez el gran templo, de un estadio así de longitud como de anchura, dentro del cual está la estatua de la diosa. Delante de la entrada del templo corre un camino empedrado, de tres estadios de largo y unos cuatro pletros de ancho, con una arboleda alta hasta las nubes que a uno y otro lado se ve plantada. Este camino lleva al templo de Hermes, y con esto concluimos la digresión.

139. Por fin, según cuentan, pudieron verse libres del etíope, gracias a una visión que tuvo en sueños, que le obligó a escaparse a toda prisa: le parecía durmiendo ver un hombre a su lado que le sugería la idea de destrozar y partir por medio a todos los sacerdotes, después de mandarlos juntar en un mismo sitio. Pensó consigo mismo que aquella visión no podía menos de ser una prueba de los dioses, que con ella le inducían a cometer la mayor impiedad, para que llevase por ello su castigo de parte de los dioses o de los hombres, que él se abstendría de cometerla; y puesto que había cumplido el plazo de su imperio en Egipto, que los mismos dioses le habían revelado, se resolvió con gusto a retirarse. En efecto, hallándose aún en Etiopía, los oráculos del país le habían prevenido ser voluntad divina que por espacio de cincuenta años reinase en Egipto. Con este motivo lo dejó Sábaco por su propia voluntad, viendo cumplido el período destinado y perturbado con su misma visión.

140. Ausentado apenas el etíope, tomó de nuevo el mando el rey ciego, saliendo de sus pantanos, donde vivió cincuenta años refugiado en un isla que había ido levantando y terraplenando con tierra y ceniza, pues que el largo tiempo de su oculto retiro, al traerle los egipcios a hurto del etíope los víveres necesarios, según lo tenía ordenado a ciertos vasallos fieles, les pedía por favor le llevasen juntamente ceniza para formar sus diques. Esta isla, que tiene el nombre de Elbo, y diez estadios no más por todos lados, no pudo ser hallada por nadie antes de Amirteo, ni fue dable a los reyes encontrarla en el largo período de setecientos años.

141. Después de la muerte del ciego decían que reinó un sacerdote de Hefesto, por nombre Setón. Este rey, sacrificados contra toda sabia

política, en nada contaba con la gente de armas de su reino, como si nunca hubiera de necesitarlos; y no contento todavía con los desaires que les hacía de continuo, añadió la injuria de privarles del goce de ciertas yugadas de tierra que les habían reservado los reyes anteriores, dando doce de ellas a cada soldado. De ahí resultó que, habiendo invadido Egipto Senaquerib, rey de los árabes y de los asirios, con un grueso ejército, los guerreros del país no quisieron tomar las armas en defensa de Setón. Viéndose el sacerdote rey en tan apurado trance, entró en el templo de Hefesto, y allí, a los pies de su imagen, plañía y lamentaba la desventura que se iba a descargar sobre su cabeza. En medio de sollozos y suspiros le sorprendió el sueño, según dicen, y mientras dormía se le apareció su dios, quien le animó, asegurándole que si salía a recibir al ejército de los árabes con sus tropas voluntarias, ningún mal le sucedería; que el mismo dios se encargaba de la defensa, y cuidaría de enviarle socorro. Confiado en su sueño, se anima el sacerdote a juntar su ejército con los egipcios que de buen grado quisieran seguirle, y se atrinchera con ellos en Pelusio, que es la puerta del Egipto. Ni un solo guerrero de profesión se contaba en las tropas que se le juntaron, siendo sus soldados todos mercaderes, artesanos y vendedores. ¡Cosa singular! Después que llegaron a Pelusio, sucedió que los ratones agrestes, derramados por el vecino campo de los enemigos, comieron de noche las aljabas, comieron los nervios de los arreos, y finalmente, las mismas correas que servían de asas en los escudos. Al llegar el día, se hallan desarmados los invasores, se entregan a la fuga y perecen en gran número. Al presente se ve todavía en el templo de Hefesto la estatua de mármol de este rey con un ratón en la mano, y en ella se lee la inscripción siguiente: «Mírame, hombre, y aprende de mí a ser piadoso».

142. A propósito de lo referido, me decían los egipcios a una con sus sacerdotes, y lo comprobaban con sus monumentos, que contando desde el primer rey hasta el sacerdote de Hefesto, el último que allí reinó, habían pasado en aquel período trescientas cuarenta y una generaciones de hombres, en cuyo transcurso se habían ido sucediendo en Egipto otros tantos sumos sacerdotes e igual número de reyes. Contando, pues, cien años por cada tres generaciones, las trescientas referidas suman diez mil años, y las cuarenta y una que restan además, componen once mil trescientos cuarenta. En el espacio de estos once mil trescientos cuarenta años decían que ningún dios hubo en

forma humana, añadiendo que ni antes ni después, en cuantos reyes había tenido Egipto, se vio cosa semejante. Contaban que en el tiempo mencionado, el sol había invertido por cuatro veces su carrera natural, saliendo desde el punto donde regularmente se pone, y ocultándose otras dos en el lugar de donde nace por lo común, sin que por este desorden del cielo se hubiese alterado cosa alguna en Egipto, así de las que nace de la tierra como de las que proceden del río, ni en las enfermedades, ni en las muertes de los habitantes.

143. Contaré un suceso curioso. Hallándose en Tebas, antes que yo pensara en pasar allá, el historiador Hecateo, empezó a declarar su ascendencia, haciendo derivar su casa de un dios, que era el decimosexto de sus abuelos. En esta ocasión hicieron con él los sacerdotes de Zeus Tebano lo mismo que practicaron después conmigo, aunque no deslindase mi genealogía, pues me introdujeron en un gran templo y me fueron enseñando tantos colosos de madera cuantos son los sumos sacerdotes que, como expresé, han existido, pues habido es que cada cual coloca allí su imagen mientras vive. Iban, pues, mis guías contando y mostrándome por orden las estatuas, diciendo: «Este es el hijo del que acabamos de mirar, como puedes verlo, por lo que se parece a su inmediato predecesor»; y de este modo me hicieron reconocer las efigies y recorrerlas de una en una. Algo más hicieron con Hecateo, pues como él se jactó de su ascendencia, haciéndose proceder de un dios, su antepasado, le echaron en cara la serie y generación de sus sacerdotes, no soportando la idea de que un hombre pudiera haber nacido de un dios, y dándole cuenta, al deslindarle la sucesión de sus trescientos cuarenta y cinco colosos, que cada uno no había sido más que un *piromis*, hijo de otro *piromis* (esto es, un hombre bueno hijo de otro, pues *piromis* equivale en griego a «bueno, honrado»), sin que ninguno de ellos descendiese de padre dios ni de héroe alguno. En fin, concluían que los representados por las estatuas que enseñaban habían sido todos grandes hombres, como decían, aunque ninguno ni de lejos fuera dios.

144. Verdad es, añadían, que antes de estos hombres, los dioses eran quienes reinaban en Egipto, morando y conversando entre los mortales, y teniendo siempre uno de ellos el mando supremo. El último dios que reinó allí fue Horus, hijo de Osiris, llamado por los

griegos Apolo, quien terminó su reino después de haber acabado con el de Tifón[130]. A Osiris le llamamos en griego Dioniso.

145. Entre los griegos noto que son tenidos por los dioses más modernos Heracles, Dioniso y Pan; mientras, al contrario, entre los egipcios es Pan un dios antiquísimo, reputado por uno de los dioses primeros, como los llaman; Heracles, por uno de los doce dioses que llaman de segunda clase, y Dioniso, por uno de los dioses terceros, que fueron hijos de los doce segundos. Arriba queda dicho los muchos años que corrieron desde Heracles hasta el rey Amasis, según los egipcios, quienes pretenden fueron más los que trascurrieron desde Pan, pero menos los que pasaron después de Dioniso, aunque entre este y el rey Amasis no mediaron menos de quince mil años, a lo que dicen: y de este cómputo de años, cuya cuenta llevan siempre y anotan por escrito, pretenden estar muy ciertos y seguros. Pero en cuanto al Dioniso, que dicen nacido de Sémele, hija de Cadmo, desde su nacimiento hasta la presente era, median mil seiscientos años, y desde Heracles, el hijo de Alcmena, habrá unos novecientos, y desde Pan al de Penélope, de la cual y de Hermes creen los griegos nacido este dios, han corrido hasta mi edad ochocientos años a lo más, menos sin duda de los que se cuentan posteriormente a la guerra de Troya.

146. Siga, no obstante, cada cual la que mejor le parezca de estas dos cronologías, pues yo me contento con haber declarado lo que en ambos pueblos se piensa acerca de dichos dioses. Sólo añadiré que, si se tiene por cosa tan clara que los dioses cuya edad se discute –Dioniso, el hijo de Sémele, y Pan, el de Penélope– nacieron y vivieron en Grecia hasta la vejez, como lo es esto respecto de Heracles, el hijo de Anfitrión, pudiera decirse con razón en este caso que Dioniso y Pan, dos hombres como los demás, se alzaron con el nombre de aquellos dioses, y así las dificultades quedarían allanadas. Pero existe el inconveniente de que los griegos pretenden que su Dioniso, apenas nacido, fue cosido por Zeus a uno de sus mulos y fue llevado a Nisa, que está en Etiopía, más allá de Egipto, por lo que distan de creer

---

[130] Se trata de Set, autor de la muerte de Osiris, símbolo de las fuerzas destructivas de la naturaleza.

que se criara y viviera en Grecia. Mayor es la confusión respecto de Pan, del cual ni aun los griegos saben decir dónde paró después de nacido. De aquí, en una palabra, se deduce que los griegos no oyeron el nombre de los dos dioses citados sino mucho después de oído el de los demás dioses, y que desde la época en que empezaron a nombrarlos les forjaron la genealogía.

147. Hasta aquí he hecho hablar a los egipcios. Ahora voy a referir lo que sucedió en aquel país, según dicen otros pueblos y los naturales asimismo confirman, sin dejar de mezclar en la narración algo de lo que por mí mismo he observado. Viéndose libres e independientes los egipcios después del reinado del mencionado sacerdote de Hefesto, y hallándose sin rey, como si fueran hombres nacidos para servir siempre a algún soberano, dividieron Egipto en doce partes, nombrando doce reyes a la vez. Enlazados mutuamente desde luego con el vínculo de los casamientos, reinaban estos, atenidos a ciertos pactos de que no se quitarían el mando unos a otros, que ninguno de ellos pretendería lograr más autoridad y poder que los demás, y que todos conservarían entre sí la mejor amistad y más perfecta armonía. Les movió a concertar esta mutua igualdad y alianza común, y a procurarla consolidar con toda seguridad y firmeza, un oráculo que les anunció, apenas apoderados del mando, que vendría a ser señor de todo Egipto aquel de entre ellos que en el templo de Hefesto hiciese una libación a los dioses en una taza de bronce, aludiendo el oráculo a la costumbre que observaban de realizar sacrificios juntos en todos los templos.

148. Reinando, pues, con tal unión, acordaron dejar un monumento en nombre común de todos, y con este objeto construyeron el laberinto, algo más allá del lago Meris, hacia la ciudad llamada de los Cocodrilos. Quise verlo por mí mismo, y me pareció mayor aún de lo que suele decirse y alabarse. Me atreveré a decir que cualquiera que recorriese las fortalezas, muros y otras construcciones de los griegos, que hacen alarde de su grandeza, ninguno hallará entre todas que no sea menor e inferior en coste y en trabajo a dicho laberinto. No ignoro cuán magníficos son los templos de Éfeso y de Samos, pero es menester confesar que las pirámides les hacen tanta competencia que cada una de estas puede compararse con muchas obras juntas de los griegos, aunque sean de las mayores; y con todo, es el laberinto

un monumento tan grandioso que excede por sí solo a las pirámides mismas. Se compone de doce palacios cubiertos, contiguos unos a otros y cercados todos por una pared exterior con las puertas una frente a otra; seis de ellos miran al norte y seis al mediodía. Cada uno tiene duplicadas sus piezas, unas subterráneas, otras en el primer piso, levantadas sobre los sótanos, y hay mil quinientas de cada especie, que forman entre todas tres mil. De las del primer piso, que anduve recorriendo, hablaré como testigo de vista; a las subterráneas solo las conozco de oídas, ya que los egipcios a cuyo cargo están se negaron siempre a enseñármelas, dándome por razón el hallarse abajo los sepulcros de los doce reyes fundadores y dueños del laberinto, y las sepulturas de los cocodrilos sagrados: y de tales estancias por lo mismo solo hablaré por lo que me refirieron. En las piezas superiores, que exceden toda obra humana, admiraba atónito y confuso sus pasos y salidas entre sí, y las vueltas y rodeos tan varios de aquellas salas, pasando de los patios a las cámaras, de las cámaras a los pórticos, de estos a otras galerías, y después a otras cámaras y pórticos. El techo de estas piezas y sus paredes cubiertas de relieves y figuras son todas de piedra. Cada uno de los palacios está rodeado de un pórtico sostenido con columnas de mármol blanco perfectamente labrado y unido. Al extremo del laberinto se ve pegada a uno de sus ángulos una pirámide de cuarenta orgias, esculpida de grandes animales, a la cual se va por un camino construido bajo tierra.

149. Mas aunque sea el laberinto obra tan rica y grandiosa, causa todavía mayor admiración el lago que llaman Meris, cerca de la cual aquel se edificó. Cuenta el lago de circunferencia tres mil estadios, medida que corresponde a sesenta esquenos, los mismos cabalmente que tienen de longitud las costas marítimas de Egipto; corre a lo largo de norte a sur, y tiene cincuenta orgias de fondo en su mayor profundidad. Por sí misma declara que es obra de excavación y artificial. En el centro de ella, a corta diferencia, se ven dos pirámides que se elevan sobre la superficie del agua cincuenta orgias, y abajo tienen otras tantas de cimiento, y encima de cada una se ve un coloso de piedra sentado en su trono: aunque ambas pirámides vienen a tener cien orgias, que forman cabalmente un estadio de seiscientos pies, contando la orgia a razón de seis pies o de cuatro codos, midiendo el

pie por cuatro palmos y el codo por seis[131]. Siendo el terreno en toda la comarca tan árido y falto de agua, no puede esta nacer en la misma laguna, sino que a ella ha sido conducida por un canal derivado del Nilo; y en efecto, pasa desde el río a la laguna durante seis meses, en los cuales la pesca genera al tesoro real veinte minas diarias, y sale de la laguna en los otros meses, que producen al mismo tesoro un talento de plata cada día.

150. Más notable es lo que me decían los naturales de allí: que el agua de su laguna, corriendo por un conducto subterráneo tierra adentro hacia poniente, y pasando cerca del monte que domina Menfis, iba a desembocar en la Sirte de Libia. No viendo yo en parte alguna amontonada la tierra que debió sacarse al abrir tan gran laguna, movido de curiosidad, y deseoso de saber qué se había hecho de tanto material excavado, pregunté a la gente de los alrededores dónde estaba la infinita arena extraída de aquel lugar. Me dieron a esto satisfacción y respuesta, y de ella quedé persuadido apenas me lo indicaron, sabiendo que en Nínive, ciudad de los asirios, había sucedido un caso muy semejante al que referían. Allí unos ladrones concibieron el plan de robar los muchos tesoros que Sardanápalo, rey de Nínive, en una cámara subterránea tenía cuidadosamente guardados. Con este objeto, medida la distancia, empiezan desde su casa a cavar una mina hacia el palacio del rey; iban por la noche echando al Tigris, río que atraviesa la ciudad de Nínive, la tierra que excavaban de la mina, y de este modo prosiguieron hasta salir al cabo con su intento. Lo mismo oí que había sucedido en la excavación de la citada laguna, con la diferencia que se ejecutaba de día la maniobra, sin tener que aguardar a la oscuridad de la noche, y la tierra que iban extrayendo la llevaban al Nilo, el cual, recibiéndola en su corriente, no podía menos de arrastrarla en ella e irla disipando.

151. Referido el modo con que se abrió el lago Meris, volvamos a los doce reyes, quienes, gobernando con suma equidad y entereza, en el tiempo legítimo hacían un sacrificio en el templo de Hefesto. Venido el último día de la solemnidad, y preparándose a hacer las

---

[131] Las equivalencias son: un orgia, 1,77 metros; un estadio, 177,6 metros; un pie, 29,6 cm; un codo, 44 cm; un palmo 7,4 cm.

libaciones religiosas, al irles a presentar las copas con que solían hacerlas, el sumo sacerdote, por equivocación, sacó once nada más para los doce reyes. Entonces Psamético, el último de la fila real, viendo que le faltaba su copa, echó mano de su casco, lo alargó e hizo con él sus libaciones, medio realmente obvio para salir del lance, ya que todos los reyes solían ir con casco, y los doce, en efecto, lo llevaban en aquel instante. Parecía claramente que Psamético había alargado su casco sin sombra de engaño o mala fe; pero, sin embargo, los once reyes, atendiendo por una parte a su acción, recordando por otra el oráculo, que les había vaticinado que vendría a ser soberano de todo Egipto aquel de entre ellos que libase con copa de bronce, tomaron medidas sobre lo sucedido, y aunque no creyeron justo quitar la vida a Psamético, conociendo por sus palabras que no había obrado en aquello con deliberación o fin particular, acordaron con todo que, casi enteramente privado de su poder, fuese desterrado y confinado en los pantanos, con orden de no salir de ellos ni entrometerse en los gobiernos del resto de Egipto.

152. El desgraciado Psamético, cuyo padre, Neco, había sido muerto por orden del etíope Sábaco, se había visto anteriormente forzado a refugiarse en Siria, huyendo de las manos del etíope, hasta que, habiéndose retirado este amedrantado por su sueño, fue llamado otra vez a Egipto por sus paisanos del distrito de Sais. Y ahora, siendo ya rey, por la inadvertencia de haber convertido en copa su casco, le sucedió la segunda desventura de que sus once compañeros en el reino le confinasen en los pantanos del Egipto. Viéndose, pues, inocente, calumniado y oprimido por la violencia de sus compañeros, pensó seriamente vengarse de sus perseguidores; y para lograr su intento envió a consultar el oráculo de Leto en la ciudad de Buto, al que miran los egipcios como el más verídico. Se le dio por contestación que el socorro y venganza deseada le vendrían por el mar, cuando a las costas llegasen unos hombres de bronce; respuesta que le llenó de desconfianza y abatió las alas de su corazón por lo ridículo e imposible de los auxiliares que se le prometían. No pasó mucho tiempo, sin embargo, que ciertos jonios y carios que iban en busca de botín llegaran a Egipto obligados por la necesidad. Saltaron a tierra armados con su armadura de bronce, y un egipcio que jamás había visto tales armaduras corre hacia los pantanos, y avisando a

Psamético de lo que pasaba, le dice que acababan de venir por mar unos hombres de bronce, que saltando a tierra, la robaban y saqueaban. Conociendo Psamético desde luego que iba cumpliéndose la predicción del oráculo, recibió con grandes muestras de amistad a los piratas de Jonia y Caria, y no paró hasta que, a fuerza de promesas y ventajoso partido, logró de ellos que se quedaran a su servicio, con cuyo socorro y con el de los egipcios de su bando salió al cabo vencedor de los once reyes, acabando con todo su poder. 153. Apoderado Psamético de todo el Egipto, levantó en Menfis, dedicándolos a Hefesto, los portales o propileos que miran al mediodía, y enfrente de ellos fabricó en honor de Apis un palacio rodeado de columnas y lleno de figuras esculpidas, en el cual el dios Apis, cuyo nombre griego es Épafo, se cría y mora, siempre que aparece a los egipcios: las columnas del palacio son otros tantos colosos de doce codos cada uno.

154. En cuanto a los jonios y carios que sirvieron como tropas mercenarias en la conquista recibieron de Psamético, en recompensa de sus servicios, ciertas propiedades, unas enfrente de otras, por medio de las cuales corre el Nilo, y a las que puso el nombre de Campamentos, sin dejar de darles el monarca, no contento con esta recompensa, lo demás que les tenía prometido. Les entregó asimismo ciertos niños egipcios para que cuidasen de instruirlos en la lengua griega, y los que al presente son intérpretes de ella en Egipto descienden de los que entonces la aprendieron. Los campos que los jonios y canos poseyeron largo tiempo no distan mucho de la costa, y caen un poco más abajo de la ciudad de Bubastis, cerca de la boca Pelusia del Nilo, como la llaman. Andando el tiempo, estos mismos extranjeros trasplantados de sus campos, fueron colocados en Menfis por el rey Amasis, quien en ellos quiso tener un cuerpo de guardias contra los egipcios. Desde el tiempo en que dichas tropas se domiciliaron en Egipto, por medio de su trato y comunicación, nosotros los griegos sabemos con exactitud y puntualidad la historia del país, contando desde Psamético y siguiendo los sucesos posteriores a su reinado. Los jonios o carios fueron los primeros colonos de idioma extranjero que en Egipto se establecieron; y aún en mis días se veían en los lugares, desde los cuales fueron trasladados a Menfis, las atarazanas de sus naves y las ruinas de sus viviendas. Ved aquí el modo como Psamético llegó a apoderarse de Egipto.

155. Bien me acuerdo de lo mucho que llevo dicho acerca del oráculo egipcio arriba mencionado, pero quiero añadir algo más en su alabanza, pues digno es de ella. Este oráculo egipcio, dedicado a Leto, se halla situado en una gran ciudad vecina a la boca del Nilo que llaman Sebenítica, al navegar, río arriba, cuya ciudad, según antes expresé, es Buto, y en ella hay asimismo un templo de Apolo y de Ártemis. El de Leto, sede del oráculo, además de ser una obra en sí grandiosa, tiene también su propileo de diez orgias de elevación. Pero de cuanto allí se veía, lo que mayor maravilla me causó fue el recinto consagrado a Leto que hay en dicho templo formado de una sola piedra, así en su longitud como en su anchura. Sus paredes son todas de una medida y de cuarenta codos cada una; la cubierta del recinto, que le sirve de techo, la forma otra piedra, cuyo alero solo tiene cuatro codos. Esta capilla de una pieza, lo repito, es en mi opinión lo más admirable de aquel templo.

156. En segundo lugar merece citarse, por su singularidad, la isla llamada de Quemis, situada en una profunda y espaciosa laguna que está cerca de un templo de la mencionada ciudad de Buto. Los egipcios pretendían que era una isla flotante; mas puedo afirmar que no la vi nadar ni moverse, y quedé atónito al oír que una isla pueda nadar en realidad. Hay en ella un templo magnífico de Apolo, en el que se ven tres aras levantadas, y está poblada de muchas palmas y de otros árboles, unos estériles, otros de la clase de los frutales. No dejan los naturales de dar la razón en que se apoyan para creer en esta isla flotante: dicen que Leto, una de las ocho deidades primeras que hubo en Egipto, tenía su morada en Buto, donde al presente reside su oráculo, y en aquella isla, no flotante todavía, recibió a Apolo, que en depósito se le entregó la diosa Isis, y allí pudo salvarle escondido, cuando vino a aquel lugar Tifón, que no dejaba guarida sin registrar, para apoderarse de aquel hijo de Osiris. Apolo y Ártemis, según los egipcios, fueron hijos de Dioniso y de Isis, y Leto fue el ama que los crio y puso en salvo. En egipcio Apolo se llama Horus. Deméter se dice Isis y Ártemis lleva el nombre de Bubastis; y en esta creencia egipcia y no en otra alguna se fundó Esquilo, hijo de Euforión, para hacer en sus versos a Ártemis hija de Deméter, aunque en esto se diferencia de los demás poetas que han existido. Tal es la razón por la que los egipcios creen a su isla movediza.

157. De los cincuenta y nueve años que reinó Psamético en Egipto, tuvo sitiada por espacio de veintinueve a Azoto, gran ciudad de Siria, que al fin se rindió; habiendo sido aquella plaza entre todas las que conozco la que por más tiempo ha resistido el asedio.

158. Neco sucedió en el reinado a su padre, y fue el primero en abrir el canal, continuado después por el persa Darío, que va desde el Nilo hacia el mar Eritreo, y cuya longitud es de cuatro días de navegación y tanta su latitud que por él pueden ir a remo dos trirremes a la par. El agua del canal se tomó del Nilo, algo más arriba de la ciudad de Bubastis, desde donde va siguiendo por el canal, hasta que desemboca por el mar Eritreo, cerca de Patumo, ciudad de Arabia. Se empezó la excavación en la llanura del Egipto, limítrofe de Arabia, con cuya llanura confina por su parte superior el monte que se extiende cerca de Menfis, en el cual se hallan las canteras ya fijadas. Pasando la acequia por el pie de este monte, se dilata a lo largo de poniente hacia levante, y al llegar a las quebradas de la cordillera, tuerce hacia el sudeste y va a dar en el golfo Arábigo. Para ir del mar del norte al meridional, que es el mismo que llamamos Eritreo; el más breve atajo es el que se toma desde el monte Casio, que separa Egipto de Siria y dista del golfo Arábigo mil estadios; esta es, repito, la senda más corta, pues la del canal es tanto más larga cuantas son las sinuosidades que este forma. Ciento veinte mil hombres perecieron en el reinado de Neco en la excavación del canal, aunque este rey lo dejó a medio abrir, por haberle detenido un oráculo, diciéndole que se daba prisa para ahorrar fatiga al bárbaro, es decir, extranjero, pues con aquel nombre llaman los egipcios a cuantos no hablan su mismo idioma.

159. Dejando, pues, sin concluir el canal, Neco volvió su atención a las expediciones militares. Mandó construir trirremes, de las cuales unas se fabricaron en el mar del norte, otras en el golfo Arábigo o Eritreo, cuyos arsenales se ven todavía, sirviéndose de estas, armadas según pedía la oportunidad. Con el ejército de tierra venció a los sirios en la batalla que les dio en Magdolo, a la cual siguió la toma de Caditis, gran ciudad de Siria; y con motivo de estas victorias consagró al dios Apolo el mismo vestido que llevaba al hacer aquellas proezas, enviándolo por ofrenda al santuario de los Bránquidas, santuario célebre en el dominio de Mileto. Cumpliendo dieciséis años de reinado, dejó Neco en su muerte el mando a su hijo Psamis.

160. En tiempo del rey Psamis se presentaron en Egipto unos embajadores de los eleos con la mira de hacer ostentación en aquella corte y dar noticia de un certamen que decían haber instituido en Olimpia con la mayor equidad y perfección posible, persuadidos de que los egipcios mismos, nación la más hábil y sabia del orbe, no hubieran acertado a idear unos juegos mejor diseñados. El rey, después de haberle dado cuenta los eleos del motivo que los traía, formó una asamblea de las personas tenidas en el país por las más sabias e inteligentes, quienes oyeron de boca de los eleos el orden y prevenciones que debían observarse en su certamen, y escucharon la propuesta que les hicieron, declarando que el fin de su embajada era conocer si los egipcios serían capaces de inventar y discurrir algo que fuera mejor y más adecuado para tales fines. La asamblea, después de tomar acuerdo, preguntó a los eleos si admitían en los juegos a sus paisanos en la competición; y habiéndosele respondido que todo griego, tanto eleo como forastero, podía participar, replicó luego que esto solo echaba a tierra toda equidad, pues no era absolutamente posible que los jueces eleos hicieran justicia al extranjero que compitiera con un paisano, y que si querían unos juegos parciales y con este fin venían a consultar a los egipcios, les daban el consejo de excluir a todo eleo de la contienda, y admitir tan solo al forastero. Tal fue el consejo que aquellos sabios dieron a los eleos.

161. Seis años reinó Psamis solamente, en cuyo tiempo hizo una expedición contra Etiopía, y después de su pronta muerte le sucedió en el trono su hijo Apries, el cual, en su reinado de veinticinco años, pudo con razón ser tenido por el monarca más feliz de cuantos vio Egipto, si se exceptúa a Psamético, su bisabuelo. Durante la prosperidad llevó las armas contra Sidón, y se enfrentó a los tirios en una batalla naval; pero su destino era que toda su dicha se trocara por fin en desventura, que le acometió con la ocasión siguiente, que me contentaré con apuntar por ahora, reservándome el referirla detalladamente al tratar de Libia. Habiendo enviado Apries un ejército contra los de Cirene, quedó gran parte de él perdido y exterminado. Los egipcios echaron al rey la culpa de su desventura, y se levantaron contra él, sospechando que los había expuesto a propósito a tan evidente peligro, y enviando sus tropas a la matanza con la dañada política de poder mandar al resto de sus vasallos más despótica y seguramente, una vez destruida la mayor parte de la milicia. Con tales sospechas y resentimiento, se le revelaron abiertamente, así los que habían vuelto a Egipto de aquella infeliz expedición como los amigos y parientes de los que habían perecido en la jornada.

162. Avisado Apries de estos movimientos sediciosos, determinó enviar a Amasis donde estaban los descontentos para que, aplacándolos con buenas palabras y razones, les hiciera desistir de la sublevación. Llegado Amasis al campo de los soldados rebeldes, al tiempo que los estaba amonestando para que desistieran de lo iniciado, uno de ellos, acercándosele por la espalda coloca un casco sobre su cabeza diciendo al mismo tiempo que con él le corona y proclama rey de Egipto. No sentó mal a Amasis, al parecer, según se vio por el resultado, aquel casco que le sirvió de corona, pues apenas nombrado rey de Egipto por los sublevados, se preparó luego para marchar contra Apries. Informado el rey de lo sucedido, envió a unos de los egipcios que a su lado tenía, por nombre Patarbemis, hombre de gran autoridad y reputación, con orden expresa de que le trajera vivo a Amasis. Llegó el enviado a vista del rebelde, declarando el mandato que traía, pero Amasis hizo de él tal desprecio, que hallándose entonces a caballo, levantó un poco el muslo y le saludó con un pedo, diciéndole al mismo tiempo que tal era el acatamiento que hacía a Apries, a quien debía referirlo. Instando, no obstante, Patarbemis para que fuese a verse con el soberano, que le llamaba, le respondió que iría, y que en efecto hacía tiempo que disponía su viaje, y que a buen seguro no tendría por qué quejarse Apries, a quien pensaba visitar en persona y con mucha gente de comitiva. Penetró bien Patarbemis el sentido de la respuesta, y viendo al mismo tiempo los preparativos de Amasis para la guerra, regresó con diligencia, queriendo informar cuanto antes al rey de lo que pasaba. Apenas Apries le ve volver a su presencia sin traer consigo a Amasis, montando en cólera y ciego de furor, sin darle lugar a hablar palabra y sin hablar ninguna, manda al instante que se le mutile, cortándole allí mismo las orejas y narices. Al ver los demás egipcios que todavía reconocían por rey a Apries la viva carnicería tan atroz y horriblemente hecha en un personaje del más alto carácter y de la mayor autoridad en el reino, pasaron sin aguardar más al partido de los otros y se entregaron al gobierno y obediencia de Amasis.

163. Con la noticia de esta nueva sublevación, Apries, que tenía alrededor de su persona hasta treinta mil soldados mercenarios, parte carios y parte jonios, manda tomar las armas a sus cuerpos de guardia y al frente de ellos marcha contra los egipcios, saliendo de la ciudad de Sais, donde tenía su palacio, dignísimo de verse por su magnificencia. Al tiempo que los guardas de Apries iban contra los egipcios, y las tropas de Amasis marchaban contra los guardias extranjeros; y ambos ejércitos, resueltos a probar de cerca sus corazas, hicieron alto en la ciudad de Momenfis.

164. En este lugar nos parece que la ciudad egipcia está distribuida en siete castas: la de los sacerdotes, la de guerreros, la de boyeros, la de porqueros, la de mercaderes, la de intérpretes y la de marineros. Estos son las castas de los egipcios, que toman su nombre del oficio que ejercen. De los guerreros parte son llamados calasirios, parte hermotibios, y como el Egipto está dividido en nomos o distritos, los guerreros están repartidos por ellos del modo siguiente.

165. A los hermotibios pertenecen los distritos de Busiris, de Sais, de Quemis, de Papremis, la isla que llaman Prosopítide y la mitad de Nato. De estos nomos son naturales los hermotibios, quienes, cuando su número es mayor, componen ciento sesenta mil hombres, todos guerreros de profesión, sin que uno solo aprenda o ejercite arte manual alguna.

166. Los distritos de los calasirios son el Bubastita, el Tebano, el Aftita, el Tanita, el Mendesio, el Sebenita, el Atribita, el Farbetita, el Tmuita, el Onufita, el Anitio y el Miecforita, que está en una isla frente a la ciudad de Bubastis. Estos distritos de los calasirios, al llegar al máximo su población, forman doscientos cincuenta mil hombres, a ninguno de los cuales le está permitido ejercitar otra profesión que la de las armas, en la que los hijos suceden a los padres.

167. No me atrevo en verdad a decir si los griegos adoptaron de los egipcios esta consideración que tienen hacia las armas, pues veo que tracios, escitas, persas, lidios y, en una palabra, casi todos los bárbaros tienen en menor estima a los que profesan algún arte manual y a sus hijos, que a los demás ciudadanos, y al contrario reputan por nobles a los que no se ocupan en obras de mano y mayormente a los que se destinan a la guerra. Este mismo juicio han adoptado todos los griegos, y muy particularmente los lacedemonios, si bien los corintios son los que menos desdeñan a los artesanos.

168. Los guerreros únicamente, si se exceptúan los sacerdotes, tenían entre los egipcios sus privilegios particulares, por los cuales disfrutaban cada uno de doce aruras[132] de tierra libres de todo trabajo. La arura es una clase de campo que tiene por todos lados cien codos egipcios, equivalente puntualmente a los codos samios. Dichas propiedades, reservadas al cuerpo de los guerreros pasan de unos a otros, sin que jamás disfrute uno de las mismas. Relevándose cada año mil calasirios y mil hermotibios, para servir de guardias de corps cerca del rey, en cuyo tiempo de servicio, además de sus aruras, se les daba su ración diaria, consistente en cinco minas de pan cocido, que se daba por peso a cada uno, en dos minas de carne de buey, y en cuatro aristeres[133] de vino; esta era siempre la ración dada al guardia, pero volvamos al hilo de la narración.

169. Después que se encontraron en Momenfis, Apries al frente de los soldados mercenarios y Amasis al de los guerreros egipcios, se dio allí la batalla, en la cual, a pesar de los esfuerzo de valor que hizo la facción extranjera, fue superada y oprimida por la multitud de sus enemigos. Vivía Apries, según dicen, completamente persuadido de que ningún hombre y nadie, aun de los mismos dioses, era bastante para derribarle de su trono; tan afianzado y seguro se veía en el imperio; pero el engañado príncipe, vencido allí y hecho prisionero, fue conducido a Sais, el palacio antes suyo y ya desde entonces del rey Amasis. El vencedor trató por algún tiempo al rey prisionero con tanta humanidad que le suministraba los alimentos en el palacio con toda magnificencia; pero viendo que los egipcios murmuraban por ello diciendo que no era justo mantener al mayor enemigo tanto de ellos como del mismo Amasis, consintió este, por fin, en entregar la persona del depuesto soberano a los súbditos, quienes lo estrangularon y enterraron su cuerpo en la sepultura de sus antepasados, que se ve aún en el templo de Atenea, al entrar a mano izquierda, muy cerca de la misma, nave del santuario. Dentro del mismo templo los vecinos de Sais dieron sepultura a todos los reyes que fueron naturales de su nomo; y allí mismo, en el atrio del

---

[132] Medida agraria consistente en un cuadrado de cien codos egipcios (equivalente a 0,527 metros) por cada lado, estos es: 2.756 m².
[133] El arister equivale al cótila: 0,25 litros.

templo, está el monumento de Amasis, algo más apartado de la nave que el de Apries y de sus progenitores y que consiste en un vasto pórtico de piedra adornado de columnas a modo de troncos de palma, con otros suntuosos adornos: dentro hay una doble puerta tras la que se encierra la cámara funeraria.

170. En Sais, en el mismo santuario de Atenea, a espaldas de su templo y pegados a su misma pared, se halla el sepulcro de cierto personaje, cuyo nombre no me es permitido pronunciar en esta historia[134]. Dentro de aquel sagrado recinto hay también dos obeliscos de piedra, y junto a ellos una laguna adornada alrededor con un pretil de piedra muy labrada, cuya extensión, a mi parecer, es igual a la que tiene el lago de Delos, y llaman «circular».

171. En aquel lago hacen de noche los egipcios ciertas representaciones, a las que llaman misterios de las tristes aventuras de una persona que no quiero nombrar, aunque estoy en general enterado de cuanto a esto concierne; pero en cuestiones tocantes a la religión, silencio. Lo mismo digo respecto a la iniciación de Deméter, o Tesmoforias[135], según la llaman los griegos, pues en ella deben de estar los ojos abiertos y la boca cerrada, menos en lo que no exige secreto religioso: tal es que las hijas de Dánao trajesen estos misterios de Egipto, y que de ellas los aprendieran las mujeres pelasgas; que el uso de esta ceremonia se aboliese en el Peloponeso después de arrojados sus antiguos moradores por los dorios, siendo los arcadios los únicos que quedaron, los únicos también que conservaron aquella costumbre.

172. Amasis, de quien es preciso volver a hablar, reinó en Egipto después de la muerte violenta de Apries: era del distrito de Sais y natural de la ciudad llamada Siuf. Los egipcios al principio no hacían caso de su nuevo rey, vilipendiándole abiertamente como hombre

---

[134] Nuevamente Osiris.
[135] Las Tesmoforias eran unas fiestas agrarias en honor de Deméter cuyo objetivo era propiciar la fecundidad; estaba reservada a mujeres, excluyendo a las heteras. El primer día se desenterraban objetos que se habían enterrado cuatro meses atrás (figurillas de órganos sexuales y de serpientes…); durante el segundo día las mujeres ayunaban, y en el tercero ofrecían las primicias de los frutos a Deméter. En ellas se decían obscenidades unas a otras, manipulaban figurillas en forma de órgano sexual femenino y se flagelaban con ramas verdes.

antes plebeyo y de familia humilde y oscura; mas él poco a poco, sin usar de violencia con sus vasallos, supo ganarlos por fin con arte y discreción. Entre muchas alhajas preciosas tenía Amasis una bacía de oro en la que lo mismo él que todos sus invitados solían lavarse los pies; la mandó, pues, hacer pedazos y formar con ellos una estatua de no sé qué dios, a quien luego de consagrar colocó en el sitio de la ciudad que le pareció más oportuno a su intento. A vista de la nueva estatua, concurren los egipcios a adorarla con gran fervor, hasta que Amasis, enterado de lo que hacían con ella los egipcios, los manda llamar y les declara que el nuevo dios había salido de aquel vaso de oro en que ellos mismos solían antes vomitar, orinar y lavarse los pies, y era grande, sin embargo, el respeto y veneración que al presente les merecía una vez consagrada. «Pues bien —añade—, lo mismo que con este vaso ha pasado conmigo; antes fui un mero particular y un plebeyo; ahora soy vuestro soberano, y como a tal me debéis respeto y honor». Con tal amonestación y ejemplo logró de los egipcios que estimasen su persona y considerasen como deber el servirle.

173. La conducta particular de este rey y su tenor de vida era ocuparse con tesón desde muy temprano en la administración de los negocios de la corona hasta cerca de mediodía; pero desde aquella hora pasaba con su copa lo restante del día bebiendo, animando a sus invitados y bromeando tanto con ellos que rayaba en lo chocarrero. Disgustados sus amigos con su actitud, decidieron por fin reconvenirle en buenos términos: «Señor —le dicen—, esa llaneza con que os mostráis sobradamente humilde no es la que pide el decoro de la majestad, pues lo que corresponde a una persona de la realeza es ir despachando lo que ocurra sentado magníficamente en un trono majestuoso. Si así lo hicierais, se reconocerían gobernados los egipcios, con estima de su soberano, por un hombre grande; y vos lograréis con ello mayor crédito y aplauso, pues lo que hacéis ahora es impropio de la suprema majestad». Pero el rey por su parte les replicó: «Observo que solo al ir a disparar el arco lo tiran y aprietan los arqueros, y luego de disparado lo aflojan y sueltan, pues si lo tuvieran siempre tenso y tirante, en la mejor ocasión y en lo más apurado del lance se les rompería y se les haría inservible. Semejante es lo que sucede con el hombre entregado de continuo a más y más afanes, sin respirar ni divertirse un rato; el día menos pensado se halla

con la cabeza trastornada, o paralítico por un ataque de apoplejía. Por estos principios, pues, me gobierno, tomando con discreción la fatiga y el descanso». Así respondió y satisfizo a sus amigos.

174. Es fama también que Amasis, siendo un simple particular todavía, como joven amigo de diversiones y convites y enemigo de toda ocupación seria y provechosa, cuando por agotársele el oro no tenía con qué entregarse a la vida licenciosa, solía acudir a la rapacidad y ligereza de sus manos. Sucedía que negando firmemente los robos de que algunos le acusaban, era citado y traído delante de sus oráculos, muchos de los cuales le condenaron como ladrón, al tiempo que otros le dieron por inocente. Y es notable la conducta que, siendo ya rey, observó con dichos oráculos: ninguno de los dioses que le habían absuelto mereció jamás que cuidase de sus templos, que los adornara con ofrenda alguna, ni que en ellos una sola vez sacrificase, pues por tener oráculos falsos y mentirosos no se les debía tener respeto y atención; y por el contrario, se esmeró mucho con los oráculos que le habían declarado ladrón, mirándolos como santuarios de verdaderos dioses, pues tan veraces eran en sus respuestas y declaraciones.

175. En honor de Atenea edificó Amasis en Sais unos propileos tan admirables que así en lo vasto y elevado de la construcción como en el tamaño de las piedras y calidad de los mármoles sobrepasó los demás reyes; además levantó allí mismo unas estatuas gigantes y unas descomunales esfinges con rostro de hombre. Para reparar los demás edificios mandó traer otras piedras de extraordinaria magnitud, acarreadas unas desde la cantera vecina a Menfis y oirás, de enorme mole, traídas desde Elefantina, ciudad distante de Sais veinte días de navegación. Otra cosa hizo también que no me causa menos admiración, o por mejor decirlo así, la aumenta considerablemente. Desde Elefantina hizo trasladar una casa entera de una sola pieza: tres años se necesitaron para traerla y dos mil conductores encargados de la maniobra, todos pilotos de profesión. Esta casa monolítica tiene veintiún codos de largo, catorce de ancho y ocho de alto por la parte exterior, y por la interior su longitud es de dieciocho codos y veinte dedos, su anchura de doce codos y de cinco su altura. Se halla esta pieza en la entrada misma da templo, pues, según dicen, no acabaron de arrastrarla allá dentro, porque el arquitecto, oprimido por tanta fatiga y quebrantado por el largo tiempo empleado en la maniobra prorrumpió allí en un gran gemido, como de quien desfallece, lo cual advirtiendo Amasis, no consintió que la arrastraran más allá del punto en que se hallaba; aunque no faltan quienes pretendan que el motivo de no haber sido llevada hasta dentro del templo fue por haber quedado oprimido bajo la piedra uno de los que la movían con palanca.

176. En todos los demás templos de consideración dedicó también Amasis otros grandiosos monumentos dignos de ser vistos. Entre ellos colocó en Menfis, delante del templo de Hefesto, un coloso recostado de setenta y cinco pies de largo, y en su misma base hizo erigir a cada lado otros dos colosos de mármol etiópico de veinte pies de altura. Otro de mármol hay en Sais, igualmente grande y tendido boca arriba del mismo modo que el coloso de Menfis mencionado. Amasis fue también el que hizo en Menfis construir un templo a Isis, monumento realmente magnífico y hermoso.

177. Es fama que en el reinado de Amasis fue cuando Egipto, tanto por el beneficio que sus campos deben al río, como por la abundancia que deben los hombres a sus campos, se vio en el estado más opulento y floreciente en que jamás se hubiese hallado, llegando sus ciudades al número de veinte mil, todas habitadas. Amasis es mirado entre los egipcios como el autor de la ley que obligaba a cada uno en particular a que, en presencia de su respectivo gobernador del nomo, declarase cada año su modo de vivir y oficio, bajo pena de muerte al que no lo declaraba justo y legítimo; ley que, adoptándola de los egipcios, impuso Solón el ateniense a sus ciudadanos, y que siendo en sí muy loable y justificada es mantenida por aquel pueblo en todo su vigor.

178. Como sincero amigo de los griegos, no se contentó Amasis con hacer muchos favores a algunos de los individuos de este pueblo, sino que concedió, a todos los que quisieran pasar a Egipto, la ciudadanía de Náucratis para que fijasen en ella su establecimiento, y a los que rehusaran asentar allí su morada les señaló lugar donde levantar a sus dioses aras y templos, de los cuales el que llaman Helénico es sin disputa el más famoso, grande y frecuentado. Las ciudades que cada cual por su parte concurrieron a la construcción de este monumento fueron: entre las jonias, las de Quíos, la de Teos, la de Focea y la de

Clazómenas; entre las dorias, la de Rodas, Cnido, Halicarnaso y Fasélide, y entre las eolias, únicamente la de Mitilene. Estas ciudades a las cuales pertenece el Helénico son las que nombran los intendentes de aquel emporio, pues las demás que pretenden tener parte en el templo solicitan un derecho que de ningún modo les compete. Otras ciudades erigieron allí mismo templos particulares, uno a Zeus los eginetas, otro a Hera los samios y los milesios uno a Apolo.

179. La ciudad de Náucratis era la única antiguamente que gozaba del privilegio de emporio, careciendo todas las demás de Egipto de tal derecho; y esto en tal grado que al que llegase a cualquiera de las embocaduras del Nilo que no fuera la Canóbica, se le exigía el juramento de que no había sido su ánimo arribar allá, y se le obligaba a pasar en su misma nave a la boca Canóbica; y si los vientos contrarios le impedían navegar hacia ella, le era absolutamente forzoso rodear el Delta con las barcas del río, trasladando en ellas la carga hasta llegar a Náucratis, tan privilegiado era el emporio de esta ciudad.

180. Habiendo abrasado un incendio casual el antiguo templo en que Delfos existía, encargaron los anfictiones por trescientos talentos a algunos contratistas la construcción del que allí se ve en la actualidad. Los vecinos de Delfos, obligados a contribuir con la cuarta parte de la suma fijada, iban visitando varias ciudades a fin de recoger una colecta para la nueva obra; y no fue ciertamente de Egipto de donde menos alcanzaron, habiéndoles dado Amasis mil talentos de alumbre y veinte minas los griegos allí establecidos.

181. Formó Amasis un tratado de amistad y alianza mutua con los de Cirene, de entre los cuales no rehusó tomar esposa, ya que fuera por antojo o pasión de tener por mujer a una griega, ya por dar a estos una nueva prueba de su afecto y unión. La mujer con quien casó se llamaba Ládice, y era, según unos, hija de Bato, hijo a su vez de Arcesilao, y según algunos lo era de Critobulo, hombre de gran autoridad y reputación en Cirene. Se cuenta que Amasis, durmiendo con su mujer griega, jamás podía consumar el acto, siendo por otra parte muy capaz de hacerlo con otras mujeres. Y viendo que siempre sucedía lo mismo, habló a su esposa de esta manera: «Mujer, ¿qué has hecho conmigo?, ¿qué hechizos me has dado? Perezca yo si ninguno de tus artificios te libra del mayor castigo que jamás se dio a mujer alguna». Negaba Ládice; pero a pesar de ello no se aplacaba Amasis. Entonces ella va al templo de Afrodita y hace allí un voto prometiendo enviar a Cirene una estatua de la diosa, con tal de que Amasis pudiera yacer con ella esa misma noche, único remedio de su desventura. Hecho este voto, pudo yacer con ella el rey, y continuó lo mismo en adelante, amándola desde entonces con particular cariño. Agradecida Ládice envió a Cirene, en cumplimiento de su voto, la estatua prometida, que se conserva allí todavía, fuera de la ciudad. Cuando Cambises se apoderó después de Egipto, al oír de la misma Ládice quién era, la envió a Cirene, sin permitir se la hiciera el menor agravio en su honor.

182. En Grecia ofreció Amasis algunos donativos religiosos; tal es la estatua dorada de Atenea que dedicó en Cirene con un retrato suyo que le representa; tales son dos estatuas de piedra de Atenea, ofrecidas en Lindo, juntamente con una coraza de lino, obra digna de verse; y tales son, en fin, dos estatuas de madera de Hera que hasta mis días estaban en el gran templo de Samos, colocadas detrás de sus puertas. En cuanto a las ofrendas de Samos, las hizo Amasis por la amistad y vínculo de hospedaje que tenía con Polícatres, hijo de Éaces y señor de Samos. Por lo que toca a los donativos de Lindo, no le indujo a hacerlos ningún motivo de amistad, sino la fama solamente de que llegadas allí las hijas de Dánao, al huir de los hijos de Egipto[136], fueron las fundadoras de aquel templo. Estos dones consagró, en suma, en Grecia Amasis, quien fue el primero que, conquistada la isla de Chipre, la obligó a pagarle tributo.

---

[136] Las hijas de Dánao, cincuenta en total, son las Danaides, quienes huyeron de Egipto a Grecia para evitar ser casadas contra su voluntad con los cincuenta hijos de su tío Egipto. Esquilo escribió sobre este episodio mítico su tragedia *Suplicantes*.

LIBRO TERCERO
TALÍA

Talía: la Comedia

Reinado de Cambises (1-60)

Conquista de Egipto por parte de Cambises y profanación de la momia de Amasis (1-16). Cambises conquista Etiopía (17-25). Locura de Cambises y asesinato de familiares y allegados; Intento de asesinar a Creso y sacrilegios de Cambises (26-38). Historia de Samos (39-60): la fortuna de Polícrates, tirano de Samos (39-43). Campaña de Esparta y Corinto contra Polícrates (44-49). Historia de Periandro, tirano de Corinto (50-53). Desenlace de la campaña contra Samos (54-60).

Usurpación de los magos y ascenso de Darío al trono (61-125)

Los magos usurpan el trono de Persia (61-63). Muerte de Cambises (64-66). Los magos mueren a manos de los siete conjurados (67-79). Debate sobre la mejor forma de gobierno (80-82). Ardid de Darío para subir al trono (83-88). Satrapías del imperio de Darío (89-97). Descripción de la India, Arabia, Etiopía y las regiones occidentales (98-117). Muerte de Intafrenes, uno de los conjurados (118-119). Continuación de la historia de Samos: muerte de Polícrates a manos de Oretes, gobernador de Sardes (120-125).

Primeras campañas de Darío (126-160)

Darío acaba con Oretes (126-128). Darío envía a Democedes en misión de espionaje a Grecia (129-138). Continuación de la historia de Samos: Darío se apodera de la isla e instala al hermano de Polícrates en el poder (139-149). Rebelión de Babilonia, su asedio y reconquista gracias a Zópiro (150-160).

Reinado de Cambises

1. Contra el rey Amasis, pues, dirigió Cambises, hijo y sucesor de Ciro, una expedición, en la cual llevaba consigo, entre otros vasallos suyos, a los griegos de Jonia y Eolia; el motivo de ella fue el siguiente: Cambises, por medio de un embajador enviado al rey Amasis, le pidió una hija por esposa, a cuya demanda le había inducido el consejo y solicitación de cierto egipcio que, al lado del persa, urdía en esto una trama, altamente resentido contra Amasis porque tiempo atrás, cuando Ciro le pidió por medio de mensajeros que le enviara el mejor oculista de Egipto, le había escogido entre todos los médicos del país y enviado allá arrancándole del seno de su mujer y de la compañía de sus hijos muy amados. Este egipcio, enojado contra Amasis, no cesaba de exhortar a Cambises a que pidiera una hija al rey de Egipto, con la intención doble y maligna de darle a este un pesar si la concedía, o de enemistarle cruelmente con Cambises si la negaba. El poder del persa, a quien Amasis no odiaba menos que temía, no le permitía negarle su hija, ni podía dársela, por otra parte, comprendiendo que no la quería Cambises como esposa de primer orden, sino como concubina: en tal apuro acudió a un ardid. Vivía entonces en Egipto una princesa llamada Nitetis, de gentil talle y de belleza y donaire singulares, hija del último rey Apries, que había quedado sola y huérfana en su palacio. Ataviada con galas y adornada con joyas de oro, y haciéndola pasar por hija suya, la envió Amasis a Persia como mujer de Cambises, el cual, saludándola algún tiempo después con el nombre de hija de Amasis, la joven princesa le respondió: «Señor, vos sin duda, burlado por Amasis, ignoráis quién sea yo. Disfrazada con este boato real me envió como si en mi persona os diera una hija, dándoos la que lo es del infeliz Apries, a quien dio muerte Amasis, hecho jefe de los egipcios rebeldes, ensangrentando sus manos en su propio monarca».

2. Con esta confesión de Nitetis y esta ocasión de disgusto, Cambises, hijo de Ciro, vino muy irritado sobre Egipto. Así es como lo refieren los persas; aunque los egipcios, con la ambición de apropiarse a Cambises, dicen que fue hijo de la princesa Nitetis, hija de su rey Apries, a quien antes la pidió Ciro, según ellos, negando la embajada de Cambises a Amasis en demanda de una hija. Pero yerran en esto, pues primeramente no pueden olvidar que en Persia, cuyas leyes y costumbres no hay quién las sepa quizá mejor que los egipcios, no puede suceder a la corona un hijo natural existiendo otro legítimo; y en segundo lugar, siendo sin duda Cambises hijo de Casandane y nieto de Farnaspes, uno de los aqueménidas, no podía ser hijo de una egipcia. Sin duda los egipcios, para hacerse parientes de la casa real de Ciro, pervierten y trastornan la narración; mas pasemos adelante.

3. Otra fábula, pues por tal la tengo, corre aún sobre esta materia. Entró, dicen, no sé qué mujer persa a visitar a las esposas de Ciro, y viendo alrededor de Casandane unos lindos niños de gentil talle y gallardo semblante, pasmada y llena de admiración, empezó a deshacerse en alabanzas de los muchachos. «Sí, señora mía —respondió entonces Casandane, la esposa de Ciro—; sí, estos son mis hijos; mas poco, sin embargo, cuenta Ciro con la madre que tan agraciados príncipes le dio: no soy yo su querida esposa; lo es la extranjera que hizo venir de Egipto». Así se explicaba, poseída de pasión y de celos, contra Nitetis. La oye Cambises, el mayor de sus hijos, y volviéndose hacia ella: «Pues yo, madre mía —le dice—, os empeño mi palabra de que cuando sea mayor he de vengaros de Egipto, trastornándolo enteramente y revolviéndolo todo de arriba abajo». Tales son las palabras que pretenden que dijo Cambises, niño a la sazón de unos diez años, de las cuales se admiraron las mujeres; y que llegado después a la edad adulta, y tomada posesión del Imperio, acordándose de su promesa, quiso cumplirla, emprendiendo dicha campaña contra Egipto.

4. Mas contribuiría a realizarla la circunstancia siguiente: servía en la tropa extranjera de Amasis un ciudadano de Halicarnaso llamado Fanes, hombre de talento, soldado bravo y capaz en el arte de la guerra. Enojado y resentido contra Amasis —ignoro por qué motivo—, se escapó de Egipto en una nave, con ánimo de pasarse a los persas y de verse con Cambises. Siendo Fanes por una parte oficial de crédito no pequeño entre los guerreros mercenarios, y estando por otra muy informado en las cosas de Egipto, Amasis, con gran ansia de apresarlo, mandó luego que se le persiguiera. Envía en su seguimiento una trirreme y en ella el eunuco de su mayor confianza; pero este, aunque logró alcanzarle y cogerle en Licia, no tuvo la habilidad de llevarle a Egipto, pues Fanes supo burlarse con la astucia de embriagar a sus guardias, y escapado de sus prisiones,

logró presentarse a los persas. Llegado a la presencia de Cambises en la coyuntura más oportuna, en que resuelta ya la expedición contra Egipto, no veía el monarca medio de transitar con su tropa por un país tan falto de agua, Fanes no solo le dio cuenta del estado actual de los negocios de Amasis, sino que le descubrió al mismo tiempo un modo fácil de hacer el viaje, exhortándole a que por medio de embajadores pidiera al rey de los árabes paso libre y seguro por los desiertos de su país.

5. Y en efecto; solo por aquel paraje que Fanes indicaba existe entrada abierta para Egipto. La región de los sirios, que llamamos palestinos, se extiende desde Fenicia hasta los confines de Caditis[137]: desde esta ciudad, mucho menor que la de Sardes, a mi entender, siguiendo las costas del mar empiezan los emporios marítimos y llegan hasta Yaniso, ciudad árabe, de la que son asimismo dichos emporios. La tierra que sigue después de Yaniso es otra vez del dominio de los sirios hasta llegar al lago Serbónide, por cuyas cercanías se dilatan hasta el mar en el monte Casio, y, finalmente, desde esta laguna, donde dicen que Tifón se ocultó, empieza propiamente el territorio de Egipto. Ahora bien; todo el distrito que media entre la ciudad de Yaniso y el monte Casio y el lago Serbónide, distrito no tan corto que no sea de tres días de camino, es un puro arenal sin una gota de agua.

6. Quiero ahora indicar aquí de paso una noticia que pocos sabrán, ni aun aquellos que trafican por mar en Egipto. Aunque llegan al país dos veces al año, parte de todos los puntos de Grecia, parte también de Fenicia, un sin número de tinajas llenas de vino, ni una sola de ellas se deja ver, por decirlo así, en parte alguna de Egipto. ¿Qué se hace, pues, preguntará alguno, de tanta tinaja transportada? Voy a decirlo: es obligación precisa de todo demarca[138] que recoja estas tinajas en su respectiva ciudad y las mande pasar a Menfis, a cargo de cuyos habitantes corre después conducirlas llenas de agua a los desiertos áridos de Siria; de suerte que las tinajas que van siempre

---

[137] Gaza.
[138] El gobernador de las unidades menores administrativas de las que se componía cada nomo (distrito, provincia).

llegando de nuevo, sacadas luego de Egipto, son transportadas a Siria, y allí juntadas a las viejas.

7. Tal es la decisión que tomaron los persas, apoderados apenas de Egipto, para facilitar el paso y entrada a su nueva provincia acarreando el agua al desierto del modo referido. Mas como Cambises, al emprender su conquista, no tenía aún en mente la cuestión del agua, enviados al rey árabe sus mensajeros conforme al aviso de su huésped de Halicarnaso, obtuvo el paso libre y seguro mediante un tratado entre ambos.

8. Entre los árabes, los más fieles y escrupulosos en guardar los compromisos en los pactos solemnes, se usa la siguiente ceremonia: entre las dos personas que quieren hacer un legítimo convenio, sea de amistad o de alianza, se presenta un mediador que, con una piedra aguda y cortante, hace una incisión en la palma de la mano de los contrayentes, en la parte más cercana al dedo pulgar; toma luego unos pedacitos del vestido de ambos, y con ellos mojados en la sangre de las manos, va untando siete piedras, previamente dispuestas, invocando al mismo tiempo a Dioniso y a Urania. Concluida por el mediador la ceremonia, entonces el que contrae el pacto de alianza o amistad presenta y recomienda a sus amigos —el extranjero, o el ciudadano, si con un ciudadano lo contrae— y los amigos por su parte miran como un deber solemne guardar religiosamente el pacto convenido. Los árabes, que no conocen más dioses que a Dioniso y a Urania, pretenden que su modo de cortarse el pelo, qué es a la redonda, rapándose a navaja las guedejas de sus sienes, es exactamente el mismo con que solía cortárselo Dioniso. A este dan el nombre de Orotalt y a Urania el de Alilat[139].

9. Volviendo al asunto, el árabe, concluido ya su tratado público con los embajadores de Cambises, para servir a su aliado, tomó la resolución de llenar de agua unos odres hechos de pieles de camello, y cargando con ellos a cuantas bestias pudo encontrar, se adelantó con sus recuas y esperó a Cambises en lo más árido de los desiertos. De todas las versiones es esta la más verosímil; pero como corre

---

[139] Urania es uno de los apelativos de Afrodita (cf. *Historia* 1.105 y 131). Orotalt y Alilat son divinidades de la fertilidad y del amor (y la guerra) respectivamente.

otra, aunque lo sea menos, preciso es referirla. En Arabia hay un río llamado Coris que desemboca en el mar conocido con el nombre de Eritreo[140]. Se cuenta, pues, que el rey de los árabes, formando un acueducto hecho de pieles crudas de bueyes y de otros animales, tan largo y tendido que desde el Coris llegase al arenal mencionado, por este canal trajo el agua hasta unos grandes aljibes que para conservarla había mandado abrir en aquellos páramos del desierto. Dicen que, a pesar de la distancia de doce jornadas que hay desde el río hasta el erial, el árabe condujo el agua a tres parajes distintos por tres canales separados.

10. En tanto que se hacían los preparativos, se atrincheró Psaménito[141], hijo de Amasis, cerca de la boca del Nilo que llaman Pelusia, esperando allí a Cambises, pues este, al tiempo de invadir con sus tropas el Egipto, no encontró ya vivo a Amasis, el cual acababa de morir después de una reinado feliz de cuarenta y cuatro años, en que jamás sucedió desventura alguna de importancia. Su cadáver embalsamado se depositó en la sepultura que él mismo se había hecho fabricar en un templo durante su vida. Reinando ya su hijo Psaménito en Egipto, sucedió algo muy grande y extraordinario para los egipcios, pues llovió en su ciudad de Tebas, donde antes jamás había llovido, ni volvió a llover después hasta nuestros días, según los mismos tebanos aseguran. Es cierto que no suele verse caer una gota de agua en el alto Egipto, y, sin embargo, caso extraño, se vio entonces en Tebas caer el agua, hilo a hilo, del cielo.

11. Salidos los persas de los eriales del desierto, plantaron su campamento al lado del de los egipcios, llegando con estos a las manos. Allí fue donde las tropas extranjeras, al servicio de Egipto, en parte griegas y en parte carias, llevadas de ira y encono contra Fanes por haberse hecho conductor de un ejército enemigo de otra lengua y nación, maquinaron contra él una venganza bárbara e inhumana. Tenía Fanes unos hijos que había dejado en Egipto, y haciéndolos venir al campamento de los soldados mercenarios, los presentan en el medio de ambos campamentos a la vista de su padre, colocan después

---

[140] Aquí Heródoto confunde el mar Eritreo (es decir, el mar Rojo) con el mar Muerto.
[141] Psamético III, que reinó seis meses del 526 al 525 a. C.

junto a ellos una gran crátera, y sobre la misma los van degollando uno a uno, presenciando su mismo padre el sacrificio. Acabada de ejecutar la carnicería en aquellas víctimas inocentes, mezclan vino y agua con la sangre humana, y habiendo de ella bebido todas los mercenarios extranjeros, acuden contra el enemigo. Encarnizada fue la batalla, cayendo de una y otra parte muchos combatientes, hasta que al fin cedieron el campamento los egipcios.

12. Hallándome en el sitio donde se dio la batalla, me hicieron los egipcios observar una cosa que me produjo sorpresa. Vi por el suelo unos montones de huesos, separados unos de otros, que eran los restos de los combatientes caídos en la acción; y dije separados, porque, según el sitio que en sus filas habían ocupado las huestes enemigas, estaban allí tendidos de una parte los huesos de los persas, y de otra, los de los egipcios. Noté, pues, que los cráneos de los persas eran tan frágiles y endebles que una débil pedrada los cruzaba de parte a parte; y al contrario, tan sólidas y duras las calaveras egipcias que con un guijarro que se les arroje apenas si podrá rompérselas. Me daban de esto los egipcios una razón a la que yo llanamente asentía, diciéndome que desde muy niños suelen raer a navaja sus cabezas, con lo cual se curten sus cráneos y se endurecen al calor del sol. Y este mismo es sin duda el motivo por el que no se quedan calvos, siendo conocido que en ningún país se ven menos calvos que en Egipto, y esta es la causa también de tener aquella gente tan dura la cabeza. Y al revés, la tienen los persas tan débil y quebradiza, porque desde muy tiernos la defienden al sol, cubriéndosela con sus tiaras hechas de fieltro. Esta es la particularidad que noté en dicho campo, e idéntica es la que noté en los otros persas que, conducidos por Aquémenes, hijo de Darío, quedaron juntamente con su jefe vencidos y muertos por Ínaro el libio, no lejos de Papremis.

13. Volvamos a los egipcios derrotados, que una vez vueltas las espaldas al enemigo en la batalla, se entregaron a la fuga sin orden alguno. Se encerraron después en la plaza de Menfis, donde Cambises les envió río arriba una nave de Mitilene, en que iba un heraldo persa encargado de invitarles a una capitulación. Apenas la ven entrar en Menfis, cuando saliendo en tropel de la fortaleza y arrojándose sobre ella no solo la echan a pique, sino que despedazan a los hombres de la tripulación, y cargando con sus miembros destrozados, como si vinieran de la carnicería, entran con ellos en la plaza. Sitiados después en ella, se entregaron al persa a discreción al cabo de algún tiempo. Pero los libios que limitan con Egipto, temerosos con lo que allí sucedía, sin pensar en resistir se entregaron a los persas, imponiéndose por sí mismos cierto tributo y enviando regalos a Cambises. Los colonos griegos de Barca y de Cirene, no menos amedrentados que los libios, les imitaron rindiéndose al vencedor. Se dio Cambises por contento y satisfecho con los dones que recibió de los libios; pero se mostró quejoso y aun irritado por los presentes venidos de Cirene, por ser a lo que imaginaba cortos y mezquinos. Y en efecto, anduvieron con él escasos los cireneos enviándole solamente quinientas minas de plata, las que fue cogiendo a puñados y derramando entre las tropas por su misma mano.

14. Al décimo día, después de rendida la plaza de Menfis[142], ordenó Cambises que Psaménito, rey de Egipto que solo seis meses había reinado, en compañía de otros egipcios fuera expuesto en público y sentado en los arrabales de la ciudad, para probar del siguiente modo el ánimo y carácter real de su prisionero. A una hija que Psaménito tenía la mandó luego vestir de esclava, enviándola con su cántaro por agua; y en compañía de ella, para mayor escarnio, otras doncellas escogidas entre las hijas de los señores principales, vestidas con el mismo traje que la hija del rey. Fueron pasando las jóvenes y damas con grandes gritos y lloros por delante de sus padres, quienes no pudieron menos de corresponderlas gritando y llorando también al verlas maltratadas, abatidas y vilipendiadas; pero el rey Psaménito, al ver y conocer a la princesa su hija, no hizo más ademán de dolor que bajar sus ojos y clavarlos en tierra. Apenas habían pasado las muchachas con sus cántaros, cuando Cambises tenía ya preparada otra prueba mayor, haciendo que allí mismo, a la vista de su infeliz padre, apareciese también su hijo con otros dos mil egipcios, todos de la misma edad, todos con dogal al cuello y con mordazas en la boca. Iban estas víctimas al suplicio para vengar en ellas la muerte de los que en Menfis habían perecido en la nave de Mitilene, pues

---

[142] Se refiere concretamente al Fuerte Blanco, que será mencionado más adelante (cf. *Historia* 3.91).

tal había sido la sentencia de los jueces regios, que murieran diez egipcios de la nobleza por cada uno de los que, embarcados en dicha nave, habían cruelmente fenecido. Psaménito, mirando a los ilustres reos que pasaban, por más que entre ellos divisó al príncipe, su hijo, llevado a la muerte, y a pesar de los sollozos y alaridos que daban los egipcios sentados en torno de él, no hizo otra manifestación que la que acababa de hacer al ver a su hija. Pasada ya aquella cadena de condenados, casualmente uno de los amigos de Psaménito, antes su frecuente convidado, hombre de avanzada edad, despojado al presente de todos sus bienes y reducido al estado de pordiosero, venía por entre las tropas pidiendo a todos suplicante una limosna a la vista de Psaménito, el hijo de Amasis, y de los egipcios sentados en los arrabales. No bien le ve Psaménito cuando prorrumpen en gran llanto, y llamando por su propio nombre al amigo mendicante, empieza a desgreñarse dándose con los puños en la frente y en la cabeza. De cuanto hacía el prisionero en cada una de aquellas salidas iban dando cuenta a Cambises. Admirado este de lo que se le relataba por medio de un mensajero, manda hacerle una pregunta: «Cambises, vuestro soberano —le dice el enviado—, exige de vos, Psaménito, que le digáis la causa por qué al ver a vuestra hija tan maltratada y el hijo llevado al cadalso ni gritasteis ni llorasteis, y en cuanto visteis al mendigo, quien según se le ha informado en nada os atañe ni pertenece, lloráis y gemís». A esta pregunta que se le hacía respondió Psaménito en estos términos: «Buen hijo de Ciro, tales son y tan extremos mis males domésticos que no hay lágrimas bastantes con qué llorarlos; pero la miseria de este mi antiguo compañero es un espectáculo para mí bien lastimoso, viéndole ahora al cabo de sus días y en el umbral del sepulcro pobre pordiosero, de rico y feliz que poco antes le veía». Esta respuesta, llevada por el mensajero, pareció sabia y acertada a Cambises; y al oírla, dicen los egipcios, que lloró Creso, que había seguido a Cambises en aquella jornada, y lloraron asimismo los persas que se hallaban presentes en la corte de su soberano; y este mismo se enterneció por fin, de modo que dio orden en aquel mismo punto para que sacasen al hijo del rey de la cadena de los condenados a muerte, perdonándole la vida, y desde los arrabales condujesen al padre a su presencia.

15. Los que fueron en su busca con el perdón no hallaron ya vivo al príncipe, que en ese mismo instante, como primera víctima, acababa de ser decapitado. A Psaménito se le alzó, en efecto, del vergonzoso poste y fue presentado ante Cambises, en cuya corte, lejos de hacerle violencia alguna, se le trató desde allí en adelante con esplendor, corriendo sus alimentos a cuenta del soberano; y aun se le hubiera otrogado la administración de Egipto, si no se hubiera comprobado que en él iba maquinando sediciones, siendo costumbre de los persas el tener gran consideración con los hijos de los reyes, soliendo reponerlos en la posesión de la corona aun cuando sus padres hubieran sido traidores a Persia. Entre otras muchas pruebas de esta costumbre no es la menor haberlo practicado así con muchos príncipes, con Taniras, por ejemplo, hijo de Ínaro el libio, el cual recobró de ellos el dominio que había tenido su padre; y también con Pausiris, que recibió de manos de los mismos el país de su padre, Amirteo, y esto cuando quizá no había hasta ahora quienes mayores males hayan causado a los persas que Ínaro y Amirteo. Pero el daño estuvo en que, no dejando Psaménito de conspirar contra su soberano, le fue forzoso llevar por ello su castigo; pues habiendo llegado a noticia de Cambises que había sido convencido de intentar la sublevación de los egipcios, Psaménito se dio a sí mismo una muerte repentina, bebiendo la sangre de un toro[143]: tal fue el fin de este rey.

16. De Menfis partió Cambises para Sais con ánimo resuelto de hacer lo siguiente: apenas entró en el palacio del difunto Amasis, cuando sin más dilación mandó sacar su cadáver de la sepultura, y obedecido con toda prontitud, ordena allí mismo que azoten al muerto, que le arranquen las barbas y cabellos, que le puncen con púas de hierro, y que no le ahorren ningún género de suplicio. Cansados ya los ejecutores de tanta y tan bárbara inhumanidad, a la que resistía y daba lugar el cadáver embalsamado, sin que por esto se disolviera la momia, y no satisfecho todavía Cambises, dio la orden impía y sacrílega de que el muerto fuera entregado al fuego, elemento que veneran los persas, como dios.

---

[143] De acuerdo con el capítulo 25 del *Libro de los venenos*, atribuido a Dioscórides, y Aristóteles (*Historia de los animales* 3.19) la sangre de toro provocaba la asfixia.

En efecto, ninguna de las dos naciones persa y egipcia tienen la costumbre de quemar a sus difuntos; la primera por la razón indicada, diciendo ellos que no es conforme a razón alimentar a un dios con la carne cadavérica de un hombre; la segunda por tener creído que el fuego es un viviente animado y fiero, que traga cuanto se le pone delante, y sofocado de tanto comer muere de hartura, juntamente con lo que acaba de devorar. Por lo mismo, se guardaban bien los egipcios de echar cadáver alguno a las fieras o a cualesquiera otros animales; antes bien, los embalsaman a fin de impedir que, enterrados, los coman los gusanos. Se ve, pues, que lo que proyectó Cambises con Amasis era contra el uso de ambas naciones. Verdad es que, si hemos de creer a los egipcios, no fue Amasis quien tal padeció, sino cierto egipcio de su misma edad, a quien atormentaron los persas creyendo atormentar a aquel; lo que, según cuentan, sucedió en estos términos: viviendo aún Amasis supo por aviso de un oráculo lo que le esperaba después de su muerte; prevenido, pues, quiso abrigarse antes de la tempestad, y para evitar la calamidad venidera, mandó que aquel hombre muerto, que después fue azotado por Cambises, fuese depositado en la misma entrada de su sepulcro, dando juntamente orden a su hijo de que su propio cuerpo fuese retirado en un rincón, el más oculto del monumento. Pero, a decir verdad, estos encargos de Amasis y su oculta sepultura, y el otro cadáver puesto a la entrada, no me parecen sino invenciones con que los egipcios se pavonean.

17. Vengado ya Cambises de su difunto enemigo, trazó el plan de emprender a un tiempo mismo tres expediciones militares, una contra los cartagineses, otra contra los amonios y la tercera contra los etíopes macrobios[144], pueblos que habitan en Libia sobre las costas del mar meridional. Tomado acuerdo, le pareció enviar contra los cartagineses su armada, contra los amonios parte de su tropa escogida y contra los etíopes unos exploradores que de antemano se informasen del estado de Etiopía y procurasen averiguar particularmente si era verdad que existía allí la Mesa del Sol de la que se

---

[144] Es decir, «de larga vida», como queda de manifiesto en lo que refiere Heródoto (igualmente nos habla de que poseen unos grandes arcos, siendo *biós* la palabra griega para «arco», por lo que también podría significar «de grandes arcos»).

hablaba; y para que mejor pudiesen hacerlo, quiso que de su parte presentasen sus regalos al rey de los etíopes.

18. Lo que se dice de la Mesa del Sol es que en los arrabales de cierta ciudad de Etiopía hay un prado que siempre se ve lleno de carne cocida de toda suerte de cuadrúpedos; y esto no es ningún portento, pues todos los que se encuentran en algún cargo público se esmeran cada cual por su parte en colocar allí de noche aquellos manjares. Venido el día, va el que quiere de los vecinos de la ciudad a aprovecharse de la mesa comunal del prado, divulgando aquella gente que la tierra misma es la que produce tanta opulencia. Esta es, en suma, la tan celebrada Mesa del Sol.

19. Volviendo a Cambises, en cuanto hubo tomado la resolución de enviar sus espías a Etiopía hizo venir de la ciudad de Elefantina a ciertos hombres de los ictiófagos[145], bien versados en el idioma etíope; en tanto que llegaban, dio orden a su armada de que se hiciera a la vela para ir contra Cartago. Le dijeron los fenicios que nunca harían tal, así por no permitírselo sus solemnes juramentos, al ser una impiedad que la madre patria hiciera guerra a los colonos, sus hijos[146]. No queriendo participar, pues, los fenicios en la expedición, el resto de las fuerzas no era armamento ni recurso suficiente para la empresa; y esta fue la fortuna de los cartagineses, que por este medio se libraron de caer bajo el dominio persa; pues entonces consideró Cambises por una parte que no sería razón obligar a esta empresa a los fenicios, que de buen grado se habían entregado a la obediencia de los persas, y por otro vio claramente que la fuerza de su marina naval dependía de la armada fenicia, a pesar de que le seguían en la expedición contra el Egipto los naturales de Chipre, vasallos asimismo voluntarios de la Persia.

20. Apenas llegaron de Elefantina los ictiófagos, los hizo partir Cambises para Etiopía, bien informados de la embajada que debían de dar, y encargados de los presentes que debían hacer, que consis-

---

[145] «Comedores de peces»; sin denominarlos de este modo, Heródoto se ha referido a ellos previamente (cf. *Historia* 1.200).
[146] Cartago había sido, efectivamente, fundada por los tirios hacia el 814 a. C. Se atribuye la fundación a la hija del rey de Tiro, Elisa, más conocida bajo el nombre de Dido.

tían en un vestido de púrpura, en un collar de oro, unos brazaletes, un bote de alabastro lleno de ungüento y una cántaro de vino de Fenicia. En cuanto a los etíopes, a quienes Cambises enviaba dicha embajada, la fama que de ellos corre nos los pinta como los hombres más altos y gallardos del orbe, cuyos usos y leyes son muy distintos de las demás naciones, en especial la tocante propiamente a la monarquía, conforme a la cual juzgan que el más alto de talla entre todos y el que reúna el valor a su estatura debe ser elegido rey.

21. Llegados a esta nación los ictiófagos de Cambises, al presentar los regalos al soberano, le hablaron de esta forma: «Cambises, rey de los persas, deseoso de ser en adelante vuestro buen huésped y amigo, nos mandó venir para que en su nombre os saludemos y al mismo tiempo os presentemos de su parte los dones que aquí veis, que son aquellos géneros de que con particular gusto suele usar el mismo soberano para el regalo de su persona». El etíope, conociendo desde luego que los embajadores no eran más que espías, les dijo: «Ni ese rey de los persas os envía con esos presentes para honrarse de ser mi amigo y huésped, ni vosotros decís la verdad en lo que habláis; pues vosotros, bien lo entiendo, venís como espías de mi país, y en nada tiene por cierto de príncipe justo y hombre recto, pues de serlo no desearía más imperio que el suyo ni sometería a los pueblos que en nada le han ofendido. Por abreviar, entregadle de mi parte este arco que aquí veis y le daréis juntamente esta formal respuesta: "El rey de los etíopes aconseja, por bien de la paz, al rey de los persas que haga la guerra a los macrobios, confiado en que su número de vasallos es superior al de aquel, solo cuando vea que sus persas encorvan arcos de este tamaño con tanta facilidad como yo ahora doblo este ante vuestros ojos, y mientras no vea hacer esto a los suyos, dé muchas gracias a los dioses por no inspirar a los etíopes el deseo de nuevas conquistas para ensanchar más sus dominios"».

22. Dijo el etíope, y al mismo tiempo, aflojando su arco, se lo entrega a los enviados, toma después en sus manos la púrpura regalada, y pregunta qué venía a ser aquello y cómo se hacía; le dicen los ictiófagos la verdad acerca de la púrpura y su tinte; y él entonces les replica: «Bien va de engaño; tan engañosos son ellos como sus vestidos y regalos». Pregunta después qué significa lo del collar y brazaletes; y como los ictiófagos se lo explican diciendo que eran galas para mayor adorno de la persona, se rio el rey, y luego: «No hay tal —les replica—; no me parecen galas sino grilletes, y a fe mía que mejores y más fuertes son los que aquí tenemos». Por tercera vez preguntó sobre el ungüento; e informado del modo de hacerlo y del uso que tenía, repitió lo mismo que acerca del vestido había dicho. Pero cuando llegó a la prueba del vino, informado antes cómo se preparaba aquella bebida y relamiéndose con ella los labios, continuó preguntando cuál era la comida ordinaria del rey de Persia, y cuánto solía vivir el persa que más vivía. Le respondieron a lo primero que el sustento común era el pan, explicándole qué era el trigo con que se hacía; y a lo segundo, que el término más largo de la vida de un persa era de ordinario de ochenta años. A lo cual repuso el etíope que nada extrañaba que hombres alimentados con el estiércol que llamaban pan, vivieran tan poco, y que ni aun duraran el corto tiempo que vivían, a no mezclar aquel barro con su tan preciosa bebida, con lo cual indicaba a los ictiófagos el vino, confesándoles que en ello les llevaban ventaja los persas.

23. Tomando de aquí ocasión los ictiófagos de preguntarle también cuál era la comida y cuán larga la vida de los etíopes, les respondió el rey que, acerca de la vida, muchos de entre ellos había que llegaban a los ciento veinte años, no faltando algunos que alcanzaban más; en cuanto al alimento, la carne cocida era su comida y la leche fresca su bebida ordinaria. Viendo entonces el rey cuánto admiraban los exploradores una vida de tan largos años, les condujo el mismo a ver una fuente muy singular, cuya agua pondrá al que se bañe en ella más empapado y reluciente que si se untara con el aceite más exquisito y hará despedir de su húmedo cuerpo un olor de violeta finísimo y delicado. Acerca de esta rara fuente, referían después los enviados que era de un agua tan ligera que nada soportaba que nadase sobre ella, ni madera de especie alguna ni otra cosa más leve que la madera, pues lo mismo era echar algo en ella, fuese lo que fuese, que irse al fondo al momento. Y en verdad, si tal es el agua según dicen, ¿no se pudiera conjeturar que el uso que de ella hacen para todos los etíopes hará que gocen los macrobios de tan larga vida? Desde esta fuente contaban los exploradores que el rey en persona los llevó hasta la cárcel pública, donde vieron a todos los presos aherrojados con grilletes de oro, lo que no es extraño siendo el bronce entre los etíopes el metal más raro y más apreciado; vista la cárcel, fueron a ver asimismo la famosa Mesa del Sol, según la llaman.

24. Desde ella partieron hacia las sepulturas de aquellas gentes, que son, según decían los que las vieron, una especie de urnas de vidrio preparadas en la siguiente forma: adelgazado el cadáver y reducido al estado de momia, sea por el medio con que lo hacen los egipcios, sea de algún otro modo, le dan luego una mano de barniz a manera de capa de yeso, y pintan sobre ella con colores la figura del muerto tan parecida como pueden alcanzar, y así le meten dentro de un tubo hecho de vidrio en forma de columna hueca, siendo entre ellos el vidrio que se saca de sus minas muy abundante y muy fácil de labrar. De este modo, sin echar de sí mal olor, ni ofrecer a los ojos un aspecto desagradable, se divisa el muerto encerrado en su columna transparente, que lo presenta en la apariencia como si estuviera vivo allí dentro. Es costumbre que los parientes más cercanos tengan en su casa por un año estas columnas, ofreciéndoles entre tanto las primicias de todo, y haciéndoles sacrificios, y que pasado aquel término legítimo, la saquen de casa y las coloquen alrededor de la ciudad.

25. Vistas y contempladas estas cosas extraordinarias, salieron por fin los exploradores de vuelta hacia Cambises, el cual, apenas acabaron de darle cuenta de su embajada, lleno de enojo y furor, emprende de repente la marcha contra Etiopía.

Príncipe de escaso juicio y de ira desenfrenada, no manda antes hacer provisión alguna de sus víveres, ni se detiene siquiera en pensar que lleva sus armas al extremo de la tierra; oye a los ictiófagos, y sin más espera emprende seguidamente tan larga expedición; da orden a las tropas griegas de su ejército que allí le aguarden y manda marchar a lo restante de su infantería. Cuando estuvo ya de camino dispuso en Tebas que un cuerpo de cincuenta mil hombres, destacado del ejército, partiera hacia los amonios, que al llegar allí los trataran como esclavos y prendiesen fuego al oráculo de Zeus; y él mismo en persona, con el grueso de sus tropas, continuó su marcha hacia los etíopes. No habían andado todavía una quinta parte del camino que debían hacer cuando al ejército se le acababan ya los pocos víveres que traía consigo; los que consumidos, se le iban después acabando los bagajes, de que echaban mano para su necesario sustento. Si al ver lo que pasaba hubiera entonces desistido, ya que no lo hizo antes, de su empeño, Cambises, dándose la vuelta con su ejército, se hubiera portado como hombre cuerdo, que si bien sabe errar, sabe enmendar el yerro antes cometido; pero no dando lugar aún a ninguna reflexión sabia, llevando adelante su intento, iba prosiguiendo su camino. Mientras que las tropas encontraron hierbas por los campos, se mantuvieron con ellas. Mas llegando en breve a los arenales, algunos de los soldados, forzados por el hambre extrema, tuvieron que echar suertes sobre sus cabezas, a fin de que uno de cada diez, alimentase con su carne a nueve de sus compañeros. Informado Cambises de lo que sucedía, empezó a temer que iba a quedarse sin ejército si aquel diezmo de vidas continuaba; y al cabo, dejando la campaña contra los etíopes y volviendo a deshacer su camino, llegó a Tebas con mucha pérdida de gente. De Tebas bajó a Menfis y licenció a los griegos, para que embarcándose, volviesen a su patria. Tal fue el desenlace de la expedición de Etiopía.

26. De las tropas que fueron enviadas contra los amonios, lo que de cierto se sabe es que partieron de Tebas y fueron conducidas por sus guías hasta la ciudad de Oasis, colonia habitada, según se dice, por los samios de la tribu Escrionia, distante de Tebas siete jornadas, siempre por arenales, y situada en una región a la cual llaman los griegos en su idioma Isla de los Bienaventurados[147]. Hasta este paraje es fama general que llegó aquel cuerpo de ejército; pero lo que después sucedió ninguno lo sabe, excepto los amonios o los que de ellos lo oyeron: lo cierto es que dicha tropa ni llegó a los amonios ni dio vuelta atrás desde Oasis. Cuentan los amonios que, partiendo de allí los soldados, fueron avanzando hacia su país por los arenales; llegando ya a la mitad del camino que hay entre su ciudad y la referida Oasis, prepararon allí su comida, la cual tomada, se levantó luego un viento Noto tan vehemente e impetuoso que, levantando la arena y arremolinándola en varios montones, los sepultó vivos a todos

---

[147] El oasis al que se hace referencia es el de Kharga. A este oasis los egipcios lo denominaban *Iu-hesiyu*. De esta denominación derivan tanto la palabra «oasis» (fonéticamente) y el nombre que emplea Heródoto de Isla de los Bienaventurados, que traduciría la expresión egipcia. Para los griegos, la Isla de los Bienaventurados (o Afortunados) era una región del inframundo al que iban a parar algunos héroes tras su muerte.

aquella tempestad, con que el ejército desapareció. Así es al menos como lo refieren los amonios.

27. Después de que Cambises volviera a Menfis, se apareció a los egipcios su dios Apis, al cual los griegos suelen llamar Épafo, y apenas se dejó ver, todos se vistieron de gala y le festejaron públicamente con gran regocijo. Al ver Cambises tan singulares muestras de contento y alegría, sospechando en su interior que nacían de la complacencia que tenían los egipcios por el mal éxito de su empresa, mandó comparecer ante sí a las autoridades de Menfis, y traídos a su presencia, les pregunta por qué antes, cuando estuvo en Menfis, no dieron los egipcios muestra alguna de contento, y ahora, vuelto de su expedición, en que había perdido parte de su ejército, todo eran fiestas y regocijo. Le respondieron llanamente las autoridades que entonces puntualmente acababa de aparecérseles su buen dios Apis, quien no se dejaba ver de los egipcios sino alguna vez de muy tarde en tarde, y que siempre que se dignaba a visitarles solían festejarlo muy alegres y ufanos por el honor que les hacía. Pero Cambises, no bien oída la respuesta, les respondió que mentían y, más aún, les condenó a muerte por embusteros.

28. Ejecutada contra las autoridades la sentencia capital, llama Cambises otra vez a los sacerdotes, quienes le dieron cabalmente la misma respuesta y razón de su dios. Les replicó Cambises que si alguno de los dioses visible y tratable se aparecía a los egipcios, no debían escondérsele a él, ni había de ser el último en saberlo; y diciendo esto, manda a los sacerdotes que le traigan al punto al dios Apis, que en el momento le llevaron. Debo decir aquí que este dios, sea Apis o Épafo, no es más que un novillo cumplido hijo de una ternera que no está todavía en la edad proporcionada de concebir cría alguna ni de retenerla en el útero: así lo dicen los egipcios que a este fin quieren que baje del cielo sobre la ternera una ráfaga de luz con la cual conciba y dé a luz a su tiempo al dios novillo. Tiene este Apis sus señales características como el color negro con un cuadro blanco en la frente, una como águila pintada en sus espaldas, los pelos de la cola duplicados y un escarabajo reproducido en su lengua.

29. Volvamos a los sacerdotes, que apenas acabaron de presentar a Cambises su dios Apis, cuando aquel monarca, según se encontraba de alocado y furioso, saca su daga, y queriendo dar al Apis en medio

del vientre, le hiere con ella en uno de los muslos, y soltando una carcajada, vuelto a los sacerdotes: «Bravos y embusteros sois todos —les dice—; reniego de vosotros y de vuestros dioses igualmente. ¿Son por ventura de carne y hueso los dioses y expuestos a los filos del hierro? Bravo dios es ese, digno de serlo de los egipcios y de nadie más. Os juro que no os congratularéis de esa mofa que hacéis de mí, vuestro soberano». Dicho esto, mandó inmediatamente a los encargados de ejecutar sentencias que dieran luego a los sacerdotes doscientos azotes sin piedad; y ordenó también que al egipcio, fuese el que fuese, que sorprendiera festejando al dios Apis, se le diera muerte sin demora. Así se les turbó la fiesta a los egipcios, quedaron los sacerdotes bien azotados, y el dios Apis, malherido en un muslo, tendido en su mismo templo, no tardó en expirar, si bien no le faltó el último honor de lograr, a escondidas de Cambises, sepultura sagrada que le procuraron los sacerdotes viéndole encharcado en sangre.

30. Como consecuencia de este sacrilegio, según nos cuentan los egipcios, Cambises, antes ya algo demente, se volvió al punto un loco furioso. Dio principio a su violenta manía persiguiendo al príncipe Esmerdis[148], hermano suyo de padre y madre, al cual desterró de su corte de Egipto, haciéndole volver a Persia, movido de envidia por haber sido aquel el único que llegó a encorvar cerca de dos dedos el arco etíope traído por los ictiófagos, lo que nadie de los demás persas habían podido lograr. Retirado a Persia el príncipe Esmerdis, tuvo Cambises entre sueños una visión en que le parecía ver un mensajero venido de Persia, con la nueva de que Esmerdis, sentado sobre un regio trono, tocaba al cielo con la cabeza. No necesitó más Cambises para ponerse a cubierto de su sueño con un temerario fratricidio. Receloso de que su hermano quisiese asesinarle con deseos de apoderarse del imperio, envía a Persia, con orden secreta de matar a su hermano, a su hombre de mayor confianza, llamado Prexaspes; y en efecto, habiendo este subido a Susa, dio muerte a Esmerdis, bien sacándole a cazar, según unos, o bien, según otros, llevándole al mar Eritreo y arrojándole allí al abismo de las aguas.

---

[148] Su nombre en persa es Bardiya. Esquilo en su tragedia *Los persas* (verso 774) lo denomina Mardis.

31. Este fratricidio fue la primera de las locuras y atrocidades de Cambises. La segunda la ejecutó pronto con una princesa que le había acompañado a Egipto, siendo su esposa y al mismo tiempo su hermana de padre y madre. He aquí cómo sucedió este casamiento. Entre los persas no se había dado el caso todavía de que un hermano se hubiese casado jamás con su misma hermana; pero Cambises, preso del amor de una de sus hermanas, a quien quería tomar por esposa, viendo que iba hacer con esto una cosa insólita, después de convencer a los jueces regios, les pregunta que si alguna de las leyes patrias ordenaba que un hermano casara con su hermana, queriéndola tomar por esposa: estos jueces regios o consejeros públicos son entre los persas ciertos letrados escogidos de la nación, cuyo empleo suele de suyo ser perpetuo, en caso de no ser destituidos en pena de algún delito personal. Su oficio es ser intérpretes de las leyes patrias y árbitros en sus decisiones de todas las controversias. Pero, más cortesanos que jueces en la respuesta dada a Cambises, no protestando menos celo de la justicia que atendiendo a su propia conveniencia, dijeron que ninguna ley hallaban que ordenase el matrimonio de hermano con hermana, pero sí encontraban una que autorizaba al rey de los persas para hacer cuanto quisiese. Dos ventajas lograban de este modo: la de no abrogar la costumbre recibida, temiendo que Cambises no los perdiera por prevaricadores, y la de contentar la pasión del soberano en aquel casamiento citando una ley a favor de su pretensión. Se casó entonces Cambises con su hermana[149], de quien se había dejado prender, y sin que pasara mucho tiempo, tomó también por esposa a otra hermana, que era la más joven de las dos, a quien quitó la vida habiéndola llevado consigo en la campaña de Egipto.

32. La muerte de esta princesa, no menos que la de Esmerdis, se cuenta de dos maneras. He aquí cómo la cuentan los griegos: Cambises se entretenía en hacer reñir entre sí a dos cachorritos, uno de león y otro de perro, y tenía allí mismo a su mujer, que los estaba mirando. Llevaba el perrito la peor parte en la pelea; pero viéndolo otro perrito hermano, que estaba allí cerca atado, rompiendo la cadena,

---

[149] Atosa, la futura mujer de Darío.

corrió al socorro del primero, y ambos unidos pudieron fácilmente vencer al leoncillo. Le alegró el espectáculo a Cambises, pero hizo saltar las lágrimas a su esposa, que estaba sentada a su lado. Cambises, que lo nota, le pregunta por qué llora, a lo que ella responde que al ver salir al cachorro en defensa de su hermano, se le vino a la memoria el desgraciado Esmerdis, y que esta triste idea, junto con la reflexión de que no había tenido el infeliz quien por él volviese, le había arrancado lágrimas. Esta vehemente réplica, según los griegos, fue el motivo por que Cambises la hizo morir. Pero los egipcios lo refieren de otro modo: sentados a la mesa Cambises y su mujer, iba esta quitando una a una las hojas de una lechuga; preguntándole después a su marido cómo le parecía mejor la lechuga: desnuda como estaba, o vestida de hojas como antes, respondió Cambises que mejor le resultaba vestida. «Pues tú —le replica su hermana— has hecho con la casa de Ciro lo que a tu vista acabo de hacer con esta lechuga, dejándola desnuda y deshojada». Enfurecido Cambises, la pateó, y subiéndosele sobre el vientre, hizo que abortara y que de resultas del aborto muriera.

33. A tales excesos de inhumano furor e impía locura contra los suyos se dejó arrastrar Cambises, bien fuese efecto de la venganza de Apis, bien de otras razones, pues entre los hombre suelen ser muchas las desventuras y varias las causas de donde proceden. No cabe dudar lo que se dice de Cambises: que padeció desde el vientre de su madre la grave enfermedad a la que algunos llaman enfermedad sagrada[150]; ¿qué hay de extraño en que de resultas de tan grave enfermedad corporal hubiera padecido su fantasía, trastornándose su razón?

34. Además de con sus familiares, Cambises se enfureció también contra los demás persas, cosa tan evidente como la que sucedió con Prexaspes, su íntimo confidente, introductor de los recados, cuyo hijo era su copero mayor, empleo de no poca estima en palacio. Le habló, pues, Cambises de esta forma: «Dime, Prexaspes: ¿qué opinión tienen formada de mí los persas?, ¿con qué ojos me miran?, ¿qué dicen de mí?». «Grandes son, señor —respondió Prexaspes—, los elogios que de vos hacen los persas; solo una cosa no alaban, dicien-

---

[150] La epilepsia.

do que gustáis algo del vino». Apenas supo la opinión de los persas, montando en cólera, replicó Cambises: «¿Y eso es lo que ahora me objetan?; ¿dicen de mí los persas que en cuanto tomo vino pierdo la razón? Mentira resulta lo que antes decían». Con esto aludía Cambises a un suceso pasado: hallándose una vez con sus consejeros, y estando también Creso en la asamblea de los persas, les preguntó el rey qué pensaban de su persona y si le miraban los súbditos igual que a su padre, Ciro. Le respondieron sus consejeros que aventajaba a Ciro, cuyos dominios no solo conservaba en su obediencia, sino que les había añadido las conquistas de Egipto y de las costas del mar. Creso, presente en la junta, y poco satisfecho de la respuesta que oía de los persas, volviéndose hacia Cambises, le dijo: «Pues a mí no me parecéis, hijo del gran Ciro, ni igual ni semejante a vuestro padre, porque todavía no nos habéis sabido dar un hijo tan grande como Ciro nos lo dio». Celebró Cambises el fino halago de Creso, probablemente por discreto.

35. Recordando, pues, este suceso, Cambises, lleno de enojo, continuó su diálogo con Prexaspes. «Aquí mismo, pues, quiero que veas con tus ojos si los persas aciertan o desatinan al decir que pierdo la razón. He aquí la prueba que voy a hacer: dispararé una flecha contra tu hijo, contra ese mismo que está ahí en mi antesala; si le diera con ella en medio del corazón, será señal de que los persas desatinan; pero si no la clavara en medio de él, yo mismo aceptaré lo que de mí dicen, y reconoceré mis errores». Dicho lo cual, apuntó y disparó contra el muchacho: cae este, y mándale abrir Cambises para registrar la herida. Apenas halló la flecha bien clavada en medio del corazón, lanzó una gran carcajada y habló así con el padre del muchacho, presente en el acto: «¿No ves claramente, Prexaspes, que no soy yo quien, perdido el juicio, no atina, sino los persas los que están fuera de tino y razón? Y si no, dime ahora: ¿viste jamás otro que así sepa dar en el blanco como yo he sabido darle en medio del corazón?». Bien conoció Prexaspes que estaba el rey fuera de sí, y temeroso de que no convirtiera contra él mismo su furor: «Señor —le dice—, os juro que la mano misma del dios no pudo ser más certera». No hubo más por entonces; pero después, en otro sitio y ocasión, hizo Cambises otra disputa semejante con doce persas de la nobleza, mandándolos enterrar vivos y cabeza abajo, sin haber dado los mismos ningún motivo.

36. Viendo, pues, Creso el lidio los atroces desafueros que iba cometiendo Cambises, le pareció oportuno darle un consejo, y así enfrentándosele: «Señor —le dice—, no conviene soltar la rienda a la dulce ira de la juventud; antes es mejor tirarla, reprimiéndoos lo más posible. Bueno es prever lo que pueda llegar, y mejor aún, prevenirlo: vos, señor, dais la muerte a muchos hombres, la dais también a algunos muchachos vuestros, sin haber sido culpables de nada. Los persas quizá, si continuáis en esa conducta, se os podrán sublevar. Me perdonaréis la libertad que me tomo en atención a que Ciro, vuestro padre, muy interesado, me encargó que cuando lo juzgase necesario os asistiese con mis consejos». Le aconsejaba Creso con mucho amor y cortesía, pero Cambises le contestó con esta insolencia: «Y tú, Creso, ¿tienes la osadía de avisar y aconsejar a Cambises; tú, que tan bien supiste mirar por tu casa y corona; tú, que tan buen consejo diste a mi padre, recomendándole que pasara el Araxes contra los maságetas cuando querían invadir a nuestros dominios? Te digo que con tu mala política te perdiste junto con tu patria, y con tu elocuencia engañaste a Ciro y acabaste con la vida de mi padre. Pero ya es tiempo de que no te felicites más por ello, pues mucho hace ya que con un pretexto cualquiera debería yo haberme librado de ti». No bien acaba de hablar en este tono, cuando va a por su arco para dispararlo contra Creso; pero este, anticipándosele, sale corriendo hacia fuera. Cambises, viendo que no puede alcanzarle con sus flechas, ordena a gritos a sus criados que cojan y maten a aquel hombre; pero sus criados, que conocían bien a su amo, y habían sondeado profundamente su variable humor, decidieron ocultar entre tanto a Creso. Su mira era cauta y doble, o bien para volver a presentar a Creso vivo y salvo, en caso de que Cambises, arrepentido, le echara de menos, esperanzados de ganar entonces una recompensa por haberle salvado, o bien darle muerte, en caso de que el rey, sin mostrar pesar por su hecho, no deseara que Creso viviese. No pasó, en efecto, mucho tiempo sin que Cambises deseara de nuevo la compañía y gracia de Creso; lo saben los familiares, y le dan alegres la nueva de que le tenían vivo todavía. «Mucho me alegro —dijo Cambises— al oír lo de la vida y salud de mi buen Creso; pero vosotros, que me lo habéis conservado vivo, no os alegraréis por ello, pues pagaréis con la muerte la vida que le habéis dado». Y como lo dijo, lo ejecutó.

37. De esta especie de atentados, no menos locos que atroces, hizo otros muchos Cambises, tanto con los persas como con los aliados de la corona en el tiempo que se detuvo en Menfis, donde con conducta de impío iba abriendo los antiguos monumentos diciendo mil gracias insolentes contra las momias egipcias. Entonces fue también cuando entró en el templo de Hefesto, y se divirtió en él, haciendo burla de su imagen, tomando ejemplo de su figura, muy parecida en verdad a los patecos[151] fenicios que en las proas de sus trirremes suelen llevar los de Fenicia. Estos dioses, por si acaso alguno los desconoce, voy a dibujarlos aquí de un solo rasgo, diciendo que son imágenes de pigmeos. Quiso asimismo Cambises entrar en el templo de los Cabiros, donde a nadie más que a su sacerdote es lícito la entrada; se rio y burló de sus estatuas, ordenando después del escarnio que las quemaran. Estas estatuas vienen a ser como la de Hefesto, de quien se dice son hijos los Cabiros.

38. Por fin, para hablar con franqueza, Cambises me parece a todas luces un loco insensato; de otro modo, ¿cómo hubiera dado en la ridícula manía de escarnecer y burlarse de las cosas sagradas y de los usos religiosos? Es bien notorio lo siguiente: que si se diera la oportunidad a cualquier hombre del mundo para que de todas las leyes y usanzas escogiera las que más le complaciese, no habría nadie que al cabo, después de examinarlas y registrarlas todas, no eligiera las de su patria. Tanta es la fuerza de la preocupación nacional, y tan creídos están los hombres que no hay educación, ni disciplina, ni ley, ni moda como la de su país. Por lo que parece que nadie sino un loco pudiera burlarse de las costumbres recibidas de las que se burlaba Cambises. Dejando aparte mil pruebas de que tal es el sentimiento común de los hombres, mayormente en lo que mira a las leyes y ceremonias patrias, el siguiente caso puede confirmarlo muy señaladamente. En cierta ocasión hizo llamar Darío a unos griegos que vivían junto a él, y habiendo comparecido luego, les preguntó cuánto dinero querían por comerse a sus padres al acabar de morir. Le respondieron luego que ni por todo el oro del mundo lo harían. Llama inmediatamente

---

[151] Los patecos eran figuras de corta estatura que auxiliaban al dios Path, que se identifica con Hefesto. El ámbito de estos personajes era el de la metalurgia.

después a unos indios llamados calatias, entre los cuales es normal comerse el cadáver de los propios padres. Estaban allí presentes los griegos, a quienes un intérprete traducía las respuestas. Venidos los indios, les pregunta Darío cuánto querían por permitir que se quemaran los cadáveres de sus padres; y ellos suplicaron a gritos que no dijera por los dioses semejante blasfemia. ¡Tanta es la prevención a favor del uso y de la costumbre! De suerte que, cuando Píndaro hizo a la costumbre dueña y señora de la vida[152], habló, a mi juicio, más como filósofo que como poeta.

39. Pero dejando reposar un poco a Cambises, al mismo tiempo que hacía su expedición contra Egipto, emprendían otra los lacedemonios hacia Samos contra Polícrates, hijo de Éaces, que en aquella isla se había sublevado. Al principio de su tiranía, dividida en tres partes la isla, repartió una a cada uno de sus dos hermanos; pero poco después asumió el mando de la isla entera, dando muerte a Pantagnoto, uno de ellos, y desterrando al otro, Silosonte, el más joven de los tres. Dueño único y absoluto de la isla, concluyó un tratado de amistad con Amasis, rey de Egipto, a quien hizo presentes y de quien asimismo los recibió. En muy poco tiempo subieron los asuntos de Polícrates a tal punto de fortuna y celebridad que tanto en Jonia como en lo restante de Grecia se oía solo en boca de todos el nombre de Polícrates, observando que no emprendía expedición alguna en que no le acompañase la fortuna. Tenía, en efecto, una armada naval de cien pentecónteras y un cuerpo de mil arqueros a su servicio; lo atropellaba todo, sin respetar a hombre nacido, siendo su máxima favorita la de que sus amigos le agradecerían más lo restituido que lo nunca robado. Se apoderó a viva fuerza de muchas de las islas vecinas y de no pocas ciudades del continente. En una de sus expediciones, ganada una victoria naval a los lesbios, los cuales habían salido a la defensa de los de Mileto con todas sus tropas, les hizo prisioneros, y cargados de cadenas, les obligó a abrir en Samos el foso que ciñe los muros de la ciudad.

---

[152] Píndaro es un poeta nacido a finales del VI a. C., autor de una serie de epinicios («odas de victoria») en los que celebraban la fama y los triunfos de los ganadores en los distintos juegos atléticos. Aquí se alude a un poema que nos ha llegado fragmentariamente y que recoge Platón en *Gorgias* 484b.

40. Entre tanto, Amasis no miraba con indiferencia la gran prosperidad de Polícrates, su amigo, sino que se informaba con gran curiosidad del estado de sus negocios; y cuando vio que iba subiendo de punto la fortuna de su amigo, escribió en un papel esta carta y se la envió en estos términos: «Amasis a Polícrates: por más que suelen ser de gran consuelo para el hombre las felices nuevas que oye de los asuntos de un huésped y amigo suyo, con todo, no le satisface lo mucho que os favorece y halaga la fortuna, por cuanto sé bien que los dioses tienen un poco de celos o de envidia. En verdad preferiría yo para mí, no menos que para las personas que de veras estimo, salir a veces airoso en mis intentos, y a veces que me saliesen frustrados, pasando así la vida en una alternativa de ventura y desventura, que verlo todo llegar prósperamente. Te digo esto porque te aseguro que de nadie hasta ahora oí decir que después de haber sido siempre y en todo feliz, a la postre no viniera al suelo estrepitosamente con toda su felicidad primera. Sí, amigo, créeme ahora, y toma de mí el remedio que voy a darte contra los engañosos halagos de la fortuna. Ponte solo a pensar cuál es la cosa que más estima te merece, y por cuya pérdida más te dolerías en tu corazón; una vez hallada, apártala lejos de ti, de modo que nunca jamás vuelva a aparecer entre los hombres. Aún más te diré: que si practicada una vez esta acción no dejara de perseguirte con viento siempre en popa la buena suerte, no dejes de valerte a menudo de este remedio que aquí te receto».

41. Leyó Polícrates la carta, y se hizo cargo de la prudencia del consejo que le daba Amasis; y poniéndose luego a discurrir consigo mismo cuál de sus alhajas sentiría más perder, halló que sería sin duda un sello que solía llevar siempre, engastado en oro y grabado en una esmeralda, pieza trabajada por Teodoro de Samos, hijo de Teles. Al punto mismo, resuelto ya a desprenderse de su sello querido, escoge un medio para perderlo adrede, y mandando equipar una de sus pentecónteras, se embarca en él dando orden de introducirse en altamar, y lejos ya de la isla, se quita el sello de su mano delante de toda la tripulación, y arrojándolo al agua, manda dar la vuelta hacia el puerto, volviendo a casa triste y melancólico sin su querido anillo.

42. Pero al quinto o sexto día de su pérdida voluntaria le sucedió una rara aventura. Habiendo cogido uno de los pescadores de Samos un pescado tan grande y exquisito que le parecía digno de presentárselo a Polícrates, va con él a las puertas de palacio, intentando ver y hablar a Polícrates, su señor. Autorizado a pasar, entra alegre el pescador, y al presentar su regalo: «Señor —le dice—, quiso la buena suerte que cogiera este pescado, y creyéndolo desde luego un plato digno de vuestra mesa, aunque vivo de este oficio y trabajo de mis manos, no quise sacar al mercado este pez; tened, pues, a bien recibir este presente». Contento Polícrates con la bella y simple oferta del buen pescador, le respondió así: «Has hecho muy bien, amigo; dos placeres me haces en uno: hablarme como me hablas, y regalándome como me regalas con ese pescado tan raro y precioso; quiero que seas hoy mi invitado». Piénsese cuán ufano se volvería el pescador con la merced y honra que se le hacía. Entre tanto, los criados de Polícrates, al aderezar y partir el pescado, hallan en su vientre el mismo sello de su amo poco antes perdido. En cuanto lo ven y lo reconocen, muy alegres por el hallazgo, van con él y lo presentan a Polícrates, diciéndole dónde lo habían encontrado. A Polícrates le pareció aquella aventura más divina que casual, y después de haber anotado circunstancialmente en una carta cuanto había hecho en el asunto y cuanto casualmente le había acontecido, la envió a Egipto.

43. Leyó Amasis la carta que acababa de llegarle de parte de Polícrates, y por su contenido conoció luego y se dio cuenta de que ningún hombre podía librar a otro del hado fatal que amenazaba su cabeza, acabándose entonces de persuadir de que Polícrates, en todo tan afortunado que ni aun lo que abandonaba perdía, caería por el suelo y con toda su dicha. Con ocasión de la carta hizo Amasis entender a Polícrates, por medio de un embajador enviado a Samos, que, anulando los tratados, renunciaba a la amistad y hospedaje público que con él tenía concertado: su mira no era otra que la de conjurar de antemano la pesadumbre que sin duda vería mucho mayor en su corazón si viniese a descargar contra Polícrates el último y fatal golpe que la fortuna le tenía guardado, siendo todavía su huésped y amigo.

44. Contra este hombre en todo tan afortunado hacían una expedición los lacedemonios, como antes decía, convocados por ciertos samios descontentos con su tirano, quienes algún tiempo después fundaron en Creta la ciudad de Cidonia[153]. El origen de esta guerra fue el siguiente:

---

[153] Emplazamiento que se remonta a época minoica situado en el extremo noroeste de Creta; actual La Canea.

sabedor Polícrates de la armada que contra Egipto iba juntando Cambises, hijo de Ciro, le pidió por favor, enviándole a este fin un mensajero, que tuviera a bien despachar a Samos una embajada que le invitase a participar también con sus tropas en la campaña. Recibido este aviso, Cambises destinó gustoso un enviado a Samos, pidiendo a Polícrates que quisiera juntar sus naves a la armada real que se preparaba contra Egipto. Polícrates, que llevaba muy estudiada la respuesta, entresacando de entre sus paisanos aquellos de quienes sospechaba estaban dispuestos para alguna sublevación, los envió en cuarenta trirremes a Cambises, suplicándole no volviera a remitírselos a su casa.

45. Dicen algunos sobre el particular que no llegaron a Egipto los samios enviados y vendidos por Polícrates, sino que, estando ya de viaje en las aguas de Cárpatos, acordaron no pasar adelante en una reunión que entre sí tuvieron, recelosos de la mala fe del tirano. Cuentan otros que llegados a Egipto, observando que allí se les ponían guardias, huyeron secretamente, y que de vuelta a Samos, Polícrates, saliéndoles a recibir con sus naves, les presentó la batalla, en la cual, quedando victoriosos los que volvían de Egipto, llegaron a desembarcar en su isla, de donde se vieron obligados a navegar hacia Lacedemonia, vencidos por tierra en una segunda batalla. Verdad es que no falta quien diga que también por tierra salieron vencedores de Polícrates en el segundo combate los samios recién vueltos de Egipto, pero no me parece probable, cualquiera que sea quien lo afirme. Pues si así hubiera sucedido, ¿qué necesidad tuvieran los restituidos a Samos de llamar en su ayuda a los lacedemonios, siendo por sí bastantes para hacer frente y derrotar a Polícrates? Y por otra parte, ¿qué razón convence de que por un puñado de gente recién vuelta de su viaje pudiera ser vencido en campo de batalla un tirano que, además de la mucha tropa mercenaria para su defensa, tenía gran número de arqueros como guardias de su casa y persona? Tanto más cuanto que al tiempo de darse la batalla se sabe que Polícrates tenía encerrados en el arsenal a los hijos y mujeres de los demás samios fieles, estando todo a punto para pegar fuego al arsenal y abrasar vivas todas aquellas víctimas en él encerradas, en el caso de que sus samios se pasaran a las filas y al partido de los que volvían de la expedición de Egipto.

46. Llegados a Esparta los samios echados de la isla por el tirano Polícrates, y presentados ante los magistrados como hombres reducidos al extremo de miseria y necesidad, hicieron un largo discurso pidiendo se les quisiera socorrer. Les respondieron los magistrados en aquella primera audiencia que no recordaban ya el principio, ni habían entendido el fin de la arenga[154]. En otra segunda audiencia que lograron los samios, sin cuidarse de retórica ni discursos, presentando a vista de todos sus alforjas, solo dijeron que estaban vacías. A lo cual se les respondió que bastaba presentar vacías las alforjas sin necesidad de añadir nada más: se resolvió darles socorro.

47. Hechos, en efecto, los preparativos, emprendieron su expedición contra Samos, con la mira, según dicen los samios, de pagarles el beneficio que de ellos habían antes recibido los lacedemonios, cuando con sus naves les socorrieron contra los mesenios[155]; aunque si atendemos a lo que los mismos lacedemonios aseguran, no tanto pretendían en aquella campaña vengar a los que les pedían socorro, como vengarse de dos robos que se les había hecho, una de cierta crátera grandiosa que enviaban a Creso, otra de un precioso coselete que les enviaba como regalo Amasis, rey de Egipto, el cual los samios habían interceptado en sus piraterías un año antes de robarles la crátera regalada a Creso. Era aquel peto una especie de tapiz de lino entretejido con muchas figuras de animales y bordado con hilos de oro y de cierta lana de árbol, pieza en verdad digna de verse y admirarse, así por lo dicho como particularmente por contener el urdimbre de cada lizo, no obstante de ser muy sutil, trescientos sesenta hilos, todos bien visibles y notables. Igual a este es el peto que el mismo Amasis consagró en Lindos a Atenea.

48. Con mucho empeño concurrieron los corintios a que se efectuase dicha expedición a Samos, resentidos contra los samios, de quienes dos generaciones antes de esta expedición, y al tiempo en

---

[154] Heródoto subraya el famoso laconismo espartano; de hecho Laconia (o Lacedemonia) era la región en la que se encontraba Esparta, de donde deriva en las lenguas modernas el adjetivo «lacónico».

[155] En la segunda mitad del siglo VIII a. C. los lacedemonios o espartanos conquistaron el fértil territorio de Mesenia, esclavizando a sus habitantes. En tres ocasiones los mesenios intentaron liberarse del dominio de Esparta, y fue en ocasión de la llamada segunda guerra mesenia (hacia 660 a. C.) cuando los espartanos recibieron la ayuda de Samos y Corinto.

que fue robada la mencionada copa a los lacedemonios, habían recibido una injuria con el siguiente motivo: Periandro, hijo de Cípselo, enviaba a Sardes, al rey Aliates, trescientos niños tomados de las primeras familias de Corcira, con el destino de ser reducidos a la condición de eunucos. Habiendo de camino tocado en Samos los corintios que conducían a los desgraciados niños, informados los samios del motivo y destino con que se les llevaba a Sardes, lo primero que con ellos hicieron fue aconsejarles que se refugiasen en el templo de Ártemis. Refugiados allí los niños, no permitiendo, por una parte, los samios a los corintios que se les sacase del santuario con violencia, ni consintiendo, por otra, los corintios a aquellos que llevasen de comer a los refugiados, discurrieron los samios para socorrer a los niños instituir cierta fiesta que se celebra todavía desde entonces. Consistía en que venida la noche, todo el tiempo en que los niños se mantuvieran allí refugiados, las doncellas y muchachos de Samos organizaban sus coros, introduciendo en ellos la costumbre de llevar cada cual su torta hecha con miel y sésamo, de forma que pudieran tomarla los niños que, en efecto, la comían para su sustento. Se prolongó tanto la fiesta que, al cabo, cansadas de aguardar en vano las guardias corintias, se retiraron de la isla y los samios restituyeron a Corcira a aquella tropa de niños, sin castrar.

49. Bien veo que, si muerto Periandro, hubieran estado los corintios en buena armonía, con los naturales de Corcira, no hubiera sido suficiente la mencionada injuria como para favorecer tanto aquellos la campaña de Samos. Mas, por desgracia, los dos pueblos, desde que la isla se pobló, nunca han podido tener un día de paz y sosiego; y así es que los corintios deseaban tomar venganza de los de Samos por la injuria referida. Por lo que toca a Periandro, el motivo que le movió a enviar a Sardes los niños escogidos y sacados de entre los principales vecinos de Corcira para que fuesen hechos eunucos, fue el deseo de vengarse de un atentado mayor que contra él habían cometido aquellas gentes.

50. Para declarar el hecho, debe saberse que después de que Periandro quitara la vida a su misma esposa Melisa, quiso el destino que tras aquella calamidad le sucediese también otra doméstica. Tenía dos hijos habidos con Melisa, los dos aún jóvenes, uno de diecisiete y otro de dieciocho años de edad. Habiéndolos llamado a su corte su

abuelo materno, Procles, tirano de Epidauro, les recibió con mucho cariño y les agasajó como convenía y como suelen los abuelos a sus nietos. Al tiempo de volverse los jóvenes a Corinto, habiendo salido Procles a acompañarles durante largo trecho, les dijo estas palabras al despedirse: «¡Ah, hijos míos; si supieseis quién mato a vuestra madre!». El mayor no hizo caso a aquella expresión de despedida; pero el menor, llamado Licofrón, le impresionó de tal modo que vuelto a Corinto ni saludar quiso a su padre, que había sido quien la mató, ni responder a ninguna pregunta que le hiciera; llegando a tal punto que Periandro, lleno de enojo, echó al hijo fuera de su casa.

51. Echado su hijo menor, procuró Periandro saber del mayor lo que les había dicho su abuelo materno. El muchacho, sin acordarse de la despedida de Procles, a la que no había particularmente atendido, dio cuenta a su padre de las demostraciones de cariño con que habían sido recibidos y tratados por el abuelo; pero replicándole Periandro que no podía menos de haberles aquel sugerido algo más, y deseando al mismo tiempo saberlo todo, recordó por fin el hijo las palabras que usó con ellos el abuelo al despedirse y las refirió a su padre. Bien comprendió Periandro lo que significaba aquella despedida; mas con todo, no quiso disminuir el rigor que usaba con su hijo, sino que, enviando orden al dueño de la casa donde se había refugiado, le prohibió darle acogida en ella. Echado el joven de su posada, se acogió de nuevo a otra, de donde, por las amenazas de Periandro y por la orden expresa para que de allí se le sacara, fue otra vez arrojado. Despedido por segunda vez de su albergue, se fue a hospedar a casa de unos amigos y compañeros suyos, quienes, no sin miedo y recelo por ser hijo de Periandro, resolvieron darle acogida,

52. Por abreviar la narración, diré que Periandro publicó un decreto para que nadie admitiera a su hijo en su casa ni le hablara palabra, bajo pena de cierta multa pecuniaria que él imponía, pagadera al templo de Apolo. En efecto, proclamado ya este anuncio, nadie hubo que le quisiera saludar y menos recibir en su casa, mayormente cuando el mismo joven por su parte no tenía por bien solicitar a nadie para que contraviniera al edicto de su padre, sino que, sufriendo con paciencia la persecución paterna, vivía bajo los portales de la ciudad, huyendo de unos y otros. Cuatro días habían pasado ya, y viéndole el mismo Periandro transido de hambre, desfigurado y

sucio, no soportó su corazón tratarle con tanta aspereza; y así, suavizando su rigor, se le acercó y le habló de esta manera: «¡Por vida de los dioses, hijo mío! ¿Cuándo acabarás de entender lo que más te convenga, si verte en la miseria en que te hallas o tener parte en las comodidades de la tiranía que poseo, solo con mostrarte dócil y obediente a tu padre? ¿Es posible que siendo tú hijo mío y señor de la rica y feliz Corinto, te reafirmes en tu obstinación, y ciego de enojo contra tu mismo padre, a quien ni la menor seña de disgusto debieras dar, quieras a pesar mío vivir como un pordiosero? ¿No consideras, hijo, que si alguna desgracia hubo en nuestra casa, de resultas de la cual me miras sin duda con tan malos ojos, yo soy el que llevé la peor parte de aquel mal, y que pago ahora con usura la culpa que en ello cometí? Al presente, bien has podido experimentar cuánto más vale envidia que compasión, tocando a un tiempo con las manos los inconvenientes de enemistarte con los tuyos y con tus mayores y de resistirles tenazmente. Ea, vayámonos al palacio». Así se explicaba Periandro con el obstinado muchacho; pero el hijo no dio a su padre más respuesta que decirle que pagase luego a Apolo la multa en que acababa de incurrir por haberle hablado. Con esto vio claramente Periandro que había llegado al extremo el mal de su hijo, ni admitía ya cura ni remedio, y decidido desde aquel punto a apartarlo de sus ojos, embarcándole en una nave, le envió a Corcira, de donde era también soberano. Pero queriendo vengar la actitud del hijo en la cabeza del que consideraba autor de tanta desventura, hizo la guerra a su suegro Procles, a quien cautivó después de tomar por la fuerza Epidauro.

53. No obstante lo referido, como Periandro, corriendo el tiempo y avanzado ya en edad no se hallase con fuerzas para atender al gobierno y despacho de los negocios del Estado, envió a Corcira un emisario para que de su parte le dijera a Licofrón que viniese a encargarse del mando; pues al hijo mayor, a quien tenía por hombre débil y algo menguado, no reconocía talento suficiente para el gobierno. Pero, caso extraño, Licofrón no se dignó responder una sola palabra al enviado de su padre; y con todo, el viejo Periandro, más fascinado que nunca por el muchacho, hizo que una hija suya partiese a Corcira, esperando vencer al obstinado príncipe por medio de su hermana y conseguir el objeto de sus deseos. Llegada allí, le

habló así al hermano: «Dime, criatura, por los dioses: ¿has de querer que el mando pase a otra familia y que la casa de tu padre se pierda, antes que volver a ella para tomar las riendas del gobierno? Vente a casa y no más obstinación contra tu mismo bien. No saber ceder es de insensatos; no dejes curarte la uña y vendrás a quedar cojo. Más vale comúnmente un ajuste moderado cediendo cada cual algo de sus derechos que andar siempre en litigios. ¿Ignoras que muchas veces el ahínco en defender a la madre hace que se pierda la herencia del padre? La corona es movediza, pero tiene muchos pretendientes que no la dejarán caer a tierra. Nuestro padre está ya viejo y decaído; ven y nò permitas que se alce un extraño con lo tuyo». Tales eran las razones que la hija, bien aleccionada por su padre, proponía a Licofrón, resultando, en efecto, las más audaces y poderosas; y con todo, la respuesta del hijo se ciñó a manifestar que mientras supiera que vivía en Corinto su padre, jamás seguramente volvería allí. Después que la hija dio cuenta de su embajada, Periandro, por medio de un emisario que por tercera vez envió a su hijo, le hizo decir de su parte que viniera a Corinto, donde le sucedería en el mando, que declinaba en su favor, queriendo el mismo pasar a Corcira. Admitido con esta condición el partido, se disponían ambos para el viaje, el padre para pasar a Corcira y el hijo para regresar a Corinto. Enterados entre tanto los corcireos de lo concertado, dieron muerte al joven Licofrón para impedir que viniese a su isla el viejo Periandro. Tal era, pues, el acto por el cual castigaba a los corcireos.

54. Pero volviendo a tomar el hilo de la narración, después de que los lacedemonios desembarcaran en Samos sus numerosas tropas, pusieron sitio a la ciudad. Avanzando después hacia los muros y pasando más allá del frente que está junto al mar en los arrabales de la ciudad, salió Polícrates contra ellos con mucha gente armada y logró arrojarlos de aquel puerto. Pero habiendo las tropas mercenarias y muchas de los ciudadanos de Samos salido de otro fuerte situado en la pendiente de un monte vecino, sucedió que, sostenido por algún tiempo el ataque de los lacedemonios, fueron los samios al cabo deshechos y derrotados, y no pocos quedaron muertos allí mismo bajo el ataque de los enemigos.

55. Y si todos los lacedemonios allí presentes hubieran obrado con el ardor con que en lo más fuerte del ataque actuaron dos de ellos, Arquias y Licopas, Samos hubiera sido tomada sin falta en

aquella refriega. Mas, por desgracia, no fueron sino los dos los que en la retirada de los samios tuvieron valor y osadía para seguirles hasta dentro de la misma plaza, de donde, cerrado después el paso, no pudieron salir, muriendo con las armas en la mano. No dejaré de mencionar de paso que hablé yo mismo con cierto Arquias, nieto de aquel valiente del que arriba hablaba, e hijo de Samio, habiéndole visto en Pitana, su propio pueblo[156]. Con ningún huésped se esmeraba tanto este Arquias como con los naturales de Samos, diciendo que por haber muerto en Samos su abuelo como buen guerrero en el lecho del honor, pusieron a su padre el nombre de Samio; y añadía que estimaba y honraba tanto a los de Samos porque honraron a su buen abuelo con pública sepultura.

56. Pasados cuarenta días de asedio, viendo los lacedemonios que nada adelantaban en el cerco, se volvieron al Peloponeso; acerca de lo cual corre una historia, falsa y mal tramada, según la cual, habiendo Polícrates acuñado gran cantidad de monedas de plomo con una capa de oro, se las dio a los lacedemonios, quienes aceptándolas por legítimas y corrientes, levantando el sitio se volvieron. Lo cierto es que esta expedición fue la primera que los lacedemonios, pueblo de origen dórico, hicieron contra Asia.

57. Cuando los samios sublevados contra Polícrates vieron que iban a quedar solos y desamparados de los lacedemonios, se hicieron también a la vela hacia Sifnos. Les movía a este viaje la falta de dinero, y la noticia de que los vecinos de aquella isla, en todo su esplendor por entonces, eran sin duda los más ricos de todos los isleños, a causa de las minas de oro y plata abiertas en su isla, tan abundantes que del diezmo del producto que de ellas les resultaba se ve en Delfos todavía un tesoro por ellos ofrecido que no cede a ninguno de los más ricos y preciosos que en aquel templo se depositaron. Los vecinos de Sifnos repartían entre ellos el dinero que las minas iban produciendo. Al tiempo, pues, de amontonar en Delfos las ofrendas de su tesoro, tuvieron la curiosidad de saber del oráculo si les sería dado disfrutar sus minas por mucho tiempo, a cuya pregunta respondió así la Pitia:

---

[156] Pitana era, junto a Mesoa, Cinosura, Limnas y Amiclas, una de las cinco aldeas que constituían Esparta.

> Cuando sea cándido el pritaneo,
> ¡Oh Sifnos!, y cándida tu ágora,
> Llama entonces intérprete que explique
> El rojo heraldo y ejército de leño.

Y quiso la suerte que, al acabar puntualmente los sifnios de adornar su ágora y pritaneo con el blanco mármol de Paros, llegasen allá los samios con sus naves.

58. Mas los buenos sifnios nunca comprendieron el sentido del oráculo, ni luego de recibido, ni después de la llegada de los samios, aunque estos, apenas llegados a la isla, destacaron hacia la ciudad una nave de su escuadra, que, según se acostumbraba antiguamente en toda embarcación, venía colorada y teñida de almagra. Esto era exactamente de lo que la Pitia en su oráculo les prevenía, que se guardasen recelosos del rojo heraldo y del ejército de madera. Llegados a la ciudad los emisarios de la armada samia, no pudiendo alcanzar de los simios un préstamo de diez talentos que les pedían, sin más razones ni altercados, empezaron a saquear la tierra. Corrió luego la voz por toda la isla, y saliendo armados los isleños a la defensa de sus propiedades, quedaron en campo de batalla tan deshechos que a muchos se les cerró la retirada hacia la ciudad; y los samios, de resultas de esta victoria, por no habérseles prestado diez talentos, exigieron cien de multa y contribución.

59. Con esta suma compraron poco después a los hermioneos la isla de Hidrea, situada en las costas del Peloponeso, la cual entregaron luego en depósito a los vecinos de Trecén, partiendo de allí para Creta, en la cual, aunque solo navegaban hacia la isla con el designio de arrojar de ella a los zacintios, fundaron con todo la ciudad de Cidonia, donde por el espacio de cinco años que duró su estancia, tuvieron tan próspera fortuna que pudieron edificar los templos que al presente quedan en Cidonia, entre los cuales se cuenta el de Dictina. Llegado el sexto año de su colonia, les sobrevino una desgracia; pues habiéndoles vencido los eginetas en una batalla naval, les hicieron no menos que a los de Creta, prisioneros y esclavos; y entonces fue cuando los vencedores, cortados los espolones de las naves apresadas, hechos en forma de jabalí, los consagraron a Atenea en su templo de Egina. Tales hostilidades ejecutaron los eginetas

movidos de encono y enemistad jurada que tenían contra los samios, quienes, en tiempo que Anfícrates reinaba en Samos, habían hecho y sufrido también iguales hostilidades de la guerra contra Egina, de donde se originaron tantas otras.

60. Algo más de lo normal me voy extendiendo al hablar de los samios, por parecerme que es debido, atendida la magnificencia de tres monumentos, a los cuales no iguala ningún otro de los griegos. Por las entrañas de un monte que tiene ciento cincuenta orgias de altura abrieron un camino subterráneo, al cual hicieron dos bocas o entradas. Empezaron la obra por la parte inferior del monte y el camino cubierto que allí abrieron tiene de largo siete estadios ocho pies de alto y otros tantos de ancho. A lo largo del túnel excavaron después un canal de veintiocho codos de profundidad y de tres pies de anchura, por dentro del cual corre acanalada en sus arcaduces el agua que, tomada desde una fuente, llega hasta la misma ciudad. El arquitecto de este camino subterráneo fue Eupalino el megarense, hijo de Náustrofo. Este es uno de los tres monumentos de Samos. El otro es su muelle, terraplén levantado dentro del mar, que tendrá veinte orgias de alto y más de dos estadios de largo. El tercero es un magnífico templo, el mayor realmente de cuantos he alcanzado a ver hasta ahora[157], cuyo primer arquitecto fue Reco, natural de Samos e hijo de Files. En atención a estos monumentos me he extendido al referir los hechos de los samios.

Usurpación de los magos y ascenso de Darío al trono

61. Pero ya es tiempo que volvamos a Cambises, hijo de Ciro, contra quien, mientras permanecía en Egipto cometiendo locuras, se levantaron con el mando del imperio dos hermanos magos, a uno de los cuales, llamado Paticites, había dejado el rey en su ausencia como gobernador del palacio. Movió al mago a sublevarse la noticia que tuvo de la muerte del príncipe Esmerdis, la que se procuraba tener tan oculta y secreta que, siendo pocos los sabedores de ella, creían los persas generalmente que el príncipe vivía y gozaba de salud; valién-

---

[157] Desde finales del siglo VII a. C. se alzaba en Samos un templo de Hera, el Hereo, de estilo jónico, que poseía una longitud de más de cien metros de largo.

dose, pues, el mago del secreto, tomando las siguientes medidas para alzarse con la corona. Tenía otro hermano, con quien se unió para urdir la traición y le servía para su empresa el ver que su hermano era del todo parecido no solo en el semblante, sino aun en el mismo nombre, al hijo de Ciro, Esmerdis, muerto secretamente por orden de su hermano Cambises. Soborna, pues, un mago a otro, Paticites a Esmerdis; le ofrece allanar todas las dificultades, lo lleva consigo de la mano y le coloca en el trono real de Persia[158]. Toma luego la resolución de despachar correos, no solo a las demás provincias del imperio, sino también destina uno al Egipto, encargado de comunicar públicamente a todo el ejército que de allí en adelante nadie obedezca ni reconozca como soberano a Cambises, sino solamente a Esmerdis, hijo de Ciro.

62. Fueron, en efecto, los otros heraldos proclamando su pregón por todos los puntos adonde habían sido destinados. El que corría a Egipto, hallando de paso en Ecbatana, lugar de Siria, a Cambises, de vuelta ya con toda la gente de armas, y colocándose allí en medio del campo a vista de todas las tropas, pregonó las órdenes que de parte del mago traía. Oyó Cambises el comunicado de boca del mismo heraldo, y persuadido de que sucedía realmente lo que pregonaba, creyó que Prexaspes, enviado antes a Persia con el encargo de dar muerte a Esmerdis, su hermano, no cumpliendo sus órdenes, le había hecho traición. Volviéndose, pues, a Prexaspes, a quien tenía cerca de su persona: «¿Así —le dijo— cumpliste, oh Prexaspes, con las órdenes que te di?». «Señor —respondió aquel—, os juro que es falso y que miente ese heraldo diciendo que Esmerdis se ha sublevado. Os repito que nada, ni poco ni mucho, tendréis que temer de él: pues yo con mis propias manos le di sepultura, después de ejecutado lo que me mandasteis. Si es verdad que los muertos resucitan así, aun del medo Astiages podéis recelar no se os alce con el imperio, antes suyo; pero si las cosas de los muertos continúan en ir como han ido hasta ahora, estad bien seguro que no se levantará del sepulcro para subir al trono vuestro Esmerdis. Lo que debemos hacer ahora en mi opinión

[158] En las fuentes persas el nombre del hermano es, como ya se dijo, Bardiya, mientras que el del usurpador es Gaumata, el mago.

es apoderarnos luego de ese correo, y averiguar de parte de quién viene a instarnos que reconozcamos a Esmerdis como soberano».

63. Pareció bien a Cambises lo que Prexaspes decía, y apenas acabó de oírle, llama ante sí al correo, y venido este, le pregunta Prexaspes: «Oye tú, que nos dices venir aquí enviado por Esmerdis, hijo de Ciro, di por los dioses la verdad en una sola cosa y vuélvete en hora buena. Dinos, pues: ¿fue acaso el mismo Esmerdis quien te dio esas órdenes cara a cara, o fue alguno de sus criados?». «En verdad, señor —le respondió el correo—, que después de la partida del rey Cambises para Egipto nunca más he visto por mis ojos al príncipe Esmerdis, hijo de Ciro. El que me dio la orden fue aquel mago a quien dejó Cambises por gobernador de palacio, diciéndome que Esmerdis, hijo de Ciro, mandaba que os anunciase las órdenes que traigo». Así les habló el enviado sin faltar un punto a la verdad, y vuelto entonces Cambises a Prexaspes, le dijo: «Bien veo, Prexaspes, que fue como buen vasallo cumpliste con lo que te mandó tu soberano, y nada tengo que reprocharte en tu conducta. Pero ¿quién podrá ser ese persa rebelde que, alzándose con el nombre de Esmerdis, se atreve con mi reino?». «Señor —dijo Prexaspes—, difícil será que no adivine la trama. Los rebeldes, os digo, son dos magos; uno el mago Paticites, el gobernador que dejasteis en palacio, y el otro, el mago Esmerdis, su hermano, tan traidor como él».

64. Apenas oyó Cambises el nombre de Esmerdis le dio un gran salto el corazón, herido, de repente, así con la sinceridad de la narración como con la verdad de aquel antiguo sueño en que durmiendo le pareció ver a un mensajero que le decía que sentado Esmerdis sobre un trono real llegaba al cielo con su cabeza. Entonces fue el ponerse a llorar muy de veras y lamentar al desgraciado Esmerdis, viendo cuán en balde y con cuánta sinrazón había hecho morir a su hermano. Entonces fue también cuando, al cesar de plañir y lamentar en tono triste la desventura que con todo su peso le oprimía, montó de un salto sobre su caballo, como quien no veía la hora de partir a Susa con su gente para destronar al mago. Pero quiso su hado adverso que al ir a montar con ímpetu y sin ningún miramiento, tirando hacia abajo con su mismo peso el puño de la espada, sacase la hoja fuera de la vaina, y que la espada desenvainada por sí mismo hiriese a Cambises en el muslo. Luego que se vio herido en la parte misma

del cuerpo en que antes había herido al dios de los egipcios, Apis, pareciéndole mortal la herida, preguntó por el nombre de la ciudad en que se hallaba, y se le dijo que se llamaba Ecbatana. No carecía de interés la pregunta, pues un oráculo venido de la ciudad de Buto había antes anunciado a Cambises que vendría a morir en Ecbatana, la cual tomaba este por Ecbatana de Media, donde tenía la sede de su imperio, y en la cual se pensaba echando largas cuentas que vendría a morir en una edad avanzada; pero el oráculo no hablaba sino de otra Ecbatana, ciudad de Siria. Al resonar, pues, en sus oídos el nombre fatal de la ciudad, vuelto en sí Cambises de su locura, aturdido en parte por la desgracia de verse destronado por un mago, y en parte desesperado por sentirse herido de muerte, comprendió por fin el sentido del oráculo aciago, y dijo estas palabras: «¡Aquí quieren los hados, que acabe Cambises, hijo de Ciro!».

65. Nada más aconteció por entonces; pero unos veinte días después, convocados los grandes señores de la Persia que cerca de sí tenía, les hizo Cambises este discurso: «Persas: vedme al cabo en el lance apretado de confesaros en público lo que deseaba encubriros por encima de todo. Habéis de saber que allá en Egipto tuve entre sueños una fatal visión, que ojalá nunca hubiera soñado, la cual me mostraba que un mensajero enviado de mi casa me traía el aviso de que Esmerdis, subido sobre un trono real, se levantaba más allá de las nubes y tocaba al cielo con su cabeza. Os confieso, señores, que el miedo que mi sueño me infundió de verme algún día privado del imperio por mi hermano me hizo obrar con más presteza que cordura; y así debió suceder, pues no cabe en hombre nacido el poder estorbar el destino fatal de las estrellas. ¿Qué hice —¡insensato!— al despertar de mi sueño? Envié a Susa a Prexaspes con orden de dar muerte a Esmerdis. Desembarazado ya de mi soñado rival por medio de un hecho impío y atroz, vivía después seguro y quieto sin imaginar jamás que, una vez muerto mi hermano, persona alguna pudiera levantarse con mi corona. Mas ¡ay, desventurado de mí!, que no atiné con lo que había de sucederme, porque después de haber sido fratricida y de violar los derechos más sagrados, me veo con todo destronado ahora de mi imperio. Ese vil era el mago Esmerdis, aquel que entre sueños no sé qué dios me hizo ver rebelde. Yo mismo fui el homicida de mi hermano, os vuelvo a confesar, para que nadie de vosotros imagine

que vive y reina el príncipe Esmerdis, hijo de Ciro. Dos magos son, señores, los que se alzan contra el Imperio; uno, el mismo a quien dejé en casa como gobernador; otro, su hermano llamado Esmerdis; y en esto no cabe duda, pues aquel hermano mío, el buen príncipe Esmerdis, que en este lance debiera ser y fuera sin duda el primero en vengarme de los magos, murió ya, os lo juro por ese mismo dolor de que me siento acabar, y murió el infeliz con la muerte más impía conocida, procurada por la persona más allegada que tenía sobre la tierra. Ahora, ¡oh persas míos!, en ausencia de mi buen hermano, a vosotros es a quienes debo volverme como a segundos herederos del Imperio persa, y también de mi legítima venganza, que quiero toméis después de mi propia muerte. Invoco, pues, a los dioses tutelares de mi corona, y aquí en presencia de ellos, en esta mi última disposición, os mando a todos vosotros, ¡oh persas!, en común, y a vosotros, ¡oh mis aqueménidas que estáis aquí presentes!, muy en particular, que nunca sufráis porque vuelva vuestro imperio a los medos; no, jamás; sino que si con engaño lo han adquirido, con engaño quiero que se lo quitéis; si con fuerza os lo usurparon, con fuerza os mando que se lo arranquéis. Desde ahora para entonces suplico a los dioses que si así lo hiciereis os confirmen la libertad y la soberanía, la abundancia en los frutos de la campiña, la fecundidad en los partos de vuestras mujeres, la abundancia en vuestras crías y rebaños. Pero si no recobraseis el imperio, o no tomaseis la empresa con la mayor actividad, desde este momento invoco contra vosotros a todos los dioses del universo, y convierto todos mis votos primeros en otras imprecaciones contra la nación persa entera; añadiendo la maldición de que tenga cada uno de vosotros un fin tan desastrosos como el que muy pronto voy a tener». Dijo Cambises, y lamentando después su desventura, abominó todas las acciones de su vida.

66. Los persas circundantes, al ver a su rey entregado a la amargura y al más deshecho llanto, rasgan todos sus vestiduras, y prorrumpen en sollozos y confusos lamentos. Poco después, como la llaga se fue emponzoñando a toda prisa y había ya penetrado hasta el mismo hueso, se pudrió todo el muslo; y Cambises, hijo de Ciro, acabó sus días allí mismo, sin dejar prole alguna, ni varón ni mujer, después de un reinado de siete años y cinco meses. Muerto Cambises, se apoderó desde luego del ánimo de los persas allí presentes una

vehemente sospecha de que sería falsa la noticia de que los magos se hubiesen alzado con el mando, inclinándose antes a creer que cuanto Cambises les había dicho sobre la muerte de Esmerdis era una mera ficción y maliciosa calumnia urdida adrede para enemistar con el príncipe todo el pueblo persa.

67. De suerte que pensaban que Esmerdis, hijo de Ciro, y no otro, era en realidad quien había subido al trono, mayormente viendo que Prexaspes negaba tenazmente haber puesto sus manos en el príncipe, obligado a ello por reconocer bien claro que, muerto Cambises, no podía ya buenamente confesar haber sido el verdugo de un hijo de Ciro.

Con esto, el mago intruso en el trono, abusando del nombre del príncipe Esmerdis, su tocayo, reinó tranquilo los siete meses que faltaban para que se cumpliera el octavo año del reinado de Cambises. En este corto espacio de tiempo se esmeró en conceder mercedes a todos sus súbditos, de modo que los pueblos de Asia en general, exceptuando solamente los persas, después de su fallecimiento lo echaron de menos y de veras y por muchos días. Se había ganado particularmente el mago el amor de los súbditos con escribir luego de subir al trono a todas las naciones de sus dominios, que por espacio de tres años concedía generalmente que nadie sirviese en la milicia ni le pagase tributo alguno.

68. Llegado el octavo mes de su reinado, se descubrió la impostura del mago del siguiente modo: Ótanes, hijo de Farnaspes, señor muy principal que ni en nobleza ni menos en riqueza cedía a ninguno de los grandes de Persia, fue el primero que vino poco a poco a sospechar dentro de sí que el monarca era Esmerdis el mago, y no el hijo de Ciro. En dos razones fundaba su sospecha: una en que el rey nunca salía del recinto de la ciudad; otra en que jamás admitía en su presencia ningún persa de alguna consideración; y movido por esta idea y recelo, se aplicó en averiguar la verdad del caso. Fedimia, hija de Ótanes, había sido antes una de las mujeres de Cambises, y continuaba entonces siéndolo del mago, conviviendo con las demás mujeres de su antecesor. Envía, pues, Ótanes un mensaje a su hija pidiéndole que le diga si el rey con quien ella duerme es Esmerdis, hijo de Ciro, o algún otro personaje; a lo cual manda ella contestar que ignora con quién duerme, puesto que nunca había visto a Es-

merdis, ni sabe al presente quién sea su marido. Le envía Ótanes un segundo mensaje en estos términos: «Mujer, ya que no conoces al hijo de Ciro, puedes al menos preguntar a la princesa Atosa con qué marido, tanto ella como tú, estáis casadas, pues Atosa no puede menos de conocer bien a su mismo hermano». «¿Es que acaso —replicó Fedimia a su padre— puedo encontrarme con Atosa ni verme con ninguna de las mujeres? Apenas este rey, sea quien quiera, tomó posesión de la corona, se nos separó al punto unas de otras, cada cual en su propio aposento».

69. Con tales preguntas y respuestas, trasluciéndosele más y más la impostura a Ótanes, envía a su hija este tercer mensaje: «Hija mía, por lo que debes a ti misma y a tu cuna, es menester que no te excuses ni te niegues a entrar en el peligro a que te llama ahora tu padre, pues si no es ese rey el legítimo Esmerdis, hijo de Ciro, sino hijo de cualquiera, como imagino, es del todo forzoso que ese impostor soberano no se precie por más tiempo de tener a su disposición una princesa de tu clase, ni de ser el soberano de los persas, sino que lleve pronto su castigo. Haz, pues, lo que voy a decirte: la noche que contigo duerma, espera a que esté bien dormido y entonces tiéntale las orejas; si se las encuentras, no hay más que dudar, pues con esto podrás estar segura de que eres esposa de Esmerdis, hijo de Ciro; pero si no las tuviere el malvado impostor, sabe, hija, que has venido a ser una cortesana del mago Esmerdis». Respondió Fedimia a su padre que bien veía el gran peligro a que se exponía, pues claro estaba que si aquel hombre no tenía orejas y la cogía en el momento de tentar si las tenía, la haría morir y desaparecer infaustamente; pero, no obstante el riesgo, le daba palabra de hacer sin falta la prueba que le pedía. Las orejas de referencia se las había hecho cortar Ciro, padre de Cambises, al mago Esmerdis, no sé por qué delito, que no debió ser leve, que en su tiempo había cometido. La mencionada Fedimia, la hija del noble Ótanes, cumplió exactamente con la palabra dada a su padre: cuando le llegó su vez de dormir con el mago, según la costumbre de las mujeres en Persia, que van por turno a estar con su marido, fue al tálamo y se acostó con aquel. Coge el mago un profundo sueño; Fedimia por su parte le va tentando las orejas, y ve en seguida, sin caberle duda, que carece de ellas. Apenas, pues, amanece el día, cuando envía un mensaje a su padre dándole cuenta de lo averiguado.

70. Hecha ya la prueba, llamó Ótanes a dos grandes personalidades de Persia, el uno Aspatines y Gobrias el otro, que le parecieron los más a propósito para guardar el secreto; y conforme acabó de contarles la impostura del mago, de que no dejaban de tener por sí mismos algunas sospechas, dieron entero crédito a la narración. Acordaron allí mismo que cada uno de ellos se asociara con otro persa contra el mago, aquel sin duda que más confianza les mereciese. En consecuencia de esta determinación, Ótanes escogió por compañero a Intafrenes, Gobrias a Megabizo y Aspatines a Hidarnes. Siendo ya seis los persas conjurados contra el mago, quiso la suerte que llegase entre tanto a Susa Darío, hijo de Histaspes, venido de Persia, de la cual era su padre gobernador. Apenas supieron los seis la venida de Darío, les pareció conveniente unirle a su causa.

71. Se juntan, pues, los siete a deliberar seria y eficazmente sobre el punto, unidos entre sí con los más sagrados y solemnes juramentos. Al llegar el turno a Darío, dijo su parecer de esta forma: «Estaba persuadido, señores, de que yo era el único en saber que no vivía Esmerdis, hijo de Ciro, y que un mago representaba el papel de soberano; diré más aún, que no fue otra la causa de mi venida sino ver cómo podría oponerme al mago y procurar la muerte de ese hombre. Ahora, ya que la suerte ha querido que yo no sea el único dueño del misterio, sabiendo vosotros también el secreto, mi parecer es que pongamos ahora mismo manos a la obra sin esperar a mañana, que es lo más importante». «¡Oh buen hijo de Histaspes! —le replica Ótanes—, hablas como quien eres, pues, hijo de un gran padre, no te muestras menos grande que el que te engendró. Pero atiende, Darío, a que lo que propones no sea antes precipitar la empresa que manejarla con arte y prudencia. La gravedad del asunto, si queremos llevarlo a cabo, requiere que seamos más en número los agresores del tirano». «Pues en verdad os aseguro —replica luego Darío— que si adoptáis el parecer de Ótanes, vais desde este punto, amigos míos, a ser otras tantas funestas víctimas consagradas a la venganza del mago. ¿No veis que no ha de faltar alguno, entre muchos, que para hacer fortuna venda con la denuncia nuestras vidas al furor del intruso? Lo mejor hubiera sido que vosotros por vuestra propia mano hubierais dado antes el golpe sin llamar a nadie en vuestro socorro. Pero ya que no lo hicisteis, considerando mejor comunicar la empresa a

muchos y hacerme entrar en ella, os repito que estamos ya al límite; o llevamos hoy mismo a cabo la empresa, o si se nos pasa el día de hoy, juro aquí mismo por los dioses que nadie ha de anticiparse en la delación, pues desde aquí voy directamente a delataros al mago».

72. Cuando Ótanes vio a Darío tan resuelto y pronto a la ejecución, le habló otra vez así: «Ahora bien, Darío, ya que nos obligas, y aun fuerzas, aquí de improviso sin dejarnos respirar, un punto a que emprendamos esta hazaña, dinos asimismo por vida de los dioses: ¿cómo hemos de penetrar en palacio para dejarnos caer de golpe sobre ellos? Bien sabes tú, o por haberlo visto con tus ojos o haberlo mil veces oído, cómo están allí apostados por orden los centinelas. Dinos, pues: ¿cómo podremos pasar por medio de ellos?».

«¿Cómo? —responde Darío—. ¿No sabes, Ótanes, que la intrepidez hace ver ejecutadas muchas cosas antes que la razón las mire como posibles? ¿Que otras, al contrario, da por hechas la razón que no puede cumplir el brazo más robusto? Creedme, fuera reparos y temores; nada más fácil para nosotros que penetrar por medio de esos centinelas apostados, parte porque ni uno de ellos habrá que no nos ceda el paso siendo las personalidades que somos en Persia, pues los unos lo harán por respeto, y otros, quizá por miedo; parte por no faltarme un sustancioso pretexto con que logremos el paso libre con decir que, recién llegado de Persia, traigo de parte de mi padre un importante negocio que tratar de palabra con el soberano. Mentiré sin duda diciéndolo; pero bueno es mentir si merece la pena, pues a mi parecer el que miente y el que dice la verdad van ambos al mismo fin de atender a su provecho. Miente el uno porque con el engaño espera adelantar sus negocios; dice verdad el otro para conseguir algo, alimentando con ella a los demás para que le fíen mejor sus intereses. En suma, con la verdad y la mentira procuran todos su utilidad; de suerte que creo que si nada se interesara en ello la gente, todo este aparato de palabras se lo llevaría el aire, y tan falso sería el hombre más veraz, como veraz el más falso del universo. Vamos al caso: al portero y guardia de palacio que cortés y atentamente nos ceda el paso, sabremos después agradecérselo y pagárselo bien; al que haciéndonos frente tuviere la osadía de negarnos la entrada, le trataremos allí mismo como enemigo; y empezando por él las hostilidades, avanzaremos animosos al ataque de palacio».

73. Después de este discurso, toma Gobrias la palabra: «Amigos —les dice—, se trata ahora de nuestro honor; nada más glorioso a nuestras personas que recobrar el imperio perdido o morir en el empeño si no pudiésemos salir con él. ¿Es que, nosotros, los persas, hemos de ser vasallos de un medo, súbditos de un mago con las orejas cortadas? Bien podéis acordaos los que conmigo os hallasteis presentes en el último discurso del enfermo y moribundo Cambises; no diré de los encargos y encomiendas que nos hizo, sino de las horrendas maldiciones que nos lanzó, si después de su muerte no podíamos recobrar el imperio usurpado. Verdad es que nosotros, temerosos de que no fuera su arenga una calumnia contra Esmerdis, su hermano, no acabamos de darle el crédito que merecía. Ahora repito que me conformo con el parecer de Darío, y añado que nadie salga de este encuentro sino para ir directamente a desocupar el palacio y a deshacernos luego del mago». Dijo esto, y todos siguieron el voto de Gobrias.

74. Entretanto que los conjurados estaban reunidos, sucedió algo muy oportunamente. Los magos acordaron como conveniente traer a Prexaspes a su partido y confianza, por muchos motivos: uno por saber que había tenido que sufrir de Cambises las más atroces injurias, habiendo su hijo caído a sus propios ojos traspasado por una flecha que el rey le disparó; otro por ser Prexaspes el único o el que mejor sabía la muerte que con sus propias manos había dado al príncipe Esmerdis; y tercero, por ser además uno de los señores de mayor reputación entre los persas. Por estos motivos, habiendo los magos llamado a palacio a Prexaspes, procuraron ganárselo como amigo, y le obligaron con los más solemnes juramentos a darles palabra de que les guardaría sumo secreto, sin decir a hombre nacido o por nacer el engaño que habían tramado contra los persas, prometiéndole por su parte montes de oro y cuanto acertara a pedir y desear. Promete Prexaspes a los magos hacer cuanto se le pidiese; y le dicen por segunda vez que estaban resueltos a convocar a los persas bajo los muros de su palacio real, deseosos de que él, subido sobre una de las torres de palacio, les dijese que el soberano a quien entonces obedecieran era realmente el mismo Esmerdis, hijo de Ciro, y ningún otro Esmerdis; lo cual le mandaban los magos, así por ser Prexaspes el más acreditado sujeto que tenían los persas, como por saber muy

bien que tanto más crédito se le daría, cuantas habían sido en número las ocasiones en que Prexaspes había públicamente asegurado que vivía Esmerdis, hijo de Ciro, negando su muerte.

75. No se hizo de rogar Prexaspes, diciendo estar dispuesto a ello. Llaman, pues, los magos a los persas para aquella asamblea del reino, y mandan a aquel que, puesto sobre una torre, les hable desde allí. Entonces el honrado Prexaspes, olvidándose a propósito de lo que los magos le habían pedido, tomó desde Aquémenes el principio de su arenga, va deslindando la ascendencia de Ciro que de él venía, pondera al llegar aquí lo mucho que debe al gran Ciro la nación de los persas, y concluido su elogio, sigue llanamente diciendo la verdad, confesando que la había antes encubierto por no poder decirla sin peligro y sin que le costase caro; pero que había llegado ya la hora para declarar, según lo exigía su conciencia, el gran misterio del palacio de Susa. Confesó, en efecto, que, obligado por Cambises, él mismo había sido antes el verdugo del príncipe Esmerdis, hijo de Ciro; y que los magos eran entonces los soberanos del imperio. Concluyó por fin descargando sobre los persas las más horrendas imprecaciones, anunciándoles que, si dejaban a los magos sin la debida venganza, no volverían a adueñarse del mando. Y diciendo estas últimas palabras, se arroja desde lo alto de la torre cabeza abajo. Así Prexaspes, honrado en vida, murió como persa bueno y leal.

76. Mientras que esto sucedía en palacio, los siete conjurados de Persia, en virtud del acuerdo tomado de poner manos a la obra al momento sin dilatar la empresa un solo punto, iban a ejecutarla después de haber llamado a los dioses en su favor y ayuda, sin que nada hubieran sabido de la reciente aventura de Prexaspes. A la mitad de su camino oyeron lo que con este acababa de suceder, y retirándose de la calle, entraron de nuevo a discutir la cuestión. Era Ótanes del parecer de que se pospusiera absolutamente la empresa para mejor momento, no siendo oportuna la presente ocasión por el alboroto del Estado. Darío decía, al contrario, que convenía ir luego a palacio y realizar la empresa sin más tardanza. En el calor de esta contienda, he aquí que aparecen de repente a los siete otros tantos pares de halcones dando caza a dos pares de buitres, arrancándoles las plumas por el aire y destrozándoles el cuerpo con los picos. Los ven los siete conjurados, y dando todos asentimiento a Darío, marchan derechos a palacio llevados en alas de tan felices augurios.

77. Llegan a las puertas de palacio; les sucede puntualmente como esperaba Darío, pues al instante los centinelas, parte por respeto a tales señores de Persia, parte por no pasarles siquiera por el pensamiento que pudieran venir aquellos personajes con el objeto que realmente traían, no solo les dieron paso franco, sino que, como si fueran otros tantos enviados de los mismos dioses, nadie hubo que les preguntase a qué venían. Pero internados ya dentro de las salas de palacio, al dar con los eunucos que solían llevar los recados al soberano, les preguntan estos qué pretendían allí dentro, gritando al mismo tiempo y amenazando a los guardias por haberles admitido en palacio. Al oírles los conjurados, y al ver la resistencia que se les hacía, se animan mutuamente, sacan sus dagas, cosen a puñaladas a cuantos se les oponen, y entran corriendo hacia el aposento de los magos.

78. Se hallaban cabalmente los dos magos dentro de él tomando sus medidas sobre el reciente caso de Prexaspes. Apenas oyeron aquel alboroto y repentin griterío de sus eunucos, salieron ambos, y al ver lo que dentro pasaba, pensaron en hacer una vigorosa resistencia: uno de ellos, antes que llegasen los conjurados, pudo coger su arco, y el otro echó mano luego de su lanza. Atacan los siete a los magos; al del arco nada le servían sus flechas, no estando a tiro sus enemigos, que le tenían cuerpo a cuerpo rodeado y oprimido; el otro, blandiendo oportunamente su lanza, se defendía bien de los agresores, hiriendo con ella a Aspatines en un muslo y a Intafrenes en uno de los ojos, del cual toda su vida quedó tuerto, aunque no murió de la herida. Pero mientras uno de los magos lograba herir a estos dos, el otro, viendo que no podía hacer uso del arco, iba retirándose de la sala hacia la estancia contigua, con ánimo de cerrar la puerta a los agresores; pero al mismo tiempo dos de los conspiradores, Darío y Gobrias, arremeten y entran dentro con él. Le toma Gobrias apretadamente y le tiene bien sujeto entre los brazos; mas con todo, Darío no usaba la daga, temeroso de herir a Gobrias en la oscuridad del aposento, en vez de atravesar al mago de parte a parte. Conociendo Gobrias que estaba detenido, le pregunta qué hace con su puñal: «Lo tengo aquí suspendido —le dice— y con la mano levantada por no herirte». «¡Atraviésame con él —responde Gobrias—, con tal de

que pases a puñaladas a este mago maldito». Obedece Darío; da la puñalada y acierta al mago.

79. Muertos ya los dos magos y cortadas sus cabezas, dejan en palacio sus dos compañeros heridos, ya porque no podían estos seguirles, ya también con la mira de que se quedasen como guardas del palacio. Los otros cinco, sanos y victoriosos, salen corriendo de palacio con las dos cabezas en las manos, y lo llenan todo de tumulto y vocerío. Convocando luego a los persas con las cabezas pendientes de las manos, les van contando apresuradamente lo sucedido, y matando juntamente por las calles a cuantos magos les salen al encuentro. Los demás persas, teniendo a la vista la reciente hazaña de sus siete héroes, y patente el embuste de los magos, consideraban un deber hacer otro tanto por su parte, y con el puñal en la mano, no dejaban con vida mago alguno que encontrasen. Tanta fue la carnicería que si no la hubiese detenido la noche, no quedaría ya la estirpe de los magos. Los persas miran como el más solemne y memorable este día en que celebran una gran fiesta de aniversario, a la que dan el nombre de Magofonía[159], no permitiendo que en ella comparezcan en público los magos, obligados severamente a mantenerse encerrados en su casa.

80. De allí a cinco días, sosegado ya en Susa el tumulto, los siete conjurados contra los magos empezaron a preguntarse acerca de la situación y el arreglo del imperio, y en la deliberación se dijeron cosas y pareceres increíbles para los griegos, pero que no por esto dejaron realmente de decirse. Les aconsejaba Ótanes, en primer lugar, que se dejase en manos del pueblo la suma potestad del Estado, y les hablaba así: «Mi parecer, señores, es que ningún particular entre nosotros sea nombrado monarca de aquí en adelante, pues tal gobierno no es agradable ni menos provechoso. Bien sabéis vosotros mismos a qué extremo llegó la suma insolencia de Cambises, y no os ha cabido poca parte en la audacia extrema del mago. Quisiera que se me dijese ¿cómo cabe en realidad que la monarquía, a cuyo capricho es dado hacer impunemente cuanto se le antoje, pueda ser un gobierno justo y acertado? ¿Cómo no ha de ser por sí misma peligrosa y capaz de trastornar y sacar de quicio las ideas de un hombre de índole la más

---

[159] Es decir, «Matanza de los magos».

HERÓDOTO

justa y moderada cuando se vea sobre el trono? Y la razón es porque
la abundancia de todo género de bienes engendra insolencia en el
corazón del monarca, juntándose esta con la envidia, vicio común
nacido con el hombre mismo. Teniendo, pues, un soberano estos
dos males, insolencia adquirida y envidia innata, tiene en ellos la
suma y el colmo de todos. Lleno de sí mismo y de su insolente poder, cometerá mil atrocidades por mero capricho, otras mil de pura
envidia, siendo así que un soberano a quien todo sobra debiera por
justo motivo verse libre de los estímulos de tal pasión. Con todo,
en un monarca suele observarse un proceder contrario para con sus
súbditos: de envidia no puede sufrir que vivan y adelanten los sujetos
de mérito y prendas sobresalientes; gusta mucho de tener a su lado
los ciudadanos más corrompidos y depravados del Estado; tiene el
ánimo siempre dispuesto a proteger la delación y apoyar la calumnia. No hay hombre más descontentadizo que un monarca. ¿Es uno
parco o contenido en admirar sus prendas y subirlas a las nubes? Se
da por ofendido de que se falte al acatamiento y veneración debida
al soberano. ¿Se es, por el contrario, pródigo en dar muestras de
respeto y veneración? Se le desdeña y mira como a un adulador falso
y vendido. Y no es eso lo peor; lo que no puede sufrírsele de ningún
modo es ver cómo trastorna las leyes de la patria; cómo abusa por
fuerza de las mujeres ajenas; cómo, finalmente, pronuncia sentencia
capital sin oír al acusado. Mas, al contrario, el gobierno del pueblo,
además de llevar en su mismo nombre de isonomía[160] la justicia igual
para todos y con ella la mayor recomendación, no cae prácticamente
en ninguno de los vicios y desórdenes de un monarca; permite a la
suerte la elección de magistraturas; pide después a los magistrados
cuenta y razón de su gobierno; admite, por fin, a todos los ciudadanos en el desarrollo de los negocios públicos. En suma, mi voto
es anular la monarquía y sustituirla por el gobierno popular, que al

---

[160] En este debate sobre la mejor *politeía* («organización política de una comunidad»)
Heródoto no emplea el término democracia (que sí aparecerá en *Historia* 6.43)
utiliza, eso sí, en boca de Ótanes, la expresión «gobierno del pueblo» y el concepto
de isonomía, «igualdad de derechos», que junto a la *isokratía* o «igualdad de poder»
y la *isegoría* «igualdad en el uso de la palabra» ya sí que conformarán el concepto
de *demokratía*.

cabo, en todo género de bienes, siempre lo más es lo mejor». Tal fue el parecer que dio Ótanes.

81. Pero Megabizo, en el voto razonado correspondiente, se declaró por la oligarquía, favoreciendo a los grandes por estas razones: «Desde luego —dijo—, me conformo con el voto de Ótanes, dando por buenas sus razones acerca de acabar con la tiranía; mas en cuanto a lo que añadió de que pasase a manos del vulgo la autoridad soberana, en esto digo que no anduvo acertado. Es cierto que nada hay más temerario en el pensar que el ignorante vulgo, ni más insolente en el querer que el vil y soez populacho. De suerte que de ningún modo puede aprobarse que para huir de la altivez de un soberano se quiera ir a parar a la insolencia del vulgo, de por sí desatento y desenfrenado; pues al cabo un soberano sabe lo que hace cuando actúa; pero el vulgo actúa según le viene a la mente, sin saber lo que hace ni por qué lo hace. ¿Y cómo ha de saberlo, cuando ni aprendió de otro lo que es útil y loable, ni es capaz de entenderlo por sí mismo? Cierra los ojos a la manera de un impetuoso torrente lo abate y arrastra todo. ¡Hagan los enemigos de los persas que estos dejen el gobierno en manos del pueblo! Ahora debemos nosotros escoger un consejo compuesto de los sujetos más valiosos del Estado, en quienes depositaremos el poder soberano. Vamos a lograr así dos ventajas: una que nosotros mismos seremos el número de tales consejeros; otra que las resoluciones públicas serán las más acertadas, como debe suponerse siendo dictadas por hombres del mayor mérito y reputación». Tal fue el voto dado por Megabizo.

82. Darío, el tercero en hablar, votó de esta forma: «Me parece bien lo que tocante al vulgo acaba de decir Megabizo, pero no me parece bien por lo que respecta a la oligarquía; porque de los tres gobiernos propuestos, el del pueblo, el de los nobles y el de un monarca, aun cuando se suponga cada cual en su género el mejor, el de un rey opino que excede en mucho a los demás. Y opino así, porque no veo que pueda darse persona más adecuada para el gobierno que la de un varón en todo grande y sobresaliente, que asistido de una prudencia política igual a sus eminentes talentos, sepa regir el cuerpo entero de la monarquía de modo que en nada se le pueda reprender; y tenga asimismo la ventaja del secreto en las determinaciones que fueran preciso tomar contra los enemigos. Paso a la oligarquía, en la cual, siendo muchos en dar pruebas de valor y en granjear méritos para con la comunidad, es consecuencia natural que la misma emulación engendre aversión y odio de unos hacia otros; pues queriendo cada cual ser el principal autor y como cabeza en las resoluciones públicas, es necesario que den en grandes discordias y mutuas enemistades, que de las enemistades pasen a las sediciones, de las sediciones a las muertes y de las muertes a la monarquía, dando con este último recurso una prueba real de que es este el mejor de todos los gobiernos posibles. ¿Qué diré del gobierno del pueblo, en el cual es imposible que no vayan anidando el cohecho y la corrupción? Adoptada una vez esta iniquidad y familiarizada entre los que gobiernan, en vez de odio no engendra sino gran unión entre los magistrados de una misma gavilla que se aprovechan privadamente del gobierno y se cubren mutuamente por no quedar en descubierto ante el pueblo. De este modo suelen andar los asuntos del Estado, hasta tanto que un magistrado les aplica el remedio, y logra que el desorden público cese y acabe. Con esto, viniendo a ser objeto de la admiración del vulgo, se abre camino para llegar a ser monarca, dando en ello una prueba de que la monarquía es el gobierno más acertado. Y, para decirlo en una palabra, ¿de dónde vino a Persia, pregunto, la independencia y libertad? ¿Quién fue el autor de su imperio? ¿Fue acaso el pueblo? ¿Fue por ventura la oligarquía? ¿O fue más bien un monarca? En suma, mi parecer es que nosotros los persas, hechos antes libres y señores del imperio por un gran hombre, por el gran Ciro, mantengamos el mismo sistema de gobierno, sin alterar de ningún modo las leyes de nuestros antepasados, lo más útil que considero para nosotros».

83. Dados los tres referidos pareceres, los cuatro votos que restaban de los siete se decidieron por el de Darío. Ótanes, que deseaba introducir la isonomía, no habiendo conseguido su intento, les habló de nuevo en estos términos: «Visto está, compañeros míos, que alguno de los que aquí estamos obtendrá la corona, o bien se la dé la suerte o bien la elección de la nación a cuyo arbitrio la dejemos, o bien por cualquier otra vía que recaiga en su cabeza. Pues yo renuncio desde ahora al derecho de pretenderla, ni entro en concurso, persistiendo en no querer ni mandar como rey ni ser mandado como súbdito. Cedo todo el derecho que pudiera pretender, pero lo hago con la expresa condición de no estar yo jamás ni alguno de

mis descendientes a las órdenes del soberano». Hecha tal propuesta, que fue admitida luego por los seis restantes bajo aquella restricción, salió Ótanes de la reunión; y en efecto, solo su familia se mantiene hasta hoy día libre e independiente de los persas, pues se le manda únicamente en cuanto ella no rehúsa, no faltando por otra parte a las leyes del Estado persa.

84. Los seis restantes conjurados continuaban en sus conversaciones destinadas a la mejor elección de un monarca; y ante todo les pareció establecer que si la corona venía a recaer sobre alguno de los seis, este tuviera que reservar a Ótanes y a toda su descendencia el perpetuo privilegio de honrarse con la vestidura de los medos, y enviarle asimismo los legítimos regalos que se consideran entre los persas como distinciones honoríficas. La causa de honrar a Ótanes con esta singular prerrogativa fue por haber sido el principal autor y cabeza de la conjuración contra el mago, aconsejándola a los demás compañeros de la conjura. Respecto a los otros, ordenaron primero que cualquiera de ellos, siempre que le pareciese, tuviera franca la entrada en palacio, sin prevención ni ceremonia de pasar antes aviso, a no ser que el rey estuviese en su aposento en compañía de sus mujeres; segundo, que el rey no pudiera tomar esposa que no fuese de la familia de dichos conjurados; finalmente, por lo tocante al punto principal de la elección al trono, acordaron tomar el medio de montar los seis a caballo en los arrabales de Susa, y nombrar y reconocer por rey a aquel cuyo caballo relinchase primero a la salida del sol.

85. Tenía Darío un caballerizo hábil y perspicaz, por nombre Ébares, al cual, apenas vuelto a su casa de la reunión, hace llamar y habla de este modo: «Te hago saber, Ébares, que para la elección de monarca hemos resuelto que sea nuestro rey aquel cuyo caballo, estando cada uno de nosotros montado en el suyo, fuere el primero en relinchar al nacer el sol. Tiempo es ahora de que te valgas de tus tretas y recursos, si algunos tienes, para hacer de todas maneras que yo, y ningún otro, arrebate el premio de la corona». «Buen ánimo, señor —responde Ébares—; dadla ya por alcanzada y puesta sobre la cabeza: si nada más se exige, y si en lo que decís consiste ser rey o no, albricias os pido, porque ningún otro que vos lo será. Mañas hay aquí y recursos para todo». «Manos a la obra, pues —replícale Darío—; si algún ardid sabes, tiempo es de usarlo sin perder un instante, pues mañana mismo ha de decidirse la cuestión». Oído lo cual, lleva a cabo Ébares esta acción: llegada la noche, toma una de las yeguas de su amo, aquella que movía y alborotaba más el amor del caballo de Darío; la lleva a los arrabales y la deja allí atada; vuelve después conduciendo el caballo de Darío, le hace dar mil vueltas alrededor de la yegua, permitiéndole solo el acercarse a ella, hasta que al cabo de un rato le deja holgar libremente.

86. Apenas empezó a rayar el alba al siguiente día, cuando los seis pretendientes de la corona, conforme a lo pactado, se dejaron ver aparejados en sus respectivos caballos, e iban de una a otra parte paseando por los arrabales, cuando no bien llegados, a aquel paraje donde la yegua había estado atada el día anterior, dando un respingo el caballo de Darío, empieza sus relinchos. Al mismo tiempo ven todos correr un rayo por el sereno cielo y oyen retumbar un trueno, cuyos prodigios sucedidos a Darío fueron su inauguración para la corona, de modo que los otros competidores, bajando del caballo a toda prisa y doblando allí mismo la rodilla, le saludaron y reconocieron por su rey.

87. Así cuentan algunos el ambicioso artificio usado por Ébares, si bien otros, pues andan en esto divididas las opiniones de los persas, lo refieren de otra manera. Dicen que Ébares aplicó antes su mano a la vulva de la yegua, y la mantuvo cubierta entre sus vestidos, pero al momento de apuntar el sol, cuando debían mover los caballos, sacando su mano el caballerizo, la llevó a las narices del caballo, el cual, percibiendo el olor, comenzó al punto a relinchar.

88. De este modo, Darío, hijo de Histaspes, fue no solo proclamado en Susa, sino reconocido también por rey de todos los vasallos de Asia a quienes antes Ciro y después Cambises habían subyugado. Pero en este número no deben entrar los árabes, que nunca prestaron vasallaje a los persas, si bien como amigos y aliados quisieron dar paso a Cambises hacia Egipto, al que los persas no hubieran podido atacar con sus tropas si los árabes se les hubieran opuesto. Reconocido ya Darío rey de los persas, empezó sus nuevas alianzas, tomando por esposas de primera clase a las dos hijas de Ciro, llamada una Atosa y la otra Artistone, aquella casada primero con su mismo hermano Cambises y después con el mago; esta virgen todavía. Casó asimismo Darío con otra princesa real llamada Parmis, hija de Esmerdis, y qui-

so tener también por esposa de primer orden a la hija de Ótanes, que había sido la primera en descubrir al mago impostor. Una vez que tuvo ya Darío seguro y afianzado el imperio en su persona, mandó lo primero erigir por monumento de su nueva grandeza y fortuna un bajorrelieve ecuestre de piedra con una inscripción grabada en él que decía: «Darío, hijo de Histaspes, por el valor de su caballo (al cual nombraba allí por su propio nombre) y de su caballerizo Ébares, adquirió el reino he los persas».

89. Establecidas así las cosas entre los persas, señaló Darío veinte gobiernos, que llaman satrapías y, nombrando en ellos sus sátrapas[161], ordenó los tributos que debían pagársele, tasando cierta cantidad para cada una de aquellas naciones tributarias. A este fin fue reuniendo a cada nación algunos pueblos confinantes, que contribuyesen juntamente con ella, y esta providencia tomada para las provincias más cercanas la extendió a las gentes más remotas del imperio, encabezando unas con otras para el reparto de los ingresos de la corona. La forma guardada en la división de los gobiernos y en la distribución de los tributos anuales fue la siguiente: ante todo, mandó a los pueblos que solían contribuir con plata que le pagasen la contribución en talentos babilónicos, y a los que con oro, en talentos euboicos: el talento babilónico corresponde a setenta minas euboicas. En el reinado de Ciro y en el inmediato de Cambises, no habiéndose fijado un arreglo todavía ni determinado una tasa individual acerca de los tributos, solían los pueblos contribuir a la corona con sus donativos; de suerte que Darío fue el autor de la talla determinada, de lo cual y de otras providencias de este género nació el dicho de los persas que Darío fue un mercader; Cambises, un déspota, y Ciro, un padre; pues aquel de todo hacía comercio; el otro era áspero y descuidado, y este último, muy humano y solícito en hacer a todos felices.

90. Volviendo al asunto, la primera provincia ordenada por Darío se componía de los jonios, de los magnesios de Asia, de los eolios, de los carios, de los licios, de los milias y de los panfilios: la contribución para la cual dichos pueblos juntamente estaban empadronados subía a cuatrocientos talentos de plata. La segunda provincia,

---

[161] En persa *xsacapavan*, es decir, «Protector del Reino».

compuesta de los misios, libios, lasonios, cabalios y los hiteneos, contribuía con cuatrocientos talentos. La tercera provincia, en que estaban inscritos los pueblos del Helesponto que caen a la derecha del que navega hacia el Ponto Euxino, a saber: los frigios, los tracios asiáticos, paflagonios, los mariandinos y los sirios, contribuía con trescientos sesenta talentos. La cuarta provincia, que comprendía solo los cilicios, además de trescientos sesenta caballos blancos que salían a uno por día, pagaba al rey quinientos talentos de plata, de los cuales ciento cuarenta se quedaban allí para mantener la caballería apostada en las guarniciones de Cilicia, y los trescientos sesenta restantes iban al erario real de Darío.

91. La quinta provincia, cargada con trescientos cincuenta talentos de imposición, empezaba desde la ciudad de Posideo, fundada por Anfíloco, hijo de Anfiarao, en los confines de los cilicios y sirios, y llegando hasta Egipto, comprendía Fenicia entera, la Siria que llamaban Palestina y la isla de Chipre, no entrando, sin embargo, en este gobierno la parte confinante de Arabia, que era franca y privilegiada. La sexta provincia se componía de Egipto, de sus vecinos libios, de Cirene y Barca, agregadas a este partido, y pagaba al erario real setecientos talentos, y esto sin contar el producto que daba al rey la pesca del lago Meris, ni tampoco el trigo que en raciones medidas se daba a ciento veinte mil soldados persas y a las tropas extranjeras a sueldo del rey en Egipto que suelen estar de guarnición en el Fuerte Blanco de Menfis. En la séptima provincia estaban encabezados los satágidas, los gandarios, los dadicas y los aparitas, que contribuían todos con la suma de ciento setenta talentos. De la octava provincia, compuesta de Susa y de lo restante del país de los cisios, percibía el erario trescientos talentos de contribución.

92. De la novena provincia, en la que entraba Babilonia con el resto de Asiria, sacaba el rey mil talentos de plata, y además quinientos niños eunucos. De la décima provincia, compuesta de Ecbatana con toda Media, de los paricanios y de los ortocoribantios, entraban en las rentas reales cuatrocientos cincuenta talentos. La undécima provincia la componían los caspios, los pausicas, los pantimatos y los daritas, pueblos que unidos bajo un mismo registro tributaban al rey doscientos talentos. De la duodécima provincia, que desde los bactrianos se extendía hasta los eglos, se sacaban trescientos talentos.

93. La decimotercera provincia, formada por Páctica, de los armenios y gentes comarcanas hasta llegar al Ponto Euxino, rentaba a las arcas del rey cuatrocientos talentos. De la decimocuarta provincia, a la cual estaban agregados los sagartios, los sarangas, los tamaneos, los utios, los micos y los habitantes de las islas del mar Eritreo, en las cuales suele confinar el rey a los reos que llaman «deportados», se percibía seiscientos talentos de contribución. Los sacas y los caspios, alistados en la provincia decimoquinta, contribuían con doscientos cincuenta talentos al año. Los partos, los corasmios, los sogdos y los arios, que formaban la decimosexta, pagaban al rey trescientos talentos.

94. Los paricanios y etíopes de Asia, empadronados en la decimoséptima provincia, pagaban al erario real cuatrocientos talentos. A los matienos, a los saspires y a los alarodios, pueblos unidos en la provincia decimoctava, se les había impuesto la suma de doscientos talentos. A los pueblos de la decimonovena, moscos, tibarenos, macrones, mosinecos y mares, se impusieron trescientos talentos de tributo. La provincia vigésima, en que están alistados los indios, nación sin disputa la más numerosa de cuantas han llegado a mi noticia, paga un tributo más crecido que las demás provincias, que consiste en trescientos sesenta talentos de oro en polvo.

95. Ahora, pues, reducido el talento de plata babilónico al talento euboico, de las contribuciones apuntadas resulta la suma de nueve mil ochocientos ochenta talentos euboicos. Multiplicado después el talento de oro en grano por trece talentos de plata, dará esta partida la suma de cuatro mil seiscientos ochenta talentos; así que, hecha la suma total de dichos talentos, el tributo anual que recogería Darío ascendía a catorce mil quinientos sesenta talentos euboicos, y esto sin incluir en ella las partidas de quebrados.

96. Estos eran los ingresos que Darío percibía de Asia y de algunas pocas provincias de Libia. Corriendo el tiempo, se le añadió el tributo que después le pagaron, así las islas de Asia Menor, como los vasallos que llegó a tener en Europa, hasta la misma Tesalia. La forma con que guarda el persa sus tesoros en el erario es la de derramar el oro y la plata derretida en unas tinajas de barro hasta llenarlas, y retirarlas después de cuajado el metal; de suerte que cuando necesita dinero va cortando de aquellos pilones el oro y la plata que para aquella ocasión hubiere menester.

97. Estas eran, repito, las provincias y las cargas de tributo ordenadas por Darío. No he contado Persia propiamente dicha entre las provincias tributarias de la corona, por cuanto los persas en su país son inmunes y privilegiados de contribución. Hablaré ahora de algunas naciones, las cuales, si bien no tenían tributos impuestos, contribuían al rey, sin embargo, con sus donativos regulares. Tales eran los etíopes, confinantes con Egipto, que tienen su dominio cerca de la sagrada Nisa, y celebran fiestas a Dioniso, los cuales, como todos sus comarcanos, siguiendo el modo de vivir que los indios llamados calantias, moran en viviendas subterráneas y comparten la misma semilla. Habiendo sido conquistados por Cambises dichos etíopes y sus vecinos en la expedición emprendida contra los otros etíopes macrobios, presentaban entonces cada tercer año y presentan aún ahora sus donativos, reducidos a dos quénices de oro no acrisolado, a doscientas maderas de ébano, a cinco niños etíopes, y a veinte grandes dientes de elefante. Tales eran asimismo los colcos, que juntamente con sus vecinos hasta llegar al monte Cáucaso, eran contados entre los pueblos tributarios de la corona, pues los dominios del persa terminan en el Cáucaso, desde el cual todo el país que se extiende hacia el viento Bóreas en nada reconoce su imperio. Los colcos, aún en el día, hacen al persa sus regalos de cinco en cinco años, como homenajes concertados, que consisten en cien muchachos y cien doncellas. Tales eran los árabes finalmente, que regalaban al rey cada año mil talentos de incienso; y estos eran, además de los tributos, los donativos públicos que debían hacerse al soberano.

98. Volviendo al oro en polvo que los indios, como decíamos, llevan al rey en tan gran cantidad, explicaré el modo con que lo adquieren. La parte de la India de la cual se saca el oro, y que está hacia donde nace el sol, es toda un mero arenal, porque ciertamente de todos los pueblos de Asia de quienes algo puede decirse con fundamento de verdad y de experiencia, los indios son los más cercanos a la aurora, y los primeros moradores del verdadero Oriente o lugar de nacimiento del sol, pues lo que se extiende más allá de su país y se acerca más a Levante es una región desierta, totalmente cubierta de arena[162]. Muchas y diversas son

---

[162] El desierto del Thar, el confín oriental del mundo conocido para Heródoto.

las naciones de los indios; unas son de nómadas o pastores, otras no; algunas de ellas, viviendo en los pantanos que forman allí los ríos, se alimentan de peces crudos que van pescando con barcos de caña, pues hay allí cañas tales que solo un cañuto basta para formar un barco. Estos indios de las lagunas visten una ropa hecha de cierta clase de junco, que después de segado en los ríos y machacado, van tejiendo a manera de estera, haciendo de él una especie de petos con que se visten.

99. Otros indios, que llaman padeos, habitan hacia la aurora; son no solo pastores de profesión, sino que comen crudas las reses, y sus usos se dicen son los siguientes: cualquiera de sus paisanos que llegue a enfermar, sea hombre, sea mujer, ha de servirles de comida. ¿Es varón el infeliz doliente? Los hombres que le tratan con más intimidad son los que lo matan, dando por razón que, corrompido él con su mal, llegaría a corromper las carnes de los demás. El infeliz resiste y niega su enfermedad; mas no por ello lo perdonan, antes bien lo matan y hacen de su carne un banquete. ¿Es mujer la enferma? Sus más amigas y allegadas son las que hacen con ella lo mismo que suelen hacer los hombres con sus amigos enfermos. Si alguno de ellos llega a la vejez, y son pocos de este número, procuran quitarle la vida antes que enferme de puro viejo, y muerto se lo comen alegremente.

100. Otros indios hay cuya costumbre es no matar animal alguno, no sembrar planta ninguna, ni vivir en casas. Su alimento son las hierbas, y entre ellas tienen una planta que la tierra produce espontáneamente, de la cual se levanta una vaina, y dentro se cría una especie de semilla del tamaño del mijo, que cogida con la misma vainilla van comiendo después de cocida[163]. El infeliz que entre ellos enferma se va a un despoblado y se tiende en el campo, sin que nadie se cuide de él, ni durante la enfermedad, ni después de muerto.

101. Las relaciones carnales de todos estos indios mencionados se mantienen en público, de forma nada más contenida ni modesta que la de los ganados. Todos tienen el mismo color que los etíopes: el esperma que depositan en las mujeres para la procreación no es blanco, como en los demás hombres, sino negro como el que despiden los

---

[163] El arroz.

etíopes. Verdad es que estos indios, los más alejados de los persas y situados hacia el sur, jamás fueron súbditos de Darío.

102. Otra nación de indios se halla fronteriza a la ciudad de Caspatiro y a la provincia Páctica, y situada hacia el Bóreas al norte de los otros indios, la cual sigue un modo de vivir parecido al de los bactrianos; y estos indios, los guerreros más valientes entre todos, son los que destinan a la conducción y extracción del oro citado. Hacia aquel punto no es más el país que un arenal despoblado, y en él se crían una especie de hormigas[164] de tamaño poco menor que el de un perro y mayor que el de una zorra, de las cuales, cazadas y cogidas allí, se ven algunas en el palacio del rey de Persia. Al hacer estos animales su hormiguero o morada subterránea, van sacando la arena a la superficie de la tierra, como lo hacen en Grecia nuestras hormigas, a las que se parecen del todo en la figura. La arena que sacan es oro pulido, y por ella van al desierto los indios mencionados del modo siguiente: ata cada uno a su carro tres camellos; los dos atados con sogas a los dos extremos de las varas son machos, el que va en medio es hembra. El indio, montado sobre ella, procura que sea madre y recién parida y arrancada con violencia de sus tiernas crías, lo que no es extraño, pues estas hembras son allí nada inferiores en ligereza a los caballos y al mismo tiempo de robustez mucho mayor para la carga.

103. No diré aquí cuál sea la figura del camello por ser bien conocida entre los griegos; diré, sí, una particularidad menos conocida, a saber: que el camello tiene en las piernas de atrás cuatro muslos y cuatro rodillas, y que sus órganos genitales miran por entre las piernas hacia la cola.

104. Uncidos de este modo al carro los camellos, salen los indios auríferos a recoger el oro, pero siempre con la idea de llegar al lugar del pillaje en el mayor punto de los ardores del sol, tiempo en que se sabe que las hormigas se defienden del excesivo calor escondidas en sus hormigueros. Es de notar que los momentos en que el sol pica

---

[164] Los comentaristas coinciden en señalar que se trata de marmotas, cuyo nombre en persa habría sido traducido al griego por Heródoto como «hormigas de montaña».

más y se deja sentir más ardiente no son al mediodía como en otros climas, sino por la mañana, empezando muy temprano, y subiendo de punto hasta la hora en que finaliza el mercado[165], hora en que es mucho mayor el calor que se siente en la India, que no en Grecia al mediodía, y por eso la llaman los indios «hora del baño». Pero al llegar al mediodía, el calor que se siente entre los indios es el mismo que el que suele sentirse en otros países. Por la tarde, cuando empieza el sol a declinar, calienta allí del mismo modo que en otras partes recién salido; mas después se va templando de tal manera y refrescando el día, que al ponerse el sol se siente ya mucho frío.

105. Apenas llegan los indios al lugar de la presa, muy provistos de costales, los van llenando con la mayor diligencia posible, y luego toman la vuelta por el mismo camino; en el cual se dan tanta prisa, porque las hormigas, según dicen ellos, los rastrean por el olor, y luego que lo perciben salen a perseguirlos, y siendo, como aseguran, de una ligereza tal que no llega animal alguno, si los indios no cogieran la delantera mientras ellas se van reuniendo, ni uno solo de los colectores de oro escaparía con vida. En la huida los camellos machos, siendo menos ágiles, se cansan antes que las hembras, y los van soltando de la cuerda, primero uno y después otro, haciéndolos seguir detrás del carro, al paso que las hembras que tiran en las varas, con la memoria y deseo de sus crías, nada van aflojando en su carrera. Esta, en suma, según nos lo cuentan los persas, es la manera con que recogen los indios tanta abundancia de oro, sin faltarles con todo otro oro, bien que en menor abundancia, sacado de las minas del país.

106. Advierto que a los puntos extremos de la tierra habitada les han cabido en suerte las cosas más bellas y preciosas, así como a Grecia le ha tocado la fortuna de lograr para sí las estaciones más templadas en un cielo más dulce y apacible. Por la parte de Levante, la primera de las tierras habitadas es la India, como acabo de decir, y desde luego vemos allí que las bestias cuadrúpedas, como también las aves, son mucho mayores que en otras regiones, a excepción de los caballos, que en tamaño quedan muy atrás de los de Media, llamados

---

[165] Es decir, hasta el mediodía, hora a partir de la cual comenzaría el calor en Grecia.

neseos. En segundo lugar, vemos en la India infinita abundancia de oro, ya sacado de sus minas, ya revuelto por los ríos entre las arenas, ya robado, como dije, a las hormigas. Lo tercero, se encuentran allí ciertos árboles agrestes que en vez de fruta llevan una especie de lana[166], que, no solo en belleza, sino también en bondad, aventaja a la de las ovejas, y sirve a los indios para tejer sus vestidos.

107. Por la parte del sur, la última de las tierras pobladas es Arabia, única región del orbe que naturalmente produce el incienso, la mirra, la canela, el cinamomo y láudano, especies todas que no recogen fácilmente los árabes, si se exceptúa la mirra. Para la cosecha del incienso se sirven del sahumerio del estoraque, una de las drogas que nos traen a Grecia los fenicios; y la causa de sahumarle al irlo a recoger es porque hay unas serpientes aladas de pequeño tamaño y de color vario por sus manchas, que son las mismas que a bandadas hacen sus expediciones hacia Egipto; las que guardan tanto los árboles de incienso que en cada uno se hallan muchas de ellas; tan amigas, por otra parte, de estos árboles que no hay medio de apartarlas sino a fuerza de humo del estoraque mencionado.

108. Añaden los árabes sobre este punto que todo su país estaría en peligro de verse lleno de estas serpientes, si no cayera sobre ellas la misma calamidad que, como sabemos, suele igualmente suceder a las víboras, cosa en que deja verse, según nos persuade toda buena razón, un insigne rasgo de la sabiduría y providencia divinas, pues vemos que todos los animales tímidos a un tiempo por instinto y aptos para el sustento común de la vida, son muy fecundos, sin duda a fin de que, aunque comidos ordinariamente, no llegaran a verse del todo consumidos; mientras los otros por naturaleza fieros y perjudiciales suelen ser poco fecundos en sus crías. Se ve esto especialmente en las liebres y conejos, los cuales, siendo presa de las fieras y aves de rapiña, y caza de los hombres, son una raza con todo tan extremadamente fecunda, que preñada ya concibe de nuevo, en lo que se distingue de cualquier otro animal; y a un mismo tiempo lleva en su vientre una cría con pelo, otra sin pelo, otra en embrión que

---

[166] Se refiere al algodón, que en Grecia sería conocido tras las campañas de Alejandro Magno.

se va formando, y otra nuevamente concebida en esperma. Tal es la fecundidad de la liebre y del conejo. Al contrario, la leona, como fiera la más valiente y atrevida de todas, pare una sola vez en su vida, y un cachorro solamente, arrojando además la matriz al parirlo; y la causa de esto es porque apenas empieza el cachorrito a moverse dentro de la leona, cuando sus uñas, que tiene más agudas que ninguna otra fiera, rasga la matriz, y cuanto más crece, con más fuerza la araña, y por fin, cercano al parto, nada deja sano en el útero, dejándolo enteramente herido y destrozado.

109. Así que si las víboras y serpientes voladoras de los árabes nacieran sin fracaso alguno por su orden natural, no quedaría hombre con vida en aquel país. Pero sucede que al tiempo mismo del coito, cuando el macho está arrojando la esperma, la hembra, asiéndole del cuello y apretándole con toda su fuerza, no le suelta hasta que ha comido y tragado su cabeza. Muere entonces el macho, mas después halla la hembra su castigo en sus mismos hijuelos, que antes de nacer, como para vengar a su padre, le van comiendo las entrañas, de modo que para salir a la luz se abren camino por el vientre rasgado de su misma madre. No sucede así con las otras serpientes, en nada enemigas ni perjudiciales al hombre, las que después de poner sus huevos, van sacando una caterva sinnúmero de hijuelos. Respecto a las víboras, observamos que las hay en todos los países del mundo; pero las serpientes voladoras solo en Arabia se ven ir en bandadas, lo que les hace parecer muchas en número; por lo demás, no se ven en otras regiones.

110. Hemos referido el modo de cómo los árabes recogen el incienso; he aquí el que emplean para recoger la canela. Para ir a esta cosecha, antes de todo se cubren no solo el cuerpo, sino también la cara con cueros y otras pieles, dejando descubiertos únicamente los ojos; porque la canela, nacida en una profunda laguna, tiene apostados alrededor ciertos alados avechuchos muy parecidos a los murciélagos, de singular graznido y de gran fuerza, y así defendidos los árabes con sus pieles, los van apartando de los ojos mientras recogen su cosecha de canela.

111. Más admirable es aún el medio que usan para recoger el cinamomo, si bien no saben decirnos positivamente ni el sitio donde nace, ni la calidad de la tierra que lo produce; infiriendo solamente algunos, por muy probables conjeturas, que debe nacer en los mismos parajes en que se crio Dioniso. Dicen de esta planta que llegan a Arabia unas grandes aves llevando aquellos palitos que nosotros, enseñados por los fenicios, llamamos cinamomo, y los conducen a sus nidos formados de barro encima de unos peñascos tan altos y escarpados que es imposible que suba a ellos hombre nacido. Mas para bajar de los nidos el cinamomo los árabes han sabido ingeniarse, pues partiendo en grandes pedazos los bueyes, asnos y otras bestias muertas, cargan con ellos, y después de dejarlos cerca del lugar donde saben que está su guarida, se retiran luego muy lejos: bajan volando a la presa aquellas aves carniceras, y cargadas con aquellos enormes cuartos, los van subiendo y amontonando en su nido, que no pudiendo llevar tanto peso, se desgaja de la peña y viene a dar en el suelo. Vuelven los árabes a recoger el despeñado cinamomo, que vendido después por ellos pasa a los demás países.

112. Aún tiene más de extraño y maravilloso la droga del láudano, como los árabes lo llaman, que, nacida en el más hediondo lugar, es la que mejor huele de todas. Cosa extraña por cierto; va criándose en las barbas de las cabras y de los machos cabríos, de donde se le extrae a la manera que el moho del tronco de los árboles. Es el más provechoso de todos los ungüentos para mil usos, y de él muy especialmente se sirven los árabes para sus perfumes.

113. Basta ya de hablar de estos, con decir que Arabia entera es un paraíso de fragancia suavísima y casi divina. Y pasando a otro asunto, hay en Arabia dos razas de ovejas muy raras y maravillosas que no se ven en ninguna otra región: una tiene tal y tan larga cola, que no es menor de tres codos cumplidos, y es claro que si dejaran a estas ovejas que las arrastrasen por el suelo, no pudieran menos de lastimarlas con muchas heridas; mas para remediar este daño, todo pastor, haciendo allí de carpintero, forma pequeños carros que después ata a la gran cola, de modo que cada oveja arrastra a la suya montada en su carro; la otra raza tiene tan ancha la cola, que tendrá más de un codo.

114. Por la parte de Poniente al retirarnos del sur, sigue Etiopía, última tierra habitada por aquel lado, que tiene asimismo la ventaja de producir mucho oro, de criar elefantes de enormes dientes, de tener en sus bosques todo género de árboles y el ébano mismo, y de formar hombres muy altos, muy bellos y longevos.

115. Tales son las extremidades del continente, tanto en Asia como en Libia; de la parte extrema que en Europa cae hacia Poniente, confieso no tener bastantes conocimientos para decir algo positivo. No puedo asentir a lo que se dice de cierto río llamado por los bárbaros Erídano[167], que desemboca en el mar hacia el viento Bóreas, y del cual se dice que nos viene el electro, ni menos saldré fiador de que haya ciertas islas llamadas Casitérides de donde procede el estaño[168]; pues en lo primero el mismo nombre de Erídano, siendo griego y nada bárbaro, clama por sí que ha sido hallado y acuñado por alguno de los poetas; y en lo segundo, por más que procuré averiguar el punto con mucho empeño, nunca pude dar con un testigo de vista que me informase de cómo el mar se extiende más allá de Europa, de suerte que, a mi juicio, el estaño y el electro nos vienen de algún rincón muy retirado de Europa, pero no de fuera de su recinto.

116. Por el lado del norte parece que se halla en Europa copiosísima abundancia de oro, pero tampoco sabré decir dónde se halla, ni de dónde se extrae. Se cuenta que lo roban a los grifos los arimaspos, de un solo ojo; pero es demasiado grosera la historia para que pueda adoptarse ni creerse que existan en el mundo hombres que tengan un ojo solo en la cara, y sean en lo restante como los demás. En suma, me parece acerca de las partes extremas del continente que son una especie de terreno muy diferente de los otros, y como encierran unos géneros que son tenidos aquí por los mejores, se nos figura que también allí son todo también preciosidades.

117. Hay en Asia, pues tiempo es de volver a ella, cierta llanura cerrada en un cerco formado por un monte que se extiende a su alrededor, teniendo cinco quebradas. Esta llanura, estando situada en los confines de los corasmios, de los hircanios, de los partos, de los sarangas y de los tamaneos, pertenecía antes a los primeros; pero después que el Imperio pasó a los persas, pasó ella a ser patrimonio de la corona. Del monte que rodea dicha llanura nace un gran río,

---

[167] Nombre de un río mítico situado al norte de Europa e identificado en ocasiones con el Rin.
[168] El nombre de estas islas alude directamente a la palabra «estaño». Lugar de ubicación incierta, los estudiosos suelen identificarlas con Bretaña o con Gran Bretaña.

por nombre Aces, que conducido hacia las quebradas, y sangrando por ellas con canales, iba antes regando las referidas tierras, derivando su acequia cada cual de aquellos pueblos por su respectiva quebrada. Mas después que estas naciones pasaron al dominio de los persas, se le hizo en este punto un notable perjuicio, por haber mandado el rey que en dichas quebradas se levantasen otras tantas presas con sus compuertas; de lo cual necesariamente provino que, cerrado todo desagüe, no pudiendo el río tener salida, se difundiera en la llanura y la convirtiera en mar. Los pueblos vecinos, que solían antes aprovecharse del río sagrado, no pudiéndose valer de su agua, se vieron muy pronto en la mayor calamidad, pues, aunque llueve allí en invierno como suele en otras partes, echaban de menos en verano aquella agua del río para ir regando sus sementeras ordinarias de panizo y de sésamo. Viendo, pues, aquellos que nada de agua se les concedía, así hombres como mujeres, fueron en tropel a la corte de los persas, y fijos allí todos ante la puerta de palacio, llenaban el aire hasta el cielo de gritos y lamentos. Con esto el rey mandó que para aquel pueblo que mayor necesidad tenía del agua se le abriera la compuerta de su propia presa, y que se volviera a cerrar después de bien regada la comarca y harta ya de beber; y así por turno y conforme a la mayor necesidad, fueron abriéndose las compuertas de las acequias respectivas. Este, según oigo y creo muy bien, fue uno de los arbitrios para las arcas reales, cobrando, además del tributo ya tasado, no pequeños derechos en la repartición de aquellas aguas.

118. Pero dejando esto, volvamos a los siete de la célebre conjuración; uno de los cuales, Intafrenes, tuvo un fin desastroso, a que su misma altivez e insolencia le precipitaron. Pues habiéndose establecido la ley de que fuera concedido a cualquiera de los siete la facultad de presentarse al rey sin previo aviso, excepto en el caso de hallarse en el momento en compañía de sus mujeres, Intafrenes quiso entrar en palacio poco después de la conjuración, teniendo que tratar no sé qué negocio con Darío, y en fuerza de su privilegio, como uno de los siete, pretendía entrada franca sin introductor; mas el portero de palacio y el paje encargado de los recados se la negaba, alegando que estaba entonces el rey visitando a una de sus esposas. Sospechó Intafrenes que era aquel uno de los enredos y falsedades de los palaciegos, y sin más tardanza saca al punto su alfanje, corta a entrambos, al paje y al portero, orejas y narices, las ensarta aprisa con la brida de su caballo, y poniéndolas luego al cuello de estos, los despacha adornados con aquella especie de collar. Se presentan ambos al rey, y le declaran el motivo de su trágica aventura en aquella mutilación.

119. Temió Darío en gran manera que tal demostración se hubiese hecho de común acuerdo y consentimiento de los seis conjurados, y haciéndoles venir a su presencia uno a uno, iba explorando su ánimo para averiguar si habían sido todos cómplices en aquel desafuero. Pero viendo claramente que ninguno había tenido en ello participación, mandó que prendieran, no solo a Intafrenes, sino también a sus hijos con todos los demás de su casa y familia, sospechando por varios indicios que tramaba aquel con todos sus parientes alguna sublevación, y luego de apresarlos les condenó a muerte. En esta situación, la esposa de Intafrenes, presentándose a menudo a las puertas de palacio, no cesaba de llorar y dar grandes voces y alaridos, hasta que el mismo Darío se movió a compasión con su llanto y dolor. Le manda, pues, decir por un mensajero: «Señora, en atención y respeto a vuestra persona, accede el rey Darío a dar el perdón a uno de los presos, concediéndoos la gracia de que lo escojáis vos misma a vuestro arbitrio y voluntad». «Pues si el rey —respondió ella después de haberlo pensado— me concede la vida de uno de los presos, escojo entre todos la vida de mi hermano». Informado Darío, y admirado mucho de aquella respuesta y elección, le hace replicar: «Señora, quiere el rey que le digáis la razón por qué dejando a vuestro marido y también a vuestros hijos, preferís la vida de un hermano, que no os toca de tan cerca como vuestros hijos, ni puede serviros de tanto consuelo como vuestro esposo». A lo cual contestó la mujer: «Si quieren los hados, ¡oh señor!, no ha de faltarme otro marido, del cual conciba otros hijos, si pierdo los que me dieron los dioses. Otro hermano sé bien que no me queda esperanza alguna de volver a lograrlo, habiendo muerto ya nuestros padres; por este motivo me guié, señor, en mi respuesta y elección». Pareció tan acertada la razón a Darío que, prendado de la discreción de aquella mujer, no solo le hizo la gracia de su hermano que escogía, sino que además le concedió la vida de su hijo mayor, por quien no suplicaba. A todos los demás les hizo morir Darío, acabando así con todos los hijos de Intafrenes, uno de los siete conjurados, poco después de recobrado el imperio.

120. Volviendo a tomar el hilo de la historia, casi por el mismo tiempo en que enfermó Cambises, sucedió un caso muy extraño. Se hallaba en Sardes como gobernador un hombre de nación persa, por nombre Oretes, colocado por Ciro en aquel cargo, y se empeñó en ejecutar el atentado más caprichoso e inhumano que darse puede, cual fue dar muerte a Polícrates el samio, de quien, ni de obra ni de palabra había recibido nunca el menor disgusto, y lo que es más, no habiéndole visto ni hablado en los días de su vida. Por lo que respecta al motivo que tuvo Oretes para desear perder y prender a Polícrates, pretenden algunos que este nació en lo que voy a referir. Estaba Oretes en cierta ocasión sentado en una sala de palacio en compañía de un persa llamado Mitrobates, entonces gobernador de la provincia de Dascilio, y de palabra en palabra, como tantas veces ocurre, vino la conversación a degenerar en pendencia. Se discutía acaloradamente acerca de quién tenía mayor valor y méritos personales, y Mitrobates empezó a insultar a Oretes en sus barbas, diciendo: «¿Tú, hombre, te atreves a hablar de valor y servicios personales, no habiendo sido capaz de conquistar para la corona y unir a tu satrapía la isla de Samos, que tienes tan cerca, y es de suyo tan fácil de someter que un particular de ella con solo quince hoplitas se alzó con su dominio en que se mantiene hasta el día?». Pretenden algunos, como dije, que vivamente herido Oretes en su corazón por este insulto, no tanto deseaba vengarlo en la persona del que se lo dijo, cuanto borrarlo con la ruina de Polícrates, ocasión inocente de aquella afrenta.

121. No faltan otros, aunque sean pocos, que lo refieren de otro modo. Dicen que Oretes envió a Samos un mensajero para pedir no sé qué cosa, que no expresan los narradores, a Polícrates, que echado sobre unos cojines en su gabinete estaba casualmente entreteniéndose con Anacreonte de Teos[169]. Entra en esto el enviado de Oretes y empieza a cumplir su embajada. Polícrates entre tanto, bien para dar a entender qué poco estimaba a Oretes, bien por descuido o falta de reflexión, vuelto como estaba el rostro a la pared, no lo volvió para mirar al enviado, ni le respondió palabra.

---

[169] Célebre poeta lírico del siglo VI a. C. Nacido en Teos, fue llamado a Samos por el tirano Polícrates y luego a Atenas por el tirano Hiparco.

122. De estos motivos que suelen darse acerca de la muerte de Polícrates, que cada cual adopte el que más le apetezca, nada me importa. En cuanto a Oretes, como vivía de antiguo en Magnesia, ciudad fundada en las orillas del río Meandro, y estaba bien informado del espíritu ambicioso de Polícrates, le envió a Samos como embajador a Mirso, hijo de Giges y natural de Lidia. Sabía Oretes que Polícrates había proyectado alzarse con el imperio del mar, habiendo sido en este designio el primero de los griegos, al menos de los que tengo noticia. Verdad es que no quiero en esto incluir ni a Minos de Cnosos, ni a otro alguno anterior, si lo hubo, que en los tiempos fabulosos hubiese logrado el dominio de los mares; solo afirmo que en la era humana, que así llaman a los últimos tiempos ya conocidos, fue Polícrates el primer griego que se complació con la esperanza de someter a su mando Jonia y las islas adyacentes. Conociendo, pues, Oretes el punto flaco de Polícrates, le envía una embajada concebida en estos términos: «Oretes dice a Polícrates: estoy informado de que meditas grandes empresas, pero que tus medios no alcanzan a tus proyectos. Si quieres, pues, ahora seguir mi consejo, te aseguro que con ello conseguirás provecho, y me salvarás la vida; pues el rey Cambises, según sé ciertamente, anda en estos días preparando mi muerte. En suma, quiero de ti que vengas por mí y mis tesoros, de los que tomarás cuanto gustares, dejándome algo. Ten por seguro que por falta de dinero no dejarás de conquistar Grecia entera. Y si acerca de los tesoros no quieres fiarte de mi palabra, envíame a la persona que tengas de mayor confianza, a quien me ofrezco a mostrárselos».

123. Oyó Polícrates con mucho gusto tal embajada, y determinó complacer a Oretes. Sediento el hombre de dinero, envió ante todo para verlo a su secretario, que era Meandrio, hijo de Meandrio, el mismo que no mucho después consagró en el Hereo los adornos muy ricos y vistosos que había tenido Polícrates en su mismo aposento. Sabiendo Oretes que aquel explorador era un personaje de respeto, toma ocho cofres y manda llenarlos de piedras hasta arriba, dejando solo vacía una pequeña parte, la más cercana a los labios de aquellos, y después cubre de oro toda aquella superficie; ata muy bien sus cofres y los deja a la vista. Llegó poco después Meandrio, vio las arcas de oro, y dio cuenta luego a Polícrates.

124. Informado del oro, a pesar de que sus allegados se lo aconsejaban, y a pesar asimismo de que sus adivinos le auguraban mala suerte, no veía hora de partir en busca de las arcas. Aún hubo más; porque la hija de Polícrates tuvo entre sueños una visión infausta, pareciéndole ver en ella a su padre colgado en el aire, y que Zeus le estaba lavando y el sol ungiendo. En vista de tales agüeros, deshaciéndose la hija en palabras y extremos, trataba de persuadir al padre para que no se presentara a Oretes; tan empeñada estaba en impedir el viaje, que al ir ya Polícrates a embarcar en su pentecóntera, no dudó en presentársele cual ave de mal agüero. Amenazó Polícrates a su hija que si volvía salvo, tarde o nunca había de darle marido. «¡Ojalá, padre, sea así —responde ella—; que antes quisiera tarde o nunca tener marido que dejar de tener tan presto un padre tan bueno».

125. Por fin, despreciando los consejos de todos, se embarcó Polícrates para ir a verse con Oretes, llevando gran séquito de amigos y compañeros, entre quienes se hallaba el médico más afamado que a la sazón se conocía, Democedes, hijo de Califonte, natural de Crotona. No bien acabó Polícrates de poner el pie en Magnesia cuando se le hizo morir con una muerte cruel, muerte indigna de su persona e igualmente de su espíritu magnánimo y elevado, pues ninguno se hallará entre los tiranos griegos, a excepción solamente de los que tuvieron los siracusanos, que en lo grande y magnífico de los hechos pueda competir con Polícrates el samio. Pero no contento el persa con haber hecho en Polícrates tal carnicería, que de puro horror no me atrevo a describir, lo colgó después en un aspa. Oretes envió libres a su patria a los individuos de la comitiva que supo eran naturales de Samos, diciéndoles que bien podían y aun debían darle las gracias por acabar de librarles de un tirano; pero a los criados que habían seguido a su amo los retuvo en su poder y les trató como a esclavos. Entre tanto en el cadáver de Polícrates en el aspa se iba verificando puntualmente la visión nocturna de su hija, siendo lavado por Zeus siempre que llovía, y ungido por el sol siempre que con sus rayos hacía que manase del cadáver un humor corrompido. En suma, la fortuna de Polícrates, antes siempre próspera, vino al cabo a terminar, según la predicción profética de Amasis, rey de Egipto, en el más desastroso desenlace.

Primeras campañas de Darío

126. Pero no tardó mucho en caer la venganza por el execrable suplicio dado a Polícrates en la cabeza de Oretes, del siguiente modo: después de la muerte de Cambises, mientras duró el reinado de los magos, estuvo Oretes en Sardes quieto y sosegado, sin cuidar nada de volver por la causa de los persas, infamemente despojados del imperio por los medos; fue entonces cuando, aprovechándose de la perturbación del Estado, entre otros muchos atentados que cometió, quitó la vida no solo a Mitrobates, general de Dascilio, el mismo que le había antes zaherido por no haberse apoderado de los dominios de Polícrates, sino a Cranaspes, hijo del mismo, sin atender a que eran entrambos personajes muy principales entre los persas. Y no paró aquí la insolencia de Oretes, pues, habiéndole enviado Darío un correo, y no agradándole mucho las órdenes que de su parte le traía, le armó una emboscada en el camino y le mandó asesinar, haciendo que nunca más se tuviese noticia alguna ni del correo ni de su caballo.

127. Luego que Darío se vio en el trono, deseaba muy de veras convertir a Oretes en ejemplo tanto en castigo de todas sus maldades como mayormente de las muertes dadas a Mitrobates y a su hijo. Con todo, no le parecía propio del caso enviar un ejército para atacarle declaradamente, parte por verse en el principio del mando, no bien sosegadas las inquietudes políticas del imperio, parte por considerar cuán prevenido y pertrechado estaría Oretes, manteniendo por un lado cerca de su persona un cuerpo de mil persas y teniendo por otro en su provincia y bajo su dominio a los frigios, a los lidios y a los jonios. Así que Darío, queriendo obviar estos inconvenientes, toma el medio de llamar a los persas más importantes de la corte y hablarles en estos términos: «Amigos, ¿habrá entre vosotros quien quiera encargarse de una empresa de la corona, que pide ingenio y no ejército ni fuerza? Bien sabéis que adonde llega la prudencia de la política no es menester mano armada. Os hago saber que deseo muchísimo que alguno de vosotros procure presentarme vivo o muerto a Oretes, hombre que además de ser desconocido de los persas, a quienes en nada ha servido hasta aquí, es al mismo tiempo un ser violento, llevando ya cometidas muchas maldades contra nosotros: una la de haber hecho morir al general Mitrobates, juntamente con su hijo;

otra la de haber asesinado a mis enviados que le llevaban la orden de presentárseme, mostrando en todo un orgullo y contumacia intolerables. Es preciso, pues, anticipársele, a fin de impedir con su muerte que pueda maquinar algún atentado mayor contra los persas».

128. Tal fue la pregunta y propuesta hecha por Darío, al cual en el punto mismo se le ofrecieron hasta treinta de los presentes, pretendiendo cada cual para sí la ejecución de la demanda. Dispuso Darío que la suerte decidiera la porfía, y habiendo recaído en Bageo, hijo de Artontes, toma este desde luego una elección muy oportuna. Escribe muchas cartas que fuesen otras tantas órdenes sobre varios puntos, luego las cierra con el sello de Darío, y con ellas se pone en camino para Sardes. Apenas llegado, se presenta a Oretes, y delante de él va sacando las cartas de una en una, dándolas a leer al secretario real, pues entre los persas todo gobernador tiene su secretario de oficio nombrado por el rey. Bageo, al dar a leer aquellas órdenes reales, pretendía sondear la fidelidad de los alabarderos, y tantear si podía sublevarlos contra Oretes. Viendo, pues, que llenos de respeto por su soberano, ponían sobre su cabeza las cartas rubricadas y recibían las órdenes con toda veneración, da por fin a leer otro despacho real concebido en esta forma: «Darío, vuestro soberano, os prohíbe, como persas, servir a Oretes». No bien se les comunicó la orden, cuando dejan todos sus lanzas. Se animó a dar el último paso, viendo que en aquello obedecían al rey, entregando al secretario la última carta en que venía la orden en estos términos: «Manda el rey Darío a los persas, sus buenos y fieles vasallos en Sardes, que maten a Oretes». Acabar de oír la lectura de la carta, desenvainar los alfanjes los alabarderos y hacer pedazos a Oretes, todo fue uno. Así fue como Polícrates el samio vino a quedar vengado del persa Oretes.

129. Una vez que llegaron a Susa, confiscados los bienes que habían sido de Oretes, sucedió a los pocos días que al bajar del caballo el rey Darío, en una de sus monterías, se le torció un pie con tanta fuerza que, dislocado el talón, se le desencajó. Echó mano desde luego para la cura de sus médicos quirúrgicos, por creer que los que tenía a su servicio traídos de Egipto eran en su profesión los primeros del universo. Pero sucedió que los físicos egipcios, a fuerza de tratar el talón, lo pusieron con la cura peor de lo que había estado en la dislocación. Siete días enteros habían pasado con sus noches en que la fuerza del dolor no había permitido al rey cerrar los ojos, cuando al octavo día, en que se hallaba peor, quiso la fortuna que uno le diese la noticia de la gran habilidad del médico de Crotona, Democedes, de quien acaso había oído hablar hallándose en Sardes. Manda al instante Darío que hagan venir a Democedes, y habiéndole hallado entre los esclavos de Oretes, tan despreciado como el que más, lo presentaron del mismo modo a la vista del rey, arrastrando sus cadenas y mal cubierto de harapos.

130. Estando en pie el pobre esclavo, le preguntó el mismo Darío en presencia de todos los presentes si era verdad que sabía medicina. Democedes, con el temor de que si decía llanamente la verdad no tenía ya esperanza de volver a Grecia, no dijo que la supiese. Trasluciéndose a Darío que aquel esclavo tergiversaba, hablando solo a medias palabras, mandó al punto traer allí los azotes y aguijones. La vista de tales instrumentos y el miedo del inminente castigo hizo hablar más claro a Democedes, quien dijo que no sabía muy bien la medicina, pero que había practicado con un buen médico. En una palabra; se dejó Darío en manos del nuevo médico, y como este le aplicó remedios suaves, después de los fuertes antes usados en la cura, logró primero que pudiera el rey recobrar el sueño perdido, y después, en muy breve tiempo, le dejó enteramente sano, cuando Darío había desconfiado de poder andar perfectamente el resto de su vida. Al verse sano el rey, quiso regalar al médico griego con dos pares de grilletes de oro macizo, y al irlo a recibir, le pregunta Democedes, si en pago de haberle librado de andar siempre cojo, le doblaba el mal su majestad, dándole un grillete para cada pierna. Cayó en gracia a Darío el comentario del médico, y le mandó que fuese a visitar a sus esposas. Decían por los salones los eunucos que le conducían: «Señora, este es el que dio vida y salud al rey nuestro amo y señor». Las reinas, muy alegres y agradecidas, sacaba cada una un azafate lleno de oro, y el oro y el azafate del mismo metal, se lo regalaban a Democedes. La magnificencia de las reinas en aquel regalo fue tan extremada que un criado de Democedes, llamado Escitón, recogiendo para sí únicamente los granos que de los azafates caían, juntó una grandiosa suma de dinero.

131. El buen Democedes, ya que hablamos de sus aventuras, dejando Crotona, su patria, como referiré, fue a vivir con Polícrates. Vivía en Crotona en casa de su mismo padre, hombre de condición áspera y dura,

y no pudiendo ya sufrirle por más tiempo, fue a establecerse en Egina. Allí, desde el primer año de su estancia, aunque se hallaba desprovisto y falto todavía de los hierros e instrumentos de su profesión, dejó con todo muy atrás a los primeros cirujanos del país; por lo que al segundo año los eginetas lo contrataron para el público con un talento, al tercer año lo hicieron los atenienses por cien minas, y Polícrates, al cuarto, por dos talentos. Por estos pasos vino Democedes a Samos. La fama de este insigne profesor merecía mucho crédito a los médicos de Crotona, que eran tenidos por los más excelentes de toda Grecia; después de los cuales se daba el segundo lugar a los médicos de Cirene. En la misma Grecia los de Argos pasaban a la sazón por los más hábiles en música.

132. Como consecuencia de la cura del rey, se le puso a Democedes una gran casa en Susa, y se le dio cubierto en la mesa real, como comensal honorario de Darío, de suerte que nada tendría que desear, si no le perturbase siempre el deseo de volver a su querida Grecia. No había otro hombre como Democedes para el rey, de cuyo favor se valió especialmente en dos casos: el uno cuando logró con su mediación que el rey perdonase la vida a sus médicos de Egipto, a quienes, por haber sido vencidos en su competencia con el griego, había condenado Darío a ser empalados; el otro, cuando obtuvo la libertad para cierto adivino eleo, a quien veía confundido y maltratados con los demás esclavos que habían sido de la comitiva de Polícrates.

133. Entre otras novedades, no mucho después de dicha cura, sucedió un incidente de consideración a la princesa Atosa, hija de Ciro y esposa de Darío, a la cual se le formó en los pechos un tumor que una vez abierto se convirtió en llaga, la cual iba tomando incremento. Mientras el mal no fue mucho, la princesa lo ocultaba por rubor, sin hablar palabra; mas cuando vio que se hacía de consideración se resolvió a llamar a Democedes y hacer que la viese. El médico le dio palabra de que sin falta la curaría, pero con la condición de que la princesa jurase hacerle un favor que él quería suplicarle, asegurándole de antemano que nada le pediría que de lo que tuviese que avergonzarse.

134. Sanada ya Atosa por obra de Democedes, estando en cama con Darío, le habló así, aleccionada por su médico de antemano: «Decidme, ¿por qué, señor, tenéis ociosa tanta tropa sin emprender conquista alguna y sin ampliar el imperio de Persia? A un hombre grande como vos, ¡oh Darío!, a un príncipe joven, al soberano más

poderoso del orbe, el honor le pide con urgencia que haga ver a todos, con el esplendor de sus proezas, que los persas tienen a su frente un héroe que los dirige. Por dos motivos os conviene obrar así: por el honor, para que conozcan los persas que sois un soberano digno del trono que ocupáis; y por razón de Estado, para que los súbditos, afanados en la guerra, no tengan lugar de armaros alguna sublevación. Y ahora que os veo en la flor de la edad quisiera miraros más coronado de laureles, pues bien sabéis que el vigor del espíritu crece con la actividad del cuerpo, y al paso que envejece el último, suele aquel ir menguando hasta quedar al fin ofuscado o del todo extinguido». En esta forma repetía Atosa las lecciones de su médico. «Me hablas, Atosa —responde Darío—, como si leyeras los pensamientos y designios de mi espíritu; pues quiero que sepas que estoy resuelto a emprender una expedición contra los escitas, haciendo a este fin un puente de naves que una entre sí los dos continentes de Asia y Europa; y te aseguro, mujer, que todo lo verás en breve ejecutado». «Meditadlo antes, señor —le replica Atosa—; dejad por ahora esos escitas, que ni son presas convenientes para vuestras armas victoriosas, y son víctimas seguras, por otra parte, siempre que las acometáis. Creedme, caro Darío; acometed de primer golpe a Grecia, de la cual oigo hablar tanto y decir tales cosas que me han dado deseos de verme aquí pronto rodeada de doncellas laconias, argivas otras, unas áticas, otras corintias. Y no parece sino que lo disponen los dioses, que os han traído un hombre, el más apto de todos para poder iros informando punto por punto de todas las cosas de Grecia: el buen médico que tan bien os curó el pie dislocado». «Mujer —respondió Darío—, si te parece mejor atacar antes Grecia, creo que sería oportuno enviar antes nuestros exploradores conducidos por el médico que dices, para que, informados ante todo y aun testigos oculares del estado de Grecia, puedan instruirnos después, y con esta ventaja podremos atacar mejor a los griegos».

135. Dicho y hecho, pues apenas deja verse la luz del día, cuando Darío llama a su presencia a quince persas, hombres todos de consideración, y les ordena dos cosas: una ir a observar las costas de Grecia conducidos por Democedes; otra, que vigilen siempre para que no se les escape su guía, al cual de todos modos manda que lo devuelvan a palacio. Aleccionados así los persas, hace Darío venir a Democedes,

y le pide que, después de haber conducido algunos persas alrededor de Grecia, sin dejar cosa que no les haga ver, tenga a bien dar la vuelta a la corte. Al mismo tiempo le invita a cargar con todos sus muebles preciosos para regalárselos a su padre y hermanos, en vez de los cuales le daría después otros más numerosos y mejores, para lo cual le cedía desde luego una barca bien abastecida de provisiones, que, cargada con aquellos presentes, le fuese siguiendo en su viaje. Soy de opinión que Darío hablaba de este modo con sincero corazón, aunque el hábil Democedes, recelando de que fuese aquella una fina prueba de su fidelidad, anduvo con precaución, sin aceptar desde luego las ofertas de su amo; antes, cortésmente, le replicó que su gusto sería que su majestad le permitiera dejar alguna parte de sus alhajas para hallarlas después a su vuelta, y que aceptaría con placer la barca que su majestad tenía la bondad de ofrecerle para cargar en ella los regalos para los suyos. Tales, en suma, fueron las órdenes con que Darío le envió con sus compañeros hacia el mar.

136. Habiendo, pues, bajado a Fenicia, y llegado a Sidón, uno de los puertos de aquel país, equiparon sin pérdida de tiempo dos trirremes, y cargaron de todo género de enseres una nave, en que embarcaron asimismo varios y preciosos regalos. Abastecidos de todo, seguían el rumbo a Grecia, que fueron costeando y sacando los planos de sus costas, sin dejar nada que anotar por escrito, y practicada esta diligencia con la mayor parte de los lugares, y en especial en los nombrados, llegaron por fin a Tarento, en las playas de Italia. Aristofílides, rey de los tarentinos, a quien Democedes logró fácilmente sobornar, le atendió en sus dos solicitudes, de quitar los timones a las naves de los medos y de arrestar por espías a los persas, diciendo que lo eran sin duda. Mientras se infligía este daño a la tripulación, Democedes llegó a Crotona, y una vez refugiado ya en su patria, suelta Aristofílides a sus prisioneros, restituyendo los timones a sus naves.

137. Hechos a la vela otra vez los persas, parten a la búsqueda de Democedes, y como, llegados a Crotona, le hallaron paseando por la plaza, le echaron mano al momento. Algunos de los vecinos de Crotona, a quienes el nombre y poder de los persas tenían amedrentados, no mostraban dificultad en entregarles el fugitivo; pero otros, saliendo a la defensa de su paisano, le sacaron a viva fuerza de

las manos de los extranjeros, contra quienes arremetieron con sus bastones, sin contar con las protestas que entre tanto les hacían los persas: «Mirad —decían estos—, mirad lo que hacéis. ¡Cómo, quitarnos de las manos a ese esclavo y fugitivo del rey! ¿Cómo pensáis que Darío, el gran rey, soportará la injuria que se le hace?; ¿cómo podrá disimularla?; ¿cómo podrá dejar de saliros muy cara la presa que ahora nos arrebatáis? ¿Queréis ser los primeros a quienes hagamos guerra declarada, los primeros a quienes hagamos cautivos?». Pero fueron vanas sus protestas y amenazas; antes bien, no contentos los crotoniatas con haberles arrebatado a Democedes, se echaron sobre la barca del rey que con ellos venía. Se vieron con esto obligados los persas a tomar derrotero hacia Asia, sin cuidarse de llevar adelante sus observaciones sobre Grecia, faltos ya de guía. Con todo, Democedes, al despedirse de ellos, no dejó de pedirles que de su parte dijeran a Darío que había tomado por esposa a una hija de Milón, sabiendo bien cuánto significaba para el rey el famoso nombre de aquel luchador de primera clase: Milón. Y a mi juicio, se dio Democedes, a fuerza de dinero, tanta maña y prisa en aquel casamiento, con la mira de que Darío le tuviera por hombre de consideración en su patria.

138. Salidos los persas de Crotona, llegaron con sus naves a Yapigia, donde quedaron esclavizados; sabido esto por Gilo el tarentino, desterrado de su patria, tuvo la generosidad de liberarlos y conducirlos libres al rey Darío, beneficio que fue tan del agrado del soberano, que se hallaba pronto a hacer en su recompensa cuanto quisiera pedirle. Gilo, después de darle cuenta de su desgracia, le suplicó por favor que negociase su vuelta a Tarento; mas, para no poner en agitación toda Grecia, como sin falta sucedería si por su causa destinase una poderosa armada para Italia, le hizo saber que si los cnidios quisieran devolverle a su patria, serían bastantes ellos solos para salir con su intento. Lo decía Gilo persuadido de que los cnidios, amigos de los tarentinos, lograrían su regreso si lo intentaban con eficacia. Le complace Darío al punto, según había ofrecido, mandando a los cnidios por medio de un enviado que se empeñasen en devolver a su amigo Gilo a Tarento; pero que, obedientes a Darío, procurasen ellos lograr dicha vuelta pidiéndola buenamente a los tarentinos, y no teniendo bastantes fuerzas para obligarles por la violencia, no consiguieron al cabo lo que pedían. Tal fue, en suma, el desenlace de los persas exploradores de Grecia, siendo los primeros que pasaron allí desde Asia con ánimo de observar la situación del país.

139. Después de estas tentativas, se apoderó Darío de Samos, la primera de todas las ciudades, tanto griegas como bárbaras, de que se hizo dueño, y fue con el motivo siguiente: en tanto que Cambises hacía la expedición a Egipto, muchos griegos, como suele acontecer en tales ocasiones, pasaban allí, unos con sus géneros y mercancías, otros con ánimo de sentar plaza entre las tropas mercenarias, y los menos sin otra mira que la de viajar y ver el país. De estos últimos fue uno Silosonte, hijo de Éaces, y hermano de Polícrates, a la sazón desterrado de Samos, a quien sucedió allí una rara aventura. Había salido de su posada con su manto grana, y vestido así iba paseándose por la plaza de Menfis. Darío, que por entonces servía entre los alabarderos de Cambises, no habiendo alcanzado todavía grado superior, al ver a Silosonte se prendó de su manto encarnado, y llegándose a él quería comprárselo con su dinero. Quiso la buena suerte de Silosonte que se mostrara generoso con el joven Darío viéndole prendado por su manto. «No os lo venderé por ningún dinero —le dice—; os lo regalo de buena gana, ya que mostráis voluntad de tenerlo». Darío, agradecido a la cortesía, tomó luego el manto de grana tan deseado.

140. Silosonte, al ver que le cogía la palabra y el manto, se tuvo a sí mismo por más simple que por cortés y caballero. Pasado el tiempo, muerto ya Cambises, muerto asimismo el mago a manos de los siete, y nombrado Darío, uno de ellos, como soberano, oyó decir Silosonte que había recaído el cetro en manos de aquel joven persa a quien antes allá en Egipto había regalado su manto cuando se lo pidió. Con esta nueva, se anima a emprender el viaje de Susa, y presentándose a las puertas de palacio, dice al portero que ante él estaba un bienhechor de Darío que deseaba hablarle. Recibido el recado, empezó admirado el rey a discurrir consigo mismo: «¿Quién puede ser ese griego a cuyos servicios esté obligado al principio de mi gobierno como bienhechor? No sé que hasta aquí haya llegado a mi corte griego alguno, ni recordar puedo que nada deba yo a nadie de aquel pueblo. Con todo, que entre ese griego, pues quiero saber por él mismo qué motivo tiene para lo que dice». El portero introdujo a Silosonte a la presencia del rey, y puesto en pie, le preguntan los intérpretes quién es y cuáles son sus servicios hechos al soberano para proclamarse su bienhechor. Refirió lo tocante a su manto y que él era aquel griego afortunado que había tenido el honor de regalárselo a Darío. A esto responde luego el rey: «¿Eres tú, amigo, aquel hombre tan generoso que me hizo aquel regalo cuando no era yo más que un mero particular? El don entonces recibido pudo ser de poca monta, pero no lo será mi recompensa, sino tal como la que daría al que en el estado actual en que me hallo me ofreciera un magnífico presente. Todos mis tesoros ahí los tienes a tu disposición; toma de ellos el oro y la plata que quieras; que no soportaré que te arrepientas de haber sido generoso conmigo, con el sucesor de Cambises». «Señor —responde Silosonte—, agradezco sumamente vuestra generosidad; os agradezco el oro y la plata que de vuestros tesoros me ofrecéis. Otra es la gracia que de vos deseo: recobrar el dominio de Samos, mi patria, que me tiene usurpado un criado de nuestra casa[170], después de que Oretes dio la muerte a mi hermano Polícrates. La merced, pues, que de vos espero es que me repongáis en el trono de Samos sin muerte ni esclavitud de ninguno de mis paisanos».

141. Oída la petición de Silosonte, envió Darío al frente de un ejército al general Ótanes, uno de los siete conjurados, con orden de llevar a cabo las pretensiones y demandas de su bienhechor. Llegado a los puntos marítimos del reino, Ótanes dispuso las tropas para la expedición de Samos.

142. El mando de Samos estaba a la sazón en manos de aquel Meandrio, hijo de Meandrio, a quien Polícrates al partir de la isla había dejado como regente de ella. Este, considerándose el hombre más virtuoso y justificado de todos, no tuvo la suerte ni la proporción de mostrarse tal; porque lo primero que hizo, sabida la muerte de Polícrates, fue levantar un ara a Zeus Libertador, dedicando alrededor de ella un recinto sagrado, que se ve al presente en los arrabales de la ciudad. Erigido ya el sagrado monumento, llamó a la asamblea a todos los vecinos de Samos y les habló así: «Bien veis, ciudadanos, que teniendo en mis manos el cetro que antes solía tener Polícrates en las suyas, si quiero puedo ser vuestro soberano. Mas yo no apruebo en mi persona lo que repruebo en la de otro, pues puedo aseguraros que

---

[170] Meandrio, que había estado al servicio de Polícrates.

nunca me pareció bien que quisiera ser Polícrates señor de hombres tan nobles como él, ni semejante tiranía podré jamás consentirla en hombre alguno nacido o por nacer. Pagó ya Polícrates su merecido y cumplió su destino fatal. Resuelto yo a depositar la suma autoridad en manos del pueblo, y deseoso que todos seamos libres y de una misma condición y derechos, solo os pido dos gracias en recompensa: una, que del tesoro de Polícrates se me reserven seis talentos; otra, que el sacerdocio de Zeus Libertador, investido desde luego en mi persona, pase a ser en los míos hereditarios; privilegios que con razón pretendo, así por haber erigido esas aras como por la resolución en que estoy de restituiros la independencia». Esta era la propuesta que bajo tales condiciones hacía Menandrio a los samios; oída la cual, se levantó uno de ellos y dijo: «¡No mereces tú, según eres de vil y despreciable, ser nuestro soberano! De ti pretendemos que nos des cuenta ahora del dinero público que has manejado». El que así se expresaba era uno de los ciudadanos más importantes, llamado Talesarco.

143. Previendo Meandrio claramente que no había de faltar alguno que se alzara con el mando, en caso que él lo dejase, mudó la resolución de abandonarlo que tenía antes formada; y para asegurarse más el mando, retirado a la ciudadela, hacía llamar allí uno por uno a los vasallos, con el pretexto de dar cuenta del dinero, pero en cuanto llegaban los mandaba apresar y meter en prisión. En tanto que permanecían bien custodiados, asaltó a Meandrio una grave enfermedad, de la cual, creyendo Licareto, uno de los hermanos de Meandrio, que iba este a morir, con la ambiciosa mira de facilitarse la posesión del gobierno de Samos, procuró la muerte a aquellos presos, que pensó que no dejarían de querer en adelante la independencia y libertad.

144. En esta situación se hallaban cuando los persas llegaron a Samos llevando consigo a Silosonte. Entonces no solo faltó quien les saliera al encuentro con las armas en las manos, sino que al llegar allí capituló con ellos la tropa misma de Meandrio, mostrándose pronta a salir y a hacer que saliera juntamente su actual señor. Convino Ótanes por su parte en firmar el tratado, y establecida así una tregua, los oficiales mayores de la armada persa, haciendo colocar unos asientos junto a la acrópolis, estaban allí sentados.

145. Sucedió entre tanto algo imprevisto. Tenía el gobernador Meandrio un hermano llamado Carilao, hombre algo enloquecido

y furioso, quien no sé por qué delito estaba en un calabozo, desde donde, como informado de los que pasaba, sacó la cabeza por una reja y vio delante a los persas sentados en paz y sosiego, se puso a gritar como un insensato, pidiendo que le llevasen a Meandrio, a quien tenía que hablar; cuando lo supo este, mandó que lo sacaran de la cárcel y se lo presentaran. Llegado apenas a su presencia, comenzó a echar maldiciones por su boca y llenar de insultos a su hermano, porque no atacaba de improviso a aquellos persas allí recostados. «¡Insensato! —le dice—, ¿a mí, que soy tu hermano y que en nada tenía merecida la cárcel, me tienes encerrado en un calabozo, y ves ahí a esos persas que van a sacarte del trono y de tu misma casa, echándote adonde te lleva tu mala fortuna, y de puro cobarde no te arrojas sobre ellos? Teniéndolos ahí en tu mano, ¿cómo no los cazas a tu placer? Si de nada eres capaz, ven aquí, cobarde, confíame tus mercenarios, y con ellos les pagaré bien la visita que vinieron a hacernos, y a ti te aseguro que te dejaré salir de la isla».

146. Así dijo Carilao, y aceptó Meandrio lo que su furioso hermano le proponía, no porque hubiera perdido en absoluto el sentido común, ni suponiendo que saldría victorioso del ejército del rey, sino ciego de envidia, si no me engaño, contra la dicha de Silosonte, no soportando que este, con las manos limpias, sin pérdida de gente y sin el mínimo menoscabo, viniera a ser señor de tan rica ciudad. Debió, pues, querer irritar antes a los persas para empeorar y turbar así la situación de Samos y dejarla revuelta y perdida a su sucesor, pues bien veía que los samios, cruelmente irritados por su hermano, vengarían en los persas la injuria recibida. Por su persona nada tenía que temer, sabiendo que de todos modos tendría libre y segura la salida de la isla, siempre que quisiese, pues a este fin había previsto un camino subterráneo que salía al mar desde la misma acrópolis. Así, pues, Meandrio, embarcándose furtivamente, salió de Samos; y Carilao, haciendo tomar las armas a sus tropas, abiertas las puertas de la plaza, se dejó caer de repente sobre los persas, descuidados y ajenos a semejante traición, como que estaban del todo confiados en que la paz quedaba ya concluida y ajustada. Atacan los mercenarios de Carilao a los persas que reposaban en sus asientos, y fácilmente pasan a cuchillo a todas las cabezas del ejército persa; pero acudiendo después el resto de él a la defensa de sus caudillos, y cargando sobre las tropas mercenarias de Carilao, las obligaron a encerrarse de nuevo en la acrópolis.

147. Cuando el general Ótanes vio aquella traición, junto a tanta matanza de los persas, olvidado a propósito de las órdenes de Darío, quien le había mandado al despedirse para el ejército que entregase la isla de Samos al dominio de Silosonte, sin muertes, sin esclavitud, sin otro daño ni agravio de los isleños, dio orden a sus tropas de que pasasen a cuchillo a todo samio que hallaran, sin distinción de niños, ni muchachos, ni hombres, ni viejos; de suerte que, al punto, parte de las tropas se ponen a sitiar la acrópolis, parte va corriendo por uno y otro lado matando a cuantos se les ponen delante, así dentro como fuera de los templos.

148. Entretanto, Meandrio, huyendo de Samos, iba ya navegando hacia Lacedemonia. Llegando allí felizmente, desembarcó todo el equipaje e hizo con los bienes preciosos que consigo traía lo que voy a referir. Coloca en su aparador la copiosa vajilla que tenía de oro y plata, mandando a sus criados que la limpien y bruñan primorosamente. Mientras esto se hacía en su estancia, se entretenía Meandrio discurriendo con Cleómenes, hijo de Anaxándridas, a quien como rey de Esparta había ido a cumplimentar. Alargando a propósito la conversación, de palabra en palabra vinieron los dos hablando hasta la residencia del huésped. Entra en ella Cleómenes, ve de improviso tan rico ajuar, y se queda atónito y como fuera de sí. El cortés Meandrio, prevenido ya con tiempo, le invita, le insta a que tome cuanto le agrade. No obstante, la estupefacción de Cleómenes y la generosidad de Meandrio en ofrecerle por segunda y tercera vez su magnífica vajilla, el espartano, mostrando en su desinterés un ánimo entero y justificado, nada quiso aceptar de todo cuanto se le ofrecía. Aún más, comprendiendo muy bien que el huésped, ofreciendo eso a otros ciudadanos, como sin duda lo haría, no dejaría de hallar protectores, fue directamente a verse con los éforos[171], y les propuso que lo más útil sería echar del Peloponeso al desterrado de Samos,

---

[171] Magistrados espartanos elegidos anualmente en número de cinco, con funciones ejecutivas, judiciales y administrativas. Entre sus prerrogativas estaban la de presidir la asamblea y el consejo de ancianos, supervisar a los dos reyes, examinar las solicitudes de las embajadas e incluso establecer las tácticas en la guerra.

de quien recelaba mucho que a fuerza de dádivas había de corromper sin falta o a él mismo o a algún otro de los espartanos. Advertidos así los éforos, proclamaron un anuncio en que se mandaba salir de sus dominios a Meandrio.

149. Mientras esto se hacía en Esparta, los persas no solo entregaron al saqueo la isla de Samos, sino que la barrían como con red, envolviendo a todos sus vecinos y pasándolos a cuchillo, sin perdonar a ninguno la vida. Así vengados, entregaron a Silosonte la isla vacía y desierta, aunque el mismo general Ótanes la volvió a poblar algún tiempo después, movido tanto por una visión que tuvo en sueños, como principalmente por motivo de cierta enfermedad que padeció en los genitales.

150. Por el mismo tiempo que se hacía la expedición naval contra Samos, negaron la obediencia a los persas los babilonios, que muy de antemano se habían preparado para lo que intentaban. Sabiéndose aprovechar de las perturbaciones políticas del Estado, tanto en el tiempo en que reinaba el mago, como en aquel en que los siete conjurados recobraban el imperio, se proveyeron de todo lo necesario para sufrir un dilatado sitio, sin que se echara de ver lo que iban organizando. Cuando declaradamente se quisieron rebelar, tomaron una resolución más bárbara que extraña, como fue la de juntar en un lugar mismo a todas las mujeres y hacerlas morir estranguladas, exceptuando solamente a sus madres y reservándose cada cual una sola mujer, la que fuese más de su agrado: el motivo de reservarla no era otro sino el de tener panadera en casa, y el de ahogar a las demás, el de no querer tantas bocas que consumieran su pan.

151. Informado el rey Darío de lo que pasaba en Babilonia, parte contra los rebeldes con todas las fuerzas juntas del imperio, y llegado allí, emprende desde luego el asedio de la plaza. Los babilonios, lejos de alarmarse o de temer por el desenlace del asedio, subidos sobre los baluartes de la fortaleza bailaban alegres a la vista del enemigo, mofándose de Darío con todo su ejército. En una de estas danzas hubo quien una vez dijo este sarcasmo: «Persas, ¿qué hacéis aquí tanto tiempo ociosos? ¿Cómo no pensáis en volveros a vuestras casas? Pues en verdad os digo que cuando paran las mulas entonces nos rendiréis». Claro está que no creía el babilonio que tal decía que la mula pudiera parir jamás.

152. Pasado ya un año y siete meses de sitio, viendo Darío que no era capaz de tomar tan fuerte plaza, se hallaban él y su ejército descontentos y apurados. A la verdad no había podido lograr su intento en todo aquel tiempo, por más que hubiese puesto en juego todas las máquinas de guerra y tramado todos los artificios militares, entre los cuales no había dejado de echar mano también a la misma estratagema con que Ciro había tomado Babilonia. Pero ni con este ni con otro medio alguno logró Darío sorprender la vigilancia de los sitiados, que estaban muy alerta y muy preparados contra el enemigo.

153. Llegando el vigésimo mes del malogrado asedio, a Zópiro, hijo de Megabizo, uno de los siete hombres que derrotaron al mago, le sucedió la rara monstruosidad de que pariera una de las mulas de su bagaje. El mismo Zópiro, avisado del desacostumbrado parto, y no acabando de dar crédito a noticia tan extraña, quiso ir en persona a cerciorarse; fue y vio por sus mismos ojos la cría recién nacida y recién parida la mula. Sorprendido de tamaña novedad, ordena a sus criados que a nadie se hable del caso; y poniéndose él mismo muy de propósito a pensar sobre el portento, recordó aquellas palabras que dijo un babilonio al principio del sitio, que cuando parieran las mulas se tomaría a Babilonia. Este recuerdo, combinado con el parto reciente de su mula, hizo creer a Zópiro que debía, en efecto, ser tomada Babilonia, habiendo sido sin duda providencia divina, que previendo que su mula había de parir, permitió que el babilonio lo dijese en broma.

154. Se persuadió Zópiro con aquel discurso ciertamente agorero que había llegado el punto fatal de la toma de Babilonia. Se presenta a Darío y le pregunta si tenía realmente el mayor deseo y empeño en que se tomase la plaza sitiada, y habiendo entendido del soberano que nada del mundo deseaba con igual ardor, continuó sus primeras meditaciones, buscando medio de poder ser él mismo el autor de la empresa y ejecutor de tan gran hazaña, y tanto más iba empeñándose en ello cuanto mejor sabía ser entre los persas muy atendidos del presente y muy apremiados por el porvenir los extraordinarios servicios hechos a la corona. El fruto de su meditación fue decidirse a ejecutar el único remedio que hallaba para rendir aquella plaza: consistía en que él mismo, mutilado cruelmente, se pasase fugitivo a los babilonios. Contando con quedar feamente desfigurado por todos los

días de su vida, hace de su persona el más lastimoso espectáculo: cortadas por su propia mano las narices, cortadas asimismo las orejas, cortados descompuestamente los cabellos y azotadas cruelmente las espaldas, se muestra maltrecho y desfigurado en presencia de Darío.

155. La pena que Darío tuvo al ver de repente ante sus ojos un persa tan importante hecho un retablo vivo de dolores no puede ponderarse; salta luego de su trono, y le pregunta gritando, quién así le ha mutilado y con qué motivo. «Ningún otro, señor, sino vos mismo —le responde Zópiro—, pues solo mi soberano pudo ponerme tal como aquí me miráis. Por vos, señor, yo mismo me he desfigurado así por mis propias manos, sin injuria de extraños, no pudiendo ya ver ni sufrir por más tiempo que los asirios se burlen y se mofen de los persas». «Hombre infeliz —le replica Darío—, ¿quieres adornar un hecho, el más horrendo y negro, con el calor más brillante que pensarse pueda? ¿Pretextas ahora que por el honor de Persia, por amor mío, por odio de los sitiados, has ejecutado en tu persona esa carnicería sin remedio? Dime por los dioses, hombre mal aconsejado, ¿acaso se rendirán antes los enemigos porque tú te hayas hecho pedazos? ¿Y no ves que mutilándote no has cometido sino una locura?». «Señor —le responde Zópiro—, bien visto tenía que si os hubiera dado parte de lo que pensaba hacer, nunca habíais de permitírmelo. Lo hice por mí mismo, y con solo lo hecho tenemos ya conquistada la inexpugnable Babilonia, si por vos no se pierde, como sin duda no se perderá. Diré, señor, lo que he pensado. Tal como me hallo deshecho y desfigurado, me pasaré luego al enemigo; les diré que sois vos el autor de la miseria en que me ven, y si mucho no me engaño, se lo daré a entender así, y llegaré a tener el mando de la guarnición. Oíd vos ahora, señor, lo que podremos hacer después. Al cabo de diez días que esté yo dentro, podréis entresacar mil hombres que dé igual tanto su salvación como su pérdida, y apostármeles allí delante de la puerta que llaman de Semíramis. Pasados otra vez siete días, podréis de nuevo apostarme dos mil enfrente de la otra puerta que dicen de Nínive. Pasados veinte días más, podréis por tercera vez situar otra porción, hasta cuatro mil hombres, en la puerta llamada de los caldeos. Y sería necesario que ni los primeros ni los últimos soldados que dije, tuvieran otras armas defensivas que sus puñales, los que sería bueno dejárselos. Veinte días después podréis dar orden general a las tropas para que asalten por todas partes los muros, pero a los persas naturales los quisiera frente a las dos puertas que llaman Bélides y Cisia. Así lo digo y ordeno todo, por cuanto me persuado que los babilonios, viendo tantas proezas hechas por mí con anterioridad, han de confiármelo todo, aun las llaves mismas de la ciudad. Por lo demás, a mi cuenta y a la de los persas correrá poner fin a la empresa».

156. Acordado así el asunto, iba huyendo Zópiro hacia una de las puertas de la ciudad, y volvía muy a menudo la cabeza con ademán y apariencia de quien deserta. Le ven venir así los centinelas apostados en las almenas, y bajando a toda prisa, le preguntan quién era y a qué venía, desde una de las puertas medio abiertas. Les responde que era Zópiro que quería pasárseles a la ciudad. Oído esto, le conducen al punto a los magistrados de Babilonia. Puesto allí en presencia de toda la asamblea, empieza a lamentar su desventura y decir que Darío era quien había hecho ponerle del modo en que él mismo se había presentado; que el único motivo había sido porque él le aconsejaba que, en vista de no descubrirse medio alguno para la toma de la plaza, lo mejor era levantar el asedio y retirar de allí el ejército. «Ahora, pues —continuó diciendo—, ahí me tenéis, babilonios; prometo hacer a vosotros cuanto bien supiere, que espero no ha de ser poco, y a Darío, a sus persas y a todo su campamento, cuanto mal pudiere, que sin duda será muchísimo, pues doy fe de que estas heridas que en mí veis les costarán ríos de sangre, sobre todo conociendo como conozco sus planes y su modo de pensar y obrar».

157. Así les habló Zópiro, y los babilonios, que veían en su figura, no sin horror, a un grande de Persia con las narices mutiladas, con las orejas cortadas, con las carnes rasgadas, y todo él empapado en la sangre que aún corría, quedaron desde luego persuadidos de que la historia era muy verdadera, y se ofrecieron a aliviar la desventura de su nuevo aliado, dándole gusto en cuanto les pidiera. Habiendo pedido él una porción de tropa, que luego tuvo a su mando, hizo con ella lo que con Darío había concertado; pues saliendo el décimo día con sus babilonios, y cogiendo en medio a los mil soldados, los primeros que había pedido que apostase Darío, los pasó todos a cuchillo. Viendo entonces los babilonios que el desertor acreditaba con obras lo que les había ofrecido de palabra, alegres sobremanera

se declararon nuevamente prontos a servir a Zópiro, o más bien a dejarse servir de él enteramente. Esperó Zópiro el término de los días consabidos, y llegando este, toma una partida de babilonios escogidos, y organiza la segunda salida de la plaza, matando a Darío dos mil soldados. Ante esta segunda proeza, no se hablaba ya de otra cosa entre los babilonios ni había para ellos otro hombre igual a Zópiro, quien dejando después que pasasen los días convenidos, hace su tercera salida al puesto señalado, donde encerrando en medio de su gente a cuatro mil enemigos, acaba con todo aquel cuerpo. Vista esta última hazaña, entonces sí que Zópiro lo era todo para los de Babilonia, de modo que le nombraron jefe de la guarnición y guardián de la fortaleza.

158. Entretanto, llega el día en que, según lo pactado, ordena Darío un asalto a Babilonia, y Zópiro acredita con hechos que lo pasado no había sido sino engaño y doble artificio de un hábil desertor. Entonces los babilonios apostados sobre los muros iban resistiendo con valor al ejército de Darío, que los acometía, y Zópiro al mismo tiempo, abriendo a sus persas las dos puertas de la ciudad, la Bélides y la Cisia, les introducía en ella. Algunos babilonios, testigos de lo que Zópiro iba haciendo, se refugiaron en el templo de Zeus Belo; los demás, que nada sabían ni aun sospechaban de la traición que se realizaba, estuvieron fijos cada cual en su puesto hasta tanto que se vieron clara y patentemente vendidos y entregados al enemigo.

159. Así fue tomada Babilonia por segunda vez. Dueño Darío de los babilonios vencidos, tomó desde luego las providencias más oportunas: una sobre la plaza, mandando demoler todos los muros y arrancar todas las puertas de la ciudad, de cuyas prevenciones ninguna había usado Ciro cuando se apoderó de Babilonia; y otra, sobre los sitiados, haciendo empalar hasta tres mil de aquellos que sabía habían sido autores principales de la rebelión, dejando a los demás ciudadanos en su misma patria con sus bienes y haciendas; la tercera, sobre la población, tomando sus medidas, a fin de dar mujeres a los babilonios para la procreación, puesto que ellos, como llevamos referido, habían antes ahogado a las que tenían, a fin de que no les gastasen las provisiones durante el asedio. A este efecto ordenó Darío a las naciones vecinas que cada cual pusiera en Babilonia cierto número de mujeres que él mismo determinaba, de suerte que la suma de las que allí se recogieron subió a cincuenta mil, de quienes descienden los actuales babilonios.

160. Respecto a Zópiro, si queremos atender al juicio de Darío, jamás persa alguno, ni antes ni después, hizo más relevante servicio a la corona, exceptuando solamente a Ciro, pues a este rey nunca hubo persa que se le osase comparar ni menos igualar. Se cuenta con todo, que solía decir el mismo Darío que antes quisiera no ver en Zópiro aquella carnicería de mano propia que conquistar y rendir no una, sino veinte Babilonias que existieran. Lo cierto es que usó con él las mayores demostraciones de estima y particular honor, pues no solo le enviaba todos los años aquellos regalos que son entre los persas la mayor prueba de distinción y confianza con el soberano, sino que dio a Zópiro por todo el tiempo de su vida la satrapía de Babilonia, inmune de toda contribución y tributo. Hijo de este Zópiro fue el general Megabizo, el que en Egipto guerreó con los atenienses y sus aliados, y padre del otro Zópiro que, desertado de los persas, pasó a la ciudad de Atenas.

LIBRO CUARTO

MELPÓMENE

Melpómene: la Tragedia

Expedición de Darío contra los escitas (1-144)

Causas de la expedición (1-4). *Tradiciones sobre el origen de los escitas* (5-12). *Aristeas de Proconeso* (13-16). *Descripción geográfica del orbe conocido* (17-45). *Ríos que bañan Escitia* (46-58). *Sacrificios y costumbres guerreras de los escitas, sus adivinos y entierros* (59-82). *Expedición contra los escitas: puentes sobre el Bósforo y el Istro* (83-98). *Geografía de Escitia* (99-101). *Estrategia de los escitas y costumbres de las tribus vecinas, sus potenciales aliados* (102-109). *Historia de los saurómatas y las amazonas* (110-117). *Neutralidad de las tribus vecinas* (118-120). *Estratagema de los escitas y retirada de Darío* (121-144).

Expedición persa contra Libia (145-205)

Fundación de Tera (145-149). *Historia de la fundación de Cirene por Bato y de los sucesores de Bato* (150-167). *Descripción de Libia y sus habitantes* (168-199). *Los persas se apoderan de Barca* (200-205).

Expedición de Darío contra los escitas

1. Después de la toma de Babilonia sucedió la expedición de Darío contra los escitas[172], de quienes el rey decidió vengarse, viendo Asia floreciente tanto en tropas como en copiosos réditos de tributos; pues habiendo los escitas entrado antes en las tierras de los medos y vencido en batalla a los que les hicieron frente, habían sido los primeros promotores de las hostilidades, conservando, como llevo dicho[173], el imperio del Asia Superior por espacio de veintiocho años. Yendo en seguimiento de los cimerios, se dejaron caer sobre Asia, e hicieron entre tanto cesar en ella el dominio de los medos; pero al pretender volverse a su país los que habían peregrinado veintiocho años, se les presentó después de tan larga ausencia un obstáculo y trabajo nada inferior a los que en Media habían superado. Se hallaron con un ejército formidable que salió a disputarles la entrada de su misma casa, pues viendo las mujeres escitas que tardaban tanto sus maridos en volver, se habían juntado con sus esclavos.

2. Los escitas suelen cegar a sus esclavos para mejor valerse de ellos en el cuidado y confección de la leche, que es su habitual bebida, en cuya extracción emplean unos canutos de hueso muy parecidos a una flauta, metiendo una extremidad de ellos en las partes naturales de las yeguas, y aplicando la otra a su misma boca, con el fin de soplar, y al tiempo que unos están soplando van otros ordeñando; y dan por motivo de esto que, al paso que se hinchan de viento las venas de la yegua, sus ubres van subiendo y saliendo hacia fuera. Extraída así la leche, la derraman en unas vasijas cóncavas de madera, y colocando alrededor de ellas a sus esclavos ciegos, se la hacen revolver y batir, y lo que sobrenada de la leche removida lo recogen como la flor y nata de ella, y lo tienen por lo más delicado, estimando en menos lo que se escurre al fondo. Para este quehacer quitan la vista los escitas a cuantos esclavos cogen, muchos de los cuales no son labradores, sino pastores únicamente.

3. Del trato de estos esclavos con las mujeres había salido aquella nueva prole de jóvenes, que sabiendo de qué origen y raza proce-

---

[172] Bajo este nombre Heródoto designa a las tribus nómadas al norte del mar Negro.
[173] Cf. *Historia* 1.106.

dían, salieron al encuentro a los que volvían de Media. Ante todo, para impedirles la entrada, hicieron un ancho foso desde los montes Tauros hasta la Mayátide, vastísima laguna; y luego, instalado allí su campamento, y resistiendo a los escitas que se esforzaban para entrar en sus tierras, vinieron a las manos muchas veces, hasta que al ver que las tropas veteranas no podían adelantar un paso contra aquella juventud, uno de los escitas habló así a los demás: «¿Qué es lo que estamos haciendo, escitas? Peleando con nuestros esclavos como realmente peleamos, si somos vencidos quedamos siempre tantos señores menos cuantos mueran de nosotros; si los vencemos, tantos esclavos nos quedarán de menos como los que fueron muertos. Oíd lo que he pensado: que dejando nuestras picas y arcos, tomemos cada uno de nosotros el látigo de su caballo, y que blandiéndolo en la mano avance hacia ellos; pues en tanto que nos vean con las armas en la mano se tendrán aquellos bastardos por tan buenos y bien nacidos como nosotros sus amos. Pero cuando nos vean armados con el látigo en vez de lanza, recordarán que son nuestros esclavos y cuando se den cuenta dejarán de ofrecer resistencia».

4. Así hicieron todos los que oyeron al escita, y espantados los enemigos por el miedo de los látigos, dejando de pelear, huyeron todos. De este modo los escitas obtuvieron primero el imperio de Asia, y arrojados después por los medos volvieron de nuevo a su país; y aquella era la injuria para cuya venganza juntó Darío un ejército contra ellos.

5. La nación de los escitas es la más reciente y moderna, según confiesan ellos mismos, que refieren su origen de este modo: hubo en aquella tierra, antes desierta y despoblada del todo, un hombre que se llamaba Targitao, cuyos padres fueron Zeus y una hija del río Borístenes[174]. Lo tengo yo por fábula, pero ellos se empeñan en dar por hijo de tales padres a Targitao, y en atribuir a ese tres hijos: Lipoxais, Arpoxais y Colaxais, el menor de todos. Reinando estos, cayeron del cielo en su región ciertas piezas de oro, a saber: un arado, un yugo, una copa y una sagaris[175]. Habiéndolas visto el mayor de los tres, se fue hacia ellas con ánimo de tomarlas para sí, pero al

---

[174] El río Dniéper.
[175] Un tipo de hacha de doble filo.

estar cerca, de repente el oro se puso hecho un ascua; apartándose el primero, se acercó allá el segundo, y le sucedió lo mismo, rechazando a ambos el oro rojo y encendido; pero yendo por fin el tercero y menor de todos, se apagó la llama, y se fue él con el oro a su casa. A lo cual atendiendo los dos hermanos mayores, determinaron ceder al menor todo el reino y el gobierno.

6. Añaden que de Lipoxais desciende la tribu de los escitas llamados aucatas; del segundo, Arpoxais, la de los que llevan el nombre de catíaros y traspis, y del más joven, la de sus reyes, que se llaman parálatas. El nombre común a todos los de la nación dicen que es el de escólotos, apellido de su rey, aunque los griegos los nombren escitas.

7. Tal es el origen y descendencia que se dan a sí mismos; respecto de su cronología, dicen que desde sus principios y su primer rey, Targitao, hasta la venida de Darío a su país, pasaron nada más que mil años justos. Los reyes guardan aquel oro sagrado que del cielo les vino con todo el cuidado posible, y todos los años, en un día de fiesta celebrado con grandes sacrificios, van a sacarlo y pasearlo por la comarca; añaden que si alguno en aquel día, llevándolo consigo, se quedase a dormir al raso, moriría antes de pasar aquel año, y para precaver este mal, se señala por jornada a cada uno de los que pasean el oro divino el país que pueda en un día ir girando a caballo. «Viendo Colaxais —prosiguen— lo dilatado de la región, la repartió en tres reinos, dando el suyo a cada uno de sus hijos, si bien quiso que aquel en que hubiera de conservarse el oro divino no fuese mayor que los demás». Según ellos, las tierras de sus vecinos que se extienden hacia el viento Bóreas son tales que, a causa de unas plumas que van volando esparcidas por el aire, ni es posible descubrirlas con la vista, ni penetrar caminando por ellas, estando toda aquella tierra y aquel ambiente lleno de plumas, que impiden la vista a los ojos.

8. Después de oír a los escitas hablando de sí mismos, de su país y del que se extiende más allá, oigamos lo que cuentan de ellos los griegos que moran en el Ponto Euxino. Cuentan que Heracles, al volver con las vacas de Gerión[176], llegó al país que habitan al presente

---

[176] El décimo de los doce proverbiales trabajos de Heracles consistía en robar las vacas de Gerión (o Geriones), gigante de tres cuerpos y tres cabezas.

los escitas, entonces despoblado; añaden que Gerión moraba lejos del Ponto en una isla vecina a Gadira[177], más allá de las columnas de Heracles, llamada por los griegos Eritía, y situada en el Océano, y que este océano, empezando por Levante, gira alrededor del orbe; todo lo que dicen sobre su palabra, sin confirmarlo realmente con prueba alguna. Desde allá vino, pues, Heracles a la región llamada ahora Escitia, en donde, como le cogiese un recio y frío temporal, se cubrió con su piel de león[178] y se echó a dormir. Al tiempo que dormía, de forma sobrenatural, desaparecieron las yeguas que, sueltas del carro, estaban allí paciendo.

9. Levantado Heracles de su sueño, se puso a buscar sus perdidas yeguas, y habiendo girado por toda aquella tierra, llegó por fin a la que llaman Hilea, donde halló en una cueva a un ser de dos naturalezas, mitad víbora y mitad mujer; mujer hasta las nalgas y serpiente de nalgas abajo. Le causó admiración verla, pero no dejó de preguntarle por sus yeguas, si acaso las había visto por allí descarriadas. Le respondió ella que las tenía en su poder; pero que no se las devolvería a menos que se uniera a ella, con cuya condición y promesa Heracles se unió a ella sin hacerse más de rogar. Y aunque ella, con la mira y el deseo de gozar por más largo tiempo de su buena compañía, le iba dilatando la entrega de las yeguas, queriendo él al cabo irse con ellas, se las restituyó y dijo: «He aquí esas yeguas que por estos páramos hallé perdidas; pero buena satisfacción me dejas por el hallazgo, pues quiero que sepas cómo me hallo embarazada de tres hijos tuyos. Dime lo que quieres que haga con ellos cuando sean ya mayores, si escoges que les dé cobijo en este país, del que soy ama y señora, o bien que te los remita». Esto dijo, a lo que él respondió: «Cuando los veas ya de mayor edad, si quieres acertar, haz entonces lo que voy a decirte. ¿Ves ese arco y ese ceñidor que ahí tengo? Aquel de los tres a quien entonces veas apretar el arco como yo ahora, y ceñirse ceñidor como ves que me lo ciño, a ese harás que se quede como habitante del país; pero al que no sea capaz de hacer otro tanto

---

[177] Cádiz.
[178] La piel del león de Nemea, cuya captura y muerte constituyó el primero de los trabajos de Heracles.

de lo que mando, envíale fuera de él. Haz como lo digo, que así tú quedarás muy satisfecha, y yo obedecido».

10. Habiéndole hablado así, dicen que de dos arcos que Heracles allí tenía, dispuso uno, y sacando después una banda que tenía unida en la parte superior una copa de oro, le puso en las manos el arco y el ceñidor, y con esto se despidió. Después que ella vio crecidos a sus hijos, primero puso nombre a cada uno, llamando al mayor Agatirso, Gelono al que seguía, y al menor Escita, teniendo después bien presentes las órdenes de Heracles, que puntualmente ejecutó. Y como, en efecto, no fueron capaces dos de sus hijos, Agatirso y Gelono, de hacer aquella prueba de valor en la contienda, arrojados por su misma madre, partieron de su tierra; pero habiendo triunfado en la empresa propuesta Escita, el más joven de todos, quedó dueño de la región, y de él descienden en línea directa cuantos reyes hasta aquí han tenido los escitas. En memoria de aquella copa, los escitas hasta hoy día traen sus copas pendientes de sus ceñidores, y esto último fue lo único que por su parte inventó y mandó la madre a su hijo Escita. Así cuentan esta historia los griegos del Ponto.

11. Pero corre otra, que me merece más crédito, y es la siguiente: apurados y agobiados en la guerra por los maságetas, los escitas nómadas que moraban primero en Asia, dejaron sus tierras, y pasando el río Araxes, se fueron hacia la región de los cimerios, de quienes era antiguamente el país que al presente poseen los escitas. Viéndolos aquellos cimerios venir contra ellos, deliberaron lo que había que hacer a la vista del gran ejército que se les acercaba. Se dividieron allí los votos en dos partidos, ambos realmente fuertes y empeñados, si bien era mejor el que seguían sus reyes; porque el parecer del pueblo era que no convenía entrar en contienda ni exponerse al peligro siendo tantos los enemigos, y que era menester abandonar el país; el de sus reyes era que se había de pelear a favor de la patria contra los que venían. Grande era el empeño; ni el pueblo quería obedecer a sus reyes, ni estos ceder a aquel: el pueblo estaba obstinado en que sin disparar un dardo era preciso marchar cediendo la tierra a los que venían a invadirla; los reyes continuaban en su resolución de que mejor era morir en su patria con las armas en la mano, que acompañar en la huida a la muchedumbre, confirmándose en su opinión al comparar los muchos bienes que en la patria lograban con los muchos males que huyendo de ella esperaban les saldrían al encuentro. El desenlace de la discordia fue que, obstinándose los dos partidos en su parecer y viéndose iguales en número, vinieron a las manos entre sí. El cuerpo de la nación de los cimerios enterró a los que de ambos partidos murieron en la refriega cerca del río Tiras[179], donde al presente se deja ver todavía su sepultura; y una vez enterrados, se salió de su tierra. Con esto los escitas se apoderaron al llegar de la región desierta y desamparada.

12. Existen, en efecto, aún ahora en Escitia, los que llaman fuertes cimerios, un lugar denominado pasajes cimerios; una comarca asimismo con el nombre de Cimeria, y finalmente, el celebrado Bósforo cimerio[180]. Parece también que los cimerios, huyendo hacia el Asia, poblaron aquella península, donde ahora está Sínope, ciudad griega, y que los escitas, yendo tras ellos, tomaron otro camino y llegaron a Media; porque los cimerios fueron en su retirada siguiendo siempre la costa del mar, y los escitas, dejando el Cáucaso a su derecha, los iban buscando, hasta que, internándose en su viaje tierra adentro, se metieron en el referido país.

13. Otra historia corre sobre este punto entre griegos y bárbaros igualmente. Aristeas de Proconeso[181], hijo de cierto Caistrobio y poeta de profesión, decía que por inspiración de Febo había ido hasta los isedones, más allá de los cuales añadía que habitaban los arimaspos, hombres de un solo ojo en la cara, y más allá de estos están los grifos que guardan el oro del país, y más lejos que todos habitan hasta las costas del mar los hiperbóreos[182]. Todas estas naciones, según él, exceptuados solamente los hiperbóreos, estaban siempre en guerra con sus vecinos, habiendo sido los primeros en moverla los

---

[179] El río Dniéster.

[180] El estrecho de Yenikale, en la entrada del mar de Azov.

[181] Aristeas, natural de Proconeso, isla del mar de Mármara, es una figura de carácter semilegendario –véase más abajo una anécdota sobre él de tintes chamánicos– que compuso un poema épico en tres cantos titulado *Arimaspea*, en el que narraba su viaje al extremo septentrional del mundo.

[182] Arimaspos (tal vez «el pueblo de los caballos salvajes») e hiperbóreos («los de más allá del Bóreas») son pueblos legendarios situados más allá del Cáucaso, en los confines de la tierra conocida. Los grifos son seres mitológicos con testa de águila y cuerpo de león.

arimaspos, y como consecuencia, estos habían echado a los isedones de su tierra; los isedones a los escitas de la suya, y los cimerios, que habitaban vecinos al mar del Sur, oprimidos por los escitas, habían desamparado su patria. He aquí que Aristeas tampoco coincide con los escitas en la historia de estos pueblos.

14. Y ya que llevo dicho de dónde era natural el autor de la mencionada relación, referiré aquí una historia que de él oí en Proconeso y en Cícico. Dicen, pues, que Aristeas, a nadie inferior como ciudadano en nobleza de sangre, habiendo entrado en Proconeso en el taller de un lavandero, quedó allí muerto, y que el lavandero, dejándole allí encerrado, fue luego a dar parte de ello a los parientes más cercanos del difunto. Habiéndose extendido por la ciudad cómo acababa de morir Aristeas, un hombre natural de Cícico, que acababa de llegar de la ciudad de Artace, empezó a contradecir a los que esparcían aquella noticia, diciendo que él, al venir de Cícico, se había encontrado con Aristeas y le había hablado en el camino. Se mantenía el hombre en negar que hubiera muerto. Los parientes del difunto fueron al taller del lavandero, llevando consigo lo que hacía al caso para llevar el cadáver; pero al abrir las puertas de la casa, ni muerto ni vivo compareció Aristeas. Pasados ya siete años, dejó verse él mismo en Proconeso, y entonces hizo aquel poema que los griegos llaman *Arimaspea*, y que después de hecho desapareció por segunda vez.

15. Esto nos cuentan aquellas dos ciudades; yo sé aún de Aristeas otra anécdota que sucedió con los metapontinos de Italia, trescientos cuarenta años después de su segunda desaparición, según yo conjeturaba cuando estuve en Proconeso y en Metaponto. Decían, pues, aquellos habitantes que habiéndoseles aparecido Aristeas en su tierra, les había mandado erigir un altar a Apolo y levantar a su lado una estatua con el nombre de Aristeas de Proconeso, en atención a que entre todos los italiotas ellos eran los únicos a cuyos territorios hubiese venido Apolo, a quien él en su venida había seguido en forma de cuervo, el que era en la actualidad Aristeas. Habiéndoles hablado en estos términos, dicen los metapontinos que desapareció, y enviando ellos a consultar a Delfos para saber del dios Apolo lo que significaba el fantasma de aquel hombre, les había ordenado la Pitia que obedeciesen, que obedecerla era lo mejor si querían prosperar,

con lo cual hicieron lo mandado por Aristeas. Y en efecto, al lado de la propia imagen de Apolo está hoy una estatua que lleva el nombre de Aristeas, y alrededor de ella unos laureles. Dicha imagen se ve en el ágora. Baste lo dicho acerca de Aristeas.

16. Y volviendo al país del que antes iba hablando, nadie hay que sepa con certeza lo que queda arriba dicho. Por lo menos no he podido dar con persona que diga haberlo visto por sus ojos, pues el mismo Aristeas del quien poco antes hice mención, al hablar como poeta, no se atrevió a decir en sus versos que hubiese pasado más allá de los isedones, contentándose con referir de oídas lo que pasaba más allá, citando por testigos de su narración a los mismos isedones. Ahora no haré más que referir todo lo que de oídas he podido averiguar con fundamento acerca de lo más remoto de aquellas tierras.

17. Empezando desde el emporio de los boristenitas[183], lugar que ocupa el medio de la costa de Escitia, los primeros habitantes que siguen son los calípidas, especie de griegos escitas, y más arriba de estos se halla otra nación, llamada de los alizones, que, siguiendo como los calípidas todos los usos de los escitas, acostumbran con todo hacer sementeras de trigo, del cual se alimentan, comiendo también cebollas, ajos, lentejas y mijo. Sobre los alizones están los escitas, que llaman labradores, quienes saben sembrar su trigo, no para comerlo, sino para venderlo. Más arriba de estos moran los neuros, cuya región hacia el viento Bóreas está despoblada de hombres, según tengo entendido. Estas son las naciones que viven junto al río Hípanis y caen hacia el poniente del Borístenes.

18. Pasando a la otra parte del Borístenes, el primer país, contando desde el mar, es Hilea, más allá de la cual habitan los escitas agricultores, que viven cerca de Hípanis, a quienes llaman boristenitas los griegos, al paso que se llaman a sí mismos olbiopolitas. Estos pueblos ocupan la comarca que mira a Levante y se extiende por tres jornadas, confinando con un río que tiene por nombre Panticapes, y la misma, hacia el viento Bóreas, tiene de largo once jornadas na-

---

[183] Se trata de Olbia, en la costa norte del mar Negro. Fue fundada por los milesios hacia el 645 a. C., erigiéndose en el enclave de referencia de la colonización griega en la zona.

vegando por el Borístenes arriba. Al país de dichos escitas siguen unos vastos desiertos; pasados estos, hay la nación de los llamados andrófagos[184], que hacen vida aparte, sin tener nada común con los escitas; pero más allá de ella no hay sino un desierto en que no vive nación alguna.

19. Al pasar el río Panticapes, la tierra que cae al oriente de dichos escitas agricultores, está ya ocupada por otros escitas nómadas, que nada siembran ni cultivan. La tierra que habitan está del todo rasa, sin árbol alguno, excepto la región Hilea, y se extiende hacia el este catorce días de camino, llegando hasta el río Gerro.

20. A la otra parte del Gerro se extienden los campos o territorios regios, habitados por los más bravos y numerosos escitas, que miran como esclavos suyos a los demás: confinan por el sur con la región Taúrica; por el este, con el foso que abrieron los hijos de los ciegos, y con el emporio de la laguna Mayátide, el cual llaman Cremnos, y algunos de estos pueblos llegan hasta el río Tanais[185]. En la parte superior de los escitas regios, hacia el norte, viven los melanclenos, nación enteramente diversa de los escitas; pero más arriba de ella hay unas lagunas, según estoy informado, y el país está del todo despoblado.

21. Del otro lado del Tanais ya no se encuentra tierra de escitas, siendo aquel el primer límite del país de los saurómatas, quienes, empezando desde el ángulo de la laguna Mayátide, ocupan hacia el norte por espacio de quince jornadas todo aquel terreno que se ve sin un árbol silvestre ni frutal. En la región que sigue más arriba de ellos están situados los budinos, quienes viven en un suelo que llega a ser un bosque espeso de toda suerte de árboles.

22. Sobre los budinos, hacia el Bóreas, se halla ante todo un país desierto por espacio de ocho jornadas, y después, inclinándose algo hacia el viento del este, están los tiságetas, nación populosa e independiente, que viven de la caza. Vecinos suyos y habitantes de los mismos contornos son unos pueblos que llaman yircas, y viven

---

[184] «Caníbales», sobre los que se habla más por extenso más adelante (cf. *Historia* 4.106).
[185] El río Don.

también de lo que cazan, lo cual practican del siguiente modo: se pone en emboscada el cazador encima de un árbol de los muchos y muy espesos que hay en todo el territorio; tiene cerca a su caballo, enseñado a agazaparse vientre a tierra a fin de esconder su bulto, y su perro está preparado al lado; lo mismo es descubrir la fiera desde su árbol que tirarle con el arco, montar en su caballo y seguirla acompañado de su perro. Más allá, tirando hacia oriente, viven otros escitas, que, sublevados contra los regios, se retiraron hacia aquellos países.

23. Toda la región que llevo descrita hasta llegar a la tierra de estos últimos escitas, es una llanura de terreno grueso y profundo; pero desde allí empieza a ser áspero y pedregoso. Después de pasado un gran espacio de este quebrado territorio, al pie de unos altos montes viven unos pueblos de quienes dicen que todos son calvos de nacimiento, tanto hombres como mujeres, de narices chatas, de grandes barbillas y de un lenguaje particular, si bien su modo de vestir es a lo escita, y su alimento, el fruto de los árboles. El árbol del que viven se llama póntico y viene a ser del tamaño de una higuera, dando un fruto del tamaño de una haba, aunque con hueso: una vez maduro, lo exprimen y cuelan con sus paños o vestidos, de donde va manando un jugo espeso y negro, al cual dan el nombre de *asqui*, bebiéndolo unas veces chupando, otras mezclado con leche; de las heces más grasas del jugo forman unas pastas para comerlas. No abundan en ganado, por no haber allí muy buenos pastos. Cada cual tiene su casa bajo un árbol, que cubre alrededor, en el invierno, con un fieltro blanco y apretado a manera de lana de sombrero, despojándole de él en el verano. Siendo mirados estos pueblos como personas sagradas, no hay quien se atreva a injuriarles; de tal forma que, aun careciendo de armas para la guerra, son los que componen las desavenencias entre los vecinos. El que fugitivo se acoge a ellos o el reo que se refugia, seguro está de que nadie le toque ni moleste. El nombre de esta gente es el de argipeos.

24. Hasta llegar a estos calvos son muy conocidas todas aquellas regiones con sus pueblos intermedios, pues hasta allí llegan tanto los escitas, de quienes es fácil tener noticias, como muchos de los griegos, ya del emporio del Borístenes, ya de los otros emporios del Ponto. Los escitas, que suelen ir a traficar allá, negocian y tratan con ellos por medio de siete intérpretes de otros tantos idiomas.

25. Así que el país hasta dichos calvos es un país descubierto y conocido; pero nadie puede hablar con fundamento de lo que hay más allá, por cuanto corta el país una cordillera de montes inaccesibles que nadie ha traspasado. Verdad es que los calvos nos cuentan cosas que jamás resultarán verosímiles, diciendo que en aquellos montes viven hombres con pezuñas de cabra, y que más allá hay otros hombres que duermen un semestre entero como si fuera un día, lo que de todo punto no admito. Lo que se sabe y se tiene por averiguado es que los isedones habitan al oriente de los calvos; pero la parte que mira al Bóreas, ni los calvos ni los isedones conocen, excepto lo dicho, que ellos quieren darnos por sabido.

26. Dícese de los isedones que tienen una costumbre singular. Cuando a alguno se le muere su padre, acuden allí todos los parientes con sus ovejas y, matándolas, cortan en trozos las carnes y hacen también pedazos al difunto padre del huésped que les da el banquete, y mezclando después toda aquella carne la sacan a la mesa. Pero la cabeza del muerto, después de bien limpia y pelada, la bañan en oro, mirándola como una alhaja preciosa, de que hacen uso en los grandes sacrificios que cada año se celebra, ceremonia que los hijos hacen en honor de sus padres, al modo que los griegos celebran los aniversarios de sus muertos. Por lo demás, estos pueblos son alabados como justos y buenos, y aun se dice que sus mujeres tienen los mismos derechos que los hombres. De ellos al fin se sabe algo.

27. De la región que está sobre los isedones dicen estos que está habitada por hombres con un solo ojo, y que en ellas se hallan los grifos que guardan oro. Esta historia la toman de los isedones los escitas que la cuentan, y de estos la hemos aprendido nosotros, usando de una palabra escítica al nombrarlos, arimaspos, pues los escitas para uno emplean la palabra *arima*, y para ojo, *spu*.

28. Tan rígida y fría es toda la región que recorremos que por ocho meses duran en ella unos hielos insufribles, donde no se hace lodo con el agua derramada, pero sí con el fuego encendido. Se hiela entonces el mar y también el Bósforo cimerio. Los escitas que están a la otra parte del foso pasan a caballo por encima del hielo y conducen sus carros a la otra ribera hasta los sindos. En suma, hay allí ocho meses enteros de invierno, y los que restan son de frío. La estación y naturaleza del invierno es allí muy otra de la que tienen en otros países. Cuando parece que debía de llegar el tiempo de las lluvias, apenas llueve en el país, pero en el verano no cesa de llover. No se oye un trueno siquiera que truene en otras partes; y si sucede alguna vez en invierno, se mira como un prodigio, pero en el verano son los truenos frecuentísimos. Por prodigio se tiene del mismo modo si acaece en la Escitia algún terremoto, ya sea en verano, ya sea en invierno. Sus caballos son los que tienen robustez para sufrir aquel rigor del invierno; los mulos y los asnos no lo pueden absolutamente resistir, cuando en otras partes el hielo gangrena las piernas a los caballos, al paso que resisten los asnos y mulos.

29. Ese mismo dolor del frío me parece la causa de que haya allí cierta especie de bueyes mochos, a los cuales no les nacen astas, y en defensa de mi opinión tengo aquel verso de Homero en la *Odisea*[186]:

En Libia presto apuntan las astas al cordero.

Bien dicho por cierto, pues en los países calientes pronto salen los cuernos; pero en climas muy helados, o nunca los sacan los animales, o bien los sacan tarde y mal, y así me convenzo de que el frío es la causa de ello.

30. Y puesto que desde el principio me tomé la licencia de hacer en mi relato mil digresiones, diré que me causa admiración el saber que en toda la comarca de la Élide no puede engendrarse un mulo, no siendo frío el clima, ni dejándose ver otra causa suficiente para ello. Dicen los eleos que es efecto de cierta maldición[187] el que no se engendren mulos en su territorio; pero ellos lo remedian con llevar las yeguas en el tiempo oportuno a los pueblos vecinos, en donde las cubren los asnos padres hasta que quedan preñadas, y entonces se las vuelven a llevar.

31. Por lo que respecta a las plumas voladoras, de las que aseguran los escitas estar tan lleno el aire que no se puede por causa de ellas alcanzar con la vista lo que resta de continente ni se puede por allí transitar, imagino que más allá de aquellas regiones debe de nevar

---

[186] Cf. *Odisea* 4.85. Con Libia se hace referencia a África.
[187] Maldición que se remonta al mítico rey Enómao, quien querría preservar la pureza de los caballos que había obtenido de su padre Ares.

siempre, bien que naturalmente nevará menos en verano que en invierno. No es menester decir más que, cualquiera que haya visto de cerca la nieve cuando cae en copos, la confunde con unas plumas que vuelan por el aire. Esa misma intemperie tan rígida del clima es el motivo sin duda de que las partes del continente hacia el Bóreas sean inhabitadas. Así que soy de opinión de que los escitas y sus vecinos llaman plumas a los copos de nieve, llevados de la semejanza de los objetos. Pero mucho nos hemos alargado en referir lo que se cuenta.

32. Nada dicen de los pueblos hiperbóreos ni los escitas ni los otros pueblos del entorno, a no ser los isedones, quienes tampoco creo que nada digan, pues nos lo repetirían los escitas, así como nos repiten lo de los hombres de un solo ojo. Hesíodo, con todo, habla de los hiperbóreos, y también Homero en los *Epígonos*, si es que Homero sea realmente autor de tales versos[188].

33. Pero los que hablan más largamente de ellos son los delios, quienes dicen que ciertas ofrendas de trigo venidas de los hiperbóreos atadas en hacecillos, o bien unos manojos de espigas como primicias de la cosecha, llegaron a los escitas, y tomadas sucesivamente por los pueblos vecinos y pasadas de mano en mano, corrieron hacia occidente hasta el Adriático, y de allí, destinadas al sur, los primeros griegos que las recibieron fueron los dodoneos, desde cuyas manos fueron bajando al golfo Melieo y pasaron a Eubea, donde, de ciudad en ciudad, las enviaron hasta la de Caristo, dejando de enviarlas a Andros porque los de Caristo las llevaron a Tenos, y los de Tenos a Delos: con este círculo inmenso llegaron a Delos las ofrendas sagradas. Añaden los delios que, antes de esto, los hiperbóreos enviaron una vez con aquellas sacras ofrendas a dos doncellas llamadas, según dicen, Hipéroca la una y Laódice la otra, y juntamente con ellas a cinco de sus más principales ciudadanos para que les sirviesen de

---

[188] Composición épica no homérica que abordaba un conocido episodio del ciclo tebano: tras la fracasada expedición de los siete guerreros que trataron de conquistar Tebas con el objetivo de restaurar a Polinices en el trono (aunque Eteocles y Polinices, los hijos de Edipo, habían acordado turnarse en el trono, Eteocles no le cedió el reino a su hermano), los epígonos, es decir, los hijos de los siete, volvieron a Tebas para vengar a sus padres.

escolta, a quienes dan ahora el nombre de perfereos[189] y son tenidos en Delos en gran estima y veneración. Pero viendo los hiperbóreos que no volvían a casa sus enviados, y pareciéndoles cosa dura tener que perder cada vez a sus mensajeros, pensaron con tal motivo llevar sus ofrendas en aquellos manojos de trigo hasta sus fronteras, y entregándolas a sus vecinos, pedirles que las pasasen a otra nación, y así, corriendo de pueblo en pueblo, dicen que llegaron en Delos a su destino. Por mi parte, puedo afirmar que las mujeres de Tracia y de Peonia, cuando sacrifican en honor de Ártemis la Reina, hacen una ceremonia muy semejante a las mencionadas ofrendas, empleando siempre en sus sacrificios los mismos hacecillos de trigo, lo que yo mismo he visto hacer.

34. Volviendo a las doncellas de los hiperbóreos, desde que murieron en Delos suelen, así los muchachos como las jóvenes, antes de la boda cortarse los rizos, y envueltos alrededor de un huso, los deponen sobre el sepulcro de las dos doncellas, que está dentro del Artemisio o templo de Ártemis, a mano izquierda del que entra, y por más señas, en él ha nacido un olivo. Los muchachos de Delos envuelven también sus cabellos en cierta hierba y los depositan sobre aquella sepultura. Tal es la veneración que los habitantes de Delos muestran con esta ofrenda a las doncellas hiperbóreas.

35. Cuentan los delios asimismo que por aquella misma época en que vinieron dichos conductores, y un poco antes que las dos doncellas Hipéroca y Laódice, llegaron también a Delos otras dos vírgenes hiperbóreas, que fueron Arge y Opis, aunque con diferente destino, pues dicen que Hipéroca y Laódice vinieron encargadas de traer a Ilitía[190] el tributo que allí se habían impuesto por el feliz alumbramiento de las mujeres; pero que Arge y Opis vinieron en compañía de sus mismos dioses, Apolo y Ártemis, y a estos se les tributan en Delos otros honores, pues en su obsequio las mujeres hacen colectas y celebran su nombre cantándoles un himno, composición que deben al licio Olén, el cual aprendieron de ellas los demás isleños, y también los jonios, que reunidos en sus fiestas celebran

---

[189] «Portadores de ofrendas».
[190] Divinidad protectora de los partos.

asimismo el nombre y memoria de Opis y Arge. Añaden que Olén, habiendo venido de Licia, compuso otros himnos antiguos, que son los que en Delos suelen cantarse. Cuentan igualmente que las cenizas de los muslos de las víctimas quemadas encima del ara se echan y se consumen sobre el sepulcro de Arge y Opis, que está detrás del Artemisio, vuelto hacia el este e inmediato a la hospedería que allí tienen los naturales de Ceos.

36. Creo que bastará con lo dicho acerca de los hiperbóreos, pues no quiero detenerme en la fábula de Ábaris, quien dicen que era de aquel pueblo, contando aquí cómo dio vuelta a la tierra entera sin comer bocado llevando un flecha. Yo deduzco que si hay hombres hiperbóreos los habrá también hipernotios[191]. No puedo menos de reír en este punto viendo cuántos describen hoy día sus mapas terrestres, sin hacer reflexión alguna de lo que nos exponen: nos pintan la tierra redonda, ni más ni menos que trazada con un compás; nos igualan Asia y Europa. Voy, pues, ahora a declarar brevemente cuál es la magnitud de cada una de las partes del mundo y cuál viene a ser su mapa particular o su descripción[192].

37. Primeramente, los persas en Asia habitan cerca del mar del Sur que llamamos Eritreo. Al norte de ellos hacia el viento Bóreas, están los medos; sobre los medos viven los saspires y sobre estos los colcos, que confinan con el mar del Norte, donde desemboca el río Fasis; así que estas cuatro naciones ocupan el trecho que hay de mar a mar.

38. Desde allí, tomando hacia poniente, del centro de aquellos países salen dos penínsulas o zonas de tierra extendidas hasta el mar, las que voy a describir. La una, por la parte que corresponde al Bóreas, empezando desde el Fasis, se extiende por la costa del mar, bordeando el Ponto y el Helesponto, hasta llegar a Sigeo, que es un

---

[191] Frente a «los de más allá del Boreas», o viento del Norte, se encontrarían «los de más allá del Noto», el viento del sur.
[192] Heródoto alude probablemente a las representaciones del mundo de Anaximando y de Hecateo, que tomaban como eje el Mediterráneo y situaban Europa, Asia y Libia (África) en el interior del círculo que trazaba el curso del Océano. La descripción de Heródoto toma como punto de partida Persia, se proyecta hacia el oeste y de ahí al este.

promontorio de la Tróade; la misma, comenzando por el sur desde el golfo Miriándico, que está en la costa de Fenicia, corre por la orilla del mar hasta el promontorio Triopio. Treinta son las naciones que viven en el distrito de dicha comarca.

39. Esta es la primera de las dos zonas de tierra; pasando a hablar de la otra, empieza desde los persas y llega hasta el mar Eritreo. En ella está Persia, a la cual sigue Asiria, y después de esta, Arabia, que termina en el golfo Arábigo, al cual condujo Darío un canal tomado desde el Nilo, si bien no concluye allí sino porque así lo han querido. Hay, pues, un continente ancho y muy grande desde los persas hasta Fenicia, desde la cual sigue aquella zona por la costa del mar Mediterráneo, pasando por Siria Palestina y por Egipto, en donde remata, no conteniendo en su extensión más que tres naciones. Estas son las regiones contenidas desde Persia hasta llegar a la parte occidental de Asia.

40. Las regiones que caen sobre los persas, medos, saspires y colcos, tirando hacia levante, son bañadas de un lado por el mar Eritreo, y al norte lo son por el mar Caspio y por el río Araxes, que corre hacia oriente. Asia es un país poblado hasta la región de la India, pero desde allí todo lo que cae al oriente es una región desierta de que nadie sabe dar seguros indicios.

41. Tales son los límites y magnitudes de Asia; pasando ya a Libia, sigue allí la segunda zona, pues Libia empieza desde Egipto, y formando allá en su principio una península estrecha, pues no hay, desde nuestro mar hasta el Eritreo[193], más de cien mil orgias, que vienen a componer mil estadios, desde aquel paraje se va ensanchando por extremo aquel continente que se llama Libia.

42. Y siendo esto así, mucho me maravillo de aquellos que así dividieron el orbe, delimitándolo en estas tres partes: Libia, Asia y Europa, siendo no corta la desigualdad y diferencia entre ellas; pues Europa, en longitud aventaja a las dos juntas, pero en latitud no me parece que merezca ser comparada con ninguna de ellas. Libia se presenta en verdad como rodeada de mar, menos por aquel trecho por donde limita con Asia. Este descubrimiento se debe a Neco, rey

---

[193] Desde el Mediterráneo («nuestro mar») hasta el mar Rojo.

de Egipto, que fue el primero, a mi entender, en mandar hacer la averiguación, pues retirándose de aquel canal que empezó a abrir desde el Nilo hasta el golfo Arábigo, despachó en unas naves a ciertos fenicios, dándoles orden de que volviesen por las columnas de Heracles al mar del Norte, hasta llegar a Egipto. Saliendo, pues, los fenicios del mar Eritreo, iban navegando por el mar del Sur; durante el tiempo de su navegación, cuando venía el otoño, salían a tierra en cualquier costa de Libia que les cogiese, y allí hacían sus sementeras y esperaban la siega. Recogida su cosecha, navegaban otra vez; de suerte que, pasados así dos años, al tercero, doblando por las columnas de Heracles, llegaron a Egipto, y referían lo que a mí no se me hará creíble, aunque acaso lo sea para algún otro, a saber: que navegando alrededor de Libia, tenían el sol a mano derecha[194].

43. Este fue el modo como se hizo tal descubrimiento por primera vez. La segunda vez que se repitió la tentativa, según dicen los cartagineses, fue cuando Sataspes, hijo de Teaspis, uno de los Aqueménidas, no acabó de dar la vuelta a Libia, habiendo sido enviado a este efecto, sino que asustado por lo largo del viaje como de la soledad de la costa, volvió atrás por el mismo camino, sin llevar a cabo la empresa que su misma madre le había impuesto; he aquí lo sucedido: había Sataspes forzado a una doncella, hija de Zópiro, el hijo de Megabizo, y como en pena del estupro había de morir empalado por sentencia del rey Jerjes, su madre, que era hermana de Darío, le libró del suplicio con su mediación, asegurando que ella le daría un castigo mayor que el mismo Jerjes, pues le obligaría a dar la vuelta a Libia, hasta tanto que costeada toda ella volviese al golfo Arábigo. Habiéndole Jerjes perdonado la vida bajo esta condición, fue Sataspes a Egipto, y tomando allí una nave con sus marineros, navegó hacia las columnas de Heracles; pasadas las cuales y doblado el promontorio de Libia que llaman Solunte, iba navegando hacia el sur. Pero como después de pasado mucho mar en muchos meses de navegación veía que siempre le restaba más por pasar, volvió,

---

[194] Precisamente el hecho que hace inverosímil el relato a Heródoto (que les quedara el sol a mano derecha) demuestra que los navegantes cruzaron el ecuador y circunnavegaron África.

por fin, la proa y regresó otra vez a Egipto. De allí, habiendo ido a presentarse al rey Jerjes, le dijo cómo había llegado muy lejos y llegado a las costas de cierta región en que los hombres eran muy pequeños[195] y vestían con hojas de palmera, quienes, apenas llegaba su embarcación, abandonando sus ciudades, se retiraban al monte; aunque él y su comitiva no les habían hecho otro daño al desembarcar que quitarles algunas ovejas de sus rebaños. Añadía que el motivo de no haber dado a Libia una vuelta entera por el mar había sido no poder su barco seguir adelante, quedándose allí como si hubiese varado. Jerjes, que no tuvo por verdadera aquella relación, mandó que, empalado, pagase la pena a que primero le condenó, puesto que no había dado salida a la empresa en que aquella se le había conmutado. En efecto, un eunuco esclavo de Sataspes, apenas oyó la muerte de su amo, huyó a Samos cargado de grandes tesoros, de los cuales bien sé quién fue el samio que se los apropió, aunque intencionadamente quiero olvidarme de ello.

44. Respecto a Asia, gran parte de ella fue descubierta por orden de Darío, quien, con deseo de averiguar en qué parte del mar desembocaba el río Indo, que es el segundo de los ríos en criar cocodrilos; entre otros hombres de satisfacción que envió en sus navíos esperando saber de ellos la verdad, uno fue Escílax de Carianda. Empezando estos sus viajes desde la ciudad de Caspatiro, en la provincia Páctica, navegaron río abajo tirando a levante hasta que llegaron al mar. Allí, torciendo el rumbo hacia poniente, continuaron su navegación, hasta que después de treinta meses llegaron al mismo sitio de donde el rey de Egipto había antes hecho salir a aquellos fenicios que, como dije, dieron vuelta por mar alrededor de Libia. Después que hubieron hecho su viaje por aquellas costas, Darío conquistó la India e hizo frecuente la navegación de aquellos mares. De este modo se vino a descubrir que si se exceptúa la parte oriental de Asia, lo demás es muy semejante a Libia.

45. Pero respecto de Europa, nadie ha podido todavía averiguar si está o no rodeada de mar por el levante, si lo está o no por el norte; se sabe de ella que tiene por sí sola tanta longitud como las otras

---

[195] Se trataba de pigmeos, que habitaban entonces la costa oeste africana.

dos juntas. No puedo alcanzar con mis conjeturas por qué motivo, si es que la tierra supone un mismo continente, se le dieron en su división tres nombres diferentes derivados de nombres de mujeres, ni por qué se señaló como límite de Asia el Nilo, río del Egipto, y al Fasis, río de la Cólquide (si bien algunos ponen su término en el Tanais, un río mayata, y en los Estrechos Cimerios), ni menos sé cómo se llamaban los autores de tal división, ni dónde sacaron los nombres que impusieron a las partes divididas. Verdad es que al presente muchos griegos pretenden que Libia se llame con el nombre de una mujer nacida en aquella tierra, y que Asia lleve el nombre de otra mujer, esposa de Prometeo. Pero los lidios se apropian el origen del último nombre, diciendo que lo tomó de Asies, hijo de Cotis y nieto de Manes, no de Asia, la de Prometeo[196]. Añadiendo que de Asies tomó también el nombre una de las tribus de Sardes que llaman asíade. Mas de Europa nadie sabe si está rodeada de mar ni de dónde le vino el nombre, ni quién se lo impuso; a no ser que lo tomase de aquella Europa natural de Tiro, habiendo antes sido anónima como debieron también serlo las otras dos. La dificultad está en que se sabe que Europa era natural de Asia, y que no pasó a esta parte del mundo que ahora los griegos llaman Europa, sino que solamente fue de Fenicia a Creta y de Creta a Licia[197]. Pero basta ya de investigaciones, y sin buscar costumbres nuevas, valgámonos de los nombres establecidos.

46. La región del Ponto Euxino, contra la que Darío preparaba su expedición, aventaja a las restantes del mundo en criar pueblos rudos y tardos, en cuyo número no quiero incluir a los escitas en tanto grado, ya que de las naciones que moran cerca del Ponto, ninguna podemos presentar que sea algo hábil, ni tampoco nombrar

---

[196] Libia es una ninfa que da nombre al continente; es hija (o nieta) de Ío y madre del egipcio Belo y el fenicio Agenor. Asia, en la versión que pone en entredicho Heródoto, sería hija de Océano y Tetis, y madre (no esposa) de Prometeo, Epimeteo y Atlas.
[197] El nombre del continente europeo derivaría de la mítica hija de Agenor, que, raptada por Zeus en forma de toro, habría llegado a las costas de Creta. Como se observa, Heródoto rechaza esta relación entre el nombre del personaje mitológico y el nombre del continente. El primer escritor que establece la conexión entre el mito y el continente es el poeta Mosco (siglo II a. C.) en su poema *Europa*.

de entre todas un sabio, a no ser la nación de los escitas y el célebre Anacarsis[198]; porque es menester confesar que la nación escita ha hallado cierto secreto o arbitrio con que ninguna otra de las que yo sepa ha sabido dar hasta ahora, arbitrio verdaderamente el más acertado, si bien en lo demás no me produce admiración alguna. Y consiste su gran invención en hacer que nadie de cuantos vayan contra ellos pueda escapar, y que si ellos evitan el encuentro no puedan ser sorprendidos. Unos hombres, en efecto, que ni tienen ciudades fundadas ni muros levantados, todos sin casa ni habitación fija, que son arqueros de a caballo, que no viven de sus sementeras y del arado, sino de sus ganados y rebaños, que llevan en su carro todo el hato y familia, ¿cómo han de poder ser vencidos en batalla u obligados por la fuerza a luchar con el enemigo?

47. Dos cosas han contribuido para este arbitrio y sistema: una es la misma condición del país, apropiada para esto; otra, la abundancia de los ríos, que les ayuda a lo mismo, porque por una parte su país es una llanura llena de pastos y abundante de agua, y además corren por ella tantos ríos que no son menos en número que las acequias y canales en Egipto. Quiero únicamente apuntar aquí los ríos más famosos y navegables que allí se encuentran, los cuales son el Istro, río de cinco bocas; el Tires, el Hípanis, el Borístenes, el Panticapes, el Hipaciris, el Gerro y el Tanais, cuyas corrientes voy a describir.

48. El Istro, el mayor río de cuantos conocemos, es siempre el mismo, tanto en verano como en invierno, sin disminuir nunca su corriente. La razón de su abundancia es porque siendo el primero entre los ríos de Escitia que llevan su curso desde poniente, entran en él otros ríos que lo aumentan, y son los siguientes: cinco, que tienen su corriente dentro de la misma Escitia, van a desembocar en el Istro; uno es el que los naturales llaman Pórata y los griegos Píreto; los otros son el Tiaranto, el Áraro, el Náparis y el Ordeso. El primero que he nombrado de estos ríos es caudaloso, y corriendo hacia oriente, desemboca al cabo en el Istro; menor que este es el

---

[198] Sabio de procedencia escita que se contaba en la lista de los Siete Sabios de Grecia. Visitó Atenas a principios del siglo vi, donde fue hospedado por Solón. Sobre Anacarsis se extiende Heródoto más adelante (cf. 4.76-77).

segundo de los citados, el Tiaranto, que corre inclinándose algo hacia poniente; los otros tres, el Áraro, el Náparis y el Ordeso, tienen sus corrientes en el espacio intermedio de los otros dos, y van a dar al mismo Istro, y estos son, como dije, los ríos propios y nacidos de Escitia que lo acrecientan. De los agatirsos baja el río Maris y va a confundir sus aguas con las del Istro.

49. Desde las cumbres del Hemo corren hacia el norte tres grandes ríos, que son el Atlas, el Auras y el Tibisis, y van a parar al Istro. Por Tracia y por el país de los crobizos, pueblos tracios, pasan tres ríos, que son el Atris, el Noes y el Artanes, que desaguan también en el Istro. En el mismo van a dar el Escío, el cual, corriendo desde Peonia y el monte Ródope, pasa por medio del Hemo. El río Angro, que desde los ilirios corre hacia el viento Bóreas y pasa por la llanura Tribálica, va a desaguar en el río Brongo; mas el Brongo mismo desemboca después en el Istro, el cual recibe así en su lecho aquellos dos grandes ríos. Además de estos, paran también en el Istro el Carpis y otro río llamado Alpis, que salen de la región que está sobre Umbría, encaminando su corriente hacia el Bóreas. En suma, el gran Istro va recorriendo toda Europa, empezando desde los celtas, que exceptuados los cinetes, son los últimos europeos que viven hacia poniente, y atravesada toda aquella parte del mundo, viene a morir en los confines y extremidad de la Escitia.

50. Así que, contribuyendo al Istro con sus corrientes los mencionados ríos y otros más, llega aquel a ser el mayor de todos; si bien por otra parte el Nilo le saca ventaja, si se comparan las aguas propias del uno con las del otro, sin contar la advenediza, pues que ni río ni fuente alguna desemboca en el Nilo para ayudarle a crecer. La razón de que el Istro lleve siempre la misma agua en verano e invierno me parece que puede ser la siguiente: en el verano se halla en su propio punto de abundancia, y apenas sube un poco más de lo regular, por razón de ser muy poca la lluvia que cae en aquellas regiones y por hallarse todas cubiertas de nieve caída antes en invierno, y entonces deshecha corre de todas partes hacia el Istro; de suerte que no solo lleva en su corriente el agua de la nieve deshelada que va escurriéndose hacia el río, sino también las muchas lluvias y temporales de la estación, lloviendo allí tanto en el verano. Y cuanto mayor es la cantidad de agua que el sol atrae y chupa en verano, y no en invierno,

tanto mayor es en proporción la abundancia de la que acude al Istro en aquella estación y no en esta. Por lo que equilibrada la salida del agua con la entrada, vienen a quedar las aguas del Istro en verano igualadas con las de invierno.

51. Además de este gran río poseen los escitas el Tires, que bajando del lado del norte, tiene su nacimiento en una gran laguna que separa la región de Escitia de la tierra de los neuros. En la desembocadura del mismo río habitan los griegos que se llaman *tiritas*.

52. El tercer río que corre por Escitia es el Hípanis, salido de una gran laguna, alrededor de la cual pacen ciertos caballos salvajes y blancos, laguna que se llama con mucha razón la madre de Hípanis, que naciendo de ella corre cinco días de navegación, conservándose humilde y dulce, pero después, acercándose al mar, es extremadamente amarga por el espacio de cuatro jornadas. Causa de este daño es una fuente que le rinde su agua, en tal grado amarga, aunque nada abundante, que basta para infectar con su sabor todo el Hípanis, río bastante grande entre los secundarios. Se halla dicha fuente en la frontera que separa la tierra de los escitas labradores de la de los alizones; su nombre y el de la comarca donde brota es, en lengua de los escitas, Exampeo, que en griego corresponde a «Vías Sacras». En el país de los alizones poco trecho intermedio dejan el Tires y el Hípanis, pero salidos de allí van en su curso apartándose uno del otro y dejando más espacio entre sí.

53. El cuarto de dichos ríos, y el mayor de todos después del Istro, es el Borístenes, río a mi ver el más provechoso, no solo entre los de Escitia, sino entre todos los del mundo, salvo el Nilo, de Egipto, con quien no hay alguno que en esto se le pueda comparar. Pero de los demás es sin duda el Borístenes el más feraz y fructuoso; produce los más bellos y saludables pastos para el ganado; lleva muchísima, muy singular y escogida pesca; trae un agua muy delicada al gusto y muy limpia, a pesar de los vecinos ríos que corren turbios. Las campiñas por donde pasa dan las mejores mieses, y allí, donde no siembran, crían los prados una altísima hierba. En su embocadura hay mucha sal, que el agua va cuajando por sí misma; se crían en él unos grandes peces sin espina, que llaman antaceos[199], a propósito para salarlos; son

---

[199] Posiblemente se trate de esturiones.

mil, en suma, las maravillas que el Borístenes produce. Se navega por el espacio de cuarenta días hasta un lugar llamado Gerro, y se tiene sabido que corre desde el norte; pero de allí arriba nadie sabe por qué lugares pasa; solo parece que, corriendo por sitios despoblados, baja a la tierra de los escitas agricultores, quienes habitan en sus riberas el espacio de diez días de navegación. Las fuentes de este río, lo mismo que las del Nilo, ni yo las sé, ni creo que las sepa griego alguno. Al llegar el Borístenes cerca del mar, se le junta allí el Hípanis, entrando los dos en un mismo lago. El espacio entre estos dos ríos, que es una punta avanzada hacia el mar, se llama el promontorio de Hipolao, donde está edificado un templo a Deméter, y más allá de él, vecino al Hípanis, habitan los boristenitas.

54. A estos ríos, de los que bastante hemos dicho, sigue el quinto, llamado Panticapes, que baja del norte saliendo de una laguna; y en medio de este y del Borístenes viven los escitas agricultores. Entra en la Hilea, y habiéndola atravesado, desagua en el Borístenes, con el cual se funde.

55. El sexto es el Hipaciris, que saliendo también de una laguna y corriendo por medio de los escitas nómadas, desagua en el mar, cerca de la ciudad de Carcinitis, dejando a su derecha la Hilea y en el lugar que llaman Camino de Aquiles[200].

56. El séptimo río, el Gerro, empieza a separarse del Borístenes en aquel sitio, desde el cual este último se halla descubierto y conocido, sitio que se llama también Gerro, transmitiendo su nombre al río. Encaminándose hacia el mar, separa con su corriente la región de los escitas nómadas de la de los escitas regios, y por último entra en el Hipaciris.

57. El Tanais es el octavo río, que saliendo de una gran laguna en las regiones superiores, va a entrar en otra mayor llamada Mayátide, que separa los escitas regios de los saurómatas. En este mismo río entra otro, cuyo nombre es Hirgis.

---

[200] Una gran franja de arena que discurre junto a la costa. El mito cuenta que a su muerte Aquiles fue llevado por su madre a la isla Blanca, una isla del mar Negro, zona en la que se ha atestiguado el culto a su figura.

58. Estos son los ríos de los que los escitas están bien provistos y abastecidos. La hierba que nace en Escitia para pasto de los ganados es la más amarga de cuantas se conocen, como puede hacerse la prueba en las reses abriéndolas después de muertas.

59. Los escitas, pues, abundan en las cosas principales o de primera necesidad; por lo tocante a las leyes y costumbres, se rigen en la siguiente forma. He aquí los únicos dioses que reconocen y veneran: en primer lugar y particularmente, a la diosa Hestia, luego a Zeus y a Gea, a quien miran como esposa de aquel; después a Apolo, Afrodita Urania, Heracles y Ares; y estos dioses son los que todos los escitas reconocen como tales; pero los regios hacen también sacrificios a Poseidón. Los nombres escíticos que les dan son los siguientes: a Hestia la llaman Tabiti[201]; a Zeus le dan un nombre, el más propio y justo a mi entender, llamándolo Papeo[202]; a Gea la llaman Api; a Apolo, Etósiro; a Afrodita Urania, Argímpasa; a Poseidón, Tagimásadas[203]. No acostumbran erigir estatuas, altares ni templos sino a Ares únicamente.

60. He aquí el modo y rito invariable que usan en todos sus sacrificios: colocan la víctima atadas las manos con una soga; tras de ella está el sacrificador, quien, tirando del cabo de la soga, da con la víctima en el suelo, y al tiempo de caer, invoca y la ofrece al dios a quien la sacrifican. Va luego a atar con un dogal el cuello de la bestia, y asiendo de una vara que mete entre cuello y dogal, le da vueltas hasta que la ahoga. No enciende allí fuego, ni ofrece parte alguna de la víctima, ni la rocía con libaciones, sino que ahogada y degollada, va luego a cocerla.

61. Siendo Escitia una región sumamente falta de leña, han hallado un medio para cocer las carnes de los sacrificios. Desollada la víctima, mondan de carne los huesos, y si tienen a mano ciertos calderos del país, muy parecidos a las cráteras de los lesbios, con la

---

[201] Diosa del hogar, representada mitad mujer, mitad serpiente.

[202] Como Zeus, se trata de un dios celeste, que además es considerado padre de dioses y hombres (el nombre Papeo evoca la palabra «padre» en griego).

[203] Respectivamente, los cuatro dioses que Heródoto pone en relación con las deidades griegas son la Tierra, el Sol, la Luna y —cabe colegir por su asociación con Poseidón, si bien no es seguro— el Mar.

diferencia de que son mucho más capaces, meten en ellos la carne mondada, y encendiendo debajo aquellos huesos limpios y desnudos, la hacen hervir de este modo; pero si no tienen a punto el caldero, echan la carne mezclada con agua dentro del vientre de la res, en el cual cabe toda fácilmente una vez mondada, y encienden debajo los huesos, que van ardiendo vigorosamente; con esto, un buey, y cualquiera otra víctima, se cuece por sí misma. Una vez cocida, el sacrificador corta una parte de la carne y otra de las entrañas, y las arroja al fuego. Y no solo sacrifican los ganados ordinarios, sino muy especialmente los caballos.

62. Este es el rito de sus sacrificios, y estas las víctimas que generalmente sacrifican a todos sus dioses; pero con su dios Ares usan de un rito particular. En todos sus distritos tienen un templo erigido a Ares, hecho de un modo extraño. Levantan una gran pira amontonando fajinas hasta tres estadios de largo y de ancho, pero no tanto de alto; encima forman un área cuadrada a modo de altar, y la dejan cortada y pendiente por tres lados y accesible por el cuarto. Para la conservación de su hacina, que siempre va menguando, consumida por las inclemencias del tiempo, la van reparando con ciento cincuenta carros de fajina que le añaden; y encima de ella levanta cada distrito un alfanje de hierro, herencia de sus abuelos, y este constituye la representación de Ares. A este alfanje levantado hacen sacrificios anuales de reses y caballos, y aun se esmeran en sacrificar a este más que a los demás dioses; y llega el celo a tal punto, que de cada cien prisioneros cogidos en la guerra le sacrifican uno, y no con el rito que inmolan los animales, sino con otro bien diferente. Ante todo derraman vino sobre la cabeza del prisionero, después le degüellan sobre una vasija en que chorrea la sangre, y subiéndose con ella encima del montón de sus haces, la derraman sobre los alfanjes. Hecho esto sobre el altar, vuelven al pie de las fajinas, y de las víctimas que acaban de degollar cortan todo el hombro derecho, juntamente con el brazo, y lo echan al aire; por un lado yace el brazo allí donde cae, por otro el cadáver. Dando fin a las demás ceremonias del sacrificio, se retiran.

63. A esto, en suma, se reducen sus sacrificios, no acostumbrando inmolar lechones, y lo que es más, ni aun criarlos en su tierra.

64. Acerca de sus usos y conducta en la guerra, el escita bebe luego la sangre al primer enemigo que derriba, y a cuantos mata en las refriegas les corta la cabeza y las presenta después al soberano: ¡infeliz del que ninguna presenta!, pues no le cabe parte alguna en el botín, del que solo participa el que las traiga. Para desollar la cabeza cortada al enemigo, hacen alrededor de ella un corte profundo de una a otra oreja, y asiendo la piel la arrancan del cráneo, y luego, con una costilla de buey, la van descarnando, y después la ablandan y adoban con las manos, y así curtida, la guardan como si fuera una toalla. El escita guerrero la ata de las riendas del caballo en que va montado y lleva como en triunfo aquel colgajo humano, y quien lleva o posee mayor número de ellos es reputado por el más bravo soldado: aún se hallan muchos entre ellos que hacen coser en sus capotes aquellas pieles, como quien cose un pellico. Otros muchos, desollando la mano derecha del enemigo, sin quitarle las uñas, hacen de ella, después de curtida, una tapa para su aljaba; y no hay que admirarse de esto, pues el cuero humano, recio y reluciente, curtido, saldría sin duda más blanco y lustroso que ninguna de las otras pieles. Otros muchos, desollando al muerto de pies a cabeza, y clavando en un palo aquella momia, van paseándola en su mismo caballo.

65. Tales son sus leyes y usos de guerra; pero aún hacen más con las cabezas, no de todos, sino de sus mayores enemigos. Toma su sierra el escita y corta por las cejas la parte superior del cráneo y la limpia después; si es pobre, se contenta cubriéndole con cuero crudo de buey; pero si es rico, lo dora, y tanto uno como otro se sirven después del cráneo como copa para beber. Esto mismo practican aún con las personas más familiares y allegadas si, teniendo con ellas alguna riña o pendencia, logran sentencia favorable contra ellas en presencia del rey. Cuando un escita recibe algunos huéspedes a quienes honra particularmente, les presenta tales cabezas convertidas en vasos, y les da cuenta de cómo aquellos allegados quisieron hacerle guerra, y que él salió vencedor. Esta, entre ellos, es la mayor prueba de ser hombres de provecho.

66. Una vez al año, cada gobernador de distrito suele llenar una gran crátera de vino, del cual beben todos los escitas que han matado en la guerra algún enemigo; pero los otros, que no han podido hacer otro tanto, están allí sentados como con vergüenza, sin poder gustar del banquete, no habiendo para ellos infamia mayor. Pero los que hubieran sido muy señalados en las matanzas de hombres, se les da a cada cual dos copas a un tiempo, y bebe uno por dos.

67. No faltan a los escitas adivinos en gran cantidad, cuya manera de adivinar por medio de varas de sauce explicaré aquí: traen al lugar donde quieren hacer la función unos grandes haces de mimbres, y dejándolos en tierra, los desatan; van después tomando una a una y dejando sucesivamente las varillas, y al mismo tiempo están vaticinando, y sin cesar de murmurar vuelven a juntarlas y a componer sus haces: este género de adivinación es heredado de sus abuelos. Los que llaman enareos[204], que son los afeminados, pretenden que la diosa Afrodita los hace adivinos, y vaticinan con la corteza interior del árbol tilo, haciendo tres tiras de aquella membranilla, envolviéndolas alrededor de sus dedos, y adivinando al paso que las van desenvolviendo.

68. Si alguna vez enferma su rey, hace llamar a los tres adivinos de más crédito y fama, los cuales, del modo arriba dicho, vaticinan acerca de aquella enfermedad. Por lo común, suelen decir que uno u otro, nombrando a los sujetos que les parece, juraron en falso por el hogar regio; pues que cuando los escitas quieren hacer el juramento más grande y más solemne de todos, casi siempre les obligan las leyes a jurar por los hogares del rey. Al punto, pues, traen preso al sujeto que dicen que ha perjurado, y allí le reconvienen los adivinos, diciendo que el rey está enfermo porque él, como parece por los vaticinios, fue perjuro, violando los hogares regios. Suele acontecer que, enojado el preso, desmiente a los adivinos, diciendo que no hubo tal perjurio. Entonces llama el rey a otros tantos adivinos, y si estos, observando el modo que se guardó en la adivinación, dan al reo por convicto del perjurio, sin más dilación le cortan la cabeza, y los primeros adivinos se reparten todos sus haberes. Pero si los segundos absuelven al pretendido perjuro, se llaman de nuevo otros y después otros, y si sucede que los demás dan al hombre por inocente, la pena decretada por las leyes es que mueran los primeros adivinos.

---

[204] Cf. nota 59.

69. El género de muerte es el siguiente: llenan un carro de haces de leña menuda; atan al yugo los bueyes; luego meten en medio de los haces a los adivinos con cadenas en los pies, con las manos atadas atrás y con mordazas en la boca; pegan fuego a la fajina, y espantando a gritos a los bueyes, les hacen que corran. Sucede que muchos de los bueyes quedan abrasados en compañía de los falsos adivinos, pero muchos otros, cuando la lanza del carro se acaba de abrasar, escapan vivos, aunque bien chamuscados. Del mismo modo queman también vivos por otros delitos a sus adivinos, llamándolos falsos. Si el rey manda quitar la vida a alguno de sus vasallos, no la perdona a sus hijos, obligando a todos los varones a morir con su padre, si bien a las hijas ningún daño se les hace.

70. La solemnidad en los contratos y alianzas de los escitas con cualquiera que los contraiga, es la siguiente: colocan en medio una gran copa de barro, y en ella, juntamente con vino, mezclan la sangre de ambos contrayentes, que se sacan hiriéndose ligeramente el cuerpo con un cuchillo o con la espada. Después de esto, mojan en la copa el alfanje, la sagaris, las flechas y el venablo, y hecha esta ceremonia, pasan a sus votos y largas deprecaciones, tras de las cuales beben del vino ensangrentado, tanto los actores principales de la alianza como las personas más respetables de su comitiva.

71. La sepultura de los reyes está en un lugar llamado Gerro, desde donde comienza el Borístenes a ser navegable. Cuando muere un rey, abren allí un foso cuadrado, y dispuesto este, toman el cadáver, al cual antes han abierto y purgado el vientre, y llenado después de juncia machacada, de incienso, de almea, de semilla de apio y de anís, y volviendo a coser la abertura, lo enceran todo por fuera. Puesto sobre un carro, lo llevan a otra tribu de su dominio, y los que en ella reciben el cadáver del rey le guardan el mismo luto que los escitas regios que se lo condujeron, el cual consiste en cortarse un trozo de las orejas, en quitarse las puntas de los cabellos, en abrir la piel alrededor de sus brazos, en llagarse la frente y narices, y en traspasar la mano izquierda con sus flechas. Desde allí llevan el cadáver en su carro hasta otra tribu de su dominio, sin que dejen de acompañar al muerto aquellos escitas que fueron los primeros en recibirlo de los regios. Por fin, después que los conductores pasearon al difunto por todas las tribus, se detienen en los gerros, el pueblo más apartado de todos, al lado de la misma sepultura. Primero ponen el cadáver dentro de una cámara, sobre un lecho que está en aquella hoya; después clavan al uno y al otro lado del difunto unas lanzas, y sobre ellas suspenden palos para hacerle una enramada de mimbres. En el contorno espacioso de la cámara funeraria encierran una de las concubinas reales, estrangulándola primero, como también un copero, un cocinero, un caballerizo, un criado, un comunicador de los recados, unos caballos, las primicias más delicadas de todas las cosas, y unas copas de oro, pues entre ellos no está introducido el uso de la plata y el cobre. Después de esto, todos a porfía cubren con tierra al difunto, empeñados en levantar sobre él un enorme túmulo.

72. Al cabo de un año después del entierro, vuelven de nuevo a practicar la siguiente ceremonia: escogen de los criados del difunto rey a los más diligentes, quienes suelen ser escitas nativos, pues allí son criados del rey los ciudadanos que él mismo elige, no habiendo entre ellos el uso de comprar esclavos; escogidos, repito, cincuenta de entre ellos, los ahogan, y juntamente cincuenta caballos de los más hermosos. Les sacan a todos las tripas y les limpian las entrañas, llenándolas después de paja y cosiéndoles el vientre. Toman después media rueda con la yanta hacia abajo y la colocan sobre dos palos que se levantan desde el túmulo; a poca distancia clavan otra media rueda del mismo modo, y otros muchos así. Hechos aquellos arcos, desde la cola de cada caballo hasta el cuello meten un palo recio, y suben el cadáver sobre las ruedas, de suerte que los primeros sostienen sus axilas y los postreros sus muslos y vientre, quedando suspenso el caballo sin tocar en el suelo ni con las manos ni con las piernas; levantado así, le ponen su freno y brida atada a un palo que está allí delante. Sobre cada uno de los caballos colocan sendos caballeros, que son los mancebos allí estrangulados, metiendo a cada cadáver un palo recto que penetrando por el espinazo llegue al pescuezo, clavando la punta inferior de dicho palo, que queda fuera del cuerpo, dentro de un agujero que tiene el otro palo, el cual atraviesa el cuerpo del caballo. Puesta alrededor del túmulo aquellos jinetes, se retiran todos a sus casas.

73. Esto sucede en las sepulturas de los reyes; por lo que toca a las particulares, se sigue otro estilo. Cuando muere un escita, los parientes más cercanos le ponen en su carro y le van llevando por las casas de sus amigos. Cada uno de estos recibe con un gran convite a toda la

comitiva, poniendo también al muerto en la misma mesa que a sus conductores; pasados cuarenta días en tales visitas, al cabo lo entierran. Los escitas que le dieron sepultura usan de muchas ceremonias para purificarse: primero, se refriegan y lavan la cabeza; y después, para la lustración de todo su cuerpo, plantan tres palos en tierra en forma de triángulo, cuyas plantas se unen por medio de una mutua inclinación; alrededor de los palos extienden un fieltro encerado hecho de lana a manera de sombrero, apretándolo lo más que pueden, sin dejar el más mínimo resquicio; y en medio de aquella estufa de lana tupida meten un brasero en forma de esquife y dentro unas piedras hechas ascuas, todo con el fin de sahumarse, como diré más adelante.

74. Nace en el país el cáñamo, hierba enteramente parecida al lino, menos en lo grueso y alto, en que el cáñamo le hace muchas ventajas. Parte de él nace de por sí, parte se siembra. Los tracios hacen de él telas y vestidos muy semejantes a las de lino, tanto que nadie que no esté hecho a verlas sabrá distinguir si son de lino o de cáñamo, y quien nunca las haya visto las tendrá por piezas de lino.

75. Del mencionado cáñamo toman, pues, la semilla los escitas, echándola a puñados encima de las piedras penetradas del fuego, y metidos dentro de su estufa. La semilla echada va levantando tal sahumerio y despidiendo tantos vapores, que no hay estufa alguna entre los griegos que en esto le exceda. Entre tanto, los escitas gritan de placer en medio del vapor, y esta función les sirve de baño, pues jamás acostumbran a bañarse. Las mujeres escitas componen para sus afeites una especie de emplasto: preparan una vasija con agua, raspan luego un poco de ciprés, de cedro y de palo de incienso contra una piedra áspera, y de las raspaduras, mezcladas con agua, forman un engrudo graso, con que se emplastan el rostro y aun todo el cuerpo. Dos ventajas logran con esto: oler bien y quedar limpias y relucientes al quitarse aquella costra al día siguiente.

76. A nada tienen más aversión que a los usos y modas extrañas, aun a las de otras tribus de la nación, pero particularmente a las de los griegos, como se vio bien una vez con Anacarsis y otra con Escilas. Anacarsis, en primer lugar, habiendo visto muchos países y habiéndose mostrado en todo hombre muy sabio, volvía ya a los aires nativos de Escitia. Sucedió que navegando por el Helesponto, llegó al puerto de Cícico, en donde halló a los vecinos de la ciudad

ocupados en hacer a la Madre[205] de los dioses una fiesta magnífica y pomposa, y el buen Anacarsis, en aquella ocasión, hizo un voto a la Madre de que si por su favor y ayuda llegaba salvo a su casa, repetiría el sacrificio que entonces veía hacían los cicicenos, e introduciría allí aquella vigilia y fiesta nocturna. Llegado después a Escitia, habiendo desembarcado en el sitio que llaman Hilea, floresta vecina al Camino de Aquiles y poblada de todo género de árboles, celebraba Anacarsis su fiesta a la diosa, sin omitir ceremonia alguna, tocando sus timbales y llevando las figurillas pendientes del cuello. Uno de los escitas que le había visto en aquella acción le delató al rey Saulio, el cual, avisado, y viendo por sus ojos a Anacarsis que continuaba en sus ceremonias, le mató con una flecha. Y aún ahora, si se pregunta a los escitas por Anacarsis, responderán que no saben ni conocen tal hombre; tal es la aversión que hacia él sienten, tanto porque viajó por Grecia como porque siguió los usos y ritos extranjeros. Pero, según supe de Timnes, un representante del rey Ariapites, fue Anacarsis tío de Idantirso, rey escita, e hijo de Gnuro, nieto de Lico y biznieto de Espargapites. Y si es verdad que Anacarsis fue de tal familia, ¡triste suerte para el infeliz la de haber muerto a manos de su mismo hermano, pues Idantirso fue hijo de Saulio, y Saulio quien mató a Anacarsis!

77. Es singular lo que oí contar a los del Peloponeso: que Anacarsis había sido enviado a Grecia por el rey de los escitas para que como discípulo aprendiera de los griegos, y que vuelto de sus estudios, había informado al mismo que le envió de que todos los pueblos de la Grecia eran muy dados a todo género de erudición, salvo los lacedemonios, que eran los únicos que en sus conversaciones hablaban con naturalidad. Pero esto es, a fe mía, un cuento con que los mismos griegos se han querido divertir: lo cierto es que al infeliz le costó la vida aquella celebración, como dije, y este fue el pago que tuvo de haber querido introducir usos nuevos y seguir costumbres griegas.

78. El mismo fin que este tuvo largos años después Escilas, hijo de Ariapites. Sucedió que Ariapites, rey de los escitas, tuvo, entre otros hijos, a Escilas, debido a una mujer no del país, sino natural de Istria, colonia de los milesios, que instruyó a su hijo en la lengua y escritura

---

[205] Cibeles.

griegas. Andando después el tiempo, como su padre, Ariapites, fue alevosamente muerto por el rey de los agatirsos Espargapites. Escilas tomó posesión no solo de la corona, sino también de una esposa de su padre, que se llamaba Opea, señora natural de Escitia, con quien Ariapites había tenido un hijo llamado Orico. Rey ya de los suyos, Escilas gustaba poco de vivir a la escítica, y su pasión era seguir particularmente las costumbres de los griegos, conforme a la educación y usanza en que se había criado. Para este efecto solía conducir el ejército escita a la ciudad de los boristenitas, colonos griegos, y según ellos pretenden originarios de Mileto; apenas llegado, dejando su ejército en los arrabales de la ciudad, se metía en persona dentro de la plaza, y mandando al punto cerrar las puertas, se despojaba de los vestidos escíticos y se vestía a la griega. En este traje se iba el rey paseando por la plaza, sin guardia alguna que le siguiese; pero entre tanto tenía centinelas a las puertas de la ciudad, no fuese que metido dentro alguno de los suyos, acertase a verle en aquel traje. En todo, por abreviar, se portaba como si fuese griego, y según el ritual de los griegos hacía sus fiestas y sacrificios a los dioses. Después de pasado un mes o algo más, tomando de nuevo su hábito escítico, se volvía otra vez; y como esta acción la hacía a menudo, había mandado edificar en Borístenes un palacio, y llevado a él por esposa a una mujer natural de la ciudad.

79. Pero estando destinado a tener un fin desastroso, le alcanzó la desventura con la siguiente ocasión: le vino el deseo de alistarse entre los seguidores de Dioniso Baqueo, y cuando iba ya a hacer aquella ceremonia, le sucedió un raro portento. Alrededor de la magnífica y suntuosa casa que, como acabo de decir, se había fabricado en la ciudad de los boristenitas, tenía una gran plaza circundada toda de estatuas de mármol blanco en forma de esfinges y de grifos; contra este palacio disparó la divinidad un rayo que lo abrasó totalmente. Pero no se dio Escila por vencido, y prosiguió del mismo modo su ceremonia. Es de saber que los escitas suelen echar en cara a los griegos sus bacanales, diciendo que no es razonable tener por dios a uno que hace volver locos y furiosos a los hombres. Ahora bien, cuando Escilas iba hecho un perfecto camarada de Baco, uno de los boristenitas vio casualmente a los escitas y les dijo: «Muy bien, sabios escitas; vosotros os mofáis de los griegos porque hacemos locuras

cuando se apodera de nosotros el dios Baco; ¿y qué diríais ahora si vierais a vuestro rey, a quien no sé qué espíritu bueno o malo arrebata danzando por esas calles loco y lleno de Baco a no poder más? Y si no queréis creerme sobre mi palabra, seguidme, amigos, que os lo puedo mostrar con el dedo». Le siguieron los escitas principales, y el boristenita los condujo y ocultó en una de las almenas. Cuando vieron los escitas que pasaba el cortejo, y que en él iba danzando su rey hecho un insensato, no es decible la pesadumbre que por ello tuvieron, y saliendo de allí, dieron cuenta a todo el ejército de lo que acababan de ver.

80. De aquí resultó que al dirigirse Escilas con sus tropas hacia su casa, los escitas pusieron a su frente un hermano suyo llamado Octamásadas, nacido de una hija de Teres, y sublevados, negaron a aquel obediencia. Viendo Escilas lo que pasaba, y sabiendo el motivo de aquella novedad, se refugió en Tracia; de lo cual informado Octamásadas, movió su ejército hacia aquel país, y hallándose ya cerca del Istro, le salieron al encuentro armados los tracios, y estando a punto de venir a las manos los dos ejércitos, Sitalces envió un heraldo que habló así a Octamásadas: «¿Para qué probar fortuna y querer medir las espadas? Tú eres hijo de una de mis hermanas, y tienes en tu poder un hermano mío refugiado en tu corte: quedémonos en paz; entrégame tú a ese hermano y yo te entregaré a Escilas, que lo es tuyo. Así, ni tú ni yo nos expondremos a perder nuestra gente». Estos acuerdos de paz fue a proponerlos de parte de Sitalces, quien tenía un hermano retirado en la corte de Octamásadas; convino este en lo que se le proponía, y entregando su tío a Sitalces, recibió de él a su hermano Escilas. Habiendo Sitalces recobrado a su hermano, se retiró con sus tropas, y Octamásadas, en aquel mismo sitio, cortó la cabeza a Escilas. Tan celosos están los escitas de sus leyes y disciplina propias, y tal pago dan a los que gustan de introducir novedades y modas extranjeras.

81. Por lo que toca al número fijo de población de los escitas, no encontré quien me lo supiese decir precisamente, hallando en los informes mucha divergencia. Unos me decían que eran muchísimos en número, otros que había muy pocos escitas puros y de antigua raza. Referiré la prueba que me pusieron a la vista. Hay entre los ríos Borístenes e Hípanis cierto lugar con el nombre de Exampeo, del cual

poco antes hice mención, cuando dije que había allí una fuente de agua amarga, que mezclándose con el Hípanis impedía que se pudiese beber de su corriente. Insistiendo en el tema, hay en aquel lugar un caldero tan descomunal que es seis veces más grande que aquella pila que está en la boca del Ponto, ofrenda que allí dedicó Pausanias, hijo de Cleómbroto. Mas para quien nunca vio esta crátera, describiré en breve el caldero de los escitas, diciendo que podrá recibir sin duda unas seiscientas ánforas, y que su canto tiene seis dedos de recio. Me decían, pues, los del país que este caldero se había hecho de las puntas de sus flechas; porque como su rey Ariantas, que así se llamaba, quisiera saber a punto fijo cuál fuese el número de sus escitas, dio orden de que cada uno de ellos presentase una punta de flecha, imponiendo pena capital al que no lo hiciese. Habiéndose recogido, pues, un número inmenso de puntas, le pareció al rey dejar a la posteridad una memoria de ellas, y mandó hacer aquel caldero, lo dejó en Exampeo como un público monumento, y he aquí lo que oía decir de aquella población.

82. Nada de singular y maravilloso ofrece aquella región, si exceptuamos la grandeza y el número de los ríos que posee. No dejaré con todo de notar una maravilla, si es que lo sea, que a más de los ríos y de lo dilatado de aquella llanura, allí se presenta, y es el vestigio de la planta del pie de Heracles[206] que muestran impreso en una piedra, el cual en realidad se parece a la pisada de un hombre; no tiene menos de dos codos y está cerca del río Tires. Pero basta lo dicho de cuentos y tradiciones; volvamos a tomar el hilo de la historia que antes íbamos contando.

83. Al tiempo que Darío hacía sus preparativos contra los escitas, enviando sus comisarios con orden de encargar a unos que le diesen la infantería; a otros, la armada naval; a otros que le fabricasen un puente de naves en el Bósforo de Tracia, su hermano Artábano, hijo también de Histaspes, de ningún modo aprobaba que se hiciese la guerra a los escitas, dando por motivo que era una nación falta de todo y necesitada; pero viendo que sus consejos no convencían al rey, siendo en realidad los mejores, cesó en ellos y dejó correr el

---

[206] Equivalente a 90 centímetros.

asunto. Cuando todo estuvo preparado, Darío partió con su ejército desde Susa.

84. Entonces sucedió que uno de los persas, llamado Eobazo, el cual tenía tres hijos y los tres partían para aquella campaña, suplicó a Darío que de los tres dejase a uno en su casa para su consuelo. Le respondió Darío que, siendo él su amigo y pidiéndole un favor tan pequeño, quería darle el gusto cumplido dejándole a los tres. Eobazo no cabía en sí de contento, creyendo que sus hijos quedarían libres y exentos de marchar a la guerra; pero Darío dio orden que los ejecutores de sus sentencias matasen a todos los hijos de Eobazo, y de este modo, degollados, quedaron con su padre.

85. Luego que Darío salió de Susa, llegó a Calcedonia, en el Bósforo, lugar donde se había construido el puente; entrando en una nave, fue hacia las islas Cianeas, como las llaman; de las cuales dicen los griegos que eran antiguamente errantes[207]. Sentado después en un promontorio, estuvo contemplando el Ponto, pues es cosa que merece ser vista, no habiendo mar alguno tan admirable. Tiene allí de largo once mil estadios, y de ancho, por donde lo es más, tres mil trescientos. La boca de este mar tiene en su entrada cuatro estadios de ancho; pero a lo largo de todo aquel trecho y especie de cuello que se llama Bósforo, en donde se había construido el puente, cuenta con ciento veinte estadios. Dicho Bósforo se extiende hasta la Propóntide[208], que siendo de ancha quinientos estadios y de larga mil cuatrocientos, va a terminar en el Helesponto, el cual cuenta siete estadios a lo angosto y cuatrocientos a lo largo, y termina después en una gran anchura de mar, que es el llamado mar Egeo.

86. Veamos cómo se han medido estas distancias. Suele una nave en un largo día hacer comúnmente setenta mil orgias de camino a lo más; de noche, sin embargo, sesenta mil únicamente; ahora bien, el viaje que hay desde la boca del Ponto, que en su lugar más angosto, hasta el río Fasis, es una navegación de nueve días y ocho noches, navegación que comprende, por tanto, un millón ciento diez mil

---

[207] Evocadas en historias como la de los Argonautas, que tuvieron que atravesar con su nave las rocas Simplégades («Entrechocantes») en su trayecto hacia el mar Negro.
[208] El mar de Mármara.

orgias, que hacen once mil cien estadios. La navegación que hay desde el país de los sindos hasta Temiscira, que está cerca del río Termodonte, siendo aquella la mayor anchura del Ponto, es de tres días y tres noches, que componen trescientas treinta mil orgias, a que corresponde la suma de tres mil trescientos estadios. Repito, pues, que en estos términos he calculado la extensión del Ponto, del Bósforo y del Helesponto, cuya situación natural es conforme queda descrito. Tiene el Ponto, además de lo dicho, una laguna que desagua en él, y que no es muy inferior en extensión, la cual lleva el nombre de Mayátide[209], y se dice ser la Madre del Ponto.

87. Vuelvo a Darío, quien, después de contemplar el Ponto, se volvió atrás hacia el puente, cuyo ingeniero o arquitecto había sido Mandrocles, natural de Samos. Habiendo el rey mirado también curiosamente el Bósforo, hizo levantar en él dos columnas de mármol blanco, y grabar en una, con letras asirias y en otra con griegas el nombre de todas las naciones que en su ejército conducía, y conducía todas aquellas de quienes era soberano. El número de dichas tropas de infantería y caballería subía a setecientos mil hombres, sin incluir en él la armada real, en que venían juntas seiscientas embarcaciones. Algún tiempo después cargaron los bizantinos con dichas columnas, y llevándolas a su ciudad, se valieron de ellas para levantar el ara de Ártemis Ortosia, exceptuando solamente una piedra llena de caracteres asirios, que fue dejada en Bizancio en el templo de Dioniso. El sitio del Bósforo en que el rey Darío fabricó su puente es puntualmente, según mis conjeturas, el que está en medio de Bizancio y del templo situado en aquella boca.

88. Habiendo Darío mostrado mucho gusto y satisfacción por lo bien construido que le pareció el puente de barcas, tuvo la generosidad de pagar a su arquitecto Mandrocles de Samos diez regalos de todo tipo. Separando después Mandrocles las primicias de aquel regalo, hizo con ellas pintar aquel largo puente echado sobre el Bósforo, y encima de él al rey Darío sentado en su trono, y al ejército en el acto de pasar; y dedicó este cuadro en el Hereo, en Samos, con esta inscripción: «Mandrocles, que subyugó con su puente al Bósforo,

---

[209] El mar de Azov.

fecundo en pesca, colocó aquí su monumento, corona suya, gloria de Samos, pues que supo agradar al rey, al gran Darío». Tal fue la memoria que dejó el constructor de aquel puente.

89. Después que Darío dio con Mandrocles aquella prueba de generosidad, pasó a Europa, habiendo ordenado a los jonios que navegasen hacia el Ponto, hasta entrar en el Istro, donde les mandó que le aguardasen, haciendo un puente de barcas sobre aquel río, y esta orden se dio a los jonios, porque ellos, con los eolios y los helespontios, eran los que capitaneaban toda la armada. Pasadas las Cianeas, la armada llevaba su rumbo hacia el Istro, y habiendo navegado por el río dos días de navegación desde el mar, hicieron allí un puente sobre las cervices del Istro, esto es, en el paraje desde donde empieza a dividirse en varias bocas. Darío, con sus tropas, que pasaron el Bósforo por encima de aquel tablado hecho de barcas, iba marchando por la Tracia, y llegando a las fuentes del río Téaro, dio tres días de descanso a su gente allí atrincherada.

90. Los que viven próximos al Téaro dicen que es el río más saludable del mundo, pues sus aguas, además de ser medicinales para muchas enfermedades, lo son particularmente contra la sarna de los hombres y la roña de los caballos. Sus fuentes son treinta y ocho, saliendo todas de una misma peña, pero unas frías y otras calientes. Vienen a estar a igual distancia, así de la ciudad de Hereo, vecina a la de Perinto, como de Apolonia, ciudad del Ponto Euxino, a dos jornadas de la una y a dos igualmente de la otra. El Téaro va a desaguar en el río Contadesdo; este, en el Agrianes; el Agrianes, en el Hebro, y el Hebro, en el mar vecino a la ciudad de Eno.

91. Habiendo, pues, Darío llegado al Téaro, y fijado allí su campo, contento de haber dado con aquel río, le quiso honrar poniendo una columna con esta inscripción: «Las fuentes del río Téaro hacen brotar el agua mejor y más bella de todos los ríos; a ellas llegó conduciendo su ejército contra los escitas el hombre mejor y más bello de todos los hombres, Darío, hijo de Histaspes y rey de Persia y de todo el continente». Esto era lo que en la columna estaba escrito.

92. Partió Darío de aquel campo, dio con otro río que lleva el nombre de Artesco y corre por el país de los odrisas. Junto a aquel río, habiendo señalado cierto lugar, se le antojó dar orden a sus tropas de que al pasar dejase cada cual su piedra en aquel mismo sitio,

y habiéndolo cumplido todos, continuó marchando con su gente, dejando allí grandes montones de piedras.

93. Antes de llegar al Istro, los primeros pueblos que por fuerza rindió Darío fueron los getas, que se creen inmortales, pues los tracios que habitan el Salmideso, puestos sobre las ciudades de Apolonia y de Mesambria, llamados los escirmíadas y los nipseos, sin la menor resistencia se le entregaron. Pero los getas, la nación más valiente y justa de todos los tracios, resueltos, con poca cordura, a disputarle el paso, fueron sobre la marcha hechos esclavos por Darío.

94. Respecto a la inmortalidad, están muy lejos de creer que realmente mueran; y su opinión es que el que acaba aquí la vida va a vivir con el dios Salmoxis, al cual algunos creen el mismo que Gebeleicis[210]. De cinco en cinco años sortean uno de ellos, al cual envían por mensajero a Salmoxis, encargándole aquello que por entonces necesitan. Para esto, algunos de ellos, puestos en fila, están allí con tres lanzas; otros, cogiendo de las manos y de los pies al mensajero destinado a Salmoxis, lo levantan al aire y lo tiran sobre las picas. Si muere el infeliz traspasado con ellas, ¡albricias!, porque les parece que tienen aquel dios de su parte; pero si no muere el enviado sobre las picas, se vuelven contra él diciéndole que es un hombre malo o ruin, y acusándole así, envían otro, a quien antes de morir dan sus encargos. Estos tracios, al ver truenos y relámpagos, disparan sus flechas contra el cielo, con mil bravatas y amenazas a Zeus, no teniéndole por dios, no creyendo en otro que en su propio Salmoxis.

95. Este Salmoxis, según tengo entendido de los griegos establecidos en el Helesponto y en el mismo Pontos siendo hijo de mujer y hombre, sirvió de esclavo en Samos, pero tuvo la suerte de servir a Pitágoras, el hijo de Mnesarco. Habiendo salido libre de Samos, supo con su ingenio recoger un buen tesoro, con el cual se retiró a su patria. Como halló a los tracios sin cultura y sin gusto ni instrucción, el prudente Salmoxis, hecho a la civilización de Jonia y a un modo de pensar y obrar mucho más fino y sagaz que el que corría entre los

---

[210] El significado de Salmoxis es —si bien su etimología es discutida— «dios oso» o «dios de la piel de oso», y se trata probablemente de una figura de carácter chamánico.

tracios, como hombre acostumbrado al trato de los griegos y particularmente al de Pitágoras, no el último de los sabios, mandó construir una sala donde, recibiendo a sus paisanos de mayor importancia y dándoles suntuosos convites, comenzó a dogmatizar, diciendo que ni él, ni sus invitados, ni ninguno de sus descendientes acabarían muriendo, sino que pasarían a cierto paraje donde eternamente vivos tuviesen a satisfacción todas sus comodidades y placeres. En tanto que así conversaba y trataba con los tracios, se iba labrando una habitación subterránea; y lo mismo fue quedar concluida que desaparecer Salmoxis de la vista de sus paisanos, metiéndose bajo tierra en su sótano, donde se mantuvo por espacio de tres años. Los tracios, que lo echaban de menos, y sentían la falta de su buena compañía, le lloraban ya por muerto, cuando llegado el cuarto año, se les apareció de nuevo Salmoxis, y con los hechos les hizo creer lo que les había dicho de palabra. Esto cuentan que hizo Salmoxis.

96. Yo en realidad no tomo partido acerca de esta historia y de la habitación subterránea; ni dejo de creerlo, ni lo creo tampoco ciegamente; si bien sospecho que nuestro Salmoxis viviría muchos años antes que hubiese nacido Pitágoras. Así que si era Samoxis un hombre meramente o un dios geta, y el dios principal para los getas, que lo decidan ellos mismos; pues solo corresponde en este lugar decir que los getas, vencidos por Darío, le iban siguiendo con lo demás del ejército.

97. Darío, después de llegado al Istro con todo su ejército de tierra, habiendo pasado todas sus tropas por el nuevo puente, mandó a los jonios que lo deshicieran y que con toda la gente de las naves fuesen por tierra siguiendo al grueso de las tropas. Estaban ya los jonios a punto de obedecer, y el fuente a pique de ser deshecho, cuando el general de los de Mitilene, hijo de Erxandro, se tomó la licencia de hablar a Darío, habiéndole antes preguntado si llevaría a mal el escuchar una representación o consejo que se le quisiese proponer, y le habló en estos términos: «Bien sabéis, señor, que vais a guerrear en un país en que ni se halla campo labrado ni ciudad alguna habitada. ¿No sería mejor que dejarais en pie el puente como ahora está, y apostaseis para su defensa a los mismos que lo construyeron? Dos ventajas encuentro en esto: una es que si tenemos el buen éxito que pensamos hallando y venciendo a los escitas, tendremos en el

puente paso para la vuelta; otra que si no los hallamos tendremos por él retirada segura; pues bien veo que no tenemos que temer el que nos venzan los escitas en batalla; antes temiera yo que han de evitar ser hallados, y que perdidos por culpa de buscarlos, tengamos algún tropiezo. Tal vez se podría decir que hago esto en mi beneficio con la esperanza de quedarme aquí sosegado; no pretendo tal: no hago más, señor, que poner en vuestra consideración un proyecto que me parece el más ventajoso; por lo que a mí toca, estoy pronto a seguiros: no pretendo que me dejéis aquí». No puedo explicar cuán bien pareció a Darío la propuesta, a la cual respondió así: «Amigo y huésped lesbio, no dejaré sin premio tu fidelidad; cuando esté de vuelta sano y salvo en mi palacio, quiero y mando que te dejes ver y que veas cómo sé corresponder con favores al que me sirve con buenos consejos».

98. Habiendo hablado estas palabras, y mandado hacer sesenta nudos en una correa, mandó llamar ante sí a los señores de las ciudades de Jonia y les habló así: «Jonios, sabed que he tenido a bien revocar mis primeras órdenes acerca del puente; ahora os ordeno que tomada esta correa, hagáis lo que voy a deciros. Desde el punto que me viereis marchar contra los escitas, empezaréis a desatar diariamente uno de estos nudos. Si en todo el tiempo que fuere menester para irlos deshaciendo uno a uno, yo no compareciese, al cabo del mismo os haréis a la vela para vuestra patria; pero entre tanto que llegue este término, puesto que lo he pensado mejor, os mando que conservéis entero el puente, y pongáis en su defensa y custodia todo vuestro esmero, pues en ello me daré por muy bien servido y satisfecho». Dadas estas órdenes, emprendió Darío su marcha hacia Escitia.

99. La parte marítima de Tracia avanza mar adentro frontera de Escitia, la cual empieza desde un seno que aquella forma, donde va a desaguar el Istro, que en sus desembocaduras se vuelve hacia levante. Empezando por el Istro, iré describiendo ahora con sus medidas la parte marítima del país de Escitia: en el Istro comienza, pues, la antigua Escitia, que mira hacia el sur y llega hasta una ciudad que llaman Carcinitis, desde cuyo punto, siguiendo las costas de poniente por un país montañoso situado sobre el Ponto, es habitada por la gente táurica hasta el Quersoneso Traqueo, región limítrofe con un seno de mar que mira hacia levante. Porque es de saber que las fronteras de Escitia se dividen en dos partes que terminan ambas en el mar, la una mira al sur y la otra al este, en lo que se parece al Ática; pues los tauros, en efecto, vienen a ocupar una parte de Escitia, a la manera que otra nación podría ocupar una parte del Ática, suponiendo que no fueran realmente atenienses, como lo son los que ahora ocupan el cabo Sunio y la costa de aquel promontorio que da con el mar, empezando desde el demo Torico hasta el demo Anaflisto; entendiendo con toda esta comparación como la de un enano a un gigante. Tal es la situación de la Táurica; pero a quien no ha navegado las costas del Ática, quiero especificársela de otro modo: está la Táurica, repito, de manera como si otra nación que no fueran los yapigios ocupase aquella parte de la Yapigia que empezando desde el puerto de Brentesio llega hasta aquel cabo, quedando, sin embargo, separada de los confines de Tarento. Con estos dos ejemplos que expreso indico al mismo tiempo otros muchos lugares a los cuales es la Táurica parecida.

100. Desde la Táurica habitaban ya los escitas, no solo todo el país que está sobre los tauros y el que confina con el mar por el lado de levante, sino también la parte occidental tanto del Bósforo cimerio como de la laguna Mayátide hasta dar con el río Tanais, que viene a desaguar en la punta misma de dicha laguna. Pero hacia los países superiores que se van internando por tierra desde el Istro, acaba Escitia, confinando primero con los agatirsos, después con los neuros, con los andrófagos y finalmente con los melanclenos.

101. Viniendo, pues, Escitia a formar como un cuadrado, cuyos dos lados confinan con el mar, su dimensión tirando tierra adentro es del todo igual a sus dimensiones tomadas a lo largo de las costas marítimas; porque por las costas desde el Istro hasta el Borístenes se cuentan diez jornadas, y desde el Borístenes hasta la laguna Mayátide otras diez; y penetrando tierra adentro desde el mar hasta llegar a los melanclenos situados sobre los escitas, hay el camino de veinte jornadas, previniendo que en cada jornada hago entrar el número de doscientos estadios. Así que la travesía de Escitia tendrá cuatro mil estadios, y otros cuatro mil su latitud, internándose tierra arriba, y estos son los límites y extensión de todo aquel país.

102. Volviendo a la historia, como vieron los escitas, consultando consigo mismos, que sus solas fuerzas no eran poderosas para enfrentarse cuerpo a cuerpo con el ejército entero de Darío, enviaron

embajadores a las naciones comarcanas para pedirles ayuda. Reunidos, en efecto, los reyes de ellas, sabiendo cuán gran ejército se les iba acercando, deliberaban sobre el acuerdo que tomarían en aquel apuro. Dichos reyes, reunidos en asamblea, eran el de los tauros, el de los neuros, el de los andrófagos, el de los melanclenos, el de los gelonos, el de los budinos y el de los saurómatas.

103. Para decir algo de estas naciones, los tauros tienen leyes y costumbres bárbaras: sacrifican a la diosa Virgen[211] todos los náufragos arrojados a sus costas, e igualmente todos los griegos que a ellas arriban, si pueden atraparlos. Ved ahí el bárbaro sacrificio: después del sacrificio de la víctima, dan con una clava en la cabeza del infeliz, y, según algunos dicen, desde una peña escarpada, encima de la cual está edificado el templo, arrojan el cadáver decapitado y ponen en un palo su cabeza. Otros dicen lo mismo acerca de lo último, pero niegan que sea el cuerpo precipitado, antes pretenden que se les entierre. La diosa a quien sacrifican dicen los mismos tauros ser Ifigenia, hija de Agamenón[212]. Acerca de los enemigos que llegan a sus manos, cada cual corta la cabeza a su respectivo prisionero y se va con ella a su morada, y poniéndola después en la punta de un palo largo, la coloca sobre su casa y en especial sobre la chimenea, de modo que sobresalga mucho, diciendo con cruel donaire que ponen en aquella atalaya quien les guarde la casa. Estas viven de sus presas y despojos de la guerra.

104. Los agatirsos son unos hombres dados al lujo, especialmente en los ornatos de oro. Las relaciones indiscriminadas con las mujeres es común entre ellos, con la mira de que siendo todos hermanos y como de una misma casa, ni tengan allí lugar la envidia ni el odio de unos contra otros. En las demás costumbres son muy parecidos a los tracios.

---

[211] Ártemis.
[212] Según el mito, Agamenón, padre de Ifigenia, accede a sacrificar a su hija a cambio de que los dioses concedan vientos favorables para que su flota pueda partir rumbo a Troya; en última instancia es salvada por la diosa Ártemis, que la reemplaza en el ara sacrificial por una cierva y la lleva con los tauros, donde pasa a ser sacerdotisa de la diosa (y no una diosa en sí).

105. Las leyes y usos de los neuros son como los de los escitas. Una edad o generación antes que Darío emprendiese aquella jornada, sobrevino tal plaga e inundación de serpientes que se vieron forzados a dejar toda la región; muchas de ellas las crio el mismo terreno, pero muchas más fueron las que bajaron hacia él de los desiertos cercanos, y hasta tal punto les incomodaron que, huyendo de sus tierras, pasaron a vivir con los budinos. Puede temerse que toda aquella caterva de neuros sean completos hechiceros, si atendemos a lo que nos cuentan tanto los escitas como los griegos establecidos en Escitia, pues dicen que ninguno hay de los neuros que una vez al año no se convierta en lobo por unos pocos días[213], volviendo después a su primera figura. ¿Qué haré yo a los que tal cuentan? Yo no creo de todo ello una palabra, pero ellos dicen y aun juran lo que dicen.

106. Los andrófagos son en sus costumbres los más agrestes y fieros de todos los hombres, no teniendo leyes algunas ni tribunales. Son pastores que visten del mismo modo que los escitas, pero que tienen su lenguaje propio. Entre todas estas gentes son los únicos que comen carne humana.

107. Los melanclenos van todos vestidos de negro, de donde les ha venido el nombre que tienen, como si dijéramos «capas negras». En lo demás siguen los usos de los escitas.

108. Los budinos, que forman una nación grande y populosa, tienen los ojos muy azules y la tez rubicunda. La ciudad que poseen, toda de madera, se llama Gelono; son tan grandes sus murallas que cada lado de ellas tiene de largo treinta estadios, siendo al mismo tiempo muy altas, por más que todas sean de madera; las casas y los templos son asimismo de madera. Los templos están dedicados a los dioses de Grecia, y adornados a lo griego con estatuas y con altares de madera; aún más, cada tercer año celebran en honor de Dioniso sus ritos báquicos, lo que no es de admirar, siendo estos gelonos originarios de unos griegos que, retirados de los emporios, plantaron su asiento entre los budinos y conservan una lengua en parte griega.

---

[213] Se ha venido interpretando como un ritual de iniciación en los que los participantes se revestían de pieles y máscaras de lobo.

109. Los budinos propiamente dichos ni hablan la misma lengua que los gelonos, ni siguen el mismo modo de vivir, pues siendo originarios o naturales del país, siguen la profesión de pastores y son los únicos en aquella tierra que comen sus piojos[214]. Pero los gelonos cultivan sus campos, tienen sus huertos plantados, son de fisonomía y color diferente. Verdad es que a los gelonos les llaman también budinos, haciéndoles en esto injuria los griegos que tal nombre les dan. Todo el país de los budinos está lleno de arboledas de toda especie, y en el paraje donde es más espesa la selva hay una laguna grande y dilatada, y alrededor de ella, un cañaveral. En ella se cogen nutrias, castores y otras fieras de hocico cuadrado cuyas pieles sirven para forrar pellicos y zamarras, y cuyos testículos sirven de remedio contra las afecciones del útero.

110. Acerca de los saurómatas se cuenta la siguiente historia. En tiempo de guerra entre los griegos y las amazonas, a quienes los escitas llaman Eórpata, palabra que equivale en griego a «mata-hombres», compuesta de *eor*, que significa «hombre», y de *pata*, «matar»[215]; en aquel tiempo se dice que, vencedores los griegos en la batalla del río Termodonte, se llevaban en tres navíos a cuantas amazonas habían podido coger prisioneras, pero que ellas, habiéndose rebelado en el mar, hicieron pedazos a sus guardias. Mas como después que acabaron con toda la tripulación, ni supieron gobernar el timón, ni servirse del juego de las velas, ni bogar con los remos, se dejaban llevar a discreción del viento y de la corriente. Hizo la fortuna que llegasen a un lugar de la costa de la laguna Mayátide llamado Cremnos, que pertenece a la comarca de los escitas libres. Dejadas allí las naves, se encaminaron hacia el país habitado, y se alzaron con la primera piara de caballos que casualmente hallaron, y montadas en ellos, iban talando y robando el país de los escitas.

---

[214] También interpretable como que comen piñones (véase, no obstante, *Historia* 4.168).

[215] Los estudiosos han propuesto otros significados: «dueñas de hombres», «jefas de diez mil». Presentes en el imaginario mítico de los griegos (héroes como Heracles y Teseo les habrían hecho frente), la estirpe guerrera de las amazonas solía ser situada a orillas del mar Negro.

111. No podían estos atinar qué raza de gente y qué violencia era aquella, no entendiendo su lengua, no conociendo su traje, ni sabiendo de qué nación eran, y se admiraban de dónde les había podido venir aquella manada de bandoleros. Las tenían, en efecto, por hombres todos de una misma edad, contra quienes habían tenido varias refriegas; pero apoderados después de algunas muertas en el combate, al cabo se desengañaron, descubriendo que eran mujeres aquellos bandidos. Habiendo con esto tomado acuerdo sobre el caso, les pareció que de ningún modo convenía matar en adelante a ninguna, y que lo mejor sería enviar a sus jóvenes hacia ellas en igual número al que podían conjeturar que sería el de las mujeres, dándoles orden de que plantando sus campamentos al lado de las enemigas, fuesen haciendo lo mismo que las vieran hacer, y que en caso de que ellas les acometieran, no admitiesen el combate, sino que huyesen, y cuando vieran que ya no les perseguían, se acampasen de nuevo cerca de ellas. La intención que tenían los escitas en estas resoluciones era de poder tener de ellas una sucesión de hijos belicosos.

112. Los jóvenes destinados a la pacífica expedición cumplían las órdenes que traían de no intentar nada. Cuando experimentaron las amazonas que aquellos enemigos venían en paz, sin ánimo de hacerles hostilidad alguna, los dejaban estar tranquilos, sin pensar en ellos. Los jóvenes iban acercando más y más cada día su campo al campo vecino, no llevando consigo cosa alguna sino sus armas y caballos, yendo tan ligeros como las mismas amazonas, e imitando el modo de vivir de estas, que era la caza y la pesca.

113. Solían las amazonas, cerca de mediodía, andar vagando de una en una, por parejas, y retiradas una de otra, acudían a sus necesidades mayores y menores. Los escitas, que lo habían ido observando, se dedicaron a imitarlas, y hubo quien se abalanzó hacia una de ellas que iba sola: no lo esquivó la amazona, sino que le dejó hacer lo que el joven quiso. Por desgracia, no podía hablarle porque no se entendían; pero con señas se ingenió y le dio a entender que al día siguiente acudiese al mismo lugar, y que llevase compañía y viniesen dos, pues ella traería otra consigo. Al volver el joven con los suyos, dio cuenta a todos de lo sucedido, y al otro día no faltó a la cita llevando un compañero, y halló a la amazona, que con otra ya les estaba esperando.

114. Cerciorados los demás jóvenes de lo que pasaba, se animaron también a conquistar a las demás amazonas, y llegó a tal punto que, unidos ya los campamentos, vivían en buena compañía, teniendo cada uno por mujer propia a la que primero había conocido. Y por más que los hombres no pudieron alcanzar a hablar la lengua de las mujeres, pronto supieron estas aprender la de ellos. Habiendo, pues, vivido juntos algún tiempo, dijeron por fin los hombres a sus amazonas: «Bien sabéis que nosotros tenemos más lejos a nuestros padres y también nuestros bienes: pongamos fin a esta situación; no vivamos así por más tiempo, sino vámonos de aquí y viviremos en compañía de los nuestros, y no temáis que os dejemos por otras mujeres». «Jamás —respondieron ellas—; a nosotras no nos es posible vivir en compañía de vuestras mujeres, pues no tenemos la misma educación y crianza que ellas. Nosotras disparamos el arco, tiramos la jabalina, montamos un caballo, y esas habilidades domésticas mujeriles, las ignoramos; vuestras mujeres, al contrario, nada saben de lo que sabemos nosotras, sino que sentadas en sus carros cubiertos hacen sus labores, sin salir de caza ni ir a parte alguna. Ya veis con esto que no podríamos avenirnos. Si queréis obrar con rectitud, y estar casados con nosotras, como es justicia y razón, lo que debéis hacer es ir allá a veros con vuestros padres, pedirles que os den la parte legítima de sus bienes, y volviendo después, podremos vivir aparte formando nuestros hogares».

115. Se dejaron los jóvenes persuadir por estas razones, y después de hacer las reparticiones de los bienes paternos, volvieron a vivir con las amazonas; ellas les hablaron de nuevo en esta forma: «Mucha pena nos da y nos preocupa pensar que hemos de vivir por estos contornos, viendo por una parte que hemos privado a vuestros padres de vuestra compañía, y acordándonos por otra de las muchas correrías que hicimos en vuestra comarca. Ahora bien; ya que nos honráis y os honráis a vosotros mismos con querernos por esposas, hagamos lo que os proponemos. Vámonos de aquí, queridos; alcemos nuestros hogares, y dejando esta tierra, pasemos a la otra parte del Tanais, donde asentaremos nuestros campamentos».

116. También en esto les dieron gusto los jóvenes, y pasado el río, se encaminaron hacia otra parte, alejándose tres jornadas del Tanais hacia levante, y tres de la laguna Mayátide hacia el norte, y llegados al

mismo paraje en que moran en el presente, fijaron allí su residencia. Desde entonces las mujeres de los sármatas han seguido viviendo al uso antiguo, yendo a caballo a la caza con sus maridos y también sin ellos, y vistiendo con el mismo traje que los hombres.

117. Hablan los sármatas la lengua de los escitas, aunque desde tiempos antiguos corrompida y llena de solecismos, lo que se debe a las amazonas, que no la aprendieron con perfección. Tienen ordenados los matrimonios de modo que ninguna doncella se case sin matar antes algún enemigo, con lo que sucede que muchas de ellas, por no haber podido cumplir con esta ley, mueren de viejas sin llegar a casarse.

118. Para volver a nuestro intento, habiendo ido a ver los embajadores de los escitas a los reyes de las naciones que acabo de enumerar, y hallándoles ya juntos, les dieron cuenta de que el persa, después de haber conquistado todo el continente de Asia, había pasado al de Europa por un puente de barcas construido sobre las cervices del Bósforo; que después de haber pasado por él y subyugado a los tracios, estaba formando otro puente sobre el Istro, pretendiendo conquistar el mundo y hacerles a todos esclavos. «Ahora, pues —continuó—, os pedimos que no dejéis de tomar partido en este asunto, ni permitáis que quedemos perdidos; antes bien que, unidos con nosotros en una alianza, salgamos juntos al encuentro. ¿No queréis convenir en ello? Pues sabed que nosotros, forzados por la necesidad, o bien dejaremos libre el país, o quedándonos allí, haremos las paces con él. Decid si no, ¿qué otro recurso nos queda, si no queréis acceder a socorrernos? No debéis pensar que por esto os vaya mejor a vosotros, no; que el persa no intenta más contra nosotros que contra vosotros mismos. Cierto que se dará por satisfecha su ambición con nuestra conquista, y que a vosotros no querrá tocaros un cabello. En prueba de lo que decimos, oíd esta razón que es convincente: si las miras del persa en su expedición no fuesen otras que querer vengarse de la esclavitud en que antes le tuvimos, lo que debería hacer en este caso era venir directamente contra nosotros, dejando en paz a las otras naciones, y así os haría ver a todos que su expedición es contra los escitas, y contra nadie más. Pero ahora está tan lejos de ello, que lo mismo ha sido poner el pie en nuestro continente, para arrastrar en su curso y dominar a cuantos se le pusieron por delante; pues debéis saber que

tiene bajo su dominio no solo a los tracios, sino también a los getas, nuestros vecinos».

119. Habiendo hablado así los embajadores escitas, llegaron a un acuerdo los reyes reunidos de aquellas naciones, a pesar de la diferencia de pareceres. El gelono, el budino y el saurómata votaron de común acuerdo que se procurase ayuda y socorro a los escitas. Pero el agatirso, el neuro, el andrófago, con los reyes de los melanclenos y de los tauros, les respondieron en estos términos: «Si vosotros, escitas, no hubierais sido los primeros en injuriar y guerrear contra los persas y vinierais con las pretensiones con que ahora venís, sin duda alguna nos convencieran vuestras razones, y nosotros, en vista de ellas, estaríamos en esa alianza a la que nos invitáis. Pero es el caso que vosotros, entrando antes por las posesiones de los persas, tuvisteis el mando sobre ellos sin darnos parte de él todo tiempo que la divinidad os dio, y ahora el mismo dios les mueve y conduce contra vosotros, queriendo que os vuelvan la visita y que os paguen en la misma moneda. Ni entonces hicimos nosotros agravio alguno a esos pueblos, ni tampoco ahora queremos ser los primeros en injuriarles. Mas, si a pesar de nuestra veneración, el persa nos atacara dentro de casa y fuera invasor sin ser provocado, no somos tan sufridos que impunemente se lo queramos permitir y tolerar. Sin embargo, hasta tanto que lo veamos, nos mantendremos quietos y neutrales, persuadidos de que los persas no vienen contra nosotros, sino contra sus antiguos invasores, que dieron principio a la discordia».

120. Después que los escitas oyeron la relación y la respuesta que les traían sus enviados, resolvieron ante todo que, puesto que no se les juntaban aquellas tropas auxiliares, de ningún modo convenía entrar en batalla a cara descubierta y de poder a poder, sino que se debía ir cediendo poco a poco, y al tiempo mismo de la retirada, cegar los pozos y las fuentes por donde quiera que pasasen, sin dejar forraje en todo el país que no quedase gastado y perdido. Determinaron en segundo lugar dividir el ejército en dos cuerpos, y que se agregasen los saurómatas a uno de ellos, a cuyo frente iría Escópasis; cuyo cuerpo, en caso de que el persa se echase sobre él, se iría retirando hacia el Tanais, por la orilla de la laguna Mayátide, y que si el persa volviere atrás, atacase su retaguardia. Este camino estaba encargado de seguirlo una partida de las tropas de los regios; en cuanto al

segundo cuerpo, acordaron que se formase de dos brigadas de los escitas regios: de la mayor, mandada por Idantirso, y de la tercera, mandada por Taxacis, uniéndoseles los gelonos y los budinos; que este cuerpo marchase delante de los persas a una jornada de distancia, sin dejarse alcanzar ni ver en su retirada, cumpliendo con lo que se había decretado: lo primero, que llevasen directamente al enemigo que les fuera siguiendo hacia las tierras de aquellos reyes que habían rehusado su alianza, a fin de implicarlos también con el persa, de manera que, a pesar suyo, entrasen en aquella guerra, ya que de grado no la quisieron; lo segundo, que después de llegados allí, diesen la vuelta para su país, y si lo creyeran conveniente, mirando bien en ello, cargasen sobre el enemigo.

121. Tomadas así sus medidas, se encaminaban los escitas hacia el ejército de Darío, enviando delante como avanzadilla a sus mejores jinetes. Pero antes hicieron partir no solo sus carros cubiertos, en que suelen vivir sus hijos con todas sus mujeres, sino también todos sus ganados y demás bienes en la comitiva de sus carros, dándoles orden de que sin parar caminasen hacia el norte, y solamente se quedaron con los rebaños que bastasen para su diaria manutención. Lo demás lo enviaron todo adelante.

122. Los batidores enviados por los escitas hallaron a los persas acampados a cosa de tres jornadas del Istro. Una vez hallados, les ganaron la delantera un día de camino, y plantando diariamente sus campamentos, iban delante talando la tierra y cuanto producía. Los persas, habiendo visto asomar la caballería de los escitas, salieron tras ellos, siguiendo siempre las pisadas de los que se les iban escapando; y como se encontraron directamente con el primer cuerpo mencionado, lo iban siguiendo después hacia levante, acercándose al Tanais. Pasaron el río los escitas, y tras ellos lo pasaron los persas, que iban a su alcance, hasta que, pasado el país de los saurómatas, llegaron al de los budinos.

123. Mientras que marcharon los persas por tierra de los escitas y por la de los saurómatas, nada hallaban que arruinar en un país desierto y desolado. Pero llegados a la provincia de los budinos, encontrando allí una ciudad de madera que habían dejado vacía sus mismos vecinos, la prendieron fuego. Hecha esta proeza, continuaban hacia adelante, siguiendo la marcha de los escitas, hasta que, atravesada ya

aquella región, se hallaron en otra desierta, totalmente despoblada y falta de hombres, que cae más allá de la de los budinos y tiene de extensión siete días de camino. Más allá de este desierto viven los tiságetas, de cuyo país van bajando cuatro ríos, llamados el Lico, el Oaro, el Tanais y el Sirgis, que corren por la tierra de los mayatas y desaguan en la laguna Mayátide.

124. Viéndose Darío en aquella soledad, mandando a sus tropas hacer alto, las atrincheró en las orillas del Oaro. Estando allí hizo levantar ocho fuertes, todos grandes y a igual distancia unos de otros, que sería la de sesenta estadios, cuyas ruinas y vestigios aún se dejaban ver en mis días. En tanto que Darío se ocupaba en aquellas fortificaciones, aquel cuerpo de escitas siguiendo al cual él había mandado, dando una vuelta por la región superior, fue retirándose otra vez a Escitia. Habiendo, pues, desaparecido de manera que ni rastro de escita quedaba ya, tomó Darío la resolución de dejar sus castillos a medio construir; y como creía que en aquel ejército, cuya pista había perdido, iban todos los escitas, tomando la vuelta de poniente, emprendió otra vez sus marchas, imaginando que todos sus enemigos fugitivos iban escapándosele hacia aquella parte. Así que, moviendo cuanto antes todas sus tropas, apenas llegó a Escitia, dio con los dos cuerpos de los escitas, otra vez unidos, y una vez hallados, iban siguiéndoles siempre a una jornada de distancia, mientras ellos a propósito cedían.

125. Y como no cesaba Darío de seguirles, conforme a su primera resolución, iban retirándose poco a poco hacia las tierras de aquellas naciones que les habían negado socorro contra los persas. La primera donde los guiaron fue la de los melanclenos, y después que con su venida y con la invasión de los persas los tuvieron conmovidos y turbados, continuaron guiando al enemigo hacia el país de los andrófagos. Alborotados también estos, fueron los escitas llevándole hacia los neuros, poniéndoles asimismo muy agitados, e iban adelante huyendo hacia los agatirsos, con los persas a la espalda. Pero los agatirsos, cuando vieron que sus vecinos, alborotados con la visita de los escitas, abandonaban sus tierras, no esperando que estos penetrasen en la suya, les enviaron un heraldo con orden de prohibirles la entrada en sus dominios, haciéndoles saber que si la intentaban, les sería preciso antes abrirse camino por medio de una batalla. Después de esta advertencia, salieron armados los agatirsos a guardar sus fronteras, resueltos a defender el paso a los que quisiesen acometerles. Sucedió que los melanclenos, andrófagos y neuros, cuando vieron acercarse a los escitas arrastrando a los persas, olvidados de sus amenazas, en vez de tomar las armas para su defensa, echaron todos a huir hacia el norte y no pararon hasta verse en los desiertos. Conocedores los escitas de que los agatirsos no querían darles paso, no prosiguieron la marcha hacia ellos, sino que desde la comarca de los neuros, fueron guiando a los persas a Escitia.

126. Viendo Darío que se dilataba la guerra y que nunca cesaba, determinó enviar un mensajero a caballo que alcanzase al rey de los escitas, Idantirso, y le diese esta embajada: «¿Para qué huir y siempre huir, hombre vil? ¿No tienes en tu mano escoger una de las dos cosas que voy a indicarte? Si te crees tan poderoso y capaz de hacerme frente, aquí estoy; detente un poco, déjate de tantas vueltas y revueltas, y frente a frente, midamos las fuerzas en el campo de batalla. Pero si te tienes por inferior a Darío, cesa también por lo mismo de correr, préstame juramento de fidelidad, como a tu soberano, ofreciendo a mi discreción haciendas y personas, con el compromiso de darme la tierra y el agua[216], y recibe mis órdenes».

127. A esta embajada dio la siguiente respuesta el rey de los escitas, Idantirso: «Habrás de saber, persa, que no es la que piensas mi conducta. Jamás hui de hombre nacido porque le temiese, ni ahora huyo de ti, ni hago cosa nueva que no acostumbre a hacerla del mismo modo en tiempo de paz. Quiero decirte por qué sobre la marcha no te presento batalla: porque no tenemos ciudades fundadas, ni campos plantados, cuya defensa nos obligue a venir luego a las manos con el recelo de que nos las toméis o nos las taléis. ¿Sabes cómo nos veríamos luego obligados del todo a una acción? Nosotros tenemos los sepulcros de nuestros padres allí, ¡oh persa!, si tienes ánimo de descubrirlos y osadía de violarlos, conocerás por experiencia si tenemos valor o no de volver por ellos cuerpo a cuerpo contra todos vosotros. Pero antes de recibir esta injuria, si no nos conviene, no

---

[216] Proverbial fórmula mediante la que los persas exigían sometimiento a otros territorios.

entraremos contigo en combate. Basta lo dicho acerca del encuentro que pides; por lo tocante a soberanos, no reconozco otros señores que no sea Zeus, de quien desciendo, y Hestia, la reina de los escitas. En lugar de los homenajes de tierra y agua, y del despotismo que pretendes sobre tierras y haciendas, te enviaré los dones que más te convengan. Mas para responder a la arrogancia con que te llamas soberano mío, te digo, a modo de escita, que vayas en hora mala con tu soberanía».

128. Tal fue la respuesta de los escitas que llevó a Darío su mismo enviado. Los reyes de los escitas, que se veían llamar esclavos en la embajada del persa, montaron en cólera, y llevados de ella, despacharon hacia el Istro el cuerpo de sus tropas, a cuyo frente iba Escópasis, con orden de enfrentarse con los jonios que guardaban el puente allí formado. Pero a los otros que quedaban les pareció no hostigar más a los persas llevándoles de una a otra parte, sino cargar sobre ellos siempre que se detuviesen a comer. Como lo determinaron, así lo practicaron, esperando y atisbando el tiempo de la comida. En efecto, la caballería de los escitas en todas aquellas escaramuzas desbarataba a la de los persas, la cual, vuelta de espaldas, era apoyada por su infantería, que salía luego a la defensa de los fugitivos. Los escitas, puesta en huida la caballería enemiga, por no dar con la infantería, volvían a su campo, si bien al llegar la noche volvían a molestar con sus embestidas al enemigo.

129. Voy a referir el incidente extraño y singular que en aquellos ataques contra el campamento de Darío benefició mucho a los persas, y a los escitas les incomodó sobremanera. Tal fue, ¡quién lo creyera!, el rebuzno de los asnos y la figura de los mulos, pues Escitia, como antes dije, es una tierra que no produce burros, ni cría mulos, ni se deja ver en todo el país asno ni mulo alguno a causa del rigor del frío. Sucedía, pues, que rebuznando aquellos jumentos, alborotaban la caballería de los escitas, y no pocas veces al tiempo mismo de embestir contra los persas y en la fuga de sus escaramuzas, oyendo los caballos el rebuzno de los burros, se volvían de repente, perturbados, y les entraba tal miedo y espanto que se paraban con las orejas tiesas, como quienes nunca habían oído aquel sonido ni visto aquella figura. No dejaba esto de tener alguna parte en el éxito de las operaciones.

130. Mas como veían los escitas que los persas, turbados, empezaban a desmayar y no sabían qué hacer, se valieron de un artificio que les hiciera detenerse más en Escitia y aumentase de este modo su trabajo, viéndose faltos de todo. Dejaron, pues, allí cerca una porción de ganados juntamente con sus pastores, y se fueron hacia otra parte. Los persas, encontrando aquel ganado, se lo llevaban, muy ufanos y contentos con su presa.

131. Después de haber entretenido muchas veces al enemigo con aquel ardid, no sabía ya Darío qué partido tomar. Lo entendían bien los reyes de los escitas, y determinaron enviarle un heraldo que le regalase de su parte un pájaro, un ratón, una rama y cinco flechas. Los persas no hacían sino pedir al portador que les explicase qué significaban aquellos presentes; pero él les respondió que no tenía más orden que la de regresar con prontitud, una vez entregados los dones, y que bien sabrían los persas, si eran tan sabios como lo presumían, descifrar lo que significaban los regalos.

132. Oído lo que el enviado les decía, se pusieron los persas a discurrir sobre el enigma. El parecer de Darío era que los escitas con aquellos dones se rendían a su soberanía, entregándose a sí mismos, entregándole la tierra y entregándole el agua, en lo cual se gobernaba por sus conjeturas; porque el ratón, decía, es un animal que se cría en tierra y se alimenta de los mismos frutos que el hombre, porque la rana se cría y vive en el agua, porque el pájaro es muy parecido al caballo, y en fin, porque entregando las flechas venían ellos a entregarle toda su fuerza y poder. Tal era la interpretación y juicio que Darío profería; pero Gobrias, uno de los siete que arrebataron al mago el trono, dio un parecer del todo diferente al de Darío, pues conjeturó que con aquellos presentes querían decirles los escitas: «Si vosotros, persas, no os vais de aquí volando como los pájaros, o no os metéis bajo tierra hechos unos ratones, o de un salto no os echáis en la laguna convertidos en ranas, no os será posible volver atrás, sino que todos quedaréis traspasados con estas saetas». Así explicaban los persas la alusión de aquellos presentes.

133. Volviendo a aquel cuerpo de escitas encargado primero de ir a cubrir el país vecino a la laguna Mayátide, y después de pasar hacia el Istro para conferenciar con los jonios, habiendo llegado al puente, les hablaron en estos términos: «¿Qué hacéis aquí, jonios? Para traeros la libertad hemos venido, con tal que nos queráis escuchar. Tenemos entendido que Darío os dio la orden de que solo guardaseis este puente por espacio de sesenta días, y que si pasado este término no comparecía, os volvieseis a vuestras casas. Ahora, pues, bien podéis hacerlo así: en ello no ofenderéis a Darío ni tampoco a nosotros. Así que, habiéndole esperado hasta el día y plazo señalado, desde ahora os mandamos que partáis». Habiéndoles prometido los jonios que así lo harían, se volvieron los escitas al punto de partida.

134. Los demás escitas, después de los regalos enviados a Darío, puesta al cabo en orden de batalla toda su infantería y caballería, se presentaron al enemigo como dispuestos a una acción de combate. Formados así en filas, pasó casualmente por entre ellos una liebre, y apenas la vieron cuando corrieron todos tras ella; y viéndolos Darío agitados con esto y gritando todos a una contra el animal, preguntó qué alboroto era aquel de los enemigos, y oyendo que perseguían a una liebre, vuelto a aquellos con quienes solía comunicar todas las cosas: «Verdaderamente —les dijo— que nos tienen en un bajísimo concepto estas hordas atrevidas, de suerte que me parece que Gobrias atinaba con el sentido de sus regalos. Puesto que también me conformo yo con la interpretación de Gobrias, es preciso discurrir el medio mejor para podernos retirar de aquí con toda seguridad». A lo cual Gobrias respondió: «Señor, si bien estaba yo antes convencido por la fama de que estos escitas eran unos hombres indomables, con todo, llegado aquí lo he visto por mis ojos, y estoy viendo aún que ellos se burlan de nosotros como de niños, que nos toman por juguete. Mi parecer es que una vez que cierre la noche, la primera que llegue, encendidos en el campo los mismos fuegos que solíamos antes, y dejando en él, a riesgo de alguna sorpresa, las tropas de menor resistencia para la fatiga, y atados allí todos los asnos, partamos del país, antes que los escitas corran derechos al Istro para deshacernos el puente, o los jonios intenten algún daño que acabe por perdernos y arruinarnos».

135. Este fue el parecer que dio Gobrias, y del cual, venida apenas la noche, se valió Darío, quien dejó en su campo los inválidos y achacosos, y a todos aquellos cuya pérdida era de poquísima cuenta, y con ellos también atados todos sus burros. El motivo verdadero de dejar aquellos animales era para que rebuznasen entre tanto con todas sus fuerzas, y el de dejar a los inválidos no era otro realmente que la misma falta de salud y robustez; si bien se valió de ella como pretexto, como si él con la flor de su ejército meditara alguna sorpresa contra el enemigo, durante la cual debieran quedarse para resguardo y defensa de su campamento, conforme lo pedía el estado

de su salud. Así que habiendo Darío hecho entender esto a los que dejaba y mandado hacer los fuegos ordinarios, se apresuró a tomar la vuelta del Istro. Los asnos, que se vieron allí sin la muchedumbre de antes, quejosos también y resentidos, empezaron a rebuznar aún más de lo acostumbrado, y los escitas, que oían aquel estrepitoso estruendo, estaban sin la menor sospecha de la partida, convencidos de que los persas quedaban allí al igual que sus asnos.

136. No bien había amanecido, cuando los inválidos, viéndose allí solos, y sabiéndose malamente vendidos por Darío, comienzan a alzar las manos al cielo, y extenderlas hacia los escitas y darles cuenta de lo que pasaba. Cuando estos lo oyeron, juntas de repente sus fuerzas, que consistían en las dos tropas nacionales y en un tercer cuerpo formado de saurómatas, de budinos y gelonos, se ponen en movimiento para perseguir a los persas, camino derecho del Istro. Pero sucedió que siendo muy numerosa por una parte la infantería persa, que no sabía las veredas en un país donde no hay caminos abiertos y hollados, y marchando por otra la caballería escita, muy práctica en los atajos de su viaje, sin encontrarse unos con otros, los escitas llegaron al puente mucho antes que los persas. Informados allí de cómo estos no habían llegado todavía, hablaron a los jonios que estaban sobre sus naves: «¿No veis, jonios, que se pasó ya el plazo y número de los días, y que no hacéis bien en esperar aquí por más tiempo? Si antes el temor del persa os tuvo aquí clavados, ahora por lo menos echad a pique el puente y marchad luego libres a vuestras tierras, dando gracias por ello a los dioses y también a nosotros los escitas; que bien podéis estar seguros que vamos a escarmentar a ese que fue vuestro señor, de modo que no le queden ganas de hacer otra expedición contra pueblo ni hombre viviente».

137. Consultaron los jonios lo que había de hacerse sobre este punto. El parecer de Milcíades[217] el ateniense, que se hallaba allí de general, como señor que era de los moradores del Quersoneso cercano al Helesponto, era de complacer a los escitas y restituir la libertad a Jonia. Mas el parecer de Histieo el milesio fue del todo contrario,

---

[217] Había sido enviado allí por Hipias, tirano de Atenas, para garantizarse el control de esta zona rica en recursos. Una vez allí, se erigió él mismo en tirano del lugar.

dando por razón que, en el estado presente, cada uno de ellos debía a Darío el ser señor de su ciudad, que arruinando el poder del rey, ni él mismo estaría en posición de mandar a los milesios, ni ninguno de ellos a su respectiva ciudad, pues claro estaba que cada una de estas prefería un gobierno popular al gobierno absoluto de un tirano. Apenas acabó Histieo de proferir su voto, cuando todos los demás lo adoptaron, por más que antes hubiesen sido del parecer de Milcíades.

138. Los jefes en desacuerdo con la votación, señores todos de consideración en la estima de Darío, eran en primer lugar los tiranos de las ciudades del Helesponto, Dafnis de Abido, Hipoclo de Lámpsaco, Herofanto de Pario, Metrodoro de Proconeso, Aristágoras de Cícico y Aristón de Bizancio, todos ellos tiranos del Helesponto; estaban en segundo lugar los señores de las ciudades de Jonia, Estratis de Quíos y Éaces de Samos, Laodamante de Focea e Histieo de Mileto, cuyo voto fue el que prevaleció contra Milcíades. Por fin, de Eolia solo se hallaba presente un tirano que fuese de importancia, y este era Aristágoras de Cime.

139. Resueltos, pues, estos señores a seguir el parecer de Histieo, determinaron al mismo tiempo medir por él así las obras con las razones. Las obras: con deshacer la parte del puente que estaba del lado de los escitas, pero no más de un tiro de arco, con la mira de darle a entender que ponían manos a la obra, cuando en su intención era no tocar nada, y también para impedir que los escitas se abriesen paso por el puente a despecho de los jonios, queriendo penetrar a la otra parte del Istro; las razones: con decirles que ya empezaban por el lado de ellos la maniobra para llevar a cabo todo lo que pretendían. Esto resolvieron hacer en consecuencia del parecer de Histieo, el cual, después de este acuerdo, respondió así a los escitas en nombre de todos: «Buenas son las nuevas, ¡oh escitas!, que nos acabáis de traer, y en buena razón nos dais prisa para que nos aprovechemos de las circunstancias. No puede ser más oportuno el aviso que nos dais, y la ejecución de nuestra parte no cabe que sea más obsequiosa para con vosotros ni más diligente. ¿No veis con vuestros ojos cómo ya vamos deshaciendo el puente y cuánto empeño mostramos en volver a recobrar la libertad? En tanto, pues, que acabamos de disolver estas barcas, no perdáis vosotros el tiempo que os convida a que busquéis a esos enemigos comunes, y hallados os venguéis de ellos y nos venguéis a nosotros como bien merecido lo tienen».

140. Los crédulos escitas creyeron por segunda vez que los jonios trataban en serio con ellos, y dieron luego la vuelta en busca de los persas, pero se desviaron totalmente del rumbo y camino que estos traían. De esta equivocación tenían la culpa los mismos escitas, por haber gastado antes los forrajes de la caballería y haber cegado los manantiales de las aguas; pues si así no lo hubieran ejecutado habrían tenido en su mano atrapar a los persas, si quisieran hacerlo; de suerte que en aquella resolución que tuvieron antes por la más acertada, erraron completamente. Porque sucedió que los escitas iban en busca de sus enemigos por los parajes del país donde había heno o hierba para los caballos y agua para el ejército, creídos de que los persas vendrían huyendo por ellos, mientras que los persas en su retirada iban deshaciendo el mismo camino que antes habían llevado, y aun así volviendo atrás sobre sus mismas pisadas, a duras penas hallaron al cabo la salida. Y como llegaron de noche al Istro y encontraron deshecha la parte inmediata de su puente, cayeron en la mayor consternación, temiendo sobremanera que los jonios se hubieran vuelto, dejándoles a ellos entre los enemigos.

141. Había un egipcio en el ejército de Darío que superaba con su grito a otro hombre cualquiera, al cual mandó Darío que, puesto en el borde mismo del Istro, llamase por su nombre a Histieo de Mileto. Voceando estaba el egipcio cuando Histieo, oído el primer grito, arrimó todas sus naves para pasar el ejército, y volvió a unir las barcas para la formación del puente.

142. De este modo los persas se escaparon huyendo, y los escitas quedaron por segunda vez burlados, buscando en balde a los enemigos. De aquí que, hablando los escitas de los jonios, suelan atribuirles dos propiedades: una, que los jonios, en tanto que hombres libres, son los más viles y cobardes del mundo; otra, que, en tanto que esclavos, son los más amantes de sus amos que darse puede y los menos amigos de huir. Tales son las injurias que contra ellos suelen lanzar los escitas.

143. Continuando Darío sus marchas por Tracia, llegó a Sesto, ciudad del Quersoneso, desde donde pasó en sus naves a Asia, dejando como general de sus tropas en Europa al persa Megabazo, sujeto a quien dedicó aquel rey un gran elogio en presencia de la corte con la siguiente ocasión: iba a abrir Darío unas granadas que quería comer, y en cuanto tuvo abierta la primera, le preguntó su hermano Artábano cuál era la cosa de la que el rey deseaba tan en abundancia como los granos de aquella granada. A lo que respondió Darío que prefiriera tantos Megabazos cuantos eran aquellos granos, más que tener bajo su dominio a toda Grecia; palabras con que entre los persas le honró y distinguió muchísimo. A este, pues, dejó como general de sus tropas, que subían a ochenta mil hombres.

144. Este mismo Megabazo, por un comentario que hizo, dejó entre las gentes del Helesponto memoria y fama inmortal. Como estando en Bizancio oyó decir que los calcedonios habían fundado su ciudad diecisiete años antes de que fundasen los bizantinos la suya: «Sin duda —dijo en esta ocasión— debían estar entonces ciegos los calcedonios; pues de no estarlo, no hubieran edificado en un suelo infame, pudiendo edificar en otro excelente»[218]. Megabazo, dejado como general en la provincia de los helespontios, conquistó con sus tropas a todos los pueblos que no medizaban[219], a todo lo cual dio cima Megabazo.

Expedición persa contra Libia

145. Por el mismo tiempo fue cuando pasó a Libia una gran armada, de cuya ocasión hablaré después de haberlo preparado con esta previa narración. Aquellos pelasgos que se llevaron las mujeres atenienses del pueblo de Braurón, echaron también violentamente de Lemnos a los descendientes de los Argonautas. Viéndose estos echar de casa, navegaron para Lacedemonia; llegados allí y atrincherados en el monte Taigeto, encendieron fuego para dar señal de su llegada, lo cual observado por los lacedemonios, les preguntaron por medio de un mensajero quiénes eran y de dónde venían. Respondieron ellos al enviado que eran los minias, descendientes de aquellos héroes de la

---

[218] Calcedonia se encontraba en la costa asiática del Bósforo, mientras que Bizancio en la europea.
[219] Es decir, a todos aquellos que no tomaban partido por los persas.

nave Argos que, llegando a Lemnos, los habían engendrado[220]. Oída esta relación, y viendo los lacedemonios que sus huéspedes eran de la estirpe de los minias, les preguntan de nuevo, a qué fin habían venido a su tierra y dado aviso de su llegada con las hogueras; a lo que dijeron que, echados de sus casas por los pelasgos, volvían a las de sus padres, cosa que les parecía muy puesta en razón; que lo que pedían era ser sus vecinos, tener parte así en los empleos públicos como en las suertes y reparticiones de las tierras. Los lacedemonios tuvieron a bien dar acogida a los minias con las condiciones mencionadas, a lo que les movió sobre todo el saber que los Tindáridas[221] habían navegado en la nave Argo; así que, habiéndoles naturalizado, les dieron unos lotes de tierras, y se les repartieron en sus tribus. Los minias tomaron en seguida mujeres hijas del país y casaron con los hijos del mismo a las que consigo traían de Lemnos.

146. No pasó, sin embargo, mucho tiempo sin que los minias, aumentando en importancia, no solo mantuvieron el derecho al trono, sino que cometieron muchos desafueros, tanto que los lacedemonios dieron contra ellos sentencia de muerte, y después presos los metieron en la cárcel. Es costumbre de los lacedemonios ejecutar de noche la sentencia de muerte en los condenados a ella, sin efectuarlo jamás de día. Sucedió, pues, que habiendo resuelto que murieran los minias, sus mujeres, que no solo eran ciudadanas, sino hijas aun de los principales espartiatas, lograron con su empeño el permiso de entrar en la cárcel y de hablar cada una con su marido; permiso que se les otorgó sin recelar de ellas la menor sombra de engaño o de perjuicio. ¿Qué intentan ellas una vez dentro? Cada cual da al marido sus propios vestidos, y se visten con los de su marido, y así los minias con el traje de sus mujeres, haciéndose pasar por ellas, salieron de la cárcel, y otra vez por este medio se refugiaron en el Taigeto.

---

[220] En su viaje en busca del Vellocino de Oro, los Argonautas habían hecho un alto en Lemnos, donde se unieron a las mujeres lemnias, que habían asesinado a sus maridos al verse repudiadas por ellos.

[221] Los Tindáridas eran Cástor y Pólux, los Dioscuros. Eran hijos del rey de Esparta Tindáreo (si bien uno de ellos había sido engendrado por Zeus: el nombre de Dioscuros, «Jóvenes de Zeus», hace referencia a su ascendencia divina).

147. Por aquel tiempo salió de Lacedemonia para hacer una nueva fundación colonial un hombre llamado Teras, hijo de Autesión, nieto de Tisámeo, biznieto de Tersandro y tataranieto de Polinices. Siendo Teras de estirpe cadmea[222], era tío por parte de madre de los dos hijos de Aristodemo, llamados el uno Eurístenes y el otro Procles, en cuya minoría de edad tuvo la regencia del reino de Esparta. Pero cuando sus sobrinos, llegados ya a la mayoría de edad, quisieron encargarse del gobierno, a Teras, que había tomado gusto al mando, se le hacía tan intolerable el tener que ser mandado, que dijo no poder vivir más en Lacedemonia, sino que quería volverse por mar a vivir con los suyos. Eran estos los descendientes de Membliarao, hijo de Pecilas, nacido en Fenicia, quienes se habían establecido en la isla que al presente se llama Tera y antes se llamaba Caliste[223]. Porque cuando Cadmo, el hijo de Agenor, yendo en busca de Europa llegó a esa isla, bien fuese por parecerle buena la tierra, bien por algún otro motivo que para ello tuviera, lo cierto es que dejó en ella, en compañía de otros muchos fenicios, a Membliarao, que era de su misma familia. Ocho generaciones habían ya transcurrido desde que estos fenicios habitaban la isla Caliste, cuando Teras fue allí desde Lacedemonia.

148. Vino Teras con un grupo de hombres que había reclutado entre las tribus de Lacedemonia, con ánimo de avecindarse en la isla con ellos y no de echarles de casa, antes bien de hacérseles muy familiares y amigos. Viendo, pues, Teras a los minias huidos de la cárcel y refugiados en el Taigeto, pidió a los lacedemonios, empeñados en quitarles la vida, que se la perdonasen, pues él se encargaba de sacarlos del país. Habiendo condescendido con su súplica los lacedemonios, Teras se hizo a la vela con tres trieconteros[224], para irse a juntar con los descendientes de Membliarao, llevando consigo no a todos los minias, sino a unos pocos que quisieron seguirle, pues la mayor parte de ellos habían partido para echarse contra los paroreatas y los caucones; y habiendo logrado en efecto arrojarles de su patria, se quedaron allí repartidos en seis ciudades, que fueron

---

[222] Descendiente de Cadmo, el fundador de Tebas.
[223] La actual Santorini.
[224] Naves de treinta remos.

la de Lépreo, la de Macisto, la de Frixas, la de Pirgo, la de Epio y la de Nudio, muchas de las cuales fueron en mis días arrasadas por los eleos. Llegado Teras a la isla, se llamó esta Tera, en homenaje al conductor de la nueva colonia.

149. Tenía Teras un hijo que no quiso embarcarse con su padre, quien, resentido, le dijo que si no le seguía, le dejaría allí como una oveja entre los lobos, de donde vino a quedarse después el joven, sin abandonarle jamás el nombre de Eólico[225]. Tuvo Eólico después como hijo a Egeo, del cual lleva el nombre de égidas una de las tribus más numerosas de Esparta. Como a los naturales de aquel país se les murieron los hijos siendo aún niños, por aviso de un oráculo se edificó un templo, y se dedicó a las Erinies[226] de Layo y de Edipo. Esto mismo aconteció después a los oriundos de la misma tribu cuando fueron a establecerse en Tera.

150. Hasta aquí van acordes en la historia los lacedemonios con los naturales de Tera; pero acerca de lo que pasó después, solo los tereos son los que nos refieren lo siguiente: Grino, hijo de Esanio, uno de los descendientes de Teras y rey de la isla de Tera, partió para Delfos llevando consigo una hecatombe[227]. Entre otros vecinos que le acompañaban iba Bato, hijo de Polimnesto, el cual era de la familia de Eufemo, uno de los minias. Consultando, pues, Grino, rey de los tereos, acerca de otros asuntos, la Pitia le dio en respuesta un oráculo que le mandaba fundar una colonia en Libia. Pero Grino le replicó diciendo: «¡Señor!, me hallo muy viejo y tan agotado que no puedo sostenerme. Os suplico que eso lo mandéis más bien a alguno de estos jóvenes que aquí tengo». Y al decir estas palabras apuntó con el dedo a Bato. Por entonces no hubo más; vueltos su casa, no contaron ya con el oráculo, en parte por no saber hacia dónde caía la tal Libia, en parte por no atreverse a enviar una colonia a la aventura.

---

[225] Nombre que significa «oveja-lobo».

[226] Potencias vengadoras de los crímenes llevados a cabo en el seno de la familia: Edipo, que había matado a su padre, cayó en desgracia al descubrir que había desposado a su propia madre y había tenido hijos con ella. Asimismo, Edipo maldijo a sus hijos, quienes se dieron muerte mutuamente en el episodio mítico de los Siete contra Tebas.

[227] Literalmente, «sacrificio de cien bueyes», si bien se emplea en sentido figurado.

151. Después de este caso, durante siete años no llovió ni una gota en Tera, y cuantos árboles había en la isla, salvo uno solo, quedaron secos. Consultaron los tereos sobre esta calamidad al mismo Apolo, y la Pitia les respondió con el oráculo de enviar una colonia a Libia. Viendo que no cesaba el azote ni se les daba otro remedio, enviaron unos mensajeros a Creta con orden de informarse de si algún natural del país o habitante del mismo había ido a Libia. Yendo los enviados de ciudad en ciudad, llegaron a la de Itano, donde hallaron un mercader de púrpura llamado Corobio, quien les dijo que llevado de una tempestad, había llegado a Libia y tocado en una isla de ella llamada Platea. Haciendo al mercader una ventajosa oferta, se lo llevaron a Tera, de donde salieron en una nave unos exploradores de Libia que no fueron muchos al principio, quienes, gobernados por el piloto Corobio, llegaron a la isla Platea, donde habiendo dejado a su conductor con víveres para algunos meses, dieron prontamente la vuelta a Tera para llevar noticias a los suyos del descubrimiento de la nueva isla.

152. Se le iban acabando las provisiones a Corobio, porque los tereos dilataban la vuelta por más tiempo del que tenían pensado; pero entre tanto una nave samia, cuyo capitán era Coleo, fletada para Egipto, fue llevada por los temporales a la misma Platea. Los samios que llegaron a ella, informados por Corobio de todo lo sucedido, le proveyeron de víveres para un año, y levando anclas, deseosos de llegar a Egipto, partieron de la isla, por más que soplaba el viento de levante, el cual, como no quiso amainar, les obligó a pasar más allá de las columnas de Heracles, y llegar por su buena suerte a Tarteso. Era entonces Tarteso para los griegos un emporio virgen y reciente que acababan de descubrir[228]. Allí negociaron también con sus géneros, que ninguno les igualó jamás en la ganancia del viaje, al menos de aquellos de quienes puedo hablar con fundamento, exceptuando siempre a Sóstrato, natural de Egina, hijo de Laodamante, a quien nadie podía vencer en ganancias. Los samios, descontando el beneficio, que subió a seis talentos, hicieron con él un caldero de bronce a manera de crátera argólica; alrededor de él había unos grifos

---

[228] Cf. *Historia* 1.163.

mirándose unos a otros, y era sostenido por tres colosos puestos de rodillas, cada uno de siete codos de alto: fue erigido en el Hereo. La humanidad de los samios con Corobio fue el principio de la gran armonía que sucedió después entre cireneos y samios.

153. Pero volviendo a los exploradores tereos, cuando hubieron dejado en aquella isla a Corobio y vueltos a Tera, dieron razón de la isla de Libia hallada por ellos, y de la posesión que de ella habían tomado. Con esta noticia determinaron los tereos que se enviase allá una colonia, y que en los siete distritos de los que se componía Tera, uno de cada dos hermanos de cada familia entrase en el sorteo para acudir a ella, y que Bato fuese allí como su rey y conductor[229]. Así enviaron a Platea dos pentecónteros cargados de colonos.

154. Esto cuentan los tereos; en todo lo demás van conforme con los cireneos, los cuales solo difieren de los tereos en lo que respecta a Bato, pues nos refieren así la historia: hay, dicen, en Creta una ciudad llamada Oaxo, donde era rey Etearco, el cual, viudo ya, y teniendo en casa una hija de su primera mujer, por nombre Frónima, casó de segundas nupcias con otra. La nueva esposa dio muchas pruebas de que era realmente madrastra: no perdía ocasión de maltratar a Fronima y de maquinar contra ella cuanto podía, hasta el punto de dudar de su honor, e inducir al marido a creer que tenía en su hija una ramera. Engañado así el padre, tomó contra ella una extraña resolución. Había un natural de Tera y comerciante en Oaxo, por nombre Temisón, a quien Etearco, después de recibirle como huésped suyo, le hizo jurar por los fueros más sagrados de la hospitalidad que le concediese un favor que le quería pedir; y habiéndole aquel jurado que se lo haría, le presenta Etearco a su misma hija, y le manda que la arroje al mar. Quejoso Temisón de la mala fe de su huésped en arrancarle el juramento, y renunciando a la carta del hospedaje, tomó la determinación de embarcar consigo a la hija de Etearco, y estando en alta mar, para cumplir con la formalidad del juramento,

---

[229] La figura que en este pasaje representa Bato es la del *oikistés* o fundador de la colonia, persona que era escogida de entre los miembros de la aristocracia y que se encargaba de trazar las colonias, de supervisar la distribución de las tierras y de establecer las instituciones ciudadanas.

la echó al agua sostenida con unas cuerdas, y sacándola otra vez con las mismas, la llevó a Tera.

155. Allí un ciudadano ilustre entre los tereos, llamado Polimnesto, tomó a Fronima por concubina, y de ella tuvo a su tiempo un hijo de voz trabada y balbuciente, a quien se le dio el nombre de Bato, según dicen los cireneos, pero a lo que imagino se le daría algún otro nombre, pues no fue llamado Bato sino después de haber ido a Libia; nombre que se le dio tanto a causa del oráculo que en Delfos se lo profirió, como por la dignidad honrosa que después tuvo, acostumbrando los libios dar al rey el nombre de Bato. Este creo fue el motivo porque la Pitia en su oráculo le dio tal nombre, como que entendía la lengua libia, y sabía que él vendría a ser rey en Libia; pues es cierto que él, llegado a la mayoría de edad, había ido ya a Delfos a consultar el oráculo sobre el defecto de su lengua, y que a su consulta había respondido así la Pitia:

> Te trajo, ¡oh Bato!, aquí tu voz trabada;
> a poblar la Libia, madre de reses,
> Apolo manda que de jefe vayas.

A este oráculo repitió el consultante: «Mi amo y señor, aquí vine para pediros remedio de mi voz trabada, y vos me dais oráculos diferentes para mí imposibles, ordenándome que funde ciudades en Libia. ¿Qué medios y qué poder tengo yo para ello?». Por más que así respondió, no pudo lograr otra respuesta del oráculo; y viendo Bato que se le inculcaba siempre lo mismo de antes, dejando las cosas como estaban, regresó a Tera.

156. Mas como en adelante no solo a él, sino a los otros vecinos de Tera todo seguía saliéndoles mal, no pudiendo estos dar con la causa de tantas desgracias, enviaron a Delfos a saber cuál era el origen de semejante calamidad. La respuesta de la Pitia fue que, si fueran con Bato a fundar una colonia en Cirene de Libia, todo les iría mejor. Por esta respuesta resolvieron los tereos enviar allá a Bato con dos pentecónteros. Estos colonos aventureros, como no podían dejar de partir, se hicieron a la vela para ir en busca de Libia; pero vueltos atrás, regresaron a Tera. A su regreso les echaron de allí los tereos, sin dejarles arribar a tierra, mandándoles que otra vez emprendiesen la navegación[230]. Obligados a ello, emprendieron de nuevo su viaje, y poblaron cerca de Libia una isla, que según dije se llamaba Platea, y que pretenden no es mayor que la sola ciudad actual de Cirene.

157. Después de haberla habitado ya dos años y de ver que no por esto mejoraban sus asuntos, dejando en ella un hombre solo, partieron todos los demás para Delfos. Presentándose allí al oráculo, le propusieron que a pesar de ser ya moradores de Libia no por eso experimentaban alivio en sus calamidades. A lo que la Pitia respondió:

> Sin ir a Libia, que en ganado abunda,
> pretendes saber más acerca de ella
> que yo mismo, que allí a verla estuve:
> admírame, pues, tu gran talento.

Oída tal respuesta, viendo Bato que Apolo no los dejaría parar con su colonia si primero no acudían a fundarla en el mismo continente de Libia, se volvió a embarcar con su comitiva. Al regresar con los suyos a su isla, y tomado consigo al que allí dejaron, hicieron una población en un sitio de Libia llamado Aciris, situado enfrente de la isla, rodeado de hermosísimas colinas y bañado a un lado por un río.

158. Seis años enteros estuvieron en este paraje, pero llegado el séptimo, los mismos libios lograron de ellos que lo abandonasen, prometiendo transportarles a otro sitio mejor; y en efecto, les condujeron hacia poniente, pasando por la región más bella del universo, por la que a fin de que los griegos no supiesen dónde se encontraba ese paraje, tras calcular la duración de las jornadas y la distancia, los

---

[230] Una estela del siglo IV a. C. hallada en Cirene evoca el juramento que sus antepasados prestaron antes de partir en su empresa colonial. En ella se establece estas condiciones: «si no logran fundar el asentamiento, y los tereos no pueden ayudarlos, sino que se ven forzados a pasarlo mal cinco años, podrán volver sin miedo a Tera, retomar sus posesiones y su ciudadanía. Pero el que no quiera hacerse a la mar habiendo sido enviado por la ciudad, será condenado a muerte, y sus bienes confiscados. Y el que reciba o proteja a otro, incluso si es un padre a un hijo o un hermano a un hermano, sufrirá lo mismo que el que no quiera partir. Esas fueron las condiciones que acordaron los que se quedaban y los que salían para la fundación, y pronunciaron maldiciones contra los que transgredieran esos pactos y no los respetaran, tanto de los que habitaran en Libia como de los que se quedaran allí».

hicieron pasar por allí de noche. El nombre de ese lugar era Irasa. Habiéndoles, pues, llevado en cambio a una fuente que se dice ser de Apolo les dijeron: «Amigos griegos, aquí sí que estaréis bien; este lugar es un encanto; aquí vienen a caer las mismas cataratas del cielo».

159. Durante el tiempo de la vida de Bato, el conductor de la colonia, que reinó cuarenta años, y el de Arcesilao, su hijo, que reinó dieciséis, se mantuvieron allí los cireneos tantos en número cuantos al principio de la fundación habían sido a ella destinados. Pero en tiempo del tercer rey, llamado Bato el Feliz, la Pitia con sus oráculos movió a todos los griegos a navegar a Libia para incorporarse a la colonia de los cireneos, a la que les invitaban con la repartición de las posesiones y campos. El oráculo que profirió fue el siguiente:

> Quien al reparto de la fértil Libia
> tarde acuda, no poco ha de pesarle.

El efecto fue que se juntaron en Cirene muchos griegos; pero viendo los libios vecinos que se les iba cercenando mucho el terreno, y no pudiendo sufrir Adicrán, que este era el nombre de su rey, ni el perjuicio de verse privado de aquella comarca, ni la insolencia que con él usaban los cireneos, por medio de unos enviados a Egipto, se entregaron a sí mismos con todos sus bienes al rey de los egipcios, Apries. Juntó este un numeroso ejército de egipcios, y le hizo marchar a Cirene. Concurrieron armados los cireneos al lugar llamado Irasa y a la fuente Teste, donde llegando a las manos con los egipcios, quienes no sabiendo por experiencia qué tropa era la griega, la tenían en bajo concepto, les vencieron y derrotaron de manera que pocos pudieron volver sanos a Egipto, cuya pérdida fue la causa de que, irritados por ella los egipcios, se rebelasen contra Apries.

160. El mencionado Bato tuvo por hijo a Arcesilao, quien le sucedió en el mando, si bien desde el principio reinó entre él y sus hermanos la discordia y la sedición, hasta el punto de separarse estos y partir hacia otra parte de Libia. Allí, habiendo tomado acuerdo entre ellos, fundaron la ciudad que entonces llamaron Barca, como se llama todavía. No contentos con su rebelión, al tiempo que la fundaban hicieron que los libios se alzasen contra los cireneos. Arcesilao hizo después una expedición contra los libios, tanto los que habían aco-

gido a los rebeldes, como contra los que se le habían rebelado; pero estos, por miedo que de él tuvieron, dejando sus tierras, huyeron hacia los libios orientales. Les fue siguiendo Arcesilao, hasta que llegados los fugitivos a un lugar de Libia llamado Leucón, se resolvieron a cargar contra el enemigo. En la refriega fueron los libios tan superiores que allí quedaron muertos siete mil hoplitas cireneos. Después de esta desgracia, cayó enfermo Arcesilao, y estando en cama, y habiendo tomado una medicina, fue ahogado por su hermano Learco, a quien mató después a traición la viuda de Arcesilao, que tenía por nombre Erixo.

161. En vez de Arcesilao entró a reinar su hijo Bato, que era cojo y de pies contrahechos. Por razón del destrozo padecido en la guerra, los cireneos destinaron unos emisarios a Delfos para saber del oráculo de qué medio se podrían valer para poner en mejor estado su ciudad. Les mandó la Pitia que tomasen en Mantinea de Arcadia un legislador, para cuyo empleo, a petición de los cireneos, fue nombrado por los de Mantinea, Demonacte, el hombre de mayor crédito que había en la ciudad. Habiendo después pasado el nuevo visitador a Cirene, e informándose puntualmente de todo, hizo en ella dos innovaciones: la una fue distribuir en tres tribus a sus vecinos, señalando para el uno a los tereos con los periecos[231]; para el otro, a los peloponesios con los cretenses; para el tercero, a todos los demás isleños. La segunda fue pasar todos los derechos que habían tenido antes los reyes al pueblo, dejando al rey Bato la prerrogativa del sacerdocio y la inspección de los templos con sus ingresos.

162. Duró tal estado de cosas todo el tiempo que vivió Bato; pero en el de su hijo Arcesilao nació una gran contienda acerca de los puestos y magistraturas. Autor de ella fue dicho Arcesilao hijo de Bato el Cojo y de Feretima, el cual no quería obedecer lo ordenado por Demonacte de Mantinea, sino que pretendía recobrar todos los derechos de sus antepasados. El éxito de la sedición y discordia fue que, perdida por Arcesilao la batalla, hubo de escapar a Samos, y su madre a Salamina de Chipre. Era entonces señor de Salamina Eveltón, el que dedicó en Delfos aquel incensario tan digno de verse

---

[231] Literalmente, «los que habitan alrededor».

que se conserva allí en el tesoro de los corintios. Llegada a la corte de este, Feretima le pidió un ejército que le restituyese en Cirene: se esmeraba Eveltón en hacerle mil regalos, menos lo que ella le pedía; mas la princesa, al recibirlos, le decía que buenas eran aquellas dádivas y que mucho las agradecía, pero que fuera mejor, y que mucho más le agradecería, el favor del ejército que le había pedido; y esta es la arenga que a cada regalo repetía. Le regaló por último, Eveltón, un huso de oro y una rueca armada con su copo de lana, y como también entonces Feretima repitió las mismas palabras, le respondió aquel: «Con estos dijes se obsequia a una mujer y no con el mando de un ejército».

163. Por aquel mismo tiempo Arcesilao, refugiado en Samos, no hacía sino reclutar a cuantos podía, con la promesa de repartirles campos en Cirene. Recogido ya un gran ejército, se fue él mismo a Delfos a consultar aquel oráculo sobre su vuelta, a lo que respondió la Pitia: «Loxias[232] os da el reino en Cirene hasta el cuarto Bato y el cuarto Arcesilao por espacio de ocho generaciones; pero él mismo os exhorta a que no penséis en prolongarlo más allá. Vuélvete tú, y estate tranquilo en casa; y si acaso hallas el horno lleno de ánforas, no quieras cocerlas, antes déjalos muy enhorabuena. Pero si cocieras la hornada, no entres en la rodeada de agua; pues de no hacerlo así, morirás tú mismo, y contigo, el más bravo toro».

164. Este oráculo dio la Pitia a Arcesilao, quien llevando consigo las tropas que tenía en Samos, se fue a Cirene. Apoderado allí del mando, no se acordaba ya de la profecía de la Pitia, sino que procuraba vengarse de los que se le habían rebelado, obligándoles a la fuga. Algunos de sus contrarios, sin querer exponerse al peligro, se ausentaron del país; a algunos otros, caídos en manos de Arcesilao, se les envió a Chipre para que se les hiciese perecer, si bien quiso la fortuna que, habiendo llegado a Cnido, los cnidios les librasen de la muerte, y les enviasen a Tera; algunos otros, por fin, se refugiaron en una gran torre de un particular llamado Aglómaco, la cual mandó rodear de fajina Arcesilao y quemar vivos en ella a dichos cireneos. Cuando reflexionó después sobre lo hecho, y entendió lo que la Pi-

---

[232] El dios Apolo.

tia le decía en el oráculo, que si hallaba los cántaros en el horno no quisiese cocerlos, temiendo la muerte que se le había profetizado, e imaginando que Cirene era la rodeada de agua del oráculo, no quiso a propósito entrar más en la ciudad de los cireneos. Estaba casado con una parienta hija del rey de los barceos, llamada Alacir: se refugió, pues, en la corte de su suegro. Allí, algunos de los ciudadanos, junto con aquellos cireneos que vivían en ella desterrados, habiéndole acechado al tiempo que paseaba por la plaza, le asesinaron juntamente con su suegro. Así Arcesilao vino a encontrarse con su destino fatal, por haberse desviado intencionada o descuidadamente del aviso del oráculo.

165. En tanto que Arcesilao se detenía en Barca preparando su misma ruina, Feretima, su madre, cumplía con todas las funciones honrosas de gobernadora del reino en lugar de su hijo, acudiendo al despacho de los negocios y presidiendo el Consejo. Pero apenas supo que su hijo había sido asesinado en Barca, huyó sin más dilación a Egipto, a lo que la movieron los servicios que Arcesilao tenía hechos a Cambises, hijo de Ciro, habiendo sido el que puso a Cirene bajo la protección del persa, haciéndola tributaria. Llegada Feretima a Egipto, imploró la protección de Ariandes, suplicándole que la amparara y vengara de los rebeldes, valiéndose del pretexto de decir que por fiel a los medos había muerto su hijo.

166. Era Ariandes el gobernador de Egipto nombrado por Cambises, y andando el tiempo quiso enfrentarse a Darío, temeridad que pagó con la cabeza; pues habiendo oído y visto que Darío quería dejar de sí una memoria sin igual que ningún otro monarca hubiese dejado antes, quiso Ariandes imitarle por su parte, hasta que por esta competencia llevó su merecido. Acuñó Darío una moneda del oro más puro y acendrado que darse pudiese[233]; y Ariandes, el gobernador de Egipto, hizo otro tanto en una moneda de plata finísima que mandó batir, de donde aún ahora no hay plata más acendrada y pura que la ariándica. Informado Darío de lo que hacía Ariandes, con el pretexto de que se le había sublevado, le hizo morir.

---

[233] El nombre de esta moneda era darico.

167. Lleno por aquel entonces Ariandes de compasión por Feretima, le dio en su socorro toda la armada de Egipto, tanto la de tierra
como la de mar, señalando como general de tierra a Amasis, nacido
en Marafio, y de mar, a Badres, que era de la tribu de los pasargadas.
Pero antes de hacer partir el ejército, envió Ariandes a Barca un heraldo que preguntase quién había sido el que mató a Arcesilao, a lo
que respondieron los barceos que todos a un tiempo le habían dado
la muerte por haber recibido de él muchas injurias. Con tal respuesta,
se acabó Ariandes de decidir y envió todo su ejército junto con Feretima. Tal era el pretexto que se hacía valer para aquella expedición;
pero por lo que deduzco, el motivo verdadero no era sino el deseo de
conquistar a los de Libia; porque siendo muchas y varias las naciones
de los libios, muy pocas eran las que entre ellas obedecían al persa,
y la mayor parte en nada contaban con Darío.

168. Explicaré la situación de los libios, comenzando desde Egipto. Los primeros vecinos de este reino son los adirmáquidas, que
tienen sus propias leyes y costumbres, aunque por lo general son las
mismas que las de Egipto. En el vestido siguen el traje de los otros
libios; sus mujeres llevan en una y otra pierna ajorcas de cobre, y los
piojos que atrapan al peinarse los muerden en seguida, y vengadas
así de sus picaduras, los arrojan, cosa que solo se hace en esta nación.
Son los únicos asimismo entre los libios que presentan al rey todas las
doncellas que está para casarse, y si alguna le agrada, él es el primero
en poseerla. Estos adirmáquidas se extienden desde Egipto hasta el
puerto que llaman Plino.

169. Confinan con estos los giligamas, situados hacia poniente,
hasta la isla Afrodisíade. Dividiendo a este país está la isla Platea,
que poblaron los cireneos. En su continente se halla el puerto de
Menelao y también la región de Aciris, en que los cireneos habitaban. Allí comienza a aparecer el silfio, que desde la isla de Platea se
extiende hasta la boca de la Sirte. El modo de vivir de estos pueblos
es el mismo que el de los primeros.

170. Por la parte de poniente, los asbistas confinan con los giligamas; están al sur de Cirene, y no llegan hasta el mar, cuya costa ocupan
los cireneos. Son entre los libios los más aficionados a conducir una
carroza de dos tiros. En sus usos y modales imitan a los de Cirene.

171. Siguiendo hacia poniente, tras los asbistas vienen los ausquisas, que caen sobre Barca y confinan con el mar cerca de las Evespérides. En medio de la región de los ausquisas viven los bácales, nación poco populosa, los cuales lindan con el mar, cerca de una ciudad de los barceos llamada Tauquira. Su modo de vivir es el mismo que usan los pueblos que están al sur de Cirene.

172. Los nasamones, nación muy numerosa, son los vecinos de los ausquisas, tirando hacia poniente. Dejando en verano sus ganados a orillas del mar, suben a un territorio que llaman Augila para recoger la cosecha de los dátiles, pues allí hay muy grandes palmas y todas fructíferas. Van a cazar langostas, que muelen después de secas al sol, y mezclando aquella harina con leche, se la beben. Es allí costumbre que cada uno tenga muchas mujeres, haciendo que la unión con ellas sea común a todos, pues, del mismo modo que los maságetas, plantando delante de la casa su bastón están con la que quieren. Acostumbran además a que, cuando un nasamón se casa la primera vez, todos los invitados a la boda se unan aquella primera noche a la novia, y que cada uno de los que se unan a ella le regalen algún presente traído de su casa. En su modo de jurar y adivinar, juran por aquellos hombres que pasan entre ellos por los más justos y mejores de todos, y en el acto mismo de jurar tocan sus sepulcros; adivinan yendo a las sepulturas de sus antepasados, donde después de hechas sus imploraciones, se ponen a dormir, y se gobiernan por lo que allí ven entre sueños. En sus contratos y promesas usan de la ceremonia de dar el uno de beber al otro con su mano, y bebiendo mutuamente de él, y si no tienen a punto cosa que beber, tomando del suelo un poco de polvo, lo lamen.

173. Con los nasamones confinan los psilos, aunque todos ellos perecieron: el viento del sur fue absorbiendo toda el agua y secando los manantiales, balsas y charcos del país, que estando todo entre las Sirtes, era muy pobre de agua. Resolvieron los psilos de común acuerdo hacer una expedición contra su enemigo, el viento: si ello fue así o no, no me meto en averiguarlo; solo soy eco de los libios. Habiendo, pues, llegado a los desiertos arenales, el viento del sur soplando los sepultó allí a todos, y su región la poseen ahora los nasamones, después de tal fatal ruina.

174. Los garamantes son los que hacia el sur estaban sobre los psilos, en un país agreste y lleno de fieras; son rudos e insociables; huyendo la comunicación con cualquier hombre; ni tienen armas marciales, ni saben atacar a los otros, ni defenderse a sí mismos. Viven, como dije, más allá de los nasamones.

175. Pero hacia poniente, siguiendo la costa del mar, los que vienen después son los macas, los cuales se cortan el pelo de manera que, rapándose a navaja la cabeza de una y otra parte, se dejan crecer un penacho en la coronilla. En la guerra llevan para su defensa unos escudos hechos de piel de avestruz.

176. El río Cínipe, bajando de la colina que llaman de las Gracias, pasa por su país y desagua en el mar. Dicha colina es un montecillo poblado de espesos árboles, al paso que las otras tierras de Libia de que acabo de hablar están del todo rasas; y desde él hay al mar doscientos estadios.

177. Vecinos de los macas son los gindanes, cuyas mujeres llevan cerca de los tobillos sus ajorcas de pieles, y las llevan, según se dice, porque por cada hombre que se una a ellas se atan en sus piernas la señal indicada, y la que más ajorcas ciñe esa es la más celebrada por haber tenido más amantes.

178. La parte marítima de dichos gindanes es habitada por los lotófagos[234], hombres que se alimentan solo con el fruto del loto, fruto del tamaño de los granos del lentisco, pero en lo dulce del gusto parecido al dátil de la palma: de él sacan su vino los lotófagos. Por las orillas del mar siguen a los lotófagos los maclies, que comen también el loto, si bien no hacen tanto uso de él como los primeros. Se extienden hasta el Tritón, que es un gran río que desagua en la laguna Tritónide, donde hay una isla llamada Fla, la cual dicen que los lacedemonios, según un oráculo, deben poblarla.

179. Corre asimismo la siguiente tradición: después de que Jasón hubo construido su nave Argo en la base del monte Pelio, embarcó en ella una hecatombe y un trípode de bronce, y queriendo ir a

---

[234] Pueblo fabuloso de «comedores de loto» que protagonizan una de las aventuras de Ulises (cf. *Odisea* 9.82-104). Quienes probaban este alimento perdían su voluntad de regreso al hogar.

Delfos, daba la vuelta alrededor del Peloponeso; pero al llegar con su nave cerca de Malea, se levantó un viento del norte que le llevó a Libia. No había aún descubierto tierra, cuando se vio metido en los bajíos de la laguna Tritónide. Allí, como no hallase camino ni medio para salir, se dice que apareciéndole Tritón, le pidió que le diese aquel trípode, prometiéndole en pago decirle dónde estaba la salida y sacarle sin pérdida alguna. Concertado el trato, Jasón logró por este medio que Tritón le mostrase por dónde salir de entre aquellos bancos de arena. El mismo Tritón, habiendo puesto aquel trípode en su templo, comenzó desde allí a profetizar y declarar a Jasón y a sus compañeros un gran misterio, a saber: que era una disposición totalmente inevitable del hado que cuando alguno de los descendientes de aquellos Argonautas se llevase el trípode, habría alrededor de la laguna Tritónide cien ciudades griegas. Llegado el oráculo a oídos de los naturales de Libia, fue ocasión para que escondiesen el trípode.

180. Son fronterizos de los maclies los auseos, pues ambos habitaban en las orillas de la laguna Tritónide, divididos entre sí por el río Tritón. Los maclies se dejan crecer el pelo en la parte posterior de la cabeza, y los auseos en la parte anterior de ella. Las doncellas del país hacen todos los años una fiesta a Atenea, en la cual, repartidas en dos bandas, hacen sus escaramuzas a pedradas y a garrotazos, y dicen que practican aquellas ceremonias, propias de su nación, en honra de aquella diosa —su paisana— a la cual llamamos Atenea. Creen que las doncellas que mueren de aquellas heridas no eran tales, y así las llaman las falsas vírgenes. Antes de dar fin a aquel combate, cogen siempre a la doncella que por votos de todas se ha portado mejor en el encuentro; la arman con un casco corintio y con una panoplia griega, y puesta encima de un carro, la llevan en triunfo alrededor de la laguna. Ignoro con qué armadura adornaban a sus doncellas antes de tener por vecinos a los griegos, si bien me inclino a pensar que con la armadura egipcia, pues creo y digo que los griegos tomaron de los egipcios el yelmo y el escudo. Por lo que toca a Atenea, dicen ellos que fue hija de Poseidón y de la laguna Tritónide, pero que enojada por cierto motivo contra su padre, se entregó a Zeus, el cual se la apropió por hija: así lo cuentan al menos. Estos pueblos, sin cohabitar particularmente con sus mujeres, yacen no solo promiscuamente con todas, sino que se juntan con ellas en público, como

suelen hacerlo las bestias. Después que los niños han crecido algo en poder de sus madres, se juntan en un lugar los hombres cada tercer mes, y allí se dice que tal niño es hijo de aquel a quien más se asemeja.

181. Estos de que hemos hablado son los libios nómadas de la costa del mar. La Libia interior es una región llena de animales fieros. Pasada esta tierra, al sur, hay una cordillera o loma de arenales que sigue desde la ciudad de Tebas de Egipto hasta las columnas de Heracles, en la cual se hallan, mayormente en las diez primeras jornadas, unos grandes terrenos de sal que están en unos cerros. En la cima de cada cerro brotan de la sal unos surtidores de agua fría y dulce; cerca de la cual habitan unos hombres, que son los últimos hacia aquellos desiertos, situados más allá de la región de las fieras. A diez jornadas de Tebas se hallan primero los amonios, que a imitación de Zeus Tebano tienen un templo de Zeus Caricarnero, pues, como ya he dicho antes[235], la estatua de Zeus que hay en Tebas tiene el rostro de carnero. Hay allí una fuente cuya agua por la madrugada está tibia; dos horas antes del mediodía está algo fría; a mediodía, helada, regando entonces los huertos; desde mediodía abajo va perdiendo su frialdad, tanto que al ponerse el sol ya está tibia, y desde aquel punto se va calentando hasta acercarse la medianoche, en cuya hora hierve a borbotones; pero al bajar la medianoche, gradualmente se enfría hasta la aurora siguiente. Esta agua lleva el nombre de Fuente del Sol.

182. Más allá de los amonios, a diez días de camino siguiendo la loma de arena, aparece otra colina de sal semejante a la de aquellos, donde hay la misma agua, con habitantes que la rodean. Se llama Augila, y allí suelen ir los nasamones a hacer su cosecha de dátiles.

183. Desde Augila, después de un viaje de diez jornadas, se encuentra otra colina de sal con agua y con muchas palmas frutales, como lo son las otras, y con hombres que viven en aquel cerro, que se llaman garamantes, nación muy populosa, quienes para sembrar los campos cubren la sal con una capa de tierra. Cortísima es la distancia desde ellos a los lotófagos, pero desde allí hay un viaje de treinta días hasta llegar a aquellos pueblos, donde los bueyes van paciendo hacia atrás, porque teniendo las astas retorcidas hacia delante, van

---

[235] Cf. *Historia* 2.42.

al parecer retrocediendo paso a paso, pues si fueran avanzando, no podrían comer, porque darían primero con las astas en el suelo; fuera de lo dicho y de tener el cuero más recio y liso, en nada se diferencia de los demás bueyes. Van dichos garamantes a caza de los etíopes trogloditas, montados en un carro de cuatro caballos, lo cual se hace preciso por ser estos etíopes los hombres más ligeros de pies de cuantos hayamos oído hablar. Comen los trogloditas serpientes, lagartos y otros reptiles semejantes; tienen un idioma a ningún otro parecido, aunque puede decirse que en vez de hablar, chillan, a manera de murciélagos.

184. Más allá de los garamantes, a distancia también de diez jornadas de camino, se ve otro cerro de sal, otra agua y otros hombres que viven en aquellos alrededores, a quienes dan el nombre de atarantes; son los hombres más anónimos que yo conozco, pues si bien a todos en general se les da el nombre de atarantes, cada uno de por sí no lleva en particular nombre propio alguno. Cuando va saliendo el sol, le cargan de las más crueles maldiciones e improperios, porque es tan ardiente allí, que abrasa los hombres y sus campiñas. Tirando adelante otras diez jornadas, se hallará otra colina de sal y en ella su agua; cerca del agua hay gente que allí vive. Con esta cordillera de sal está pegado un monte que tiene por nombre Atlas, monte estrecho, por todas partes redondo, y a lo que se dice tan elevado, que no alcanza la vista a su cumbre por estar en verano, como en invierno, siempre cubierta de nubes. Dicen los naturales, que su monte es la columna del cielo; de él toman el nombre sus vecinos llamados atlantes, de quienes se cuenta que ni comen seres vivos, ni sueñan jamás cuando duermen.

185. Hasta dichos atlantes llegan mis noticias para poder dar los nombres de las naciones que viven en la cordillera de sal; pero de ahí no pasan, si bien se extiende la loma hasta las columnas de Heracles, y aún más allá. Hay en esta cordillera cierta mina de sal tan dilatada, que tiene diez días de camino; y en ella viven unos hombres cuyas casas son hechas generalmente de grupos o piedras de sal. Ni hay que admirarlo, pues por aquella parte de Libia no llueve jamás; que si lloviera, no pudieran resistir aquellas paredes salinas. De aquellas minas se saca sal, tanto de color blanco como de color encarnado. Más allá de la referida loma, para quien va hacia el sur tierra adentro de Libia, el país es un desierto, un erial sin agua, un páramo sin fiera viviente, sin lluvia del cielo, sin árbol ninguno, sin humedad ni jugo.

186. Así que, desde el Egipto hasta la laguna Tritónide, los libios que allí viven son nómadas o pastores, que comen carne y beben leche, si bien se abstienen de comer vaca, siguiendo en esto a los egipcios; los cerdos, ni los crían ni los comen. Aun las mujeres de Cirene tienen también escrúpulo de comer carne de vaca por respeto a la diosa Isis de Egipto, en cuyo honor hacen ayunos y fiestas, pero aún hacen más las mujeres de Barca, que ni vaca ni cerdo comen.

187. Más allá de la laguna Tritónide, hacia poniente, ni son ya pastores los libios, ni siguen los mismos usos, ni practican con los niños lo que suelen los nómadas; estos (si no todos, pues no me atrevo a decirlo absolutamente, por lo menos muchísimos de ellos), cuando sus niños llegan a la edad de cuatro años, toman un copo de lana sucia y con ella les van quemando y secando las venas en la coronilla, y algunos asimismo las de las sienes: el fin que pretenden es impedir que en toda la vida no les molesten las congestiones que suelen bajar de la cabeza, y a esto atribuyen la completa salud de que gozan. Y a decir verdad, son los libios los hombres más sanos que yo sepa; esto afirmo, pero sin atribuirlo a la causa referida. Si sucede que en el momento de hacer la operación del fuego les dan convulsiones a los niños, tienen a mano un remedio eficaz, a saber: echan sobre ellos la orina de un macho cabrío y ya están sanos; de lo cual tampoco salgo fiador, sino que cuento simplemente lo que dicen.

188. Los nómadas en Libia hacen del siguiente modo sus sacrificios: ante todo, cortan como primicia del sacrificio la oreja de la víctima y la arrojan sobre su casa; después de esta ceremonia le hacen volver hacia atrás la cerviz. El sol y la luna son las únicas deidades a quienes ofrecen sacrificio todos los libios, aunque los que viven en los contornos de la laguna Tritónide rinden sacrificios también a Atenea con mucha frecuencia, y en segundo lugar a Tritón y a Poseidón.

189. Parece, sin duda, que los griegos tomaron de las mujeres libias, tanto el traje y vestido en las estatuas de Atenea como también las égidas[236], pues el traje de aquella es enteramente el mismo que el de Atenea, solo que su vestido es de badana, y las franjas que llevan en sus égidas no son unas figuras de serpientes, sino unas correas a modo de borlas. Aún más, el nombre mismo de égida dice que de Libia vino el traje de nuestros paladios[237], pues las libias acostumbran a ponerse encima de su vestido unas egeas[238] adobadas, teñidas de colorado con franjas, de suerte que los griegos del nombre de estas egeas formaron el de égidas. Soy asimismo de opinión de que el griterío acostumbrado en los sacrificios griegos tuvo su origen en Libia, donde es muy frecuente entre las libias, que son excelentes plañideras. Del mismo modo los griegos aprendieron de los libios el tiro de cuatro caballos en la carroza.

190. En los entierros siguen los nómadas las ceremonias que los griegos, aunque deben exceptuarse los nasamones, pues estos entierran sentado el cadáver, y a este fin observan al enfermo cuando va a morir, y lo sientan entonces en la cama, para que no expire boca arriba. Son las casas de los nómadas unas cabañas hechas de varillas de gamón entretejidas con juncos; casas para ser trasladadas de un lugar a otro. Tales son sus usos en resumen.

191. Por la parte de poniente del río Tritón confinan con los auseos otros pueblos de Libia, de profesión labradores, que llevan el nombre de maxies, y acostumbran a levantar sus casas con regularidad. Se dejan crecer el pelo en la parte derecha de la cabeza, y se lo cortan en la izquierda; se pintan el cuerpo de bermellón y pretenden ser descendientes de los troyanos. Esta región de Libia, como también lo restante de ella hacia poniente, es mucho más abundante en fieras y bosques que la de los nómadas, puesto que la parte oriental de Libia, que estos habitan, es una tierra baja y arenosa hasta llegar al río Tritón; pero la que desde este río se extendía hacia poniente, que es la parte que habitan los libios labradores, es ya un país en extremo

---

[236] La égida (literalmente, «piel de cabra») es uno de los atributos de Atenea, junto al casco y la lanza. Las descripciones que Homero hace de ella no determinan con claridad cuál es su forma, si bien parece tratarse de una suerte de coraza o escudo sobre el que aparece el rostro de la Gorgona y otras representaciones del terror.
[237] Estatuas protectoras de Palas Atenea.
[238] Pieles de cabra.

montañoso, y muy poblado de árboles y de fieras. Hay allí serpientes de enorme grandeza; también leones, elefantes, osos y áspides. Se ven allí asnos con astas; se ven hombres con cabeza de perro, y otros, si creemos lo que nos cuentan, acéfalos, de quienes se dice que tienen los ojos en el pecho, y otros hombres salvajes, tanto machos como hembras; se ven, en fin, muchas otras fieras reales y no fingidas.

192. Pero ninguna de las que acabo de decir se cría entre los nómadas, aunque se hallan entre ellos otras castas de animales, los pigargos[239], las gacelas, los búbalos, los asnos, que no beben jamás, pero no los asnos cornudos, los origes, de cuyas astas hacen los fenicios sus liras, siendo estos animales de tamaño de un buey; las vulpejas, las hienas, los puercoespines, los carneros salvajes, los dicties, los chacales, las panteras, los bories, los cocodrilos terrestres de tres codos de largo muy parecidos a los lagartos, las avestruces y unas serpientes pequeñas cada una con su cuernecillo. Estos son los animales propios de dicho país, donde hay asimismo los que producen los otros, a excepción del ciervo y del jabalí, pues ni de uno ni de otro se halla raza en Libia. Se ven allí tres especies de ratones; unos se llaman bípedos; otros *zégueries*, palabra libia que equivale a collados; los terceros erizados. Se crían también en el silfio unas comadrejas muy semejantes a las de Tarteso. Esta es, según he podido alcanzar con mis informaciones más diligentes y prolijas, la suma de los animales que cría la región de los nómadas en Libia.

193. Con los maxies limitan los záveces, cuyas mujeres sirven de conductoras a sus maridos en los carros de guerra.

194. Con estos confinan los gizantes, en cuyo país, además de la gran cantidad de miel que hacen las abejas, es fama que los hombres la consiguen aún en mayor abundancia de forma artificial. Todos los gizantes se embadurnan de minio. Comen la carne de los monos, de los cuales hay en aquellos montes grandísimas cantidades.

195. Cerca del país de dichos gizantes, según cuentan los cartagineses, está la isla Círavis, de doscientos estadios de largo, pero muy angosta, a la cual se puede pasar desde el continente. Muchos olivos hay en ella y muchas vides, y se halla en la misma una laguna tal, que

---

[239] Antílopes.

de su fondo sacan pepitas de oro las muchachas del país, pescándolos y recogiéndolas con plumas de ave untadas con pez. No salgo fiador de la verdad de lo que se dice, solamente lo refiero; aunque puede muy bien suceder, pues yo mismo he visto cómo en Zacinto se saca del agua la pez en cierta laguna. Hay, pues, una laguna entre otras muchas de Zacinto, y la mayor de todas, que cuenta por todas partes setenta pies de extensión, y tiene de hondo hasta dos orgias: dentro de ella meten un chuzo, a cuya punta va atado un ramo de arrayán; se pega al ramo la pez, la cual sacada así huele a betún, y en todo lo demás aventaja a la pez de Pieria. Al lado de la laguna abren un hoyo, donde van derramando la pez, que, recogida en gran cantidad, sacan del hoyo y la ponen en unas ánforas. Todo lo que cae en esta laguna va al cabo pasando por debajo de tierra a salir al mar, distante de ella cosa de cuatro estadios. Esto digo para que se vea que no resulta disparatado lo que se cuenta de la isla que hay en Libia.

196. Otra historia nos refieren los cartagineses acerca de que en Libia, más allá de las columnas de Heracles, hay cierto paraje poblado de gente donde suelen ellos llegar y sacar a la tierra sus géneros, y luego dejarlos a orillas del mar, embarcarse de nuevo, y desde sus barcos dar con humo la señal de su llegada. Apenas lo ve la gente del país, cuando llegados a la ribera dejan al lado de los géneros el oro, apartándose otra vez tierra adentro. Luego, saltando a tierra los cartagineses hacia el oro, si les parece que el mismo es el precio justo de sus mercancías, se lo llevan, se retiran y marchan; pero si no les parece bastante, embarcados otra vez se sientan en sus naves; al ver esto los naturales vuelven a añadir oro hasta que sus aumentos les llegan a contentar, pues sabido es que ni los unos tocan el oro hasta llegar al precio justo de sus cargas, ni los otros las tocan hasta que les lleven el oro.

197. Estas son, pues, las naciones de Libia que puedo nombrar, muchas de las cuales ni se cuidaban entonces ni se cuidan ahora del gran rey de los medos. Algo más me atrevo a decir de aquel país: que las naciones que lo habitan son cuatro y no más, según tengo entendido; dos originarias del país, y dos que no lo son; originarios son los libios y los etíopes, situados aquellos en la parte de Libia que mira al norte, estos en la que mira al sur; las otras dos naciones, la de los fenicios y la de los griegos, vienen de fuera.

198. Por lo que toca a la calidad del terreno, no me parece que pueda compararse Libia ni con Asia ni con Europa, salvo una región que lleva el nombre de su río Cínipe, pues esta ni cede a ninguna de las mejores tierras en cuanto al fruto de Deméter, ni es en nada parecida a lo restante de Libia; es un terruño negro, regado por medio de sus fuentes, no expuesto a sequías, ni con demasiada agua, si bien en aquel paraje de Libia llueve a menudo; y en cuanto al producto, da por cada uno, tanto como la campiña de Babilonia. Y por más que sea feraz la tierra que cultivan allí los evesperitas, la cual cuando acierta la cosecha llega a rendir ciento por uno, no iguala con todo a la comarca de Cínipe, que puede dar trescientos por uno.

199. La región de Cirene, que es la tierra más elevada que hay en la parte de Libia poseída por los nómadas, logra todos los años tres estaciones muy dignas de admiración, pues viene primero la cosecha de los frutos cercanos a la costa, que piden ser antes que los demás segados y vendimiados: acabados de recoger estos tempranos frutos, están ya sazonados y a punto de ser cogidos los de las campiñas o colinas, como dicen, que caen en medio del país; y al concluir esta segunda cosecha, los frutos de la tierra más alta han madurado ya y piden ser cogidos, de suerte que al acabarse de comer o beber la primera cosecha del año, es justamente cuando se recoge la última; con lo cual se ve que los cireneos siegan durante ocho meses. Bastará lo dicho sobre este punto.

200. Y volviendo por fin a los persas, los vengadores de Feretima saliendo de Egipto por orden de Ariandes, pusieron sitio a Barca, pidiendo luego que llegaron se les entregasen los autores de la muerte de Arcesilao, demanda a que los sitiados, que habían sido comúnmente cómplices en aquel homicidio, no querían consentir. Nueve meses duraba ya el asedio de la plaza, en cuyo espacio hicieron los persas minas subterráneas hasta las mismas murallas, asaltando varias veces la fortaleza, todos muy vivos y obstinados. Iba descubriendo las galerías un herrero que se valía para dar con ellas de un escudo de bronce, que iba pasando y aplicando por la parte interior del muro: el escudo aplicado desde el suelo no solía resonar, pero cuando daba sobre un lugar minado por los enemigos, correspondía el bronce con su sonido a los golpes internos de los minadores; y entonces estaban perdidos los persas, a quienes con una contramina mataban los barceos en las entrañas de la tierra. Hallado este remedio contra las minas, se valían los barceos de su valor para rebatir sus asaltos.

201. Mucho después del asedio y muertos bastantes de una y otra parte, y no menor número de persas que de barceos, Amasis, el general del ejército, acude a cierto ardid persuadido de que no podría ver rendida la plaza mediante la fuerza, sino con engaño y astucia. Manda, pues, abrir de noche una hoya muy ancha, encima de la cual coloca unos maderos de poca resistencia, y sobre ellos pone una capa de tierra en la superficie, procurando igualarla por encima con lo demás del campo. Apenas amanece otro día, cuando Amasis invita por su parte a los barceos a una conferencia, y los barceos por la suya, como quienes deseaban mucho la paz, la aceptan gustosísimos. Entran, pues, a capitular estando encima de la hoya disimulada y discurren de esta manera: se atendrían a lo pactado y jurado mientras aquel suelo donde se hallaban fuese el mismo que era; que los barceos se obligaban a satisfacer al rey pagando lo que fuese justo en razón, y los persas a no innovar nada contra los barceos. Viendo estos firmadas así las paces y llenos de confianza en virtud de ellas, abiertas de buena fe las puertas de par en par, no solo salían con ansia fuera de la ciudad, sino que permitían también a los persas acercarse a sus murallas. Se valen los persas de la ocasión y, derribando repentinamente aquel tablado falaz y oculto, corren dentro de la plaza y hacia los muros, de los que se apoderan. Les incitó a arruinar dicho suelo de tablas la curiosa calumnia y pretexto de poder decir que no faltaban a la fe del tratado, por cuanto habían concertado con los barceos que las paces durasen todo el tiempo que durase aquel suelo que había al capitular, pero que arruinado y roto el tablado ya no les obligaba tratado de paz ninguno.

202. Feretima, a cuya disposición y arbitrio dejaron los persas la ciudad, no contenta con empalar alrededor de los muros a los barceos que más culpables habían sido en la muerte de Arcesilao, hizo aún que, cortados los pechos de las mujeres, fuesen clavados de trecho en trecho. Quiso además que en el botín se llevasen los persas como esclavos a los demás barceos, exceptuando a los Batíadas todos y a los que en dicho asesinato no habían tenido parte alguna, a quienes ella encargó la ciudad.

203. Al retirarse los persas con sus esclavos los barceos, llegados de vuelta a la ciudad de Cirene, los moradores, para cumplir con cierto oráculo, dieron paso por medio de ella a las tropas egipcias. Badres, el general de la armada, era de parecer que al pasar se alzasen con aquella plaza, pero no pensaba así Amasis, general del ejército, dando por razón que había sido únicamente enviado contra Barca y no contra alguna colonia griega. Con todo, después que pasó el ejército y acampó en el collado de Zeus Liceo, arrepentidos los persas de no haberse aprovechado de la ocasión, procuraron, entrando de nuevo en la plaza, apoderarse de ella, pero no se lo permitieron los de Cirene. De repente, y como algo muy extraño, se apoderó de los persas, contra quienes nadie tomaba las armas, un miedo tal y tan grande, que les hizo huir por espacio de sesenta estadios antes de atreverse a plantar sus tiendas. Al cabo, después que allí acampó el ejército, le llegó un correo de parte de Ariandes con orden de que se le presentaran; para cuya vuelta, provistos los persas de víveres, que a su ruego les suministraron los cireneos, continuaron sus marchas hacia Egipto. Durante aquel viaje, lo mismo era quedarse algún persa fuera de la retaguardia, que caer sobre él los libios y quitarle la vida para despojarle de su vestido y apoderarse del bagaje; persecución que duró hasta que alcanzaron Egipto.

204. Este fue el ejército persa que se internó más en Libia, habiendo sido el único que llegó hasta Evespérides. Los prisioneros barceos, traídos como esclavos a Egipto, fueron desde allí enviados al rey Darío, quien les dio un lugar después para su establecimiento de la región de Bactria. Dieron ellos a su colonia el nombre de Barca, población que hasta hoy día subsiste en Bactria.

205. Pero Feretima no tuvo la dicha de morir bien, pues vengada ya, salida de Libia, y refugiada en Egipto, enfermó pronto, de manera que, hirviéndole el cuerpo en gusanos y comida viva por ellos, acabó mala y desastrosamente sus días, como si los dioses quisieran hacer ver a los hombres con aquel horroroso escarmiento cuán odioso les es el exceso y furor en las venganzas. De tal modo se vengó de los barceos Feretima, la esposa de Bato.

LIBRO QUINTO

TERPSÍCORE

Campañas de Darío en Europa (1-27)

Megabazo en Tracia (1-2). Costumbres tracias (3-10). Darío en Sardes y deportación de los peonios (11-16). Misión persa en Macedonia y asesinato de sus embajadores (17-22). Darío regresa a Susa y Ótanes queda al frente de la campaña (23-27).

La revuelta jonia (28-126)

Antecedentes de la revuelta: la cuestión de Naxos y las intrigas de Aristágoras (28-38). Aristágoras acude a Grecia en busca del apoyo del rey espartano Cleómenes (39-54). Historia de Atenas al hilo de la llegada de Aristágoras a la ciudad en busca de ayuda: fin de la tiranía en Atenas con los tiranicidas (55-65); orígenes del alfabeto griego; las reformas de Clístenes (66-69); Iságoras, ayudado por el rey espartano Cleómenes, fracasa en su oposición a Clístenes (70-73); intento de invadir el Ática por parte de Esparta y sus aliados (74-78); enemistad entre Atenas y Egina (79-89); intento de Esparta por restaurar a Hipias como tirano de Atenas (90-93); Hipias en Sigeo (94-96). La revuelta jonia: Atenas decide apoyar la sublevación jonia (97); expedición de los jonios contra Sardes que desemboca en la conquista e incendio de la ciudad (98-101); derrota griega en Éfeso, extensión de la revuelta y partida de los atenienses (102-104); Darío jura vengarse de Atenas (105); Caria, Chipre y las ciudades del Helesponto son sometidas (106-123); muerte de Aristágoras (124-126).

Campañas de Darío en Europa

1. Los primeros a quienes dominaron las tropas persas instaladas por Darío en Europa, al mando de su general Megabazo, fueron los perintios, que rehusaban ser súbditos del persa y que antes habían ya tenido mucho que sufrir de los peonios, habiendo sido por estos completamente vencidos en la siguiente ocasión: como los peonios, situados más allá del río Estrimón, habían recibido un oráculo de no sé qué dios, en que se les prevenía que hicieran una expedición contra los de Perinto y que en ella les acometieran en caso de que estos, acampados, les desafiaran a voz en grito, pero que no les atacaran mientras los enemigos no les insultasen gritando, ejecutaron puntualmente lo prevenido; pues atrincherados los perintios en los arrabales de su ciudad, teniendo enfrente el campo de los peonios, se hicieron entre ellos y sus enemigos tres desafíos de hombre contra hombre, de caballo contra caballo y de perro contra perro. Salieron vencedores los perintios en los dos primeros, y al mismo tiempo que alegres y ufanos cantaban victoria con un peán[240], se les ocurrió a los peonios que aquella debía ser la voz de triunfo del oráculo, y diciéndose unos a otros: «El oráculo se nos cumple; esta es la ocasión: acometámosles», atacaron a los enemigos en el acto mismo de cantar el peán, y salieron tan triunfantes de la refriega que pocos perintios pudieron escapar con vida.

2. Y aunque ya habían experimentado tal destrozo de parte de los peonios, no por eso dejaron de mostrarse después celosos y bravos defensores de su independencia contra el persa, quien al cabo los oprimió con la superioridad de su tropa. Una vez que Megabazo hubo ya dominado Perinto, iba al frente de sus tropas corriendo la Tracia, sometiendo todas las gentes y ciudades que en ella había y haciéndolas dóciles al yugo del persa, en cumplimiento de las órdenes de Darío, que le había encargado su conquista.

3. Los tracios de los que voy a hablar son el pueblo más grande y numeroso de cuantos hay en el orbe, excepto solamente el de los indios, de suerte que si todo él fuese gobernado por uno, o procediese

---

[240] Himno a Apolo, que recibe el sobrenombre de Peán («sanador»).

unido en sus relaciones, sería capaz de vencer por la superioridad de sus fuerzas a todos los demás pueblos; sin embargo, como esta unión de sus fuerzas les es no difícil, sino de todo punto imposible, viene a ser un pueblo débil y desvalido. Por más que cada uno de las gentes de las que se compone ese pueblo tenga sus propios nombres en sus respectivos distritos, tienen, sin embargo, las mismas leyes y costumbres, salvo los getas, los trausos y los que moran más allá de los crestoneos.

4. Llevo dicho de antemano qué modo de vivir siguen los getas, que se creen inmortales. Los trausos, si bien imitan en todo las costumbres de los demás tracios, practican, no obstante, sus usos particulares en el nacimiento y en la muerte de los suyos; porque al nacer uno de ellos, puestos todos los parientes alrededor del recién nacido, empiezan a lanzar grandes lamentos, contando los muchos males que le esperan en el curso de su vida, y siguiendo una por una las desventuras y miserias humanas; pero al morir alguno, con muchas muestras de contento y saltando de placer y alegría, le dan sepultura, ponderando las miserias de que acaba de librarse y los bienes de que empieza a verse colmado en su bienaventuranza.

5. Los pueblos situados más arriba de los crestoneos practican lo siguiente: cuando muere un marido, sus mujeres, que son muchas para cada uno, entran en gran contienda, sostenidas con empeño por las personas que les son más amigas y allegadas, sobre cuál entre ellas fue la más querida del difunto. La que sale victoriosa y honrada con una sentencia en su favor es la que, llena de elogios y aplausos de hombres y mujeres, va a ser degollada por mano del pariente más cercano sobre el sepulcro de su marido, y es a su lado enterrada, mientras las demás, perdido el pleito, que es para ellas la mayor infamia, se quedan doliendo y lamentando mucho su desventura.

6. Otra costumbre tienen los demás tracios: la de vender sus hijos al que se los compra, para llevárselos fuera del país. Lejos de tener guardadas a sus doncellas, les permiten tener relaciones con cualquiera que les dé la gana, a pesar de ser ellos sumamente celosos con sus esposas, de cuyos padres suelen comprarlas a precio muy alto. Estar tatuados es entre ellos señal de gente noble; no estarlo es de gente vil y baja. La mayor honra la ponen en vivir sin fatiga ni trabajo alguno, siendo la mayor infamia el oficio de labrador: lo que

más se estima es el vivir del botín, ya sea obtenido en guerra o bien mediante latrocinio. Estas son sus costumbres más notables.

7. No reconocen otros dioses que Ares, Dioniso y Ártemis, si bien es verdad que allí los reyes, a diferencia de los otros ciudadanos, tienen a Hermes una devoción tan particular que solo juran por este dios, de quien pretenden ser descendientes.

8. En los entierros la gente rica e importante tienen el cadáver expuesto por espacio de tres días, durante los cuales, sacrificando todo género de víctimas y plañendo antes de ir a comer, hacen con ellas sus convites: después de esto dan sepultura al cadáver, o quemándolo o enterrándolo solamente. Después de haber levantado sobre él un túmulo de tierra, proponen toda suerte de competiciones fúnebres, destinando los mayores premios a los que salen victoriosos en los enfrentamientos individuales. En ello consisten las ceremonias fúnebres de los tracios.

9. Muy vasta y despoblada debe ser, según parece, aquella región que está del otro lado del Istro; por lo menos solo he podido tener noticia de ciertos pueblos que más allá moran, llamados sigines, quienes visten con el ropaje de los medos. De los caballos de aquel país dícese que son tan peludos que por todo su cuerpo llevan cinco dedos de pelo, que son chatos y tan pequeños que no pueden llevar un hombre a cuestas, aunque son muy ligeros uncidos al carro, por lo que los naturales se valen de ellos para sus tiros. Los límites de dichos pueblos tocan con los énetos, situados en las costas del mar Adriático, y colonos de los medos, según ellos se dicen, de quienes no alcanzo a comprender cómo pueden serlo, si bien veo que con el largo andar del tiempo pasado todo es posible que hubiera ocurrido. De lo que no cabe duda es que los ligures situados sobre Marsella llaman sigines a los revendedores, y los de Chipre dan el mismo nombre a los dardos.

10. Al decir los tracios que del otro lado del Istro no puede penetrarse tierra adentro por estar el país hirviendo de abejas, paréceme que no hablan con apariencia siquiera de verdad, no siendo para los climas fríos aquella especie de animales. Mi juicio es que el norte, por exceso de frío, es inhabitable. Esto es cuanto se dice de la región de Tracia, cuyas costas y comarcas marítimas iba Megabazo agregando a la obediencia del persa.

11. Luego que Darío hubo pasado velozmente el Helesponto y llegó a Sardes, hizo memoria así del servicio que había recibido de Histieo, señor de Mileto, como del aviso que Coes de Mitilene le había dado. Llamados, pues, los dos a su presencia, les dijo que pidiera cada uno la recompensa que más quisieran. No pidió Histieo el dominio de alguna ciudad, puesto que tenía ya el de Mileto, pero sí pretendió que se le diera un lugar de los edonos llamado Mircino para fundar allí una colonia. Pero Coes, no siendo todavía tirano de ningún lugar, sino mero particular, pidió y obtuvo el dominio de Mitilene. Así que los dos salieron contentos de la corte, lograda la recompensa que habían pretendido.

12. Le vino a Darío el deseo, por un hecho que se le presentó casualmente estando en Sardes, ordenar a Megabazo que se apoderase de los peonios y los trasladase de Europa a Asia. Después que Darío estuvo de vuelta en Asia, dos peonios, llamados el uno Pigres y el otro Mastias, llevados de la ambición de lograr el dominio sobre sus ciudadanos, pasaron a Sardes, llevando en su compañía a una hermana, mujer de buen talle y estatura, y al mismo tiempo muy linda y vistosa. Como observaron en Sardes que Darío solía dejarse ver en público sentado en los arrabales de la ciudad, echaron mano de un artificio para su intento. Vestida la hermana del mejor modo que pudieron, la enviaron por agua con su cántaro en la cabeza, con el ronzal del caballo en el brazo conduciéndole a beber, y con su rueca y copo de lino hilando al mismo tiempo. La ve pasar Darío, y mucho le sorprende lo novedoso del espectáculo, mirando en lo que ella hacía, que ni era mujer persa ni tampoco lidia, ni menos una mujer asiática. Picado, pues, de la curiosidad, manda a uno de sus lanceros que vaya y observe lo que con su caballo iba a ejecutar aquella mujer. Ella, llegando al río, abreva primero su caballo, llena su cántaro y da la vuelta por el mismo camino con el cántaro encima de la cabeza, con el caballo tirado del brazo y con los dedos moviendo el huso sin parar.

13. Admirado Darío, así de lo que oía de sus exploradores como de lo que él mismo estaba viendo, da orden luego de que se la hagan presentar. Los hermanos de ella, quienes allí cerca observaban lo que iba pasando, comparecen ante Darío cuando la ven conducida a su presencia. Pregunta el rey de qué país era la mujer, y le dicen los dos jóvenes que eran peonios de origen y que aquella era su hermana. Vuelve Darío a preguntarles qué país era el de los peonios, y dónde estaba situado, y con qué mira o motivo habían ellos venido a Sardes: responden que habían ido allí con ánimo de entregarse a su arbitrio soberano; que Peonia, región llena de ciudades, caía cerca del río Estrimón, el cual no estaba lejos del Helesponto, y que los peonios eran colonos de Troya. Esto, punto por punto, respondieron a Darío, el cual les vuelve a preguntar si eran allí todas las mujeres tan hacendosas y listas como aquella; y ellos, que le vieron picar en el cebo que adrede le habían preparado, respondieron al instante que todas eran así.

14. Escribe, pues, entonces Darío a Megabazo, general que había dejado en Tracia, una orden en que le mandaba ir a sacar a los peonios de su país nativo y hacérselos conducir a Sardes a todos ellos con sus hijos y mujeres. Parte luego un correo a caballo galopando hacia el Helesponto, pasa al otro lado del estrecho y entrega la carta a Megabazo, quien no bien acaba de leerla, cuando toma conductores naturales de Tracia y marcha con sus tropas hacia Peonia.

15. Habiendo sido avisados los peonios de que venían marchando contra ellos las tropas persas, juntan luego sus fuerzas, y persuadidos de que el enemigo los acometería por las costas del mar, acuden hacia ellas armados. Estaban, en efecto, prontos y resueltos a no dejar entrar el ejército de Megabazo; el daño estuvo en que, informado el persa de que juntos y apostados en las playas querían impedirle la entrada, se sirvió de los guías que llevaba para cambiar la marcha, y se dirigió por la vía de arriba hacia Peonia. Con esto los persas, sin ser percibidos por los peonios, se dejaron caer de repente sobre sus ciudades, de las cuales, hallándolas vacías de hombres que las defendiesen, se apoderaron con facilidad y sin la menor resistencia. Apenas llegó a los peonios salidos a esperar al enemigo la noticia de que sus ciudades habían sido sorprendidas, cuando separados fueron cada cual a la suya y se entregaron todos a discreción y al dominio del persa. Tres pueblos de los peonios, a saber, el de los siriopeonios, el de los peoples y el de los vecinos de la laguna Prasíade, sacados de sus antiguos asentamientos, fueron transportados enteramente al Asia.

16. Pero a los demás peonios, los que moran cerca del monte Pangeo, los doberes, los agrianes, los odomantos y los habitantes en la misma laguna Prasíade, no los subyugó de ningún modo Megabazo, por más que a los últimos procuró rendirles sin llevarlo a cabo, lo cual pasó del siguiente modo: en medio de dicha laguna se ven levantados unos tablados sostenidos sobre unos altos pilares de madera bien trabados entre sí, a los cuales se da paso muy estrecho desde tierra por un solo puente. Antiguamente todos los vecinos ponían en común los pilares y travesaños sobre los que carga el tablado; pero después, para irlos reparando, se han impuesto la ley de que por cada una de las mujeres que tome un ciudadano (y cada ciudadano se casa con muchas mujeres) ponga allí tres maderos, que acostumbran transportar desde el monte llamado Orbelo. Viven, pues, en la laguna, teniendo cada cual levantada su choza encima del tablado donde residen, y habiendo en cada choza una puerta pegada al tablado que da a la laguna, para impedir que los niños, resbalando, caigan en el agua, les atan al pie cuando son pequeños una soga de esparto. Dan a sus caballos y a las bestias de carga pescado en vez de heno; pues es tan grande la abundancia que tienen de peces que solo con abrir su trampa y echar al agua su espuerta pendiente de una soga, pronto la sacan llena de pescado de dos especies; a los unos llaman *pápraces* y a los otros *tilones*.

17. Eran entre tanto conducidos al Asia los peonios de que se había apoderado Megabazo. Transportados aquellos infelices prisioneros, escoge Megabazo los siete persas más importantes que en su ejército tenía y que solo le eran inferiores en grado y reputación, y los envía como embajadores a Macedonia, destinados al rey de ella, Amintas, con el encargo de pedirle la tierra y el agua[241] para el rey Darío. Muy breve es realmente el camino que hay que pasar yendo desde la laguna Prasíade a Macedonia, pues dejando la laguna, lo primero que se halla es la famosa mina que algún tiempo después no rendía menos de un talento de plata diario al rey Alejandro, y pasada la mina, solo con atravesar el monte llamado Disoro, nos hallamos ya en Macedonia.

18. Luego que los embajadores persas enviados a Amintas llegaron a presencia de este, cumpliendo su misión, le pidieron que diese la tierra y el agua al rey Darío, a quien no solo convino Amintas en

---

[241] Cf. *Historia* 4.126 y nota *ad loc.*

prestar obediencia, sino que hospedó públicamente a los enviados, preparándoles un magnífico banquete con todas las demostraciones de amistad y confianza. Al final del convite, cuando se habían sacado ya los vinos a la mesa, los persas hablaron a Amintas de esta manera: «Es costumbre, amigo macedonio, entre nosotros los persas, que al fin de un convite solemne vengan a la sala y tomen a nuestro lado asiento nuestras mujeres, no solo las concubinas, sino también las esposas principales. Ahora bien, ya que nos recibes con tanto agrado, nos tratas con tanta magnificencia, y lo que es más, entregas al rey, nuestro amo, la tierra y el agua, razón será que quieras seguir nuestro estilo tratándonos a lo persa». «En verdad, señores míos —les responde Amintas—, que nosotros no acostumbramos a esto, sino que nuestra costumbre es tener en otra estancia bien lejos del convite a nuestras mujeres; pero, ya que las echáis de menos vosotros, que sois ya nuestros dueños, quiero que también en esto seáis luego servidos». Así dijo Amintas, y envía al punto por las princesas, las cuales llamadas, entran en la sala del convite y toman allí asiento por su orden enfrente de los persas. Al ver presentes aquellas bellezas, dicen a Amintas los embajadores que no andaba a la verdad muy acertado en lo que a ellas tocaba, pues mucho más acertado hubiera sido que no acudiesen allí las mujeres; y una vez venidas al convite, mucho mejor hubiera sido dejar que se sentaran al lado de ellos, pues verlas de frente era un tormento a los ojos. Forzado, pues, Amintas, manda a las mujeres que se sienten al lado de los persas, quienes, habiendo ellas obedecido, no supieron contener sus manos con la ebriedad que les procuraba el vino, sino que las llevaron a sus pechos, y no faltó entre ellos quien intentara besarlas.

19. Lo estaba Amintas observando impasible, por más que lo mirase con indignación, aturdido de miedo por el gran poder de los persas. Se hallaba allí presente su hijo Alejandro, príncipe joven, no hecho a disimular para adaptarse al momento, quien siendo testigo ocular de aquella infamia de su casa real, de ninguna manera quiso ni pudo contenerse. Penetrado, pues, de dolor y vuelto a su padre: «Mejor será, padre mío —le dice—, que os deis cuenta ahora de vuestra avanzada edad: idos a dormir, sin tomaros la larga molestia de esperar a que esos señores se levanten de la mesa, pues aquí me quedo yo hasta lo último para servir en todo a nuestros huéspedes».

Amintas, que desde luego vio que su hijo Alejandro, llevado del ardor de su juventud, podría pensar en obrar como quien era, le replicó así: «Mucho será, hijo mío, que me engañe, pues leo en tus ojos encendidos y estoy viendo en esas tus cortadas palabras que con la mira de intentar algún fracaso me pides que me retire. No, hijo mío; te pido que, si no quieres perdernos a todos, nada intentes contra esos hombres. Ahora importa sufrir, disimulando, presenciar lo que no puede mirarse y coserse los labios. Por lo que me pides, me retiro, sin embargo, y quiero en ello complacerte».

20. Después que Amintas, dados estos avisos, salió de la estancia, vuelto Alejandro a los persas: «Aquí tenéis, amigos —les dice—, esas mujeres a vuestra disposición, bien si queréis estar con todas ellas, o bien escoger la que mejor os parezca; que esto depende de vuestro arbitrio. Entre tanto, señores, lo mejor sería, pues me parece hora de levantarse de la mesa, mayormente viéndoos ya hartos de esas copas, que esas mujeres, con vuestro permiso, pasaran al baño, y luego de lavadas y aseadas, volvieran otra vez para haceros buena compañía». Dicho esto, a lo cual accedieron los persas con mucho gusto, haciendo Alejandro que salieran las mujeres, las envió a sus dependencias particulares. Él, entre tanto, parte luego, y cuantas eran las mujeres, otros tantos muchachos escoge en palacio, todos sin pelo de barba; les disfraza con el mismo traje y gala de aquellas. Los provee a cada uno de una daga, y los conduce dentro de la sala de los persas, a quienes al entrar con ellos habló en estos términos: «Me parece, señores míos, que hemos creído nuestro deber daros un cumplido convite, al menos con cuanto teníamos a mano y con cuanto hemos podido hallar; con todo, digo, os hemos procurado regalar y servir como era justo. Mas para coronar la fiesta, queremos echar el resto: aquí os entregamos a discreción, y a todo vuestro placer, nuestras mismas madres y hermanas. Bien echaréis de ver en esto que sabemos serviros y queremos respetaros como pide vuestro valor, y con toda razón podréis decir después al soberano que el rey de Macedonia, un griego, os agasajó como correspondía en la mesa y en el lecho». Al hacer este cumplido, iba Alejandro con sus muchachos macedonios y hacía sentar uno, disfrazado de mujer, al lado de cada persa. Por abreviar, cuando los persas fueron a abusar de dichos jóvenes, los cosieron ellos con sus dagas.

21. Por fin concluyó la fiesta en que los persas, y toda la comitiva de sus criados, quedaron allí para no volver jamás, pues los carruajes que les habían seguido, los servidores con su bagaje y equipaje entero, todo en un punto desapareció. No pasó mucho tiempo después de este atentado de Alejandro sin que los persas del ejército hiciesen las más vivas diligencias en busca de sus embajadores; pero el joven príncipe supo darse tan buena maña, que por medio de grandes sumas logró sobornar al persa Búbares, caudillo de los que venían en busca de los enviados, dándole asimismo por esposa a una princesa real hermana suya, por nombre Gigea. Así murieron los embajadores persas, y así se echó una losa encima de su muerte para que no se hablase más de ella.

22. Estos reyes macedonios, descendientes de Perdicas, pretenden ser griegos, y yo sé muy bien que realmente lo son; pero lo que insinúo aquí, lo haré después evidente con lo que referiré de propósito a su tiempo y lugar. Además, es este ya asunto decidido por los presidentes[242] de los juegos que en Olimpia se celebran; porque, como deseoso Alejandro en cierta ocasión de participar en aquella competición, había bajado a la arena con esta pretensión, sus competidores le quisieron excluir alegando que no eran aquellas pruebas para unos participantes bárbaros, sino únicamente para competidores griegos. Pero como probó Alejandro ser de origen argivo, fue declarado griego, y habiendo entrado en concurso con los demás en la carrera del estadio, llegó juntamente con participante que llegó primero. Así fue como sucedió a grandes rasgos lo que he contado.

23. Volviendo a Megabazo, llegó al Helesponto, llevando consigo a sus prisioneros de Peonia, y pasando de allí a Asia, se presentó en Sardes. Por este mismo tiempo estaba Histieo, el milesio, levantando una fortaleza en el sitio llamado Mircino, que está cerca del río Estrimón, y que en premio de haber conservado el puente de barcas sobre el Istro, como dijimos, había obtenido de Darío. Había visto por sus propios ojos Megabazo lo que Histieo iba haciendo, y apenas llegó a Sardes con los peonios, habló así al mismo Darío: «Señor, ¿qué es

---

[242] Los *hellanodíkai* («jueces de los griegos») eran los encargados de supervisar y presidir los Juegos Olímpicos.

lo que habéis querido hacer dando terreno en Tracia y licencia para fundar allí una ciudad a un griego, a un bravo oficial y a un hábil político? Allí hay, señor, mucha madera de construcción, allí mucho marinero para el remo, allí mucha mina de plata; mucho griego viven en aquellos contornos y mucho bárbaro también, gente toda, señor, que si logra ver a su frente a aquel jefe griego, le obedecería ciegamente noche y día en cuanto les ordene. Me tomo la licencia de deciros que procuréis que él no lleve a cabo lo que está fabricando, si queréis impedir que os haga la guerra en casa: puede hacerse la cosa con disimulo y sin violencia alguna, si le enviáis orden de que se presente, y una vez venido hagáis de modo que nunca más vuelva allá, ni se junte con sus griegos».

24. Viendo, pues, Darío que las razones de Megabazo eran atinadas observaciones de un político sagaz y prevenido en lo futuro, se persuadió fácilmente con ellas, y por un mensajero que destinó a Mircino, hizo decir de su parte a Histieo: «El rey Darío me dio para ti, Histieo, este recado formal: "Habiéndolo pensado mucho, no hallo persona alguna que mire mejor que tú por mi corona, cosa que tengo más experimentada con hechos positivos que fundada por buenas razones. Y pues estoy ahora meditando un gran proyecto, quiero que vengas luego sin falta a estar conmigo para poderte dar cuenta, cara a cara, de lo que pienso hacer"». Con esta orden Histieo se fue luego hacia Sardes, bien persuadido por una parte de que eran sinceras dichas expresiones, y por otra, muy satisfecho y ufano de verse consejero del rey. Habiéndose, pues, presentado a Darío, le habló este en tales términos: «Voy a decir claramente, Histieo, por qué motivo te he llamado a mi corte. Quiero, pues, que sepas, amigo, que lo mismo fue volverme de Escitia y retirarte tú de mi presencia, que sentir luego en mí un vivo deseo de tenerte cerca de mi persona, y poder libremente comunicar contigo todas mis cosas, tanto, que empecé al punto a echar de menos tu compañía, sabiendo que no hay bien alguno que pueda compararse con la dicha de lograr por amigo y apasionado a un hombre sabio y discreto: estas dos prendas bien sé que posees en mi servicio, y nadie mejor testigo de ellas que yo mismo. De ti he de merecer, amigo, que te alejes por ahora de Mileto, ni pienses en nuevas ciudades de Tracia. Vente en mi compañía a mi corte de Susa, disfruta conmigo a tu placer de todos mis bienes y regalos, siendo mi comensal y consejero».

25. Así le habló Darío, y dejando en Sardes por gobernador a Artáfrenes, su hermano de parte de padre, se dirigió luego a Susa, llevando en su corte a Histieo. Al partir nombró asimismo por general de las tropas que dejaba en los fuertes de las costas a Ótanes[243], hijo de Sisamnes, uno de los jueces regios a quien, por haberse dejado sobornar en una sentencia inicua, había mandado degollar Cambises, y no satisfecho con tal castigo, cortando por su orden en varias correas la piel desollada de Sisamnes, había hecho vestir con ellas el mismo trono en que fue dada aquella sentencia; además, en lugar del ajusticiado, degollado y rasgado Sisamnes, había Cambises nombrado por juez a Ótanes, su hijo, haciéndole subir sobre aquellas correas a tan fatal asiento, con el triste recuerdo que al mismo tiempo le hizo, de que siempre tuviera presente el trono en que estaba sentado cuando diera sus sentencias.

26. Este mismo Ótanes, que antes había sido colocado en aquella silla de juez regio, elegido entonces por sucesor de Megabazo en el mando de general, sometió al frente de sus tropas a los bizantinos y calcedonios, tomó la plaza de Antandro, situada en el territorio de Tróade, y conquistó a Lamponio. Con la armada que le dieron los lesbios, se apoderó de Lemnos y de Imbros, islas hasta entonces ocupadas por los pelasgos.

27. Porque si bien es verdad que los lemnios, haciendo al enemigo una resistencia muy vigorosa, se defendieron muy bien por algún tiempo; con todo, vinieron al cabo a ser arruinados y deshechos. Los persas victoriosos señalaron por gobernador de los que en Lemnos habían sobrevivido a su ruina a Licareto, hermano de aquel Meandrio que había sido señor de Samos; y como gobernador de Lemnos, Licareto acabó allí sus días [...][244]. La causa que contra Ótanes se intentaba era porque prendía indistintamente y asolaba todo el país: a unos acusaba de haber sido desertores del ejército en sus marchas contra los escitas; a otros de haber perseguido las tropas de Darío

---

[243] No se trata del Ótanes que formó parte con el propio Darío de la conjura contra los magos.
[244] El texto presenta aquí una laguna.

en su retirada y vuelta de Escitia. Tales eran las tropelías que había cometido Ótanes siendo general.

La revuelta jonia

28. Hubo después, aunque duró poco, algún sosiego, porque dos ciudades de Jonia, la de Naxos y la de Mileto, como contaré después, dieron de nuevo principio a los males y calamidades. Era Naxos, por una parte, la isla que por su riqueza y poder descollaba sobre las otras, y por otra, se veía Mileto en aquella época en el mayor auge de poder que jamás hubiese logrado, viniendo a ser como la reina de toda Jonia, a cuya prosperidad llegó después de haberse visto tiempo atrás, cerca de dos generaciones antes, en el estado más deplorable a causa de sus partidos y sediciones, hasta tanto que los parios, a quienes había elegido Mileto entre todos los griegos por árbitros y conciliadores, lograron restituir en ella la concordia y el buen orden.

29. Encontraron los parios un modo de sosegar aquellos disturbios, pues venidos a la ciudad de Mileto los ciudadanos más acreditados de Paros, como vieron que en ella andaba todo sin orden, tanto los hombres como las cosas, dijeron desde luego que por sí mismos querían ir a visitar lo restante de aquel país. Al hacer su visita discurriendo por todo el territorio de Mileto; apenas daban con una posesión bien cultivada en aquellas campiñas, que por lo común estaban muy descuidadas, tomaban por escrito el nombre de su dueño. Acabada ya la visita de aquel lugar, donde pocos fueron los campos que hallaron bien conservados y florecientes, y estando ya de vuelta en la ciudad, reunieron una asamblea, y en ella declararon como gobernadores a los particulares cuyas haciendas habían encontrado bien cultivadas, dando por razón de su arbitrio que aquellos sabrían cuidar del bien público como habían sabido cuidar del propio: a los demás ciudadanos de Mileto, a quienes antes se les pasaba todo en disensiones y tumultos, se les conminó a que estuvieran bajo la obediencia de aquellos. Con esto los parios pusieron en paz a los milesios.

30. Estas dos ciudades de Naxos y Mileto fueron, pues, como decía, las que dieron entonces nuevo principio a la desventura de Jonia. Sucedió que habiendo desterrado de Naxos el régimen democrático a ciertos ricos e importantes señores, estos se refugiaron en Mileto. Era en aquel tiempo gobernador de Mileto Aristágoras, hijo de Molpágoras, quien era yerno y primo juntamente del célebre Histieo el hijo de Liságoras, a quien Darío tenía en Susa; pues por aquel mismo tiempo puntualmente en que Histieo, señor de Mileto, se hallaba en la corte, sucedió el caso de que vinieron a Mileto dichos naxios, amigos ya de antes y huéspedes de Histieo. Refugiados, pues, allí aquellos desterrados, suplicaron a Aristágoras que procurase darles alguna tropa, si se hallaba en estado de poder hacerlo, a fin de que pudieran con ella retornar a su patria. Pensó Aristágoras dentro de sí que si por su medio volvían a Naxos los desterrados, lograría él mismo la oportunidad de alzarse con el dominio de aquel Estado. Con este pensamiento, disimulando por una parte sus verdaderas intenciones, y por otra, pretextando la buena amistad y armonía de ellos con Histieo, les hizo este discurso: «No me hallo yo, señores, en condición de poderos dar un número de tropas que sea suficiente para que, a pesar de los que mandan en Naxos, podáis volver a la patria, teniendo los naxios, como he oído, además de ocho mil hoplitas, una armada de muchas naves. Mas no quiero con esto deciros que no piense con todas mis fuerzas en auxiliaros en ello; antes bien se me ofrece ahora un medio muy oportuno para serviros con eficacia. Sé que Artáfrenes es mi buen amigo, y sin duda sabéis quién es Artáfrenes, hijo de Histaspes, hermano carnal de Darío, gobernador de toda la zona costera de Asia y jefe de los grandes ejércitos de mar y tierra: este personaje, pues, si no me engaña el amor propio, os digo que hará por mí lo que pidamos». Al oír esto los naxios, dejaron todo el asunto en manos de Aristágoras, para que lo manejara como mejor le pareciese, añadiéndole que bien podía de su parte decir al gobernador que no favorecería a quien no lo supiera agradecer, y que los gastos de la empresa correrían de su propia cuenta, pues no podían dudar que lo mismo había de ser presentarse en Naxos que rendirse no solamente los naxios, sino aun los demás isleños, y hacer cuanto se les pidiese, a pesar de que allí ninguna de las Cícladas reconociese como soberano a Darío.

31. Emprende Aristágoras su viaje a Sardes, donde da cuenta y razón a Artáfrenes de cómo la isla de Naxos, sin ser una de las de mayor extensión, era con todo de las mejores, muy bella, muy cercana a Jonia, muy rica de dinero, y muy abundante de esclavos. «¿No haríais

—continuó— una expedición hacia allá y recuperar para Naxos a unos ciudadanos que de ella fueron echados? Dos grandes ventajas veo en ello para vos: una que además de correr de nuestra cuenta los gastos de la armada, como es razón que corran, ya que nosotros los ocasionamos, cuento aún con grandes sumas de dinero para poderos pagar el beneficio; la otra es que aprovechándoos de esta ocasión, no solo podréis añadir a la corona la misma Naxos, sino también las islas que de ella dependen: la de Paros, la de Andros y las otras que llaman Cícladas. Y dado este paso, bien fácil os será atacar desde allí Eubea, isla grande y rica, nada inferior a la de Chipre, y lo que es más, fácil de ser tomada. Soy de la opinión de que con una armada de cien naves podréis conseguir todas estas conquistas». «Amigo —le respondió Artáfrenes—, muestras bien en lo que me dices el interés por el servicio común y tu lealtad a la casa real, proponiéndome no solo proyectos tan interesantes al rey, sino dándome al mismo tiempo medios oportunos para el intento. En una sola cosa veo que andas algo corto, en el número de naves: tú no pides más que cien, pues yo te prometo brindarte doscientas al abrir la primavera; pero es menester ante todo informar al rey, y que nos dé su aprobación».

32. Aristágoras, que tan atento halló al gobernador en su respuesta, muy alegre y satisfecho dio la vuelta para Mileto: Artáfrenes, después de que obtuvo para la expedición el beneplácito de Darío, a quien envió un mensajero dándole cuenta del proyecto de Aristágoras, tripuladas doscientos naves, preparó mucha tropa, tanto persa como aliada. Nombró después como comandante de la armada al persa Megábatas, que siendo de la casa de los Aqueménidas, era primo de Darío. Era Megábatas aquel con cuya hija, si es que es verdad lo que corre como válido, contrajo esponsales algún tiempo después con el lacedemonio Pausanias, hijo de Cleómbroto, más enamorado de convertirse en tirano de Grecia que prendado de la princesa persa. Luego que Megábatas fue nombrado general, dio orden Artáfrenes de que partiera el ejército adonde Aristágoras estaba.

33. Después de tomar en Mileto las tropas de Jonia, los desterrados de Naxos y al mismo Aristágoras, se dio a la vela Megábatas, haciendo correr la voz de que su rumbo era hacia el Helesponto. Llegó a la isla de Quíos y ancló en un lugar llamado Cáucasa, con la intención de esperar que se levantase el viento Bóreas, para dejarse

caer desde allí sobre la isla de Naxos. Situados en aquel puerto, como que los hados no permitían la ruina de Naxos por medio de aquella armada, sucedió un caso que la impidió. Rondaba Megábatas para inspeccionar la vigilancia de los centinelas, y en una nave mindia halló que ninguno había apostado. Llevó muy a mal aquella falta, y, enojado, dio orden a sus lanceros de que buscasen al capitán de la nave, que se llamaba Escílax, y hallándolo, le mandó poner atado en la portañola del remo inferior, en tal postura que estando adentro el cuerpo sacase hacia fuera la cabeza. Así estaba expuesto a la ver-güenza Escílax, cuando va uno a avisar a Aristágoras y decirle cómo a aquel mindio, su amigo y huésped, le tenía Megábatas cruelmente atado y sometido al oprobio. Al instante se presenta Aristágoras ante el persa e intercede muy de veras a favor del capitán; nada pue-de alcanzar de lo que pide, pero va en persona a la nave y saca a su amigo de aquel infame cepo. Sabida la libertad que Aristágoras se había tomado, se dio Megábatas por muy ofendido, y le habló de forma vehemente: «¿Y quién eres tú —le replicó Aristágoras— y qué tienes que ver en eso? ¿No te envió Artáfrenes a mis órdenes, para que vinieras donde quisiere yo conducirte?; ¿para qué te metes en otra cosa?». Quedó Megábatas tan altamente resentido de la osadía con que Aristágoras le hablaba que, llegada la noche, despachó un barco para Naxos con unos mensajeros que descubrieran a los naxios el secreto de cuanto contra ellos se preparaba.

34. Ni por casualidad había pasado a los naxios por la mente que pudiera dirigirse contra ellos tal armada; en cuanto recibieron el aviso retiraron a toda prisa lo que tenían en la campiña, y, acarreando a la plaza todas las provisiones de boca, se prepararon para poder sufrir un prolongado asedio, no dudando de que se hallaban en vísperas de una gran guerra. Con esto, cuando los enemigos salidos de Quíos llegaron a Naxos con toda la armada, dieron contra hombres tan bien fortificados y prevenidos, que en vano fue estarles sitiando por cuatro meses enteros. Al cabo de este tiempo, como a los persas se les fue acabando el dinero que consigo habían traído, y Aristágoras se había ya gastado mucho de su bolsillo, viendo que para continuar el asedio se necesitaban todavía mayores sumas, tomaron el partido de edificar unos castillos en que se hiciesen fuertes aquellos desterrados, y resolvieron volverse al continen-te con toda la armada, malograda de todo punto la expedición.

35. Entonces fue cuando Aristágoras, no pudiendo cumplir la promesa hecha a Artáfrenes, viéndose agobiado con el gasto de las tropas que se le pedía, temiendo además las consecuencias de aquella su desgraciada expedición, mayormente habiéndose enemistado en ella con Megábatas, sospechando, en suma, que por ella sería depuesto del gobierno de Mileto; amedrentado, digo, con todas estas reflexiones y motivos, empezó a maquinar una sublevación para ponerse a salvo. Quiso además de esto la casualidad que en aquella agitación le viniera desde Susa, de parte de Histieo, un enviado con la cabeza tatuada, mediante la que encomendaba a Aristágoras que se sublevase contra el rey. Como Histieo había querido advertir a su pariente de que convenía rebelarse, y no hallando medio seguro para pasarle el aviso por cuanto estaban los caminos tomados de parte del rey, en tal situación había rasurado a navaja la cabeza del esclavo que tenía en más estima; le había tatuado en ella el mensaje que le pareció; esperó después a que le volviera a crecer el cabello, y crecido ya, lo mandó a Mileto sin más recado que decirle de palabra que una vez en Mileto pidiera de su parte a Aristágoras que, cortándole a navaja el pelo, le mirara la cabeza. Las notas grabadas en ella instaban a Aristágoras, como dije, a que se rebelara contra el persa. El motivo que para tal intento tuvo Histieo, nacía en parte de la pesadumbre gravísima que su arresto en Susa le ocasionaba, y en parte también de la esperanza que abrigaba de que en caso de tal rebelión sería enviado a las provincias marítimas, estando al mismo tiempo convencido de que a menos que se rebelara Mileto, nunca más tendría la fortuna de volver a verla. Con estas miras despachó Histieo a dicho mensajero.

36. Tales eran las intrigas e incidentes que se complicaban a un tiempo alrededor de Aristágoras, quien convoca a sus partidarios, les da cuenta tanto de lo que él mismo pensaba como de lo que Histieo le prevenía, y empieza muy de propósito a deliberar con ellos sobre el asunto. La mayoría era del mismo parecer de Aristágoras de negar al persa la obediencia; pero no así el logógrafo Hecateo[245], quien ha-

---

[245] Hecateo de Mileto, que vivió a caballo del siglo VI y V a. C. fue el máximo representante de los logógrafos («prosistas», «narradores») que preludiaron la labor historiográfica de Heródoto. Es autor de una obra titulada *Geneaologías* (sobre los

ciendo una descripción de las muchas naciones que al persa obedecían
y de sus grandes fuerzas y poder, votó desde luego que no les convenía
declarar la guerra a Darío, el gran rey de los persas; y como vio que no
era aceptado su parecer, votó en segundo lugar que convenía hacerse
señores del mar, pues absolutamente no veía cómo podía, a menos de
serlo, salir airoso en sus intentos; que no dejaba de conocer cuán cortas
eran las fuerzas de los milesios, pero, sin embargo, con tal de que quisieran echar mano de los tesoros que en el templo de los Bránquidas[246]
había ofrecido el lidio Creso, tenía fundamento de esperar que en fuerzas
navales podrían ser superiores al enemigo; que en el medio que les proponía contemplaba doble ventaja para ellos, pues además de servirse de
dicho dinero en favor del pueblo, impedirían que lo sacase el enemigo en
daño de ellos. Ciertamente, como llevo dicho en mi primer libro[247], eran
copiosos los mencionados tesoros. Por desgracia, tampoco fue seguido
este segundo parecer, sino que quedó acordada la rebelión, añadiendo
que uno de ellos se embarcase luego para Miunte, donde aún se mantenía la armada de Naxos, y procurase poner presos a los estrategos que
se hallaban a bordo de sus respectivas naves.

37. Enviado, pues, allá Yatrágoras con esta misión, se apoderó con
engaño de la persona de Olíato de Milasa, hijo de Ibanolis; de la de
Histieo el termerense, hijo de Timnes; de la de Coes, hijo de Erxandro,
a quien Darío había concedido el territorio de Mitilene; de la de Aristágoras de Cime, hijo de Heraclides, y otros muchos jefes. Levantado
ya abiertamente contra Darío y tomando contra él todas sus medidas,
lo primero que hizo Aristágoras fue renunciar, aunque no más que de
palabra y por apariencia, al dominio de Mileto, fingiendo restituir a los
milesios la libertad, para lograr de ellos por este medio que de buena
voluntad le siguiesen en su rebelión. Hecho esto en Mileto, otro tanto
hacía en lo restante de Jonia, de cuyas ciudades iba arrojando algunos
de sus tiranos: aún más, a los caudillos que había prendido sobre las
naves de la armada que acababa de volver de Naxos, fue entregándolos

---

grandes linajes griegos) y, particularmente, de una *Periégesis*, donde se describía el
mundo conocido.
[246] Sacerdotes que se ocupaban del oráculo dedicado a Apolo que se encontraba en
Dídima, al sur de Mileto.
[247] Cf. *Historia* I.92.

a sus respectivas ciudades, cuyo dominio poseían, y esto con la maligna intención de ganárselas a todas para su causa.

38. Resultó de ahí que los mitileneos, apenas tuvieron a Coes en su poder, sacándole al campo le mataron a pedradas, si bien los de Cime dejaron que se fuese libre su tirano, sin usar con él de otra violencia. Otro tanto hicieron con sus respectivos tiranos las más de las ciudades, y cesó por entonces en todas ellas la tiranía. Depuestos ya los tiranos, dio orden el milesio Aristágoras a todas aquellas ciudades que cada cual nombrase un estratego de su propio ejército, y practicada esta diligencia, viendo que necesitaba absolutamente hallar algún aliado poderoso para su empresa, se fue él mismo para Lacedemonia en su trirreme en calidad de enviado de Jonia.

39. No reinaba ya en Esparta Anaxándridas, hijo de Leonte, sino Cleómenes, su hijo, el cual, no en atención a su valor, sino al derecho de su familia, muerto su padre, había sido colocado sobre el trono. Para manifestar el origen y nacimiento de Cleómenes, se debe saber que se hallaba primero casado Anaxándridas con una hija de su hermana, a quien por más que no le diera sucesión amaba tierna y apasionadamente. Viendo los éforos lo que a su rey acontecía, le reconvinieron hablándole en esta forma: «Visto tenemos lo poco que cuidas de tus verdaderos intereses: nosotros, pues, que ni debemos despreciarlos, ni podemos mirar con indiferencia que la sangre y familia de Eurístenes acaben en tu persona, hemos tomado sobre ello nuestras medidas. Tú mismo ves por experiencia que no te da hijos esa mujer con quien estás casado; nosotros queremos que tomes otra esposa, asegurándote de que si así lo hicieses, darás mucho gusto a los espartanos». A tal amonestación de los éforos respondió resuelto Anaxándridas que ni uno ni otro haría, pues ellos, exhortándole a tomar otra mujer dejando la presente, que no lo tenía en verdad merecido, le daban un consejo indiscreto que jamás pondría por obra, por más que se cansasen en inculcárselo.

40. Tomando los éforos y los gerontes[248] de Esparta su acuerdo acerca de la respuesta y negativa del rey, de nuevo así le representan:

---

[248] La de los éforos es una singular institución espartana compuesta por cinco miembros elegidos anualmente y que detentaban funciones ejecutivas, administrativas y judiciales. Tenían la función de controlar a los reyes espartanos y presidían la *apélla* o

«Ya que tan apegado estás a la mujer con quien te hallas ahora casado, toma por lo menos el consejo que te vamos a proponer, y guárdate de rechazarlo, ni quieras exponerte a que tomen los espartanos alguna resolución que no te traiga mucha cuenta. No pretendemos ya que repudies ni que eches de ti a tu querida esposa; vive con ella en adelante, como has vivido hasta aquí; no te lo prohibimos; mas absolutamente queremos de ti que además de esta tomes otra mujer que pueda concebir». Cediendo por fin Anaxándridas a esta representación, y casado con dos mujeres, tuvo desde entonces dos habitaciones establecidas, yendo en ello contra la costumbre de Esparta.

41. No pasó mucho tiempo, después del segundo matrimonio, hasta que la nueva esposa dio a luz a Cleómenes, el mismo de quien antes iba a hablar, y con él un sucesor a la corona. Al mismo tiempo ocurrió que la primera mujer, por largos años infecunda, se quedó embarazada: los parientes de la otra esposa, a cuyos oídos llegó el nuevo embarazo, alborotaban sin descanso, y gritaban que aquella se fingía encinta para considerar como hijo al ajeno; pero en realidad se hallaba la princesa embarazada. Quejándose, pues, altamente de aquel embarazo simulado, movidos los éforos por la sospecha de algún engaño, llegado el tiempo quisieron asistir en persona a la mujer en el acto mismo de parir. En efecto, parió ella la primera vez a Dorieo, y de otro parto consecutivo, a Leónidas, y de otro tercero, a Cleómbroto, aunque algunos quieren decir que estos dos últimos fueron gemelos; y por si no fuera poco, la quejosa madre de Cleómenes, la segunda esposa de Anaxándridas, hija de Prinátadas y nieta de Demármeno, nunca más volvió a parir de allí en adelante.

42. De su hijo Cleómenes se dice como muy cierto que, nacido con vena de loco, jamás estuvo en su sano juicio, mientras que Dorieo salió el joven más cabal que se hallase entre los de su edad, lo que le hacía vivir muy confiado en que la corona recaería en su cabeza. En medio de esta creencia, vio por fin que a la muerte de su padre, Anaxándridas, atenidos los lacedemonios a todo el rigor de la

---

asambea espartana y la *gerousía* o Consejo de gerontes («ancianos»); estos últimos conformaban un Consejo de treinta miembros encargado de elaborar las propuestas que luego sometían a la *apélla*; tenían la capacidad de juzgar a los reyes.

ley, nombraron rey al primogénito Cleómenes, de lo cual mostrándose Dorieo muy resentido y molesto de tener tal soberano, pidió y obtuvo el permiso de llevar consigo una colonia de espartanos. Ofuscado por su resentimiento, no se cuidó Dorieo de consultar en Delfos al oráculo hacia qué tierra debería conducir la nueva colonia, ni quiso observar ceremonia alguna de las que en tales circunstancias solían practicarse, sino que ligera y prontamente se hizo a la vela para Libia, conduciendo sus naves unos naturales de Tera. Llegó a Cínipe, y cerca de un río, en el lugar más bello de Libia, estableció luego su nueva ciudad, de donde fue arrojado tres años después por los macas, naturales de Libia, y por los cartagineses, por lo que se volvió al Peloponeso.

43. Allí un tal Antícares, cuya patria era Eleón, le sugirió la idea de que, ateniéndose a los oráculos de Layo[249], fundase Heraclea en Sicilia, comunicándole que todo el territorio de Érix, por haberlo antes poseído Heracles, era propiedad de los Heraclidas. Oída esta relación, hace Dorieo un viaje a Delfos a fin de saber del oráculo si lograría en efecto apoderarse del país adonde se le sugería que fuese, y habiéndole respondido la Pitia afirmativamente, toma de nuevo aquel contingente que había primero conducido a Libia y parte con él para Italia.

44. Estaban dispuestos los sibaritas en aquella sazón, según cuentan ellos mismos, para emprender, con su rey Telis al frente, una expedición contra la ciudad de Crotona, cuyos vecinos, con sus ruegos, nacidos del gran miedo en que se hallaban, consiguieron de Dorieo que fuera a socorrerles; y fue el socorro tan poderoso que llevando sus armas el espartano contra la misma Síbaris, rindió con ellas la ciudad, hazaña que los sibaritas atribuyen a Dorieo y a los de su contingente. No así los crotoniatas, quienes aseguran que en dicha guerra contra los sibaritas no vino a socorrerles ningún extranjero más que uno solo, que fue el adivino Calias, natural de Élide y de la familia de los Yámidas; y de este dicen que se les agregó de un modo singular, pues estando antes con Telis, tirano de los sibaritas,

---

[249] En Eleón, localidad de Beocia, se custodiaban desde antiguo unos oráculos que se relacionaban —no se sabe en qué sentido— con el mítico rey Layo, padre de Edipo.

y viendo que ninguno de los sacrificios que este hacía para ir contra Crotona le salía con buen auspicio, pasó fugitivo a los crotoniatas, al menos según ellos lo cuentan.

45. Y es extraño que ambas ciudades pretendan tener pruebas y monumentos de lo que dicen, pues afirman los sibaritas que, tomada ya la ciudad, consagró Dorieo un recinto sagrado, y edificó un templo cerca del río seco que llaman Cratis, y lo dedicó a Atenea, por sobrenombre Cratia. Pretenden además que la muerte de Dorieo es la prueba palpable de lo que dicen, queriendo que por no haber obrado aquel contra el intento y prevención del oráculo muriese de muerte desgraciada, pues si en nada se hubiera desviado Dorieo del aviso del oráculo, marchando a poner por obra la empresa para él destinada, sin duda, según arguyen, se hubiera apoderado de la comarca de Érix y la hubiera disfrutado después, sin que ni él ni su ejército hubieran allí perecido. Pero los crotoniatas, por su parte, en el campo mismo de Crotona enseñan muchas haciendas que se dieron entonces privativamente a Calias el eleo en premio de sus servicios, cuyos nietos las gozan aún en el presente, mientras que no consta que se haya hecho merced ni gracia alguna a Dorieo ni a sus descendientes. ¿Y quién no ve que si en la guerra sibarítica les hubiera apoyado Dorieo era consecuencia que se desprendía del asunto haber dado muchos más premios a aquel que al adivino Calias? Tales son las pruebas que una y otra ciudad alegan a su favor; en mi opinión, puede cada uno asentir a la que más le convenza.

46. Vuelvo a Dorieo, en cuyo contingente se embarcaron otros espartanos, como conductores de dicha colonia, que eran Tésalo, Parébatas, Céleas y Eurileonte. Habiendo, pues, arribado estos a Sicilia con toda su armada, acabaron allí sus días a manos de los fenicios[250] y de los egesteos, que les vencieron en el campo de batalla, pudiendo librarse de la desgracia común uno solo de los conductores, que fue Eurileonte. Este jefe, reorganizados los restos que del ejército quedaban salvos, se apoderó con ellos de Minoa, colonia de los selinusios, y unido con estos, les libró del dominio que sobre ellos tenía su soberano Pitágoras. Desgraciadamente, el mismo Eurileonte, des-

---

[250] Es decir, los cartagineses instalados en Sicilia.

pués de haber acabado con aquel monarca, se apoderó de Selinunte, donde por algún tiempo reinó como soberano; motivo por el cual los selinusios, amotinados, le quitaron la vida, sin que le valiese haberse refugiado en el altar de Zeus Agoreo.

47. Iba en la comitiva de Dorieo un ciudadano de Crotona, por nombre Filipo, hijo de Butácidas, y le acompañó asimismo en la muerte. Después de haberse prometido con una hija de Telis, rey de los sibaritas, al no haber logrado Filipo casarse finalmente con ella, se fue de Crotona fugitivo y se embarcó para Cirene, de donde en una trirreme propia y con su tripulación mantenida a su costa, salió siguiendo a Dorieo. Había él llegado a ser vencedor en los Juegos Olímpicos, y por su gentileza y atractivo obtuvo de los egesteos lo que ningún otro logró jamás, pues le alzaron un templo en el lugar de su sepultura, y como a un héroe, le hacían sacrificios.

48. Tan desgraciado fin tuvo Dorieo, quien de haberse quedado en Esparta y hubiera sabido obedecer a Cleómenes, habría llegado a ser rey de Lacedemonia, donde este no reinó largo tiempo, muriendo sin sucesión masculina, y dejando solamente una hija, llamada Gorgo.

49. Pero volviendo ya al asunto, Aristágoras, el tirano de Mileto llegó a Esparta, teniendo en ella el mando Cleómenes, a cuya presencia compareció, según cuentan los lacedemonios, llevando en la mano una tabla de bronce en que se veía grabada la tierra, y descritos allí todos los mares y ríos. Y entrando a entrevistarse con Cleómenes, le habló en esta forma: «No tienes que extrañar ahora, ¡oh Cleómenes!, el empeño que me tomo en esta visita que en persona te hago, pues así lo pide sin duda la situación, siendo para nosotros los jonios la mayor infamia y la pena más honda, pasar de libres a vernos hechos esclavos; no siéndolo menos, por no decir mucho más, para vosotros el permitirlo, puesto que ostentáis la hegemonía de Grecia. Os pedimos, pues, ahora, ¡oh lacedemonios!, así os valgan y amparen los dioses de Grecia, que nos saquéis de la esclavitud a nosotros los jonios, en quienes no podéis menos de reconocer vuestra misma sangre: porque en primer lugar os aseguro que para vosotros no puede ser más fácil y hacedera la empresa, pues que no son aquellos bárbaros hombres de valor, y vosotros sois en la guerra el ejército más valiente del mundo. ¿Queréis ver claramente lo que afirmo? En las batallas las armas con que pelean son un arco, fechas y un venablo corto, y aún más, entran en combate con largas túnicas y turbantes en la cabeza. Mira qué fácil cosa será vencerles. Quiero que sepas, en segundo lugar, cómo los que habitan aquel continente de Asia poseen ellos solos más riquezas que los demás hombres de la tierra juntos, empezando a contar el oro, la plata, el bronce, los trajes y adornos varios, y siguiendo después por sus ganados y esclavos, riquezas todas que como de verdad las queráis podéis ya contarlas por vuestras. Quiero ya declararte la situación y los confines de los pueblos de los que hablo. Con estos jonios que ahí ves (esto iba diciendo mostrando los lugares en aquel mapa de la tierra grabado en una plancha de bronce), con estos jonios confinan los lidios, pueblos que poseyendo una fertilísima región, no saben qué hacer con la plata que tienen; con esos lidios —continúa Aristágoras— confinan por levante los frigios, de quienes puedo decirte que son los hombres más opulentos en ganados, en granos y en frutos de cuantos sepa. Pasando adelante, confinan ahí con los frigios los capadocios, a quienes llamamos sirios, cuyos vecinos son los cilicios, pueblos que se extienden hasta las costas del mar, en que cae la isla de Chipre que ahí ves, los cuales quiero que sepas que contribuyen al rey con quinientos talentos anuales; confinan con los cilicios esos armenios, riquísimos ganaderos, con quienes lindan los matienos, de los que es esa región. Les sigue inmediatamente esa provincia de Cisia, y en ella a las orillas del río Coaspes está situada la capital de Susa, que es donde el gran rey tiene su corte y donde están los tesoros de su erario; y me atrevo a asegurarte que como toméis la ciudad que ahí ves, bien podéis rivalizar en riquezas con el mismo Zeus. ¿No es bueno, Cleómenes, que vosotros los lacedemonios, a fin de conquistar dos palmos más de tierra, y esa no más que mediana, os empeñéis así contra los mesenios, que bien os resisten, como contra los arcadios y los argivos, pueblos que no tienen en casa ni oro ni plata, que son conveniencias y ventajas por cuyo alcance puede uno con razón morir con las armas en la mano, al paso que pudiendo con facilidad, sin esfuerzo ni trabajo, haceros dueños desde luego de Asia entera, no queráis correr tras esta presa, sino ir en busca de no sé qué bagatelas?». Así terminó Aristágoras su discurso, a quien brevemente respondió Cleómenes: «Amigo milesio, pensaré sobre ello: después de dos días volverás a por la respuesta».

50. En estos términos quedó por entonces el negocio. Llega el día emplazado; concurre Aristágoras al lugar destinado para saber la respuesta, y le pregunta desde luego Cleómenes cuántas eran las jornadas que había desde las costas de Jonia hasta la corte misma del rey. Cosa extraña: Aristágoras, aquel hombre por otra parte tan hábil y que tan bien sabía deslumbrar a Cleómenes, tropezando aquí en su respuesta, destruyó completamente su pretensión; porque no debiendo decir de ningún modo lo que realmente había, si quería en efecto arrastrar a Asia a los espartanos, respondió francamente que la subida a la corte del rey era un viaje de tres meses. Cuando iba a dar razón de lo que tocante al viaje acababa de decir, le interrumpe Cleómenes el discurso empezado, y le replica así: «Pues yo te mando, amigo milesio, que antes de ponerse el sol estés ya fuera de Esparta. No es proyecto el que me propones que deban fácilmente emprender mis lacedemonios, queriéndomelos apartar de las costas a un viaje no menos que de tres meses».

51. Dicho esto, le deja y se retira a su casa. Viéndose Aristágoras tan mal parado y despedido, toma en las manos, en calidad de suplicante, un ramo de olivo, y refugiándose con él al hogar mismo de Cleómenes, le ruega que tenga a bien oírle a solas, haciendo retirar de su vista aquella niña que consigo tenía, pues se hallaba casualmente con Cleómenes su hija Gorgo, de edad de ocho a nueve años, única prole que tenía. Le responde Cleómenes que bien podía hablar sin detenerse por la niña de cuanto quisiera decirle. Al primer envite le ofrece, pues, Aristágoras hasta diez talentos, si consentía en hacerle el favor que le pidiera: los rehusa Cleómenes, y él, subiendo siempre de punto la promesa, llega a ofrecerle hasta cincuenta talentos. Entonces fue cuando la misma niña, que lo oía: «Padre —le dijo—, ese forastero, si no le dejáis presto, yéndoos de su presencia, logrará al cabo sobornaros por dinero». Cayéndole en gracia a Cleómenes la simple prevención de la niña, se retiró de su presencia pasando a otro aposento. Precisado con esto Aristágoras a salir de Esparta, no tuvo ocasión de hablarle otra vez para darle detalles del largo camino que había hasta la corte del rey.

52. Voy a explicar lo que hay en realidad acerca de dicho viaje. Por toda aquella carrera, caminando siempre por lugares poblados y seguros, hay de orden del rey distribuidas postas y bellos paradores; las postas para recorrer Lidia y Frigia son veinte, y con ellas se recorren noventa y cuatro parasangas y media[251]. Al salir de Frigia se encuentra el río Halis, que tiene allí sus puertas, y en ellas hay una numerosa guarnición de soldados, siendo preciso que transite por allí el que quiera pasar aquel río. Entrando ya en Capadocia, el que la quiera atravesar toda hasta ponerse en los confines de Cilicia, hallará veintiocho postas y recorrerá con ellas ciento cuatro parasangas. En las fronteras de Cilicia se pasa por dos diferentes puertas y por dos cuerpos de guardia en ellas apostados. Saliendo de estos estrechos de Capadocia y caminando ya por la misma Cilicia, hay tres postas que hacer y quince parasangas y media que pasar. El término entre Cilicia y Armenia es un río llamado Éufrates, que se pasa con barca. Se encuentran en Armenia quince alojamientos con sus quince postas, con las cuales se hacen de camino cincuenta y seis parasangas y media. Cuatro son los ríos que por necesidad han de pasarse con barca, recorriendo Armenia: el primero es el Tigris propiamente dicho; el segundo y tercero llevan también el nombre de Tigris, no siendo los mismos respecto con el primero, ni saliendo de un mismo sitio, pues el primer Tigris baja de Armenia, al paso que los otros dos que se hallan después de él bajan del país de los matienos; el cuarto río, que lleva el nombre de Gindes, es el mismo que dividió Ciro en trescientos setenta canales. Dejando Armenia, hay en la provincia de los matienos, donde se entra inmediatamente, cuatro postas que correr. Pasando de esta a la región de Cisia, se encuentran en ella once postas, y se recorren cuarenta y dos parasangas y media, hasta que por fin se llega al río Coaspes, que se pasa con barca, y en cuyas orillas está edificada la ciudad de Susa. En suma, suben a ciento once todas las postas, a las que corresponden otros tantos alojamientos y paradores al viajar de Sardes a Susa.

53. Ahora bien, si se tomaran bien las medidas de dicho camino real, contando por parasangas y dando a cada una treinta estadios,

---

[251] Medida persa equivalente a unos 5940 metros.

que son los que realmente contiene, se hallará que hay cuatrocientas cincuenta pasarangas, y en ellas trece mil quinientos estadios, yendo de Sardes hasta el Palacio de Memnón[252], que así llaman a Susa, de donde haciendo uno por día el camino de ciento cincuenta estadios, se ve que deben contarse para aquel viaje noventa días cabales.

54. Así que fue cierto lo que dijo Aristágoras de Mileto en la respuesta dada al lacedemonio Cleómenes, que era de tres meses el viaje para subir a la corte del rey. Mas por si acaso desea alguno una cuenta aún más precisa y exacta, voy a satisfacer luego su curiosidad: añádeme este, como debe sin falta añadir a la cuenta de arriba, el viaje que hay que hacer desde Éfeso hasta Sardes; digo, pues, ahora que desde el mar de Grecia[253], o desde las costas de Éfeso, hay catorce mil cuarenta estadios hasta la misma Susa, o llámese ciudad de Memnón, siendo quinientos cuarenta estadios los que realmente se cuentan de Éfeso a Sardes, y con estos alargaremos tres días más el citado viaje de tres meses.

55. Volvamos a Aristágoras, que saliendo de Esparta aquel mismo día, tomó el camino para Atenas, ciudad libre ya entonces, habiendo sacudido el yugo de sus tiranos del modo siguiente: Aristogitón y Harmodio, dos ciudadanos descendientes de una familia gefirea, habían dado muerte a Hiparco, hijo de Pisístrato y hermano del tirano Hipias, el cual entre sueños había tenido una clarísima visión del desastre que le esperaba. Después de tal muerte sufrieron los atenienses por espacio de cuatro años el yugo de la tiranía, no menos que antes, o por decir mejor, sufrieron mucho más que nunca.

56. He aquí cómo pasó lo que empecé a decir de la visión que tuvo Hiparco entre sueños. Le parecía en la víspera misma de las Panateneas[254], que poniéndosele cerca un hombre alto y bien parecido,

---

[252] Mítico rey de Etiopía, hijo de la Aurora, que pereció en Troya a manos de Aquiles. Autores como Diodoro de Sicilia (cf. *Biblioteca histórica* 2.22) le atribuyen la construcción del palacio de Susa.

[253] El Egeo.

[254] La festividad más importante de Atenas. Las Panateneas tenían lugar durante el mes de *hecatombeón* (el primer mes en el calendario ático, que comenzaba a mediados de nuestro mes de julio); una vez cada cuatro años eran celebradas con especial esplendor, por lo que recibían el nombre de Grandes Panateneas. La parte religiosa

le decía estas enigmáticas palabras: «Sufre, león, un azar insufrible; súfrelo mal que te pese; nadie haga tal, o nadie deje de pagarlo». No bien amaneció al otro día, cuando Hiparco consultó públicamente con los intérpretes de sueños su nocturna visión; pero sin cuidarse de conjurarla desde luego, se fue a la procesión de aquella fiesta y en ella pereció.

57. Acerca de los gefireos, a cuyo clan pertenecían los asesinos de Hiparco, dicen ellos mismos tener en Eritrea su origen; pero, según averigüé por mis informes, no son sino fenicios descendientes de los que en compañía de Cadmo vinieron al país que llamamos al presente Beocia, donde fijaron su asentamiento, habiéndoles cabido en suerte la comarca de Tanagra. Echados los cadmeos de dicho país por los argivos, fueron después los gefireos arrojados del suyo por los beocios, y con esto se refugiaron en el territorio de los atenienses, los cuales les concedieron carta de naturaleza entre sus ciudadanos, si bien con algunos pactos y condiciones, instándoles a que se abstuviesen de ciertas cosas, que no eran pocas, pero que no merecen la pena de ser referidas.

58. Ya que hice mención de los fenicios venidos en compañía de Cadmo, de quienes descendían dichos gefireos, añado que entre otras muchas artes que enseñaron a los griegos establecidos ya en su país, una fue la de leer y escribir, pues antes de su venida, a mi juicio, ni aun las figuras de la letras corrían entre los griegos. Eran estas, en efecto, al principio, las mismas que usan todos los fenicios, aunque cuando con el paso del tiempo, según los cadmeos, fue cambiando el sonido de las letras, cambiaron también la forma de sus caracteres. Los jonios, pueblo griego, eran vecinos por muchos puntos en aquella época de los cadmeos, de cuyas letras, que habían aprendido de estos fenicios, se servían, aunque variando la formación de algu-

---

del festival consistía en una procesión que concluía con la ofrenda de un peplo de lana tejido por diez vírgenes al servicio de Atenea. Este peplo era transportado por un carruaje con forma de barco cuya vela la constituía el propio manto. Partiendo al amanecer desde un edificio consagrado a los preparativos de la fiesta, el cortejo llegaba hasta el ágora, donde aguardaba la muchedumbre. Desde allí, una multitud compuesta por todos los estamentos de la sociedad caminaba en procesión por la Vía Sagrada hasta el templo de la diosa.

nas pocas, y según pedía toda buena razón, al usar de tales letras las llamaban «letras fenicias», por haber sido introducidas en Grecia por los fenicios. A las hojas de papiro los llaman asimismo los jonios antiguamente pieles, porque allá en tiempos antiguos, por ser raro el papiro, se valían de pieles de cabra y de oveja, y aún en el día son muchas los pueblos bárbaros que se sirven de pieles.

59. Yo mismo vi por mis propios ojos en Tebas de Beocia, en el templo de Apolo Ismenio, unas letras cadmeas grabadas en unos trípodes y muy parecidas a las letras jonias; uno de los trípodes contiene esta inscripción: «Aquí me colocó Anfitrión, vencedor de los teléboas». La dedicación de ella sería hacia los tiempos de Layo, hijo de Lábdaco, nieto de Polidoro y bisnieto de Cadmo.

60. Otro de los mencionados trípodes dice así, en verso hexámetro: «A ti, sagitario Apolo, me consagró Esceo, luchador victorioso, como lucidísima joya». Debió de ser dicho Esceo el hijo de Hipocoonte, a no ser que hiciese tal ofrenda algún otro del mismo nombre de Esceo, hijo de Hipocoonte, que vivía en tiempo de Edipo, hijo de Layo.

61. He aquí lo que dice otro tercer trípode, también en verso hexámetro: «Reinando solo Laodamante, regaló al dios Apolo, certero en sus tiros, este trípode, linda presea». En tiempo de este Laodamante, hijo de Eteocles, que mandaba solo entre los cadmeos, fue precisamente cuando estos, arrojados de su patria por los argivos, se refugiaron en el pueblo de los llamados enqueleos, si bien quedando por entonces los gefireos en su país, solo algún tiempo después fueron obligados por los beocios a retirarse a Atenas. Tienen los gefireos construidos en Atenas templos particulares en que en nada participan con ellos los demás atenienses, siendo santuarios de ritos separados, de los cuales es uno el templo de Deméter Acaya con sus misterios propios.

62. Hasta aquí llevo dicho cuál fue la visión que tuvo Hiparco entre sueños, y de dónde los gefireos, de cuyo clan fueron los asesinos de Hiparco, eran oriundos en lo antiguo. Ahora será bueno volver a tomar ya el hilo de la narración comenzada y acabar de declarar lo que decía sobre el modo con que se libraron por fin los atenienses del yugo de sus tiranos. Sucedió, pues, que siendo Hipias tirano en Atenas y estando muy irritado contra aquel pueblo a causa del asesinato cometido sobre Hiparco, su hermano, procuraban en tanto por todos los medios posibles volver a su patria los Alcmeónidas, familia de Atenas echada de allí por los hijos de Pisístrato, y lo mismo procuraban con ellos otros desterrados. Viendo los Alcmeónidas lo mal que les había salido la tentativa, a fin de volver a la patria y procurar la libertad de Atenas, fortificados en un lugar llamado Lipsidrio, al norte de Peonia, no dejaban piedra por mover para dañar a los Pisistrátidas. En tal estado y puestos de acuerdo con los anfictiones, tomaron a su cargo levantar el templo que al presente hay en Delfos y que entonces no existía: siendo, pues, hombres opulentos y de una familia desde tiempo atrás muy ilustre, hicieron el templo mucho más bello y lujoso de lo que se requería según el modelo, pues estando en la contrata que el templo debería ser de roca, hicieron la fachada de mármol pario.

63. Estando, pues, residiendo en Delfos estos hombres, según cuentan los mismos atenienses, obtuvieron de la Pitia, sobornada a fuerza de dinero, que siempre que vinieran los espartanos a consultar el oráculo, ya fuera privada, ya pública la consulta, les diera por respuesta que la voluntad de los dioses era que libertasen Atenas. Viendo los lacedemonios cómo siempre se les mandaba aquel recuerdo de parte del oráculo, enviaron por fin al frente del ejército a uno de los principales personajes de su ciudad, llamado Anquimolio, hijo de Aster, y le dieron orden de que echase de Atenas a los hijos de Pisístrato, aunque fueran estos sus mayores amigos y aliados, teniendo más en cuenta la voluntad del dios que la amistad de los hombres. Enviado por mar con su escuadra dicho general, y fondeando en Falero[255], desembarcó allí sus tropas. Informados a tiempo los Pisistrátidas de la expedición contra ellos preparada, llamaron a las tropas auxiliares de Tesalia, enviaron allí de común acuerdo mil caballos conducidos por su rey Cíneas, que era de Condea. Recibido, pues, dicho socorro, tomaron los Pisistrátidas la medida de arrasar cuantos árboles había en las llanuras de Falero, con la mira de dejar aquel campo libre y expedito para que pudiese obrar en él la caballería, la cual, en efecto, habiendo atacado después por aquel paraje

---

[255] El puerto antiguo de Atenas.

y dejándose caer sobre el campo enemigo, entre otros estragos que hizo en los lacedemonios fue muy considerable el dar muerte al general de estos, Anquimolio, obligando juntamente al resto de la armada a refugiarse en sus naves; y con esto hubo de retirarse de Atenas la primera armada enviada allí por los lacedemonios. El sepulcro de Anquimolio se ve al presente en Alópece, uno de los demos del Ática, cerca del templo de Heracles, situado en Cinosarges[256].

64. De resultas de este destrozo, enviaron los lacedemonios contra Atenas una segunda armada, más numerosa que la primera, conducida por su rey Cleómenes, hijo de Anaxándridas, atacando a los enemigos no por mar como antes, sino por tierra. Fue entonces también la caballería tesalia la primera en trabar el choque con los lacedemonios, apenas entrados en el Ática; pero sin hacerles mucha resistencia volvió luego las espaldas, y dejando caídos en el campo a más de cuarenta de los suyos, volvieron los demás directamente a Tesalia. Llevando consigo Cleómenes a los atenienses que se declaraban por la libertad, y llegándose a la ciudad de Atenas, empezó a sitiar a los tiranos que se habían retirado al fuerte pelárgico[257].

65. No era natural que fueran los Pisistrátidas en aquella ocasión echados de su patria por los lacedemonios, tanto porque estos no llevaban ánimo por su parte de emprender un largo sitio como por hallarse aquellos por la suya bien abastecidos de víveres para resistirlo; antes era sin duda lo más probable que después de unos pocos días de asedio partieran otra vez hacia Esparta: entonces cierto hecho ocasionó la ruina a los sitiados y dio justamente a los sitiadores la victoria, porque quiso la fortuna que los hijos de los Pisistrátidas, al tiempo de ser llevados fuera del país para su resguardo y seguridad, cayesen en manos de los enemigos. Este hecho de tal manera desconcertó las intenciones de los sitiados y abatió sus fuerzas, que acabaron

---

[256] Cinosarges era un recinto sagrado a los pies del monte Licabeto. En ese emplazamiento se fundaría la escuela filosófica cínica. Tanto en la palabra «Cinosarges» como en «cínico» se encuentra la raíz griega que significa «perro», en referencia a Cerbero, el perro del inframundo que Heracles había capturado en uno de sus proverbiales doce trabajos, llevándolo hasta ese paraje.

[257] Antiguo bastión que defendía la acrópolis de Atenas desde tiempos inmemoriales y que acabaría siendo desmantelado.

acordando el rescate y la libertad de sus hijos en las condiciones que quisieron imponerles los atenienses, las cuales fueron que dentro del término de cinco días salieran del Ática los sitiados. Habiendo, pues, reinado en Atenas por espacio de treinta y seis años, salieron de ella y se retiraron a Sigeo, ciudad situada sobre el río Escamandro. Eran los Pisistrátidas oriundos del Pilos y descendientes de Neleo[258], de quien vinieron asimismo Codro y Melanto, primeros reyes extranjeros que hubo en Atenas: de suerte que el motivo de que Hipócrates pensase en poner a su hijo el nombre de Pisístrato fue la memoria del que se llamó Pisístrato, el hijo de Néstor, queriendo que del mismo modo se llamase también el suyo. En suma, del modo referido se vieron libres los atenienses de la tiranía; pero quiero añadir cuánto este pueblo, puesto ya en libertad, hizo o padeció digno de la historia, antes de que Jonia se sublevase contra Darío y viniera con esta ocasión a Atenas Aristágoras el milesio para pedirles ayuda y socorro.

66. Después de que Atenas, ciudad ya de siempre muy grande, arrojara de sí a sus tiranos, vino a hacerse mucho mayor. Dos eran en ella los jefes y partidarios que más poder tenían: uno Clístenes, de la familia de los Alcmeónidas, de quien se dice que supo sobornar a la Pitia; el otro Ságoras, hijo de Tisandro, sujeto de una casa verdaderamente ilustre, aunque ignoro de qué procedencia eran sus antepasados: sé únicamente que suelen los de su familia hacer sacrificios a Zeus Cario, de quien son muy devotos. Estos dos eran, pues, los caudillos de dos facciones. Se hallaba Clístenes abatido; mas habiendo sabido ganarse después al pueblo, logró formar diez tribus, de cuatro que solo había primero. Quitó, pues, los nombres que tenían antes las cuatro tribus, tomados de los hijos de Ión, que eran antes los de los Geleonte, Egícoras, Árgades y Hoples, y en lugar de ellos introdujo los nombres de otros héroes locales con que distinguir sus nuevas tribus, a excepción de Áyax, cuyo nombre añadió a los demás por haber sido vecino y aliado de los atenienses[259].

---

[258] Mítico rey de Pilos y padre de Néstor, héroe aqueo que participó, a pesar de su avanzada edad, en la guerra de Troya.
[259] Los héroes que daban nombre a las diez tribus resultants eran Erecteo, Egeo, Pandión, Leos, Acamante, Eneo, Cécrope II, Hipótoo, Áyax y Antíoco. Contaban con

67. Mucho habría de engañarme si no quiso Clístenes imitar en esta parte a su abuelo materno, Clístenes, que había sido tirano de Sición. Después de haber guerreado con los argivos, el viejo Clístenes procuró dos cosas en descrédito de sus enemigos: una quitar de Sición un certamen que hacían en ella los rapsodas recitando a Homero, a causa de ser en tales versos los argivos los que se llevaban entre todos la palma de los elogios del poeta[260]; la otra ver cómo podría acabar al fin con el culto que daban los de Sición a Adrasto, hijo de Tálao, cuyo templo tenía levantado en su misma ágora por ser argivo. Consultó, pues, en un viaje que hizo a Delfos si sería razón echar a Adrasto de la ciudad, pero tuvo la mortificación de oír de boca de la Pitia esta respuesta en tono de oráculo: «Que Adrasto había sido rey de los sicionios y él era el verdugo de ellos». Viendo que no condescendía Apolo con su pretensión, vuelto a su patria empezó a discurrir de qué medio se valdría para lograr que el héroe Adrasto se fuese por sí mismo de la ciudad. Cuando le pareció haber dado ya con un buen medio para salir con su intento, dirige enviados a Tebas de Beocia, y manda decir a aquellos ciudadanos que su deseo sería poder restituir a Sición al hijo de Ástaco, llamado Melanipo. Obtiene tal gracia de los tebanos, y habiendo restituido a Melanipo, erigió para él un templo en el mismo pritaneo[261], y fijó allí su estancia en un sitio muy fortificado. El motivo que tenía Clístenes para restituir a Melanipo, puesto que es preciso que aquí se declare, no era otro que el haber sido este el mayor enemigo de Adrasto, a cuyo hermano Mecisteo y a su yerno Tideo había dado muerte. Luego que tuvo edificado su nuevo templo, quitó Clístenes los sacrificios y fiestas que solían hacerse a Adrasto y los dedicó a Melanipo. Era antes realmente grande la solemnidad y culto con que solían los sicionios venerar a Adrasto, movidos a ello por saber que su región en lo antiguo había sido de Pólibo, de cuya hija había nacido Adrasto, fue declarado he-

unas estatuas en el ágora —el monumento de los héroes epónimos— que servía como punto de información sobre novedades relevantes para las distintas tribus.
[260] En sus poemas, Homero denomina argivos (también aqueos y dánaos) a los héroes que acudieron a Troya bajo el mando de Agamenón, rey de Argos y Micenas.
[261] Sede del gobierno de las polis griegas en la que se reunían los prítanes, representantes de las distintas tribus que detentaban el poder ejecutivo.

redero del reino, por haber muerto Pólibo sin sucesión masculina. Entre otras honras que tributaban a Adrasto los de Sición, una era la representación de sus desgracias en unos coros trágicos, de modo que sin tener coros consagrados a Dioniso festejaban ya con ellos a Adrasto: manda, pues, Clístenes que se conviertan aquellos coros en cantos de Dioniso, y lo demás de la fiesta y de los sacrificios en honra de Melanipo, en lo cual vinieron a parar todas las maquinaciones de Clístenes contra Adrasto.

68. Hizo aún más contra los argivos. Mantenían los sicionios en sus tribus los mismos nombres que tenían los argivos en las suyas: cambia, pues, Clístenes el nombre a las tribus sicionias, de suerte que las puso en ridículo, porque sacando aparte a los de su misma tribu, a quienes llamó Arquelaos, dio a las otras tribus nombres sacados de las palabras «puerco» y «asno», añadiéndoles únicamente la terminación derivada, de modo que a los unos llamó Hiatas, a otros los Oneatas, y a los restantes Quereatas («lechones»), nombres que los sicionios mantuvieron no solo en el mandato de Clístenes, sino aún unos sesenta años después de su muerte, hasta que volvieron en sí, y trocando tales apodos, se llamaron Hileos, Panfilos y Dimanatas, y los de la cuarta tribu, tomando el nombre de Egialeo, hijo de Adrasto, se hicieron llamar Egialeos.

69. Como Clístenes el sicionio introdujo, pues, esta novedad en las tribus, Clístenes el ateniense, que siendo por su madre nieto de sicionio llevaba su mismo nombre, a lo que se me alcanza, quiso imitar en este punto a su abuelo y tocayo, haciendo en descrédito de los jonios que las tribus de Atenas no tuviesen un nombre común con el de las suyas. Atraído, pues, a su bando todo el pueblo ateniense, que antes le era muy contrario, aumentó el número de las tribus variándolas a todas el nombre; así que en lugar de cuatro que antes eran los filarcas, instituyó diez, y a más de esto en cada tribu señaló diez demos. De donde resultó que su partido, habiéndose ganado así al pueblo, fuera muy superior al de sus contrarios.

70. Pero Iságoras, su rival político, viéndose inferior a Clístenes, supo urdir una buena trama. Acudió, pues, a la protección de Cleómenes, su antiguo huésped y amigo ya desde el tiempo del sitio que este puso contra los hijos de Pisístrato: ni faltaban malvados que decían de Cleómenes que solía visitar a menudo a la mujer de Iságoras.

Cleómenes, por medio de un heraldo que destinó a Atenas, instó a Clístenes a que en compañía de otros muchos atenienses salieran de la ciudad, por ser tanto él como los demás a los que nombraba unos sacrílegos, hecho que les imputaba en su denuncia por insinuación de Iságoras, pues los Alcmeónidas, con los de su facción, eran mirados en Atenas como reos de cierta muerte sacrílega de la cual no habían sido cómplices Iságoras ni su bando.

71. La acción por la que merecieron los Alcmeónidas la nota de malditos fue la siguiente: había entre los atenienses un tal Cilón, famoso vencedor en los Juegos Olímpicos, convencido de haber procurado alzarse con la tiranía de Atenas, pues habiendo reunido una facción de hombres de su misma edad, intentó apoderarse de la acrópolis. Pero como le salió mal la tentativa, se refugió Cilón en un lugar sagrado cerca de la estatua de Atenea. Los prítanes de los naucraros[262] que a la sazón mandaban en Atenas, sacaron de aquel sitio a los refugiados bajo la promesa de que no se les daría muerte, mas, a pesar de esta promesa, se les hizo morir, de cuyo atentado se culpaba a los Alcmeónidas. Este caso era antiguo y anterior a la época de Pisístrato.

72. No contento Cleómenes con haber mandado echar de Atenas a Clístenes y a los demás proscritos, por más que estos se hubiesen ya ausentado, se presentó allá en persona con un pequeño cuerpo de tropas. Llegado a Atenas, expulsó a setecientas familias atenienses, las que Iságoras le fue sugiriendo; después de este primer paso, intentó abolir el Consejo[263], y dar el mando y magistratura a trescientos partidarios de Iságoras. Amotinado de resultas de esta violencia el Consejo y no queriendo estar a las órdenes de Cleómenes, este,

---

[262] Antes de las reformas de Clístenes, cada una de las cuatro tribus de Atenas se subdividían en doce naucrarías, cuyos jefes, los naucraros, ejercían como prítanes. La palabra «naucraro» nos remite al término griego que significa «nave», lo que se debe a que cada naucraría tenía que aportar un barco para la flota ateniense.

[263] Con las reformas de Clístenes, la *Boulé* o Consejo ateniense había pasado de cuatrocientos a quinientos componentes. El Consejo se encargaba de preparar las sesiones de la asamblea y convocarla, pero además llevaba las riendas de la política exterior y se encargaba del control de las finanzas y fondos públicos, arsenales, aduanas, el mercado, etc.

ayudado por Iságoras y por los de su partido, se apoderó de la ciudad. Allí los atenienses de la facción contraria, habiéndolos tenido sitiados por espacio de dos días, capitulando al tercero, convinieron en que todos los lacedemonios de la acrópolis salieran de allí bajo la promesa del salvoconducto, cumpliéndosele así a Cleómenes en esta salida el augurio que voy a referir: después de que subió a la acrópolis con ánimo de apoderarse de ella, se fue directo al camarín de la diosa Atenea, para visitarla pía y religiosamente. En el mismo instante que lo ve la sacerdotisa, levantada de su asiento y antes de que pasara el umbral del santuario, le dijo: «Vuélvete atrás, lacedemonio forastero, vuélvete. Ni pretendas entrar en este santuario, donde no es lícito que entren los dorios». «Que sepas, mujer —le responde Cleómenes—, que yo no soy dorio, sino aqueo». De suerte que por no haber contado entonces con aquella mal augurada palabra, tuvo después Cleómenes que dar la vuelta con sus lacedemonios. A los demás de la acrópolis, encarcelados después, les condenaron a muerte los atenienses, y entre ellos a un ciudadano de Delfos, llamado Timesíteo, de cuyo talento y primor en varias acciones habría muchísimo que decir. Todos murieron en la cárcel.

73. Llamados a su patria después de tales turbulencias Clístenes y las setecientas familias perseguidas por Cleómenes, mandaron los atenienses sus embajadores a Sardes con la petición de hacer un tratado de alianza con los persas, previendo claramente la guerra que de parte de Cleómenes y de sus lacedemonios les amenazaba. Llegados, pues, a Sardes los emisarios, y habiendo declarado la misión que les habían encargado, preguntó el gobernador de ella, Artáfrenes, hijo de Hitaspes, quiénes eran aquellos hombres que pretendían ser aliados del rey y en qué parte moraban. Habiendo los embajadores contestado a la pregunta, les respondió el gobernador, en suma, que concluiría con los atenienses el tratado de alianza que se le pedía, con tal que quisieran entregarse a por completo al rey Darío, entregándole tierra y agua; pero que si no querían hacerlo les mandaba partir de allí. Tomando entonces acuerdo entre sí los embajadores sobre la respuesta, llevados del deseo de aquella alianza, le respondieron que se entregaban a Darío, motivo por el que a su regreso a la patria fueron mal vistos y censurados.

74. En tanto que esto pasaba, sabiendo Cleómenes que los atenienses iban haciéndole por obra y de palabra todo el daño que podían, mandó juntar las tropas del Peloponeso entero, sin decir a qué fin las juntaba, el cual no era otro en realidad que el deseo de vengarse del pueblo de Atenas, dándole como tirano a Iságoras, que en su compañía había salido de la acrópolis. En efecto, a un mismo tiempo Cleómenes atacó Eleusis con un ejército numeroso, y los beocios, de acuerdo con él, tomaron los últimos demos del Ática, que eran Énoe e Hisias, y los calcideos iban por otro lado talando el territorio del Ática. Estas, si bien no sabían dónde acudir primero, salieron con todo armados contra los peloponesios que se hallaban en Eleusis, dejando para después la venganza de los beocios y calcideos.

75. Estaban a la vista los dos ejércitos prontos ya para trabar combate, cuando los corintios, que habían conocido la injusticia de aquella guerra, fueron los primeros que, mudando de parecer, comenzaron a volver hacia su patria; después de ellos se retiró también el rey de los lacedemonios, que conducía el ejército, Demarato, hijo de Aristón, por más que antes nunca hubiese sido de parecer contrario al de Cleómenes, y siendo así que hasta entonces solían los dos reyes juntos salir al frente de sus tropas: en esta ocasión y por dicha discordia se hizo en Esparta una ley de que al salir el ejército nunca marchasen con él ambos reyes, sino que exonerado uno de ellos de ir a campaña, se quedase en Esparta con uno también de los Tindáridas[264], pues antes las estatuas de los Tindáridas, como dioses tutelares de sus reyes, iban siguiéndoles en el ejército. El desenlace de la campaña fue que viendo los aliados que no venían los dos reyes de lacedemonia y que los corintios habían ya abandonado el puesto, empezaron a desertar.

76. Era la cuarta vez que los dorios armados entraban en el Ática, pues dos veces fueron allí como enemigos, y dos como amigos en bien de Atenas; pudiéndose contar con razón por la primera jorna-

---

[264] Los Tindáridas son Cástor y Pólux, hijos del mítico rey de Esparta Tindáreo y divinidades protectoras de los espartanos. Su carácter divino es consecuencia de que Zeus se habría unido a su madre Leda el mismo día que lo había hecho Tindáreo; por ese motivo también son conocidos bajo el nombre de Dioscuros («hijos de Zeus»).

da hacia esta cuidad la expedición que hicieron los dorios cuando condujeron a Mégara una colonia en los tiempos en que que Codro reinaba en Atenas. La segunda y la tercera fue cuando con el designio de echar a los hijos de Pisístrato, pasaron allí desde Esparta con gente armada; la cuarta es la que acabo de referir, cuando con las tropas del Peloponeso se dejó caer Cleómenes sobre Eleusis. Bien afirmé, por tanto, que entonces por cuarta vez acometían los dorios a Atenas.

77. Desbaratado y deshecho tal ejército, sin haber obtenido resultado importante contra los atenienses, con ánimo de vengarse de sus enemigos, llevaron desde luego las armas contra los calcideos, en cuya ayuda y defensa habían ya los beocios salido hacia el Euripo[265]. Ven los atenienses a los beocios puestos en armas y resuelven atacarlos antes que a los calcideos; y fue tal el ímpetu con que cargaron sobre ellos que, logrando una completa victoria, además de los muchos enemigos que dejaron tendidos en el campo, hicieron setecientos prisioneros. Victoriosos, pasan a Eubea aquel mismo día, y dando una segunda batalla, triunfan nuevamente sobre sus enemigos. Fruto de esta victoria fue dejar en Eubea cuatro mil clerucos[266] atenienses, repartiendo entre ellos las tierras de los hipobotas[267] de Calcis; y los que entre los calcideos se llamaban con este nombre, que equivale al de caballero, venían a ser los ciudadanos más ricos y opulentos. Por lo que respecta a los prisioneros de guerra, así los de Calcis como los de Beocia, aunque luego los mantuvieron prisioneros, algún tiempo después los soltaron, recibiendo en rescate dos minas por cabeza. No obstante, suspendieron los cautivos en la acrópolis los grilletes en que les habían tenido y aún hoy día se ven colgados en aquellas paredes chamuscadas después por el medo, enfrente del templo, por la parte que mira a poniente. Con la décima parte de dicho rescate, dedicada en el templo, hicieron una cuadriga de bronce, que al entrar en los propileos de la acrópolis se deja ver luego hacia mano izquierda con este epígrafe: «La gente de Calcis con la gente de Beocia, presa

---

[265] Estrecho que separa la isla de Eubea, donde se encontraba Calcis, del continente.
[266] Los clerucos eran los atenienses que la ciudad enviaba a habitar las tierras de las que se apoderaba expulsando a sus habitantes previos.
[267] Es decir, «criadores de caballos».

por mano ática con belicoso brío, paga su merecido en calabozo y en férreas cadenas: del diezmo de su rescate logra Palas este carro».

78. Iban por fin los atenienses creciendo en poder de día en día, pues cosa probada es, no una sino mil veces, por experiencia, que el estado por sí más próspero y conveniente es aquel en que reina la igualdad de expresión[268] para todos los ciudadanos. Se vio bien esto en los atenienses, que no siendo antes, cuando vivían bajo el yugo de un tirano, superiores en las armas a ninguna de las polis vecinas, apenas se vieron libres, se mostraron los más bravos y sobresalientes de todos en sus negocios y empresas de guerra. De donde aparece bien claro que cuando trabajaban sometidos a un señor despótico habitaban a propósito arrimar el hombro, y que viéndose una vez libres se esforzaban todos, cada cual por su parte, en acrecentar sus intereses y ventajas propias: en una palabra, no podían portarse mejor de lo que lo hacían.

79. Pero los tebanos, después de aquella pérdida, deseosos de devolver el daño a los atenienses y de tomar de ellos venganza, enviaron una consulta al dios Apolo, a la cual les respondió la Pitia «que no pensasen poder por sí solos tomarse la satisfacción que deseaban, sino que les encargaba que, consultando primero el asunto donde abundan las palabras, pidiesen ayuda a los más allegados». Una vez que los tebanos, a cuya asamblea los consultantes, vueltos ya de Delfos, comunicaban la citada respuesta, oyeron que era necesario acudir a los más allegados, se pusieron a discutir de este modo: «Pues si ello es así, siendo nuestros más inmediatos vecinos los tanagreos, coroneos y tespieos, pueblos siempre hechos a seguir nuestra causa y prestos a ser nuestros compañeros de armas, ¿a qué viene la prevención del oráculo de que les pidamos su asistencia y ayuda? ¿Quizá no será sino esto otra cosa la que quiere significar el oráculo?».

80. Detenidos en su asamblea entre tales dudas y razones, uno que las oye salta con este discurso: «Pues ahora me parece haber dado con el sentido de nuestro oráculo. Tengo entendido que fueron dos

---

[268] Junto a la *isonomía* («igualdad ante la ley») y la *isokratía* («igualdad de poder», concepto que menciona Heródoto en 5.92), la *isegoría* («igualdad a la hora de expresarse») era la base de la incipiente democracia ateniense.

las hijas de Asopo, Teba y Egina; me parece, pues, que habiendo sido hermanas las dos, nos querrá decir Apolo en su respuesta que acudamos los tebanos a los eginetas, pidiéndoles que sean nuestros vengadores». Al instante los tebanos de la asamblea, a quienes pareció que no cabía interpretación más adecuada del oráculo, enviaron a los eginetas unos emisarios que les pidieran su asistencia, instándoles a que acataran la orden del oráculo, ya que ellos eran sus más cercanos parientes. La respuesta que a los enviados dieron los eginetas fue que los Eácidas[269] irían allá en compañía de ellos.

81. Con el socorro de dichos Eácidas se animan los tebanos a probar fortuna en la guerra; pero viéndose de nuevo mal parados en ella por los atenienses, envían otra vez emisarios a Egina, que devolviendo a los eginetas sus Eácidas, en vez de ellos les pedían soldados. Implorados por segunda vez los eginetas, en parte engreídos con su opulencia, y en parte no olvidados de su antiguo rencor contra los de Atenas, resuelven hacerles la guerra antes de declararla; y, en efecto, estando las tropas atenienses ocupadas contra los beocios, pasando de repente los eginetas al Ática en sus embarcaciones, saquearon Falero y a otros muchos demos de las costas, causando gran perjuicio a los atenienses.

82. Bien será que diga ahora de qué principio nació la inveterada enemistad a la que acabo de aludir entre atenienses y eginetas. Sucedió, pues, que negándose la campiña de los epidaurios a producir fruto y cosecha alguna, consultaron estos al oráculo de Delfos acerca de aquella calamidad. Respondió la Pitia a la consulta que si erigían dos estatuas nuevas, una a Damia y otra a Auxesia[270], verían pronto mejorar sus negocios. Preguntaron los epidaurios si sería mejor hacerlas de bronce o de mármol: «Ni de bronce ni de mármol —dijo la *Pitia*—, sino de dulce olivo». De resultas de este oráculo, pidieron los epidaurios a los atenienses que les permitieran cortar en su tierra algunos olivos, persuadidos de que los olivos del Ática eran los más divinos y prodigiosos de todos, y aún se añade que en aquella época

---

[269] Se trata de las estatuas de Éaco, el primer rey de la isla, y la de sus hijos Peleo y Telamón (padres de los héroes Aquiles y Áyax, respectivamente).
[270] Diosas de la fecundidad que pasarían a ser identificadas con Deméter y Perséfone.

solo en Atenas y en ningún otro paraje se encontraban olivos. Accedieron gustosos los atenienses en conceder el permiso que se les pedía, pero con la condición de que ellos se comprometiesen a hacer todos los años ofrendas a Atenea Políada y asimismo a Erecteo[271]. Se comprometieron a ello los epidaurios, lograron lo que pedían, hicieron las imágenes de olivo, y dedicados ya, volvió a dar fruto su campiña, y prosiguieron ellos en cumplir a los atenienses lo ofrecido.

83. En el tiempo del que estoy hablando obedecían todavía, como solían antes, los de Egina a los epidaurios, tanto en todo lo político como en la jurisdicción de los tribunales; de suerte que los eginetas acudían a Epidauro en sus pleitos y acciones para pedir y responder en justicia. Pero desde aquella época, viéndose los eginetas con gran número de naves, fueron creyendo superiores, y negando la obediencia a los epidaurios, empezaron a hacerles cuanto mal podían como a sus mayores enemigos; y siéndoles superiores en la marina, sucedió que pudieron robar a los epidaurios aquellas estatuas de Damia y de Auxesia, los cuales, transportadas a la isla, fueron colocados en medio de ella en un lugar llamado Oya, que viene a distar como veinte estadios de la misma ciudad de Egina. En este sitio, puestas las dos diosas epidaurias, les iban haciendo sacrificios los de Egina y festejándoles con unos coros de mujeres, nombrando para cada una de las diosas diez coregos que corrieran con el gasto. Era costumbre de dichos coros, practicada antes por los de Epidauro, decir a las mujeres del país mil insolencias, aunque sin meterse con los hombres. Usaban también rituales secretos.

84. Una vez robadas dichas estatuas, como cesasen los epidaurios de hacer las ofrendas que antes solían a los de Atenas, les enviaron estos por aquella falta a dar quejas mezcladas con amenazas. Demostraron los epidaurios con buenas razones que ninguna injusticia les hacían en aquello; que en tanto que habían tenido en casa a las diosas, habían sido puntuales en cumplirles lo prometido; que después de habérselas quitado con violencia, no les parecía razonable continuar con aquel antiguo rito, y que se lo exigiesen a los eginetas, ya que

---

[271] Erecteo era uno de los reyes míticos de Atenas, al que se rendía culto en un templo, el Erecteion, que todavía hoy se alza sobre la acrópolis de Atenas.

estos al presente poseían aquellas imágenes. Oído tan justo descargo, enviaron los atenienses a Egina unos emisarios que pidiesen dichas estatuas, a los cuales respondieron los de Egina que nada tenían que ver ni hacer con los de Atenas.

85. Lo que pasó después de esta reclamación lo refieren así los atenienses, diciendo que de parte de la polis pasaron a Egina en una trirreme algunos de sus ciudadanos, quienes saltando en tierra y echándose sobre las estatuas, cuya madera miraban como cosa propia, procuraban ver cómo las moverían de sus pedestales; y no pudiendo salir con su maniobra, con unas sogas atadas alrededor de las diosas, las iban arrastrando. Estando en aquella maniobra, se oyó de repente un trueno, y al trueno siguió un terremoto. Aturdidos con el nuevo portento los marineros que arrastraban a sus diosas, saliendo de repente fuera de sí, empezaron entre ellos mismos, como si fueran enemigos mortales, una desaforada matanza, cuyo estrago pasó tan allá que no quedó de todos sino uno solo que volviese a Falero.

86. Así refieren esta historia los de Atenas; mas no dicen los eginetas que fueran allá en una sola nave los atenienses, ya que a una, y a algunas más, bien hubieran ellos resistido aun en el caso de no tener naves propias, sino que los enemigos, con una buena armada, hicieron un desembarco en Egina, cediéndoles por entonces la entrada los del país sin exponerse a una batalla naval; aunque ni los eginetas mismos saben asegurar si el motivo de cederles el paso sería por reconocerse inferiores en el mar, o con la pretensión de poner por obra lo que después con los invasores ejecutaron. Afirman, sin embargo, que viendo los atenienses que nadie les presentaba batalla, saliendo de sus naves se fueron directos hacia las estatuas, y no pudiéndolas arrancar de sus pedestales, atadas al cabo con fuertes maromas, empezaron a tirar de ellas, no parando en la maniobra hasta tanto que las dos estatuas a un tiempo hicieron una misma demostración que ellos cuentan y que yo jamás creeré por más que la quiera creer alguno. Cuentan, pues, los eginetas que las dos estatuas se hincaron de rodillas, postura que han conservado siempre desde entonces. Esto hacían los atenienses; los de Egina, por su parte, informados de antemano de que se disponían sus enemigos a venir contra ellos, habían negociado con los argivos que estuviesen preparados para irles a socorrer; y, en efecto, a un mismo tiempo desembarcaron

los atenienses en Egina, y los argivos, pasando a la misma isla desde Epidauro, venían ya sin ser advertidos a dar auxilio a los naturales, y al llegar se dejaron caer de improviso sobre los atenienses apartados de sus naves y del todo seguros de aquel encuentro y refuerzo de que ni la menor sospecha habían antes tenido. En aquel mismo punto, añaden, acaecieron el trueno y el terremoto.

87. Esta es, pues, la historia que nos cuentan argivos y eginetas, y en un punto coinciden con los de Atenas, a saber: que uno solo volvió sano y salvo al Ática; aunque los argivos quieren que de sus manos se salvase aquel individuo, dándose ellos por los que echaron a pique toda aquella armada; y los atenienses pretenden que no se libró aquel sino de la venganza de la divinidad, aunque no por esto logró verse libre de su ruina el hombre que escapó, sino que pereció también desgraciadamente. Porque vuelto a Atenas el infeliz, como anduviese cantando aquella gran calamidad y destrozo, oyéndole las mujeres de los muertos en la jornada referir el estrago común, y no pudiendo sobrellevar que perdidos todos los demás se hubiera salvado él solo, le fueron rodeando, y atrapado en medio, le iban dando tantos pinchazos con las fíbulas de sus vestidos, preguntándole cada una dónde estaba su marido, que acabaron allí mismo con el infeliz, después que se sabía ya librado de la común ruina de sus compañeros. Los atenienses, a quienes esta furia mujeril les pareció más deplorable que la pérdida total de su armada, no hallando otro modo de castigar a las mujeres, tomaron la resolución de hacerles mudar de vestido, obligando a todas a que vistieran a la manera jonia, pues antes las atenienses vestían a la manera doria, traje muy semejante al vestido corintio. De allí en adelante las obligaron a llevar túnica de lino para que no se sirvieran más de fíbulas[272].

88. Verdad es que, hablando en rigor, el traje al que las obligaron no fue en los tiempos antiguos propio de las mujeres jónicas, sino de las carias; pues antiguamente el vestido de toda mujer griega era el mismo que al presente llamamos dorio. Pero los argivos por su

---

[272] El vestido dorio era de lana y estaba desprovisto de mangas, cerrándose por un lado mediante una fíbula o broche. Por su parte, la túnica jonia era de lino y estaba cosida en sus costados, por lo que no precisaban un broche.

parte y los eginetas en sus respectivas ciudades hicieron una ley que las fíbulas de sus mujeres fuesen un tercio mayores de lo que eran antes, que las mujeres en los templos de sus dioses ofreciesen fíbulas antes que algún otro objeto, y que en ellos nada venido del Ática pudiese ofrecerse ni presentarse; tanto que en adelante no se sirviese de vajilla procedente de allá, sino que fuese ceremonia legítima beber en los sacrificios con vasijas del lugar: y se puso en práctica dicha ley, pues desde entonces hasta mis días las argivas y las eginetas, a despecho de las atenienses, solían llevar sus fíbulas mayores de lo que antes acostumbraban.

89. De los sucesos que acabo de referir nació, repito, el principio de la enemistad de los atenienses con los de Egina. Renovando, pues, entonces los eginetas la memoria de dichas estatuas y de los sucesos a ellas concernientes, vinieron gustosos en enviar a los beocios el socorro que les pedían, talando con sus tropas auxiliares las costas del Ática. Al ir los atenienses a emprender la expedición contra los de Egina, les vino de Delfos un oráculo en el que se les aconsejaba que por espacio de treinta años, a contar desde la injuria que acababan de recibir, se abstuviesen de combatir con los eginetas; pero que llegado el año treinta y uno y fabricado un templo a Éaco, empezasen contra ellos las hostilidades; pues haciéndolo así les sucedería la cosa como deseaban. Mas si desde luego emprendían aquella guerra, entendiesen que durante aquel tiempo tendrían ellos mucho que lamentar, aunque al cabo darían con el enemigo en tierra. Oído, pues, el nuevo oráculo, determinaron los atenienses levantar a Éaco aquel templo mismo que al presente se deja ver en su ágora; pero en la demora de treinta años no pudieron convenir, oyéndose clamar que no debían tolerar por tanto tiempo la injuria, después de verse tan maltratados por la invasión de los eginetas.

90. Con tal resentimiento, al tiempo en que se disponían para tomar venganza de aquellos enemigos, un nuevo contratiempo de parte de los lacedemonios les cerró el paso de la jornada. Porque como en aquella ocasión llegó a oídos de los lacedemonios, tanto el artificio que usaron los Alcmeónidas para sobornar a la Pitia, como el embuste con que esta les alarmó contra los Pisistrátidas, sintieron con tal aviso doblada pesadumbre, viendo por una parte que habían echado de la patria a sus mayores amigos y aliados, y por otra que

los atenienses, recibido aquel favor, no se les mostraban obligados ni agradecidos. Se añadía a estas reflexiones la congoja que ciertas profecías les ocasionaban de nuevo, pronosticándoles muchos agravios que de parte de los atenienses les aguardaban. Habían estado del todo ignorantes de dichas predicciones, y entonces habían empezado a oírlas cuando Cleómenes, estando en la acrópolis de Atenas, se encontró a mano ciertos oráculos escritos que habían estado primero en poder de los Pisistrátidas y habían sido dejados allí por los mismos en el templo de Atenea cuando fueron echados de la ciudad. Cleómenes, al salir de la fortaleza, quiso llevárselos consigo a Esparta.

91. Recibidos dichos oráculos, viendo por una parte los lacedemonios que los atenienses, libres ya y cada día más poderosos, en nada pensaban menos que en obedecerles, y previendo por otra parte que la gente ática, si permanecía libre, se les igualaría en el poder, al tiempo que si volvía a verse oprimida con la tiranía se mantendría débil y pronta a dejarse gobernar por ellos; considerando, pues, esto, los lacedemonios, llamaron a Esparta a Hipias, el hijo de Pisístrato, desde Sigeo, ciudad del Helesponto, donde con los suyos se había refugiado. Después que llamado Hipias se les presentó, convocan para un encuentro a los representantes de las ciudades aliadas, les hablan así los espartanos: «Amigos y aliados: conocemos y confesamos al presente nuestra falta de justicia y política: mal hicimos engañados por falsos oráculos en echar de su patria a unas personas que, siendo buenos amigos y aliados, nos tenían prometido mantener en nuestra obediencia a la ciudad de Atenas. Cometida esta injusticia, tuvimos la imprudencia de dejar aquella polis en manos de un pueblo ingrato, el cual, apenas se vio libre y suelto por nuestra mano, empezó a erguir su cabeza e insolente quiso enfrentársenos, echándonos de su casa a nosotros y a nuestro rey, y desde aquel punto, lleno de arrogancia, va tomando nuevos bríos. De lo que digo empiezan ya a lamentarse particularmente sus vecinos beocios y calcideos, y quizá todos los demás lo iréis sintiendo por turno si les tocáis un solo cabello. Ya, pues, que nos engañamos antes en lo que con ellos hicimos, procurando ahora tomarnos con vuestra asistencia la satisfacción correspondiente, lo iremos remediando. Este ha sido el motivo de hacer que viniera Hipias, a quien veis aquí presente, como el de convocaros a vosotros desde vuestras ciudades. Nuestras miras consisten en devolver a Hipias a Atenas, y restituirles de común acuerdo, y con un ejército común, el dominio que antes le quitamos».

92. Tal era la propuesta de los lacedemonios, a la cual ni se acomodaba la mayoría de los representantes, ni se atrevían con todo a contradecirla, guardando todos los aliados un profundo silencio. Lo rompió al cabo Socles el corintio: «Ahora sí —exclamó— que están todas las cosas en trance de resolverse y trastornarse; el cielo para caer bajo la tierra, la tierra para subirse sobre lo más alto del cielo; van a fijar los hombres su morada en los mares, los peces a morar donde vivían primero los hombres, cuando llegamos a ver ya, que empeñados vosotros, ¡oh lacedemonios!, en arruinar una igualdad de poder[273], procuráis tan de veras reponer en las ciudades libres la tiranía, no pudiendo dejar de ver con los ojos ser esta la cosa más inicua, más cruel, más sanguinaria de cuantas pueden verse entre los mortales. Y si no, decidme ahora, lacedemonios: si tan conveniente os parece que las riendas del gobierno estén en mano de un tirano, ¿por qué no sois los primeros en colocar un déspota sobre vuestras cabezas? ¿Por qué con vuestro ejemplo no animáis a los demás a que sufran un señor absoluto? Vemos, sin embargo, todo lo contrario: vosotros, siempre libres hasta aquí de tiranos propios, y muy prevenidos siempre para que jamás los sufra Esparta, vais recetándolos a los otros, y procuráis encajarlos a vuestros aliados. Desde luego, espartanos, si hubierais probado lo que es un tirano, como nosotros los corintios lo probamos, pensaríais ahora muy de otro modo y serían mejores de lo que son vuestras propuestas. Oíd, pues, lo que nos sucedió: la antigua constitución era en Corinto la oligarquía, gobernando la ciudad unos pocos ciudadanos, llamados Baquíadas[274], que nunca en sus matrimonios contraían alianza sino entre ellos mismos. Sucedió entonces que a uno de aquellos principales ciudadanos, por nombre Anfión, le nació una hija coja llamada Labda[275], y como ninguno de los Baquíadas la quería como mujer, se casó al fin

---

[273] Emplea el término *isocratía*; cf. nota a 5.78.

[274] Clan aristocrático compuesto por unas doscientas familias que ejercieron su poder en Corinto entre los siglos VIII y VII a. C.

[275] Labda o lambda es el nombre de la letra *l* (λ en griego), que también aparece asociada a la cojera en el caso de Lábdaco, abuelo de Edipo, que era cojo.

con ella cierto Eetión, hijo de Equécrates, natural del demo de Petra, aunque lapita de origen y descendiente de Ceneo. Viendo Eetión que no tenía hijos de Labda ni de otra mujer alguna, emprendió un viaje a Delfos para consultar al oráculo sobre la desventura de no tener sucesión. No bien hubo entrado en el templo, cuando encarándose con él la Pitia, le recita de repente estos versos:

> Eetión, digno de gloria, nadie te honra
> cual mereces tú: Labda, ya grávida,
> parirá una gran rueda que cayendo
> sobre déspotas, mandará en Corinto.

Ignoro cómo llegó este oráculo dado a Eetión a oídos de los Baquíadas, a quienes antes se había dado acerca de las costas de Corinto otro oráculo oscuro, pero dirigido al mismo punto que el de Eetión, en estos términos: "Águila grávida sobre altos peñascos dará a luz un valiente león que corte las rodillas: atiende a ello, corintio, vecino de la linda Pirene, que moras en torno de la encumbrada Corinto». Y si bien este oráculo era antes para los Baquíadas, a quienes se había proferido, un misterio impenetrable, apenas oyeron el otro dado entonces a Eetión, cayeron de pronto en la cuenta, y dieron de lleno en el sentido del primero, que concordaba mucho y se enlazaba con el del último. Entendiendo, pues, que se les pronosticaba su ruina, con el objeto de conjurarla dando la muerte al hijo de Eetión, que estaba ya para nacer, llevaban su intriga con sumo secreto. En efecto, una vez que parió dicha mujer, destinan al demo en que vivía Eetión diez de su mismo clan, con orden de quitar la vida al niño recién nacido. Llegados a Petra, entran en el patio de la casa de Eetión y preguntan por el chiquillo. Labda la coja, que estaba lejos de imaginar que vinieran con ánimo dañino, antes se figuraba que aquella visita se le hacía en atención a su padre, para congratularse con ella por su feliz alumbramiento, se lo presenta y lo pone en brazos de uno de los diez; y si bien ellos al venir habían entre sí decidido que el primero que al niño cogiera le estrellaría luego contra el suelo, quiso con todo la buena suerte, cuando Labda dejó a su hijo en brazos de aquel, que sonriese el niño mirando al que iba a recibirle, sonrisa que atentamente observada, movió a ternura al primero que le había recibido; y le hizo tal impresión, que en vez de dar con el niño en el suelo, le entregó al segundo y este al tercero, de suerte que fue pasando de mano en mano por los diez, sin que ninguno se atreviera a ensangrentar las suyas en aquella víctima de la ambición. Vuelto, pues, el hijo a la madre y salidos de la casa, se pararon ante la puerta misma y empezaron a culparse unos a otros, pero sobre todo al primero que le recibió, por no haber ejecutado la orden que traían. No pasó mucho rato sin que se resolviesen a entrar de nuevo en la casa y participar todos unidos en la muerte del niño. Mas todo en vano, ya que el destino fatal de Corinto era que le viniera el azote de la casa de Eetión, porque Labda estaba entretanto escuchando detrás de la puerta todo aquel discurso de su muerte, y temiendo luego que mudando de parecer y entrando por segunda vez, matasen a la infeliz criatura, la toma solícita y va afanada a esconderla donde piensa que nadie lo había de sospechar, que fue bajo una jarra, bien convencida de que vueltos los diez nobles, no dejarían sin duda arca, ni rincón, ni escondrijo que registrar. En efecto, así fue: entran nuevamente, y todo era buscar por una y otra parte al niño; pero viendo que no podían dar con él, decidieron por fin regresar y decir a los que les enviaban que todo se había hecho conforme a las órdenes dadas, y vueltos a los suyos, así realmente se lo dijeron: se iba criando después el niño, que de tal riesgo se había escapado, en casa de su padre, Eetión, y por la buena suerte de haberse librado del peligro debajo de la jarra, se le quedó en adelante el nombre de Cípselo[276]. Llegado ya a la mayoría de edad, a una consulta que hacía en Delfos se le dio una respuesta ambigua y enrevesada, por la cual, gobernándose después y esperanzado mucho en ella, logró salir con su empresa y apoderarse del dominio de Corinto. La respuesta era de este tenor: "¿Veis el gran varón que llega dentro de mi morada, Cípselo el hijo de Eetión? Rey será de la esclarecida Corinto con su prole, pero no con la prole de su prole". Tal fue el oráculo: Cípselo llegó a ser señor de Corinto, y con esto un tirano que a muchos corintios desterró, a muchos quitó los bienes, patria y vida, después de un gobierno de treinta años, habiendo te-

---

[276] Derivado de la palabra griega *kypséle*, que significa «jarra».

nido la fortuna de morir en paz y en su cama. Le sucedió en la tiranía su hijo Periandro, quien, aunque en los principios de su gobierno se mostraba más humano que su padre, con todo, por haberse después comunicado por medio de unos mensajeros con el otro tirano de Mileto, el célebre Trasibulo, llegó a hacerse mucho más cruel y sanguinario que el mismo Cípselo. Es preciso saber que envió Periandro un embajador a Trasibulo con la misión de preguntarle de qué medios se podría valer para estar más seguro en su dominio y para gobernar mejor su ciudad; pues bien, saca Trasibulo al enviado de Periandro a paseo fuera de la ciudad, y entra con él por campo sembrado, y al tiempo que va pasando por aquellas sementeras, le pregunta los motivos de su visita, y vuelve a preguntárselo una, y otra, y muchas veces. Era, sin embargo, digno de notar que no paraba entretanto Trasibulo de descabezar las espigas que entre las demás veía sobresalir, arrojándolas de sí una vez cortadas, durando en este desmoche hasta que dejó talada aquella mies, que era un primor de alta y bella. Después de recorrido así todo aquel campo, despachó al enviado a Corinto sin darle respuesta alguna. Apenas llegó el mensajero, le preguntó Periandro por la respuesta; pero él le dijo: "¿Qué respuesta, señor? Ninguna me dio Trasibulo"; y añadió que no podía acabar de entender cómo le hubiese enviado Periandro a consultar un sujeto tan falto de seso como era Trasibulo, hombre que sin causa se entretenía en echar a perder sus posesiones; y con esto le dio cuenta al cabo de lo que vio hacer a Trasibulo. Mas Periandro dio al instante en el blanco, comprendiendo muy bien que con lo hecho le aconsejaba Trasibulo que se desembarazase de los ciudadanos más sobresalientes de la polis; y desde aquel punto no dejó ni maldad ni tiranía que no ejecutase en ellos, de manera que a cuantos había el cruel Cípselo dejado vivos o sin expatriar, a todos los mató o los desterró Periandro, aún más: despojó en un solo día, por causa de su mujer Melisa, ya difunta, a todas las mujeres de Corinto. Había hecho que unos mensajeros enviados hacia los tesprotos, allá cerca del río Aqueronte, consultasen al oráculo de los muertos[277] acerca de cierto

---

[277] Este *necromanteîon*, cuyos restos se pueden ver en la actualidad, se encontraba en la confluencia del río Aqueronte y Cocito, ríos presentes en el imaginario infernal de los griegos.

depósito de un huésped. Se les apareció la difunta Melisa; les respondió que no manifestaría, al menos claramente, el lugar de aquel depósito; que les decía únicamente que por hallarse desnuda padecía mucho frío, pues de nada le servían los vestidos con que la enterraron, no habiendo sido abrasados, y que buena prueba de ser verdad lo que decía podía ser para Periandro haber él mismo metido el pan en un horno frío[278]. Después de que se dio razón a Periandro de dicha respuesta, de cuya verdad le pareció ser prueba convincente esta última indicación, por cuanto se había unido físicamente a Melisa después de muerta, sin más tardanza hace publicar luego un bando que todas las mujeres de Corinto acudan al templo de Hera. Como si fueran ellas a celebrar alguna fiesta, iban allá con sus mejores adornos y vestidos, mientras que por medio de las guardias que tenía apostadas en el templo iba despojándolas a todas, tanto a las amas como a las criadas, y acarreando después todas las galas a una gran fosa, las entregó a la hoguera el tirano, rogando e invocando a su Melisa, cuyo fantasma, aplacado con este sacrificio, declaró el lugar del depósito a los emisarios que por segunda vez le envió Periandro. He aquí, ¡oh lacedemonios!, lo que es y lo que en una ciudad suele hacer la tiranía. Con toda verdad os digo que si antes quedamos los corintios confusos y admirados al saber que llevabais a ese Hipias, al oír ahora vuestra demanda nos hallamos aquí atónitos. En suma, conjurándoos por los dioses de Grecia, os pedimos y suplicamos, ¡oh lacedemonios!, que no intentéis autorizar la tiranía en las ciudades. Y si obstinados contra las leyes divinas y humanas, insistís en restituir a Atenas a ese vuestro Hipias, protestando desde ahora solemnemente, nosotros los de Corinto os declaramos que no consentimos en ello».

93. Esto dijo Socles, el portavoz de los corintios, a quien Hipias el tirano, invocando a los mismos dioses griegos y poniéndoles por testigos de lo que iba a decir, le respondió que tiempo vendría, pronto y sin falta alguna, en que los mismos corintios echarían de menos y desearían en Atenas a los hijos de Pisístrato cuando les llegara y

---

[278] Es decir, habría abusado de ella una vez muerta.

sobreviniera el plazo fatal de verse oprimidos por los atenienses; lo que decía Hipias aludiendo a aquellos oráculos escritos que nadie mejor que él conocía. Pero los demás aliados, que no habían hasta allí despegado sus labios, después de oír a Socles, que tanto había hablado en favor de la libertad común, rompiendo el silencio cada uno por su parte, votaron todos libremente a favor del corintio, y protestando altamente, pedían a los lacedemonios que nada intentasen en aquella ciudad griega. Así, pues, terminó el encuentro.

94. Al irse después Hipias de Lacedemonia, aunque Amintas, rey de Macedonia, le ofrecía la ciudad de Antemunte, y los tesalios le ofrecían Yolcos, sin querer aceptar ninguna de las dos, dio la vuelta a Sigeo. Era esta una plaza que a punta de lanza había tomado Pisístrato a los de Mitilene, en la cual una vez ganada puso como tirano a un hijo bastardo, tenido con una mujer argiva, por nombre Egesístrato: ni este pudo jamás, sino con las armas en la mano, gozar de la ciudad que de Pisístrato había recibido. Con motivo de Sigeo duraron largo tiempo las hostilidades entre mitileneos y atenienses: salían aquellos de la ciudad de Aquileo, y estos de la misma Sigeo a guerrear; los mitileneos pretendían recobrar aquella tierra, que consideraban suya; los atenienses les negaban el derecho sobre ella, dando por razón que el dominio de la región troyana no tocaba más a los eolios que a los atenienses y demás griegos que en compañía de Menelao habían salido a vengar el rapto de Helena.

95. Entre varias cosas que acontecieron en el curso de dicha guerra, sucedió que viniendo los enemigos a las manos en una refriega en que la victoria empezaba a decantarse a favor de los atenienses, pudo escapárseles el poeta Alceo[279], huyendo listo y veloz, pero no supo salvar sus armas, las cuales, cayendo en poder de los atenienses, fueron después colgadas por ellos en el templo de Atenea en Sigeo, suceso sobre el que compuso Alceo unos versos dando en ellos cuenta de su desgracia a Menalipo, su amigo, y los envió a Mitilene. Ajustó, por fin, estas diferencias, entre los de Mitilene y los de Atenas, Periandro, el hijo de Cípselo, en cuyo arbitrio se habían

---

[279] Junto a Safo, también de Mitilene, Alceo (siglo VII a. C.) es uno de los máximos representantes de la poesía lírica griega arcaica.

comprometido las partes; y lo verificó decidiendo y ordenando que cada una se quedase en la pacífica posesión de lo que tenía, con lo que vino Sigeo a quedar para los atenienses.

96. Restituido Hipias de Lacedemonia a Sigeo, no dejaba piedra por mover contra los atenienses, a quienes calumniaba maliciosamente ante Artáfrenes, resuelto a echar mano de cuantos medios alcanzase, a fin de lograr que Atenas, recayendo bajo su poder, entrase en el imperio de Darío. Informados entretanto los de Atenas de lo que Hipias iba tramando, procuraban deshacer la impresión que de ellos tenía Artáfrenes por medio de unos embajadores enviados a Sardes para que no quisiera dar crédito a las calumnias de aquellos desterrados. No salieron con su intento los enviados, a quienes hizo entender Artáfrenes, clara y precisamente, que para la salud de su patria un solo medio les quedaba: el de recibir de nuevo a Hipias como tirano. Con esta declaración, en que de ninguna manera consentían los atenienses, resolvieron estos a mostrarse abiertamente enemigos de los persas.

97. Volviendo ya al milesio Aristágoras, después de que Cleómenes el lacedemonio le había mandado salir de Esparta, se presentó en Atenas, la más poderosa ciudad de todas, en el punto crítico en que sus ciudadanos, viéndose gravemente calumniados ante los persas, estaban resueltos a declararles la guerra. Allí, en una asamblea del pueblo, dijo en público Aristágoras lo mismo que en Esparta había dicho en lo tocante a las grandes riquezas y bienes de Asia, y también al arte de la guerra entre los persas, presa débil y fácil de ser vencida al no usar ni escudo ni lanza en el combate. Esto decía en lo concerniente a los persas; pero respecto a los griegos añadía que, siendo los milesios colonos de Atenas, toda buena razón pedía que los atenienses, a la sazón tan poderosos, les librasen del yugo de Persia. En una palabra, tanto supo decirles Aristágoras y tanto se atrevió a prometerles, como quien se hallaba en el mayor apuro, que al cabo les hizo condescender con lo que pedía; y lo que había imaginado que más fácil le sería deslumbrar con buenas palabras a muchos juntos que a uno solo, esto fue lo que logró allí Aristágoras, pues no habiéndole sido posible engañar al lacedemonio Cleómenes, le fue entonces muy hacedero arrastrar de una vez a treinta mil atenienses. Ganado, pues, el pueblo de Atenas conviene en hacer un decreto público en que

ordena que vayan al socorro de los jonios veinte naves equipadas, y se declara general de la flota a Melantio, el sujeto más cabal y de mayor reputación que en Atenas había. ¡Ominosas naves que fueron el principio de la común ruina de los griegos y de los bárbaros!

98. Aristágoras, que volvió por mar a Mileto antes de que llegase la armada, ideó luego un plan del cual ningún provecho habían de sacar los jonios; verdad es que ni él mismo pretendía sacarlo, sino dar únicamente que sentir al rey Darío con aquella idea. Despacha, pues, un mensajero que vaya de su parte a tratar con aquellos peonios que, llevados prisioneros por Megabazo desde el río Estrimón, se hallaban colocados en cierto sitio de Frigia, viviendo en una aldea separados de los del país. Llegado el mensajero, les dijo así: «Aquí vengo, amigos peonios, enviado por Aristágoras, tirano de Mileto, a proponeros un medio seguro y eficaz para el logro de vuestra libertad, con tal que queráis practicarlo. Al presente, cuando toda Jonia se ha levantado contra el rey, se os ha abierto la puerta para que salvos os volváis a vuestra patria. A vuestra cuenta correrá, pues, el viaje hasta el mar; desde las costas dejadlo todo a nuestro cuidado». En cuanto los peonios acabaron de oír el mensaje, alegres como si el cielo se les abriera, cargando los más con sus hijos y mujeres, se fueron huyendo luego hacia las playas, si bien unos pocos, sobrecogidos de miedo, se quedaron en su aldea. Llegados al agua, se embarcaron para Quíos, donde estaban ya seguros, cuando la caballería persa les iba siguiendo los pasos a fin de cogerles. Viendo, pues, que no habían podido darles alcance, les envían una orden a Quíos para que vuelvan otra vez; pero los peonios, no haciendo caso de los persas, fueron conducidos por los de Quíos hasta Lesbos, y por los de Lesbos hasta Dorisco, desde donde, caminando por tierra, regresaron a Peonia.

99. Entretanto, los atenienses llegan a Mileto con sus veinte naves, llevando en su armada cinco trirremes de los eretrieos, las que no participaban en la expedición en atención a los de Atenas, sino en gracia de los milesios, a quienes volvían entonces su vez los eretrieos, pues antes habían estos sido socorridos por los de Mileto en la guerra que tuvieron contra los calcideos, a quienes asistían los samios contra eretrieos y milesios. Llegados a Mileto los mencionados, y juntos asimismo los demás de la confederación jonia, emprende Aristágoras una expedición hacia Sardes, no yendo él allí en persona, sino nombrando como generales a otros milesios, los cuales fueron dos: uno, su mismo hermano Caropino, y el otro, Hermofanto, uno de los ciudadanos de Mileto.

100. Llegó a Éfeso la armada, donde dejando las naves en un lugar llamado Coreso, iban desde allí los jonios subiendo tierra adentro con un ejército numeroso, al cual servían de guías los efesios. Llevaban su camino por las orillas del río Caístrio, y pasado el monte Tmolo, se dejaron caer sobre Sardes, de la cual y de cuanto en ella había se apoderaron sin la menor resistencia; pero no tomaron la acrópolis, que protegía con no pequeña guarnición el mismo Artáfrenes.

101. Tomada ya la ciudad, un incidente impidió que se entregara al saqueo. Eran hechas de caña la mayor parte de las casas de Sardes, y de cañas estaban cubiertas aun las construidas de ladrillos. Quiso, pues, la fortuna que a una de ellas pegase fuego un soldado. Prendiendo luego la llama, fue corriendo el incendio de casa en casa hasta apoderarse de la ciudad entera. Ardía ya toda, cuando los libios y todos los persas que se hallaban dentro, viéndose cercados por todas partes con las llamas que tenían rodeados ya los extremos de la ciudad, y no dándoles el fuego lugar ni paso para salirse fuera, se fueron retirando hacia el ágora y las orillas del Pactolo, río que llevando en sus arenas algunas pepitas de oro, y pasando por medio del ágora, va a juntarse con el Hermo, que desagua en el mar. Sucedió, pues, que la misma necesidad forzó a lidios y persas, juntos allí cerca del Pactolo, a defenderse de los enemigos; y como vieron los jonios que algunos de aquellos les hacían ya, en efecto, resistencia, y que otros en gran número venían contra ellos, poseídos de miedo fueron retirándose en orden hacia el monte que llaman Tmolo, y de allí, llegada ya la noche, partieron de vuelta hacia sus naves.

102. En el incendio de Sardes quedó arrasado el templo de Cibeles, diosa local; pretexto del que se valieron los persas en lo venidero para pegar fuego a los templos de Grecia. Los otros persas que moraban de la otra parte del Halis, al oír lo que en Sardes estaba pasando, reunidos en un ejército, acudieron al socorro de los lidios; pero no hallando ya a los jonios en aquella capital y siguiendo sus pisadas, los alcanzaron en Éfeso. Se formaron los jonios en filas y admitieron la batalla que los persas les presentaban; pero fueron de tal modo rotos y vencidos que muchos murieron en el campo del enemigo. Entre otros guerreros de nombre que allí murieron, uno fue el jefe de los eretrieos, llamado Eválcidas, aquel atleta que en los grandes juegos había ganado como premio muchas coronas y había por ello merecido que Simónides de Ceos[280] le celebrara. Los otros jonios, que debieron la salvación a la ligereza de sus pies, se refugiaron en varias ciudades.

103. Tal fue el éxito de aquel combate, después del cual los atenienses desampararon de tal manera a los jonios que, a pesar de los repetidos ruegos e instancias que les hizo después Aristágoras por medio de sus mensajeros, se mantuvieron siempre constantes en la resolución de negarles su asistencia. Pero los jonios, aunque se vieron privados del socorro de Atenas, no por eso dejaron, según a ello les obligaba el primer paso dado ya contra Darío, de prevenirse del mismo modo para la guerra comenzada. Se dirigen ante todo con su armada hacia el Helesponto, y a viva fuerza logran hacerse señores de Bizancio y de las demás ciudades de aquellas cercanías. Salidos del Helesponto, agregaron a su partido una gran parte de Caria, pues entonces lograron que se declarase por ellos la ciudad de Cauno, que no había querido antes aliarse cuando incendiaron a Sardes.

104. Aún más, lograron que se agregasen a su causa todas las ciudades de Chipre, menos la de Amatunte, las que se habían sublevado contra el medo con la siguiente ocasión: vivía en Chipre un tal Onésilo, hijo de Quersis, nieto de Siromo, biznieto de Eveltón y hermano menor del rey de Salamina, llamado Gorgo, a quien habiendo hablado repetidas veces Onésilo, hombre inquieto, le aconsejaba que se rebelase contra el persa; oyendo entonces la sublevación de los jonios, le hablaba con gran insistencia sobre lo mismo. Pero viendo Onésilo que no podía salir con sus intentos, espió el momento en que Gorgo había salido fuera de la ciudad y le cerró las puertas, acompañado de los de su facción. Arrojado Gorgo y excluido de su ciudad, se refugia con los medos, y Onésilo, señor ya de Salamina, logra con

---

[280] Autor de composiciones líricas corales que vivió entre los siglos VI y V a. C. Fue, en efecto, autor de epinicios o «cantos de victoria», poemas que elaboraba por encargo de los interesados.

sus diligencias que todos los pueblos todos de Chipre, a excepción de los de Amatunte, le imiten en la rebelión, y por no querer seguirle en esta los de Amatunte, ponen sitio a su plaza.

105. En tanto que Onésilo apretaba el cerco, llegó al rey Darío la noticia de que Sardes, tomada por los atenienses, unidos con los jonios, había sido entregada a las llamas, siendo el autor de aquella trama y también de toda la coalición el milesio Aristágoras. Cuentan que al primer aviso, no tomando Darío de manera alguna en consideración a sus jonios, de quienes seguro estaba que pagarían cara su rebeldía, la primera palabra que pronunció fue preguntar quiénes eran aquellos atenienses, y que oída la respuesta a esto, pidió al instante su arco, lo tomó en sus manos, colocó en él una flecha y disparándole luego hacia el cielo: «Concédeme, ¡oh Zeus! —dijo al soltarle—, que pueda yo vengarme de los atenienses». Y dicho esto, dio orden a uno de sus criados que de allí en adelante, al irse a sentar a la mesa, siempre, por tres veces le repitiera este aviso: «Señor, acordaos de los atenienses».

106. Dada esta orden, llama Darío ante sí al milesio Histieo, a quien hacía tiempo que tenía en su corte, y le habla en estos términos: «Acabo ahora de recibir la noticia, Histieo, de que aquel lugarteniente tuyo a quien confiaste el gobierno de Mileto ha maquinado grandes acciones contra mi corona. Que sepas que habiendo él juntado tropas que llamó del otro continente, y persuadido a que con ellas se coligasen los jonios (a quienes doy mi palabra de que no se alegrarán de una traición que bien caro ha de costarles), han intentado arrebatarme Sardes. ¿Qué te parece de toda esta maquinación? Dime tú: ¿cabe que esto se haya urdido sin que tú anduvieras en el asunto? Mucho sentiría hallarte después cómplice de tal atentado». A lo que respondió Histieo: «¿Es posible, señor, que eso de mí sospechéis y digáis? ¿Había yo de intentar cosa alguna que ni mucho ni poco pudiera daros que sentir? Pues eso que receláis, ¿a qué fin, o con qué mira lo había yo de procurar? ¿Qué cosa me falta al presente? ¿No gozo de los mismos placeres y bienes que vos? ¿No tengo la honra de tener parte en vuestros secretos y resoluciones? Si mi lugarteniente, señor, maquina algo de lo que me decís, estad seguro que sin saberlo yo obra por sí mismo. Pero yo no puedo absolutamente convencerme de que sea verdadera la noticia de que

mi lugarteniente, ni tampoco los milesios intentasen acción alguna. Mas si han dado en realidad ese mal paso y estáis del todo seguro de su traición, permitidme, señor, que os diga no haber sido acertado vuestro consejo en quererme tener lejos de aquella nación; pues, no teniéndome a su vista los jonios, quizá se habrán animado a ejecutar lo que tiempo ha deseaban; pues si en Jonia me hubiera hallado yo presente, me parece que ninguna ciudad hubiera osado mover contra vos un dedo de la mano. Lo que al presente puede hacerse en este caso es permitirme que con toda diligencia parta para Jonia, donde pueda reponer los asuntos en el mismo pie de antes y os entregue preso en vuestras manos a mi lugarteniente, si maquinó tales cosas. Aún os añado, y os lo juro, señor, por los dioses tutelares de vuestro reino que después de ajustadas estas turbulencias a vuestra total satisfacción no he de parar ni quitarme la misma túnica con que bajaré a Jonia antes de conquistar Cerdeña, la mayor de las islas, haciéndola tributaria de la corona».

107. Era falsa esta arenga de Histieo, y con todo se dejó persuadir por ella Darío, dándole permiso para partir y ordenándole al mismo tiempo que una vez cumplido lo que acababa de ofrecerle, diese la vuelta y se le presentase de nuevo en Susa.

108. Mientras que llegaba al rey la noticia de lo sucedido en Sardes y, hecho alarde del arco, hablaba Darío con Histieo, y este, con el permiso del rey, marchaba hacia las provincias marítimas, iba sucediendo en este intermedio lo que voy a referir. Estaba Onésilo, el de Salamina, apretando el asedio de los de Amatunte, cuando le llegó el aviso de que en breve se espera en Chipre al persa Artibio, donde venía conduciendo en sus naves una poderosa armada. Recibida esta noticia, pide Onésilo a Jonia por medio de heraldos que vengan en su ayuda y socorro los jonios, y estos, sin gastar mucho tiempo en decidirse, se hacen a la vela con una gran armada. En un mismo tiempo sucedió, pues, que los jonios se encontraban en Chipre, que los persas recién venidos de la Cilicia, desembarcados en la isla, marchaban ya por tierra contra Salamina, y que los fenicios doblaban el cabo que llaman las Llaves de Chipre.

109. En tal estado de cosas, convocan los tiranos de las ciudades de Chipre a los jefes jonios y entablan con ellos esta conversación: «Nosotros los chipriotas, amigos jonios, dejamos a vuestro arbitrio

la elección de salir al encuentro o bien a los persas o bien a los fenicios. El tiempo insta: si escogéis venir a las manos con los persas en campo de batalla, saltad luego a tierra y formar vuestras filas, que en este caso embarcándonos en vuestras naves vamos a enfrentarnos a los fenicios. Pero si preferís combatir por mar con los fenicios, es menester poner manos a la obra. Escoged una de las dos, para que así contribuyáis por vuestra parte a la libertad de Jonia y de Chipre». «A nosotros —replican los jonios— nos mandó venir la Liga jonia[281] con orden de defender estos mares y no de atacar por tierra a las tropas persas, cediendo nuestras naves a los de Chipre. En el puesto señalado procuraremos, pues, desempeñar nuestro deber con todo el esfuerzo posible: tratad vosotros de obrar en el vuestro como gente de valor, teniendo presente las indignidades que esos medos, vuestros señores, os han hecho sufrir».

110. Tal fue la respuesta de los jonios, después de la cual, como habían llegado ya los persas al campo de Salamina, los reyes de Chipre ordenaron contra ellos su gente en esta disposición: enfrente de los soldados del enemigo que no eran persas ordenaron una parte de sus tropas chipriotas; delante de los persas mismos pusieron la elite escogida entre las tropas de Salamina y de Solos: Onésilo, por su voluntad, escogió el puesto que correspondía al que enfrente ocupaba Artibio, general de los persas.

111. El caballo en que Artibio venía montado estaba enseñado a empinarse contra el enemigo armado. Advertido de esto Onésilo, habló así con un escudero cario que tenía, hombre muy diestro en lo que toca a los choques armados, y en todo lo demás muy audaz: «Oigo decir, amigo, que ese caballo de Artibio tiene la habilidad de alzarse sobre los pies y embestir al que delante tiene con las patas y con la boca. Piénsalo tú, y dime luego a cuál de los dos quieres que apuntemos y derribemos antes, si al caballo o a su jinete, Artibio». «Estoy preparado, señor —le responde el escudero—, para ambas

---

[281] Las ligas son alianzas de tipo militar de ataque o defensa frente a un enemigo común (el tratado de alianza más antiguo se remonta al siglo VI y estipula tener «los mismos amigos, los mismos enemigos»). Solía existir en su base un factor de unión de tipo étnico y religioso.

cosas; listo para cualquiera de las dos y para todo lo que me ordenéis. Diré, sin embargo, lo que me parece más oportuno llevar a cabo para vuestra reputación. Lo más propio y decoroso es que un rey se mida contra otro rey, y un general contra otro general, pues si en tal encuentro dais en tierra con aquel jefe, haréis una gloriosa hazaña, y aun cuando él, lo que no querrán los dioses, os echara al suelo, morir en tales manos aliviaría en la mitad el peso de la desventura. A nosotros escuderos corresponde medirnos con otros escuderos. No os temáis, señor, por el caballo dotado de tal habilidad, que a fe mía no volverá jamás a empinarse».

112. Dijo, y en aquel mismo instante se enfrentaron las dos armadas por tierra y por mar. En la batalla naval vencieron los jonios a los fenicios, haciendo aquel día prodigios de valor, y los que mejor se portaron en la batalla fueron los samios. En tierra, después de que estuvieron ya a tiro los dos ejércitos, he aquí lo que pasó entre los dos generales: embiste Artibio montado en su caballo contra Onésilo; este lo ve venir; dispara contra él, según lo aconsejado por su escudero, y acierta bien el tiro; iba el caballo a dar con las patas contra el escudo de Onésilo, cuando el escudero cario le da un golpe con su cimitarra, y le siega ambas patas. El caballo, manco ya y encabritado, da consigo en el suelo, y con él Artibio, el general persa.

113. Encarnizadas en tanto las otras tropas, se hallaban en el calor del combate, cuando Estesenor, el tirano de Curio, entregó alevosamente a los persas una gran división del ejército que cerca de sí tenía. Pasados al enemigo los curieos, colonos por lo que se dice de los argivos, siguieron inmediatamente su ejemplo los carros de guerra de los salaminios, y de resultas de estas deserciones, como los persas empezaron a llevar ventaja en el combate, el ejército de los chipriotas volvió las espaldas al enemigo. Entre otros muchos que perecieron en la huida, quedaron rendidos en el campo dos generales: el uno Onésilo, hijo de Quersis, que había sido autor de la sublevación de Chipre; el otro Aristocipro, rey de los solios, hijo de Filocipro, de aquel célebre Filocipro a quien sobre todos los demás tiranos ensalzó en sus versos el ateniense Solón, cuando estuvo viajando en Chipre.

114. Los amatusios, victoriosos, para vengarse del asedio que Onésilo les había impuesto, le cortaron la cabeza y se la llevaron, colgándola después sobre las puertas de su ciudad. Sucedió, pues, que

estando allí suspensa y ya del todo hueca, entró dentro un enjambre de abejas y fabricó en ella sus panales. Vista aquella novedad, los de Amatunte consideraron conveniente consultar al oráculo acerca de aquel raro fenómeno, y la respuesta fue que se diera sepultura a la cabeza descolgada, y se hiciera a Onésilo sacrificios anuales como a un héroe, y que con esto todo les iría mejor. Y, en efecto, así lo hacían hasta mis días los amatusios con el héroe Onésilo.

115. Los marinos jonios, que gloriosamente acababan de librar en Chipre su batalla naval, viendo ya perdida la causa de Onésilo, y cercadas al mismo tiempo todas las ciudades de la isla, menos la de Salamina, cuyos habitantes habían restituido a Gorgo, su antiguo rey, haciéndose luego a la vela, bien informados del mal estado de Chipre, dieron la vuelta hacia Jonia. Entre todas las ciudades de la isla, fue la de Solos la que por más tiempo resistió el cerco, logrando tomarla los persas, pasados cinco meses de sitio, con las minas que alrededor de los muros abrieron.

116. Los chipriotas, en suma, sacudido el yugo de los persas por el breve espacio de un año, cayeron de nuevo bajo el mismo dominio. En cuanto a aquellos jonios que habían hechos sus correrías hasta la misma Sardes, les persiguieron los generales persas, especialmente Daurises, casado con una hija de Darío, y en su compañía otros dos yernos del rey, Himayes y Ótanes, y habiéndoles derrotado en campo de batalla, les obligaron a refugiarse en sus naves; repartidas las tropas enseguida contra las ciudades del país, iban tomándolas con las armas.

117. Echándose, pues, Daurises contra el Helesponto, tomó las ciudades de Dárdano, Abido, Percota, Lámpsaco y Peso, y la toma de ellas le salió a una por día. Se dirigía desde Peso hacia la ciudad de Darío, cuando llegó aviso de que unidos los carios a la causa jonia acababan de levantarse contra el persa, novedad que le obligó a que, dejando el Helesponto, marchase con sus tropas hacia Caria.

118. Ignoro cómo tuvieron los carios aviso de que contra ellos venía marchando Daurises, antes de que este llegase con su ejército. Les dio lugar esta noticia adelantada a que se juntasen en cierto sitio llamado las Columnas Blancas, cerca del río Marsias, que bajando de la región Idríade va a confundirse con el Meandro. En la asamblea que allí tuvieron los carios, el mejor de los varios pareceres que hubo

fue, a mi entender, el que dio Pixódaro, hijo de Mausolo y natural de Cindia, quien estaba casado con una princesa hija de Siénesis, rey de los cilicios. Era de parecer este hombre que pasando el Meandro y dejando este río a las espaldas, entrasen los carios en batalla con el persa, pues así dispuesto y viendo cerrado el paso a la fuga, la misma necesidad de no poder desamparar su puesto les haría, sin duda, mucho más valientes y animosos de lo que eran naturalmente. Pero rechazado este voto, se siguió el contrario: que no los carios, sino los persas, tuvieran a sus espaldas el Meandro, claro está que con la mira de que los persas, si quisieran huir, perdida la batalla, no pudieran volver atrás, dando luego con el río.

119. No tardaron en aparecer los persas, y pasando el Meandro, vinieron a las manos con el enemigo cerca del río Marsias. En la batalla, si bien los carios por largo tiempo resistieron al persa, haciendo los mayores esfuerzos de valor, su menor número, con todo, cedió al fin al mayor de los enemigos. Los muertos en el choque de parte de los persas fueron como dos mil y hasta diez mil de la de los carios. Los que de estos quedaron a salvo con la fuga, se vieron en la necesidad de refugiarse en Labraunda, en el templo de Zeus Estratio[282], cerca del cual había un gran bosque de plátanos consagrado a aquella divinidad; y de paso no quiero dejar de observar que de cuantas naciones tengo noticia, la de los carios es la única que sacrifica a Zeus bajo aquel título. Refugiados allí los carios, empiezan a deliberar de qué manera podrían quedar a salvo, si acaso sería bien entregarse al persa o mejor abandonar definitivamente Asia.

120. Estando, pues, los carios en lo mejor de su deliberación, ven llegar hacia ellos a los milesios, junto a sus demás aliados, con el objeto de darles socorro; y al momento, dejándose de planes para salvarse, se decide de nuevo continuar la guerra comenzada. Así que, atacados por segunda vez por los persas, los carios les opusieron una resistencia más viva y larga aún que la pasada, aunque habiendo al cabo sido vencidos, murieron en la acción muchos de ellos, y padecieron en ella más que nadie los auxiliares milesios.

---

[282] Es decir, Zeus Guerrero.

121. Se recobraron los carios de su pérdida después de este destrozo, volviendo de nuevo a pelear. Saben que los persas se disponen
a llevar las armas contra sus ciudades, y les tienden una emboscada
en el camino que va a Pedaso. Les salió bien el plan, porque habiendo dado de noche los persas en la emboscada, fueron pasados a
filo de espada, y con sus tropas perecieron los generales Daurises,
Amorgas y Sisímacas, y con ellos asimismo Mirso, hijo de Giges. El
autor principal de la emboscada fue un ciudadano de Milasa, llamado
Heraclides, hijo de Ibanolis.

122. Así murieron aquellos persas. Himayes, otro de los generales
empleado en llevar las armas contra los jonios que invadieron Sardes,
se apoderó de Cío, ciudad de Misia, echándose con su gente hacia la
Propóntide. Mas dueño ya de la mencionada ciudad, apenas supo que
Daurises, dejando el Helesponto, partía con sus tropas para Caria,
condujo a su gente al mismo Helesponto, donde además de todos
los eolios situados en Ilión, logró vencer a los gergites, que son los
últimos representantes de los antiguos teucros. Pero no sobrevivió
Himayes a las conquistas de estos pueblos, muerto de este modo en
la Tróade de una enfermedad que en su curso acabó con él.

123. El gobernador mismo de Sardes, Artáfrenes, y en su compañía Ótanes, que era el tercero entre los generales encargados en hacer
la guerra en Jonia y en Eolia, limítrofe con ella, tomaron dos ciudades: la de Clazómenas, en Jonia, y la de Cime, ciudad de los eolios.

124. Al tiempo que caían dichas ciudades en poder del enemigo,
el milesio Aristágoras, que sublevando Jonia, había llevado las cosas al último punto de perturbación, se mostró hombre de corazón
poco constante en las adversidades, pues al ver lo que pasaba, pareciéndole ser enteramente imposible que pudiese ser vencido el rey
Darío, solo pensó en cómo podría escapar para poner en salvo su
persona. Llamando, pues, a consulta a sus partidarios, les dice que
juzgaba como lo más acertado procurar ante todo tener preparada
una buena retirada adonde se refugiaran, si acaso la necesidad les
obligaba a abandonar Mileto; que decidieran si sería mejor conducir
una colonia de milesios a Cerdeña, o bien a Mircino, ciudad de los
edonos, que había fortificado Histieo después de recibirla de manos
de Darío. Tal era la propuesta sobre la que consultaba Aristágoras.

125. Se hallaba en la reunión el logógrafo Hecateo, hijo de Hegesandro, cuyo parecer era el de no enviar la colonia a ninguna de las dos partes propuestas, sino que Aristágoras levantase antes una fortaleza en la isla de Leros, y en caso de ser echado de Mileto, estuviese quieto entretanto en aquella guarida, desde cuya fortaleza pudiese salir después para recobrar su patria.

126. Este fue el parecer de Hecateo. Mas la idea a la que más se inclinaba Aristágoras era la de llevar una colonia a Mircino. Encargando con esto el gobierno de Mileto a uno de los sujetos más acreditados de la ciudad, por nombre Pitágoras, él mismo en persona toma consigo a los ciudadanos todos que se ofrecen a seguirle, y se hace con ellos a la vela para Tracia, donde se apoderó del país deseado. Después de esta conquista, tras salir de su plaza con su gente de armas y sitiar otra ciudad de los tracios, pereció allí Aristágoras con toda su tropa a manos de los bárbaros, por más que pretendiera salvarse por medio de una capitulación.

LIBRO SEXTO

ERATO

Erato: la Poesía amorosa

Fracaso de la revuelta jonia (1-41)

Histieo instiga a los jonios a seguir luchando contra los persas (1-5). Los persas se dirigen a Mileto y los jonios les hacen frente (6-17). Toma de Mileto por los persas (18-21). Los samios migran a Sicilia (22-25). Captura y muerte de Histieo (26-30). Fin de la revuelta jonia (31-33). Milcíades y sus sucesores (34-41).

Primera guerra médica (42-140)

Artáfrenes y Mardonio en Jonia (42-43). Primera expedición persa contra Grecia y naufragio al pie del Atos (44-45). Conquistas persas en el Egeo (45-49). Historia de Esparta (50-86): origen de los reyes de Esparta (50-55); costumbres espartanas (56-60); destronamiento del rey Demarato a instancias de Cleómenes (61-72); enemistad de Cleómenes con Egina y locura y muerte de Cleómenes (73-84); Leotíquidas en Atenas e historia de Glauco (85-86). Guerra entre Atenas y Egina (87-93). Segunda expedición persa contra Grecia y batalla de Maratón (94-140): preludios de la batalla (94-111); batalla de Maratón (112-117); retirada persa (118-120); los Alcmeónidas (121-131); aventura de Milcíades en Paros, juicio y muerte (132-136); Lemnos y Atenas (137-140).

Fracaso de la revuelta jonia

1. Tal fue el fin que tuvo Aristágoras, el que había sublevado Jonia[283]. Durante estos sucesos, había ya vuelto a Sardes, conseguido el permiso de Darío, Histieo, tirano de Mileto, a quien apenas acabado de llegar de Susa, preguntó Artáfrenes, gobernador de Sardes, qué le parecía aquella rebelión y cuál habría sido el motivo de ella. Fingiendo Histieo que nada sabía, y maravillándose del estado presente de las cosas, le respondió que todo le cogía de nuevo. Pero bien enterado Artáfrenes del principio y trama del levantamiento, y viendo la malicia y disimulo con que respondía aquel: «Histieo —le replicó—, esas sandalias que se calzó Aristágoras se los cortó y cosió Histieo», aludiendo con esto al primer móvil de aquella revolución.

2. Histieo, pues, no sintiéndose a salvo de Artáfrenes toda vez que ya era sabedor de la verdad, llegada apenas la noche, se fue huyendo hacia el mar engañando al rey Darío, porque bien lejos de conquistar la isla de Cerdeña, la mayor de cuantas hay en el mar, según lo tenía prometido, marchó a ponerse al frente de los jonios, como general en la guerra contra el persa. Con todo, los de Quíos, adonde pasó luego, teniéndole por agente doble de Darío, enviado con la oculta intención de intentar contra ellos alguna insidia, le metieron preso; aunque poco después, informados mejor de la verdad, y sabiendo cuán grande enemigo era del rey, le dejaron otra vez en libertad.

3. Preguntado entonces Histieo por los jonios por qué con tanta insistencia había mandado decir a Aristágoras que se levantase contra el rey, sublevación que tanto estrago y desventura había acarreado a Jonia, se guardó muy bien de descubrirles el motivo verdadero, sino que con un engaño procuró alarmarles de nuevo, diciéndoles que lo había hecho por haber sabido que el rey Darío estaba decidido a que los fenicios pasasen a ocupar Jonia, y los jonios fuesen trasladados a Fenicia, y que esta había sido la causa de habérselo así mandado. Al

---

[283] Aunque la continuidad entre lo narrado en el libro quinto y el comienzo del sexto es evidente (la narración de la revuelta jonia comienza en 5.28 y concluye en 6.32), sí que se percibe una división entre la parte tocante a sus prolegómenos y estallido, por un lado, y el desenlace para los jonios y sus consecuencias para el mundo griego.

rey no se le había ocurrido tal cosa; mas con aquel terror imaginario inquietaba Histieo a Jonia.

4. Poco después de esto envió Histieo a Sardes un mensajero de Atarneo, llamado Hermipo, con cartas dirigidas a ciertos persas con quienes tenía de antemano concertada una sublevación. Hermipo, en lugar de entregar las cartas a aquellos a quienes iban destinadas, se las presentó directamente a Artáfrenes y se las puso en las manos. Cerciorado este de la oculta conjuración, manda a Hermipo que, tomando otra vez sus cartas, se las entregue a quien van dirigidas de parte de Histieo, pero que recogidas las respuestas de los persas a este, las vuelva a poner en sus manos antes de partir con ellas. Descubierta de este modo la secreta conspiración, ajustició el gobernador a muchos persas.

5. Cuando sucedió en Sardes esta situación, viendo Histieo desvanecidas sus esperanzas, logró de los de Quíos con sus ruegos que le llevasen a Mileto. Los milesios, que con particular gusto y satisfacción poco antes se habían visto libres de Aristágoras, estaban muy ajenos a recibir en casa y de voluntad propia a ningún otro tirano, mayormente después de haber saboreado la libertad. Habiendo, pues, Histieo intentado entrar de noche y a viva fuerza en Mileto, salió herido en un muslo a manos de un milesio, sin lograr el objeto de su tentativa. Echado de su ciudad este antiguo señor, regresa a Quíos, de donde no pudiendo inducir a aquellos a que le confiasen sus fuerzas marinas, pasó a Mitilene, y allí pudo lograr de los lesbios que le confiaran su armada. Llevando, pues, estos a bordo a Histieo, se fueron hacia Bizancio con ocho trirremes. Apostados con sus naves en aquel estrecho, se iban apoderando de cuantas embarcaciones venían del Ponto, si no se declaraban por voluntad propia dispuestas a seguir las órdenes de Histieo.

6. Guiados por Histieo, se ocupaban de esto los de Mitilene. Se hallaban los milesios amenazados de un poderoso ejército por mar y tierra que de día en día allí se esperaba, sabiéndose que los jefes principales de los persas, unidas ya sus tropas en un solo cuerpo, sin cuidarse de las demás pequeñas ciudades enemigas, se dirigían hacia Mileto. La mayor fuerza de la armada naval persa consistía en los fenicios, con quienes concurrían armados los de Chipre, poco antes subyugados, así como los de Cilicia y los de Egipto, cuyas fuerzas de mar venían todas contra Mileto y el resto de Jonia.

7. Informados los jonios de la expedición, enviaron al Panionio sus respectivos representantes. Después de bien deliberado el asunto, acordaron allí reunidos que no juntarían tropas de tierra para resistir al persa; que lo mejor era que, defendiendo los milesios por sí mismos sus murallas, armasen los jonios todas sus escuadras, sin dejar una sola nave sin usar, y que así armados, lo más pronto que fuera posible, se juntasen para cubrir y proteger Mileto en la pequeña isla de Lade, que viene a estar en frente de la ciudad.

8. De resultas de dicha resolución, los jonios, a quienes se habían unido los eolios de Lesbos, se juntaron allí con sus naves bien armadas. El orden con que se formaron fue el siguiente: por el lado oriental se dejaban ver los milesios con ochenta naves propias; les seguían los de Priene con doce naves, y los de Miunte con tres solamente; a estos se hallaban contiguos con sus diecisiete naves los de Teos, y a estos los de Quíos con cien embarcaciones. Venían después por su orden los eritreos y los foceos, estos con solo tres naves, aquellos con ochenta; a continuación de los de Focea estaban los lesbios con setenta naves, y los samios con sesenta cerraban la extremidad occidental. De suerte que la suma de naves recogidas en la armada jonia subió a trescientos cincuenta y tres trirremes.

9. El número de las naves bárbaras era de seiscientas, y una vez que aparecieron en las costas de Mileto, al oír los generales persas, que tenían allí cerca reunido el ejército de tierra, el gran número de trirremes de la armada jonia, se llenaron de espanto, desconfiando de poder salir victoriosos contra ellas, y sumamente temerosos de que no siendo superiores en el mar no pudieran llegar a conquistar Mileto, y de que no conquistando la ciudad se verían en peligro de ser castigados por orden de Darío. Llevados, pues, de estos temores, determinaron reunir a los tiranos de Jonia que, echados de sus respectivos dominios por el milesio Aristágoras y refugiados antes a los medos, venían entonces en la armada contra Mileto; juntos todos los que en ella se hallaron, les hablaron así los generales persas: «Es el momento, jonios, en que acredite cada uno de vosotros su fidelidad al soberano, y su adhesión a la causa real: es menester que cada cual por su parte procure apartar a sus conciudadanos del cuerpo de los conjurados en esta guerra. Para esto debéis ante todo persuadirles con buenas razones, prometiéndoles que por su rebelión no tienen

que temer castigo alguno, y asegurándoles que ni entregaremos al fuego sus templos, ni al saqueo sus posesiones particulares, ni los gravaremos con nuevos tributos diferentes de los que ahora tienen. Pero si vierais que no quieren separarse de los rebeldes, empeñados de todo punto en tomar parte en la batalla, en tal caso les amenazaréis en nuestro nombre, describiéndoles lo que les espera de nuestra ira y venganza; que tomados como prisioneros de guerra, serán vendidos como esclavos; que sus hijos serán hechos eunucos; sus doncellas transportadas a Bactra y su país entregado a otros habitantes».

10. Una vez advertidos por los persas los tiranos de Jonia, en cuanto llegó la noche envió cada uno de ellos emisarios a sus compatriotas para que les indujesen a la defección. Pero los jonios, a cuyos oídos llegó aquella amenaza, persuadidos de que era a ellos solos y no a los demás pueblos de la liga a quienes la dirigían los persas, mirando la advertencia con desprecio, no consintieron en la traición propuesta. Esto fue lo primero que intentaron los persas cuando llegaron a Mileto.

11. Juntos ya en Lade, los jonios dieron inicio a sus reuniones, en las cuales uno de los muchos oradores que hablaban en público fue el general de los foceos, llamado Dionisio, que así les arengó: «Jonios míos, nuestra suerte se encuentra en el filo de la navaja, y de ello dependerá que nosotros quedemos libres o que nos veamos tratados como esclavos, y, más aún, como esclavos fugitivos. Si queréis, pues, al presente poneros en movimiento por un poco de tiempo, será necesaria por descontado alguna mayor molestia, pero el fruto de vuestro breve trabajo será sin duda la victoria sobre el enemigo, y el premio de la victoria, vuestra libertad. Pero si en esta ocasión queréis reservaros demasiado, viviendo sin orden y a vuestra comodidad, en verdad os digo que no espero hallar medio alguno, ni aun alcanzo a ver cuál pudiera darse para librarnos después de las garras del rey de la pena debida a unos rebeldes. Esto no, amigos, nunca; creedme mejor a mí, teniendo por bien dejaros en mis manos; que yo con el favor de los dioses os aseguro en tal caso una de dos: o que el enemigo no osará entrar en batalla con vosotros, o que si entra saldrá absolutamente vencido».

12. Dóciles a estas razones los jonios, se pusieron a las órdenes de Dionisio, quien con el objetivo de ejercitar a los remeros, formando

la escuadra en dos alas, la sacaba de continuo a alta mar, y a fin de entrenar en las armas a la tropa naval, hacía también que se atacasen unas galeras contra otras. El resto del día después de dichas escaramuzas obligaba a las tropas a pasarlo a bordo, ancladas las naves, de suerte que los días enteros tenía a los jonios en continuo ejercicio y fatiga. Como por espacio de siete días habían ellos hecho a las órdenes de Dionisio lo que les mandaba, viéndose ya agotados al octavo con tanto trabajo, y acosados por los rayos del sol, como gente no hecha a la fatiga, empezaron unos a otros a decirse: «¿Qué fatalidad es esta, o qué crimen tan enorme hemos cometido para condenarnos a tan desastrada vida? ¿Y no somos unos insensatos que perdido el juicio nos entregamos a merced de un foceo fanfarrón, que por tres naves que conduce se alza con el mando, entregándonos a intolerables fatigas? Visto está que no ha de dejarnos resuello, pues ya muchos de la armada han enfermado de puro cansancio, y muchos más, el sesgo que toman las cosas, vamos en breve a hacer lo mismo. Antes que pasar por esto vale más sufrirlo todo. Menor mal será aguantar la esclavitud del persa, venga lo que venga, que estar aquí luchando con esta miseria y muerte cotidiana. Vaya en hora mala el foceo, y ruin sea quien a ese ruin a partir de hoy más le obedezca». Esto iban diciendo, y en efecto, desde aquel punto ni uno solo se halló que quisiese darle oídos, sino que todos, plantadas sus tiendas en dicha isla al modo de un ejército acampado, sin querer subir a bordo ni volver al ejercicio, descansaban a la sombra.

13. Entretanto, los generales samios, viendo lo que los jonios hacían, se decidieron a aceptar la propuesta que Éaces, hijo de Silosonte, por orden de los persas les había propuesto, pidiéndoles por medio de un enviado que se apartasen de la alianza de los jonios. Viendo, pues, los samios el gran desorden que reinaba en la armada jonia, y pareciéndoles al mismo tiempo imposible que las armas del rey no saliesen al cabo victoriosas, por cuanto Darío, aun en el caso de que su armada presente fuese derrotada, tendría en breve a punto otra cinco veces mayor, decidieron admitir la mencionada propuesta. Estando en este ánimo, en cuanto vieron que no querían los jonios hacer su deber en aquella fatiga, valiéndose de la ocasión echaron mano de aquel pretexto a fin de poder conservar, separándose de la liga, sus templos y bienes propios. Era este Éaces, cuya proposición

aceptaron los de Samos, hijo de Silosonte y nieto de Éaces, tirano de Samos, que había sido privado de su poder por obra del milesio Aristágoras, del mismo modo que los otros tiranos de Jonia.

14. Cuando los fenicios presentaron la batalla, les salieron a recibir los jonios formados en dos alas. Llegadas a tiro las armadas y empezada la acción, no puedo de fijo decir cuáles fueron los jonios que se portaron bien y cuáles los que obraron mal en la refriega, pues los unos culpan a los otros, y todos se disculpaban a sí mismos. Es fama que entonces los samios, según con Éaces lo tenían concertado, saliéndose de la línea a vela tendida, se fueron navegando hacia Samos, no quedando más que once naves de su escuadra. Los capitanes de estas últimas, no habiendo querido obedecer a sus generales y manteniéndose en su puesto, entraron en batalla; y el común de los samios, en atención a este hecho, les honró después haciendo que se grabasen en una columna los nombres de los mismos capitanes y los de sus padres, queriendo dar en aquel monumento un público testimonio de que fueron hombres de bien y de mucho valor. Viendo los lesbios que los que se hallaban inmediatos a ellos huían de la batalla, hicieron lo mismo que los samios, imitándoles la mayor parte de los jonios.

15. Los que más padecieron de cuantos quedaron peleando fueron los de Quíos, haciendo proezas de valor, sin perdonar esfuerzos contra el enemigo, ni desmayar un punto en el combate, siendo cien sus barcos, y llevando cada una cuarenta soldados escogidos para la pelea. Bien veían que muchos de los aliados les vendían pérfidamente; pero no queriendo parecérseles en la cobardía y ruindad, por más que se viesen desamparados, con todo, con los pocos aliados que les quedaban continuaron avanzando, embistiendo contra las naves enemigas, prendiendo muchas de ellas, pero perdiendo el mayor número de las suyas, hasta que se hicieron a la vela con las que les quedaban, huyendo hacia su patria.

16. Perseguidas por el enemigo algunas naves de su escuadra, que por destrozadas no se hallaban en estado de huir, pusieron rumbo a Micale; allí, virando en la playa, y dejando en ella las naves, a salvo ya la tripulación, se iban a pie por tierra firme. Caminaban los marineros de Quíos por el territorio de Éfeso, y llegados ya de noche cerca de dicha ciudad, quiso su desgracia que las mujeres del país estuviesen ocupadas en celebrarlas Tesmoforias[284]. Los efesios, que nada habían oído todavía de lo sucedido a los de Quíos, y qué viendo aquella tropa entrar por su tierra, la tenían por una cuadrilla de salteadores que venían a raptar a las mujeres, saliendo luego todos levantados en masa a socorrerlas, acabaron con los pobres marineros de Quíos: ¡tanta fue su desventura!

17. Pero volviendo a Dionisio el foceo, después de ver los asuntos de los jonios de todo punto perdidos en la batalla, habiéndose en ella apoderado de tres naves enemigas, partió de allí con ánimo de no volver a Focea, su patria, pues bien visto tenía que ella, con toda Jonia, sería al cabo hecha esclava de los persas. Resolvió, pues, tomar desde allí el rumbo hacia Fenicia, donde como se había apoderado de muchas naves de carga, rico ya con tantos despojos, las echó a fondo y se hizo a la vela para Sicilia. Allí se dio a la piratería, saliendo a menudo de aquellos puertos, sin tocar, sin embargo, a ningún barco griego, y apresando a todos los cartagineses y tirrenos que podía capturar.

18. Vencedores los persas de los jonios en la batalla naval, bien rápido sitiaron por mar y tierra Mileto, ciudad que al quinto año de la sublevación de Aristágoras tomaron a viva fuerza, combatiéndola con todo género de máquinas y arruinando las murallas con sus minas. Una vez rendida la ciudad, hicieron esclavos a sus vecinos, viniendo con esto a descargar sobre Mileto la calamidad que el oráculo les había pronosticado.

19. Es de saber que consultando en cierta ocasión los argivos en Delfos acerca de la conservación de su propia ciudad, se les había dado un oráculo, no particular de ellos únicamente, sino perteneciente también a los de Mileto, pues dirigido en parte a los de Argos, a lo último llevaba una adición para los milesios. Referiré la parte del oráculo que tocaba a los argivos, cuando en su propio lugar dé razón de sus asuntos: la parte que tocaba a los milesios, que no se hallaban allí presentes, estaba concebida en estos términos: «Entonces, ¡oh Mileto!, máquina llena de maldad, serás cena y espléndida presa para no pocos, cuando tus mujeres laven los pies de cabelludas gentes; ni

---

[284] Cf. *Historia* 2.171 y nota *ad loc.*

faltarán otros que adornen en Dídima mi templo». Todos estos males vinieron entonces, en efecto, sobre los milesios, cuando la mayorías de los hombres de la ciudad murieron a manos de los persas, que solían dejar su pelo largo; cuando las mujeres e hijos de aquellos fueron reducidos a la condición de esclavos; cuando, finalmente, el templo de Apolo en Dídima, de cuya riqueza llevo ya hecha mención en diferentes puntos de mi historia, fue con su templo y con su oráculo dado al saqueo y a las llamas.

20. Hechos, pues, prisioneros los milesios, fueron desde su patria llevados a Susa. El rey Darío, sin ejecutar en ellos otro castigo diferente, los colocó cerca del mar Eritreo en Ampe, ciudad por la cual pasa el río Tigris, que desemboca en el mar. Las tierras suburbanas de Mileto las tomaron para sí los persas, dando las tierras altas del país a los carios de Pedasa.

21. No hallaron los milesios en su desventura recibida de manos de los persas la debida compasión y correspondencia en los sibaritas que habitaban por entonces las ciudades de Lao y de Escidro, después de que fueron privados de su antigua patria, la ciudad misma de Síbaris, pues habiendo sido esta tomada por los de Crotona tiempo atrás, mostraron tanta pena los milesios de aquella desventura, que todos los adultos se cortaron el pelo, siendo dichas ciudades las más amigas y más unidas de cuantas tenga yo noticia hasta aquí. Muy diferentemente obraron en este punto los de Atenas, quienes, además de otras muchas pruebas de dolor que les causaba la pérdida de Mileto, dieron una muy particular en la representación de un drama compuesto por Frínico[285], cuyo asunto y título era *La toma de Mileto*; pues no solo prorrumpió en un llanto general todo el teatro, sino que el público multó al poeta con mil dracmas por haberle renovado la memoria de sus males propios, prohibiendo al mismo poeta que nadie en lo sucesivo reprodujera semejante drama.

---

[285] Frínico es, junto a Tespis, uno de los creadores del género trágico. Su *Toma de Mileto* ponía sobre la escena no un tema mitológico (este es el tema de todas las tragedias que han llegado hasta nosotros a excepción de *Los persas* de Esquilo), sino histórico y contemporáneo.

22. Así Mileto se quedó, en una palabra, sin milesios. Por lo que respecta a los samios que tenían en casa algo que perder, estuvo tan lejos de parecerles bien la resolución de sus generales a favor de los medos, que después del combate naval tomaron entre ellos el acuerdo de salirse de su patria para ir a fundar una nueva colonia, antes de que volviera Éaces a entrar en la isla, sin duda por no verse precisados en caso de quedarse en sus casas a servir a los medos y obedecer a un tirano. La ocasión era la más oportuna, pues entonces los habitantes de Zancle, pueblo de Sicilia, por medio de unos mensajeros enviados a Jonia, instaban a los jonios a que vinieran a apoderarse de Caleacte, muy deseosos de que se instalasen en esta ciudad jonia. Es la que llamaban Caleacte una hermosa playa poseída entonces por los sículos, la cual mira hacia Tirrenia. Mientras los zancleos inducían a los jonios a formar dicha colonia, los samios fueron entre estos los únicos que, en compañía de los milesios que habían podido escaparse de la ruina universal, partieron para Sicilia, donde su empresa tuvo el desenlace siguiente.

23. Quiso la suerte que al llegar los samios en su viaje a los lo-cros epicefirios se hallasen allí los zancleos, conducidos por su rey, llamado Escita, sitiando cierta ciudad de los sículos con ánimo de apoderarse de la isla por la fuerza. Anaxilao, tirano de Regio y gran enemigo de los zancleos, informado de la intención de los samios, procuró contactar con ellos y supo persuadirles de que les convenía más bien olvidarse de Caleacte y de las hermosas playas hacia donde llevaban el rumbo, y apoderarse en vez de ellas de la misma ciudad de Zancle, que se hallaba sin soldados que pudiesen defenderla. Caen los samios en la tentación y se hacen dueños de Zancle. En cuanto los zancleos ausentes de su patria oyeron que había sido sorprendi-da, fueron corriendo a socorrerla, llamando al mismo tiempo en su ayuda a Hipócrates, tirano de Gela y aliado suyo. Viniendo este para auxiliar con su gente de armas, obró tan al contrario que privando a Escita, monarca de los zancleos, de su ciudad, le mandó poner preso, y en su compañía a Pitógenes, su hermano, enviándolos así atados a la ciudad de Ínix. Entró después a capitular con los samios, y tras un intercambio de juramentos, vendió alevosamente a los zancleos, pues como paga de su traición convino con los samios que de los esclavos y muebles que se hallaban dentro de la ciudad tomaría la mitad para sí, y que cargaría con cuantos muebles y esclavos se hallasen en la campiña. Para más iniquidad, valiéndose de la ocasión, mandó atar la mayor parte de los zancleos y se quedó con ellos como si fueran esclavos; y no contento con esto, entregó a los samios los trescientos zancleos más importantes para que les cortasen la cabeza, maldad que no quisieron ejecutar.

24. Escita, el señor de los zancleos, huido de Ínix, pasó a Hímera, de donde navegó a Asia y llegó a la corte de Darío, quien vino a considerarle el griego mejor y más justo de cuantos de Grecia habían subido a su corte; pues obtenida licencia del soberano para ir a Sicilia, volvió otra vez a su presencia, y entre los persas acabó su vida felizmente en edad muy avanzada. De este modo los samios que se habían escapado del dominio de los medos lograron, sin ningún trabajo, hacerse dueños de Zancle, una de las más bellas ciudades.

25. Después de la batalla naval que se dio por causa de Mileto, los fenicios, por orden de los persas, restituyeron en Samos a Éaces, el hijo de Silosonte, en atención a lo bien que con ellos se había portado. Los samios, en efecto, por haber retirado sus naves del combate naval de los jonios, lograron ser los únicos entre los que se habían sublevado contra Darío que librasen del incendio sus templos y ciudades. Tomada ya Mileto, nada tardaron los persas en recobrar Caria, cuyas ciudades, parte entregadas voluntariamente, parte rendidas por la fuerza, iban de nuevo agregando a su Imperio.

26. Tiempo es ya de volver a Histieo, que se hallaba en las cercanías de Bizancio apresando las naves mercantes de los jonios que procedían del Ponto cuando le llegó la nueva de lo que acababa de suceder en Mileto. Apenas la recibió, se hizo a la vela con sus lesbios hacia Quíos, dejando el cuidado de la piratería en el Helesponto a Bisalta de Abido, hijo de Apolófanes; y llegado ya a aquella isla, tuvo una refriega con la guarnición de un fuerte llamado Las Grutas, que no quería admitirles en aquel lugar, y mató en ella no pocos de aquellos defensores. Con esto logró hacerse dueño de Policne, de cuyo puerto salía con los lesbios de su comitiva y se iba apoderando de las naves maltratadas de los de Quíos, que escapadas de la batalla naval se volvían a su patria.

27. A estos vecinos de la isla de Quíos les habían acontecido ya notables prodigios, según suelen los dioses por ley ordinaria dar de antemano ciertos presagios de las grandes desventuras que amenazan a alguna ciudad o nación. Uno había sido que de cien muchachos enviados en un coro desde Quíos a Delfos, solo dos habían vuelto a la patria, habiendo perecido los otros noventa y ocho de una peste que les sobrevino; otro fue que cayéndose en Quíos el techo de una casa sobre unos niños que se encontraban aprendiendo las letras poco antes de que se diese la batalla naval, de ciento veinte que eran, solo uno se salvó[286]. Estas fueron las señales previas que la divinidad les enviaba. Después vino la batalla naval que destruyó aquella ciudad, y después de la derrota fatal de las naves, el pirata Histieo con sus lesbios se dejó caer sobre los destrozados quiotas, y acabó de dar en tierra con todo el poder de aquel lugar.

28. Teniendo ya Histieo en su escuadra no pocos combatientes jonios y eolios, desde Quíos se fue contra Tasos. Estaba ya sitiando esta plaza, cuando por el aviso que le vino de los fenicios, que dejando a Mileto salían contra las otras ciudades jonias, se dio mucha prisa en partir con toda su gente hacia Lesbos, sin llevar a cabo la conquista de Tasos. Entretanto, la falta de víveres que padecía su ejército, le obligó a pasar al continente con ánimo de segar las mieses tanto de Atarneo como de la llanura del Caico, que pertenece a los misios. Pero quiso entonces la fortuna que se hallase en aquellas cercanías con un numeroso ejército Hárpago, general de los persas, el cual, en una batalla que allí se dio, muerta la mayor parte de las tropas enemigas, logró apoderarse de la persona de Histieo, que fue hecho prisionero del modo siguiente.

29. En Malene, lugar de la comarca de Atarneo, trabóse el choque entre persas y griegos, en que por largo tiempo quedó dudosa la victoria, hasta que al fin, arremetiendo la caballería persa, hizo suya la acción con tal viveza que puso en fuga a los griegos. Al huir con los suyos Histieo, persuadido como estaba de que por aquella traición no le condenaría el rey a perder la vida, se le avivó tanto el deseo de conservarla, que alcanzado ya por un soldado persa y viendo que iba

---

[286] Una de las pocas y más antiguas referencias a la existencia de escuelas en las ciudades griegas.

con un golpe a pasarle de parte a parte, le habló en lengua persa y se le descubrió diciendo ser Histieo de Mileto.

30. Si Histieo, puesto que fue capturado vivo, hubiera sido presentado también a Darío, este, a mi modo de entender, le hubiera perdonado la falta pasada, y aquel nada hubiera tenido que sufrir de parte del ofendido. El daño estuvo en que el gobernador de Sardes, Artáfrenes, y Hárpago, el general de las tropas, a fin de impedir que perdonado Histieo, volviera de nuevo a obtener la gracia del soberano, en cuanto llegó a Sardes prisionero pusieron su cuerpo en un palo y enviaron a Susa su cabeza embalsamada para que la viera Darío. Sabedor, en efecto, el monarca de aquel hecho, desaprobó la resolución, reprendió a los autores de ella porque no le habían presentado vivo el prisionero de guerra. Respecto a la cabeza de Histieo, ordenó que lavada y decorosamente amortajada, se la diese honrosa sepultura por los serviciosprestados tanto a su real persona como a los persas. Así vino a terminar Histieo.

31. La armada de los persas que había invernado en las cercanías de Mileto, saliendo al mar al año siguiente, iba de paso apoderándose de las islas adyacentes al continente, a saber: la de Quíos, la de Lesbos y la de Ténedos. Para mayor desgracia, adueñados los bárbaros de alguna isla, lo primero que hacían era barrer y acabar con todos los moradores que en ella había, en la forma que sigue: iban formando un cordón de persas cogidos uno de la mano del otro, y empezando así desde la playa del norte, seguían con aquella red barredera cazando a los hombres por toda la isla. En el continente fueron apoderándose igualmente de las ciudades jonias reduciéndolas a la esclavitud, dejando solo de tender allí su red por no permitirlo la situación del país.

32. Así que los generales persas no quisieron que se dijese de ellos que no cumplían las amenazas que antes habían hecho a los jonios, cuando todavía estaban armados, pues tal como lo amenazaron, así lo iban ejecutando. Porque en cuanto se veían dueños de alguna de las ciudades, una vez escogidos los niños más gallardos, hacían de ellos otros tantos eunucos para su servicio, entresacando del mismo modo a las doncellas mejor parecidas para enviarlas a la corte; no contentos con esto, entregaban a las llamas todos los edificios de las ciudades, tanto los profanos como los consagrados a los dioses. Esta

fue la tercera vez que los jonios se vieron hechos esclavos, pues una les subyugaron los lidios y dos consecutivamente los persas.

33. Aquella misma armada, habiendo dejado Jonia, fue apoderándose de todas las plazas que caen a la izquierda del que va navegando por el Helesponto, pues las que están a mano derecha en el continente habían sido ya rendidas por los persas. En dicha costa del Helesponto, que pertenece a Europa, se halla el Quersoneso, donde se encuentran bastantes ciudades; se halla la ciudad de Perinto; se hallan los fuertes de Tracia, como también las ciudades de Selimbria y de Bizancio. Los bizantinos, pues, y del mismo modo los calcedonios, situados en la ribera opuesta, dejando sus pueblos antes de que llegase la armada fenicia y retirados al interior del Ponto Euxino, fundaron la ciudad de Mesambria. Llegados después los fenicios, incendiadas las dos citadas plazas, se dejaron caer sobre Proconeso y Ártace, y desde ellas, después de que las hubieron arrasado, se hicieron a la vela otra vez hacia el Quersoneso con ánimo de arruinar las ciudades que antes habían respetado y por primera vez se echaron sobre aquella península. A Cícico no se acercaron los fenicios, a causa de que los naturales, ya antes de su llegada, capitulando con el gobernador de Dascilio, Ébares, hijo de Megabazo, se habían entregado al rey; pero en el Quersoneso rindieron las demás ciudades, excepto la de Cardia.

34. Hasta este tiempo, Milcíades, hijo de Cimón y nieto de Esteságoras, conservaba el dominio en dichas ciudades, sobre las cuales lo había adquirido antes aquel otro Milcíades que fue hijo de Cípselo, de la manera que referiré. Los doloncos, pueblos de origen tracio, eran los que antiguamente habitaban en el Quersoneso, quienes viéndose agobiados en la guerra por los apsintios, enviaron a Delfos sus reyes para que consultasen acerca de ella. Les dio por respuesta la Pitia que se llevaran a su país como fundador de una colonia al primero que una vez que salieran del templo les acogiera en su casa como huéspedes y amigos. Los doloncos, pues, tomaron camino por la Vía Sacra, pasaron por el territorio de Fócide y de Beocia, y desde allí, sin que nadie les invitase a su casa, entraron en el de los atenienses.

35. En aquella ocasión, si bien era Pisístrato quien tenía en Atenas el poder absoluto, no dejaba con todo de tener algún mando cierto hombre llamado Milcíades, hijo de Cípselo, persona de influyente familia que mantenía tiros de cuatro caballos para concurrir a los

Juegos Olímpicos. Era este descendiente remoto de Egina y de Éaco, y después, andando el tiempo, había obtenido la ciudadanía entre los atenienses, siendo de la casa de Fileo, hijo de Áyax, que fue el primero de dicha familia que se inscribió como ciudadano de Atenas. Estaba, pues, Milcíades sentado a la puerta de su casa, cuando viendo pasar a los doloncos con un traje de peregrino y armados con sus picas, los saludó y llamó hacia sí. Se le acercaron y fueron invitados a su casa; admitida la invitación, le dan cuenta los nuevos huéspedes del oráculo recibido, exhortándole al mismo tiempo a que obedezca al dios Apolo. Milcíades, como estaba mal con el dominio de Pisístrato, ansioso de salirse de su jurisdicción, se dejó persuadir muy fácilmente, y luego envió a Delfos unos emisarios encargados de consultar de su parte el oráculo sobre si haría o no lo que le pedían aquellos doloncos.

36. Con el nuevo mandato de la Pitia se acabó de dedicir Milcíades, hijo de Cípselo, sujeto ya famoso por haberse llevado el primer premio en los juegos de Olimpia entre los carros de cuatro caballos. Alistando, pues, para la expedición a todos los atenienses que quisieron seguirle en su viaje, con ellos y con los doloncos se hizo a la vela y logró después apoderarse de la región que pretendía, de la cual le nombraron tirano los que le habían llamado. La primera decisión que tomó Milcíades en su dominio fue la de cerrar el istmo del Quersoneso, tirando una muralla desde la ciudad de Cardia hasta la de Pactia, con cuya defensa impedía las invasiones y correrías de los apsintios en toda la tierra. Dicho istmo tiene de mar a mar treinta y seis estadios, y el Quersoneso, contando del istmo hacia lo interior del país, se extiende a lo largo de cuatrocientos veinte estadios.

37. Fortalecida ya la garganta del Quersoneso con aquel nuevo pertrecho que impedía la entrada y tenía lejos de él a los apsintios, los primeros a quienes hizo la guerra Milcíades fueron los de Lámpsaco, quienes en una emboscada le hicieron prisionero. Al saber Creso el lidio de aquella captura, por la gran estima que tenía a la persona de Milcíades, instó a los lampsacenos por medio de un mensajero a que pusiesen en libertad al prisionero, ya que, de no hacerlo, les aseguraba que los quebrantaría como quien quebranta un pino. Se ponen luego los lampsacenos a deliberar sobre el sentido de la enigmática amenaza, no alcanzando la fuerza de aquel quebrantar como un pino, hasta que al cabo de un buen rato de preguntas y respuestas, dio un viejo en el blanco de la amenaza diciéndose ser el pino el único entre los árboles que desmochado una vez no vuelve a retoñar, sino que totalmente acaba y muere[287]. Con el temor que con tal amenaza les entró a los de Lámpsaco, dieron libertad a Milcíades, debiendo este a Creso el verse libre de su prisión.

38. Restituido Milcíades a sus dominios, viéndose sin hijos, hizo al morir heredero del mando y de sus bienes a su sobrino Esteságoras, hijo de Cimón, su hermano uterino. Los pueblos del Quersoneso, según suele practicarse con los fundadores de alguna ciudad, hacen sacrificios en honor de Milcíades, en cuya memoria tienen establecidos unos juegos, tanto ecuestres como atléticos, en los cuales no les es permitido participar a ningún lampsaceno. Duraba todavía la guerra con los de Lámpsaco, cuando quiso la mala suerte que también Esteságoras muriera sin sucesión, recibiendo un golpe de hacha que descargó sobre su cabeza en el mismo pritaneo, uno que se presentaba como desertor, y era realmente un enemigo enconado y furioso.

39. Los Pisistrátidas, sabida la muerte de Esteságoras, enviaron al Quersoneso en una trirreme a Milcíades, hijo de Cimón y hermano del difunto, para que tomase el mando del lugar. Mucho se habían ya esmerado los hijos de Pisístrato en favorecer a este Milcíades estando aún en Atenas, como si no hubieran tenido parte alguna en la muerte de Cimón, su padre, la cual diré del modo que aconteció en otro lugar de mi historia. Llegado, pues, Milcíades al Quersoneso, se mantuvo algún tiempo sin salir de casa, queriendo, a lo que parecía, honrar con aquel luto y retiro la muerte de Esteságoras. Corrió así la voz entre los vecinos del Quersoneso, y en virtud de ella, juntas todas las principales personalidades de aquellas ciudades en común vinieron a dar el pésame a Milcíades, quien valiéndose de la ocasión, los puso presos a todos y se alzó con el dominio del Quersoneso entero, manteniendo en su servicio quinientos hombres de guardia y tomando después por esposa a la princesa Hegesípila, hija de Óloro, rey de los tracios.

---

[287] La alusión al pino también hace referencia al nombre antiguo de Lámpsaco, que era Pitiusa, es decir, «Poblada de pinos».

40. No solo tuvo que tomar estas medidas Milcíades, hijo de Cimón, recién llegado al Quersoneso, sino que hubo de sufrir en lo sucesivo otros contratiempos mucho más crueles; porque tres años después se tuvo que ausentar del Quersoneso huyendo de los escitas llamados nómadas, quienes, irritados por el rey Darío y unidos en cuerpo de ejército, avanzaron con sus correrías hasta el Quersoneso. Milcíades, no teniendo ánimos ni fuerzas para hacerles frente, huyó por esta causa de sus dominios, donde, después que los escitas se volvieron otra vez a su país, le restituyeron de nuevo los doloncos. Esta adversidad le había acaecido tres años antes de que le sucediera otra desventura que en la ocasión de que voy hablando le sobrevino, y fue la siguiente.

41. Informado Milcíades de que los fenicios se hallaban ya en Ténedos, cargando luego cinco trirremes de cuantas riquezas y preciosidades tenía a mano, se hizo con ellas a la vela para Atenas. Salido, pues, de la ciudad de Cardia, iba navegando por el golfo de Melas, costeando el Quersoneso, cuando con sus barcos se dejaron caer sobre él los fenicios. Por más caza que le daban, pudo Milcíades escaparse con cuatro de sus naves y refugiarse en Imbros; pero fue apresada la quinta, en la que iba como capitán Metíoco, su hijo mayor, tenido no con la hija del rey de Tracia Óloro, sino con otra esposa. Sabedores los fenicios de que el capitán de la nave apresada era hijo de Milcíades, le presentaron al rey, convencidos de que iban a hacerle por ello el más grande obsequio, por cuanto Milcíades había sido el que dio a los señores de Jonia el voto de que lo mejor era hacer caso a los escitas, cuando estos les pedían que, disuelto el puente de barcas, regresasen a su patria. Darío, cuando tuvo en su poder a Metíoco, hijo de Milcíades, presentado por los fenicios, no solo no le trató como enemigo, sino que le colmó de tantos regalos, que le dio casa y bienes, casándolo con una mujer persa, y los hijos que con ella tuvo son reputados como persas.

Primera guerra médica

42. Partido Milcíades de Imbros, llegó a salvo hasta Atenas. Los persas no hicieron en aquel año otra hostilidad ni violencia en castigo de los jonios, antes tomaron acerca de ellos unas decisiones muy útiles y humanas, pues aquel año fue cuando Artáfrenes, gobernador de

Sardes, convocando a los representantes de las ciudades de Jonia, les obligó a que hiciesen entre ellos sus tratados a fin de ajustar en juicio las diferentes agresiones mutuas y no valerse en adelante del derecho de las armas unos contra otros. Cuando les hubo obligado a aceptar estos pactos, mandó Artáfrenes medir sus tierras por parasangas, medida persa así llamada que contiene treinta estadios. Medido así todo el país, señaló en particular los tributos, que se han mantenido hasta mis días en aquella regulación de Artáfrenes la misma casi que ya de antes estaba impuesta.

43. Todo estaba, pues, en Jonia tranquilo y sosegado. Al principio de la siguiente primavera, retirados por orden del rey los demás generales, bajó Mardonio hacia las provincias marítimas conduciendo un gran ejército de mar y tierra. Era este joven general hijo de Gobrias[288], y estaba casado con una princesa hija de Darío, llamada Artozostra. En Cilicia, adonde había llegado al frente de su ejército, entró a bordo de una nave y navegó con toda la escuadra, señalando a otros caudillos que condujesen las tropas de tierra al Helesponto. Después de costear Asia, se halló Mardonio en Jonia, donde siguió una conducta tal que bien sé que, referida aquí, ha de parecer una cosa sorprendente a aquellos griegos que no quieren convencerse de que Ótanes fuese de parecer que entre los persas debiese instituirse un estado democrático[289]; porque lo que hizo allí Mardonio desde luego fue deponer a todos los tiranos de Jonia y establecer en todas las ciudades la democracia. Tomadas estas decisiones, se dio mucha prisa en llegar al Helesponto. Después de que en él se hubo juntado una prodigiosa armada y asimismo un ejército numeroso, pasaron las tropas embarcadas al otro lado del Helesponto, y desde allí continuaron marchando camino de Eretria y de Atenas.

44. Era, en efecto, el pretexto de aquella expedición el hacer la guerra a las dos ciudades mencionadas; pero el intento principal no era menos que el de conquistar todas las ciudades de Grecia que pudiesen. Desde luego con la armada sometieron a los de Tasos, los cuales ni aun osaron levantar un dedo contra los persas; con

---

[288] Uno de los famosos siete persas que se conjuraron contra los magos.
[289] Cf. *Historia* 3.80-82.

el ejército de tierra agregaron a los macedonios a los vasallos que allí cerca tenían, pues ya antes les reconocían como señores todas aquellas naciones vecinas que moran más acá de la Macedonia. Dejando vencida a Tasos, iba la armada naval costeando el continente que está enfrente, hasta que llegó a Acanto. Salida después de allí, y procurando vencer el cabo del monte Atos, se levantó contra las naves el viento Bóreas con tal ímpetu y vehemencia, que arrojó un gran número de ellas contra dicho promontorio, donde es fama que trescientas fueron a estrellarse: perecieron en ellas más de veinte mil personas, pues como en aquellos mares abundan monstruos marinos, muchos de los náufragos cerca de Atos fueron devorados por ellos; muchos otros perecieron arrojados contra las peñas; algunos, por no saber nadar, se ahogaban, y otros morían de puro frío. Tal desventura cayó sobre aquella armada.

45. El ejército de tierra se hallaba por entonces atrincherado en Macedonia, cuando los brigos, pueblo de Tracia, embistieron en la oscuridad de la noche contra las tropas de Mardonio, logrando matar gran número de ellas y aun herir al mismo general, aunque esta sorpresa nocturna no pudo librarles del yugo de los persas, no habiéndose retirado Mardonio de aquellos contornos hasta tanto que hubo rendido y sometido a los brigos. Vencidos estos, pensó luego con todo en volver atrás con su ejército entero, obligado a ello tanto por la pérdida que sus tropas terrestres habían sufrido en la pasada refriega con los brigos, como por el gran naufragio que la armada había padecido en el promontorio del Atos. Malograda con esto la expedición, se retiró a Asia todo el ejército con mucha mengua y pérdida en su reputación.

46. Lo primero que Darío hizo al año siguiente fue enviar un mensajero a Tasos mandando a los habitantes de la isla, quienes habían sido delatados por los pueblos vecinos de que intentaban levantarse contra los persas, que demoliesen por sí mismos sus murallas y pasasen sus naves a Abdera. Los tasios, en efecto, tanto por haberse visto sitiados antes por Histieo como por hallarse con grandes entradas de dinero, procuraban aprovecharlas bien en su defensa, parte construyendo navíos para la guerra, parte levantando muros más fuertes para su resguardo. Percibían los tasios esos ingresos que decía tanto del continente como también de las minas, pues las de oro que poseían en Escaptila, lugar de tierra firme, les proporcionaban por lo común ochenta talentos, y las de la misma isla de Tasos, aunque no llegaban a rendirles tanto, les producían con todo una suma tal, que el total de las rentas públicas de los tasios percibidas ya de tierra firme, ya de las minas, cada año subía ordinariamente a doscientos talentos, y esto sin tener ninguna contribución impuesta sobre los frutos de la tierra; y el año que los negocios les iban muy bien, ascendía la suma de sus ingresos a trescientos talentos.

47. Yo mismo quise ir a ver por mis ojos dichas minas, entre las cuales las que más me sorprendieron y mayor maravilla me causaron fueron aquellas que habían sido descubiertas por los antiguos fenicios, cuando poblaron dicha isla venidos a ella en compañía del fenicio Taso, de cuyo nombre tomó el suyo la isla. Estas minas fenicias se ven en Taso situadas entre el territorio llamado Enira y el que llaman Cenira, donde se halla un gran monte abierto, derruido y minado con varias excavaciones, que viene a encontrarse enfrente de Samotracia.

48. Los tasios, pues, en fuerza de aquella real orden, demolidas sus fortificaciones, pasaron todas sus naves a Abdera. Tomada dicha decisión, como Darío quería tomar el pulso a los griegos y ver si se hallaban con ánimo de guerrear contra él o de entregarse más bien a su dominio, despachó hacia las ciudades de Grecia sus respectivos heraldos encargados de exigirles la obediencia para el rey mediante la solicitud de la tierra y el agua. Al mismo tiempo envió orden a las ciudades marítimas de sus dominios de que construyesen naves largas para la guerra, así como otra de carga para el transporte de la caballería.

49. Mientras que los vasallos de la marina preparaban estas naves, muchos pueblos de Grecia situados en el continente se mostraban preparados para dar a los embajadores destinados a sus ciudades lo que se les pedía de parte de Darío; y todos los isleños, donde aquellos tocaron puerto, y muy particularmente los de Egina, prestaron al rey la obediencia ofreciéndoles la tierra y el agua. Conocida esta entrega de los eginetas, sospechando los atenienses que ellos se habían entregado al persa por la enemistad que les tenían y con la mira de hacerles la guerra unidos con el bárbaro, se dieron por muy resentidos e injuriados; y alegres por tener un motivo tan bueno de queja contra ellos, pasaron a Esparta y dieron allí cuenta de aquella novedad, acusando a los eginetas de traidores y enemigos de Grecia.

50. En efecto, de resultas de esta acusación, el rey de los espartanos Cleómenes, hijo de Anaxándridas, pasó a Egina queriendo prender a las personas que hubiesen sido los principales promotores de la traición. Entre otros muchos eginetas que le hicieron frente al ir a ejecutar tales apresamientos, el que más se destacó en la resistencia fue Crío, hijo de Polícrito, diciéndole claramente que mirase bien lo que hacía, si no quería que le costase bien caro, pues bien se echaba de ver que no venía a ejecutar aquella misión de orden del común de los espartanos, sino que obraba sobornado con las dádivas de los atenienses, pues de no ser así, hubiera venido acompañado del otro rey, su colega, para hacer aquella captura. Esta representación y resistencia la hacía Crío con cierta entendimiento con Demarato. Cleómenes, pues, como se veía echado de Egina por la oposición de Crío, le preguntó cómo se llamaba: le dio Crío su nombre, y al despedirse le replicó Cleómenes: «Ahora bien, ya puede ese carnero[290] forrar bien sus astas con bronce para afrontar el gran desastre con que se va a topar».

51. Por aquel mismo tiempo en Esparta elaboraba contra Cleómenes grandes intrigas un hijo de Aristón, llamado Demarato, rey asimismo de los espartanos, pero de una familia inferior a la de Cleómenes, no en la calidad de la sangre, siendo los dos de una misma cepa, sino en el derecho de primogenitura, pues sabido es que en atención a ella se da en Esparta la preferencia a la descendencia y casa de Eurístenes[291].

52. Sobre este particular, es preciso decir aquí que los lacedemonios, a pesar de todos los poetas, pretenden que no fueron los hijos de Aristodemo los que les condujeron al país que al presente poseen, sino que su conductor fue el mismo Aristodemo, siendo su rey al propio tiempo. Aristodemo, hijo de Aristómaco, nieto de

---

[290] Este es el significado del nombre «Crío».

[291] Los reyes que conforman la famosa diarquía espartana proceden de dos linajes —el de los Agiadas y el de los Euripóntidas, con cierta preeminencia para los primeros— que en última instancia se remontarían al mítico Perseo. Si bien la sucesión recae en el primogénito masculino, la historia de Esparta evidencia múltiples irregularidades sucesorias en las que se contraviene el derecho de primogenitura. Eurístenes es el padre de Agis, quien da nombre a la dinastía Agiada.

Cleodeo y bisnieto de Hilo[292], tenía por esposa a una mujer llamada Argía, hija, según dicen, de Autesión, nieta de Tisámeno, bisnieta de Tersandro y tataranieta de Polinices. Y esta mujer, no mucho después de llegados al país, dio a Aristodemo dos gemelos. Aristodemo apenas los vio nacidos cuando murió de una enfermedad. En aquella época los lacedemonios, conformándose con sus leyes, decretaron que fuera rey el mayor de dichos gemelos, pero como les veían a ambos tan parecidos e iguales en todo, no pudiendo por sí mismos averiguar cuál de los dos fuese el primogénito, para salir de la duda, se lo preguntaron entonces a la madre que los había dado a luz, o quizá antes ya se lo habían preguntado. Ella, aunque bien lo sabía, sin embargo, con la mira de hacer que fueran reyes los dos gemelos, insistía en asegurarles que ni ella misma podía en absoluto decir cuál de los dos niños era el mayor. Los lacedemonios, metidos en aquella confusión, enviaron su consulta a Delfos para salir de duda e incertidumbre. La Pitia les dio por respuesta que a ambos los tuvieran como reyes, dando, sin embargo, la preferencia al mayor de los gemelos. Con este oráculo de la Pitia quedaron los lacedemonios tan confusos como antes, no hallando la manera de averiguar cuál de los dos niños era el primero que había nacido. Mas un tal Panitas, que este era su nombre, natural de Mesenia, sugirió entonces a los lacedemonios un buen medio para salir de dudas, a saber: que fuesen observando cuál de los gemelos era el primero a quien limpiaba y daba la teta la madre que los había dado a luz; si notaban que ella no variaba en esto, no tenían ya más que hacer para averiguar lo que pretendían; pero si propia la madre que dio a luz a los mellizos no les distinguía ni acababa de conocerles, en tal caso le sería preciso tomar otro rumbo para salir de duda. Orientados los espartanos por el aviso del mesenio, se pusieron muy intencionadamente a observar lo que hacía la madre con los hijos de Aristodemo, y sin que ella se diera cuenta con qué fin la iban observando, vieron que siempre, tanto en el alimento como en el aseo, daba el primer lugar a uno de los niños, que era, en consecuencia, el mayor de sus hijos. Con estas pistas, toman los lacedemonios al gemelo a quien la madre prefería,

---

[292] Hilo es hijo de Heracles.

del todo persuadidos que era el primogénito, y mandándole criar y educar por cuenta del Estado, le pusieron el nombre de Eurístenes, llamando Procles al menor. De estos dos niños cuentan que por más que fuesen gemelos, llegados a la mayoría de edad, nunca fueron buenos hermanos, sino rivales y contrarios entre sí, en lo que les imitaron siempre sus descendientes.

53. Los que así nos cuentan esta historia son únicamente los lacedemonios entre los griegos, como antes decía; lo que voy a referir es conforme a lo que dicen los demás griegos. Hasta subir a Perseo, hijo de Dánae, está bien seguida y deslindada la ascendencia de los reyes que tuvieron los dorios, y añadiré que si no se incluye en tal genealogía al dios que fue padre de Perseo, todos aquellos ascendientes fueron griegos de nacimiento, puesto que por tales eran ya considerados en aquella época estos progenitores. La razón de que no queriendo subir más en esta genealogía dijera que no incluía en ella al dios padre de Perseo es porque este héroe no lleva nombre de familia tomado de un padre mortal, como vemos que lo lleva Heracles tomado de Anfitrión; de modo que con mucha razón me detuve en Perseo sin subir más arriba. Mas si dejando al margen a los padres de Perseo quisiera uno desde Danae, hija de Acrisio, ir contando los progenitores de aquella familia, se verá que son oriundos de Egipto los primeros caudillos ascendientes de los dorios.

54. Esta es su genealogía, según la describen los griegos; pero si queremos escuchar en este punto a los persas, Perseo, siendo asirio, fue quien pasó a ser griego, pues cierto que no habían sido griegos sus progenitores. Respecto a los padres de Acrisio, que nada tienen que ver con la ascendencia de Perseo, convienen los persas en que fueron egipcios, como pretenden los griegos.

55. Mas baste lo dicho sobre este punto, que no quiero expresar aquí cómo siendo egipcios aquellos progenitores, ni por qué medios y proezas, llegaron a ser reyes de los dorios, pues otros lo han referido primero, y yo quiero solamente decir lo que otros no dijeron.

56. Tienen, pues, los espartanos ciertos derechos y prerrogativas reservadas para sus reyes, como son: dos sacerdocios principales, uno el de Zeus Lacedemonio, otro el de Zeus Uranio, como también la decisión de hacer la guerra y llevar las armas al país que quieran, con tan amplias facultades que ningún espartano, bajo pena de incurrir en el más horrendo sacrilegio, se lo pueda estorbar; igualmente el ser los primeros en salir en campaña y los últimos en retirarse, y, en fin, tener en el ejército cien soldados escogidos para su guardia personal, tomar en tiempo de sus expediciones todas las reses que para víctimas quieran, y apropiarse de las pieles y también los lomos de las víctimas ofrecidas.

57. Estos son sus privilegios militares; los honores que les fueron concedidos en tiempo de paz son los siguientes: cuando alguno hace un sacrificio público se guarda para los reyes el primer asiento en la mesa y convite; las viandas no solo deben presentárseles primero, sino que de todas debe darse a cada uno de los reyes doble ración comparada con la que se da a los demás invitados, debiendo ser ellos los que den principio a las libaciones religiosas; a ellos pertenecen también las pieles de las víctimas sacrificadas. En todos los novilunios y séptimos días de cada mes debe darse a cada uno de los reyes en el templo de Apolo una víctima mayor, un medimno[293] de harina y un cuartillo lacedemonio de vino. En los juegos atléticos los primeros asientos están reservados a sus personas. A ellos pertenece el nombramiento de sus ciudadanos para próxenos[294], y cada uno de ellos tiene en sus manos la designación de dos pitios o consultores religiosos encargados de consultar el oráculo de Delfos, personas alimentadas del público en compañía de los mismos reyes. El día que estos no asisten a la mesa y comida pública[295], hay que llevarles a sus casas dos quénices de harina y una cótila[296] de vino para cada uno en particular; el día en que asisten a la mesa común, debe doblárseles toda la ración. En los convites que hacen los particulares deben los reyes ser tratados y privilegiados del mismo modo que en las comidas públicas. La custodia de los oráculos relativos al Estado corre a cuenta de los reyes, aunque de ellos deben ser sabedores los

---

[293] El medimno era una medida para áridos que en Esparta equivalía a 74 litros.

[294] Huéspedes públicos encargados de recibir oficialmente a los extranjeros, embajadores o personalidades de otras polis.

[295] Estas comidas comunales recibían el nombre de *syssitía*. Estas se llevaban a cabo por fratrías, grupos reducidos de unas quince personas, que aportaban cada una grano, vino, aceite, queso, etc.

[296] Dos quénices equivalían a poco más de 2 litros, mientras que una cótila a 0,25.

pitios. El conocimiento de ciertas causas legales está reservado a los reyes, si bien estas son únicamente: con quién se debe casar la hija heredera que no haya sido casada con nadie por su padre; toda adopción siempre que uno quiera tomar como hijo a otra persona debe celebrarse en presencia de ellos; todo lo que respecta al cuidado de los caminos públicos; poder asistir y tomar asiento entre los gerontes del Consejo de Ancianos, que son veintiocho consejeros; y cuando los reyes no quieren concurrir a la junta, hacen en ella sus veces los ancianos más allegados a ellos, de suerte que añaden a su propio voto dos más, a cuenta de los dos reyes.

58. Ni son las únicas demostraciones de honor hechas en vida a los reyes, sino que en muerte hacen con ellos estas y otras los espartanos. Lo primero, unos mensajeros a caballo van dando la noticia de la muerte por toda Laconia, y por la ciudad van unas mujeres tocando por las calles unos calderos. Al tiempo que este pasa, es forzoso que de cada familia, dos personas libres, un hombre y una mujer, se desaliñen en señal de luto, siendo severas las penas si dejan de hacerlo. La costumbre de este luto entre los lacedemonios en la muerte de sus reyes es muy parecida o idéntica a la que usan los pueblos bárbaros en Asia, donde estilan hacer otro tanto cuando mueren sus reyes. Porque cuando muere el rey de los lacedemonios, no solo los espartanos mismos, sino los periecos[297] de toda Lacedemonia, es necesario que concurran en cierto número al entierro. Juntos, pues, en un mismo lugar y en determinado número, los mencionados periecos, los ilotas[298] y los mismos espartanos, todos en compañía de las mujeres, se dan golpes muy fuertes en la frente, rompiendo en gran llanto y diciendo siempre que el rey que acaban de perder era el mejor de los

---

[297] Habitantes de las polis no independientes de Laconia y Mesenia que circundan Esparta. Aunque no poseían derechos políticos sí que podían tener tierras de cultivo. Se ocupaban de la artesanía y el comercio, contribuyendo económicamente a los espartanos mediante el pago de tasas y con la aportación de hombres en el ejército espartano.

[298] Los ilotas (o hilotas) eran esclavos públicos de Esparta que se dedicaban al cultivo de las tierras y a los servicios domésticos: no podían ser vendidos, pero sí liberados. Podían ser condenados a muerte y cada año los éforos hacían una declaración de guerra a los ilotas cuando asumían el poder.

reyes. Si acontece que muere el rey en alguna campaña, acostumbran formar su imagen y llevarla en un féretro ricamente adornado. Por los diez días primeros consecutivos al entierro real, como en días de luto público, se cierran los comercios y cesan asimismo las asambleas.

59. En otra cosa se asemejan los espartanos a los persas: en que el nuevo rey y sucesor del difunto, al tomar posesión de la corona, perdona las deudas que todo espartano tuviese con su predecesor o con el Estado mismo, cosa parecida a lo que pasa entre los persas, donde el rey nuevamente subido al trono perdona a todos sus vasallos los tributos no pagados.

60. En otra costumbre se parecen a los egipcios los lacedemonios, que consiste en que los heraldos de oficio, los trompeteros y los cocineros suceden siempre en los oficios a sus padres; de suerte que allí siempre es trompetero el hijo de trompetero, cocinero el hijo de cocinero y heraldo el hijo de heraldo, manteniendo siempre la herencia del oficio paterno, sin que otro de mejor calidad les saque de su oficio. Esto es, en suma, lo que pasa en Esparta.

61. Se hallaba, pues, en Egina Cleómenes, como antes iba diciendo, empleado en procurar el bien común de Grecia, y Demarato mientras tanto le estaba calumniando en Esparta, no tanto por favorecer a los eginetas como por el odio y la envidia que le tenía. Pero vuelto de Egina Cleómenes maquinó el medio para privar del reino a Demarato, contra quien intentó la acción que voy a referir. Siendo Aristón rey de Esparta y viendo que de ninguna de las dos mujeres que tenía le nacían hijos, se casó con una tercera de un modo muy singular. Un gran amigo de Aristón, de quien él se servía más que de ningún otro espartano, tenía por esposa a la mujer más hermosa de cuantas en Esparta se conocían, y era lo más notable que había venido a ser la más hermosa después de haber sido la más fea del mundo, lo que sucedió en estos términos: viendo la nodriza de la niña lo deforme que era su cara, y compadecida por una parte de que siendo hija de una casa tan rica e importante fuese tan poco agraciada, y por otra de la pena que por ello sentían sus padres, para remediarlo, tomó la resolución de ir todos los días con la niña al

santuario de Helena[299] en Esparta, situado en un lugar que llaman Terapne, más arriba del templo de Febo[300]. En cuanto llegaba la nodriza con su niña, se ponía delante de aquella estatua y suplicaba a la diosa que tuviese a bien librar a la pobre niña de aquella fealdad. Es fama que al volver un día del templo se apareció a la nodriza cierta mujer y le preguntó qué era lo que en brazos tenía; le dice la nodriza que tenía en ellos una niña, y la mujer le pide que se la deje ver. Se resistía la nodriza, pretextando que por orden de los padres de la niña a nadie podía enseñarla; pero como la mujer insistía siempre en verla, vencida por fin la nodriza por la insistencia que ella hacía, se la enseñó. Ve la mujer a la niña, y pasándole la mano por la cara y cabeza, iba diciendo que sería la más bella de las mujeres de Esparta. ¡Cosa extraña!, desde aquel punto fue modificándosele el semblante. A esta niña, pues, cuando hubo llegado a la flor de su edad, la tomó como mujer Ageto, hijo de Alcidas, aquel amigo de Aristón a quien antes aludía.

62. Aristón, herido fuertemente y aun vencido de la pasión por aquella mujer, maquinó el siguiente engaño para salirse con su antojo: conviene con aquel amigo de quien era la hermosa mujer en darle un regalo, el que más le gustase de cuanto poseía; pero a condición de que el amigo por su parte prometiera darle otra del mismo modo. Ageto, que veía casado a Aristón con otra mujer, no pensando ni en lo más remoto que pudiera pedirle la suya, aceptó el pacto y trueque de los regalos, que ambos confirmaron con juramento. Se apresuró luego Aristón a cumplir la palabra empeñada dando el presente que escogió Ageto de entre su tesoro, con la impaciente intención de recibir otro de parte de su amigo, declarándole su pretensión de querer quitarle la esposa. Protestaba Ageto que el pacto se extendía a todo menos a su mujer; pero obligado al cabo por el juramento y atrapado en esa astuta trampa, permitió que Aristón se fuese con su esposa.

63. De esta manera Aristón, divorciándose de su segunda esposa, se casó con esta tercera mujer, la cual al cabo de breve tiempo, antes

---

[299] Al margen de su relevancia en el mito de la guerra de Troya, Helena, reina de Esparta, su figura suele vincularse a una ancestral divinidad de la vegetación.
[300] Apolo.

del décimo mes[301], dio a luz a aquel Demarato del que íbamos hablando. Puntualmente se hallaba Aristón en una reunión con los éforos, cuando uno de sus criados vino a darle la nueva de que acababa de nacerle un hijo. Al oír el aviso, se pone Aristón a recordar el tiempo que hacía desde que estaba casado con su tercera mujer, contando los meses por los dedos; y luego: «¡Por Zeus! —exclama—, no puede ser mío el hijo de mi mujer»; juramento del que todos los éforos fueron testigos, si bien no le dieron más importancia en aquella ocasión. Creciendo el niño y persuadido Aristón de que en realidad era hijo suyo, se arrepentía mucho de que antes se le hubiera deslizado la lengua en aquel precipitado comentario. Respecto al niño, la causa de ponerle por nombre Demarato[302] habían sido los votos públicos a la divinidad que antes habían hecho de común acuerdo los espartanos, pidiendo que naciera un hijo a Aristón, el rey más estimado de cuantos jamás había habido en Esparta, y por esta razón se dio al recién nacido el nombre de Demarato.

64. Andando el tiempo, sucedió Demarato en el reino a su difunto padre, Aristón, si bien parece ser disposición de los hados que aquel comentario de Aristón, conocido por todos, diese ocasión para que se depusiese del trono a su hijo. Esto se produjo, según creo, a partir de que Demarato se declarase contrario a Cleómenes tanto cuando se retiró de Eleusis con sus tropas como cuando Cleómenes se dirigió contra los eginetas partidarios del medo.

65. Albergado, pues, por Cleómenes el proyecto de vengarse de Demarato, lo primero que hizo para lograrlo fue acordar con Leotíquidas, hijo de Ménares y nieto de Agis, de la misma familia que Demarato, que en caso de ser nombrado rey en lugar de este, le seguiría sin falta en el viaje que meditaba contra Egina. Quiso además la suerte que fuese Leotíquidas, por un motivo particular, el enemigo mayor que tenía Demarato, porque habiendo aquel acordado matrimonio con Pércalo, hija de Quilón y nieta de Demármeno, le robó Demarato maliciosamente dicha esposa, adelantándosele en contraer

---

[301] Se trata de meses lunares, siendo esta la duración estimada del embarazo, lo que tiene relevancia para lo que sucede a continuación.
[302] Literalmente «Deseado por el pueblo».

con ella matrimonio, motivo que ocasionó gran enemistad entre Leotíquidas y Demarato. A instancias, pues, de Cleómenes, acusa Leotíquidas en juicio bajo juramento que no siendo Demarato hijo de Aristón no tenía derecho legítimo para reinar en Esparta. Tras esta solemne acusación, llevó adelante la causa reproduciendo las mismas palabras que Aristón había proferido cuando, avisado por su criado de que le había nacido un hijo, hecha allí mismo la cuenta de los meses de matrimonio, afirmó que tal hijo no era suyo; palabras en la que se basaba Leotíquidas para afirmar que no era Demarato hijo de Aristón, y que, no siéndolo, no reinaba en Esparta legítimamente; en prueba de todo lo cual citaba como testigos a los mismos éforos que hallándose entonces reunidos con Aristón lo habían oído de boca de este.

66. Divididos, pues, los ánimos y pareceres en tan grave contienda, propusieron los espartanos que se consultase sobre este punto al oráculo en Delfos si era o no Demarato hijo de Aristón. Bien informada quedó la Pitia del asunto por la destreza que tuvo Cleómenes en informarla, pues en aquella ocasión supo ganarse a un tal Cobón, hijo de Aristofanto, la persona más influyente en Delfos, por cuyo medio logró sobornar a la profetisa, que se llamaba Perialo, para hacer decir al oráculo lo que Cleómenes quería que dijese. En una palabra, la Pitia respondió a la consulta de los emisarios que Demarato no era hijo de Aristón; si bien algún tiempo después, descubierta la trama y publicada la calumnia, Cobón fue desterrado de Delfos, y la profetisa Perialo fue privada de su cargo.

67. He aquí lo sucedido en la causa del destronamiento de Demarato, quien después, por motivo de una nueva afrenta que se le hizo, huyendo de Esparta se refugió en la corte de los medos, porque depuesto ya de su dignidad, fue después nombrado para una magistratura, que era la presidencia de las Gimnopedias[303]. Sucedió que estando Demarato viendo ese espectáculo, Leotíquidas, que ocupaba ya su silla de rey, hizo que un criado le preguntase de su parte, por

---

[303] Literalmente «Fiesta de los muchachos desnudos», en la que anualmente un coro de hombres y otro de niños rendían honores a los soldados muertos en Tirea (cf. *Historia* I.82).

mofa y escarnio, qué tal le parecía su cargo después de haber mandado como rey. A cuya pregunta respondió lleno de resentimiento Demarato que bien sabía por experiencia lo que uno y otro cargo venía a ser, cosa que Leotíquidas aún ignoraba, pero que entendiese que aquella insolente pregunta sería para los lacedemonios origen de gran dicha o de miseria suma. Dijo, y embozado, salió luego del teatro para su casa, y sin dilación alguna prepara un sacrificio y ofrece al dios Zeus un buey, concluido lo cual hace llamar a su madre.

68. Apenas llega esta, cuando toma el hijo las asaduras de la víctima, se las pone en las manos y le habla en estos términos: «Por los dioses todos del cielo, y en especial por nuestro Zeus Herceo, cuyas aras toco con mis propias manos, os suplico, madre mía, que, confesando lealmente la verdad, me digáis precisamente quién fue mi padre. Sabéis cómo Leotíquidas dijo en el juicio contra mi corona que, estando embarazada del primer marido, vinisteis a casa de Aristón. No faltan aun otros que hacen correr otra historia más insultante, diciendo que solíais tratar mucho con uno de vuestros criados, y por más señas dicen con el arriero de casa, de manera que me hacen pasar por hijo de vuestro arriero. Por los dioses, os ruego que me digáis ahora la verdad, que si algo hubo de esto, no habéis sido la primera, ni seréis la última en ello: ejemplos y compañeras se encuentran para todo. Lo que se dice en Esparta como más válido es que Aristón era de su naturaleza infecundo, pues de otro modo hubiera tenido sucesión de sus primeras mujeres».

69. Así se explicó el hijo con la madre, la cual le replicó así: «Ya que con tus palabras me obligas, hijo mío, a que te hable claro, voy a decírtelo todo sin encubrirte cosa alguna. Has de saber que la tercera noche, justo después de que me llevara a su casa Aristón, se me acercó una aparición con la figura de él mismo, durmió conmigo y me puso después en la cabeza una guirnalda que llevaba; hecho esto, me dejó y vino luego a mi lecho Aristón. Al verme con aquella corona, me pregunta quién me la había dado, y respondiéndole yo que él mismo, me dice que no. Yo no hacía más que jurar una y mil veces que en efecto él había sido, y que muy mal hacía en querérmelo negar, sabiendo que muy poco antes había venido, estando conmigo y poniéndome aquella misma corona. Como vio Aristón cuánto me reafirmaba en ello y cómo de veras se lo juraba, cayó en la cuenta

y se persuadió de que aquella sería cosa de orden sobrenatural, a lo cual hubo dos motivos que mucho le inclinaron: uno, porque se veía que la corona había sido tomada del heroon que cerca de la puerta del patio de nuestra casa está levantado en honor de Astrábaco; otro, que consultados sobre el caso los adivinos, respondieron no haber sido otro el que vino a verme que el mismo héroe Astrábaco. He aquí, hijo, cuanto deseas saber: o eres hijo de un héroe, y entonces tu padre es Astrábaco, o si no, eres hijo de Aristón, pues de uno de los dos aquella noche te concebí. Y por lo que respecta a la razón con que mayor guerra te hacen tus enemigos, alegando contra tu legitimidad que el mismo Aristón al recibir el aviso de tu nacimiento dijo delante de muchos que tú no podías ser suyo por no haber pasado diez meses, entiende, hijo, que se le deslizaron aquellas palabras por no saber lo que suele pasar en tales asuntos; pues las mujeres paren unas a los nueve, otras a los siete meses, no esperando siempre a que se cumplan los diez, y yo te parí sietemesino; de modo que no mucho después de su afirmación reconoció el mismo Aristón haber sido muy ignorante en lo que había hablado. Créeme a mí y déjales decir esas otras necedades acerca de tu nacimiento, pues lo que has oído es la pura verdad. Eso otro de arrieros, que lo guarde para sí Leotíquidas y para los que hacen correr tal patraña, y quieran los dioses que sus mujeres no den a luz sino de sus arrieros».

70. Hasta aquí habló la madre. Demarato, oído lo que quería saber, preparó lo necesario para el viaje que meditaba. Esparce la noticia que va a Delfos para consultar al oráculo y se encamina hacia Élide. Los lacedemonios, sospechando que pretendía huir, le siguieron; pero llegados a Élide, hallaron que se les había adelantado hacia Zacinto. Pasan luego allá y pretenden echarse sobre Demarato, y en efecto, le quitan todos los criados; pero como los zacintios se opusieron a aquella captura no queriendo entregar al fugitivo, pasó este a Asia y se refugió en la corte del rey Darío, quien acogiéndole con magnificencia, le entregó algunas ciudades para su dominio. Tal fue el motivo y la forma de la retirada que hizo a Asia Demarato y tal la buena acogida que la suerte le procuró: hombre ilustre entre los lacedemonios, tanto por sus muchos hechos y dichos memorables como en especial por haber alcanzado la victoria en la carrera de carros de Olimpia, gloria que entre todos los reyes de Esparta él solo había logrado.

71. Volviendo a Leotíquidas, hijo de Ménares, que ocupó el trono del que había sido depuesto Demarato, tuvo un hijo, por nombre Zeuxidamo, a quien algunos espartanos suelen llamar Cinisco, el cual, por haber muerto antes que su padre, no llegó a reinar en Esparta, dejando al morir un hijo llamado Arquídamo. Muerto Zeuxidamo, se casó Leotíquidas, su padre, en segundas nupcias con Eurídama, hija de Diactóridas y hermana de Menio. Con ella no tuvo hijo alguno varón, pero sí una hija con el nombre de Lampito, la que el mismo Leotíquidas dio por esposa a su nieto Arquídamo, el hijo de Zeuxidamo.

72. Leotíquidas, en castigo sin duda de la injuria cometida contra Demarato, no logró la fortuna de tener en Esparta una dichosa vejez. Su desventura procedió de que, capitaneando las tropas lacedemonias contra Tesalia, aunque tuvo en su mano subyugar a todo el país, se dejó corromper con una gran suma de plata. Sorprendido, pues, en su propio campamento con el hurto en las manos, pues le habían hallado sentado encima de una gran bolsa llena de dinero, fue por ello acusado en Esparta, y, citado a comparecer allí en juicio, huyó a Tegea, donde acabó sus días, habiendo sido arrasada su casa en Esparta por sentencia del tribunal; sucesos que acaecieron algún tiempo después.

73. Pasemos a Cleómenes, quien al ver que le había salido bien su intriga contra Demarato, tomando consigo a Leotíquidas se encaminó luego contra Egina, poseído del enojo y del ardiente deseo de vengar el desacato que allí se le había hecho. No osaron los de Egina, viendo venir contra ellos a los dos reyes, hacerles resistencia, con lo cual los reyes entresacaron a su salvo diez personas de Egina, las de mayor consideración, ya por ricos, ya por lo noble de sus familias, e incluidos en este número Crío, el hijo de Polícrito, y Casambo, hijo de Aristócrates, las dos personas de mayor prestigio y poder en la isla. Se llevaron presos a los diez, y pasando con ellos al Ática, los confiaron en depósito y custodia a los atenienses, los mayores enemigos que tenían los eginetas.

74. Pero Cleómenes, después de lo que llevo referido, temiendo mucho el resentimiento de los espartanos, entre quienes se había ya divulgado la calumnia de la que se había valido para la ruina de Demarato, se retiró a Tesalia. De allí, pasando a Arcadia y sublevados

los arcadios por su medio e influjo, empezó a maquinar revueltas contra Esparta, a la cual queriendo hacer la guerra, no solo obligaba a jurar a los arcadios que le seguirían donde quiera que les condujese como general, sino que además tenía resuelto llevar consigo los magistrados de Arcadia a la ciudad de Nonacris, donde quería tomarles el juramento de fidelidad por la laguna Estigia, a lo cual le movería la opinión de los mismos arcadios de que en dicha ciudad se halla el agua de la Estigia. Es cierto en realidad que se ve allí cómo va goteando de una peña una poca cantidad de agua que de allí se encamina hacia un valle rodeado por una pared seca. Nonacris, donde se encuentra esta fuente, es en una de las ciudades de Arcadia vecina a Féneo.

75. Informados en tanto los lacedemonios del manejo de Cleómenes y temerosos de lo que de allí podría resultarles, le llamaron a Esparta con la promesa de mantenerle en la posesión de sus antiguos derechos a la corona. Apenas volvió Cleómenes, cuando se apoderó de él, algo propenso de siempre a la demencia, una locura declarada, pues apenas se encontraba con algún espartano, le daba en la cara con el cetro; de suerte que sus mismos parientes, viendo que se propasaba a tales extremos de locura, le ataron a un cepo. Preso allí, cuando vio que un hombre solo le estaba guardando, le pidió que le diese un puñal, y si bien el guardia se lo negó al principio, oídos con todos los castigos con que le amenazaba para algún día, se lo dio al cabo de puro miedo; ni es de admirar que temiera siendo uno de los ilotas. El furioso Cleómenes, al verse con el cuchillo en la mano, empezó por sus piernas una horrorosa carnicería, haciendo desde el tobillo hasta los muslos unas largas incisiones; las continuó después del mismo modo desde los muslos hasta las ijadas y lomos, ni paró hasta acabar consigo llevando su destrozo sobre el vientre. Así murió Cleómenes con fin tan desastroso, bien fuese aquel un castigo del pago con que sobornó a la Pitia en la causa de Demarato, como dicen muchos griegos, bien fuese en pena de haber talado el bosque sacro de las diosas, cuando atacó Eleusis, como aseguran los atenienses, bien fuese aquella la paga por la violación del templo de Argos, de donde sacó a los argivos refugiados después de la derrota del ejército y los hizo pedazos, incendiando al mismo tiempo el bosque sagrado sin el menor escrúpulo ni reparo, como pretenden los mismos argivos, cuyo hecho aconteció en los términos siguientes.

76. Consultando Cleómenes en cierta ocasión al oráculo en Delfos, le fue respondido que lograría rendir Argos; condujo, pues, contra Argos a sus espartanos, y llegando al frente de ellos al río Erasino, el cual, según se dice, tiene su origen en la laguna Estinfálide, pues sumiéndose esta en una abertura oculta y subterránea, aparece otra vez en Argos, desde donde lleva ya aquella corriente el nombre de río Erasino que le dan los argivos; llegado, repito, Cleómenes a aquel río, le hizo sacrificios como para pedirle paso. En ninguna de sus víctimas se presentaba al lacedemonio ningún presagio favorable en prueba de que Erasino le diera paso por su corriente. Dijo Cleómenes que le parecía muy bien que no quisiera el Erasino ser traidor a sus vecinos, pero que no por eso se felicitarían mucho por tal fidelidad los argivos. En efecto, partió de allí con sus tropas hacia Tirea, donde, hechos al mar sus sacrificios, pasó en naves con su gente a los confines de Tirinto y de Nauplia.

77. Sabido esto por los argivos, salieron armados hacia las costas en defensa del país, y llegados cerca de Tirinto, plantaron sus trincheras enfrente de las de los lacedemonios, en un lugar llamado Sepea, dejando un corto espacio entre los dos campamentos. Los argivos, muy alentados y animosos por entrar en batalla campal, solo recelaban de algunas sorpresas insidiosas, pues a algunas asechanzas aludía un oráculo que contra ellos y contra los milesios juntamente había proferido, antes la Pitia en estos términos: «Cuando la mujer victoriosa repela en Argos al hombre y lleve la gloria de valiente, hará que corran las lágrimas de muchas argivas, hará que alguno pasada tal época diga: "Horrible yace la triple serpiente, domada por la lanza"». Como vieron, pues, los argivos que todo lo del oráculo se les había puntualmente cumplido, les puso esto mismo en grandes temores; así que para su mayor seguridad, les pareció seguir en su campo las órdenes que diese en el de los enemigos su heraldo, y lo practicaron tan puntualmente, que en cuanto hacía la señal el heraldo espartano, llevaban a cabo los argivos lo mismo que ordenaba aquel a los suyos.

78. Cuando Cleómenes estuvo bien seguro de que los argivos iban ejecutando lo que su heraldo indicaba a sus tropas, dio orden a los suyos de que, cuando el heraldo les llamase a comer, al instante tomasen las armas y atacaran a los argivos. Con aquella orden los

lacedemonios se dejaron caer de repente sobre los argivos en el momento que estaban comiendo según la voz del heraldo enemigo, y llevaron a cabo con tal éxito su estratagema, que muchos de los contrarios quedaron tendidos en el campo, y muchos más se refugiaron en el bosque sagrado de Argos, donde luego se los sitió cortándoles el paso para la salida.

79. Entonces fue cuando Cleómenes echó mano del ardid más alevoso, pues informado por ciertos fugitivos que consigo tenía del nombre de los sitiados, mandó a su heraldo que se acercase al bosque y llamase por su propio nombre a algunos de los refugiados, diciendo que les daba libertad como a prisioneros cuyo rescate ya tenía, pues sabido es que entre los peloponesios el rescate está tasado en dos minas por prisionero. Llamando, pues, Cleómenes a los argivos, uno a uno, había ya hecho morir a cincuenta de ellos, sin que los refugiados del bosque hubiesen imaginado lo que pasaba por afuera con los que salían, pues por lo espeso de la arboleda, no alcanzaban a verlo los de dentro. Pero al final, subiendo uno de ellos encima de un árbol, observó lo que allá sucedía a los nombrados y desde entonces llamaba Cleómenes y nadie más salía.

80. Visto lo cual, Cleómenes dio orden a los ilotas de que rodeasen el bosque de fagina, unos por una parte y otros por otra, y hecho esto, le mandó prender fuego. Ardía ya todo en llamas, cuando preguntando Cleómenes a uno de los desertores de qué dios era el bosque sagrado, y oyendo responder que era del dios de Argos, con un gran gemido: «Cruelmente —dijo— me has burlado, adivino Apolo, al decirme que rendiría a Argos: concluido está todo, a lo que veo, y cumplido tu oráculo».

81. Desde aquel punto da licencia Cleómenes al grueso del ejército para que se vuelva a Esparta, y tomando en su compañía mil soldados de la tropa más escogida, va a ofrecer un sacrificio con ellos en el Hereo. Cuando el sacerdote de Hera le ve ir a sacrificar en aquel altar, se le opone, alegando no ser lícito tal sacrificio a ningún forastero: mas Cleómenes, mandando a sus ilotas que aparten del altar al sacerdote y lo azoten, lleva adelante su sacrificio, el cual concluido, da la vuelta hacia Esparta.

82. Vuelto allí de su expedición, le citaron sus enemigos a comparecer delante de los éforos, acusándole de soborno por no haber tomado la ciudad de Argos, pudiendo con toda seguridad hacerlo. A estos les respondió así Cleómenes, no sé si mintiendo o si diciendo verdad: que una vez apoderado del templo de Argos, le había parecido quedar ya verificado el oráculo de Apolo, y que por tanto había juzgado no deber hacer la tentativa de tomar la misma ciudad de Argos hasta que de nuevo hiciera la prueba de si el dios permitiría que la tomase o si antes bien se opondría a ello; que como a este fin había sacrificado en el Hereo con agüeros propicios, vio que del pecho de la estatua de Hera salía una llama, prodigio que le hizo pensar que no estaba reservada para él la toma de la ciudad de Argos, porque si la llama de fuego en vez de salir del pecho de la estatua le hubiera salido de la cabeza, hubiera creído que en tal caso podía rendir a la fuerza la ciudad, pero al salir del pecho, entendió que estaba ya hecho allí cuanto la divinidad quería que se hiciera. Lo cierto es que esta argumentación pareció a los espartanos tan justa y razonable que en fuerza de ella la mayor parte de votos dio por absuelto a Cleómenes.

83. Quedó Argos de resultas de aquella guerra tan huérfana de ciudadanos, que los esclavos que en ella había, apoderados del gobierno, se mantuvieron en los cargos públicos hasta que los hijos de los argivos allí muertos llegaron a la edad adulta, pues entonces recobraron el dominio, quitando a los esclavos el mando y echándolos de la ciudad, si bien los expulsados lograron con las armas en la mano hacerse dueños de Tirinto. Por algún tiempo quedaron así los negocios en paz y sosiego, hasta tanto que quiso la desventura que cierto adivino llamado Cleandro, natural de Figalia, pueblo de Arcadia, juntándose con los esclavos dominantes en Tirinto, lograse alarmarles con sus razones contra los de Argos, sus señores. Se encendió con esto una guerra entre amos y esclavos que duró bastante tiempo, y de que a duras penas salieron al cabo vencedores los argivos.

84. A consecuencia de tan funestas violencias, pretenden los argivos, como decía, que acabó enloquecido Cleómenes, cuya desastrada muerte niegan los espartanos que haya sido castigo ni venganza de ningún dios, antes aseguran que por el trato que tuvo Cleómenes con los escitas se hizo un gran bebedor de vino puro, y de bebedor acabó volviéndose loco. Cuentan que los escitas nómadas, después de que Darío invadiese sus tierras, concibieron un vehemente deseo de tomar venganza del persa, y con este objetivo por medio de sus embajadores formaron con los espartanos una alianza concertada en estos términos: que los escitas, siguiendo el río Fasis, deberían invadir la Media, y que los espartanos, atacando desde Éfeso al enemigo, habrían de subir tierra adentro hasta juntarse con los escitas. Con esto pretenden los lacedemonios que por el sobrado trato que tuvo Cleómenes con los embajadores venidos con el fin mencionado, aprendió a beber vino puro, de manera que de allí le nació su locura. Añaden aún más, en prueba de lo dicho que de esta venida de los escitas tomó principio la frase que usan los espartanos al querer beber larga y copiosamente: «Sirve a la manera escita». Pero, por más que así piensen y hablen los espartanos, creo que el fin de Cleómenes no fue sino castigo por lo que hizo contra Demarato.

85. Apenas los de Egina supieron la muerte de Cleómenes, cuando por medio de sus emisarios en Esparta resolvieron afear a Leotíquidas el encarcelamiento de los suyos, detenidos como rehenes en Atenas. En la primera audiencia que delante del tribunal se ofreció a los emisarios, decretaron los lacedemonios ser un atentado lo que Leotíquidas había ejecutado con los eginetas, condenándole a que, en recompensa del agravio padecido por los que en Atenas quedaban prisioneros, fuese llevado preso a Egina. En efecto, estaban ya los eginetas a punto de llevarse preso a Leotíquidas, cuando un personaje de mucho crédito en Esparta, por nombre Teásidas, hijo de Leóprepes, les reconvino con estas palabras: «¿Qué es lo que tratáis de hacer ahora, eginetas? ¿Al rey mismo de los espartanos, que ellos entregan a vuestro arbitrio, pretendéis llevar prisionero? Creedme, y pensadlo bien antes; pues aunque llevados del enojo y resentimiento presente así acabáis de resolverlo, si vosotros lo ejecutáis, corre mucho peligro de que, arrepentidos los espartanos y avergonzados de lo hecho, maquinen después vuestra total ruina en alguna expedición». Palabras fueron estas que, haciendo desistir a los eginetas de la prisión ya resuelta de Leotíquidas, les persuadieron a la reconciliación con tal de que él les acompañase a Atenas y les hiciese restituir sus rehenes.

86. Pasando, en efecto, Leotíquidas a Atenas, pedía los rehenes que había dejado en depósito; pero los atenienses, obstinados en no restituirlos, no hacían sino buscar excusas y pretextos, excusándose con decir que puesto que los dos reyes de Esparta les habían a un mismo tiempo confiado aquellos rehenes, no les parecía justo ni

conveniente restituirlos a uno de ellos y no a los dos juntos. Oídas estas razones y viendo Leotíquidas que no querían devolverlos, les habló de este modo: «Ahora bien, atenienses, allá vosotros; escoged la opción que mejor os parezca. Solo os diré que al devolver ese depósito haréis una obra justa y buena, y al no devolverlo no haréis sino todo lo contrario. A este propósito quiero contaros lo que acerca de un depósito sucedió en Esparta. Se cuenta, pues, entre nosotros los espartanos que vivía en Lacedemonia, hará tres generaciones, un hombre llamado Glauco, hijo de Epicides, el cual es fama que, además de ser en todos los sentidos el sujeto más excelente de todos, muy particularmente en lo tocante a justicia y entereza, era considerado el más cabal y cumplido de cuantos tenía Lacedemonia. En cierta ocasión, pues, sucedió a este, como solemos contar los espartanos, un caso muy singular, y fue que desde Mileto vino a Esparta un forastero jonio, solo con ánimo de tratarle y de hacer prueba de su entereza, y llegado, le hablo en esta manera: «Quiero que sepas, amigo Glauco, cómo yo, siendo un ciudadano de Mileto, vengo muy a propósito a valerme de tu equidad y honradez; porque viendo yo que en toda Grecia y mayormente en Jonia tenías la fama de ser un hombre justo y concienzudo, empecé a considerar dentro de mí cuán expuestas están a perderse allí en Jonia las riquezas y cuán seguras quedan aquí en el Peloponeso, pues jamás los bienes se mantienen allá largo tiempo en las manos y poder de unos mismos buenos. Hecho, pues, tales discursos y sacadas conmigo estas cuentas, me resolví a vender la mitad de todos mis haberes y a depositar en tu poder la suma que de ellos sacase, bien persuadido de que en tus manos estaría todo salvo y seguro. Ahí tienes, pues, ese dinero; tómalo juntamente con el símbolo que aquí ves; guárdalo, y al que te lo pida presentándote esa contraseña, hazme el gusto de entregárselo». Estas cosas pasaron con el forastero de Mileto, y Glauco, en consecuencia, se encargó del depósito bajo la palabra de devolverlo. Pasado mucho tiempo, los hijos del milesio que había hecho el depósito, venidos a Esparta y entrevistados con Glauco, pedían su dinero presentándole la consabida contraseña. Sobrecogido el hombre con aquella visita, les despacha brusca y descomedidamente. «Yo —les decía— ni me acuerdo de tal cosa, ni me queda la menor idea de que haga venirme ahora en conocimiento de eso que decís. Con todo, os afirmo que si al cabo hago memoria de ello, estoy aquí dispuesto para hacer con vosotros cuanto fuera de razón. Si lo recibí, quiero devolvéroslo sin defraudaros en un óbolo; pero si hallo que nunca toqué tal dinero, tened entendido que con vosotros haré lo que hubiere lugar en justicia, según las leyes de Grecia. A este fin me tomo, pues, cuatro meses de tiempo para salir de duda». Con tal respuesta, llenos de pesadumbre los milesios, como quienes creían no ver más su dinero, dieron la vuelta a su casa. Entretanto, nuestro Glauco para consultar la cuestión hace a Delfos su peregrinación, y preguntando allí al oráculo si haría bien en apropiarse del dinero jurando no haber recibido tal depósito, recibió la respuesta de la Pitia en estos versos: «Glauco, hijo de Epicides, por de pronto hará tu fortuna el perjurar y robar el oro: júralo; un hombre de fe llega al término en su muerte. Mas al juramento queda un hijo anónimo que, sin mover pies ni manos, llega velocísimo y acaba con el nombre y con la familia toda del perjuro, al paso que mejora la prole póstuma del hombre leal». Por más que Glauco al oír tal manifestación pidiese perdón al dios por sus intenciones, se oyó con todo de boca de la Pitia que lo mismo era ante el dios tentarle para que aprobase una ruindad, que cometerla realmente. La cosa quedó en que Glauco, llamados los milesios, les restituyó su dinero. Ahora voy a deciros, atenienses, a qué fin os he contado esta historia. Sabed, pues, que en el día no queda rastro de aquel Glauco; no hay descendiente ninguno, ni casa ni hogar que se sepa que es de Glauco, tan de raíz pereció en Esparta su estirpe; y tanto como veis importa el dejarse de supercherías en punto a depósitos, devolviéndolos fiel y puntualmente a sus dueños cuando los exijan». Habiendo hablado así Leotíquidas, como vio que no le daban oídos los atenienses, regresó de nuevo.

87. Era mucho el encono entre los de Atenas y los eginetas, quienes antes de satisfacer a las injurias que, posicionándose tiempo atrás a favor de los tebanos, habían hecho a los primeros, les hicieron un nuevo insulto; pues llevados de cólera y furor contra los atenienses, de quienes se daban por ofendidos, preparándose para la venganza, tomaron la siguiente resolución: tenían cada cuatro años los atenienses una fiesta en Sunio, y estando llena de los personajes más importantes de la ciudad la nave de los teoros[304], la apresaron los eginetas

---

[304] Los teoros son los representantes oficiales de una ciudad en una festividad religiosa.

apostados en una celada, y retuvieron en prisión a todos aquellos ilustres pasajeros. Los atenienses, recibida tan insigne injuria, pensaron que no convenía dilatar la venganza de ella, procurándola tomar por todos los medios posibles.

88. En aquella época vivía en Egina una importante persona de nombre Nicódromo, hijo de Cneto, el cual resentido con sus conciudadanos por haberle antes desterrado de su patria, al ver entonces a los atenienses deseosos de venganza y dispuestos a invadir su país, se entendió con ellos, acordando el día en que él acometería la empresa y ellos vendrían a su socorro. Concertadas así las cosas, se apoderó ante todo Nicódromo, según antes se convino con los atenienses, de la Ciudad Vieja, que así la llamaban en Egina.

89. Quiso la desgracia que los atenienses, por no haber tenido a punto una armada que pudieran oponer a la de los eginetas, no acudieron en el plazo señalado; de suerte que mientras negociaban con los de Corinto para que les dieran sus barcos, pasada la ocasión, se malogró la empresa. En efecto, aunque los corintios, que eran por aquel entonces los mayores amigos de Atenas, dieron a los atenienses las veinte naves que les pedían, vendiéndoselas a cinco dracmas por nave, y esto por no faltar a la ley que les prohibía dárselas regaladas, los atenienses con todo, formando con estas naves cedidas y con las suyas bien armadas una escuadra de setenta naves y navegando hacia Egina, no pudieron llegar a ella sino un día después del término convenido.

90. Cuando vio, pues, Nicódromo que en el tiempo fijado no aparecían los atenienses, tomó entonces un barco y se escapó de Egina en compañía de los paisanos que quisieron seguirle. A todos estos desertores dieron los atenienses casa y acogida en Sunio, lugar de donde solían ellos salir a talar y saquear la isla de Egina; aunque esto sucedió algún tiempo después.

91. Los aristócratas de Egina, vencido en ella el pueblo que en compañía de Nicódromo se les había levantado, tomaron la resolución de hacer morir a todos aquellos de quienes acababan de apoderarse, y entonces puntualmente fue cuando cometieron aquella acción tan impía y sacrílega que jamás pudieron expiar por más recursos y medios que a este fin practicaron, en tanto grado, que antes se vieron arrojados de su isla, que no aplacada la diosa profanada. He aquí el caso: llevaban de una vez al suplicio a setecientos de sus

paisanos tomados como prisioneros de guerra, cuando uno de ellos, rompiendo sus prisiones y refugiándose en el umbral de Deméter Tesmófora[305], asió con las dos manos las aldabas de la puerta. Procuran a viva fuerza arrancarle de las aldabas, y no pudiendo conseguirlo, cortan al infeliz los puños, y quedan las dos manos asidas de la puerta de Deméter; se lo llevan así arrastrando. Tan inhumana fue la impiedad que por su parte cometieron los eginetas.

92. Entran después en un combate naval con los atenienses, los cuales con setenta naves se habían acercado a la isla. Vencidos los de Egina, por más que llamaron después en su socorro a los argivos, antes sus aliados, nunca quisieron estos venir en su ayuda; y el motivo de queja de su parte era porque la tripulación de las naves eginetas a las que Cleómenes obligó a seguirle al ir a asaltar las costas de Argólide, había allí desembarcado en compañía de los lacedemonios, ocasión en que asimismo saltó a tierra la gente que venía en las naves sicionias; y de aquí resultó después que los argivos impusieron a las dos ciudades mil talentos de multa, quinientos a cada una. Los sicionios, confesando su culpa en el desembarco, ajustaron la multa en cien talentos, pago con que saldaron la deuda por su parte. Los eginetas, al contrario, altivos y presumidos, ni reconocieron la injuria, ni excusaron la culpa, motivo por el cual, cuando solicitaron ser socorridos, casi nadie de los argivos les prestó asistencia ni favor; bien es verdad que mil particulares por su propia voluntad les socorrieron. Un luchador famoso en el pentatlón[306], por nombre Euríbates, condujo a Egina a estos aventureros en calidad de general; pero la mayoría de ellos, muertos a manos de los atenienses, no volvieron jamás a Argos, y aun el valiente Euríbates, por más que en tres combates mató a tres competidores, en el cuarto quedó vencido y muerto por Sófanes de Decelía.

---

[305] Cf. *Historia* 2.171 y nota *ad loc.*
[306] La «prueba quíntuple» de los juegos atléticos: salto, lucha, lanzamiento de disco, de jabalina y carrera. De estas, solamente la carrera y la lucha tenían además una competición aparte, por lo que los discóbolos, como el representado por Mirón en su famosa estatua, era indefectiblemente un pentatleta. Esta competición se disputaba «al mejor de cinco», por lo que bastaba con que uno consiguiera la victoria en tres de las cinco pruebas para ser declarado el atleta más completo.

93. Durante la guerra, como lograron los eginetas en un lance encontrar a la armada de Atenas desordenada, cogiendo cuatro naves con toda la tripulación, alcanzaron una victoria naval. De este modo los atenienses continuaban la guerra con los de Egina.

94. Entretanto el persa Darío, ya porque su criado le estuviese inculcando cada día que se acordase de los atenienses, ya porque los Pisistrátidas que tenía cerca de su persona nunca dejaban de enconarle más y más contra Atenas, ya porque él mismo, echando mano de aquel pretexto ambicioso, aspirase a rendir con la fuerza a cuanto griego no se le sometiese voluntariamente, entregándole al modo persa la tierra y el agua, por todos estos motivos, repito, llevaba adelante sus viejos designios. Viendo, pues, lo poco que adelantaba Mardonio al frente de su armada, le quitó el cargo de general y nombró de nuevo dos jefes para ella: el uno Datis, de nacionalidad meda, el otro Artáfrenes, su sobrino, hijo del gobernador Artáfrenes. Destinándolos contra Eretria y contra Atenas, les dio orden al partir de su presencia de que, arruinadas ambas ciudades, le presentasen a su vista esclavos y presos a ciudadanos de ellas.

95. Partidos los dos generales de la presencia del rey, y llegados al campo Aleo, en Cilicia, conduciendo un grueso ejército bien abastecido de todo, asentaron allí sus campamentos mientras que acababa de juntarse toda la armada naval, cuyo contingente se había antes distribuido y exigido a cada ciudad marítima, como también el convoy de las naves destinadas al transporte de la caballería, las que un año antes había mandado Darío que le tuviesen a punto sus pueblos tributarios. Cuando en las costas estuvieron preparadas las naves, embarcando la caballería y tomando la infantería a bordo del convoy, se hicieron a la vela navegando con seiscientas trirremes hacia la Jonia. Desde allí no siguieron su rumbo costeando la tierra firme y tirando en dirección hacia el Helesponto y Tracia, sino que salidos de Samos, tomaron el rumbo por cerca de Ícaro, pasando entre las islas vecinas. El miedo que les causaba el promontorio Atos, difícil de doblar, hizo, según creo, que siguieran aquel nuevo curso, por cuanto el año anterior, siguiendo por él su rumbo, habían allí experimentado un gran naufragio; a ello les obligaba además la isla de Naxos, no invadida por los persas.

96. Desde las aguas del mar Icario, intentando los persas en su expedición dar el primer golpe contra la citada Naxos, se dejaron

caer sobre ella; pero los naxios, que bien presentes tenían las muchas hostilidades cometidas antes contra los persas, huyendo hacia los montes, ni siquiera quisieron esperar la primera descarga del enemigo; así que los persas, incendiados los templos con toda la ciudad de Naxos, se hicieron a la vela contra las demás islas, llevándose a cuantos prisioneros pudieron encontrar a mano.

97. Los delios, mientras los persas se ocupaban en dichas hostilidades, desamparando por su parte Delos, iban huyendo hacia Tenos. Llevaban la proa de las naves con dirección a Delos, cuando el general Datis, adelantándose en su nave a todas ellas, no les permitió echar ancla cerca de aquella isla, sino más allá, en Renea; aún hizo más, pues informado del lugar donde los delios se habían refugiado, quiso que de su parte les hablara así un heraldo a quien hizo pasar allá: «¿Por qué, ¡oh delios!, siendo personas sagradas, movidos de una sospecha, para mí indecorosa, vais huyendo de Delos? Quiero que sepáis que tanto por mi modo mismo de pensar como por las órdenes que tengo del rey, estoy totalmente convencido de que no debe ejecutarse la más mínima hostilidad ni contra el suelo en que nacieron los dos dioses[307] vuestros, ni menos contra vosotros, vecinos de ese país. Ahora, pues, volveos a vuestras casas y vivid tranquilos en vuestra isla». Y no contento Datis con la embajada que por su heraldo envió a los delios, mandando él mismo acumular sobre el altar de Delos hasta trescientos talentos de incienso, los quemó en honor de los dioses.

98. Dadas estas pruebas, Eretria fue la primera ciudad contra quien partió Datis con toda la armada, en la que llevaba a los jonios y a los eolios. Apenas había levantado ancla, cuando en Delos se sintió un terremoto, el primero que se había allí sentido, según dicen los delios, y el último hasta mis días: singular prodigio con que mostraba la divinidad a los mortales el trastorno y las calamidades que iban a oprimirles. Así fue en realidad que bajo los reinados de Darío, hijo de Histaspes, de Jerjes, hijo de Darío, y de Artojerjes, hijo de Jerjes, tuvo Grecia más daño que sufrir por el espacio de tres generaciones que lo que había sufrido antes en las veinte generaciones continuas que habían precedido a Darío; daños ya causados en ella por las armadas

---

[307] Apolo y Ártemis, hermanos nacidos de Leto en la isla de Delos.

de los persas, ya también sucedidos por la ambición de sus propios gobernantes, que con las armas se disputaban entre sí el gobierno de la patria común. Por lo que no podrá parecer inverosímil que entonces Delos, no sujeta antes al terremoto, se pusiera por primera vez a temblar, mayormente estando ya escrito sobre ella en un oráculo: «A Delos la inamovible, la moveré». Los nombres mismos de dichos reyes parecían ominosos para los griegos, en cuyo idioma Darío equivale al que llamamos «Poderoso», Jerjes, «Guerrero», y Artajerjes, «Gran Guerrero»; de suerte que razón tendrían los griegos para llamar así en su lengua a aquellos tres reyes.

99. Los bárbaros partidos de Delos iban atacando las islas vecinas, a cuya gente de guerra obligaban a seguir a su armada, tomando al mismo tiempo en rehenes a los hijos de aquellos isleños. Continuando su curso, atracaron los persas en la ciudad de Caristo, donde viendo que los caristios no querían dar rehenes y que se resistían a tomar las armas contra las ciudades vecinas, refiriéndose a la de Eretria y la de Atenas, puesto sitio a la plaza y talando al mismo tiempo la campiña, les obligaron por fin a plegarse a su voluntad.

100. Informados los moradores de Eretria de que venía contra ellos la armada de los persas, pidieron a los de Atenas que les enviasen tropas auxiliares. No se resistieron los atenienses a enviarles socorro, antes bien les destinaron cuatro mil clerucos suyos que habían sorteado entre sí el país que antes había sido de los hipobotas de Calcis[308]. Pero los de Eretria, aunque llamasen en su ayuda a los atenienses, no procedían con todo de muy buena fe en su resolución, vacilantes entre dos opciones y aun encontrados en sus pareceres; queriendo unos abandonar la ciudad y retirarse a los riscos de Eubea, y maquinando otros vender su patria con la mira de sacar del persa ventajas particulares. Viendo Esquines, hijo de Notón, uno de los principales hombres de la ciudad, aquella disposición de ánimos en ambos partidos, dio cuenta de lo que pasaba a los atenienses que ya se les habían juntado, pidiéndoles que volviesen a sus casas si no querían acompañarles en la ruina. Por este medio lograron salvarse los atenienses, siguiendo el aviso y pasando de allí a Oropo.

---

[308] Para «clerucos» e «hipobotas», cf. *Historia* 5.77 y notas *ad loc.*

101. Llegando los persas con su armada, fondearon en las playas de Eretria en el área de Taminas, Quéreas y Egilia. Llegados a estos lugares, desembarcaron luego sus caballos, formándose ellos mismos en escuadrones como dispuestos a entrar en acción contra los enemigos. Habían resuelto los eretrieos no salirles al encuentro ni batallar con el enemigo, antes ponían todo su cuidado en fortificar y guardar sus muros, pues había prevalecido el parecer de los que no querían desamparar la ciudad. Se hacía con la mayor actividad el ataque de los persas y la defensa de los sitiados, de suerte que durante seis días cayeron de una y otra parte. Pero llegado el séptimo, dos sujetos principales, Euforbo, hijo de Alcímaco, y Filagro, hijo de Cíneas, entregaron la ciudad a los persas, quienes, entrando en ella, primeramente prendieron fuego a los templos, vengando las llamas con que habían ardido los de Sardes, y después, conforme las órdenes de Darío, redujeron a la condición de cautivos a sus moradores.

102. Rendida ya Eretria, interpuestos unos pocos días de descanso, navegaron hacia el Ática, donde, talando toda la campiña, pensaban que los atenienses harían lo mismo que habían hecho los de Eretria; y existiendo en el Ática una llanura muy apropiada para que en ella obrase la caballería, a la que llamaban Maratón, el lugar más cercano a Eretria, allí los condujo Hipias, hijo de Pisístrato.

103. Sabido el desembarco por los atenienses, movieron las armas para oponerse al persa, conducidos por diez estrategos[309]. Ocupaba entre estos el décimo lugar Milcíades, cuyo padre, Cimón, hijo de Esteságoras, se había visto precisado a huir de Atenas en el gobierno de Pisístrato, hijo de Hipócrates. En el tiempo que Cimón se hallaba

---

[309] Los estrategos eran magistrados de carácter militar elegidos anualmente (con posibilidad de reelección) y que respondían de sus actos con su fortuna personal, por lo que procedían del sector más rico de la ciudadanía. Estaban bajo el mando de un polemarco (magistrado que había heredado el rol de caudillo militar de los viejos reyes); su condición de caudillo militar acabó diluyéndose en favor de los estrategos (véase en 6.109 las precisiones a este respecto que hace Heródoto), quienes tras las guerras Médicas pasaron a controlar además la política exterior y las finanzas. El número de diez respondía al hecho de que al principio eran elegidos uno por cada tribu. Salvo cinco, los cinco estrategos restantes tenían atribuciones concretas: uno era de los hoplitas, otro del territorio, dos se encargaban del Pireo y uno del equipamiento de las naves.

desterrado de Atenas tuvo la dicha de alcanzar el triunfo en Olimpia con su carro, y quiso ceder la gloria de aquel premio a Milcíades, su hermano uterino; y habiendo salido él mismo vencedor con las mismas yeguas en los Juegos Olímpicos inmediatos, concedió a Pisístrato que fuese proclamado vencedor, cuya victoria le reconcilió con él e hizo que volviera a su patria. Pero habiendo por tercera vez conseguido el premio en Olimpia con el mismo tiro de yeguas, tuvo la desgracia de que los hijos de Pisístrato, que ya no vivía por entonces, maquinaran su ruina; y en efecto, acabaron con él haciendo que de noche le atacasen unos asesinos en el pritaneo. Cimón fue sepultado en los arrabales de la ciudad, más allá del camino que llaman de Cela, y enfrente de su sepulcro fueron enterradas sus yeguas, tres veces vencedoras en los Juegos Olímpicos, proeza que si bien habían conseguido ya las yeguas de Evágoras el laconio, ninguna otras hallaron que en ello les igualasen. Siendo Esteságoras, de quien hablé, el hijo primogénito de Cimón, a la sazón se hallaba en casa de su tío Milcíades, que le tenía consigo en el Quersoneso; el menor estaba en Atenas en casa de Cimón, y en atención a Milcíades, el poblador del Quersoneso se llamaba con el mismo nombre.

104. Era entonces estratego de los atenienses este mismo Milcíades, llegado del Quersoneso y dos veces librado de la muerte; pues una vez los fenicios le dieron caza hasta Imbros, muy deseosos de capturarle y poderle llevar prisionero a la corte del rey; y otra vez, escapado de ellos y llegado ya a su casa, cuando se consideraba a salvo y seguro, tomándole sus enemigos por su cuenta, le llamaron a juicio acusándole de haberse alzado con la tiranía del Quersoneso. Pero habiendo sido absuelto, fue nombrado entonces por elección del pueblo estratego de los atenienses.

105. Lo primero que hicieron dichos estrategos, aun antes de salir de la ciudad, fue despachar a Esparta como heraldo a Filípides, natural de Atenas, hemeródromo[310] de profesión. Hallándose este, según él mismo decía y lo refirió a los atenienses, cerca del monte Partenio, que cae cerca de Tegea, se le apareció el dios Pan, el cual habiéndole llamado con su propio nombre de Filípides, le mandó

---

[310] Correo oficial.

dar quejas a los atenienses, pues en nada contaban con él, siéndoles al presente propicio, habiéndoles sido antes muchas veces favorable y estando en ánimo de serles su amigo en el porvenir. Tuvieron los de Atenas por tan verdadero este aviso, que estando ya sus cosas en buen estado, levantaron en honor de Pan un templo debajo de la acrópolis, y continuaron todos los años haciéndole sacrificios desde que les envió aquella embajada, honrándole con luminarias.

106. Despachado, pues, Filípides por los estrategos, y haciendo el viaje en que dijo habérsele aparecido el dios Pan, llegó a Esparta el segundo día de su partida[311], y presentándose luego a los magistrados, les habló de esta forma: «Sabed, lacedemonios, que los atenienses os piden que los socorráis, no permitiendo que su ciudad, la más antigua entre las griegas, sea por unos hombres bárbaros reducida a la esclavitud; tanto más cuando Eretria ha sido tomada al presente y Grecia cuenta ya con una menos de sus primeras ciudades». Así dio Filípides el mensaje que traía; los lacedemonios querían de veras enviar socorro a los de Atenas, pero les era en ese momento imposible si no querían faltar a sus leyes; pues siendo aquel el día noveno del mes, dijeron no poder salir a esa misión por no estar todavía en el plenilunio, y con esto demoraron hasta él la salida[312].

107. El que conducía a los bárbaros a Maratón era aquel Hipias, hijo de Pisístrato, que la noche antes tuvo entre sueños una visión en que le parecía acostarse con su misma madre, de cuyo sueño sacaba por conjetura que, vuelto a Atenas y recobrado el mando de ella, moriría después allí en edad avanzada: tal era la interpretación que daba al sueño. Este, pues, sirviendo de guía a los persas, hizo primeramente pasar luego los esclavos de Eretria a la isla de los estireos, llamada Egilia; lo segundo, señalar a las naves confiadas a Maratón el lugar donde debían anclar; lo tercero, disponer en formación de combate a los bárbaros desembarcados de sus naves. Al tiempo, pues, que andaba en estas acciones, le vinieron las ganas de estornudar y

---

[311] Lo que implica que en menos de 48 horas había recorrido los 246 kilómetros que separan Atenas de Esparta. En memoria de ello se celebra desde el año 1983 una ultramaratón anual denominada Espartatlón.
[312] Los espartanos se encontraban en el curso de las fiestas Carneas, dedicadas a Apolo.

toser con más fuerza de lo que tosía, y fue tal la tos, que la mayoría de los dientes se le movieron y aun hubo uno que se le saltó de la boca. Todo fue luego buscar el diente que se le había caído en la arena, y como este no apareció, dio un gran suspiro, diciendo a los que cerca de sí tenía: «Adiós, amigos: ya rehúsa ser nuestra esta tierra; no podremos, no, otra vez poseerla; lo poco que de ella para mí quedaba, de eso mi diente tomó ya posesión».

108. En esto, según entendía Hipias, había venido a parar todo su sueño. Estaban los atenienses formados en escuadrones en el recinto sagrado de Heracles, cuando vinieron a juntarse en su socorro todos los de Platea que podían tomar las armas, como hombres que se habían entregado a los atenienses, y por quienes los atenienses, puestos en peligro repetidas veces, habían sufrido mucho. La ocasión de entregarse a Atenas fue la siguiente: se hallaban los plateos acosados por los tebanos, y desde luego quisieron ponerse bajo el mando de Cleómenes, hijo de Anaxándridas, dándose a los lacedemonios que casualmente se les habían presentado, pero no queriendo estos admitirles, les dijeron: «Nosotros vivimos muy lejos; sería nuestro socorro un triste consuelo para vosotros: muchas veces os veríais presos antes que nosotros pudiéramos saber lo que pasase. El consejo que os damos es que os entreguéis a los atenienses; son vuestros vecinos, y no desaventajados como protectores». Este consejo de los lacedemonios no tanto nacía del afecto que tuviesen a los de Platea como del deseo de inquietar a los atenienses, enemistándoles con los beocios. No fue vano el aviso de acudir a los atenienses, porque con este consejo los de Platea, esperando el día en que los atenienses hacían sacrificios a los Doce Dioses, se presentaron como suplicantes ante el mismo altar[313] y les hicieron donación de sus haciendas y personas. Conocida esta noticia, movieron los tebanos sus armas contra los de Platea, y los atenienses acudieron a su defensa. Estando ya a punto de acometerse los ejércitos, se lo impidieron los corintios,

---

[313] El altar de los Doce Dioses (Zeus, Hera, Poseidón, Deméter, Hestia, Atenea, Apolo, Ártemis, Ares, Hefesto, Afrodita y Hermes) se encontraba en el ágora de Atenas y constituía una suerte de kilómetro cero desde el que se medían las distancias de la ciudad. Era un lugar de refugio para los suplicantes, cuyos ruegos debían ser atendidos.

quienes interponiéndose como mediadores y comprometiéndose a su arbitrio las dos partes, señalaron los límites de la región de manera que los de Tebas no pudieran obligar a ser alistados e incorporados en los dominios de Beocia a los beocios que no quisiesen serlo: así lo determinaron los corintios, y se volvieron. Al tiempo que los atenienses retiraban sus tropas, se dejaron caer sobre ellas los beocios; pero fueron vencidos en la refriega, de donde resultó que los atenienses, pasando más allá de los términos que los corintios habían señalado a los de Platea, quisieron que el mismo río Asopo sirviese de límites a los tebanos por la parte que mira a Hisias y a Platea. Tal fue la manera como los plateos se alistaron entre los atenienses, a cuyo socorro vinieron entonces a Maratón.

109. No estaban de acuerdo en sus pareceres los estrategos atenienses: decían unos que no era oportuno entrar en batalla, siendo pocos para combatir con el ejército de los medos; los otros, con quienes coincidía Milcíades, exhortaban al combate. Viendo las opiniones divididas y que iba a prevalecer la peor decisión, entonces Milcíades tomó la iniciativa de hablar aparte al polemarco. Era el polemarco un magistrado que había sido nombrado en Atenas por sorteo para que diese su parecer en el undécimo lugar después de los diez estrategos, y al cual daban antiguamente los atenienses la misma voz en las decisiones que a los estrategos. Ocupaba entonces aquella dignidad Calímaco de Afidnas, a quien habló así Milcíades: «En tu mano está ahora, Calímaco, o el reducir Atenas a la servidumbre o conservarla libre, dejando con esto a toda la posteridad un monumento igual al que dejaron Harmodio y Aristogitón[314]. Bien ves que este es el mayor peligro en que nunca se vieron hasta aquí los atenienses: si caen bajo el poder de los medos, conocido es lo que tendrán que sufrir entregados a Hipias; pero si la ciudad vence, llegará con esto a ser la primera y principal de las ciudades griegas. Voy a decirte cómo cabe muy bien que suceda lo que dije, y cómo la suma de todo ello viene a depender de tu arbitrio. Los votos de los estrategos, que aquí somos diez, están empatados: quieren unos que se dé la batalla, los otros se resisten. Si no la damos, temo que

---

[314] Los afamados tiranicidas.

se levante en Atenas alguna gran sedición que pervierta los ánimos y nos obligue a entregarnos al medo; pero si la damos antes de que algunos atenienses se dejen corromper, espero que, con los dioses y la justicia de la causa, podamos salir del combate victoriosos. Te digo, pues, que todo al presente depende de ti y de tu voto: si votas a mi favor, por ti queda libre tu patria, y por ti vendrá a ser la ciudad más importante de Grecia; pero si sigues el parecer de los que no aprueban el choque, sin duda serás el autor de tanto mal cuánto es el bien contrario que acabo de expresarte».

110. Con este discurso Milcíades atrajo a Calímaco a su parecer, y con la suma de su voto quedó decretado el combate. Los estrategos cuyo parecer había sido que se presentase batalla, cada cual en el día en que les tocaba el mando del ejército cedían sus veces a Milcíades, quien, aunque lo aceptaba, no quiso con todo trabar combate con el enemigo hasta el día mismo en que por su turno le tocaba la pritanía[315].

111. Al tocarle su legítimo turno, formó para la batalla las tropas atenienses del siguiente modo: en el ala derecha mandaba Calímaco, el polemarco, pues es costumbre entre los atenienses que su polemarco dirija esta ala; tras aquel jefe seguían las tribus según el orden con que vienen numeradas; y los últimos de todos eran los plateos, colocados en el lado izquierdo. De esta batalla se originó que siempre que los atenienses ofrecen en sus fiestas los sacrificios que se celebran cada cuatro años, el heraldo ateniense pida a los dioses la prosperidad para los atenienses y para los de Platea. Ordenados así en Maratón los escuadrones de Atenas, resultaba que constando de pocas líneas, el centro de estos, a fin de igualar la frente de los medos con la de los atenienses, quedaba débil, mientras las dos alas tenían muchos efectivos.

112. Dispuestos en orden de batalla y con los agüeros favorables en las víctimas sacrificadas, una vez que se dio la señal, salieron corriendo los atenienses contra los bárbaros, habiendo entre los dos ejércitos un espacio no menor que de ocho estadios. Los persas, que

---

[315] La pritanía era ejercida por turnos una vez al año por los representantes de cada tribu y tenía carácter ejecutivo.

les veían atacar corriendo, se dispusieron a recibirles a pie firme, interpretando a la locura de los atenienses y a su total ruina el hecho de que siendo tan pocos viniesen hacia ellos tan deprisa, sin tener caballería ni arqueros. Tales ilusiones se hacían los bárbaros; pero cuando cargaron de cerca contra ellos los atenienses, hicieron prodigios de valor dignos de memoria, siendo entre todos los griegos los primeros de quienes tenga noticia que cargaron a la carrera contra el enemigo, y los primeros que osaron fijar los ojos en los uniformes del medo y contemplar de cerca a los soldados que los vestían, pues hasta aquel tiempo solo oír el nombre de medos espantaba a los griegos.

113. Duró la batalla muchas horas en Maratón, y en el centro de las filas en que combatían los propios persas y con ellos los sacas, llevaban los bárbaros la mejor parte, pues atravesando vencedores por medio de ellas, seguían tierra adentro al enemigo. Pero en las dos alas del ejército vencieron los atenienses y los de Platea, quienes viendo que volvía las espaldas el enemigo no salieron en su persecución, sino que uniéndose los dos extremos atacaron a los bárbaros del centro, les obligaron a la fuga y, siguiéndoles, hicieron en los persas un gran destrozo, tanto que, llegados al mar, pidiendo fuego a gritos, iban apoderándose de las naves enemigas.

114. En lo más vivo de la acción, uno de los que perecieron fue Calímaco, el polemarco, habiéndose portado en ella como un bravo guerrero; otro de los que allí murieron fue Estesilao, uno de los estrategos, hijo de Trasilao. Allí fue cuando Cinegiro[316], hijo de Euforión, habiéndose agarrado de la proa de una nave, cayó en el agua, cortada la mano con un golpe de hacha. Además de estos, quedaron allí muertos otros muchos atenienses de ilustre nombre.

115. En efecto, los de Atenas con este ataque se apoderaron de siete naves. Los bárbaros, haciéndoles retirar desde las otras, y habiendo otra tomado a bordo los esclavos de Eretria que habían dejado en una isla, siguieron su rumbo doblando Sunio, con el intento de dejarse caer sobre la ciudad, antes de que llegasen allí los atenienses. Corrió como cierto entre los atenienses que por indicación de los Alcmeónidas idearon los persas el plan de aquella sorpresa, fundándose en

---

[316] Hermano del autor de tragedias Esquilo.

que estando ya los persas en las naves levantaron ellos el escudo, lo cual era la señal que tenían acordada.

116. Continuaban los persas doblando a Sunio, cuando los atenienses marchaban ya a todo correr al socorro de la ciudad, y habiendo llegado antes que los bárbaros, se atrincheraron cerca del templo de Heracles en Cinosarges, abandonando los campamentos que cerca de otro templo de Heracles tenían en Maratón. Los bárbaros, pasando con su armada más allá de Falero, que era entonces el arsenal de los atenienses, y mantenidos sobre las anclas, dieron después la vuelta hacia Asia.

117. Los bárbaros muertos en la batalla de Maratón ascendieron a seis mil cuatrocientos; los atenienses no fueron sino ciento noventa y dos; y este es el número exacto de los que murieron de una y otra parte. En aquel combate sucedió un raro prodigio: en lo más fuerte de la acción, Epicelo, ateniense, hijo de Cufágoras, peleando como un buen soldado se quedó ciego de repente sin haber recibido ni golpe de cerca, ni tiro de lejos en todo su cuerpo; y desde aquel punto se quedó ciego por todo el tiempo de su vida. Oí contar lo que él mismo decía acerca de su desgracia: que le pareció que se le ponía delante un enorme hoplita, cuya barba le cubría todo el escudo, y que pasando de largo aquella aparición, mató al soldado que a su lado tenía. Tal era, según me contaban, la narración de Epicelo.

118. Volviéndose Datis a Asia con toda su armada, cuando estaba ya en Míconos tuvo entre sueños una visión, la que no se dice cuál fue, si bien el efecto de ella fue que apenas amaneció hizo registrar todas sus naves y habiendo hallado en una de los fenicios una estatua dorada de Apolo, preguntó dónde había sido robada, y enterado del templo de donde procedía, se fue a Delos en persona con su nave capitana. Ya entonces los delios habían regresado a su isla. Depositó Datis dicha estatua en aquel templo y encargó a los delios que devolviesen aquel ídolo a Delio, emplazamiento de los tebanos situado en la playa enfrente de Calcis. Dada la orden, se volvió Datis en su nave; pero los delios no restituyeron la estatua, lo cual veinte años después fueron a recobrar los tebanos, avisados por un oráculo, y la devolvieron a Delio.

119. Cuando llegaron a Asia Datis y Artáfrenes de vuelta de su expedición, hicieron pasar a Susa los esclavos hechos en Eretria.

El rey Darío, aunque gravemente enojado contra los eretrieos antes de tenerlos prisioneros por haber sido los primeros en empezar las hostilidades, con todo, una vez que los tuvo en su presencia y los vio hechos sus esclavos, no tomó contra ellos resolución alguna violenta; antes bien les dio acomodo en un territorio suyo, situado en la región de Cisia, que tiene por nombre Arderica, distante de Susa doscientos diez estadios y cuarenta solamente de aquel pozo que produce tres especies de cosas bien diferentes, pues de él se saca betún, sal y también aceite, del modo que expresaré. Se sirven para sacar el agua de una pértiga, en cuya punta en vez de cubo atan la mitad de un odre partido por medio. Lo meten de golpe y luego derraman lo que viene dentro en una pila, de la cual lo pasan a otra, en donde, derramado, se convierte en las tres especies dichas: el betún y la sal enseguida quedan allí cuajados; el aceite lo van recogiendo en unas vasijas, y le dan los persas el nombre de *radinace*, siendo un líquido negro que despide un olor ingrato[317]. Allí fueron colocados los eretrieos por orden del rey Darío, cuyo territorio juntamente con su idioma antiguo, conservan hasta el presente, y a esto se reduce la historia de sus sucesos.

120. Los lacedemonios, en número de dos mil, llegaron al Ática después del plenilunio, y tan grande era el deseo de encontrarse con el enemigo, que al tercer día después de partidos de Esparta llegaron al Ática. Habiendo llegado después de la batalla, y no queriendo dejar de ver de cerca a los medos, se fueron a Maratón para contemplarlos allí muertos. Colmaron de alabanzas a los atenienses por aquella hazaña y se despidieron para volverse a su patria.

121. Volviendo a los Alcmeónidas, mucha admiración me causa, y no tengo por verdadero lo que de ellos se cuenta, que de común acuerdo con los persas les mostrasen el escudo en señal de querer que Atenas fuese presa de los bárbaros y entregada al dominio de Hipias; pues ellos se mostraron más enemigos de los tiranos, o tanto por lo menos, como Calias, hijo de Fenipo y padre de Hipónico, quien fue el único entre todos los atenienses que después de expulsado Pisístrato de Atenas se atrevió a comprar sus bienes confiscados y vendidos a

---

[317] Se trata de la primera mención conocida del petróleo.

voz de heraldo, aparte de que en otras mil cosas más dio un público testimonio del odio que le tenía.

122. De este Calias es justo con mucha razón que todos a menudo se acuerden no sin elogio, ya por haber sido, como llevo dicho, un hombre señalado particularmente en libertar a su patria; ya por la gloria que adquirió en Olimpia, donde logró como vencedor el primer premio en la carrera hípica y el segundo en la de las cuadrigas; ya porque en los juegos Píticos, habiendo sido declarado vencedor, se mostró magnífico en los gastos con los que corrió; ya por lo bien que se portó con sus hijas, que fueron tres, con las cuales, cuando tuvieron edad adecuada para el matrimonio, se comportó con la generosidad de que cada cual escogiese entre los ciudadanos el marido que mejor le pareciese, y las casó, en efecto, con quien quiso cada cual.

123. Ahora bien: habiendo sido los Alcmeónidas igualmente o en absoluto menos enemigos de los tiranos que Calias, me parece un error y una calumnia que para llamar a los persas levantasen sus escudos unos hombres que vivieron desterrados por todo el tiempo del gobierno de los tiranos y que no cesaron con sus intrigas hasta obligar a los hijos de Pisístrato a abandonar su dominio, con lo cual, a mi entender, lograron tener más parte en la libertad de Atenas que Harmodio y Aristogitón, pues estos, al dar muerte a Hiparco, nada adelantaron contra los que tiranizaban la patria, sino que más bien irritaron más contra ella a los demás Pisistrátidas. Pero los Alcmeónidas sin la menor duda fueron los libertadores de Atenas, si fueron ellos realmente los que sobornaron a la Pitia para que diese a los lacedemonios el oráculo que les decidió a libertarla, según tengo antes declarado[318].

124. Podrá decirse que quizá por algún disgusto u ofensa recibida del pueblo de Atenas quisieron traicionar su patria, pero esto no tiene sentido, porque no hubo en Atenas hombres más aplaudidos ni más honrados por el pueblo. Así que va contra el sentido común decir que levantasen el escudo con esta intención. Es cierto que hubo quien lo levantó, ni otra cosa puede decirse, porque así es la verdad; pero quién fue el que lo hizo lo ignoro, ni tengo más que añadir sobre ello de lo que llevo dicho.

---

[318] Cf. *Historia* 5.63.

125. La familia de los Alcmeónidas, si bien desde mucho tiempo atrás era ya distinguida en Atenas, se hizo notablemente más ilustre en la persona de Alcmeón, no menos que en la de Megacles. El caso fue que cuando los lidios de parte de Creso fueron enviados desde Sardes a Delfos para consultar el oráculo, no solo les sirvió en cuanto pudo Alcmeón, hijo de Megacles, sino que se esmeró particularmente en agasajarles. Informado Creso por los lidios que habían hecho aquel viaje de lo bien que por su respeto se había comportado con ellos Alcmeón, le invitó a que viniera a Sardes y, llegado allí, le ofreció de regalo tanto oro cuanto de una vez pudiese cargar y llevar encima. Para poderse aprovechar mejor de lo grandioso de la oferta, fue Alcmeón a disfrutarla vestido de esta manera: se puso una gran túnica, cuyo seno hizo que formara un pliegue bien ancho, se calzó unas botas lo más holgadas y capaces que hallar pudo, y así vestido fue al tesoro real adonde se le conducía. Lo primero que hizo allí fue dejarse caer encima de un montón de oro en polvo, y henchir hasta las pantorrillas aquellas botas de cuanto oro en ellas cupo. Llenó después de oro todo el seno de la túnica; se empolvó con oro todo el cabello de su cabeza, y se llenó de oro asimismo toda la boca. Cargado así de oro iba saliendo de la cámara del tesoro, pudiendo apenas arrastrar las botas, pareciéndose a cualquier otra cosa menos a un hombre, hinchado extremadamente los mofletes y hecho todo él un cubo. Al verle así Creso no pudo contener la risa, y no solo le dio todo el oro que consigo llevaba, sino que le hizo otros presentes de no menor cuantía, con lo cual se hizo muy rica aquella familia, y el mismo Alcmeón, pudiendo criar sus propios tiros de caballos para las cuadrigas, fue vencedor con ellos en los Juegos Olímpicos.

126. En la generación siguiente, Clístenes, tirano de Sición, aumentó hasta tal punto el nombre de la familia, que la hizo mucho más célebre todavía. Este Clístenes, hijo de Aristónimo, nieto de Mirón y bisnieto de Andreas, tuvo una hija llamada Agarista, a quien quiso casar con el griego más sobresaliente de todos; y así, en el tiempo en que se celebraban las fiestas olímpicas, en las cuales alcanzó la victoria con su cuadriga el mismo Clístenes, hizo pregonar que cualquiera de los griegos que se tuviese por digno de ser su yerno, pasados sesenta días o bien antes, se presentase en Sición, pues había determinado celebrar las bodas de su hija dentro del término de un año, que se empezaría a contar de allí a sesenta días. Entonces todos los griegos que presumían de notables, ya por su valía y linaje, ya por la nobleza de su patria, concurrieron allí como pretendientes, a quienes estuvo Clístenes reteniendo para ver quién era el más digno mientras construía un estadio y una palestra.

127. De Italia concurrió el sibarita Esmindírides, hijo de Hipócrates, que había llegado a ser el hombre más sobresaliente de todos en las delicias del lujo, en un tiempo en que Síbaris florecía sobremanera; concurrió asimismo desde Siris Dámaso, hijo de Amiris, el que llamaban el Sabio. Ambos vinieron de Italia. Del golfo Jonio, se presentó Anfimnesto, hijo de Epístrofo, natural de Epidamno. Vino también un etolio, por nombre Males, hermano del famoso Titormo, que superó en fuerza física a todos los griegos, y vivió retirado en un rincón de Etolia huyendo del trato con los hombres. Del Peloponeso llego Leocedes, hijo de Fidón, tirano de Argos, quien descendía de aquel Fidón que fijó los pesos y medidas de los peloponesios, el hombre más violento e inicuo de todos los griegos, que habiendo quitado a los eleos la presidencia en los Juegos Olímpicos, se alzó con el cargo de agonoteta. Vino de Trapezunte el arcadio Amianto, hijo de Licurgo; vino asimismo Láfanes, un azanio natural de la ciudad de Peo, hijo de aquel Euforión de quien es fama en la Arcadia que recibió en su casa a los Dioscuros, y desde aquel tiempo solía hospedar a todo hombre que se le presentase; vino por fin el eleo Onomasto, hijo de Ageo. Todos estos vinieron del Peloponeso. De Atenas fueron al cortejo Megacles, hijo de aquel Alcmeón que había hecho la visita a Creso, y otro llamado Hipoclides, hijo de Tisandro, el sujeto más rico y gallardo de todos los atenienses. De Eretria, ciudad entonces floreciente, concurrió Lisanias, el único que se presentó venido de Eubea. De Tesalia acudió Diactóridas de Cranón, de la familia de los Escópadas, y de los molosos, vino Alcón. Estos fueron los aspirantes a la boda.

128. Habiéndose, pues, presentado los pretendientes el día señalado, desde el primer momento se fue Clístenes informando de qué patria y de qué familia era cada uno. Después, por espacio de un año, los fue entreteniendo a su lado, haciendo pruebas del valor, de la educación y de las costumbres de todos, ya tratando con cada uno en particular, ya con todos ellos en común; y aun a los más jóvenes

les conducía a los gimnasios, donde ejercitaban desnudos sus fuerzas y habilidades. Pero especialmente procuraba observarles en la mesa, pues todo el tiempo que los tuvo cerca de su persona era quien llevaba el coste y el que les daba un magnífico hospedaje. Hecha la prueba, los que más le satisfacían eran los pretendientes venidos de Atenas, y entre estos nadie le placía tanto como Hipoclides, el hijo de Tisandro, inclinándose en este aprecio tanto por el valor que en él veía como por ser de una familia emparentada con la de los Cipsélidas que antiguamente hubo en Corinto.

129. Cuando llegó el día acordado tanto para el festín de la boda como para la publicación del yerno que Clístenes había escogido entre todos, mató este cien bueyes y ofreció un magnífico convite no solo a los presentes, sino también a los moradores de Sición. Allí en la sobremesa se pusieron a prueba los pretendientes tanto en cuestiones de música como en su capacidad de hablar en público. Iban adelante los brindis después de la comida, cuando Hipoclides, que era el que más destacaba en la fiesta, mandó al flautista que tocase una pieza, y empezada esta, la bailó con mucha satisfacción propia; si bien Clístenes, observando todas aquellas fruslerías, le comenzó a mirar ya con mal ojo. No paró aquí Hipoclides: descansó un poco, e hizo que le trajesen una mesa, la cual puesta allí, bailó primero sobre ella a la manera laconia, después danzó a la ática; finalmente dio sus tumbos encima de la mesa, con la cabeza abajo y los pies en alto, haciendo manos de las piernas para los gestos. Clístenes, si bien viéndole bailar la primera y segunda danza desdeñaba ya en su interior tomar como yerno a Hipoclides, a tal bailarín sin vergüenza, se reprimía a pesar de todo, no queriendo enfrentarse con él; pero al cabo, cuando le vio hacer cabriolas con las piernas en el aire, no pudiendo contenerse ya más, le lanzó estas palabras: «Ahora sí, hijo de Tisandro, que como saltimbanqui acabas de quedarte sin novia». Y el muchacho le replicó: «¿Qué le importa a Hipoclides la novia?», cuyo dicho quedó desde entonces como proverbio.

130. Clístenes, haciendo que todos en silencio le oyesen, les habló así: «Pretendientes de mi hija, muy orgulloso estoy de la valía de todos vosotros, y si posible fuera, a cada uno de vosotros entregaría con gusto la novia sin elegir en particular a ninguno y sin desechar a los demás. Pero bien veis que tratándose de una muchacha sola, no cabe contentaros a todos: mi ánimo es regalar a cada uno de los que no obtengáis la novia un talento de plata en prueba de lo mucho que me honro con haberla pretendido todos, como también en atención a la ausencia que habéis hecho de vuestras casas. Por lo demás, doy como mujer a mi hija Agarista a Megacles, hijo de Alcmeón, plegándonos a las costumbres atenienses». La aceptó como tal Megacles y quedó contraído solemnemente el matrimonio.

131. Así se terminó la competición de los pretendientes, y de ella se extendió la gran fama y celebridad de los Alcmeónidas por toda Grecia. De este matrimonio nació aquel Clístenes que implantó las tribus y la democracia en Atenas, llamado así en memoria de su abuelo materno Clístenes de Sición. Les nació también Hipócrates, quien tuvo por hijos otro Megacles y otra Agarista, llevando esta el nombre de la Agarista hija de Clístenes. La segunda Agarista, habiéndose casado con Jantipo, hijo de Arifrón, tuvo un sueño estando encinta en el que le pareció que había parido un león; y poco después dio a luz a Pericles, hijo de Jantipo.

132. Volviendo a Milcíades, después de la derrota de los persas en Maratón creció mucho su crédito entre los atenienses, por quienes era ya antes muy estimado. Entonces pidió Milcíades a sus conciudadanos que le confiasen setenta naves con la tropa y estipendios correspondientes, sin revelarles contra quiénes planeaba aquella expedición, asegurándoles solamente que si querían seguirle, iba a enriquecerles, pues pensaba conducirles a cierta región de donde sin el menor daño ni peligro podrían volver cargados de oro. En estos términos pidió la armada, y los atenienses, confiados en lo que les prometía, se la cedieron.

133. Teniendo aquella tropa embarcada ya a su mando, partió Milcíades contra Paros, dando como razón que iba a castigar a los parios por haber hecho antes la guerra ayudando con una galera al persa en Maratón. Pero este era un mero pretexto, y lo que en realidad le movía era el encono contra los parios, nacido de que Liságoras, hijo de Tisias y natural de Paros, le había acusado ante el persa Hidarmes. Llegado allí Milcíades con su armada, puso sitio a la ciudad en la que se habían encerrado los parios, a quienes envió un heraldo pidiéndoles que le diesen cien talentos, con la amenaza de que en caso de negarlos no levantaría el sitio antes de conquistar la ciudad. Los parios, lejos de discurrir cómo darían a Milcíades aquella suma, solo pensaban en el modo de defender bien su ciudad, fortificándola más y más, y alzando de noche otro tanto aquella parte de los muros por donde la ciudad estaba más expuesta a ser tomada.

134. Hasta aquí concuerdan en la narración del hecho todos los griegos. Lo que después sucedió lo cuentan los parios del modo siguiente: dicen que Milcíades, falto de consejo, consultó con una prisionera natural de la misma Paros, que se llamaba Timo y era la sacerdotisa de las diosas del inframundo[319]. Habiéndose esta presentado a Milcíades, le aconsejó que si tanto empeño tenía en tomar Paros, hiciera lo que ella misma le dijese; y en efecto, habiéndole confiado su plan, subió Milcíades a un cerro que está enfrente de la ciudad, y no pudiendo abrir las puertas del templo de Deméter, Tesmófora, quiso saltar la pared de aquel cercado; y saltada ya, se fue, ignoro con qué fin, dentro del santuario de la diosa, ya fuese con ánimo de quitar algo de las cosas que no es lícito quitar, ya con algún otra intención. Al ir a pasar aquel umbral, le sobrevino un escalofrío de terror que le obligó a volver atrás por el mismo camino, y al pasar otra vez cerca, se dislocó un muslo, o como quieren otros, se hirió malamente en una rodilla.

135. Malherido, pues, Milcíades por la caída, decidió volverse de allí sin haber conquistado a Paros, a la cual había tenido sitiada veintiséis días, talando durante ellos toda la isla. Llegó a noticia de los parios que Timo, la sacerdotisa de la diosa, había dado a Milcíades los medios para la toma de la ciudad, y queriendo tomar venganza de ella por la traición, apenas se vieron libres del asedio, enviaron a Delfos consultores encargados de preguntar si harían bien en castigar a la sacerdotisa de las diosas, tanto por haber ella revelado como podía ser tomada la ciudad como por haber mostrado a Milcíades aquellos sagrados misterios que a ningún varón era lícito ver ni saber. No se lo permitió la Pitia, diciendo que la culpa no era de Timo, sino que siendo el destino fatal de Milcíades que tuviese un mal desenlace, ella le había servido de guía para la ruina. Tal fue el oráculo que la Pitia dio en respuesta a los de Paros.

---

[319] Deméter y Perséfone.

136. Vuelto ya Milcíades de aquella isla, no hablaban de otra cosa los atenienses que de su infeliz expedición; pero entre todos, el que más se lo recriminaba era Jantipo, el hijo de Arifrón, quien ante el pueblo le acusaba de haber engañado a los atenienses. Milcíades no respondió en persona a la acusación, hallándose imposibilitado por causa de su muslo gangrenado por la herida; pero estando él en cama allí mismo, le defendieron sus amigos con el mayor esfuerzo, haciendo valer mucho sus servicios en el combate de Maratón, como también en la toma de Lemnos, la cual tomó y cedió a los atenienses, habiéndose vengando de los pelasgos. Le absolvió el pueblo de la pena capital, mas por aquel perjuicio le multo con cincuenta talentos. Después de este juicio, como el muslo se le canceró y pudrió, falleció Milcíades, y su hijo Cimón pagó la multa de su padre.

137. He aquí cómo pasó lo que aludí sobre la toma de Lemnos, de la que se apoderó Milcíades, el hijo de Cimón. Habían sido los pelasgos expulsados del Ática por los atenienses, pero no sabré decir si con razón o sin ella. Podré referir tan solo lo que sobre ello se dice, si bien noto que Hecateo, hijo de Hegesandro, afirma en su *Historia*[320] que sin razón fueron aquellos arrojados, contando así los hechos: «Viendo los atenienses —dice— que una campiña suya situada al pie del monte Himeto, que habían cedido a los pelasgos para que la habitasen en pago y recompensa del muro que estos les habían edificado alrededor de la acrópolis; viendo, pues, bien cultivada aquella campiña, que antes era muy estéril y de ningún valor, tuvieron envidia de los pelasgos, y codiciosos de aquel territorio, sin otro motivo ni razón arrojaron de él a los agricultores». Pero si creemos lo que dicen los atenienses, razón les sobraba para echarlos de allí; porque situados los pelasgos bajo el Himeto, salían desde allí a cometer mil insolencias; pues como acostumbraban las muchachas y los niños de los atenienses ir por agua a las Nueve Fuentes por no tener esclavos en aquel tiempo ni los atenienses ni los demás griegos, sucedía que al ir ellas por agua, con desvergüenza y desprecio las violentaban los pelasgos; y no contentos aún con su proceder, determinaron al cabo

---

[320] Otro nombre para la obra conocida como *Genealogías*; cf. *Historia* 5.36 y nota *ad loc.*

apoderarse de Atenas y fueron sorprendidos tramando su delito. Añaden aún los atenienses que ellos se portaron mucho mejor de lo que merecían los pelasgos, porque estando en su mano quitarles justamente la vida como a gente que conspiraba contra el Estado, no quisieron hacerlo, contentos con ordenarles que saliesen de sus dominios. En virtud de esta orden, salidos de allí, una de las varias tierras que ocuparon fue la isla de Lemnos. En suma, lo primero es lo que dice Hecateo; lo segundo lo que cuentan los atenienses.

138. Cuando habitaban ya en Lemnos los mismos pelasgos, llevados del deseo de venganza contra los de Atenas y bien enterados de en qué días caían las fiestas de los atenienses, tomando unos pentecónteros, pasaron al continente y armaron una emboscada en Braurón, donde solían las mujeres atenienses celebrar una fiesta a Ártemis. Habiendo aprovechado el lance, y raptadas muchas de ellas, las embarcaron consigo para Lemnos y las tuvieron allí como concubinas. Viéndose ya con muchos hijos estas mujeres, les iban enseñando la lengua ática y les daban una educación propia de atenienses, de donde surgió que los niños se negaban a juntarse con los hijos de los pelasgos, y si veían que uno de ellos era maltratado por alguno de los otros niños, acudían todos en su defensa y se socorrían mutuamente. Llegó la cosa a tal punto, que los niños de las áticas pretendían dominar sobre los otros; y en efecto, su grupo era el que más poder tenía. Viendo los pelasgos lo que pasaba, entraron en cuenta consigo, y consultándose entre sí, les pareció ser un asunto de mucha gravedad. Si estos niños —decían— tienen ya la costumbre de ayudarse contra los hijos de las esposas legítimas y aun pretender ser ya los señores que manden, ¿qué no harán cuando salgan de su minoría de edad? Les pareció con esto que convenía dar muerte a los hijos de las mujeres áticas; y no contentos con esta barbarie, añadieron después la de matar a sus madres. De este hecho inhumano, como también de aquel otro anterior (cuando las mujeres quitaron la vida a sus maridos en época de Toante)[321], se originó el denominar en toda Grecia maldad «lemnia» a cualquiera maldad enorme.

---

[321] Las lemnias, que habían sido abandonadas por sus maridos debido al nauseabundo olor que despedían (castigo de Afrodita), asesinaron a todos sus maridos a excepción del rey Toante, que fue salvado por su hija.

139. Después de que los peslagos dieran la muerte a sus hijos y mujeres, sucedió que ni la tierra les rendía los frutos de antes, ni sus mujeres ni sus rebaños eran fecundos, como solían primero. Fatigados, pues, del hambre y de aquella esterilidad, enviaron emisarios a Delfos para ver cómo librarse de las calamidades en que se hallaban. Les mandó la Pitia que se presentasen a los atenienses y les diesen la satisfacción que estimaran estos como justa. En efecto, fueron a Atenas los pelasgos y se ofrecieron de su voluntad a pagar la pena correspondiente a su injuria. Los atenienses, preparando en su pritaneo unas camas lo más ricas que pudieron para recibir a los convidados, y poniendo una mesa llena de todo género de comidas, mandaron a los pelasgos que les entregasen su país tan ricamente abastecido como lo estaba aquella mesa; a lo que respondieron los pelasgos: «Siempre que una nave de vuestro país con el viento Bóreas llegue al nuestro en un día, estaremos preparados para verificar la entrega que pretendéis». Respuesta astuta y capciosa, sabiendo era imposible la condición, por estar el Ática hacia el sur más acá de Lemnos.

140. Por entonces quedó así el asunto; pero muchísimos años después, cuando el Quersoneso del Helesponto vino a ser de los atenienses, Milcíades, hijo de Cimón, salido de Elayunte, ciudad del Quersoneso, con los vientos etesios, se personó en Lemnos e instó a los pelasgos que dejasen la isla, haciéndoles memoria del oráculo, que ellos estaban lejos de creer que pudiese jamás cumplirse. Obedecieron entonces los de Hefestia, pero los de Mirina, que no aceptaban qué el Quersoneso fuese lo mismo que el Ática, hicieron resistencia, hasta que, viéndose sitiados, se entregaron. Este fue el artificio con que los atenienses por medio de Milcíades se apoderaron de Lemnos.

LIBRO SÉPTIMO

POLIMNIA

Polimnia: los Himnos sagrados

Segunda guerra Médica (1-131)

Darío muere mientras prepara una nueva expedición contra Grecia y es sucedido en el trono por Jerjes (1-4). Los partidarios del ataque instan a Jerjes a llevarlo a cabo (5-6). Supresión de la revuelta Egipcia (7). Reunión en Susa para deliberar sobre la expedición (8-11). Sueños de Jerjes y Artábano (12-19). Preparativos para la invasión (20-25). Llegada y paso del Helesponto (26-56). Del Helesponto a las Termópilas por tierra (57-131): marcha y revista de las tropas de mar y tierra (57-99); disputa de Jerjes con Demarato acerca del valor de los griegos (100-105); los persas atraviesan territorios y ciudades griegas (106-131).

Reacción griega (132-177)

Juramento de los griegos contra las ciudades que apoyan a los persas (132). Esparta y los heraldos persas (133-137). Víspera del ataque y los oráculos délficos sobre Atenas (138-144). Espías en Asia y embajada a Argos (145-152). Embajadas a Siracusa, Corcira y Creta (153-167). Maniobras políticas y militares en Tesalia (172-177).

Las Termópilas (178-239)

La armada persa y una tempestad sobre ella (178-195). El ejército persa toma posiciones para la batalla (196-201). Las fuerzas griegas al mando del rey espartano Leónidas (202-209). Batalla de las Termópilas (210-233). Estrategia persa tras la batalla (234-237). Profanación del cuerpo de Leónidas y carta secreta de Demarato (238-239).

Segunda guerra Médica

1. Cuando llegó al rey Darío, hijo de Histaspes, la noticia de la batalla librada en Maratón, hallándole ya altamente advertido de antemano contra los atenienses a causa de la sorpresa con que habían entrado en Sardes, acabó entonces de enfurecerse contra aquellos pueblos, obstinándose más y más en invadir de nuevo Grecia. Desde ese instante, despachando correos a las ciudades de sus dominios a fin de que preparasen tropas, exigió a cada una un número mayor del que antes le habían dado de naves, caballos, provisiones y barcas de transporte. En la prevención de estos preparativos se vio agitada por tres años Asia; y como en todas partes se hacían levas de la mejor tropa en atención a que la guerra había de ser contra los griegos, sucedió que al cuarto año, los egipcios antes conquistados por Cambises se levantaron contra los persas, motivo que empeñó mucho más a Darío en hacer la guerra con ambas naciones.

2. Estando ya Darío para partir a las expediciones de Egipto y Atenas, se originó entre sus hijos una gran contienda sobre quién había de ser nombrado sucesor del imperio, fundándose en una ley de los persas que ordena que antes de salir el rey en campaña nombre al príncipe que ha de sucederle. Había tenido ya Darío antes de subir al trono tres hijos con la hija de Gobrias, su primera esposa, y después de su coronación tuvo cuatro más con la princesa Atosa, hija de Ciro. El mayor de los tres primeros era Artobázanes, y el mayor de los cuatro últimos era Jerjes. No siendo hijos de la misma madre, tenían los dos pretensiones a la corona. Fundaba la suyas Artobázanes en el derecho de primogenitura recibido entre todas las naciones, que daba el imperio al que primero había nacido; Jerjes, por su parte, alegaba ser hijo de Atosa y nieto de Ciro, que había sido el autor de la libertad de los persas.

3. Antes que Darío declarase su voluntad, hallándose en la corte por aquel tiempo Demarato, hijo de Aristón, quien depuesto del trono de Esparta y fugitivo de Lacedemonia se había refugiado en Susa para su seguridad. Cuando supo las desavenencias acerca de la sucesión entre los príncipes hijos de Darío, fue a verse con Jerjes, y, según es fama, le dio el consejo de que a las razones de su pretensión añadiese la de haber nacido de Darío siendo ya este soberano y teniendo el mando sobre los persas, mientras que cuando nació Artobázanes Darío no era rey todavía, sino un mero particular; que por tanto, a ningún otro mejor que a él le tocaba por derecho el heredar la soberanía[322]. Añadía Demarato que así se hacía en Esparta, donde si un padre antes de subir al trono tenía algunos hijos y después de subido al trono le nacía otro príncipe, recaía la sucesión en el que después naciese. En efecto, se valió Jerjes de las razones que Demarato le suministró; y persuadido Darío de la justicia de lo que decía, le declaró sucesor al imperio; bien es verdad, en mi concepto, que sin la insinuación de Demarato hubiera recaído la corona en Jerjes, siendo Atosa la que tenía todo el poder en sus manos.

4. Nombrado ya Jerjes sucesor del Imperio persa, solo pensaba Darío en la guerra; pero quiso la fortuna que un año después de la sublevación de Egipto, haciendo sus preparativos, le llegó la muerte, habiendo reinado treinta y seis años, sin que tuviese la satisfacción de vengarse ni de los egipcios rebeldes, ni de los atenienses enemigos.

5. Con la muerte de Darío pasó el cetro a las manos de su hijo Jerjes, quien no mostraba al principio de su reinado mucha intención de llevar las armas contra Grecia, preparando la expedición solamente contra Egipto. Se hallaba cerca de su persona, y era el que más influencia tenía con él entre todos los persas, Mardonio, el hijo de Gobrias, primo del mismo Jerjes por ser hijo de una hermana de Darío, quien le habló en estos términos: «Señor, no parece bien que dejéis sin la correspondiente venganza a los atenienses, que tanto mal han hecho hasta aquí a los persas. Muy bien haréis ahora en llevar a cabo la expedición que tenéis entre manos; pero después de abatir el orgullo de Egipto que se levantó audazmente, sería yo del parecer de que movieseis las armas contra Atenas, tanto para conservar en el mundo la reputación debida a vuestra corona como para que

---

[322] Este principio de porfirogenitura (el hecho de «haber nacido en la púrpura» real) lo esgrimirá también el príncipe Ciro cuando más tarde reclame para sí el imperio a su hermano Artajerjes, en la aventura que Jenofonte narrará en su *Anábasis*, aunque este particular no lo apunta el historiador ateniense, sino Plutarco en su *Vida de Artajerjes* 2.4: «Parisátide [*sc.* la madre de Ciro] contaba con un brillante argumento, que consistía en decir que cuando dio a luz a Artajerjes, Darío [II] era un simple ciudadano, mientras que cuando tuvo a Ciro ya se había convertido en rey».

en adelante se guarden todos de invadir vuestros dominios». Este discurso de Mardonio se inclinaba a la venganza, si bien no dejó de concluirlo con el insinuante añadido de que Europa era una bellísima región poblada de todo género de árboles frutales, sumamente buena para todo, digna, en una palabra, de no tener otro conquistador ni dueño que el rey.

6. Así hablaba Mardonio, ya por ser amigo de nuevas empresas, ya por la ambición que tenía de llegar a ser gobernador de Grecia. Y en efecto, con el tiempo logró su intento, persuadiendo a Jerjes de entrar en esa empresa; si bien concurrieron otros accidentes que sirvieron mucho para aquella resolución del persa. Uno de ellos fue que algunos embajadores de Tesalia, venidos de parte de los Alévadas[323], invitaban al rey a que invadiera Grecia, ofreciéndose de su parte a ayudarle y servirle con todo celo y prontitud, lo que podrían ellos hacer siendo reyes de Tesalia. El otro era que los Pisistrátidas llegados a Susa no solo confirmaban con mucho empeño las razones de los Alévadas, sino que aún añadían algo más, por tener consigo al célebre ateniense Onomácrito, que era adivino y al mismo tiempo intérprete de los oráculos de Museo[324], con quien antes de refugiarse en Susa ellos habían hecho las paces. Había sido antes Onomácrito echado de Atenas por Hiparco, el hijo de Pisístrato, a causa de que Laso de Hermíone le había sorprendido en el acto de incorporar entre los oráculos de Museo uno de cuño propio, acerca de que con el tiempo desaparecerían sumidas en el mar las islas vecinas a Lemnos; delito por el cual Hiparco desterró a Onomácrito, habiendo sido antes gran amigo suyo. Entonces, pues, habiendo subido con los Pisistrátidas a la corte, siempre que se presentaba a la vista del monarca, delante de quien lo elevaban ellos al cielo con sus elogios, recitaba varios oráculos, y si en alguno veía algo que pronosticase al bárbaro algún tropiezo, pasaba este en silencio, mientras que, por el contrario, al oráculo que profetizaba felicidades lo escogía, diciendo que era

---

[323] Poderosa familia de Larisa que se proclamaba descendiente de un mítico rey de Tesalia. Enfrentadas a otra poderosa familia, la de los Escópadas, buscó históricamente el apoyo de los persas.
[324] Figura semilegendaria habitualmente asociada a Orfeo, a la que se asocia un corpus de textos proféticos.

preciso que el Helesponto llevase un puente hecho por un persa, y de un modo semejante iba revelando el desarrollo de la expedición.

7. Así pues, él adivinando y los hijos de Pisístrato aconsejando se ganaban el favor del monarca. Persuadido ya Jerjes de la guerra contra Grecia, al segundo año de la muerte de Darío dio comienzo a la expedición contra los sublevados, a quienes, una vez que los hubo derrotado y hubo puesto mucha mayor sujeción al entero Egipto de la que tenía en tiempos de Darío, les dio como gobernador a Aquémenes, hijo de aquel y hermano suyo; y este es aquel Aquémenes que, hallándose con el mando del Egipto, fue muerto algún tiempo después por Ínaro, hijo de Psamético, natural de Libia.

8. Después de la rendición de Egipto, cuando Jerjes estaba dispuesto a emplear el ejército contra Atenas, convocó una asamblea extraordinaria de las grandes personalidades de Persia, a fin de oír sus pareceres y de exponer él mismo lo que tenía resuelto. Reunidos ya todos ellos, les dijo así Jerjes: «Persas, no penséis que intento ahora introducir nuevos usos entre vosotros; sigo únicamente los ya introducidos; pues según oigo a los avanzados en edad, jamás, desde que el imperio de los medos vino a nuestras manos, habiendo Ciro despojado de él a Astiages, hemos tenido hasta aquí un día de paz. No parece sino que la divinidad así lo ordena bendiciendo las empresas a las que nos aplicamos con empeño y desvelo. No juzgo oportuno referiros ahora ni las hazañas de Ciro, ni las de Cambises, ni las que hizo mi propio padre, Darío, ni el fruto de ellas en las naciones que conquistaron. De mí puedo decir que, desde que subí al trono, todo mi desvelo ha sido no quedarme por detrás de los que en él me precedieron con tanto honor del imperio; antes bien, adquirir para los persas un poder nada inferior al que ellos le alcanzaron. Y fijando la atención en lo presente, hallo que por una parte habremos de añadir lustre a la corona conquistando una provincia ni menor ni inferior a las demás, sino mucho más fértil y rica, y por otra vengar las injurias con una entera satisfacción. En atención, pues, a esto, he tenido a bien convocaros para daros parte de mis designios actuales. Mi ánimo es, después de construir un puente sobre el Helesponto, conducir mis ejércitos por Europa contra Grecia, resuelto a vengar en los atenienses las injurias que tienen hechas a los persas y a nuestro padre. Testigos de vista sois vosotros de cómo

Darío iba al frente de sus tropas contra esos hombres insolentes, si bien tuvo el dolor de morir antes de poder vengarse de sus agravios. Mas yo no dejaré las armas de la mano si primero no veo tomada y entregada al fuego la ciudad de Atenas, que tuvo la osadía de iniciar sus hostilidades contra mi padre y contra mí. Bien sabéis que ellos, conducidos antes por Aristágoras de Mileto, aquel esclavo nuestro, llegaron hasta Sardes y pegaron fuego a los bosques sagrados y a los templos; y nadie ignora cómo nos recibieron al desembarcar en sus costas, cuando Datis y Artáfrenes iban al frente del ejército. Este es el motivo que me empuja a ir contra ellos con mis tropas; y además de esto, cuando me detengo en pensarlo, hallo sumas ventajas en su conquista, tales en realidad que si logramos someterles a ellos y a sus vecinos que habitan el país de Pélope el Frigio[325], no serán ya otros los confines del Imperio persa que los que dividen en la región del aire el firmamento de Zeus[326]. Desde aquel punto no verá el mismo sol otro imperio confinante con el nuestro, porque yo, al frente de mis persas y en compañía vuestra, corriendo vencedor por toda Europa, de todos sus países haré uno solo, y este mío; pues a lo que tengo entendido, una vez rotas y allanadas las provincias que llevo dichas, no queda ya ciudad ni gente alguna capaz de venir a las manos en campo abierto con nuestras tropas. Así logramos, en fin, poner bajo nuestro dominio, tanto a los que nos tienen ofendidos como a los que ningún agravio nos han ocasionado. Yo espero de vosotros que en la ejecución de mis designios haréis que me dé por bien servido, y que en el tiempo que dé de plazo para la concurrencia del ejército, os esmeraréis todos en el puntual cumplimiento de vuestro deber. Lo que añado es que honraré con dones y premios, los más preciosos y honoríficos del país, al que se presente de vosotros con la gente mejor ordenada y pertrechada. Esto es lo que tengo resuelto que se haga; pero para que nadie diga que gobierno por mis dictámenes particulares, os doy licencia de deliberar sobre la empresa,

---

[325] Es decir, el Peloponeso o «Isla de Pélope», el héroe epónimo de la península, que, según el mito, procedía de Frigia, que en última instancia estaba sometida al Imperio persa.
[326] Es decir, Ahura Mazda.

exponiendo su parecer cualquiera de vosotros que quiera hacerlo». Con esto dio fin a su discurso.

9. Después del rey tomó Mardonio la palabra: «Señor —dice—, sois el mejor persa, no digo de cuantos hubo hasta aquí, sino de cuantos habrá jamás en lo porvenir. Buena prueba nos da de ello vuestro discurso, en el que campean por una parte la elocuencia y la verdad, y por otra, triunfan el honor y la gloria del Imperio, no pudiendo mirar vos con indiferencia que esos jonios europeos, gente vil y baja, se burlen de nosotros. Insufrible cosa sería en verdad que los que hicimos con las armas vasallos nuestros a los sacas, a los indios, a los etíopes, a los asirios, a tantas otras y tan grandes naciones, no porque nos hubiesen ofendido en cosa alguna, sino por querer nosotros extender el Imperio, dejásemos sin venganza a los griegos que han sido los primeros en injuriarnos. ¿Por qué motivo temerles? ¿Qué número de tropas pueden juntar? ¿Qué abundancia de dinero recoger? Bien sabemos su modo de combatir; bien sabemos lo escaso de su valor. Hijos suyos son esos que llevamos vencidos; esos que viven en nuestros dominios; esos, digo, que se llaman jonios, eolios y dorios. Yo mismo les puse a prueba cuando por orden de vuestro padre conduje contra esos hombres un ejército; lo cierto es que internándome hasta Macedonia y faltándome ya poco para llegar a la misma Atenas, nadie se me presentó en campo de batalla. Oigo decir de los griegos que son en la guerra la gente del mundo más insensata, tanto por la impericia como por su cortedad. Se declaran la guerra unos a otros, salen en campaña, y para darse la batalla escogen la llanura más hermosa y despejada que pueden encontrar, de donde no salen sin gran pérdida los mismos vencedores, pues de los vencidos no es menester que hable yo palabra, siendo sabido que quedan aniquilados. ¿Cuánto mejor les fuera, hablando todos las misma lengua, solucionar sus diferencias por medio de heraldos y mensajeros y llegar a cualquier solución antes que enfrentarse en batalla? Y en caso de llegar a declararse la guerra por necesidad, les convendría ver por dónde unos y otros estarían más a cubierto de los tiros del enemigo y atacar por aquel lado. Repito que por este pésimo modo de guerrear, no hubo pueblo alguno griego cuando penetré hasta Macedonia que se atreviese a entrar conmigo en batalla. Y contra vos, señor, ¿quién habrá de ellos que armado os salga al encuentro,

cuando os vean venir con todas las fuerzas de Asia por tierra y con todas las naves por agua? No, señor; no ha de llegar a tanto, si no me engaño, el atrevimiento de los griegos. Pero digamos que me engaño en mi opinión, y que faltos ellos de juicio y llenos de loca presunción, no rehúsan la batalla: que peleen en mala hora y aprendan en su ruina que no hay sobre la tierra tropa mejor que la persa. Preciso es hacer prueba de todo, si todo queremos conseguirlo. Lo que convienen no entra por sí mismo en casa de los mortales, sino que suelen ser el premio de los que todo lo experimentan». Calló Mardonio, habiendo adulado hábilmente a Jerjes.

10. Callaban después los demás persas, sin que nadie osase proferir un sentimiento contrario al parecer propuesto, cuando Artábano, hijo de Histaspes y tío paterno de Jerjes, fiado en este vínculo tan estrecho, habló en los siguientes términos: «Señor, en una consulta en la que no se propongan pareceres varios e incluso opuestos entre sí, no es posible elegir el mejor, sino que es preciso seguir el único que se dio; solo queda lugar a la elección cuando son diversos los pareceres. Sucede con esto lo que con el oro: si una pieza se mira de por sí, no acertaremos a decir si es oro puro, pero si la miramos al lado de otra del mismo metal, decidimos luego cuál es el más fino. Bien presente tengo lo que dije a Darío, vuestro padre y hermano mío, acerca de que no convenía hacer la guerra a los escitas, hombres que no tienen morada fija ni ciudad edificada. Mi buen hermano, muy confiado en que iba a domar a los escitas nómadas, no siguió mi consejo; y lo que sacó de la expedición fue volver atrás, después de perdida mucha y buena tropa de la que llevaba. Vos, señor, vais a emprender ahora la guerra contra unos hombres que en valor son muy otros que los escitas, y que por mar y por tierra se dice que no hay otros que se les iguale. Debo deciros, a fuerza de quien soy, lo que puede temerse de su bravura. Decís que, construido un puente sobre el Helesponto, queréis conducir el ejército por Europa hacia Grecia; pero reflexionad, señor, pues los griegos tienen fama de valientes; pudiera suceder que fuésemos por ellos derrotados, o bien por mar, o bien por tierra, o bien por ambas partes. No lo digo a la ligera, pues bien nos lo da a conocer la experiencia: solos los atenienses derrotaron un ejército tan numeroso como el que, conducido por Datis y Artáfrenes, entró en el Ática. Nos arriesgamos, pues, a que no tenga-

mos éxito ni por tierra ni por mar. Y ¿cuál no sería nuestra fatalidad, señor, si atacándonos con sus naves y victoriosos en una batalla naval se fuesen al Helesponto y allí nos cortasen el puente? Este peligro, ni yo lo imagino sin razón, ni lo finjo en mi fantasía, sino que este es el caso en que por poco no nos vimos perdidos cuando vuestro padre, hecho un puente sobre el Bósforo Tracio y otro sobre el Istro, pasó el ejército contra los escitas. Entonces fue cuando ellos no escatimaron argumento alguno a la hora de convencer a los jonios, a cuya custodia se había confiado el puente del Istro, para que se nos cortase el paso solo con deshacerlo. Y, en efecto, si Histieo, tirano de Mileto, hubiera seguido el parecer de los otros, o no se opusiera a todos con el suyo, allí se habría acabado el imperio de los persas. Y ¿quién no se horroriza solo de oír que la salud del Rey llegó a depender de la voluntad y arbitrio de un hombre solo? No queráis, pues, ahora, ya que no os fuerza a ello necesidad alguna, poner en consulta si es necesario arriesgarnos a un peligro tan grande como este. Mejor haréis en seguir mi parecer, que es el de disolver ahora, sin tomar ningún acuerdo, este encuentro, y después, cuando a vos os parezca, echando bien la cuenta a solas, podréis mandarnos aquello que mejor os cuadre. No hallo cosa más recomendable que una resolución bien deliberada, la cual, aun cuando experimente alguna contrariedad no por eso deja de ser sana y buena igualmente, y lo que ocurre en ese caso es tan solo que pudo más la fortuna que la razón. Pero si ayuda la fortuna al que tomó una resolución imprudente, lo que logra este es dar con un buen hallazgo, sin que deje por ello de ser verdad que fue mala su resolución. ¿No echáis de ver, por otra parte, cómo fulmina la divinidad a los brutos descomunales, a quienes no deja ensoberbecerse, mientras que a los pequeños no presta atención? ¿No echáis de ver tampoco cómo lanza sus rayos contra las grandes construcciones y elevados árboles? Ello es porque suele y se complace la divinidad en abatir lo encumbrado; y de este modo suele quedar deshecho un gran ejército por otro pequeño, siempre que ofendida la divinidad y mirándolo con mal ojo, le infunde miedo o truena sobre su cabeza; accidentes todos que vienen a dar con él miserablemente en el suelo. No permite la divinidad que nadie se encumbre en su competencia; solo ella es grande y solo ella quiere parecerlo. Vuelvo al punto y repito que una consulta precipitada lleva consigo el desacierto, del cual suelen nacer grandes males, y que, al revés, un consejo cuerdo y maduro contiene mil provechos, los cuales por más que desde luego no salten a los ojos, los toca después uno con las manos a su tiempo. Este es, señor, en definitiva mi consejo. Pero tú, Mardonio, hijo de Gobrias, créeme y déjate ya de desatinar contra los griegos, que no merecen que los trates con tanto desprecio. Tú con esas calumnias y patrañas incitas al rey a la expedición, y todo tu empeño, a lo que parece, está en que se verifique. Esto no va bien; ningún medio más indigno que el de la calumnia en que dos son los injuriadores y uno el injuriado; injuriador es el que la trama, porque acusa al que no está presente; injuriador asimismo el que le da crédito antes de tenerla bien averiguada. El acusado en ausencia, ese es el injuriado, tanto por el que le calumnia como por el que le cree malvado sobre la base de lo que ha dicho su enemigo. ¿Para qué más razones? Hagamos aquí una propuesta, si tan indispensable se nos pinta la guerra contra esos hombres. Pidamos al rey que se quede en palacio entre los persas. Escoge tú las tropas persas que quieras, y con un ejército todo lo grande que lo escojas, haz la expedición que pretendes. Aquí están mis hijos, ofrece tú los tuyos y hagamos la siguiente apuesta: si fuera el que pretendes el desenlace de la expedición, convengo en que matéis a mis hijos y a mí después de ellos; pero si fuera el que yo pronóstico, obliga tú a que los tuyos pasen por lo mismo, y con ellos tú también si vuelves vivo de la expedición. Si no quieres aceptar la propuesta y de todas maneras te sales con tu pretensión de conducir las tropas contra Grecia, desde ahora para entonces digo que alguno de los que por aquí se queden oirá contar de ti, ¡oh Mardonio!, que después de una gran derrota de los persas nacida de tu ambición, has sido arrastrado y comido por los perros y las aves de rapiña en algún rincón de los atenienses o de los lacedemonios, si no es que antes de llegar allí te sale la muerte al camino, para que aprendas mediante hechos contra qué hombres aconsejas al rey que haga la guerra».

11. Irritado allí Jerjes y lleno de cólera: «Artábano —le responde—, válgate el ser hermano de mi padre. Este respeto hará que no te lleves el castigo que te mereces por tu parecer necio e injurioso; si bien desde ahora te hago el favor ignominioso de que por cobarde no me sigas en la expedición que voy a emprender contra Grecia: te quedaras aquí en compañía de las mujeres, que yo sin tu ayuda daré

fin a la empresa que llevo dicho. Renegaría yo de mí mismo y me avergonzaría de ser quien soy, hijo de Darío y descendiente de mis abuelos Histaspes, Ársames, Ariaramnes, Teíspes, de Ciro, de Cambises, de Teíspes y de Aquémenes, si no pudiera vengar a ellos y a mí de los atenienses; y tanto más por ver bien claro que si los dejamos en paz nosotros los persas, no dejarán ellos vivir a los persas en paz, sino que bien pronto invadirán nuestro país, según podemos suponer de sus primeros insultos, cuando moviendo sus armas contra Asia nos incendiaron Sardes. En suma, ni ellos ni nosotros podemos ya volver atrás del empeño que nos obliga a la ofensa o a la defensa, hasta que o pase a los griegos nuestro imperio, o caigan bajo nuestro imperio los griegos: el odio mutuo no admite ya conciliación alguna. Pide, pues, nuestra reputación que nosotros, antes ofendidos, no dilatemos la venganza, sino que nos adelantemos a ver cuál es la bravura con que nos amenazan, acometiendo con nuestras tropas a unos hombres a quienes Pélope el Frigio, esclavo de nuestros antepasados, de tal manera dominó, que hasta hoy día, no solo los moradores del país, sino aun el país dominado, lleva el nombre de su conquistador». Así habló Jerjes.

12. Vino después la noche y halló a Jerjes inquieto y desazonado por el parecer de Artábano, y consultando con ella sobre el asunto, absolutamente se persuadía de que en buena política no debía dirigirse contra Grecia. En este pensamiento y nueva resolución le tomó el sueño en que, según refieren los persas, tuvo aquella noche la siguiente visión: le parecía a Jerjes que un hombre alto y bien parecido se le acercaba y le decía: «¿De modo, persa, que nada hay de lo acordado? ¿No harás ya la expedición contra Grecia después de la orden dada a los persas de juntar un ejército? Que sepas, pues, que ni obras bien en mudar de parecer, ni yo te lo apruebo. Déjate de eso y no vaciles en seguir rectamente el camino como de día lo habías resuelto».

13. Cuando amaneció al otro día, sin hacer caso ninguno de su sueño, convocó a asamblea a los mismos persas que antes había reunido, y les habló en estos términos: «Os pido, persas, que me disculpéis si tan pronto me veis mudar de parecer. Confieso que no he llegado aún a la plenitud de mi madurez, y os hago saber que no me dejan ni un instante los que me aconsejan lo que ayer propuse. En cuanto oí

el parecer de Artábano, sentí en mis venas un ardor juvenil que me hizo prorrumpir en expresiones insolentes, que contra un anciano no debía yo proferir. Reconozco ahora mi falta, y en prueba de ello sigo su parecer. Así que estaos quietos, que yo revoco la orden de hacer la guerra a Grecia». Los persas, llenos de gozo al oír esto, le hicieron una profunda reverencia.

14. Otra vez en la noche siguiente se le apareció a Jerjes en su cama aquel mismo sueño hablándole en estos términos: «Hijo de Darío, parece que habéis retirado ya la orden dada para la expedición de los persas, no contando más con mis palabras que si nadie os las hubiera dicho. Pues ahora os aseguro, y de ello no dudéis, que si no emprendéis la expedición, vais sufrir como castigo que tan rápido como habéis llegado a ser un gran y poderoso soberano, os convertiréis en un hombre humilde y despreciable».

15. Confuso y aturdido Jerjes con la visión, salta de la cama y envía un recado a Artábano llamándole a toda prisa, a quien habló en esta forma en cuanto llegó: «Has visto, Artábano, cómo yo, que aunque llevado de un ímpetu repentino respondí a tu buen consejo con un ultraje temerario y necio, no dejé pasar mucho tiempo sin que arrepentido te diera la debida satisfacción, resuelto a seguir tu aviso y parecer. ¿Creerás ahora lo que voy a decirte? Quiero y no puedo complacerte en ello. Cosa singular, pues después de mudar de opinión, estando ya resuelto a todo lo contrario, me vino un sueño que de ningún modo aprobaba mi última resolución; y lo peor es que entre iras y amenazas acaba de desaparecer ahora mismo. Atiende a lo que he pensado: si un dios es realmente el que tal sueño me envía poniendo todo su empeño en que se haga la expedición contra Grecia, te acometerá sin falta esa misma visión ordenándote lo que a mí. Esto lo podremos probar del modo que he discurrido: toma tú todos mis atributos reales, vístete de soberano, sube aquí y siéntate en mi trono, y después vete a dormir en mi lecho».

16. A estas palabras que acababa Jerjes de decir, no se mostraba al principio obediente Artábano, teniéndose por indigno de ocupar el trono real; pero viéndose al fin obligado, hizo lo que se le mandaba, después de haber hablado así: «El mismo aprecio, señor, se merece para mí el que por sí sabe pensar bien y el que quiere gobernarse por un buen pensamiento ajeno, cualidades que veo en vuestra persona;

pero siento que la influencia de ciertos sujetos insidiosos os desvíen del acierto. Os sucede lo que al mar, uno de los elementos más útiles al hombre, al cual suele agitar de modo violento la furia de los vientos, a lo que dicen, que no le dan lugar a que se use de su bondad natural para con todos. Por lo que a mí toca, no tuve tanta pena de ver que me trataseis mal de palabra, como de entender vuestro modo de pensar, pues siendo dos los pareceres propuestos en la junta de los persas, uno que inflamaba la soberbia y violencia del Imperio persa, el otro que la reprimía sosteniendo que era perjudicial acostumbrar el ánimo a la codicia y ambición perpetua de nuevas conquistas, os declarabais a favor de aquel parecer que de los dos era el más expuesto y peligroso, tanto para vos como para los persas. Sobre lo que añadís que después de haber variado de resolución no queriendo ya enviar las tropas contra Grecia, os ha venido un sueño de parte de algún dios que no os permite desarmar a los persas enviándoles a sus casas, dadme permiso, hijo mío, para deciros la verdad, que esto de soñar no es cosa del otro mundo. ¿Queréis que yo, que en tantos años os aventajo, os diga en qué consisten esos sueños que van y vienen para la gente dormida? Sabed que las inquietudes que uno tiene de día esas son las que de noche comúnmente nos van rodando por la cabeza. Y nosotros cabalmente el día antes no hicimos más que hablar y tratar de dicha expedición. Pero si no es ese sueño como digo, sino que anda en él la mano de alguno de los dioses, habéis dado vos en el blanco, y no hay más que decir; del mismo modo se me presentará a mí que a vos con esa pretensión. Verdad es que no veo por qué deba venir a visitarme si me pongo yo vuestro vestido y no si me quedo con el mío; que venga si me echo a dormir en vuestra cama, y no si lo hago en la mía, una vez que absolutamente quiera hacerme la visita; que al cabo no ha de ser tan lerdo ese ser, sea quien fuere el que os dejó ver entre sueños, que por verme a mí con vuestros atuendos se engañe y me tome por otro. Pero si de mí no hace caso, no se dignará a venirme a visitar, vista yo vuestras ropas o vista las mías, sino que guardará para vos su visita. Mas bien pronto lo sabremos todo; hasta yo mismo llegaré a creer que procede de arriba ese sueño si continúan a menudo sus apariciones. En cualquier caso, si vos así lo tenéis resuelto y no hay lugar para otra cosa, aquí estoy, señor; voy enseguida a dormir en vuestra misma cama; veamos si con esto soñaré lo mismo, que solo esta esperanza podría inducirme a daros gusto en ello».

17. Pensando Artábano hacer ver a Jerjes que nada había en aquello de realidad, después de este discurso, hizo lo que se le decía. Se vistió, en efecto, con la indumentaria de Jerjes, se sentó en el trono real, de allí se fue a la cama, y he aquí que el mismo sueño que había acometido a Jerjes carga sobre Artábano, y plantado allí, le dice: «¿Con que tú eres el que con capa de tutor detienes a Jerjes para que no mueva las armas contra Grecia? ¡Infeliz de ti!, que ni ahora ni después te alegrarás de haber querido estorbar lo que es preciso que se haga. Bien sabe Jerjes lo que le espera si no quisiera obedecer».

18. Así le pareció a Artábano que le amenazaba el sueño y que enseguida con unos hierros encendidos iba a herirle en los ojos. Da luego un fuerte grito, salta de la cama, y se va corriendo a sentar al lado de Jerjes; le cuenta el sueño que acaba de ver, y añade después: «Yo, señor, como hombre experimentado, teniendo bien presente que muchas veces el menos poderoso triunfa ante un enemigo superior, no era del parecer de que os dejaseis llevar por el ardor impetuoso de la juventud, sabiendo lo pernicioso que es la ambición de conquista, acordándome, por una parte, del infeliz desenlace de la expedición de Ciro contra los maságetas; y también, por otra parte, la que hizo Cambises contra los etíopes, y habiendo sido yo mismo testigo y compañero de la de Darío contra los escitas. Gobernado por estas máximas, estaba convencido de que vos, mediante un gobierno pacífico, ibais a ser por todos celebrado como el príncipe más feliz. Pero viendo ahora que anda en ello la mano de la divinidad, que quiere hacer algún ejemplar castigo ya decretado contra los griegos, varío yo mismo de opinión y sigo vuestro modo de pensar. Bien haréis, pues, en dar cuenta a los persas de estos avisos que la divinidad os da, mandándoles que estén a las primeras órdenes preparados para la guerra: procurad que nada falte por vuestra parte con el apoyo del cielo». Pasado este discurso y atónitos los ánimos de ambos por la visión, apenas amaneció dio Jerjes cuenta de todo a los persas, y Artábano, que había sido antes el único que retardaba la empresa, entonces en presencia de todos la apremiaba.

19. Empeñado ya Jerjes en aquella expedición, tuvo entre sueños una tercera visión, de la cual informados los magos, resolvieron que comprendía aquella a la tierra entera, de suerte que todas las naciones

deberían caer bajo el dominio de Jerjes. Era esta la visión: se soñaba Jerjes a sí mismo coronado con un tallo de olivo del cual salían unas ramas que se extendían por toda la tierra, si bien después le desaparecía la corona que le ceñía la cabeza. Cuando los magos y los persas congregados aprobaron la interpretación del sueño, partió cada uno de los gobernadores a su respectiva provincia, donde se esmeró cada cual con la ejecución de los preparativos, procurando alcanzar los dones y premios propuestos.

20. Jerjes por su parte hizo tales levas para dicha expedición que no dejó rincón en todo su continente que no escudriñase; pues por espacio de cuatro años enteros, contando desde la toma del Egipto, se estuvo ocupando en preparar la armada y todo lo necesario para las tropas. En el curso del año quinto, emprendió la marcha llevando un ejército numerosísimo, porque de cuantas armadas se tiene noticia aquella fue sin comparación la que excedió a todas en número. De suerte que en su comparación en nada debe tenerse la armada de Darío contra los escitas; en nada aquella de los escitas cuando persiguiendo a los cimerios y dejándose caer sobre la región de Media, subyugaron a casi toda el Asia Superior adueñándose de su imperio, injurias que después pretendió vengar Darío; en nada la que tanto se celebra de los Atridas contra Ilión; en nada, finalmente, la de los misios y teucros, anterior a la guerra de Troya, quienes después de pasar por el Bósforo a Europa, una vez conquistados los tracios, bajaron victoriosos hasta el mar Jonio y llevaron las armas hasta el río Peneo, que corre hacia el sur.

21. Todas estas expediciones juntas, añadidas aún las que aparte de estas se hicieron en todo el mundo, no son dignas de compararse con aquella sola. Porque ¿qué nación de Asia no llevó Jerjes contra Grecia? ¿Qué corriente no agotó aquel ejército, si se exceptúan los más famosos ríos? Unas naciones concurrían con sus barcos, otras venían alistadas en la infantería, otras añadían su caballería a los soldados de a pie, a estas se les ordenaba que para el transporte de los caballos prestasen barcos largos para la construcción de los puentes, a estas otras que diesen víveres y bastimento para su conducción.

22. Como habían padecido los persas años atrás un gran naufragio al ir a doblar el cabo del Atos, se empezó además, cosa de tres años antes de la presente expedición, a preparar el paso por dicho monte procediendo del siguiente modo: tenían sus trirremes en Elayunte, ciudad del Quersoneso, y desde allí hacían venir soldados de todas naciones, y les obligaban con el látigo en la mano a que abriesen un canal; los unos sucedían a los otros en los trabajos, y los pueblos vecinos al monte Atos tomaban también parte en la fatiga. Los jefes de las obras eran dos importantes persas: el uno Búbares, hijo de Megabazo, y el otro Artaqueas, hijo de Arteo.

Es el Atos un gran monte y famoso promontorio que avanza dentro del mar, todo bien poblado y formando una especie de península, cuyo istmo, donde termina el monte unido con el continente, viene a ser de doce estadios. Este istmo es una llanura con algunos no muy altos cerros, que se extienden desde el mar de Acanto hasta el mar opuesto de Torone, y allí mismo donde termina el monte Atos se halla Sane, ciudad griega. Las ciudades más acá de Sane que están situadas en lo interior del Atos, y que los persas pretendían hacer isleñas en vez de ciudades de tierra firme, son Dio, Olofixo, Acrotoo, Tiso y Cleonas, ciudades todas contenidas en el recinto del Atos.

23. El orden y modo de la excavación se efectuaba de esta forma: repartieron los bárbaros el terreno por naciones, habiéndole medido con un cordel tirado por cerca de la ciudad de Sane. Cuando la fosa abierta era ya profunda, unos en la parte inferior continuaban cavando, otros, colocados en escaleras, recibían la tierra que se iba sacando, pasándola de mano en mano hasta llegar a los que estaban más arriba de ambos, quienes iban derramando y extendiendo. Así que todas las naciones que se turnaban en el trabajo, excepto los fenicios, tenían doble trabajo, nacido de que la fosa en sus márgenes se cortaba a nivel; porque siendo igual la medida y anchura de ella en la parte de arriba a la de abajo les era forzoso que el trabajo se duplicase. Pero los fenicios, tanto en otras obras como principalmente en la de este canal, mostraron su ingenio y habilidad, pues habiéndoles cabido en suerte su porción, abrieron el canal en la parte superior, de una anchura dos veces mayor de la que debía tener la excavación; pero al paso que ahondaban en ella, la iban estrechando, de suerte que al llegar al suelo era su obra igual que la de los otros. Allí cerca había un prado donde tenían todos su plaza y su mercado; les llegaba también de Asia abundancia de trigo molido.

24. Cuando me paro a pensar en este canal, hallo que Jerjes lo mandó abrir para hacer alarde y ostentación de su grandeza, queriendo manifestar su poder y dejar de él un monumento; pues pudiendo sus gentes, a costa de poco trabajo, transportar sus naves por encima del istmo, sin embargo mandó abrir una fosa que comunicase con el mar, de anchura tal que por ella a la par navegaban a remo dos trirremes. A estos mismos que tenían a su cargo abrir el canal se les mandó hacer un puente sobre el río Estrimón.

25. Al tiempo que se ejecutaban estas obras como mandaba, se iban preparando los materiales y cordajes de papiro y de lino blanco para la construcción de los puentes. De ello estaban encargados los fenicios y egipcios, como también de conducir bastimentos y víveres al ejército, para que las tropas y también los bagajes que iban a Grecia no pereciesen de hambre. Informado, pues, Jerjes sobre aquellos países, mandó que se llevasen los víveres a los lugares más oportunos, haciendo que de toda Asia saliesen naves de carga en una y en otra dirección. Y si bien es verdad que el almacén principal se encontraba en Tracia, en la que llaman Leucacte, con todo tenían otros orden de conducir los bastimentos a Tirodiza, una localidad de Perinto, otros a Dorisco, otros a Eyón, sobre el Estrimón, otros a Macedonia.

26. Mientras estos se aplicaban a sus respectivas tareas, Jerjes, al frente de todo su ejército de tierra, habiendo salido de Critala, lugar de Capadocia, donde se había dado la orden de que se juntasen todas las tropas del continente que habían de ir en compañía del rey, marchaba hacia Sardes. Allí, en la revista del ejército, no puedo decir cuál de los gobernadores mereció los dones del rey en premio de haber presentado el ejército mejor equipado, ni aun sé si entraron en esta competición los gobernadores. Después de pasar el río Halis continuaba el ejército su marcha por Frigia hasta llegar al Celenas, de donde brotan las fuentes del río Meandro y de otro río no inferior que lleva el nombre de Catarrectes, el cual, nacido en el ágora misma de Celenas, va a unirse con el Meandro. En aquella ágora y ciudad se ve colgada en forma de odre la piel del sileno Marsias, quien, según cuentan los frigios, fue desollado por Apolo, que colgó después allí su pellejo[327].

---

[327] Según la leyenda, Apolo desolló al sileno Marsias tras haberle vencido tras una contienda sobre sus habilidades musicales. Otras fuentes, como Jenofonte (cf. *Anábasis* I.2), denominan también Marsias al río.

27. Hubo en esta ciudad un vecino llamado Pitio, hijo de Atis, de nación lidio, quien ofreció un convite espléndido a toda la armada del rey y al mismo Jerjes en persona, ofreciéndose además de esto a darle dinero para los gastos de la guerra. Oída esta oferta de Pitio, se informó Jerjes por los persas que estaban allí presentes sobre quién era Pitio y cuántas eran sus posesiones para que se atreviese a hacerle tal promesa: «Señor —le respondieron—, este es el que regaló a vuestro padre Darío un plátano y una vid de oro, hombre en efecto que solo a vos cede en bienes y riqueza, sin que conozcamos otro que le iguale».

28. Admirado de esto último que acababa Jerjes de oír, preguntó él mismo a Pitio cuánto vendría a ser su caudal. «Señor —le responde Pitio—, os hablaré con toda ingenuidad sin ocultaros cosa alguna y sin excusarme con decir que yo mismo no sé bien lo que tengo, no sabiéndolo con toda puntualidad. Y lo sé, porque en el instante en que llegó a mí la noticia de que os disponíais a bajar hacia las costas del mar de Grecia[328], queriendo yo haceros un donativo para los gastos de la guerra, saqué mis cuentas y hallé que tenía dos mil talentos en plata, y en oro cuatro millones de daricos menos siete mil estateres, cuya suma está toda a vuestra disposición, ya que para mi subsistencia me sobra con lo que me rentan mis posesiones de esclavos».

29. Así se explicó Pitio, y muy gustoso y complacido Jerjes con aquella respuesta: «Amigo lidio —le dice—, desde que partí de Persia no he hallado hasta aquí ni quien diera la hospitalidad que tú a todo mi ejército, ni quien se me presentara con esta generosidad ofreciéndose a contribuir con sus donativos a los gastos de la guerra. Tú solo has sido el vasallo generoso que después de ese magnífico obsequio que has hecho a mis tropas te me has ofrecido con tus copiosos haberes. Ahora, pues, en atención a tus beneficios, te hago la gracia de tenerte por amigo y huésped, y después quiero aportar de mi erario lo que te falta para los cuatro millones de estateres, pues no quiero que falten siete mil estateres en esa suma que por mi parte ha de quedar entera y completa. Mi gusto mayor es que goces de lo

---

[328] Es decir, el mar Egeo.

que has conseguido, y procura portarte siempre como ahora, que esa conducta no te estará sino muy bien, ahora y después».

30. Habiendo así hablado y cumplido su promesa, continuó su viaje. Cuando hubo pasado por una ciudad de los frigios llamada Anava y por cierta laguna de donde se extrae sal, llegó a Colosas, ciudad populosa de Frigia, donde desaparece el río Lico metido por unos conductos subterráneos, y salido de allí, a cosa de cinco estadios, corre también a confundirse con el Meandro. Moviendo el ejército desde Colosas hacia los confines de Frigia y de Lidia, llegó a la ciudad de Cídrara, donde se ve clavada una columna mandada levantar por Creso en la que hay una inscripción que señala dichos confines.

31. Después de que dejando Frigia entró el ejército por Lidia, dio con una encrucijada donde el camino se divide en dos, el uno a mano izquierda lleva hacia Caria y el otro a mano derecha tira hacia Sardes, siguiendo el cual es forzoso pasar el río Meandro y llegar a la ciudad de Calatebo, donde hay unos hombres que tienen como oficio hacer miel artificial sacada del tamariz y del trigo. Llevando Jerjes este camino, halló un plátano tan lindo, que prendado de su belleza, le regaló un collar de oro y le señaló para cuidar de él a uno de los guardias que llamaban Inmortales[329], y al día siguiente llegó a la capital de Lidia.

32. Lo primero que hizo Jerjes llegado a Sardes fue nombrar embajadores en Grecia encargados de pedir que le reconociesen como soberano con la fórmula de pedirles la tierra y el agua y con la orden de que preparasen la cena al rey. A estos embajadores los envió Jerjes a todas las ciudades de Grecia menos a Atenas y Lacedemonia. El motivo que tuvo para enviarles fue la esperanza de que atemorizados aquellos que no se habían antes entregado a Darío cuando les pidió la tierra y el agua, se la entregarían entonces; y para salir de esta duda volvió a repetir las embajadas.

33. Después de estas previas diligencias, se disponía Jerjes a mover sus tropas hacia Abido, mientras que los encargados del puente

---

[329] El famoso cuerpo de élite persa, un regimiento de diez mil hombres cuyo número permanecía inalterable gracias a que cada baja era sustituida por otro combatiente; cf. *Historia* 7.83.

sobre el Helesponto lo estaban fabricando desde Asia a Europa. Se encuentra enfrente de Abido, en el Quersoneso del Helesponto, entre las ciudades de Sesto y Madito, una playa u orilla áspera y quebrada confinante con el mar. Allí fue donde no mucho tiempo después, siendo general de los atenienses Jantipo[330], hijo de Arifrón, habiendo hecho prisionero al persa Artaíctes, gobernador de Sesto, le hizo empalar vivo, tanto por varios delitos como porque llevando algunas mujeres al santuario de Protesilao[331], que está en Elayunte, profanaba con ellas aquel santuario.

34. Empezando, pues, desde Abido los ingenieros encargados del puente, lo iban formando con sus barcas, las que por una parte aseguraban los fenicios con cordaje de lino blanco, y por otra, los egipcios con cordaje de papiro. La distancia de Abido a la ribera contraria es de siete estadios. Lo que sucedió fue que unidas ya las barcas se levantó una tempestad, que rompiendo todas las maromas, deshizo el puente.

35. Llenó de enojo esta noticia el ánimo de Jerjes, quien irritado mandó dar al Helesponto trescientos latigazos y arrojar al fondo de él, al mismo tiempo, un par de grilletes. Aún tengo oído sobre ello que envió allí unos verdugos para que marcasen al Helesponto. Lo cierto es que ordenó que al tiempo de azotarle le cargasen de oprobios bárbaros e impíos, diciéndole: «Agua amarga, este castigo te da nuestro amo porque te has atrevido contra él sin haber antes recibido de su parte la menor injuria. Entiéndelo bien, y brama por ello; que el rey Jerjes, quieras o no quieras, pasará ahora sobre ti. Con razón veo que nadie te hace sacrificios, pues eres un río pérfido y salado». Tal castigo mandó ejecutar contra el mar; pero lo peor fue que hizo cortar las cabezas a los oficiales encargados del puente sobre el Helesponto.

36. Y esta fue la paga que se dio a aquellos ingenieros a quienes se había confiado la negra honra de construir el puente. Otros arquitectos fueron encargados de hacer los puentes, quienes lo dispusieron de

<hr>

[330] El padre del famoso estadista ateniense Pericles; cf. *Historia* 6.131.
[331] Héroe de la guerra de Troya, que es recordado por ser el primer combatiente en morir en la contienda.

esta forma: iban ordenando sus pentecónteros y también sus trirremes continuas entre sí, haciendo de ellas dos líneas. La que estaba del lado del Ponto Euxino se componía de trescientas sesenta naves; la otra colocada del lado del Helesponto, de trescientas catorce; aquella las tenía puestas transversalmente, mientras que esta las tenía según la corriente para que las cuerdas que las ataban se apretasen con la agitación y fluctuación. Ordenados así los barcos, los afirmaban con anclas de un tamaño mayor: las unas del lado del Ponto Euxino para resistir a los vientos que soplaran de la parte interior del mismo, las otras del lado de poniente y del mar Egeo para resistir al céfiro y al noto. Dejaron entre los pentecónteros y trirremes un paso abierto en tres lugares para que por él pudiera navegar el que quisiera con barcas pequeñas hacia el Ponto, y del Ponto hacia fuera. Hecho esto, con unos cabrestantes desde la orilla iban tirando los cables que unían las naves, pero no como antes, es decir, cada especie de maromas por sí y por lados diferentes, sino que a cada línea de las naves aplicaban dos cuerdas de lino blanco y cuatro de papiro. El grosor de ellas venía en todas a ser lo mismo a la vista, si bien por buena razón debían de ser robustas las de lino, de las cuales pesaba cada codo un talento. Una vez cerrado el paso con las naves unidas, aserrando unos grandes tablones, hechos a la medida de la anchura del puente, los iban ajustando sobre las maromas tendidas y apretadas encima de las barcas; ordenados así los tablones, los trabaron otra vez por encima, y hecho esto, los cubrieron de fagina y encima acarrearon tierra. Tiraron después un parapeto por uno y otro lado del puente, para que no se espantaran las acémilas y caballos viendo el mar debajo.

37. Después de haber dado fin a la maniobra de los puentes y de que le llegara al rey el aviso de que estaban hechas todas las obras en el monte Atos, acabada ya la fosa y levantados unos diques a una y otra extremidad de ella, para que cerrado el paso a la avenida del mar impidiera que se llenasen las bocas del canal, entonces, al empezar la primavera, bien provisto todo el ejército, partió de Sardes, en donde había invernado, marchando para Abido. Al partir el ejército, el sol mismo, dejando su posición en el cielo, desapareció de la vista de los mortales, sin que se viera nube alguna en la región del aire, por entonces serenísima, de suerte que el día se convirtió en noche. Jerjes,

que lo vio y reparó en ello, entró en gran preocupación y preguntó a los magos qué significaba aquel portento. Respondieron que aquel dios anunciaba a los griegos la desolación de sus ciudades, dando por razón el hecho de que el sol era el profetizador de los griegos y la luna la profetisa de los persas. Muy alegre Jerjes con esta declaración, continuó su marcha.

38. En el momento de marchar las tropas, asombrado Pitio el lidio con aquel prodigio del cielo y confiado en los dones recibidos del soberano, no dudó en presentarse ante Jerjes y hablarle en esta forma: «¡Si tuvierais, señor, la bondad de concederme una gracia que mucho deseo lograr!... El hacérmela os es de poca consideración y a mí de mucha importancia obtenerla». Jerjes, que en absoluto pensaba que Pitio iba a pedirle lo que pretendía, le dijo que estaba ya concedida la gracia y que dijera su petición. Con tal respuesta se anima Pitio a decirle: «Señor, cinco hijos tengo, y a los cinco les ha cabido la suerte de acompañaros en esa expedición contra Grecia. Quisiera que, compadecido de la avanzada edad en que me veis, deis licencia al primogénito para que, exento de sus deberes militares, se quede en casa a fin de cuidar de mí y de mi hacienda. Vayan contigo los otros cuatro; llevadlos en vuestro ejército; así la divinidad, cumplidos vuestros deseos, os dé una vuelta gloriosa».

39. Mucho fue lo que se irritó Jerjes con la súplica, y le respondió en estos términos: «¿Cómo tú, hombre ruin, viendo que yo en persona hago esta expedición contra Grecia, que conduzco a mis hermanos, a mis familiares y amigos, te has atrevido a hacer mención de tu hijo que, siendo mi esclavo, debería en ella acompañarme con toda su familia y aun su misma esposa? Quiero que sepas, si lo ignoras todavía, que es necesario mirar cómo se habla, pues en los oídos mismos reside el alma, la cual, cuando se habla bien, envía su gusto a todo el cuerpo, y cuando mal, se entumece e irrita. Al mostrarte tú generoso y hablando como debías, no pudiste alardear de haber sido más espléndido de palabra de lo que tu soberano lo fue por obra. Pero ahora que te presentas con una súplica desvergonzada, si bien no te llevarás todo tu merecido, no dejarás con todo de pagar parte de tu castigo. Agradécelo a los servicios que como huéspedes nos prestaste, que ellos son los que a ti y a cuatro de tus hijos os librarán de mis manos: solo te condeno a perder ese solo por quien muestras tanto cariño y predilección». Acabada de dar esta respuesta, ordenó a los ejecutores habituales de los suplicios que fuesen al instante a buscar al hijo primogénito de Pitio, y que cuando le encontraran le partiesen por medio en dos partes y luego pusiesen una mitad del cuerpo en el camino a mano derecha y la otra a mano izquierda para que entre ellas pasase el ejército.

40. Ejecutada así la sentencia, iba desfilando por allí el ejército. Marchaban delante los bagajes con todas las recuas y bestias de carga; detrás de estos venían, sin separación alguna, las tropas de todas las naciones, que componían más de la mitad del ejército. A cierta distancia, puesto que no podían acercarse al rey dichas tropas, venían delante del soberano mil soldados de a caballo, la élite de los persas; les seguían mil lanceros, gente asimismo la mejor del ejército, que llevaban las lanzas con la punta hacia tierra. Luego se veían diez caballos sagrados, muy ricamente adornados, a los que llaman neseos, y la causa de ser así llamados es porque en Media hay una llanura conocida como Neseo, de la cual toman el nombre los grandes caballos que en ella se crían. Inmediatamente a estos diez caballos se dejaba ver el sagrado carro de Zeus, tirado de ocho blancos caballos, detrás de los cuales venía a pie el cochero con las riendas en la mano, pues ningún hombre mortal puede subir sobre aquel trono sacro. Venía enseguida el mismo Jerjes, sentado en su carroza tirada de caballos neseos, a cuyo lado iba a pie el cochero, el cual era un hijo de Ótanes, persa principal, llamado Patiranfes.

41. De este modo salió Jerjes de Sardes, pero en el camino, cuando le venía en voluntad, dejando su carro pasaba a su *harmámaxa*; a sus espaldas venían mil lanceros, los más valientes y nobles de todos los persas, que traían sus lanzas, según suelen, levantadas. Seguía luego otro escuadrón de caballería escogida, compuesto de mil persas, y detrás de él marchaba un cuerpo de la mejor infantería, que constaba de diez mil[332]. Mil de ellos iban alrededor de todos los demás, los cuales en vez de regatones de hierro en el extremo inferior de su lanza llevaban unas granadas de oro; los restantes nueve mil, que iban dentro de aquel cuadro, llevaban en las lanzas granadas de plata.

---

[332] Los Inmortales.

Granadas de oro traían también los que dijimos que iban con las lanzas vueltas hacia tierra, y los más inmediatos a Jerjes llevaban manzanas del mismo metal. Seguía a este cuerpo de diez mil, otro cuerpo también de diez mil jinetes persas; quedaba después un intervalo de dos estadios.

42. En esta formación marchó el ejército desde Lidia hacia el río Caico, en la provincia de Misia, desde el cual, llevando a mano derecha el monte Canes, se encaminó, pasando por Atarneo, a la ciudad de Carena, y de allí, haciendo su camino por la llanura de Teba, por la ciudad de Atramiteo y por Antandro, ciudad de los pelasgos, y dejando a su mano izquierda el Ida, llegó a la región de Ilión. Lo primero que allí sucedió fue que, haciendo noche a la entrada del monte Ida, sobrevinieron al ejército tantos truenos y rayos que dejaron allí mismo mucha gente muerta.

43. Moviendo después el ejército hacia el Escamandro, que fue el primer río con que dieron en el camino después de salidos de Sardes, secaron sus corrientes, no bastando el agua para la gente y bagaje. Habiendo llegado Jerjes a dicho río, movido de curiosidad, quiso subir a ver Pérgamo, la ciudad de Príamo[333]. La registró y se informó particularmente de todo, y después mandó sacrificar mil bueyes a Atenea Ilíada. No dejaron sus magos de hacer libaciones en honor de los héroes del lugar. Se apoderó del ejército aquella noche un gran terror. Al hacerse de día emprendió su camino dejando a la izquierda las ciudades de Reteo, Ofrineo y Dárdano, que está confinante con Abido; y a la derecha la de gergites teucros.

44. Estando ya Jerjes en Abido, quiso ver reunido a todo su ejército. Habían levantado los abidenos encima de un cerro, conforme a la orden que les había dado, un trono primorosamente hecho de mármol blanco, allí cerca de la ciudad. Sentado en él, Jerjes estaba contemplando todo su ejército de mar y tierra esparcido por aquella playa. Este espectáculo despertó en él la curiosidad de ver un remedo

---

[333] Se encuentran en el territorio de Troya (conocida también como Ilión, de donde procede el título de *Ilíada*). Pérgamo era la acrópolis de Troya, donde se encontraba el palacio del rey Príamo.

de una batalla naval, y se hizo allí una naumaquia en que vencieron los fenicios de Sidón. Quedó el rey tan complacido por el simulacro del combate como por la vista de la armada.

45. Sucedió, pues, que viendo Jerjes todo el Helesponto cubierto de naves, y llenas asimismo de hombres todas las playas y todas las campiñas de los abidenos, aunque primero se tuvo por el mortal más feliz, poco después prorrumpió él mismo en un gran llanto.

46. Viendo aquello Artábano, su tío paterno, el mismo que antes con un parecer franco había desaconsejado al rey la expedición contra Grecia, viendo, pues, aquel hombre que lloraba Jerjes: «Señor —le dijo—, ¿qué novedad es esta? ¿Cuánto va de lo que hacéis ahora a lo que poco antes hacíais? ¡Hace un instante erais feliz en vuestra opinión, al presente lloráis!». «Que no te sorprenda —le replicó Jerjes—, pues al contemplar mi armada me ha sobrecogido un sentimiento de compasión, doliéndome de lo breve que es la vida de los mortales y pensando que de tanta muchedumbre de gente ni uno solo quedará al cabo de cien años». A lo cual respondió Artábano: «Aún no es ello lo peor y lo más digno de compasión en la vida humana; pues, siendo tan breve como es, nadie hubo hasta ahora tan afortunado, ni de los que ahí veis, ni de otros hombres algunos, que no haya deseado, no digo una, sino muchas veces, la muerte antes que la vida, pues las calamidades que a esta asaltan y las enfermedades que la perturban, por más breve que ella sea, nos la hacen parecer sobradamente duradera; en tanto grado, señor, que la muerte misma llega a desearse como un puerto y refugio en que se dé fin a vida tan miserable. No sé si decir que es por la aversión que la divinidad nos tiene por lo que nos da una píldora venenosa dorada con esa dulzura que nos pone en las cosas del mundo».

47. A todo esto replicó Jerjes: «Lo mejor será, Artábano, que ya que nos vemos ahora en el mayor auge de la fortuna, nos dejemos de filosofar acerca de la condición y vida humana tal como la pintas, sin que hagamos otra mención de sus miserias. Lo que de ti quiero saber es, si de no haber tenido antes entre sueños aquella visión tan clara, te reafirmarías aún en tu primer sentimiento, disuadiéndome de la guerra contra Grecia, o si cambiarías de opinión: dímelo, te ruego, francamente». «¡Señor —le responde Artábano—, quiera la divinidad que la visión que tuvimos entre sueños tenga el éxito que ambos deseamos! De mí puedo deciros que me siento hasta aquí tan

lleno de miedo, que me hallo fuera de mí mismo, no solo por mil motivos que callo, sino principalmente porque veo que dos cosas de la mayor importancia nos son contrarias en esta guerra».

48. «¡Hombre singular! —le interrumpió Jerjes—, ¿qué significa esa salida? ¿No me dirás qué cosas son esas dos que tan contrarias me resultan? Dime: ¿acaso el ejército por corto te parece despreciable, creyendo que el de los griegos ha de ser sin comparación mucho más numeroso? ¿O acaso nuestra armada será inferior a la suya? ¿O en una y otra nos han de llevar ellos ventaja? Si nuestras fuerzas que ahí ves te parecen escasas para la empresa, voy a dar orden al punto que se levante un ejército mayor».

49. A esto repuso Artábano: «¿Quién, señor, sino un hombre insensato podrá tener en poco ni ese número sinfín de tropas, ni esa multitud infinita de naves? No es eso lo que pretendía; antes digo que si acrecentáis el número, añadiréis peso y valor a aquellas dos cosas que mayor guerra nos hacen; y ya que os empeñáis en saberlo, son estas: la tierra y el mar. No hay en todo el mar, a lo que imagino, un puerto que en caso de tempestad sea capaz de abrigar tan gran armada y de poner tanta nave fuera de peligro; y lo peor, que de nada nos serviría un puerto tal, si lo hubiera únicamente en alguna parte, pues nosotros lo necesitaremos en todas las playas de la tierra firme donde nos encamináśemos. Ved, pues, señor, cómo por falta de puertos capaces están nuestras fuerzas al arbitrio de la fortuna enemiga y no la fortuna al arbitrio de nuestras fuerzas. Dicha una de las cosas contrarias, voy a mostraros la otra. La misma tierra os hará una guerra tal, que aun cuando no se os oponga ninguna fuerza, se os mostrará tanto más enemiga cuanto más os internareis en ella, conquistando siempre más y más países al modo de los hombres que nunca saben moderar su ambición poniendo límites a su buena fortuna. Con esto quiero decir que al paso que se aumente la tierra sometida, empleando más largo tiempo en las conquistas, a ese mismo paso se nos irá introduciendo el hambre. Esto bueno es tenerlo previsto, pues claro está que el hombre de mayor valía es aquel a quien en la consulta le impone temor todo lo que prevé que podría salirle mal pero que en a la hora de actuar nada le acobarda».

50. Respondió Jerjes por su parte: «No puede negarse, Artábano, que hablas en todo con juicio, si bien no debe temerse todo lo que

puede suceder, ni contar igualmente con ello, pues el que en la deliberación de todos los casos que se van ofreciendo quisiese siempre atenerse a cualquier razón en contrario, ese jamás haría cosa de provecho. Vale más que, lleno siempre de ánimo, se exponga uno a que no le salga bien la mitad de sus empresas, que no el que lleno siempre de miedo y sin jamás emprender cosa alguna, no tenga mal desenlace en nada. Aún hay más: que si uno porfía contra lo que otro dice y no da por su parte una razón convincente que asegure su parecer, este no se expone menos a errar que su contrario, pues corren los dos parejos en aquello. Soy de la opinión de que ningún hombre mortal es capaz de asegurar lo que ha de suceder. En suma, la fortuna por lo común se declara a favor de quien se expone a la empresa y no de quien en todo pone reparos y a nada se atreve. ¿Ves a qué punto de poder ha llegado felizmente el imperio de los persas? Pues te digo que si los reyes, mis predecesores, hubieran pensado como tú, o al menos se hubieran dejado regir por unos consejeros de tu mismo carácter, jamás habrían visto Persia tan floreciente y poderosa. Pero ellos se arrojaron a los peligros y su osadía engrandeció el imperio; que con grandes peligros se culminan las grandes empresas. Émulo yo, pues, de sus proezas, emprendo la expedición en la mejor estación del año; yo, conquistada toda Europa, daré la vuelta sin haber experimentado en parte alguna los rigores del hambre, sin haber sentido desgracia ni disgusto alguno. Nosotros, por una parte, llevamos mucha provisión de bastimentos, y por otra tendremos a nuestra disposición el trigo de las provincias y naciones donde entremos; que por cierto no vamos a guerrear contra unos pueblos nómadas, sino contra pueblos labradores».

51. Después de este debate abrió otro Artábano: «Señor —le dice—, ya que no dais lugar al miedo, ni queréis que yo se lo dé, seguid siquiera mi consejo en lo que voy a añadir, pues como son tantos los asuntos, es preciso que sea mucho lo que haya que decir. Ya sabéis que Ciro, hijo de Cambises, fue quien con las armas hizo tributaria de los persas a toda Jonia, menos a los atenienses. Soy del parecer de que de ninguna manera conviene que llevéis en vuestra armada a los jonios contra su metrópolis, pues sin ellos bien podremos ser superiores a nuestros enemigos. Una de dos, señor, o han de ser ellos la gente más perversa si hacen esclava a su madre patria, o la más justa si procuran su libertad. Poco vamos a ganar en que

sean unos malvados, pero si quieren obrar como hombres de bien, mucho serán capaces de incomodarnos e incluso de echar a perder vuestra armada. Bueno será, pues, que hagáis memoria de un proverbio antiguo y verdadero, que "hasta el fin no se canta victoria"».

52. «Artábano —le responde Jerjes—, de cuanto hasta aquí has filosofado en nada te equivocaste más que en este temor de que los jonios puedan volverse contra nosotros. A favor de su fidelidad tenemos una prueba, la mayor, de la cual eres tú mismo testigo y lo pueden ser los que siguieron a Darío contra los escitas; pues sabemos que en mano de ellos estuvo el perder o salvar todo aquel ejército, y que dieron entonces muestra de su hombría y lealtad no dándonos nada que temer. Además, ¿qué novedades han de maquinar ellos dejando ahora en nuestro poder y dominio a sus hijos, a sus mujeres y sus bienes? Déjate ya de temer tal cosa; guarda en todo buen ánimo; ve y procura cuidar bien de mi palacio y de mi reino, que a ti solo confío yo la regencia de mis dominios».

53. Así dijo y, enviando a Susa a Artábano, convoca por segunda vez a los más destacados de Persia, a quienes reunidos habló de esta manera: «El motivo que para juntaros aquí he tenido, nobles persas, ha sido el de exhortaros a que continuéis dando pruebas de vuestro valor, no renegando de hijos de aquellos persas que tantas y heroicas proezas hicieron, sino mostrando cada uno de por sí y todos en común vuestra valía. La gloria y provecho de la victoria que vamos a lograr será común a todos: esto me mueve a encargaros que toméis con todo empeño esta guerra, pues vamos a hacerla contra unos enemigos, a lo que oigo decir, valientes, a quienes si venciéremos, no nos restará ya nación en el mundo que se atreva a salir en campaña contra nosotros. Ahora, pues, con el favor de los dioses tutelares de Persia e implorada su protección, pasemos a Europa».

54. Aquel día lo emplearon en los preparativos para el cruce; al día siguiente esperaban que saliera el sol, al cual querían ver antes de emprender el paso, ocupados entretanto en ofrecerle encima del puente toda especie de perfumes, cubriendo y adornando con arrayanes todo aquel camino. Empieza a dejarse ver el sol, y luego Jerjes, haciendo sus libaciones al mar con una copa de oro, pide y ruega al mismo tiempo a su dios que no le acontezca ningún encuentro tal que le obligue a detener el curso de sus victorias antes de haber llegado

a los últimos confines de Europa. Acabada la súplica, arrojó dentro del Helesponto, juntamente con la copa, una crátera de oro y un alfanje persa llamada *akinakes*. No acabo de entender si estos dones echados al agua los consagró en honor del sol o si, arrepentido de haber mandado azotar al Helesponto, los ofreció al mar a fin de aplacarle.

55. Acabada esta ceremonia religiosa, empezó a desfilar el ejército: la infantería y toda la caballería por el puente que miraba hacia el Ponto, y por el que estaba en la parte del Egeo, los bagajes y gente de la comitiva. Iban en la vanguardia diez mil persas, todos ellos con sus coronas, y después les seguían los cuerpos de todas las otras naciones, sin separación alguna. Estas fueron los que pasaron aquel primer día; al siguiente fueron los primeros en verificarlo los jinetes y los que llevaban sus lanzas inclinadas hacia abajo, coronados también todos ellos; pasaban después los caballos sagrados y el carro sacro, al que seguían el mismo Jerjes y los lanceros y los mil soldados de a caballo, después de los cuales venía el resto del ejército. Al mismo tiempo fueron pasando las naves de una a otra orilla; si bien a alguno he oído decir que el rey pasó el último de todos.

56. Pasado Jerjes a Europa, contempló desfilar a su ejército, mandado por los oficiales con el látigo en la mano, paso en que se emplearon siete días enteros con sus siete noches, sin parar un solo instante. Se dice que cuando acabó Jerjes de pasar el Helesponto exclamó uno de los del lugar: «¡Oh Zeus!, ¿con qué fin tú ahora en forma de persa, tomado el nombre de Jerjes en lugar del de Zeus, quieres asolar Grecia conduciendo contra ello todo el linaje humano, pudiendo por ti solo dar en el suelo con toda ella?»

57. Pasado ya todo el ejército, al ir a emprender la marcha, les sucedió un portento considerable, si bien Jerjes no lo tomó en consideración, y eso que era de muy fácil interpretación. El caso fue que de una yegua nació una liebre. Se ve cuán natural era la interpretación de que en efecto conduciría Jerjes su armada contra Grecia con gran magnificencia y jactancia, pero que volvería pavoroso al mismo sitio y huyendo deprisa de su ruina. Y no fue solo este prodigio, pues otro le había ya acontecido hallándose en Sardes, donde una mula parió otra que contaba con órganos genitales de ambos sexos, estando los del macho sobre los de la hembra.

58. Jerjes, sin atender a ninguno de los dos prodigios, continuaba su camino conduciendo consigo el ejército. La armada naval, fuera ya del Helesponto, navegaba costeando la tierra con dirección contraria a las marchas del ejército, dirigiendo el rumbo a poniente, hacia el cabo Sarpedonio, donde tenía orden de hacer alto. El ejército marchaba por el Quersoneso hacia levante, dejando a la derecha la tumba de Hele[334], la hija de Atamante, y a la izquierda la ciudad de Cardia. Pero después de atravesar por medio de cierta ciudad llamada Ágora, torció hacia el golfo Melas, como se llama, y al río llamado también Melas, cuyos caudales no fueron bastantes para satisfacer al ejército y quedaron agotados. Y habiendo vadeado dicho río, del cual toma su nombre aquel seno, se dirigió a poniente, y pasada Eno, ciudad de los eolios, como también la laguna Estentóride, continuó su viaje hasta Dorisco.

59. Es Dorisco una gran playa de Tracia, término de una vasta llanura por donde corre el gran río Hebro, sobre el cual está fabricada una fortaleza real, a la que llaman Dorisco, en donde había una guarnición de persas colocada allí por Darío desde cuando hizo su jornada contra los escitas. Pareciéndole, pues, a Jerjes que el lugar era a propósito para la revista de sus tropas, empezó a ordenarlas allí y a contarlas. Y habiendo llegado asimismo a Dorisco todas las naves por orden de Jerjes, las arrimaron los capitanes a la playa inmediata a Dorisco, donde está Sale, ciudad de los samotracios, y Zona, terminando en Serreo, promontorio bien conocido; lugar que pertenecía antiguamente a los cicones. En esta playa, pues, arrimadas las naves y sacadas después a la orilla, respiraron los marineros por todo aquel tiempo en que Jerjes pasaba revista a sus tropas en Dorisco.

60. No puedo en verdad decir detalladamente el número de gente que cada nación presentó, no hallando persona alguna que de él me informe. El grueso de todo el ejército en la revista de tropas ascendió a un millón setecientos mil hombres; el modo de contarlos fue singular: juntaron en un sitio determinado diez mil hombres apiñados entre sí

---

[334] Según el mito, Hele y su hermano Frixo, hijos de Atamante, tuvieron que huir de su hogar debido a las intrigas de su madrastra. Mientras cruzaban de Europa a Asia a lomos de un carnero de piel de oro, Hele se precipitó al mar, que recibe por ella el nombre de Helesponto («mar de Hele»). La piel de ese carnero es el famoso Vellocino de Oro, en busca del cual acudieron los míticos argonautas.

lo más posible y tiraron después una línea alrededor de dicho sitio, sobre la cual levantaron una pared alrededor, alta hasta el ombligo del hombre. Salidos los primeros diez mil, fueron después metiendo otros dentro del cerco, hasta que así acabaron de contarlos a todos, y contados ya, les fueron separando y ordenando por naciones.

61. Los pueblos que militaban en la campaña eran los siguientes; venían los propios persas llevando en sus cabezas unas tiaras, como se llaman, hechas de lana no condensada a manera de fieltro; traían pegadas al cuerpo unas túnicas con mangas de varios colores, las que formaban un coselete con unas escamas de hierro parecidas a las de los peces; cubrían sus piernas con *anaxirides*; en vez de escudos metálicos los usaban de mimbre; traían astas cortas, arcos grandes, flechas de caña y colgadas sus aljabas, y de la correa les pendían unos puñales por el muslo derecho. Llevaban al frente por general a Ótanes, padre de Amastris, la esposa de Jerjes. Estos pueblos eran en la antigüedad llamados por los griegos cefenes, y se daban ellos mismos el nombre de arteos. Pero después que Perseo, hijo de Dánae y de Zeus, pasó a la corte de Cefeo, hijo de Belo, y se casó con la hija de este, llamada Andrómeda, como tuvo con ella un hijo, le puso el nombre de Persa y lo dejó allí en poder de Cefeo, quien no había tenido la suerte de tener descendencia masculina. De este Persa tomaron, pues, el nombre aquellos pueblos.

62. Venían también los medos armados del mismo modo, pues aquella armadura es propia en su origen de los medos y no de los persas. El general que los conducía era Tigranes, de la familia de los Aqueménidas. Eran estos pueblos en lo antiguo aquellos a los que llamaban arios, pero cuando Medea desde Atenas pasó a su país, también estos mudaron el nombre, según refieren los mismos medos. Los cisios, excepto en las mitras que llevaban en lugar de tiara a manera de gorro, en todo lo demás de la armadura imitaban a los persas; su general era Ánafes, hijo de Ótanes. Los hircanios, armados del mismo modo que los persas, eran conducidos por Megápano, el mismo que fue después gobernador de Babilonia.

63. Los asirios, armados de guerra, llevaban cubiertas las cabezas con unos capacetes de bronce, entretejidos a lo bárbaro de una manera que no es fácil describir, si bien traían los escudos, las astas y las dagas parecidas a las de los egipcios, y además de esto unas porras

cubiertas con una plancha de hierro y unos petos hechos de lino. A estos llaman sirios los griegos, siendo por los bárbaros llamados asirios, en medio de los cuales habitan los caldeos. Era el que venía a su frente por general Otaspes, hijo de Artaqueas.

64. Militaban los bactrios armando sus cabezas de un modo muy semejante a los medos, con sus lanzas cortas y con unos arcos de caña según el uso de su tierra. Los sacas (un pueblo escita) cubrían la cabeza con unos turbantes a manera de gorro recto y puntiagudo, iban con largos *anaxirides*, y llevaban unos arcos propios de su país, unas dagas y unas sagaris. Siendo estos escitas amirgios, los llamaban sacas porque los persas dan este nombre a todos los escitas. El general de estas dos naciones de bactrios y sacas era Histaspes, hijo de Darío y de la princesa Atosa, hija de Ciro.

65. Los indios iban vestidos de una tela hecha del hilo de cierto árbol[335], llevando sus arcos y también las flechas de caña, pero con una punta de hierro; así armados estaban a las órdenes de Farnazatres, hijo de Artábates. Llevaban arcos los arios al uso de Media, y el resto de armamento al uso de los bactrios, y tenían por comandante a Sisamnes, hijo de Hidarnes.

66. Las mismas armas que los bactrios llevan los partos, los corasmios, los sogdianos, los gandarios y los dadicas. Eran sus respectivos generales: de los partos y de los corasmios, Artabazo, hijo de Fárnaces; de los sogdianos, Azanes, hijo de Arteo; de los gandarios y de los dadicas, Artifio, hijo de Artábano.

67. Los caspios, vestidos con sus pellicos, venían armados de alfanjes y de unos arcos de caña propios de su país y preparados así para la guerra, llevaban a su frente al jefe Ariomardo, hermano de Artifio. Los sarangas, vistosos con sus vestidos de varios colores, traían unos borceguíes que les llegaban a la rodilla, y unos arcos y lanzas al uso de los medos, y su general era Feréndatas, hijo de Megabazo. Venían los pacties con sus zamarras, armados de unos puñales y de unos arcos al uso de su tierra, conducidos por el jefe Artaíntes, hijo de Itamitres.

68. Del mismo modo que los pacties, se dejaban ver armados los utios, los micos y los paricanios. Tenían estos dos generales: de los

---

[335] El algodón; cf. *Historia* 3.106 y nota *ad loc.*

utios y micos lo era Arsámenes, hijo de Darío, y de los paricanios lo era Siromitra, hijo de Eobazo.

69. Los árabes, que traían ceñidas sus marlotas, llevaban unos arcos largos que de una y otra parte se doblaban, colgados del hombro derecho. Venían los etíopes, cubiertos con pieles de leopardos y de leones, con unos arcos largos, por lo menos de cuatro codos, hechos de rama de palmera. Llevaban unas pequeñas flechas de caña, las cuales en vez de hierro tenían unas piedras aguzadas, con las que suelen tallar sus sellos; traían ciertas lanzas cuyas puntas en vez de hierro eran unos cuernos agudos de gacela, y además de esto unas porras con clavos alrededor. Al ir a pelear suelen cubrirse de yeso la mitad del cuerpo y la otra mitad de almagre. El general que mandaba a los árabes y a los etíopes situados sobre Egipto era Ársames, hijo de Darío y de Aristone, hija de Ciro, a la cual, como Darío amaba más que a sus otras mujeres, hizo una estatua de oro trabajado a martillo. De los etíopes que caen sobre el Egipto, como también de los árabes, era, repito, el jefe Arsanes.

70. Pero los etíopes que en el ejército había estaban agregados al cuerpo de los indios, en el color nada diferentes de los otros, pero mucho en la lengua y en el pelo, porque los etíopes de oriente tienen el cabello lacio, y los de Libia lo tienen más crespo y ensortijado que los demás hombres. Los etíopes asiáticos de los que hablaba iban por lo demás armados como los indios, solo que en lugar de visera traían el cuero de las cabezas de los caballos con sus orejas y crines, de suerte que la crin les servía de penacho, y llevaban las orejas levantadas. En vez de escudos con que cubrirse usaban pieles de grulla.

71. Venían los libios defendidos con una armadura de cuero y usaban unos dardos tostados al fuego; era su general Másages, hijo de Oarizo.

72. Concurrían los paflagonios a la guerra armada la cabeza con unos morriones encajados, con unos pequeños escudos, con unas no muy largas astas, con sus dardos y puñales. Llevaban unos botines hasta media pierna al uso del país. Con las mismas armas que los de Paflagonia concurrían los ligures, los matienos, los mariandinos y los sirios, que son por los persas llamados capadocios. Conducía a los paflagonios y matienos el general Doto, hijo de Megasidro, y a los mariandinos, ligures y sirios, el general Gobrias, hijo de Darío y de Artistone.

73. Una armadura muy parecida a la paflagonia tenían, con cortísima diferencia, los frigios, quienes, según cuentan los macedonios, mientras que fueron europeos y vecinos de aquellos se llamaban brigios, pero pasados a Asia, juntamente con la región, mudaron de nombre. Los armenios, colonos de los frigios, venían armados como ellos; y el caudillo de estas dos naciones era Artocmes, casado con una hija de Darío.

74. Los lidios tenían unas armas muy parecidas a los griegos: estos pueblos, llamados antiguamente mayones, mudaron de nombre, tomando el nuevo de Lidio, hijo de Atis. Llevaban los misios en sus cabezas unos capacetes del país y unos pequeños escudos, usando de ciertos dardos tostados; son colonos de los lidios y se llaman olimpianos, tomando el nombre del monte Olimpo. El jefe de ambos pueblos, lidios y misios, era Artáfrenes, hijo de aquel Artáfrenes que en compañía de Datis libró la batalla de Maratón.

75. Se armaban los tracios con unas pieles de zorro en la cabeza y con túnicas alrededor del cuerpo que cubrían con marlotas de varios colores; en los pies y piernas llevaban borceguíes hechos de las pieles de los cervatillos; usaban de dardos, de peltas y de pequeñas dagas. Trasladados estos a Asia Menor, se llamaron bitinios, siendo antes, como dicen ellos mismos, llamados estrimonios, porque habitan a las orillas del Estrimón, de donde afirman que fueron arrojados por los teucros y misios.

76. Era general de los tracios situados en Asia, Básaces, hijo de Artábano. Tenían aquellos unos pequeños escudos de cuero crudo de buey, y venía cada uno con dos jabalinas, con las que suelen cazar lobos; llevaban en la cabeza un casco de bronce, al cual estaban pegadas unas orejas y cuernos de buey, también de bronce, y sobre el casco su penacho; adornaban las piernas con listones de púrpura. Entre estos pueblos se halla un oráculo de Ares.

77. Los cabeleos mayones, que llaman lasonios, imitaban a los cilicios en la armadura, que describiré oportunamente cuando llegue a hablar de los últimos. Traían los milias unas lanzas cortas, y apretaban sus vestidos con unas hebillas; llevaban algunos de ellos unos arcos licios y en la cabeza unos capacetes de cuero. A todos estos capitaneaba Badres, hijo de Histanes. Cubrían los moscos la cabeza con un casco de madera, y llevaban sus escudos y sus astas pequeñas, pero armadas con una gran punta.

78. Armados como los moscos venían los tibarenos, los macrones y los mosinecos, y eran conducidos por los siguientes caudillos: los

moscos y tibarenos por Ariomardo, que era hijo de Darío, habido con Parmis, hija de Esmerdis y nieta de Ciro; los macrones y mosinecos, por Artaíctes, hijo de Querasmis, el cual era gobernador de Sesto, sobre el Helesponto.

79. Cubrían los mares la cabeza con unas celadas propias del país, que se podían plegar, y llevaban además unos escudos pequeños de cuero, también con sus dardos. Traían los colcos puestas en la cabeza unas celadas hechas de madera, y en la mano unos escudos de cuero de buey sin curtir; usaban astas cortas y también espadas. General de los mares y de los colcos era un hijo de Teaspis, por nombre Farándates; pero el de los alarodios y de los saspires, armados a semejanza de los colcos, era Masistio, hijo de Siromitra.

80. Vestidas y armadas casi como los medos seguían al ejército las naciones de las islas del mar Eritreo, en donde confina el rey a los que llaman «deportados»[336]. De estos isleños era comandante Mardontes, hijo de Bageo, quien siendo general dos años después, murió en la batalla de Micale.

81. Todas estas naciones que por tierra servían eran las que estaban alistadas en el ejército del continente. Nombrados llevo los generales mayores de ellas, a cuyo cargo estaba el ordenar y distribuir en cuerpos menores aquella tropa, nombrando a los oficiales subalternos, tanto los quiliarcas como los miriarcas, si bien estos últimos eran los que señalaban a los hecatonarcas, y a los decarcas[337]. Verdad es que había otros oficiales que cuidaban de las distintas unidades y de las naciones, pero los generales mayores eran los mencionados.

82. Sobre estos y sobre todo el ejército de tierra, seis eran los que tenían el mando universal: uno era Mardonio, hijo de Gobrias; otro Tritantecmes, hijo de aquel Artábano que fue del parecer de que no se hiciera la expedición contra Grecia; el tercero, Esmerdómenes, hijo de Ótanes, el cual siendo como el anterior hijo de un hermano de Darío, eran ambos primos del mismo Jerjes; el cuarto era Masistes, hijo de Darío y de Atosa; el quinto Gergis, hijo de Ariazo; el sexto, Megabizo, hijo de Zópiro.

---

[336] Cf. *Historia* 3.93.
[337] Estaban a cargo, respectivamente, de mil, diez mil, cien y diez soldados.

83. Estos eran los generales de todo el ejército de tierra, exceptuando los diez mil persas escogidos, a quienes mandaba Hidarnes, hijo de Hidarnes. Se llamaban estos persas los Inmortales, porque si faltaba alguno de dicho cuerpo por muerte o por enfermedad, otro hombre entraba luego a suplir el lugar vacante, de suerte que nunca eran ni más ni menos de diez mil persas. Su uniforme era el más vistoso de todos, y ellos los mejores y más valientes. Su armadura era la que dejo antes descrita, y además de ella se distinguían por la gran cantidad de oro de que iban adornados. Les seguía la comitiva de muchas carrozas y en ellos sus concubinas y una gran compañía de criados perfectamente equipados. Sus bastimentos, separados de las vituallas del ejército, eran conducidos por camellos y otros bagajes.

84. Todas las naciones dichas suelen servir en la caballería, pero no todas iban montadas, sino solo las que voy a relacionar. Los persas militaban a caballo con las mismas armas que usaba su infantería; solo que algunos llevaban unos yelmos hechos de bronce y de hierro.

85. Hay además de estos, ciertos pastores llamados sagartios que, hablando la lengua de los persas, usan un traje a medias entre el de estos y el de los pácticas. Componían aquellos un cuerpo de ocho mil caballeros, si bien, según su costumbre, no llevaban armas ni de bronce ni de hierro, salvo su puñal. Sus armas eran unos ramales hechos de correas, con los cuales entraban animosos en batalla, en la cual suelen pelear en esta forma: se meten entre los enemigos y les echan sus ramales que en la extremidad tienen ciertos lazos; al infeliz que enlazan, sea hombre, sea caballo, le arrastran hacia ellos y enredado de cerca lo matan. Tal es el modo que tienen de pelear, y forman parte del ejército de los persas.

86. Iguales armas que la infantería usaban los medos y también los cisios de a caballo. Los indios, armados asimismo como sus soldados de infantería, peleaban cada uno o desde su montura o desde sus carros tirados por caballos o por asnos silvestres. Los jinetes bactrios iban armados como los de infantería, al igual que los sacas, no menos que los caspios y que los libios, quienes venían todos montados en sus carros; los jinetes caspios y paricanios usaban también las armas de sus soldados de a pie; los árabes, si bien eran semejantes en la armadura a los de a pie, venían sobre sus camellos, que no ceden en velicidad a los caballos.

87. Servían únicamente en la caballería estas naciones, cuyo número subía a ochenta mil, exceptuados los carros y los camellos. Todos los que a caballo servían estaban distribuidos en sus respectivos escuadrones; pero los árabes ocupaban el último lugar, por cuanto los caballos no pueden soportar la compañía de los camellos, y para que estos no les espantasen se colocaban los últimos.

88. Eran generales de la caballería los dos hijos de Datis, el uno Harmamitras y el otro Titeo, habiendo quedado enfermo en Sardes el tercer general, Farnuques, quien al partir de aquella ciudad tuvo una sensible desgracia. Sucedió que al montar a caballo pasó un perro por debajo del vientre de este; el caballo, que no lo había visto venir, se espantó y, empinándose de repente, arrojó a Farnuques. De la caída se le originó un vómito de sangre que vino a parar en una tisis. Sus criados en el acto hicieron con el caballo lo que su amo les mandó, llevándolo al mismo lugar donde arrojó a su amo y cortándole las piernas hasta las rodillas. Por este accidente perdió Farnuques su mando de general.

89. El total de los trirremes subía a mis doscientos siente, que estaban suministradas por las naciones siguientes: con trescientos concurrían los fenicios, juntamente con los sirios de Palestina, quienes armaban sus cabezas con unos yelmos muy semejantes a los de los griegos; cubrían sus pecho con unos petos de lino, llevaban unos dardos y escudos sin marco en su contorno. Tenían estos fenicios, según dicen, su asentamiento en el mar Eritreo, de donde pasaron a vivir en las costas de Siria, cuya región y todo lo que hasta el Egipto se extiende se llama Palestina. Con doscientos trirremes concurrían los egipcios, que llevaban en sus cabezas unos capacetes tejidos, unos escudos cóncavos con grandes cercos que los rodeaban, unas lanzas de abordaje y unas enormes hachas que llevaba el mayor número de ellos cubiertos también con sus coseletes.

90. Venían armados a su modo los chipriotas con ciento cincuenta naves; sus reyes llevaban atados a la cabeza unas tiaras; los otros llevaban túnicas, y en lo demás imitaban la armadura griega. Sus pueblos, parte son oriundos de Salamina y de Atenas, parte de la Arcadia, parte de Citnos, parte de Fenicia y parte de Etiopía, según los mismos chipriotas nos refieren.

91. Los cilicios aportaban por su parte cien naves, llevaban armadas las cabezas con celadas de su país; en vez de escudos usaban

adargas hechas de cuero crudo de los bueyes; vestían túnicas de lana; llevaba cada uno dos dardos y una espada parecida a las de Egipto. Estos pueblos en los tiempos antiguos se llamaban hipaqueos, y después tomaron el nombre que tienen de un fenicio llamado Cílix, que era hijo de Agenor. Presentaban los pánfilos treinta naves y usaban armadura griega, siendo descendientes de ciertos griegos que, después de la guerra de Troya, se separaron de los demás en compañía de Anfíloco y Calcante.

92. Con cincuenta naves venían los licios, armados de petos y espinilleras; tenían arcos de cuerno, flechas de caña sin alas, dardos, y demás cimitarras y puñales; llevaban pendientes de los hombros unas pieles de cabra, y en sus cabezas gorros coronados con plumajes. Los licios, originarios de Creta, se llamaban antes térmilas, y tomaron su nuevo nombre de Lico, hijo de Pandión, natural de Atenas.

93. Los dorios de Asia, que iban armados al estilo griego, siendo colonos del Peloponeso, venían con treinta trirremes. Con setenta se presentaron los carios, armados en lo demás como los griegos, solo que tenían sus cimitarras y dagas. Llevo ya dicho en lo que antes escribí cómo se llamaban anteriormente tales pueblos.

94. Contribuían con cien naves a la armada los jonios, armados como los griegos. Estos pueblos todo el tiempo que habitaron el Peloponeso, en la región que al presente se llama Acaya, lo que sucedió antes de que Dánao y Juto viniesen a dicho Peloponeso, se llamaban pelasgos egialeos, si estamos de acuerdo con lo que dicen los griegos; pero después, del nombre de Ión, hijo de Juto, se llamaron jonios.

95. Los isleños, armados al modo griego, presentaron diecisiete naves; eran estos mismos de nación pelásgica, y se llamaron jonios por el mismo motivo que a los jonios de la Dodecápolis[338], que venían de Atenas. Concurrían los eolios con sesenta naves y con las armas a la manera griega; los cuales, según es tradición de los griegos, llevaban también en lo antiguo el nombre de pelasgos. Los helespontios (excepto los de Abido, a quienes había el rey mandado que sin dejar su país tomasen a su cargo la guardia del puente), los restantes pue-

---

[338] Las «doce ciudades» que se encontraban en Jonia.

blos, digo, de las costas del Helesponto, armados igual que los griegos como colonos de los dorios y jonios, se presentaron con cien naves.

96. En todas las naves mencionadas iban las tropas persas de los medos y de los sacas para los combates. Las naves más listas y ligeras eran las de los fenicios, y entre estas especialmente las de los sidonios. Tanto para estas naves como para las tropas de tierra, cada nación había enviado sus respectivos jefes, de los cuales no haré particular mención, por no necesitarlo el objeto de mi historia. Ellos eran tantos, en efecto, cuantas eran las ciudades que enviaban su contingente, pero no todos tenían mérito particular que los haga digno de su memoria, mayormente porque no concurrían en calidad de comandantes, sino de meros vasallos, pues ya he dicho quiénes eran los persas que tenían toda la autoridad como generales de cada nación.

97. Los caudillos de la armada naval eran Ariabignes, hijo de Darío; Prexaspes, hijo de Aspatines; Megabazo, hijo de Megábatas, y Aquémenes, hijo de Darío. De la armada jonia y caria era jefe Ariabignes, a quien tuvo Darío con una hija de Gobrias; de la egipcia lo era Aquémenes, por parte de padre y madre hermano de Jerjes; del resto de la armada lo eran los otros dos. El número de los trieconteros, de pentecónteros, de cércuros y de barcas largas para el transporte de la caballería parece que era de tres mil bastimentos.

98. Los personajes de mayor nombre después de los generales que venían embarcados eran el sidonio Tetramnesto, hijo de Aniso; el tirio Matén, hijo de Siromo; el aradio Mérbalo, hijo de Agábalo; el cilicio Siénesis, hijo de Oromedonte; el licio Cibernis, hijo de Cosicas; los dos chipriotas Gorgo, hijo de Quersis, y Timonacte, hijo de Timágoras, y tres carios, Histieo, hijo de Timnes, Pigres, hijo de Hiseldomo, y Damasitimo, hijo de Candaules.

99. Y si bien no me veo obligado a hacer mención de los otros jefes, la haré, no obstante, de Artemisia, mujer que participó en la expedición contra Grecia, cuyo valor me tiene lleno de admiración[339]. Muerto su marido, siendo ella la soberana de su ciudad, y viendo que su hijo era niño todavía, por más que no tenía ninguna obligación,

---

[339] La infancia de Heródoto, natural de Halicarnaso, debió de transcurrir bajo el reinado de Artemisia.

no quiso evitar, impulsada por su honor y valentía, tomar parte en la guerra. Se llamaba Artemisia, hija de Lígdamis, y por parte de su padre era natural de Halicarnaso y por parte de madre de Creta; era la señora de los de Halicarnaso, de los de Cos, de los de Nisiro y de los de Calidna; y concurrió con cinco naves, que eran las más famosas de la armada después de las sidonias: ella fue la que dio al rey los más acertados consejos entre los de todos los aliados. La gente de las ciudades que ella, según dije, gobernaba era toda doria, pues los halicarnaseos son oriundos de Trecén, y los restantes, de Epidauro. Y baste ya lo referido acerca de la armada naval.

100. Hecho el cómputo de las tropas y distribuidas estas en escuadrones, tuvo Jerjes la curiosidad de contemplarlas pasando revista a todas ellas, lo cual así ejecutó. En su carro iba recorriendo cada nación, y detenido delante de ella hacía sus preguntas, las cuales iban anotando sus escribanos; la hizo de este modo empezando por un cabo y acabando por el otro, tanto de la caballería como de la infantería. Después de verificada esta diligencia, como las naves de nuevo habían sido echadas al agua, dejando Jerjes su carro, se embarcó en una nave sidonia, y sentado en ella bajo un pabellón de oro, iba corriendo por delante de las proas de las embarcaciones, informándose de cada una y tomando las respuestas por escrito, del mismo modo que en el ejército de tierra. A este fin habían apartado sus naves los capitanes unos cuatro pletros de la orilla, y vueltas las proas a tierra habían formado una línea de frente, armados en ellas todos los combatientes en orden de batalla; de suerte que por entre las naves y la playa iba Jerjes haciendo la revista.

101. Acabada ya la inspección de las naves, saltó Jerjes de su embarcación e hizo comparecer a Demarato, hijo de Aristón, que le acompañaba en la expedición contra Grecia, y puesto en su presencia, le habló en estos términos: «Mucho gusto tendría ahora, Demarato, en que me respondieras a una pregunta que quiero hacerte. Por lo que tú mismo dices y por lo que me aseguran los griegos que se han presentado en mi corte, tú eres griego y natural de una ciudad que ni es la menor ni la menos poderosa de Grecia. Quiero, pues, que me digas si tendrán valor los griegos para llegar a las manos conmigo. Lo digo porque estoy persuadido de que ni todos los griegos ni todos los demás hombres de occidente, por más que se juntaran en

un ejército, serían capaces de hacerme frente en el campo de batalla, no yendo acordes entre ellos mismos. Mucha complacencia tendré, pues, en oír sobre esto tu parecer». Esta fue la pregunta de Jerjes, y tal la respuesta de Demarato: «Señor —le dice—, ¿queréis que os diga la verdad desnuda o que la disfrace con halagos?». A lo que respondió Jerjes mandándole decir la verdad, asegurándole que por ella nada perdería de su favor.

102. Con esta seguridad en la palabra de Jerjes, continuó Demarato: «Ya que mandáis, señor, que hable francamente y os diga la verdad, yo os la diré de manera que no dé lugar a que después de esto me cojáis en mentira. Grecia, señor, es una nación criada siempre sin lujo y con pobreza, pero acostumbrada a la virtud, fruto de la sabiduría y de la severa disciplina. Con la misma virtud que practica remedia su pobreza y se defiende de la esclavitud. Tal elogio debo darlo a todos los griegos que moran cerca de la región y países dorios; pero no hablaré ahora de todos ellos, sino solamente de los lacedemonios. Y en primer lugar digo que de ningún modo cabe que den oídos a nuestras pretensiones, encaminadas a quitar la libertad a Grecia, de manera que aunque todos los demás griegos os presten vasallaje, ellos solos saldrán a recibiros con las armas en la mano. Ni os toméis el trabajo de preguntarme acerca del número de ellos para saliros al encuentro, porque tened por sabido que si constara su ejército de mil hombres, con mil os darán la batalla; si fueran menos, con menos os la darán, y si fueran más, serán más los que la presenten».

103. Al oírle se puso Jerjes a reír: «Demarato —le replica—, ¡¿qué absurdo es eso que dices?! Vamos al caso: ¿no aseguras haber sido rey de esos valientes? Te pregunto ahora: ¿quisieras tú solo enfrentarte aquí mano a mano contra diez hombres juntos? Y en verdad que si la disciplina y el buen orden entre vosotros es en todo como me lo pintas, pido el honor de la corona, que tú, rey de esos héroes, puedas habértelas con el doble de enemigos. De suerte que si cada uno de ellos es capaz de hacer frente a diez hombres de los míos, debo a ti solo suponerte suficiente para resistir a veinte, pues así y no de otro modo puedes salvar la verdad de tu respuesta. Pero si esos hombres son tales en valor y en la fuerza de su cuerpo como eres tú y como son los griegos que vienen a mi presencia, mira que no sean esos elogios que les das una mera fanfarronada. Porque, ¿qué camino lleva a que mil hombres, o diez mil, o cincuenta mil, iguales todos ellos e igualmente libres, y no sujetos al mando de un soberano, puedan hacer frente a un ejército tan grande como el mío, especialmente siendo nosotros más de mil por cada uno de ellos, si es que subieron a cincuenta mil? Bien pudiera ser que sujetos a las órdenes de un soberano, como entre nosotros se acostumbra, por miedo de él sacasen fuerzas de flaqueza y, obligados con el látigo, combatiesen pocos contra muchos más; pero libres como son y dejada su elección a su arbitrio, no es posible que hagan lo uno ni lo otro; antes bien soy del parecer de que aunque fuese igual el número de ambos, no se atreverían los griegos a entrar con los persas solos en batalla. Lo que dices de tanta bravura y valentía se hallará entre los nuestros, no a cada paso ciertamente, sino en tal o cual soldado, pues alguno habrá de mis lanceros persas que se atreverá a desafiar a tres de los griegos a un mismo tiempo. Tú, sin embargo, no lo sabes ni lo conoces; por eso exageras y encomias a tu pueblo».

104. A este discurso respondió Demarato: «Bien veía, señor, desde el principio que diciendo la verdad iba a perder vuestro favor, pero como me obligabais a que os hablase con toda franqueza y sin halagos, manifesté lo que según su deber harían los espartanos. Nadie sabe mejor que vos todo el aprecio que guardo por unos hombres que me degradaron del honor y de los derechos a la corona heredados de mis abuelos; que me desnaturalizaron y me obligaron al destierro; y nadie sabe mejor que yo cuán agradecido estoy a vuestro padre, que me amparó, me dio alimentos con que vivir y casa en que morar. Me haréis la justicia de no pensar que un hombre de bien como yo quiera olvidarse de tantos beneficios, sino que más bien quiere corresponder a ellos. Por lo que respecta al valor, ni presumiré de poder enfrentarme solo contra diez, ni solo contra dos, ni aun por mi gusto quisiera entrar en desafío con uno solo, si bien en caso de necesidad, o si algún empeño mayor a ello me empujase, iría gustosísimo a medir mi espada con la de alguno de esos persas que se dicen capaces de medirse cada uno con tres griegos. Porque los lacedemonios cuerpo a cuerpo no son, por cierto, los más flojos del mundo, y en las filas son los más bravos de los hombres. Libres sí lo son, pero no libres sin freno, pues soberano tienen en la ley de la patria, a la cual temen mucho más que vuestros vasallos a vos. Ejecutan sin falta lo que ella

les manda, y ella les manda siempre lo mismo: no volver las espaldas estando en acción a ninguna muchedumbre de hombres armados, sino vencer o morir sin dejar su puesto. Pero ya que os parecen absurdas mis razones, hago ánimo en adelante de no hablaros más sobre ello; lo que ahora dije lo dije muy pensado. Deseo, señor, que todo os salga a la medida de vuestros deseos».

105. De la respuesta de Demarato se burló Jerjes, y tomándola a risa no dio muestra ninguna de enojo, sino que le despidió afectuosamente y con mucha paz. Después de esta conversación, habiendo nombrado gobernador de Dorisco a Máscames, hijo de Megadostas y, depuesto el antecesor que Darío había dejado allí, marchando por Tracia, movió las armas hacia Grecia.

106. Era Máscames, el nuevo gobernador, un sujeto de tanto mérito que a él solo, como al persa más sobresaliente entre todos los gobernadores nombrados por Jerjes o por Darío, solía el rey hacer todos los años sus presentes, y Artajerjes, su hijo, continuó haciendo la misma demostración con los descendientes del mismo Máscames; porque habiendo, antes de la presente expedición, sido nombrado en todas partes gobernadores persas, tanto en Tracia como en el Helesponto, por más que todos ellos, pasado el tiempo de la expedición, fueron echados por los griegos del Helesponto y de Tracia, él no lo fue de Dorisco, no habiendo podido nadie arrojar a Máscames de aquella plaza a pesar de las tentativas que muchos hicieron con este intento. Por tal motivo, pues, enviaba siempre regalos a aquel gobernador el rey de Persia.

107. De todos los gobernadores que fueron echados de aquellas plazas por los griegos, a ninguno consideró Jerjes oficial de mérito, sino solamente a Boges el de Eyón. A este jamás dejaba de celebrarle, y en atención a sus méritos honró muy particularmente a los hijos que de él quedaron entre los persas. Y en efecto, bien mereció Boges tan grandes elogios, porque viéndose cercado por los atenienses y por Cimón, hijo de Milcíades, aunque tuvo en su mano salir capitulando de la plaza y volver a salvo a Asia, no quiso hacerlo, porque al rey no le pareciese que con cobardía había comprado su libertad y vida, sino que aguantó el asedio hasta el máximo. Y cuando vio que no tenía ya más víveres en la plaza, lo que hizo fue degollar a sus hijos, a su mujer, a sus concubinas y a toda la demás familia y, muertos, les pegó fuego; después, todo el oro y la plata que había en la ciudad lo fue esparciendo desde el muro en las corrientes de Estrimón, y concluido esto, se arrojó a una hoguera. Por tales hazañas es aún hoy día muy celebrado entre los persas.

108. Desde Dorisco continuaba Jerjes su marcha camino a Grecia, obligando a todos los pueblos que en el viaje hallaba a que le siguiesen armados, y se lo mandaba como soberano de ellos, habiendo sido conquistada toda aquella tierra, como tengo ya declarado, hasta Tesalia, y hecha tributaria del rey, primero por Megabazo y después por Mardonio. En el viaje desde Dorisco fue luego pasando Jerjes por las plazas de los samotracios, la última de las cuales hacia poniente es una ciudad que lleva el nombre de Mesambria; vecina a esta se halla Estrime, que es otra ciudad de los tasios; entre las dos corre el río Liso, cuya agua no bastó, para satisfacer al ejército de Jerjes, quedando agotada. Este país se llamaba antiguamente la tierra Galaica, y ahora Briántica, y con toda propiedad debe ser tenida como región de los cicones.

109. Habiendo atravesado a pie el cauce del Liso, fue siguiendo Jerjes las ciudades griegas de Maronea, Dicea y Abdera, y al transitar por ellas pasó igualmente cerca de unas célebres lagunas vecinas a dichas ciudades, como es la laguna Ismáride, que cae entre Maronea y Estrime, y como es la Bistónide, vecina a Dicea, en la que van a desaguar dos ríos, el Travo y el Cómpsato. Cerca de Abdera no pasó Jerjes por ningún lago notable, pero sí por el río Nesto, que por allí desemboca en el mar. Continuando las marchas más allá de estos parajes, recorrió las ciudades mediterráneas, en una de las cuales hay una gran laguna que tendrá unos treinta estadios de circunferencia, abundante en pesca y de agua muy salobre, y con todo quedó seca solo con haber abrevado allí las bestias de carga del ejército; la ciudad dicha se llama Pistiro. Dejando las ciudades marítimas y griegas a mano izquierda, pasó Jerjes adelante.

110. Los pueblos tracios por donde llevó el rey su marcha son los petos, los cicones, los bistones, los sapeos, los derseos, los edonos y los satras. De estos, los que están situados en la costa del mar seguían la armada en sus naves, y los que viven tierra adentro, de quienes acabo de hacer mención, todos, excepto los satras, eran obligados a acompañar al ejército de tierra.

111. No ha llegado a nuestro conocimiento que hayan sido hasta aquí los satras súbditos de ningún señor, habiendo sido los únicos tracios que hasta mis días han conservado siempre su libertad. El motivo ha sido en parte por habitar unos altos montes llenos de todo género de arboleda y maleza y coronados de nieve, en parte por ser sumamente guerreros. Tienen un oráculo de Dioniso situado en altísimas montañas; los besos son entre los satras los encargados del santuario, y la profetisa es la que responde, como en Delfos, a las consultas, y no con más ambigüedad.

112. Adelantándose Jerjes más allá de la región, pasó por otras fortalezas que son de los péeres, llamada la una Fagres y la otra Pérgamo. Llevando su marcha por cerca de dichas plazas, dejaba a mano derecha el Pangeo, monte grande y elevado, en el cual hay minas de oro y plata, que disfrutan los píeres y odomantos, y más que todos los satras.

113. Habiendo ya dejado a los que habitan por la parte del norte de las faldas del Pangeo, que son los peonios, los doberes y los peoples, torció hacia poniente hasta llegar al Estrimón y a la ciudad de Eyón, donde todavía estaba de gobernador aquel Boges de quien poco antes hice mención. Se llama Fílide esta comarca de las cercanías del Pangeo, la cual hacia poniente se extiende hasta el río Angites, que entra en el Estrimón, y hacia mediodía hasta el mismo Estrimón. A este río hicieron los magos un próspero sacrificio, degollando en honra suya unos caballos blancos.

114. Después de estos sacrificios y otros muchos ritos en honor del río, pasando por el lugar llamado los Nueve Caminos, de los edonos, marcharon hacia los puentes que hallaron ya construidos sobre el Estrimón. Oyendo que aquel lugar se llamaba los Nueve Caminos, enterraron vivos, allí mismo, nueve muchachos y nueve muchachas del país. Costumbre de los persas es enterrar a los vivos, pues oigo decir que Amastris, esposa de Jerjes, siendo ya de avanzada edad, sepultó vivos catorce hijos de los persas más ilustres, víctimas que sustituían en su lugar para honrar a la divinidad que dicen que existe bajo la tierra.

115. Después de que, vadeado el Estrimón, se puso el ejército en camino, marchó por una playa que cae hacia poniente y pasó cerca de una ciudad griega allí situada, que se llama Argilo. Aquella región y la que sobre ella está se llama Bisaltia. Desde allí, dejando a la izquierda el golfo que está vecino al templo de Poseidón, y marchando por la llanura de Sileo, pasó más allá de Estagiro, ciudad griega, y llegó a Acanto, habiendo incorporado al ejército estas naciones y las que antes dije, y todas las que moran alrededor del monte Pangeo, obligando a las marítimas a seguir con sus naves la armada y a las de interior a seguir al ejército. El camino por donde Jerjes condujo sus tropas lo tienen los tracios, hasta mis días, en gran veneración, no arándolo ni sembrándolo jamás.

116. Llegado el ejército a Acanto, declaró el persa como amigos y huéspedes a sus habitantes, y les concedió el uniforme de los medos, honrándolos mucho de palabra, tanto por verlos decididos a la guerra como por oír que estaba ya el foso terminado.

117. Estaba Jerjes en Acanto cuando de resultas de una enfermedad acabó allí sus días Artaqueas, oficial encargado del canal, muy válido en la corte de Jerjes y en la casa de los Aqueménidas. Era en su estatura el mayor de los persas, teniendo cinco codos regios de alto menos cuatro dedos; nadie le ganaba en lo sonoro y robusto de su voz. Mostró Jerjes gran sentimiento por su muerte y le honró con suntuosas exequias, haciendo que todo el ejército le ofreciese dones sobre el sepulcro. Le hacen los acantios los sacrificios debidos a un héroe conforme cierto oráculo, y en ellos le invocan por su propio nombre. En una palabra, consideraba Jerjes una gran pérdida aquella muerte.

118. Los griegos que daban acogida en sus ciudades al ejército y recibían con banquetes a Jerjes quedaban oprimidos con el excesivo gasto, y se veían precisados a abandonar sus propias casas. Lo cierto es que obligados los tasios, a causa de las poblaciones que poseían en tierra firme, a dar albergue al ejército y mesa a Jerjes, encargado de la comisión Antípatro, hijo de Orgeo, hombre de tanto crédito como el que más entre sus paisanos, dio al pueblo la cuenta de haber gastado cuatrocientos talentos de plata en aquella cena.

119. Y cuentas muy parecidas a esta dieron los encargados de las otras ciudades a este fin escogidos. Se hacía el convite con tanto boato que, muy de antemano, se daba la orden y se señalaba la suntuosidad con que debía celebrarse. Cuando llegaban los heraldos a las ciudades de aquel distrito, instándoles al hospedaje, los moradores de ellas, contribuyendo proporcionalmente con el trigo que tenían, lo molían ante todo y hacían pan para algunos meses. Buscando además de esto las más preciosas reses, las iban cebando para regalo del ejército, como también las aves, tanto de tierra como de las lagunas, cerradas en sus caponeras y víveres. En segundo lugar, labraban vasos de oro y plata, así como copas y demás vajilla para la mesa. Estas piezas se hacían para el rey y sus comensales; para los restantes del ejército solo se prevenían los bastimentos ordenados. Cuando acababa de llegar el ejército de su marcha, estaba ya preparado en su campo el pabellón real donde iba a descansar el mismo Jerjes, mientras que la tropa se quedaba al cielo raso. Llegada la hora de la cena, entonces era cuando los anfitriones se hacían todo manos para el servicio; pero bien comidos y bebidos los hospedados, descansaban allí aquella noche, y llegada la mañana, quitaban a sus huéspedes la fatiga cargando con la tienda y con todos los muebles y objetos con que se iban, sin dejar cosa que no llevasen consigo.

120. De aquí nació aquel dicho que a este propósito dijo agudamente Megacreonte de Abdera, quien aconsejó a los abderitas que todos, hombres y mujeres, se fueran a los templos en procesión, y allí postrados a los pies de sus dioses, les suplicasen por una parte con mucho ardor que tuviesen a bien librarles de la otra mitad de los males que con la vuelta de Jerjes les amenazaba, y por otra que les dieran las gracias muy de veras por el hecho de que el rey Jerjes no acostumbrase a comer dos veces al día, porque les habría sido forzoso a los abderitas, si se les ordenase darle una comida semejante a la cena, o en caso de esperarlo, caer en la mayor quiebra del mundo.

121. Así que las ciudades, por más gravadas que quedasen, ejecutaban del mismo modo lo que se les ordenaba. Allí Jerjes, después de dar orden a los almirantes de que le esperasen con su armada en Terme[340], ciudad situada en el golfo Termeo, que de ella toma su nombre, los licenció a fin de que partieran solos con sus naves. El motivo que le movió a que allí le esperasen fue por ser más corto el camino que iba a tomar lejos de las costas. Desde Dorisco hasta Acanto había marchado el ejército en el orden siguiente. Habiendo

---

[340] Emplazamiento de la actual Tesalónica.

Jerjes dividido sus tropas en tres cuerpos, ordenó que marchasen uno por la costa, siguiendo a la armada naval y llevando a su frente a Mardonio y Masistes; que el otro cuerpo, ordenado también y conducido por los jefes Tritantecmes y Gergis, hiciese su camino marchando tierra adentro; y que el tercero, en el cual iba el mismo Jerjes, pasase por el camino de en medio, guiado por las caudillos Esmerdómenes y Megabizo.

122. La armada naval, separada ya de Jerjes, navegó por el canal abierto en el Atos, canal que llega hasta el golfo en que se hallan las ciudades de Asa, Piloro, Singo y Sarte. Habiendo tomado a bordo la gente de armas, continuó desde allí su navegación hacia el golfo Termeo. Dobló, pues, el Ámpelo, promontorio de Torone, y fue recogiendo las naves y tropas de las ciudades griegas por donde pasaba, que eran Torone, Galepso, Sermile, Meciberna y Olinto, las que caen en la provincia llamada ahora Sitonia.

123. Torciendo la misma armada desde Ámpelo hasta el Canastreo, que es el cabo que más entra en el mar en la región de Palene, iba en todas partes recibiendo naves y tropas, a saber: de Potidea, de Afitis, de Neápolis, de Ege, de Terambo, de Escíone, de Mende y de Sane, ciudades de la región que al presente se llama Palene y antes se llamaba Flegra. Costeada esta tierra, continuaba su rumbo al lugar destinado, incorporando consigo las tropas de las ciudades que confinan con Palene y están vecinas al golfo Termeo, cuyos nombres son Lipaxo, Combrea, Lisas, Gigono, Campsa, Esmila y Enea, que es la última de las referidas, tomó el rumbo la armada hacia el golfo Termeo y al país migdonio, y navegando por él, llegó a la misma ciudad de Terme y a las de Sindo y Calestra, situada sobre el río Axio, que separa Migdonia de la tierra Botiea. En esta ocupan las ciudades de Icnas y Pela, aquel pequeño distrito que corre hacia la playa.

124. Aquí, cerca del río Axio, no lejos de la ciudad de Terme y de las otras ciudades intermedias, recaló la armada naval, esperando la llegada del rey. Entretanto, Jerjes, con el objeto de llegar a Terme, habiendo salido de Acanto con el ejército, venía marchando por el interior del continente. Llevaba su camino por la región de Peonia y por Crestonia, siguiendo el río Equidoro, el cual, nacido en tierra de los crestoneos, corre por Migdonia y, pasando cerca de una laguna que está sobre el río Axio, desagua en el mar.

125. Caminando el ejército por aquellos parajes, sucedía que los leones atacaban a los camellos del bagaje, con la particularidad de que, dejando de noche sus moradas y escondrijos, solamente en ellos hacían presa, sin tocar a ninguna otra bestia de carga, ni acometer a hombre alguno. Confieso que esto me maravilla por no saber cuál pudo ser entonces la fuerza que obligase a los leones a atacar solamente a los camellos, animales que nunca antes habían visto, ni sentido, ni experimentado.

126. Se hallan por aquellas partes muchos leones y también muchos uros, cuyas astas, de extraordinaria magnitud, suelen llevarse a Grecia. Los términos hasta donde llegan dichos leones son: uno, en el río Nesto, que pasa por Abdera, y otro, el río Aqueloo, que corre por Acarnania; pues ni más allá del Nesta, por la parte de levante, ni por la de poniente, más allá del Aqueloo, nadie verá león alguno en el resto de Europa ni en lo que queda de tierra firme, de suerte que solo existen en el distrito que cae entre dichos ríos.

127. Llegado Jerjes a la ciudad de Terme, hizo alto allí con todo su ejército, el cual, acampado por las orillas del mar, ocupaba toda la tierra que, empezando de dicha ciudad de Terme y de la de Migdonia, se extiende hasta los ríos Lidias y Haliacmón, van a juntarse en un mismo cauce. Acampados, pues, los bárbaros en estas llanuras, se vio que el Equidoro, uno de los ríos mencionados que baja de la tierra de los crestoneos, no bastó él solo para satisfacer el ejército, sino que se quedó sin agua.

128. Cuando vio Jerjes desde Terme aquellos dos montes altísimos de Tesalia, el Olimpo y el Osa, informado de que por un estrecho valle que media entre ellos corría el río Peneo y, oyendo al mismo tiempo que por allí había camino para Tesalia, le vino deseo de ir en una nave a contemplar la desembocadura del Peneo. Se decidió a ello por haberse ya resuelto a seguir el otro camino de arriba, que por medio de la Alta Macedonia guía a los perrebos, pasando por la ciudad de Gono, asegurado de que este viaje sería el más seguro. En el instante que se le presentó tal idea la puso en marcha. Se embarca en una nave sidonia que convertía en su nave capitana siempre que le venía en voluntad alguna de estas excursiones y hace la señal para que le sigan las otras, dejando allí sus tropas. Llegado a su destino y contemplada la boca del río, quedó muy maravillado con aquella perspectiva. Llamó después a los que le servían de guía para el camino y les preguntó si podría el río ir por otra parte a desaguar en el mar.

129. Corre, en efecto, una tradición que antiguamente era Tesalia toda una gran laguna cerrada por todas partes con unos muy elevados montes, porque la parte que mira a levante la ciñen dos montes, el Pelión y el Osa, cuyas raíces están entre sí pegadas; por la parte del bóreas la rodea el Olimpo, por la de poniente, el Pindo, y por la de mediodía y el noto, el Otris; lo que en medio queda, rodeado por dichos montes, era Tesalia, comarca de tierra baja. Concurren, pues, hacia ella, dejando aparte otros ríos, estos cinco muy célebres: el Peneo, el Apídano, el Onocono, el Enipeo y el Pamiso, los cuales, bajando de los mencionados montes que rodean de todas partes Tesalia, y juntándose en aquella llanura, dirigen todos su curso hacia el mismo valle, siendo este bien angosto, confundiendo sus aguas en una sola corriente. Desde el lugar en que se juntan se alza el Peneo con el nombre de los demás, haciéndolos anónimos, no existiendo todavía aquel barranco, ni teniendo el agua salida por él, concurrían allá con sus aguas los mismos ríos que ahora, y además de ellos, la laguna Bebeide; de suerte que no teniendo dichos ríos los mismos nombres que al presente tienen, llevaban la misma agua y hacían con ella de Tesalia toda una gran llanura de mar. Los tesalios mismos dicen que Poseidón fue quien abrió el canal por donde corre el Peneo; y razón tienen en lo que dicen, pues cualquiera que crea a Poseidón el dios de los terremotos, cuyas obras son las aberturas que estos producen, no ha menester más que ver aquella quebrada para decir que es cosa hecha por Poseidón, siendo a mi parecer efecto de algún terremoto la separación de aquellos montes.

130. Volviendo ya a los guías de Jerjes, preguntados estos por él si tenía el Peneo alguna otra salida para el mar, bien seguros de lo que le decían, le respondieron: «No, señor, no tiene este río ninguna otra salida que llegue al mar; esta es la única, estando toda Tesalia coronada alrededor de montañas». A lo cual se dice que replicó Jerjes: «Son sin duda los tesalios hombres hábiles y prudentes, pues muy de antemano han puesto a cubierto sus tierras retirándose de la decisión de Grecia tanto por varios motivos como por ver que su país era fácil de ser sorprendido y en breve subyugado. Para esto no había más

que cerrar con un terraplén este barranco y, cegado el canal, elevar el río sacado de madre, echándole sobre las campiñas, con lo que se lograría anegar todo el llano de Tesalia, quedando solamente libres los montes». Con esto aludía Jerjes a los Alévadas, los primeros entre los griegos que habían entregado su territorio al rey, quien estaba persuadido de que se la entregaban en nombre de todo su pueblo. Dicho esto, y observando bien el país, se hizo Jerjes a la vela para volver a Terme.

131. Cerca de Pieria se detuvo Jerjes algunos días: el motivo fue el aguardar que la tercera parte de sus tropas limpiase la maleza en las montañas de Macedonia, abriendo por ellas camino al ejército los perrebos. En este intermedio iban volviendo los heraldos que habían sido destinados a Grecia a pedir la entrega de la tierra; unos volvían frustrado su intento, otros con el ofrecimiento de la tierra y el agua.

Reacción griega

132. Los pueblos que se las entregaron fueron los tesalios, los dólopes, los enianes, los perrebos, los locros, los magnesios, los melieos, los aqueos de Ftiótide, los tebanos con los demás beocios, exceptuando los tespieos y los plateos. Los otros griegos, empeñados en hacer la guerra al bárbaro, hicieron un tratado, solemnemente juramentado, contra los que se entregaron: que la décima parte de los bienes de todo pueblo griego que, sin verse obligado a ello precisado se hubiese entregado al persa por su voluntad, sería confiscada después de verse Grecia fuera ya de aquel peligro, y sería consagrada en Delfos al dios Apolo. En estos términos estaba concebido el juramento de los griegos.

133. No había Jerjes hecho partir heraldos ni para Atenas ni para Esparta, escarmentado en los que antes envió allí Darío. Sucedió entonces que habiendo Darío pedido la obediencia de aquellas ciudades, parte de los enviados a pedirla fueron arrojados al báratro[341] por los atenienses y parte a un pozo por los espartanos, con la respuesta de que tomaran de allí el agua y la tierra para su rey. Esto fue lo que movió a Jerjes a no enviar después otros con la misma demanda. No

---

[341] Barranco al que se arrojaba a algunos condenados a muerte en Atenas.

sabré decir qué mal les vino a los atenienses como pena por haber violado así a tales heraldos, a no ser que por ello digamos que su ciudad fue pasada a sangre y fuego, si bien creo que otra fue la causa.

134. Se dejó sentir entre los lacedemonios la ira de Taltibio, que había sido el heraldo de Agamenón. Hay en Esparta un templo de Taltibio, y los descendientes de este, llamados los Taltibíadas, tienen el privilegio de ejecutar todas las embajadas que por medio de heraldos suele hacer Esparta. Sucedió, pues, a los espartanos, que después del insulto contra los heraldos de Darío, no podían en sus sacrificios lograr una víctima de buen agüero. Llevando los lacedemonios de muy mala gana aquella desventura, se juntaron muchas veces en asamblea a deliberar sobre ella y mandaron pregonar un bando en esta forma: «¿Quién era aquel lacedemonio que quisiera ofrecerse a la muerte por Esparta?». No faltaron dos hombres distinguidos en virtudes personales y en riquezas, llamado el uno Espertias, hijo de Anaristo, y el otro, Bulis, hijo de Nicolao, quienes voluntariamente se ofrecieron a pagar la pena a Darío en venganza de la muerte dada a sus heraldos en Esparta: con esto los espartanos enviaron a los medos estas dos víctimas destinadas a la ejecución.

135. Ni fue más digno de admiración el ánimo de estos hombres que el denuedo con que acompañaron sus discursos, porque, emprendido el viaje para Susa, se presentaron a Hidarmes, señor persa que se hallaba de general en las costas y fuertes de Asia, el cual, convidándoles con su casa y tratándoles como a huéspedes y amigos, les habló así: «¿Por qué, oh amigos lacedemonios, mostráis tanta aversión a la amistad con que el rey os convida? En mi persona y en mi fortuna tenéis a la vista una prueba evidente de cómo sabe el rey honrar a los sujetos de mérito y a los hombres de valor. En vosotros mismos experimentaríais otro tanto si quisierais declararos súbditos del rey, quien, como está de vuestra valía bien informado, haría sin falta que fuese cada uno de vosotros gobernador de alguna provincia de Grecia». A lo cual respondieron: «Este consejo tuyo, Hidarnes, por lo que a nosotros respecta, no tiene igual fuerza y razón que por lo que respecta a ti, tú que nos lo das; sí sabes por experiencia el bien que hay en ser esclavo del rey, pero no el que hay en ser libre. Hecho a servir como criado, no has probado jamás hasta ahora si es o no dulce la independencia de un hombre libre; si la hubieses alguna vez probado, seguros estamos que no solo nos aconsejaríais que la mantuviéramos a punta de lanza, sino a golpe de hacha». Así contestaron a Hidarnes.

136. Llegados ya a Susa, y puestos en presencia del rey, lo primero en que demostraron su libertad fue en responder a los lanceros, que pretendían obligarles a que postrados adorasen al rey, que nunca harían tal, por más que diesen con ellos de cabeza en el suelo, pues ni ellos tenían la costumbre de adorar a hombre alguno, ni a tal cosa habían venido; lo segundo, después de haber porfiado en no quererse postrar, encarándose con el rey, le hablaron en esta forma: «Rey de los medos, venimos aquí enviados de parte de los lacedemonios para pagarte la pena que te deben por haber hecho morir en Esparta a tus heraldos». A esta declaración y oferta respondió Jerjes con grandeza de ánimo que no imitaría en aquello a los lacedemonios; que ellos al haber puesto las manos en sus heraldos habían violado el derecho de gentes, pero él, muy ajeno de practicar lo que en ellos reprendía, no declararía a los lacedemonios, dándoles la muerte, libres y absueltos de su culpa.

137. Lo que con esto lograron los espartanos fue que se aplacara por entonces la ira de Taltibio, a pesar de que habían vuelto a Esparta los dos enviados, Espertias y Bulis, si bien dicen los lacedemonios que se irritó mucho después su furor en la guerra entre los peloponesios y atenienses. Soy de la opinión de que lo que después contra ellos sucedió fue cosa del todo sobrenatural, pues así lo pedía la justicia divina, que una vez declarada contra los enviados la ira de Taltibio no cesase hasta salirse con su intento. Pero lo que más hace ver que anduvo en este asunto una mano sobrenatural es el hecho de que el golpe acabó descargándose en los hijos de aquellos dos hombres que se habían presentado al rey para aplacar el enojo de Taltibio, esto es, en Nicolao, hijo de Bulis, y en Aneristo, hijo de Espertias, el último de los cuales, navegando en un carguero bien armado de gente, apresó a los pescadores de Tirinto. Lo que sucedió respecto de Nicolao y Aneristo fue que, habiendo sido enviados como mensajeros a Asia de parte de los lacedemonios, fueron cogidos cerca de Bisante, lugar del Helesponto, descubiertos a traición por el rey de los tracios Sitalces, hijo de Teres, y por cierto Ninfodoro, hijo de Píteas, de origen abderita. Conducidos después al Ática, fueron condenados a muerte por los atenienses, en compañía de Aristeas, hijo de Adimanto y natural de Corinto; todo lo cual sucedió muchos años después de la expedición del rey.

138. Mas para volver a tomar el hilo de la historia, el pretexto de aquella armada del rey era hacer la guerra contra Atenas, y el fin y motivo verdadero el combatir a toda Grecia. Informados los griegos mucho tiempo antes de lo que les aguardaba, no todos miraban con unos mismos ojos aquella tormenta. Los que habían prometido al persa la tierra y el agua vivían muy confiados en que nada tendrían que sufrir de parte del bárbaro; pero los que no le habían prestado vasallaje, se hallaban llenos de miedo, nacido de ver que Grecia carecía de armada naval capaz de contener a la que contra ella venía, y que muchos griegos, partidarios de la obediencia a los medos, no querían tomar parte con ellos en aquella guerra.

139. Me veo aquí obligado a decir lo que siento, pues aunque bien veo que en ello he de ofender o disgustar a muchísima gente, con todo, el amor a la verdad no me da lugar a que la calle y disimule. Afirmo, pues, que si asombrados los atenienses de ver sobre sí el peligro hubieran abandonado su región o si, quedándose en casa, se hubieran entregado a Jerjes, no se hallaría sin duda lugar alguno que por mar se hubiese atrevido a oponerse al rey. Y en caso de que nadie por mar hubiera podido resistir a Jerjes, creo que por tierra no hubiera podido menos de suceder que, por más baluartes y rebeliones con que cubrieran y ciñeran el Istmo los peloponesios, con todo, abandonados al fin los lacedemonios por sus aliados, que lo habrían hecho, obligados a despecho suyo al ver sus ciudades tomadas por la armada del bárbaro; viéndose solos, repito, hubieran, sí, recibido al enemigo con las armas en la mano, pero haciendo prodigios de valor quedarían todos derrotados. De suerte que, como necesaria consecuencia, o hubieran acabado así los lacedemonios o, viéndose antes de este lance que se inclinaban todos los demás griegos por la causa del medo, hubieran ellos también capitulado con Jerjes, y así en uno y otro lance habría quedado Grecia en poder de los persas, pues no alcanzo por cierto de qué hubieran podido servir las fortificaciones construidas sobre el Istmo, si el rey hubiera logrado la superioridad en el mar. Lo cierto es que, atendiendo a lo que pasó, quien diga que los atenienses fueron los salvadores de Grecia, razón tendrá para de-

cirlo, pues su situación era tal, que debía la fortuna seguir cualquiera de las dos causas por las que ellos se inclinaran. Habiendo elegido la causa de conservar libre Grecia, fueron sin duda los que impidieron la esclavitud de los que en ella no se habían entregado aún al medo, y los que naturalmente hablando arrojaron de ella a aquel soberano; en lo que mostraron su valor, no pudiendo recabar de ellos los oráculos espantosos y llenos de terror que de Delfos les venían, que dejasen los intereses de Grecia, resueltos a plantar cara al enemigo que les combatía y quedarse firmes en su patria.

140. Enviando, pues, a Delfos sus enviados, querían saber lo que el oráculo les prevenía. Practicadas allí todas las ceremonias rituales cerca del templo, en cuanto entraron en el santuario les vaticinó lo siguiente la Pitia, por nombre Aristónica:

> ¡Infelices!, ¿qué es lo que pedís con vuestras súplicas?
> Deja tu paterna casa, deja la cumbre suma de tu redonda acrópolis.
> No quedará segura tu cabeza, no tu cuerpo, no la mano,
> no la última planta, nada resta del medio del pecho:
> todo caído lo abrasa voraz la asiria llama,
> todo lo tala ligero el sirio carro de Ares.
> Mucha torre cae, y no solo la tuya propia;
> devora ya la furia de la llama mucho templo,
> que miro bañado al presente de sudor líquido y trémulo de miedo;
> corre desde lo alto la negra sangre de forzosos azares vaticinadora.
> Fuera, digo, de mi cámara; salid en mala hora.

141. Al oír tales cosas, los enviados de Atenas a la consulta quedaron sorprendidos de tristeza y congoja. Viéndoles en aquella consternación y abatimiento de ánimo por lo terrible del oráculo, Timón, hijo de Androbulo, uno de los sujetos de primera reputación en Delfos, les dio el consejo de que en calidad de suplicantes, con un ramo de olivo en las manos, entrasen de nuevo a consultar el oráculo. Se avinieron a ello los atenienses y se explicaron en estos términos: «No nos negaréis, señor, un oráculo mejor a favor de nuestra patria, en atención siquiera a nuestro dolor, que declara este olivo que llevamos,

insignia de unos infelices refugiados. En caso negativo, no pensamos partir de este mismo asilo en donde inmóviles nos cogerá la muerte». Habiendo así hablado, les responde por segunda vez la profetisa: «Ni con halago ni con estudio sabe Palas aplacar al Olimpio Zeus en tal enojo: firme como un diamante es este otro oráculo que pronuncio. Cuanto encierra dentro el muro de Cécrope, cuanto cubre el sacro valle del Citerón, todo será tomado: ni cede el próvido Zeus a la Tritogenia más que un muro de madera nunca tomado, que sirve de asilo para ti y para tu descendencia. No quiero que sufras el ímpetu del caballo, ni de tanto soldado de a pie que pasa desde Asia: cede volviendo la espalda, aunque delante le tengas. ¡Oh Salamina divina! ¡Oh cuánto hijo de madre perderás tú, cuando o bien Deméter se reúna o se separe!».

142. Habiendo los enviados tomado por escrito esta segunda respuesta, que parecía ser realmente más suave que la primera, dieron la vuelta para Atenas. Después de que regresaron, cuando en una reunión del pueblo dieron razón del oráculo, entre otras varias interpretaciones de los que lo examinaban, dos había que se tenían como mejor fundadas. Era una la de algunos ancianos, diciendo que lo que aquel dios les quería dar a entender a su parecer en el oráculo, era que la acrópolis quedaría a salvo y libre, dando como razón que la fortaleza de Atenas estaba antiguamente defendida con una empalizada, conjeturando que esta valla debería ser la muralla de que hablaba el oráculo. Otros decían, por otra parte, que aludía el dios a las naves, y eran del sentir de que dejando lo demás, se preparase la armada, si bien estos que entendían que las naves eran el muro de madera no veían claro el sentido de los dos últimos versos que decía la Pitia: «¡Oh Salamina divina! ¡Oh cuánto hijo de madre perderás tú, cuando o bien Deméter se reúna o se separe!». Estos versos, repito, ponían en confusión a los que tomaban las naves por aquel muro de madera, en tanto que los que lo interpretaban de esta manera los entendían como si fuera necesario que los atenienses dispuestos a una batalla naval resultaran vencidos en aguas de Salamina.

143. Había entre los atenienses un sujeto que poco antes había empezado a ser tenido como una de las personas de más alta reputación, por nombre Temístocles, hijo de Neocles. Decía este insigne hombre que los intérpretes no daban de lleno en el blanco del oráculo, y alegaba que si aquel verso recayera de algún modo contra los

atenienses, no se explicaría el oráculo con tanta blandura, sino que diría «¡oh fatal Salamina!», en vez de decir «¡oh Salamina divina!», puesto que los moradores deberían perecer cerca de ella, y que tomando el vaticinio por el verso que les convenía, la verdad era que aquel oráculo le había dado el dios contra los enemigos y no contra los de Atenas. Con estas razones aconsejaba Temístocles a sus conciudadanos que se dispusiesen para una batalla naval, creyendo que esto significaba el muro de madera. Este parecer de Temístocles hizo que los atenienses tuvieran como mejor lo que él les decía que no lo que juzgaban los demás consultores, quienes no se mostraban de acuerdo en que se preparasen para presentar batalla en el mar, sino que pretendían que dependiese toda su salvación en no levantar ni un dedo contra el persa, abandonando el Ática y yéndose a vivir a otra región.

144. Antes de este parecer, había dado ya Temístocles otro, que en las circunstancias presentes fue una decisión muy oportuna. Había sucedido que, teniendo los atenienses mucho dinero público, producto sacado de las minas de Laurio[342], y estando ya para repartirlo a razón de diez dracmas por cada uno, prefirieron hacer con aquel dinero doscientas naves para la guerra que mantenían con los de Egina. Y en efecto, emprendida ya dicha guerra, fue la salvación de Grecia por haberse visto obligados en ella los atenienses a hacerse una potencia marítima, habiendo sucedido la cosa de manera que aquellas naves, sin servir al fin para el que se habían fabricado, pudieron ser útiles a Grecia en la ocasión presente. Tampoco se contentaban los atenienses con las naves ya hechas, sino que al mismo tiempo iban fabricando otras en sus astilleros, puesto que habían decidido, después de recibido aquel oráculo, salir al encuentro del bárbaro que contra ellos venía, embarcados todos juntos con los demás griegos que quisiesen seguirles, persuadidos de que en aquello obedecían al dios Apolo. He aquí lo tocante a los oráculos dados a los de Atenas.

145. En un encuentro general de los griegos en que se juntaron los enviados de los pueblos que la causa de Grecia, después de haber conferenciado entre sí en las sesiones que luego tuvieron, les pare-

---

[342] Estas minas se encontraban en el sudeste del Ática.

ció que lo que más convenía ante todas las cosas era reconciliar los ánimos de todos aquellos que entonces estaban haciéndose entre sí la guerra; porque además de la que se hacían los atenienses y los de Egina, no faltaban algunos otros pueblos que ya habían empezado sus hostilidades, si bien eran las de los atenienses las que más sobresalían. Después de este acuerdo, oyendo decir que Jerjes con su ejército se hallaba ya en Sardes, resolvieron enviar a Asia espías que revelasen de cerca los planes de aquel soberano; despachar embajadores a Argos para ajustar una alianza contra el persa; otros a Sicilia para negociar con Gelón, hijo de Dinómenes; otros a Corcira para animar a aquellos isleños al socorro de Grecia, y otros finalmente a Creta; todo con el objetivo de ver si sería posible hacer una coalición griega en que todos los pueblos quisiesen ir a una contra aquel enemigo común, que a todos venía a combatirles. Y por lo que respecta a Gelón, la fama hacía tan grandes sus fuerzas, que las anteponía con mucha diferencia a todas las demás de los griegos.

146. Tomadas dichas resoluciones y ajustadas entre ellos las desavenencias, lo primero que hicieron fue enviar tres espías a Asia, quienes llegados a Sardes y bien enterados de lo que al ejército del rey concernía, como habían sido descubiertos, fueron sometidos a tormento y encarcelados por los generales de infantería, que les condenaron a muerte. Llegado el asunto a oídos de Jerjes, mereció tal sentencia la indignación del soberano, quien, enviando allí al instante a algunos de sus lanceros, dio la orden de que si encontraban vivos a aquellos espías, los condujeran a su presencia. Quiso la suerte que no se hubiera aún ejecutado la sentencia, y fueron con esto conducidos delante del rey; y como él les preguntó a qué fin habían venido, oída la respuesta, mandó a sus lanceros que les guiasen y mostrasen todas sus tropas tanto de a pie como de a caballo, y que habiéndolas contemplado a todo placer y gusto, les dejasen ir libres y a salvo a donde quiera que intentasen marchar.

147. Y la razón que dio Jerjes de ordenarlo así fue que si perecían aquellos espías, sucedería que los griegos no sabrían de antemano que él venía con un ejército mayor de lo que creerse podía, ni sería grande el perjuicio que recibieran sus enemigos con la muerte de tres hombres; pero que si volvían estos a Grecia, añadía, tenía por cierto que los griegos, sabedores antes de su llegada de cuán grandes

eran sus fuerzas, cederían a las pretensiones de su misma libertad y lograría con esto someterles sin la fatiga de pasar allí con sus tropas. Este modo de pensar es conforme a lo que en otra ocasión resolvió Jerjes, cuando hallándose en Abido vio que bajaban por el Helesponto unos bastimentos cargados de trigo que desde el Ponto llevaban a Egina y al Peloponeso. Apenas oyeron los oficiales de su comitiva que aquellas eran naves enemigas, se disponían para salir a la presa poniendo en el rey los ojos a la espera de que se lo mandara. Les preguntó entonces Jerjes a dónde iban aquellos bastimentos, y los oficiales: «Van, señor —le respondieron—, a nuestros enemigos con esa provisión de trigo». «Pues ¿no vamos nosotros —replicó Jerjes— al mismo sitio que ellos, abastecidos de víveres y mayormente de trigo? ¿Qué daño nos hacen con transportar esos bastimentos?».

148. Volviendo, pues, a los espías, después de que lo registraron todo, puestos en libertad, regresaron a Europa. Los griegos confederados contra el persa, después de vueltos ya los espías, enviaron por segunda vez embajadores a Argos. Cuentan los argivos que supieron desde el principio los preparativos del bárbaro contra Grecia y que como entendieron y tuvieron por seguro que los griegos les invitarían a la alianza contra el persa, enviaron a Delfos consultores para saber del oráculo qué era lo que mejor les convendría en aquellas circunstancias; que el motivo que a ello les impulsó fue ver que acababan de perder seis mil ciudadanos que habían perecido a manos de los lacedemonios capitaneados por Cleómenes, hijo de Anaxándridas, y que la Pitia dio esta respuesta a sus consultores:

> ¡Oh! tú, odiado de tus vecinos, querido del alto cielo,
> quédate cauto dentro de tu recinto;
> guarda bien tu cabeza, que ha de salvar tu cuerpo.

Tal fue la respuesta que les dio la Pitia, según después los consultores a su regreso, entrados en el Consejo, les dieron cuenta de las órdenes que de ella traían; y con todo respondieron los de Argos a la propuesta hecha por los griegos, que entrarían en la liga con dos condiciones: una, la de hacer la paz por treinta años con los lacedemonios; otra, que se les diera la mitad del mando de todo el ejército aliado, pues por más que en todo rigor de justicia les tocase el mando total de las tropas, con todo se contentaban con solo la mitad del mando.

149. Esta respuesta, dicen los de Argos, dio su Consejo, a pesar de que el oráculo les prohibía entrar en la alianza contra los persas; de suerte que en medio del temor que les causaba el oráculo querían hacer seriamente un tratado de paz por treinta años, con el objetivo de que sus hijos crecieran entretanto hasta hacerse adultos. Dan como razón de estas pretensiones que no querían exponerse a quedar en lo porvenir sometidos a los lacedemonios, como era de temer que sucediese, si antes de concertar aquella suspensión de armas con ellos, se les añadía a las desgracias anteriores algún nuevo tropiezo en la guerra contra el persa. Añaden que los embajadores de Esparta respondieron en su Consejo que por lo tocante al tratado de paz se lo trasladarían a sus conciudadanos, pero que acerca del mando del ejército venían ya con el encargo de responder en nombre de los espartanos que estos tenían ya dos reyes, no teniendo más que uno los de Argos; que no era posible despojar del mando a ninguno de los dos, y que ellos no se opondrían a que el rey de Argos tuviese un poder y mando igual al de los suyos. Por estas razones, añaden los argivos que, no pudiendo soportar la insolencia de los espartanos, antes quisieron ser gobernados por los bárbaros, que ceder en nada a los lacedemonios, y que en fuerza de esta resolución, ordenaron a los embajadores que antes de ponerse el sol saliesen de los dominios de Argos, pues de otra manera les mirarían como enemigos.

150. He aquí cuanto refieren los argivos sobre este caso; pero corre por Grecia otra historia, a saber: que Jerjes, antes de emprender la expedición contra ellos, envió un heraldo a la ciudad de Argos, quien llegado allí les habló en estos términos: «Argivos, me manda el rey Jerjes que os diga de su parte lo siguiente: nosotros los persas vivimos en la idea de que Persa, de quien somos descendientes, era hijo de Perseo, el hijo de Dánae, y que Persa tuvo por madre a Andrómeda, hija de Cefeo, de donde venimos nosotros a ser descendientes vuestros. Siendo, pues, así, no será razón ni que hagamos nosotros la guerra contra nuestros progenitores, ni que vosotros, aliados con los demás, seáis contrarios nuestros. Vuestro deber será manteneros neutrales, pues si todo saliese como deseo y espero, sabed que a nadie pienso hacer mayores favores que a vosotros». Se dice, pues, que tal propuesta ni la oyeron los argivos de mala gana, ni les pareció digna de desprecio; si bien nada acordaron en el momento con el persa, ni entraron en pretensión alguna; pero cuando los griegos los solicitaron para la liga, convencidos de que los lacedemonios no accederían a concederles el mando de las tropas, pretendieron entonces tener parte en el mismo, pretexto de que se valieron para mantenerse neutrales.

151. No faltan griegos que en confirmación de lo referido cuentan una historia que pasó muchos años después; de esta manera dicen que sucedió que se hallaban en Susa, la ciudad de Memnón, los embajadores de Atenas, Calias, el hijo de Hiponico, y los que en su compañía habían subido a aquella corte, encargados de un negocio diferente del que traían otros embajadores enviados allí por los de Argos. Estos preguntaron a Artajerjes, hijo y sucesor de Jerjes, si permanecía aún en vigor la paz y la amistad que tenían ellos concertada con Jerjes, o si les miraba ya como enemigos, a lo que el rey Artajerjes les respondió que en verdad el tratado permanecía en vigor, y tanto que ninguna ciudad consideraba él más amiga de la corona que la de Argos.

152. Pero no me atrevo a asegurar si Jerjes envió o no a Argos al tal heraldo con aquella embajada, ni si hicieron dicha pregunta a Artajerjes los embajadores de los argivos llegados a Susa, ni diré sobre ello otra cosa diferente de la que refieren los mismos argivos. Sé decir únicamente que si salieran a la plaza todos los hombres cargados con sus males a cuestas con la intención de trocar su hatillo con el de otro, echando cada cual los ojos a los males de su vecino, tornarían a toda prisa a cargar con sus mismas alforjas, y se volverían con ellas encantados a su propia casa. De donde digo que no hay por qué notar con particular infamia a los argivos. Por lo que a mí toca, miro como un deber referir lo que se dice, pero no creerlo todo; y quiero que esta prevención valga en toda mi historia, ya que corre también otra noticia según la cual los argivos fueron los que llamaron al persa contra Grecia por haberles salido muy mal la guerra contra los lacedemonios, queriendo vengarse por cualquier vía de sus enemigos, antes que sufrir la pena de verse sojuzgados y vencidos.

153. Y con esto llevo ya dicho lo que a los argivos pertenece. Por lo que toca a Sicilia, además de los embajadores enviados a negociar con Gelón de parte de los confederados, fue destinado al mismo fin

Siagro en nombre de los lacedemonios. Para decir algo de Gelón, se ha de saber que uno de sus antepasados, colono en Gela, fue natural de la isla de Telos, situada cerca de Triopio; a este quisieron tener consigo los lindios oriundos de Rodas, cuando fundaron Gela con Antifemo. Andando después el tiempo, sucedió que sus descendientes vinieron a perpetuar en aquella familia el sacerdocio de las diosas del inframundo, de las cuales eran hierofantes desde que uno de ellos, por nombre Telines, lo obtuvo del modo siguiente: sucedió que unos ciudadanos de Gela, vencidos en cierta discordia civil, huyendo de su patria, pasaron a Mactorio, ciudad situada sobre Gela. Telines, sin el socorro de tropas, armado solamente con los objetos sagrados de aquellas diosas, logró restituir en Gela a aquellos fugitivos. No sabré decir en verdad quién fue el que le dio aquellos objetos o de qué manera llegaron a sus manos, sé tan solo que lleno de confianza en ellas obtuvo la vuelta de los desterrados con la condición de que en el porvenir debían ser sus descendientes hierofantes de dichas diosas. Lo que de cierto no deja de causarme mucha admiración es oír que triunfase en tal empresa un hombre como Telines, pues fue una de aquellas hazañas que no son para cualquiera, sino propias de hombres de talento y soldados de valor; siendo así que Telines, según es fama entre los vecinos de Sicilia, lejos de tener ninguna de estas dos cualidades, era un hombre de natural afeminado y cobarde. En definitiva, este fue el modo con que obtuvo aquella dignidad.

154. Muerto ya Cleandro, hijo de Pántares, al cual, después de siete años de tiranía en Gela, quitó la vida Sabilo, natural de Gela, se apoderó del mando de la ciudad Hipócrates, hermano del difunto Cleandro. Durante la tiranía de Hipócrates, como Gelón, descendiente del hierofante Telines, había sido uno de los que mucho se distinguieron en valor y cualidades en las que también otros destacaban particularmente, y en especial Enesidamo, hijo de Pateco y lancero de Hipócrates, no pasó mucho tiempo sin que por su virtud y mérito fuera aquel nombrado general de caballería. Bien merecido tenía Gelón el puesto, porque sitiando Hipócrates Calípolis, Naxos, Zancle, y Leontino, a los siracusanos, y además de estos a muchos de los bárbaros, en todas estas guerras había hecho brillar muy particularmente su valor y habilidad. Y en efecto, ninguna de las ciudades que acabo de citar pudo librarse de caer en manos de Hipócrates,

sino es la de los siracusanos, y aun estos, derrotados y vencidos por él cerca del río Eloro, necesitaron de los ciudadanos de Corinto y de Corcira para librarse de su dominio, y lo consiguieron por medio de un armisticio, en fuerza del cual se obligaron los siracusanos a entregar a Hipócrates la ciudad de Camarina, plaza que en tiempos antiguos les pertenecía.

155. Después de la muerte de Hipócrates, cuya tiranía duró los mismos años que la de su hermano Cleandro, habiéndole llegado el fin de sus días cerca de la ciudad de Hible, en la expedición que hacía contra los sículos, Gelón, bajo pretexto de volver por Euclides y Cleandro, hijos del difunto Hipócrates, a quienes sus ciudadanos no querían reconocer como señores, presentó batalla y venció en ella a los de Gela. Esta victoria le dio lugar a salir con sus verdaderas intenciones, apoderándose del poder y despojando de él a los hijos de Hipócrates. Después de logrado este lance, le sucedió otro igual: los gamoros siracusanos, habiendo sido arrojados de la ciudad por la violencia del pueblo y de sus mismos esclavos, los denominados cilirios[343], llamaron en su ayuda a Gelón, quien queriéndolos restituir desde la ciudad de Cásmena a la de Siracusa, logró apoderarse de esta plaza, pues el pueblo siracusano al venir Gelón se la entregó, entregándose igualmente a sí misma.

156. Viéndose ya Gelón dueño de Siracusa, empezó a contar menos con Gela, que tenía bajo su poder, dominio que encargo a su hermano Hierón, quedándose con el mando de aquella, poniendo en ella toda su afición, sin haber para él otra cosa que Siracusa. Con este favor de su parte, se vio desde luego crecer la ciudad y prosperar rápidamente, tanto por pasar a ella todos los vecinos de Camarina, a los que arruinó, dándoles la naturaleza y los derechos de siracusanos, como por haber practicado otro tanto con más de la mitad de

---

[343] Cuando los colonos corintios ocuparon el territorio de Siracusa redujeron a los indígenas a una condición de servidumbre: la distinción entre gamoros («los que comparten tierra») y cilirios (¿«hombres asno»?) reflejaba la división étnica entre la aristocracia de origen corintio y los habitantes de ascendencia sícula (los sículos fueron quienes dieron el nombre a la isla de Sicilia aunque además de ellos existían tres grupos de pobladores previamente a la llegada de los griegos, como los sícanos, mencionados más adelante).

los moradores de Gela. Hizo más aún, pues habiéndosele entregado los megarenses de Sicilia[344] a quienes tenían sitiados, escogió a los más ricos, que por haber sido los promotores de la guerra contra él mismo, temían la muerte, pero, lejos de castigarles, trasladándolos a Siracusa, los alistó como sus ciudadanos. No lo hizo, sin embargo, así con el pueblo llano de los megarenses, al cual, transportado a Siracusa, por más que no tuviese culpa alguna en aquella guerra, ni temiese en nada del vencedor, vendió Gelón como esclavo, con la expresa condición de que había de ser sacado de Sicilia (lo mismo hizo con los eubeos de Sicilia), tomando ambas resoluciones por la idea de que el pueblo llano era malo como vecino. Con estas mañas vino Gelón a ser un poderoso tirano.

157. Entonces, pues, llegados a Siracusa los embajadores de Grecia y admitidos a la audiencia de Gelón, le hablaron así: «Aquí venimos, ¡oh Gelón!, enviados de parte de los lacedemonios, de los atenienses y de sus aliados, para invitarte a entrar en la alianza contra el bárbaro. Sin duda, tendrás entendido cómo el persa viene a invadir Grecia, habiendo construido un puente sobre el Helesponto y conduciendo desde Asia todas las fuerzas de oriente para hacer la guerra a los griegos. El pretexto de la expedición es la venganza contra Atenas; sus miras son la conquista de toda la Grecia, que pretende someter. De ti quisiéramos, ¡oh Gelón!, puesto que es mucho el poder que tienes, poseyendo no pequeña porción de Grecia, como gobernador que eres de Sicilia, que te unieras para su auxilio con los que desean la libertad de Grecia y por tu parte la libraras de la opresión. Bien ves que la alianza de toda Grecia vendrá a componer un gran ejército capaz de hacer frente en campo de batalla a sus invasores; pero si una parte de los griegos hace pactos con ellos, si otra no quiere salir en su defensa, si en fuerza de esto fuera muy pequeña la porción sana de los que sienten bien, corre toda Grecia el mayor peligro de venir a perder su libertad. Ni debes creer que si uno por uno nos derrota en la batalla el persa victorioso no vendrá directo contra tu persona. Lo mejor es que de antemano te pongas a cubierto de sus tiros: unido a nuestra

---

[344] Mégara Hiblea, colonia siciliana fundada por los megarenses «originales».

causa, defenderás la tuya. Basta ya, pues, no ignoras que por la ley ordinaria el buen éxito de un asunto depende del buen consejo previo».

158. Así se explicaron; tomó la palabra Gelón y les habló con mucha fuerza y libertad: «Me maravillo, griegos, de que con esa proposición atrevida e insolente tengáis ahora la osadía de exhortarme a entrar en la alianza contra el bárbaro. ¿No os acordáis acaso de lo que conmigo hicisteis, cuando anteriormente os pedí socorro contra un ejército bárbaro, hallándome empeñado en la guerra con los cartagineses? ¿Cuando os insté otra vez a tomar venganza de los egesteos por la muerte dada a Dorieo, el hijo de Anaxándridas? ¿Cuando os ofrecí concurrir con mis tropas a libertar y hacer francos aquellos puertos y emporios de donde sacáis vosotros grandes provechos y ventajas? ¿No os acordáis, repito, que ni os dignasteis a venir en mi socorro, ni a vengar la muerte de Dorieo? Todo esto de Sicilia, por lo que a vosotros toca podrían ya poseerlo los bárbaros a salvo: gracias a la buena suerte y a mi desvelo, que no nos salió mal el negocio; antes bien mejoramos de suerte. Ahora que la rueda de la fortuna os amenaza en casa con la guerra, al cabo os acordáis de Gelón. Yo, por más que me vi antes desatendido y despreciado de vosotros, no imitaré vuestra conducta haciéndoos lo mismo: no haré tal, antes, por el contrario, estoy pronto a socorreros, ofreciéndoos doscientos trirremes, veinte mil hoplitas, dos mil soldados de a caballo, dos mil arqueros, dos mil honderos y dos mil batidores de caballería ligera; aún más, me obligo a dar a todo el ejército griego el trigo que durante la guerra necesite. Pero bien entendido que todo ello ha de ser con la condición de que sea yo el general y conductor de los griegos contra el bárbaro, pues, de otro modo, os aseguro que ni concurriré yo mismo, ni enviaré allá tropa alguna».

159. Siagro, que esto oía, no pudo soportarlo con paciencia, sin que le respondiera del siguiente modo: «Si tal oyera Agamenón, aquel descendiente de Pélope, ¿no daría un gran gemido, bañado en lágrimas su rostro, viendo a sus espartanos despojados de su mando por Gelón y por los siracusanos? Gelón, no vuelvas a poner en tu boca esa demanda pretendiendo que te demos el mando del ejército. Si quieres socorrer a Grecia, puedes hacerlo, bien entendido que deberás estar a las órdenes de los lacedemonios, y si te niegas a obedecernos, está muy bien: no vengas en socorro nuestro».

160. Cuando Gelón oyó tal respuesta y vio tan mal recibida su demanda, replicó por fin en estos términos: «Amigo espartano, eso de echar en cara a un hombre honrado tantas desvergüenzas suele despertar y encender en todos la cólera, aunque tú con esa insolencia que conmigo usas no tienes tanto poder como para forzarme a perderte el respeto que tú no has sabido guardarme. Solo te diré que si estáis tan interesados vosotros en el mando, por buena razón puedo yo estarlo más, pues soy general de un ejército mayor y de una escuadra más numerosa. Con todo, ya que se os hace tan ardua y tan cuesta arriba mi primera propuesta, voy a bajar algo y ceder de mi pretensión: pido para mí el mando por mar si vosotros lo tenéis por tierra; yo me contento en mandar por tierra, si mejor os viniese mandar en los mares. Esta es mi última resolución; escoged: o contentaros con lo que os digo, o despediros sin esperar tener tales y tan poderosos aliados».

161. Tal fue la propuesta que Gelón les hizo; previniendo el enviado de Atenas la respuesta del de Lacedemonia, le replicó de esta forma: «Rey de los siracusanos, nos envió Grecia no para pediros un general, sino un ejército. Cerrándoos con decir que no lo enviaréis a menos de no capitanear en persona a Grecia, mostráis bien claro lo mucho que deseáis veros con el mando de ella y con el cargo de general. Al oír nosotros, los enviados de Atenas, vuestra primera demanda, tocante al mando total de los griegos, tuvimos por bien no hablar, bien creídos de que el laconio se bastaría para defender su causa y la nuestra igualmente. Mas ahora que vos, ante el rechazo de vuestra pretensión del mando universal, entráis en la demanda de ser el jefe de la escuadra, queremos que sepáis bien que ni aun en el caso de que el laconio os lo conceda, convendremos nosotros en ello; pues nuestro es el mando del mar, si es que los lacedemonios no lo toman, pues solo a ellos se lo cederemos si quieren tenerlo; fuera de ellos, a nadie del mundo aceptaremos como nuestro almirante. Porque ¿de qué nos serviría poseer una marina superior a la de los demás griegos, si cediéramos el mando de las escuadras a los siracusanos, siendo nosotros los atenienses la nación más antigua de Grecia, siendo además de esto los únicos griegos que nunca hemos vagabundeado en busca de nuevas colonias, siendo un pueblo de quien el poeta épico Homero hace un insigne elogio al decir que de

Atenas fue a Ilión el hombre más hábil de todos en formar las filas y gobernar un ejército[345], para que se vea que no nace de la arrogancia lo que a nuestro favor decimos?».

162. «¿Sabes lo que puedo decirte, amigo ateniense? —respondió Gelón—: que según parece, teniendo vosotros muchos que manden, no tendréis a quien mandar. Ahora, pues, ya que sin ceder nada lo queréis todo para vosotros, tomad al instante la vuelta a casa y acordaos de decir a Grecia que ella quiere pasar el año sin gozar de la primavera». Y lo que Gelón quiso significar con aquella expresión bien se deja entender: que como el tiempo mejor del año es el de la primavera, así la flor de los griegos era su propio ejército, por lo que privándose Grecia de las tropas auxiliares de Gelón, acudía este a la comparación de que era aquello como querer quitar al año la primavera.

163. Sucedió, pues, que embarcados ya los embajadores griegos para Grecia, después de estas negociaciones, Gelón, receloso por una parte de que no tendrían los griegos fuerzas bastantes para vencer al bárbaro, y no pudiendo por otra soportar la afrenta de obedecer a los lacedemonios, siendo él soberano de Sicilia, en caso de pasar con sus tropas al Peloponeso, desechando esta opción, echó mano de otra más segura. Apenas oyó decir que el persa ya había pasado el Helesponto, despachó luego con tres pentecónteros para Delfos a Cadmo, hijo de Escita y natural de Cos, bien provisto de dinero y encargado de una embajada muy importante. Le mandó que esperase el desenlace de la batalla, y si el bárbaro salía con la victoria, que le regalase en su nombre aquel dinero y le entregase el reino de Gelón, dándole la tierra y el agua; pero si salían victoriosos los griegos, que diese la vuelta a Sicilia.

164. Era este Cadmo un hombre tal que, habiendo heredado de su padre la tiranía de Cos, pacífico y sin peligro de mal alguno, a pesar de todo, por propia voluntad y por amor únicamente de la justicia, renunció y puso en manos de los habitantes de Cos el gobierno y

---

[345] Cf. Homero, *Ilíada* 2.546 y siguientes: «A los atenienses los acaudillaba Menesteo, hijo de Peteo; no había hombre sobre la faz de la tierra tan capaz como él de disponer en línea de combate los carros y los guerreros armados de escudo».

pasó a Sicilia, donde en compañía de los samios se apoderó de la ciudad de Zancle, que había cambiado este nombre por el de Mesane, en la cual él mismo habitaba. A este Cadmo, repito, venido a Sicilia del modo referido, envió allí a Gelón, movido por su entereza, que de otras ocasiones tenía bien conocida. Y en efecto, además de otras muchas pruebas que había dado de su hombría de bien, dio entonces una de nuevo que no fue de menor consideración, pues teniendo en su poder tan grandes sumas de dinero como le había fiado Gelón, no quiso alzarse con ellas pudiendo hacerlo impunemente, sino que al ver que habían salido victoriosos los griegos en la batalla naval, a resultas de la cual huía Jerjes con su armada, se puso luego de viaje a Sicilia, volviendo allá con todos aquellos tesoros.

165. No obstante lo dicho, es fama entre los habitantes de Sicilia que se hubiera Gelón convencido a sí mismo, a pesar de la repugnancia que sentía en tener que obedecer a los lacedemonios, dando socorro a los griegos, si por aquel mismo tiempo no hubiera querido la fortuna que el tirano de Hímera, Terilo, hijo de Crinipo, arrojado antes de su ciudad por el tirano de Acragante, Terón, el hijo de Enesidamo, condujese a Sicilia un ejército de trescientos mil combatientes compuesto de fenicios, libios, iberos, ligures, elísicos, sardonios y cirnios, a cuyo frente venía Amílcar, hijo de Hannón, rey de los cartagineses. Había Terilo conseguido juntar tan poderoso ejército valiéndose tanto de la alianza y amistad que con Amílcar tenía, como principalmente del favor y empeño de Anaxilao, hijo de Cretines y tirano de Regio, quien no había dudado en dar sus mismos hijos como rehenes a Amílcar, con la mira de vengar la injuria hecha a Terilo, su suegro, con cuya hija, llamada Cidipe, se había casado Anaxilao. Con esto, pues, quieren decir que no pudiendo Gelón socorrer a los griegos, decidió enviar a Delfos aquel dinero.

166. A lo dicho también añaden que en un mismo día sucedió que vencieran en Sicilia Gelón y Terón al cartaginés Amílcar, y los griegos al persa en Salamina; y aún oigo decir que Amílcar, hijo de padre cartaginés y de madre siracusana, a quien su valor y cualidades habían merecido la dignidad de rey de los cartagineses, después de trabada la batalla en que fue vencido, desapareció de todo punto, no habiendo aparecido ni vivo ni muerto en parte alguna, a pesar de las diligencias de Gelón, que por todas partes hizo buscarle.

167. Los cartagineses por su parte, guiados quizá por una conjetura razonable, cuentan el caso diciendo que aquella batalla de los bárbaros contra los griegos que en Sicilia se produjo empezó de madrugada y duró hasta el correr de la noche; tan largo dicen que fue el combate que Amílcar, entretanto, permanecía en su campamento ofreciendo de continuo sacrificios propiciatorios y quemando en holocausto sobre una gran pira las víctimas enteras; pero que al ver la derrota de los suyos, tal y como se hallaba haciendo libaciones sobre los sacrificios, se arrojó de golpe al fuego, y así abrasado y consumido desapareció. Lo cierto es que desapareciese Amílcar del modo que dicen los fenicios o del modo en que lo cuentan los siracusanos, por el cual es tenido por héroe a quien hacen sacrificios y a cuya memoria, no solo en las colonias cartaginesas se han erigido monumentos funerarios, sino que también en Cartago misma se le edificó uno grandísimo. Y baste ya lo dicho de Sicilia.

168. Por su parte, los corcireos, contentos con dar buenas palabras a los enviados, no pensaban en actuar del mismo modo; porque encargados de tratar con ellos los mismos embajadores que fueron a Sicilia y proponiéndoles las razones mismas que a Gelón, los de Corcira se ofrecieron a todo, prometiendo enviarles las tropas en su socorro, añadiendo que bien veían ellos que no les convenía desamparar Grecia y dejarla perecer, que, perdida esta, cargaría sin la menor dilación sobre sus cuellos el yugo de la esclavitud persa, que sus mismos intereses les obligaban a hacer todo el esfuerzo posible para defenderla.Así de positiva fue la respuesta que les dieron. Pero cuando llegó el momento del socorro, con miras bien contrarias armaron sesenta naves y, hechos a la vela, lenta y pesadamente llegaron al fin al Peloponeso. Allí, cerca de Pilos y del cabo Ténaro, echaron ancla en las costas de los lacedemonios, manteniéndose a la expectativa de ver en qué acabaría la guerra, desconfiando de que pudiesen vencer los griegos y persuadidos de que el persa, tan superior en fuerzas, se apoderaría de toda Grecia. Así que ellos obraban de modo que llevaban estudiada su discurso ante el persa en estos términos: «Nosotros, señor, por más que fuimos requeridos por los griegos para entrar en la alianza y haceros la guerra, no quisimos ir contra vos ni traeros pesar en cosa alguna, y esto no siendo de las más pequeñas nuestras fuerzas, ni el número de nuestras naves el menor, antes bien el más grande después de Atenas». Con estas razones esperaban sacar del persa un partido ventajoso y superior al de los otros; y no habría sido vana su esperanza, a mi modo de entender. Y para los griegos, por no haberles socorrido, respondieron que por su parte habían cumplido con su deber armando sesenta galeras; que el mal había estado en no poder doblar el promontorio de Malea, impedidos por los vientos etesios, y que por eso no habían arribado a Salamina, donde sin culpa ni engaño alguno habían llegado algo después de la batalla naval. Con este pretexto procuraron engañar a los griegos.

169. Por lo que toca a los de Creta, después de que les invitaron los enviados de Grecia a la alianza, destinaron ellos de común acuerdo sus consultores a Delfos, encargados de saber por aquel oráculo si les sería de provecho socorrer a Grecia, a quienes respondió la Pitia: «¡Simples de vosotros!, quejosos de los desastres que os envió furioso Minos, en pago del socorro dado a Menelao, no acabáis de enjugar vuestras lágrimas. Se vengó Minos porque no habiendo los griegos concurrido a vengar la muerte que en Camico se le dio, vosotros con todo salisteis en compañía de ellos a vengar a una mujer que robó de Esparta un hombre bárbaro[346]». En cuanto los cretenses oyeron el tenor del oráculo, suspendieron el socorro a los griegos.

170. Aludía el oráculo a lo que se dice de Minos, quien habiendo llegado en busca de Dédalo a Sicania, que ahora llamamos Sicilia, acabó allí sus días con una muerte violenta[347]. Pasado algún tiempo, los cretenses, a quienes una divinidad incitaba a la venganza, todos de común acuerdo, excepto los de Policna y Preso, pasando a Sicilia con una poderosa armada, sitiaron por cinco años la ciudad de Camico, que poseen al presente los de Acagrante; pero como al final ni la pudieron rendir ni prolongar más el asedio por falta de víveres, la dejaron libre y se volvieron. Cuando en su navegación estuvieron en las costas de Yapigia, les sorprendió una tempestad que les arrojó a la playa y, perdidas en el naufragio las naves, como les

---

[346] Se refiere al rapto de Helena, reina de Esparta, por el príncipe troyano Paris.
[347] Minos había acudido con su armada hasta Sicilia en busca de Dédalo, el mítico constructor del laberinto, de donde había escapado. Una vez en Sicilia, hospedado por el rey Cócalo, este le ahogó mientras tomaba un baño; cf., por ejemplo, Diodoro de Sicilia, *Biblioteca histórica* 4.79.

parecía imposible el regreso a Creta, se vieron obligados a quedarse allí en la ciudad de Hiria, que fundaron ellos mismos, en donde, cambiándose el nombre, en vez de cretenses se llamaron yápiges mesapios, y dejando de ser isleños se hicieron moradores de tierra firme. Desde Hiria salieron a fundar otras ciudades, de donde mucho tiempo después quisieron desalojarlos los tarentinos, acabando derrotados y deshechos totalmente, de suerte que la matanza tanto de los de Regio como de los de Tarento allí sucedida fue la mayor de cuantas —que yo sepa— han padecido los griegos; pues entonces fue cuando tres mil ciudadanos de Regio, a quienes Micito, hijo de Quero, obligó a tomar las armas en socorro de los tarentinos, perecieron del mismo modo que sus aliados; si bien no pudo hacerse el cómputo de los tarentinos que allí murieron. Y este Micito del que hablo fue aquel que, siendo criado de la familia de Anaxilao, se quedó como gobernador de Regio, de donde, arrojado después, pasó a Tegea de Arcadia, y erigió en Olimpia muchas estatuas.

171. Pero dejada ya esta digresión que hice de mi historia para decir algo de las cosas de Regio y de Tarento, volvamos a Creta, donde, según cuentan los presios, pasaron a vivir como en una tierra despoblada muchos hombres, especialmente griegos. En la tercera generación, después de muerto Minos, sucedió la expedición contra Troya, en la cual no se mostraron los cretenses los peores defensores de Menelao, en pena de cuya defensa y del descuido de vengar a Minos, vueltos ya de Troya, se vieron asaltados del hambre y de la peste, tanto hombres como ganados; de suerte que habiendo sido por segunda vez despoblada Creta, son los cretenses que ahora la habitan los terceros colonos de ella, mezclados con los pocos que allí habían quedado. La Pitia, al fin, recordando a los cretenses estas memorias, les hizo desistir del socorro que deseaban dar a los griegos.

172. Los tesalios, aunque siguieron por fuerza al principio la causa de los medos, mostraron después que no les complacían las artes y designios de los Alévadas; porque una vez que entendieron que el persa estaba dispuesto a pasar a Europa, enviaron sus embajadores al Istmo, sabiendo que allí se había juntado los delegados de Grecia, hombres escogidos de todos los pueblos que seguían la causa a favor de la independencia de la misma. Llegados allí los embajadores de los tesalios, hablaron de esta manera: «Nosotros, ¡oh griegos!, sabemos

bien que para que Tesalia, y con ella toda Grecia, quede a cubierto de la guerra, es menester guardar bien la entrada del monte Olimpo, la cual nosotros estamos dispuestos a custodiar en compañía vuestra; si bien os prevenimos de que a este fin es preciso enviar allí mucha tropa. Pero una cosa queremos que entendáis: que si no queréis enviarnos guarnición, nosotros nos comprometeremos con el persa, pues no es razón que nosotros solos, apostados en tanta distancia para la guardia y defensa del resto de Grecia, seamos las víctimas de toda ella, mayormente al no tener vosotros derecho que nos pueda obligar a tanto, si no queremos nosotros; pues el no poder más, puede más que el deber. Veremos nosotros, en suma, cómo poder quedar salvos».

173. Tal fue el discurso de los tesalios, en fuerza de cuya representación acordaron los griegos enviar a Tesalia por mar un ejército de hoplitas que guardase aquellas entradas, el cual, una vez reunido, navegó hasta allí por el Euripo. Cuando la gente hubo llegado a Alo, ciudad de Acaya, saltó a tierra y, dejadas las naves, marchaba hacia Tesalia, hasta que en Tempe se apostó en aquella entrada que desde la Baja Macedonia lleva a Tesalia por las riberas del Peneo, entre los montes Olimpo y Osa. En aquel puesto atrincheraron los hoplitas que venían a ser diez mil, con quienes se juntó la caballería de los tesalios. Eran dos sus comandantes: uno, el de los lacedemonios, por nombre Evéneto, hijo de Careno, quien a pesar de no ser de familia real, había sido nombrado para este mando como uno de los polemarcos; otro, el de los atenienses, llamado Temístocles, hijo de Neocles. Se detuvieron allí las tropas unos pocos días. El motivo de ello fue que unos enviados de parte de Alejandro[348], hijo de Amintas, les aconsejaron que se retirasen si no querían ser arrollados en aquel estrecho paso por el ejército enemigo, dándoles a entender cuán innumerable era el ejército de tierra y lo copioso en naves. Al oír el consejo que les daba el macedonio, teniéndolo por acertado y mirándolo como nacido de un alma amiga, se decidieron a seguirlo; aun cuando lo que en efecto les impelía más a ello, a mi juicio, fue el miedo o desconfianza de lograr su intento, oyendo decir que

---

[348] Rey de Macedonia entre el 498 y el 454 a. C.

además de aquella entrada había otra entrada a Tesalia, yendo por los perrebos, en la Alta Macedonia y por la ciudad de Gono, que fue el camino por donde entró efectivamente el ejército de Jerjes. Con esto, embarcadas de nuevo las tropas griegas, se volvieron al Istmo.

174. En esto vino a parar la expedición a Tesalia, cuando el rey, que se hallaba ya en Abido, estaba a punto de pasar desde Asia a Europa. Viéndose, pues, los tesalios sin aliados, se entregaron con tanta resolución y empeño la causa de los medos, que a juicio del mismo rey fueron los que mejor y con más utilidad le sirvieron en aquella ocasión.

175. Vueltos al Istmo los griegos, movidos por el aviso que les había dado Alejandro, entraron de nuevo en debate acerca de dónde sería mejor oponerse al enemigo y qué región sería la más oportuna como escenario de aquella guerra. La opinión más tenida en cuenta fue que convenía ocupar la entrada a las Termópilas, tanto por parecerles que era más angosta que la que da paso a Tesalia, como también por estar más cercana y vecina de la propia Grecia. Les ayudó a ello no conocer cierta senda, senda de la que ni los mismos griegos, que después perecieron atrapados en las Termópilas, tenían constancia y de que les informaron los traquinios una vez que se encontraban en aquellas angosturas. Acordaron, pues, guardar aquel paso para impedir que el bárbaro entrase en Grecia, y despachar al mismo tiempo las escuadras hacia Artemisio y la costa Histiea. Y así lo resolvieron, porque aquellos dos puestos estaban tan cerca que en cada uno se podía saber lo que en el otro sucedía.

176. Explicaré la situación de tales lugares: desde el mar ancho de Tracia empieza a cerrarse Artemisio en un canal estrecho que corre entre la isla de Escíatos y el continente de Magnesia. Desde el estrecho de Eubea comienza una franja costera después del promontorio de Artemisio, en el cual está el templo de Ártemis. Por lo que toca a la entrada en Grecia por Traquis, esta viene a medir medio pletro donde más se estrecha; si bien esta estrechez no es la misma en todo aquel paso, sino solamente un poco antes de acercarse y después de dejar las Termópilas; y aun el camino cerca de Alpeno que deja a las espaldas, solo da lugar a un carro; y pasando adelante al lado del río Fénix, y cerca de la ciudad de Antela, otra vez solo hay paso para un carro. Al poniente de las Termópilas se levanta una cadena

montañosa alta, inaccesible y escarpada, que va hasta el Eta, y por el levante de las mismas el mar estrecha aquel camino juntamente con unas lagunas y cenagales. Hay en aquella entrada unos baños de agua caliente, que los lugareños llaman Quitros, y en ellos se deja ver un altar erigido en honor de Heracles. Antiguamente se había levantado una muralla en aquel paso y en ella había puertas. Sus constructores fueron los focenses por miedo de los tesalios, viendo que estos, desde Tesprotia, habían pasado a vivir a la región Eólide, que es la que al presente poseen; porque como los tesalios procuraban someter a los focenses, les opusieron estos aquel muro para su defensa, y entonces fue cuando discurriendo todos los medios para impedir que pudiesen invadir su tierra, dieron curso por aquella entrada a las fuentes de agua caliente. Verdad es que aquel muro viejo, desde tan antiguo edificado, se hallaba ya con el tiempo por la mayor parte desmoronado y caído; y con todo, resolvieron los griegos que convenía repararlo y cerrar al bárbaro con aquel obstáculo el paso a Grecia. Muy cerca de aquel camino hay una aldea llamada Alpeno, donde pensaron los griegos que podían proveerse de víveres.

177. Estos parajes parecieron a los griegos los más aptos para su defensa; pues miradas atentamente y sopesadas todas las circunstancias, convinieron en que debían esperar al bárbaro invasor de Grecia en un puesto en que no pudiera servirse de la muchedumbre de sus tropas y mucho menos de su caballería; y luego que supieron que el persa se hallaba ya en Pieria, partiendo del Istmo, unos se fueron por tierra a las Termópilas con sus tropas, los otros por mar a Artemisio con sus naves.

Las Termópilas

178. Los griegos destinados al socorro de su tierra iban a prestárselo con toda puntualidad. Los delfios, entretanto, preocupados por su salvación y por la de Grecia, consultaron acerca de ella al dios. La respuesta del oráculo fue que se encomendasen muy de veras a los vientos, que ellos serían los mejores aliados y compañeros de armas de Grecia. Recibido este oráculo, se dieron luego prisa los de Delfos en comunicar a los griegos que querían conservar su libertad lo que les había respondido; acción con que se ganaron sumamente el fa-

vor de los pueblos a quienes el bárbaro tenía amedrentados. Hecho esto, alzaron los delfios en honor de los vientos una ara en Tuya, allí donde Tuya, la hija de Cefiso, tiene su recinto sagrado, tomando de ella nombre aquel lugar, y les hicieron sacrificios; en fuerza de cuyo oráculo aún hoy día los delfios con sacrificios aplacan a los vientos.

179. Para volver a la armada de Jerjes, habiendo salido de la ciudad de Terme, envió delante diez naves, las más ligeras de todas, directas hacia Escíatos, donde los griegos tenían adelantadas tres embarcaciones de observación, una de Trecén, otra de Egina y otra de Atenas, y al descubrir estas las naves de los bárbaros, se dieron luego a la fuga.

180. Los bárbaros, dando caza a la nave trecenia, en la que iba como capitán Praxino, enseguida la rindieron; y luego, tomando al soldado que hallaron más bello de la tripulación, lo degollaron encima de la proa de la nave, interpretando como buen agüero el que fuera tan bello el primero de los griegos que prendieron. Se llamaba León el degollado, nombre que tal vez contribuyó a que fuese la primera víctima de los persas.

181. La nave de Egina, en que iba como capitán Asónidas, no dejó de dar problemas a los persas, obrando aquel día en su defensa prodigios de valor un soldado que en ella servía, por nombre Píteas, hijo de Isquénoo. Este, al tiempo de la refriega, al ser apresada su nave, resistió con las armas en la mano, hasta que todo él quedó acribillado de heridas. Pero como al cabo cayó, los persas que en las naves servían, viéndole respirar todavía, admirados del valor del enemigo, procuraron con sumo empeño conservarle la vida, curándole con mirra las heridas y atándoselas después con unas vendas cortadas de un lienzo de biso, cuando volvieron a sus campamentos iban mostrándolo a toda la gente, pasmados de su valor y con mucha estima y humanidad, siendo así que trataban como a esclavos a los otros que en la misma nave habían capturado.

182. Así fueron apresadas las mencionadas naves; pero la tercera, cuyo capitán era Formo, ciudadano de Atenas, varó al huir en la embocadura del Peneo, con lo cual lograron los bárbaros apoderarse del barco, pero no de la gente; pues en cuanto encalló la nave saltaron a tierra los atenienses, y se volvieron a Atenas a pie, caminando por Tesalia. Los griegos apostados con sus naves en Artemisio, después de comprender lo que pasaba por medio de las antorchas que como señal y aviso se encendieron en Escíatos, llenos de miedo, abandonada aquella posición, se hicieron a la vela rumbo a Calcis, con ánimo de cubrir y guardar el Euripo, si bien dejaron en las alturas de Eubea vigías para que de día observasen al enemigo.

183. De las diez naves mencionadas de los bárbaros, tres se fueron arrimando a aquel escollo que está entre Escíatos y Magnesia, y se llama Mírmex[349]. Después de que los bárbaros levantaron encima del escollo una columna de piedra que consigo traían, salió de Terme el grueso de su armada, once días después de que de ella hubiera partido con sus tropas el rey, y viendo que en aquellas aguas no aparecía enemigo que les disputase el paso, iban navegando con toda la escuadra. El piloto principal que la conducía, a fin de no dar en aquel escollo señalado con la columna, que se hallaba en el rumbo que seguían, era Pamón de Esciro. Habiendo los bárbaros navegado todo aquel día, pasaron parte de la costa de Magnesia hasta llegar a Sepíade y a la playa que está entre aquella costa y la ciudad de Castanea.

184. Hasta llegar a dicho lugar y a las Termópilas no tuvo contratiempo alguno aquella armada, cuyo número ascendería entonces, según hallo por mis cuentas, a la suma de mis doscientas siete naves llegadas de Asia. La suma de la gente que en las naves venía, tomada desde el principio de todas aquellas naciones, sería de doscientos cuarenta y un mil cuatrocientas personas, y esto a razón de doscientos hombres por nave; pues además de esta guarnición nacional de las naves iban en cada una de ellas treinta soldados de tropa, ya persas, ya medos, ya sacas, cuya suma de tropa ascendía por su parte a treinta y seis mil doscientos diez soldados. A este último número y al otro anterior voy a añadir la suma de gente que en los pentecónteros venía a razón de ochenta hombres por barco, pues tantos vendrían a ser poco más o menos. Llevo de antes dicho que eran tres mil esos barcos, de donde se saca que la suma de su tripulación era de doscientos cuarenta mil hombres. Así que todo el número del ejército de mar asiático se elevaba a la suma de quinientos diecisiete mil seiscientos diez hombres. El número de la infantería en el ejército de tierra fue de un millón setecientos mil, y el de la caballería, de ochenta mil; a

estos quiero añadir los árabes que venían en sus camellos, los lidios que acudían en sus carros, y solamente calcularé que fuesen todos veinte mil hombres; ahora, pues, la suma total que resulta de los dos ejércitos de mar y de tierra, juntamente computadas, ascienden a dos millones trescientos diecisiete mil seiscientos diez hombres; y en este número de tropas sacadas de Asia no incluyo el número de criados y vivanderos, como tampoco el de los que venían con las embarcaciones cargadas de bastimentos.

185. Al número ya sumado es preciso añadir las tropas que le acompañaban tomadas de Europa, si bien deberemos en esto seguir un cómputo prudente. Digo, pues, que los griegos situados en Tracia y en las islas a ella adyacentes concurrían con ciento veinte naves, por donde los hombres que en ellas venían subirían a veinticuatro mil. Añado que los que al ejército juntaban sus tropas por tierra eran los tracios, los peonios, los eordos, los botieos, los colonos oriundos de la Calcídica, los brigos, los píeres, los macedonios, los perrebos, los enianes, los dólopes, los magnesios, los aqueos, y, en una palabra, todos los pueblos de las costas de Tracia, de cuyas naciones pongamos que fuera de trescientos mil el número de soldados. De suerte, que añadidas estas cifras a la suma de tropa que de Asia venía, el grueso de la gente de guerra se componía de dos millones seiscientos cuarenta y un mil seiscientos diez hombres.

186. Y siendo tan excesivo el número de esta gente de guerra, para mí tengo que no sería menor, sino mayor aún, la comitiva de sirvientes y de marineros en las embarcaciones de transporte, en especial en otras naves del convoy que al ejército seguían. Pero digamos que el número de la gente del séquito fuese el mismo ni más ni menos que el de la guerra, y que compusiese otras tantas miríadas como esta componía. Así, con este cómputo, la suma total que Jerjes, el hijo de Darío, condujo hasta Sepíade y las Termópilas ascendería a cinco millones doscientos ochenta y tres mil doscientos veinte hombres.

187. Esta era, pues, la suma del ejército de Jerjes, ya que el número exacto de las mujeres panaderas, de las concubinas y de los eunucos no será fácil que nadie lo defina, como tampoco lo será el que se nos diga el número de tiros en los carros, bestias de carga y el de los perros indios que allí iban. De suerte que en absoluto me maravilló de que el agua de algunos ríos no bastase para satisfacer la sed de tanta

muchedumbre; pero sí me admiro mucho de que hubiese víveres a
mano para abastecer la necesidad de tantos millares de bocas, porque
por mis cuentas hallo que llevando al día cada soldado la ración de un
quénice de trigo, se gastaría diariamente ciento diez mil trescientos
cuarenta medimnos, sin contar en este número los víveres para las
mujeres, para los eunucos, para los bagajes y para los perros. Y entre
tanta muchedumbre de gente no se hallaba nadie que por su hermosura y alto talle pareciera más digno y acreedor al mando supremo
que el propio rey Jerjes.

188. Esta gran armada, después de que emprendido el curso hubo
ya llegado a cierta playa de la costa de Magnesia que está entre la
ciudad de Castanea y al cabo Sepíade, sacó a la orilla las primeras
naves que allí arribaron; pero las que después llegaban las dejaban
ancladas por su turno, de suerte que por no ser muy grande la playa,
anclaron allí formando una escuadra de ocho naves de fondo, todas
con la proa al agua. En este orden pasaron aquella noche; pero un
poco antes del día, estando el cielo sereno y el mar tranquilo, se
levantó de repente una gran tempestad, hinchándose el agua con
la furia del viento de levante, al cual suelen los del país llamar He-
lespontias. Sucedió, pues, que todos los que observaron que el viento
crecía y que por el puesto y orden que anclaban pudieron prevenir
la tempestad sacando a tierra sus naves, todos quedaron a salvo en
ellas. Pero a todas las demás naves que el viento halló ancladas, se
las fue llevando con furia, y arrojó las unas a un lugar que está en
las inmediaciones del monte Pelión, llamado Ipnos[350], y las otras
hacia las playas, de suerte que estas se estrellaron en el cabo Sepíade,
aquellas en la ciudad de Melibea, otras naufragaron en Castanea. Tan
formidable era la tormenta.

189. Es fama común que los atenienses, avisados por un nuevo
oráculo que acababa de venirles, que les decía que llamasen en su
asistencia y socorro a su yerno, invocaron con ruegos al Bóreas; ya
que según la tradición de los griegos, el viento Bóreas estaba casado
con una mujer ática de nombre Oritía, hija de Erecteo. Movidos,
pues, de tal parentesco, que la fama dio por valedero, conjeturaban

---

[350] Es decir, «Hornos».

los atenienses que sería el Bóreas aquel yerno del oráculo, y hallándose con la armada apostada en Calcis, ciudad de Eubea, cuando vieron que iba arreciando la tormenta, o quizás antes que la tormenta naciese, invocaban en sus sacrificios al Bóreas y a Oritía para que soplasen en su favor y que hicieran fracasar las naves de los bárbaros, como antes lo había hecho cerca del Atos. Si fue por estos ruegos y motivos que cargase el Bóreas sobre los bárbaros anclados, no puedo decirlo; solo digo que pretenden los atenienses que, así como antes les había socorrido el Bóreas, él mismo fue entonces el que tales estragos a favor suyo ejecutó. Lo cierto es que después de partidos de allí edificaron un templo a Bóreas cerca del río Iliso.

190. En aquel contratiempo acaecido a los bárbaros, los que más cortos andan no bajan de cuatrocientas las naves que dicen haberse perdido allí, y con ellas un número infinito de gente, y una inmensidad de dinero y de cosas de valor. Aquel naufragio, en efecto, fue una mina de oro para un ciudadano de Magnesia, llamado Aminocles, hijo de Cretines, que tenía en Sepíade una posesión; pues durante un tiempo recogió allí mucho vaso de oro y mucho asimismo de plata; allí encontró tesoros de los persas, allí logró infinitas preciosidades y alhajas de oro, de suerte que no siendo por otra parte hombre afortunado, vino a ser muy rico con tanto hallazgo, pero con el dolor y la pena de ver muertos desastrosamente a sus hijos.

191. Fueron un sinnúmero las barcas cargadas de víveres y los otros barcos que entonces fueron destruidos. El destrozo en suma fue tal y tan grande, que los jefes de la armada, recelosos de que los tesalios, viéndolos tan abatidos y malparados, se dejasen caer sobre ellos, hicieron con las mismas tablas del naufragio unas altas trincheras alrededor de su campo. Duró el temporal por espacio de tres días; al cuarto los magos, con víctimas sacrificiales, con encantamientos del viento acompañados de aullidos, con sacrificios hechos a Tetis y a las Nereidas, lograron que se calmasen, si no es que se calmó de suyo sin la mediación de los magos. Y la causa que les movió a sacrificar a Tetis fue haber sabido por los jonios que aquella diosa había sido raptada por Peleo en aquel lugar, y que toda la costa Sepíade estaba bajo la protección de Tetis y de las demás Nereidas.

192. Los centinelas diurnos de Eubea, bajando de sus alturas, fueron corriendo a dar a los griegos la noticia de los estragos del nau-

fragio el segundo día de la tempestad. Ellos, con este aviso, hechas sus súplicas y ofrecidas sus libaciones a Poseidón Salvador, se volvieron a toda prisa a Artemisio, esperando hallar un corto número de naves enemigas; y llegados por segunda vez, anclaron cerca de aquel promontorio. Esta fue la primera vez que dieron a Poseidón el nombre de Salvador.

193. Cuando cesó el viento y se calmaron las olas, los bárbaros, echando al agua sus naves, iban navegando por la costa del continente, y doblado el cabo de Magnesia, encaminaron las proas hacia el seno que lleva a Págasas. Hay allí en aquel golfo de Magnesia cierto lugar en donde dicen que Heracles, habiendo sido enviado a por agua, fue abandonado por Jasón y sus compañeros, los de la nave Argos, cuando viajaban hacia Eea, en la Cólquide, en busca del vellocino, pues desde aquel día, hecha la provisión de agua, habían resuelto hacerse a la vela; y este fue el motivo por el que se le dio al lugar el nombre de Áfetas. Aquí fue donde dio fondo la escuadra de Jerjes.

194. Pero sucedió que quince naves de la flota que se habían quedado muy atrás en la retaguardia, al ver las de los griegos que estaban en Artemisio y creerse aquellos bárbaros que serían de las suyas, se fueron hacia ellas y dieron en manos del enemigo. Era el comandante Sandocas, hijo de Tamasio y gobernador de Cime de la Eolia, a quien siendo uno de los jueces regios, había el rey Darío condenado antes a morir crucificado, acusado del grave delito de haberse dejado comprar con dinero en una causa que sentenció. Pendiendo ya en la cruz el juez, pensando sobre ello Darío, halló que eran mayores los servicios hechos a la casa real por aquel juez que los delitos cometidos; y en parte por esto, y en parte por reconocer que él mismo había obrado en aquello con más precipitación que reflexión, le soltó y dio por libre. Así escapó con vida de las manos del rey; pero entonces, dando por mar en poder de los griegos, no había de tener la dicha de escapar por segunda vez, porque viéndoles navegar los griegos hacia ellos, entendido el error en que estaban, saliéndoles al encuentro, fácilmente les apresaron.

195. En una de dichas naves fue apresado Aridolis, tirano de Alabanda, en Caria, y en otra lo fue Pentilo, hijo de Domónoo, jefe de los pafios, de donde había conducido doce naves, perdidas once de las cuales en la tempestad sufrida en el cabo Sepíade, navegando hacia Artemisio en la única que le quedaba, fue hecho prisionero. A todos estos cautivos, des-

pués de interrogarles acerca de cuanto querían saber tocante al ejército de Jerjes, los enviaron los griegos atados al istmo Corinto.

196. Así arribó Áfetas la armada naval de los bárbaros, exceptuadas las quince naves que, como decía, eran mandadas por el general Sandocas. Jerjes, con el ejército de tierra, marchando por Tesalia y por Acaya, llegó al tercer día a la ciudad de Mélide, habiendo hecho en Tesalia la prueba de la caballería tesalia, de la que oía decir que era la mejor de toda Grecia, ordenando un certamen ecuestre en el que la hizo escaramuzar con la suya propia, y en la cual la caballería griega se llevó con diferencia la peor parte. Entre los ríos de Tesalia, el Onocono no dio por sí solo bastante agua al ejército con toda su corriente; ni entre los de Acaya pudo el Epídano, siendo el mayor de todos, satisfacer, sino escasamente, las necesidades de aquellas tropas.

197. Al marchar Jerjes hacia Alo, ciudad de Acaya, queriendo los guías del camino darle cuenta y razón de todo, le iban refiriendo cierta historia local acerca del templo de Zeus el Lafistio. Le contaban cómo un hijo de Eolo, por nombre Atamante, de acuerdo con Ino, había maquinado dar muerte a Frixo; cómo después los aqueos, en fuerza de un oráculo, establecieron contra los descendientes de Frixo cierta ley gravosa, que fue prohibir al de más edad de aquella familia la entrada en su pritaneo, al que llaman Leito los aqueos, colocando allí guardias para no dejarles entrar, y esto bajo pena de que el que entrase allí no pudiese salir de modo alguno antes de ser destinado al sacrificio. Añadían también que muchos de aquella familia, estando ya condenados al sacrificio, por miedo a la muerte habían huido a otras tierras, los cuales, si volvían después de pasado algún tiempo y pedían ser acogidos, eran otra vez remitidos al pritaneo. Decían que la víctima, cubierta toda de lazos y guirnaldas y llevada en procesión, era finalmente inmolada, y que el motivo de ser así maltratados aquellos descendientes de Citisoro, que era el hijo del mencionado Frixo, fue el siguiente: habían resuelto los aqueos, conforme cierto oráculo, que Atamante, hijo de Eolo, muriese como víctima propiciatoria por su país; cuando iban ya a sacrificarle, volviendo dicho Citisoro de Eea, ciudad de la Cólquide, le libró de sus manos, y como castigo de esta acción descargó Zeus Lefistio la ira y furor contra sus descendientes. Jerjes, que tal había oído, cuando llegó cerca del sagrado recinto, no solo se abstuvo de profanarlo, sino que prohibió a todo el ejército que nadie lo violase, y aun a la casa de los descendientes de Atamante tuvo el mismo respeto con que había venerado aquel santuario.

198. Esto es lo que sucedió en Tesalia y en Acaya, de donde continuó Jerjes sus marchas hacia Mélide por la costa de aquel golfo, en la cual no cesa en todo el día el flujo y reflujo del mar. Hay allí vecino al golfo un terreno llano, en unas partes espacioso y en otros muy angosto; alrededor de la llanura se levantan unos altos e inaccesibles montes, que encierran toda la comarca de Mélide y se llaman Rocas Traquinias. La primera ciudad que en aquel golfo se encuentra al venir de Acaya es Anticira, bañada por el río Esperqueo, que corre desde los enianes y desagua en el mar. Después de este río, a distancia de veinte estadios, hay otro que se llama Diras, del cual es fama que apareció allí de repente para socorrer a Heracles mientras se estaba abrasando; pasado este, cosa de otros veinte estadios, se da con el río llamado Melas.

199. Distante del Melas por espacio de cinco estadios, está una ciudad llamada Traquis, y por aquella parte donde se halla situada es por donde se extiende más a lo ancho todo el país desde los montes hacia el mar, pues se cuentan allí veintidós mil pletros de llanura. En el monte que ciñe la comarca Traquinia se descubre una quebrada que cae al sur de Traquis, y pasando por ella el río Asopo va corriendo al pie de la montaña.

200. Al sur del Asopo corre otro río, no grande, llamado Fénix, que, bajando de aquellos montes, va a desaguar en el Asopo. El paso más estrecho que hay allí es el que está cerca del río Fénix, en donde no queda más espacio que el de un solo camino de ruedas. Desde el río Fénix hasta llegar a las Termópilas se cuentan quince estadios, y a la mitad de este camino, entre el río Fénix y las Termópilas, se halla una aldea llamada Antela, por donde pasando el Asopo desemboca en el mar. Ancho es el sitio que hay cerca de dicha aldea y en donde está edificado el templo de Deméter Anfictiónide, el lugar de reunión de los anfictiones y el templo también del mismo Anfictión[351].

---

[351] Las anfictionías consistían en alianzas político-religiosas de comunidades para la administración de un determinado santuario. En este caso se trata del de Deméter en Antela, junto a las Termópilas. Se tomaba como fundador de estas alianzas a Anfictión, hijo del mítico Deucalión, superviviente del diluvio que narra la mitología griega.

201. Volviendo a Jerjes, tenía su campamento en la comarca Traquinia, en Mélide, y los griegos el suyo en aquel paso estrecho que es el lugar al que la mayor parte de los griegos llaman Termópilas, si bien los del país y los de sus inmediaciones le dan el nombre de Pilas. Estaban, pues, como digo, acampados unos y otros en aquellos lugares: ocupaba el rey toda la zona que mira al norte hasta la misma Traquis; los griegos el que mira al sur en aquel continente.

202. Era el número de los griegos apostados para esperar al rey en aquel lugar el siguiente: de los espartanos, trescientos hoplitas; de los tegeos y mantineos, mil, quinientos de cada uno de estos pueblos; de Orcómeno, ciudad de Arcadia, ciento veinte; del resto de la misma Arcadia, mil, y este era el número de los arcadios; de Corinto, cuatrocientos; de Fliunte, doscientos, y de Micenas, ochenta, siendo estos todos los que se hallaban presentes venidos del Peloponeso; de Beocia, setecientos tespieos y cuatrocientos tebanos.

203. Además de los dichos, habían sido convocados los locros opuntios con toda su gente de armas y mil soldados más de los focenses. Los habían llamado los griegos enviándoles unos mensajeros para que les dijesen que ellos se adelantaban ya, en avanzadilla de los demás, a ocupar aquel paso, y que de día en día esperaban allí a los otros aliados que estaban en camino; que por lo tocante al mar estaba cubierto y resguardado por las escuadras de los de Atenas, de los de Egina y de los restantes pueblos que tenían fuerzas navales; que no tenían por qué temer, pues no era ningún dios venido del cielo, sino un hombre mortal, el enemigo común de la Grecia invadida; que bien sabían ellos que no había existido mortal alguno, ni había de haberlo jamás, que desde el día de su nacimiento no estuviese expuesto a los reveses de la fortuna, tanto más grandes cuanto más lo fuese su estado y condición; en suma, que siendo un hombre de carne y hueso el que venía a atacarles, no podía sino tener algún tropiezo en que, humillado, conociese que lo era. Así les hablaron, y con estas razones se resolvieron aquellos a enviar sus socorros a Traquis.

204. Tenían dichas tropas, además del comandante respectivo de cada una de las ciudades, como general de todo aquel cuerpo, a quien todos sobremanera respetaban, al lacedemonio Leónidas, hijo de Anaxándridas y descendiente de los personajes siguientes: León, Euricrátidas Anaxandro, Eurícrates, Polidoro, Alcámenes, Teleclo,

Arquelao, Hegesilao, Doriso, Leobotas, Equéstrato, Agis, Eurístenes, Aristodemo, Aristómaco, Cleodeo, Hilo y Heracles. El citado Leónidas había sido hecho rey en Esparta de una manera fuera de lo que se esperaba.

205. Como tenía dos hermanos mayores, el uno Cleómenes y el otro Dorieo, bien lejos estaba de pensar que pudiese recaer el cetro en sus manos. Pero habiendo muerto Cleómenes sin hijo varón y no sobreviviéndole ya Dorieo, que había acabado sus días en Sicilia, vino la corona a recaer en Leónidas, siendo mayor que su hermano Cleómbroto, el menor de los hijos de Anaxándridas, y estando casado con una hija que había dejado el rey Cleómenes[352]. Entonces, pues, acudió a las Termópilas el rey Leónidas, habiendo escogido en Esparta trescientos hombres de edad militar que ya tenían hijos[353]. Con ellos había conducido el número de tebanos que he dicho, a cuyo frente iba como comandante nacional Leontíadas, hijo de Eurímaco. El motivo que había empujado a Leónidas a que procurase llevar consigo a los tebanos con tanta particularidad fue la fama que corría acerca de ellos como de partidarios del medo. Bajo este supuesto pretendió atraerlos a su favor, para ver si acudían a la guerra como los demás o si manifiestamente se apartaban de la alianza de los otros griegos. Enviaron los tebanos sus soldados, si bien se habían unido a la causa con ánimo discordante.

206. Enviaron delante los espartanos esta tropa capitaneada por Leónidas con la intención de que los otros aliados quisiesen con aquel ejemplo salir en campaña y de impedir que se entregasen al medo, si oían decir que demoraban aquella empresa. Por su parte estaban ya resueltos a salir con todas sus fuerzas, dejando en Esparta la guarnición necesaria, una vez celebradas las Carneas, que eran unas fiestas anuales que les obligaban a estarse quietos. Lo mismo que ellos, pensaban hacer los otros griegos, sus aliados, con el motivo de concurrir en aquel mismo tiempo a los Juegos Olímpicos, y con esto,

---

[352] Gorgo; cf. *Historia* 5.48 y 7.239.
[353] En caso de guerra los reyes espartanos contaban con una guardia de corps de cien hombres por cada una de las tres tribus espartanas. La cuestión de la descendencia está ligada a la *oliganthropía* o escasez de hombres, sobre la que los espartanos habían desarrollado diversas medidas legislativas.

pareciéndoles que no se vendría tan rápido a las manos en las Termópilas, enviaron allí adelantadas sus tropas como precursores suyos.

207. Esto era lo que pensaban hacer aquellos griegos; pero los que estaban ya en las Termópilas, cuando supieron que se hallaba el persa cerca de la entrada, deliberaban llenos de pavor si sería mejor dejar el puesto. Los otros peloponesios, en efecto, eran del parecer de que convenía volverse al Peloponeso y guardar el Istmo con sus fuerzas; pero Leónidas, viendo a los locros y focenses irritados contra aquel modo de pensar, decidió que era preciso mantener el mismo puesto, enviando al mismo tiempo mensajeros a las ciudades que las exhortasen al socorro, por no ser ellos bastantes para repeler el ejército de los medos.

208. Mientras esto deliberaban, envió allí Jerjes un espía a caballo para que viese cuántos eran los griegos y lo que allí hacían, pues había oído decir, estando aún en Tesalia, que se había juntado en aquel sitio un pequeño cuerpo de tropas, cuyos jefes eran los lacedemonios, teniendo al frente a Leónidas, de familia descendiente de Heracles. Cuando estuvo el jinete cerca del campamento, no siéndole posible alcanzar con los ojos a los que acampaban detrás de la muralla, que, reedificada, guardaban con su guarnición, pudo muy bien observar a pesar de todo a los que estaban delante de ella en la parte exterior, cuyas armas yacían allí tendidas en orden. Quiso la fortuna que fuesen los lacedemonios a quienes tocase entonces por turno estar allí apostados. Vio, pues, que unos se entretenían en los ejercicios gimnásticos y que otros se ocupaban en peinarse y en componer su pelo. Observando aquello el espía, quedó maravillado haciéndose cargo de cuántos eran; se aseguró bien de todo y dio media vuelta con mucha prudencia y quietud, no habiendo nadie que le siguiese ni que hiciese caso ninguno de él. A su vuelta dio cuenta a Jerjes de cuanto había observado.

209. Al oír Jerjes aquella relación, no entendía en qué consistía realmente la cosa, sino en prepararse los lacedemonios a vender la vida lo más caro que pudiesen al enemigo. Y como entendía lo que hacían como una sandez, mandó llamar a Demarato, el hijo de Aristón, que se hallaba en el campamento; y cuando lo tuvo en su presencia, le fue preguntando cada cosa en particular, deseando Jerjes entender qué venía a ser lo que hacían los lacedemonios. Le dijo Demarato: «Señor, acerca de estos hombres os informé antes la verdad cuando partimos contra Grecia. Vos hicisteis burla de mí al oírme decir que lo que yo preveía había de suceder. No tengo mayor empeño que decir la verdad tratando con vos; oídla ahora también de mi boca: sabéis que han venido a disputaros la entrada con las armas en la mano, y que a esto se disponen; pues esta es su costumbre y así la practican: peinarse muy bien y engalanarse cuando van a ponerse en peligro de perecer. Tened por seguro que si vencéis a estas tropas y a las que han quedado en Esparta, no habrá, señor, ninguna otra nación que se atreva a levantar las manos contra vos; pero tened bien en cuenta que ahora vais a luchar contra la ciudad más brava de toda Grecia, contra los más valerosos guerreros de todos los griegos». Tal respuesta pareció a Jerjes del todo inverosímil, y le pidió por segunda vez que le dijese cómo era posible que siendo ellos un puñado de gente nada más, se hubiesen de atrever a pelear con su ejército; a lo cual respondió Demarato: «Convengo, señor, en que me tengáis por embustero, si no sucede todo puntualmente como os lo digo».

210. No por esto logró que le diese crédito Jerjes, quien se estuvo quieto cuatro días esperando que los griegos se entregasen por instantes a la fuga. Llegado el quinto, como ellos no se retiraban de su puesto, le pareció a Jerjes que aquella pertinacia nacía de mera desfachatez y falta de juicio, y lleno de cólera envió contra ellos a los medos y cisios, con la orden de que prendiesen a aquellos y se los presentasen vivos. Acometen con ímpetu los medos a los griegos, caen muchos en el ataque, acuden otros de refresco, y por más que se ven violentamente repelidos, no vuelven pie atrás. Lo que sin duda logran con aquello es hacer a todos patente, y mayormente al mismo rey, que tenían allí muchos hombres, pero pocos guerreros. La refriega empezada duró todo aquel día.

211. Como los medos se retiraron del choque, después de salir muy mal parados en él, y fueron a relevarles los persas entrando en acción, hizo venir el rey a los Inmortales, cuyo general era Hidarnes, muy confiado en que estos derrotarían a los griegos sin dificultad alguna. Entran, pues, los Inmortales a medir sus fuerzas con los griegos, y no con mejor fortuna que la tropa de los medos, sino con la misma pérdida que ellos, porque se veían obligados a pelear en un paso angosto, y con unas lanzas más cortas que las que usaban los

griegos, no sirviéndoles de nada su superioridad numérica. Hacían allí los lacedemonios prodigios de valor, mostrándose en todo guerreros expertos y veteranos en medio de unos enemigos mal disciplinados e inexpertos, muy particularmente cuando al volver las espaldas lo hacían bien formados y con mucha rapidez. Al verlos huir los bárbaros en sus retiradas, iban tras ellos con mucho alboroto y griterío; pero al ir ya a alcanzarlos, se volvían los griegos de repente y, haciéndolos frente bien ordenados, es increíble cuánto enemigo persa derribaban, si bien en aquellos encuentros no dejaban de caer algunos pocos espartanos. Viendo los persas que no podían apoderarse de aquel paso, por más que lo intentaron con su formación dividida y con sus fuerzas juntas, desistieron al cabo de la empresa.

212. Dícese que el rey, que estuvo mirando todas aquellas embestidas del combate, por tres veces distintas saltó del trono con mucha precipitación receloso de perder allí su ejército. Tal fue por entonces el tenor de la contienda; el día después nada mejor les salió a los bárbaros el combate, al cual volvieron muy confiados en que, siendo tan pocos los enemigos, estarían tan llenos de heridas que ni fuerza tendrían para tomar las armas ni levantar los brazos. Pero los griegos, ordenados en diferentes cuerpos y repartidos por naciones, iban entrando por orden en la refriega, faltando solo los focenses, que habían sido destacados en la montaña para guardar una senda que allí había. Así que, viendo los persas que tan mal les iba el segundo día como les había ido el primero, se fueron otra vez retirando.

213. Hallábase el rey confuso, no sabiendo qué resolución tomar en aquella situación, cuando Epialtes[354], hijo de Euridemo, natural de Mélide, pidió audiencia para ver al rey, esperando salir de ella muy bien premiado y favorecido. Le reveló, en efecto, que en los montes había cierta senda que iba hasta las Termópilas, y con esta delación abrió camino a la ruina de los griegos que estaban allí apostados. Este traidor, temiendo después la venganza de los lacedemonios, huyó a Tesalia, y en aquella ausencia fue proscrito por los pilágoros[355],

---

[354] Epialtes o Efialtes, proverbial traidor de este famoso episodio histórico, da pie a la palabra que en griego moderno significa «pesadilla».
[355] Los representantes en la Anfictionía de las comunidades que formaban parte de ella.

habiéndose celebrado en Pilas la reunión de los anfictiones y puesta a precio de dinero su cabeza. Pasado tiempo, habiendo regresado a Anticira, murió a manos de Aténadas, natural de Traquis; y si bien es verdad que Aténadas le quitó la vida por cierto motivo que en otro lugar explicaré, con todo, no se lo premiaron menos los lacedemonios. Epialtes, en suma, pereció después.

214. Se cuenta también de otro modo. Se dice que los que dieron aviso al rey y condujeron a los persas por el rodeo de los montes, fueron Onetas, hijo de Fanágoras, ciudadano de Caristo, y Coridalo, natural de Anticira. Pero de ningún modo doy crédito a esta versión por dos razones: la una, porque debemos atenernos al juicio de los pilágoros, quienes, bien informados sin duda del hecho, no ofrecieron una recompensa con un bando de proscripción por la cabeza de Onetas ni por la de Coridalo, sino solamente por la de Epialtes de Traquis; la otra, porque sabemos que Epialtes se ausentó por causa de este delito. Pudo muy bien Onetas, por más que no fuese de Mélide, tener noticia de aquella senda, si por mucho tiempo había vivido en el país, no lo niego; solo afirmo que Epialtes fue el guía que les llevó por aquel rodeo del monte, y en el descubrimiento de la senda le cargo toda la culpa.

215. Alegre Jerjes sobremanera, cuando tuvo a bien seguir el consejo y proyecto que Epialtes le proponía, despachó enseguida para que lo pusiese en obra a Hidarnes con el cuerpo de tropas que mandaba. Salió del campo Hidarnes entre dos luces antes de cerrar la noche. Por lo que respecta a dicha senda, los naturales de Mélide habían sido los primeros que la hallaron, y hallada, guiaron por ella a los tesalios contra los focenses, en el tiempo en que estos, precisamente por haber cerrado la entrada con aquel muro, se encontraban a cubierto de aquella guerra. Y desde que fue descubierta, habiendo pasado largo tiempo, nunca habían necesitado los melieos hacer ningún uso de aquella senda.

216. La dirección de ella comienza desde el río Asopo, que pasa por la quebrada de un monte, el cual lleva el mismo nombre que la senda, el de Anopea. Va siguiendo la Anopea la espalda de la montaña y termina cerca de Alpeno, que es la primera de las ciudades de Lócride, por el lado de los melieos, cerca de la roca que llaman

Melampigo, y cerca del hogar de los Cercopes[356], donde se halla el paso más estrecho.

217. Habiendo, pues, los persas pasado el Asopo, iban marchando por la mencionada senda tal cual la describimos, teniendo a la derecha el macizo del Eta, y a la izquierda los montes de Traquis. Al rayar el alba se hallaron en la cumbre del monte, lugar en que estaba apostado un destacamento de mil hoplitas focenses, como tengo antes declarado, con el objeto de defender su tierra y de impedir el paso de la senda, pues la entrada por la parte inferior estaba confiada a la custodia de los que llevo dicho; pero la senda del monte la guardaban los focenses, que voluntariamente se habían ofrecido a Leónidas para su defensa.

218. Al tiempo de subir los persas a la cima del monte no fueron vistos, por estar todo cubierto de encinas; pero no por eso dejaron de ser sentidos por los focenses por el medio siguiente: era serena la noche y mucho el estrépito que por necesidad hacían los persas, pisando tanta hojarasca como allí estaba tendida. Con este indicio se van corriendo los focenses a tomar las armas, y no bien acaban de acomodarse, cuando se presentan ya los bárbaros ante sus ojos. Al ver estos allí tanta gente armada, quedan desconcertados, como hombre que, sin el menor recelo de dar con ningún enemigo, se encuentran con un ejército formado. Temiendo mucho Hidarnes que fuesen los focenses un cuerpo de lacedemonios, preguntó a Epialtes de qué nación era aquella tropa, y averiguada bien la cosa, formó a sus persas en orden de batalla. Los focenses, viéndose atacados con una espesa lluvia de flechas, se retiraron huyendo al picacho más alto del monte, creyendo que el enemigo venía solo contra ellos sin otro destino, y con este pensamiento se disponían a morir peleando. Pero los persas conducidos por Epialtes, a las órdenes de Hidarnes, sin cuidarse más de los focenses, fueron bajando del monte con suma presteza.

---

[356] Los Cercopes eran dos enanos gemelos que se dedicaban a importunar con sus hurtos a los viajeros. Cuando Heracles les sorprendió intentando robarle, les colgó bocabajo en un palo que se echó a los hombros; al ver las velludas nalgas del héroe, entendieron entre risas la advertencia de su madre acerca de un hombre *melampigo*, es decir, «culinegro».

219. El primer aviso que tuvieron los griegos que se hallaban en las Termópilas fue el que les dio el adivino Megistias, quien, observando las víctimas sacrificadas, les dijo que al asomar la aurora les esperaba la muerte. Llegaron después unos desertores, que les dieron cuenta de la dirección que tomaban los persas, aviso que les llegó cuando aún era de noche. En tercer lugar, cuando iba ya apuntando el día corrieron hacia ellos con la misma noticia sus centinelas diurnos, bajando de las atalayas. Entrando entonces los griegos a debatir sobre la situación, se dividieron en varios pareceres: los unos juzgaban que no convenía dejar el puesto, y los otros porfiaban en que se dejase; de donde resultó que, discordes entre sí, se retiraron los unos y separados se volvieron a sus respectivas ciudades, y los otros se dispusieron para quedarse a pie firme en compañía de Leónidas.

220. Se tiene, no obstante, por muy válido que quien les hizo marchar de allí fue Leónidas mismo, deseoso de impedir la pérdida común de todos; añadiendo que ni él ni sus espartanos allí presentes podían, sin faltar a su honor, dejar el puesto para cuya defensa y guarda habían venido. Esta es la opinión a la que mucho más me inclino, que al ver Leónidas que no se quedaban los aliados de muy buena gana, ni querían en compañía suya acometer aquel peligro, él mismo les aconsejó que partiesen de allí, diciendo que su honor no le permitía la retirada, y haciendo la cuenta de que con quedarse en su puesto moriría cubierto de una gloria inmortal, y que nunca se borraría la feliz memoria de Esparta; y así lo pienso por lo que voy a relatar. Consultando los espartanos el oráculo sobre aquella guerra en el momento que la vieron emprendida por el persa, les respondió la Pitia que una de dos cosas debía suceder: o que fuese Lacedemonia arruinada por los bárbaros, o que pereciese el rey de los lacedemonios, cuyo oráculo les fue dado en versos hexámetros con el sentido siguiente:

> Sabed, vosotros, colonos de la opulenta Esparta, que,
> o bien la patria ciudad grande, colmada de gloria, será presa
> por los hijos de Perseo, o bien si deja de serlo
> verá no sin llanto la muerte de su rey el país lacedemonio.
> Ínclita prole de Heracles, no sufrirá este rey de toros
> ni de leones el ímpetu duro, sino ímpetu todo del mismo Zeus:

ni creo que alce Zeus la mano fatal, hasta que lleve a su término
una de dos ruinas.

Contando Leónidas, repito, con este oráculo, y queriendo que
recayese toda la gloria sobre los espartanos únicamente, creo más
bien que dejó marchar a los aliados, antes que le abandonasen tan
feamente por ser de contrario parecer los que de él se separaron.

221. No es para mí la menor prueba de lo dicho la que voy a referir. Es cierto y comprobado que Leónidas no solo despidió a los
otros, sino también al adivino Megistias, que en aquella jornada le
seguía, siendo natural de Acarnania y uno de los descendientes de
Melampo[357], a lo que se decía, quien por las señales de las víctimas
les predijo lo que les había de acontecer; y le despidió para que no
pereciese en su compañía. Verdad es que el adivino despedido no
quiso desampararle, y se contentó con despedir a un hijo suyo, el
único que tenía, el cual formaba parte de la expedición.

222. Despedidos, pues, los aliados obedientes a Leónidas, se fueron retirando, quedando solo con los lacedemonios, los tespieos y los
tebanos. Contra su voluntad y a despecho suyo quedaban los tebanos,
ya que Leónidas quiso retenérselos como rehenes; pero con muchísimo gusto los tespieos, diciendo que nunca se irían de allí dejando a
Leónidas y a los que con él estaban, sino que a pie firme morirían con
ellos. El comandante de esta tropa era Demófilo, hijo de Diádromes.

223. Entretanto, Jerjes, al salir el sol, hizo sus libaciones, y dejando pasar algún tiempo a la hora que suele el ágora estar llena ya
de gente[358], mandó avanzar, pues así se lo había aconsejado Epialtes,
puesto que la bajada del monte era más breve y el trecho mucho más
corto que el rodeo y la subida. Se iban acercando los bárbaros salidos
del campamento de Jerjes, y los griegos conducidos por Leónidas,
como hombres que salían a buscar la muerte, se adelantaron mucho
más de lo que antes hacían, hasta el sitio más espacioso de aquel
desfiladero, no teniendo ya como antes guardadas las espaldas con la

---

[357] Mítico adivino y sanador que reinó sobre Argos. Su excepcional piedad le hizo
contar con el favor de Apolo, dios vinculado a la medicina.
[358] Fórmula para indicar las horas centrales de la mañana, entre el amanecer y el
mediodía.

fortificación de la muralla. Entonces, pues, viniendo a las manos con el enemigo fuera de aquellas angosturas los que peleaban en los días anteriores contenidos dentro de ellas, era mayor el estrago y caían en mayor número los bárbaros. A esto contribuía no poco el que los oficiales de aquellas compañías, situados a las espaldas de la tropa con el látigo en la mano, obligaban a golpes a que avanzase cada soldado, surgiendo de aquí que muchos caídos en el mar se ahogasen, y que muchos más, estrujados y pisoteados los unos a los pies de los otros, quedasen allí tendidos, sin cuidarse nada del infeliz que perecía. Y los griegos, sabiendo que habían de morir a manos de las tropas que bajaban por aquel rodeo de los montes, hacían el último esfuerzo de su brazo contra los bárbaros, despreciando la vida y peleando con un furor desesperado.

224. En el calor del choque, rotas las lanzas de la mayor parte de los combatientes espartanos, iban con la espada desnuda causando una carnicería en los persas. En esta refriega cae Leónidas peleando heroicamente, y con él muchos otros famosos espartanos, y muchos que no eran tan celebrados, de cuyos nombres procuré informarme y asimismo del nombre de todos los trescientos. Mueren allí también muchos persas distinguidos e insignes, y entre ellos dos hijos de Darío, el uno Abrócomas y el otro Hiperantes, a quienes tuvo con su esposa Fratagune, hija de Ártanes, el cual, siendo hermano del rey Darío, hijo de Histaspes y nieto de Ársames, cuando dio aquella esposa a Darío, le dio con ella, pues era hija única y heredera, su casa y hacienda.

225. Allí murieron peleando estos dos hermanos de Jerjes. Pero muerto ya Leónidas, se entabló cerca de su cadáver la mayor pelea entre persas y lacedemonios, sobre quiénes se le llevarían, la cual duró hasta que los griegos, haciendo retirar por cuatro veces a los enemigos, le sacaron de allí a viva fuerza. Perseveró el furor de la acción hasta el punto de que se acercaron los que venían con Epialtes, pues apenas oyeron los griegos que ya llegaban, desde entonces se hizo muy otro el combate. Volviéndose atrás al paso estrecho del camino y pasada otra vez la muralla, llegaron a un cerro, y juntos allí todos menos los tebanos, se sentaron apiñados. Dicho cerro se encuentra en aquella entrada donde se ve al presente un león de piedra en honor de Leónidas. Peleando allí con la espada los que todavía la conservaban, y todos con las manos y a bocados defendiéndose de los enemigos, fueron cubiertos de tiros y sepultados bajo los dardos de los bárbaros, de quienes unos les acometían de frente echando por tierra el parapeto de la muralla, y otros, dando la vuelta, les envolvían por todas partes.

226. Y siendo así que todos aquellos lacedemonios y tespieos se portaron como héroes, es fama con todo que el más bravo fue el espartano Diéneces, de quien cuentan que cuando oyó decir a uno de los traquinios, antes de venir a las manos con los medos, que al disparar los bárbaros sus arcos cubrían el sol con una espesa nube de flechas, tan elevado era su número, sin turbarse por ello, le dio por respuesta un comentario que no mostraba preocupación alguna por los medos; le dijo que no podía el amigo traquinio darle mejor noticia, pues cubriendo los medos el sol se podría pelear con ellos a la sombra sin que les molestase el calor. Este dicho, y otros como este, se dice que dejó a la posteridad en memoria suya el lacedemonio Diéneces.

227. Después de este destacaron por su valor dos hermanos lacedemonios, Alfeo y Marón, hijos de Orsifanto. Entre los tespieos el que más se distinguió aquel día fue cierto Ditirambo, que así se llamaba, hijo de Harmátides.

228. En honor de estos héroes enterrados allí mismo donde cayeron, no menos que de los otros que murieron antes de que partiesen de allí los despachados por Leónidas, se pusieron estas inscripciones:

> Contra tres millones pelearon solos aquí, en este sitio, cuatro mil peloponesios.

Este epigrama se puso a todos los combatientes en común, pero a los espartanos se dedicó este en particular:

> Habla a los lacedemonios, caminante, y diles que yacemos aquí obedientes a sus mandatos.

Este a los lacedemonios; al adivino, por su parte, se le puso el siguiente:

> He aquí el túmulo de Megistias, a quien dio esclarecida muerte al pasar el Esperqueo la espada meda: es túmulo de un adivino que supo su hado cercano sin querer abandonar a su jefe espartano.

Los que honraron a los muertos con dichas inscripciones y con sus estelas, excepto la del adivino Megistias, fueron los anfictiones, pues la de Megistias quien la mandó grabar fue su huésped y amigo Simónides[359], hijo de Leoprepes.

229. Entre los trescientos espartanos de los que hablo, se dice que hubo dos, Éurito y Aristodemo, quienes pudiendo ambos de común acuerdo volverse a Esparta, puesto que con permiso de Leónidas se hallaban ausentes del campo y, enfermos gravemente de los ojos, estaban en cama en Alpenos, o. si no querían volverse a ella, ir juntos a morir con sus compañeros, teniendo con todo en su mano elegir una u otra opción, se dice que no pudieron llegar a una misma resolución. Corre la fama de que, contrarios en su modo de pensar, llegando a oídos de Éurito la maniobra de los persas por aquel rodeo, mandó que le trajesen sus armas y, vestido, ordenó a su esclavo ilota que le condujese al campo de batalla, y que el ilota, después de conducirle allí, se escapó huyendo; pero que Éurito, metido en lo recio del combate, murió peleando; sin embargo, Aristodemo, se quedó por cobardía. Opino acerca de esto que si solo Aristodemo hubiera podido por estar enfermo volver a salvo a Esparta, o que si enfermos ambos hubieran dado la vuelta, no habrían mostrado los espartanos el menor disgusto. Pero entonces, pereciendo el uno y no queriendo el otro morir con él en un lance igual, no pudieron menos los espartanos que irritarse contra dicho Aristodemo.

230. Algunos hay que así lo cuentan, y que por este medio Aristodemo se volvió sano y salvo a Esparta; pero otros dicen que, enviado desde el campamento a Esparta como mensajero, estando aún a tiempo de intervenir en el combate que se produjo, no quiso participar en él, sino que esperando en el camino el resultado de la acción, logró salvarse; pero que su compañero de viaje, retrocediendo para participar en la batalla, quedó allí muerto.

231. Vuelto Aristodemo a Lacedemonia, incurrió con todos en una común nota de infamia, siendo tratado como maldito, de modo que ninguno de los espartanos le daba fuego ni le dirigía la palabra, y era generalmente apodado como Aristodemo el Tembloroso. Pero

---

[359] Se trata del poeta lírico coral Simónides de Ceos.

él supo pelear de tal modo en la batalla de Platea que borró del todo la pasada ignominia.

232. Se cuenta asimismo que otro de los trescientos, cuyo nombre era Pantitas, que había sido enviado como mensajero a Tesalia, quedó vivo; pero cuando de vuelta a Esparta se vio públicamente señalado como infame, él mismo se ahorcó.

233. Los tebanos, a quienes mandaba Leontíadas, todo el tiempo que estuvieron en el cuerpo de los griegos peleaban contra las tropas del rey obligados por la necesidad; pero cuando vieron que se decantaba la victoria hacia los persas, separándose de los griegos que con Leónidas se retiraban a prisa hacia el collado, empezaron a tender las manos y a acercarse más a los bárbaros, diciendo que ellos seguían la causa de los medos (y nunca más que entonces dijeron la pura verdad), que habían sido los primeros en entregar la tierra y el agua al arbitrio del rey, que obligados por la fuerza habían venido a las Termópilas, y que no tenían culpa en el daño y destrozo que había sufrido el soberano. Por estas razones que en su favor alegaban y por el hecho de que tenían allí como testigos a los tesalios, se salvaron, aunque no por eso lograron muy buen desenlace, porque los bárbaros mataron a algunos al tiempo que los prendían conforme llegaban, y a la mayoría, empezando por su general Leontíadas, se les marcó por orden de Jerjes con el estigma real como esclavos. Era hijo de dicho Leontíadas aquel Eurímaco a quien algún tiempo después, siendo caudillo de cuatrocientos soldados tebanos, mataron los plateos, de cuya ciudadela se había apoderado.

234. Así se portaron los griegos en la batalla de las Termópilas. Jerjes, haciendo llamar a Demarato, empezó a hablarle de esta forma: «Te digo, Demarato, que eres un hombre de bien, verdad que deduzco de la experiencia misma, viendo que cuanto me has dicho se ha cumplido todo puntualmente. Digo, pues, ahora: ¿cuántos serán los lacedemonios restantes y cuántos de los restantes serán tan bravos soldados como estos? ¿O todos serán lo mismo?» Respondió a esto Demarato: «Grande es, señor, el número de los lacedemonios, y muchas son sus ciudades. Voy a deciros puntualmente lo que de mí queréis saber. Hay en Lacedemonia una ciudad, Esparta, que vendrá a tener cosa de ocho mil hombres, y todos ellos guerreros tan valientes como los que acaban de pelear aquí. Los demás lacedemonios, si bien son todos gente de valor, no tienen que ver con ellos». A esto replicó Jerjes: «Ahora, pues, Demarato, quiero saber de ti por qué medio, con menos fatiga, lograremos someter a esos hombres. Dímelo tú que, como rey que fuiste, debes de tener su carácter bien conocido».

235. «Señor —respondió Demarato—: miro como un deber en toda justicia descubriros el medio más oportuno, ya que me honráis con vuestra consulta. Este medio sería el que sacaseis vos de la armada trescientas naves y las enviaseis contra las costas de Lacedemonia. Hay cerca de ellas una isla que se llama Citera, de la cual solía decir Quilón, el hombre más sabio que allí se vio jamás[360], que lo mejor sería para los espartanos que el mar se la tragase que no el que sobresaliese del agua, receloso siempre aquel hombre de que por esa isla viniera alguna situación semejante a la que ahora os propongo: no porque él previese entonces la venida de vuestra armada, sino por el temor que sentía de una armada, cualquiera que fuese. Digo, en una palabra, que, una vez apoderados los vuestros de aquella isla, ataquen desde ella a los lacedemonios y les infundan miedo. Viéndose ellos de cerca amenazados con una guerra en casa, no habrá temor alguno de que intenten salir al socorro del resto de Grecia. Dominado ya con esto el resto de Grecia, quedará únicamente Laconia, sin fuerzas ya por sí sola para la resistencia. Pero si vos no lo hacéis así, ved aquí lo que sucederá: hay en el Peloponeso un istmo estrecho, en cuyo puerto, aliados contra vos todos los peloponesios, bien podéis suponer que pelearán con más fuerza y valor que el empleado hasta ahora. Al revés si seguís mi consejo; sin disparar un tiro de arco, el istmo y todas las ciudades por sí mismas se entregarán».

236. Se hallaba presente en esta conversación Aquémenes, hermano de Jerjes y general de las tropas de mar, quien, temeroso de que se dejase llevar el rey de tal consejo, le habló en estos términos: «Veo, señor, que dais oído, y no sé si crédito también, a las palabras y razones de ese hombre, que mira de mal ojo vuestras ventajas o que urde algún tropiezo; pues tales son las artes que practican con más gusto los griegos: envidiar la dicha ajena y aborrecer a los que pueden más. Pues si en el estado en que se halla nuestra armada con la desgracia de

---

[360] Figura en el elenco tradicional de los proverbiales Siete Sabios de Grecia.

haber naufragado cuatrocientas naves, sacáis de ella otras trescientas para que vayan a recorrer las costas del Peloponeso, sin duda los enemigos se hallarán por mar con fuerzas iguales a las nuestras. Unida, al contrario, la armada entera, además de que no da lugar a ser fácilmente atacada, es tan superior, que la enemiga de todo punto no es capaz de pelear con ella. Además de que unida así la armada escoltará al ejército, y el ejército a la armada, marchando al mismo tiempo; al paso que si hacéis esta separación de escuadras, ni vos podréis ayudarlas ni ellas a vos. Lo mejor es que deis buena orden en vuestras cosas, sin entrar en la mira de adivinar los planes del enemigo, no cuidando del sitio donde os esperarán armados, de lo que harán, del número de tropas que puedan juntar. Allá ellos con sus asuntos, que en mala hora sabrán cuidarse de ellos; nosotros por nuestra parte cuidemos de los propios. Y si nos salen al encuentro los lacedemonios y se enfrentan con el persa, no saldrán sino con la cabeza rota».

237. «Bien me parece lo que dices, Aquémenes —replicó luego Jerjes—, y como tú lo dices lo haré. No deja Demarato de hablar de buena fe, diciendo lo que cree que más nos conviene, solo que no sabe pensar tan bien como tú; pues eso otro de sospechar mal de su amistad y de que no favorezca mis cosas, no lo haré yo, movido así de lo que él mismo me previno, como de lo que entraña en sí el asunto. Verdad es que un ciudadano envidia por lo común a su vecino, a quien ve ir próspero en sus negocios, y que con no decirle verdad se le muestra enemigo. Entre esta clase de gente vengo a concederte que un vecino consultado sea un prodigio de rectitud, y esos prodigios son bien raros. Pero no cabe lo mismo entre huéspedes, ni hay quien quiera más bien a otro que un extraño a su huésped, a quien ve en buen estado, del cual si consultado fuera, le responderá siempre lo que considere mejor. Lo que mando y ordeno, en suma, es que nadie en adelante hable mal de mi buen amigo y huésped Demarato».

238. Después de haber dicho este discurso, se fue Jerjes a pasar por el campo entre los muertos, y allí dio orden de que, cortada la cabeza de Leónidas, de quien sabía ser rey y general de los lacedemonios, fuera levantada sobre un palo. Y entre otras pruebas, no fue para mí la menor esta que dio el rey Jerjes de que a nadie del mundo había aborrecido tanto como a Leónidas vivo, pues de otra manera no se hubiera mostrado tan cruel e inhumano contra su cadáver,

puesto que no conozco en todo el mundo gente ninguna que haga tanto aprecio de los soldados de mérito y valor como los persas. En efecto, los encargados de aquella orden la ejecutaron de inmediato.

239. Volveré ahora a tomar el hilo de la historia que dejé algo atrás. Los lacedemonios fueron los primeros que tuvieron aviso de que el rey disponía una expedición contra Grecia, lo que les movió a enviar su consulta al oráculo de Delfos, de donde les vino la respuesta poco antes mencionada. Bien creído tengo, y me parece que no sin mucha razón, que no sería muy amigo de los lacedemonios Demarato, hijo de Aristón, que fugitivo de los suyos se había refugiado entre los medos, aunque de lo que él hizo, según voy a decir, podrán todos conjeturar si obraba por el bien que les deseaba o por el deseo de insultarles que tenía. Lo que en efecto hizo Demarato, presente en Susa, cuando resolvió Jerjes la expedición contra Grecia, fue procurar que llegase la noticia a oídos de los lacedemonios; y dado que corría el peligro de ser interceptado el aviso y no tenía otro medio para comunicárselo, se valió de la siguiente treta: tomó una tablilla de dos hojas, rayó bien la cera que las cubría, y en la madera misma grabó con letras la resolución del rey. Hecho esto, volvió a cubrir con cera las letras grabadas, para que el portador de un cuadernillo en blanco no fuera molestado por los guardas de los caminos. Llegado ya el correo a Lacedemonia, no podían dar con la explicación los mismos de la ciudad, hasta que Gorgo, hija de Cleómenes y esposa de Leónidas, fue la que les sugirió, según he oído decir, que rayasen la cera, habiendo ella deducido que hallarían escrito el mensaje en la misma madera. La creyeron ellos y, hallado y leído el mensaje, se lo comunicaron a los demás griegos. Y así es como dicen que sucedieron los hechos.

LIBRO OCTAVO

URANIA

Urania: la Astronomía

Batalla de Artemisio y avance persa (1-39)
Batalla naval de Artemisio (1-18). *Táctica de Temístocles tras la batalla (19-23). Acciones de Jerjes tras la batalla* (24-26). *Los tesalios conducen a los persas contra Fócide: origen de la enemistad entre tesalios y focenses* (27-30). *Avance de Jerjes hacia Atenas e intento de saqueo de Delfos* (34-39).

Antes de Salamina (40-83)
Los atenienses abandonan el Ática embarcándose para Salamina (40-49). *Jerjes se apodera de Atenas y su acrópolis* (50-55). *Temístocles convence a los griegos de presentar batalla en Salamina* (56-64). *Prodigio interpretado como favorable a los griegos (65). Los persas se preparan para la batalla a pesar de la oposición de Artemisia* (66-77). *Los griegos se preparan para la batalla* (78-83).

Batalla de Salamina (84-96)
Victoria griega (84-86). *Artemisia escapa y reina el desorden entre los persas en su huída* (87-91). *Actuación de los griegos* (92-95).

Después de Salamina (97-144)
Entrevista entre Jerjes, Mardonio y Artemisa (97-103). *La venganza de Hermotimo* (104-106). *Retirada de Jerjes y reacción de los griegos* (107-125). *Mardonio asedia Potidea* (126-129). *Reanudación de las hostilidades y propuesta de paz* (130-136). *Origen de los reyes macedonios* (137-139). *Discursos de Alejandro y de los espartanos y respuesta de Atenas* (140-144).

Batalla de Artemisio y avance persa

1. De este modo, pues, dicen que pasaron los acontecimientos. Por lo que respecta a la armada de los griegos, iban en ella los siguientes: los atenienses suministraban ciento veintisiete naves, a cuyo armamento concurrían con ellos los de Platea, quienes, aunque ignorantes en la náutica, por su valor y brío se mostraron dispuestos a embarcarse. Los corintios aportaban cuarenta naves; los megarenses, veinte, y los calcideos armaban otras veinte que los atenienses les habían prestado; contribuían con dieciocho los eginetas; con doce, los sicionios; con diez, los lacedemonios; con ocho, los epidaurios; los de Eretria, con siete; con cinco, los trecenios; con dos los estireos, y los de Ceos, con dos trirremes y dos penteconteros; los locros opuntios habían venido con otros siete penteconteros.

2. Estos eran los que militaban en la armada que se hallaba en Artemisio[361]. Dije ya con cuántas naves había allí concurrido cada una de las ciudades en particular; añado ahora que el número total de naves recogidas en Artemisio, sin contar los penteconteros, ascendía a doscientos setenta y uno. El general a quien todos obedecían era Euribíades, hijo de Euriclides, nombrado por los espartanos; y la causa de nombrarle había sido porque los aliados habían expresado que si no les mandaba un laconio, antes que militar a las órdenes de los atenienses, se disolvería la armada que estaba a punto de reunirse.

3. Nació dicha protesta del rumor que corría ya al principio, aún antes de que pasasen a Sicilia los emisarios encargados de atraerla a la alianza, de que sería menester confiar el mando de la flota a los atenienses. Viendo estos la oposición declarada de los aliados, cedieron en su pretensión por el gran deseo que tenían de que quedase libre Grecia, persuadidos de que iban sin duda a perecer si se dividían en bandos sobre el mando: justa reflexión, siendo una sedición interna tanto peor que una guerra común, de la misma manera que es peor la guerra que la paz. Gobernados, pues, por este principio, no quisieron pelear por el mando, prefiriendo antes cederlo por sí mismos hasta que viesen que los aliados necesitaban mucho de sus fuerzas; inten-

---

[361] El nombre no hace referencia a ninguna localidad, sino al templo dedicado a Ártemis situado en el norte de Eubea.

ción de la que dieron buenas muestras más adelante, porque una vez rechazados los persas, cuando se trataba ya de devolver la guerra en su misma casa, valiéndose de las violentas insolencias de Pausanias como pretexto[362], despojaron del mando a los lacedemonios, cosa que pasó después de las que aquí referimos.

4. Sucedió entonces a los griegos de la armada que se habían apostado en Artemisio, que al ver tantas naves juntas en Áfetas y que todo hervía de tropas, cosa que les sorprendió por parecerles que las fuerzas de los bárbaros alcanzaban en número mucho más de lo que se habían imaginado, poseídos del miedo, trataban de huir del cabo, yéndose en busca de refugio en lo más interior de Grecia. Conocida esta intención por los naturales de Eubea, suplicaron a Euribíades que tuviese a bien quedarse allí un poco más, hasta que ellos tuviesen tiempo para poner en salvo a sus hijos y familiares; y como no accedió a ello Euribíades, pasaron a negociar con el comandante de Atenas, Temístocles, con quien pactaron darle treinta talentos para que, apostados los griegos delante de Eubea, presentasen allí la batalla naval.

5. He aquí el artificio del que se valió Temístocles para retener allí a los griegos. De los treinta talentos mencionados dio cinco a Euribíades, como si se los regalara de su bolsillo. Persuadido el general con estas dádivas, quedaba aún por convencer a Adimanto, hijo de Ocito y jefe de los corintios, que era el único que se resistía, empeñado en querer hacerse a la vela y abandonar Artemisio. Se encaró Temístocles con él, y profiriendo un juramento, le habló así: «Por los dioses, que tú no has de dejarnos; yo te prometo darte tanto dinero y aún más del que te daría el mismo rey de los medos a fin de que abandones a tus aliados». Y no bien acabó de decir esto, envió a la nave de Adimanto tres talentos de plata. Seducidos, pues, estos con aquellas dádivas, cambiaron de parecer, y él satisfizo el deseo de los de Eubea, quedándose para sí, sin que nadie lo notase, el resto del dinero con tal disimulo que los mismos con quienes había repartido aquella cantidad estaban convencidos de que le había venido de Atenas, destinada para aquel efecto.

---

[362] Cf. *Historia* 5.32.

6. Se logró por este medio que se quedasen en Eubea y entrasen en combate las naves griegas, lo que se verificó del siguiente modo: después de que los bárbaros llegados a Áfetas vieron con sus propios ojos al hacerse de día lo que ya antes habían oído, que unas pocas naves griegas estaban apostadas cerca de Artemisio, tenían mucho deseo de dar sobre ellas a ver si podrían apresarlas. Pero con todo no les pareció adecuado embestirlas de frente por el recelo de que los griegos, si les veían ir contra ellos, no echasen a huir y la noche les librase después de sus manos, como sin duda hubiera sucedido, y también porque, según ellos decían, el golpe debía ser tal que ni uno solo se les escapase para dar noticia a los enemigos.

7. Bajo este supuesto, tomaron así las medidas. Escogieron doscientas naves de la armada, y las enviaron, a fin de que no fuesen vistas por los enemigos, por detrás de Escíatos a dar la vuelta de Eubea, queriendo que por delante de Cafareo y por cerca de Geresto navegasen hacia el Euripo. La intención que tenían era la de tomar en medio a los griegos y atacarlos, llegando por aquella parte las doscientas naves que les cortasen el paso para la retirada, y embistiendo las demás de la armada por la parte contraria. Tomada esta resolución, hicieron partir a las naves más ligeras destinadas a hacer aquel rodeo: las demás no tenían ánimo de acometer aquel día a los griegos, ni de hacerlo absolutamente hasta que las que daban la vuelta les hiciesen la señal de que ya se acercaban. Así pues, mientras las doscientas naves acudían a efectuar el cerco, pasaban revista los bárbaros y contaban las que restaban en Áfetas.

8. Mientras que se pasaba revista a la armada, hallándose en el campamento cierto Escilias, de Escione, el mejor buzo que entonces se conocía (como lo demostró bien en el naufragio ocurrido en las costas del monte Pelión, en el que sacando a salvo de las profundidades grandes riquezas para los persas, supo para sí acumular también muchas); hallándose, repito, decidido desde muchos días atrás a pasarse a los griegos sin haber podido hallar modo de hacerlo, aprovechó entonces la ocasión de la revista. De qué manera desde allí se pasó a los griegos, confieso que no acabo de entenderlo, y mucho me maravillo de lo que se dice sobre la habilidad del buzo, si lo tuviera por verdadero; pues circula la noticia de que, echándose al mar y partiendo de Áfetas, no paró hasta llegar a Artemisio, recorriendo bajo el agua, como si nada fuera, ochenta estadios de mar. Mil maravillas más son las que se cuentan de aquel hombre, que parte son muy parecidas a las fábulas, parte serán verdaderas. Mi opinión acerca de este punto no es otra que llegaría en algún barco a Artemisio. Lo cierto es que, llegado allí, dio cuenta a los generales griegos del naufragio padecido y de las naves destinadas a dar la vuelta a Eubea.

9. Conocida la noticia, entraron en deliberaciones los griegos sobre el caso, y entre muchos pareceres que allí se dieron, se tuvo como el mejor el de quedarse firmes en el puesto todo aquel día, pero que después de la medianoche levasen anclas y se fuesen a encontrar con las naves mencionadas que venían por aquel rodeo. Tomada esta determinación, viendo que nadie salía por entonces a atacarles, esperando la tarde de aquel mismo día, se fueron hacia la escuadra de los bárbaros de Áfetas, queriendo hacer una prueba de cómo peleaban los griegos y cómo acometían con las naves.

10. Cuando los soldados de Jerjes, así como los generales, les vieron venir contra sí con tan pocas naves, tomándoles por unos insensatos, dispusieron por su parte las naves, confiados de que con mucha facilidad les apresarían, y confiados no sin mucho fundamento, viendo qué pocas eran las embarcaciones de los griegos, y que las suyas propias, siendo en número superiores, les sacaban también ventaja en velocidad. Por esto, pues, y por el desprecio que sentían hacia los griegos, les cercaron en medio de su escuadra. Entonces aquellos jonios, que en su interior favorecían a los griegos, y que a despecho suyo militaban contra ellos, les tuvieron mucha compasión al verles rodeados de naves enemigas y dando por cierto que ni una sola podría ser capaz de escapar, tan flacas les parecían las fuerzas de la armada griega. Pero todos los que se alegraban de verles metidos en aquel trance rivalizaban por ver quién sería el primero que apresase una nave ática, esperando ser por ello premiados por el rey, pues entre las tropas del enemigo era mucha la fama y reputación de los atenienses.

11. Cuando se dio a los griegos la primera señal para atacar, dirigidas las proas contra los bárbaros, volvieron las popas hacia el medio del círculo que formaron, y a la segunda señal que se les hizo, emprendieron el ataque y, aunque reducidos dentro de un espacio muy corto, embistieron de frente al enemigo. Apresaron allí treinta naves

de los bárbaros, e hicieron prisionero a Filaón, hijo de Quersis y hermano de Gorgo, rey de los salaminios[363], personaje de gran influencia y reputación en la armada persa. El primero entre los griegos que apresó una nave enemiga y que se llevó el premio de aquella refriega fue el ateniense Licomedes, hijo de Escreo. Llegada la noche, esta separó a los que combatían en aquella batalla marítima con fortuna varia y victoria indecisa. Los griegos dieron la vuelta a Artemisio y los bárbaros a Áfetas, habiéndoles salido el enfrentamiento muy al revés de lo que se prometían. Durante este combate no hubo otro griego de los que servían al rey que se pasase a los griegos, sino solo el lemnio Antidoro, a quien en recompensa de esta acción dieron los atenienses unas posesiones en Salamina.

12. Entrada la noche, aunque se hallaban en medio de la estación misma del verano, se levantó un temporal de lluvia que duró toda ella, acompañado de espantosos truenos de la parte del monte Pelión. Los cadáveres y fragmentos de los barcos que habían naufragado, echados por las olas hacia Áfetas, y revueltos alrededor de las proas de las naves, impedían el juego a las palas de los remos. Las tropas navales que esto allí oían entraron en la mayor consternación, recelosas de que iban sin falta a perecer, según era su presente desventura, pues no habiéndose todavía repuesto del susto y ruina del naufragio y tormenta padecidos cerca del Pelión, acababa de asaltarles aquella fuerte batalla naval; y después de la refriega les sobrevenía entonces un recio temporal, con una furiosa bajada de torrentes hacia el mar y con tremendos truenos. Con tales sustos pasaron aquella noche.

13. Pero durante la noche, esta se hizo sentir de una manera aún más terrible a los persas que navegaban alrededor de Eubea, ya que les sorprendió en medio del mar, dando con todos ellos a pique, pues tomándoles aquella tormenta y lluvia cuando se hallaban delante de las Ensenadas de Eubea[364], llevados del viento sin saber hacia dónde, iban a naufragar en las peñas de la costa. No parece sino que la divi-

[363] Se trata de la Salamina situada en Chipre, no del islote perteneciente a Atenas en el que se librará la batalla narrada en el presente libro.
[364] En la costa suroeste de la isla de Eubea.

nidad procuraba por todos los medios igualar las fuerzas de la armada persa con las de la griega, no queriendo que fuese muy superior.

14. De esta manera se perdieron aquellos persas en las Ensenadas de Eubea. Los persas que se hallaban en Áfetas, cuando les amaneció la luz muy deseada del otro día, se estuvieron bien quietos en sus naves, teniendo a mucha dicha poder descansar entonces de tanta fatiga y trabajo. A los griegos les llegaron de refresco cincuenta y tres barcos más de Atenas, los cuales les animaron mucho con su socorro; no les alentó menos la noticia que al mismo tiempo les vino de cómo todos los bárbaros que daban la vuelta a Eubea habían naufragado en aquella pasada tormenta. Con esto, esperando la misma hora que el día anterior, salieron y se dejaron caer sobre las naves de Cilicia, y después de haberlas destruido, llegada ya la noche, dieron vuelta hacia Artemisio.

15. Llegado el tercer día, los jefes de los bárbaros, tanto por parecerles una indignidad que les dejase tan mal parados una armada tan corta, como por miedo de lo que diría y haría Jerjes contra ellos, no esperaron ya a que los griegos vinieran a atacarles, sino que tras exhortar a su gente, salieron ellos con su armada cerca del mediodía. Quiso la suerte que por aquellos mismos días en que se dieron aquellas batallas marítimas se dieran puntualmente en las Termópilas los combates por tierra. Todo el empeño de la armada naval de los griegos se encaminaba a guardar el Euripo, no menos que el de Leónidas con su gente a impedir la entrada por aquel desfiladero. Así que se animaban los griegos unos a otros para no dejar que penetrasen los bárbaros dentro de Grecia, y los bárbaros, por el contrario, se esforzaban en abrirse aquel paso por encima del destrozo del ejército griego.

16. Mientras la escuadra de Jerjes se dirigía hacia los griegos en formación de batalla, estos permanecían quietos en Artemisio. Habían los bárbaros dispuesto la escuadra en forma de media luna con ánimo de encerrar en medio a los griegos, quienes, al aproximarse ya el enemigo, sin esperar más tiempo, salieron a recibirle y a trabar combate con él, y pelearon de modo que la victoria quedó indecisa; porque si bien la armada de Jerjes, impedida por su misma enormidad y muchedumbre, no hacía sino dar contra sí misma, perturbando el curso de sus naves, que por necesidad embestían unas con otras, consideraban, a pesar de ello, una gran vergüenza retirarse de la batalla siendo tan pocas las naves enemigas. Ni por esto perecieron pocas naves y poca gente de los griegos, si bien mucho mayor fue la pérdida en naves y en gente de los bárbaros. Salieron al cabo unos y otros de la refriega con el resultado que acabo de reseñar.

17. En esta batalla naval los que entre todos los soldados de Jerjes mejor se portaron fueron los egipcios, quienes, entre otras proezas que hicieron, lograron apresar cinco naves griegas con toda la tripulación. De todos los griegos, los que mejor hicieron aquel día su deber fueron los atenienses, y entre estos lo hizo muy especialmente Clinias, hijo de Alcibíades, quien con una embarcación propia y armada a costa suya con doscientos hombres servía en la armada[365].

18. Después de que las dos armadas se separaron con el beneplácito de ambas, cada cual se fue con mucha prisa a su respectiva base de operaciones. Separados los griegos del choque, lo primero que procuraron fue recoger los muertos y los restos del naufragio. Pero viéndose todos muy mal parados, y no menos que los otros atenienses, cuyas naves se hallaban destrozadas por la mitad, solo pensaban en irse retirando hacia el interior de Grecia.

19. Haciendo allí Temístocles reflexión de que si podía lograr que la gente de Jonia y de Caria destruyese la armada bárbara, sería factible que alcanzasen los griegos la victoria sobre lo restante de ella, al tiempo que los naturales de Eubea conducían sus ganados hacia la playa, juntó a los generales y les dijo que le parecía haber pensado un medio con el cual esperaba poder alcanzar que las mejores tropas del bárbaro se separasen de la armada. Por entonces no descubrió nada más de lo que meditaba; solo les añadió que en las circunstancias presentes juzgaba que lo que debía hacer cada uno era matar cuanto ganado pudiese de los rebaños de Eubea, pues valía más que el ejército se aprovechara de él, que no los enemigos. Con esto

---

[365] Se discute si este Clinias es el mismo que Plutarco (cf. *Vida de Alcibíades* I) cita como padre del famoso Alcibíades, discípulo de Sócrates que desempeñó un papel muy relevante en la Guerra del Peloponeso, o bien un hermano de su abuelo. Por otro lado, en Atenas existía un impuesto no regular denominado «liturgia» que se asumía por parte de quienes estaban en condición de asumir gastos que la polis no podía, como armar naves de guerra.

instó a cada jefe a que mandase a su gente encender fuegos para asar las reses; acerca del momento de la retirada, les dijo que a su cuenta corría el que todos regresasen salvos a Grecia. A todos pareció bien el mandato, y encendidos los fuegos, se echaron sobre el ganado.

20. Se debe saber que los de Eubea, no contando con un oráculo de Bacis[366], como si nada importase, ni habían cuidado de sacar nada de su casa ni de introducirlo, considerando que estaban en vísperas de una guerra, y con esto habían dejado sus cosas expuestas a una total perdición y ruina. Y decía en este punto el oráculo de Bacis:

> Cuando el bárbaro imponga al mar yugo de papiro,
> harás que balen tus cabras lejos de Eubea.

Como los de Eubea, pues, no habían aprovechado en absoluto tales versos, ni en medio de las calamidades que ya padecían, ni con el miedo de las que les amenazaban, les aguardaba sin duda la última miseria y desastre.

21. Mientras que en esto se ocupaban, llegó el vigía que tenían en Traquis, ya que los griegos no solo en Artemisio habían puesto como vigía a Polias, natural de Anticira, con un barco preparado y prevenido para dar aviso a los de las Termópilas, en caso de que tuviese su armada algún encuentro y derrota con la enemiga, sino que se hallaba del mismo modo cerca de Leónidas, con un triecontero[367] a punto, el ateniense Abrónico, hijo de Lisicles, para informar luego a los que estaban en Artemisio de cualquier novedad que sucediese a las tropas de tierra. Fue, pues, dicho Abrónico el vigía que viniendo dio cuenta de lo sucedido a Leónidas y a su gente. Al oír los griegos aquella nueva, no pensaron en dilatar más la retirada, sino que por el orden en que se hallaban anclados, empezaron a partir primero los de Corinto, los últimos los de Atenas.

22. Escogiendo Temístocles entonces de la escuadra de Atenas las naves más ligeras, fue siguiendo con ellas los lugares previstos para surtirse de agua potable, dejando grabadas en las piedras vecinas unas letras, que, llegados el día después a Artemisio, pudieron leer los jo-

---

[366] A la figura legendaria de Bacis se le atribuía un corpus de oráculos.
[367] Embarcación ligera de treinta remos.

nios. Decían así las letras: «Jonios, no obráis bien al hacer la guerra a vuestros padres y mayores, ni al reducir Grecia a la esclavitud. La razón quiere que os pongáis de parte nuestra. Y si no tenéis ya en vuestra mano hacerlo así, por lo menos podéis aún retiraros vosotros mismos de la armada que nos persigue, y pedir a los carios que hagan lo que os vean hacer; y si ni lo uno ni lo otro pudierais ejecutar por hallaros tan agobiados con ese yugo, y tan estrechamente atados que no podáis levantaros contra el persa, lo que sin falta podréis hacer es que, entrando en algún combate, os quedéis mirando con vigilante descuido, teniendo presente que sois nuestros descendientes y sois la causa del odio que desde el principio nos cobró ese bárbaro». Por lo que sospecho, esto lo escribía Temístocles con un doble propósito: o para lograr que los jonios, desertando del persa, se pasasen a su armada, si no llegaban las letras a oídos del rey, o para que este tuviese por sospechosos a los jonios y les impidiese entrar en batalla naval, si le contaban lo sucedido y ponían mal a sus ojos la fidelidad de los jonios.

23. Apenas acababa Temístocles de inscribir esto, cuando un hombre natural de Histiea llegó en un barco a dar la noticia a los bárbaros de que los griegos huían de Artemisio. Ellos, al no fiarse del espía, se aseguraron de su persona poniéndole preso mientras despachaban unas naves ligeras que fuesen a ver lo que ocurría. Vueltas estas con la noticia de lo que realmente pasaba, al salir el sol, toda la armada junta se puso de viaje en dirección a Artemisio, en donde, haciendo alto hasta el mediodía, se encaminó después a Histiea. Llegados allí los bárbaros, se apoderaron de la ciudad de los histieos y de una parte de Elopia, y se fueron corriendo y talando todas las aldeas marítimas de Histiea.

24. Estando así las cosas, despachó Jerjes un heraldo a su armada, después de tomar sus decisiones acerca de los caídos: dejó sin enterrar cerca de mil cuerpos y, mandando recoger todos los demás cadáveres que de su ejército habían perecido (y no bajaban de veinte mil los que en las Termópilas murieron), hizo enterrarles en unas fosas abiertas a este fin, y las cubrió otra vez con tierra disimulándolas con la hojarasca allí tendida para que no lo viese la gente de su marina. Cuando llegó a Histiea el heraldo, mandando juntar toda la gente de la armada, les dijo lo siguiente: «Gente de guerra, el rey Jerjes da licencia al que de vosotros la quiera para que dejando este puesto, y viniendo al campo, vea cómo peleó el monarca con estos griegos insensatos y temerarios que esperaban poder más que su ejército».

25. Proclamado el bando, de nada hubo luego en la escuadra tanta falta como de barcos con los que pasar a las Termópilas; tantos eran los que querían concurrir al espectáculo. Trasladados allí, miraban los cadáveres pasando por medio de ellos, asegurándose bien todos de que dichos muertos eran lacedemonios y tespieos, aunque también veían con otro traje a los ilotas, tendidos allí mismo. Pero a nadie se le pasó por alto el artificio que usó Jerjes con sus muertos; les pareció antes a todos una cosa ridícula que por parte persa se dejasen ver mil de sus soldados tendidos, y que los enemigos, en número de cuatro mil, estuviesen allí juntos y recogidos en un mismo sitio. Este día entero lo gastaron en aquel espectáculo, pero el día después dieron unos la vuelta para sus naves a Histiea y los del ejército de Jerjes se dispusieron para la marcha.

26. Entretanto, ciertos aventureros naturales de Arcadia, pocos en número, faltos de medios y deseosos de tener a quién servir para ganarse la vida, se pasaron a los persas. Conducidos a la presencia del rey, les preguntaron los persas, llevando uno la voz en nombre de todos, qué era lo que entonces estaban haciendo los griegos. Respondieron ellos que celebraban los Juegos Olímpicos, habiendo concurrido a los certámenes atléticos y ecuestres. Preguntó el persa cuál era el premio propuesto por el que contendían, a lo que respondieron que el premio consistía en una corona de olivo que allí se daba. Entonces fue cuando, oyendo esto Tritantecmes, hijo de Artábano, expresó un finísimo comentario, si bien le costó ser considerado por rey como traidor y cobarde; pues informado de que el premio, en vez de ser de dinero, era una guirnalda, no pudo contenerse sin decir delante de todos: «Bravo, Mardonio, ¿contra qué especie de hombres nos sacas a campaña, que no compiten sobre quién será más rico, sino más virtuoso?».

27. En el intervalo del tiempo que pasó tras el desastre de las Termópilas, los tesalios, sin esperar más, enviaron un mensajero a los focenses, movidos de la aversión y el odio que siempre les tenían, y mucho más después de su último destrozo, de manos de ellos recibido; pues en una expedición que los tesalios con sus aliados habían hecho no muchos años antes de que el rey se dirigiese contra Grecia, juntando todas sus fuerzas, habían sido vencidos por los focenses y pésimamente tratados. He aquí cómo pasó: obligados los focenses a refugiarse en el Parnaso, tenían en su compañía al adivino Telias de Élide, quien halló una estratagema oportuna para la venganza. Embadurnó con yeso a seiscientos focenses, los más valientes del ejército, cubriéndoles de pies a cabeza con aquella capa, no menos que todas sus armas; dándoles después la orden de que matasen a cualquiera que no viesen blanquear, atacó de noche a los de Tesalia. Los centinelas avanzados de los tesalios, los primeros que los vieron, quedaron sobrecogidos, pensando que eran fantasmas blancos o apariciones. Tras este terror de los guardias, se espantó igualmente todo el ejército, de modo que los focenses lograron dar muerte a cuatro mil tesalios, y apoderarse de sus escudos, de los cuales consagraron una mitad en Abas[368] y la otra mitad en Delfos. El diezmo del botín que en aquella batalla recogieron, parte se empleó en hacer unas grandes estatuas que están colocadas delante del templo de Delfos alrededor del trípode[369], parte en alzar en Abas otras tantas como las de Delfos.

28. Así maltrataron los focenses a la infantería de los tesalios que los tenía bloqueados, y dieron un golpe mortal a la caballería, que iba a hacer sus correrías por el territorio; porque allí cerca de Hiámpolis, en la entrada misma del país, abriendo una zanja, metieron dentro unos cántaros vacíos, y echando tierra por encima hasta igualar la superficie de ella con el resto del terreno, recibieron allí a los jinetes tesalios que les atacaban, los cuales, llevados a rienda suelta como quienes iban ya aniquilar a los focenses, tropezaron con los cántaros, con lo cual su caballería quedó manca y estropeada.

29. Ahora, pues, movidos los tesalios por el rencor que mantenían contra los focenses, nacido de estas dos pérdidas, por medio de su mensajero les hablaron en estos términos: «Al cabo, ¡oh focenses!,

---

[368] Santuario de gran reputación situado en Fócide y dedicado, como el de Delfos, a Apolo.
[369] Este conjunto escultórico representaba a Heracles intentando robar a Apolo el trípode desde el que emitía sus oráculos la Pitia de Delfos.

vueltos ya de vuestro error, confesaréis que no sois tan grandes como nosotros. Ya antes entre los griegos, cuando nos placía seguir su causa éramos siempre tenidos en mayor consideración que vosotros, y al presente podemos tanto ante el bárbaro, que en nuestra mano está no solo el privaros de vuestras posesiones, sino el haceros a todos esclavos. Pero no es menester que, pudiendo tanto, empleemos todo nuestro poder en vengarnos de vosotros. Nos contentamos con que en recompensa de vuestras injurias nos deis cincuenta talentos de plata, y os garantizamos que no se os hará el daño que amenaza a vuestra tierra».

30. Esto fue lo que los tesalios enviaron a decirles. En aquellos contornos los focenses eran los únicos que no seguían la causa de los medos, y esto era, a lo que por buenas razones alcanzo, no por otro motivo sino por la enemistad con los tesalios, tanto que si los tésalos estuvieran de parte de los griegos, hubieran los focenses estado de parte de los medos, por lo que deduzco. A la propuesta hecha por los de Tesalia respondieron los focenses que no debían esperar ni un óbolo de ellos; que si ellos quisieran, en su mano tenían el ser tan medos como los tésalos mismos, pero que no pensaban ser, sin más ni más, solo por su gusto, traidores a Grecia.

31. Recibida tal respuesta e irritados por ella los tesalios con los focenses, resolvieron servir de guía al bárbaro en su camino. Desde la comarca de Traquis entraron por Dóride, pasando por aquella punta estrecha de la misma que de ancho no tiene más de treinta estadios, y viene a caer entre los límites de Mélide y de Fócide. Se llamaba antiguamente Dríopide, cuya región es la madre patria de los dorios que habitan el Peloponeso. Los bárbaros, pasando por ella, no hicieron allí hostilidad alguna, tanto por ser amiga de los medos como por no parecerles bien a los tesalios que la hicieran.

32. Pero dejada ya Dóride y entrados en Fócide, no pudieron encontrar a los focenses; pues una parte de ellos se habían subido a las alturas del Parnaso, cuya cima, puesta enfrente de la ciudad de Neón, es tan capaz que parece hecha a propósito para dar acogida a mucha gente. A esta cima, llamada Titórea, donde antes ya habían puesto en seguridad sus cosas, se había, como digo, subido y refugiado una parte de los focenses; pero otra más numerosa de los mismos, habiendo pasado hacia los locros ózolas, se trasladó a la ciudad de

Anfisa, que está situada sobre la llanura de Crisa. No pudiendo, pues, los bárbaros dar con los focenses, hicieron correrías por toda la tierra de Fócide, guiando los tesalios el ejército, y cuanto a las manos les venía, todo lo incendiaban y talaban, pegando fuego a las ciudades y a los templos.

33. Y en efecto, marchando por las orillas del río Cefiso, todo lo arruinaban, arrasando las ciudades de Drimo, de Caradra, de Eroco, de Tetronio, de Anfícea, de Neón, de Pediea, de Tritea, juntamente con la de Elatea, la de Hiámpolis, la de Parapotamio y la de Abas. En esta última había un rico templo de Apolo provisto de muchos tesoros[370] y ofrendas, y en él también estaba ya entonces su oráculo como lo hay al presente, todo lo cual no impidió que después de saqueado el santuario no fuese entregado a las llamas. Prendieron a algunos focenses persiguiéndoles por los montes, y de algunas prisioneras abusaron tanto los bárbaros en masa que acabaron con la vida de las infelices.

34. Dejados atrás Parapotamio, llegaron los bárbaros a Panopea. Desde allí, dividido el ejército, se separó en varios cuerpos: el mayor y más poderoso cuerpo de tropas, que llevando al frente a Jerjes, marchaba hacia Atenas, se adentró por la región de los beocios, en territorio de los orcómenos. La nación toda de los beocios era partidaria de los medos: en todas las ciudades de Beocia presidían ciertos hombres de Macedonia que había distribuido en ellas Alejandro para su resguardo, queriendo dar a Jerjes una prueba palpable de que todos los beocios seguían su causa. Por dicho camino marchaban, pues, los bárbaros del mencionado cuerpo.

35. Otro cuerpo de ellos, llevando sus guías, marchaba hacia el templo de Delfos, costeando el Parnaso, que tenían a la derecha; y estos, asimismo, entraban a sangre y fuego en cuanto delante se les ponía; tanto que incendiaron tres ciudades: la de Panopea, la de Daulis y la de Eólida. El motivo por que dicha división de tropa hacía esta jornada era el intento de saquear el templo de Delfos y presentar al rey aquellos ricos despojos. En efecto, Jerjes, a lo que tengo

---

[370] Los tesoros eran edificios en los que se depositaban las ofrendas (lo que hoy día conocemos propiamente como «tesoro») que las polis dedicaban a un dios.

entendido, sabía mejor los tesoros que había allí dignos de estima y consideración, que no los que dejaba él mismo en su palacio, siendo muchos los que de ellos le avisaban, y en especial de las ofrendas que hizo allí Creso, el hijo de Aliates.

36. Los naturales de Delfos, informados de lo que pasaba, se llenaron de horror, y poseídos por el pánico, consultaban a su oráculo lo que debían hacer con aquellos tesoros sagrados, si sería acaso mejor esconderlos bajo tierra o pasarlos a otra región. Pero aquel dios no permitió que los mudasen de lugar, diciendo que él por sí solo era bastante para cubrir y defender sus bienes sin auxilio ajeno. Con tal respuesta, se aplicaron los de Delfos a mirar por sus vidas y personas; y habiendo hecho pasar a sus hijos y mujeres a Acaya, se subieron casi todos a las cumbres del Parnaso y se refugiaron en la cueva Coricia, si bien algunos se escaparon a Anfisa, la de los locros. Todos los de Delfos, en suma, abandonaron la ciudad; a excepción de sesenta varones que con el adivino se quedaron allí.

37. Al estar tan cerca los bárbaros invasores que ya alcanzaban a ver el templo, entonces el adivino Acérato, que así se llamaba, observa y ve delante del templo mismo unas armas sagradas, que de lo interior del santuario habían sido allí trasladadas, armas que, sin horrendo sacrilegio, de mano de ningún hombre podían ser tocadas. Va el adivino a dar noticia del prodigio a los delfios que allí quedaban, cuando en este intermedio de tiempo, acercándose los bárbaros a toda prisa y estando ya delante del santuario de Atenea Pronaya[371], les sobrecogen nuevos portentos mucho mayores que el que llevo referido. No digo que no fuese un prodigio magnífico el que se dejasen ver allí delante del templo unas armas de guerra salidas fuera de él por sí mismas; repito, sí, que los portentos que a este primero se siguieron son los más maravillosos que jamás en el mundo hayan sucedido, porque al ir a atacar el santuario los bárbaros cercanos a Atenea Pronea, caen sobre ellos unos rayos dirigidos desde el cielo, dos riscos desgajados con furia de la cumbre del Parnaso bajan precipitados hacia ellos con un ruido espantoso, cogen y aplastan a

---

[371] Santuario de Atenea que se situaba ante el templo de Apolo, de ahí el sobrenombre, que significa «Ante el templo».

no pocos, y dentro del templo mismo de la Pronea se levanta gran algazara y gritos de guerra.

38. Con tanto prodigio junto en un mismo tiempo y lugar, se apoderó de los bárbaros el asombro y pavor, y avisados los delfios de que iniciaban la huida, bajaron del monte e hicieron en ellos gran destrozo y matanza. Los que de ella se libraron se iban escapando en dirección a Beocia, diciendo, una vez vueltos de la misión, según he oído referir, que otros prodigios habían visto todavía, pues dos hoplitas, cuyo talle y gallardía eran cosa menos humana que divina, les iban persiguiendo en la fuga.

39. Pretenden los delfios que eran estos hoplitas los dos héroes paisanos suyos, Fílaco y Autónoo, cuyas capillas están cerca del templo; la de Fílaco al lado mismo del camino sobre el santuario de la Pronea; la de Autónoo, cerca de Castalia, bajo la cumbre Hiampea[372]. Los peñascos caídos del Parnaso se conservan aún en mis días echados en la capilla de Atenea Pronea, a la cual fueron a parar pasando por medio de los bárbaros. Tal fue la retirada del destacamento enviado al templo.

Antes de Salamina

40. La armada naval de los griegos, salida de Artemisio, se fue a ruego de los atenienses a fondear en Salamina. La pretensión que obligó a los atenienses a pedirles que se apostasen cerca de Salamina con sus naves fue la de ganar tiempo para poder sacar del Ática a sus hijos y mujeres y asimismo para deliberar lo que mejor les convenía en aquellas circunstancias, viéndose obligados a tomar una nueva resolución, puesto que no les había salido la cosa como pensaban, porque estando convencidos en que hallarían las tropas del Peloponeso atrincheradas en Beocia para recibir allí al enemigo, hallaron que nada de esto ocurría. Antes bien entendieron que se estaban aquellas fortificando en el Istmo por la parte del Peloponeso, y que,

---

[372] Una de las dos cimas que por los destellos que despedían cuando el sol daba directamente sobre ellas recibían el nombre de Fedríadas (las Brillantes). A los pies de estas surgía la famosa fuente Castalia, empleada para las purificaciones.

puesto todo su cuidado en salvarse a sí mismas, tenían empleadas sus guarniciones en la protección de su país, dejando correr lo demás al arbitrio del enemigo. Con estas noticias se decidieron a suplicar a los griegos que mantuviesen la armada cerca de Salamina.

41. Así que, retiradas las otras escuadras a Salamina y vueltos a su patria los atenienses, una vez allí, mandaron publicar un bando, para que cada ciudadano salvase como pudiese a sus hijos y familia, en fuerza del cual la mayor parte enviaron a los suyos a Trecén, otros a Egina y algunos a Salamina; y en esto de pasar y poner a salvo a sus gentes, se daban mucha prisa por dos motivos: el uno por deseo de obedecer al oráculo recibido[373], y el otro, tan importante, por lo que voy a decir: se cuenta entre los atenienses que una gran serpiente tiene su morada en el templo como guarda de su acrópolis[374]; y no solamente se cuenta así, sino que mensualmente le ponen allí su comida, como si en realidad existiera, y consiste su ración mensual en una torta con miel. Sucedió, pues, que dicha torta, que siempre en los tiempos atrás se hallaba comida, entonces apareció intacta; y cuando la sacerdotisa de Atenea dio aviso de ello, este fue un motivo más para que los atenienses con mayor empeño y prontitud dejasen su ciudad, como si la diosa tutelar la hubiese ya desamparado. Transportadas, pues, todas sus cosas, se hicieron a la vela para ir a juntarse con la armada.

42. Habiéndose tenido la noticia de que la armada de Artemisio había pasado a Salamina, todas las demás escuadras de los griegos, saliendo de Trecén, en cuyo puerto, llamado Pogón, se les había dado la orden de unirse, se fueron a incorporar a ella. Con esto el número de naves que allí recogieron fue muy superior al de las que habían combatido en Artemisio, siendo más ahora las ciudades que con ellas concurrían. El navarco[375], con todo, era Euribíades, el hijo

---

[373] Cf. *Historia* 7.140-141.

[374] Se refiere al Erecteo, templo dedicado a la figura mitad hombre, mitad serpiente que había surgido del esperma que Hefesto derramó en la tierra cuando este intentó poseer a Atenea (cf. *Historia* 8.55). Esta figura ctónica entroncaba con el carácter de autóctonos (es decir, por haber permanecido siempre en su «propia tierra») del que los atenienses se mostraban orgullosos.

[375] Título que detentaba el almirante de la flota espartana.

de Euriclides, natural de Esparta, pero no de familia real, el mismo que lo había sido en Artemisio. Los atenienses eran los que daban el mayor número de naves y las más ligeras.

43. He aquí la relación de los que formaban la flota: del Peloponeso concurrían los lacedemonios con dieciséis barcos; los corintios aportaban el mismo número de naves que tenían en Artemisio; los sicionios venían con quince; los epidaurios, con diez; los trecenios, con cinco, y los hermioneos, con tres. Todos estos pueblos, excepto los últimos, son dorios y macednos por su origen, venidos de Eríneo y de Pindo, y últimamente de la Dríópide; pero los hermioneos son aquellos dríopes a quienes echaron de la región llamada Dóride Heracles y los melieos.

44. Estas eran, repito, las fuerzas navales de los peloponesios. Los que concurrían del continente, que está fuera del Peloponeso, eran atenienses, que por sí solos daban ciento ochenta naves, número superior al de todos los demás. En Salamina ya no concurrían en la escuadra de Atenas los plateos, porque al retirarse las naves de Artemisio, una vez que llegaron delante Calcis, desembarcaron en la parte fronteriza de Beocia y se fueron a poner los suyos a salvo; con tan honesto motivo como era el de salvar a sus familiares, se habían separado de los atenienses. Para decir algo de los atenienses, cuando los pelasgos dominaban en la que ahora se llama Grecia, aquellos eran también pelasgos con el nombre de cránaos; los mismos, en el reinado de Cécrope, se llamaban cecrópidas; y cuando Erecteo le sucedió en el mando cambiaron su nombre al de atenienses, y cuando Ión, el hijo de Juto, fue hecho caudillo de los atenienses, estos se llamaron jonios.

45. Los megareos daban en Salamina tantas naves como en Artemisio. Los ampraciotas asistían con siete a la armada, y los leucadios con tres, siendo estas gentes de origen dorio y procedentes de Corinto.

46. Entre los isleños venían con treinta naves los eginetas, quienes si bien tenían armadas algunas otras, teniendo que defender con ellas su isla, se hallaron solo en la batalla de Salamina con las treinta dichas, que eran muy fuertes y veleras. Son los eginetas un pueblo dorio trasladado de Epidauro a aquella isla, que primero llevaba el nombre de Enone. Después de estos se presentaron con las veinte

naves que ya tenían en Artemisio los calcideos y con sus siete los de Eretria, pueblos jonios. Los de Ceos, que asimismo son gente jonia venida de Atenas, asistieron con los mismos barcos que antes. Vinieron los de Naxos con cuatro barcos: les habían enviado sus ciudadanos a juntarse con los medos, como habían hecho los otros isleños, pero ellos, sin atenerse a tales órdenes por el mandato de Demócrito, hombre muy prestigioso entre los suyos y capitán entonces de una de las naves, se vinieron a juntar con los griegos. Los de Estira daban las mismas naves que en Artemisio, y los de Citnos daban también la suya con su pentecontero; ambos pueblos son dríopes en su origen. Seguían asimismo en la armada los de Serifos, Sifnos y Melos, siendo estos los únicos isleños que no habían reconocido al bárbaro como soberano con la entrega de la tierra y el agua.

47. Había sido levantada toda la referida tropa entre los pueblos que moran más acá de los confines de los tesprotos y del río Aqueronte; siendo los que confinan con los ampraciotas y con los leucadios, que fueron los guerreros venidos de las regiones más remotas. De los pueblos situados más allá de dichos términos solo auxiliaban a Grecia, puesta en tanto peligro, los crotoniatas, y estos con una sola nave, cuyo comandante era Faílo, el cual había obtenido tres veces el primer premio en los Juegos Píticos[376]: son los crotoniatas oriundos de Acaya.

48. Generalmente las ciudades mencionadas servían en la armada con sus trirremes; solo los melios, sifnios y serifios venían en sus penteconteros: dos aportaban los melios, oriundos de Lacedemonia; los sifnios y serifios, ambos de origen jonio, originarios de Atenas, aportaban una respectivamente. El número total de las naves, sin contar los penteconteros, sumaba trescientos setenta y ocho.

49. Juntos ya en Salamina todos los generales de las ciudades mencionadas, celebraron un Consejo, donde les propuso Euribíades que cada cual con entera libertad dijese qué lugar, entre todos los que estaban bajo el poder y dominio griego, le parecía ser el más oportuno para la batalla naval. No contaba con Atenas, abandonada ya, y solamente les consultaba acerca de las demás ciudades. El mayor

---

[376] Estos juegos se desarrollaban cada cuatro años en Delfos en honor de Apolo.

número de los votos coincidía en que pasasen al Istmo y presentasen batalla en el Peloponeso. La razón que daban era que en caso de ser vencidos cerca de Salamina, se verían después sitiados en aquella isla, donde ningún socorro les podría llegar; pero que si se hallaban cerca del Istmo, podrían, en caso de ser vencidos, irse a juntar con los suyos.

50. Defendiendo así su parecer los generales del Peloponeso, llegó un ateniense con la noticia de que el bárbaro se movía ya por el Ática, y que en ella lo pasaba todo a sangre y fuego. En efecto, el ejército en que venía Jerjes, marchando por Beocia, después de haber arrasado la ciudad de Tespias, a la cual habían todos desamparado retirándose al Peloponeso, como también a la de Platea, había llegado a Atenas, donde todo lo destruía y talaba; y la razón que le indujo a arrasar las ciudades de Tespias y de Platea era por haber oído de los tebanos que no les apoyaban.

51. Al cabo de tres meses, contando desde el paso del Helesponto, de donde emprendieron los bárbaros su marcha hacia Europa, en cuyo tránsito emplearon otro mes, se hallaron por fin en el Ática el año en que fue Calíades arconte en Atenas[377]. Se apoderaron de la ciudad desierta, encontrando con todo unos pocos atenienses en el templo de Atenea, a los encargados de las rentas y bienes del mismo y a personas pobres. Eran estos tan pobres que por faltarles los medios no habían podido retirarse a Salamina, o bien pertenecían al grupo de personas que consideraban que lo que la Pitia les había anunciado en su oráculo acerca de que la muralla de madera sería inexpugnable significaba que era la empalizada, y no las naves, el refugio seguro. Estos, pues, fortificada la acrópolis con unos gruesos troncos, resistían a los que intentaban acometerles.

52. Los persas, fortificándose en un cerro que está enfrente de la acrópolis, al cual llaman los de Atenas el Areópago[378], les pusieron si-

---

[377] Entre los arcontes que conformaban las magistraturas atenienses se encontraba el arconte epónimo, quien daba nombre al año en curso y se ocupaba de la administración. Este apunte de Heródoto revela que esto sucede en el lapso que va del verano del 480 a. C. al del 479 a. C.

[378] El Areópago fue la sede del tribunal más antiguo de Atenas, que juzgaba los delitos de sangre y estaba compuesto al principio por las familias aristocráticas de Atenas.

tio, y desde allí disparaban contra las empalizadas de la acrópolis unas flechas incendiarias, alrededor de las cuales ataban estopa inflamada. Los atenienses sitiados, por más que viesen faltarles ya la barrera, se defendían tan obstinadamente que ni aun quisieron oír las capitulaciones que los Pisistrátidas[379] les proponían. Entre otros medios de que se valían para su defensa, uno era el impeler hacia los bárbaros que atacaban contra la puerta peñascos del tamaño de unas ruedas de molino. Llegó la cosa al punto de que Jerjes, no pudiéndoles reducir, estuvo mucho tiempo sin saber qué solución podría tomar.

53. Al cabo, como era cosa decretada ya por el oráculo que toda la tierra firme del Ática fuese dominada por los persas, a los apurados bárbaros se les descubrió cierto paso por donde podían entrar en la acrópolis, porque por aquella fachada de la fortaleza que cae a las espaldas de su puerta y de la subida, lienzo de muralla que no parecía que hombre nacido pudiese subir por él, y dejado por eso sin guarda ninguna, por allá, digo, subieron algunos enemigos, pasando por cerca del santuario de Aglauro, hijo de Cécrope, a pesar de lo escarpado de aquel precipicio. Cuando vieron los atenienses a los bárbaros subidos a la acrópolis, echándose los unos cabeza abajo desde los muros, perecieron despeñados, y los otros se refugiaron en el templo de Atenea. La primera diligencia de los persas al acabar de subir fue encaminarse hacia la puerta del templo, y una vez abierta, pasar a cuchillo a todos aquellos refugiados. Degollados todos y tendidos, saquearon el templo y entregaron a las llamas la acrópolis entera.

54. Una vez que se vio Jerjes dueño de toda la ciudad de Atenas, despachó un correo a caballo en dirección a Susa para dar parte a Artábano del feliz resultado de sus armas. El día después de despachado el mensajero, convocó a los desterrados de Atenas que traía en su comitiva, y les ordenó que subiesen a la acrópolis, que hiciesen en él sus sacrificios conforme a sus ritos, bien por alguna visión que entre sueños hubiese tenido, o bien por remordimientos de haber quemado el templo. Los desterrados de Atenas cumplieron por su parte con las órdenes dadas.

---

[379] Los familiares del antiguo tirano Hipias, hijo de Pisístrato, habían buscado refugio en Persia y se encontraban en la expedición.

55. Ahora quiero yo decir lo que me ha movido a referir esta particularidad. Hay en la ciudadela un templo de Erecteo, de quien se dice que fue hijo de la tierra, y en el templo hay un olivo y un pozo de agua marina, que son testimonio de la contienda que entre sí tuvieron Poseidón y Atenea sobre la tutela del país, según lo cuentan los atenienses. Sucedió, pues, que dicho olivo quedó abrasado juntamente con los demás templos en el incendio de los bárbaros. Sin embargo, un día después del incendio, cuando los atenienses por orden del rey subieron al templo para hacer los sacrificios, vieron que del tronco del olivo había ya retoñado un vástago, de un codo de largo. Así al menos lo contaron.

56. En cuanto los griegos que se hallaban reunidos en consejo en Salamina oyeron lo que pasaba en la ciudadela de Atenas, se produjo entre los mismos un gran alboroto y confusión, de modo que algunos de los jefes principales, sin esperar que se llegase a la votación y último acuerdo de lo que se deliberaba, saltaron de repente a sus naves desplegando velas para partir en seguida, y los demás que se quedaron en la asamblea acordaron que se diese la batalla delante del Istmo. Llegó en fin la noche y, disuelto el consejo, se retiraron a las naves.

57. Al volver entonces Temístocles a su nave, le preguntó cierto ateniense llamado Mnesífilo, qué era lo que se había acordado; y oyendo de él que la resolución última había sido que, pasadas las naves al Istmo, se diese la batalla naval delante del Peloponeso le dijo: «Si así es, una vez que se marchen de Salamina con sus naves, no habrá más patria por cuya defensa podrás tú pelear. ¿Sabes lo que harán? Se volverá cada cual a su ciudad; ni Euribíades ni otro alguno podrá tanto que llegue a estorbar que no se disperse la armada; y con esto irá pereciendo Grecia por falta de consenso y acierto. No, amigo; mira si tiene remedio el asunto; ve allá y procura deshacer lo acordado, si es que puedes hallar el modo de hacer que Euribíades cambie de parecer y quiera permanecer en este puesto».

58. Le convenció a Temístocles el aviso, de modo que sin contestarle ni una sola palabra, se va a la nave de Euribíades, y le dice desde su esquife que tenía un asunto público que tratar con él. Euribíades, mandándole subir a bordo, le invita a que diga lo que quiera comunicarle. Temístocles, sentándose a su lado, propone cuanto había oído de boca de Mnesífilo, apropiándose la idea y añadiendo muchas otras razones, y no paró hasta que, haciéndole cambiar de parecer, le indujo con sus ruegos a que saltase a tierra y reuniese a los generales en un Consejo.

59. Se juntan, pues, estos, y antes de que les propusiera Euribíades el asunto para cuya deliberación les había convocado, el hábil Temístocles, como hombre muy empeñado en salirse con la suya, pidió a todos que no dejasen el puesto. Oyéndole el general de los corintios, Adimanto, hijo de Ocito: «Temístocles —le dijo—, en los juegos atléticos se azota al que se mueve antes de la señal». A lo que Temístocles le rebatió diciéndole: «Los que en ellos se quedan atrás no se llevan la corona».

60. Devuelta con gracia la réplica al corintio, se volvió Temístocles para hablar con Euribíades, y sin hacer mención de lo que antes a solas le había dicho (a saber: que una vez levantaran el ancla los generales en Salamina se darían a la huída), pues bien veía él que no era cortesía acusar a nadie de cobarde en presencia de los aliados, echó mano de este otro discurso diciendo: «En tu mano, Euribíades, tienes ahora la salvación de Grecia; con tal de que te conformes con mi parecer, que es el de presentar en estas aguas la batalla, y no con el de los que quieren que leves anclas y vuelvas a las del Istmo con la armada. Óyeme, pues, y sopesa luego las razones de ambos pareceres: dando la batalla cerca del Istmo, pelearás primero en alta mar, en mar abierta, cosa que de ningún modo nos conviene, siendo nuestras naves más pesadas y menores en número que las del enemigo. Además de esto, perderás Salamina, Mégara y Egina, aun cuando lo demás nos salga felizmente. Con esto, finalmente, harás que el ejército de tierra salga y acompañe a las escuadras del enemigo, y con ese motivo tú mismo lo conducirás al Peloponeso y pondrás en peligro a toda Grecia. Si, por el contrario, siguieses mi parecer, mira cuántas son las ventajas que hemos de lograr: en primer lugar, siendo estrecho este paso, con pocas naves podremos cerrarlo; y si fuera la fortuna de la guerra como es verosímil que sea, saldremos de la refriega muy superiores, puesto que a nosotros, para vencer, nos conviene lo angosto del lugar, al igual que la anchura le conviene al enemigo. Además de esto, nos quedará a salvo Salamina, donde hemos dado asilo y guarida a nuestros hijos y mujeres. Añado aún que lo que tanto desean estos guerreros depende de hacerlo así, pues quedándote aquí cubrirás y defenderás con la armada al Peloponeso del mismo modo que si dieras la batalla cerca del Istmo, y no cometerás el error de conducir los enemigos al Peloponeso. Y si el éxito nos favorece, como así espero, quedando ya victoriosos en el mar, lograremos sin duda que no se adelanten los bárbaros hacia el Istmo, ni pasen aún más allá del Ática. Antes bien los veremos huir sin orden alguno y con la ventaja de que nos queden libres e intactas las ciudades de Mégara, de Egina y de Salamina, en donde los atenienses, según la promesa de los oráculos, debemos ser superiores a nuestros enemigos. No digo más, sino que por lo común el buen éxito es fruto de un buen consejo, mientras que ni la divinidad misma quiere hacer prosperar las empresas humanas que no nacen de una prudente deliberación».

61. Al tiempo que esto decía Temístocles, interrumpió otra vez Adimanto el corintio exigiendo que se callase aquel fanfarrón sin patria y, volviéndose a Euribíades, le dijo que no permitiese a nadie votar sobre el dictamen de quien ni casa ni hogar tenía ya; que primero les dijese Temístocles cuál era su ciudad, y que se votase después sobre su parecer; desvergüenza con que daba a Temístocles en el rostro por hallarse ya su patria, Atenas, en poder del persa. Entonces Temístocles le cubrió de oprobio a él y a sus corintios, diciendo de ellos mil infamias, añadiendo que los atenienses, con las doscientas naves armadas que conservaban, tenían mejor ciudad y territorio que ellos; no habiendo ninguno entre los griegos que pudiese resistir si los atenienses lo atacaban.

62. Después que hubo soltado estas razones, se encaró con Euribíades, y con mayor ahínco le dijo: «Atiende bien a esto: si esperas aquí al enemigo y esperándole te portas como corresponde según eres de valiente y honrado, serás la salvación de Grecia; de otro modo, su ruina. Nuestras fuerzas en esta guerra no son otras que las de esta armada unida: no te dejes deslumbrar, sino créeme a mí. Voy a echar el resto: si no haces lo que te digo sin más tardanza, nosotros, los atenienses, vamos de inmediato a cargar con nuestras familias y partir con ellas para Siris, en Italia, pues ella es nuestra ya de tiempo inmemorial, y nos predicen los oráculos que debemos poblarla nosotros. Cuando os veáis privados de una alianza como la nuestra, os acordaréis de lo que ahora os digo».

63. Con estas razones de Temístocles iba cambiando de parecer Euribíades; y lo que a mi juicio le hacía cambiar de dictamen era particularmente el miedo de que les dejaran los atenienses si retiraba la armada hacia el Istmo; tanto más cuanto, dejándoles ellos, no tendrían los demás fuerzas bastantes para entrar en batalla con el enemigo. Su dictamen, en suma, fue que se presentase allí la batalla.

64. Después de que se hubieron enfrentado los pareceres en esta disputa sobre quedarse o no en Salamina, cuando vieron la resolución de Euribíades, empezaron a prepararse para entrar allí mismo en combate. Vino el día, y en el punto de salir el sol se sintió un seísmo por mar y tierra. Les pareció a los griegos que no solo sería bueno acudir a los dioses con sus oraciones y votos, sino también a los Eácidas en asistencia y compañía suya, y así lo ejecutaron; porque habiendo hecho sus ruegos a todos los dioses, tomaron de Salamina misma a Ayante y Telamón, y enviaron a Egina una nave para traer a Éaco y a los demás Eácidas[380].

65. Más es todavía lo que contaba Diceo, hijo de Teocides, natural de Atenas e ilustre desterrado entre los persas: que en el tiempo en que la infantería de Jerjes iba talando el Ática, abandonada por los atenienses, se hallaba él casualmente en la llanura Triasia en compañía del lacedemonio Demarato; que vieron allí una polvareda que salía de Eleusis, como la que podría levantar un cuerpo de treinta mil hombres; y como ellos, maravillados, no entendían qué gente podría ser la que tanto polvo levantaba, oyeron de repente una voz que a él le pareció ser aquel canto solemne y ritual llamado Yaco. Le preguntó Demarato, que no tenía experiencia de las ceremonias que se usan en Eleusis, qué venía a ser aquel murmullo; a lo que Diceo respondió: «No es posible, Demarato, sino que una gran maldición va a descargar sobre el ejército del rey, pues bien claro está que hallándose el Ática desamparada y vacía, son esas voces de algún dios que de Eleusis va al socorro de los atenienses y de sus aliados. Si se echa sobre el Peloponeso ese socorro divino, en mucho peligro se verá el rey con el ejército de tierra firme, y si va hacia las naves que están en Salamina, peligra mucho que el rey pierda su armada

---

[380] Se refiere nuevamente a las estatuas de Éaco y sus descendientes; cf. *Historia* 5.80.

naval. Esa es una fiesta que celebran todos los años los atenienses en honor de la Madre y de la Niña[381], a la cual cualquiera de ellos, y aun de los otros griegos, puede unirse, y este griterío que aquí oyes es el mismo que hacen en la fiesta con su cantar de Yaco[382]». Le dijo a esto Demarato: «Calla, amigo; te ruego que no digas a nadie palabra de esto; que si cuanto aquí manifiestas llega a oídos del rey, perderás la cabeza, sin que yo ni otro alguno podamos librarte. Silencio, y no hagas ruido; que de nuestro ejército cuidarán los dioses». Esto fue lo que previno a Diceo su compañero; pero después de vista la polvareda y oído el griterío, se formó allí una nube que, llevada por el aire, se encaminó hacia Salamina en dirección a la armada griega, con lo cual acabaron de entender que había de destruirse la armada naval de Jerjes. He aquí lo que contaba Diceo, hijo de Teocides, citando por testigo a Demarato y a otros muchos.

66. Volviendo a las tropas que servían en la armada de Jerjes, después que desde Traquis, donde habían contemplado el destrozo y carnicería hecha a los lacedemonios, pasaron a Histiea, donde se detuvieron tres días, después de los cuales navegaron por el Euripo, y al cabo de otros tres se hallaron en Falero. Y a lo que creo, no fue menor el número de las tropas que vino contra Atenas, tanto de las de tierra como de las de mar, de lo que había sido aquel con que habían antes llegado a Sepíade y a las Termópilas; porque debo aquí sustituir al número de las que en la tormenta perecieron, de las que perecieron en las Termópilas y de las que murieron en los combates navales cerca de Artemisio, los melieos, los dorios, los locros y los beocios, pueblos que con todas sus tropas estaban incorporados en el grueso del ejército, sacados solamente los de Tespia y los de Platea. Debo añadir también los caristios, los andrios, los tenios y todos los demás isleños, fuera de aquellas cinco ciudades de quienes hice antes mención, llamándolas por su nombre. Y lo cierto es que cuanto más iba internándose el persa dentro de Grecia tantas más eran los pueblos que le iban acompañando.

---

[381] Se refiere a las diosas Deméter y Core o Perséfone, que desempeñaban un papel decisivo en los misterios eleusinos, que se celebraban en septiembre-octubre.
[382] El grito de «Yaco» era el canto ritual en la procesión de los misterios de Eleusis.

67. Llegados, pues, a Atenas todos los que llevo referidos, sacando solamente a los parios, pues estos, habiendo quedado en Citnos, se mantuvieron neutrales esperando a ver en qué acabaría la empresa; llegados, repito, todos los demás a Falero, bajó el mismo Jerjes en persona hacia las naves con el objetivo de entrevistarse con sus marinos y a fin de explorar de qué parecer eran los de sus escuadras. Acercado a la playa, y sentado en un trono, iban presentándose los tiranos de sus respectivas naciones y los oficiales de sus naves, y tomaban asiento según el lugar y preferencia que el rey a cada uno de ellos había señalado, siendo entre todos el primero el rey de Sidón, el segundo el de Tiro y así de los demás. Sentados ya todos por su orden, Mardonio, pasando por medio de ellos de orden de Jerjes, iba recogiendo los pareceres de cada uno en particular sobre si sería oportuno presentar batalla naval.

68. Iba, pues, Mardonio preguntando a todos, empezando su ronda desde el rey de Sidón, y recogiendo de cada uno de ellos un mismo voto y sentimiento, a saber: que sin duda debía presentarse batalla, cuando Artemisia se explicó en tales términos: «Me honras, ¡oh Mardonio!, con el favor de decir al rey de mi parte, que yo, que no me porté enteramente mal en los enfrentamientos mantenidos aquí cerca de Eubea, ni dejé de dar pruebas bastantes de mi valor, le hablo ahora por tu boca en estos términos: "Señor, mi fidelidad en todo rigor de justicia me obliga a que os descubra ingenuamente lo que juzgue por más conveniente a vuestro servicio: lo hago, pues, diciéndoos que guardéis vuestras naves y no entréis con ellas en batalla, pues esos enemigos son una tropa tan superior en el mar a la vuestra, como lo son los hombres en valor a las mujeres. Y ¿qué necesidad tenéis, ni poca ni mucha, de exponeros a una batalla naval? ¿No os veis dueño de Atenas, cuya venganza y conquista os movió a esta expedición? ¿No sois señor de toda Grecia, no habiendo ya quien salga a detener el curso de la victoria? Los que hasta aquí se os han puesto delante han llevado, y llevado bien, su merecido. Aún más, señor: quiero representaros el resultado que a mi juicio tendrán los asuntos del enemigo. Si no os apresuráis a presentar batalla por mar y continuáis manteniendo la armada en estas costas, o si la mandáis avanzar hacia el Peloponeso, no dudéis, señor, que veréis cumplidos los designios que os han traído a Grecia; porque no se hallarán los

griegos en situación de resistiros largo tiempo, sino que les obligaréis en breve a dividir sus fuerzas partiendo hacia sus respectivas ciudades. Hablo así, porque, según llevo dicho, no tienen ellos víveres preparados en esa isla, ni es de creer que dirigiéndoos vos con el ejército de tierra hacia el Peloponeso se estén aquí inmóviles los que allí han acudido. No se cuidarán ellos sin duda de pelear en defensa o venganza de los atenienses. Al contrario, tengo mucho temor de que si con tanta precipitación dais la batalla naval, vuestras tropas de mar, rotas y deshechas, han de desconcertar a las de tierra. Además de esto, quisiera yo, señor, que hicieseis la siguiente reflexión: que un buen amo, por lo común, se ve servido de un esclavo malo, y un mal amo de un esclavo bueno. De esta desgracia os toca también a vos una buena parte, que siendo el mejor soberano del mundo, tenéis unos pésimos esclavos; pues esos que pasan por aliados vuestros, quiero decir, los egipcios, los chipriotas, los cilicios, los panfilios, no son hombres que sirvan para nada"».

69. Al oír a Artemisia diciendo esto a Mardonio, cuantos la querían bien recibían mucha pena de que así se explicase, persuadidos de que había de costarle caro su libertad de parte del soberano, porque se oponía a que se diese la batalla. Pero los que la miraban con malos ojos y le envidiaban la honra con que el rey la distinguía entre los demás aliados, recibían gran placer en su voto particular, como si por él se fabricase ella misma su ruina. Pero no fue así; antes bien, cuando se hizo relación a Jerjes de aquellos pareceres, mostró mucho gusto y satisfacción con el de Artemisia; de suerte que, si antes la tenía por mujer de valía, la celebró entonces mucho más su prudencia. Ordenó, no obstante, que se atuviese a la mayoría de los votos, dándole a entender que sus tropas antes no habían hecho su deber en los encuentros cerca de Eubea, teniendo blanda la mano por no hallarse él presente, pero que no sucedería lo mismo entonces, cuando estaba resuelto a ver la batalla con sus propios ojos.

70. Dada la orden de hacerse a la vela, partieron hacia las aguas de Salamina, y se formaron en batalla a placer, tan despacio, que no les quedó tiempo para presentarla aquel día. Sobrevino la noche y la pasaron ordenándose para pelear al día siguiente. Pero los griegos, y muy particularmente los venidos del Peloponeso, estaban sobrecogidos de pasmo y terror, viendo estos últimos que confinados allí

en Salamina iban a dar a favor de los atenienses una batalla, de la cual, si salían vencidos, se verían atrapados y bloqueados en una isla, dejando a su patria indefensa.

71. Aquella misma noche empezó a marchar por tierra hacia el Peloponeso el ejército de los persas, por más que se hubiesen tomado todas las medidas y precauciones posibles a fin de impedir a los bárbaros el paso por tierra firme; porque apenas supieron los peloponesios la muerte de las tropas de Leónidas en las Termópilas, concurrieron a toda prisa los guerreros de las ciudades, asentaron sus campamentos en el Istmo, teniendo al frente como general a Cleómbroto, hijo de Anaxándridas y hermano de Leónidas. Asentados en el Istmo sus campamentos, cortaron y terraplenaron la vía Escirónide[383], y después, tomando entre ellos acuerdo, determinaron levantar una muralla en las fauces del Istmo, y como eran muchos millares de hombres los que allí estaban, y no había ni uno solo que no se pusiese manos a la obra, estaba ya entonces acabada la construcción, mayormente cuando sin cesar ni de día ni de noche, aquellas tropas se afanaban en acarrear unos ladrillos, otros fagina y otros cargas de arena.

72. Los pueblos que a la guarnición y defensa del Istmo concurrían con toda su gente eran los griegos siguientes: los lacedemonios, los arcadios todos, los eleos, los corintios, los sicionios, los epidaurios, los fliasios, los trecenios y los hermioneos; y estos se desvelaban tanto en acudir con sus tropas al Istmo porque no podían ver sin horror reducida Grecia al trance y peligro de perder la libertad, mientras que los otros peloponesios lo miraban todo con mucha indiferencia, sin cuidarse nada de lo que pasaba, a pesar de que habían ya dado fin a los Juegos Olímpicos y las Carneas.

73. Para hablar con más particularidad, hay que saber que son siete los pueblos que moran en el Peloponeso, dos de los cuales, los arcadios y los cinurios, no solo son originarios de aquella tierra, sino que al presente ocupan la misma región que desde el principio ocupaban. Otro pueblo de los siete, es decir, el aqueo, si bien nunca

---

[383] Ruta que unía Atenas con Corinto y que constituía la vía más corta entre el Peloponeso y Grecia central.

abandonó el Peloponeso, salido con todo de su tierra natal, habita en otra distinta; los otros cuatro que restan, el de los dorios, de los etolios, de los dríopes y de los lemnios, son inmigrantes. Tienen allí los dorios muchas y muy buenas ciudades; los etolios solamente una, que es Élide; los dríopes tienen Hermíone y Ásine, que confina con Cardamila, ciudad de la Laconia; a los lemnios pertenecen todos los paroreatas. Los cinurios, siendo originarios del país, han parecido a algunos los únicos jonios del país, solo que se han vuelto dorios al parecer, tanto por haber sido vasallos de los argivos, como por haberse hecho orneatas con el tiempo por razón de su vecindario. Digo, pues, que las demás ciudades de estos siete pueblos, exceptuando las que llevo expresadas, se salieron fuera de la alianza, o si ha de hablarse con libertad, saliéndose de la alianza, se declararon partidarios de los medos.

74. Los que se hallaban en el Istmo no perdonaban trabajo ni fatiga alguna, como hombres que veían que en aquello se libraba su suerte, mayormente no esperando que sus naves les ayudasen mucho en la batalla; y los que estaban en Salamina, por más que supiesen los preparativos del Istmo, estaban amedrentados, no tanto por su causa propia como respecto al Peloponeso. Por algún corto tiempo, hablando los unos al oído de quien a su lado tenían, se admiraban de la imprudencia y falta de acierto de Euribíades; pero al fin estalló y salió al público el descontento. Se juntó la gente en asamblea para discutir sobre el asunto. Porfiaban los unos que era preciso hacerse a la vela hacia el Peloponeso y exponerse allí a una batalla para su defensa, pero no quedarse en donde estaban para pelear a favor de una región tomada ya por el enemigo. Se empeñaban, por el contrario, los atenienses, los eginetas y los megareos en que era menester resistir al adversario en aquel puesto mismo.

75. Entonces, al ver Temístocles que perdía la causa por los votos de los jefes del Peloponeso, se salió ocultamente de la asamblea, y a continuación, despacha un hombre que vaya en un barco a la armada de los medos con instrucciones precisas de lo que debía decirles. Se llamaba Sicino este enviado, y era criado y mentor de los hijos de Temístocles, quien, después de sosegadas ya las cosas, le hizo inscribir entre los ciudadanos de Tespias, en la ocasión en que estos admitían nuevos ciudadanos, colmándole de bienes y de riquezas. Llegado allí

Sicino en su barco, habló de esta forma a los jefes de los bárbaros: «Aquí vengo a escondidas de los demás griegos, enviado por el general de los atenienses, quien, partidario de los intereses del rey y deseoso de que triunfe vuestra causa antes que la de los griegos, me manda deciros que ellos han determinado huir de puro miedo. Ahora se os presenta oportunidad para una acción la más importante de la guerra si no les dais lugar ni permitís que se os escapen huyendo. Estando ellos discordes entre sí mismos, no acertarán a resistiros, sino que antes les veréis enfrentados entre sí unos contra los otros, peleando vuestros partidarios contra los que no lo son». Decir esto Sicino y volver su espalda, marchándose, fue uno mismo.

76. Los bárbaros, dando crédito a lo que acababa de avisarles, tomaron dos medidas: la una hacer pasar muchos persas al islote de Psitalea, situado entre Salamina y el continente; la otra, dar orden, una vez llegada la media noche, de que el ala de su armada por el lado de poniente se alargase hasta rodear Salamina, y que las naves apostadas cerca de Ceos y de Cinosura avanzasen tanto que ocupasen todo el estrecho hasta la misma Muniquia[384]. Con esta disposición de la armada pretendían que no pudiesen huir los griegos, sino que cogidos en Salamina, pagasen la pena de los males y daños que les habían causado en la batalla de Artemisio. Pero la razón que tuvieron en poner la guarnición de persas en la pequeña isla de Psitalea fue porque, hallándose esta en medio de aquel estrecho en que había de darse la batalla naval, era preciso que a resultas de esta fueran a parar a aquella islita los náufragos y los destrozos de las naves. Querían, pues, tener allí tropas apostadas, que salvasen a los suyos y destruyesen a los enemigos arrojados. Hacían con gran silencio estos preparativos para no ser sentidos por sus rivales, y en ellas trabajaron toda la noche sin tomar reposo alguno.

77. Aquí no puedo ahora, viendo y sopesando atentamente el asunto, declararme contra los oráculos, y decir de ellos que no son predicciones verídicas, sin incurrir en la nota de ir contra evidencia conocida:

---

[384] Pequeña península que separa los puertos atenienses de Falero y el Pireo.

Cuando junte la playa consagrada a Ártemis, de espada de oro,
a la marina Cinosura con su puente de barcos,
el que taló la brillante Atenas con furiosa esperanza,
allí se verá extinguido de mano de la divina Justicia
el poderoso Hartazgo, hijo de la Soberbia,
quien, insultante, se cree capaz de poderlo todo.
Chocando el bronce con el bronce y con Ares, el mar de roja sangre
teñirá;
entonces el hijo de Cronos, de resonante voz, y la diosa Victoria
felicitarán la libertad de Grecia.

Siendo, pues, tales y dichas con tanta claridad por Bacis estas profecías, ni me atrevo yo a oponerme a la verdad de los oráculos, ni puedo sufrir que otro ninguno la contradiga.

78. Por lo que respecta a los jefes griegos de Salamina, llevaban adelante sus porfías y altercados, pues no sabían aún que se hallasen ya cercados por las naves de los bárbaros; antes creían que se mantenían estos en los puestos mismos en donde aquel día los habían visto anclados.

79. Estando dichos jefes en su reunión, vino desde Egina el ateniense Aristides, hijo de Lisímaco, a quien condenándole al ostracismo había el pueblo desterrado de la patria[385]; hombre, según oigo hablar de su conducta, el mejor y el más justo de cuantos hubo jamás en Atenas. Este, pues, llegándose al lugar del encuentro, llamó a Temístocles, quien, lejos de ser amigo suyo, le había tenido siempre como su mayor enemigo. Pero en aquel estado fatal de cosas, procurando él olvidarse de todo y con la mira de conversar sobre ellas, le llamó fuera, por cuanto había ya oído decir que la gente del

---

[385] Aristides, apodado «el Justo», fue un destacado político ateniense (cf. Plutarco, *Vida de Aristides*) que había participado en el derrocamiento de la tiranía y había participado como estratego en la batalla de Maratón, si bien Heródoto no lo menciona. Arconte en el 489 a. C., fue condenado al ostracismo en el 483. El término *ostracismo* deriva de tejuelo o trozo de vasija (*óstrakon*) en que se inscribía con un punzón el nombre de aquel político al que se deseaba condenar temporalmente al destierro (sin pérdida de sus bienes), por considerarlo como un peligro para la comunidad o para evitar la acumulación de un poder excesivo en sus manos.

Peloponeso quería a toda prisa irse con sus naves hacia el Istmo. Sale llamado Temístocles, y le habla Aristides de esta forma: «Sabes muy bien, Temístocles, que nuestras contiendas en toda ocasión, y mayormente en esta del día, crítica y perentoria, deben reducirse a cuál de los dos servirá mejor el bien de la patria. Te hago saber, pues, que tanto servirá a los peloponesios el discutir mucho como no discutir acerca de retirar sus naves de este puesto; pues yo te aseguro, como testigo de vista de lo que digo, que por más que lo quieran los corintios, y aún diré más, por más que lo ordene el mismo Euribíades, no podrán apartarse ya, porque nos hallamos cercados por la escuadras enemigas. Entra, pues, tú y dales esta noticia».

80. Respondió a esto Temístocles: «Importante es este aviso, y haces bien en darme noticias de lo que pasa. Gracias a los dioses que lo que yo tanto deseaba, tú, como testigo ocular, me aseguras haberlo visto ya ejecutado. Sábete que de mí procedió lo que han hecho los persas, pues veía necesario que los griegos, los cuales de su buena voluntad no querían entrar en combate, entrasen en él, mal que les pesara. Tú mismo ahora, que con tan buena noticia vienes, bien puedes entrar a dársela; que si yo lo hago dirán que me la invento, y no les persuadiré de que así lo están efectuando los bárbaros. Ve tú mismo en persona, y diles claro lo que pasa. Si ellos dan crédito a tu aviso, estamos bien; y si no lo toman por digno de fe, dará lo mismo, pues no hay que temer que se vayan de aquí huyendo, si es cierto, como dices, que nos hallamos rodeados por todas partes».

81. En efecto, fue a darles Aristides la noticia, diciendo cómo acababa de llegar de Egina, y que apenas había podido atravesar sin ser visto las naves del enemigo, que iban apostándose de manera que ya toda la armada griega se hallaba rodeada por la de Jerjes; que lo que él les aconsejaba era que se preparasen para una vigorosa resistencia. Acabado de decir esto, se salió Aristides, y ellos volvieron de nuevo a embravecerse en sus disputas, pues el aviso no había sido creído por la mayor parte de aquellos jefes.

82. En tanto que no acababan de confiar en Aristides, llegan con su nave unos desertores de Tenos, cuyo capitán era Panecio, hijo de Sosímenes, quienes los sacaron totalmente de duda, contándoles puntualmente lo que pasaba. Diré aquí de paso que en atención a la deserción de dicha nave lograron después los tenios que fuese gra-

bado su nombre entre el de los pueblos que derrotaron al bárbaro en el trípode que en memoria de tal hazaña fue consagrada en Delfos. Con esta nave que vino desertando a Salamina, y con la otra de los lemnios que antes se les había pasado en Artemisio, llenaron los griegos el número de su armada hasta completar el de trescientos ochenta naves, para el cual eran dos las que antes les faltaban.

83. Una vez que los griegos tuvieron por verdad lo que los tenios les decían, se prepararon para el combate. Al rayar el alba llamaron a junta a las tropas de la escuadra: entre todos, el que mejor arengó la suya fue Temístocles, cuyo discurso se redujo a un paralelo entre los bienes y conveniencias de primer orden que caben en la naturaleza y condición humana, y las de segunda clase inferiores a las primeras; discurso que concluyó exhortándoles a escoger para ellos las mejores. Acabada la arenga, les mandó pasar a bordo. Embarcados ya, vino de Egina aquella embarcación que había ido por los Eácidas, y sin más esperar, se adelantó toda la armada griega. Al verlos moverse, los bárbaros encaminaron al punto la proa hacia ellos.

Batalla de Salamina

84. Pero los griegos, suspendiendo los remos o remando hacia atrás, rehuían el abordaje e iban retirándose de popa hacia la playa, cuando Aminias de Palene, uno de los capitanes atenienses, esforzando los remos, embistió contra una nave enemiga, y clavando en ella el espolón, como no pudiese desprenderlo, acudieron a socorrerle los otros griegos y atacando a los enemigos. Tal quieren los atenienses que fuese el principio del combate, si bien pretenden los de Egina que la nave que atacó ante todasa otra enemiga fue la que había ido a Egina en busca de los Eácidas. Corre aún la noticia de que se les apareció una imagen con forma de mujer, la cual les animó de modo que la vio toda la armada griega, echándoles primero en cara este reproche: «¿Qué es lo que hacéis retirándoos así de popa sin atacar al enemigo?».

85. Ahora, pues, enfrente de los atenienses estaban los fenicios, colocados en el lado de poniente por la parte que mira a Eleusis; y enfrente de los lacedemonios correspondían los jonios, en el lado de la armada que estaba hacia levante, vecina al Pireo. De estos no

faltaron unos pocos que, conforme a la insinuación de Temístocles, adrede lo hicieron mal; pero los más de ellos peleaban muy de veras. Y bien pudiera yo hacer aquí una lista de los trierarcos[386] que capturaron entonces algunas naves griegas, pero los pasaré a todos en silencio, nombrando solamente a dos de ellos, ambos samios, el uno Teomestor, hijo de Androdamante, y el otro Fílaco. De estos únicamente hago aquí mención, porque en premio de esta hazaña llegó Teomestor a ser tirano de Samos, nombrado por los persas, y Fílaco fue puesto en la clase de los bienhechores de la corona, y como a tal se le dieron en premio muchas tierras: en idioma persa se les llama a estos bienhechores del rey *orosángas*. De este modo se premió a los dos.

86. Muchas fueron las naves que en Salamina quedaron destrozadas, unas por los atenienses y otras por los de Egina. Ni podía suceder otra cosa peleando con orden los griegos cada uno en su puesto y lugar, y habiendo al contrario entrado en el choque los bárbaros no bien formados todavía y sin hacer después cosa con arreglo ni concierto. Preciso es, con todo, confesar que sacaron estos en los acontecimientos de aquel día toda su fuerza y habilidad, y se mostraron con mucho superiores a sí mismos y más valientes que en las batallas presentadas cerca de Eubea, queriendo cada uno distinguirse particularmente, temiendo lo que diría Jerjes, e imaginándose que tenían allí presente al rey que les estaba mirando.

87. No estoy en realidad tan informado de los acontecimientos que pueda decir puntualmente de algunos capitanes en particular, ya sean de los bárbaros, ya de los griegos, cuánto se esforzó cada uno en la contienda. Sé tan solo que Artemisia ejecutó una acción que la hizo aún más prestigiosa de lo que era ya para el soberano, pues cuando la armada de este se hallaba en mucho desorden y confusión, se halló la embarcación de Artemisia perseguida por otra ateniense que le iba a dar alcance. Viéndose ella en una apretura tal que no podía ya salvarse con la fuga, por cuanto su nave, hallándose puntualmente delante de los enemigos y la más próxima a ellos, se encontraba delante con otras embarcaciones amigas, se decidió por fin a aventurar

---

[386] Capitanes de trirremes.

una acción que le resultó oportuna y ventajosa. Sucedió que al huir de
la nave ática que le daba caza, se topó con otra amiga de los calindeos,
en la que iba embarcado su rey Damasitimo, con quien, estando
aún en el Helesponto, había tenido cierta pendencia. No me atrevo
a afirmar si por esto la embistió entonces a propósito, o si fue una
mera casualidad que se pusiese delante la nave de los calindeos. Lo
cierto es que al embestirla y echarla a fondo fueron dos las ventajas
que para sí felizmente obtuvo: la una que como el trierarco de la nave
ática la vio arremeter contra otra nave de los bárbaros, persuadido de
que o era una de las griegas la nave de Artemisia o que, desertando
de la escuadra bárbara, peleaba a favor de los griegos, volviendo la
proa se echó sobre otras embarcaciones enemigas.

88. Logró Artemisia con esto una doble ventaja: escaparse del
enemigo y no perecer en aquel encuentro; y la otra, que su proceder
con la nave amiga le acarreó para el propio Jerjes mucho crédito y
estima, porque, según se dice, quiso la fortuna que mirando el rey
aquel combate, advirtió que aquella nave embestía contra otra, y que
al mismo tiempo uno de los que tenía presentes le dijo: «¿No veis,
señor, cómo Artemisia combate y echa a fondo una embarcación
enemiga?». Preguntó entonces el rey si era en efecto Artemisia la
que acababa de hacer aquella proeza, y le respondieron que no había
duda en ello, pues conocían muy bien la enseña de su nave, y estaban
por otra parte convencidos de que la que fue a pique era una de las
enemigas. Y entre otras cosas que le procuró su buena suerte, como
tengo ya dicho, no fue la menor el que de la nave calindea ni un
hombre solo se salvara que pudiese acusarla ante el rey. Añaden que
además de lo dicho, exclamó Jerjes: «A mí los hombres se me vuelven
mujeres y las mujeres hoy se me hacen hombres». Así cuentan por
lo menos que habló Jerjes.

89. En aquella tan reñida ocasión murió el general Ariabignes,
hijo de Darío y hermano de Jerjes; murieron igualmente otras muchas personalidades de renombre, tanto de los persas como de los
medos y demás aliados; pero en ella perecieron muy pocos griegos,
porque como estos sabían nadar, si alguna nave se les iba a fondo,
los que no habían perecido en la misma acción llegaban a Salamina
nadando; al tiempo que muchos bárbaros, por no saber nadar, morían. Además de esto, una vez que empezaban a huir las naves más

avanzadas, entonces era cuando perecían muchísimas de la escuadra, porque los que se hallaban en la retaguardia procuraban entonces adelantarse con sus barcos, queriendo también que los viese el rey maniobrar, y por lo mismo sucedía que topaban con las otras naves de su armada que ya se retiraban huyendo.

90. Otra cosa singular sucedió en aquel desorden de la derrota: que algunos fenicios, cuyas naves habían sido destrozadas, venidos a la presencia del rey acusaban de traidores a los jonios, pues por su traición iban perdiéndose las naves; y no obstante la acusación, quiso la suerte, por un raro accidente, que no fuesen condenados a muerte los jefes jonios, y que en pago de su acusación muriesen los fenicios. Porque al tiempo mismo de dicha incriminación, una embarcación de Samotracia embistió a otra de Atenas y esta quedó allí sumergida; pero he ahí que otra nave de Egina, haciendo fuerza de remos, dio contra la de Samotracia y la echó a pique. ¡Extraño suceso! Los samotracios, como bravos tiradores que eran, a fuerza de jabalinas lograron abatir a los soldados del barco que les había echado a fondo y, subidos a bordo, se apoderaron de ella. Esta hazaña libró de peligro a los jonios, pues viéndoles obrar Jerjes aquella acción gloriosa, se volvió a los fenicios lleno de pesadumbre y les reprendió a todos; mandó que a los presentes se les cortase la cabeza para que aprendiesen a no calumniar, siendo unos cobardes, a hombres de más valor que ellos. En efecto, Jerjes, estando sentado al pie de un monte que cae enfrente de Salamina y se llama Egáleo, todas las veces que veía hacer a uno de los suyos algún hecho famoso en la batalla naval, se informaba de quién era su autor, y sus secretarios iban anotando el nombre del trierarco, apuntando asimismo el nombre de su padre y de su ciudad. Se añadió a lo dicho que el persa Ariaramnes, que se hallaba allí presente y era amigo de los jonios, ayudó por su parte a la desgracia de aquellos fenicios.

91. De esta suerte, el rey volvía contra los fenicios su enojo. Entretanto, los eginetas, viendo que los bárbaros huían con las proas vueltas hacia el Falero, hacían prodigios de valor apostados en aquel estrecho, pues en tanto que los atenienses en lo más fuerte del choque destrozaban tanto las naves que resistían como las que procuraban huir, hacían los eginetas lo mismo con las que, escapándose de los atenienses, iban huyendo y caían en sus manos.

92. Entonces fue cuando vinieron a hallarse casualmente dos naves griegas, la una de Temístocles, que daba caza a una persa, y la otra la del egineta Polícrito, hijo de Crío, que se había enfrentado con otra embarcación sidonia. Era esta la misma que había tomado la nave de Egina antes apostada de guardia en Escíatos, en la que iba aquel Píteas, hijo de Isquénoo, a quien estando hecho una criba de heridas mantenían todavía los persas, pasmados de su valor, a bordo de su nave; pero esta fue tomada con toda su tripulación cuando llevaba a Píteas, con lo cual recobró este la libertad vuelto a Egina. Como decía, pues, una vez que vio Polícrito la nave ática y conoció por su enseña que era la capitana, llamando en voz alta a Temístocles, le comunicó la sospecha que de los eginetas había corrido, como si ellos siguieran la causa de los medos. Hizo Polícrito esta burla a Temístocles en el momento mismo de embestir con la nave sidonia. Los bárbaros que pudieron escapar huyendo se unieron en Falero para protegerse con el ejército de tierra.

93. En esta batalla naval fueron considerados los eginetas los que mejor pelearon de todos los griegos, y después de ellos los atenienses. De los comandantes, los que se llevaron la palma fueron Polícrito de Egina y los dos atenienses Éumenes de Anagirunte y Aminias de Palene, quien fue el que persiguió a Artemisia, y si él hubiera caído en la cuenta de que iba en aquella nave Artemisia, no la habría dejado marchar antes de apresarla o de ser por ella apresado, según la orden que se había dado a los trierarcos de Atenas, a quienes se les prometía el premio de diez mil dracmas si alguno la cogía viva, no pudiendo sufrir que una mujer hiciera la guerra contra Atenas. Pero ella se les escapó del modo referido, como otros que también hubo cuyas naves se salvaron en Falero.

94. Por lo que respecta al general de los corintios, Adimanto, dicen de él los atenienses que al empezar las naves griegas a embestir a las enemigas, sobresaltado de miedo y de terror, se hizo a la vela y se entregó a la huida, y que viendo los otros corintios huir a su capitán, todos del mismo modo desertaron; que habiendo huido tanto hasta hallarse ya delante del templo de Atenea Escírade, se les salió al encuentro una chalupa por voluntad divina, sin dejarse ver quién la guiaba, la cual se fue acercando a los corintios, que nada sabían de lo que pasaba en la armada griega; circunstancias por las que conjeturan que fue portentoso el suceso. Dicen, pues, que llegándose a las naves, les habló así: «Bien haces, Adimanto. Tú virando de bordo te preparas a huir, escapando con tu escuadra y vendiendo a los demás griegos. Sábete, pues, que ellos están ganando sobre sus enemigos una completa victoria, tal cual no pudieran acertarla a desear». Y como Adimanto no diese crédito a lo que decían, añadieron de nuevo los de la chalupa que estaban preparados para ser tomados como rehenes, no rehusando morir, si no era del todo cierto que venciesen los griegos. Con esto, vuelta atrás la proa de la nave, Adimanto llegó con los de su escuadra a la armada de los griegos, después de concluida la acción. Esta historia corre entre los de Atenas acerca de los corintios; pero estos no lo cuentan así por cierto; por el contrario, sostienen haberse hallado los primeros en la batalla naval, y a favor de ellos lo atestigua el resto de Grecia.

95. En medio de la confusión que reinaba en Salamina, no dejó de obrar como quien era el ateniense Aristides, hijo de Lisímaco, aquel hombre cuyo elogio poco antes hice como el mejor hombre del mundo; porque tomando consigo mucha parte de la infantería ateniense que estaba apostada en las costas de la isla de Salamina, y desembarcándola en la de Psitalea, pasó a cuchillo cuanto persa había en dicho islote.

96. Librados ya los griegos de la batalla y retirados los destrozos y restos de las naves, cuantos iban compareciendo en Salamina se preparaban para un segundo combate, persuadidos de que el rey se valdría de las naves que le quedaban para entrar otra vez en batalla. Por lo que respecta a los restantes del naufragio, el viento Céfiro empujó una gran parte de ellos a la costa del Ática llamada Colíade. No parece sino que todo conspiraba para que se cumpliesen los oráculos, tanto los de Bacis y Museo acerca de esta batalla naval, como muy particularmente el que había proferido Lisístrato, gran adivino natural de Atenas, acerca de que serían llevados los fragmentos de las naves adonde lo fueron tantos años después de su predicción, cuyo oráculo por ninguno de los griegos había sido entendido, y decía:

> Las mujeres de Colíade tostarán el grano con los remos.

Suceso que iba a acaecer después de la expedición del rey.

Después de Salamina

97. Al ver Jerjes la pérdida y el destrozo padecidos, entró en mucho recelo de que alguno de los jonios sugiriese a los griegos, o que estos mismos no diesen por sí mismos en el pensamiento de pasar al Helesponto y destruir allí su puente. Del miedo, pues, que tuvo de verse en peligro de perecer atrapado así en Europa, resolvió la huida. Pero no queriendo que nadie de los griegos ni de sus mismos vasallos conociese su designio, empezó a formar un terraplén hacia Salamina, y junto a él mandó unir, puestas en fila, unas urcas fenicias, que le sirvieron de puente y de baluarte como si se dispusiera a llevar adelante la guerra y librar otra vez una batalla naval. Viéndole los otros ocupados en estas maniobras, creían todos que muy de verdad se preparaba para guerrear a pie firme. Mardonio fue el único que, teniendo muy conocido su modo de pensar, entendió de lleno sus planes.

98. Al mismo tiempo que esto hacía Jerjes, envió a los persas un correo con la noticia de la desgracia y derrota padecida. Yo no conozco del cielo abajo nada más veloz que esta especie de correos que han inventado los persas, pues se dice que cuantas jornadas hay en todo el viaje, tantos son los caballos y hombres apostados a trechos para correr cada cual una jornada, tanto hombre como caballo, a cuyas postas de caballería ni la nieve, ni la lluvia, ni el calor del sol, ni la noche las detiene, para que dejen de hacer con toda velocidad el camino que les está señalado. El primero de dichos correos pasa los mensajes al segundo, el segundo al tercero, siguiendo el orden de correo en correo, de un modo semejante al que en las fiestas de Hefesto usan los griegos en la carrera de antorchas[387]. El nombre que dan los persas a este sistema de postas a caballo es el de *angareion*.

99. Llegado a Susa aquel primer aviso de que Jerjes había ya tomado Atenas, causó tanta alegría en los persas que se habían allí

---

[387] Estas carreras, denominadas lampadedromías (o lampadeforias, que es el término que emplea Heródoto), consistían en competiciones de relevos en los que los participantes pasaban la antorcha a otro miembro de su tribu. Estas formaban parte de las actividades de distintas fiestas además de la dedicada anualmente a Hefesto, como las Panateneas.

quedado, que en señal de ella no solo enramaron de arrayán todas las calles y las perfumaron con preciosos aromas, sino que la celebraron con festejos y regocijos particulares. Pero cuando les llegó el segundo aviso, fue tanta la perturbación que, rasgando todos sus vestidos, reventaban en un grito y llanto deshecho, echando la culpa de todo a Mardonio, no tanto por la pena que les causaba la pérdida de la armada cuanto por el miedo que tenían de perder a Jerjes.

100. Y no paró entre los persas este temor y desconsuelo en todo el tiempo que corrió desde la mala noticia hasta el día mismo en que, vuelto Jerjes a su corte, les consoló con su presencia. Viendo entonces Mardonio lo mucho que a Jerjes le dolía la pérdida sufrida en la batalla naval, sospechó que el rey meditaba huir de Atenas, y pensando dentro de sí mismo que siendo él quien le había inducido a la expedición contra Grecia, no dejaría por ello de llevarse su merecido, halló convenirle mejor el arriesgarse a todo con el objetivo de llevar a cabo la conquista o, si no, de perder gloriosamente la vida en aquella empresa, especialmente cuando, llevado de sus altos pensamientos, consideraba más probable poder alzarse con la victoria sometiendo Grecia. Sacadas así sus cuentas, habló en estos términos: «No tenéis, señor, por qué apesadumbraros por la desgracia que acaba de sucedernos, ni darlo todo ya por perdido, como si fuera esta una derrota decisiva; que no depende todo del fracaso de cuatro tablas de madera, sino del valor de los soldados de infantería y los caballos. Es esto en tanto grado verdad, que de todos esos que se jactan de haberos dado un golpe mortal ni uno solo habrá que saltando de sus naves se atreva a haceros frente, ni os lo hará nadie de todo ese continente, ya que los que tal intentaron pagaron bien su temeridad. Digo, pues, que si a bien lo tenéis, nos echemos desde luego sobre el Peloponeso; y si tenéis por mejor el dejarlo de hacer, en vuestra mano está dejarlo. Lo que importa es no desanimarse; pues claro está que no les queda a los griegos escapatoria alguna para no acabar siendo esclavos vuestros, pagándoos con eso el castigo de lo que acaban de hacer ahora y de lo que antes hicieron. Soy, pues, de la opinión de que así lo verifiquéis. Si estáis con todo resuelto a retiraros con el ejército, otra idea se me ofrece en este caso. Soy del parecer de que no lo hagáis de manera que esos griegos se burlen y rían de los persas. Nada se ha malogrado, señor, por parte de los persas, ni podéis decir en qué acción no hayan cumplido todos con su deber, pues en verdad no tienen ellos la culpa de tal desventura. Esos fenicios, esos egipcios, esos chipriotas, esos cilicios, son y han mostrado ser unos cobardes. Puesto que no son culpables los persas, si no queréis quedaros aquí, volveos a vuestra corte, llevando en vuestra compañía el grueso del ejército; que a mi cargo quedará someter Grecia entera a vuestro dominio, escogiendo para ello trescientos mil hombres de vuestro ejército».

101. Oído este discurso, que mucho complació a Jerjes, se alegró del planteamiento, visto el mal estado de sus cosas, y dijo a Mardonio que después de consultado el asunto le respondería cuál de las dos soluciones quería escoger. Habiendo, pues, entrado en consulta con los persas, sus habituales asesores, se le ocurrió llamar a la consulta a Artemisia, por cuanto ella había sido la única que antes acertó en lo que debía hacerse tocante al combate naval. Apenas Artemisia vino, mandando Jerjes retirar a los otros consejeros persas, lo mismo que a sus lanceros le habló de esta forma: «Quiero que sepas cómo me exhorta Mardonio a que yo me quede aquí y ataque el Peloponeso, dándome como razón que mi ejército de tierra no ha tenido parte alguna en esta pérdida, y que ansía que haga yo prueba de su valor. Me exhorta, pues, a que o lo haga yo así por mí mismo, o en caso contrario, él, ofreciéndose a poner Grecia entera debajo de mi dominio, escogiendo para la empresa trescientos mil combatientes, y aconsejándome que yo con el resto de mis tropas me retire a mi corte y palacio. Ahora quiero, pues, que me aconsejes en cuál de estas dos opciones acertaré más en el caso de elegirlas, ya que solamente tú me diste un buen consejo acerca de la batalla naval, alno aconsejar que se produjera».

102. Le respondió Artemisia en estos términos: «Bien difícil es, ¡oh rey!, que acierte yo con lo mejor respondiendo a vuestra consulta; pero, con todo, mi parecer sería que en la presente situación os volvieseis a vuestra patria y que dejaseis aquí a Mardonio, ya que él así lo desea, ofreciéndose a llevar a cabo la empresa con las tropas que pide; porque si logra la conquista que promete y le sale bien la empresa que piensa acometer, vos, señor, vais a ganar mucho en añadir a vuestros dominios esos vasallos; por otra parte, si el asunto sale a Mardonio al contrario de lo que piensa, no será la pérdida considerable para el imperio, quedando vos a salvo y bien asentados los demás intereses

de vuestra casa; pues al quedar vos a salvo y mantenerse vuestra casa y familia se mantengan en su situación actual, mala suerte les auguro a esos griegos, pues no les faltarán ocasiones en que salir armados a la defensa de sus casas. Y si Mardonio sufre alguna derrota, los griegos victoriosos no tendrán con su victoria motivo de estar muy ufanos por la muerte de uno de vuestros vasallos. Por lo demás, vos habéis logrado el objetivo de la expedición, habiendo entregado a las llamas la ciudad de Atenas».

103. Cayó en gracia a Jerjes el consejo, pues acertó Artemisia con lo mismo que él pensaba ejecutar, tan resuelto estaba a no quedarse allí, según imagino, por más que todo el mundo, hombres y mujeres, se lo hubieran aconsejado. Así que alabó mucho a Artemisia, y la envió a Éfeso, encargada de conducir allí unos hijos suyos naturales, pues algunos de estos le habían seguido en su expedición.

104. Envió con ella como mentor de sus hijos a Hermotimo, natural de Pedasa, quien podía tanto como el que más entre los eunucos de palacio. Y ya que hablé de él, no dejaré de mencionar un fenómeno que dicen que suele acontecer entre los pedaseos, quienes se sitúan más arriba de Halicarnaso: siempre que amenaza en breve a los vecinos que moran en la comarca de la ciudad mencionada algún desastre general, en tal caso a la sacerdotisa que allí tienen de Atenea le nace una grandísima barba, lo que ya dos veces les ha sucedido.

105. De Pedasa, como decía, era, pues, natural Hermotimo, al cual para vengarse de la injuria que haciéndole eunuco había padecido, se le presentó una ocasión que no sé que se haya dado nunca otra igual; he aquí lo que sucedió: le hicieron esclavo los enemigos, y como a tal le compró un hombre natural de Quíos llamado Panionio, el cual andaba inmerso en el negocio más infame del mundo, pues logrando algún gallardo muchacho, lo que hacía era castrarle y llevarle después a Sardes o a Éfeso y venderle bien caro; pues sabido es que entre los bárbaros se aprecian más los eunucos que los que no lo son, por la total confianza que puede haber en ellos. Entre otros muchos que castró Panionio, ya que vivía de la ganancia hecha en este oficio, uno fue Hermotimo. Pero no queriendo la fortuna que nuestro eunuco fuese desgraciado en todo lo demás, hizo que entre los regalos que se enviaban al rey desde Sardes, le fuese presentado Hermotimo, quien vino a ser con el tiempo el eunuco más honrado y favorecido de Jerjes.

106. En la ocasión en que el rey conducía contra Atenas sus tropas persas, vino Hermotimo a Sardes, de donde habiendo bajado por algún encargo a la comarca de Misia llamada Atarneo, en que habitan los de Quíos, se topó en ella con Panionio. Lo conoció y le habló largamente y con mucha expresión de cariño, dándole primero cuenta de cómo por medio de él había llegado a poseer tanto que no sabía los tesoros que tenía, y diciéndole al mismo tiempo que le daría en recompensa montañas de oro con tal de que con toda su casa y familia se pasase a vivir donde él estaba. De modo que aceptando Panionio la oferta con mucho gusto, se trasladó allí con sus hijos y mujer. Una vez que Hermotimo le tuvo con toda su familia, le habló de esta forma: «Ahora quiero, negociante, el más ruin y abominable de cuantos vio el sol hasta aquí, que me digas qué mal yo mismo o alguno de los míos a ti o alguno de los tuyos hemos hecho para que me dejases así, ya que, de hombre que era, llegué a ser menos que nada. ¿Creías tú, infame, que no llegarían tus malas artes a noticia de los dioses? Mucho te engañabas, pues ellos han sido los que por su justo proceder te han traído a mis manos, para que haga en ti un ejemplo, y no tengas tú razón de quejarte ni de ellos ni de mí tampoco». Apenas acabó de darle en cara con su sórdida crueldad, cuando hizo comparecer en su presencia a los hijos de Panionio, y primero obligó allí mismo al padre a castrar a sus hijos, que eran cuatro, y después de que, forzado, acabó de ejecutar aquella acción, fueron forzados los hijos castrados a practicar lo mismo con su padre. Tal fue la venganza que se le vino a las manos a Hermotimo contra Panionio.

107. Pero volviendo a Jerjes, después de entregar sus hijos a Artemisia para que los condujese a Éfeso, mandó llamar a Mardonio, y le ordenó que escogiese las tropas de su ejército que prefiriera, encargándole al mismo tiempo que procurase muy de veras que los resultados correspondiesen a las promesas. Se empleó en esto aquel día, pero venida la noche, los generales de mar, salidos con sus escuadras de Falero por orden del rey, se hicieron a la vela en dirección al Helesponto, poniendo cada uno el más vivo esfuerzo para llegar cuanto antes allí, y guardar el puente de barcas para el paso del soberano. Sucedió que como habían llegado los bárbaros cerca de Zoster, en cuya costa se dejan ver entrados hacia el mar unos delgados picos, creyendo que serían unas naves, se dieron a la fuga un buen trecho y no volvieron otra vez a unirse para continuar su rumbo hasta que supieron que eran unos picos de roca y no galeras enemigas.

108. Al llegar el día, viendo los griegos en el mismo campamento el ejército de tierra, daban por supuesto que la armada debía hallarse en el puerto de Falero. Con esto, pues, persuadidos a que el enemigo volvería a combatir por mar, se preparaban por su parte a rechazarle. Pero informados después de que se habían hecho las naves a la vela, les pareció oportuno ir en seguimiento de ellas sin más dilación. Siguieron, en efecto, su rumbo hasta llegar a Andros; pero sin poder descubrir la armada de Jerjes. En Andros, consultando sobre el asunto, Temístocles fue del parecer de que yendo por en medio de aquellas islas y persiguiendo a las naves, se encaminasen directamente al Helesponto con ánimo de cortarles el puente. Dio Euribíades un parecer totalmente contrario, diciendo que no podían los griegos causar a Grecia mayor daño que cortar el puente al enemigo; porque si el persa, sorprendido, se veía precisado a quedarse en Europa, no querría, sin duda, permanecer tranquilo y ocioso, viendo que con la inacción le sería imposible llevar adelante sus intereses, pues así no se le abriría camino alguno para la retirada y perecería de hambre su ejército; que por el contrario, si se animaba y ponía manos a la obra, todo le podría salir muy bien en las ciudades de Europa, o bien tomándolas por la fuerza o negociando con ellas antes de apelar a las armas; que tan poco les faltarían víveres echando mano de la cosecha anual de los griegos; que él opinaba que, vencido el persa en la batalla naval, no pensaría en quedarse en Europa; que lo mejor era dejarle huir cuanto quisiese hasta llegar a sus dominios; pero que una vez vueltos a ellos, entonces sí les exhortaba a que le hiciesen la guerra. A este parecer se atenían también los otros jefes del Peloponeso.

109. Cuando vio Temístocles que no lograría persuadir a la mayoría para que navegaran hacia el Helesponto, mudando de parecer y volviéndose a los atenienses (estos se mostraban furiosos al ver que así se les huía la presa de entre las uñas, y estaban tan empeñados en navegar al Helesponto, que en caso de rehusarlo los demás, querían por sí solos encargarse de aquella empresa), les habló en esta forma: «Yo mismo, amigos, llevo ya en muchos lances observado, y tengo oído que en muchos otros distintos pasó lo mismo, que los hombres reducidos al último trance y apuro, por más que hayan sido vencidos, vuelven a pelear desesperados, y procuran borrar la primera impresión de cobardes en que habían incurrido. De parecer sería que nosotros, que apenas sin saber cómo nos hallamos con nuestra salvación y con el bien de Grecia en las manos, nos contentáramos por ahora con haber ojeado esa bandada espesa de enemigos, sin darles caza en su huida, pues no tanto hemos sido nosotros los que tal hazaña hemos llevado a cabo, como los dioses y los héroes, quienes no han soportado ver que un hombre solo, impío por demás y desalmado, llegase a ser señor de Asia y de Europa. Hablo de ese sacrílego, que todo, sagrado y profano, lo llevaba por igual; de ese que quemaba y echaba por el suelo las estatuas de los dioses; de ese insensato que al mar mismo mandó azotar y le arrojó unos grilletes. Demos gracias a los dioses por el bien que acaban de hacernos; quedemos por ahora en Grecia, cuidemos de nuestros intereses y del bien de nuestras familias, vuelva cada cual a levantar su casa y cuide de hacer su siembra, ya que hemos logrado arrojar al bárbaro del todo. Al apuntar la primavera, entonces sí que será oportuno ir con una buena armada a devolverle la visita en el Helesponto y en Jonia». Así se explicaba con el propósito de obtener un albergue en los dominios del persa, donde pudiera acogerse en caso de caer en desgracia entre los atenienses, como si adivinase lo que le iba a suceder.

110. Por más que en esto obrase Temístocles con doble intención, se dejaron con todo llevar de su discurso los atenienses, prestos a aceptar en todo su dictamen, tomándole desde el principio como hombre astuto, y habiendo tenido luego la experiencia de comprobar su astucia y sensatez. Disuadidos ya los suyos, sin pérdida de tiempo envió en una embarcación a ciertos hombres, de quienes se prometía que sabrían callar en medio de los mayores tormentos, para que de su parte fuesen a decirle al rey lo que les encargaba, uno de los cuales era por segunda vez su criado Sicino. Llegados al Ática, se quedaron los demás en su barco y, saltando a tierra Sicino, dijo así hablando con el rey: «Vengo enviado por Temístocles, hijo de Neocles, general de los atenienses y la persona más audaz y astuta que se halla entre los de aquella alianza, para daros una embajada en estos términos: el ateniense Temístocles, con el propósito de haceros un buen servicio, ha logrado detener a los griegos para que no persigan vuestras escuadras como intentaban hacerlo, ni os corten el puente de barcas

del Helesponto. Ahora vos podréis ya retiraros sin precipitación alguna». Dado este mensaje, se volvieron por el mismo camino.

111. Los griegos de la armada naval, después de decidir no pasar más adelante en persecución de la de los bárbaros, ni a avanzar con sus naves hasta el Helesponto para cortar a Jerjes la retirada, se quedaron sitiando la ciudad de Andros con ánimo de arruinarla. El motivo era que los andrios habían sido los primeros de todos los isleños en negarse a la contribución que Temístocles les pedía; pero como este les previno de que los atenienses les harían una visita, llevando consigo grandes divinidades, la una Persuasión y la otra Obligación, por cuyo medio se verían en la necesidad de desembolsar su dinero, le dieron los andrios por respuesta que con razón era Atenas una ciudad grande, rica y dichosa, teniendo de su parte la protección de aquellas diosas, al paso que los pobres andrios eran hombres de tan cortos alcances y tan desgraciados que no podían echar de su isla a dos diosas que les causaban mucho daño, la Penuria y la Impotencia, las cuales se empeñaban obstinadamente en vivir en su país; que habiéndoles tocado a los andrios aquellas dos diosas, no pagarían contribución alguna, pues no llegaría a ser tan grande el poder de los atenienses que no fuese mayor su misma imposibilidad. Por esta respuesta que dieron, no queriendo pagar ningún dinero, se veían sitiados.

112. Entretanto, Temístocles, no cesando de crear medios para hacer dinero, despachaba a las otras islas sus órdenes y amenazas pidiéndoles que se lo enviasen, valiéndose de los mismos mensajeros y de las mismas razones de que se había valido antes con los de Andros, y añadiendo que si no le daban lo que pedía, conduciría contra ellas la armada de los griegos. Por este medio logró sacar grandes cantidades de los caristios y de los parios, quienes informados así del asedio en que Andros se hallaba por haber seguido la causa meda, como de la fama y reputación que entre los generales tenía Temístocles, contribuían con grandes sumas. Si hubo algunos otros más que también se la diesen, no puedo decirlo de positivo, si bien me inclino a creer que otros más habría; y que no serían los únicos los referidos. Diré, sí, que no por eso lograron los caristios que no les alcanzase el rayo, si bien los parios, aplacando a Temístocles con dádivas y dinero, se libraron del asedio en que la flota les tenía. Con esto, Temístocles, asentado en Andros, iba recogiendo dinero de los isleños a espaldas de los demás generales.

113. Las tropas que cerca de sí tenía Jerjes, dejando pasar unos pocos días después de la batalla naval, efectuaron la vuelta a Beocia por el mismo camino por donde habían venido. Así se hizo la marcha, por parecerle a Madornio que además de poder escoltar al rey con ellas, no era ya por otra parte tiempo de continuar la campaña, si no que lo mejor sería invernar en Tesalia, y a la primavera siguiente invadir el Peloponeso. Llegados a Tesalia, las primeras tropas que para sí escogió Mardonio fueron todos aquellos persas que llamaban Inmortales, a excepción de su general Hidarnes, que se negó a dejar al rey. De entre los otros persas escogió asimismo a los coraceros y a aquel escuadrón de mil caballos. Tomó asimismo para sí a los medos, los sacas, los bactrios y los indios, tanto los de a pie como los de a caballo. Habiéndose quedado con todos estos pueblos, iba entresacando de entre los demás aliados unos pocos, los que poseían mejor presencia física y aquellos también de quienes tenía noticias de haberse portado bien en alguna función. En esta gente escogida, el cuerpo más considerable era el de los persas, que llevaban collares y brazaletes; después el de los medos, no porque fuesen menos que los persas, sino porque no les igualaban en valor. En fin, la suma de las tropas subía a trescientos mil entre soldados de infantería y jinetes.

114. Durante el tiempo en que iba Mardonio escogiendo la tropa más aguerrida del ejército, manteniéndose todavía Jerjes en Tesalia, les llegó a los lacedemonios un oráculo de Delfos, que mandaba que pidiesen a Jerjes satisfacción por la muerte de Leónidas y recibiesen la que él les diera. Los espartanos, sin más dilación, destinaron un heraldo, quien habiendo hallado todo el ejército detenido todavía en Tesalia, se presentó al rey y le dio la embajada: «A vos, rey de los medos, piden los lacedemonios en común, y los Heraclidas de Esparta en particular, que les deis la satisfacción correspondiente por haberles matado a su rey, que defendía a Grecia». Dio Jerjes una gran carcajada, y después de un buen rato, apuntando con el dedo a Mardonio, que estaba allí a su lado: «Mardonio —le dijo— les dará sin duda alguna la satisfacción que les corresponda».

115. Se encargó el enviado de dar aquella respuesta y se volvió luego. Hizo después Jerjes con mucha prisa la vuelta del Helesponto,

habiendo dejado a Mardonio en Tesalia, y llegó al paso de las barcas al cabo de cuarenta y cinco días, llevando consigo de su ejército un puñado de gente tan solo, por decirlo así. Durante el viaje entero, se mantenía la tropa con los frutos que robaba a los moradores del país, sin distinción de naciones, y cuando no hallaban víveres algunos, se contentaban con la hierba que la tierra naturalmente les daba, con las cortezas quitadas a los árboles y con las hojas que iban cogiendo, ya fuesen frutales, ya silvestres, que a todo les obligaba el hambre, sin que dejasen de comer cosa que comerse pudiera. De resultas de esto, iban diezmando al ejército la peste y la disentería. A los que caían enfermos los dejaban en las ciudades por donde pasaban, mandándolas que los cuidaran y alimentaran, habiendo asimismo dejado algunos en Tesalia, otros en Siris de Peonia y otros en Macedonia finalmente. Antes en su paso hacia Grecia había dejado el rey en Macedonia la carroza consagrada a Zeus, y cuando volvió no la recobró: los peonios la habían dado a los de Tracia, respondiendo a Jerjes, que la reclamaba, que aquellas yeguas, estando paciendo, habían sido robadas por los tracios que moran vecinos a las fuentes del río Estrimón.

116. Con esta ocasión diré en breve un hecho inhumano que el rey de los bisaltas, de nación tracio, ejecutó en la comarca de Crestonia. No solo este se había negado a prestar a Jerjes la obediencia, retirándose por esta razón a lo más fragoso del monte Ródope, sino que había prohibido a sus hijos que le sirvieran en aquella expedición contra Grecia. Pero ellos, o temiendo en poco la prohibición, o quizá por curiosidad y deseo de hacer alguna campaña, se fueron siguiendo las banderas del persa. Devueltos después sanos y salvos todos ellos, que eran hasta seis, les hizo el padre sacar los ojos por este motivo: tal paga sacaron los hijos de su expedición.

117. Una vez que los persas, dejada Tracia, llegaron al paso del Helesponto, embarcados a toda prisa lo atravesaron hacia Abido, no pudiendo pasar por el puente de barcas, que ya no hallaron unidas y firmes, sino sueltas y separadas por una tempestad. En los días de descanso que allí tuvieron, como la recogida de víveres que lograban fue mayor que la que en el camino habían tenido, comieron sin moderación alguna, de cuyo desorden, y del cambio de aguas, resultó que mucha gente del ejército que había quedado acabó muriendo.

Los pocos que quedaron, en compañía de Jerjes, al fin llegaron a Sardes.

118. Se cuenta también de otro modo esta retirada, a saber: que después que Jerjes, salido de Atenas, llegó a la ciudad de Eyón, situada sobre el Estrimón, no continuó desde allí por tierra su marcha, sino que encargando a Hidarmes la conducción del ejército al Helesponto, partió para Asia embarcado en una nave fenicia. Estando, pues, en medio de su viaje, se levantó un tempestuoso viento procedente de Estrimón, y fue tanto mayor el peligro de la tormenta cuanto más cargada iba la nave, sobre cuya cubierta venían muchos persas acompañando a Jerjes. Entonces, apoderándose del rey un gran miedo, llamando en voz alta al piloto, le preguntó si les quedaba alguna esperanza de vida. «Una sola queda, señor —le dijo el piloto—: el ver cómo podremos deshacernos de tanto pasajero como aquí viene». Oído esto, cuentan que Jerjes dijo: «Persas míos, esta es la ocasión en que alguno de vosotros muestre si se interesa o no por su rey; que en vuestra mano, según parece, está mi salvación». Apenas hubo hablado, cuando los persas, hecha al soberano una profunda reverencia, saltaron por sí mismos al agua, con lo que, aligerada la nave, pudo llegar a Asia. Allí, saltando Jerjes en tierra, dicen que ejecutó al punto uno de sus actos de justicia, pues premió con una corona de oro al piloto por haber salvado la vida del rey, pero le mandó cortar la cabeza por haber causado la muerte de tantos persas.

119. Pero a mí por lo menos no resulta verosímil esta otra narración de la vuelta de Jerjes, prescindiendo de otros motivos, por lo que se dice en ella acerca de la desventura de los persas; porque dado el caso de que el piloto hubiera dicho aquello a Jerjes, me atrevo a apostar que entre diez mil hombres no habrá uno solo que no convenga conmigo en que el rey en tal caso hubiera dicho que aquellos que estaban sobre la cubierta, mayormente siendo persas, y personajes principales entre los persas, se bajasen a la bodega del barco, y que los remeros fenicios, tantos en número como los persas, fuesen arrojados al mar. Lo cierto es que el rey volvió a Asia, marchando por tierra con los demás del ejército, como llevo referido.

120. Otra prueba vehemente hay de lo que digo, pues consta que en su retirada pasó Jerjes por Abdera, y concertó con los de aquella ciudad un acuerdo de hospitalidad, y les entregó como regalo un

alfanje de oro y de una tiara bordada en oro. Algo más añaden los abderitas, aunque yo no los crea de modo alguno: que allí fue donde por vez primera se desciñó Jerjes la espada después de la huida de Atenas, al no tener ya nada que temer. Lo cierto es que Abdera está situada más cerca del Helesponto que el Estrimón y Eyón, de donde afirman los autores de la otra narración que partió el rey en su nave.

121. Los griegos de la armada, viendo que no podían tomar Andros, pasaron a Caristo, y talada la campiña, partieron para Salamina. Lo primero que aquí hicieron fue entresacar del botín varias ofrendas que, como primicias, destinaban a los dioses, particularmente tres naves fenicias, una para dejarlo en el Istmo, la que hasta mis días se mantenía en el mismo punto; otra para Sunio, y la tercera para Ayante en la misma Salamina. En segundo lugar, se repartieron el botín, enviando a Delfos las primicias de los despojos, de cuyo precio se hizo una gran estatua de doce codos de altura, que tiene en la mano un espolón de barco y está levantada cerca del lugar donde se halla la de Alejandro el macedonio, que es de oro.

122. Al tiempo mismo que enviaron los griegos aquellas primicias a Delfos, hicieron preguntar a Apolo, en nombre de todos, si le parecían bien aquellas primicias y si eran de su agrado, a lo cual el dios respondió que lo eran en verdad por lo que tocaba a los demás griegos, pero no así respecto a los eginetas, de quienes él pedía y echaba de menos un don en acción de gracias por haberse llevado la palma en Salamina. Con dicha respuesta, le ofrecieron los eginetas unas estrellas de oro, que son aquellas tres[388] que sobre un mástil de bronce se ven cerca de la crátera de Creso.

123. Hecha la repartición del botín, tomaron los griegos rumbo hacia el Istmo para dar el premio de la victoria al griego que más hubiese destacado en aquella guerra. Llegados allí los generales de la armada naval, fueron dejando sus votos encima del altar de Poseidón, en los cuales declaraban su parecer sobre quién merecía el primero y quién el segundo premio. Cada uno de los generales se daba allí el

---

[388] Una de las estrellas debía de representar a Apolo, mientras que las otras dos a Cástor y Pólux. Estas dos deidades gemelas constituyen las estrellas más brillantes de la constelación de Géminis, y eran conocidos como protectores de los marineros.

voto a sí mismo, como el que mejor se había portado en la batalla, pero muchos coincidieron en que a Temístocles se le debía en segundo lugar aquella victoria, de suerte que no llevando nadie sino un solo voto, y este el suyo propio para el primer premio, Temístocles para el segundo era en la votación superior con mucho a los demás.

124. De aquí surgió que, no queriendo los griegos por envidia definir aquella contienda, antes bien, marchando todos a sus respectivas ciudades sin tomar una decisión, el nombre de Temístocles, sin embargo, iba en boca de todos, celebrado en todas partes como el hombre más astuto de los griegos. Mas viendo que no había sido declarado vencedor por los generales que dieron la batalla en Salamina, se fue sin perder tiempo a Lacedemonia, pretendiendo aquel honor. Le hicieron los lacedemonios muy buen recibimiento, y le honraron con mucha particularidad. Dieron a Euribíades el premio al valor con una corona de olivo, y a Temístocles asimismo con otra corona igual en premio a su astucia y destreza política. Le regalaron una carroza, la más bella de Esparta, colmándole de elogios; hicieron que al irse le acompañasen hasta los confines de Tegea trescientos espartanos de élite, que son los llamados «caballeros»; habiendo sido Temístocles el único, al menos que yo sepa, a quien en señal de estima hayan acompañado hasta ahora los espartanos con escolta.

125. Vuelto Temístocles de Lacedemonia a Atenas, un tal Timodemo de Afidna, uno de sus enemigos, hombre por otra parte de ninguna fama y lustre, muerto de envidia, le echaba en cara su viaje a Lacedemonia, achacándole que era en atención a Atenas y no a su persona por lo que se había granjeado aquella honra y premio. Viendo Temístocles que siempre Timodemo le acosaba con aquella injuria, le dijo al cabo: «Oye, amigo, ni yo siendo de Belbina habría sido honrado así por los espartanos, ni tú, amigo, lo serías, por más que seas como yo ateniense». Pero basta ya de ello.

126. Iba escoltando al rey hasta el paso del Helesponto el hijo de Fárnaces, Artabazo, quien, siendo antes ya entre los persas un general de fama, vino a tenerla mayor después de la batalla de Platea al frente de un cuerpo de sesenta mil hombres tomados del ejército que Mardonio había escogido. Mas como el rey estaba ya en Asia, y Artabazo se hallaba de vuelta en Palene, no corriendo prisa alguna en ir a incorporarse con el grueso del ejército, por invernar las tropas de Mardonio en Tesalia y en Macedonia, le pareció que no era razón dejar de esclavizar a los de Potidea, quienes se habían rebelado contra el rey. Y en efecto, los potideatas se habían alzado declaradamente contra los bárbaros, una vez que el rey, huyendo de Salamina, acabó de pasar por su ciudad, y a su ejemplo muchos otros pueblos de Palene habían hecho lo mismo. Con este motivo Artabazo puso sitio a Potidea.

127. Y sospechando al mismo tiempo que también los de Olinto se apartaban de la obediencia del persa, marchó sobre aquella ciudad, cuyos moradores eran entonces los botieos, quienes habían sido echados por los macedonios del golfo Termeo. A estos olintios, después de que recrudeciendo el asedio logró someter la plaza, Artabazo, sacándolos fuera de ella, los degolló sobre una laguna. Entregó la ciudad a Critobulo de Torone para que la gobernase, y a los de la Calcídica para que la poblasen, y con esto vino a ser Olinto una colonia de calcideos.

128. Artabazo, dueño ya de Olinto, pensó en apretar con más fuerza el cerco a Potidea, y actuando en ello con más viveza, Timóxeno, general de los escioneos, acordó con él entregársela a traición. De qué medios se valió al principio de este entendimiento no puedo decirlo, porque no veo nadie que lo diga, pero el desenlace fue el siguiente: siempre que querían darse por escrito algún aviso, o Timóxeno a Artabazo, o bien este a Timóxeno, lo que hacían era envolver la carta en la cola de la flecha junto a su muesca, pero de manera que viniese a formar como las alas de la misma, y así la disparaban al puesto entre ellos convenido. Pero por este mismo medio se descubrió que andaba Timóxeno fraguando la entrega de Potidea, porque cuando disparó Artabazo su flecha hacia el sitio consabido, y no acertó a ponerla en él, hirió en el hombro a un ciudadano de Potidea. Apenas estuvo herido, muchos corrieron hacia él y le rodearon, como suele suceder en la guerra, los cuales, tomada la flecha, al reparar en la carta envuelta, fueron a presentarla a los generales. Se hallaban en la plaza las tropas auxiliares de las demás ciudades de Palene, y cuando aquellos jefes, leída la carta, vieron quién era el autor de la traición, les pareció, en atención a la ciudad de Escione, que no convenía públicamente implicar a Timóxeno en aquella traición, para que en lo venidero no quedase a los escioneos la mancha perpetua de traición. Tal fue el extraño modo de conocer al traidor.

129. Al cabo de tres meses del asedio puesto por Artabazo, hizo el mar una retirada extraordinaria que duró bastante tiempo. Entonces los bárbaros, viendo que lo que antes era mar se les había vuelto un lugar pantanoso, marcharon por él hacia Palene; pero apenas hubieron andado dos partes del trecho, de las cinco que debían pasar para meterse dentro de dicha ciudad, les sorprendió una avenida tan grande de mar, como nunca antes, por lo que decían los lugareños, había allí sucedido, por más frecuentes que suelen ser tales mareas. Sucedió que se ahogaron en ella los persas que no sabían nadar, y los que sabían, perecieron a manos de los de Potidea, que en sus barcas les atacaron. Pretenden los potideatas haber sido la causa de la retirada y avenida del mar, y de la desventura de los persas, la impiedad de todos los que en él perecieron, quienes habían profanado el templo y la estatua de Poseidón, que estaba en los arrabales de su ciudad. Me parece que tienen aquellos mucha razón en decir que esta fue la culpa para tamaño castigo. Partió Artabazo a Tesalia con los persas que le quedaron para unirse con Mardonio.

130. Tal fue en resumen la suerte de los persas que escoltaron a su rey. La armada naval que le había quedado al rey después de haber trasladado a Jerjes (y junto con él al resto del ejército), recién llegado al Asia y fugitivo de Salamina, desde el Quersoneso hacia Abido, se fue a invernar a Cime. En los principios mismos de la siguiente primavera se reunió de nuevo en Samos, donde algunas naves de la flota habían pasado aquel invierno. La tropa de mar que en dicha armada servía estaba por lo común compuesta de persas y de medos, de cuyo mando fueron de nuevo encargados los generales Mardontes, hijo de Bageo, y Artaíntes, hijo de Artaqueas, en cuya compañía mandaba también Itamitres, a quien Artaíntes, siendo su primo, se había asociado en el cargo. Hallándose muy amedrentada la armada, no se pensó en que se alargase más hacia poniente, al no haber principalmente razón alguna que a ello le obligase, sino que por entonces los bárbaros apostados en Samos se contentaban con vigilar Jonia, impidiendo con las trescientas naves que allí tenían, incluidas en este número las jonias, que se les rebelase aquella provincia; ni pensaban, por otra parte, que los griegos pretendiesen venir hasta la misma Jonia, sino que contentos y satisfechos con poderse quedar en sus aguas, se mantendrían en ellas para la defensa y res-

guardo de su patria. Les reafirmaba en esta opinión el pensamiento de que, al huir de Salamina, no les habían seguido; antes bien, de su propia voluntad se habían vuelto atrás en su camino. En realidad, desanimados sobremanera los bárbaros, se daban por vencidos en el mar, pero tenían por seguro que Mardonio por tierra sería muy superior a los griegos. Con esto a los persas en Samos todo se les iba parte en meditar cómo podrían hacer algún daño al enemigo, parte en procurar noticias sobre el éxito de las empresas de Mardonio.

131. Mas los griegos, a quienes tenía muy agitados tanto el ver que se acercaba ya la primavera como el saber que Mardonio se hallaba en Tesalia, antes de congregar su ejército de tierra tenían reunida ya en Egina la armada naval, compuesta de ciento diez naves. Iba en esta como navarco y general de las tropas Leotíquidas, hijo de Ménares, cuyos ascendientes eran Hegesilao, Hipocrátidas, Leotíquidas, Anaxilao, Arquidamo, Anaxándridas, Teopompo, Nicandro, Carilao, Éunomo, Polidectas, Prítanis, Eurifonte, Procles, Aristodemo, Aristómaco, Cleodeo, Hilo y Heracles. Pertenecía, pues, dicho navarco a una de las dos casas reales cuyos antepasados, a excepción de los nombrados inmediatamente después de Leotíquidas, habían sido reyes en Esparta. De los atenienses iba como general Jantipo, hijo de Arifrón.

132. Juntas ya en Egina las naves, llegaron a dicha armada griega unos mensajeros de Jonia, los mismos que poco antes, idos a Esparta, habían suplicado a los lacedemonios que pusiesen a los jonios en libertad. Entre estos embajadores venía uno llamado Heródoto[389], que era hijo de Basilides. Eran estos unos hombres que, conjurados en número de siete contra Estratis, tirano de Quíos, le habían antes maquinado la muerte; pero como uno de los siete cómplices había informado al tirano de sus intenciones, los seis, ya descubiertos, escapándose secretamente de Quíos, habían pasado directamente a Esparta y de allí a Egina, con la idea de pedir a los griegos que con sus naves desembarcasen en Jonia, aunque con mucha dificultad pu-

---

[389] No se trata de una referencia del historiador a sí mismo, sino de una persona homónima –también jonio como él– que le podría haber servido de fuente a lo que refiere acerca de Estratis, tirano de Quíos.

dieron lograr de ellos que avanzasen hasta Delos. En efecto, de Delos adelante todo se les volvía un caos de dificultades, tanto por no ser los griegos conocedores de aquellos parajes, como por parecerles que estaban todos ellos repletos de gentes de armas, y lo que es más, por estar en la creencia de que tan lejos se hallaban de Samos como de las columnas de Heracles; de suerte que concurrían en ello dos obstáculos: el uno de parte de los bárbaros, quienes por el pánico que habían cobrado a los griegos no se atrevían a navegar hacia poniente; el otro de parte de los griegos, que ni a instancias de los de Quíos osaban por puro miedo bajar de Delos hacia levante. Así que, puesto de por medio el mutuo temor, a ambos les servía de protección.

133. Habían ya los griegos, como decía, pasado hasta Delos, cuando todavía Mardonio se mantenía en Tesalia en sus cuarteles de invierno. Durante el tiempo que en ellos estuvo este hizo que un hombre natural de Europo, por nombre Mis, partiese a visitar los oráculos, dándole orden de que no dejase lugar donde pudiese consultarles y que observase lo que le respondieran. Qué secreto era el que Mardonio con tales diligencias pretendía averiguar, yo ciertamente, no hallando quien me lo aclare, no sabré decirlo; únicamente me formo la idea de que no tendría otra pretensión que el éxito de su empresa, sin cuidarse de averiguar otras curiosidades.

134. De este Mis se tiene por cosa sabida que, habiendo ido a Lebadea y sobornado a uno del país, logró bajar al oráculo de Trofonio[390], como también que llegó a Abas, santuario de Fócide, para hacer allí su consulta. Él mismo, habiendo pasado a Tebas en su primer peregrinaje, llevó a cabo dos acciones, pues por una parte había consultado a Apolo Ismenio, el cual por medio de las víctimas suele ser consultado del mismo modo que se acostumbra en Olimpia, y por otra con sus dádivas había obtenido, no de algún tebano, pero sí de un extranjero, el que quisiera dormir en el templo de Anfiarao[391], pues sabido es que generalmente a ninguno de los tebanos le es lícito

[390] Oráculo cercano al de Delfos, cuyo sistema de consulta era de gran dureza: tras varios días consagrados a purificaciones y sacrificios, el consultante descendía por un pozo hasta una pequeñísima estancia por la que se deslizaba hasta un segundo agujero, teniendo que deshacer el camino de ida una vez recibida la respuesta oracular.
[391] Cf. *Historia* I.52 y nota *ad loc.*

pedir oráculo alguno en dicho templo. La causa procede de haberles hecho saber Anfiarao por medio de sus oráculos que daba la opción a los tebanos para que escogieran valerse de él como de adivino o de aliado y protector solamente. Prefirieron ellos, pues, tenerle como aliado que por adivino, de donde está prohibido a todo tebano ir a dormir en aquel santuario para recibir entre sueños algún oráculo de Anfiarao.

135. Pero lo que mayor maravilla en mí despierta es lo que de este Mis de Europo añaden los de Tebas, de quien dicen que, andando todos estos oráculos, fue también al templo de Apolo Ptoo[392]. Este templo con el nombre Ptoo está en el dominio de los tebanos, situado sobre la laguna Copaide, en un monte vecino a la ciudad de Acrefia. Cuentan, pues, los tebanos que llegado al templo nuestro peregrino Mis en compañía de tres de sus ciudadanos, a quienes había designado el pueblo a fin de que tomasen por escrito la respuesta que el oráculo les diera, la persona que allí vaticinaba se puso de repente a profetizar en una lengua bárbara. Al oír los tebanos compañeros de Mis un dialecto bárbaro en vez del griego, no sabían qué hacer llenos de pasmo y de confusión, cuando Mis de Europo, arrebatándoles de las manos la tablilla que consigo traían, fue en él escribiendo las palabras que en la lengua bárbara iba profiriendo la profetisa, la cual, según ellos dicen, era caria; y que apenas las hubo escrito, a toda prisa partió donde estaba Mardonio.

136. Leyó este, pues, lo que los oráculos le decían, y de resultas envió como embajador a Atenas al rey de Macedonia, Alejandro, hijo de Amintas. Dos eran los motivos que a este nombramiento le inducían: uno el parentesco que tenían los persas con Alejandro, con cuya hermana Gigea, hija asimismo de Amintas, se había casado un persa llamado Búbares, y tenía con ella un hijo llamado Amintas, con el nombre de su abuelo materno, quien habiendo recibido del rey el gobierno de Alabanda, ciudad grande de Frigia, tenía en Asia sus posesiones; otro motivo de aquella elección había sido el saber Mardonio que por tener Alejandro contraído con los atenienses un

---

[392] Debe su nombre al del monte en que se encuentra, Ptoo, en las cercanías de Tebas.

tratado de amistad y hospedaje, era su buen amigo y favorecedor[393]. Por este medio pensó Mardonio que le sería más hacedero atraer a su partido a los atenienses, cosa que mucho deseaba, oyendo decir por una parte cuán populosa era Atenas y cuán valiente en la guerra, y constándole muy bien por otra parte que los atenienses habían sido los que por mar habían particularmente destrozado la armada persa. Esperaba, pues, que bien fácil le sería, si ellos se le unían, ser por mar superior a Grecia, lo que sin duda en tal caso lo sería, y no dudando, por otro lado, de que sus fuerzas por tierra eran ya por sí solas mucho mayores; de donde concluía Mardonio que su ejército con los nuevos aliados vendría a superar las fuerzas de los griegos. Ni me parece temerario el sospechar que esta era indicación de los oráculos, quienes debían de aconsejarle que procurase aliarse con Atenas, y que por este motivo enviaba a esta ciudad su embajador.

137. Para dar a conocer quién era Alejandro, voy a decir en este lugar cómo llegó por un singular camino a obtener el dominio de Macedonia un cierto Perdicas, el séptimo entre sus ascendientes. Hubo tres hermanos, así llamados: Gavanes, Aéropo y Perdicas, naturales de Argos y de la familia de Témeno, los cuales, fugitivos de su patria, pasaron primero a los ilirios, desde donde internándose en la Alta Macedonia, llegaron a una ciudad por nombre Lebea. Acordando allí su salario, se acomodaron con el rey, el uno para apacentar sus yeguas, el otro los bueyes y el tercero el ganado menor; y como es cosa muy sabida que en aquellos antiguos tiempos muy poco o en nada reinaba el lujo y la opulencia en las casas de los reyes, cuanto menos en las particulares, a nadie le deberá extrañar que la reina misma fuese la que allí cocía el pan en la casa del rey. Estando, pues, en sus quehaceres la real panadera, todas las veces que cocía el pan para su criado más joven, Perdicas, se levantaba tanto el horneado que el pan salía doblemente mayor de lo que correspondía. Como observaba, pues, atendiendo a ello con más cuidado, siempre lo mis-

---

[393] Tenía la condición de *próxenos* y *evergétes*: la primera implicaba que la persona con esa condición actuara en su patria en favor de los intereses de la polis que le daba ese título; la segunda condición (*evergétes* significa literalmente «benefactor») se obtenía por haber prestado servicios a la polis que lo concedía.

mo, se fue a dar aviso a su marido, a quien le pareció que existía en aquello algún augurio que significaba algo prodigioso y grande, y sin más tardanza hace venir a sus criados y les insta a que salgan de sus dominios. Que estaban preparados, responden ellos; pero querían, como era justo, llevarse su salario. Al oír el rey lo del salario, fuera de sí, por disposición particular de los dioses, y aprovechando que un rayo de sol entraba entonces en la casa por la chimenea, les respondió así: «El salario que se os debe y que pienso daros no será sino el que ahí veis»: lo cual dijo señalando con la mano al sol de la chimenea. Oída tal respuesta, se quedaron atónitos los dos hermanos mayores, Gavanes y Aéropo, pero el menor: «Sí —le dice—, aceptamos, señor, ese salario que nos ofrecéis». Dicho esto, hizo con un cuchillo que tenía allí casualmente una raya en el pavimento de la casa alrededor de la luz que el sol proyectaba, y haciendo el ademán de coger tres puñados de aquella luz encerrada en la raya, se los iba metiendo en el pliegue de su túnica, hecho lo cual se fue de allí en compañía de sus hermanos.

138. Uno de los presentes que estaban allí sentados con el rey le dio cuenta de lo que acaba de hacer aquel muchacho, diciéndole cómo el menor de los hermanos, no sin misterio y quizá con oculta intención, había aceptado la paga que él les había prometido. Apenas lo oyó el rey, que no lo había antes advertido, despachó lleno de cólera unos hombres a caballo con orden de dar la muerte a uno de sus criados. Pero en tanto ocurrió que cierto río que por allí corre, río el cual suelen hacer sacrificios los descendientes de los tres criados argivos, al acabar de cruzarlo los Teménidas comenzó a venir tan crecido que no pudieran vadearle los que venían a caballo. Yéndose, pues, los Teménidas a otra región de Macedonia, fijaron su morada cerca de aquellos jardines que se dice haber sido los de Midas, hijo de Gordias, en los que se crían ciertas rosas de sesenta pétalos cada una, de un color y fragancia superiores a todas las demás, y añaden aún los macedonios que en dichos jardines fue donde quedó apresado Sileno[394]; sobre ella está el monte que llaman Bermio, el cual

---

[394] Preceptor del dios Dioniso. Engañado por Midas, que lo había emborrachado mezclando con vino el agua de una fuente, Sileno fue capturado por el rey, aunque posteriormente fue liberado.

de puro frío es inaccesible. En suma, apoderados de esta región los tres hermanos y haciéndose fuertes en ella, desde allí lograron ir conquistando después el resto de Macedonia.

139. Del referido Perdicas descendía, pues, Alejandro, por la siguiente sucesión de genealogía: Alejandro era hijo de Amintas, Amintas lo fue de Álcetas, quien tuvo por padre a Aéropo; este a Filipo, Filipo a Argeo, y Argeo a Perdicas, fundador de la dinastía. He aquí toda la ascendencia de Alejandro, el hijo de Amintas.

140. Llegado ya a Atenas el enviado de Mardonio, les hizo este discurso: «Amigos atenienses, me mandó Mardonio daros de su parte esta embajada formal: "A mí, dice, me vino una orden de mi soberano concebida en estos términos: 'Voy a perdonar a los atenienses todas las injurias que de ellos he recibido. Lo que tú, Madornio, harás ahora es lo siguiente: te mando en primer lugar que les devuelvas todas sus propiedades; lo segundo, quiero que les acrecientes sus dominios dándoles las provincias que quieran ellos escoger, quedándose, sin embargo, independientes con todas sus leyes y libertad; lo tercero, te ordeno que a costa de mi erario les reedifiques todos los templos que les incendié. Todo ello con la sola condición de que quieran ser mis aliados'. Recibidas estas órdenes —continúa Mardonio—, me es del todo necesario intentar ejecutarlas al pie de la letra, siempre que vosotros no me lo impidáis; y para conformarme con ellas, os pregunto ahora: ¿qué obstinación es la vuestra, atenienses, en querer ir contra mi soberano? ¿No veis que ni en la presente guerra podéis ser superiores, ni en el porvenir seréis capaces de mantenérsela siempre? ¿No sabéis el número, el valor y las hazañas de las tropas de Jerjes? ¿No oís decir cuántas son las fuerzas que conmigo tengo? ¿Es posible que no os deis cuenta de que aun cuando en la actual contienda fuerais superiores (de lo que no veo cómo podríais vanagloriaros a no ser que hayáis perdido el sentido común) ha de venir con todo a atacaros otro ejército más numeroso todavía? ¿Por qué, pues, queréis medir tanto vuestras fuerzas con el rey que os halléis sin poder dejar un instante las armas de las manos y con la muerte siempre delante de los ojos, expuestos de continuo a perderos por vuestro capricho y a perder juntamente vuestra ciudad? Haced la paz, ya que podéis hacerla muy ventajosa, cuando os invita a ella el rey mismo, y quedaos libres e independientes, unidos con nosotros sin doblez ni engaño en una liga defensiva y ofensiva". Esto es formalmente, atenienses —prosiguió diciendo Alejandro—, lo que de su parte me mandó deciros Mardonio; yo de la mía ni una sola palabra quiero deciros por lo tocante a la simpatía que os he profesado siempre; pues no es esta la primera ocasión en que habréis podido conocerlo. Quiero, sí, únicamente añadiros de mi parte una súplica, y es que viendo vosotros no ser tantas vuestras fuerzas como para que podáis sostener contra Jerjes una perpetua guerra, hagáis caso ahora a las proposiciones de Mardonio. Esto os lo suplico, diciendo al mismo tiempo que si viera yo en los atenienses tanto poder como considero necesario, nunca me habría encargado de transmitiros una embajada semejante. Pero, amigos, el poder del rey parece más que humano, tanto que no veo a dónde no alcance su brazo. Si vosotros, por otra parte, mayormente ahora cuando se os presentan posibilidades tan ventajosas, no hacéis las paces con quien de veras os las propone, me lleno de horror, atenienses, solo con imaginar el desastre que os aguarda, viendo que vosotros sois los que entre todos los aliados estáis más al alcance del enemigo, y más cerca de su furor, expuestos siempre a sufrir solos las primeras descargas para ser las primeras víctimas de su venganza, viviendo en un país que parece criado para ser el teatro de Ares. No más guerra, atenienses; creedme a mí, seguros de que no es sino un honor muy particular el que el rey os hace, no solo en queriendo perdonaros los agravios, sino, más aún, escogiéndoos a vosotros entre los demás griegos para ser sus amigos y aliados».

141. Así habló Alejandro. Apenas supieron los lacedemonios que iba a Atenas el rey Alejandro con el encargo de atraer a los atenienses a la paz y alianza con el bárbaro, se acordaron con esta ocasión de lo que ciertos oráculos les habían avisado haber sido decretado por los hados: que ellos con los demás dorios serían arrojados algún día del Peloponeso por los medos y los atenienses; recuerdo que les hizo albergar luego un grandísimo recelo acerca de la unión de los de Atenas con el persa y enviar allí con toda diligencia sus embajadores para que intentasen impedir esa alianza. Llegaron estos, en efecto, tan a tiempo, que una misma fue la reunión que se les concedió públicamente y la que se concedió a Alejandro para que transmitiese el contenido de su embajada. La verdad es que muy de propósito ha-

bían diferido los atenienses la audiencia a Alejandro, seguros de que llegaría a oídos de los lacedemonios la venida de un embajador para solicitarles de parte del bárbaro su alianza, y que, oída tal noticia, habían de enviar a toda prisa mensajeros que procurasen impedirlo. Lo dispusieron adrede los atenienses, queriendo hacer alarde en presencia de los enviados de su manera de obrar en el asunto.

142. Después de que Alejandro dio fin a su discurso, tomando la palabra los embajadores de Esparta, dieron principio al suyo: «También venimos nosotros, ¡oh atenienses!, a haceros nuestra petición de parte de los lacedemonios: se reduce a suplicaros que ni deis oídos a las proposiciones del bárbaro, ni queráis hacer el menor daño a Grecia. Esto de ningún modo lo suporta la misma justicia; esto el honor de los griegos no os lo permite; esto con muy especialmente vuestro mismo decoro os lo prohíbe. Muchos son los motivos que para no hacerlo tenéis, como el haber vosotros mismos, sin nuestro consentimiento, ocasionado la presente guerra; el haber sido desde el principio vuestra ciudad el blanco de toda ella; el serlo ahora ya por vuestra causa toda Grecia. Y dejados aparte todos estos motivos, sería sin duda insufrible para vosotros, atenienses, habiéndoos jactado siempre de ser los mayores defensores de la libertad ajena, fuerais al presente los principales autores de la esclavitud de los griegos. A nosotros, amigos atenienses, nos tiene llenos de compasión vuestra desventura, cuando os vemos ya por la segunda vez privados de vuestras cosechas y por tanto fuera de vuestras casas despojadas, abrasadas y arruinadas por el bárbaro que os halaga. Pero os hacemos saber ahora que para alivio de tanta calamidad, los lacedemonios con los otros griegos aliados suyos se ofrecen gustosos a la manutención tanto de vuestras mujeres como de la demás familia que no sirva para la guerra, y esto os lo promete por todo el tiempo que continúe la misma. Atenienses, no os dejéis engañar de las buenas palabras de Alejandro, que tanto os halaga de parte de Mardonio, en lo cual obra como quien es: un tirano colaborando con otro tirano. Pero vosotros no obraríais como quienes sois si hicierais lo que pretenden de vosotros, pues bien claro podéis ver, si no queréis a propósito cegaros, que nadie debe dar fe a la palabra, ni menos fiarse de la promesa de un bárbaro». Así fue como dichos embajadores se expresaron.

143. La respuesta que luego dieron a Alejandro los atenienses fue contenida en estas palabras: «En verdad, Alejandro, que no se nos caía en olvido cuáles son, según decíais, las fuerzas del medo, y cuánto doblemente superiores a las nuestras. ¿Por qué hacernos ese halago ante nuestra faz? ¿Por qué echarnos en cara nuestra falta de poder? Nosotros os repetimos que defendiendo la libertad sacaremos esfuerzo de la debilidad nuestra hasta que no podamos más. En suma, no os canséis en vano procurando que nos unamos con el bárbaro, cosa que otra vez no la sufriremos. La respuesta, por tanto, que deberéis dar a Mardonio será que le hacemos saber, nosotros los atenienses, que mientras que gire el sol por donde al presente gira, nunca jamás hemos de aliarnos con Jerjes, a quien eternamente perseguiremos, confiados en la protección de los dioses y en la asistencia de los nuestros héroes, cuyos templos y estatuas religiosas tuvo el bárbaro la insolente impiedad de profanar con el incendio. A ti te advertimos de que nunca más te presentes ante los atenienses con semejantes discursos ni, bajo pretexto de mirar por nuestros intereses, vuelvas otra vez a exhortarnos a la mayor de todas las maldades. Eres nuestro buen amigo, eres huésped público de los atenienses; mucho nos pesaría el vernos obligados a darte el menor disgusto».

144. Tal fue la respuesta dada a Alejandro. Después de ella se dio esta otra a los enviados de Esparta: «El que allí temieran los lacedemonios que nos aliáramos el bárbaro, puede perdonárseles esta flaqueza natural entre hombres; el que vosotros, sus embajadores, testigos de nuestra forma de ser, temáis lo mismo, no es sino una infamia y vergüenza de Esparta. Entended, pues, espartanos, que ni encierra tanto oro en sus minas toda tierra, ni cuenta entre todas sus regiones alguna tan bella, tan fértil y tan preciosa que, a cambio de sus tesoros, quisiéramos los atenienses pasarnos al medo con la infame condición de la esclavitud de Grecia. Muchos son y muy poderosos los motivos que nos lo impedirían aun cuando a ello nos sintiéramos tentados: el primero y principal es la vista de los mismos dioses aquí presentes, cuyas estatuas aquí mismo vemos destruidas, cuyos templos con dolor extremo miramos abrasados por el suelo y convertidos en no más que unos montones de tierra y piedra. Esto, en vez de dar lugar a la reconciliación y alianza con el mismo ejecutor de tanto sacrilegio, nos pone en una total necesidad de vengar con todas nuestras fuerzas a tanto dios ultrajado. El segundo motivo nos lo da el nombre mismo de griegos, inspirando en nosotros el más tierno amor hacia los que son de nuestra sangre, hacia los que hablan la misma lengua, hacia los que tienen la misma religión y comunidad de templos, la uniformidad en las costumbres y la semejanza en el modo de pensar y de vivir. En fuerza de tales vínculos y de nuestro honor, miramos como cosa indigna de los atenienses el ser traidores a ellos, y os aseguramos de nuevo ahora, si no lo teníais antes bien sabido, que mientras quede vivo un solo ateniense, nadie tiene que temer que se una Atenas con Jerjes en alianza. Ese cuidado y empeño que mostráis hacia nosotros, que nos vemos sin casa en que morar, tomando tan a pecho nuestro alivio, hasta el punto de ofreceros a la manutención de nuestras familias, con toda el corazón os lo agradecemos, amigos lacedemonios, viendo que no puede subir de punto vuestra bondad para con nosotros. Con todo, en medio de la estrechez y miseria en que nos hallamos, procuraremos, armados de sufrimiento, ingeniarnos de tal manera que, sin seros molestos en cosa alguna, pasemos como mejor podamos nuestras penas. Ahora, sí, lo que os pedimos es que nos enviéis cuanto antes vuestras tropas, pues por lo que imaginamos, no ha de pasar mucho tiempo sin dejarse ver el bárbaro en nuestros confines, pues claro está que en cuanto sepan que nada le otorgamos de cuanto en su embajada pedía, se dirigirán contra nosotros. Os pido, pues, en la ocasión presente, que salgáis con nosotros armados hasta Beocia para recibir allí al enemigo, antes de que entre por el Ática». Con esta respuesta de los atenienses, los enviados espartanos se volvieron a su patria.

LIBRO NOVENO

CALÍOPE

Calíope: la Poesía épica

Reanudación de las hostilidades (1-27)

Mardonio se apodera nuevamente de Atenas y los espartanos demoran el envío de ayuda (1-11). Mardonio se retira a Beocia tras demoler los muros y edificios de Atenas (12-18). Los griegos son atacados en las inmediaciones del Citerón por la caballería persa y muere en la refriega su jefe Masistio (19-25). El ejército griego se atrinchera ante Platea y se produce una disputa entre los atenienses y los de Tegea (26-27).

Batalla de Platea y acontecimientos posteriores (28-89)

Formación de ambos ejércitos, que permanecen indecisos sin presentar batalla ante el resultado de los augurios y sacrificios (28-40). Mardonio se decide a atacar y Alejandro de Macedonia avisa a los atenienses del plan de Mardonio (41-45). Los griegos tratan de retirarse para mejorar su posición pero se opone un jefe espartano, retrasando el repliegue (46-57). Al retirarse los espartanos son atacados por los persas y se produce la batalla, en la que muere Mardonio y el ejército persa es puesto en fuga (58-70). Relación de los combatientes más destacados y reparto del botín (71-81). El ejército griego pone sitio a los tebanos (82-88). Regreso de Artabazo a Asia (89).

Batalla de Micale (90-122)

Los samios piden el apoyo de la armada griega para liberar Jonia (90-96). Los persas se fortifican en Micale, en donde son atacados y vencidos por los griegos (97-104). Combatientes destacados (105). Los griegos zarpan hacia el Helesponto (106-107). Los ilícitos deseos amorosos de Jerjes (108-113). Los atenienses en el Helesponto (114-121). Antiguo consejo de Ciro a los persas (122).

Reanudación de las hostilidades

1. Pero Mardonio, una vez vuelto de su embajada Alejandro e informándole este la respuesta de los atenienses, salió enseguida de Tesalia y se dio mucha prisa en conducir sus tropas contra Atenas, haciendo al mismo tiempo que se les agregasen con sus respectivos ejércitos los pueblos por donde iba pasando. Los dirigentes de Tesalia[395], bien lejos de arrepentirse de su pasada conducta, entonces con mayor empeño servían al persa como guías, de suerte que Tórax de Larisa, que escoltó a Jerjes en su huida, iba entonces abiertamente introduciendo en Grecia al general Mardonio.

2. Apenas el ejército, siguiendo su marcha, entró en los confines de Beocia, salieron con presteza los tebanos a detener a Mardonio. Le indicaron desde luego que no había de hallar paraje más a propósito para asentar su campamento que aquel mismo en donde actualmente se encontraba; aconsejándole, pues, con mucho ahínco, sin dejarle pasar de allí, que atrincherado en aquel campo tomara sus medidas para someter a Grecia sin disparar una sola flecha, pues había visto ya por experiencia cuán arduo era rendir por fuerza a los griegos unidos, aunque todo el mundo les atacara a la vez. «Pero si —continuaban diciendo— queréis seguir nuestro consejo, os daremos uno tan acertado, que sin el menor riesgo echaréis por tierra todas sus maquinaciones. No habéis de hacer para esto sino echar mano del dinero, y con tal que lo derraméis, sobornaréis fácilmente a las personas que en sus respectivas ciudades tengan mucha influencia y poder. Por este medio lograréis introducir en Grecia tanta discordia y división, que os sea bien fácil, ayudado de vuestros partidarios, someter a cuantos no sigan vuestra causa».

3. Tal era el consejo que a Mardonio sugerían los tebanos: el problema estuvo en que no le dio entrada, por habérsele metido muy dentro del corazón el deseo de tomar otra vez Atenas, parte por mero capricho y antojo, parte por jactancia, queriendo hacer alarde ante su soberano, quien se hallaba entonces en Sardes, de que era ya dueño otra vez de Atenas, y pensando darle el aviso por medio

---

[395] Especialmente los Alévadas, quienes se apoyaban en los persas para mantenerse en el poder; cf. *Historia* 7.6 y nota *ad loc.*

de los fuegos que de isla en isla pasaban como correos. Llegado al efecto a Atenas, tomó para sí la ciudad, donde no encontró ya a los atenienses, de los cuales supo que parte habían pasado a Salamina y parte se hallaban en sus embarcaciones. Sucedió esta segunda toma de Mardonio diez meses después de la de Jerjes.

4. Al verse Mardonio en Atenas, llama a un tal Muríquidas, natural de las riberas del Helesponto, y le despacha a Salamina, encargado de la misma embajada que a los de Atenas había encomendado a Alejandro de Macedonia. Decidió Mardonio repetirles lo mismo, no porque no diera por supuesto que le era contrario el ánimo de los atenienses, sino porque pensaba que, viendo ellos conquistada entonces el Ática a viva fuerza, y puesta su patria en manos del enemigo, cediendo de su tenacidad primera, entrarían en razón. Con tal objeto, pues, envió a Muríquidas a Salamina.

5. Presentado este ante el Consejo de los atenienses, expuso la embajada que de parte de Mardonio les traía. Entre ellos se encontraba cierto Lícides, cuyo parecer fue que lo mejor sería admitir la oferta que Muríquidas les hacía y proponerlo a la Asamblea[396]. Este fue su parecer, bien porque opinase así, bien porque se hubiera dejado sobornar con las dádivas de Mardonio. Pero los atenienses, tanto los miembros del Consejo como los demás ciudadanos, al oír tal proposición, la miraron con tanto horror, que rodeando a Lícides en aquel punto y le hicieron morir a pedradas, sin hacer por otra parte mal alguno a Muríquidas, mandándole solamente que se fuera de su presencia. El gran alboroto que sobre el hecho de Lícides corría por Salamina, llegó veloz a los oídos curiosos de las mujeres, quienes iban informándose de lo que pasaba; entonces, de impulso propio, exhortando unas a otras a que las siguieran, y corriendo todas juntas hacia la casa de Lícides, hicieron morir a pedradas a la mujer de este, juntamente con sus hijos, sin que nadie les hubiese movido a ello.

6. El motivo que para pasar a Salamina tuvieron entonces los de Atenas fue el siguiente: todo el tiempo que vivían con la esperanza de que había de venirles en su ayuda un cuerpo de tropas del Pelopo-

---

[396] Como encargado de la política exterior el Consejo recibía a los embajadores antes que la Asamblea, pero no podía tomar decisiones sin contar con ella.

neso, se mantuvieron firmes y constantes en no abandonar el Ática. Mas después de que vieron que los peloponesios, dando largas, retrasaban mucho su venida, y oyendo ya decir que el bárbaro se encontraba ya marchando por Beocia, les obligó su misma posición a que, llevando primero a Salamina cuanto tenían, pasasen ellos mismos a dicha isla. Desde allí enviaron a Lacedemonia unos embajadores con tres encargos: el primero de dar quejas a los lacedemonios por la indiferencia con que miraban la invasión del Ática por el bárbaro, no habiendo querido salir a su encuentro en compañía hasta Beocia; el segundo de recordarles cuán ventajoso partido les había ofrecido el persa a trueque de atraerles a su causa; el tercero de advertirles que los atenienses al fin, si no se les socorría, hallarían algún modo para salir del ahogo en que se veían.

7. He aquí cuál era entretanto la situación de los lacedemonios: se hallaban por una parte muy ocupados por aquel entonces en celebrar sus Jacintias[397], ocupándoles toda la atención el culto de sus deberes sagrados; y por otra, andaban muy afanados en llevar adelante la muralla que sobre el Istmo iban levantando y tenían en estado ya de recibir las almenas. Apenas entrados, pues, en Lacedemonia los embajadores de Atenas, en cuya compañía venían los enviados de Mégara y de Platea, se presentaron a los éforos, y les hablaron en estos términos: «Venimos aquí de parte de los atenienses, quienes nos mandan declararos las siguientes condiciones que el rey de los medos nos propone: primero, se ofrece a devolvernos nuestros dominios; segundo, nos invita a una alianza ofensiva y defensiva con una perfecta igualdad e independencia, sin doblez ni engaño; tercero, nos promete, y nos ofrece garantías de ello, añadir a nuestra ciudad otra ciudad que nosotros queramos escoger. Pero los atenienses, tanto por el respeto con que veneramos a Zeus Helenio[398], cuanto por el horror innato que en nosotros sentimos el ser traidores a Grecia, no le dimos oídos, rechazando su proposición, por más que nos viéra-

---

[397] Fiestas de tres días de duración en honor de Jacinto (héroe asociado al dios Apolo), cuyo lugar de culto principal se encontraba en la localidad de Amiclas, a cinco kilómetros al sur de Esparta. Jacinto muerto a manos de Apolo, que lo había matado involuntariamente con un disco que había lanzado.
[398] Zeus bajo una advocación que lo proclama como dios de todo el mundo heleno.

mos antes, no solo agraviados, sino desamparados y vendidos por los griegos; y esto sabiendo muy bien cuánta mayor utilidad nos traería el acuerdo que no la guerra con el persa. Ni esto lo decimos porque nos arrepintamos de lo hecho, protestando de nuevo que jamás nos aliaremos con el bárbaro, sino solamente para que se vea hasta dónde llega nuestra lealtad a los griegos. Vosotros, si bien estabais temblando entonces de miedo, y por extremo recelosos de lo que conviniéramos en pactos con el persa, viendo después claramente por una parte que de ninguna manera éramos capaces por nuestras opiniones de ser traidores a Grecia, y teniendo ya, por otra, concluida en el Istmo vuestra muralla, no contáis al presente ni poco ni mucho con los atenienses, pues a pesar de habernos antes prometido que con las armas en la mano saldríais hacia Beocia a recibir al persa, nos habéis vendido, faltando a vuestra palabra, y nada os importa ahora que el bárbaro tenga el Ática invadida. Los atenienses, pues, se declaran altamente perjudicados por vuestra conducta, que no coincide con vuestras obligaciones: lo que al presente desean, y con razón pretenden de vosotros, es que con la mayor brevedad posible les enviéis un ejército que venga en nuestra compañía a fin de poder salir juntos a hacer frente al bárbaro en el Ática, pues una vez perdida por vuestra culpa la mayor oportunidad de recibirlo en Beocia, la llanura Triasia es en el Ática el campo más a propósito para la batalla».

8. Oída por los éforos la embajada, difirieron para el otro día la respuesta, y al otro la dilataron para el siguiente, y así de día en día, dándoles más y más prórrogas, fueron entreteniéndoles hasta el décimo. En tanto, seguían los peloponesios fortificando el Istmo, siendo ya muy poco lo que faltaba para dar fin a las obras. No sabría yo, en verdad, dar otra razón de la conducta de los lacedemonios en empeñarse con tanto ahínco el impedir la alianza de los atenienses con los medos, cuando vino a la ciudad de Atenas Alejandro de Macedonia, y en no dar luego a todo ello importancia alguna, sino el decir que teniendo últimamente del todo fortificado el istmo, les parecía ya que para nada necesitaban de Atenas, al paso que antes, al tiempo en que llegó Alejandro a aquella ciudad, no habiendo construido el muro todavía y hallándose puntualmente en la mitad de aquellas obras, temían mucho el ser atacados por el persa, si no lo impedían los atenienses.

9. Con todo, acordaron al cabo los lacedemonios responder a los embajadores y mandar en campaña a sus espartanos con el siguiente motivo: un día antes del último plazo para la decisión del asunto, un ciudadano de Tegea, llamado Quíleo, que era el extranjero de más influencia en Lacedemonia, habiendo oído de boca de los éforos todo lo que antes les habían expuesto los embajadores de Atenas, bien informado de la situación, les respondió de esta forma: «Ahora, pues, éforos, viene todo a reducirse a un solo punto, y es el siguiente: si por casualidad los atenienses, en alianza con el bárbaro, no obran de acuerdo con nosotros, por más cerrado que tengamos el Istmo con cien murallas, tendrán los persas abiertas por cien partes el Peloponeso. Eso no conviene de ningún modo; es preciso dar audiencia y respuesta a los atenienses, antes que abracen una causa perniciosa para Grecia».

10. Este consejo que dio a los éforos Quíleo, y la reflexión tan exacta que les presentó, les penetró de manera que, prescindiendo de comunicar la respuesta pendiente a los emisarios que habían allí acudido de diferentes ciudades, al momento, sin esperar a que amaneciera, mandaron salir de la ciudad cinco mil espartanos, ordenando al mismo tiempo que siete ilotas acompañasen a cada uno de ellos[399], y poniéndolos bajo el mando de Pausanias, hijo de Cleómbroto (si bien el mando correspondía a Plistarco, el hijo de Leónidas, pero este era todavía un niño, siendo su tutor su primo Pausanias). Este Cleómbroto, padre de Pausanias e hijo de Anaxándridas, había regresado poco antes del Istmo con la gente que trabajaba allí en dicha muralla y acabó su vida inmediatamente después de su vuelta. El motivo que le obligó a retirarse del Istmo con su gente había sido el haber visto que al tiempo de celebrar allí sacrificios contra el persa, se les había cubierto el sol y oscurecido el cielo. Pausanias, pues, destinado a tal empresa, tomó como compañero de mando a Eurianacte, el cual, como hijo de Dorieo, era de su misma familia. Esta fue, repito, la gente de armas que salió de Esparta, conducida por Pausanias.

---

[399] Los ilotas se incorporaban al ejército se podían integrar en el ejército espartano tanto como personal de apoyo como hoplitas; cf. Tucídides, *Historia de la guerra del Peloponeso* 4.80.

11. Apenas amaneció, cuando los embajadores, que nada habían sabido todavía de la salida de tropas, se presentaron delante de los éforos con el ánimo resuelto a despedirse para volverse a su patria. Admitidos, pues, a su presencia, hablaron en estos términos: «Bien podéis, lacedemonios, por nuestra parte, quedaros en casa sin sacar un pie fuera de Esparta, celebrando muy despacio, a todo placer, esas fiestas en honor de Jacinto, y faltando muy a propósito a la correspondencia que debéis a vuestros aliados. Obligados nosotros, los atenienses, así por esa nueva injuria que con vuestra tardanza y desprecio nos estáis haciendo, como también por vernos faltos de socorro, nos entenderemos con el persa del mejor modo que podamos. Manifiesto es que, una vez trabada amistad con el rey, seguiremos como aliados sus banderas donde quiera que nos conduzcan. Vosotros, sin duda, desde aquel punto comenzaréis a sentir los efectos que de tal alianza se os podrán originar». La respuesta que dieron los éforos a este breve discurso de los enviados fue afirmar con juramento que creían en verdad hallarse ya sus tropas en Oresteo, marchando contra los extranjeros, pues extranjeros llamaban los espartanos a los bárbaros[400]. Pero los embajadores, que no entendían la situación, se preguntan lo que pretendían decir con aquello; informados luego de todo lo que pasaba, se quedaron admirados y suspensos, y sin perder más tiempo, salieron en seguimiento de los soldados, llevando en su compañía cinco mil hoplitas que se habían escogido entre los periecos de Lacedemonia[401].

12. Entretanto que dicha tropa se apresuraba a llegar al Istmo, los argivos, apenas oyeron la noticia de que ya Pausanias había salido de Esparta con su gente de armas, echando mano luego del mejor heraldo que pudieron hallar, lo envían al Ática como correo, como consecuencia de haber antes prometido a Mardonio que procurarían impedir la salida a los espartanos. Llegado, pues, al Ática este correo, dio así a Mardonio la embajada: «Señor, me envían los argivos para haceros saber que un ejército de élite salió armado de Lacedemonia,

---

[400] Los espartanos no contemplaban la distinción que los demás griegos hacían entre «extranjeros» (los forasteros griegos de otras polis) y «bárbaros» (los forasteros no griegos); cf. *Historia* 9.55.
[401] Aunque no tenían derechos políticos en Esparta, sí que contribuían tanto económicamente (mediante tasas) como militarmente (integrándose en el cuerpo de hoplitas).

sin que a ellos les haya sido posible impedirles la salida: con este aviso podréis tomar mejor vuestras medidas». Dado así el recado, se volvió el heraldo por el mismo camino.

13. Mardonio, al oír tal cosa, no se halló seguro en el Ática, ni se decidió a esperar en ella más tiempo, siendo así que antes que tal noticia le llegara, se detenía allí muy despacio para ver en qué paraba la negociación de parte de los atenienses, pues como siempre esperaba que finalmente abrazarían su causa, ni talaba entretanto su país, ni hacía daño alguno en el Ática. Mas después de que fue informado de cuanto pasaba, vio que nada a su favor tenía que esperar de los atenienses y pensó desde entonces en emprender su retirada antes de que Pausanias llegara con su gente al Istmo. Al salir de Atenas dio orden de arrasar la ciudad, y echar por tierra todo lo restante, ya se tratara de algún lienzo de muralla que hubiese quedado antes en pie, bien de la pared desmoronada de alguna casa, bien de los pedazos de algún templo. Dos motivos en particular le convencían de la retirada: uno que el Ática no era un lugar idóneo para que maniobrara allí la caballería; otro el entender que, vencido una vez en campo de batalla, no le quedaría otro modo de escape que cruzar por unos pasos tan estrechos que un puñado de gente pudiera impedírselo. Le pareció, pues, que lo más acertado era retirarse hacia Tebas, y presentar la batalla cerca de una ciudad amiga y también en una llanura a propósito para maniobrar bien la caballería.

14. Ejecutando ya la retirada, le llegó a Mardonio otro correo al tiempo mismo de la marcha, dándole de antemano aviso de que hacia Mégara se dirigía otro cuerpo de mil lacedemonios. Le vino con esto el deseo de probar fortuna para ver si le era posible apoderarse de aquel destacamento: mandó, pues, que retrocediera su gente, a la cual condujo él mismo hacia Mégara, y adelantada entretanto su caballería, hizo correrías por toda aquella comarca. Este fue el término y avance hacia poniente hasta donde llegó en Europa el ejército persa.

15. En el entretanto le llegó a Mardonio otro aviso de que ya los griegos se hallaban en gran número reunidos en el Istmo; aviso que de nuevo le hizo retroceder hacia Decelea. A este efecto los beotarcas[402]

---

[402] Las polis beocias configuraban una confederación formada por once distritos, al mando de cada cual se encontraba un beotarca o «jefe de los beocios», siendo los

habían hecho presentarse a los beocios que hacían frontera con los asopios, quienes iban guiando la gente hacia Esfendaleas y de allí hacia Tanagra, donde habiendo hecho alto una noche, y marchando al día siguiente a Escolo, se halló ya el ejército en el territorio de los tebanos. Por más que esos se hubiesen unido a los medos, les taló entonces Mardonio las campiñas, no por odio que les tuviera, sino obligado a ello por una extrema necesidad, queriendo absolutamente fortificar su campo con empalizadas y trincheras para preparar un refugio seguro donde guarecerse el ejército en caso de no tener el encuentro el éxito deseado. Empezó, pues, a formar su campamento desde Eritras, continuándolo por Hisias y extendiéndolo hasta el territorio de Platea a lo largo de las riberas del río Asopo. Verdad es que las trincheras con que los fortificó no ocupaban todo el espacio arriba indicado, sino solamente unos diez estadios por cada uno de sus lados. En tanto que los bárbaros andaban en aquellas obras muy atareados, cierto tebano muy rico y acaudalado, Atagino, hijo de Frinón, preparó un excelente banquete a aquellos huéspedes llamando a Mardonio con cincuenta persas más, jefes todos de gran consideración. Admitieron estos la invitación y se celebró en Tebas el banquete.

16. Voy a referir aquí con esta ocasión lo que supe de boca de Tersandro, persona de la mayor consideración en Orcómeno, de donde era natural, y que había sido uno de los invitados de Atagino en compañía de otros cincuenta tebanos. Me decía, pues, que no comiendo los huéspedes en mesa separada de los del país, sino que estando juntos en cada lecho un persa y un tebano, al fin del banquete, cuando más bebían, el persa compañero suyo de lecho, que hablaba griego, le preguntó de dónde era, y al responderle él que de Orcómeno, le habló en estos términos: «Querido amigo, ya que tengo la fortuna de ser tu compañero de mesa y copa, quiero compartir contigo en prueba de mi estima mis previsiones y sentimientos, para que informado de antemano mires por tu bien. ¿Ves, amigo, tanto persa aquí convidado, y tanto ejército que dejamos atrincherado allá cerca del río? Te digo, pues, ahora, que dentro de poco bien escasos serán los que veas vivos a salvo». Al decir esto el persa —me añadió

---

once beotarcas quienes detentaban el poder ejecutivo de la confederación.

Tersandro—, se puso a llorar muy de veras, y él le respondió confuso y admirado: «¿Pues eso no sería preciso que se lo dijeras a Mardonio y a los que después que él tienen más poder?». «Amigo —le replicó el persa—, como no hay medio en el suelo para estorbar lo que en el cielo está decretado, si alguno se esfuerza a persuadir algo en contra, no se da crédito a sus buenas razones. Muchos somos entre los persas que eso mismo que te digo lo tenemos bien creído y seguro; y, sin embargo, como arrastrados por la fuerza del destino, vamos al precipicio: y te aseguro que no cabe entre los hombres dolor igual al que sienten los que piensan bien sin poder hacer nada para impedir el mal». Esto oía yo de boca de Tersandro de Orcómeno, quien añadía que desde que lo oyó, antes de producirse la batalla de Platea, él mismo lo fue refiriendo a varios.

17. Después de invadir Atenas, habían unido sus tropas con Mardonio, que tenía entonces el campamento en Beocia, todos los griegos de aquellos contornos, excepto los focenses, quienes, si bien seguían al medo con empeño, no procedía del corazón este empeño al que la fuerza les obligaba solamente. Se reunieron estos al campamento general, no mucho después de haber llegado a Tebas el ejército de los persas, con mil hoplitas mandados por Harmocides, persona de la mayor autoridad y aceptación entre sus paisanos. En el momento de llegar a Tebas, les mandó decir Mardonio, por medio de unos soldados de caballería, que plantasen aparte sus tiendas en el campamento, separados de los demás; apenas acabaron de hacer lo que se les mandaba, se vieron rodeados por toda la caballería persa. Esta novedad fue seguida de un rumor esparcido luego entre los griegos aliados del medo, y comunicado en breve a los focenses mismos, de que venía a exterminarlos a fuerza de flechas: a consecuencia de ello, el general Harmocides les animó con este discurso: «Visto está, focenses, que estos hombres que nos rodean quieren que todos perezcamos, presentando a nuestros ojos la muerte en castigo de las calumnias con que sin duda nos han abrumado los tesalios. Esta es, pues, la hora de que, mostrando el valor de nuestro brazo, venda cada cual cara su vida. Si morir debemos, muramos antes vengando nuestra muerte, que no vilmente rendidos dejándonos asesinar como cobardes: sepan esos bárbaros que los griegos a quienes maquinan la muerte no se dejan degollar impunemente».

18. Así les exhortaba su general a una muerte gloriosa, cuando ya la caballería persa, encerrándoles en medio, les ataca apuntándoles con las armas en ademán de disparar (y es duda aún si alguien, en efecto, llegó a disparar algún tiro). De repente, formando un círculo los focenses y apiñándose por todas partes cuanto les fue posible, se disponen para hacer frente a la caballería; no fue necesario más para que esta se retirase viendo aquella cerrada falange. En verdad que no me atrevo a asegurar lo que pasó: ignoro si los persas, venidos a instancias de los tesalios con ánimo de acabar con los focenses, al ver que estos se disponían como valientes a una vigorosa defensa, volvieron las espaldas, por habérselo prevenido así Mardonio en aquel caso; o si este, con tal acción no pretendía más que hacer prueba del valor y ánimo de los focenses. Esto último fue lo que dio a entender Mardonio cuando, después de retirada su caballería, les mandó decir a través de un heraldo: «¡Bien, muy bien, focenses! Mucho me alegro de que seáis no los cobardes que se me decía, sino los bravos soldados que os mostráis. ¡Ánimo, pues! Servid con valor y esfuerzo en esta campaña, seguros de que no serán mayores vuestros servicios que los favores que de mí y de mi soberano conseguiréis».

19. Tal fue el caso de los focenses; pero volviendo a los lacedemonios, una vez que llegaron al Istmo, plantaron allí su campamento. Los demás peloponesios, que seguían la causa más noble, parte sabiendo de oídas, parte viendo por sus mismos ojos que los espartanos estaban ya acampado, no creyeron bueno quedárseles atrás en aquella campaña; antes bien fueron a juntárseles rápidamente. Reunidos en el Istmo, viendo que les favorecían con los mejores agüeros las víctimas del sacrificio, pasaron a Eleusis, donde repetidos los sacrificios con favorables señales, iban desde allí continuando su marcha. Marchaban ya con las demás tropas atenienses, las que pasando de Salamina a tierra firme, se les habían agregado en Eleusis. Llegados todos a Eritras, lugar de Beocia, como supieron allí que los bárbaros se hallaban acampados cerca del Asopo, tomando acuerdo sobre ello, asentaron su campamento enfrente del enemigo, en las raíces mismas del Citerón.

20. Como los griegos no presentaban batalla bajando a la llanura, envió Mardonio contra ellos toda la caballería, con su jefe Masistio, a quien suelen llamar Macistio los griegos, guerrero de mucho crédito entre los persas, que venía montado sobre su caballo neseo, a cuyo freno y brida de oro correspondía en belleza y valor el resto de las guarniciones. Formados, pues, los persas en sus respectivos escuadrones, embistiendo con su caballería a los griegos, además de incomodarles mucho con sus tiros, les afrentaban de palabra llamándoles mujeres.

21. Casualmente, en la colocación de las tropas había tocado a los megareos el puesto más próximo al enemigo, y que siendo de fácil acceso daba más lugar al ataque de la caballería. Viéndose, pues, atacados por el enemigo que cargaba contra ellos, despacharon a los generales griegos un mensajero, que llegando a su presencia, les habló en esta forma: «Los megareos me envían con orden de deciros: "Amigos, no podemos solamente con nuestra gente sostener por más tiempo el ataque de la caballería persa, y guardar el puesto mismo que desde el principio nos ha cabido; y si bien hasta ahora hemos repelido al enemigo con mucho vigor por más que nos agobiase, rendidos ya al cabo, vamos a abandonar el puesto si no enviáis otro cuerpo de refresco que nos releve y lo ocupe; y mirad que muy de veras lo decimos"». Recibido este aviso, iba luego Pausanias preguntando a los griegos si algún cuerpo, entrando en el lugar de los megareos, quería por propia voluntad cubrir aquel puesto peligroso; y viendo los atenienses que ninguna de las demás tropas se ofrecía espontáneamente a afrontar tal riesgo, ellos se ofrecieron a reemplazar a los megareos, y fueron allí con un cuerpo de trescientos guerreros de élite, a cuyo frente iba por comandante Olimpiodoro, hijo de Lampón.

22. Este cuerpo, al que se agregó una partida de arqueros, fue entre todos los griegos que se hallaban presentes el que quiso, apostado en Eritras, relevar a los megareos. Emprendida de nuevo la acción, duró por algún tiempo, terminando al cabo del siguiente modo. Sucedió que peleando sucesivamente por escuadrones la caballería persa, habiéndose adelantado a los demás el caballo en que montaba Masistio, fue herido en un costado con una flecha. El dolor de la herida le hizo empinarse y dar con Masistio en el suelo. Corren allí los atenienses, y apoderados del caballo, logran matar al general derribado, por más que procuraba defenderse y por más que al principio se esforzaban en vano en quitarle la vida. La dificultad provenía de la armadura del general, quien vestido por encima con una túnica de grana, traía debajo una loriga de oro de escamas, de donde ocurría que los golpes dados contra ella no surtiesen efecto alguno. Pero notado esto por uno de sus enemigos, le metió por un ojo la punta de la espada, con lo cual, caído luego Masistio, en ese mismo instante expiró. En tanto, la caballería, que ni había visto caer del caballo a su general, ni morir una vez de caído a manos de los atenienses, nada sabía de su desgracia, habiendo sido fácil no reparar en lo que pasaba por cuanto en aquella refriega iban alternando las acometidas con las retiradas. Pero como salidos ya de la acción viesen que nadie les mandaba lo que debían ejecutar, conociendo luego la pérdida y echando de menos a su general, se animaron mutuamente a atacar todos a una con sus caballos, con ánimo de recobrar el cadáver.

23. Al ver los atenienses que no ya por escuadrones, sino que todos a la vez venían contra ellos los caballos, empezaron a gritar llamando al ejército en su ayuda; y en tanto que este acudía ya reunido, se entabló alrededor del cadáver una contienda muy reñida. Mientras la sostenían solos los trescientos, llevando notoriamente la peor parte en el choque, se veían obligados a ir abandonando el cuerpo del general; pero cuando llegó el resto de tropas de socorro, no pudieron resistir los jinetes persas ni llevarse consigo el cadáver; antes bien alrededor de este quedaron algunos más tendidos y muertos. Retirados, pues, de allí, y parados como a dos estadios de distancia, se pusieron los persas a deliberar sobre la situación, y les pareció que lo mejor era volverse hacia Mardonio, pues no tenían quien les mandase.

24. Vuelta al campo la caballería sin Masistio y con la noticia de su desgraciada muerte, fue excesivo en Mardonio y en todo el ejército el dolor y sentimiento por aquella pérdida. Los persas acampados, cercenándose los cabellos en señal de luto y cortando las crines a sus caballos y a las demás bestias de carga, en atención a que el difunto era, después de Mardonio, el personaje de mayor autoridad entre los persas y de mayor estima ante el soberano, levantaban el más alto y ruidoso plañido, cuyo eco resonaba por toda Beocia. Tales eran las honras fúnebres que los bárbaros, según su costumbre, hacían a Masistio.

25. Los griegos, por su parte, viendo que no solo habían podido sostener el ataque de la caballería, sino que aún habían logrado recha-

zarla de modo que la obligaron a la retirada, llenos de coraje, cobraron nuevos bríos para la guerra. Puesto luego el cadáver encima de un carro, pensaron en pasearlo por delante de las filas del ejército. La alta estatura del muerto y su gallardo talle, lleno de majestad y digno de ser visto, circunstancias que les movían a aquella demostración, obligaban también a los demás griegos a que, dejados sus respectivos puestos, acudiesen a ver a Masistio. Después de esta hazaña, pensaron ya en bajar de sus cerros hacia Platea, lugar que así por la mayor abundancia de agua como por otras razones, les pareció mucho más cómodo que Eritras para fijar allí su campamento. Resueltos, pues, a pasar hacia la fuente Gargafia, que se halla en aquellas cercanías, y marchando con las armas en las manos por las faldas del Citerón y por delante de Hisias, se encaminaron a la comarca de Platea, donde por cuerpos iban atrincherándose cerca de la fuente mencionada y del templo del héroe Andrócrates, en aquellas colinas poco elevadas y en la llanura vecina.

26. Se produjo aquí entre tegeatas y atenienses un violento altercado sobre qué puesto debían ocupar en el campo, pretendiendo cada cual de los pueblos que le tocaba de justicia el mando de una de las dos alas del ejército, y alegando en favor de su derecho varias pruebas en hechos, antiguos y recientes. Los de Tegea hablaban así por su parte: «En todas las expediciones conjuntas, tanto antiguas como modernas, que han hecho los peloponesios, contando ya desde el tiempo en que por muerte de Euristeo procuraban volver al Peloponeso los Heraclidas[403], nos han considerado siempre acreedores a lograr el puesto que ahora pretendemos, cuya prerrogativa merecimos nosotros por cierta hazaña de la que vamos a dar razón cuando plantamos en el Istmo nuestras tiendas saliendo a la defensa del Peloponeso en compañía de los aqueos y de los jonios, quienes tenían allí todavía su asiento y morada. Porque entonces Hilo, según es fama común, propuso a los del Peloponeso que no había razón

---

[403] Tras la muerte de Heracles, los hijos de Heracles, aun pequeños, fueron perseguidos por el rey de Argos y Micenas, Euristeo. Cuando crecieron los Heraclidas se enfrentaron a Euristeo, e Hilo, el mayor de los hijos de Heracles le dio muerte. Sin embargo, el trono fue ocupado por Atreo, a cuyos hombres se enfrentaron los Heraclidas con el desenlace que cuenta Heródoto.

para que los dos ejércitos se pusieran en peligro de ser destruidos en una acción general, sino que lo mejor para ambos era que un solo campeón del ejército peloponesio, cualquiera que escogiesen como el más valiente de todos, entrase con él en batalla cuerpo a cuerpo, bajo ciertas condiciones. Pareció bien la propuesta del retador, y bajo juramento fue acordado un pacto de que si Hilo vencía al campeón y jefe del Peloponeso, volvieran los Heraclidas a apoderarse de la patria de sus mayores; pero que si Hilo era vencido, partieren de allí los Heraclidas con su ejército, sin pretender la vuelta al Peloponeso dentro del término de cien años. Sucedió, pues, que Équemo, hijo de Eéropo y nieto de Fegeo, el cual era a un tiempo nuestro rey y general, habiendo sido elegido de entre todos los aliados para el duelo, venció en él y quitó la vida a Hilo. Decimos, pues, que en premio de tal proeza y servicio, entre otros privilegios con que nos distinguieron aquellos antiguos peloponesios, en cuya posesión aún ahora nos mantenemos, nos honraron con la preferencia del mando en una de las dos alas siempre que se saliera en una expedición común. No decimos con esto que pretendamos discutirla con vosotros, lacedemonios, a quienes damos de muy buena gana la opción de escoger el mando de una de las dos alas del ejército; solo decimos que de razón y de derecho nos toca el mandar en una de las dos, según se ha acostumbrado. Y aun dejando aparte la mencionada hazaña, somos, sin duda alguna, mucho más merecedores de ocupar el pretendido puesto que esos atenienses, pues nosotros hemos entrado en batalla con éxito muchas veces contra vosotros mismos, espartanos, y otras muchas veces contra otros muchos. De donde concluimos que mayor es nuestro derecho a mandar en una de las alas que el de los atenienses, quienes en su favor no pueden alegar hechos iguales a los nuestros ni en lo antiguo ni en lo moderno».

27. Eso decían los tegeatas, a quienes respondieron así los atenienses: «Nosotros, a decir verdad, bien comprendemos que no nos hemos juntado aquí para disputar entre nosotros, sino para pelear contra los bárbaros. Mas ya que esos tegeatas han querido apelar a las proezas que ellos y nosotros en todo tiempo en servicio de Grecia llevamos hechas, nos vemos obligados ahora a publicar los motivos de pretender que a nosotros pertenece, en fuerza de los servicios prestados a Grecia, el derecho antiguo y heredado de nuestros

mayores, de ser preferidos siempre a los de Arcadia. Decimos, en primer lugar, que fuimos nosotros los que amparamos a los Heraclidas, a cuyo caudillo ellos se jactan aquí de haber dado muerte; y les amparamos de modo que, cuando al huir de la servidumbre de los de Micenas se veían arrojados de todas las ciudades griegas, no solo les dimos acogida en nuestras casas, sino que, venciendo en su compañía en campo de batalla a los peloponesios, hicimos que dejase Euristeo de perseguirlos[404]. En segundo lugar, habiendo perecido los argivos que Polinices había conducido contra Tebas, y quedándose en el campo sin la debida sepultura, nosotros, hecha una expedición contra los cadmeos, y recogidos aquellos cadáveres, los pasamos a Eleusis, donde les dimos sepultura en nuestro suelo[405]. En tercer lugar, nuestra fue la famosa hazaña contra las amazonas, quienes venidas desde el río Terdomonte invadieron nuestros dominios allá en los antiguos tiempos. Por fin, en la penosa expedición de Troya no fuimos los que peor nos portamos. Pero bastante y sobrado dijimos sobre lo que nada sirve para el asunto, pues cabe muy bien que los que fueron en lo antiguo gente esforzada sean al presente unos cobardes, y los que fueron entonces cobardes sean ahora hombres de valía. Así que no se hable ya más de hechos vetustos y anticuados: solo decimos que, aun cuando no pudiéramos presumir de otra hazaña (que muchas y muy gloriosas podemos ostentarlas, si es que hacerlo pueda alguna ciudad griega), solo por la que hicimos en Maratón somos merecedores de este puesto de honor y de otros honores más, pues peleando nosotros allí solos sin el socorro de los demás griegos, y metidos en una acción de sumo empeño contra el persa, salimos de ella con victoria, derrotando de una vez a cuarenta

---

[404] Rechazados de todas las ciudades por temor a Euristeo, los atenienses acogieron a los Heraclidas y los instalaron en la localidad de Tricorito. Cuando crecieron, los atenienses los acompañaron a su enfrentamiento contra el ejército de Euristeo.

[405] Tras la muerte de Edipo, sus hijos decidieron turnarse en el poder. Al ser Eteocles el mayor, fue él quien reinó primero, pero cuando no quiso ceder el trono, Polinices puso en marcha un expedición contra su ciudad (Tebas, fundada por Cadmo, de ahí el término «cadmeo» como equivalente a tebano). La expedición fracasó y fueron los atenienses quienes les dieron sepultura (cf. la tragedia *Antígona* de Sófocles, donde la heroína, hermana de Eteocles y Polinices, es condenada a muerte por dar sepultura al hermano que había atacado la ciudad).

y seis pueblos unidos contra Atenas. ¿Y habrá quien diga que por solo este hecho de armas no merecimos presidir un ala siquiera del ejército? Pero nosotros repetimos que no viene al caso reñir ahora por esas etiquetas de puesto: lacedemonios, aquí nos tenéis a vuestras órdenes; apostadnos donde mejor os parezca; mandad que vayamos a ocupar cualquier sitio que nos destinéis, y en él os aseguramos que no faltaremos a nuestro deber».

Batalla de Platea y acontecimientos posteriores

28. Así respondieron, por su parte, los de Atenas, y todo el campo de los lacedemonios votó a gritos que los atenienses eran más dignos que los arcadios del mando de una de las alas del ejército, la cual, sin atender a los tegeatas, se les confió en efecto. El orden que se siguió luego en la colocación de las fuerzas griegas, tanto las que de nuevo iban llegando como las que desde el principio habían ya acudido, fue el siguiente: se apostó en el ala derecha un cuerpo de diez mil lacedemonios, de los cuales cinco mil eran los espartanos, a quienes asistían treinta y cinco mil ilotas armados a la ligera, siete ilotas por cada espartano. Habían querido también los espartanos que a su lado se apostaran los de Tegea, quienes componían un ejército de mil quinientos hoplitas, haciendo con ellos esta distinción en atención a su mérito y valor. A estos seguía la fuerza de los corintios, en número de cinco mil, quienes habían obtenido de Pausanias que a su lado se apostasen los trescientos potideatas que de Palene habían acudido. Venían después por su orden seiscientos arcadios de Orcómeno; luego tres mil sicionios; a continuación ochocientos epidaurios, y después un cuerpo de mil trecenios. Al lado de estos estaban doscientos lepreatas, seguidos de cuatrocientos soldados, parte de Micenas, parte de Tirinto; tras estos venían mil de Filunte; luego trescientos de hermioneos, y después, seiscientos más, parte de Eretria y parte de Estira, cuyo lado ocupaban cuatrocientos calcideos. Inmediatos a ellos se dejaban ver por su orden consecutivo los ampraciotas en número de quinientos; los de Léucade y Anactorio eran ochocientos; los paleos de Cafalenia eran no más que doscientos y quinientos los de Egina. Junto a estos ocupaban las filas tres mil megareos, a quienes seguían seiscientos de Platea. Los últimos en este orden, y los primeros en el ala izquierda, eran los atenienses, que subían a ocho mil hombres capitaneados por Aristides, el hijo de Lisímaco.

29. Los hasta aquí mencionados, sin incluir en este número a los siete ilotas que rodeaban a cada espartano, ascendían a treinta y ocho mil hoplitas; tantos eran los hoplitas armados de pies a cabeza. Los soldados de tropa ligera componían el número siguiente: en las filas de los espartanos, siendo siete los armados a la ligera por cada uno de ellos, se contaban treinta y cinco mil, todos bien equipados para el combate. En las filas de los demás, tanto lacedemonios como griegos, contando por cada hoplita un soldado armado a la ligera, ascendía el número a treinta y cuatro mil. De suerte que el número total de la tropa ligera dispuesta en el orden de batalla era de sesenta y nueve mil quinientos.

30. Así que el grueso del ejército que concurría a Platea, compuesto de hombres de armas y tropa ligera, constaba de ciento diez mil combatientes, porque si bien faltaba para esta suma la partida de mil ochocientos hombres, la suplían con todo los tespieos, quienes, aunque armados a la ligera, concurrían a las filas en número de mil ochocientos.

31. Tal era el ejército que había asentado su campamento cerca del Asopo. Los bárbaros en el campamento de Mardonio, acabado el luto por las exequias de Masistio, informados de que ya los griegos se hallaban en Platea, fueron acercándose hacia el Asopo, que por allí corre; y llegados a dicho lugar, los formaba Mardonio de este modo: contra los lacedemonios iba ordenando a los persas verdaderos, y como el número de estos era muy superior al de aquellos, no solo disponía en sus filas muchos soldados de fondo, sino que las expandía aún hasta hacer frente a los tegeatas, pero dispuestas de modo que lo más grueso de ellas correspondiese a los lacedemonios, y lo más débil, a los de Tegea, guiándose en esto por las sugestiones de los tebanos. Seguían los medos a los persas, con lo cual venían a hallarse frente a los corintios, a los potideatas, a los orcomenios y a los sicionios. Los bactrios, a continuación de los medos, caían en sus filas frente a las filas de los de Epidauro, de los de Trecén, de los de Lépreo, de los de Tirinto, de los de Micenas y de los de Fliunte. Los indios, apostados al lado de los bactrios, correspondían cara a

cara a las tropas de Hermíone, de Eretria, de Estira y de Calcis. Los sacas, que eran los que después de los indios venían, tenían delante de sí a los de Ampracia, a los de Anactorio, a los de Léucade, Pale y Egina. A continuación de los sacas colocó Mardonio, contra los cuerpos de Atenas, de Platea y de Mégara, las tropas de los beocios, de los locros, de los melieos, de los tesalios, y un regimiento también de mil focenses, de quienes no colocó allí más porque no todos ellos seguían al medo, siendo algunos partidarios de la causa griega, los cuales desde el Parnaso, donde se habían hecho fuertes, salían a robar al ejército de Mardonio y de los griegos adheridos al persa. Contra los atenienses ordenó, por fin, Mardonio a los macedonios y a los habitantes de Tesalia.

32. Estas fueron las naciones más nombradas, más sobresalientes y de mayor consideración que ordenó en sus filas Mardonio, sin que dejase de haber entre ellas otra tropa mezclada de frigios, de tracios, de misios, de peonios y de otras gentes, entre quienes se contaban algunos etíopes, y también algunos egipcios, a los que llamaban hermotibios y calasirios, armados con su espada, siendo estos los únicos guerreros y soldados de profesión en Egipto. A estos, el mismo Mardonio, allá en Falero, les había antes sacado de las naves en que venían como tropa naval, pues los egipcios no habían seguido a Jerjes entre las tropas de tierra en la campaña de Atenas. En suma, los bárbaros, como ya llevo antes declarado, ascendían a trescientos mil combatientes; pero el número de los griegos aliados de Mardonio nadie hay que lo sepa, por no haberse tenido en cuenta anotarlo, aunque por conjetura puede colegirse que subirían a cincuenta mil. Esta era la infantería allí ordenada, estando apostada separadamente la caballería.

33. Ordenados, pues, los dos ejércitos tanto por naciones como por unidades, unos y otros al día siguiente iban haciendo sus sacrificios para el buen desenlace de la acción. En el campo de los griegos el sacrificador adivino que seguía a la armada era un tal Tisámeno, hijo de Antíoco y de patria eleo, quien siendo de la familia de los Yámidas, había logrado a ciudadanía entre los lacedemonios. En cierta ocasión, consultando Tisámeno al oráculo sobre si tendría o no sucesión, le respondió la Pitia que saldría superior en cinco contiendas de sumo empeño; mas como él no daba en el blanco de aquel misterio, se aplicó a los ejercicios atléticos, convencido de que lograría salir vencedor en los juegos atléticos de Grecia. Y en efecto, habría obtenido en los Juegos Olímpicos en que había salido a la contienda la victoria en el pentatlón, si Jerónimo de Andros, su rival, no le hubiera vencido en uno de ellos, que fue el de la lucha. Sabedores los lacedemonios del oráculo, y al mismo tiempo persuadidos de que las contiendas en que vencería Tisámeno no deberían de ser atléticas, sino bélicas, procuraban atraerlo con dinero para que fuese conductor de sus tropas contra los enemigos en compañía de sus reyes los Heraclidas. Viendo el hábil adivino lo mucho que se interesaban en ganársele como amigo, mucho más se hacía de rogar, pretextando que ni con dinero ni con ninguna otra propuesta convendría en lo que de él pretendían, a menos que no le dieran el derecho de ciudadanía con todos los privilegios de los espartanos. Desde luego pareció muy mal a los lacedemonios la pretensión del adivino, y se olvidaron de agüeros y de victorias prometidas; pero viéndose al cabo amenazados y atemorizados con la guerra inminente del persa, volvieron a instarle de nuevo. Entonces, aprovechándose de la ocasión, y viendo Tisámeno cambiados a los lacedemonios y de nuevo muy empeñados en su pretensión, no se detuvo ya en las primeras propuestas, añadiéndoles que era preciso que a su hermano Hagias se le hiciera espartano lo mismo que a él.

34. Me parece que en este empeño quería Tisámeno imitar a Melampo, quien antes se había atrevido en un lance semejante a pretender en otra ciudad la soberanía, y no la ciudadanía, pues como los argivos, cuyas mujeres se vieron asaltadas por la locura[406], invitaron con dinero a Melampo para que, viniendo de Pilos a Argos, las librara de aquel acceso de locura, este astuto médico no pidió menor recompensa que la mitad del reino. No convinieron en ello los argivos; pero viendo al regresar a la ciudad que sus mujeres de día en día se volvían más furiosas, cediendo al cabo a lo que preten-

---

[406] Melampo fue llamado por el rey Preto cuando sus hijas enloquecieron (se creían vacas y vagaban por la región) por rechazar los misterios de Dioniso (cf. a estos efectos lo que refiere Heródoto en *Historia* 2.49). La locura se extendió entre las demás mujeres argivas, quienes, tras matar a sus hijos, abandonaron sus casas. Finalmente Melampo consiguió sanarlas y devolverlas a Argos al precio que aquí se menciona.

día Melampo, se presentaron a él y le dieron cuanto pedía. Cuando Melampo les vio cambiados, subiendo en sus pretensiones, les dijo que no les daría gusto sino con la condición de que diesen a Biante, su hermano, la tercera parte del reino; y puestos los argivos en aquel trance tan grave, decidieron concedérselo todo.

35. De un modo semejante los espartanos, como necesitaban tanto del adivino Tisámeno, le otorgaron todo cuanto les pedía. Emprendió, pues, este adivino, eleo de nacimiento y espartano por concesión, en compañía de los lacedemonios, cinco contiendas de gravísima consideración. Tanto es así que estos dos extranjeros fueron los únicos que lograron el beneficio de volverse espartanos con todos los privilegios y prerrogativas de aquella clase. Por lo que respecta a las cinco contiendas del oráculo, fueron las siguientes: una, y la primera de todas, fue la batalla de Platea, de la que estamos hablando; la segunda, la que en Tegea se dio después contra los tegeatas y los argivos; la tercera, la que en Dipea se trabó con todos los arcadios, a excepción de los de Mantinea; la cuarta, en el Istmo, cuando se peleó contra los mesenios; la quinta fue la acción tenida en Tanagra contra los atenienses y los argivos, que fue la última de aquellas cinco reñidas contiendas.

36. Era, pues, entonces el mismo Tisámeno el adivino que en Platea servía a los griegos conducidos por los espartanos. Y en efecto, las víctimas sacrificadas eran de buen agüero para los griegos, en caso de que invadidos se mantuvieran a la defensiva; pero en caso de querer pasar el Asopo y atacar los primeros, las señales eran ominosas.

37. Otro tanto sucedió a Mardonio en sus sacrificios: le eran propicias sus víctimas mientras que se mantuviese a la defensiva para repeler al enemigo; mas no le eran favorables si lo atacaba siendo el primero en venir a las manos, como él deseaba. Es de saber que Mardonio sacrificaba también al uso griego, teniendo consigo al adivino Hegesístrato, natural de Élide, uno de los Telíadas y el de más fama y reputación entre todos ellos. A este en cierta ocasión tenían preso y condenado a muerte los espartanos por haber recibido de él mil agravios y desacatos insufribles. Puesto en aquel apuro, viéndose en peligro de muerte y de pasar antes por muchos tormentos, ejecutó una acción que nadie podría imaginar; pues hallándose en el cepo con cadenas y argollas de hierro, como por casualidad había logrado adquirir un cuchillo, hizo con él la acción más animosa y atrevida de cuantas jamás he oído. Tomó primero la medida de su pie para ver cuánta parte de él podría salir por el ojo del cepo, y luego según ella se cortó por el empeine la parte anterior del pie. Hecha ya la operación, agujereando la pared, pues que le guardaban centinelas en la cárcel, se escapó en dirección a Tegea. Iba de noche caminando, y de día se detenía escondido en los bosques, precaución con la cual, a pesar de que los lacedemonios habían dado la alarma y corrido a buscarle, al cabo de tres noches logró hallarse en Tegea; de suerte que admirados ellos del valor y arrojo del hombre, de cuyo pie veían la mitad tendida en la cárcel, no pudieron dar con el cojo y fugitivo reo. De este modo, pues, Hegesístrato, escapándose de las manos de los lacedemonios, se refugió en Tegea, ciudad que entonces estaba con ellos en buena armonía. Curado allí de la herida y suplida la falta con un pie de madera, se declaró enemigo mortal de los lacedemonios. Verdad es que al cabo tuvo mal desenlace el odio que por aquel caso les profesaba, pues prendido en Zacinto, donde proseguía vaticinando, le dieron allí la muerte.

38. Pero este fin desgraciado sucedió a Hegesístrato mucho después de la batalla de Platea. Entonces, pues, como decía, asalariado por Mardonio con una paga no pequeña, sacrificaba Hegesístrato con mucho empeño y desvelo, nacido en parte del odio a los lacedemonios, en parte del amor propio de su interés. En esta situación, como por un lado ni a los persas se les declaraban de buen agüero sus sacrificios, ni a los griegos con ellos acampados les eran tampoco favorables los suyos (pues también estos tenían aparte su adivino, natural de Léucade y por nombre Hipómaco), y como por otro lado, concurriendo cada día al campo más y más griegos, se engrosaba mucho su ejército, un tal Timegénidas de Tebas, hijo de Herpis, aconsejó a Mardonio que ocupara con algunos destacamentos los desfiladeros del Citerón, diciéndole que puesto que venían por ellos diariamente nuevas tropas de griegos, le sería fácil así interceptar muchos de ellos.

39. Cuando el tebano dio a Mardonio este aviso, ocho días hacía ya que los dos campamentos se hallaban allí fijados uno enfrente de otro. Pareció el consejo tan oportuno, que aquella misma noche destacó Mardonio su caballería hacia las quebradas del Citerón por la parte de Platea, a las que dan los beocios el nombre de las Tres Cabezas, y los atenienses llaman las Cabezas de la Encina. No hicieron en vano su viaje, pues topó allí la caballería al salir a la llanura con una recua de quinientas bestias de carga, las cuales venían desde el Peloponeso cargados de trigo para el ejército, capturando con ella a los arrieros y conductores de las cargas. Dueños ya los persas de la recua, lo llevaban todo a sangre y fuego, sin perdonar ni a las bestias ni a los hombres que las conducían, hasta que cansados ya de matar a placer, cargando con lo que allí quedaba, se volvieron con el botín hacia el campamento de Mardonio.

40. Después de este lance, pasaron dos días más sin que ninguno de los dos ejércitos quisiera ser el primero en presentar batalla o en atacar al otro, pues aunque los bárbaros habían avanzado hasta el Asopo a ver si los griegos les salían al encuentro, sin embargo ni bárbaros ni griegos quisieron pasar el río; únicamente, sí, la caballería de Mardonio solía acercarse más e incomodar mucho al enemigo. En estas escaramuzas sucedía que los tebanos, más medos de corazón que los medos mismos, provocando con mucho ahínco a los griegos avanzados, comenzaban las escaramuzas, y sucediéndoles en ellas los persas y los medos, estos eran los que hacían prodigios de valor.

41. Nada más se hizo allí en estos diez días que lo que llevo referido. Llegado el día undécimo, después de que, quietos en sus trincheras, cerca de Platea, estaban mirándose cara a cara los dos ejércitos, en cuyo espacio de tiempo habían ido aumentándose mucho las tropas de los griegos, al cabo, el general Mardonio, hijo de Gobrias, llevando muy a mal tan larga demora en su campamento, mantuvo un encuentro con Artabazo, hijo de Fárnaces, uno de los hombres de mayor estima para Jerjes, para ver la decisión que se debía tomar. Manifestaron en la consulta pareceres contrarios. El de Artabazo era que convenía retirarse de allí cuanto antes y trasladar el campamento bajo las murallas de Tebas, donde tenían hechos sus grandes almacenes de trigo para la tropa y de forraje para las bestias, pues allí quietos y sosegados se saldrían finalmente con sus intenciones; y que ya que tenían a mano mucho oro acuñado y mucho sin acuñar, y abundancia también de plata, de vasos y vajilla, importaba ante todo no escatimar ni oro ni a plata en enviar desde allí regalos a los griegos, mayormente a los vecinos más influyentes en sus respectivas ciudades, pues en breve, comprados ellos a este precio, les venderían por él la libertad, sin que fuera necesario jugárselo todo en una batalla. Este mismo era también el sentir de los tebanos, quienes seguían el parecer de Artabazo al considerarle un hombre más prudente y previsor en su manera de discurrir. Mardonio se mostró en su voto muy obstinado sin la menor condescendencia, pareciéndole que, por ser su ejército más numeroso y fuerte que el de los griegos, era preciso atacar cuanto antes al enemigo, sin permitir que se le agregase mayor número de tropas de las que ya lo habían hecho; que desechasen en mala hora a Hegesístrato con sus víctimas sacrificiales, sin aguardar a que por fuerza se les declarasen de buen agüero, peleando al uso y manera de los persas.

42. Nadie se oponía a Mardonio, que así creía que se debía actuar, y su voto venció al de Artabazo, pues él y no este era a quien el rey había entregado el mando supremo del ejército. En consecuencia, mandó convocar a los oficiales mayores de sus respectivos cuerpos, y juntamente a los comandantes de los griegos; y reunidos, les preguntó si sabían de algún oráculo tocante a los persas que les predijera que perecerían en Grecia. Los llamados no se atrevían a hablar: los unos, por no saber nada de semejante oráculo; los otros, que algo de él sabían, por no creer que pudiesen hablar impunemente; pero el mismo Mardonio continuó después explicándose así: «Ya que vosotros, pues, o nada sabéis de semejante oráculo, o no osáis decir lo que sabéis, voy a decíroslo yo, que estoy bien informado de lo que hay de esto. Sí, repito, hay un oráculo que dice así: que los persas venidos a Grecia primero saquearán el templo de Delfos y perecerán después de haberlo saqueado. Advertidos nosotros con este aviso, ni meteremos los pies en Delfos, ni las manos en aquel templo, ni daremos motivo a nuestra ruina con semejante sacrilegio. No queda más que hacer sino que todos vosotros, los que sois amigos de Persia, estéis alegres y seguros de que vamos a vencer a los griegos». Así habló Mardonio, y luego les dio orden de que lo dispusiesen todo y lo tuviesen a punto para presentar batalla al día siguiente al salir el sol.

43. Por lo que respecta al oráculo que Mardonio refería a los persas, no sé, en verdad, que existiera contra los persas tal oráculo, sino solo para los ilirios y para el ejército de los enqueleos. Sé nada más que Bacis dijo lo siguiente de la presente batalla:

La verde ribera del Termodonte y del Asopo debe verte,
¡oh griega batalla, debe oírte, oh bárbaro griterío!,
donde el hado fatal hará trofeo tanto de cadáver
cuando inste al flechero medo su último trance.

De este oráculo de Bacis y de otro semejante de Museo, bien sé que aludían directamente a los persas, pues lo que se dice del Termodonte debe entenderse de aquel río así llamado que corre entre Tanagra y Glisas[407].

44. Después de la pregunta de Mardonio acerca de los oráculos, y de la breve exhortación hecha a sus oficiales, venida ya la noche, se dispusieron en el campamento los centinelas y cuerpos de guardia. Cuando la noche fue más avanzada y se dejó notar en él algo más de silencio y de quietud, en especial de parte de los hombres entregados al sueño y reposo, aprovechándose de ella Alejandro, hijo de Amintas, rey y general de los macedonios, se fue corriendo en su caballo hasta los centinelas de los atenienses, a quienes dijo que tenía que hablar con sus generales. La mayor parte del destacamento avanzado se mantuvo allí en su puesto, y unos pocos de aquellos guardias se fueron a toda prisa para avisar a sus jefes, diciendo que allí estaba un jinete que, venido del campamento de los medos, tenía que hablarles.

45. Los generales, oído apenas esto, siguen a sus guardias hacia el cuerpo avanzado, y llegados allí les habla de esta suerte Alejandro: «Atenienses, voy a descubriros un secreto cuya noticia como en depósito os la fío para que la deis únicamente a Pausanias, si no queréis destruirme a mí, que por mostrarme buen amigo vuestro os la comunico. Yo no os la daría si no me interesara mucho por la común salud de Grecia, que yo como griego de origen en pasados tiempos no quisiera ver a mi antigua patria reducida a la esclavitud. Os digo, pues, que no alcanza Mardonio la manera de que ni a él ni a su ejército se le muestren propicias las víctimas sacrificadas; que a no ser así, hace tiempo que se habría producido la batalla. Mas ahora está ya decidido a dejarse de agüeros y sacrificios, y mañana en cuanto la luz amanezca quiere sin falta comenzar el combate.

---

[407] Es decir, no es el Termodonte situado en Asia.

Todo esto sin duda nace en él, según conjeturo, del miedo y recelo grande que tiene de que vuestras fuerzas vayan creciendo más con la llegada de nuevas tropas. Estad, pues, vosotros prevenidos para lo que os advierto, y en caso de que no os ataque mañana mismo, sino que lo difiera algún tanto, manteneos firmes sin moveros de aquí; que él solo tiene víveres para unos pocos días. Si salierais de este trance y de esta guerra como deseáis, me parece que será razonable que contéis con procurarme la independencia y libertad a mí, que con tanto ahínco y tan buena voluntad me expongo ahora a tan gran peligro solo a fin de informaros de la decisión de Mardonio, y de impedir que los bárbaros os tomen desprevenidos. Soy Alejandro, rey de Macedonia». Dijo y dio la vuelta a su campamento hacia el puesto destinado.

46. Los generales de Atenas, pasando inmediatamente al ala derecha del campamento, dan parte a Pausanias de lo que acababan de saber de boca de Alejandro. Conmocionado por la noticia Pausanias, y atemorizado del valor de los persas, les habla así: «Puesto que al rayar el alba se ha de entrar en acción, es necesario que vosotros, atenienses, os vengáis a esta ala para apostaros enfrente de los persas mismos, y que pasemos los lacedemonios a la otra contra los beocios y demás griegos que allí teníais enfrente. Lo digo por lo siguiente: vosotros, por haberos antes medido en Maratón con esos persas, conocéis su manera de pelear. Nosotros hasta aquí no hemos hecho la prueba ni experimentado en campo de batalla a esos hombres, pues ya sabéis que ningún espartano jamás se midió con medo alguno: con los beocios y tesalios sí que hemos trabado combate. Así que será preciso que toméis las armas y os vengáis a esta ala, pues nosotros vamos a pasar a la izquierda». A lo cual contestaron los atenienses en estos términos: «Es verdad que nosotros desde el principio ya, cuando vimos a los persas apostados enfrente de vosotros, teníamos ánimo de indicaros lo mismo que os adelantáis ahora a anunciarnos; pero no osábamos, ignorando si la cosa sería de vuestro agrado. Ahora que vosotros nos lo ofrecéis los primeros, sabed que nos dais una agradable noticia, y que pronto vamos a hacer lo que de nosotros queréis».

47. Concertado, pues, el asunto con agrado de ambas partes, en cuanto apuntó el alba, se empezó el cambio de los puestos. Lo observaron los beocios, y avisaron al instante a Mardonio. Cuando este lo supo empezó asimismo a trasladar sus tropas colocando sus persas en el puesto frente al de los lacedemonios. Repara en la novedad Pausanias, y manda a los espartanos que vuelvan de nuevo al ala derecha, viendo que su ardid había sido descubierto por el enemigo, y Mardonio por su parte hace que vuelvan otra vez los persas a la parte izquierda de su campo.

48. Vueltos ya ambos a ocupar sus primeros puestos, despacha Mardonio un heraldo a los espartanos con orden de retarles en estos términos: «Entre estas gentes admiradas de vuestro valor corre la fama de que vosotros los lacedemonios sois lomejor del ejército griego, pues en la guerra no sabéis qué cosa es huir ni abandonar el puesto, sino que a pie firme escogéis a todo trance vencer o morir. Acabo ahora de ver que no es eso verdad, pues antes de que os ataquemos os vemos huir ya de miedo y dejar vuestro sitio; os vemos ceder a los atenienses el honor de abrir el combate con nuestras filas para ir a apostaros enfrente de nuestros siervos; lo que en verdad no es cosa que diga bien de gente valiente. Ni es fácil deciros lo insultados que nos hallamos, pues estábamos sin duda convencidos de que, según la fama que vosotros gozáis de valientes y osados, habíais de enviarnos un heraldo que en particular desafiara cuerpo a cuerpo a los persas a que peleásemos solos con los lacedemonios. Dispuestos, en efecto, nos hallábamos a admitir el duelo, cuando lejos de veros de tal talante, os vemos llenos de miedo y espanto. Ya que vosotros no tenéis valor para retarnos los primeros, seremos nosotros los primeros en desafiaros. Siendo vosotros considerados entre los griegos como los hombres más valientes de Grecia, como por tales nos preciamos nosotros de ser tenidos entre los bárbaros, ¿por qué no entramos en igual número en el campo de batalla? Entremos, digo, los primeros en la batalla, y si pretendéis que las otras tropas entren también en acción, que entren en buena hora, pero después de nuestro duelo; mas si no pretendéis tanto, juzgando que nosotros únicamente somos bastantes para la decisión de la victoria, vengamos luego a las manos, con la condición de que se tenga como vencedor aquel ejército cuyos hombres hayan salido con la victoria en el desafío».

49. Dicho esto, esperó algún tiempo el heraldo; y viendo que nadie se tomaba el trabajo de responder una palabra, vuelto atrás, dio cuenta de todo a Mardonio. Sobremanera alegre e insolente este con una victoria pueril, fría e insustancial, lanza al instante su caballería contra los griegos. Arremete ella al enemigo, y con la descarga de sus venablos y flechas perturba e incomoda no poco todas las filas del ejército griego; lo que no podía menos de suceder siendo aquellos jinetes unos arqueros montados con quienes de cerca no era fácil venir a las manos. Lograron por fin llegar a la fuente Gargafia, que proveía de agua a todo el ejército griego, y no solo la enturbiaron, sino que cegaron sus caudales; porque si bien los únicos acampados cerca de dicha fuente eran los lacedemonios, distando de ella los demás griegos a medida de los puestos que por su orden ocupaban, con todo, no pudiendo valerse los otros del agua del Asopo, por más que lo tenían allí cercano, a causa de que no se lo permitía la caballería con sus flechas, todo el campamento se surtía de aquella fuente.

50. En este estado se encontraban, cuando los jefes griegos, viendo a su gente falta de agua, y al mismo tiempo hostigada con los tiros de la caballería, se juntaron tanto por lo que acabo de indicar como también por otros motivos, y en gran número se encaminaron hacia el ala derecha para verse con Pausanias. Si bien este sentía mucho la mala situación del ejército, mayor pena sentía al ver que iban ya faltándole los víveres, sin que los criados a quienes había enviado por trigo al Peloponeso pudiesen volver al campamento, estando interceptados los pasos por la caballería enemiga.

51. Acordaron, pues, en la deliberación aquellos comandantes que lo mejor sería, en caso de que Mardonio aplazara para otro día la acción, pasar a una isla distante del Asopo y de la fuente Gargafia, donde entonces acampaban, isla que viene a caer delante de la ciudad misma de Platea. Esta isla forma en tierra firme aquel río que al bajar del Citerón hacia la llanura se divide en dos brazos distantes entre sí cosa de tres estadios, volviendo después a unirlos en un cauce y en una corriente sola. Pretenden los del lugar que dicha Oéroe, pues así llaman a la corriente, sea hija del Asopo. A este lugar resolvieron, pues, los caudillos trasplantar su campamento, tanto con la mira de tener agua en abundancia como de no verse acosados por la caballería enemiga del modo que se veían cuando la tenían enfrente. Determinaron asimismo que sería preciso partir del campamento en la segunda ronda de vigilancia, para impedir que viéndoles salir la caballería les hostigasen por la retaguardia. Les pareció, por último, que aquella misma noche, llegados apenas al paraje que con su doble corriente encierra y ciñe la Asópida Oéroe bajando del Citerón, destacasen al instante hacia este monte la mitad de la tropa, para recibir y escoltar a los criados que habían ido por víveres y se hallaban bloqueados en aquellas montañas sin paso para el ejército.

52. Tomada esta resolución, infinito fue lo que dio que padecer y sufrir todo aquel día la caballería con sus descargas continuadas. Pasó al fin la terrible jornada; cesó el disparo de los de a caballo, les fue entrando la noche, y llegó al fin la hora que se había acordado para la retirada. Muchas de las unidades emprendieron la marcha; pero no con ánimo de ir al lugar que de común acuerdo se había destinado; antes, alzado una vez el campamento, muy complacidas de ver que se ausentaban de los asaltos de la caballería, huyeron hasta la misma ciudad de Platea, no parando hasta verse cerca del Hereo, que situado delante de dicha ciudad dista veinte estadios de la fuente Gargafia.

53. Llegados allí los mencionados cuerpos, hicieron alto, asentando sus campamentos alrededor de aquel mismo templo. Pausanias, que les vio moverse y levantar el campamento, dio orden a sus lacedemonios de tomar las armas e ir en seguimiento de las tropas que les precedían, persuadidos de que sin falta se encaminaban al lugar antes concertado. Mostrándose entonces dispuestos a las órdenes de Pausanias los demás jefes de los regimientos, hubo cierto Amonfáreto, hijo de Políadas, que acaudillaba el de Pitana, quien se obstinó diciendo que nunca haría tal, no queriendo cubrir gratuitamente de infamia a Esparta huyendo del enemigo. Esto decía, y al mismo tiempo se pasmaba mucho de aquella decisión, dado que no se había hallado antes en la deliberación con los demás oficiales. Mucho era lo que sentían Pausanias y Eurianacte el verse desobedecidos, pero mayor pena les causaba el tener que abandonar el regimiento de Pitana por la terquedad de aquel oficial, recelosos de que dejándolo allí solo, y ejecutando lo que tenían convenido con los demás griegos, iba a perderse Amonfáreto con todos los suyos. Estas reflexiones les obligaban a tener parado todo el cuerpo de los laconios, esforzándose entretanto en convencer a Amonfáreto de que aquello era lo que convenía ejecutar, y haciendo todo el esfuerzo posible para mover a aquel oficial, el único de los lacedemonios y tegeatas que iba a quedarse abandonado.

54. Entretanto, los atenienses, como conocían bien el talante de los lacedemonios, hechos a pensar una cosa y a decir otra, se mantenían firmes en el sitio donde se hallaban apostados. Lo que hicieron, pues, al levantarse el resto del ejército, fue enviar uno de sus jinetes encargado de observar si los espartanos empezaban a partir, o si era su ánimo no abandonar el puesto, y también con la mira de saber lo que Pausanias les mandaba ejecutar.

55. Llega el enviado y halla a los lacedemonios tranquilos y ordenados en el mismo puesto, y a sus principales jefes metidos en una pendencia muy reñida. Pues como al principio habían procurado Pausanias y Eurianacte dar a entender con buenas razones a Amonfáreto que de ningún modo convenía que se expusiesen los lacedemonios a tan manifiesto peligro, quedándose solos en el campo, viendo al cabo que no podían convencerlo, la disputa acabó en una reñida contienda, en que al llegar el mensajero de los atenienses los halló ya enredados, pues justo entonces había agarrado Amonfáreto un gran guijarro con las dos manos, y dejándolo caer a los pies de Pausanias, gritaba que allí tenía aquella piedrecita[408] con que él votaba no querer huir de los extranjeros, llamando extranjeros a los bárbaros según la costumbre laconia. Pausanias, tachándole entonces de loco insensato, se volvió al mensajero de los atenienses que le pedía sus órdenes, y le mandó dar cuenta a los suyos del enredo en que veía que se hallaban sus asuntos, y al mismo tiempo suplicarles de su parte que se acercasen a él, y que en lo tocante a la partida hicieran lo que a él le vieran hacer.

56. Se fue luego el enviado a dar cuenta de todo a los suyos. Vino entretanto la aurora, y halló a los lacedemonios todavía riñendo y altercando. Detenido Pausanias hasta aquella hora, pero pensando al fin que Amonfáreto al ver partir a los lacedemonios no querría quedarse en su campamento, lo que en efecto sucedió después, dio la señal de partir, dirigiendo la marcha de toda su gente por entre los collados vecinos, y siguiéndole los de Tegea. Formados entonces los atenienses en orden de batalla, emprendieron la marcha en di-

---

[408] Irónica alusión a los *psêphoi* o «guijarros» que los griegos empleaban en sus votaciones.

rección contraria a la que llevaba Pausanias, pues los lacedemonios, por temor a la caballería, seguían el camino entre los cerros y por las faldas del Citerón, y los atenienses marchaban hacia abajo por la misma llanura.

57. Amonfáreto, que tenía al principio por seguro que jamás se atrevería Pausanias a dejarle solo allí con su regimiento, instaba obstinadamente a los suyos a que, tranquilos todos en el campo, nadie dejase el puesto señalado; mas cuando vio al cabo que Pausanias iba camino adelante con su gente, se persuadió de que su general debía actuar con mucha razón al dejarle allí solo, reflexión que le movió a dar orden a su regimiento de que, tomadas las armas, fuera siguiendo a marcha lenta el resto de la tropa adelantada. Habiendo avanzado esta por espacio de diez estadios, y esperando a que viniese Amonfáreto con su gente, se había parado en un lugar llamado Argiopio, cerca del río Molunte, donde hay un templo de Deméter Eleusina: había hecho alto en aquel sitio con objeto de volverse atrás al socorro de Amonfáreto en caso de que no quisiera al fin dejar con su regimiento el campamento donde había sido apostado. Sucedió que al tiempo mismo que iba llegando la tropa de Amonfáreto, venía atacándoles ya de cerca con sus disparos toda la caballería de los bárbaros, la cual, salida entonces a hacer lo de siempre, viendo ya desocupado el campamento donde habían estado los griegos atrincherados por aquellos días, siguió adelante, hasta que, dando finalmente con ellos, volvió a asediarlos con sus descargas.

58. Al oír Mardonio que de noche los griegos se habían escapado, y al ver por sus ojos abandonado el campamento, llama ante sí a Tórax de Larisa, juntamente con sus dos hermanos, Eurípilo y Trasidao, y les habla en estos términos: «¿Qué me decís ahora, descendientes de Alevas[409], viendo como veis ese campamento abandonado? ¿No ibais diciendo vosotros, moradores de estas vecindades, que los lacedemonios en campo de batalla nunca vuelven las espaldas, y que son los primeros hombres del mundo en el arte de la guerra? Pues vosotros los visteis hace poco empeñados en querer trocar su puesto por el de los atenienses, y todos ahora vemos cómo esta noche pasada

---

[409] Rey mítico de Tesalia; cf. *Historia* 7.6 y nota *ad loc.*

se han escapado huyendo. He aquí que con esto acaban de darnos una prueba evidente de que cuando se trata de venir a las manos con tropas como las nuestras, la mejor realmente del mundo, nada son aun entre los griegos, soldados de perspectiva tanto unos como otros. Bien veo razonable que yo con vosotros pase por alto y os perdone los elogios que hacíais de esa gente, de cuyo valor teníais alguna prueba, no sabiendo por experiencia lo que mi ejército de persas. Lo que me causaba mayor admiración era ver que Artabazo temiese tanto a esos lacedemonios, que lleno de terror diese un voto de tanto abatimiento y cobardía como fue el de levantar el campamento y retirarnos a Tebas, donde en breve nos hubiéramos visto sitiados. De este voto daré yo cuenta al rey a su tiempo y lugar. Lo que ahora nos importa es el que esos griegos no se nos escapen a salvo; es menester seguirles hasta que, atrapados, venguemos en ellos todos los insultos y daños que a los persas han hecho».

59. Acabó Mardonio su discurso, y puesto al frente de sus persas, pasa con ellos a toda prisa el Asopo, corriendo en pos de los griegos como de otros tantos fugitivos. Mas no pudiendo descubrir en su marcha entre aquellas lomas a los atenienses, que caminaban por la llanura, cae sobre el cuerpo de los lacedemonios, que estaban allí con los tegeatas únicamente. Los demás caudillos de los bárbaros, al ver a los persas correr tras de los griegos, levantando luego a una voz sus banderas, se pusieron todos a seguirles, quien más podía, sin ir formados en sus respectivos cuerpos y sin orden ni disciplina, como hombres que con sumo desorden y confusión iban en tropel no a pelear con los enemigos, sino a despojar a los griegos.

60. Al verse Pausanias tan acosado por la caballería enemiga, por medio de un jinete que despachó a los atenienses, hizo decirles: «Sabed, amigos atenienses, que tanto nosotros los lacedemonios como vosotros los de Atenas, en vísperas de la mayor contienda en que va a decidirse si Grecia quedará libre o pasará a ser esclava de los bárbaros, hemos sido vendidos por los demás griegos nuestros aliados, habiéndosenos escapado esta noche. Nosotros, pues, en el momento crítico en que nos vemos, creemos que es nuestro deber socorrernos mutuamente, cayendo sobre bárbaro con todas nuestras fuerzas. Si la caballería enemiga hubiera cargado antes sobre vosotros, deberíamos en justicia ir en vuestro socorro acompañados de los de Tegea,

que unidos a nuestra gente, no han hecho traición a Grecia. Ahora, pues, que toda ella ha caído sobre nosotros, razón será que vengáis a socorrer esta ala, que se ve al presente muy agobiada y oprimida. Y si vosotros os halláis acaso en tal estado que no os sea posible acudir todos a nuestra defensa, hacednos al menos el favor de enviarnos a vuestros arqueros. A vosotros acudimos, ya que sabemos que estáis en esta guerra sumamente dispuestos a darnos gusto en lo que pedimos».

61. En cuanto oyen esta embajada, se ponen en movimiento los atenienses para acudir al socorro de sus aliados y protegerlos con todo su esfuerzo. El daño estuvo en que al pasar allí los atenienses, se dejaron caer de repente sobre ellos los griegos que seguían la causa del rey, de manera que por lo mucho que los hostigaban sus enemigos presentes no fue posible auxiliar a sus aliados lacedemonios, por lo que quedaron aislados los lacedemonios únicamente con los tegeatas, que nunca les dejaban, siendo aquellos cincuenta mil combatientes, incluida en ellos su infantería ligera, estos solamente en número de tres mil. Mas no se mostraban las víctimas propicias a los lacedemonios, y en el ínterin muchos de ellos eran los que caían muertos, y muchos más los que allí quedaban heridos, ya que, protegidos los persas por una empalizada hecha con sus escudos, no cesaban de arrojar sobre ellos tal tempestad de flechas, que por una parte viendo Pausanias a los suyos muy maltratados con tanta descarga, y no pudiendo por otra atacar al enemigo al no serles todavía favorables los sacrificios, volvió los ojos y las manos al Hereo de Platea, suplicando a la diosa Hera que no le abandonara en tan apretado trance, ni permitiera se malograsen sus mejores esperanzas.

62. Mientras invocaba Pausanias el auxilio de la diosa, los primeros de todos en dirigirse contra los bárbaros son los soldados de Tegea, y acabada la súplica de Pausanias, empiezan luego a ser de buen agüero las víctimas sacrificiales de los lacedemonios. Un momento después atacan estos corriendo contra los persas, que les aguardan a pie firme dejando sus arcos. Se luchaba al principio cerca del parapeto de los escudos atrincherados; pero rota luego y pisada esta barrera, se produce a continuación en las cercanías del templo de Deméter el más vivo y encarnizado combate del mundo, en que no solo se llegó al arma corta, sino también al ataque inmediato y choque de los escudos. Los bárbaros, con un coraje y valor igual al de los lacedemonios, agarrando las lanzas del enemigo las rompían con las manos; pero tenían la desventaja de combatir a cuerpo descubierto, de que les faltaba la disciplina, de no tener experiencia de aquel tipo de combate y de no ser semejantes a sus enemigos en la destreza y manejo de las armas; de modo que por más que atacaran animosos, bien cada cual por su cuenta, bien unidos en pelotones de diez y de más hombres, como iban mal armados, quedaban maltrechos y traspasados con las lanzas, cayendo a los pies de los espartanos.

63. Por el lado en que andaba Mardonio montado en un caballo blanco y rodeado de un cuerpo de mil persas, la tropa más brillante y escogida de todo su ejército, por allí realmente era por donde con más viveza se cargaba contra el enemigo. Y en efecto, todo el tiempo en que, vivo Mardonio, animaba a los suyos, no solo hacían frente los persas, sino que repelían de tal modo al enemigo que daban en tierra con muchos de los lacedemonios. Pero una vez muerto Mardonio, muerta también la gente más valiente que a su lado tenía, empezaron los otros persas a volver el pie atrás, a dar la espalda al enemigo y a ceder el terreno a los lacedemonios. Lo que más incomodaba a los persas y les obligaba casi a retirarse era su misma vestimenta, sin ninguna armadura defensiva, habiendo de combatir a pecho descubierto, con unos hoplitas armados por completo.

64. Allí fue, pues, donde los espartanos, conforme a la predicción del oráculo, vengaron en Mardonio la muerte de Leónidas; fue entonces cuando alcanzó la mayor y más gloriosa victoria de cuantas tengo noticia el general Pausanias, hijo de Cleómbroto y nieto de Anaxándridas, de cuyos antepasados, los mismos que de los Leónidas, hice antes mención, expresándolos por su mismo nombre. El que en el choque acabó con Mardonio fue el guerrero Arimnesto, persona célebre y de mucho crédito en Esparta, el mismo que algún tiempo después de la guerra con los medos, capitaneando a trescientos soldados, entró en batalla con todos los mesenios, a quienes Esparta había declarado enemigos, en la cual quedó muerto en el campo con toda su gente, cerca de Esteniclero.

65. Deshechos ya los persas en Platea y obligados a la fuga por los lacedemonios, iban escapándose sin orden alguno hacia sus campamentos, y al fuerte que en la comarca de Tebas habían levantado

con sus empalizadas y muros de madera. No acabo de admirar una particularidad extraña: el hecho de que habiéndose producido la batalla cerca del bosque sagrado de Deméter, no se vio entrar persa alguno en aquel recinto, ni menos morir cerca del templo, sino que todos se morían en lugar profano. Estoy por decir, si es que algo se me permite acerca de los secretos de los dioses, que la diosa misma no quiso dar acogida a los impíos que habían reducido a cenizas su santuario de Eleusis.

66. Tal fue, en suma, el resultado de aquella batalla; respecto a Artabazo, hijo de Fárnaces, no habiendo aprobado ya desde el principio la resolución tomada por el rey de dejar en Grecia al general Mardonio, y habiendo últimamente desaconsejado el combate con muchas razones, aunque sin fruto alguno, quiso en este lance tomar aparte sus propias medidas. Insatisfecho con la conducta de Mardonio, en el momento en que iba a darse la batalla, de cuyo fatal desenlace no dudaba, ordenó la facción del ejército por él mandado (y mandaba una división nada pequeña, de cuarenta mil soldados), y una vez ordenado, se disponía sin duda con él al combate, habiendo mandado a su gente que todos le siguieran a donde viesen que les condujera, con la misma diligencia y presteza que en él observaran. Cuando hubo dado estas órdenes, marchó al frente de los suyos como si fuera a entrar en batalla, y habiéndose adelantado un poco, vio que vencidos ya los persas, se escapaban huyendo del combate. Entonces Artabazo, sin conservar por más tiempo el orden en que conducía formada su gente, emprendió la fuga a la carrera, no hacia el fuerte de madera, no hacia los muros de Tebas, sino que tomó directamente la ruta hacia Fócide, queriendo llegar con la mayor brevedad posible al Helesponto.

67. Así marchaba con los suyos Artabazo. Volviendo a los griegos del bando del bárbaro, aunque la mayoría solo peleaba por mera ficción, los beocios por bastante tiempo se empeñaron muy de veras en la acción emprendida contra los de Atenas, y los tebanos especialmente, siendo medos de corazón, lo tomaban muy a pecho, no peleando descuidada y flojamente, sino con tanto brío y ardor que trescientos de los más valientes e importantes quedaron allí muertos por los atenienses. Pero los demás, vencidos finalmente y destrozados, se dieron a la fuga, no hacia donde huían tanto los persas como

las otras unidades de su ejército que ni habían tomado parte en la batalla ni hecho en ella acción de importancia, sino directamente hacia Tebas.

68. Cuando reflexiono sobre lo sucedido, es para mí evidente que toda la fuerza de los bárbaros dependía únicamente del cuerpo de los persas, pues advierto que las demás tropas, aun antes de atacar al enemigo, apenas vieron a los persas derrotados y fugitivos, también ellas al momento se entregaron a la fuga. Huían todos a un tiempo, como decía, menos la caballería enemiga, y en especial la beocia, pues esta entretanto resultaba de gran utilidad a los bárbaros, a quienes en la fuga protegía y cubría, apartando de ellos al enemigo, de quien nunca se alejaba. Vencedores ya los griegos, iban estos persiguiendo briosamente y matando a la gente de Jerjes.

69. En medio de esta huida y terror de los vencidos, llega a las tropas griegas, que atrincheradas cerca del Hereo no habían entrado en acción, la feliz noticia de que acaba de producirse una batalla decisiva, con una entera victoria obtenida por la gente de Pausanias. Habida esta noticia, salen los cuerpos de su campamento, pero todos en tropel y sin orden de batalla. Los corintios emprendieron la marcha por las raíces del Citerón, siguiendo entre los cerros por el camino de arriba, que va directo al templo de Deméter; pero los de Mégara y Fliunte se aventuraron por el campo abierto, por donde era más llano el camino. Lo que sucedió fue que, viendo la caballería de los tebanos que las fuerzas de Mégara y Fliunte avanzaban aprisa y en tropel, su general, Asopodoro, hijo de Timandro, cargó de repente contra ellos, y dejó en su primer ataque tendidos a seiscientos, obligando a todos los demás a refugiarse en el Citerón, acosados por el enemigo.

70. De este modo acabaron sin gloria, portándose cobardemente. Los persas, con las demás tropas del ejército, refugiados ya en el fuerte de madera, se dieron mucha prisa en subirse a las torres antes de que llegasen allí los lacedemonios, y subidos procuraron fortificar y guarnecer lo mejor que pudieron sus trincheras y baluartes. Llegan después los lacedemonios y emprenden con todo empeño el ataque del fuerte; pero hasta que llegaron los atenienses en su ayuda, los persas rebatían el asalto, de modo que los lacedemonios, no acostumbrados a sitios ni toma de fortificaciones, llevaban la peor parte en la acción. Llegados ya los atenienses, se dio el asalto con mayor empeño y ardor, y si bien no duró poco tiempo la resistencia del enemigo, por fin ellos con su valor y constancia asaltaron el fuerte, y subidos en él y destrozando las trincheras, abrieron paso a los griegos. Los primeros que por la derecha penetraron en el campamento fueron los de Tegea, los que acudieron luego a saquear la tienda de Mardonio, de donde entre otros muchos despojos sacaron aquel pesebre todo de bronce que allí tenía para sus caballos, pieza realmente digna de verse. Este pesebre fue posteriormente dedicado por los tegeatas en el templo de Atenea Alea, si bien todo lo demás que en dicha tienda había lo reservaron para el botín común de los griegos. Abierta una vez la brecha y derribado el fuerte, no volvieron ya a rehacerse ni formarse en escuadrón los bárbaros, entre quienes nadie se acordó de vender cara su vida. Aturdidos allí todos y como fuera de sí, viéndose tantos millares de hombres encerrados como en un corral de madera o en un estrecho matadero, no pensaban en defenderse, y se dejaban matar por los griegos con tanta impunidad que de trescientos mil hombres, a excepción de los cuarenta mil con quienes huía Artabazo, no llegaron a tres mil los que escaparon con vida. Los muertos en el ejército griego fueron: entre los lacedemonios noventa y un espartanos, dieciséis entre los tegeatas y cincuenta y dos entre los atenienses.

71. Por lo que toca a los bárbaros, los que mejor se portaron aquel día fueron en la infantería, los persas; los sacas, en la caballería, y Mardonio, entre todos los combatientes. Entre los griegos, por más prodigios de valor que hicieron los atenienses y los tegeatas, con todo, se llevaron la merecida palma los lacedemonios. No tengo de ello ni quiero más prueba que la que voy a dar: bien veo que todos los griegos mencionados vencieron a los enemigos que delante se les pusieron; pero noto que haciendo frente a los lacedemonios lo más florido del ejército enemigo, ellos, sin embargo, lo postraron en el suelo. De todos los lacedemonios, el que en mi concepto hizo mayores prodigios de valor fue Aristodemo, hablo de aquel que por haber vuelto vivo de las Termópilas incurrió en la censura y en la infamia; después del cual merecieron el segundo lugar en bravura y esfuerzo Posidonio y Filoción, y el espartano Amonfáreto. Verdad es que hablando en un corrillo ciertos espartanos sobre cuál de estos

que acabo de mencionar se había portado mejor en batalla coincidieron en Aristodemo, arrastrado a la muerte para borrar la infamia de cobarde con que se veía notado; al hacer allí proezas y prodigios de valor, no obró en ello sino como un temerario que ni podía ni quería mantenerse en su puesto, mientras que Posidonio, sin estar reñido con su misma vida, se había portado como un héroe; motivo por el cual debía ser este tenido por mejor y más valiente guerrero que Aristodemo. Pero mucho me temo que el voto del corrillo no iba libre de envidia. Lo cierto es que todos los que mencioné que habían muerto en la batalla fueron honrados públicamente, no habiéndolo sido Aristodemo a causa de haber combatido por desesperación, queriendo borrar la infamia con su propia sangre.

72. Estos fueron los campeones más nombrados de Platea. No encuentro entre ellos a Calícatres, el más gallardo de cuantos, no digo lacedemonios, sino también griegos, concurrieron en la jornada de Platea; y la razón de no contarlo es por haber muerto fuera del combate, pues a la vez que Pausanias se preparaba con los sacrificios para la pelea, Calícatres, sentado sobre sus armas, fue herido por una saeta en el costado. Retirado, pues, de las filas, durante la acción de los lacedemonios, mostraba con cuánto pesar moría por aquella herida; y hablando con Arimnesto, natural de Platea, decía que no sentía morir por la libertad de Grecia, que sí sentía morir sin haber dado antes a Grecia prueba alguna de lo mucho que en tan crítico lance deseaba servirla.

73. Entre los atenienses, el más bravo, según se dice, fue Sófanes, hijo de Eutíquidas, natural de Decelea. Mencionaré aquí de paso un suceso que los atenienses cuentan haber acaecido en cierta ocasión a los del demo de Decelea, y que les fue de gran provecho, pues como en tiempos muy anteriores los Tindáridas habían invadido el Ática con mucha gente con la pretensión de recobrar a Helena[410], obliga-

---

[410] Antes del famoso rapto obrado por Paris, Helena había sido raptada por Teseo cuando aún esta era una niña. Sus hermanos, Cástor y Pólux, conocidos como los Dioscuros o como los Tindáridas (sobre sus patronímicos, cf. *Historia* 5.75 y nota *ad loc.*), invadieron el Ática para rescatar a su hermana. En la *Ilíada*, de hecho, Helena se ve acompañada por Etra, la madre de Teseo, que habría sido raptada por los dos héroes espartanos.

ban a los pueblos con esta ocasión a abandonar por miedo sus casas y moradas al no saber ellos de fijo el lugar donde había sido escondida. Viendo, pues, entonces los de Decelea, o como dicen otros, el mismo Décelo, lo acaecido, irritados contra Teseo, autor de aquel inicuo rapto, y compadecidos del daño que resultaba a todo el país de los atenienses, dieron cuenta a los Tindáridas de todo el suceso, conduciéndolos hasta Afidnas, lugar que les entregó cierto hombre natural de aquella aldea llamado Títaco. En premio y recompensa de este servicio, se concedió entonces a los naturales de Decelea, y al presente aún se les conserva, la inmunidad de tributo en Esparta y la presidencia en el asiento[411]; de manera, que en la guerra sucedida muchos años después entre los de Atenas y los del Peloponeso, a pesar de que los lacedemonios talaban todo el Ática, nunca tocaron Decelea.

74. De este Sófanes, natural del referido demo de Decelea, el más sobresaliente en la batalla entre los atenienses, se cuenta, aunque de dos maneras, una singular particularidad. Dicen de él unos, que con una cadena de bronce llevaba un ancla de hierro pendiente de su tahalí puesto sobre el peto, la cual solía echar al suelo cuando atacaba a su contrario, para que afianzado con ella, no pudieran moverle ni sacarle de su puesto los enemigos, por más que le apretaran reciamente, pero que una vez desordenados y rotos sus adversarios, volviendo a levantar y recobrar su ancla, se lanzaba en su persecución. Otros lo cuentan de un modo diferente, diciendo que llevaba sí un ancla, pero no de hierro, ni colgada de su peto con una cadena de bronce, sino remedada en el escudo, como una insignia, y que nunca cesaba de voltear el escudo.

75. Del mismo Sófanes se refiere otro hecho famoso: que en el asedio de los atenienses a Egina mató en un desafío al argivo Euríbates, atleta célebre que había sido declarado vencedor en el pentatlón[412]. Pero algún tiempo después, hallándose nuestro Sófanes como general entre los atenienses en compañía de Leagro, hijo de Glaucón, tuvo la desgracia de morir en Dato a manos de los edonos, habién-

---

[411] *Atelía* o «exención de tributos» y *proedría* el derecho de ocupar un asiento de honor en las ceremonias de la ciudad.
[412] Cf. *Historia* 6.92.

dose portado como buen militar en la guerra que a estos pueblos se hacía por razón de las minas de oro que poseían.

76. Rotos ya y postrados los bárbaros en Platea, se pasó y presentó a los griegos una célebre desertora. Era la concubina principal de un persa llamado Farándates, hijo de Teaspis, la cual, viendo vencidos a los persas y victoriosos a los griegos, ataviada tanto ella como sus doncellas con muchos adornos de oro, y vestida con las más bellas galas que allí tenía, bajó de su *harmámaxa*, y se dirigió a los lacedemonios, todavía ocupados en el degüello de los bárbaros. Al llegar a los griegos, viendo a uno de ellos que entendía todo y daba órdenes para lo que se hacía, supo que aquel sería Pausanias, de cuyo nombre y patria por haberlo oído muchas veces venía bien informada. Se echó luego a sus pies, y teniéndole cogido de las rodillas, le habló en estos términos: «Señor y rey de Esparta, tened la bondad de sacar por los dioses a esta infeliz suplicante del cautiverio en que me veo, favor con que acabaréis de coronar en mí ese otro gran beneficio de que me confieso ya deudora viendo que habéis acabado con unos impíos que ni respetan a los dioses ni temen a los héroes. Yo, señor, soy una mujer natural de Cos, hija de Hegetóridas y nieta de Antágoras; por fuerza me sacó de casa un persa, y por fuerza me ha retenido como su concubina». «Concedido tienes, mujer, el favor que me pides —le respondió Pausanias—, especialmente siendo verdad, como tú dices, que eres hija de Hegetóridas de Cos, uno de mis huéspedes, y al que yo más estimo de cuantos tengo por aquellos países». Nada más le dijo por entonces, encargándola al cuidado de los éforos que allí estaban; pero la envió después a Egina, donde ella misma dijo que le gustaría ir.

77. No bien se separó de aquel lugar la desertora, cuando las tropas de Mantinea, concluida ya la acción, se presentaron en el campo; y en prueba de lo mucho que sentían su negligencia, se confesaban ellos mismos merecedores de un buen castigo, que no dejarían de imponerse. Informados, pues, de que los medos a quienes capitaneaba Artabazo se habían librado entregándose a la fuga, a pesar de los lacedemonios, que no convenían en que se les diese caza, fueron con todo persiguiéndoles hasta Tesalia; y vueltos a su patria los mismos mantineos, echaron de ella a sus caudillos, condenándolos al destierro. Después de ellos, llegaron al mismo campo los soldados

de Elea, quienes, muy apesadumbrados por su descuido, enviaron asimismo desterrados a sus comandantes, una vez regresados de la expedición a su patria; y esto es cuanto sucedió con los de Mantinea y con los eleos.

78. Había en Platea entre los soldados de Egina un tal Lampón, hijo de Píteas, uno de los principales de su ciudad; el cual, concebido un plan singularmente impío, se dirigió a Pausanias, y llegando a su presencia como para tratar un breve asunto, le habló así: «Me alegro mucho de que vos, hijo de Cleómbroto, hayáis llevado a cabo la más excelente hazaña del orbe, tanto por lo grande como por lo glorioso de ella. Gracias a los dioses que habiéndoos escogido como libertador de Grecia, han querido que fuerais el general más ilustre de cuantos hasta aquí se vieron. Me tomaré con todo la licencia de preveniros de que falta algo todavía a vuestra empresa. Haciendo lo que os propondré, elevaréis al más alto punto vuestra gloria, y serviréis tanto a Grecia, que con ello lograréis que en el porvenir no se atreva a ella bárbaro alguno con semejante insolencia y desvergüenza. Bien sabéis cómo allá en las Termopilas, ese Mardonio y aquel otro Jerjes pusieron en un palo la cabeza de Leónidas, cortando la cabeza a su cadáver. Si vos ahora devolvierais, pues, el pago al difunto Mardonio, lograríais sin duda que todos vuestros espartanos y aun los demás griegos todos os colmen de los mayores elogios; pues empalado por vos Mardonio, quedará bien vengado vuestro tío Leónidas». De esta forma pensaba Lampón dar gusto a Pausanias con lo que decía, pero este le respondió en la siguiente forma:

79. «Mucho estimo, amigo egineta, tu buena voluntad y ese interés que te tomas por mis asuntos, si bien debo decirte que tu consejo no es el más atinado. Por la acción que acabo de cumplir, a mí y a mi patria nos ensalzas hasta las nubes, y con tu aviso nos abates tú mismo a la mayor ruindad, queriendo que nos ensangrentemos contra los muertos, pretextando que así lograría yo mayor aplauso entre los griegos con una determinación más propia de la ferocidad de los bárbaros que de la humanidad de los propios griegos, que abominarían en ellos mismos semejante desafuero. Yo te aseguro que a tal precio ni quiero los aplausos de tus eginetas ni de los que como tú y como ellos piensan, contento y satisfecho con agradar a mis espartanos, haciendo lo que la razón me dicta y hablando en todo según ella me sugiere. Por lo que a Leónidas se refiere, ¿te parece, hombre, que tanto él como los que con él murieron gloriosamente en las Termopilas están ya poco vengados y satisfechos con tanta víctima como acabo yo de sacrificarles en esta matanza de tales y tan numerosos enemigos? Ahora te advierto que tú, con semejantes avisos y sugestiones, ni jamás te acerques a mí, ni me hables palabra en todos los días de tu vida, y puedes al presente dar gracias al cielo de que este consejo tuyo no te cueste más caro». Dijo, y el egineta, tras oírlo, no veía la hora de alejarse de Pausanias.

80. Mandó Pausanias anunciar por todo el campamento que nadie tocase nada del botín, dando orden a sus ilotas de que fueran recogiendo en un lugar toda las riquezas. Distribuidos ellos por el campamento del persa, hallaban las tiendas ricamente adornadas con oro y con plata, y en las tiendas sus camas, las unas doradas y plateadas las otras; hallaban las tazas, las botellas, los vasos, todo ello de oro; hallaban asimismo en los carros unos sacos en que se veían vasijas de oro y plata. Iban los mismos ilotas despojando a los muertos allí tendidos, quitándoles los brazaletes, los collares y los alfanjes, piezas todas de oro, sin hacer caso alguno de los vestidos de varios colores, y valiéndose entretanto de la ocasión, si bien presentaban todo lo que no les era posible ocultar, ocultaban, sin embargo, cuanto podían, vendiéndolo furtivamente a los eginetas, para quienes esta fue la fuente de sus grandes riquezas, logrando comprar de los ilotas el oro a peso de bronce.

81. Recogido en un montón todo el inmenso botín, pusieron aparte el diezmo consagrándolo a los dioses. De la parte ofrecida al dios de Delfos hicieron aquel trípode de oro montado sobre una serpiente de bronce de tres cabezas que está allí cerca del altar; de otra parte, la dedicada al dios de Olimpia, levantaron una estatua de bronce de Zeus de diez codos de altura; de otra tercera parte, reservada al dios del Istmo, se hizo un Poseidón de bronce, de siete codos. El resto del botín, después de apartado dicho diezmo, se repartió entre los combatientes, según el mérito y dignidad de las personas, entrando en tal repartimiento las concubinas de los persas, el oro, la plata, las alhajas, los muebles y los bagajes. Por más que no hallo quién exprese con qué premio extraordinario se galardonó a los campeones de Platea, persuadiéndome con todo de que se les

daría su parte privilegiada. Lo cierto es que para el general Pausanias se escogieron y se le dieron aparte diez porciones de cada ramo del despojo: tanto de las esclavas como de los caballos, de los talentos de moneda, de los camellos y del mismo modo en todos los demás géneros del botín.

82. Entonces corre la fama de que pasó un caso notable: se dice que al huir Jerjes de Grecia había dejado sus posesiones para el servicio de Mardonio. Viendo Pausanias aquellos magníficos enseres, aquella rica repostería de vajilla de oro y plata, aquel pabellón adornado con tantos tapices y colgaduras de diferentes colores, dio orden a los panaderos, reposteros y cocineros persas de prepararle una cena al modo que solían prepararla para Mardonio. Habiendo ellos hecho lo que se les mandaba, dicen que admirado entonces Pausanias de ver allí aquellos lechos de oro y plata de tal suerte cubiertos, aquellas mesas de oro y plata, aquella vajilla de la cena tan espléndida y brillante, mandó a sus criados que le dispusiesen una cena a la manera laconia, para hacer escarnio de la prodigalidad persa. Y como la diferencia de cena a cena era infinita, Pausanias con la risa en los labios iba mostrando a los generales griegos llamados al espectáculo una y otra mesa, hablándoles así al mismo tiempo: «He querido llamaros, griegos, para que vieseis por vuestros ojos la locura de ese general de los medos, que acostumbrado a vivir con esa profusión y lujo, ha querido venir a despojar a los laconios, que tan parcamente nos tratamos». Así se dice que habló Pausanias a los jefes griegos.

83. A pesar de haberse recogido entonces tanto botín, algunos de los de Platea hallaron después en el campamento bolsas llenas de oro y plata y de otros objetos preciosos. Cuando aquellos cadáveres estuvieron secos y descarnados, al tiempo que los plateos acarreaban sus huesos a un mismo sitio, se observó una cosa bien extraña, como fue ver una calavera toda sólida, de un solo hueso y sin costura alguna; ni lo fue menos una quijada aparecida, la que en la parte de arriba y en la de abajo, aunque presentaba distintos los dientes y las muelas, eran todos, no obstante, de un solo hueso. También apareció allí un esqueleto de cinco codos.

84. El día inmediatamente después de la batalla es cierto que desapareció el cadáver de Mardonio, pero no puedo señalar individualmente quién lo hizo desaparecer de allí. De varias personas, y aun de personas de varias naciones, oigo decir que le dieron sepultura, y bien sé que fueron diferentes los que recibieron muchas recompensas de parte de Artontes, hijo de Mardonio, por haber enterrado a su padre. Pero repito que no he podido con certeza averiguar quién fue puntualmente el que retiró y sepultó aquel cadáver, aunque se dice mucho que fue Dionisófanes de Éfeso. De este modo fue enterrado Mardonio.

85. Repartida ya el botín tomado en Platea, acudieron los griegos a dar sepultura a los muertos, cada pueblo de por sí a sus compatriotas. Los lacedemonios, abiertas tres fosas, enterraron en una a los irenes[413] separados de los que no lo eran, y entre ellos entraron también Posidonio, Filoción, Amonfáreto y Calícatres; en la otra sepultura, a todos los demás espartanos, y en la tercera, a los ilotas, siendo este mismo el orden de sus sepulturas. Los de Tegea juntaron en un sepulcro a todos sus muertos; los de Atenas en otro aparte cubrieron también a los suyos, y los de Egina y Fliunte tomaron igual medida con sus difuntos, que la caballería beocia había degollado. Así que los sepulcros de dichas ciudades eran en realidad sepulcros llenos de cadáveres, al tiempo que todos los demás monumentos que en Platea al presente se dejan ver no son más que unos túmulos vacíos, que erigieron allí, según oigo decir, las otras ciudades griegas, avergonzadas de que se dijera que sus respectivas tropas no habían tomado parte en aquella batalla. Cierto túmulo se muestra allí que llaman el de los eginetas, del cual oí contar que diez años después de la acción, a instancia de los de Egina, fue levantado por un próxeno suyo llamado Cléades, hijo de Autódico y natural de Platea.

86. Dada a los muertos sepultura, tomaron los griegos en Platea, de común acuerdo, la resolución de llevar las armas contra Tebas para pedir a los tebanos que les entregasen a los partidarios de los medos, particularmente los caudillos Timegénidas y Atagino y, en caso de que se negasen a la entrega, de no marcharse de allí sin haber tomado dicha ciudad por la fuerza. Veinte días después de la famosa

---

[413] Dentro de la famosa *agogé* (educación de los espartanos), el rango de *irene* lo detentaban los supervisores de veinte años que dirigían a los de menor edad. Todavía no formaban parte de la asamblea de los espartanos.

batalla, presentándose los griegos delante de Tebas, la pusieron sitio y pidieron que se les entregasen dichos hombres. Pero viendo que no accedían a ello los tebanos, empezaron a devastar el país, y apretando más el cerco, asaltaban la muralla con más empeño.

87. Desde entonces no cesaban los sitiadores de pasarlo todo a sangre y fuego, por lo cual Timegénidas hizo a los tebanos este discurso: «En vista de que esos griegos que nos cercan, tebanos, se muestran empeñados en continuar el asedio hasta que tomen por fuerza la ciudad, o que vosotros de agrado nos entreguéis y pongáis en sus manos, sabed, que respecto a nosotros, accedemos a librar de tanto daño a Beocia, e impedir que su territorio sufra más tiempo tantas hostilidades. No más resistencia: si ellos para sacar alguna compensación se valen del pretexto de pedir nuestras personas, démosle la suma que pidan tomándola del erario común, puesto que no fuimos nosotros en particular, sino el común de Tebas quien siguió a los medos. Pero si nos sitian queriendo apoderarse en realidad de nuestras personas, gustosos convenimos nosotros en presentarnos a los griegos para defender ante ellos nuestra causa». Pareció a los tebanos que decía muy bien Timegénidas y que hablaba muy oportunamente, y luego despacharon a Pausanias un heraldo para anunciarle que ellos convenían en entregar a los hombres que les pedía.

88. Cerrado así el asunto por ambas partes, huyó Atagino secretamente de la ciudad, y sus hijos fueron entregados a Pausanias, quien los puso en libertad, diciendo que aquellos niños ninguna culpa habían tenido en la cooperación con los medos de su padre. Los otros presos entregados por los tebanos estaban en el convencimiento de que lograrían que se abordara su causa en un juicio y que podrían comprar a fuerza de dinero su absolución. Pausanias, que intuía sus intentos y sospechaba de los griegos que se dejarían sobornar, licenció a las tropas aliadas y, llevando consigo a Corinto a los tebanos prisioneros, los mandó allí ajusticiar.

89. Lo que hasta aquí llevo dicho es lo que hubo en Platea y en Tebas. Volviendo ahora a Artabazo, hijo de Fárnaces, al llegar a los tesalios tras una huida de largas jornadas, recibiéndole estos con obras y demostraciones de hospitalidad, le preguntaban acerca del resto del ejército, ajenos totalmente de lo que en Platea había sucedido. Artabazo, viendo claramente que si decía la verdad sobre lo ocurrido en la batalla corría manifiesto peligro de perecer allí con toda su tropa, pues sabida la desgracia y ruina del ejército, claro estaba que todos se levantarían contra él; Artabazo, pues, con esta consideración, no había dado antes noticia de la situación a los focenses, y entonces habló a los tesalios de esta manera: «Lo que tan solo puedo comunicaros, ciudadanos, es que paso ahora con esta tropa hacia Tracia, enviado en una misión importante, y por lo urgente de ella, marcho con la mayor diligencia y prisa que cabe. El mismo Mardonio, con todo su ejército, siguiendo mis pisadas, está en vísperas ya de llegar a vuestros dominios: bien podéis prepararle el alojamiento, esmerándoos con él en todos los obsequios de la hospitalidad, bien seguros de que en el porvenir no tendréis que arrepentiros de vuestros leales servicios». Después de hablarles así, continuó con la mayor celeridad su marcha por Tesalia y por Macedonia, encaminándose directamente hacia Tracia, y como quien llevaba realmente muchísima prisa, tomó el camino recto atravesando por mitad de la región. Llegó finalmente a Bizancio, perdida mucha gente tanto a manos de los tracios, quienes al paso iban destrozándola, como al rigor del hambre y la miseria.

Batalla de Micale

90. Así regresó Artabazo a Asia. El día mismo en que con derrota completa de los persas se peleó en Platea, les sucedió a los mismos otra debacle en Micale, lugar de Jonia. Como los griegos, que iban en la armada al mando del lacedemonio Leotíquidas, estaban apostados en Delos, vinieron a ellos desde Samos unos embajadores enviados por los de aquella isla, pero a escondidas tanto de los persas como del tirano de ella, Teoméstor, hijo de Androdamante. Así pues, Lampón, hijo de Trasicles, Atenágoras, hijo de Aquestrátida, y Hegesístrato, hijo de Aristágoras, se presentaron a la junta de los generales griegos, a quienes en nombre de todos hizo Hegesístrato un largo y muy prolijo razonamiento que decía que los jonios, solo con que se acercaran allí los griegos, se sublevarían contra los persas sin que los bárbaros se atrevieran a hacerles frente, y tanto mejor si lo intentaban, pues con esto les pondrían en las manos una presa tan grande que no sería fácil hallar otra igual. Después de estas palabras, acudiendo a las súplicas, les rogaba que por sus dioses comunes quisieran los griegos librarles de la esclavitud a ellos, también griegos, lo cual les sería facilísimo de lograr, porque las naves de los bárbaros, de por sí muy pesadas, no eran capaces de mantener el combate. Concluían, por fin, que si temían engaño o mala fe en quererles conducir contra el enemigo, estaban preparados para acompañarles allí como rehenes en sus naves.

91. Estando en el mayor calor de la petición el enviado samio, le salió Leotíquidas con una pregunta no esperada, y le interrumpió, bien para procurarse un buen agüero con la respuesta, bien por inspiración divina: «Amigo samio —le pregunta—, ¿cómo te llamas?». «Me llamo —respondió él— Hegesístrato». «Y yo —replicó luego el lacedemonio— admito ese buen agüero, amigo samio[414]. Disponte desde luego a navegar con nosotros y jura junto con tus compañeros que los samios están dispuestos a ser nuestros aliados».

92. Concluir estas palabras y empezar aquella empresa todo fue uno, porque los embajadores samios, interponiendo al instante la solemnidad del juramento, aseguraron que los de Samos entraban en la alianza con los griegos, y Leotíquidas por su parte se dispuso a la expedición sin pérdida de tiempo, mandando a los demás enviados que diesen la vuelta a su patria, y que se quedase en la armada Hegesístrato. Así que los griegos, no detenidos allí más que aquel día, al siguiente se hicieron a la vela, viendo que los sacrificios le salían en extremo favorables a su adivino Deífono, hijo de Evenio y natural de Apolonia, la que está en el golfo Jonio. Le ocurrió a dicho Evenio una rara aventura que voy a referir.

93. En la ciudad de Apolonia hay rebaños consagrados al sol[415], los cuales de día van paciendo a las orillas de un río que, bajando del monte Lacmón, corre por la comarca de Apolonia y desemboca en el mar cerca del puerto de Orico. En cuanto a la noche, se escogen ciertos hombres muy distinguidos entre sus vecinos por sus posesiones y nobleza, para que un año cada uno guarde aquel ganado, en lo cual se esmeran particularmente por lo mucho que, conforme a cierto oráculo, cuentan con los mencionados rebaños del sol, cuyo aprisco

---

[414] Hegesístrato significa «Conductor del ejército».
[415] El sol se asocia con el dios Apolo, que a su vez es dios tutelar de Apolonia.

viene a ser una cueva apartada y distante de la ciudad. Sucedió, pues, que Evenio, encargado por su turno de la guarda de aquel ganado, como en su turno de vigilancia se quedó dormido, atacando unos lobos el rebaño, le mataron unas sesenta cabezas. Lo vio Evenio, pero selló los labios sin decir palabra a nadie, con ánimo de comprar y reponer otras tantas cabezas de ganado. El daño estuvo en que no pudo ocultarse el hecho sin que llegase a oídos de los de Apolonia, quienes llamándole a juicio le condenaron a perder los ojos, por haberse dormido durante su guardia en vez de velar. Apenas le sacaron los ojos, vieron que ni sus ganados les daban nuevas crías ni las tierras les rendían los mismos frutos que antes, desastres predichos contra ellos en Dodona y en Delfos. En esta calamidad, quisieron saber de aquellos profetas cuál era la causa de la presente desventura, y se les respondió de parte de los dioses que era por haber privado de la vista inicuamente al guardián del rebaño sagrado, Evenio, pues los dioses mismos habían sido quienes echaron contra él aquellos lobos, y que tuvieran claro que no alzarían la mano del castigo vengando a Evenio, si primero no le daban la satisfacción que él mismo quisiera aceptar por la injusticia que con él se había cometido; que una vez realizada por los de Apolonia esta diligencia, iban los dioses a hacer otorgarle un don tan grande a Evenio, que por ese don muchos serían los hombres que le considerarían afortunado.

94. Los de Apolonia, en vista de los oráculos, que guardaban muy secretamente, encargaron a ciertos vecinos el asunto de la compensación debida a Evenio, y los encargados se valieron del siguiente medio: estando Evenio sentado en su silla, van a visitarle aquellos hombres y se sientan a su lado, comienzan a discurrir sobre otros asuntos, y poco a poco hacen recaer la conversación sobre la compasión que su desgracia les causaba. Con este disimulo continúan su discurso y le preguntan qué recompensa aceptaría de los de Apolonia en caso de que quisieran estos compensarle por lo que le habían hecho. Evenio, que nada había se imaginaba en lo tocante a la respuesta de los oráculos, respondió que si le dieran en primer lugar las tierras de unos vecinos (a los que nombró por su propio nombre) que poseían las dos mejores haciendas que había en Apolonia, y además de ellas le hiciesen dueño de una casa que era la más hermosa de la ciudad, con esto se daría por satisfecho por la injuria recibida,

y depondría totalmente su odio y su ira contra los autores de su desventura. Habiéndose explicado así Evenio, tomándole la palabra aquellos interlocutores: «Ahora bien, Evenio—le replicaron—, esa misma satisfacción que pides es la que los de Apolonio se muestran de acuerdo en concederte por haberte sacado los ojos, conforme se lo ordena el oráculo». Evenio, informado después por ellos de todo lo sucedido, llevaba muy a despecho la trampa con que le habían sorprendido, mas sus conciudadanos, comprando a sus dueños las haciendas, le dieron la compensación con la que antes afirmó que estaría contento y satisfecho. Y para mayor dicha, desde aquel punto se sintió dotado Evenio del don de profecía, por el cual llegó a ser muy celebrado.

95. Volviendo, pues, a nuestro propósito, hijo del mencionado Evenio era Deífono, el que, conducido por los corintios, era adivino en la armada griega. Sin embargo, me acuerdo de haber oído decir a alguno que, habiéndose alzado Deífono con el nombre de hijo de Evenio, de quien no lo sería en realidad, ejercía sus vaticinios en Grecia.

96. Por lo que respecta a los griegos de Delos, al ver que les eran favorables los sacrificios, alzando el ancla, se hicieron a la vela para Samos, y llegados a las inmediaciones de Cálamos, lugar de Samos, fondearon cerca del Hereo, y se disponían a una batalla naval. Mas los persas, al saber que llegaban los griegos, salieron para el continente con el resto de la armada que les quedaba, dando al mismo tiempo permiso a la escuadra fenicia para volverse a su patria. Nacía esto de que habían decidido dos cosas: una era no entrar en combate con las naves griegas por parecerles que no eran proporcionadas sus fuerzas navales; la otra era refugiarse en el continente con el objetivo de estar allí cubiertos y sostenidos por el ejército de tierra, que se hallaba en Micale, porque es preciso saber que por orden de Jerjes habían sido dejados allí sesenta mil hombres para que sirvieran de guarnición en Jonia, bajo el mando del general Tigranes, el más sobresaliente de todos los persas del ejército en talle y gallardía. Hacia dicho ejército, pues, habían decidido retirarse los jefes de la armada, sacadas a tierra sus naves y defendidas allí con buenas trincheras, para que les sirvieran a ellas de baluarte, y a ellos de refugio y retirada contra el enemigo.

97. Hechos, pues, a la vela con esta resolución, llegaron los persas cerca del templo de las Potnias[416], entre Gesón y Escolopunte, lugares de Micale, en cuyas vecindades erigió aquel templo, en honor de Deméter Eleusina, Filisto, hijo de Pasicles, cuando pasó a la fundación de Mileto en compañía de Nileo, hijo de Codro. Habiendo, pues, fondeado en este sitio, sacaron a tierra las naves y las encerraron dentro de un vallado que formaron con piedra y fagina, y con los troncos de los árboles frutales cortados en aquellas cercanías, alzando además de esto alrededor de la valla una fuerte estacada. Tales eran los pertrechos de que se disponían tano para resistir sitiados como para vencer saliendo de sus trincheras, pues así pensaban poder pelear con distintas posiciones.

98. Al saber los griegos que los bárbaros habían pasado al continente, fue mucha la pena que sintieron de que se les hubiesen escapado, y ni acababan de decidir si volverían atrás o se adelantarían hasta el Helesponto. Al fin les pareció mejor no hacer ni lo uno ni lo otro, sino darse a la vela para el continente. Con esto, pertrechados de escalas y de los demás pertrechos para una batalla naval, salen para Micale. Cuando estuvieron cerca ya del campamento de las naves enemigas, viendo que nadie las botaba al agua para salir a su encuentro, sino que todas se quedaban encerradas dentro del vallado, observando al mismo tiempo que mucha tropa de tierra estaba apostada por toda aquella playa, lo primero que hizo Leotíquidas fue ir pasando por delante del enemigo, costeando en su nave la tierra lo más cerca posible, y hacer que su heraldo hablase en estos términos a los jonios: «Amigos jonios, cuantos estáis al alcance de mi voz, estad todos atentos a lo que voy a deciros, pues bien veis que nada se imaginaran los persas de lo que quiero advertiros. Os encomiendo, pues, en primer lugar, que al atacar nosotros al enemigo tengáis presente vuestra libertad y la de todos los griegos; lo segundo, os encargo que no os olvidéis del santo y seña de Hera. Vosotros los que me oís, haced que sepan esto los que no me oyen». Este plan de Leotíquidas entrañaba la misma malicia que aquel hecho de Temístocles en Artemisio, porque una de dos cosas debía resultar de allí: o bien atraer a los jonios a su partido, en caso que el aviso se ocultara

---

[416] Las Soberanas, es decir, Deméter y Perséfone.

a los persas, o si no, hacer que estos desconfiaran de ellos, si llegaba el trato a oídos de los bárbaros.

99. Después de este aviso de Leotíquidas, lo segundo que hicieron allí los griegos fue arribar a la playa, saltar a tierra y formar luego en orden de batalla. Cuando los persas vieron en tierra a los griegos dispuesto al combate, informados al mismo tiempo del soborno intentado con los jonios, tomaron desde luego sus medidas y precauciones. La primera de ellas fue desarmar a los samios, de quienes recelaban que fueran partidarios de los griegos. Procedía el motivo de tal sospecha de ver que los samios habían rescatado a todos los atenienses que, dejados antes en el Ática y capturados allí por la gente de Jerjes, habían sido traídos a Samos, y que no contentos con esto los samios, los habían devuelto a Atenas bien provistos de víveres, motivo por el cual habían dado no poco que sospechar a los persas, liberando hasta quinientas personas enemigas de Jerjes. La segunda precaución la tomaron los persas mandando a los milesios que ocupasen aquellos desfiladeros que llevan hasta la cumbre de Micale, con el pretexto de ser la gente más experta en aquellos pasos, pero con la verdadera intención de que no se hallasen mezclados en su ejército. Por estos medios procuraron precaverse los persas contra aquellos jonios de quienes recelaban que no dejarían pasar la ocasión, si alguna se les ofrecía, de intentar una traición. Hecho esto, fueron atrincherándose detrás de sus escudos de mimbres para entrar en acción.

100. Una vez formados los griegos en sus filas, parten sin dilación hacia el enemigo; al tiempo mismo de ir al choque vuela por todo el campo, ligera, el rumor de una feliz noticia y deja verse de repente en la orilla del mar una vara levantada a manera de caduceo[417]. La buena nueva volaba diciendo que los griegos en Beocia habían vencido al ejército de Mardonio; es así como los dioses con varios indicios suelen hacer patentes los prodigios de que son autores, como se vio entonces, pues queriendo ellos que el destrozo de los bárbaros en Micale coincidiese en un mismo día con el ya padecido en Platea, hicieron que la

---

[417]Vara que portaban los heraldos como atributo distintivo y que Hermes empuñaba en tanto que mensajero de los dioses.

fama de este llegase en tal momento, que animase mucho más y llenara de valor a los griegos para el nuevo peligro, como en efecto sucedió.

101. Otra particularidad observo en este caso, y es que las dos batallas de las que hablo se dieron en las vecindades de los templos de Deméter Eleusina, pues según llevo ya referido, la batalla de Platea se trabó junto a aquel templo, y la que en Micale iba a emprenderse había de producirse cerca de otro que allí había. Y en efecto, concordaba con la verdad del hecho la noticia que allí corrió acerca de la victoria de Pausanias y sus griegos, habiendo sucedido bien de mañana la batalla de Platea, y la de Micale por la tarde de aquel mismo día. Ni tardó de cierto a saberse la nueva, pues después de unos pocos días se vio clara y evidentemente que las dos acciones sucedieron en un mismo mes y día. Lo cierto es que los griegos de Micale, antes de que les llegase la noticia, estaban muy temerosos, no tanto por su propia causa como por la común de los demás griegos, siempre con el temor de que cayese al cabo toda Grecia en manos de Mardonio, pero llegada la feliz noticia, iban al combate con nuevos ánimos y mayor brío. Ni es de extrañar que tanto los griegos como los bárbaros mostraran prisa e interés en una contienda cuyo premio había de ser en breve el dominio de las islas y del Helesponto.

102. Iban, pues, los atenienses avanzando por la playa y por la llanura vecina, con los aliados que se habían formado a su lado, componiendo como la mitad de la tropa, y los lacedemonios con las demás tropas ordenadas en el suyo caminaban por unos pasos ásperos y montuosos. En tanto que venían estos dando la vuelta, ya el cuerpo de los atenienses en su ala había atacado al enemigo. Los persas, defendiéndose con ardor, mientras duró en pie el parapeto de sus escudos, en absoluto llevaban la peor parte del combate, pero cuando el ala de los atenienses y de los aliados unidos, exhortándose unos a otros para hacer suya la victoria sin dejársela a los lacedemonios, redobló el ataque con nuevos bríos, empezó luego a cambiar de semblante la acción, rompiendo con ímpetu el parapeto, y dejándose caer en bloque sobre los persas, quienes recibiéndolos a pie firme y haciendo durante bastante tiempo una vigorosa resistencia, se refugiaron al cabo en sus trincheras. Viéndoles huir, los atenienses, los corintios, los sicionios y los trecenios, pues estas eran las tropas reunidas en aquella ala cada cual por su orden, cargándoles de cerca en la huida, lograron entrar con ellos dentro de su campamento. Al ver los bárbaros asaltado su campamento, no se acordaron de hacer más resistencia y se entregaron a la fuga, excepto los propios persas, quienes, aunque reducidos a un pequeño número, resistían valerosamente a los griegos, por más que no cesasen estos de subir por las trincheras. Dos generales persas hubieron de salvar la vida huyendo y dos la perdieron allí peleando; huyeron los comandantes de las tropas marinas Artaíntes e Itamitres; murieron con las armas en la mano Mardontes y Tigranes, que era general del ejército de tierra.

103. Duraba todavía la resistencia que hacían los persas, cuando llegó el cuerpo de los lacedemonios y demás aliados, que ayudó a acabar con todos los enemigos. No fueron pocos los griegos que murieron en la acción, entre quienes se contaron muchos sicionios, con su general Perilao. Por lo que respecta a los samios alistados en aquel ejército medo y desarmados en el campo, apenas vieron al comenzar el combate que la victoria estaba indecisa, hicieron cuanto les fue posible por su parte para ayudar a los griegos, y siguiendo los demás jonios el ejemplo que empezaban a darles los samios, sublevados también, volvieron sus armas contra los bárbaros.

104. Habían los persas, como dije antes, apostado en los desfiladeros y sendas del monte a los milesios, con orden de guardar aquellos pasos, con el objeto de que en caso de tener mal desenlace la acción, como en efecto tuvo, sirviéndoles de guías los milesios, les condujesen a salvo a las montañas de Micale, pues a este fin, no menos que con el de precaver que no intentasen traición alguna estando incorporados en el ejército, les habían destacado allí los persas. Pero los milesios obraban en todo al revés de lo que se les había ordenado, pues no solo guiaban por las sendas que iban a dar con el enemigo a los que pretendían huir por la parte opuesta, sino que al fin fueron ellos mismos los que mayor carnicería hicieron entre los bárbaros. De este modo se rebeló de nuevo Jonia contra el persa.

105. En esta batalla, los griegos que mejor se portaron fueron los atenienses, y entre estos se distinguió más que otro Hermólico, hijo de Eulino, un atleta célebre en el pancracio[418]. Este mismo hombre,

---

[418] El pancracio era una disciplina atlética, combinación de lucha y pugilato, en la que se permitía todo salvo dar golpes bajos, estrangular y sacar los ojos.

en la guerra que después se hicieron entre sí Atenas y Caristo, tuvo la desgracia de morir peleando en Cirno, lugar del territorio caristio, y fue sepultado en Geresto. Después de los atenienses merecieron mucho aplauso los corintios, los trecenios y los sicionios.

106. Una vez que los griegos hubieron acabado con casi todos aquellos bárbaros, muertos unos en la batalla y otros en la fuga, trasladaron a la playa los despojos, entre los cuales no dejaron de hallar bastantes tesoros, y luego pegaron fuego a las naves, juntamente con las trincheras, y, reducidas a cenizas trincheras y naves, se hicieron a la vela. Vueltos ya a Samos, los griegos celebraron un encuentro acerca de la evacuación de las ciudades jonias, deliberando si sería oportuno dejar despoblada Jonia al arbitrio de los bárbaros, y en tal caso en qué regiones de Grecia, que fuesen de su dominio, sería conveniente dar asiento a los jonios. Les movía a esto el ver por una parte que les era imposible a los griegos proteger de continuo a los jonios con una guarnición fija, y por otra, el considerar que los jonios, no estando protegidos continuamente por un destacamento, no podrían librarse de pagar bien cara la sublevación contra los persas. Los principales peloponesios eran del parecer de que convenía desocupar los emporios de aquellos griegos que habían seguido al medo, y darlos con sus territorios a los jonios para su asentamiento. Pero les parecía a los atenienses que de ningún modo convenía desamparar Jonia con semejante deserción, y que no tocaba a los del Peloponeso disponer de los colonos de Atenas, y aunque, los peloponesios mostraron dificultad en ceder a este voto en contra, cedieron. Dejando este punto, entraron a realizar un tratado de alianza con los samios, con los quitas, con los lesbios y con los demás isleños que seguían las banderas griegas, obligándose mediante un solemne juramento a que firmes en la alianza mantendrían lo prometido. Concluido ya el tratado, y creyendo que hallarían todavía formado el puente de barcas, se hicieron a la vela para romperlo.

107. Seguían, pues, los griegos rumbo al Helesponto, pero los bárbaros que habían podido refugiarse en las alturas de Micale, aunque pocos fueron los que en ellas se salvaron, daban entretanto la vuelta a Sardes. Sucedió en el camino que el príncipe Masistes, hijo de Darío, que se había hallado presente a la completa derrota del ejército, empezó a cargar de oprobios al general Atraíntes, y entre otras

injurias, le echó en cara que era más cobarde que una mujer, a pesar de sus insignias y supremo mando, y que no había para él castigo a la altura del daño que a la casa real acababa de hacer. Y es de notar que entre los persas, tratarle a uno como mujer se tiene por la mayor de las infamias. Atraíntes, al ver encima tal nube de oprobios, no pudiendo soportarlo con paciencia, echa mano al alfanje en ademán de descargar un golpe mortal contra Masistes. En el acto de atacar, lo ve Jenágoras de Halicarnaso, hijo de Praxilao, y ganándole la acción por la espalda, le agarra de la cintura y le tira de cabeza en el suelo, dando lugar a que acudieran entretanto los lanceros de Masistes. En recompensa de esta acción, con la cual se ganó Jenágoras el favor de Masistes, juntamente con el de Jerjes, a cuyo hermano salvó la vida, le dio el rey el mando de toda Cilicia. Fuera de este hecho, nada de consideración sucedió en aquel viaje hasta Sardes. Se hallaba entonces el rey en Sardes, donde se había mantenido desde que llegó allí huyendo de Atenas, perdida la batalla naval de Salamina.

108. Manteniéndose allí Jerjes, se hallaba sumamente prendado del amor que había concebido hacia la esposa de Masistes, la cual en aquel entonces se hallaba también en Sardes[419]. Viendo, pues, el rey que no podía buenamente atraerla a sus deseos, por más que la tratase de seducir, y no queriendo someterla a su pasión por medios violentos por respeto a su hermano Masistes, cuya consideración alentaba la resistencia de la mujer, bien convencida de que no usaría con ella la fuerza, entonces fue cuando no hallando camino alguno para lograr su intento, se valió de esta artimaña: manda casarse a un hijo suyo, llamado Darío, con una princesa hija de Masistes y de la mujer de quien estaba Jerjes enamorado, creyendo que así le sería fácil llevar a cabo sus planes. Hecho el acuerdo y llevadas a cabo las tramitaciones oportunas, pasa Jerjes a Susa, donde llama a su palacio a la novia para que viva con su hijo Darío. Mudó entonces de objeto el amor, y en vez de a la madre empezó Jerjes a seducir a la hija, dejando de querer a la esposa de Masistes, su hermano, para querer a la de Darío, la princesa Artaínta, que tal era su nombre.

---

[419] Evoca en la distancia el tema del amor desaforado que al principio de la obra representa la historia de Candaules.

109. Andando el tiempo, acabó por descubrirse el asunto. Amastris, la esposa de Jerjes, quiso regalarle un manto real que había ella misma tejido de varios colores, pieza magnífica y digna de verse. Ufano Jerjes con su nuevo manto, se presenta vestido con él ante Artaínta, y contento de la buena acogida que ella le hizo, le dice que le pida el favor que quiera, segura de que, en atención a sus favores, nada le negará de cuanto le pida. Dispone la suerte adversa, que preparaba una catástrofe a toda aquella familia, que Artaínta le responda con esta pregunta: «¿De veras, señor, puedo contar absolutamente con vuestra promesa?». Jerjes, que en absoluto preveía, como objeto de esta petición, lo que ella pensaba pedirle, confirmó su promesa con un juramento. Con esto Artaínta se abalanza atrevida y le pide aquel manto. Entonces Jerjes no hacía sino buscar excusas, porque Amastris, recelosa ya anteriormente de aquel trato, podría averiguar claramente lo que pasaba. Entonces le promete ciudades, montañas de oro, entregar a su único mando un ejército, siendo entre los persas un favor muy especial el ceder a una sola persona dicho mando. Pero todo en vano, ella insistía en el manto, y Jerjes se lo dio al cabo, y sumamente alegre y engreída con aquella prensa, se la puso haciendo ostentación de ella.

110. Llega a oídos de Amastris que su manto estaba en poder de otra, se informa de lo que había pasado, y convierte su odio y encono no contra la joven Artaínta, sino contra su madre, convencida de que la culpa estaba en la madre, encubridora y autora de lo que hacía la hija. Deseosa de vengarse, comienza a maquinar la muerte a la esposa de Masistes. A este fin espera a que llegue el solemne día en que el rey, su marido, debía dar el banquete real que una vez al año acostumbraba a celebrarse en el día de cumpleaños del monarca[420], día en que este se unge la cabeza y hace regalos a los persas. En idioma persa se llama este convite *tyktá*, y en griego significa «convite perfecto». Llegado, pues, el día de cumpleaños, pidió Amastris a Jerjes una gracia, y fue que le entregase la mujer de Masiste a su

---

[420] En uno de sus diálogos (cf. *Alcibíades* 121c) Platón testimonia que el día en que nacía el primer hijo del Rey, los súbditos de Persia celebraban una fiesta que no era sino el preludio de la costumbre de festejar anualmente el cumpleaños real.

total voluntad. Llevó Jerjes a mal una petición tan malvada, parte por ver que le pedía a la mujer de su mismo hermano, parte por saber cuán inocente era ella en aquel asunto, comprendiendo muy bien el motivo del resentimiento por el cual Amastris se la pedía.

111. A pesar de todo, vencido al fin por la insistencia de la reina y forzado por la costumbre, que no permitía negar favor alguno que al rey se le pidiera en aquel banquete real, le concede la petición, aunque muy a pesar suyo y, entregándole la citada mujer, le dice que obre con ella como guste. Llama después a su hermano Masistes, y le habla en estos términos: «Masistes, además de ser tú hijo de Darío y con esto hermano mío, bien sé que eres un hombre de mucho mérito y valor, lo que me mueve a ordenarte que despidas de tu compañía a la mujer que ahora tienes, y tomes a una hija mía con quien en adelante vivas, pues como tal te la doy desde ahora. En suma, no me parece bien que vivas más con esa mujer». Sorprendido Masistes con una orden tan inesperada, le replicó así: «Pero, señor, ¿qué significa esa pretensión vuestra tan fuera de razón? ¿Cómo es, señor, que me mandéis dejar a mi esposa, de quien he tenido tres hijos y otras hijas más, de quienes una es la princesa que vos mismo disteis por esposa al príncipe, vuestro hijo, y esto cuando yo la quiero y amo de corazón? ¿Queréis que echada de mi lecho me case yo con una hija vuestra? En esto, aunque me hagáis un particular honor teniéndome por digno marido de vuestra hija, me permitiréis sin embargo que os diga con franqueza que no me conviene ninguna de las dos cosas. No queráis obligarme a ello con vuestras instancias; algún marido se presentará para vuestra hija mejor o tan bueno como yo; dejadme a mí continuar siendo esposo de mi actual mujer». Irritado Jerjes de oír su respuesta: «¿Sabes —le replica— lo que lograrás con tu resistencia, Masistes? Ni yo te daré por esposa a mi hija, ni tú serás por más tiempo marido de tu mujer, para que aprendas a agradecer los favores que te quiera hacer tu soberano». Al oír Masistes la amenaza, se fue sin decir más palabras que estas: «Señor, ¡vivo yo todavía, y vos no me mandáis morir!».

112. Amastris, en el intervalo en que hablaba Jerjes con su hermano, habiendo llamado a los lanceros del rey, hace en la mujer de Masistes la más horrorosa carnicería: le corta los pechos y manda arrojarlos a los perros; le corta después la nariz, luego las orejas y los labios; la lengua también se la saca y se la corta, y así desfigurada, la envía a su casa.

113. Masistes, que nada sabía de esto todavía y que por momentos temía algún desastre fatal en su misma persona, iba a su casa corriendo. Al entrar en ella, se encuentra con el espectáculo de su esposa destrozada; llama al instante a sus hijos, y de común acuerdo, parte luego con ellos y con alguna gente para Bactria, con ánimo resuelto de sublevar aquella provincia y de hacer al rey todo el daño posible, lo que según creo habría sin falta sucedido, si hubiese llegado a juntarse con los bactrios y con los sacas antes de que se lo impidiera el mismo rey, al ser gobernador de aquellas naciones, que le amaban muy de veras. Pero advertido Jerjes de los planes de Masistes, despachó un cuerpo de sus soldados, los cuales, alcanzándole en el camino, acabaron con él, con sus hijos y con las tropas que consigo llevaba. Basta lo dicho sobre los amores de Jerjes y la muerte desastrosa de Masistes.

114. Volviendo a los griegos, emprendieron, una vez concluida la jornada de Micale, la navegación al Helesponto, en la que a causa de los vientos contrarios, les fue preciso fondear en las cercanías de Lecto. De aquí pasaron a Abido, donde hallaron sueltas ya las barcas, que todavía flotaban trabadas en forma de puente, razón por la cual habían dirigido su rumbo al Helesponto. Allí Leotíquidas con sus peloponesios se decantaban por la vuelta a Grecia, pero el comandante Jantipo con los atenienses era del parecer de que, permaneciendo allí, invadieran el Quersoneso. La discrepancia se resolvió en que los del Peloponeso se hicieran a la vela para su tierra, y los atenienses, pasando de Abido al Quersoneso, pusieran sitio a la Sesto.

115. Apenas corrió la voz de que los griegos querían atacar el Quersoneso, se refugiaron los persas en las ciudades vecinas de la ciudad de Sesto, como la más fuerte de cuantas había alrededor, y entre ellos pasó allá un personaje principal llamado Eobazo, quien desde la ciudad de Cardia había hecho acarrear a la misma fortaleza toda la armazón y aparejo del ya deshecho puente. Defendían dicha plaza los naturales del país, que eran unos colonos eolios, juntamente con los persas y con otros muchos aliados.

116. El gobernador nombrado por Jerjes en esta provincia era el persa Artaíctes, hombre audaz, malvado y ruin, quien mediante engaño había quitado al rey, al tiempo que iba contra Atenas, los tesoros y riquezas del héroe Protesilao[421], hijo de Íficlo, y se los había apropiado sacándolos de Elayunte en esta forma: existe en Elayunte, ciudad del Quersoneso, el sepulcro de Protesilao, y alrededor de este monumento un recinto sagrado en cuyo santuario había mucha riqueza, urnas de oro y de plata, piezas de bronce, vestidos preciosos y muchas otras ofrendas. Todo lo saqueó, pues, Artaíctes con su astucia, dándole permiso mismo rey, a quien engañó maliciosamente con cierta petición que le hizo que en estos términos: «Señor —le dice—, aquí está la casa de cierto griego, el cual en una expedición que contra vuestros dominios hacía pagó con la vida la pena de su maldad. Os suplico, por tanto, que me hagáis la gracia de darme su casa para que escarmienten todos y nadie se atreva en adelante a invadir vuestros dominios». Con tal argucia concebía la petición, viendo que así obtendría fácilmente el favor del rey, el cual estaba lejos de imaginar nada de lo que él pretendía conseguir; y en cuanto al argumento de que Protesilao había hecho la guerra en los dominios del rey, aludía con malicia a la pretensión de los persas, que quieren que toda Asia sea suya y del soberano que reine en cualquier época. Una vez concedida la gracia, lo primero que hizo Artaíctes fue pasar de Elayunte a Sesto todos aquellos tesoros, desmontar el bosque y sembrar y cultivar el recinto sagrado; y no se contentó con esto, sino que de allí en adelante, todas las veces que arribaba a Elayunte en el mismo santuario de Protesilao abusaba de alguna mujer. Artaíctes era, pues, el que se hallaba en aquel entonces sitiado por los atenienses, sin provisiones para sufrir el asedio, y sin que antes hubiese esperado allí a los griegos, los cuales se habían arrojado de improviso sobre aquella provincia.

117. Viendo los atenienses ocupados en el asedio que iba acercándose ya el otoño, pesarosos de hallarse lejos de sus casas y descontentos de no poder tomar la fortaleza, pedía a sus generales la vuelta y retirada al Ática. Pero como estos les desengañaban diciendo que no tenían que pensar en volver a no ser que tomaran primero la ciudad

---

[421] El primero de los guerreros que puso pie en Troya y el primero en caer en la contienda.

o fueran llamados de vuelta por la Asamblea[422], se conformaron al cabo con la respuesta a pesar de todo.

118. Se hallaban entretanto los sitiados tan acosados del hambre, que habían ya llegado al extremo de cocer para su alimento las correas de sus camillas y lechos, pero como poco después incluso les faltaba este sustento, los persas, aprovechándose de la oscuridad de la noche, salieron ocultamente de la ciudad con Artaíctes y Eobazo, descolgándose por las espaldas de la fortaleza, que era el puesto menos guardado y cubierto por los enemigos. Apenas amaneció, los naturales del Quersoneso, dando desde las torres aviso a los atenienses de lo sucedido, les abrieron las puertas de la ciudad, con lo cual la mayor parte de los sitiadores salió en persecución de los que huían y los demás se apoderaron de la ciudad.

119. Los tracios a los que llaman apsintios, habiendo capturado a Eobazo mientras huía por Tracia, le sacrificaron conforme a su rito particular a Plistoro, una divinidad de su pueblo, dando a los demás de la comitiva otro género de muerte: Artaíctes con los suyos, que no eran muchos, habiendo tardado algo más en salir de la ciudad, fue alcanzado poco más allá de las corrientes de un río que llaman de la Cabra[423], donde después de un buen rato de resistencia, en que algunos de sus compañeros murieron, fue con los otros hecho prisionero, y con él un hijo, todos los cuales fueron llevados a Sesto por los griegos cargados de cadenas.

120. Sucedió entonces, según refieren los vecinos del Quersoneso, un raro prodigio a uno de los que custodiaban dichos prisioneros, pues al tiempo que sobre las brasas estaban asando no sé qué pez salado, saltó este de repente en el fuego y se puso a palpitar como suelen hacerlo los peces recién sacados del agua. Las demás guardias que cerca de él estaban se quedaron admiradas al verlo, pero Artaíctes, apenas reparó en el prodigio, encarándose con el soldado que asaba aquellos peces, le habló en estos términos: «Nada tiene de extrañar, amigo ateniense, ese portento, que por cierto no habla de ti: con él

---

[422] Todos los cargos atenienses (incluidos estrategos y polemarcos) actuaban por delegación de la Asamblea, que era donde residía la soberanía de la polis.
[423] Egospótamos significa «Río de la Cabra».

Protesilao de Elayunte quiere dar a entender que aun después de muerto y momificado conserva el poder conferido por los dioses de vengarse de quien le agravie. Confieso que lo he ofendido, pero estoy preparado para enmendarlo: me ofrezco a pagar a este dios cien talentos en recompensa de las riquezas que le quité, y prometo a los atenienses por el rescate mío y el de mi hijo doscientos más si nos ponen en libertad». Así habló Artaíctes, pero a pesar de esas promesas no pudo aplacar al general Jantipo, ya porque le instaban los vecinos de Elayunte a que vengase a Protesilao con la muerte del prisionero, ya porque juzgaba por sí mismo que así debía actuar con aquel malvado. Llevándole, pues, desde la cárcel a la misma orilla del mar, donde Jerjes había construido el famoso puente, o como dicen otros, subiéndole a un cerro que cae sobre la ciudad de Madito, le crucificó allí en un madero clavado en el suelo, habiendo hecho morir a pedradas al hijo a la vista del mismo Artaíctes.

121. Hecho esto y cargadas las naves con el rico botín, y también con la armazón y pertrechos del puente de Jerjes, que destinaban como ofrenda a sus templos[424], los atenienses se hicieron a la vela rumbo a Grecia. Y con esto concluyeron los hechos de aquel año.

122. Y ya que hablé del crucificado Artaíctes, quiero mencionar una propuesta que hizo a los persas su antepasado paterno, Artembares, de cuya propuesta dieron cuenta a Ciro en estos términos: «Ya que el dios Zeus da a los persas el imperio, y a ti, ¡oh Ciro!, arruinado el poder de Astiages, te concede particularmente el mando con preferencia a todos los hombres, ¿qué hacemos nosotros que no salimos de nuestro corto y áspero país para trasladarnos a otra tierra mejor? A nuestra disposición tenemos muchas provincias vecinas y muchas otras distantes, mejores que nuestro suelo, y está puesto en razón que las mejores sean para los que tienen el poder. ¿Y qué ocasión lograremos más oportuna para hacerlo que la que tenemos en el presente, cuando nos hallamos mandando a tantas naciones y toda Asia?». Ciro, habiendo escuchado el discurso, sin mostrar extrañeza alguna, aconsejó a los persas que lo hicieran, pero les avisó

---

[424] Los atenienses dedicaron en Delfos los mascarones de las naves tomadas en la batalla.

al mismo tiempo que se dispusiesen, desde el momento en que lo hicieran, a no mandar más, sino a ser mandados por otros, ya que el efecto natural de un clima delicado era el criar hombres delicados, no hallándose en el mundo tierra alguna que produzca al mismo tiempo frutos deliciosos y valientes guerreros. Adoptaron luego los persas la opinión de Ciro, y corrigiendo la suya propia, desistieron de sus intentos, prefiriendo vivir mandando en un país áspero que ser mandados disfrutando de los más deliciosos jardines.

Sumario

Libro primero. Clío

Antecedentes de los enfrentamientos entre griegos y persas (1-5)

Rapto de Ío, Europa, Medea y Helena y expedición de los griegos contra Troya (1-5).

Historia de Creso, rey de Lidia (6-94)

El imperio de los Heraclidas pasa a manos de Giges (7-14). Su descendencia (15-25). Guerra contra Mileto (17-22). Fábula de Arión y el delfín (23-24). Creso y Solón (29-33). Consulta a los oráculos sobre la guerra de Persia (46-55). Creso y Grecia (56-70). Atenas y el tirano Pisístrato (59-64). Esparta y las leyes de Licurgo (65). Creso se alía con Esparta (69-70). Creso cruza el río Halis y ataca Persia (71-78). Ciro sitia y toma Sardes (77-84). Creso, prisionero de los persas, se libra de morir en la pira (85-92). Respuesta del oráculo a sus increpaciones. Costumbres, historia y monumentos de los lidios (93-94).

Historia de Ciro, rey de los persas (95-216)

Origen del imperio de los medos (96-101). Sus ancestros: Deyoces sube al poder; Fraortes (102), Ciaxares (103-106). Nacimiento, abandono e infancia de Ciro (107-122). Reconocimiento y venganza contra Astiages (123-130). Leyes y costumbres de los persas (131-140). Guerra de Ciro contra los jonios, historia de estos y preparativos para resistirle (141-148). Sublevación de los lidios contra Ciro (151-161). Derrota y conquista de los jonios y otros pueblos de Grecia por Harpago (162-171). Ciro somete Asiria: descripción de Babilonia (178-183). Las reinas Semíramis y Nitocris (184-187). Conquista de Babilonia (188-191). Costumbres de los babilonios (192-200). Enfrentamiento con la reina Tomiris y muerte de Ciro en su expedición contra los maságetas (201-214). Sueño de Ciro (209-210). Costumbres de los maságetas (215-216).

Libro segundo. Euterpe

Inicio del reinado de Cambises (1)
Cambises, hijo de Ciro, hereda el trono y decide emprender la conquista de Egipto (1).
Presentación de Egipto (2-4)
Experimento de Psamético para averiguar cuál es el pueblo más antiguo (2). *Cuestiones religiosas de los egipcios* (3-4).
Geografía de Egipto (5-34)
Descripción topográfica de Egipto (5-18). *El Nilo: origen, crecidas y extensión* (19-34).
Etnografía de Egipto (35-98)
Costumbres civiles y religiosas de los egipcios (35-41). *Heracles, Pan y Dioniso* (42-49). *Dioses, oráculos y festivales* (50-64). *Los animales entre los egipcios* (65-76). *Costumbres cotidianas de los egipcios (77-84) Métodos de embalsamar los cadáveres* (85-90). *Otras particularidades egipcias* (90-98).
Historia de Egipto (99-182)
Reyes antiguos de Egipto: Mina, Nitocris, Meris (99-111). *Sesostris, sus conquistas y repartición del Egipto* (102-111). *Proteo hospeda en Menfis a Helena, raptada por Paris* (112-120). *Historia de Rampsinito* (121-123). *Quéops obliga a los egipcios a construir las pirámides* (124-126). *Las pirámides de Quefrén y Micerino y la historia de la hermosa Rodopis* (127-135). *Invasión de los etíopes y reinado de Setón* (136-141). *Cronología de los egipcios* (142-146). *División del Egipto en doce partes; el laberinto* (147-150). *Psamético se apodera de todo Egipto* (151-157). *Su descendencia: Neco, Psamis* (158-160) *y Apries* (161-168). *Amasis vence a Apries y con su buena administración hace prosperar a Egipto* (169-182).

Libro tercero. Talía

Reinado de Cambises (1-60)
Conquista de Egipto por parte de Cambises y profanación de la momia de Amasis (1-16). *Cambises conquista Etiopía* (17-25). *Locura de Cambises y asesinato de familiares y allegados; Intento de asesinar a Creso y sacrilegios de Cambises* (26-38). *Historia de Samos* (39-60): *la fortuna de Polícrates,*

Libro quinto. Terpsícore

Campañas de Darío en Europa (1-27)
Megabazo en Tracia (1-2). Costumbres tracias (3-10). Darío en Sardes y deportación de los peonios (11-16). Misión persa en Macedonia y asesinato de sus embajadores (17-22). Darío regresa a Susa y Ótanes queda al frente de la campaña (23-27).

La revuelta jonia (28-126)
Antecedentes de la revuelta: la cuestión de Naxos y las intrigas de Aristágoras (28-38). Aristágoras acude a Grecia en busca del apoyo del rey espartano Cleómenes (39-54). Historia de Atenas al hilo de la llegada de Aristágoras a la ciudad en busca de ayuda: fin de la tiranía en Atenas con los tiranicidas (55-65); orígenes del alfabeto griego; las reformas de Clístenes (66-69); Iságoras, ayudado por el rey espartano Cleómenes, fracasa en su oposición a Clístenes (70-73); intento de invadir el Ática por parte de Esparta y sus aliados (74-78); enemistad entre Atenas y Egina (79-89); intento de Esparta por restaurar a Hipias como tirano de Atenas (90-93); Hipias en Sigeo (94-96). La revuelta jonia: Atenas decide apoyar la sublevación jonia (97); expedición de los jonios contra Sardes que desemboca en la conquista e incendio de la ciudad (98-101); derrota griega en Éfeso, extensión de la revuelta y partida de los atenienses (102-104); Darío jura vengarse de Atenas (105); Caria, Chipre y las ciudades del Helesponto son sometidas (106-123); muerte de Aristágoras (124-126).

Libro sexto. Erato

Fracaso de la revuelta jonia (1-41)
Histieo instiga a los jonios a seguir luchando contra los persas (1-5). Los persas se dirigen a Mileto y los jonios les hacen frente (6-17). Toma de Mileto por los persas (18-21). Los samios migran a Sicilia (22-25). Captura y muerte de Histieo (26-30). Fin de la revuelta jonia (31-33). Milcíades y sus sucesores (34-41).

Primera guerra médica (42-140)
Artáfrenes y Mardonio en Jonia (42-43). Primera expedición persa contra Grecia y naufragio al pie del Atos (44-45). Conquistas persas en el Egeo (45-49). Historia de Esparta (50-86): origen de los reyes de Esparta (50-

Libro séptimo. Polimnia

Segunda guerra Médica (1-131)

Reacción griega (132-177)

Las Termópilas (178-239)

Libro octavo. Urania

Batalla de Artemisio y avance persa (1-39)
Batalla naval de Artemisio (1-18). Táctica de Temístocles tras la batalla (19-23). Acciones de Jerjes tras la batalla (24-26). Los tesalios conducen a los persas contra Fócide: origen de la enemistad entre tesalios y focenses (27-30). Avance de Jerjes hacia Atenas e intento de saqueo de Delfos (34-39).

Antes de Salamina (40-83)
Los atenienses abandonan el Ática embarcándose para Salamina (40-49). Jerjes se apodera de Atenas y su acrópolis (50-55). Temístocles convence a los griegos de presentar batalla en Salamina (56-64). Prodigio interpretado como favorable a los griegos (65). Los persas se preparan para la batalla a pesar de la oposición de Artemisia (66-77). Los griegos se preparan para la batalla (78-83).

Batalla de Salamina (84-96)
Victoria griega (84-86). Artemisia escapa y reina el desorden entre los persas en su huída (87-91). Actuación de los griegos (92-95).

Después de Salamina (97-144)
Entrevista entre Jerjes, Mardonio y Artemisa (97-103). La venganza de Hermotimo (104-106). Retirada de Jerjes y reacción de los griegos (107-125). Mardonio asedia Potidea (126-129). Reanudación de las hostilidades y propuesta de paz (130-136). Origen de los reyes macedonios (137-139). Discursos de Alejandro y de los espartanos y respuesta de Atenas (140-144).

Libro noveno. Calíope

Reanudación de las hostilidades (1-27)
Mardonio se apodera nuevamente de Atenas y los espartanos demoran el envío de ayuda (1-11). Mardonio se retira a Beocia tras demoler los muros y edificios de Atenas (12-18). Los griegos son atacados a las inmediaciones del Citerón por la caballería persa y muere en la refriega su jefe Masistio (19-25). El ejército griego se atrinchera ante Platea y se produce una disputa entre los atenienses y los de Tegea (26-27).

Batalla de Platea y acontecimientos posteriores (28-89)
Formación de ambos ejércitos, que permanecen indecisos sin presentar batalla ante el resultado de los augurios y sacrificios (28-40). Mardonio se decide a

Bibliografía

La bibliografía sobre Heródoto es inabarcable. En este apartado bibliográfico se propone, pues, una mínima selección de títulos que pueden resultar útiles para profundizar en distintos aspectos de su obra. Algunos ya han sido citados en el Prólogo, pero todos ellos han sido tomados en cuenta en este volumen.

En primer lugar menciono los interesantes estudios especializados sobre Heródoto y su obra recogidos por Egbert J. Bakker, Irene J. F. de Jong y Hans van Wees en su *Brill's Companion to Herodotus* (Leiden-Boston-Köln, Brill, 2002) y por Carolyn Dewald y John Marincola en *The Cambridge Companion to Herodotus* (Cambridge-New York, Cambridge University Press, 2006). Igualmente interesantes y más uniformes en su presentación de la figura del historiador, son los libros debidos a Jennifer T. Roberts (*Herodotus. A Very Short Introduction*, Oxford-New York, Oxford University Press, 2011) y a James Romm (*Herodotus*, New Haven-London, Yale University Press, 1998), a los que añado el título de Sean Sheehan, *A Guide to Reading Herodotus' Histories*, London-New York, Bloomsbury Academic, 2018.

En segundo lugar, indico una referencia bibliográfica que aborda desde la perspectiva historiográfica actual el episodio de las guerras médicas, y lo hace con una calidad y estilo literarios reseñables; me refiero al volumen de Tom Holland titulado *Fuego persa: el primer imperio mundial y la batalla por Occidente*, trad. esp. de Diana Hernández Aldana, Barcelona, Ático de los Libros, 2017.

Por lo que toca a las traducciones a las lenguas modernas, el propio Tom Holland dio a la imprenta una versión prologada por Paul

Cartledge: *Herodotus. The Histories*, London, Penguin Books, 2013.
Más que destacable es el traslado que bajo el título *L'Enquête* llevó a
cabo A. Barguet para la Bibliothèque de la Pléiade dentro del volumen *Historiens Grecs I* (París, Gallimard, 1964), cuya introducción y
notas iluminan de forma brillante tanto su propia traducción como
la de traductores posteriores. En cuanto a las traducciones en español
citaré en orden cronológico la de Lida de Malkiel, M.R. (*Heródoto.
Los nueve libros de la Historia*, Buenos Aires, Editorial Jackson, 1949),
la edición bilingüe de Arturo Ramírez Trejo (*Heródoto. Historias*,
vols. I-III, México D.F., UNAM, 1976), la monumental del Carlos
Schrader, en cinco volúmenes (*Heródoto. Historia*, Madrid, Gredos,
1977-1989) y las de Antonio González Caballo (*Heródoto. Historias*,
vols. I-II, Madrid, Akal, 1994) y Manuel Balasch (*Heródoto. Historia*,
Madrid, Cátedra, 1999). Finalmente, Francisco Rodríguez Adrados (póstumamente) y Pedro Redondo Reyes dieron a la imprenta
Heródoto. Historia, 2 vols., Madrid, Centro de Estudios Políticos y
Constitucionales, 2020.

Viene a paliar esta escasez de traducciones al español el hecho de
que existen otras tantas versiones (parciales o en proceso de com-
pletarse; varias de ellas bilingües): quedó inconclusa la bilingüe de
Jaume Berenguer Amenós (*Heródoto. Historias. Libro II*, Madrid, CSIC,
1974 y *Heródoto. Historias. Libro I*, Madrid, CSIC, 1990; Rodríguez
Adrados sumó un tercer volumen para dar continuidad al traslado de
Berenguer, pero esa continuación se concretó a décadas de distancia
en la traducción antes citada). También en edición bilingüe están los
tres primeros libros de la *Historia* de Heródoto (*Clío*, Madrid, 2010;
Euterpe, Madrid, 2011; *Talía*, Madrid, 2015) a cargo de José Manuel
Floristán y bajo los auspicios de Editorial Dykinson. Por lo que se
refiere a antologías, es preciso citar la de Manuel Fernández Galia-
no (*Heródoto*, Barceloba, Labor, 1951) y la más actual, y bilingüe, de
Antonio Guzmán Guerra (*Heródoto. Explorador y viajero. Antología
bilingüe*, Madrid, Escolar y Mayo Editores, 2013). Finalizo este re-
paso con la extensa antología publicada por Carlos Alcalde Martín:
Heródoto. Historia: Antología, Madrid, Alianza, 2001.

Quedaría por mencionar una variada referencia a títulos que tienen como principal nexo de unión el hecho de que en su alumbramiento brilla la llama del gran narrador de Halicarnaso: comienzo

con el encantador libro de Werner Keller titulado *El asombro de Heródoto* (Barcelona, Bruguera, 1975), una antología comentada sobre algunos de los pasajes más insólitos de la *Historia*. Prosigo con el clásico del reportaje y la crónica periodística de Ryszard Kapuściński titulado *Viajes con Heródoto* (trad. esp. de Agata Orzeszek, Barcelona, Anagrama, 2006). Finalizo con la mención de *Tras las huellas de Heródoto. Crónicas de un viaje histórico por Asia Menor* (Madrid, Almuzara, 2015), donde Antonio Penadés plasma su propio viaje personal con Heródoto pisando los escenarios donde la Historia, como disciplina, dio sus primeros pasos.